Niels Philippsen

Hahnemord

Niels Philippsen

Hahnemord

Bibliografische Information der Deutschen Nationalbibliothek
Die Deutsche Nationalbibliothek verzeichnet diese Publikation in der Deutschen Nationalbibliografie; detaillierte bibliografische Daten sind im Internet über http://dnb.ddb.de abrufbar.

© 2016 + 2019 Niels Philippsen
E-Mail: niels.philippsen@t-online.de
Herstellung und Verlag: BoD- Books on Demand, Norderstedt
ISBN 978-374-12730-70
2. Auflage 2019
Umschlagfoto: Reinhard Kruse / mit freundlicher Genehmigung der
           Norderegge

Kein Graben so breit, keine Mauer so hoch,
wenn zwei sich gut sind, sie treffen sich doch.
Kein Wetter so schlecht und zu schwarz nicht die Nacht,
wenn zweie sich seh'n wolln, es wird schon gemacht.

                                                (Klaus Groth)

Wir befinden uns im Jahre 2013 n. Chr. Ganz Dithmarschen ist von den Deutschen besetzt. Ganz Dithmarschen? Nein! Ein von unbeugsamen Marschbewohnern bevölkertes Dorf hört nicht auf, dem Eindringling Widerstand zu leisten...

Ungefähr so würde ich beginnen, wenn ich mein Vater wäre, der hat nämlich eine Vorliebe für Geschichte, speziell für die Geschichte von Dithmarschen. Vor mehr als fünfhundert Jahren und noch ein bisschen später gab es tatsächlich mal so etwas wie eine Republik Dithmarschen, besser gesagt Bauernrepublik Dithmarschen. Die wurde allerdings nicht offiziell so genannt, es gab auch keine Schilder an der Grenze mit der Aufschrift: Herzlich willkommen in der Bauernrepublik Dithmarschen, 50 in Ortschaften, 100 auf Landstraßen, auf der A 23 nach Belieben. Vater hat mir das alles mal erklärt, ich habe auch das eine oder andere darüber gelesen, völlig uninteressant ist das auch gar nicht, aber wenn man mal ganz ehrlich ist: So vollkommen selbstständig waren wir hier nie, Dithmarschen war kein unabhängiger Staat mit eigenen Briefmarken und Sitz in der UNO. 1500 haben wir aber unsere Quasi-Selbstständigkeit erfolgreich verteidigt, jaja, die Schlacht bei Hemmingstedt, 1559 wurden wir dann jedoch von den Dänen und Holsteinern wieder eingemeindet. Da war's dann endgültig aus mit der Freiheit.

Wenn Vater seine historischen fünf Minuten kriegt, malt er sich gerne aus, wie es wohl sein würde, wenn Dithmarschen ein eigener Staat wäre. Vielleicht so eine Art Steuerparadies für Briefkastenfirmen aus aller Welt oder ein großer Spielplatz für Erwachsene wie Las Vegas. Ich fürchte aber, wir wären dann eher so etwas wie Disneyland und die Dithmarscher müssten den ganzen Tag in irgendwelchen albernen Kostümen herumlaufen oder den Gästen Kohlrouladen-Burger verkaufen. Nee, der einzige Gedanke, der bei der ganzen Spinnerei stimmt, ist der mit dem Dorf: Wir wohnen wirklich in einem Dorf, der Name ist aber eigentlich schon viel größer als der ganze Ort selbst: Wesselburener Deichhausen. Wenn man den Namen bei Google Maps eingibt, wird man ganz schnell in die Karte von Schleswig-Holstein und dann Dithmarschen hereingezoomt. Dann stellt man fest, dass es hier wirklich nur zwei bis drei Straßen gibt, ein paar Bauernhöfe und noch ein paar Wohnhäuser.

Einer dieser Bauernhöfe ist unserer. Aber ich muss das gleich mal richtigstellen, es ist ein ehemaliger Bauernhof, auf dem sich Vaters Betrieb breitgemacht hat. Ich könnte auch sagen: unser Betrieb. Lohnunternehmen Timmermann. Vater ist so eine Art landwirtschaftlicher Dienstleister, der mit seinen ganzen Geräten, Maschinen und Fahrzeugen alle möglichen Aufträge ausführt, meistens von Bauern aus der ganzen Umgebung, aber auch von Gemeinden, Behörden und so weiter. Im Prinzip alles, was anfällt. Das macht Vater natürlich nicht allein, er hat so ungefähr acht Angestellte. In der Hochsaison, also während der Erntezeit, kommen noch ein paar dazu. Wo er die dann immer herkriegt, weiß ich auch nicht so genau.

Ich will jetzt noch mal kurz meine Familie vorstellen, den Nachnamen kennt ihr jetzt ja schon. Vater: Heinrich Timmermann (48), Mutter: Erika Timmermann (44), Schwester: Linda (17), Bruder: Lasse (9). Mein Name ist Heiko, ich bin 21 Jahre alt und Volontär beim Dithmarscher Landboten, der einzigen regionalen Tageszeitung, die es bei uns gibt. Auflage ungefähr 28.000 Stück, das meiste davon geht an die Abonnenten, also die Leute, die gerne den Landboten zum Frühstück konsumieren. Die Auflage ist in den letzten Jahren ein bisschen nach unten gegangen, das liegt aber hoffentlich nicht an mir, ich bin erst seit gut anderthalb Jahren dabei. Zuerst sollte es auch nur ein Volontariat von einem Jahr werden, aber dann gab es die Möglichkeit, dass ich gleichzeitig ein Studium an der Fachhochschule in Kiel beginnen konnte, ich bin jetzt also ganz offiziell Student für Journalismus und Medienwirtschaft. Sechs Semester. Übrigens Student: Das sagt man jetzt nicht mehr, es heißt Studierender. Ganz praktisch bedeutet das, dass ich einen Tag in der Woche nach Kiel fahre und dort an allen möglichen Seminaren oder Veranstaltungen teilnehme, dass ich natürlich auch zu Hause etwas arbeiten muss, aber dass ich andererseits an den anderen Tagen voll beim Landboten beschäftigt bin. Dieses Studium ist teilweise ganz schön stressig, da ist alles voll durchgeplant mit Lerneinheiten, Prüfungen und so weiter. Ich bin übrigens nicht der einzige von unserem Blatt, der dabei ist, meine Kollegin Maja macht die gleiche Ausbildung. Auf die werde ich garantiert noch zurückkommen. Auf Maja, meine ich jetzt.

Jetzt bleibe ich aber erstmal beim Beruf: Heider Umland und Dithmarschen-Nord, so heißt meine Redaktion jetzt. Als ich beim Landboten anfing, waren noch ein paar Leute mehr dabei, nämlich Rolf Teichgraeber und Annika Piwek. Rolf war so etwas wie mein Mentor, er hatte mich mehr oder weniger unter Aufsicht, von ihm habe ich auch eine ganze Menge gelernt, das kann man schon sagen. Er ist jetzt in der Sportredaktion, da wollte er schon immer gerne hin. Vielleicht werde ich da auch demnächst mal reinschnuppern, sicher auch in die anderen Ressorts wie Politik oder Veranstaltungen. Annika, die ich immer heimlich als Miss Landbote bezeichnet habe, hat uns ganz verlassen, sie hatte sich auf eine Stelle bei den Lübecker Nachrichten beworben und wurde da auch tatsächlich genommen. Übrigens hat sie mich mal nach einem Essen als Nachtisch mit nach Hause genommen, aber das nur so ganz nebenbei, das sollte ich vielleicht hier auch gar nicht erwähnen. Zurück zu meiner Redaktion: Redaktionsleiter ist Holger Fuchs, der ist 42 Jahre alt und hat einen etwas rötlichen Vollbart. Wenn man so will, sieht er wirklich ein bisschen wie ein Fuchs aus. Dann sind da noch Sören Callsen, Dolf Harder und Joachim Lorek, alle so Ende dreißig bis Ende vierzig, die muss ich jetzt sicher nicht näher beschreiben. Einziges weibliches Redaktionsmitglied ist unser Urgestein Anna Brüggmann, die geht ganz allmählich auf die sechzig zu, kennt sich in Dithmarschen aber total gut aus. Vielleicht sollte ich noch erwähnen, dass ich mit den anderen in der Redaktion per Sie bin, sie sagen aber Heiko und Sie zu mir. Mit Rolf habe ich mich geduzt, das heißt, ich duze mich ja immer noch mit ihm, das lag daran, dass wir uns vom Fußball her kannten. Okay, unsere Redaktion ist also etwas kleiner geworden, die Arbeit ist aber nicht weniger geworden. Auch ich habe etwas mehr zu tun als vorher, bin aber dabei auch selbstständiger, ich muss jetzt nicht mehr wegen jeder Kleinigkeit nachfragen. Morgens gibt es immer so eine Art Konferenz am Stehtisch, da wird dann besprochen, was anliegt, wer welche Aufgaben übernimmt und so weiter. Eigentlich finde ich das alles gar nicht so unangenehm.

Und was macht mein Privatleben so? Ich wohne noch zu Hause, aber ich spiele schon hin und wieder mit dem Gedanken, nach Heide umzusiedeln, vielleicht in eine nette kleine Wohnung, aber das kostet ja auch. Na gut, im zweiten Jahr bekomme ich schon etwas mehr Geld als vorher, aber ganz große Sprünge kann ich damit auch noch nicht machen. Ich habe den Heider Wohnungsmarkt aber immer etwas im Blick, vielleicht ergibt sich da irgendwann mal etwas, man muss das ja auch nicht übers Knie brechen. Mit meiner Familie verstehe ich mich auch so gut, dass ich keinen Grund habe, sie von einem Tag auf den anderen zu verlassen. Meine Eltern sind wirklich ganz okay, die haben schon kapiert, dass ich mittlerweile erwachsen geworden bin. Mein kleiner Bruder Lasse nervt mich manchmal, aber das ist schon besser geworden, früher war es schlimmer mit ihm. Linda ist schon seit einiger Zeit ziemlich vernünftig, mit der komme ich eigentlich richtig gut klar. Sie ist im Januar 17 geworden und will Krankenschwester werden. Das ist aber jetzt so ähnlich wie mit den Studenten und Studierenden, da gibt es eine neue Bezeichnung: Kranken- und Gesundheitspflegerin. Das sagt natürlich kein Mensch, weil das viel zu kompliziert ist. Linda wird Krankenschwester. Meine Schwester wird Schwester. Falls es jemand etwas genauer wissen möchte, so ganz leicht war es nicht für sie, da ranzukommen. Erstmal musste sie richtig gute Zeugnisnoten bei ihrer mittleren Reife oder wie das heute heißt haben, dafür hat sie sich auch mächtig ins Zeug gelegt, alle Achtung, dann musste sie auch noch vorher ein Praktikum machen und sich nicht so blöd dabei anstellen. Das hat aber alles ganz gut funktioniert, sie wurde dann bei der Krankenpflegeschule angenommen. Diese Schule ist übrigens direkt beim WKK, beim Westküstenklinikum in Heide, das ist ein ziemlich großes Krankenhaus, bis auf Brunsbüttel eigentlich auch das einzige in der ganzen Gegend. Jetzt geht Linda also auf diese Krankenpflegeschule und sie macht ihre praktische Ausbildung im WKK. Soweit ich das kapiert habe, gibt es dabei immer eine Zeitlang Blockunterricht und danach ein paar Wochen Praxis. Fazit: Linda kommt gut klar damit, sie ist auch so der Typ, der für diesen Beruf gut geeignet ist, finde ich.

Von Linda komme ich jetzt irgendwie auf das Thema Mädels. Ich könnte natürlich auch schwul sein, das ist ja schon lange kein Tabu mehr, aber das ist nicht so meine Baustelle. Ich bin eher dem weiblichen Teil der Bevölkerung zugeneigt. Da war ich aber ein echter Spätzünder, meine erste richtige Freundin hatte ich erst nach dem Abi, das war Maren Reimers, eine Klassenkameradin von Linda. Das kann man sich ja leicht ausrechnen, dass sie noch viel zu jung für mich war. Dann ging es aber Schlag auf Schlag, teilweise waren es sogar mehrere Mädels mehr oder weniger gleichzeitig, was aber keine Absicht von mir war. Es ergab sich ganz einfach so. Ich hatte auch einmal eine Freundin in Dänemark, Bente Kristensen, die wollte ich eigentlich auch im letzten Sommer besuchen, aber sie ist nach Amerika ausgewandert, nein, das war jetzt Quatsch, also sie studiert noch etwas weiter in Amerika, genauer gesagt, in Kalifornien. Da studiert ihr Bruder auch, den hat sie mal besucht, und dann fand sie es so toll da, dass sie da praktisch gleich geblieben ist. So richtig aus ist es nicht zwischen uns, das kann man so nicht sagen, aber man weiß eben nicht, ob es jemals wieder was zwischen uns geben wird oder doch nicht. Maja muss ich jetzt aber auf jeden Fall erwähnen, Maja Schulzik aus Bargenstedt, sozusagen meine Mit-Volontärin. Sie hat das Verdienst mich entjungfert zu haben, dann waren wir allerdings gar nicht richtig zusammen, später aber doch, dann wieder nicht und so weiter. Teilweise kamen ja auch noch diese ganzen anderen Mädels dazwischen. Seit längerer Zeit ist es eigentlich so, dass wir zwar kein richtiges Paar sind, eher Freunde, aber hin und wieder passiert es doch mal, dass sie mich in meinem heimischen Bettchen aufsucht. Das liegt unter anderem daran, dass sie auch eine Freundin von Linda ist, eigentlich ist sie sogar eine Freundin der ganzen Familie, denn es vergeht kaum ein Wochenende, an dem sie nicht bei uns vorbeikommt, wie sie es nennt. Ich finde es auch ganz okay so, aber ich kann schon verstehen, dass ein Außenstehender das merkwürdig finden kann.

Ich würde mich selbst jetzt eher als Single verstehen, auch wenn Maja ab und zu mal dazwischenfunkt. Dann gab es allerdings auch noch Heike, Heiko und Heike, haha, das ist auch so ein Kapitel für sich. Heike ist Verkäuferin in einer Filiale von der Bäckerei Scharbau in Lohe-Rickelshof, da habe ich häufiger mal was zum Kaffee oder Abendbrot gekauft. Einmal hatte sich mich darum gebeten, eine große Spinne für sie einzufangen. Nicht, weil sie sie als Haustier behalten wollte, sondern weil sie sich so davor ekelte. Bei dieser Aktion sind wir uns im wahrsten Sinne des Wortes etwas zu nahe gekommen und es gab dann eine spontane und ziemlich heftige Knutscherei zwischen uns. Das war aber ausgerechnet an dem Tag, als Maja gerade mit mir Schluss gemacht hatte, da war ich im Grunde genommen noch ziemlich deprimiert und habe dann einfach behauptet, es täte mir leid, aber ich hätte doch schon eine feste Freundin. So ganz vergessen konnte ich Heike aber trotzdem nicht und sie mich offenbar auch nicht. Ich habe ihr dann später mal eine Freikarte zu einem Stück von Shakespeare, Was ihr wollt, im Heider Stadttheater, gegeben, was sie durchaus erfreute. Die zweite Freikarte hatte ich selbst behalten und dann bin ich tatsächlich auch an dem einen Abend zu dieser Vorstellung hingegangen. Ganz genau genommen bin ich hingefahren, man kann ganz gut auf dem Lehrerparkplatz von meiner ehemaligen Schule, dem Heisenberg-Gymnasium, parken. Ich dachte natürlich, das wird eine Riesenüberraschung, wenn Heike dann plötzlich merkt, dass ausgerechnet ich neben ihr sitze. Daraus wurde aber leider nichts, statt Heike hatte sich eine ältere Frau auf dem Platz rechts von mir breitgemacht, die stark nach Tosca von 4711 roch. Ich schätze mal, dass es Heikes Oma war, die hatte sie irgendwann mal erwähnt. Na gut, so was kann eben mal passieren. Das Stück war trotzdem gut, das kann ich durchaus weiterempfehlen. Der alte Herr Shakespeare bringt es eben auch heute noch.

Ich glaube, das war das Wesentliche aus meinem zurzeit etwas brachliegenden Liebesleben. Freunde habe ich natürlich auch, also männliche meine ich jetzt, da möchte ich erstmal Donald Petersen erwähnen. Der ist mit mir zusammen auf dem Heisenberg gewesen. Der Name Donald ist schon etwas ungewöhnlich, na klar, mit Donald Duck hat Donald Petersen aber nicht die geringste Ähnlichkeit. Er hat auch keine Schwester, die Daisy heißt, sondern zwei ältere Brüder. Donald studiert Psychologie in Kiel, ich treffe ihn manchmal dort, wenn ich meine Seminare an der FH habe. Ein anderer Kumpel aus Schultagen ist Felix Mahn aus Hillgroven, der macht eine Banklehre in Wesselburen. Jetzt kommt noch Heiner Ohlsen aus Hemmingstedt, der ist ein paar Jahre älter als ich. Heiner ist Polizist und ich habe ihn eigentlich durch meinen Zeitungs-Job kennengelernt. Ich war dann halb beruflich, halb privat der einen oder anderen kriminellen Untat in unserem schönen Landkreis auf der Spur und wir haben sozusagen einander zugearbeitet. Natürlich haben wir nicht als Duo irgendwelche Verbrecher zur Strecke gebracht, das hat natürlich die Kripo gemacht, aber wir haben eben unsere Beiträge dazu geleistet.

Zu einem Prozess am Landgericht Itzehoe bin ich sogar als Zeuge geladen worden. Es ging dabei um den Wesselburener Bauunternehmer Langfeld, der mehrere Morde und weitere Untaten ausgeführt hatte. Außerdem hatte er auch noch ausgerechnet auf mich geschossen, was ich ihm natürlich besonders verübelt habe. Es ging in der Befragung dann auch nur um diesen speziellen Fall mit mir, ich musste den ganzen Ablauf schildern und ich weiß nur noch, dass der Verteidiger immer darauf herumgeritten ist, dass ich den Täter gar nicht gesehen hatte. Okay, das war ja auch so. Damit war ich dann entlassen, aber ich musste noch eine Menge Bögen ausfüllen wegen meiner Aufwandsentschädigung, der Fahrtkostenerstattung und dem Verdienstausfall. Wirklich ein unglaublicher Papierkrieg. Reich kann man als Zeuge übrigens nicht werden. Man hat unterm Strich nur seine eigenen Unkosten wieder raus. Aber noch mal kurz zu diesem Langfeld-Prozess: Der hat sich ganz schön lange hingezogen und er endete dann damit, dass der Herr Bauunternehmer zu lebenslanger Haft mit anschließender Sicherheitsverwahrung verurteilt wurde. Heiner hat mir erklärt, dass lebenslänglich praktisch 15 Jahre Haft bedeuten, diese Sicherheitsverwahrung wäre dann aber maximal 10 Jahre, danach könnte die Staatsanwaltschaft aber noch die Unterbringung in der Psychiatrie beantragen. So witzig sind diese vielen Knastjahre nicht, hat Heiner noch gemeint, viele würden während der Zeit auch krank werden oder sogar sterben. Na gut, so viel Mitleid hat der Herr Langfeld nun auch wirklich nicht verdient. Übrigens, falls jetzt jemand danach fragt, ich weiß gar nicht, ob Langfelds Anwalt gegen das Urteil Rechtsmittel eingelegt hatte. Ich bin mir ziemlich sicher, dass das auch in unserer Zeitung gestanden haben müsste, aber im Moment kann ich mich gar nicht mehr daran erinnern.

Es gab dann noch einen weiteren Prozess, bei dem ich zwar nicht als Zeuge geladen war, an dem ich aber auch sehr interessiert war, weil ich sozusagen zur Ergreifung des Täters beigetragen hatte. Dieser Prozess fand nicht vor dem Landgericht statt, sondern vor dem Jugendschöffengericht Meldorf, weil der Täter Heranwachsender war. Ich will jetzt aber nicht den ganzen Fall schildern, keine Sorge, sondern nur kurz daran erinnern, dass es um den Toten auf der Dusendüwelswarf ging. Im Grunde genommen war das Ganze ein Eifersuchtsdrama, aber schon ein ziemlich heftiges. Jedenfalls ist der Täter zu fünf Jahren Haft verurteilt worden, die er wohl in einer Jugendstrafanstalt verbüßen muss. Na dann viel Spaß. Über Gerechtigkeit und Strafen und so weiter könnte man sich natürlich eine ganze Menge Gedanken machen, aber das will ich jetzt eigentlich nicht. Heiner hat mal gesagt, den Tod eines Menschen kann man überhaupt nicht wiedergutmachen, das wäre einfach so. Wie schwer die Strafe auch ist, ob es vielleicht sogar die Todesstrafe wäre, das Opfer wird davon auch nicht wieder lebendig. Na gut, so kann man das natürlich auch sehen.

Um noch mal kurz auf Heiner Ohlsen zurückzukommen: Im Augenblick habe ich eher wenig Kontakt zu ihm, mein Job und mein Studium nehmen mich ja auch ganz schön in Anspruch, außerdem hat Heiner auch seine Baustellen: Er will sein Abi nachmachen, dafür hat er sich bei einem Fernlehrinstitut angemeldet, schon vor ungefähr einem Jahr. Dann hat er auch noch seine Freundin, Monica heißt die, sie arbeitet bei der Post. Post und Polizei, das passt ja. Jetzt fällt mir doch noch eine Kleinigkeit ein, Heiners Vater hat bei uns die Satellitenanlage auf Digital umgerüstet, er hat so eine Art Einmannbetrieb in Wesseln, Elektro-Ohlsen. Mein Vater war von seiner Tätigkeit bei uns so angetan, dass er ihn gleich für weitere Aufträge vorgemerkt hat.

Eine letzte Sache noch, dann bin ich mit meiner Selbstdarstellung durch: Fußball. Ich bin seit dem letzten Frühjahr wieder beim Training, aber nicht mehr bei der SG Westerdöfft, sondern bei Blau-Weiß Wesselburen, 2. Herren. Training mittwochs um 19 Uhr in Wesselburen. Unser Trainer ist übrigens Rolf, jawohl, richtig, Rolf Teichgraeber von der Zeitung, der jetzt beim Sport ist. Ich bin nicht so richtig im Kader, sondern Ersatzspieler, es ist aber schon mal vorgekommen, dass ich mich am Sonntag irgendwo in Dithmarschen auf einem Fußballplatz wiederfand. Kreisklasse B. Ich finde es ganz okay so, die Saison fängt bald wieder an, mal sehen, wie das so abläuft. Jeden Sonntag hätte ich jetzt aber wirklich keinen Bock, das habe ich Rolf auch gleich gesagt. Es bringt schon Spaß, das kann ich nicht anders sagen, Rolf ist auch echt ein guter Trainer, nicht zu hart, aber auch nicht zu lasch.

Wir haben jetzt Anfang Februar, der Winter ist sozusagen noch in vollem Betrieb. Leider ist es mal wieder kein Bilderbuchwetter, sondern eher Mischmasch mit mal Regen, mal ein bisschen Schnee, dann auch Sturm zwischendurch, was aber für unsere Gegend gar nicht mal so ungewöhnlich ist. Der Januar soll angeblich der trübste seit 60 Jahren gewesen sein, die Sonnenstunden konnte man an einer Hand abzählen. So was haut natürlich voll auf die Stimmung. Wie war das noch mal mit dem Februar, hat der dieses Jahr 28 oder 29 Tage? Schnell mal auf den Kalender schauen, aha, es sind doch nur 28 Tage. Das geht ja noch. Die durch 4 ganzzahlig teilbaren Jahre sind Schaltjahre, steht in Wikipedia, dann wird es wohl stimmen. Letztes Jahr war ein Schaltjahr, fällt mir gerade wieder ein. 2012 durch 4 gleich 503. Bei 2013 bleibt ein Rest, so was mag man gar nicht beim Rechnen, den kann man ja nicht mal einfrieren und später wieder auf den Tisch bringen. Okay, was will ich eigentlich damit sagen? Dass wir nur noch 28 Tage Winter haben, Leute, dann gibt es wieder Frühling und das lässt einen ja durchaus schon an schöne warme Sommertage denken. Ich will jetzt auch gar nicht weiter über diese trübseligen Januartage nachdenken.

Was treibt uns in Dithmarschen im Moment sonst so um? Ich blättere mal ein paar Landboten durch, dann kann ich vielleicht gleich was Näheres dazu sagen.

Also, da bin ich schon wieder: Eine Sturmflut und Orkanböen haben keine besonders großen Schäden angerichtet, einige Halligen waren überflutet, es gab Ausfälle bei den Fähren und so weiter, eigentlich das Übliche. Der gebürtige Heider Miguel Pate war Regieassistent beim Hollywood-Streifen Django Unchained. In Hemmingstedt werden die Grundsteuern erhöht. Am 4. Februar treffen sich die Hutfreunde Dithmarschen im Hotel zur Linde in Meldorf. Im Frühjahr beginnen die Arbeiten zur Deichverstärkung in Büsum, Vater wird mit seiner Firma auch daran beteiligt sein. Es soll Kleiboden aus Wesselburener Deichhausen verwendet werden, sozusagen meine Heimaterde. Gut, nicht nur aus unserem Dorf, auch aus Reinsbüttel. Am Tag der Deutschen Einheit werden die Prinzen ein Konzert in der Wesselburener Kirche geben. Die Vorbereitungen zum Marner Rosenmontagsumzug laufen an. Jawohl, das gibt es auch, Karneval in Dithmarschen. Marn hol fast! Regen- und Graupelschauer. Die alltägliche Anmache: Griff an den Hintern und dumme Sprüche, Dithmarscher Frauen erzählen. Ich will das Problem jetzt nicht lächerlich machen, aber ich könnte jetzt auch berichten, wie meine eigene Tante mich mal angemacht hat. Ja, ich habe verstanden, das ist natürlich was ganz anderes. Man sollte seine Wertsachen fotografieren. Der MTV Heide feiert Fasching, die berühmte Schwarz-Weiße Nacht. In der Heider Stadtbücherei kann man jetzt E-Book-Reader ausleihen. Mein Verhältnis zu Büchereien ist etwas zwiespältig, aber damit möchte ich jetzt wirklich niemanden langweilen. 100 Meldorfer Sportler werden vom Bürgermeister geehrt. Man sollte schon mal langsam an den Valentinstag denken. Der Ostenfelder Ernst Nicol hat die geschlossenen Rettungsboote erfunden und damit die Seefahrt revolutioniert. Na gut, das war jetzt mal keine Meldung aus Dithmarschen, sondern aus Nordfriesland. 1932 wurde das erste Autoradio in Deutschland gebaut.

Dann noch ein weiterer Blick über die Kreisgrenzen: Das Kindergeld für Eltern sollte besser direkt in Betreuungsplätze investiert werden. Der Desaster-Flughafen Berlin-Brandenburg sucht einen neuen Chef. Der 68-jährige Wilhelm Bender soll dazu bewegt werden. Ich finde, es müsste ein deutlich jüngerer Mann sein, damit er die Eröffnung des Flughafens auch noch miterleben kann. Alice Cooper wird 65. Der Scharfschütze Chris Kyle ist erschossen worden. Ein 18-jähriger aus Flensburg hat sich im Internet von einem gebrauchten Luftballon bis zu einem 16 Jahre alten Auto hochgetauscht. RTL bietet uns die ungeschminkte Wahrheit über Jenny Elvers an. Arnold Schwarzenegger besitzt alle Waffen aus seinen Filmen auch privat. Hans-Dietrich Genscher hält bei der Goldenen Kamera die Laudatio auf Dieter Hallervorden. Der Steinbock soll seiner Umwelt nicht mit seiner Ungeduld auf die Nerven gehen. Das habe ich auch gar nicht vor, aber ich merke langsam, dass einige von euch etwas ungeduldig werden. Gleich kommt wieder der Satz: Heiko, das ist ja alles schön und gut, aber wann geht das denn nun richtig los?

In Ordnung. Ich bin ja gar nicht so. Also: Wir haben jetzt ungefähr eine Woche, bis der ganze Hahnebier-Zauber in Heide wieder anfängt. Wie kann man das jetzt einem erklären, der noch nie davon gehört hat? Das soll ja durchaus mal vorkommen. Ich sage dann immer: Hahnebier hat schon was mit Bier zu tun, aber der Hahn dabei ist kein Zapfhahn, sondern schon ein richtiger Hahn. Naja, nicht wirklich lebendig heutzutage, sondern eher symbolisch, aus Holz zum Beispiel. Ein bunter Holzhahn auf einer hölzernen Tonne. Das Hahnebier ist ein Volksfest, das es nur in Heide gibt. Es wird auch auf Plattdeutsch Hohnbeer genannt, und da sind wir schon bei einem wesentlichen Bestandteil: Es wird Platt gesprochen, Dithmarscher Platt, das hat noch ein paar spezielle Urlaute an sich, die es sonst nirgendwo gibt. Das Beer bei Hohnbeer soll angeblich gar nicht Bier bedeuten, sondern Fest. Das finde ich eigentlich ein bisschen haarspalterisch, denn ein Fest ohne Bier käme mir ziemlich eigenartig vor, jedenfalls in unserer Gegend. Von Februar bis Anfang März findet das Hohnbeer eigentlich dreimal statt, es wird dann von drei verschiedenen Vereinen ausgerichtet. Diese Vereine nennen sich aber Eggen. Es gibt die Norder-, Süder- und Österegge. Genau in dieser Reihenfolge wird auch gefeiert. Das Wort Egge bezeichnet das Stadtviertel, eigentlich müsste man ja von Stadtdrittel sprechen. Es gab mal eine Westeregge, das ist aber schon etwas länger her. Heide musste dann lange Zeit mit nur drei Eggen auskommen, im letzten Jahr ist allerdings die

Westeregge neu gegründet worden, was zu einem erheblichen Sturm der Entrüstung geführt hat. Ich komme später noch mal darauf zurück, das kann ich jetzt nicht alles auf einmal erklären.

Also, wir hatten Hahnebier oder Hohnbeer, drei Eggen und den Hahn auf der Tonne. Die Eggen wurden schon 1462 erwähnt, als Gemeinschaften, die das gemeinsame Land bestellten und die gemeinschaftlichen Aufgaben verrichteten. Der jeweilige Eggenvorsteher war für Protokoll und Abrechnung zuständig. Am Ende des Winters traf man sich zu einer Versammlung und zu einem Fest, bei dem die Eggenbrüder eine hölzerne Tonne mit Steinen oder Knüppeln so lange bewarfen, bis sie auseinanderfiel. Der Clou bei der Sache war allerdings, dass ein lebendiger Hahn in der Tonne eingesperrt war. Im günstigsten Fall hat er die Prozedur unbeschadet überlebt und konnte noch fröhlich krähend das Frühjahr einläuten. Das ist aber jetzt eigentlich schon eher meine Interpretation. Das Überleben des Hahnes kann man natürlich auch als günstiges Zeichen für Glück und Erfolg im kommenden Jahr verstehen. Diese Art des Orakels soll auch in anderen Orten von Schleswig-Holstein üblich gewesen sein. Mich erinnert das Ganze auch etwas an diese Geschichte mit dem Murmeltier in Punxsutawney und auch anderswo in Nordamerika. Groundhog Day, der findet immer am 2. Februar statt, und wenn das Murmeltier aus seinem Bau geholt wird und dann seinen Schatten sieht, wird der Winter noch sechs Wochen dauern. Seinen eigenen Schatten kann das Tierchen natürlich nur sehen, wenn die Sonne scheint. Wenn sie nicht scheint, wird der Winter nicht mehr so lange dauern. Okay, das hat aber jetzt wirklich nichts mehr mit dem Hahnebier zu tun.

Das Hahnebier-Fest geriet wohl irgendwann in Vergessenheit, bis 1841 der Heider Jakob-Peter Claußen, manchmal findet man Claussen auch mit Doppel-S geschrieben, auf den Gedanken kam, ihm wieder neues Leben einzuhauchen. Und nicht nur dem Hohnbeer selbst, sondern auch den Eggen. Claußen war auch als Peter Bur bekannt, angeblich war er Holzpantoffelmacher und Bauer. Vielleicht ja auch umgekehrt. So sehr viel weiß man nicht über ihn, es gibt auch keine zeitgenössischen Bilder, nur ein gezeichnetes Porträt, das später einmal von der Süderegge in Auftrag gegeben wurde. Ganz allein und ohne Mitstreiter war Peter Bur natürlich nicht, er konnte andere für seine Idee gewinnen, darunter auch den späteren Lehrer und Dichter Klaus Groth. Peter Bur bzw. Jakob-Peter Claußen ist auch der Stifter der Süderegge. Ich bin mir jetzt nicht ganz sicher, aber ich glaube, dass beim ersten wiederbelebten Hohnbeer nicht mehr auf die Tonne mit dem lebendigen Hahn drin geworfen wurde, die Tonne mit einem Hahn darauf, wahrscheinlich auch keinem echten, diente aber als Symbol, übrigens bis zum heutigen Tag. Das Hohnbeer von 1841 war wohl ein gemeinsames Fest aller Eggen, heute ist das anders, da hat jede Egge ihren eigenen Feier-Tag. Das sind aber alles Einzelheiten, auf die ich hier und da noch zurückkommen werde.

Ganz praktisch gesehen ist der Februar also der Heider Hahnebier-Monat. Viele Straßen sind wochenlang mit Tannengrün und Fähnchen geschmückt, oft auch mit weiteren Symbolen des Hahnebiers. Die Fahnen zeigen Blau-weiß-rot, also die Farben Schleswig-Holsteins. Das hat natürlich auch wieder etwas mit der Geschichte zu tun, das möchte ich jetzt nicht so breit auswalzen. An drei Samstagen gibt es die Umzüge der Eggen, begleitet von einem Musikzug. Die Eggenbrüder tragen ein ziemlich auffälliges Outfit: Schwarzer Zylinder, weiße Fliege, schwarzer Anzug, weiße Handschuhe, schwarze Schuhe. Wegen des Wetters tragen sie natürlich auch noch einen schwarzen Mantel. Dazu gibt es die Schärpe mit den schleswig-holsteinischen Farben. Die Herren sehen also in etwa wie eine Mischung aus Zauberkünstlern und französischen Bürgermeistern aus. Überhaupt Herren, da haben wir ja schon mal ein Problem bei der Sache: Damen gibt es im Prinzip nicht. Ich sage im Prinzip, weil auch manchmal von Eggenschwestern die Rede ist. So ganz klar ist mir das noch nicht geworden, ob diese drei Eggen so eine Art Chauvi-Klubs sind, die keine Frauen in ihren Reihen haben wollen. Das werde ich aber vielleicht noch herausfinden.

Warum ich mich hier so in das Thema Eggen und Hohnbeer reinhänge? Ganz einfach, es hat was mit meiner Geschichte zu tun. Und ich glaube, es ist nun mal besser, wenn ihr das eine oder andere darüber schon mal gehört habt, dann könnt ihr vielleicht etwas besser einschätzen, wie die Heider so ticken.

Also, es gäbe noch viele bemerkenswerte Einzelheiten und auch Eigenheiten der drei Eggen, ich muss aber noch unbedingt ein paar Worte über die Westeregge verlieren. Ich habe ja schon erwähnt, dass sie letztes Jahr neu gegründet wurde. Eine Heider Kinderärztin, Natalie Witkowsky, hat sie ins Leben gerufen, praktisch als Gegenentwurf zu den bestehenden anderen drei Eggen. Nach allem, was aus ihrer Richtung verlautete, soll das Westereggen-Hohnbeer wohl eher eine Mischung aus Karneval und Love-Parade werden. So ganz ohne Mitstreiter scheint sie nicht zu sein, in der Redaktion wurde auch davon gesprochen, dass sich einige Abtrünnige von anderen Eggen auf ihre Seite geschlagen hätten. Da kann man ja mal gespannt sein, wie sich das noch entwickeln wird. Die Norder-, Süder- und Österegge haben jedenfalls mit heller Empörung auf diesen neuen Verein reagiert, es gab jede Menge Auseinandersetzungen, die teilweise auch in Form von sehr scharf formulierten Leserbriefen in unserem Blatt ausgetragen wurden. Im Moment setzen sich wohl sogar Juristen mit der Frage auseinander, ob die Westeregge nicht gegen Recht und Gesetz verstößt und deshalb verboten werden müsste. Schall und Rauch auf allen Kanälen. Führerin der Westeregge ist natürlich Frau Witkowsky persönlich, sie soll sich in der Vergangenheit schon häufig missliebig über die drei anderen Eggen geäußert haben, sie seien reine Männervereine, die nicht mehr ins 21. Jahrhundert passen würden.

Heide hat ja nicht so sehr viele Skandale, und deshalb ist ein neuer Skandal natürlich höchst willkommen. Im NDR-Fernsehen wurde schon zweimal über die Westeregge berichtet und es gab auch einen sehr ironischen Beitrag über das Heider Eggenleben in der Sendung Extra3. Das weiß ich jetzt aber nur von den Kollegen, ich habe die Sendungen leider nicht selber gesehen. Noch etwas anderes: Das Boßeln habe ich bisher noch nicht erwähnt, das ist eine ziemlich spezielle Sportart, bei der es im weitesten Sinne um das Werfen einer Kugel geht. Auch beim Hahnebier wird geboßelt, darauf werde ich bestimmt noch einmal zurückkommen.

Heute haben wir Montag, den 4. Februar. Familie Timmermann sitzt in geschlossener Formation am Frühstückstisch, was eher selten vorkommt an einem normalen Wochentag, weil Vater meistens schon wegen seiner Firma unterwegs ist. Aber im Moment gibt es nicht viel zu tun, nicht einmal Schnee räumen, weil gar kein Schnee vorhanden ist. Wir haben eher Schmuddelwetter, nachts ein paar Grad über null, tagsüber aber kaum wärmer, dazu ziemlich heftiger Wind aus westlichen Richtungen und immer wieder Regenschauer. Also ein Wetter, bei dem man sich als Murmeltier nur ungern wecken lässt. Der Kaffee dampft in der Tasse, ich habe mir gerade meinen zweiten Toast mit Tilsiter belegt, Lasse löffelt seine Cornflakes, Linda hat irgendein Buch neben ihrem Platz liegen. Schulbuch kann man jetzt ja nicht mehr sagen, vielleicht eher medizinisches Fachbuch. Sie hat gerade mal wieder Blockunterricht bei ihrer Krankenpflegeschule, da wird ja doch einiges verlangt, und Linda nimmt das auch durchaus ernst. Mutter und Vater haben sich die Zeitung geteilt, ich schiele ab und zu mal in ihre Richtung, vielleicht kriege ich das eine oder andere schon mal mit. RSH dudelt im Hintergrund vor sich hin, ansonsten herrscht eher Schweigen.

Linda springt plötzlich auf, ihr Bus geht um zehn vor sieben in Richtung Heide, die schönen Zeiten, wo sie noch um acht nach sieben nach Wesselburen fahren konnte, sind vorbei. Tschüs, ich muss los, sagt sie und ist praktisch im selben Moment verschwunden.

Vater ist jetzt auch aufgestanden und macht sich in Richtung Werkstatt auf. Ich greife mir seinen liegengebliebenen Teil der Zeitung und blättere schnell mal alles durch. Bei einem Artikel über Wacken bleibe ich hängen. Das WOA, das Wacken Open Air, wohl das größte Heavy-Metal-Festival der Welt, wird ja jeder kennen. Es geht aber jetzt um den Anwalt einer Wackener Einwohnerin, der das Ganze offensichtlich zu laut ist. Sie pocht auf die Einhaltung der Lärmschutzrichtlinien. Der Anwalt berichtet von einem unglaublichen Shitstorm, den er über sich hat ergehen lassen müssen. Sogar von Morddrohungen ist die Rede. Rein praktisch sieht es jetzt aber so aus, dass der Veranstalter am Haus der Einwohnerin Messungen durchführen lassen wird, wenn dann der Grenzwert von 70 Dezibel überschritten werden sollte, verpflichtet er sich zur Zahlung von 1000 Euro für einen gemeinnützigen Zweck. Das kommt mir eigentlich relativ vernünftig vor. Wenn ich mir vorstelle, dass wir hier in Wesselburener Deichhausen auch so ein Open Air hätten, wäre ich vielleicht auch nicht so total begeistert davon, ein paar Tage mit Musik bombardiert zu werden. Volksmusik zum Beispiel, das wäre echt der Horror für mich. Aber wenn einem so etwas nun überhaupt nicht passt, könnte man ja auch für ein paar Tage wegfahren.

Heiko, musst du nicht auch langsam mal los, schlägt Mutter mir gerade vor.

Doch, doch, ich bin gleich fertig.

Lasse hat sich auch schon verdrückt, das habe ich gar nicht mitbekommen. Ich helfe noch schnell beim Abräumen, dann mache ich mich auch auf die Socken. Tschüs, Mutter, tschüs, Heiko, auf geht's.

Der alte Unimog auf dem Hofplatz lächelt mich an, aber ich fahre wohl heute lieber mit dem Polo. Unseren Hund Stromer kann ich nirgendwo erblicken, der leistet wahrscheinlich gerade Vater in der Werkstatt Gesellschaft. Ist ja auch ziemlich mieses Wetter heute. Schnell rein in den Polo, zum Glück sind die Scheiben nicht vereist, aber bei diesen Temperaturen war das auch nicht unbedingt zu erwarten.

Morgenkonferenz in der Redaktion Heider Umland und Dithmarschen-Nord. Wir stehen an diesem merkwürdig hohen Tisch, so was ist ja jetzt modern, beim Schreiben dürfen wir aber wenigstens noch sitzen. Wir, das sind Fuchs, Callsen, Harder, Lorek, Timmermann und Frau Brüggmann. Mit den anderen bin ich ja per Sie, sie duzen sich aber untereinander und sagen wiederum Heiko und Sie zu mir. Ein bisschen kompliziert, aber man gewöhnt sich dran. Holger Fuchs verteilt wie ein Auktionator die Aufgaben des Tages. Frau Brüggmann wird sich mit Heike Trojnar treffen, einer Freizeitschriftstellerin aus der Nähe von Stuttgart, die aber gerade in Heide ist. Trojnar, das sieht ja aus wie Trojaner. Sie hat jedenfalls eine Art Krimi für Jugendliche geschrieben, Das dunkle Watt, das soll in unserer Gegend spielen. Das kann natürlich für uns Einheimische durchaus interessant sein, wie wir mit süddeutschen Augen gesehen werden. Sören Callsen wird sich mit dem Heider Kunstverein und der Museumsinsel auseinandersetzen, Dolf Harder recherchiert im Kreishaus über die Inhalte der kommenden Ausschusssitzungen, Joachim Lorek soll nach Lunden fahren und sich darüber informieren, was aus dem ehemaligen Schlecker-Laden werden soll. Und Timmermann? Tätätätä, auf zum Grundschulträgerverband Heider Umland, es geht um schulische Sozialarbeit. Holger Fuchs selber wird zur Volkshochschule gehen und nachforschen, was es mit der Griechischen Woche auf sich hat.

Bevor wir wieder alle eifrig auseinanderstreben, nimmt Fuchs mich noch zur Seite und sagt: Heiko, Sie können sich ansonsten schon mal etwas auf das Hahnebier einschießen. Das geht ja nun Samstag wieder voll los. Da ist auf dem Marktplatz wohl was ganz Besonderes geplant. Am besten fragen Sie mal bei den Eggen direkt nach.

Ja, okay, sage ich, aber nicht so wirklich voll begeistert. Hahnebier, ausgerechnet. Musste ich nicht schon mal für Rolf irgendwelche Übungstexte darüber verfassen? Na gut, die habe ich ja noch abgespeichert, die werde ich wohl noch finden. Ansonsten werden wir ja noch jede Menge Material im Archiv haben.

Aber jetzt erstmal diese Schulgeschichte. Grundschulträgerverband Heider Umland, wie kommt man denn da ran? Und Schulsozialarbeit, was ist das überhaupt? Ich könnte das Ganze natürlich jetzt erstmal theoretisch angehen und Wikipedia durchforsten, sämtliche Webseiten von halb Dithmarschen aufrufen und den Vormittag über vorm Computer hocken. Das reizt mich jetzt nicht so, mir ist eher nach Action. Also nehme ich Stenoblock, Diktiergerät und Kamera an mich und mache mich aus dem Staub. Amt KLG Heider Umland, das heißt in der Langversion Amt Kirchspielslandgemeinde

Heider Umland, Kirchspielsweg 6. Das kenne ich, das ist neben der Heider Feuerwehr, praktisch hinten am Ende von so einer Art längerer Sackgasse. Ich finde einen Parkplatz hinter dem nicht ganz kleinen Gebäude des Amtes Heider Umland. Es ist schon merkwürdig, dass so viele Leute damit beschäftigt sind, sich gegenseitig zu verwalten, in Deutschland sollen es fast fünf Millionen sein, aber wenn man ganz genau darüber nachdenkt, hat das schon alles seine Berechtigung. Ich gehe also hinein und finde mich in einer ziemlich großen Halle wieder, von der aus alle möglichen Türen zu den einzelnen Amtszimmern führen. Aha, ein Informationspunkt, wenigstens heißt das hier nicht Info-Point. Timmermann vom Dithmarscher Landboten, ich hätte gern jemanden gesprochen, der für das Schulwesen zuständig ist.

Es scheint tatsächlich jemand dafür verantwortlich zu sein, mir wird Raum E. 10 ans Herz gelegt, vielen Dank, dann versuche ich da mal mein Glück. Die Tür ist halb geöffnet, aber der Mitarbeiter ist gerade am Telefonieren. Es klingt eher dienstlich als privat. Als er mich sieht, winkt er mich zu sich rein und deutet auf einen Stuhl. Nachdem das Telefonat beendet ist, stelle ich mich vor und erkläre mein Anliegen. Schulsozialarbeit, höre ich, ja, dafür ist der Schulausschuss zuständig. Der Bürgermeister von Weddingstedt ist der Vorsitzende. Gut, werde ich mich mal an den wenden. Ich erfahre noch, welche Gemeinden zum Amt gehören: Hemmingstedt, Lieth, Lohe-Rickelshof, Neuenkirchen, Norderwöhrden, Nordhastedt, Fiel, Ostrohe, Stelle-Wittenwurth, Weddingstedt, Wesseln, Wöhrden und Ketelsbüttel. In Ordnung. Und welche von diesen Gemeinden haben eine eigene Grundschule? Aha, Hemmingstedt, Lohe-Rickelshof, Neuenkirchen, Nordhastedt, Ostrohe, Weddingstedt und Wesseln. Gut, das sind immerhin sieben von elf. Einige von diesen Schulen sind mit anderen organisatorisch verbunden, aber das tut wohl nichts zur Sache. Okay, also an den Weddingstedter Bürgermeister soll ich mich wenden, in Ordnung, schönen Tag noch.

An den Bürgermeister von Weddingstedt erinnere ich mich noch, ich war mal vor ungefähr einem Jahr mit Rolf bei ihm, da ging es sozusagen um die Jahresbilanz des Ortes. Der Bürgermeister war seinerzeit noch etwas mitgenommen von den Ereignissen, die in seiner Gemeinde vorgefallen waren. Ein Familienvater und zwei seiner Söhne hatten sich jahrelang an den Töchtern bzw. Schwestern vergangen, bis schließlich die Wahrheit ans Tageslicht kam. Das war natürlich ein Ereignis, das für negative Schlagzeilen sorgte. Der Prozess war übrigens im letzten August mit der Verurteilung der Täter zu Ende gegangen. Ich weiß nur noch, dass der Vater zu mehr als acht Jahren Haft verurteilt wurde. Welche ganzen weiteren Konsequenzen das alles für die Familie hatte, kann man sich wohl vorstellen. Aber jetzt zurück zum Bürgermeister, es wird wohl noch derselbe sein, die nächsten Kommunalwahlen sind ja erst im Mai. Ich steige wieder in meinen Polo und bahne mir den Weg durch den vormittäglichen Heider Verkehr. Meldorfer Straße, am Hohnbeerkrog vorbei, das erinnert mich ein paar Sekunden lang an das Thema Hahnebier. Eins, zwei, drei, vier Ampeln, bei der Gelegenheit könnte ich doch noch mal schnell bei Esso Pusch tanken. Fast 1,60 pro Liter, das haut ja voll in die Kasse. Und kost' Benzin auch drei Mark zehn, scheißegal, es wird schon geh'n, jetzt haben wir tatsächlich den Preis erreicht, unglaublich. Aber was nützt das Gejammer, ich tanke voll und gehe rein in den Shop. Hier haben wir als Schüler öfter mal was Erfrischendes in der Pause geholt, war natürlich nicht ganz legal, man durfte sich nur nicht erwischen lassen. Donald hat mal behauptet, wenn man rückwärts aus einem Gebäude rausgeht, denkt jeder, der einen sieht, dass man gerade reingehen will. Er wollte immer, dass wir das auch machen, aber das war uns dann doch zu albern.

So, jetzt geht's aber endgültig ab nach Weddingstedt. Auf der alten B 5, es ist eigentlich gar nicht so weit. Hinter dem ziemlich hoppeligen Bahnübergang von der Strecke Heide-Büsum kommt bald eine Rechtskurve, da ist auch die Abzweigung nach Borgholz und zur Steller Burg, jetzt bin ich schon in Weddingstedt. Warum heißt der Ort eigentlich so, hat das irgendwas mit Hochzeit zu tun? Nein, wenn man Frau Brüggmann glauben darf, ist der Ortsname von dem Personennamen Hviten oder Hviting abgeleitet: Hvitens Stätte, Hvitings Stätte, also im Klartext der Ort, wo jemand mit dem Namen Hviten wohnt. So könnte vielleicht mein erster Sohn heißen: Hviten Timmermann. Ich müsste nur noch eine Frau finden, die das mitmacht.

Ich bin jetzt beim Weddingstedter Bürgermeister angekommen, sogar die letzte Hürde, den doppelgleisigen Bahnübergang bei Kolls Gasthof, habe ich mit elegantem Schwung genommen. Jawohl, der Meister ist zu Hause, er scheint sich sogar noch an meinen letzten Auftritt bei ihm zu erinnern, das finde ich ja angenehm. Dann geht es aber gleich zur Sache: Der Grundschulträgerverband für das Heider Umland hat sich einstimmig dafür ausgesprochen, die Arbeit von Sozialarbeitern und Erziehern an den Schulen zu ermöglichen. Es sieht so aus, dass die Kommunen einen großen Teil der Kosten zu tragen haben, aber auch finanzielle Unterstützung vom Land bekommen. Wie sich das genau aufschlüsseln soll, kriege ich leider nicht heraus. Warum überhaupt Schulsozialarbeit? Weil die Schüler, die Schulen und überhaupt die ganze Gesellschaft sich verändert haben. Okay, das leuchtet mir ein, es ist eben nicht mehr so wie früher in Bullerbü. Heute gibt es sehr viel weniger intakte Elternhäuser, sehr viel mehr schwierige soziale Verhältnisse und auch zahlreiche Heimkinder, die teilweise von sehr weit her kommen, zum Beispiel sogar aus Berlin. Da reicht es eben nicht mehr, dass sich die Lehrer um alles kümmern sollen, was anliegt, da brauchen sie Unterstützung, sie haben ja auch noch ihren Unterricht an der Backe, sonst geht doch alles den Bach runter, das wollen wir ja nicht. Nein, natürlich nicht. Wo kommen denn die Sozialarbeiter her? Ach so, zum Beispiel von der AWO, der Arbeiterwohlfahrt. Es gibt auch schon Sozialarbeiter an einigen Heider Stadtschulen und jetzt müsste man sich eben auch mal um die Landschulen kümmern.

Okay, ich habe verstanden. Das sieht jetzt etwas nach zusätzlicher Recherche aus. Ich bedanke mich und fahre wieder zurück nach Heide, denn mir ist gerade eingefallen, wo die AWO ihr Hauptquartier hat, nämlich praktisch da, wo Lohe-Rickelshof und Heide ineinander übergehen. Da fahre ich häufig dran vorbei und ich weiß auch, dass das Gebäude eine ehemalige Meierei ist. Warum ehemalig, das wäre schon wieder ein Thema für sich. Meinetwegen dürfte die Milch auch heute noch aus Heide kommen, sie muss nicht unbedingt aus Mecklenburg-Vorpommern herankutschiert werden. Aber gibt es nicht auch noch eine Meierei in Witzwort, tut mir leid, der Ort heißt wirklich so, liegt in Eiderstedt. Zurück zum Thema AWO: Ich bekomme den Tipp, mich direkt an eine Sozialarbeiterin zu wenden, die im Moment in der Schule Heide-Ost vor Ort ist, die hätte sicher nichts dagegen, wenn ich ihr ein paar Fragen stellen würde. Also auf nach Heide-Ost.

Das Schulwesen ist ja ein ähnlich schwieriges Thema wie die Milchwirtschaft. Im Moment wird in Schleswig-Holstein heftig daran herumgebastelt. Rein praktisch könnte man sagen, die Hauptschulen werden abgeschafft und mit den Realschulen in einen Pott geworfen. Dann hat man ein zweigliedriges Schulsystem. Es gibt wohl auch ein paar Leute, die gern eine ganz radikale Gesamtschule hätten, aber dann müssten die Gymnasien abgeschafft werden, was dann jedoch ziemlich ungünstig für die Sprösslinge der Politiker wäre, egal, welcher Partei sie angehören. Aber das ist jetzt nur mein persönlicher Eindruck. Heide-Ost: Das ist eigentlich ein Schulzentrum mit einem Gymnasium und einer Gemeinschaftsschule, vorher Haupt- und Realschule.

Ich bin jetzt dort angekommen und habe mich bis zu einer Dame durchgefragt, die Sozialpädagogin ist. Was jetzt der genaue Unterschied zwischen Sozialarbeiterin und Sozialpädagogin ist, habe ich erst später herausgefunden, ich will euch das aber jetzt nicht vorenthalten: Ein Sozialarbeiter scheint eher auf Missstände zu reagieren, ein Sozialpädagoge ist eher darauf ausgerichtet, Missständen vorzubeugen. Das klingt für mich jetzt aber schon nach Wortklauberei, vielleicht bekommt ja auch einer von beiden mehr Gehalt und will sich von dem anderen nicht in die Suppe spucken lassen. Also, ich sehe da keinen wirklichen Unterschied. Von der Sozialpädagogin höre ich dann jede Menge praktische Beispiele ihrer Tätigkeit, es geht häufig um auffälliges Verhalten im Schulalltag, persönliche Probleme von Schülern oder Probleme untereinander, Mobbing, familiäre Schwierigkeiten und so weiter. Es ist dann natürlich gut, dass eine erwachsene Person an solch einem Fall dranbleiben kann, während der Lehrer oder die Lehrerin sich ja auch noch gleichzeitig um seinen oder ihren Unterricht und die ganzen anderen Schüler kümmern muss.

Gut, das Wesentliche habe ich jetzt wohl mitbekommen. Wenn ich in der Redaktion noch etwas an den Themen Sozialarbeit und Schulsozialarbeit herumgoogle, müsste ich eigentlich einen ganz brauchbaren Artikel hinbekommen. Im Moment sagt mir aber gerade mein Magen, dass er mit frischen Kalorien versorgt werden will. Eigentlich könnte ich mal wieder in die Mensa von der Fachhochschule Heide gehen, da war ich schon seit einem Jahr nicht mehr. Das hat auch seine Gründe, die erzähle ich jetzt aber nur in der Kurzfassung: Ich hatte eine Freundin namens Mandy, die an der FH studierte und dort mit allergrößter Wahrscheinlichkeit immer noch studiert. Mit der war es aber so gut wie aus, weil ihre Eltern mich nicht abkonnten. Naja, sagen wir besser, ihre Eltern mochten es nicht, dass sie sich außer mit ihrer Ausbildung noch mit irgendetwas anderem beschäftigte. Ganz offiziell hatten wir eigentlich eine Beziehungspause vereinbart, während der es in meinem Bereich aber ein paar andere Beziehungen gab. Zum Beispiel zu Inken, die im Büro vom TÜV lernte und höchstwahrscheinlich immer noch lernt. Weil der TÜV in der Nähe der FH ist, ging Inken immer zum Essen in die Mensa. Leider ergab es sich an einem Tag, als ich selbst dort auftauchte, dass ausgerechnet Mandy und Inken an einem Tisch saßen und sich offenbar auch noch gut miteinander unterhielten. Es passierte dann, dass ich sozusagen aufflog, und dadurch kam es, dass mir diese beiden Mädels gleichzeitig den Entlassungsschein verpassten. Doppel-Schluss. Eigentlich war das auch etwas komisch, aber so richtig drüber lachen konnte ich dann doch nicht. Ich habe dann ja auch die Mensa längere Zeit lieber nicht mehr betreten.

Aber ein Jahr ist eine lange Zeit, warum sollte ich mich da heute nicht einfach wieder mal blicken lassen. Das tue ich dann ja auch. Es ist halb eins, die perfekte Zeit zum Mittagessen, was gibt's denn heute? Feuriges Gemüse-Fisch-Curry mit Ingwerreis, nichts gegen den Fisch, aber Reis mit Ingwer, nein danke. Vegetarische Tortellini mit Tomaten-Basilikum-Soße, ach nee. Dithmarscher Kohlroulade mit Specksoße und Salzkartoffeln. Jawohl, meine Herren. Einheitspreis 3,60 Euro. Sonst ist es so, dass man als Nicht-Student so ungefähr einen Euro mehr zahlen muss. Aber ich finde, das ist trotzdem sehr günstig. Dazu eine Cola und einen kleinen Obstsalat zum Nachtisch. Perfekt. Es ist heute ziemlicher Betrieb hier, kein Wunder, das Wintersemester ist ja noch in vollem Gang. Ist bei mir ja genauso. Irgendwo finde ich einen freien Platz, weder Mandy noch Inken sind in der Nähe, ich kann mich also ungefährdet mit meiner Nahrungsaufnahme beschäftigen.

Die Kohlroulade war nicht übel, aber das Hackfleisch war ein bisschen zu fest, vermutlich waren es 50 % Mett und 50 % gemischtes Hack. Mutter besteht immer darauf, dass man bei Hackfleischgerichten halb Gemischtes und halb Beefhack verwendet. Andererseits essen wir gar nicht so häufig Kohlrouladen, da bleibt vom Weißkohlkopf immer so viel übrig, dann muss man an einem der nächsten Tage auch noch mal was mit Kohl machen, Irish Stew zum Beispiel, so wild sind wir auf Kohlgerichte zu Hause nun auch wieder nicht, obwohl wir ja Ur-Dithmarscher sind. Ich blättere jetzt noch etwas in meinen Notizen und versuche mir ein paar fruchtbare Gedanken zum Thema Sozialarbeit in der Schule zu machen. Während meiner Schulzeit hätte man auch den einen oder anderen Typen zum Sozialarbeiter schicken können, übrigens nicht nur Schüler.

Mahlzeit beendet, ich bringe mein Tablett weg und wende mich dem Ausgang zu. Erst draußen fällt mir auf, dass es a) ganz schön laut und b) ziemlich warm in der Mensa war. Ein ungemütliches Windchen bläst mir ins Gesicht. Ich angle meine Mütze aus der Jackentasche und ziehe sie tief ins Gesicht, so kann man's wieder aushalten. Auf zum Parkplatz. Aus einem der Gebäude kommt gerade eine kleine Gruppe von Leuten, Mandy ist darunter. Sie hat mich nicht gesehen, das ist auch okay so, irgendwelche verschämten Blickkontakte muss ich jetzt auch nicht haben. Es fehlt nur noch, dass auch Inken auftaucht. Tut sie aber nicht, wahrscheinlich wird heute beim TÜV von morgens bis abends durchgearbeitet.

In unserer Redaktion bin ich zunächst noch ganz allein, das macht aber nichts, weil ich mich dann voll auf meinen Artikel konzentrieren kann. Der Grundgedanke ist ja, dass dieser Umland-Grundschulträgerverband in die Schulsozialarbeit einsteigen will. Dann muss es zunächst darum gehen, was Sozialarbeit eigentlich in der Schule verloren hat, warum das überhaupt aktuell ist, wer so etwas betreibt, wie das finanziert wird und so weiter. Zum

Schluss vielleicht noch das eine oder andere praktische Beispiel von der Schule Heide-Ost. Okay, es dauert ein bisschen, aber dann denke ich, dass ich es doch eigentlich ganz ordentlich hingekriegt habe. Ich bin jetzt ja nicht mehr so ganz der Frischling, ich kann schon ganz gut einschätzen, ob mir etwas besser oder schlechter gelungen ist. Ein Bild wäre natürlich auch nicht übel, aber Fotos habe ich gar nicht gemacht. Wen oder was hätte ich auch fotografieren sollen, den Bürgermeister von Weddingstedt vielleicht oder die Sozialpädagogin von Heide-Ost? Ich suche mal unter den Archiv-Fotos ein paar Aufnahmen aus, die das schulische Leben darstellen. Da kann Herr Fuchs sich dann gerne eine von aussuchen. Eventuell wird ja auch gar kein Bild erscheinen, es hängt immer davon ab, wie viele andere Artikel noch auf der einzelnen Seite untergebracht werden müssen.

Die meisten anderen Kollegen sind mittlerweile aufgetaucht, auch Fuchs, er sagt, dass er sich meinen Artikel später anschauen wird, ob ich damit klargekommen wäre. Ja, ich denke schon. Gut, Heiko, dann können Sie sich ja jetzt etwas mit dem Hahnebier beschäftigen bis zum Feierabend. Morgen sind Sie ja in Kiel, aber Mittwoch sollten Sie da mal etwas schärfer rangehen an das Thema, Sie wissen ja, Samstag ist das große Event auf dem Marktplatz. Okay.

Ich habe noch einiges zum Thema Hahnebier auf meinem Redaktionsrechner abgespeichert, eigentlich sind das solche bekannten Sachen wie Eggen, Ablauf der Feierlichkeiten und so weiter. Ich gehe dann noch mal kurz auf die Webseiten der einzelnen Eggen und auf den Wikipedia-Artikel mit dem Titel Hohnbeer. Ein paar Dinge fallen mir schon auf dabei: Über Peter Bur, der 1841 das Hohnbeer-Fest wiederbelebt haben soll, weiß man eigentlich kaum etwas. Dann wird Klaus Groth, der niederdeutsche Dichter, auch hin und wieder erwähnt, ich kann aber trotz heftigen Herumgooglens keine Hinweise darauf finden, was er ganz konkret für das Hahnebier getan hat. Es scheint eine Klaus-Groth-Biographie zu geben, vielleicht ist die ja in der Heider Stadtbücherei vorhanden. Außerdem gibt es in Heide die Klaus-Groth-Gesellschaft und das Klaus-Groth-Museum, da könnte man vielleicht auch fündig werden. Moment mal, da schaue ich schnell mal nach: Oh, das Museum ist wegen Sanierungsarbeiten geschlossen, stimmt, wir haben ja mehrfach darüber berichtet, es gibt wohl auch Probleme mit den Kosten, wie immer. Na gut, dann bleibt mir ja nur die Stadtbücherei, aber das muss ja nicht sofort sein.

Ich schaue mal lieber in unserem Archiv nach, was in den letzten Monaten über das Thema Hahnebier berichtet wurde. Der jüngste Artikel ist genau eine Woche alt, es geht um die Errichtung der Ehrenpforte in Höhe des Alten Pastorats. Durch dieses Tor werden sich alle Hohnbeer-Festumzüge bewegen. Es sieht schon ziemlich gewaltig aus, der Aufbau scheint auch nicht ganz leicht gewesen zu sein. Oben auf dem Torbogen sind drei Hähne auf Fässern zu sehen, die in die Richtungen Norden, Süden und Osten schauen. Das soll natürlich eine Anspielung auf die Norder-, Süder- und Österegge sein. Von der Westeregge hat man beim Bau des Tores ja auch noch nichts gewusst. Wi stoht all in Gottes Hann, de Rieke un de Bettelmann, steht auf dem Bogen. Copyright Süderegge. Ohne Platt geht beim Hahnebier gar nichts, das ist mir schon mehrfach deutlich geworden, die Eggen verstehen sich auch als Bewahrer der niederdeutschen Sprache. Mein persönlicher Eindruck ist eigentlich, dass Plattdeutsch immer weniger gesprochen wird, meine Eltern haben uns Kinder sozusagen hochdeutsch großgezogen, während ihre eigenen Eltern, also meine Großeltern, zumindest teilweise noch Platt zu Hause gesprochen haben. Mein einer Opa, der aus Lieth, lässt auch heute noch gern die eine oder andere Redewendung in Richtung Enkel vom Stapel. Linda und ich verstehen das auch ganz gut, während Lasse dann eher hilflos aus der Wäsche guckt. Aber das geht ihm ja auch bei manchen hochdeutschen Sätzen so.

Kleiner Ausflug ins Reich des Plattdeutschen: Ich will schnell mal herausfinden, wie viele Leute in Schleswig-Holstein überhaupt Platt können. Bei Wikipedia finde ich, dass 1,3 Millionen Leute Platt sprechen, 800.000 sogar gut bis sehr gut. Ob das jetzt auf eigener Einschätzung beruht, wird mir nicht ganz klar, die werden ja nicht 800.000 Leute einer Sprachprüfung unterzogen haben. So viele Leute sind natürlich auch nicht befragt worden, das ist sicher nur das Ergebnis einer repräsentativen Umfrage. Aber immerhin, es gibt wohl doch sehr viel mehr Plattsprechende, als ich erwartet hatte. Wie viele Schleswig-Holsteiner haben wir denn überhaupt? Aha, Einwohnerzahl rund 2,8 Millionen. Dann spricht ja noch fast jeder Zweite Platt. Mich würde noch interessieren, wie die Verteilung innerhalb der einzelnen Altersgruppen ist und ob es nicht doch die Tendenz gibt, dass es immer weniger werden, dazu finde ich aber im Moment keine Angaben, das muss ich jetzt einfach mal offen lassen.

Na, Heiko, Sie sehen ja so beschäftigt aus, was haben Sie denn da gerade am Wickel?, höre ich von Frau Brüggmann. Ich habe gar nicht bemerkt, dass sie bei mir angekommen ist.

Ach, sage ich, Hahnebier, Frau Brüggmann, da kommt man ja vom Hundertsten ins Tausendste.

Hahnebier, Heiko? Kenn' ich nur allzu gut aus der eigenen Familie. Mein Vater war in der Süderegge und davor auch mein Großvater, wahrscheinlich auch noch die ganzen Generationen vorher.

Dann sind Sie ja so 'ne richtige Ur-Heiderin?

Kann man wohl so sagen, Heiko, bin nie aus der Stadt rausgekommen, wollte ich aber auch eigentlich nicht. Trinken Sie auch einen Kaffee mit?

Oh ja, gerne, danke. Sagen Sie, Frau Brüggmann, können Sie mir noch was über das Hahnebier erzählen, wie das so ablief und so weiter?

Sie kommt gerade mit zwei dampfenden Kaffeebechern an und setzt sich mir gegenüber an den Schreibtisch, der mal Rolf Teichgraebers Arbeitsplatz in unserer Redaktion war.

Auf jeden Fall war es auch mit viel Arbeit verbunden, Heiko. Diese ganzen Vorbereitungen, zum Beispiel allein schon das Schmücken. Das passiert ja nicht von alleine, da sind schon die ganzen Eggenbrüder dran beteiligt. Eigentlich hatte mein Vater immer das ganze Jahr über irgendwas mit seiner Egge zu tun. Er war ja auch mit Herz und Seele dabei, so was kann man im Grunde genommen nur verstehen, wenn man damit aufgewachsen ist. Meine Mutter war jedenfalls nicht immer so ganz begeistert davon, außer vielleicht vom Festball, da ist sie schon ganz gerne hingegangen.

Man hört doch auch immer wieder, dass bei diesen ganzen Umzügen so viel getrunken wird, erlaube ich mir zu bemerken.

Heutzutage ist das wohl nicht mehr so extrem, Heiko, aber früher, als mein Vater noch dabei war, da ging das noch mächtig zur Sache. Das lag aber wohl nicht an ihm allein. Damals waren die Hohnbeer-Feste noch am Montag, das ging dann schon morgens früh mit dem ersten Korn los, immer, wenn irgendwo eingekehrt wurde, musste man noch einen trinken, da können Sie sich vorstellen, in welchem Zustand die Männer um die Mittagszeit waren. Dann ging das aber nicht nach Hause ins Bett, sondern es musste ja noch geboßelt werden, dann war nachmittags die Kaffeetafel im Tivoli, das lief ja auch nicht alkoholfrei ab, und abends kam dann ja noch der Ball. Da musste mancher Eggenbruder von seiner Angetrauten über die Tanzfläche geschoben werden, von allein konnte er sich kaum noch bewegen. Aber soweit ich weiß, so schlimm wie früher ist das heute nicht mehr.

Mir fällt da gerade ein, Frau Brüggmann, dass der Dichter Klaus Groth auch etwas mit dem Hahnebier zu tun gehabt haben soll.

Richtig, Heiko, davon habe ich auch gehört. Genaueres weiß ich leider nicht darüber. Aber es gibt doch die Memoiren von Groth, die sind von unserem Verlag herausgegeben worden, vielleicht fragen Sie unten mal nach, die haben bestimmt ein paar Leseexemplare, da können Sie sich ja mal kundig machen.

Memoiren von Klaus Groth? Okay, danke für den Tipp, ja, da werde ich mal nachfragen. Hab' im Moment sowieso nichts Vernünftiges zum Lesen. Ach so, ja, eine Frage habe ich noch: Was glauben Sie, warum ist man eigentlich Mitglied in so einer Egge?

Naja, da ist zunächst mal die Tradition. Die Eggen und das Hahnebier sind ja etwas ziemlich Einmaliges, das möchte man ja gerne aufrechterhalten. Und dann natürlich die Geselligkeit, so eine Egge ist ja eine Art Verein, wo die Mitglieder ein gemeinsames Ziel haben. Man kennt sich gut untereinander, man schätzt sich, man fühlt sich bestätigt, es ist eben für viele eine angenehme und sinnvolle Freizeitaufgabe. Übrigens sind auch ein paar jüngere Leute dabei, nicht nur alte Knaben.

Wer weiß, ob ich nicht auch noch mal in so einer Egge lande. Danke für den Kaffee, ich glaube, ich werde gleich mal unten nach dem Buch fragen.

Unten, das ist sozusagen der Eingangsbereich des Dithmarscher Landboten. Also der Ort, wo man seine Anzeigen aufgeben kann oder sonstige Anliegen vorbringt. Ich gehe da kurz mal hin und frage, ob irgendjemand etwas von diesem Klaus-Groth-Buch weiß. Tatsächlich, in einem Schrank finden sich noch einige Exemplare, ich bekomme sogar noch ein eingeschweißtes Buch, frisch vom Fass sozusagen. Vielen Dank, wenn ich es ausgelesen habe, kann ich es einfach zurückbringen. Es eilt aber nicht so. Nein, ich brauche jetzt auch nichts zu unterschreiben, den Empfang bestätigen oder sonstwas. Der Wert des Buches wird mir jetzt hoffentlich nicht vom Gehalt abgezogen.

Ich gehe wieder in die Redaktion zurück und verbringe den Rest meines Arbeitstages damit, dass ich vorwiegend auf meinen Rechner starre. Nein, so richtig komme ich jetzt nicht mehr weiter mit dem Thema Hahnebier. Das muss ich auf Mittwoch vertagen. Die letzte halbe Stunde ist angebrochen, rein äußerlich wirke ich wahrscheinlich noch ziemlich aktiv, so wie die anderen, aber eigentlich bin ich schon eher mit privaten Gedanken beschäftigt. Als Miss Landbote noch in der Redaktion war, hatte man wenigstens mal was zum Gucken, das waren noch Zeiten. Dann fällt mir wieder die FH in Kiel ein, da muss ich ja morgen hin. Bin ich gut vorbereitet? Doch, ich denke, schon, ich habe in der letzten Woche abends immer mal wieder was dafür gelesen oder gearbeitet. Man kommt schon ganz gut klar damit, dieses Nebenbei-Studium erinnert mich auch eher an die Schule, wir sind mit unserer Gruppe so eine Art Klasse. Genau 20 Leute, wenn keiner fehlt, was natürlich auch mal vorkommen kann. Ich bin jetzt im ersten Semester, sechs sollen es insgesamt sein. Im Prinzip ist alles voll strukturiert und verplant, man weiß immer ganz genau, an welcher Stelle im Curriculum, also im Lehrplan, man sich gerade befindet. Wir haben zum Beispiel jetzt das Thema Journalistisches Texten 1. Mir kommt das schon alles sehr praxisnah vor, es ist auch immer ganz interessant zu erfahren, was die Kommilitonen so treiben. Manche sind auch direkt aus Kiel, von den Kieler Nachrichten zum Beispiel, andere kommen aus Flensburg, Lübeck oder Neumünster. Wie soll ich sagen, mir gefällt das im Prinzip alles ganz gut, mich nerven nur diese merkwürdigen organisatorischen Ausdrücke, zum Beispiel Credit Points, meist nur CP genannt, die werden einem angerechnet, wenn man etwas Bestimmtes gemacht hat, also irgendeine Leistung nachgewiesen hat. Mit studentischer Freiheit hat das alles natürlich nichts zu tun, früher konnte man sich an einer Uni einschreiben und dann war es im Prinzip völlig egal, was man getan hat, man musste dann nur irgendwann zum Schluss des Studiums die Prüfung überleben. Oder auch nicht. Zum Herumbummeln hat man heutzutage keine Chance mehr, das ist auch bei Donald Petersen so mit seinem Psychologie-Studium. Bei dem ist auch jeder einzelne Schritt genau vorgegeben. Wir haben da schon öfter mal drüber geredet, ich treffe Donald ja manchmal in Kiel, er findet es aber eigentlich auch ganz okay so, wie es ist.

Feierabend für Heiko Timmermann, ich mache mich auf den Weg, tschüs bis Mittwoch. Eigentlich war der Tag doch ganz easy, aber diese Hahnebier-Geschichte liegt mir etwas auf dem Magen. Da kommt noch eine Menge Arbeit auf mich zu, fürchte ich. Am allermeisten mache ich mir Gedanken über den kommenden Samstag: Ich allein auf weiter Flur bei diesem Marktplatz-Event, wo nicht nur eine Egge auftauchen wird, sondern gleich drei in geschlossener Kampfformation. Was hatten die gleich noch mal vor? Wie früher einmal auf die Tonne werfen und den Hahn befreien. Wenn das man was wird. Und ich soll auch noch darüber berichten, wo ich so gut wie keine Ahnung vom Hahnebier habe.

Ich brauche dringend eine kleine Aufmunterung. Es ist zwar schon nach fünf, ein bisschen spät für den gepflegten Nachmittagskaffee, aber mir schwebt der Erwerb einiger Stücke Kuchen bei Heike vor. Heike, die schönste Bäckereifachverkäuferin von Dithmarschen. Residiert in der Filiale von Bäckerei Scharbau in Lohe-Rickelshof.

Als ich reinkomme, räumt gerade die Mitarbeiterin der Deutschen Post AG ihren mobilen Stand zusammen, der täglich von 16 bis 17 Uhr geöffnet ist, außer samstags und an Sonn- und Feiertagen. Hallo, Heiko, hallo Heike, na, schon Feierabend? Drei Berliner mit Pflaumenmus bitte. Es kommen gerade noch ein paar andere Kunden rein, also keine richtige Flirtgelegenheit, aber immerhin bekomme ich von Heike ein paar leicht schmachtende Blicke mit auf den Weg. Warum ich eigentlich nicht wirklich aktiv etwas mit ihr anfange? Das habe ich mich auch schon häufiger gefragt, genau genommen jedes Mal, wenn ich ihren Laden betrete. Aber irgendwie war das von Anfang an alles ein bisschen schiefgegangen. Wenn jetzt beispielsweise nicht ihre Oma, sondern sie selbst beim Shakespeare neben mir gesessen hätte, das wäre dann schon eine Basis gewesen, von der aus man weiter hätte operieren können. Aber wer weiß, vielleicht fallen mir irgendwann mal wieder ein paar neue Freikarten für das Stadttheater in die Hände. Schönen Abend noch, tschüs.

Linda nimmt mir einen Berliner ab, später dann auch Lasse, der aber eher im Vorbeigehen. Ich sitze mit meiner Schwester in der Küche, wir haben uns Kaffee gemacht, den trinkt sie in letzter Zeit ganz gerne, aber auf Heubusch-Tee steht sie ansonsten immer noch. Linda ist auch gerade nach Hause gekommen und käut ihre Eindrücke des Tages wieder.

Wir müssen dauernd an irgendwelchen Puppen üben, Verbände wechseln und so was, erklärt Linda, die sehen irgendwie wie Sex-Puppen aus. Gibt es eigentlich auch solche Puppen für Frauen?

Kann ich mir schon vorstellen, sage ich, es gibt ja alles Mögliche. Kannst du ja mal googeln, und dann schreibst du das auf deinen Wunschzettel zum Geburtstag.

Bäh, Heiko, so was will ich doch gar nicht haben. Das muss dann ja auch ganz schön quietschen mit diesem Gummizeugs. Nun hör' aber auf.

Wer hat denn angefangen, Linda?

Und so weiter. Also mal wieder ein typisches geschwisterliches Feierabendgespräch im Hause Timmermann. Wir tauschen dann aber noch ein paar sachlichere Gedanken aus, zum Beispiel dass ich morgen wieder nach Kiel fahren muss und dass ich Maja heute nicht zu Gesicht bekommen habe. Linda erzählt noch ein paar Schwänke von ihrem Unterricht in der Krankenpflegeschule. Zum größten Teil sind es Mädels, die da ausgebildet werden, es sind nur ein paar Jungs dabei, die aber nicht so ganz nach Lindas Geschmack zu sein scheinen. Vielleicht läuft dir später ja mal ein leckerer Assistenzarzt über den Weg, rate ich ihr. Aus dem passenden Alter für Doktorspiele sei sie aber schon raus, meint Linda.

Diese Thematik spielt später beim Abendbrot keine Rolle mehr, es geht eher um die Schule, womit jetzt ja nur noch Lasse angesprochen ist, den Tag im Betrieb, wer angerufen hat, welche Post gekommen ist und solche Dinge.

Hast du heute Mittag was Ordentliches gegessen, Heiko?, fragt Mutter mich.

Ja, klar, Kohlroulade in der FH-Mensa, war schon okay, aber deine sind besser.

Und du, Linda, was gab's denn bei euch?

Ich hatte gefüllte Paprika mit Reis.

Heute scheint irgendwie allgemeiner Hackfleischtag zu sein, allerdings nicht im Hause Timmermann, es ist noch ein Rest Nudeln mit Schinken da, den überlasse ich aber großzügig meinem Bruder, der muss ja noch wachsen. Vater erzählt vom Deichbau in Büsum, das soll ja nun bald anfangen, seine Firma hat auch was damit zu tun. Ich glaube, das Thema hatten wir schon mal. Es geht jedenfalls darum, dass Kleiboden aus unserer Gegend nach Büsum gebracht werden soll. Vater hält einen Vortrag über Klei, ich höre jetzt aber nicht richtig hin, deshalb sage ich auch nichts dazu. Ich kriege nur noch mit, dass diese Kleierde fürchterlich klebrig ist.

Gibt es das nicht auch als Verb, kleien?, frage ich, plötzlich bin ich doch neugierig geworden. Es heißt doch auch: Klei mi anne Mors, oder so ähnlich.

Kratz' mich am Hintern, sagt Vater, also kleien bedeutet kratzen, aber auch graben. Klei ist ja der fette, schwere Marschboden. Vielleicht gibt es da ja doch eine Verbindung, das, worin man kratzt oder gräbt, das ist eben Klei. Ick klei inne Klei, Heiko.

Plattdeutsch ist schon merkwürdig, antworte ich.

Lasse, hol' doch schnell mal die Funk Uhr, sagt Mutter.

Aha, das Abendprogramm ist in Planung. Was gibt's denn Schönes? Wer wird Millionär auf RTL, das ist ein absolutes Muss für meine Eltern. Danach aber leider nicht Bauer sucht Frau, das sieht Vater allerdings gar nicht gerne, er sagt immer, er hätte ja auch eine abgekriegt, sondern die Alkoholbeichte von Jenny Elvers. Das muss es ja nun wirklich nicht sein. Traurig genug, sagt Mutter, aber dass man damit dann auch noch im Fernsehen auftreten muss, da hab' ich ja gar kein Verständnis für.

Ich werd' mir sowieso nur die Tagesschau angucken und dann früh zu Bett gehen, sage ich, ich muss morgen ganz gerne wieder kurz nach sechs los.

Ach ja, du Ärmster, morgen ist ja wieder Kiel.

Ende des familiären Abendbrots. Falls es jemanden interessiert, ich hatte: Eine Scheibe Vollkornbrot mit Salami, eine Scheibe Mischbrot mit belgischem Großlochkäse, dazu eine mittelgroße Gewürzgurke. Zwei Tassen schwarzen Tee, Ceylon-Mischung, abschließend eine mittelgroße Apfelsine, Herkunftsland Spanien. So ziemlich alle helfen jetzt beim Abräumen und Abwaschen, Punkt acht ist Tagesschau, da muss alles unter Dach und Fach sein.

Ellen Arnhold begrüßt uns zur Tagesschau, im Moment ist sogar noch Lasse mit auf dem Sofa, er hofft wohl, dass er gleich was Gewalttätiges zu sehen kriegt. Es beginnt aber mit dem großen Fußball-Skandal: Weltweit sollen etwa 700 Spiele zugunsten einer Wett-Mafia manipuliert worden sein, leider wird nicht gesagt, in welchem Zeitraum, ich vermute mal, im letzten Jahr. Das ist natürlich schon der Hammer, Donald Petersen würde wahrscheinlich sogar sagen, der absolute Hammer. Als Fußballfan kommt man sich da natürlich schon ziemlich verarscht vor. Es lebe die ehrliche Kreisklasse B. Hoffentlich. Die Bundesregierung will die Banken, vor allem die Großbanken, stärker regulieren. Das ist natürlich eine Konsequenz aus der Finanzkrise. Der spanische Ministerpräsident Rajoy hat Bundeskanzlerin Merkel besucht, mit ziemlich vielen Problemen im Gepäck. Hohe Arbeitslosigkeit in Spanien, besonders unter Jugendlichen, Korruptionsvorwürfe gegen die

Regierung und weitere unangenehme Dinge. Deutschland braucht mehr ausländische Arbeitskräfte, nicht nur Akademiker, sondern auch Facharbeiter. Aber Deutschland ist andererseits nicht sehr attraktiv für Arbeitnehmer aus dem Ausland. Bayern und Hessen wollen weiterhin gegen den Länderfinanzausgleich klagen. Die Wirksamkeit der Familienförderung steht auf dem Prüfstand, es geht dabei um solche Dinge wie Kindergeld oder Ehegattensplitting. Dazu sage ich gleich noch was, falls ich das nicht vergesse. Auf einem Parkplatz in Leicester sind die Gebeine von Richard III. ausgegraben worden und durch DNA-Analyse bestätigt worden. Wie das? Ein Nachfahre konnte ermittelt werden, dessen DNA mit Richards DNA abgeglichen wurde. Okay, so richtig verstanden habe ich das jetzt nicht. Weiter mit dem Sport: In Schladming in Österreich sind die alpinen Ski-Weltmeisterschaften eröffnet worden. Gibt es irgendwelche Aussichten für Deutschland? Eventuell schon morgen Chancen beim Super-G der Damen. Komischerweise heißt es da nicht Frauen, das ist wohl nur beim Fußball so. Eine Dame spielt keinen Fußball, das ist nur was für Frauen. Haha. Und jetzt die Wettervorhersage, da wird Vater immer besonders hellhörig. Wechselhaftes und windiges Schauerwetter. Nachts frostfrei, tagsüber in unserer Gegend bis vier Grad plus. Gut, das klingt jetzt ja nicht so gefährlich für meine morgige Tour nach Kiel. Jedenfalls werde ich in keiner Schneewehe steckenbleiben wie eine Steckrübe. An den nächsten Tagen soll das Wetter so ähnlich sein. Meinetwegen.

Bevor die Eltern jetzt geistig bei Günter Jauch abtauchen, muss ich schnell noch mal meine Frage loswerden, die habe ich jetzt doch nicht vergessen: Was ist denn Ehegattensplitting?, frage ich in Richtung 51 Prozent Vater und 49 Prozent Mutter.

Wer wird Millionär hat gerade begonnen, das ist jetzt sehr ungünstig. Lasse ist auch schon weg, der kann meine Frage dann ja auch nicht beantworten. Vater sagt nur kurz: Das ist sehr kompliziert, Heiko, guck' dir das mal lieber im Internet an.

Na dann gute Nacht, sage ich, ich gehe jetzt nach oben, Linda folgt mir, biegt dann aber in ihr Zimmer ab. Ich habe den Eindruck, dass sie auch schon ganz schön müde ist, diese Lernerei bei der Krankenpflegeschule scheint doch etwas stressiger zu sein als die normale Schule. Bevor ich es vergesse, stelle ich meinen Wecker für morgen früh auf fünf Uhr, da mag ich eigentlich gar nicht drüber nachdenken. Aber so sind halt meine Kieler Dienstage. Ich wollte doch noch was nachgucken, genau, das Ehegattensplitting. Also werfe ich mein Laptop an und google mal etwas herum. Ich finde auch jede Menge Infos darüber, die mich aber teilweise ganz schön verwirren. Nach fast einer halben Stunde habe ich ein ungefähres Bild von dieser Splitting-Geschichte. Also hier kommt das Ehegatten-Splitting: Ich stelle mir jetzt einfach mal vor, ich wäre mit Maja verheiratet, das muss sie ja nicht unbedingt wissen. Dann wird das, was ich verdiene, und das, was sie verdient, einfach zusammengezählt und dann wieder durch zwei geteilt. Das, was dabei herauskommt, ist dann die Grundlage für unsere Besteuerung. Weil wir praktisch das Gleiche verdienen, haben wir aber keinen Vorteil davon. Anders wäre es, wenn Maja dreimal so viel verdient wie ich, dann hätte sie quasi einen Steuervorteil dadurch, dass sie mit so einem Geringverdiener wie mir verheiratet ist. Naja, diesen Vorteil hätten wir natürlich gemeinsam. Der Klassiker wäre wahrscheinlich der Schönheitschirurg, dessen Frau zu Hause nur die Blumen gießt und sich die Nägel macht. Die beiden hätten dann schon einen ganz erheblichen Steuervorteil, wenn ich es richtig verstanden habe. Wie ist das denn wohl bei meinen Eltern? Vater ist selbstständiger Unternehmer, da ist das wahrscheinlich noch viel komplizierter, aber ich glaube, dass Mutter praktisch so etwas wie eine Angestellte im Betrieb ist. Da muss ich noch mal bei Gelegenheit nachfragen. Aber es ist ja kein Wunder, dass wir einen Steuerberater brauchen, welcher Privatmensch blickt da denn noch durch. Dabei fällt mir mein eigener Lohnsteuerjahresausgleich ein, da muss ich mich wohl auch noch drum kümmern. Aber bitte nicht jetzt, jetzt reicht es mir erstmal mit den Steuern. Fazit: Finanziell betrachtet lohnt es sich nicht, Maja zu heiraten.

Es ist zwar erst neun, aber ich gehe jetzt doch schon zu Bett, ich kann ja noch mal einen Blick in Klaus Groths Memoiren werfen. Ein ziemlich dickes Buch, so was kann man schlecht längere Zeit halten, wenn man auf dem Rücken liegt. Also Bauchlage. Die Nachttischlampe brennt. Noch einen Blick auf den Wecker, habe ich ihn auch wirklich aktiviert? Jawohl, das rote Lämpchen glüht. Also Klaus Groth: Dieses Buch scheint keine durchgehende Autobiographie oder meinetwegen Biographie zu sein, sondern eher eine Sammlung von Lebenserinnerungen, manches scheint sich dadurch auch zu wiederholen. Groth ist 1819 in Heide geboren worden, sein Vater war wohl so eine Mischung aus Bauer, Müller und Händler. So, wie er seinen Vater beschreibt, erinnert er mich wiederum durchaus an meinen eigenen Vater. Für entsprechende Beispiele bin ich jetzt aber schon zu müde. Der gute Klaus muss in seiner Kindheit und Jugend äußerst bildungshungrig gewesen sein, er hat sich alles an Büchern und überhaupt an Wissen reingezogen, was greifbar war. Er war auch so jemand, der ein ganzes Lexikon von A bis Z durchlesen würde, das heißt, offensichtlich hat er das sogar getan. Das erinnert mich an den Seewolf von Jack London, da kommt ein

Wolf Larsen drin vor, der als Kind häufig in einer Seemannskneipe in der Ecke saß und ein dickes Lexikon studierte. Das scheint aber auch die einzige Ähnlichkeit mit Klaus Groth zu sein, denn dieser war wohl eher etwas schwächlich und kränklich.

Ganz cool ist aber eine Einzelheit: Damit er mehr vom Tag hatte, ließ der junge Klaus Groth sich sehr früh am Morgen von irgendwelchen Leuten aus der Nachbarschaft wecken. Dazu hatte er ein Band um seinen Arm gebunden, das quer durch das Zimmer und dann durch das offene Fenster hinaus nach unten auf die Straße führte. Morgens um vier hat dann jemand an diesem Band gezogen und den eifrigen Klaus mehr oder weniger heftig aufgeweckt. Irgendwie schon clever.

So, mir reicht das jetzt aber als erster Eindruck. Von Klaus Groths Beziehungen zum Hahnebier habe ich bislang nichts gefunden, aber vielleicht kommt da ja noch was. Einstweilen gute Nacht, Dithmarschen.

Piep, piep, piep, die ersten zaghaften Töne meines Weckers kriege ich noch gar nicht richtig mit, dann wird er aber immer lauter und unangenehmer. Es hilft nichts, ich muss raus aus den warmen Federn. Ich habe gerade noch etwas ziemlich Wirres geträumt, ich glaube, es war irgendwas mit Hahnebier, es kam auch Klaus Groth in meinem Traum vor, eventuell war ich sogar selber Klaus Groth. Da hätte ich mich doch selber fragen können, was ich mit dem Hahnebier zu tun habe. Aber die Chance ist jetzt verpasst, in den Traum kann ich nicht wieder einsteigen. Überall im Haus ist es noch stockdunkel und leise, Vater muss heute auch nicht so früh raus, er sagte, er hätte heute nur was in der Werkstatt und im Büro zu tun. Meinetwegen. Am besten, ich denke jetzt nicht mehr darüber nach, wie früh es ist, und widme mich lieber meiner Körperpflege im Bad. Danach bin ich auch schon ein paar Grad munterer. Frühstück muss ich mir allein machen, da sitze ich einfach in der Küche und warte darauf, dass mein Kaffee durchgelaufen ist. Die Zeitung ist natürlich auch noch nicht da, sonst hätte ich mal lesen können, was ich gestern über die Schulsozialarbeit geschrieben habe. Noch einen Toast mit Käse, dann schaue ich mal, ob ich alle meine Sachen bereit habe. Okay, dann kann es ja losgehen.

Stromer kommt quer über den Hofplatz angelaufen, als ich in den Polo steigen will. Na, Alter, ausgeschlafen, jedenfalls einer kümmert sich heute Morgen um mich, noch mal ein paar Streicheleinheiten, jetzt muss ich aber echt los, es ist ja schon fast zehn nach sechs. Von Wesselburener Deichhausen bis zur Fachhochschule in Kiel, das dauert immer so zwischen anderthalb und eindreiviertel Stunden, je nach Verkehrslage. Durch Heide kommt man um diese Zeit natürlich immer gut durch, ein bisschen dichter wird der Verkehr dann kurz vor Rendsburg, in Fockbek, dann kommt dieses Nadelöhr, die Dauerbaustelle beim Kanaltunnel. Neulich stand gerade in unserem Blatt, dass es wohl noch bis Anfang 2017 dauern könnte, bis alle Fahrspuren wieder freigegeben werden. Von Osterrönfeld bis Kiel haben wir wenigstens die Autobahn, allerdings mit Begrenzung auf 120, dann wird es aber richtig eng, da landet man praktisch jeden Dienstagmorgen im Kieler Berufsverkehr. Gaarden, Ellerbek, Wellingdorf, über die Schwentine rüber und dann links, da ist die FH auch bald in Sichtweite. Viertel vor acht, das geht ja noch, um acht fängt die erste Veranstaltung an, ich kann mir noch ganz entspannt einen Parkplatz suchen. Wenn mich jetzt einer auffordern würde das Gelände zu beschreiben, würde ich sagen: So was muss man nicht beschreiben, es sieht an und für sich alles ziemlich nüchtern aus. Ein ehemaliges Werftgelände, wo man einen Teil der Gebäude umgebaut und modernisiert hat, dazwischen ein paar Neubauten, irgendwo gibt es auch noch einen alten Hochbunker, den habe ich mir aber noch gar nicht so genau angesehen. Kiel ist ja im Zweiten Weltkrieg fast vollständig in Schutt und Asche gebombt worden, ich finde, das merkt man heutzutage immer noch, obwohl das ja schon 70 Jahre her ist. Alles, was danach wiederaufgebaut wurde, musste natürlich in erster Linie zweckmäßig sein, es gab dann natürlich keine architektonischen Highlights. Die sind hier eben auch nicht vorhanden, auf dem FH-Campus, meine ich jetzt. Zwischen den einzelnen Häusern ist ziemlich viel freie Fläche, wo der Wind durchpfeift, vor allem der kalte Ostwind, wenn der mal zuschlägt, ist es schon sehr unangenehm. Der einzige Lichtblick für mich ist eigentlich die Mensa, die haben sie ganz gut hingekriegt, die liegt praktisch direkt am Wasser, da hat man einen ganz guten Blick auf den Hafen. Im Sommer kann man dann auch mal draußen sitzen, aber im Moment kann man sich ja gar nicht vorstellen, dass es jemals wieder warm werden wird.

Ich mache jetzt mal einen Absatz, aber eher aus optischen Gründen, ich bleibe noch ein bisschen beim Thema FH. Meine Seminare, besser gesagt unsere Seminare, also die von den Medienleuten, sind in einem großzügig ausgestatteten Raum mit ziemlich vielem technischen Schnickschnack, also Whiteboard, das ist so eine Art elektronische Tafel, Beamer und solchen Sachen. Ich will jetzt nicht den heutigen Tag in allen Einzelheiten beschreiben, sondern nur eher allgemein sagen, wir haben ganz ordentliche Dozenten, teilweise richtige Wissenschaftler mit Dr. und allen Schikanen, teilweise aber auch Leute aus der Praxis, zum Beispiel von den Kieler Nachrichten oder vom Norddeutschen Rundfunk. Es ist schon ganz interessant, ehrlich. Außerdem wird viel Wert darauf gelegt, dass wir selber tätig werden, es ist also nicht so, dass man die ganze Zeit auf seinem Stuhl abhängt und sich den ganzen Kram nur passiv anhören muss und dann ab und zu ein Stichwort festhält. Unsere Gruppe ist rein geschlechtermäßig gut durchmischt, so fifty-fifty ungefähr. Maja ist im Prinzip auch hier, aber jeden Donnerstag, das hat sich einfach so ergeben. Ich glaube, der Landbote wollte nicht jeden Dienstag gleich auf zwei Mitarbeiter verzichten oder so ähnlich. Ich habe schon öfter mit Maja über Kiel gesprochen, es scheint so zu sein, dass sie eigentlich donnerstags das gleiche Programm hat wie ich dienstags. Das ist ja auch ganz praktisch so für die Dozenten.

Ich finde, das reicht jetzt erstmal. Im Grunde genommen werden wir in sechs Semestern so weit ausgebildet sein, dass wir bei jedem Medium, also Zeitung, Magazin, Radio, Fernsehen, einsteigen könnten, um dort irgendeinen hoffentlich auch besser bezahlten Job übernehmen zu können. Vielleicht noch kurz was zu unserer Gruppe: Die Leute sind größtenteils in meinem Alter, also so Anfang zwanzig, nur zwei sind schon über dreißig, warum sie aber so spät noch mit diesem Studium anfangen wollen oder sollen, weiß ich auch nicht so genau. Die ganze Atmosphäre ist eigentlich angenehm, ruhig und freundlich, da kann man sich nicht beklagen. Jetzt fällt mir doch noch was ein: Der FH-Campus befindet sich auf einem ehemaligen Werftgelände, das habe ich vorhin ja schon mal erwähnt. Diese Werft war jedenfalls früher die HDW, die Howaldtswerke-Deutsche Werft AG, die heißt jetzt aber anders, nämlich ThyssenKrupp Marine Systems GmbH. ThyssenKrupp ist ganz modern in einem Wort geschrieben, aber mit einem großen K in der Mitte, so was nennt man Binnenmajuskel. Okay, das war jetzt aber alles ziemlich unwichtig.

Ich verbringe hier im Grunde genommen einen ganz interessanten Arbeitstag, unterbrochen von der Mittagspause in dieser ganz angenehmen Mensa mit Hafenblick. Donald ist auch schon ein paarmal zum Essen hierhergekommen, da hatten wir uns aber vorher verabredet, es musste ja auch bei ihm zeitlich passen. Wie das jetzt im Moment aussieht, weiß ich gar nicht so genau, es kann sein, dass er schon vorlesungsfreie Zeit hat, aber eventuell noch ein paar Klausuren schreiben muss. An der Uni ist das etwas anders organisiert als an der Fachhochschule. Egal jetzt. Was mir sonst gerade noch einfällt: Eigentlich müsste ich jeden Tag eine überregionale Tageszeitung lesen, zum Beispiel die Frankfurter Allgemeine oder die Süddeutsche Zeitung, dann noch jede Woche den Spiegel und die Zeit. Das schaffe ich natürlich nicht, aber wir haben diese Blätter auch in der Redaktion, da kann ich dann zwischendurch wenigstens mal reinschauen oder, wenn ich wirklich mal ein bisschen mehr Muße habe, auch den einen oder anderen Artikel lesen. Es würde ja schon mehrere Stunden täglich brauchen, wenn man allein unseren guten alten Landboten von der ersten bis zur letzten Zeile durcharbeiten würde. Das macht wahrscheinlich nicht mal der Chefredakteur.

So, jetzt will ich aber mal das Thema Kiel wieder verlassen, es spielt in meiner Geschichte keine große Rolle, ich möchte nur, dass ihr einen ungefähren Eindruck davon habt, wie meine Dienstage an der Fachhochschule aussehen. Ich hoffe, es ist rübergekommen, dass sie gar nicht so unangenehm sind. Aber warten wir's mal ab, vielleicht wird das Ganze ja auch irgendwann mal richtig fies.

Um 18 Uhr ist die letzte Sitzung beendet, alles strebt nach Hause, es herrscht wieder dichter Verkehr, aber das kenne ich ja nicht anders. Ich bin erst kurz vor acht wieder zu Hause in Wesselburener Deichhausen. Doch, so ein Tag, der schlaucht ganz schön. Hast du was Anständiges in der Mensa gegessen?, ist die erste Frage meiner Mutter. Schnitzel mit Gemüse und Kartoffeln, antworte ich zu ihrer Zufriedenheit. An dieser Stelle möchte ich kurz zwei Dinge einflechten: Ding 1: Mütter machen sich immer Gedanken darüber, ob ihre Kinder genug gegessen haben. Väter eher weniger, aber vielleicht kommen sie gar nicht erst dazu, weil die Mütter ihnen diese Frage schon vor der Nase weggeschnappt haben. Ding 2: Wir sagen zu Hause schlicht und einfach Mutter und Vater zu unseren Eltern, also nicht so etwas wie Mama und Papa oder gar Mum und Dad, schon gar nicht die Vornamen, das würde mir auch sehr merkwürdig vorkommen, wenn ich sie plötzlich mit Heinrich und Erika anreden würde. Ich habe mal irgendwo gelesen, dass es vor ein paar Jahrzehnten in Frankreich noch üblich gewesen sein soll, dass die Kinder ihre Eltern gesiezt haben. Und mein einer Opa, in diesem Fall Vaters Vater, hat mal erzählt, dass sein Großvater seine Eltern in der dritten Person ansprechen musste. Wie darf man sich so was vorstellen? Er hat zum Beispiel gesagt: Ich soll ihn vom Nachbarn grüßen, statt: Ich soll dich vom Nachbarn grüßen. Ob das aber jetzt ganz allgemein so üblich war oder nur bei den vornehmen Timmermanns, kann ich leider nicht so genau sagen.

Weil die Tagesschau gleich anfängt, bin ich in der Küche erstmal mir selbst überlassen. Ich mache mir zwei gewaltige Brote mit Mettwurst und Käse und versorge mich mit einem Bier aus dem Hauswirtschaftsraum. Heute mal kein Dithmarscher Pilsener, sondern Dithmarscher Urtyp. Malzig, kernig, würzig, langer Abgang, aber ein bisschen weniger bitter als das Pilsener. Die Flasche hat einen normalen Kronkorken und sieht etwas gedrungen aus, ich glaube, manche Leute nennen diese Flaschenform auch Knolle. Ich hole mir zum Nachtisch den Landboten von heute Morgen, den hatte ich noch nicht in den Händen. Auf Seite 9 unter Heide steht mein Artikel über die Schulsozialarbeit. Zum Wohle der Kinder, lautet die Überschrift, die ist aber nicht von mir. Alles andere schon. Nichts gestrichen, nichts geändert, da kann man zufrieden sein. Was haben denn die Kollegen so geschrieben? Jugendthriller spielt im Dithmarscher Watt, naja. Griechischer Tag der Volkshochschule am 16. Februar. Wenn man will, kann man da griechische Tänze einüben. Es gibt auch einen Schnupper-Sprachkurs und abends einen Dia-Vortrag. Schön. Was ist sonst so in Dithmarschen und der Welt passiert? Der ehemalige Schlecker-Markt in Lunden soll wiederbelebt werden. Die ersten Lämmer sind da. Der Fußball-Wettskandal ist der große Aufmacher auf der Titelseite, Fußball interessiert eben fast jeden, damit kann man immer punkten. In Marne gibt es immer mehr Frauen in der Feuerwehr. Ich weiß gar nicht, wie das mit der Feuerwehr in Reinsbüttel ist, ich glaube, da sind aber auch welche, davon hat Vater doch mal erzählt, der ist ja aktives Mitglied. Reinsbüttel ist unser Nachbardorf, Wesselburener Deichhausen hat keine eigene Wehr, dafür ist es zu klein. Gibt's heute Abend noch was Interessantes im Fernsehen? Karneval Hoch Drei im Zweiten, ach du Scheiße, das wollen die Eltern bestimmt sehen.

Tatsächlich, als ich noch einen Blick ins Wohnzimmer werfe, hängen sie bei einer Flasche Mosel Kellergeister vor der Glotze ab und starren genussvoll auf den Bildschirm. Alles klar, Heiko?, höre ich wenigstens noch von Vater. Ja, alles okay so weit, antworte ich, ich geh' denn gleich nach oben, wo ist Lasse denn? Ach, der hat sich schon hingelegt, das ist ja sonst nicht so seine Art, hoffentlich wird er nicht krank. Naja, ich sag' dann schon mal Gute Nacht.

Aus Lindas Zimmer dröhnt Filmmusik, ach nee, ich würde eher sagen, es ist Serien-Musik. Klingt amerikanisch. Ich klopfe mal kurz an ihrer Tür und gehe rein. Hallo, Linda, hallo Heiko. Was guckst du denn da gerade? Two and a Half Men, ist aber nicht so toll heute. Komm' rein und setz' dich.

Ich bin ja schon drinnen, aber setzen kann ich mich natürlich. Linda hat auch so eine Ikea-Sitzgruppe wie ich, aber ich setze mich jetzt nicht neben sie auf die Couch, sondern in den Sessel, weil sie sich da gerade so breitgemacht hat wie die kleine Meerjungfrau auf ihrem Stein, also so mit angezogenen Beinen. Wir sagen jetzt beide erstmal gar nichts weiter, sondern versuchen der Handlung der zweieinhalb Männer zu folgen. Was mich persönlich an diesen amerikanischen Serien nervt, ist dieses ständige Lachen im Hintergrund. Früher hieß es ja immer, das kommt vom Band, da gab es noch Tonbänder. Heute kommt das wohl alles aus dem Computer. Nach jedem kleinen Gag ein mittleres Lachen, nach jedem etwas größeren Scherz ein gigantisch übertriebenes Gelächter. Ich stelle mir gerade vor, so etwas gäbe es auch in unserem Alltag. Immer, wenn man etwas Komisches gesagt oder gemacht hat, würde man dann dieses übertriebene Gelächter hören. Okay, wie heißt eigentlich die Episode, die wir da gerade sehen? Der Familien-Rottweiler. Ich will da jetzt aber nichts weiter drüber erzählen, das wird sowieso irgendwann wiederholt, dann könnt ihr euch das ja anschauen, wenn ihr Spaß daran habt. Nein, ich will jetzt auch nicht weiter darüber lästern, man wird dadurch schon ganz gut unterhalten.

Eigentlich will Linda danach noch 2 Broke Girls sehen, aber ich kann sie dazu überreden, die Glotze auszumachen, wir könnten doch noch ein Glas Wein trinken, ich habe noch eine Flasche Vin Rouge in meinem Zimmer. Ich hole die Flasche, Linda besorgt die Gläser, wenn es ums Saufen geht, arbeiten die Timmermanns immer Hand in Hand. Einen Korkenzieher brauche ich nicht, die Flasche hat einen Schraubverschluss, das greift ja immer mehr um sich, aber ich finde das jedenfalls besser als einen Plastik-Korken, das ist ja nun wirklich völlig stillos.

Wie war's denn in Kiel, Heiko?

Ich trinke erstmal einen Schluck, dann gebe ich ausführlich Auskunft. Linda findet meine Schilderungen allerdings ziemlich langweilig, und eigentlich muss ich ihr auch recht geben. Es ist eben alles ein bisschen nüchtern, im Gegensatz zu mir, der Wein wirkt schon etwas. Und bei dir so?, frage ich.

Ach, geht eigentlich so, sagt Linda, mit der ganzen Ausbildung komme ich schon ganz gut klar. Nur dass ich die Einzige bin, die erst siebzehn ist, das nervt schon. Alle anderen sind älter, manche sogar schon Mitte zwanzig, stell' dir vor, zwei haben sogar schon Kinder.

Das musst du dir ja nicht gleich zum Vorbild nehmen, bemerke ich.

Um Gottes Willen, Heiko, nee, aber ich bin eben das Küken in der Truppe, manchmal habe ich das Gefühl, die nehmen mich nicht ganz ernst.

Kenn' ich, sage ich, als ich bei der Zeitung anfing, wurde ich von vielen Leuten auch nicht für voll genommen. Aber mach' dir bloß keine Gedanken darüber, das wird schon. Älter wirst du von ganz allein. Wie sind denn die anderen sonst so?

Naja, so übel auch wieder nicht. Almut, Jenny und Merle, die sind schon ganz in Ordnung. Aber Noelle und Joelle, das sind so richtig arrogante Hühner.

Noelle und Joelle? Das sind doch wohl keine Zwillinge?

Nee, Heiko, das ist reiner Zufall, dass die so ähnliche Namen haben.

Gibt's denn auch Knaben bei euch, Linda?

Ja, schon, sind aber nur drei: Marlon, Hauke und Rene ohne Akzent. Das ist aber nicht so doll mit denen, sind nicht gerade meine Traumtypen. Die sehen eher aus wie Bauer sucht Frau junior. Noch 'n Schluck Wein, Heiko?

Lass man, ich nehm' mir selber. Und sonst, gibt es noch was, was dich annervt?

Na, dass ich morgens immer so früh los muss wegen dem Bus. Du hast ja wenigstens das Auto, aber ich muss ja noch warten, bis ich Führerschein machen kann.

Naja, sage ich, vielleicht kannst du auch schon ein bisschen früher damit anfangen. Führerschein mit 17, das gibt es ja heutzutage. Ich glaube, da muss aber immer ein Begleiter dabei sein, ich weiß gar nicht, ob das unbedingt einer von den Eltern sein muss. Vielleicht könnte ich das ja auch sein. Kannst dich ja mal erkundigen. Ansonsten können wir ja mal zusammen ein bisschen auf dem Hofplatz üben. Und es gibt in Heide doch so einen Verkehrsübungsplatz, da könnten wir vielleicht auch mal hinfahren.

Keine schlechte Idee, Heiko. Ich werd' mich mal darüber informieren, also über Führerschein ab 17 und so. Das wär' schon toll, wenn ich dann ab 18 schon mit dem eigenen Wagen zum Krankenhaus fahren könnte. Vielleicht mit einem Mini, den finde ich klasse.

Wenn Vater dann günstig einen auftreiben kann, sage ich, ich glaube, das würde er schon machen. So, jetzt ist aber langsam spät genug, ich muss ins

Bett, sonst kriege ich morgen früh die Augen nicht auf. Soll ich dein Glas auch schon mitnehmen?

Lass man, Heiko, ich bringe die Gläser gleich runter in die Küche. Also dann gute Nacht.

Ja, gute Nacht, Schwester Linda, schlaf' schön.

Für mich wird es jetzt wirklich allerhöchste Zeit. Vielleicht noch ein paar Seiten Klaus Groth, dann ist aber Schicht im Schacht.

Ich kann jetzt gar nicht sagen, ob ich tatsächlich wieder von Klaus Groth geträumt habe oder ob mir das, was ich gestern Abend noch gelesen habe, einfach nur im Kopf hängengeblieben ist. Zum Thema Hahnebier habe ich jedenfalls keine einzige Zeile entdeckt, es ist bisher auch nur ein einziges Mal das Wort Egge aufgetaucht, in dem Zusammenhang, dass sein Vater einige Male Eggenvorsteher gewesen ist, wörtlich heißt es übrigens Eggensvorsteher mit S in der Mitte. Ansonsten war der gute Klaus in seiner Jugend super bildungshungrig und hat wahnsinnig viel gelesen, das habe ich aber wohl schon einmal erwähnt. Mit etwas Phantasie kann man sich ungefähr vorstellen, wie Heide zu seiner Zeit ungefähr aussah. 5.000 Einwohner, nur wenige gepflasterte Straßen, bis auf die Gegend um den Marktplatz nur einstöckige Häuser, die Kirche am Markt war natürlich schon da, der Wasserturm noch nicht. Die Stadtbrücke natürlich erst recht nicht. Wie sah es mit der Eisenbahn aus? Die kam auch erst 1877 nach Heide, mit der Strecke Neumünster-Karolinenkoog. Es herrschte also in jeder Hinsicht noch ziemlich tote Hose bei uns. Wenn ich jetzt alles aufzählen würde, was es noch nicht gab, würde ich mehrere Seiten verbrauchen. Was machte man also in so einer Kleinstadt ohne Kino, ohne Radio und Fernsehen, ohne Youtube und ohne Spielekonsolen? Man las, wenn man denn lesen konnte. Insofern kann ich das schon nachvollziehen mit Klaus Groths Lesesucht. Was geistert mir noch gerade durch den Kopf? Wenn Klaus Groth heute noch in seinem Geburtshaus leben würde, könnte er auf die Grundschule Lüttenheid gucken, wenn er beim Lesen mal seinen Blick aus dem Fenster schweifen ließe. Zu seiner Zeit stand da aber noch keine Schule, da war einfach nur ein freier Platz, eine Wiese vielleicht, wo ein paar Tiere drauf grasten. Die Kinder aus der Nachbarschaft werden dort sicher auch gespielt haben, Fußball natürlich noch nicht, das gab es ja noch gar nicht in Deutschland. Äh, Deutschland? Halt mal, Heide gehörte doch damals gerade zu Dänemark, oder? Na gut, das ist jetzt ja auch egal.

Ich weiß, das war jetzt schon alles nebensächlich genug, aber da fällt mir noch was ein: Diese Wiese vor Klaus Groths Haus hieß Lüttgenheid, heute sagt man Lüttenheid ohne G. In Heide gibt es ein ganzes System von Straßen, die alle Lüttenheid heißen, ich würde mal sagen, es sind eigentlich fünf verschiedene Straßen, die dann auch unterschiedliche Namen haben müssten. Sie heißen aber alle Lüttenheid. Es ist wahrscheinlich ganz schön schwierig, wenn man zu jemandem will, der beispielsweise Lüttenheid 37 wohnt, da muss man im Prinzip vorher eigentlich die ganze Gegend abscannen wie eins von diesen Google-Autos. So ähnlich soll es ja auch in Mannheim sein, da gibt es in der Innenstadt keine Straßennamen, sondern Quadrate. Beispiel: Ich wohne C 5 Nr. 1, das klingt dann so ähnlich wie beim Schiffeversenken, C 5: Treffer auf meinem U-Boot.

Kaffee? Heiko, ich frag' dich jetzt zum dritten Mal, sag' mal, schläfst du noch?, höre ich gerade Mutters Stimme in bedrohlicher Lautstärke. Äh, was? Ach so, nein, natürlich nicht, sonst würde ich hier ja nicht sitzen. Guten Morgen, sage ich sicherheitshalber, während ich das sage, fällt mir wieder ein, dass ich das gerade eben schon mal gesagt habe. Übrigens sitzt die Familie komplett am Frühstückstisch, Linda sieht auch gar nicht so unausgeschlafen aus, sie hat sich heute Morgen sogar ganz dezent die Augen gemacht, wahrscheinlich, weil sie den älteren Schwesternschülerinnen einen voll ausgereiften Eindruck bieten möchte. Es gibt Brötchen, zwar keine frischen, aber aufgebackene, drei Minuten bei 160 Grad Umluft. Sehr angenehm. Ein frisches Glas mit Mutters selbstgemachter Erdbeermarmelade lächelt mich an. Ich werde aktiv und bearbeite in kurzer Zeit zwei Brötchen, das zweite allerdings mit Käse.

Linda muss schon wieder los, schönen Tag auch, ich kann mir noch etwas Zeit lassen und einen Blick in die Zeitung werfen. Ich will mich auch gerne darum bemühen, nicht immer so viel aus unserem Blatt zu zitieren, es gab schon ein paar Beschwerden, in meiner letzten Geschichte hätte ich das dauernd so exzessiv betrieben. Na gut, aber so ganz ohne geht es auch nicht, hallo, ich bin bei der Zeitung, da muss ich schon das eine oder andere aus unserem Blatt erwähnen, das gehört schon irgendwie zu meinem Beruf. Also schauen wir mal: Die Kandidatinnen zur Miss-Germany-Wahl auf dem Weg ins Trainingscamp auf Fuerteventura. Ein ziemlich großes Bild mit ein paar leckeren Mädels drauf, alle tragen diese Schärpen wie beim Hahnebier, allerdings nicht blau-weiß-rot, sondern schwarz-rot-gold, okay, es geht eben um einen nationalen Wettbewerb. Miss Schleswig-Holstein kann ich nirgendwo entdecken, dafür aber in der ersten Reihe von links nach rechts Miss Sachsen-Anhalt, Miss Mecklenburg-Vorpommern und Miss Hamburg.

Miss Hamburg guckt gerade etwas unglücklich, als ob sie sich schon jetzt geschlagen geben würde. Wen finde ich denn am leckersten? Doch, eindeutig Miss Mecklenburg-Vorpommern, die klassische Traum-Blondine. Na, das sind doch mal erfreuliche Nachrichten auf Seite eins, es wird doch oft darüber gemeckert, dass die Presse nur negative Sachen bringen würde. Aber vielleicht wird es doch gleich etwas negativer: Regenschauer bei vier bis fünf Grad. Frau Doktor Schavan ist jetzt nur noch Frau Schavan, weil die Uni Düsseldorf ihr den Doktortitel aberkannt hat. Brauche ich jetzt Details? Nein, nicht wirklich. Ein Heider Gastwirt ist von Gästen zusammengeschlagen worden. In Kolumbien sind deutsche Touristen entführt worden. Deutsche sind Obst-Muffel. Die Meldorfer Landfrauen fahren zum König der Löwen. Der Büsumer Schulwald bleibt erhalten und wird nicht in einen Abenteuerspielplatz umgewandelt. Die Abende sind teuer, doch es gibt kein Abenteuer. Ist nicht von mir, sondern vom guten alten Udo. Ich soll meine Energien auf ein Ziel lenken, alle anderen Steinböcke natürlich auch. Der MTV Heide führt die Tabelle in der Volleyball-Landesliga an. Heute Abend spielt Deutschland gegen Frankreich, Testspiel. Scheiße, heute Abend muss ich ja selber zum Fußballtraining. Aber vielleicht kriege ich dann noch die zweite Halbzeit mit. Das Krümelmonster von Hannover hat Bahlsens gestohlenen Goldkeks wieder zurückgebracht. So, mehr kommt jetzt nicht, das war doch gar nicht so viel, oder?

Kannst du nicht heute mal wieder den Unimog nehmen, schlägt Vater vor. Ja, okay, ich kenne seine Dauer-Sorge, dass die Zylinder verschlammen könnten, wenn der nicht genug bewegt wird. Unimog U 406, Farbe (nicht Originalfarbe) dunkelgrün, Baujahr 1964. Vaters Hobbyfahrzeug. Übrigens dasselbe Baujahr wie Vater selbst, er ist auch Jahrgang 1964. Den Unimog hat er aber nicht zur Geburt geschenkt bekommen, sondern den hat er sich zugelegt, nachdem er den Meister als Landmaschinenmechaniker gemacht hat. Der Unimog stand wohl schon längere Zeit bei dem Betrieb, wo er gearbeitet hat, zum Verkauf, und keiner wollte ihn und dann hat Vater sich wohl in den verguckt. Der TÜV ist aber immer noch einverstanden mit der alten Mühle. Wer weiß, wie lange der noch hält. Ich hoffe natürlich, dass ich oder Lasse oder meinetwegen auch Linda ihn irgendwann einmal an die nächste Generation weitergeben kann. Oder er landet mal im Landwirtschaftsmuseum in Meldorf.

Also klar, Heiko wird heute mal wieder den guten alten Unimog bewegen, ich brauch' auch nicht zu tanken und so weiter, Vater hat die Kiste gestern erst noch durchgecheckt und alle dabei anfallenden Aufgaben erledigt, was will man mehr. Übrigens Vater, dem kribbelt das wohl mächtig in den Fingern, er muss endlich mal wieder was Vernünftiges arbeiten, das geht aber auch bald wieder los mit dem Gräben ausbaggern oder mit den Vorarbeiten für den Büsumer Deichbau. Im Moment sind wir aber immer noch am Frühstücken, bis auf Linda, die musste ja schon zu ihrem Bus. Ob Lasse seine Tasche ordentlich gepackt hat, ist Mutters Frage an ihn, ja, natürlich, die hätte er ja schon gestern Abend vorzeigen müssen. Aber bei Lasse weiß man einfach nicht, ob er danach nicht doch die Hälfte wieder ausgepackt hat. Mir ist ein bisschen mulmig heute Morgen, wenn ich so an meinen Arbeitstag denke, ich soll mich mit dem Hahnebier befassen, aber ich muss zugeben, dass ich a) davon praktisch keine Ahnung habe und b) auch wirklich keine Lust darauf. Vielleicht haben die richtigen Heider da so ein Extra-Hohnbeer-Gen, ich als Wesselburener Deichhausener habe es jedenfalls nicht. Es hilft aber alles nichts, ich muss los. Tschüs und schönen Tag, einziges Highlight am Ende des Tages: Fußball-Training. Aber bis dahin habe ich noch etliche Dienststunden abzureißen.

Was macht das Wetter? Nicht 160 Grad Umluft, sondern die angekündigten ein bis zwei Grad am Morgen plus Schmuddelwetter, also Regen, bei dem man nicht weiß, ob er nicht vielleicht doch lieber Schnee sein möchte. Ein kleiner weißer Hauch ist auch auf der Unimog-Windschutzscheibe, aber nichts Gefrorenes, ich muss zum Glück nicht auch noch kratzen. Also rein in den Unimog. Warm ist was anderes, meine Atemluft verursacht jede Menge Nebel. Erstmal vorglühen, die berühmte Rudolf-Diesel-Gedenkminute, dann springt der Motor mit ziemlich unwilligen Geräuschen an. Die Schaltung ist zäh und schwergängig, das Getriebeöl ist noch zu kalt, das wird alles besser, wenn man ein Stück gefahren ist. Ab Höhe Wöhrden merkt man dann auch, dass es eine Heizung gibt, und spätestens in Heide werden die Füße so heiß, dass man Eis mit ihnen schmelzen könnte. Wir haben seit einiger Zeit eine richtig gute Anlage im Unimog, die hat Vater mal bei Ebay geschossen, vier mal hundert Watt, mit allen Schikanen. Das macht natürlich schon Spaß. Ansonsten komme ich heute Morgen nicht über 55 Kilometer pro Stunde rüber, das liegt zum Teil aber auch am Berufsverkehr, immer wenn ich denke, dass ich jetzt endlich mal voll zutreten kann, kommt einer von rechts aus einer Seitenstraße und ich muss in die Eisen gehen.

Große Überraschung in unserer Redaktion, aber leider eher negativ: Wir sind heute nur zu dritt. Unser Redaktionsleiter Holger Fuchs, Frau Brüggmann und dann natürlich ich. Wir stehen trotzdem etwas belämmert an unserem Stehtisch herum, und ich erfahre auch gleich von Fuchs, was los ist: Gestern fehlten schon Callsen und Harder wegen Grippe, und heute

Morgen hat sich ausgerechnet Lorek auch noch krankgemeldet, der muss erstmal zum Arzt und dann sehen wir weiter. Tut mir leid wegen der Hahnebier-Sache, Heiko, aber Sie müssen jetzt voll mit ran, sonst schaffen wir unser Pensum nicht, ich weiß sowieso nicht, wie wir das alles hinkriegen sollen, also…

Ich soll zur Kreisverwaltung und da etwas über illegale Müllsammlungen in Erfahrung bringen, das begeistert mich nun wirklich nicht gerade. Dann soll ich noch über das Ende von Sporthaus Biehl berichten, das ist aber noch nicht alles, ich soll mich beim Heisenberg-Gymnasium nach einer Veranstaltung für die zukünftigen Fünftklässler erkundigen, früher sagte man ja noch Sextaner, aber vielleicht darf man das nicht mehr sagen, weil ja Sex in dem Wort vorkommt. Das könnte ich aber telefonisch erledigen. Ja, und wenn ich dann doch noch Zeit hätte, das Berufsbildungszentrum plant eine Blutspendenaktion, das geht aber von den Schülern aus, vielleicht könnte ich da auch einfach jemanden ans Telefon kriegen und dann machen wir da eine kleine Meldung draus.

Sonst noch was?, hätte ich beinahe gefragt, habe ich aber nicht, ich bin ja der höfliche Heiko. Außerdem habe ich natürlich mitgekriegt, dass Fuchs und Brüggmann mindestens genauso viel zu tun haben heute wie ich. Es gibt jetzt auch keine großen Diskussionen mehr, wir streben sofort auseinander und machen uns an die Arbeit. Am meisten nervt mich jetzt dieser Kleinkram mit den Schulen, also die Heisenbergsche Sextaner-Info und diese Blutgeschichte von der Berufsschule. Nicht lange nachdenken, ich rufe einfach bei den Schulen an, ich kriege auch nacheinander die Sekretärinnen an den Apparat, die sind ja meistens gut informiert. Sind sie auch in diesem Fall, ich sage gleich, dass es kein großer Artikel werden wird, sondern nur jeweils eine kleine Meldung, ich bräuchte nur ein paar sichere Basisinformationen. Beim Heisenberg-Gymnasium werde ich zum stellvertretenden Schulleiter durchgestellt, der gibt mir dann aber den Unterstufen-Koordinator, der zufälligerweise gerade bei ihm ist, da bin ich jetzt aber genau an der richtigen Adresse. Timmermann vom Dithmarscher Landboten, sage ich, könnten Sie mich etwas über die Info-Veranstaltung für die zukünftigen Schüler aufklären? Die Stimme kenne ich doch, den Lehrer hatten wir auch mal, ich gebe mich jetzt aber nicht als sein ehemaliger Schüler zu erkennen, sonst muss ich ihm gleich noch meinen Lebenslauf und beruflichen Werdegang offenbaren. Nein, das muss ich im Moment nicht haben. Ich habe auch den Eindruck, dass er mich nicht erkannt hat, ist mir auch ganz recht so. Ich lasse seinen Wortschwall auf mich niederprasseln, das war auch früher im Unterricht so. Die Lehrer, die immer behaupten, sie würden die Schüler vor allem zur Eigentätigkeit aktivieren, sind die schlimmsten, die reden selbst die ganze Zeit, wahrscheinlich fürchten sie, dass in ihrem Unterricht sonst etwas Falsches gesagt werden könnte. Danke vielmals, ich habe alles notiert und zimmere es anschließend zu einer kleinen Meldung zusammen.

Die Blutspendenaktion beim BBZ kriege ich auch unter Dach und Fach. Gut, die Initiative ist wohl irgendwie von der Schülerschaft ausgegangen, das ist ja schon etwas ungewöhnlich. Aber ich schätze mal, da wird irgendeine Schülerin oder irgendein Schüler Mitglied des Jugendrotkreuzes sein oder so ähnlich. Ja, vielen Dank, das war die Sekretärin, die wusste gut Bescheid darüber. Überhaupt Schulsekretärinnen, für die würde ich gerne mal eine Lanze brechen, ohne die wären die Chefs nämlich ganz schön aufgeschmissen. Wenn ich Schulleiter wäre, würde ich mir aber eine ganz bärbeißige Sekretärin halten, so eine Art Pitbull, der alle unangenehmen Anrufer gleich am Telefon zur Strecke bringt und mir damit den Rücken frei hält. Aber ich glaube, die Direktoren oder Rektoren bekommen ihre Sekretärinnen vom Schulträger vorgesetzt, die können sie sich leider nicht selbst aussuchen. Man könnte sonst vielleicht auch zwei Sekretärinnen haben, eine fürs Auge und eine für die Arbeit, so wie bei Beetle Bailey, ich weiß nicht, ob ihr das kennt, das ist ein amerikanischer Comic, der in einem Armee-Lager handelt, da ist auch so eine Hübsche dabei, Miss Buxley, die der General den ganzen Tag anhimmelt, aber die andere muss den meisten Verwaltungskram für sie miterledigen.

Meine beiden Meldungen habe ich fertig, ein Blick auf die Uhr, kurz nach zehn, das geht ja noch. Frau Brüggmann ist gerade reingekommen, ich sage zu ihr: Ich geh' gleich mal rüber zum Kreishaus wegen dieser Müllsache. In Ordnung, Heiko, setzen Sie sich bloß Ihre Mütze auf, der Wind ist ganz unangenehm heute. Ja, danke.

Ich mache mich mit Stenoblock, Kamera und Mütze auf den Weg. Das Kreishaus ist nicht so wirklich weit weg von uns, es lohnt sich im Grunde genommen gar nicht, mit dem Auto dahin zu fahren, mit dem Unimog schon gar nicht. Ein kleiner Fußmarsch ist auch mal ganz entspannend zwischendurch und mit dem Wind hat Frau Brüggmann übertrieben, finde ich. So schlimm ist es nun auch wieder nicht. Beim Kreis frage ich mich zur Pressestelle durch, jawohl, so was gibt es in Dithmarschen, wir leben ja nicht hinter dem Mond. Ich werde von einem Mitarbeiter bestens über die Müllproblematik aufgeklärt, das ist natürlich alles ein ziemlich nüchternes und sachliches Thema, das wird unsere Leser nicht umhauen. Es geht im

Prinzip darum, dass illegale Sammlungen um sich gegriffen haben, die Bürgerinnen und Bürger sollten aber darauf achten, dass ihr Schrott umweltgerecht entsorgt wird. Ein kontroverses Thema scheint das Einsammeln von Altkleidern zu sein, da gibt es Sammlungen vom Roten Kreuz und anderen Organisationen, aber eben auch kommerzielle Aktionen. Der Kreis denkt darüber nach, eventuell eigene Altkleidercontainer aufzustellen. Gut, soll er. Ich schreibe fleißig mit, ich bekomme noch ein paar praktische Beispiele um die Ohren gehauen, die ich aber vielleicht sogar in meinen Artikel einbauen könnte. Wie sieht's mit Fotos aus? Der Herr von der Pressestelle ist etwas kamerascheu, er meint, wir hätten beim Landboten doch bestimmt irgendwelche Archivfotos zum Thema Müll und Schrott. Na gut. Ich frage mich zwischendurch, was der Knabe wohl den ganzen Tag so treibt, ob das wohl seine einzige Beschäftigung ist, sich mit Leuten wie mir auseinanderzusetzen, oder hat er vielleicht noch zehn weitere Aufgabenbereiche, die er auch noch betreuen muss. Irgendwann kommen wir dann aber zum Schluss, ich fühle mich ausreichend informiert, vielen Dank und einen schönen Tag noch.

Mein Magen fragt mich gerade, wie es mit Nachschub an Speisen und Getränken bestellt ist, ich gehe deshalb mal in Richtung Kreishaus-Kantine. Hier war ich schon mal, man kann sich hier auch mal als Gast verpflegen, es kostet dann ein bisschen mehr, aber es ist trotzdem noch sehr günstig. Ich bin ein bisschen früh dran, es ist noch nicht so viel Betrieb, aber einige andere Herrschaften nehmen auch schon ihre Mittagsmahlzeit ein. Was gibt's denn heute Schönes? Fischcurry mit Gemüse und Basmatireis, Leberkäse mit Kartoffelpüree und Spiegelei, Wirsingtarte mit Tomaten und Pecorino. Wer oder was ist oder sind Pecorino? Aha, so was Ähnliches wie Parmesankäse, aber mit oder aus Schafsmilch. Das macht mich nicht so wirklich an, ich nehme dann doch lieber den Fisch, ja, gerne etwas mehr Reis. Dazu eine Cola, gibt's was an Nachtisch? Ja, ist vorhanden, nennt sich Germknödel mit Pflaumenkompott. Einmal bitte. Danke.

Gut, das ist ja alles ganz angenehm. Ich steuere mit meinem Tablett einen freien Tisch in der Ecke an und lasse mich häuslich nieder. Die Kantine füllt sich allmählich mit Beamten und Angestellten beiderlei Geschlechts, an meinen Tisch wagt sich aber bisher keiner heran, dabei hätte ich gar nichts gegen den Anblick einer vollbusigen Beamtin beim Essen. Es schmeckt ganz vernünftig, mit Fisch ist das ja immer so eine Sache, der kann ja auch leicht mal verkocht sein oder fade gewürzt. Bei Curry ist das natürlich nicht so zu erwarten. Ich habe meinen Stenoblock neben mir liegen und werfe ab und zu mal einen Blick auf meine Notizen. Doch, da werde ich schon einen einigermaßen vernünftigen Artikel hinkriegen. Heute Nachmittag habe ich noch diese Sporthaus-Geschichte vor mir, aber erstmal muss ich natürlich kurz in die Redaktion und mich da ans Telefon hängen, damit ich mich mit dem richtigen Ansprechpartner verabreden kann. Dann geistern mir noch ein paar andere Sachen durch den Kopf, der kommende Samstag zum Beispiel, da soll ja dieses große Hahnebier-Event auf dem Marktplatz stattfinden. Zum ersten Mal mit allen drei Eggen gemeinsam, das ist natürlich was völlig Neues, da kann ich nicht einfach irgendwas aus dem Archiv vom letzten oder vorletzten Jahr abschreiben. Hoffentlich habe ich noch die Gelegenheit, mich vorher mit Infos zu impfen, sonst kann das alles leicht in die Hose gehen. Maja, wann habe ich die eigentlich zum letzten Mal gesehen? Das muss doch schon länger als eine Woche her sein, mir fällt es im Moment überhaupt nicht ein. Heiner Ohlsen, was macht der wohl gerade? Na, der wird wahrscheinlich in seiner Polizeistation Hemmingstedt Dienst schieben oder mit dem Streifenwagen auf der Jagd nach Hühnerdieben sein. Wir haben lange nichts mehr voneinander gehört, ich könnte ihn ja auch mal anrufen. Felix Mahn? Der nimmt wahrscheinlich gerade ein erfrischendes Geldbad in seiner Volks- und Raiffeisenbank in Wesselburen. Wie heißt noch mal seine Freundin. Ach ja, Susanne. Aber die ist bei der anderen Bank schräg gegenüber. Dann können sie sich ja in der Mittagspause mit Geldscheinen zuwinken. Heute Abend ist Training. It's been so long since I had a good time, schon ziemlich lange her, dass ich ein bisschen Spaß hatte, diese Zeile aus irgendeinem Song fällt mir gerade ein. So, genug nachgedacht, ich bin auch fertig mit dem Essen, diese Germknödel waren okay, jetzt schaltet Reporter Heiko aber wieder auf Dienstbetrieb um. Ich rücke meinen Stuhl schön ordentlich an den Tisch heran und bringe mein Tablett weg. Jetzt steuern wirklich vier vollbusige Damen auf den gerade von mir verlassenen Tisch zu, die hätten aber auch gerne ein bisschen früher auftauchen können. Na dann, wünsche wohl zu speisen, die Damen.

Den Rückweg zum Landboten betrachte ich mal als Verdauungsspaziergang, das passt jetzt ganz gut. Ich überlege schon mal, worum es beim Sporthaus Biehl gehen könnte. Ich sollte über das Ende dieses Ladens berichten, hatte Fuchs gesagt. Das bedeutet also, dass sie aufhören wollen oder müssen, aber eigentlich habe ich das in den letzten Wochen schon mitbekommen, ich bin ja oft genug durch die Friedrichstraße gegangen und habe die Räumungsverkauf-Schilder gesehen. Nun kann man ja auch solche Plakate ins Schaufenster hängen, wenn man nur umbauen will, aber das ist ja offensichtlich nicht der Fall. Aber warum sollte ich jetzt eigentlich erstmal zurück in die Redaktion gehen und von dort aus umständlich anrufen, ich könnte doch auch gleich zu Biehl gehen, ich bin sowieso schon praktisch auf dem Weg. Das tue ich dann auch.

Timmermann vom Dithmarscher Landboten, stelle ich mich unten an der Kasse vor. Ich muss jetzt gar keine langen Erklärungen abgeben, offenbar bin ich schon erwartet worden, ich werde gleich an den Inhaber und seine Frau weitergereicht, wir setzen uns ins Büro und fangen eigentlich sofort mit einer ganz angenehmen Unterhaltung an. Es geht darum, dass sie ihr Geschäft aus verschiedenen Gründen aufgeben werden, was sie natürlich auch selbst bedauern, ein neuer Pächter für den Laden wurde lange gesucht, ist aber jetzt gefunden worden. Ich bin natürlich auch persönlich neugierig und frage, wer das denn sei, aber da halten sie sich bedeckt, gut, kann ich verstehen. Ihr Geschäft in St. Peter-Ording haben sie schon vor zwei Jahren verpachtet. Okay, jetzt kommen also die Gründe: Die eigenen Kinder kommen nicht als Nachfolger infrage, das ist ja so ähnlich wie bei Vaters Betrieb und mir, dann gab es 2010 schon einmal Insolvenzprobleme, die dann noch gemeistert werden konnten, vor allem aber ist die Konkurrenz durch die Internet-Anbieter sehr groß geworden. Es hat viele Leute gegeben, die sich irgendwelche Sportartikel bei Biehl angeschaut haben, dann haben sie sie aber offenbar für ein paar Euro weniger im Internet bestellt. Manchmal werden es nicht nur ein paar Euro gewesen sein, denke ich, das sage ich jetzt aber nicht. Ich bin hier ja auch manchmal wieder rückwärts rausgegangen, weil zum Beispiel die Sportschuhe einfach zu teuer waren, die gab es ja sogar bei Böttcher noch günstiger. Aber egal jetzt. Ich nicke verständnisinnig und nehme dann noch zur Kenntnis, dass es das Geschäft schon seit 1881 gibt. Die älteren Leser werden sich sicher noch an die Eröffnung erinnern, haha. Was passiert hier jetzt ganz konkret? Räumungsverkauf, dann kommt die ganze Einrichtung raus, einige Bilder übernimmt das Museum, dann soll heftig umgebaut werden. Wenn ich es richtig verstanden habe, wird der Nachfolge-Laden nur im Erdgeschoss sein. Oben sollen auch Wohnungen eingerichtet werden.

Okay, denke ich, diese Wohnungen werden dann wohl auch nicht so ganz billig sein in der Heider Monopoly-Schlossallee. Um die finanzielle Zukunft der Herrschaften muss man sich dann ja wohl keine großen Gedanken machen. Was ich aber jetzt persönlich schade finde, das werde ich auch so in meinen Artikel einbauen: Heide verliert wieder ein Stück Identität, das ist natürlich auch in anderen Städten so, die alten Traditionsgeschäfte sterben langsam aus und werden nach und nach durch irgendwelche anonymen Ladenketten ersetzt. Anonym ist jetzt nicht ganz das richtige Wort, man müsste wahrscheinlich eher von austauschbaren oder beliebigen Ladenketten sprechen. Wenn man in Deutschland durch irgendeine Fußgängerzone geht und sieht links Fielmann, rechts Rossmann, an der nächsten Ecke noch Apollo-Optik und gegenüber davon Starbucks, dann kann man schon leicht vergessen, in welcher Stadt man sich überhaupt befindet. Ende der Kulturkritik. Wo waren wir jetzt bei Biehl stehengeblieben? Bis Mitte März soll hier alles abgewickelt sein. Vielen Dank an alle treuen Kunden. So, jetzt noch ein paar Bilder, von außen und von innen, die Schilder mit der Aufschrift Räumungsverkauf sollen natürlich mit drauf. War sonst noch was? Nein, das war alles. Ich bedanke mich und ziehe meiner Wege. Wenn ich dreißig Jahre älter wäre, hätte ich noch solche Sachen gesagt wie: Alles Gute für Ihre persönliche Zukunft. Aber wenn so ein Jungschnösel wie ich es sagen würde, dann würde es wie Ironie klingen, und das soll es ja gar nicht.

Wie spät haben wir's denn jetzt? Halb drei, das geht ja noch. Ich setze mich in der Redaktion gleich an den Rechner und schreibe in einem Zug meine beiden Artikel über die Müllproblematik und über das Sporthaus Biehl. Ein paar gute Müll-Fotos aus dem Archiv dazu und dann noch ein paar Aufnahmen vom Sporthaus. Die darf man jetzt natürlich nicht durcheinanderbringen, das kann sonst peinlich werden. Kaffeepause, Heiko, und dann guckst du dir alles noch mal kritisch an.

Na, kommen Sie klar, fragt Fuchs gerade im Vorbeigehen, ich habe sein Kommen gar nicht mitgekriegt.

Im Prinzip fertig, antworte ich, ich geh' das alles gleich noch mal durch.

Auch Frau Brüggmann kommt jetzt herein, dann ist unsere Redaktions-Notbesetzung ja wieder vollständig. Die beiden anderen haben natürlich auch noch voll zu tun, ich bin auch gleich mit meinem Kaffee fertig und gehe dann noch einmal sorgfältig alles durch, was ich heute geschrieben habe. Fuchs schaut sich kurz meine Artikel auf seinem Rechner an und hebt den Daumen. Alles klar, Heiko, wenn Sie sonst nichts mehr zu tun haben, können Sie ruhig los. War ja ganz schön viel heute, kann auch sein, dass es morgen genauso wird.

Ja, danke, sage ich, damit meine ich natürlich seine frühere Entlassung für mich, nicht die Ankündigung, dass es morgen wieder so stressig wie heute sein könnte. Schönen Feierabend, auch für Sie, Frau Brüggmann. Winke-winke, ich greife mir schnell meine Sachen und mache mich aus dem Staub, bevor einer von beiden auf die Idee kommen könnte, mir doch noch einen allerletzten Auftrag zu erteilen.

Mittwoch, ach ja, Training, murmle ich vor mich hin, während ich die Treppe heruntergehe. Was macht eigentlich Maja, frage ich mich gerade. Wenn ich heute Abend nicht Training hätte, würde ich jetzt vielleicht noch mal kurz in ihre Redaktion schauen und gucken, was sie so treibt. Aber jetzt auf zum Polo, ach nee, ich bin ja heute mit dem Unimog da, hätte ich fast vergessen.

Die ganze Sache mit dem Nachhausefahren, noch einem späten Käffchen mit verfrühtem Abendbrot und so weiter überspringe ich jetzt mal, es ist sozusagen wie immer. Es gibt auch keine entscheidenden Familiennachrichten, außer dass Linda gerade eintrudelt, als ich in der Küche sitze und meine zweite Scheibe Mischbrot mit Käse und Tomaten verzehre. Ach ja, du musst ja gleich zum Training, sagt Linda mehr oder weniger im Vorbeigehen, es klingt aber relativ neutral und nicht etwa bedauernd oder so etwas in der Art. Wie war dein Tag?, kann ich noch fragen, sie antwortet aber nur kurz und bündig: Normal. Na, dann ist ja alles gut. Ich muss tatsächlich gleich los, schnell noch meinen Essenskram wegräumen, dann noch mal nach oben und die Tasche mit den Sportsachen holen. Nach Wesselburen fahre ich heute Abend lieber mit dem Polo, dann bin ich schneller wieder zu Hause und habe dann vielleicht noch eine Chance, was von dem Fußballspiel im Ersten mitzukriegen. Was war es noch mal heute? Testspiel Deutschland gegen Frankreich. Wo jetzt? Das habe ich vergessen. So, jetzt muss ich aber los, tschüs everybody.

An der Tür zum Hofplatz stoße ich beinahe mit Vater zusammen, der seinen Arbeitstag offensichtlich gerade beendet hat. Muss zum Training, sage ich, viel Spaß, höre ich. Ab in den Polo und dann geht es nach Wesselburen. Im Winter haben wir natürlich Training in der Halle, genau genommen in der Sporthalle von Lindas ehemaliger Schule, also der Friedrich-Hebbel-Schule. In der Halle war auch mal eine Weihnachtsfeier und dann natürlich die Entlassungsfeier von Lindas Klasse, da war ich selbstverständlich dabei, sogar beruflich, ich musste einen Bericht über die Feier schreiben und auch ein paar Fotos machen.

Tatsächlich genau 19 Uhr, ich bin ja total pünktlich heute. Wie so ein Trainingsabend abläuft, weiß ja eigentlich jeder, das muss ich wohl nicht so ausführlich erzählen. Es geht im Prinzip erstmal um Aufwärmen, Dehnübungen und solche Sachen, dann ein bisschen Konditionstraining, bevor wir noch ein nettes Spielchen machen. Heute sind wir nur zehn, Rolf ist ganz schön sauer, weil die Fehlenden sich nicht bei ihm abgemeldet haben, sein Geschimpfe trifft natürlich die Falschen, denn wir sind ja da, es sind die anderen, die sich das anhören müssten. Aber das kennt man ja. Also schnell zwei Mannschaften zu fünf bilden, dann spielen wir in der Halle auf die Handballtore. Rolf pfeift heftig vor sich hin und legt gesteigerten Wert darauf, dass wir mehr laufen sollen. Das tun Fußballer ja nicht unbedingt immer gerne. Ich bin in der Mannschaft mit Mark, Marcel, Dennis und Moritz, im Moment führen wir, das liegt aber daran, dass Mark der eindeutig bessere Torwart ist als Christopher. Scheiße, jetzt bin ich auch noch voll mit Sven zusammengerasselt, kann der denn nicht aufpassen. Verdammt, tut das weh, ich sitze auf meinem Allerwertesten und reibe mir das Schienbein. Rolf pfeift ab und guckt sich die Sache an, weil mein Bein noch dran ist, lässt er aber das Spiel wieder laufen, ich humple am Anfang noch ein bisschen, aber danach geht es allmählich wieder. Am Ende steht es dann fünf zu drei für uns, ein Tor konnte ich wenigstens beisteuern, was will man mehr. Aha, Rolf hat heute ein bisschen früher Schluss gemacht, er will also auch noch Deutschland gegen Frankreich sehen. Also ab unter die Dusche und dann in Hochgeschwindigkeit umziehen. Gibt's heute noch Manöverkritik oder irgendwelche Nachrichten? Sieht nicht so aus, alle wollen so schnell wie möglich nach Hause und sich vor der Glotze niederlassen. Tschüs, bis zum nächsten Mal.

Ich will jetzt nicht sagen, dass ich wie ein Verrückter rase, aber ich fahre schon ein bisschen zügiger als sonst, damit ich noch was von dem Spiel mitkriege, eventuell ja sogar noch die gesamte zweite Halbzeit. Es ist zwar kalt, aber nicht glatt, ich komme also gut durch, um diese Zeit ja sowieso, da gibt es kaum Verkehr zwischen Wesselburen und Wesselburener Deichhausen. Ich stelle den Polo in Startposition auf dem Hofplatz ab und lasse mich noch kurz von Stromer begrüßen, bevor ich mit meiner Sporttasche ins Haus gehe. Drinnen ist es schön gemütlich warm, im Wohnzimmer läuft der Fernseher auf Volldampf, jawohl, Deutschland-Frankreich ist in vollem Gang, kurz vor der Halbzeitpause. Vater sitzt in seinem Lieblingssessel mit einer Flasche Dithmarscher Urtyp in Griffweite, Mutter befindet sich eher im Hintergrund auf der Couch mit dem Strickzeug in der Hand. Linda und Lasse sind nicht in Sicht, vielleicht pennen die sogar schon. Wie steht's denn, frage ich, noch null zu null, höre ich. Na, dann habe ich ja noch nichts Wesentliches verpasst. Ich bringe meine Sportsachen in die Waschküche und breite die verschwitzten Klamotten auf einem Wäscheständer aus, so verlangt es die Timmermannsche Hausordnung. Dann noch Zeitungspapier in die Sportschuhe stopfen und die Tasche weit geöffnet an den Haken hängen, so gehört sich das. Jetzt muss ich mich nur noch mit Getränken versorgen, dann kann es losgehen. Ich nehme lieber gleich drei Flaschen Bier mit, Vater wird bestimmt auch noch mindestens eine wollen. Zurück ins Wohnzimmer.

Und, frage ich, immer noch null-null?

Die erste Halbzeit ist offensichtlich beendet, Vater scheint aber nicht ganz zufrieden zu sein. Eins zu null für die Franzosen, Heiko, gerade noch in der 43. Minute. Kopfballtor von Valbuena. Ausgerechnet der kleinste Spieler auf dem Platz, der macht das mit dem Kopf. Unglaublich. Aber unsere sind sonst gut, die können das noch packen.

Hoffen wir's, sage ich, prost, Vater.

Prost, Heiko.

Wie war's beim Training, fragt Mutter.

War gut, wie immer, sage ich, waren nur nicht alle da. Rolf war ganz schön sauer, aber das kann man ja auch verstehen. So kommen wir nie auf einen grünen Zweig.

Hunger? Wir haben sonst noch Chips in der Küche.

Ach nee, lass man.

Die zweite Halbzeit beginnt. Stade de France in Paris, 75.000 Zuschauer. Ausverkauft, das ist schon was. Die Kamera schwenkt auf Angela Merkel und François Hollande. Jogi Löw trägt eine Daunenparka, es scheint auch in Paris nicht besonders warm zu sein. In der 51. Minute macht Müller den Ausgleich, unsere Kanzlerin springt auf, ihr französischer Kollege spendet höflich Beifall. Gut, hoffen wir weiter. Nach dem nächsten Bier, in der 74. Minute, macht Khedira nach einem geilen Pass von Özil das zwei zu eins für Deutschland. Er stand zwar leicht im Abseits, das soll beim Treffer der Franzosen in der ersten Halbzeit aber auch der Fall gewesen sein. Okay, dann kann ja keiner meckern. Es bleibt bis zum Schluss bei unserem zwei zu eins, erstmals seit 78 Jahren hat eine deutsche Nationalmannschaft wieder ein Länderspiel in Frankreich gewonnen, heißt es, das freut dann ja nicht nur die Statistiker. Vater findet lobende Worte für Özil, der hat ja im Mittelfeld wahnsinnig geackert, Mutter meint, er hätte aber so seltsame

Froschaugen. Besser als Hühneraugen, kalauere ich. Die Glotze läuft noch weiter, es folgen die üblichen philosophischen Betrachtungen nach einem wichtigen Länderspiel, ich räume meine geleerten Bierflaschen weg und melde mich bei den Eltern ab. Mutter will nur noch eine Reihe stricken und dann auch zu Bett, Vater murmelt noch etwas von den Ergebnissen von irgendwelchen anderen Spielen, über die wohl noch gleich berichtet werden wird. Na dann, gute Nacht.

Ich merke, dass ich doch ganz schön kaputt bin nach diesem Tag, kein Wunder, im Beruf war es hektisch und dann auch noch das Training, da muss man ja einfach müde werden. Ich schaue mir beim Zubettgehen noch mal kurz mein linkes Schienenbein an, ja, ein ziemlich großer blauer Fleck, aber sonst scheint alles in Ordnung zu sein. Vielleicht noch ein paar Seiten Klaus Groth, ach nee, vielleicht eher doch nicht. Hatte ich das Buch nicht auch schon zu Ende gelesen? Keine Ahnung, das ist mir jetzt auch völlig egal. Wecker scharfmachen und Licht aus. Gute Nacht, Dithmarschen.

Ich wache am nächsten Morgen sogar noch vor meinem Wecker auf, genau genommen eine Viertelstunde. Noch eine Runde Schlafen lohnt sich sowieso nicht mehr, also stelle ich den Wecker ab und stehe auf. Es ist ja auch gar nicht so schlecht, wenn man mal am Morgen ein bisschen mehr Zeit hat. Erstmal gepflegt duschen, dann einmal mit dem Rasierapparat quer durchs Gesicht. So üppig sprießt mein Bart noch nicht, dass ich das jeden Tag nötig hätte, aber andererseits möchte ich auch nicht völlig stoppelig durch die Gegend laufen, immerhin habe ich ja einen Job, bei dem ich viel mit anderen Leuten zu tun habe, die möglicherweise Wert auf einen ordentlich rasierten Zeitungsmenschen legen. So, fertig. Linda steht schon im Bademantel vor der Tür, hoffentlich noch nicht zu lange. Moin Linda, moin Heiko. Sie hätte ihren Bademantel ruhig ein bisschen fester zumachen können, ich kann den Blick auf ihre üppige Oberweite nicht ganz vermeiden. Da hat man als Bruder natürlich eigentlich gar nicht hinzugucken, ich weiß.

So früh schon, Heiko?, fragt Mutter mich erstaunt.

Ja, sage ich, ich konnte nicht mehr schlafen, da bin ich dann lieber gleich aufgestanden. Ist Vater schon weg?

Nein, ist er nicht, denn er kommt gerade aus dem Büro, er hatte wohl noch was zu erledigen oder sogar schon ein frühes Telefonat zu führen. Sein Frühstücksgeschirr ist auch noch unberührt, das hätte ich ja auch gleich sehen können, ohne Frühstück würde sich Vater nie auf den Weg machen, selbst wenn es um vier Uhr morgens wäre.

Moin Heiko, moin Vater.

Ich hole noch mal schnell die Zeitung rein, sage ich.

Das ist günstig, es hat im Moment keiner was dagegen, dass ich mir dann auch gleich als erster unser Blatt greife. Erstmal gucken, was aus meiner Arbeit von gestern geworden ist. Müll wird zum begehrten Wertstoff, steht auf Seite 9 unter Dithmarschen. Okay. Mein Bericht über das Ende von Biehl ist auf der nächsten Seite. Dann noch diese beiden kleineren Meldungen über das WHG und die Blutspendenaktion am Berufsbildungszentrum. Nichts gestrichen, nichts geändert, perfekt. Ich lese ja gerne, was ich selbst geschrieben habe, das gebe ich offen zu. So super stolz wie am Anfang bin ich aber nicht mehr darauf, ich muss auch den Clan nicht mehr dauernd darauf hinweisen. Entweder merken sie es von selbst, dass der Sprössling schon wieder was im Landboten hinterlassen hat, oder sie kriegen es eben nicht mit. Auch egal.

Eine Scheibe Mischbrot mit Nutella, da kommt auch schon Linda die Treppe herunter. Kaffee, Heiko?, werde ich von Vater gefragt. Komisch, sonst fragt das immer Mutter. Ja, gerne, sage ich. Ich blättere noch etwas weiter in unserer Zeitung. Temperaturen um den Gefrierpunkt, Schneeschauer möglich. Der Winter scheint noch nicht ganz vorbei zu sein. Die Westküste präsentiert sich auf der Hamburger Reisemesse. Die Fischer dürfen ihren Beifang nicht mehr ins Meer zurückwerfen, das wird die Möwen ärgern. Beim Monopoly fliegt das Bügeleisen raus. Die Marner Polizei bereitet sich auf den Rosenmontag vor. Im Zweiten gibt es heute Abend Kölner Karneval. Eine Rockband sucht einen Sänger ab 20 Jahren. Keine Obergrenze? Für den Steinbock ist heute kein Tag zum Bäumeausreißen. Garage zu verschenken. Äh, wie soll das denn funktionieren? Aus für anonyme Samenspenden. Schade. Viele Planeten ähneln der Erde. Der nächste ist 13 Lichtjahre entfernt, das ist ja fast um die Ecke. Ach ja, das Spiel von gestern Abend wird auch schon ausführlich gewürdigt. Da hat Rolfs Sportredaktion mal wieder schnell geschaltet, er selbst war natürlich nicht dabei, er kann ja nicht gleichzeitig Spätdienst bei der Zeitung machen und seine Jungs trainieren.

Ich reiche die Zeitung in Richtung Eltern weiter und nehme dabei wahr, dass mein lieber Bruder Lasse ebenfalls am Tisch sitzt und bereits eifrig

Cornflakes in sich hineinschaufelt. Falls sich jetzt einer fragen sollte, was mit Linda ist, keine Sorge, die befindet sich auch schon seit einiger Zeit am Tisch und nimmt jede Menge Kalorien zu sich. Die ganze Timmermannsche Frühstücksveranstaltung geht ziemlich ruhig und entspannt über die Bühne, bis Linda dann als erste los muss und dadurch etwas Unruhe verbreitet. Als nächster ist dann Lasse dran, es kommen erstmal die üblichen Fragen, ob er denn auch seine Schultasche ordentlich gepackt hat und auch wirklich alle Hausaufgaben erledigt hat. Angeblich ja.

Ich muss jetzt auch los, obwohl ich absolut keinen Bock habe. Das wird bestimmt wieder so ein vollgepackter Arbeitstag, und dann geistert immer noch das Hahnebier-Problem durch meinen Kopf. In zwei Tagen soll ich über dieses Marktplatz-Event berichten, und ich habe mich immer noch nicht wirklich ausreichend über das Thema informiert. Im Grunde genommen habe ich keinen blassen Schimmer vom Hahnebier, ich weiß nur das, was ich mal hier, mal da und eher am Rande mitbekommen habe. Hoffentlich kann ich mir das fehlende Grundwissen noch bis zum Samstag raufschaffen. Überhaupt Arbeit am Wochenende, wo bleibt da denn mein Privatleben? Ich habe das Gefühl, im Moment habe ich gar keines mehr. Okay, ich muss dann mal, sage ich zu den Eltern, ich nehme aber den Polo, keine Ahnung, wo ich heute wieder überall hindüsen muss.

Verständnisvolle Blicke der älteren Generation und wohlwollende Abschiedsworte. Na dann schönen Tag noch.

Wie ich befürchtet hatte: Wir sind heute wieder nur zu dritt in unserer Redaktion, Callsen, Harder und Lorek liegen danieder, alle drei werden wahrscheinlich erst wieder Anfang der nächsten Woche auf dem Damm sein. Na prima. Halbe Belegschaft, aber leider nicht halbe Arbeit. Holger Fuchs, Anna Brüggmann und ich stehen mit unseren Stenoblöcken am Stehtisch und besprechen die Aufgaben des Tages. Ich komme gleich darauf zurück. Aber erstmal will ich sagen, dass ich auch etwas mein Leid klagen kann zum Thema Hahnebier. Ich fühle mich da etwas überfordert, sage ich, weil mir einfach das ganze Grundwissen dazu fehlt. Sie brauchen vielleicht nur eine Nachhilfestunde, Heiko, sagt Frau Brüggmann, ich habe da einen Bekannten, der ist Schriftführer bei der Süderegge, der hat wirklich viel Ahnung von der Materie, wenn Sie sich mal mit dem zusammensetzen, der wird Ihnen das schon alles erklären können.

Na gut, sage ich, das müsste aber bald sein, morgen ist ja schon Freitag.

Ich ruf ihn gleich mal an Heiko, vielleicht hat er ja heute Abend Zeit für Sie.

Heute Abend. Auch das noch. Das sage ich jetzt aber nicht, das denke ich nur.

Okay, jetzt aber mal zu unseren ganzen Aufgaben heute: Schärfere Kontrollen beim Jobcenter Dithmarschen, der Kreis will das Vollstreckungswesen abgeben, Bürgerpreis für Ehrenamt, Begabtenförderung am Heisenberg-Gymnasium, Fehlalarm bei der Heider Feuerwehr, Puppentheater auf der Museumsinsel Lüttenheid, Piraten wollen in den Kreistag, Einbruch in Weddingstedt, Weddingstedter SPD rüstet sich für Kommunalwahl, Ringreiterverein Wesseln will Komödie aufführen, Dithmarscher Musikschule bietet Kurse für E-Gitarre und E-Bass an, dann noch ein paar Meldungen und Termine, die aber im Prinzip schon fertig sind und nur noch bearbeitet werden müssen. Okay, das alles also geteilt durch drei. Ich als Steinbock mit dem Stenoblock kriege Heisenberg, Feuerwehr und Musikschule aufs Auge gedrückt, den Rest teilen sich Frau Brüggmann und Herr Fuchs ganz kollegial, ich habe jedenfalls nicht den Eindruck, dass Fuchs den Redaktionsleiter voll raushängt.

Gut, die Aufgaben sind verteilt, wir könnten uns ja noch etwas weiter unterhalten oder gemeinsam ein Lied singen, vielleicht so ein Morgenlied wie im Kindergarten, aber es zieht uns doch erstmal an unsere Schreibtische. Jetzt müssen Termine am Telefon vereinbart werden, wenn man damit zu lange wartet, verzettelt man sich. Das Heisenberg-Gymnasium, meine alte Schule, kann ich jederzeit erreichen, das weiß ich noch aus eigener Erfahrung, also muss ich da nicht zuerst anrufen. Wie sieht es aus mit der Dithmarscher Musikschule? Schnell mal im Netz gucken: Bahnhofstraße 29, Bürozeiten montags bis donnerstags 8.00 bis 18.00 Uhr, freitags 9.00 bis 17.00 Uhr. Das passt ja, da rufe ich gleich mal an. Besetzt.

Dann kann ich's ja mal bei der Feuerwehr probieren. Die Heider Feuerwehr ist natürlich keine Berufsfeuerwehr, die gibt es ja nur in größeren Städten, sondern eine ganz normale freiwillige Feuerwehr, wie es sie meinetwegen auch in Reinsbüttel gibt. Das heißt, die Feuerwehrleute hocken nicht rund um die Uhr auf der Wache, sondern sie gehen ihrem normalen Berufsleben und natürlich auch Privatleben nach, bis dieses dann mal durch einen Alarm unterbrochen wird. Ich will damit nur sagen, ich kann jetzt nicht erwarten, dass ich gleich den Wehrführer ans Telefon bekomme, wenn ich bei der Heider Feuerwache anrufe. Aber, soweit ich weiß, gibt es da einen fest angestellten Hausmeister. Also versuche ich es mal. Ja, ich komme auch gleich durch, Timmermann vom Dithmarscher Landboten... Es scheint tatsächlich der Hausmeister zu sein, er verweist mich aber gleich an den Pressewart, die Nummer würde ich auf der Webseite finden. Danke, schönen Tag noch. Nächster Versuch: Pressewart anrufen. Seine Frau meldet sich, ihr Mann sei schon los, als sie innerlich verarbeitet hat, dass ich von der Zeitung bin, stellt sie mich durch in sein Büro. Na, das klappt ja prima. Noch mal: Timmermann, Dithmarscher Landbote, ich würde gerne...

Wir verabreden uns dann für 11.30 Uhr bei der Heider Feuerwehr. Gut, eingeloggt.

Jetzt noch mal die Musikschule: Ja, ich komme durch und sage wieder meinen Spruch auf. Ich bekomme auch gleich ein wenig Basisinfo zu meiner Frage nach den E-Gitarren- und E-Bass-Kursen, Näheres könnten da aber eigentlich nur die Kursleiter sagen. Namen und Telefonnummern bekomme ich genannt, ob ich da jetzt um diese Zeit anrufen könnte, probieren Sie es einfach, na dann vielen Dank und einen schönen Tag noch.

Hier, Heiko, sagt Frau Brüggmann gerade und reicht mir einen Zettel, heute Abend um 19 Uhr in der Mühlenstraße in Heide. Thomas Faber, das ist der Schriftführer der Süderegge, ein Bekannter von uns. Der erwartet Sie dann. Wenn es nicht geht, sollen Sie ihn aber anrufen.

Faber? Oh, vielen Dank, Frau Brüggmann. Ja klar, heute Abend, natürlich geht das.

Wenn einer über das Hahnebier Bescheid weiß, dann er. Da sind Sie in den richtigen Händen, Heiko.

Vielen Dank noch mal.

Da habe ich den Salat. Aber ich wollte es ja auch selbst so, eigentlich kann ich ganz froh sein, dass sich da jemand mit mir hahnebiermäßig beschäftigen will.

Ich probiere es aber jetzt mal bei den Gitarrenlehrern. Bei der dritten Telefonnummer klappt es, der Knabe scheint auch ein ganz sympathischer Typ zu sein, jedenfalls am Telefon. Ob ich heute Nachmittag Zeit hätte, ja, okay, wann denn, so gegen halb drei, ja, das passt. Das wäre dann aber nicht in Heide, sondern in Meldorf. Gut, okay. Ein kleiner Ausflug nach dem Mittagessen wird mir sicher gut tun. Dann also halb drei in Meldorf. Tschüs, bis dann.

Also jetzt habe ich zwei Termine, wie war das noch mal mit dem Heisenberg-Gymnasium, da hatte ich noch nicht angerufen. Ach, ich habe jetzt keine Lust mehr zum Telefonieren, ich geh' da einfach mal hin, mir ist nach Bewegung, ich werde in meiner alten Schule schon jemanden auftreiben, der mir ein paar Takte über die Begabten erzählen wird. Heutzutage gilt man ja schon als hochbegabt, wenn man seinen Namen richtig schreiben kann.

Ich will jetzt nicht ganz so viel von der Einzelheiten erzählen, nur ungefähr so viel: Es klappt alles mehr oder weniger gut. Im Heisenberg kann ich zwar nicht mit dem Chef sprechen, aber immerhin mit seinem Vize, Herrn Henninger. Den haben wir in der Mittelstufe irgendwann mal in Mathe gehabt, das war nicht direkt mein Lieblingsfach, aber ich habe mich da mehr oder weniger durchgeschlagen. Au weia, mehr oder weniger habe ich eben gerade schon mal gesagt, aber mir fällt nichts Passenderes ein. Was ist denn jetzt überhaupt der Kerngedanke bei dieser Begabtenförderung? Es gibt eine AG, also eine Arbeitsgemeinschaft, bei der nicht nur die eigenen Fünftklässler mitmachen können, sondern auch Viertklässler aus den umliegenden Grundschulen. Es geht dabei um Naturwissenschaften im weitesten Sinne, speziell um Beobachten und Experimentieren. Gut, Botschaft verstanden. Hätte mich so etwas persönlich früher interessiert? Da sag' ich ganz ehrlich nein, ich hätte keine Lust gehabt, am Nachmittag noch einmal zur Schule zu fahren, wenn es sich irgendwie vermeiden ließe. Aber es scheint durchaus viele interessierte Kinder zu geben, die gucken wahrscheinlich auch dauernd Galileo im Fernsehen und lesen Geolino-Hefte. Solche Kinder soll es ja auch geben, die sind ja nicht alle so wie mein kleiner Bruder. Okay, ich kriege noch ein paar Bilder mit, die kann ich mir einfach auf meine Dienstkamera hochladen. Wunderbar, vielen Dank. Jetzt werde ich noch ein bisschen ausgequetscht über das, was ich im Moment gerade so tue, also meine Ausbildung und mein Studium, meine ich jetzt. Henninger hat mich offensichtlich doch noch als ehemaligen Schüler identifiziert. Wie viele Schüler hat denn ein Lehrer so allgemein während seiner ganzen Dienstzeit unter seinen Fittichen gehabt? Schöne Schätzaufgabe, ich denke mal, es könnten so um und bei fünf- bis sechstausend sein. Die kann man sich wohl beim besten Willen nicht alle merken.

Jetzt habe ich doch schon wieder zu viel erzählt, das wollte ich ja eigentlich gar nicht, aber ihr kennt mich ja, ich kann mich eben manchmal nur sehr schlecht bremsen. Jetzt kommt aber wirklich nichts mehr über die Feuerwehr und die Dithmarscher Musikschule, versprochen. Stattdessen ein eher allgemeiner Gedanke: Natürlich ist das nichts Weltbewegendes, was im Lokalteil des Dithmarscher Landboten steht, es gibt sicher spannendere oder interessantere Meldungen auf der Welt, aber wir lesen eben auch gerne mal etwas völlig Unwichtiges, was man getrost am nächsten Tag wieder vergessen darf. Wenn es diese ganzen Berichte über die kleinen Ereignisse in Dithmarschen nicht gäbe, würden wir sie wahrscheinlich doch vermissen. So, das war's.

Zwischendurch Mittagspause: Ich würde gerne mal wieder mit Maja zum Essen gehen, aber das geht ja nicht, der Donnerstag ist sozusagen ihr Kiel-Tag. Zur Erinnerung: Sie macht das gleiche Studium wie ich, aber nicht dienstags, sondern donnerstags. Warum das so ist, habe ich, glaube ich, schon mal erklärt, das muss ich wohl jetzt nicht wiederholen. Ich könnte heute eigentlich mal wieder zu Onkel gehen, das ist dieser Imbiss am Rande des Wulf-Isebrand-Platzes. Manche Leute würden Onkel eventuell sogar als Restaurant bezeichnen, ich würde da jetzt aber nicht stundenlang drüber diskutieren. Einmal Döner mit allen Schikanen, Mezzo ist leider aus, okay, dann eine Cola, bitte. Meine Gedanken schweifen jetzt aber etwas in Richtung Maja, ich habe ihren Namen bisher sechzehnmal erwähnt, also ist sie wohl durchaus von Bedeutung für mich. Trotzdem könnte ich jetzt nicht ohne weiteres behaupten, dass sie tatsächlich meine Freundin im landläufigen Sinne ist. Wir waren ja schon mal richtig eng zusammen, so richtig eng mit offiziellem Schlussmachen anschließend, danach war dann erstmal Funkstille, aber dann ging es doch wieder los zwischen uns, mal mehr oder auch mal weniger. Ihr Spruch war irgendwann mal: Heiko, wir sind ja noch so jung, da möchte man sich nicht so fest binden. Ist vielleicht gar nicht mal so verkehrt, dieser Spruch. Trotzdem, ich merke gerade so ein Gefühl in der Magengrube, das kommt nicht von der Cola und auch nicht von der Döner-Soße, das ist wohl schlicht und ergreifend Sehnsucht. Wenn ich ein Hund wäre, zum Beispiel Stromer, und es wäre jetzt Nacht, würde ich glatt den Mond anheulen. Aber als Mensch so mitten am Tag kann man sich das nicht wirklich erlauben, das würde sicher eher dumm auffallen.

Mahlzeit beendet, jetzt kommt der Nachmittag, den ich auslassen wollte. Ich sage nur noch so viel: Ich kriege alles noch rechtzeitig hin bis zum Redaktionsschluss, also allgemeine Zufriedenheit zum Feierabend. Auf nach Hause.

Da fällt mir ein: Nein, leider kann ich jetzt nicht die Füße hochlegen und die Glotze auf Volldampfbetrieb schalten, ich muss heute Abend ja noch mal los. Wo ist der Zettel? Thomas Faber, Mühlenstraße sowieso. Um 19 Uhr. Logisch, auf das offizielle Timmermann-Abendbrot kann ich jetzt nicht warten, ich muss mich schon mal vorverpflegen. Also sage ich Mutter kurz Bescheid, die arbeitet noch im Büro, sieht nach Rechnungen schreiben aus. Ist gut, Heiko, höre ich, aber ob sie jetzt wirklich alles voll mitbekommen hat, was ich erzählt habe, keine Ahnung. Vater scheint noch unterwegs zu sein, Lasse ist wahrscheinlich in seinem Zimmer und Linda auch. Also in ihrem Zimmer, meine ich jetzt, freiwillig würde sie sich bestimmt nicht bei Lasse aufhalten. Jedenfalls stehen ihre Schuhe im Flur und ihre Hausschuhe scheinen sich jetzt an ihren Füßen zu befinden. So, das habe ich nur erzählt, damit jeder sich vorstellen kann, wo sich unsere einzelnen Familienmitglieder gerade aufhalten.

Zurück zu mir: Ich mache es mir am Küchentisch einigermaßen bequem mit einem Becher Milch und zwei Scheiben Vollkornbrot. Einmal mit Schinken, einmal mit Käse. Dazu lasse ich mich etwas von NDR Info zusülzen. Das Radio in der Küche hat leider nur vier Stationstasten, die sind belegt von RSH, Welle Nord, NDR 2 und NDR Info. Delta Radio kommt in der Welt meiner Mutter leider nicht vor, und es ist auch ihrer Aufmerksamkeit entgangen, dass man seit einigen Jahren auch Deutschlandfunk und Deutschlandradio auf UKW empfangen kann, sogar in Dithmarschen. Ob das überhaupt viele Leute in unserer Gegend hören, ist natürlich eine ganz andere Frage. Es gibt ja im Prinzip immer mehr Programme, nicht nur im Fernsehen, aber die Hörer oder Zuschauer werden dadurch wirklich nicht mehr, diese ganzen Sender müssen sich alle ihr Stück aus dem großen Publikumskuchen herausschneiden. Mit diesen oder ähnlichen Gedanken beschäftige ich mich, bis mein verfrühtes Abendbrot beendet ist. Schön alles wieder ordentlich wegstellen, fertig.

Jetzt muss ich aber auch gleich wieder los zu diesem Herrn Faber. Auf dem Weg zum Polo kommt mir Vater entgegen, der ist wohl gerade mit dem MAN angekommen. Hallo Vater, hallo Heiko, ich muss noch mal los nach Heide, was recherchieren. Dann viel Erfolg, bis später. Ich könnte jetzt eigentlich auch Stromer mitnehmen, der würde mir vielleicht das Auto warmhalten, während ich bei Faber bin, so ein großer Hund im kleinen Polo bringt sicher ein paar Plusgrade an einem kalten Winterabend. Nein, das tue ich natürlich nicht, außerdem wird Stromer bei uns zum Aufpassen gebraucht. Manchmal habe ich auch den Verdacht, dass er sich für den eigentlichen Chef des ganzen Geländes hält.

63

Fünf vor sieben, ich bin gerade in die Mühlenstraße eingebogen, aus Richtung Büsum, falls das jemand genau wissen möchte, also nicht aus Richtung Lohe-Rickelshof. Das Faber-Haus habe ich auch schon entdeckt, ich möchte aber eher nicht auf die Auffahrt rauffahren, dann parke ich doch lieber schräg gegenüber auf dem Parkplatz hinter der Post, da ist um diese Zeit nicht viel los, es sei denn, da läuft gerade mal ein Blockbuster im Kino. Erklärung für alle Nicht-Heider: Das Lichtblick-Kino ist praktisch direkt neben der Post. Okay, ich stelle also den Polo ab, ergreife meinen Stenoblock und den Zettel mit meinen Fragen und Stichworten, dann gehe ich über die Straße rüber zum Haus der Familie Faber. Jedenfalls nehme ich an, dass es sich um eine ganze Familie handelt, denn das Haus ist ziemlich groß. Ziemlich groß, aber auch schon ziemlich alt. Nach der ganzen Bauart würde ich sagen, das ist ein ehemaliges Bauernhaus. So etwas gibt es mal hier und da mitten in Heide, vor meinetwegen hundert Jahren war hier wahrscheinlich schon der Stadtrand. Seit wann gilt Heide überhaupt als offizielle Stadt, frage ich mich gerade, aber das kann ich mir natürlich jetzt auch nicht sagen, das muss ich morgen oder irgendwann mal nachgoogeln. Ein letzter Blick auf die Uhr, bevor ich den Klingelknopf drücke: Punkt neunzehn Uhr. Perfekt. Klingelingeling.

Guten Abend, Herr Faber, Timmermann vom Dithmarscher Landboten, Sie waren so freundlich...

Kurzer Erzählstopp: Herr Faber sieht so ähnlich aus wie irgendein Schauspieler, den ich aus dem Fernsehen kenne, ich komme jetzt nur nicht auf den Namen. Also sagen wir einfach mal mittelgroß und schlank, etwas rötlich-blonde Haare und ein ebensolcher Kinnbart, der aber nicht wild wuchert, sondern durch den Einsatz des Rasierapparates regelmäßig in Form gebracht wird. Ich würde mal sagen, der Herr ist älter als mein Vater, aber jünger als mein einer Opa, ich spreche jetzt von meinem Opa aus Lieth, der ist ja noch relativ jung und wirkt einfach auch noch nicht so großväterlich wie mein anderer Opa, also Vaters Vater, der hat ja auch schon ein Hörgerät, das er allerdings nur selten zum Einsatz bringt. Aber ich schweife schon wieder erheblich ab.

Mittlerweile bin ich hereingebeten worden, habe meine Jacke aufgehängt und einen Blick auf den Flur geworfen. Flur ist jetzt aber nicht der ganz korrekte Ausdruck. Weil es sich ja um ein altes Bauernhaus handelt, sage ich mal lieber Diele als Flur, vielleicht habt ihr auch schon mal den Ausdruck Lohdiele gehört. Das ist sozusagen der Eingangsbereich, der auch ein bisschen an eine Art Halle erinnert. In einer Ecke steht eine Bank, auf der es sich eine Kollektion von Teddybären gemütlich gemacht hat. Vielleicht ist Herr Faber ja Generalvertreter von Steiff. Nein, das glaube ich eher nicht. Irgendwie wirkt er eher wie jemand aus der Chefetage der Raiffeisenbank, vielleicht macht er aber auch beruflich etwas völlig anderes, auf das ich jetzt überhaupt nicht kommen würde. Egal. Jedenfalls kenne ich ihn bisher noch nicht, das hätte ja sonst auch durchaus so sein können, bei zwanzigtausend Einwohnern in Heide wäre das gar nicht so unwahrscheinlich.

Meine Frau hat heute Abend ihren Kurs, erklärt mir Herr Faber, als wir das Wohnzimmer betreten. Aha, Volkshochschule, denke ich. Vielleicht lernt sie ja gerade Dänisch, so wie ich vor einem Jahr, vielleicht unterrichtet sie aber auch selber. Kleiner Eindruck vom Wohnzimmer: Ziemlich gewaltige Ausmaße, so wie bei uns, wir leben ja auch in einem alten Bauernhaus, da war man noch großzügig mit den Räumen oder man hat von Anfang an so gebaut, damit das Vieh noch ins Haus passt, falls mal der Stall abbrennt.

Was möchten Sie trinken, Herr Timmermann?

Ach, wenn Sie vielleicht ein Wasser da hätten, das wäre nett.

Herr Faber versorgt mich mit Mineralwasser und sich selbst mit einem Dithmarscher Pils. Das haben wir auch immer zu Hause, könnte ich jetzt sagen, aber das ist ja nicht das Thema des Abends. Wir sitzen jetzt am Esstisch, der natürlich auch gewaltig groß ist und den man wahrscheinlich auch noch weiter ausziehen oder sonstwie vergrößern kann, damit man dort mal mit zwanzig Leuten Platz nehmen kann. Überhaupt die Möblierung: Älteres und Neueres kombiniert, viele Bilder an den Wänden und auch ziemlich viele Familienfotos auf einer Kommode, nicht nur Bilder von Teddybären.

Es geht ja um das Hahnebier, beginne ich, ein bisschen weiß ich natürlich schon darüber, aber meine Kollegin Frau Brüggmann hat mir gesagt, dass ich von Ihnen sicher noch ein paar Auskünfte bekommen könnte.

Ja, dann fangen Sie doch einfach mal an, Herr Timmermann, was möchten Sie denn wissen?

Ich beginne dann auch wirklich mit meiner ersten notierten Frage und es folgen natürlich noch jede Menge weitere. Ich schreibe fleißig und einigermaßen leserlich mit und bekomme dabei immer mehr den Eindruck, dass ich hier genau an der richtigen Stelle bin. Wenn einer Ahnung vom Hahnebier hat, dann dieser Herr Faber. Am Ende werde ich das Gefühl haben, dass bei mir tatsächlich alle Unklarheiten beseitigt sind und ich mich ohne Bedenken auf das samstägliche Ereignis werfen kann. Aber so weit sind wir jetzt noch nicht. Ich möchte aber nicht das ganze Gespräch eins zu eins wiedergeben, sondern nur meine wichtigsten Erkenntnisse zusammenfassen, wenn sie auch ziemlich unsystematisch sein werden:

Zunächst einmal gibt es klare Grenzen zwischen den drei Heider Eggen, die Gebiete sind also genau aufgeteilt. Bei der Kirche auf dem Marktplatz findet sich ein Grenzstein, von dort aus könnte man sozusagen in die verschiedenen Himmelsrichtungen peilen. Herr Faber zeigt mir auch einen Stadtplan, auf dem die Gebiete der einzelnen Eggen unterschiedlich eingefärbt sind. Früher gab es strenge Regularien in den Statuten, die besagten, wer zu welcher Egge gehörte, heute ist das etwas aufgelockert. Es muss aber ein Bezug zur jeweiligen Egge bestehen, zum Beispiel durch die Familie. Beispiel: Wenn mein Vater in der Jahnstraße wohnen würde und Mitglied der Süderegge wäre, könnte ich dort vielleicht auch Eggenbruder werden, selbst wenn ich ganz woanders wohnen würde. Okay, verstanden. Dann gehören heute auch angrenzende Gemeinden zu den Gebieten der Eggen. Süderholm gehört zur Österegge, Wesseln zur Norderegge und Lohe-Rickelshof zur Süderegge. Wenn jetzt ein Süderholmer sagt, Moment mal, wir sind doch gar keine eigenständige Gemeinde, wir gehören zur Stadt Heide, dann hat er natürlich recht. Aber das nur so ganz nebenbei.

Heutzutage sind die Eggen Vereine mit einer Satzung, man kann der Egge ohne Probleme beitreten, in den Vorstand kann man aber nur nach einer Abstimmung aufgenommen werden. Früher war man praktisch automatisch Eggenbruder, indem man an dem jeweiligen Ort wohnte. Heute gilt: Nur wer im Verein ist, ist Eggenbruder. Was schließe ich denn jetzt daraus? Es scheint nicht besonders schwierig zu sein, einer Egge beizutreten. Ein bisschen schwieriger wird es aber dann, wenn man irgendeinen wichtigeren Posten im Vorstand bekleiden will. Dann muss man sich wohl irgendwie bewährt haben und einen einwandfreien Leumund haben. Leumund, das ist eines meiner Lieblingswörter. Ich bin ein Fan von solchen altmodischen Begriffen. Unbescholtenheit, das ist auch so ein tolles Wort. Im Klartext heißt das wohl, dass ich ein höheres Hahnebier-Amt ausüben kann, wenn man mir keine Untaten, Gemeinheiten oder sonstige Fiesitäten nachsagen kann. Gut, das haben wir jetzt ja geklärt.

Wie denn so ein normaler Hahnebier-Festtag bei den Eggen abläuft, interessiert mich als nächstes. Herr Faber erklärt es mir am Beispiel der Süderegge, bei den anderen Eggen soll es aber sehr ähnlich ablaufen. Also jetzt die

Süderegge: Es geht sehr früh los, um sechs Uhr morgens trifft man sich beim Vereinslokal, das ist im Moment das MTV-Heim. Der Hohnbeerkrog ist leider zurzeit geschlossen. Die Generalversammlung findet immer im HSV-Casino statt, aber das nur nebenbei. Wo waren wir denn jetzt? Ach so, ja, im MTV-Heim. Da hält man sich etwa eine Stunde lang auf, dann marschieren zwei Züge in das Gebiet der Süderegge und besuchen verdiente Eggenbrüder. Bei dieser Gelegenheit werden Ehrungen ausgesprochen, zum Beispiel für besonders lange Mitgliedschaft oder ähnliches. Dabei wird auch hier und da eingekehrt, wie es heißt, also man wird zu einem kleinen Umtrunk oder Imbiss eingeladen. Um 13 Uhr treffen sich dann wieder alle, diesmal beim HSV-Casino. Hier gibt es Erbsensuppe für die Truppe. Das wäre jetzt nicht so ganz mein Fall, aber Vater zum Beispiel schwärmt davon, das gibt es manchmal bei seinen Feuerwehrübungen. Okay, Suppe ausgelöffelt, es geht weiter.

Um 13.30 Uhr wird der Öllermann, so eine Art Präsident, zu Hause abgeholt. Anschließend beginnt das Straßenboßeln. Boßeln, das ist schon wieder ein Kapitel für sich, das kann man gar nicht in ein, zwei Minuten erklären. Ich mache das mal ganz kurz und sage nur, Boßeln ist so eine Art Wurfsport mit einer besonderen Kugel aus Holz mit Bleifüllung, man muss sich beim Werfen sehr merkwürdig drehen. Dann wird natürlich gemessen, wie weit man gekommen ist und so weiter. Diese ganzen Spielregeln kenne ich leider nicht, ich weiß eben nur, dass es welche gibt. Beim Straßenboßeln wird auf einigen abgesperrten Straßen gespielt, beim Feldboßeln natürlich auf irgendwelchen Stoppelfeldern. Heiner Ohlsen hat übrigens mal richtig offiziell in einem Verein geboßelt und war auch ganz erfolgreich dabei. So ganz furchtbar ernst geht es beim Hohnbeer-Boßeln wohl aber nicht zu. Man macht sozusagen eine große Runde, zum Beispiel auf der Uwe-Jens-Lornsen-Straße und noch ein paar anderen. Vielleicht ist es an solchen Tagen ratsam, sein Auto in Sicherheit zu bringen.

Gut, wir haben jetzt also fertig geboßelt und dabei auch das eine oder andere stärkende Getränk zu uns genommen. Wie geht es denn jetzt weiter? Ungefähr um halb vier geht der Umzug in die Stadt beziehungsweise durch die Stadt, mit Musik und allen Schikanen. Um halb fünf beginnt dann die Kaffeetafel im Tivoli. Wer Heide nicht kennt, kennt natürlich auch nicht das Tivoli, das ist ein traditionelles Ballhaus, man könnte es im weitesten Sinne auch als Gaststätte bezeichnen. Der Saal aus der Gründerzeit ist original erhalten, aufwendig restauriert worden und steht auch unter Denkmalschutz. Wer in Heide was auf sich hält, veranstaltet hier seine Feste. Zurück zur Kaffeetafel: Der Saal ist hahnebiermäßig dekoriert, unter anderem mit dem

Hahn auf der Tonne in der Mitte des Saales. Übrigens dekoriert jede Egge selbst und muss dann auch am Tag nach der Feier wieder alles abdekorieren. Einmarsch der Fahnen, Begrüßung durch den 1. Föhrer. Es werden auch die Ehrengäste begrüßt, hier findet sich eigentlich alles ein, was in Heide Rang und Namen hat. Auch die anderen Eggen schicken jeweils eine Abordnung. Es folgt die Totenehrung, die natürlich auch ein wichtiger Teil des Zeremoniells ist. Das eigentliche Kaffeetrinken beginnt mit dem Einmarsch der Kaffeedamen.

Mich interessiert natürlich auch, ob es Torten oder Kuchen gibt, nein, belegte Brote, das gehört zur Tradition. Was passiert sonst noch? Es gibt Musik, bei der Süderegge spielt häufig die Lindener Blasmusik. Dann werden Ehrungen ausgesprochen, zum Beispiel für 65-jährige Mitgliedschaft in der Egge, jawohl, so etwas gibt es. Ehrennadeln werden angeheftet. Die Boßelpokale werden verliehen, im wahrsten Sinne des Wortes, denn es handelt sich um Wanderpokale. Es gibt eigentlich auch keinen wirklichen Verlierer, denn es heißt zum Beispiel: Rot hett wunnen und Blau hett siegt. Der Spaß und die Geselligkeit sind wohl die Hauptsache dabei. Es werden dann auch noch Reden gehalten, eigentlich immer auf Plattdeutsch, es gibt Redner aus den eigenen Reihen und auch Gastredner.

Was ist so mein Eindruck bis zu diesem Punkt? Der Ablauf des Hahnebier-Festes scheint bis ins kleinste Detail voll durchgeplant zu sein. Außerdem: Man muss wohl ein ziemlich gutes Durchhaltevermögen haben, um den ganzen Tag durchzustehen. Man steht allerdings nicht nur, sondern sitzt auch viel. Manche Eggenbrüder bleiben nach der Kaffeetafel einfach im Tivoli, bis der abendliche Festball beginnt.

Wi wöht fiern as bit de Hohn kreiht, könnte man als Motto des Festballs bezeichnen. Der Ball beginnt um Viertel nach acht oder halb neun, das ist nicht so ganz genau festgelegt. Jetzt sind auch Damen willkommen, bisher war das Ganze eher eine Herrenveranstaltung, bis auf die eine oder andere Ausnahme. Darauf werde ich vielleicht noch zurückkommen. Der Ball wird mit einer Polonäse eröffnet, es spielt eine Tanzkapelle, in den letzten Jahren waren es bei der Süderegge häufig die Hohner Dorfmusikanten. Im Prinzip läuft der Abend dann so ab, wie man es von anderen Bällen her kennt, es wird also heftig getanzt und so weiter. Eine Tombola, nein, die gäbe es nicht, sagt Herr Faber. Das Ganze geht dann also bis in die frühen Morgenstunden, damit ist dann das Hohnbeer-Fest beendet. Was man jetzt nicht vergessen sollte: Bis vor einigen Jahren waren die Eggenfeste jeweils an einem Montag, das muss man sich mal vorstellen, da mussten viele Leute dann am nächsten Morgen wieder los zur Arbeit, das muss ganz schön stressig gewesen sein. Heutzutage hat man dann wenigstens noch den anschließenden Sonntag zur Erholung.

Ich brauche jetzt auch etwas Erholung und gieße mir noch ein Glas Mineralwasser ein. Ich schiele auf meine Liste und stelle erleichtert fest, dass ich schon bei meiner zehnten Frage angelangt bin. Herr Faber zeigt noch keine Ermüdungserscheinungen, er scheint sich echt darüber zu freuen, dass sich jemand ernsthaft für das Thema Hahnebier interessiert. Der Name Peter Bur taucht immer wieder auf im Zusammenhang mit dem Hahnebier, sage ich, was ist denn über diesen Mann bekannt, was ist denn tatsächlich historisch verbürgt?

Herr Faber schaut mich etwas nachdenklich an und sagt dann, dass man im Grunde genommen nur wenig über diesen Mann weiß. Er hieß aber eigentlich Peter-Jakob Claussen, manchmal mit Doppel-S, manchmal mit Eszett geschrieben, er lebte in der Mühlenstraße in Heide, vermutlich in einem Haus schräg gegenüber der jetzigen Mühlenbäckerei, möglicherweise im Nachbarhaus der früheren Schneiderei Stender zur linken oder zur rechten. Peter Bur war wohl Holzpantoffelmacher, seine genauen Lebensdaten sind aber nicht bekannt. Er soll aber seinerzeit das Hohnbeerfest wiederbelebt haben, ein altes Fest, das auf die Tradition des Buerreekens zurückgeht. Buerreeken bedeutet ungefähr Bauern-Abrechnung, früher wurden einmal im Jahr die Abrechnungen für das gemeinsam genutzte Land gemacht, dann wurde festgelegt, was jeder an Pacht zu zahlen hatte oder welche Arbeiten für die Gemeinschaft er im kommenden Jahr zu übernehmen hatte. Das war dann eine willkommene Gelegenheit zu einem gemeinsamen Fest, es wurde Bier gebraut und Korn gebrannt, und dann wurde kräftig gefeiert. Man warf auch mit Steinen auf die hölzerne Tonne, in der ein lebendiger Hahn eingesperrt war. Von Peter Bur gibt es ein Bild, aber es ist eigentlich nicht klar, ob es zeitgenössisch ist oder später angefertigt wurde.

Es scheint überhaupt zum Thema Hahnebier kaum Literatur zu geben, höchstens Sitzungsprotokolle, die sich im Heider Stadtarchiv befinden. Ein Buch gibt es dennoch, und das bekomme ich gleich von Herrn Faber überreicht: Unse lütte un scheune Süderegg, unsere kleine und schöne Süderegge, von Bur Schlüter, schon wieder Bur, erschienen 1991 in Heide im Verlag Boyens & Co. Ja, das darf ich gerne behalten, Herr Faber hat noch mehr Exemplare davon. Das finde ich ja toll. Das Buch ist auf Plattdeutsch geschrieben, da muss ich mich immer erst ein bisschen reinlesen, aber auf den ersten Blick scheint es ein ganz informatives Werk zum Thema Hahnebier zu sein. Gut, darin werde ich sicher noch das eine oder andere nachlesen können.

Zurück zum Thema. Was haben wir denn noch nicht geklärt? Klaus Groth fällt mir ein, ich habe ja gerade in seiner Biographie nach Hinweisen zu seinem Beitrag für das Hahnebier gesucht, aber im Prinzip nichts gefunden. Klaus Groth, meint Faber, den hat die Österegge für sich reklamiert, vielleicht weil unsere Süderegge den Peter Bur als Leitfigur aufweisen kann. Nein, mir persönlich ist nicht bekannt, ob Groth tatsächlich etwas mit der Gründung der Österegge zu tun hatte. Aber warten Sie mal, hier in dem Buch, das ich Ihnen gegeben habe, da wird er doch irgendwo erwähnt. Ja, hier sind zwei kleine Erzählungen von Klaus Groth, De Woterbörs und Witen Slachter, in der ersten wird Peter Bur dargestellt, der heißt hier allerdings Geertohm.

Das wird ja immer komplizierter, bemerke ich.

Nun ja, und in dem zweiten Text wird ein Boßelwettkampf zwischen der Österegge und der Süderegge geschildert. Das ist aber noch nicht alles, es geht auch allgemein um das Hohnbeerfest. Und hier, schauen Sie mal, auf Seite 37, da wird Frau Weihmann vom Klaus-Groth-Museum zitiert, verstehen Sie Platt?

Dat geiht so, sage ich.

Um 1840 weer dat de Geestbur un Holtentüffelmaaker Jacob Peter Claussen vun de Süderegg, de mit sien jungen Lüd vun de Woterbörs dat ole Eggenfest woller in de rechte Ordnung bringen de. Een por Johr noher höll Klaus Groth, de Lehrer un Möllersöhn vun Lüttenheid, de Hohnbeerreden op'n Östereggen. Klaus Groth un sien Lehrerfründ Klaus Stammer vun Nooreggen hebb so, as Jacob Peter Claussen, Peter Bur, dat Hohnbeer op een nie Art in't rechte Bild sett.

Ach so, sage ich, also Peter Bur und seine Kameraden, was ist denn Woterbörs, jedenfalls haben die sozusagen das Hohnbeerfest wiederbelebt oder wie man das ausdrücken will.

Woterbörs, sagt Herr Faber, das war so eine Art Klub oder Gemeinschaft, man traf sich und trank Wasser, was anderes gab es eben nicht.

Seltsam, sage ich, aber das waren ja auch andere Zeiten. Aber wenn ich das hier richtig verstehe, hat Klaus Groth einige Jahre später Reden beim Östereggen-Hohnbeer gehalten, das heißt aber ja nicht, dass er die Österegge neu erfunden hat. Und dann gab es da noch diesen Klaus Stammer von der Norderegge, der war ja wohl ein Kollege von Klaus Groth, als der noch Lehrer war.

Genau, Herr Timmermann, und Stammer ist für die Norderegge auch so eine Art Gründervater.

Okay, aber so ganz genau scheint man das alles nicht zu wissen, ist so mein Eindruck.

Vielleicht finden Sie ja mehr heraus, wenn Sie ein paar Wochen im Stadtarchiv verbringen, es könnte da ja noch die eine oder andere Überraschung auftauchen in Form von Protokollen, Briefen, Urkunden und so weiter.

Nein, das wird wohl nicht nötig sein, Herr Faber, mir geht es an und für sich nur darum, dass ich allgemein einigermaßen orientiert bin über das ganze Hahnebier-Thema. Ach ja, noch etwas: Ich habe irgendwo das Wort Eggenschwester gelesen, ich dachte aber, es gibt nur männliche Mitglieder bei den Eggen...

Eggenschwestern sind schlicht und ergreifend die Ehefrauen der Eggenbrüder. Es gibt auch noch sogenannte Ehrenschwestern, das sind die Witwen von verstorbenen Vorstandsmitgliedern. Es ist aber völlig freiwillig, wer nicht möchte, wird eben nicht zur Ehrenschwester ernannt. Allerdings ist mir so ein Fall bisher nicht begegnet.

Dann stimmt es doch, dass die Eggen im Prinzip reine Männervereine sind?

Im Prinzip ja.

Da wird der Herr Faber ein bisschen einsilbig, finde ich. Das ist wohl ein unangenehmes Thema. Wer weiß, wie seine eigene Frau darüber denkt. Ich schaue jetzt noch mal auf meinen Zettel und finde nur noch ein paar kurze Sachfragen, die ich hintereinander vom Stapel lasse:

Wie finanzieren sich die Eggen? – Aus Spenden und den Vereinsbeiträgen.

Was bedeutet Wittwark? – Das ist die Kleidung der Eggenbrüder, übersetzt heißt es eigentlich Weißwerk, das bezieht sich wohl auf das weiße Hemd zum schwarzen Anzug.
Was sind eigentlich Kretler? – Beim Umzug so etwas wie Ordner oder auch Aufseher. Kreteln bedeutet so viel wir kritisieren. Es gibt auch eine Kretelrede zum Abschluss des Kaffeetrinkens im Tivoli, die wird jedoch oft von geladenen Gästen gehalten. Inhaltlich geht es meist um das, was in der Stadt Heide im letzten Jahr passiert ist.
Herrscht so etwas wie Konkurrenz zwischen den Eggen? – Eher Freundschaft als Konkurrenz, man betrachtet sich nicht als Gegner.

Gut, ich habe jetzt meine ganzen Fragen abgearbeitet und mir tut auch schon die Schreibhand weh. Ich glaube, so viele Notizen wie heute habe ich seit Monaten nicht gemacht. Ich nehme jetzt noch einen Schluck Wasser wie bei der Woterbörs und signalisiere schon mal meinen Aufbruch. Herr Faber erzählt mir dann noch, dass eigentlich alle Eggen Nachwuchssorgen haben, obwohl es schon ein paar jüngere Leute unter den Eggenbrüdern gibt. Die drei Eggen betreiben auch das eine oder andere gemeinsame Projekt, zum Beispiel das Eggendorf beim Heider Marktfrieden. Falls das jemand nicht kennt, der Marktfrieden ist so eine Art Mittelalter-Fest auf dem Marktplatz, es findet alle zwei Jahre statt und endet meist mit einem finanziellen Fiasko.

Ich bin aufgestanden, habe meine Sachen zusammengeräumt und verabschiede mich feierlich von meinem Gastgeber. Ehrlich gesagt, das war alles sehr interessant und aufschlussreich für mich, aber jetzt ist auch langsam gut. Es ist schon fast Viertel vor zehn, mein Gott, das ist ja unheimlich nett, dass der gute Faber mir so viel Zeit gewidmet hat. Aber er kann dann ja wenigstens noch mit seiner Frau die Tagesthemen angucken und noch ein Dithmarscher Pils dazu trinken. Ich könnte jetzt langsam auch eins vertragen, aber natürlich erst, wenn ich wieder zu Hause bin.

Nochmals vielen Dank und auf Wiedersehen, schönen Abend noch.
Ihnen auch, Herr Timmermann.

Ich wollte ihn eigentlich doch noch danach fragen, was er von der Westeregge hält. Zu spät. Aber andererseits kann man sich das ja denken, begeistert wird er nicht gerade davon sein. Wenn man sich so der Tradition verpflichtet fühlt, hat man bestimmt was dagegen, wenn da plötzlich so ein neuer Verein auftritt und offensichtlich mit sämtlichen alten Bräuchen brechen will. Okay, die Eggen sind reine Männervereine, mal hier und da mit einer Frau garniert. Wenn sie wollen, sollen sie meinetwegen. Für mich wäre das nichts, ich möchte nicht immer nur mit lauter Kerlen abhängen. Als die ersten Frauen in Vaters Feuerwehr eintreten wollten, gab es zunächst auch Gemaule von den Männern, aber mittlerweile haben sie wohl doch mitgekriegt, wie angenehm es ist, wenn auch das weibliche Geschlecht vertreten ist. Ich finde allgemein auch, dass die ganze Atmosphäre besser ist, wenn irgendwo auch Frauen oder Mädchen dabei sind. Punkt, aus.

Solche und ähnliche Gedanken gehen mir durch den Kopf, als ich den Polo starte und dann langsam vom Post-Parkplatz wieder herunterfahre, erstmal nach rechts, dann muss ich an der nächsten Ampel warten, bevor ich nach links in die Büsumer Straße abbiegen kann. Herr Faber hätte mir wahrscheinlich auch noch etwas über das bevorstehende Ereignis am Samstag auf dem Heider Markplatz erzählen können, mir ist immer noch nicht ganz klar, worum es dabei gehen wird. Nur, dass die drei traditionellen Heider Eggen daran beteiligt sein werden. Naja, eigentlich kann ich auch alles ganz locker auf mich zukommen lassen.

Als ich zu Hause ankomme, sitzen die Eltern gerade einigermaßen konzentriert vor den Tagesthemen. Vater mit einer halbleeren Flasche Dithmarscher Urtyp in der Hand, Mutter mit Strickzeug und einem Glas Rotwein. Oh, Linda ist auch dabei, das ist eher ungewöhnlich, normalerweise verfolgt sie lieber ihr eigenes Fernsehprogramm in ihrem Zimmer. Da steht ja auch noch ein weiteres Weinglas auf dem Tisch. Ich schätze kurz den Pegel der Rotweinflasche ein, die Schätzung fällt positiv aus, dann hole ich mir auch noch ein Weinglas aus dem Schrank. Das klingt jetzt alles so, als würden wir gar nichts zueinander sagen, das stimmt aber nicht ganz. Es ist nur so, dass während der Tagesschau und während der Tagesthemen die Kommunikation auf das Mindestmaß heruntergefahren wird. Ich gieße mir mein Glas beinahe randvoll ein, was haben wir denn da eigentlich für ein Tröpfchen, sieht nach Aldi oder Lidl aus, Valpolicella. Kann man aber trinken. Prost, Timmermanns. Tom Buhrow verbreitet sich gerade ausführlich über die Haushaltsplanung der EU bis 2020. Rolf-Dieter Krause, danke nach Brüssel. Daimler will die Produktionskosten senken. Tunesien taumelt. Eröffnung der Berlinale. Deutsche Biathleten enttäuschen. Beginn der Weiberfastnacht. Ein Hauch von Neuschnee erwartet uns in unserer Gegend. Wie sind denn die Aussichten für Samstag? Bedeckt und kühl, aber kaum Niederschläge. Vater schaltet den Fernseher ab und dreht seinen Lieblingssessel in Richtung Familie.

Na Heiko, wie war's?

Ich berichte in aller Kürze von den wichtigsten Erkenntnissen meiner Hahnebier-Forschung. An solchen Sachen ist Vater immer sehr interessiert, er hat ja eine Vorliebe für Dithmarscher Geschichte. Dann erfahre ich doch den Grund, warum Linda hier bei den Eltern sitzt: Es gab bei ihr heute etwas Ärger mit einer Kollegin, vielleicht könnte man in diesem Fall auch Mitschülerin sagen, die hatte Linda für einen Fehler verantwortlich gemacht, den sie aber selbst begangen hatte. Das hat Linda sich aber nicht gefallen lassen, sie hat heftig protestiert und dann gab es eben ein paar unerfreuliche Szenen, die sie letztendlich dann doch etwas mitgenommen hatten. Aha, Linda brauchte Tröstung in Form von elterlicher Anwesenheit und Valpolicella.

Die Eltern verziehen sich jetzt in Richtung Schlafzimmer, Linda und ich bleiben noch etwas sitzen mit dem unausgesprochenen Entschluss, auch den Restinhalt der Weinflasche zu vernichten. Gute Nacht, schlaft schön. Macht nicht mehr so lange, nee, nee. Tun wir dann auch wirklich nicht, mit Linda ist jetzt nicht mehr viel los, sie hatte sich ja schon bei den Eltern ausgequatscht und ich habe auch keine große Lust, noch einmal die ganze Story aus ihr herauszukitzeln. War schon richtig, sage ich nur, lass dir bloß nichts gefallen. Prost, Schwesterherz.

Von Lindas Seite kommen jetzt keine großartigen Reaktionen mehr, sie trinkt einfach ihr Glas aus und erhebt sich. Geh' schon mal ins Bad, sage ich, du musst ja morgen wieder früher raus als ich. Ja, okay, gute Nacht, sagt Linda und bereitet ihren Aufstieg ins erste Stockwerk vor. Ich sitze noch ein paar Minuten vor meinen Weinrest, ja, die Flasche haben wir doch noch geschafft, Timmermanns lassen nichts stehen, dann mache ich mich auch auf den Weg nach oben. Noch mal kontrollieren, ob alle Türen geschlossen sind. Ich sehe Stromer draußen auf dem Hofplatz seine letzte Nachtwächterrunde machen. Jawohl, der kennt seine Pflichten. Ich winke ihm zu, was natürlich total sinnlos ist, denn er kann ja nicht zurückwinken. Komm' jetzt, Heiko, befehle ich mir, du musst jetzt schleunigst zu Bett. Vielleicht noch ein oder zwei Seiten lesen, habe ich Klaus Groth überhaupt schon durch, ich glaube schon. Hatte ich mich das nicht schon mal gefragt? Ich könnte auch gut mal wieder einen vernünftigen Krimi lesen. Ach, ist egal jetzt. Ich sag' euch schon mal gute Nacht.

Ich stehe vorm Spiegel und betrachte mich in meinem Hohnbeer-Outfit: Der schwarze Anzug sitzt perfekt, das weiße Hemd ist frisch gestärkt, nur die weiße Fliege sitzt noch etwas schief. Hoffentlich muss ich sie nicht noch einmal binden. Fliegen sind ja noch komplizierter als Krawatten. So, nun geht das. Jetzt noch der Zylinder. Verdammt, was ist denn mit dem los, da hat ja einer irgendwas reingetan. Zum Glück kommt Vater gerade an und sieht die Bescherung. Tja, Heiko, sagt er, der Zylinder ist verschlammt. Wie oft habe ich dich davor gewarnt, du musst ihn einfach öfter aufsetzen und dann auch mal richtig warmlaufen lassen, damit sich nichts absetzen kann und die ganzen Ölreste mal ordentlich wegbrennen. Was klingelt da denn jetzt? Ach so, das ist mein Wecker. Natürlich, ich habe geträumt, wieder allen möglichen Blödsinn vom Hahnebier, ich habe mich sogar mit Peter Bur und Klaus Groth unterhalten, was ziemlich schwierig war, weil sie nur plattdeutsch sprachen. Okay, Wecker, du brauchst dich jetzt nicht zu wiederholen, ich steh' ja schon auf. Aber langsam, Linda ist noch im Bad, ich höre die Dusche, die läuft gerade auf Volldampf.

Ich reibe mir die Augen. Was für einen Tag haben wir heute? Freitag. Freitag, den 8. Februar. Der Februar ist eigentlich der schlechteste Monat des Jahres, darum ist er wohl auch so kurz. 28 Tage. Wir haben ja kein Schaltjahr, das Thema hatten wir doch neulich schon mal, aber ich habe schon wieder vergessen, wie man das mit den Schaltjahren berechnen kann. Jetzt klappert die Badezimmertür, Feuer frei für Heiko.

Und, frage ich, als ich am Frühstückstisch anlande, hat es denn nun geschneit oder nicht?

Jedenfalls nicht bei uns, verkündet Vater, der gerade mit der Zeitung hereinkommt. Und guten Morgen erstmal.

Morgen, murmle ich pflichtschuldig.

Linda sitzt auch schon an ihrem Platz, sie macht allerdings noch einen ziemlich verschlafenen Eindruck. Ich lächle ihr zu, meine freundliche Geste dringt aber nicht zu ihr durch. Mutter schenkt eine Runde Kaffee ein. Wo bleibt denn der Junge. Alles in allem also ein ganz normaler Tagesbeginn im Hause Timmermann. Ich arbeite mich durch Pflaumenmus und Erdnussbutter allmählich an den Käse heran, Pikantje van Gouda, schließlich kann ich auch schon einzelne Teile der Zeitung ergattern. Mich interessiert jetzt eigentlich nur, ob ich meine eigenen Elaborate darin entdecken kann. Ja, da haben wir's: Kreis gibt Vollstreckung ab. Seite 7 rechts unten. Naja. For-

75

scherzeit am Heisenberg-Gymnasium, okay, das Bild ist aber viel größer als der Text, oh, die haben die letzten Sätze einfach weggeschnitten. Na gut, verstehen kann man's trotzdem noch. Lasse ist gerade eingetroffen und kriegt eins aufs Dach, weil er so spät dran ist. Linda rennt noch mal nach oben um sich endgültig aufzuhübschen, anschließend verlässt sie die heimische Bude mit einem knappen, aber nicht direkt unfreundlichen Abschiedsgruß. Was sagt mein Horoskop für heute? Ich soll wirklich nur das tun, was ich aus eigener Kraft schaffen kann. In Ordnung, was anderes hatte ich eigentlich auch nicht vor.

Ich glaube, ich nehme mal wieder den Unimog, damit die Zylinder nicht verschlammen, sage ich in Richtung Vater. Der nickt nur, die Anspielung auf den Hahnebier-Zylinder ist natürlich nicht bei ihm angekommen. Früher, allerdings sehr viel früher, habe ich geglaubt, dass alle Leute, die in einem meiner Träume vorgekommen sind, auch denselben Traum wie ich gehabt haben müssen. Im Grunde genommen glaube ich es auch heute noch.

Also Heiko, für Sie gibt es heute nur Kleinkram, verrät mir unser Redaktions-Fuchs bei der morgendlichen Stehtisch-Runde. Wir sind auch heute nur zu dritt, aber anscheinend liegen gerade nicht so viele heftige Themen in der Luft. Fuchs selber will sich mit den Stadtwerken befassen, es geht um die Wasserversorgung, da droht wegen einer neuen EU-Richtlinie die Privatisierung, das könnte alle möglichen negativen Folgen nach sich ziehen. Frau Brüggmann wird die CDU in Hemmingstedt bearbeiten und das Westküstenklinikum. Wie gesagt, ansonsten nur Kleinkram. Ich bekomme eine Liste von Fuchs in die Hand gedrückt, außerdem ein paar ausgedruckte Texte, die irgendwelche netten Menschen unserem Blatt zugemailt oder zugefaxt haben. Da sind solche Themen drauf wie Vortrag bei den Weddingstedter Landfrauen, Tagung des Bauausschusses der Gemeinde Lohe-Rickelshof, Theaternachmittag des Heider Boßelvereins und ähnliche Sachen. Ich soll den ganzen Kram sozusagen redigieren und mal hier oder da telefonisch nachfassen, wenn mir etwas merkwürdig vorkommt.

Wenn ich ganz ehrlich bin, das sieht nach einer Aufgabe aus, die ich in zwei Stunden erledigen könnte. Aber wer weiß, was heute sonst noch auf mich zukommen wird. Wenn wirklich nichts weiter kommt, wird der Tag natürlich mal ganz easy. Okay, verstanden, ich halte hier sozusagen Stallwache. Fuchs und Brüggmann machen sich dann auch irgendwann aus dem Staub, ich setze erstmal die Kaffeemaschine in Betrieb und gehe mal ganz locker an die erste Aufgabe ran. Alles echt kein Problem, ich kann das kaum glauben.

So gegen halb zehn muss ich plötzlich an Maja denken, ich kann ja einfach mal in ihre Redaktion rübergehen und gucken, ob sie an Bord ist. Ja, sie ist tatsächlich da, auf mein dezentes Klopfen an der Tür hin höre ich ihre Stimme: Herein!

Das lasse ich mir natürlich nicht zweimal sagen. Ich öffne die Tür und stelle fest, dass auch sie im Moment allein zu sein scheint. Wahrscheinlich hat sie heute die gleichen Aufträge wie ich bekommen. Dabei fällt mir ein, ich habe Maja schon häufiger erwähnt, aber einige von euch werden sie noch nicht gesehen haben, deshalb helfe ich mal mit einer kleinen Kurzbeschreibung nach: Maja Schulzik, die kleine Dunkelhaarige von der Gelehrtenschule Meldorf, wohnhaft in Bargenstedt. Geschätzte Größe: 1,70 m, geschätztes Gewicht 66 kg, etwas näher am Normalgewicht als am Idealgewicht. Hier und da ein paar angenehme Rundungen, sie hat übrigens braune Augen. Sie ist vom Typ her eigentlich nicht die perfekte Norddeutsche. So, vielleicht reicht das fürs erste.

Hallo Heiko!

Das klingt ja erfreulich, Maja scheint gute Laune zu haben, das ist nicht immer so, allerdings meistens. Manchmal kann sie auch problematisch sein, aber sie ist vom Sternzeichen her Skorpion, solche Leute können auch mal ganz plötzlich und unvermittelt ihren Giftstachel ausfahren und man kapiert dann eigentlich gar nicht, warum und weshalb. Aber, wie gesagt, im Moment hat sie nichts Skorpionmäßiges an sich. Ich gehe also auf sie zu, sie ist auch von ihrem Platz aufgestanden, ich umarme sie und gebe ihr einen Kuss, der schon ein bisschen mehr hat als nur ein Freunde-Bussi-Bussi.

Lange nicht gesehen, sage ich, ich wollte mal schauen, ob du da bist.

Ja, sagt Maja, gestern war ich ja in Kiel. Und wie geht's so, was hast du gerade vor?

Ach, sage ich, heute nichts Besonderes, kein Stress zu erwarten. Aber morgen Vormittag habe ich Sondereinsatz auf dem Marktplatz, wegen dieses Hahnebier-Events.

Ja, davon hab' ich gehört, Heiko. Wollen wir heute Mittag was zusammen essen gehen?

Ja, gerne. Ich hol' dich dann, sagen wir Viertel nach zwölf, ab, okay?

Ja, das ist okay.

Bis dann, Maja, ich muss dann mal wieder.

Ja, bis dann, tschüs, Heiko.

Mir ist doch schon wieder ganz warm ums Herz und andere Körperteile geworden. Doch zurück zum Dienst.

Ich schaue mir jetzt mal die Meldung an, die wir von den Weddingstedter Landfrauen bekommen haben. Worum geht's denn, aha, ein Vortrag, das wusste ich ja schon, aber worüber jetzt? Eine Karin Hass ist von Hamburg nach Sibirien gegangen, sicher nicht zu Fuß, dort hat sie sich offenbar in einen Einheimischen verguckt, der Jäger ist. Taigajäger heißt es hier. Das klingt ja irgendwie gefährlich. Der Ewenke Slava steht wörtlich in dem Text. Das muss ich gleich mal nachgoogeln. Eingabe: Ewenke oder Ewenken. Ergebnis: Die Ewenken sind Nachkommen eines über weite Teile Sibiriens und der Mongolei verstreuten Nomadenvolkes. Sie haben eine eigene Sprache, Kultur und Religion. Der Begriff Schamane soll aus dem Ewenkischen stammen. Okay, das klingt ja eigentlich alles ganz interessant. Hoffentlich törnt der Vortrag die Weddingstedter Landfrauen nicht so an, dass sie alle anschließend ihren Männern davonlaufen und auch nach Sibirien rübermachen. Wann ist überhaupt dieser Vortrag? Am nächsten Mittwoch um 14.30 Uhr in Kolls Gasthof. Vielleicht kann ich ja Fuchs davon überzeugen, dass er mich da hinschickt. Mich erinnert das Thema auch noch an eine andere Geschichte, es gab doch mal eine Deutsche, die einen Massai-Krieger geheiratet hat. Okay, Krieger lasse ich jetzt mal lieber weg, bestimmt sind nicht alle Massai kriegerisch. Ich guck' jetzt auch noch mal nach dieser Massai-Geschichte und finde sie auch. Die weiße Massai heißt das Buch, das Corinne Hofmann über ihr Leben in Afrika geschrieben hat. Handlung in einem Satz: Weiße Frau verliebt sich in Massai, heiratet ihn und lebt mit ihm in seinem Dorf, trennt sich aber nach einigen Jahren wieder von ihm, als sie erkennt, dass seine und ihre Lebensvorstellungen doch auf die Dauer unvereinbar sind. Wäre wahrscheinlich eine geeignete Ferienlektüre für meine Mutter, den Titel muss ich mir mal merken.

Na Heiko, fleißig bei der Arbeit?, höre ich gerade von Frau Brüggmann, die von der Jagd zurückgekommen ist. Was hat sie denn erlegt? Ach so, die Hemmingstedter CDU. Nominierung der Kandidaten für die Kommunalwahl. Neun Männer und eine Frau, das ist ja nun wirklich keine beeindruckende Frauenquote.

Vielen Dank noch mal für das Gespräch mit Herrn Faber, sage ich, das haben Sie ja für mich eingefädelt. War sehr informativ, ich habe eine ganze Menge über das Hahnebier gelernt dabei.

Das freut mich, Heiko, sagt Frau Brüggmann, aber ich habe mir schon gedacht, der Faber ist genau der Richtige für so was, der weiß Bescheid.

Ja, wirklich, bestätige ich.

Frau Brüggmann hat mittlerweile ihren Arbeitsplatz angesteuert und ihren Stenoblock abgelegt. Gleich wird sie damit beginnen, wie wild auf ihrer Tastatur herumzuhämmern. Ich wette, dass sie mal wieder Steno für ihre Aufzeichnungen verwendet hat. Sie kann tatsächlich noch stenografieren, so etwas gibt es heutzutage ja eigentlich gar nicht mehr. Ich wende mich wieder meinen kleinen Meldungen zu. Nein, die Weddingstedter Oberlandfrau brauche ich jetzt nicht anzurufen, im Grunde genommen ist alles klar, was auf dem Blatt steht, das kann so gebracht werden. Die nächste Meldung, bitte.

Eigentlich verbringe ich auf diese Art und Weise den Rest meiner Arbeitszeit. Frau Brüggmann verlässt mich irgendwann, Herr Fuchs kommt, geht aber auch bald wieder, ich bin größtenteils mir selbst überlassen. Ich kann mir auch noch ein paar Hahnebier-Gedanken als Vorbereitung für morgen machen, außerdem erhalte ich den Tipp von Fuchs, ich sollte mich dann am besten ab neun Uhr einfach auf dem Marktplatz aufhalten und die Augen und Ohren offenhalten. Vergessen Sie nicht, den Akku der Kamera aufzuladen und so weiter. Nein, keine Sorge, die Kamera kann ich doch nachher schon mitnehmen, oder, ja, danke.

Aber jetzt zur Mittagspause mit Maja: Pünktlich Viertel nach zwölf stehe ich bei ihr auf der Matte, Maja hat auch schon ihre Jacke angezogen. Mahlzeit sage ich zu den beiden anderen Kollegen, die noch an ihren Arbeitsplätzen sitzen und vermutlich auch demnächst Mittag machen werden. Zu Fiebelkorn oder zu Onkel?, frage ich, Maja meint aber, wir könnten doch mal wieder zum Chinesen gehen, Mittagsbüffet für 7,90 €, da kann man doch so schön sitzen. Jawohl, gute Idee, also auf zu Tsing Li, das ist von unserer Zeitung aus ja auch nur kurz um die Ecke.

Mein einer Opa, richtig geraten, der aus Hemmingstedt, hat mal erzählt, dass es den Chinesen Tsing Li in Heide schon seit den siebziger Jahren gibt. Zunächst aber in einem Haus Ecke Wulf-Isebrand-Platz und Lüttenheid, aber das tut wohl nichts zur Sache. Es soll immer noch derselbe Kellner oder vielleicht auch Inhaber oder was auch immer wie früher sein, er ist wohl einer von denen, die einfach nicht älter werden. Maja und ich sitzen da jetzt also an unserem Tisch, umgeben von fernöstlicher Dekoration, die so aussieht, als könnte sie sowohl aus Holz als auch aus Plastik sein. Wir sind schon mehrere Male zum Büffet gegangen und haben uns an allen möglichen Köstlichkeiten bedient. Ein Bier dazu wäre nicht schlecht gewesen, aber ich bin ja im Dienst, also kommt für mich nur Spezi in Frage. Falls es jemand wissen möchte, Maja trinkt tatsächlich Jasmin-Tee. Ich soll mal probieren, ich nehme aber nur einen ganz kleinen Schluck. Schmeckt nach Blumenladen, finde ich.

Wir reden zunächst mal über Kiel, anscheinend gibt es donnerstags genau dasselbe Programm wie dienstags, nur der Dozent für Medienrecht ist bei Maja ein anderer. Na gut, wir stehen im Grunde genommen erst ganz am Anfang des Studiums, wer weiß, was da noch alles auf uns zukommen wird. Maja hat auch mal kurz Anke aus Busenwurth in Kiel getroffen, die studiert da ja auch, aber so richtig an der Uni. Welches Fach genau, weiß ich jetzt nicht mehr, ich bin sicher, dass Maja das schon mal erwähnt hat, aber ich möchte jetzt nicht danach fragen, dann würde sie ja merken, dass ich es vergessen habe, das wäre mir schon irgendwie unangenehm. Und wie geht's Linda?, fragt Maja. Ach, sage ich, die hat auch im Moment viel um die Ohren. Es ist nicht ganz so leicht für sie, weil sie wohl das Küken von der ganzen Schwesterntruppe ist, ich glaube, Linda muss sich da manchmal ganz schön durchbeißen. Aber du kannst sie ja auch selbst danach fragen, du kannst doch mal wieder bei uns vorbeikommen.

Ja, okay, sagt Maja, heute Abend vielleicht.

Vielleicht bedeutet bei Maja in diesem Zusammenhang schon so gut wie bestimmt, außerdem kann man dann durchaus damit rechnen, dass sie auch erst am Sonntag wieder nach Hause fahren wird. Ich sage jetzt nichts weiter dazu, sondern nicke nur aufmunternd und stehe dann auf, um die Nachtisch-Runde einzuläuten. Ich sage euch, für 7,90 € kann man sich bei Tsing Li ganz schön den Bauch vollschlagen. Völlig übertrieben damit habe ich jetzt allerdings auch nicht, ich kann mich ja leider nicht nach dem Essen in unserer Redaktion auf den Schreibtisch legen und ein Nickerchen machen. Okay, das war's denn mit der Pause beim Chinesen mit Maja, es war nett, kann man nicht anders ausdrücken. Das Essen war in Ordnung und Maja auch, sie war sogar ein bisschen kuschelig, das lässt ja hoffen. Wir gehen jetzt wieder zurück zum Landboten und trennen uns vor ihrer Redaktionstür. Bis dann, Heiko, ja, bis heute Abend, Maja.

Meine Redaktion ist leer, als ich reinkomme, ich schätze aber, dass entweder Fuchs oder Frau Brüggmann oder auch beide in der Zwischenzeit mal dagewesen ist oder sind, es sieht hier irgendwie minimal verändert aus. Ich checke jetzt erstmal, ob ich wirklich noch etwas Konkretes zu tun habe, nein, eigentlich nicht, mit meinen Aufgaben bin ich fertig. Dann kann ich mir wenigstens noch ein paar Gedanken über morgen machen und dann später vielleicht noch einen Blick in ein paar andere Tageszeitungen werfen, das hat man uns in Kiel ja aufgetragen.

Also jetzt noch mal zu den Hahnebier-Terminen in diesem Jahr: Norderegge 9. Februar, Süderegge 16. Februar, Österegge 23. Februar, Westeregge 2. März. Das mit der Westeregge ist ja absolut neu, wer weiß, vielleicht wird das doch noch durch einen richterlichen Beschluss oder wenigstens eine einstweilige Verfügung oder wie das heißt abgeblasen. Man wird sehen. Also morgen ist das Ordereggen-Hohnbeer, aber das Besondere soll in diesem Jahr sein, dass um 11 Uhr auf dem Heider Marktplatz alle traditionellen Eggen aufmarschieren werden zu einer gemeinsamen Veranstaltung. Wie gesagt, die Westeregge ist ausdrücklich davon ausgenommen. Ich weiß durch diesen Herrn Faber ja ziemlich genau darüber Bescheid, wie so ein Festtag abläuft und was dabei die Hintergründe sind. Wenn ich also morgen um neun Uhr gut ausgerüstet und gut vorbereitet auf dem Marktplatz erscheine, dann dürfte doch eigentlich nichts schiefgehen.

Ich suche jetzt mal die Frankfurter Allgemeine von heute, die habe ich doch heute Morgen schon irgendwo herumliegen sehen, ach, da ist sie ja. Dieses Blatt möchte man ja am liebsten mit weißen Baumwollhandschuhen anfassen, so seriös sieht es aus. Das eine oder andere ist schließlich doch nicht so seriös, wie es auf den ersten Anschein wirkt. Die Technische Universität Darmstadt hat einen neuen Hörsaal für 600 Studenten. Die FAZ sagt also noch Studenten, nicht Studierende. Der Hörsaal ist ein umgebautes altes Maschinenhaus, die besondere Atmosphäre ist erhalten geblieben. Aha. Bei der Feier gab es eine 30 Kilogramm schwere Torte, die aussah wie ein Modell der Halle. Na toll. Noch was Besonderes dabei? Oh ja, der Kostenrahmen ist eingehalten worden und die Bauzeit wurde sogar noch um zwei Monate unterschritten. Na bitte, geht doch. Hilft es Textilarbeitern in Billiglohnländern, wenn man T-Shirts für 4,99 € boykottiert? Ein Riesenartikel mit kontroversen Beiträgen, ich gebe ungefähr nach der Hälfte auf. Wie ist denn meine eigene Einstellung dazu? Ich kaufe nicht gerne den billigsten

Plunder, aber ich schätze mal, auch wenn man für Klamotten etwas mehr Geld ausgibt, hat man keine Garantie dafür, dass die Leute in den Fabriken in Bangladesch oder sonstwo auch fair behandelt werden. Mit großer Wahrscheinlichkeit sind die Dinosaurier durch die Folgen eines Asteroideneinschlags ausgestorben. Diese These ist jetzt mit neuen Fakten belegt worden. Hessen hinkt bei der Windkraft hinterher. Ein Mann aus Südhessen ist mit einer Motorsense auf seinen Nachbarn losgegangen. Das ist ja interessant. Der Nachbar hat sich über den Lärm der Motorsense beschwert, darauf hat der Sensenmann nicht reagiert, dann hat der Nachbar ihm einen Eimer Wasser auf die Hose gekippt, dann hat der Mann seinen Nachbarn mit der Sense bearbeitet. Klassischer Fall von Eskalation. Was hat's denn gegeben? Anderthalb Jahre auf Bewährung wegen gefährlicher Körperverletzung. Die Beteiligten waren übrigens beide schon im Rentenalter. Kann man jetzt irgendwas daraus lernen?

Diese Frage bleibt unbeantwortet, weil gerade unser Redaktions-Fuchs hereingekommen ist und sich auf seinen Rechner stürzt. Hallo, sage ich, er winkt mir kurz zu, ich überlege, ob ich jetzt lieber etwas Eifrigeres als nur Zeitunglesen machen sollte, dann bleibe ich aber dabei. Kardinal Meisner beklagt Katholikenphobie. Keine andere Religionsgemeinschaft würde im Moment so häufig angegriffen wie die Katholische Kirche. Naja, so ganz unbegründet sind diese Angriffe wohl nicht, da muss ich nur an die zahlreichen Missbrauchsfälle denken, die sehr gerne unter den Teppich gekehrt wurden und immer noch werden. Langsam habe ich keine Lust mehr auf die Frankfurter, haben wir nicht noch etwas anderes an Bord? Schnell noch einen Blick in die Süddeutsche Zeitung werfen, ich blättere mal diesen gewaltigen Papierberg durch, bleibe dann aber am Thema Fußball kleben. Fußball geht immer. Hier geht es allerdings um mafiöse Strukturen bei den Sportwetten, gekaufte Schiedsrichter, aber auch ganze gekaufte Mannschaften. Die Bundesliga soll angeblich sauber sein, jawohl, meine Herren. Auf der ganzen Welt sollen jährlich 500 Milliarden Euro durch illegale Machenschaften im Sportbereich, vor allem im Fußball, umgesetzt werden. Wahrscheinlich habe ich das jetzt nicht richtig ausgedrückt, es ist wohl vor allem so, dass Geld durch Einsätze bei Wetten gewaschen wird. Singapur und China werden als Beispiele genannt. Übrigens kann man im Fußballbereich auf alles Mögliche wetten, zum Beispiel auch, welcher Spieler ausgewechselt wird oder wie viele Ballkontakte Spieler Sowieso in der ersten Halbzeit hatte. Meinetwegen. Vielleicht sollte man mal ein bisschen mehr in das Thema Wetten einsteigen, ich hätte direkt mal Lust darauf. Mich würde schon interessieren, wie viele Dithmarscher Toto spielen oder Oddset oder was es sonst noch so gibt.

Zwischendurch darf ich mal bei Fuchs antraben und ihm die Ergebnisse meiner heutigen Tätigkeit vorlegen. Er ist ganz zufrieden damit, vielleicht auch deshalb, weil er gerade mit sich selbst zufrieden ist. Seine Recherche bei den Stadtwerken war offensichtlich mehr als erfolgreich, und nun ist er gerade dabei, einige kritische Anmerkungen zur Problematik der kommunalen Wasserversorgung zu Papier zu bringen. Wenn Sie sonst fertig sind, Heiko, können Sie heute früher Schluss machen. Sie sollen ja morgen wieder voll ran. Haben Sie alles vorbereitet dafür?

Kamera, Diktiergerät, Stenoblock, gespitzte Bleistifte, sage ich, alles bereit.

Fuchs nickt nur, dann kommt gerade Frau Brüggmann herein.

Hast du noch was für den Kollegen Timmermann, Anna?

Zu meiner und eurer Erinnerung: Fuchs und Brüggmann sind als alte Kollegen natürlich per Du, ich habe die entsprechenden Weihen aber noch nicht empfangen. Vielleicht wird es ja was auf der nächsten Weihnachtsfeier nach dem dritten Glühpunsch.

Nein, Kollegin Anna Brüggmann hat jetzt auch keine neuen Aufträge für mich, auch nicht Kaffeekochen oder so etwas, deshalb kann ich jetzt wirklich gehen. Geil, denke ich, erst halb vier, der Nachmittag ist noch jung. Ich fahre meinen Rechner herunter und packe meine Siebensachen, insbesondere den Kram, den ich morgen Vormittag brauchen werde. Schönen Feierabend und ansonsten tschüs bis Montag, sage ich und gehe meiner Wege.

Als ich aus dem Landboten-Building herauskomme, fällt mein erster Blick auf Weinhaus Hansen gegenüber. Was macht mein heimischer Weinkeller? Die Bestände sind bei null angelangt. Höchste Zeit, dass ich mal wieder für Nachschub sorge. Unser Roter, der Liter für 7,49 €, etwas billiger wäre auch gegangen, aber was soll's. Spätburgunder, Baden. Also jetzt nicht zum Baden, sondern aus Baden. Baden-Württemberg mit Doppel-T und M vor Berg. Dann bitte einen Karton mit sechs Flaschen, sage ich zu dem Herrn, den ich für den Inhaber des Ladens halte. Überhaupt Weinhaus Hansen, ich weiß gar nicht, ob ich das jetzt so erwähnen darf, vielleicht kriege ich dann ja eine Abmahnung, aber egal, jedenfalls gibt es hier sehr viele leckere Sachen, vor allem in flüssiger Form. Whisky mit unaussprechlichen Namen, Rum von anscheinend jeder einzelnen karibischen Insel und solche Sachen. Ich würde mich da gerne mal am Freitagabend einschließen lassen und dann mal in aller Ruhe alles durchprobieren.

Meinen Karton trage ich lieber mit zwei Händen zum Unimog, das fehlte noch, dass er mir entgleitet oder dass eine von den schweren Flaschen unten durchrutscht. Ich parke heute nicht auf dem Landboten-Parkplatz, sondern gegenüber, da ist so eine Art inoffizieller Bahnhofs-Parkplatz entstanden, solange der neue Bahnhof im Bau ist. Oder besser sein wird, keine Ahnung, wann der mal fertiggestellt wird. Im Moment sieht jedenfalls alles noch aus wie Kraut und Rüben, nicht gerade der günstigste Eindruck für einen Heide-Besucher, der mit der Bahn anreist. Aber das ist ein Kapitel für sich, wie alle Baumaßnahmen in Heide. Eigentlich gehört der Weinkarton ja auf die Ladefläche des Unimogs, aber ich bringe ihn noch im Führerhaus unter, so eng ist es da ja auch nicht. Es ist aber ganz schön kalt in der Kiste, ich hauche Nebelwolken vor mich hin. Dann muss ich fast zwei Minuten lang vorglühen, denn diese feuchte Kälte behagt dem Motor überhaupt nicht. Schließlich macht der Unimog brumm und wrumm mit ein bisschen wreng dabei, es klingt aber wirklich noch nicht rund und gesund. Die Abgaswolken, die ich gerade hinter mir ausbreite, möchte ich lieber nicht sehen. Die Handbremse lässt sich nur schwer lösen und auch den Rückwärtsgang bekomme ich erst im zweiten Anlauf eingelegt. Ein Kavaliersstart sieht anders aus.

Ich ordne mich in den frühen Heider Feierabend- und Wochenendbeginn-verkehr ein und beschließe spontan einen Zwischenstopp bei Bäcker Scharbau in Lohe-Rickelshof. Einerseits ist mir nach einem schönen Stück Kuchen zum offiziellen Nachmittagskaffee, andererseits nach einigen heißen Blicken der schönsten Bäckereifachverkäuferin von Dithmarschen namens Heike. Heike und Heiko, das wäre ja was gewesen. Aber vielleicht wird es irgendwann doch mal was, das kann man nie wissen. Leider ist sie im Moment nicht im Laden, entweder hat sie Urlaub oder sie sitzt gerade auf dem Klo, jedenfalls ist ihre Kollegin da, die ist auch ganz nett, bei der ordere ich sechs Heißewecken, fünf für den Clan und eine als Reserve, wenn Maja schon früher auftaucht. Falls irgendjemand aus dem Süden ist und diese Dinger nicht kennt, Heißewecken sind so eine Mischung aus Rosinenbrötchen und Hefefladen, sie sind ziemlich platt, als ob der Bäcker mit der Dampfwalze darübergefahren wäre. Zu Hause muss man sie noch kurz erwärmen, damit sie vernünftig schmecken, vielleicht eine Minute im Backofen, man kann sie aber auch kurz auf den Toaster legen. Nur in die Mikrowelle würde ich sie nicht tun, dann werden sie einfach nur lappig.

Linda ist auch schon da, als ich zu Hause ankomme, irgendeine Kollegin hat sie mitgenommen, die wollte wohl nach Wesselburen und ist dann den kleinen Umweg über Wesselburener Deichhausen, Reinsbüttel und Süderdeich gefahren. So habe ich es jedenfalls verstanden. Offensichtlich hat Linda auch nette Mitschülerinnen oder wie man die nennen soll. Sie hat jetzt voll Wochenende und ist dementsprechend aufgekratzt. Gegen Heißewecken hat sie nichts, im Gegenteil, sie will auch gleich den Tisch decken, wenn ich den Kaffee aufsetze. Ich schaue auch noch mal kurz ins Büro, da sitzt Mutter und telefoniert gerade, klingt aber eher privat als geschäftlich. Ich winke ihr zu, sie winkt zurück, ich gebe ihr in Zeichensprache zu verstehen, dass es gleich Kaffee geben wird, sie hält den Daumen hoch, solche modernen Gesten hätte ich ihr gar nicht zugetraut. Vater ist noch unterwegs, ob Lasse zu Hause ist, interessiert mich im Moment weniger, wenn er den Kaffee riecht und Hunger hat, wird er schon ankommen. Aber manchmal ist er auch draußen um diese Zeit, auch mal bei den Nachbarn im Stall oder bei seinem etwas älteren Kumpel Florian. Gut, also erstmal nur drei Heißewecken auf den Toaster.

Perfektes Timing: Der Kaffee steht bereit, die Wecken sind warm, Mutter wechselt vom Büro ins Wohnzimmer, Linda ist fertig mit dem Tischdecken. Wir können starten. Linda ist im Moment am mitteilungsbedürftigsten, sie informiert uns detailliert über ihren Tag in der Krankenpflegeschule, auch wenn es keine großen Highlights gegeben hat. Dann erzähle ich von der Redaktion, dass ich heute eigentlich kaum etwas zu tun hatte, dafür dann aber morgen umso mehr, dass ich mit Maja beim Chinesen war und dass sie höchstwahrscheinlich noch heute bei uns vorbeikommt, was ja im Klartext heißt, dass sie ein oder zwei Nächte bei uns bleibt und bei Linda übernachten wird. So offiziell hat Maja noch nie in meinem Zimmer geschlafen, sie ist dann immer spätestens am nächsten Morgen wieder zu Linda rübergegangen. Wer das ein bisschen seltsam findet, hat natürlich vollkommen recht, wir haben es allerdings bisher auch noch nie thematisiert, also Maja, Linda und ich, meine ich jetzt.

Schön, sagt Mutter, das freut mich ja, dass Maja kommt, es ist immer so nett mit ihr. Ich soll euch übrigens alle von Tante Etna grüßen, wir haben fast eine Stunde lang telefoniert, sie soll jetzt richtig offiziell Opas Firma übernehmen, naja, erst ist ja auch letztes Jahr 65 geworden. Sie soll aber weiterhin Zimmerei Wiemers heißen, nicht Zimmerei Green, weil das ja so bekannt ist bei der Kundschaft.

Jaja, sage ich nur.

Nur als kleines Update: Mein einer Opa hat bisher diese Zimmerei in Lieth gehabt, seine eine Tochter war aber praktisch schon lange Zeit Juniorchefin,

85

nun übernimmt sie also den Laden, warum auch nicht, tüchtig ist sie ja. Meine Mutter hat übrigens vier Schwestern, keine Brüder, sie ist außerdem die Älteste. Gut, das war jetzt nicht weiter wichtig, aber vielleicht versteht ihr jetzt besser, worüber wir gerade reden.

Es gibt da dann noch 'ne Einladung zur Geschäftsübergabe, aber das ist vielleicht erst Anfang Mai oder so.

Ich habe nichts dagegen. Normalerweise gibt es bei meinen Großeltern in Lieth nur zwei Familienfeiern im Jahr, Omas Geburtstag im Juni und Opas Geburtstag im Dezember. Ich finde solche Feten eigentlich ganz cool, aber im Grunde genommen haben sie immer den gleichen Ablauf. Da fällt es eigentlich gar nicht auf, wenn man mal ein Fest auslässt.

Jetzt fährt gerade ein Wagen auf die vordere Auffahrt, nee, das ist nicht Vaters Heizöl-Ferrari, das ist doch dieser Volvo-Kombi von Maren-Papa. Mit Anhängerkupplung natürlich, für den Pferdeanhänger, aber die sieht man jetzt natürlich nicht, die Kupplung, meine ich. Linda scheint Bescheid zu wissen: Ach ja, Maren kommt ja auch.

Maren kommt ja auch, na prima. Also ich will jetzt nichts gegen Maren sagen, immerhin war ich früher sogar mal einige Wochen oder Monate mit ihr zusammen, aber sie war einfach noch zu jung für mich. Ihr versteht schon, wie ich das meine. Maren ist mit meiner Schwester in eine Klasse gegangen, aber was sie jetzt eigentlich macht, weiß ich gar nicht. Wahrscheinlich hat Linda das zwar irgendwann mal erzählt, aber ich habe es dann wohl einfach vergessen oder gar nicht erst zugehört oder so was. Maren ist jetzt einfach so hereingekommen, sie kennt sich ja bei uns aus, die vordere Haustür ist bis zum Abend nicht abgeschlossen, da kann eigentlich jeder Hans und Franz reinkommen, zum Beispiel der Postbote, der tut das auch und legt dann seine Briefe auf den Garderobenschrank im Flur. Okay, das wollte ich jetzt aber gar nicht sagen, sondern dass Maren gerade mit ihrer Übernachtungstasche hereingekommen ist und Hallo gesagt hat. Setz dich zu uns, sagt Mutter, während Linda noch eine Tasse und einen Kuchenteller holt. Ich stehe auch auf, ich opfere die Heißewecke, die eigentlich für Maja bestimmt war, und lasse sie einmal auf dem Toaster durchglühen.

Immerhin lehnt sie sie nicht ab, sondern beißt herzhaft hinein wie eine Stute ins Heubündel. Maren und Linda haben schon ihre Konversationstätigkeit voll aufgenommen, aus dem Inhalt schließe ich, dass Maren keine Lehre macht, sondern in Heide weiter zur Schule geht, es kann sich dann eigentlich nur um das BBZ, das Berufsbildungszentrum, handeln. Ansonsten stelle ich fest, dass sie schon eine kleine Spur erwachsener aussieht als das letzte Mal, als ich sie richtig in Augenschein genommen hatte. Wann das aber jetzt genau war, weiß ich gar nicht mehr.

Als nächster kommt Vater, kurze Zeit darauf tatsächlich Maja. Auch sie hat eine Tasche dabei. Ich muss noch mal Kaffee aufsetzen und mit meinen Heißewecken wird es langsam eng. Wenn jetzt auch noch Lasse auftaucht, kann ich ihm nur noch Brekkies anbieten. Nein, keine Sorge, Mutter hat jede Menge Vorräte gebunkert, und da sind auch durchaus schmackhafte Kekse dabei. Weil ich gerade so beschäftigt war, habe ich Maja gar nicht so richtig angemessen begrüßen können, jetzt sitzt sie aber schon am Kaffeetisch, ich sage nur kurz Hallo und winke ihr zu, bevor ich mich wieder setze. Im Moment parliert Vater gerade lautstark vor sich hin, so viel Publikum hat er eher selten, außerdem findet er das bestimmt cool, dass gerade zwei junge Damen anwesend sind. Es geht thematisch ein bisschen hin und her, lange nicht gesehen, was machst du denn so und solche Sachen. Maren wird geduzt, weil sie eben eine alte Freundin von Linda ist, schon aus Grundschulzeiten, sie sagt aber Sie zu meinen Eltern. Maja wird dagegen ganz selbstverständlich gesiezt. Das mit der Duzerei und Siezerei ist ja vollkommen kompliziert, darüber habe ich mich schon öfter aufgeregt, das will ich an dieser Stelle jetzt nicht auch noch tun.

Die Kaffeerunde ist beendet, die Mädels, also Linda, Maren und Maja, räumen ab und beschäftigen sich noch mit was auch immer in der Küche, Vater zieht sich mit dem Bauernblatt in seinen Lieblingssessel zurück, Mutter will noch was im Büro aufräumen. Ich bin jetzt ein bisschen abgemeldet, aber das ist nun mal so, ich gehe rauf in mein Zimmer und schaue mal, ob da nicht vielleicht auch noch was aufzuräumen ist. Ja klar, Bett machen und vielleicht doch einmal mit dem Staubsauger in die Ecken gehen. Das Buch von oder über Klaus Groth liegt immer noch auf meinem Nachttisch, jetzt fällt es mir ein, ich habe es nicht ganz zu Ende gelesen, aber das macht ja auch nichts, ich kann es nächste Woche einfach zurückgeben und dann ist das Thema Hahnebier hoffentlich sowieso für mich beendet.

Abendbrot!

Was, jetzt schon? Oh, doch schon Zeit, ich habe in meinem Zimmer länger herumgewühlt, als ich gedacht habe. Also Hände waschen, ich erwähne das jetzt einfach mal, sonst wasche ich mir vorm Essen sowieso immer die Hände, aber so was kann man ja nicht dauernd erzählen, das nervt ja irgendwann. Der Clan plus Maja und Maren sitzt schon am Tisch, Lasse ist auch wieder dabei, er war tatsächlich den ganzen Nachmittag beim Nachbarn und hat im Stall geholfen, dafür hat er zwanzig Eier bekommen, jetzt aber keine Euros, sondern richtige Hühnereier. Darum gibt es heute Abend Rühreier mit Speck, dazu Weißbrot, wer will, kann natürlich auch Mischbrot oder Vollkornbrot nehmen. Ansonsten hat Mutter alles aufgetischt, was unsere Vorräte hergeben. Wir haben wirklich so eine Art Vorratswirtschaft bei uns, falls wir mal einschneien, aber das ist, glaube ich, erst ein einziges Mal gewesen, da ging ich noch zur Grundschule. Linda war noch richtig klein und Lasse noch gar nicht vorhanden. Vater war da wohl kräftig am Schneeräumen mit einem von den neueren Unimogs, aber er ist wohl nicht weiter als bis zur Hauptstraße gekommen. Nach ein paar Tagen setzte dann aber Tauwetter ein und damit war dann der ganze Spuk wieder vorbei. Ich kann mich nur noch daran erinnern, weil es irgendwie so gemütlich war, wir hatten zum Glück Strom und ich durfte den ganzen Tag fernsehen. Meine Eltern erzählen auch manchmal gerne von der großen Schneekatastrophe 78/79, da kannten sie einander ja noch gar nicht, aber da soll unsere ganze Gegend eine ganze Woche lang richtig von der Außenwelt abgeschnitten gewesen sein. Es gab darüber auch mal einen Film im Fernsehen, wahrscheinlich im Dritten vom NDR, der war ganz interessant.

Aber zurück zum Abendbrottisch. Die jungen Damen unterhalten sich prächtig, irgendwie ist das schon faszinierend, die können die ganze Zeit ununterbrochen reden und es wird ihnen nicht langweilig dabei. Ich versuche ab und zu mal einen kleinen Beitrag einzuwerfen, der trifft dann aber nicht direkt auf fruchtbaren Boden. Bei den Eltern geht es thematisch darum, was wir am Wochenende essen könnten, Vater schlägt Grünkohl vor, das hatten wir doch so lange nicht, wer weiß, wie lange es noch so kalt bleibt. Im Frühling schmeckt das ja nicht mehr. Mutter lässt sich erweichen, dann also Grünkohl, Heinrich, meinetwegen, dann aber gleich für Montag mit. Aber dann morgen Abend keine Würstchen, ich mach' uns Frikadellen, wir können ja auch mal Kartoffelsalat vom Schlachter haben. Keine Einsprüche.

Nächstes wichtiges Thema: Was gibt es heute Abend im Fernsehen? Lasse ist mit dem Essen fertig, wasch' dir mal die Hände und hol' schon mal die Funk Uhr. Mainz bleibt Mainz, wie es singt und lacht im Ersten, das geht sogar bis zwölf. Was ist denn mit der Talkshow im Dritten, die verpassen wir dann ja. Ach so, die fällt sowieso aus. Da gibt es auch nur Comedy.

Falls sich jemand über den Fernsehgeschmack meiner Eltern wundert, ich wundere mich schon lange nicht mehr darüber. Sie sehen tatsächlich solche Karnevalssendungen für ihr Leben gern, außerdem diese unsäglichen Volksmusiksachen wie Musikantenstadl oder Florian Silbereisen oder wie sie alle heißen. Da kann man dann nur die Flucht ergreifen. Ich werfe jetzt auch mal einen Blick aufs Programm von heute Abend, vielleicht können wir bei Linda irgendetwas Alternatives sehen. Auf Pro7 vielleicht Star Wars Episode 2, Angriff der Klonkrieger. Oder DuckTales auf Super RTL. Aber wer weiß, was die Mädels gucken wollen. Vielleicht wollen sie die Glotze ja auch gar nicht anhaben, sondern sich nur weiter lebhaft unterhalten.

Mir geht immer mal wieder das große Hahnebier-Ereignis von morgen durch den Kopf. Ich frage einfach mal Vater, ob er vielleicht irgendwas darüber gehört hat, aber Hohnbeer ist nicht seine Baustelle, damit hat er noch nie etwas zu tun gehabt. Aber so was wie diese Eggen in Heide, behauptet er, das hat es früher auch in anderen Orten gegeben, man könnte fast sagen, das waren so eine Art Genossenschaften, die haben das gemeinsame Land bestellt oder ihr Vieh darauf weiden lassen. Einmal im Jahr wurde dann abgerechnet und neu aufgeteilt, wer was zu tun hatte.

Ja, so etwas Ähnliches habe ich doch auch von diesem Herrn Faber gehört. Das bringt mich jetzt aber auch nicht weiter. Ich muss morgen Vormittag eben einfach mal sehen, was da so ablaufen wird, vielleicht kann ich den einen oder anderen Eggenbruder auch interviewen, falls ich etwas nicht genau kapiere.

Das Abendbrot ist mittlerweile beendet, alle fassen mit an, um wieder klar Schiff zu machen. Eigentlich könnte man jetzt auch eine Menschenkette zwischen Wohnzimmer und Küche bilden und dann immer alles von Hand zu Hand weiterreichen. Das tun wir aber nicht, stattdessen laufen alle eifrig hin und her. In der Küche herrscht dann ein ziemliches Gedränge, alle helfen beim Abwaschen und Abtrocknen, nur Lasse hat sich gekonnt verdrückt. Das fällt allerdings niemandem auf, außer mir. Und was passiert jetzt? Linda gibt den Ton an, sie meint, wir könnten doch in ihrem Zimmer ein bisschen vor der Glotze abhängen, es muss ja kein Karneval sein. Ich hab' heute Rotwein gekauft, biete ich mich an, den muss ich aber noch aus dem Unimog holen, das habe ich ganz vergessen. Ihr könnt ja schon mal die Gläser hinstellen.

Ich nehme dann lieber gleich zwei Flaschen mit rüber zu Linda, die Mädels sitzen zu dritt auf der Couch, für mich ist da kein Platz mehr, ich muss in den Sessel. Das ist ja nicht unbequem, aber ich hatte mir den Abend eigentlich eher so ausgemalt, dass Maja in der Mitte sitzt, links und rechts von ihr sitzen Linda und ich, damit wir beide was von ihr haben. Nun ist ja noch Maren da, das wäre ja auch blöd für die, wenn sie in den Sessel verbannt werden würde. Ich drehe den Schraubverschluss der ersten Flasche auf und schenke uns eine Runde Spätburgunder ein. Prost, die Damen. Was wollen wir denn sehen? Star Wars finden die Mädels nicht so cool, sie sind ja sowieso in der Mehrzahl, dann können sie ihre Fernsehwünsche ja auch gleich unter sich ausschießen. Sie sind sich aber sofort einig: StreetDance auf RTL 2. Ein Tanzfilm, auch das noch. Aber vielleicht kann ich ihn ertragen, wenn ich mich ausreichend mit Burgunder betäube.

Worum geht's bei diesem Film? Die Heldin heißt Carly, sie ist Tänzerin und Choreographin in einer Streetdance-Truppe. Sie haben sich gerade für eine Meisterschaft qualifiziert, da steigt der männliche Star aus und Carly muss jetzt dafür sorgen, dass der Laden weiterläuft. Man ahnt schon, das kann nur gut ausgehen. Es gibt da noch jede Menge Hürden zu überwinden, aber am Ende gewinnen Carly und ihre Truppe natürlich. Ich will jetzt nicht sagen, dass der Film schlecht ist, nein, der ist wirklich ganz gut gemacht, aber ich wäre nie von selbst auf die Idee gekommen, mir das anzugucken. Linda, Maja und Maren sind aber ganz begeistert von dieser Hopserei, aber es heißt ja auch, dass Mädchen sich grundsätzlich mehr für das Tanzen interessieren als Jungs.

Nach StreetDance wird dann umgeschaltet auf diese amerikanische Serie Friends, die Mädels scheinen das alles zu kennen, es ist wohl auch eine Wiederholung, ich habe aber Friends noch nie gesehen und müsste eigentlich die ganze Zeit über nachfragen, worum es jetzt eigentlich geht. Zwischendurch dann immer diese nervigen Werbepausen. Ich sitze in Lindas Sessel und saufe mir langsam einen an, aber das hilft nicht, im Gegenteil, ich werde eigentlich immer müder. Um halb zwölf hole ich noch eine Flasche aus meinem Zimmer, dann stelle ich sie aber nur auf den Couchtisch und sage: Gute Nacht, ich geh' schlafen, ich hab' morgen Großeinsatz. Nacht, Heiko, höre ich in verschiedenen Stimmlagen, keine verschwörerischen Blicke von Maja, ich ziehe mich zurück und schließe die Tür. Naja, so ganz schlecht war der Abend nun auch wieder nicht. Aus dem Wohnzimmer dringt dieses Karnevals-Tam-Ta-Tam-Ta-Tam-Ta an mein Ohr, Mainz scheint immer noch zu singen und zu lachen. Meinetwegen. Noch ein Kurzbesuch im Bad, dann mache ich mich bettfertig. Ein, zwei Seiten Einschlaflektüre wären jetzt nicht schlecht, aber ich habe immer noch nicht daran gedacht, mir ein neues Buch zu holen, vielleicht eines aus Vaters berühmten Bücherkisten. Aber egal jetzt, Wecker auf sieben stellen, Lampe aus und Augen zuklappen. Gute Nacht, Dithmarschen.

Normalerweise müsste jetzt der nächste Tag kommen, aber es passiert noch was in der Nacht. Das ist jetzt alles ein bisschen heikel, eigentlich aus zwei Gründen: Grund 1: Ich bin mir nicht hundertprozentig sicher, ob ich das wirklich erlebt habe. Grund 2: Es kommen ein paar Sachen vor, die sozusagen erotischer Natur sind, da weiß ich eigentlich nicht so ganz genau, wie viel ich überhaupt davon erzählen darf, ohne in den Verdacht der Verbreitung von pornografischen Schriften zu geraten. Wenn es zu heftig werden sollte, sagt mir einfach Bescheid, ich kann das dann ja auch vornehm umschreiben und nicht so direkt ausdrücken. Okay, ich versuche es jetzt einfach mal: Ich muss auf jeden Fall schon einige Zeit geschlafen haben, vermutlich habe ich auch geträumt, an den Traum kann ich mich aber leider nicht mehr erinnern. Meine Zimmertür wird leise geöffnet, nein, sie quietscht nicht, ich habe die Scharniere erst vor ein paar Wochen frisch geölt. Jemand schleicht behutsam ins Zimmer, ich kann nichts erkennen, weil es natürlich dunkel ist und außerdem auch noch besonders finster, weil der Mond gerade nicht scheint. Entweder ist gerade Neumond oder der Himmel ist einfach nur von Wolken bedeckt. Wer es ganz genau wissen möchte, kann ja in einem Mondkalender nachblättern. Ich bin zwar etwas wach, wie gesagt, sonst würde ich jetzt ja gar nichts merken, aber ich bin nicht so wach, dass ich alles voll mitbekomme. Mir ist so, als hörte ich das Geräusch eines ausgezogen werdenden Schlafanzuges. Jetzt besucht Maja mich doch noch, wird mir klar, das hatte ich gar nicht mehr erwartet.

Zwischenbemerkung: Ich habe das ja schon mal erwähnt, es passiert manchmal, dass Maja mitten in der Nacht aus Lindas Zimmer zu mir herüberwechselt und dann einige Zeit später wieder zurückgeht. Warum das so ist, ist mir selber eigentlich auch nicht klar, es wäre doch viel einfacher, wenn sie von Anfang an gleich in meinem Zimmer schlafen würde. Niemand hätte etwas dagegen, es würde meine Eltern nicht stören und Linda auch nicht, Lasse würde es vielleicht am Rande interessieren, aber mehr dann auch nicht.

Okay, sie hat sich also gerade ihren Schlafanzug ausgezogen. Ich rücke unter meiner Decke ein bisschen in Richtung Wand, um ihr den Einstieg zu erleichtern. Tapp, tapp, tapp, das sind die Schritte von nackten Füßen auf dem Fußboden, ob ich jetzt Parkett habe oder Laminat, tut hoffentlich nichts zur Sache. Jetzt hebt sie vorsichtig meine Bettdecke an und schlüpft darunter. Wir fangen beide gleichzeitig an, ziemlich heftig herumzuknutschen und herumzufummeln. Wie soll ich es ausdrücken, ich sage es mal so: Sie scheint momentan ziemlich paarungsbereit zu sein, ich hoffe, ihr versteht, wie ich das meine. Aber irgendetwas stimmt nicht, irgendetwas fühlt sich anders an als sonst, hat Maja vielleicht abgenommen, sie hatte doch sonst immer...

Das ist doch gar nicht Maja.

Linda ist es natürlich auch nicht, wir Dithmarscher halten uns an das Inzest-Verbot, jedenfalls seit einiger Zeit, früher soll das noch ganz anders gewesen sein.

Diagnose: Maren!

Also ist Maren gerade heimlich zu mir ins Bettchen geschlüpft und bearbeitet mich auf eine Art und Weise, die ich ihr noch vor einiger Zeit nie zugetraut hätte. Mehrere hundert verschiedene Gedanken schießen mir durch den Kopf, ich verwerfe sie alle, nun ist es sowieso zu spät, ich kann sie jetzt nicht mehr rausschmeißen. Und ich will es auch gar nicht. Das einzige, was Maren akustisch von sich gibt, außer einigen wohligen Stöhnlauten, ist der Satz: Ich nehm' jetzt die Pille.

Welche Pille?, hätte ich beinahe gefragt.

Okay, es passiert also, das volle Sex-Programm mit allen Schikanen. Maren bleibt eine ganze Zeitlang, mein lieber Schwan, völlig unerfahren ist die aber nicht mehr, bei mir war sie früher immer ziemlich zugeknöpft, als wir noch zusammen waren. Bin ich jetzt etwa wieder mit Maren zusammen? Jedenfalls bin ich jetzt gerade nicht mit Maja zusammen. Vielleicht sollte ich mal über diese Frage nachdenken, wenn ich wieder festen geistigen Boden unter den Füßen habe.

Als mein Wecker am nächsten Morgen um Punkt sieben Uhr klingelt, ist Maren nicht mehr da. Habe ich mir das alles jetzt nur eingebildet, war es vielleicht so ein verdrängter Wunsch, der sich, wie Donald es ausdrücken würde, in einem feuchten Traum manifestiert hat? Mein zerwühltes Bett spricht eine andere Sprache. Andererseits, das kann ich ja auch selbst im meinen wilden Traumfantasien gemacht haben. Nein, Quatsch, natürlich habe ich das wirklich erlebt. Und ich bin, ehrlich gesagt, immer noch ziemlich durcheinander. Haben Linda und Maja etwas von Marens Aktion mitbekommen? Das werde ich ja sehen. Ich kann ja jetzt schlecht zu den Mädels rübergehen, sie wecken und danach fragen. Nee, die lasse ich lieber pennen, Linda wird es mir schon später erzählen, falls sie überhaupt etwas mitbekommen hat.

So, ich habe aber jetzt ganz andere Probleme auf dem Zettel, ich muss um neun auf dem Heider Marktplatz stehen und die beste Reportage seit Erfindung der Presse hinlegen. Also erstmal ab ins Bad, ich horche vorher noch kurz an Lindas Tür, nein, da tut sich nichts außer minimalen Schlafgeräuschen. Gepflegt duschen und rasieren, jetzt sieht die Welt schon wieder ein bisschen anders aus, ab zum Frühstück.

Guten Morgen, sage ich betont munter zu meinen Eltern, die schon am Tisch im Wohnzimmer sitzen, aber offensichtlich erst seit kurzer Zeit. Moin Heiko, höre ich vom gemischten Elternchor, dann aber noch solo von Mutter: Du siehst so blass aus heute Morgen, du wirst uns doch hoffentlich nicht krank.

Nein, nein, sage ich, ich fühle mich ganz wohl, ich hab' nur schlecht geschlafen, wahrscheinlich wegen heute Vormittag.

Jaja, sagt Vater, das kommt von der Aufregung, aber das legt sich, sobald man richtig mit der Arbeit angefangen hat.

Ich nicke Zustimmung, während ich feststelle, dass Vater offenbar schon heute Morgen in Wesselburen war, um frische Brötchen zu holen. Das liegt wahrscheinlich an der Anwesenheit von zwei zusätzlichen jungen Damen, da lässt er sich dann nicht lumpen.

Kaffee, Heiko?

Ja, danke.

Das erste Brötchen mit Erdbeermarmelade und Erdnussbutter, das zweite mit Leberwurst und Tilsiter. Die Teile der Zeitung, die meine Eltern schon abgearbeitet haben, liegen bereit. Ich greife zu. Freundlich und schwacher Wind, aber kühl, Nachts Frostgefahr. EU plant Privatisierung der Wasserversorgung. Rösler nimmt Hahn in Schutz. Das passt ja zum Hahnebier. Welcher Hahn ist jetzt aber gemeint? Jörg-Uwe Hahn von der FDP, Integrationsminister in Hessen, ausgerechnet der soll ich mit einer Äußerung über Röslers asiatisches Aussehen in die Nesseln gesetzt haben. Bischöfin Fehrs will auf die Spannungen zwischen Arm und Reich aufmerksam machen. Ob ich es wohl noch erleben werde, dass es eine katholische Bischöfin gibt? Keine Chance, Heiko. Nebenbuhler im Bett der Freundin verprügelt. Naja. Mit Musik und Kunst zum Abitur, der Artikel ist von Maja, es geht um die Gelehrtenschule Meldorf, da gibt es jetzt ein Ästhetisches Profil mit großem Ä. Die vierten Klassen der Eiderlandschule Hennstedt müssen in den Container. Ein Spielmannszug aus Brunsbüttel tritt am Rosenmontag in Köln auf. Im Kreisfußballverband gibt es jetzt 158 Schiedsrichter. Hamburg erhält die größte Klappbrücke Europas. Vor 15 Jahren starb Falco. Das Zusammenspiel zwischen mir und meinem Umfeld klappt hervorragend. Düsseldorf Helau im Fernsehen, ich wette, das werden sich die Eltern auch wieder reinziehen.

Wie war denn der Mainzer Karneval?, frage ich.

Wie immer, sagt Mutter, eigentlich ist das ja alles recht förmlich. Auch wieder viel Prominenz dabei, Politiker und so. Die Vorträge waren aber wieder ganz gut, manche haben richtig tolle Witze erzählt, ich wünschte, ich könnte mir die alle merken.

Am besten war auch diesmal der Bote vom Bundestag, ergänzt Vater, der hat mal wieder ganz schön ausgeteilt.

Den Eltern hat es also gefallen, das freut mich ja für sie. Trotzdem, in ihrem Alter müssten sie doch eigentlich eher Heavy-Metal-Fans sein oder sogar ehemalige Punks. Aber ich schätze mal, dass es sogar ein paar richtig junge Leute gibt, die sich diesen Karnevals-Kokolores anschauen, die outen sich bloß nicht.

Oh Leute, es wird Zeit, ich muss jetzt mal langsam los. Ich nehm' aber wieder den Polo heute. Ich hab' auch keine Ahnung, wann ich wieder zurück bin, ich kann mir dann ja meine Pfannkuchen in der Mikrowelle aufwärmen.

Drei, wie immer?

Ja, klar. Grüßt die Mädels von mir.

Ich gehe noch mal rauf in meine Bude und hole meine Sachen, also Kamera und so weiter. Alle Akkus sind aufgeladen, an Strommangel wird meine Berichterstattung also heute nicht scheitern. Ich horche noch einmal an

Lindas Tür, es klingt schon nach ersten leisen Gesprächen nach dem Aufwachen, ich schätze mal, dass eine noch pennt und die anderen beiden wollen sie nicht unbedingt stören. Wie aufmerksam.

Hallo Heiko, hallo Lasse. Aha, auf dem Weg ins Bad. So, jetzt muss ich aber wirklich los. Tschüs, everybody.

Es ist halb neun, ich kann also ganz easy und entspannt nach Heide fahren. Ein Parkplatz ist heute Morgen auch kein Problem auf dem Landboten-Gelände. Dann kann ich mich ja mal langsam dem Ort des Geschehens nähern.

Falls sich jemand Sorgen um meine Bekleidung macht, den kann ich beruhigen. Ich bin fest verpackt für alle Wetterlagen, Wollmütze, regenfester Anorak und so weiter. Handschuhe, aber die kann ich ja nicht die ganze Zeit anbehalten, ich werde ja auch eine ganze Menge Bilder machen müssen und Notizen.

Ich gehe jetzt langsam aus Richtung Wulf-Isebrand-Platz die Friedrichstraße entlang, rechts New Yorker und links Optiker Bode. Fällt mir schon irgendwas auf? Höchstens die Dekoration, dieses Tannengrün mit den kleinen Schleswig-Holstein-Fähnchen, die überall herumflattern. Besonders viele Leute sind noch nicht unterwegs, es sind ja auch häufig Ältere, die gerne früh aufstehen. Senile Bettflucht hat Donald das mal genannt. Moment mal, jetzt höre ich doch etwas: Tam-tam, tam-tam-tam, eindeutig Marschmusik irgendwo in der Ferne, das muss die Norderegge sein, die ist ja heute schon seit sechs Uhr morgens auf den Beinen. Vielleicht aber auch eine von den beiden anderen Eggen, heute sollen sie ja ausnahmsweise alle unterwegs sein. Der Umzug scheint aber nicht aus Richtung Markplatz zu kommen, sondern von der anderen Seite, also kehre ich um und gehe langsam wieder zurück Richtung Wulf-Isebrand-Platz. Jetzt sehe ich, dass der Zug gerade anmarschiert kommt. Jede Menge Fahnenträger, Musikkapelle, auch einen Polizisten habe ich gesichtet, es ist aber nicht Heiner Ohlsen, dann kommen diese ganzen Herren mit ihren Zylinderhüten und den schwarzen Anzügen. Auf den ersten Blick sehen sie so aus, als wollten sie zu einer Beerdigung, aber dabei trägt man natürlich keine weißen Fliegen und bunten Schärpen. Ich aktiviere meine Kamera und mache eigentlich während der nächsten Stunde nichts anderes als Fotos, mindestens vierzig Stück, schätze ich mal.

In der Friedrichstraße wird öfter mal angehalten und eingekehrt, wie man es nennt, dann gibt ein Geschäftsinhaber den Hohnbeerbrüdern einen aus, dafür gibt es dann eine Rede auf Plattdeutsch, anschließend eine Gegenrede. Ich sehe, dass gerne mal zu Schnaps oder Sekt gegriffen wird, es gibt aber auch Alkoholfreies. Um diese Zeit könnte ich noch nichts vertragen, ich wäre wahrscheinlich nach zehn Minuten voll wie eine Strandhaubitze. Aber wenn ich mir so die Gesichter einiger Zylinderherren anschaue, sind die auch nicht weit von diesem Zustand entfernt. Der Umzug bewegt sich also langsam, von Einkehrstelle zu Einkehrstelle, durch die Friedrichstraße. Immer mal wieder Reden, dann spielt auch die Kapelle. Der eine oder andere Eggenbruder greift sich auch mal eine umherstehende Dame und tanzt eine Runde mit ihr, das sieht schon ziemlich komisch aus.

Schließlich bewegt sich der ganze Zug in Richtung Rathaus und ich kann schon einmal einen Blick auf den Marktplatz werfen. In Heide ist samstags immer Markt, ein großer Teil des Marktplatzes ist dann voll mit den Ständen, wo man alles in Richtung Obst, Gemüse, sonstige Lebensmittel und so weiter kaufen kann. Ein anderer Teil dient dann einfach zum Parken, nur heute ist der Parkplatz abgesperrt, da ist auch in der Mitte irgendetwas aufgebaut, was ich noch nicht erkennen kann, so eine Art Podest, außerdem stehen da einige Zuschauertribünen, die wahrscheinlich von einem Zeltverleih oder so etwas ähnlichem stammen. Dort soll also um 11 Uhr das große Hahnebier-Event starten, nicht nur mit der Norderegge, sondern auch mit der Öster- und Süderegge, das weiß ich ja bereits.

So direkt neben der Kapelle ist es natürlich ziemlich laut, es dringt auch der eine oder andere schräge Ton an mein Ohr, aber lauft ihr mal den ganzen Vormittag durch die Stadt und spielt dann noch perfekt, ich glaube, das ist alles gar nicht so einfach. Irgendwie hat man wohl mitbekommen, dass ich von der Presse bin, ein etwas jüngerer Eggenbruder schert aus dem Verband aus und erläutert mir das eine oder andere, was gerade abläuft. Das finde ich ja ganz hilfreich. Als nächstes ist Empfang vor dem Rathaus, es gibt wieder eine Rede, diesmal natürlich vom Bürgermeister, dann werden wieder Häppchen und Getränke gereicht. Ich schaue auf die Uhr: Es ist Viertel vor elf, wenn die Veranstaltung auf dem Marktplatz pünktlich losgehen soll, müssen die Herren jetzt aber mal langsam in die Socken kommen. Das tun sie dann auch. Also kehrt marsch, noch einmal an der Volksbank und der Sparkasse vorbei zum Böttcher-Rondell, von da aus geht es dann mitten auf den Marktplatz. Ich gehe voraus oder laufe etwas hektisch herum, um möglichst gute Bilder zu machen.

Auf dem abgesperrten Teil des Marktplatzes, jawohl, dem größten von Deutschland, auch wenn die Freudenstädter da anderer Meinung sind, also auf diesem Teil haben sich schon eine ganze Menge Leute eingefunden. Obwohl ich früher in der Schule bei einer Bildbeschreibung mal eine Fünf bekommen habe, versuche ich mal, das Bild zu beschreiben: In der Mitte ein ungefähr ein Meter hohes hölzernes Podest, auf dem ein recht großes ebenso hölzernes Fass steht. Solche Fässer findet man eher in Weinbaugebieten als in Dithmarschen, aber das spielt wohl keine Rolle. Jedenfalls ist dieses Fass ziemlich eindrucksvoll in seiner Größe. Möchte noch jemand vielleicht die Farbe wissen? Also, sagen wir mal dunkelbraun gebeizt oder wie sich das nennt, mit einem aufgemalten bunt gefiederten Hahn. Dazu noch ein paar Sprüche, vermutlich plattdeutsch, die ich aus dieser Entfernung aber leider nicht erkennen kann. Ach so, ja, das Podest ist mit Tannengrün geschmückt mit kleinen schleswig-holsteinischen Fähnchen daran, diese Art der Dekoration findet sich auch an den Tribünen wieder. Gut, kommen wir jetzt mal zu diesen Tribünen: Die stehen links und rechts in respektvollem Abstand zum Podest mit der Tonne drauf. Jetzt habe ich doch einfach Tonne statt Fass gesagt, ich weiß gar nicht genau, ob das wirklich das gleiche ist, aber ich wollte einfach mal ein anderes Wort verwenden. Vielleicht ist es okay, wenn ich von jetzt ab immer Fass und Tonne abwechselnd sage.

Die Tribünen sind nicht leer, sondern da haben eine ganze Reihe von Leuten Platz drauf genommen, natürlich in winterlicher Bekleidung, wenn sie auch teilweise so festlich gekleidet zu sein scheinen, als wollten sie ins Theater gehen. Ich sehe den Landrat und einige weitere Heider beziehungsweise Dithmarscher Honoratioren. Aha, es wird ernst. Dann stehen noch an den Seiten der Tribünen Abordnungen der beiden anderen Eggen, also der Öster- und der Süderegge. Ansonsten scheint auch eine Abordnung der Heider Feuerwehr anwesend zu sein, außerdem habe ich ein paar Leute vom Technischen Hilfswerk und vom Roten Kreuz gesichtet. Fehlt nur noch die Bundeswehr. Nein, fehlt nicht, da sind tatsächlich einige Herren und auch Damen in Uniform vor Ort. Fahnen, Lautsprecher. Es gibt auch so eine Art improvisierte Rednertribüne in einer Ecke. Habe ich jetzt etwas vergessen? Ja, klar, eher am Eingang, also in der Nähe des Böttcher-Rondells, stehen ein paar Zelte, es sieht so aus, als ob da später ein Imbiss angeboten wird, vielleicht ja auch Erbsensuppe. Ich könnte jetzt Vater anrufen und ihm Bescheid sagen, er steht ja auf Erbsensuppe, aber ich möchte Mutter nicht dadurch verärgern, dass ich ihren Mann zur Pfannkuchen-Fahnenflucht am Samstag verleite.

Die gesamte Norderegge ist nun in der Mitte des Platzes eingetroffen und nach einigen kleineren Schwierigkeiten auch angetreten. Helm ab zum Gebet, könnte man meinen. Nein, jetzt gibt es wieder Musik, ich weiß gar nicht genau, wer da spielt, ich vermute mal, das sind die Heider Musikfreunde. Da muss ich später noch mal ein bisschen weiter rangehen. Als nächstes kommen Reden. Ziemlich viele Reden, fürchte ich. Und alle auf Plattdeutsch. Der Föhrer der Norderegge, dann die Föhrer der Öster- und Süderegge, dann der Bürgermeister, dann der Landrat, dann die Grußworte der Gäste und so weiter und so bla. Es zieht sich. Ich schreibe natürlich mehr oder weniger mit, wobei ich das Plattdeutsche ins Hochdeutsche übersetze. Ein Volontär mit bayerischem Migrationshintergrund hätte jetzt aber echte Schwierigkeiten.

Aus den ganzen Wortbeiträgen filtere ich mal das Allerwichtigste für euch heraus: Die drei Heider Eggen sind zum ersten Mal zu einer gemeinsamen Veranstaltung zusammengekommen, die an die Ursprünge des Hahnebiers erinnern soll. Heute soll von abgeordneten Eggenmitgliedern so lange auf die hölzerne Tonne geworfen werden, bis sie auseinanderbricht und der Hahn in der Tonne befreit ist. Nein, es sei natürlich kein echter Hahn, seien Sie beruhigt, aber lassen Sie sich überraschen, meine Damen und Herren.

Ist das jetzt so eine Art Wettbewerb, frage ich mich und dann anschließend den Herrn von der Norderegge, der mir schon vorher ein paar Sachen erklärt hat. Nein, das ist sozusagen nur symbolisch, aber wenn man so will, könnte man sagen, dass die Egge gewonnen hat, deren Werfer die Tonne endgültig kaputtgemacht hat. Womit wird denn geworfen?, frage ich. Mit runden Feldsteinen, höre ich, die sind vorher sorgfältig ausgewählt worden, damit sie alle ungefähr das gleiche Gewicht haben.

Das freut mich ja. Alles fair beim Hahnebär. Überhaupt Hahnebier, gibt es denn wenigstens Bier hier? Mein Blick schweift kurz über das gesamte Gelände. Jawohl, dort hinten ist ein Bierpilz der Dithmarscher Privatbrauerei Karl Hintz. Es würde mich nicht wundern, wenn Herr Hintz persönlich am Zapfhahn stünde.

Die Reden sind beendet, es gibt Applaus, übrigens natürlich nach jeder Rede und dann nach dem letzten Redner noch einmal besonders stark. Es strömen immer noch weitere Zuschauer herbei, die wohl durch die Musik und die Wortbeiträge über die Lautsprecher angelockt wurden oder einfach nur neugierig waren.

Jetzt scheint es aber gleich richtig loszugehen: Jeweils zwei Mann von jeder Egge treten hervor und nehmen in ungefähr zehn Metern vor dem Podest mit der Tonne Aufstellung. Gut, das sieht ja ganz feierlich aus, aber hoffentlich fliegen ihnen gleich beim Werfen nicht die Zylinderhüte davon. Jetzt kommen noch ein paar weitere nach vorne, die wirken auf mich wie diese Sekundanten bei einem Duell, es werden aber nicht die Pistolenkoffer geöffnet, sondern es wird ein anscheinend ziemlich schwerer Korb mit Steinen herangetragen. Da hätte man ja vielleicht auch eine Schubkarre nehmen können. Dann kommt noch einer, von welcher Egge auch immer, der scheint der Oberschiedsrichter zu sein. Gibt es jetzt auch Linienrichter? Nein. Der Schiri erklärt wohl noch schnell die Regularien, dann gibt er ein Zeichen. Trommelwirbel. Donnerwetter, das ist ja wie im Zirkus.

Jetzt wird das Geschehen noch über Lautsprecher kommentiert, es klingt so ähnlich wie der Stadionsprecher Lotto King Karl beim HSV, allerdings voll auf Plattdeutsch. Es geht um die Reihenfolge: Erst die Süderegge, dann die Österegge und zum Schluss die Norderegge. Jeweils ein Werfer, dann ist wieder die nächste Egge dran. Als Erster ergreift Tim Teuber von der Süderegge einen ihm geeignet erscheinenden Stein, nimmt kurz Anlauf und macht mit der typischen Boßel-Drehung den ersten Wurf. Der geht leider daneben, das ist schon ein bisschen peinlich und wird von den Zuschauern mit einem Raunen kommentiert. Jan Koch von der Österegge trifft wenigstens den oberen Rand. Der Schiri wird offensichtlich etwas nervös und überlegt wohl, ob er die Werfer nicht etwas näher an die Tonne herantreten lassen sollte. Jetzt kommt aber Sören Hennings von der Norderegge, ein kräftiger Mann, der mit seinem Wurf den Bereich unterhalb des oberen Fassringes trifft und deutliche Spuren im Holz hinterlässt. Applaus der Zuschauer.

Ich frage mich gerade, ob dieses Fass tatsächlich aus den handelsüblichen Materialien hergestellt worden ist oder nicht vielleicht doch einfach aus Sperrholz, damit die ganze Prozedur nicht zu lange dauert.

Ist da jetzt tatsächlich ein Hahn drin?, frage ich meinen Presseoffizier, der sagt aber, es sei kein lebendiger, sondern ein mechanischer, den würde ich ja gleich zu Gesicht bekommen, der könne die Flügel bewegen und sogar krähen. Das Krähen käme dann aber über die Lautsprecher.

Aha, so ist das also. Nun ja, eigentlich ein ganz netter Gag. Ich bin nur gespannt, ob die Eggenbrüder es hinkriegen werden, das Fass so vorsichtig zu zerdeppern, dass diesem mechanischen Hahn kein Flügel abfällt.

Jetzt ist wieder die Süderegge dran: Winfried Popp läuft an, dreht sich um die eigene Achse und verliert seinen Zylinder, was zu allgemeinem Gelächter führt. Ich bin mir aber gar nicht so sicher, ob das nicht vielleicht sogar Absicht war. Er darf noch mal ran, diesmal platziert er einen gekonnten Wurf, der mit einem lauten Knall frontal die Tonne trifft. Aber noch hält sie. Der nächste, bitte. Horst Claussen von der Süderegge trifft jetzt mit solcher Wucht, dass das Holz splittert und ein erster Spalt sichtbar wird. So wie es aussieht, ist es zwar kein Sperrholz, aber eben auch nicht wirklich von der Qualität, die man sich bei vernünftigem Holz für Fässer oder Tonnen vorstellt. Peer Schröder von der Norderegge tritt an.

Ich muss jetzt leider an ein paar völlig unpassende Dinge denken, Ding eins ist eher unangenehm: Die ganze Szenerie erinnert an eine Steinigung, so etwas ist in einigen orientalischen Gebieten leider wieder in Mode gekommen. Nein, diesen Gedanken werde ich beim Bericht über dieses Event natürlich nicht erwähnen. Ding zwei ist eine Mischung aus angenehmem und unangenehmem Gedanken: Ich muss an die vergangene Nacht mit Maren denken. Was war das jetzt überhaupt? Eigentlich hat sie sich bei mir eingeschlichen und mir falsche Tatsachen vorgespiegelt. Ich vermute mal, sie wusste von Majas Neigung, mitten in der Nacht Lindas Zimmer zu verlassen und bei mir einzukehren. Oder wusste sie es doch nicht? Klar wusste sie es, das hat Linda ihr doch bestimmt irgendwann mal erzählt. Unter Freundinnen gibt es doch keine Geheimnisse. Na gut, aber was bedeutet das jetzt alles für mich? Weiß Linda Bescheid? Weiß Maja Bescheid? Ach, was soll ich jetzt darüber herumgrübeln, das werde ich ja merken.

Ich habe jetzt ein paar Minuten nicht wirklich konzentriert aufgepasst, dadurch ist mir die letzte Entwicklung an der Fass-Front leider verborgen geblieben. Auf jeden Fall ist schon ein größeres Loch in der Tonne entstanden, man kann aber noch nichts vom Hahn sehen. Gekräht hat er jedenfalls noch nicht. Wer ist denn jetzt dran, es müsste einer von den Werfern aus der ersten Runde sein. Ach ja, jetzt kommt wieder dieser kräftige Sören Hennings, der sieht eigentlich aus wie ein Gewichtheber oder wie einer von diesen Wrestling-Typen im Fernsehen. Stein aufnehmen, Anlauf, Drehung, bumm! Krach, splitter!

Das war aber wirklich eine gute Leistung, das finden auch die Zuschauer. Das Loch in der Tonne hat sich erheblich vergrößert, aber sie steht noch und ist im Prinzip noch ganz. Jetzt wird der Schiedsrichter aber irgendwie auffällig nervös, er betrachtet sich die Tonne aus der Nähe und steigt auch auf das Podest, dann winkt er ab und schaut sich einen Moment etwas hilflos um, ruft dann jemanden heran, der kommt auch schnell angelaufen, erklimmt ebenfalls das Podest und schaut durch das Loch in die Tonne herein. Unruhe unter den Zuschauern und überhaupt allen Beteiligten kommt auf. Was ist los? Stimmt da etwas nicht? Oder gehört das zur Show?

Jetzt haben auch die sechs Werfer die Tonne umringt, es sieht eigentlich ein bisschen komisch aus, lauter Herren in Zylinderhüten turnen da um eine halbkaputte Tonne herum. Der Stadionsprecher ist verstummt. Nein, jetzt ist klar, da ist irgendetwas passiert, was nicht geplant war.

Nun hält es niemanden mehr an seinem Platz, sämtliche Eggenbrüder kommen nach vorne und umringen das Podest mit der Tonne auf ziemlich undisziplinierte Art und Weise. Allgemeines Chaos, will mir scheinen. Ein Polizist drängt sich nach vorne, irgendjemand muss ihn gerufen haben. Er schaut sich die Bescherung an. Mein Begleiter von der Norderegge, nach dessen Namen ich mich immer noch nicht erkundigt habe, allerdings habe ich mich selbst ja auch nicht vorgestellt, also dieser Begleiter schiebt mich nach vorne und sagt: Kommen Sie, da muss etwas passiert sein.

Ich halte natürlich nicht nur Ohren und Augen offen, sondern auch das Objektiv meiner Kamera, ich kriege aber jetzt keine wirklich brauchbaren Motive hin, stattdessen knipse ich wie wild einfach drauflos. Mein Blick auf die halb demolierte Tonne ist verdeckt durch eine Armada von schwarzen Mänteln und blinkenden Lackschuhen und natürlich von diesen Zauberer-Zylindern. Der Polizist schält sich aus der Menge heraus, er hat übrigens vier silberne Sterne an seiner Uniform, Heiner hat mir mal erklärt, solche Sterne hätten Hauptkommissare. Gut, dann ist es eben ein solcher Hauptkommissar, das ist dann ja auch schon ein ziemlich höheres Tierchen bei der blauen Zunft. Der Kommissar ist zu den Offiziellen herübergewechselt und spricht eindringlich mit ihnen, wobei er sich sichtlich darum bemüht, Ruhe zu bewahren und diese dann auch noch zu verbreiten. Dann zieht er sein Handy, nicht die Handfunke, und macht einen kurzen, aber anscheinend sehr wichtigen Anruf. Hilflose Blicke um ihn herum, dann hat wohl einer eine Idee und geht in Richtung Mikrofon. Ein paar Sekunden später tönt es hochdeutsch aus den Lautsprechern:

Meine Damen und Herren, ich bitte um Ihre Aufmerksamkeit! Es ist ein unvorhergesehener Zwischenfall geschehen, wir müssen diese Veranstaltung leider abbrechen. Ich bitte um Ihr Verständnis! Ich wiederhole: Wegen eines Zwischenfalls wird die Veranstaltung abgebrochen. Ich wünsche Ihnen einen, äh, guten Nachhauseweg. Knacks.

Die Zuschauer auf den Tribünen erheben sich teils zügig, teils zögernd und unwillig, einige möchten anscheinend noch unbedingt erfahren, was geschehen ist, da tut sich dann aber leider zunächst nichts Erkennbares, und nach und nach wird der abgesperrte Teil des Marktplatzes immer leerer. Einige der Ehrengäste verlassen kopfschüttelnd den Ort des Geschehens, als ob man sie persönlich beleidigt hätte. Der Viersternegeneral ist wieder auf dem Tonnen-Podest erschienen und bittet die Hohnbeer-Bröder, sich doch etwas zurückzuziehen. Das tun sie dann schließlich, einige auch in Richtung Zapfhahn der Dithmarscher Privatbrauerei Karl Hintz. Ich habe mich jetzt aber etwas weiter nach vorne durchgeschummelt, wobei ich ständig vor mich hinmurmle: Timmermann, Dithmarscher Landbote. Ich halte die Kamera hoch, worauf der Herr Hauptkommissar etwas unwirsch reagiert, ich verstehe jetzt nicht alles, was er sagt, aber ich filtere das Wort Tatort heraus. Tatort? Für einen Moment kann ich einen Blick auf das nicht so ganz kleine Loch in der Tonne erhaschen: Nein, tatsächlich kein Hahn, da ist ein Mensch in der Tonne, zusammengezwängt wie ein eingelegter Hering, ich würde mal eher auf Mann als auf Frau tippen, aber mehr kann ich nicht sehen, jetzt hat sich der Hauptkommissar wieder davor aufgebaut.

Sirenengeheul, ein Polizei-Passat kommt aus Richtung Husumer Straße herangedüst, die hätten ja eigentlich auch zu Fuß von der Polizeiwache herüberkommen können, denn die ist ja auch am Markt. Kleine, überflüssige Nebenbemerkung: Alle vier Straßen um den Markt herum heißen ganz einfach Markt, das ist mal wieder typisch für Heide und genauso verwirrend wie diese ganzen Straßen in der Nähe vom Wulf-Isebrand-Platz, die alle Lüttenheid heißen. Also wenn mir jetzt einer sagt, dass er Markt 17 wohnt, dann habe ich im Prinzip keine Ahnung, wo das überhaupt sein soll.

Der Streifenwagen ist angekommen, die Polizisten werden vom Hauptkommissar instruiert, es sieht aber trotzdem nicht so aus, als wüssten sie, was sie jetzt tun sollen. Wieder Sirenengeheule, diesmal der Rettungswagen vom Westküstenklinikum, gefolgt vom Notarzt. Volle Action. Ich mache natürlich weiterhin jede Menge Bilder, muss aber feststellen, dass dem Akku bald der Saft ausgeht. Es kommt jetzt noch ein Streifenwagen, aber ohne Tatütata, der stellt sich direkt vorm Böttcher-Rondell hin. Blaulicht, offene Türen, es regnet ja auch nicht, die Polizisten steigen aus und stellen sich vor den Eingang. Aha, das soll wohl Neugierige vertreiben. Für einen Außenstehenden, der jetzt zum Beispiel von der Friedrichstraße zum Einkaufen auf den Marktplatz gehen will, muss das Ganze ein sehr befremdliches Bild abgeben.

Auf dem Podest geht es jetzt mächtig zur Sache, um die Tonne herum drängen sich drei Polizisten, ein Notarzt und zwei Rettungssanitäter. Dann wieder ein actionreiches Hin- und Hergelaufe, eine Trage wird geholt, dann Wolldecken, die werden dann aber nur dazu verwendet, die Szene vor den neugierigen Augen der Presse und vor anderen interessierten Blicken abzuschirmen. Ich vermute mal, dass dieser Mensch jetzt irgendwie aus der Tonne herausgepult wird, so richtig lebendig kann der bestimmt nicht mehr sein, der Notarzt wird wohl nicht mehr viel tun können. Es dauert ein paar Minuten, man kann wegen der hochgehaltenen Decke nicht viel sehen, dann wird aber der offenbar leblose Körper auf die Trage gewuchtet und mit mehreren Decken abgedeckt. Mit Decken abgedeckt, das klingt jetzt auch nicht wirklich druckreif, aber ich kann das in meinem Artikel dann ja auch ganz anders ausdrücken. Wenn der Mensch aus der Tonne so völlig abgedeckt wird, also auch mit der Decke über dem Kopf, kann er ja nur tot sein, das wird der Notarzt schon so festgestellt haben. Die Sanis holen jetzt das Rollgestell aus ihrem Wagen und heben die Trage darauf. Der Tote scheint ziemlich schwer zu sein, die Polizisten fassen mit an, aber dann geht es. Sie rollen die Trage an den Wagen heran, verstauen sie fachgerecht, Klappe zu, langsame Fahrt voraus. Nur Blaulicht, keine Sirene.

Der Blick auf die halbkaputte und mittlerweile ganz auseinandergenommene Tonne wird frei, ich mache schnell noch ein Foto davon, nein, wirklich nicht die Spur eines Hahnes ist zu sehen, nicht einmal eine Feder. Wo ist jetzt der Mann von der Norderegge, der mir alles erklären könnte? Er ist verschwunden. Ob das Norderreggen-Hohnbeer heute überhaupt weitergehen wird? Ich vermute mal, ja, the show must go on. Aber über die Kaffeetafel und den Festball muss ich ja nicht mehr berichten, dafür sind andere eingeteilt.

Eigentlich könnte ich jetzt meine Sachen einpacken und nach Hause fahren. Mission erfüllt, die Veranstaltung ist beendet. Aber vielleicht könnte ich doch noch das eine oder andere über die Hintergründe herausfinden. Beim Hahnebier befindet sich statt des zu erwartenden Hahnes ein Toter in der Tonne. Das ist schon einigermaßen ungewöhnlich und auch ziemlich originell, wie ich finde. Wer ist beziehungsweise wer war der Tote? Wie ist er in die Tonne gekommen? War das vielleicht ein Arbeitsunfall, der Bastler wollte den Hahn in der Tonne anschrauben, dann ist er selbst hereingefallen und der Deckel hat sich über ihm geschlossen und von selbst zugenagelt?

Mal hören, was den Herren in der Nähe dazu einfällt. Ich versuche mal, ein paar Meinungen oder Einschätzungen einzufangen, aber erstens herrscht ziemliche Ratlosigkeit und zweitens kommt es im Moment nicht so gut an, wenn so ein Pressefuzzi wie ich herumnervt. Kein Kommentar ist noch die charmanteste Antwort. Was macht denn die Polizei gerade? Die scheinen sich alles Mögliche zu notieren, vielleicht die Namen von Zeugen, einer der Polizisten hat auch eine Kamera gezückt und macht Bilder von den Überresten der Tonne. Ich schleiche mich jetzt an den Hauptkommissar ran, Timmermann vom Dithmarscher Landboten, können Sie unseren Lesern erklären, was hier gerade geschehen ist?

Nein, das kann er offensichtlich nicht. Rufen Sie später mal an, ist seine einzige Antwort, dann wendet er sich von mir ab und wieder den Zylinderhüten zu. Vielleicht hätte ich heute auch lieber einen tragen sollen. Ich mache noch einen letzten Kommunikationsversuch beim Führer der Norderegge, der schaut gerade so drein, dass man merken kann, dass er sich den Tag ganz anders vorgestellt hatte. Er zwingt sich aber noch ein verbindliches Lächeln ab und sagt, nein, leider könnte er noch gar nichts über den Vorfall sagen, das müsse man jetzt alles erst einmal verdauen.

Na gut, das kann ich ja auch durchaus nachvollziehen. Hier an Ort und Stelle werde ich nichts Neues mehr erfahren, das ist mir schon klar geworden. Rückzug ist angesagt, außerdem meldet sich gerade mein Magen bei mir und fragt an, wo eigentlich die Kalorien bleiben. Ich verzichte auf die Erbsensuppe und steuere stattdessen die Bäckerei Allwörden, Ecke Markt und Friedrichstraße, gegenüber von Böttcher, an. Hier kann man auch sitzen und sich mit belegten Brötchen und ähnlichen Snacks verpflegen. Ein Becher Kaffee, ein Brötchen mit Fleischsalat und eines mit Käse und Tomaten, danke sehr. Ich steuere auf einen Tisch mit Ausblick auf den Markt zu und beginne mich zu verpflegen. Wie spät ist es eigentlich? Zehn nach zwölf, früher, als ich gedacht hätte. Da kann ich noch kurz zu Hause anrufen und meine Pfannkuchen endgültig abbestellen. Ja, ich komme wahrscheinlich erst spät am Nachmittag oder früh am Abend wieder, sage ich, hier ist was auf dem Marktplatz passiert, das erzähle ich später. Nein, ich hab' jetzt keine Zeit, ich muss noch ein paar Leute anrufen. Schöne Grüße an alle. Ja, danke.

Ich habe übrigens gerade mit meiner Mutter gesprochen, nicht mit Lasse. Maja und Maren sind wohl beide noch an Bord bei uns, war mein Eindruck, also sind sie wohl nicht wie die eifersüchtigen Hofkatzen aufeinander losgegangen, jedenfalls bisher nicht.

Diese Handy-Telefoniererei in aller Öffentlichkeit ist normalerweise nicht so mein Ding, aber im Moment geht es mal nicht anders. Ich rufe unseren Redaktionsleiter Fuchs an, der ist auch tatsächlich zu Hause, aber erstmal kriege ich seine Frau an den Apparat. Die Füchsin holt ihn dann gleich ans Telefon und ich schildere ihm in knappen Worten, was passiert ist. Ich komme um halb zwei in die Redaktion, Heiko, dann sehen wir weiter. In Ordnung, sage ich. Das war's, jetzt kann ich mich mit dem Käsebrötchen beschäftigen. Ich packe meinen Stenoblock auf den Tisch und blättere mit der linken Hand in meinen Notizen. Ja, da steht eine ganze Menge, so ungefähr zehn Seiten voll. Auch jede Menge wichtige Namen, wie sich das eben so gehört. Dann versuche ich noch mal im inneren Schnelldurchlauf das ganze Geschehen vor meinem geistige Auge ablaufen zu lassen: Da treffen sich also am Tag des Nordereggen-Hohnbeers alle drei Heider Eggen zum klassischen Werfen auf die Tonne mit dem Hahn drin. An diese neue Egge, die Westeregge, denke ich jetzt mal gar nicht. Geplant war, dass nach nicht allzu vielen Steinwürfen ein nett gebastelter Hahn zutage treten sollte, der dann auch noch fröhlich krähend das Frühjahr oder was auch immer verkünden sollte. Stattdessen ist da aber eine ziemlich eingequetschte männliche Leiche in der Tonne, die mit einem bunten Hahn nicht die geringste Ähnlichkeit hat. Wer ist der Mann? Wie ist er da hineingekommen? Es kann sich doch eigentlich nur um einen Mord handeln. Oder sind diese Eggenbrüder etwa so pervers, dass sie testamentarisch verfügen, sie wollten in einer Tonne beigesetzt werden? Vielleicht sind die ja so ähnlich drauf wie manche HSV-Fans, die können sich doch neuerdings auf einem eigenen Friedhof beerdigen lassen, ich meine, das habe ich irgendwo mal gelesen. Okay, jetzt aber erstmal weiterdenken: Die Polizei weiß natürlich noch nichts, die müssen jetzt ermitteln. Bei Mord muss die Mordkommission kommen, das sind die Itzehoer. Das kann dann ja dauern. Aber ich könnte heute Nachmittag mal bei der Heider Polizei anfragen, ob sich schon irgendwas getan hat. Normalerweise haben sie ja nichts gegen die Presse, jedenfalls nichts gegen den Dithmarscher Landboten.

Mein Imbiss ist beendet, ich gehe Richtung Wulf-Isebrand-Platz. Der Empfang des Landboten ist noch besetzt, ich brauche also keine Schlüssel, die habe ich übrigens auch vorsichtshalber dabei. Rauf in unsere Redaktion, ich bin natürlich der einzige Mitarbeiter heute, ich muss erstmal Licht anmachen und meinen Rechner hochfahren. Also Fuchs will um halb zwei da sein, bis dann habe ich meinen Artikel natürlich noch nicht fertig, aber ich kann auf jeden Fall schon mal anfangen. Ich brauche erstmal eine halbwegs vernünftige Überschrift, auch wenn die garantiert später geändert wird, aber ohne Überschrift kann ich nicht schreiben, das ist so ein Tick von mir. Katastrophe auf dem Marktplatz? Quatsch. Mann inne Tünn, also Mann in der Tonne? Noch größerer Quatsch. Es muss schon vernünftig und solide sein, der Artikel wird doch bestimmt der Aufmacher in der Montagsausgabe sein, wenn nichts noch wesentlich Dramatischeres passiert. Heiko, reiß dich mal zusammen, sage ich mir. Unerwarteter Vorfall beim Hahnebier. Das klingt doch solide, aber auch langweilig. Ich lasse es aber trotzdem mal so stehen. Das gemeinsame Werfen auf die Tonne der drei traditionellen Heider Eggen endete am Samstag auf dem Marktplatz mit einem Paukenschlag: In der Tonne befand sich nicht der zu erwartende Hahn, sondern… Und so weiter. Das klingt zwar alles noch nicht richtig gut, aber ich bin jetzt wenigstens drin in meinem Schreibfluss. Jetzt geht es mir ziemlich gut von der Hand, ich schildere den Vorfall möglichst sachlich und unter Vermeidung nicht notwendiger Emotionen. Die Reaktionen des Publikums müssen natürlich auch erwähnt werden, der Einsatz der Polizei und des Rettungsdienstes und so weiter. Ausblick: Die Polizei hat die Ermittlungen aufgenommen, erste Ergebnisse waren bei Redaktionsschluss noch nicht bekannt. Okay. Jetzt vielleicht noch mal ein paar Worte zum Ablauf des Nordereggen-Hohnbeers, bis es eben zu diesem heftigen Zwischenfall kam.

Ich bin gerade dabei, meine ganzen Fotos auf den Rechner hochzuladen, als Fuchs hereinkommt. Moin Heiko, moin, Herr Fuchs, er angelt sich gleich einen Stuhl heran und setzt sich neben mich an den Rechner, ich zeige ihm mein bisher Geschriebenes, er liest es sorgfältig mehr als einmal durch und sagt dann nur: Unglaublich, Heiko, einfach unglaublich. Haben Sie Fotos davon?

Ja, sage ich, eine ganze Menge, aber ob die alle so gut geworden sind, ich weiß nicht.

Schauen wir mal, sagt Fuchs, nach einer Weile scheint er aber ganz zufrieden zu sein.

Sen-sa-tio-nell, sagt Fuchs und lässt sich jede Silbe auf der Zunge zergehen. Wissen Sie was, Heiko, das machen wir mal so: Sie überarbeiten Ihren Artikel noch mal in aller Ruhe, Sie suchen auch schon mal, sagen wir, die zehn geeignetsten Fotos aus, dann senden Sie das auf meinen Rechner. Ich bin heute Nachmittag beim Kaffeetrinken der Norderegge im Tivoli, ich kann dann vielleicht danach noch was ergänzen. Sie versuchen heute noch mal Ihr Glück bei der Polizei, wenn da noch nichts zu holen ist, dann eben nicht. Aber wenn Sie was erfahren, schicken Sie es mir per SMS. Aber ich werde morgen dann noch mal selber bei der Polizei anrufen, obwohl ich nicht glaube, dass wir vor Montag etwas Neues von denen erfahren werden. Ja, auf den ersten Blick ist Ihr Artikel okay, ich werde den dann vielleicht noch etwas bearbeiten, ich schätze aber, dass der am Montag auf die erste Seite kommt. Vorausgesetzt, der Chef ist derselben Meinung. Okay?

Ja, natürlich, sage ich, ich mach' dann gleich mal weiter.

In Ordnung, Heiko, ich will Sie dann auch nicht weiter stören, ich hol' nur schnell noch meine Sachen und dann geh' ich wieder. Schönes Wochenende noch!

Ja, Ihnen auch, Herr Fuchs, viel Spaß beim Kaffeetrinken im Tivoli.

Ich bin wieder allein. Wo war ich denn jetzt gerade? Ach so, ja, bei dieser ganzen Einkehrerei in der Friedrichstraße und dann auch später beim Bürgermeister. Das ist im Prinzip sicher so wie jedes Jahr. Da kann ich ja auch ruhig mal im Archiv nachschauen, Suchbegriff Hohnbeer 2012. Ja, mehr oder weniger dasselbe, aber ich will jetzt natürlich nicht vom Kollegen abschreiben, wer weiß, vielleicht hat der ja seinerseits schon abgeschrieben. Also 2012 wieder schließen, selbst ist der Mann.

Nach ungefähr einer weiteren halben Stunde bin ich fertig, ich drucke den Text einmal aus und lege das Blatt auf den Schreibtisch. Jetzt wäre noch ein Kaffee nicht schlecht, aber ich muss erstmal die Kaffeemaschine durchladen. Für einen Becher, da braucht man direkt Fingerspitzengefühl. Dann gehe ich noch mal kurz aufs Klo, bis der Kaffee durchgelaufen ist. So, da bin ich wieder, ich nehme den ersten Schluck schönen heißen Kaffee und lese meinen Artikel noch einmal durch. In Ordnung, ich glaube, das kann ich jetzt so lassen. Nun die Fotos, zuerst die vom Markplatz, da sind nur ein paar richtig gelungene dabei, dann die vom Nordereggen-Umzug, da suche ich die fünf besten heraus. Bildunterschriften nicht vergessen. Bingo, das war's dann wohl. Ich sende den ganzen Kram rüber an den Fuchs-Rechner. So, jetzt kann ich hier an und für sich Feierabend machen, aber ich muss noch mal bei der Polizei reinschauen, vielleicht erfahre ich da noch was Neues. Richtig rechnen tue ich allerdings nicht damit, aber man kann nie wissen. Letzte Aktivitäten: Akku aufladen oder wechseln, schreibe ich mir auf einen kleinen Klebezettel und hefte ihn an meinen Monitor. Kamera wegpacken, ebenso das Diktiergerät, das habe ich gar nicht benutzt, aber egal, ich hätte es ja brauchen können. Meinen Stenoblock nehme ich mit. Rechner runterfahren, Kaffeemaschine abschalten. Ich nehme noch den letzten Schluck direkt aus der Kanne, das sieht ja keiner. Noch kurz abwaschen, das macht sich immer gut. Jacke anziehen, Licht aus, Tür zu. Unten im Haus ist im Moment niemand, die Tür ist verschlossen, aber wozu habe ich meinen Schlüssel.

Ich habe gerade beschlossen, zu Fuß zur Polizei zu gehen, statt umständlich am Markt einen Parkplatz suchen zu müssen. Ich gehe jetzt aber nicht durch die Friedrichstraße, sondern bei Onkel und Schreiner entlang. Wie spät haben wir's denn jetzt? Kurz nach drei, das passt. Jetzt bin ich an der Nordseite des Marktes angelangt, ich muss zweimal an den Fußgängerampeln warten, dann habe ich die Straße überquert und bin jetzt bei der Raiffeisenbank. Von hier aus sind es nur noch ein paar hundert Meter bis zur Heider Polizeiwache. Okay, ja, ich weiß, das heißt gar nicht so, man nennt das Polizeistation oder so ähnlich. Nein, ganz offiziell wird die Wache Polizei-Bezirksrevier Heide genannt, Markt 59. Relativ modernes Backsteingebäude mit behindertengerechtem Aufgang. Dann wird man allerdings schon behindert, man kann nicht einfach so reingehen wie beim Sheriff in Dodge City, man muss erstmal klingeln und eventuell unangenehme Fragen über sich ergehen lassen. Der Türöffner schnarrt aber ohne Kommentare, anscheinend hat man mein Kommen schon durch das Fenster beobachtet. Ach so, ja, Fenster: Die Jalousien sind heruntergezogen, aber nicht völlig umgeklappt, man kann also noch durch die Spalten gucken. Das sieht sehr merkwürdig aus, eigentlich ein bisschen lichtscheu, aber vielleicht befürchten die Kollegen, dass ihre schönen neuen blauen Uniformen durch zu viel Lichteinfall ausbleichen könnten.

Ich gehe hinein, einmal nach rechts, die Tür wird automatisch geöffnet. Auf den ersten Blick sehe ich so eine Art Tresen oder Theke oder wie man das nennen soll, so etwas habe ich auch schon in der Polizeistation Albersdorf gesichtet, allerdings nicht in der Polizeistation Hemmingstedt. Damit sollen die Besucher wohl erstmal ausgebremst werden, es sind ja nicht immer angenehme Leute, die bei der Polizei auflaufen. Mein zweiter Blick erfasst drei Polizisten in unterschiedlicher Größe und Körperbau, alle in dunkelblauen Dienstgewändern. Ja?, sagt einer von ihnen nur und baut sich zu allem bereit hinter dem Tresen auf. Ich möchte gerne…, beginne ich, im selben Moment dreht sich ein anderer Polizist, der an einem Schreibtisch sitzt, zu mir um und sagt nur: Ja moin, Heiko!

Tatü-tata, das ist ja Heiner, Heiner Ohlsen. Polizeimeister in beziehungsweise aus Hemmingstedt, gebürtiger Wesselner, außerdem familiär in Meldorf verwurzelt. Seit einiger Zeit einer von meinen Freunden oder Kumpeln, meinetwegen auch Kumpels. Heiner steht auf und geht zu mir rüber, sein Kollege überlässt ihm das Feld.

Passt gerade gut, sagt Heiner, ich wollte eben Kaffeepause machen. Und zu seinem Kollegen: Wir gehen mal kurz einen Kaffee trinken. Dann wieder zu mir: Komm' mit, Heiko.

Ohne weitere Kontrollen werde ich durchgelassen und folge Heiner in einen Raum, in dessen Mitte ein großer und breiter Tisch steht mit jeder Menge Stühlen drumherum. Im Hintergrund so eine Art kleine Küchenzeile, sogar mit zwei Herdplatten, hier könnte man notfalls Spiegeleier braten oder eine Dose Ravioli warmmachen. Heiner stellt zwei Becher auf den Tisch und gießt Kaffee ein. Kekse? Er stellt eine angebrochene Packung Granola auf den Tisch.

Ich kann mir schon denken, weshalb du hier bist, eröffnet Heiner das Gespräch.

Bist du jetzt gar nicht mehr in Hemmingstedt?, frage ich.

Doch, im Prinzip schon, aber ich bin mal wieder ausgeliehen worden, diesmal nach Heide, erstmal für ein paar Wochen, solange wir einen Praktikanten in Hemmingstedt haben. Ist aber ganz easy hier, ich bin vor allem im Innendienst. Schön warm und trocken in dieser Jahreszeit.

Lange nicht gesehen, Heiner.

Stimmt, Heiko, man kommt irgendwie zu nichts.

Ich erfahre dann noch die eine oder andere private Sache von Heiner, er ist immer noch mit Monica mit C zusammen, aber keine Details, da hält er sich ja gerne bedeckt, ansonsten ist er freizeitmäßig weiterhin mit seinem Abitur-Fernkurs beschäftigt, ich glaube, seit ungefähr einem Jahr. Das soll aber ganz gut laufen, in einigen Fächern ist er wohl schon ziemlich weit, so dass er irgendwelche Prüfungen vorziehen könnte, in anderen Fächern aber nicht so. Insgesamt dürfte es mit den drei Jahren aber wohl hinhauen. Mühsam nährt sich das Eichhörnchen, sagt er. Ich erzähle von meinem Studium in Kiel, das findet er durchaus interessant, er möchte auch ein paar Einzelheiten von mir hören.

Dann kriegen wir aber doch die Biege in Richtung Thema Hahnebier, speziell Toter in der Tonne auf dem Marktplatz.

Ja, sagt Heiner, ich hab' das jetzt nur von den Kollegen gehört, ich bin ja erst zur Spätschicht gekommen, ja, da war tatsächlich ein Toter in dieser Hahnebier-Tonne, das ist vielleicht ein Ding. Auf jeden Fall ein Mann, mittelalt wohl, mehr wissen wir aber auch noch nicht. Die Mordkommission aus Itzehoe hat übernommen, es geht jetzt sicher erstmal darum, die Identität des Toten festzustellen und so weiter. Und dann geht er sicher ab in die Gerichtsmedizin.

Und, Heiner, hast du irgendeine Idee, was dahinterstecken könnte?

Keine Scheckung, Heiko. Auf jeden Fall ein Verbrechen, ein Unfall kann das ja wohl schlecht gewesen sein. Mir kommt das so vor wie in diesen alten Mafia-Filmen. Warnung, Rache oder so etwas in der Art. Aber wie gesagt, wir wissen noch von nichts, da sind die Itzehoer dran, wer weiß, vielleicht sogar wieder die Weishaupt.

Kriminalhauptkommissarin Jutta Weishaupt, Polizeidirektion Itzehoe. Unsere alte Bekannte. Also die von Heiner und mir, meine ich jetzt. Mit der hatten wir schon mal zu tun, nicht nur einmal übrigens.

Wie sieht das aus mit Pressemitteilungen?, frage ich.

Da musst du mal auf die Homepage der Itzehoer gehen, sagt Heiner, aber vor Montag geben die bestimmt nichts raus. Die Ermittlungen haben doch gerade erst angefangen. Aber wenn ich was Neues höre, sage ich dir Bescheid. Das ist dann aber eventuell vertraulich, das darfst du dann nicht in dein Blatt reinbringen.

Nee, nee, ist klar, sage ich.

Wir trinken unseren Kaffee aus, ich schiebe mir schnell noch einen Granola-Keks hinter den Knorpel, dann merke ich, dass es Heiner wieder zum Dienst drängt. Ja, okay, sage ich, vielen Dank für den Kaffee, ich melde mich dann mal Montag bei dir.

Oder ich bei dir, sagt Heiner und schiebt mich durch den Flur nach vorne. Tschüs denn, sage ich und winke Heiners Kollegen zu, die ignorieren aber meinen Abschiedsgruß, der war ihnen wahrscheinlich schon zu vertraulich.

Ich gehe nach draußen und atme die kühle Heider Luft ein, die mir vom Marktplatz her entgegenschlägt. Muss ich jetzt eigentlich irgendwas an Fuchs simsen? Nein, muss ich nicht, es gibt ja noch keine Neuigkeiten, voraussichtlich übers ganze Wochenende nicht. Unser Redaktionsleiter wird jetzt wohl gerade gemütlich beim Kaffeetrinken der Norderegge im Tivoli hocken und die plattdeutschen Reden auf sich herabprasseln lassen. Ich kann mir auch nicht vorstellen, dass er dabei etwas Konkreteres hören wird als Gerüchte über den Toten in der Tonne. Ich marschiere also los Richtung Parkplatz des Dithmarscher Landboten. Dabei gehe ich jetzt quer über den Marktplatz, der sieht jetzt allerdings ganz anders aus als heute Vormittag, die Marktstände sind alle weg, die Straßenreinigung hat wohl auch schon zugeschlagen und sämtliche Reste zusammengefegt und abtransportiert. Die Tribünen und das Podest, auf dem die Tonne stand, wirken ziemlich einsam und verlassen auf mich. Ich halte noch mal kurz an, es wäre cool, wenn ich jetzt irgendetwas finden würde, was die Polizei übersehen hat, vielleicht ja den Personalausweis des Toten. Haha. Aber da ist überhaupt nichts zu finden, sogar die Überreste der Tonne sind eingesammelt worden, ich schätze mal, die sollen auch auf Spuren untersucht werden. In der Friedrichstraße ist kaum noch etwas los, das eine oder andere Geschäft ist zwar noch am Samstagnachmittag geöffnet, aber ob sich das wirklich lohnt, ist eine ganz andere Frage.

Als ich dann im Polo sitze und nach passender Begleitmusik für meinen Nachhauseweg suche, fällt mir wieder Maren ein, eine Sekunde später dann auch Maja. Ich habe keine Ahnung, was mich zu Hause erwarten wird, vielleicht ja ein Tribunal, anschließend werde ich verurteilt, in eine Tonne gesperrt und so lange mit Steinen beworfen, bis ich anfange zu krähen. Blödsinn, sage ich mir. Vor einiger Zeit hatte ich immer noch meinen eingebauten Psychotherapeuten, Dr. Timmermann, der mich mit guten Ratschlägen versorgt hat. Aber er hat sich schon lange nicht mehr gemeldet, entweder ist er der Meinung, dass ich austherapiert bin und jetzt auch allein klarkomme, oder er nimmt einen ausgedehnten Jahresurlaub, eventuell hat er sich ja auch frühzeitig pensionieren lassen.

Ich gebe aber zu, dass ich mehr als nervös bin, als ich zu Hause angekommen bin. Majas Golf ist weg, das ist schon mal kein gutes Zeichen. Und Maren, ob die wohl noch bei Linda ist?

Es ist dann aber doch alles ganz anders, als ich es mir vorgestellt habe. Ich komme rein und sage moin, der Clan sitzt noch bei einem etwas verspäteten Nachmittagskaffee im Wohnzimmer. Hallo Heiko, sagt Mutter, wir haben noch Kaffee für dich, ist auch noch Kuchen da. Das klingt ja ganz erfreulich. Ja, sage ich, eine Tasse könnte ich noch vertragen, aber ansonsten habe ich schon reichlich Kaffee gehabt heute. Sind Maja und Maren gar nicht mehr da?

Linda übernimmt die Beantwortung meiner Frage, die ich übrigens in möglichst neutralem Tonfall gestellt hatte: Maren musste zu ihrem Gaul und Maja hatte noch was für Kiel zu tun, die soll Donnerstag irgend so ein Referat halten. Ich soll dich aber schön grüßen von beiden.

Ja, danke, sage ich erleichtert. Anscheinend hat keiner etwas von Marens nächtlicher Aktion mitbekommen, außer ihr selbst natürlich, aber sie hat wohl nicht einmal Linda etwas davon verraten.

Und wie war's mit dem Hahnebier?, erkundigt sich Vater.

Ich berichte ausführlich meine sämtlichen Erlebnisse, insbesondere die mit dem Mann in der Tonne, dann noch, dass ich bei Heiner Ohlsen war und dass der im Moment bei der Heider Polizei aushelfen muss. Ich will jetzt nicht sagen, dass diese Nachrichten wie eine Bombe einschlagen, aber sie rufen doch starkes Interesse und auch Verwunderung hervor.

Das ist ja alles sehr rätselhaft, ist Vaters abschließender Kommentar.

Ich nehme jetzt doch noch einen Kaffee, obwohl ich eigentlich nur eine Tasse wollte.

Jetzt geht es eher um häusliche Themen, ob jemand heute Abend noch etwas vorhat und so weiter. Nein, Linda will zu Hause bleiben und ich auch, mir ist nach Erholung während eines gemütlichen Abends. Vielleicht gibt es auch mal was Vernünftiges im Fernsehen, aber die Eltern wollen natürlich wieder Karneval sehen, das habe ich mir heute Morgen auch schon mal gedacht, als ich einen Blick auf das Fernsehprogramm im Landboten geworfen habe. Vielleicht könnte ich auch mal wieder was Vernünftiges lesen, ich frage mal Vater, ob ich ein bisschen in seinen alten Bücherkisten wühlen darf. Antwort: Na klar, Heiko, du weißt ja, wo die sind. Okay, sage ich, das mache ich dann aber nachher, erstmal könnte ich ganz gut in die Badewanne steigen. Keine Einsprüche, ich höre nur noch die Ansage, dass es um sieben Uhr Abendbrot gibt. In Ordnung, bis dann müsste ich eigentlich wieder trocken sein.

Ich bin sonst nicht so der ganz große Bader, normalerweise reicht mir das Duschen durchaus. Aber wenn man mal so richtig einen auf Wellness machen will, gibt es eigentlich nichts Entspannenderes als ein gepflegtes Vollbad, das so lange dauert, bis einem die Haut komplett eingeschrumpelt ist. Immer mal wieder ein bisschen heißes Wasser nachlaufen lassen und dazu noch ein paar Sportnachrichten auf NDR Info. Was will man mehr. Irgendwann reicht es mir dann aber doch, die Luft im Badezimmer ist schon richtig neblig geworden und ich kann mich kaum noch im Spiegel erkennen, weil der total beschlagen ist. Jetzt müsste ich zehn Jahre jünger sein, dann würde ich mir schon meinen Schlafanzug anziehen und darüber den Jogginganzug, den Rest des Abends würde ich auf der Wohnzimmercouch bei Fanta und Kartoffelchips verbringen, in der Glotze würde Wetten, dass... laufen.

Irgendwas riecht doch so gut, na klar, Mutters Frikadellen, die hatte ich gar nicht mehr auf der Rechnung. Das motiviert mich doch schon wieder zum Anziehen und zum Beenden meiner Couch-Kindheitsträume. Zehn vor sieben, ich kann noch ein bisschen beim Tischdecken helfen. Heute muss keiner zum Essen gerufen werden, der Frikadellenduft hat schon alle angelockt. Dazu Kartoffelsalat, aber vom Schlachter, wie Mutter ausdrücklich betont. Bedeutet: Wir dürfen den zwar genießen, ihn aber nicht so toll finden wie den, den sie zubereitet hätte, denn der wäre natürlich der allerbeste. Guten Appetit allerseits, danke, Vater habe ich schon mal ein Dithmarscher Urtyp hingestellt, mir auch, Linda trinkt mal wieder ihren Heubusch, Mutter und Lasse bevorzugen Milch, vom Nachbarn importiert. Ich könnte noch eine ganze Zeitlang weiter Mutters Frikadellen loben, aber ich will euch jetzt nicht weiter damit nerven.

Wieder mal allgemeine Timmermann-Harmonie, ich hätte nichts dagegen gehabt, wenn Maja jetzt auch noch dageblieben wäre, an Maren denke ich jetzt aber lieber nicht. Vielleicht lässt sich die ganze Affäre ja durch Nichtdarandenken unter den Teppich kehren, das wäre vermutlich am besten für alle Beteiligten. Noch ein Bier, Heiko, fragt Vater, ach nee, lass man, vielen Dank. Er selber genehmigt sich aber noch eins.

Nach dem Essen das übliche Programm: Abräumen, Abwaschen, Aufräumen, damit der Karneval pünktlich genossen werden kann. Ich hole eine von Vaters Bücherkisten rüber in mein Zimmer, um darin mal in aller Ruhe herumzustöbern. Vielleicht finde ich da noch ein paar alte Liebesbriefe, haha. Kurz vor acht, ich könnte ja eigentlich mal die Tagesschau mitgucken, in den Büchern kann ich dann ja später noch wühlen.

Der ganz große Knaller ist die Tagesschau-Topnachricht nicht, weil sich der Rücktritt von Bundesbildungsministerin Schavan schon seit einiger Zeit abgezeichnet hat, wie man so schön sagt. Was war noch mal passiert? Die Uni Düsseldorf hat ihr wegen Plagiatsvorwürfen den Doktortitel aberkannt. Ich habe nicht abgeschrieben, sagt sie trotzig wie mein kleiner Bruder während der Pressekonferenz, sie wolle gegen die Entscheidung klagen. Gut, soll sie. Von Frau Merkel wird sie mit vorsichtigen Worten aus dem Amt verabschiedet. Die beiden Mädels sollen ja so etwas wie Freundinnen sein, das ist dann natürlich bitter. Wenn ich Bundeskanzler wäre und ich müsste dann Donald Petersen rausschmeißen, weil er bei seiner Doktorarbeit geschummelt hat, das käme mich echt hart an. Tränendrüsen wieder schließen, es gibt auch noch andere Neuigkeiten. Ach so, ja, die neue Bildungsministerin heißt Johanna Wanka, das erinnert mich an Willy Wonka aus dieser Geschichte von Charlie und der Schokoladenfabrik.

Man hat während der Tagesschau ja leider kaum Zeit zum Nachdenken, dabei wäre das manchmal ganz angebracht. Man könnte zum Beispiel darüber sinnieren, welche Motive die Plagiatsjäger dazu antreiben, sich einen Promi-Doktor nach dem anderen vorzunehmen. Wenn schon, dann müsste man doch eigentlich auch alle anderen Doktoren unter die Lupe nehmen. Wer weiß, was dann dabei herauskäme. Andererseits, wenn ich selbst in irgendeinem Fach promovieren würde, so nennt sich das ja wohl, und ich würde mich ganz ehrlich mit meiner Arbeit abrackern, dann käme da irgend so ein Schummel-Schnösel und würde sich dann am Ende noch vor meine Nase setzen, da würde ich mir schon ganz schön verarscht vorkommen. Ganz nebenbei: Gibt es bei den Journalisten eigentlich auch Doktortitel?

Spekulationen über Gysis Stasi-Vergangenheit. Je nach Berechnungsart ergibt sich eine Erhöhung oder eine Kürzung des EU-Haushaltes. Wie soll man das denn verstehen. Proteste der Islamisten in Tunis. Schneesturm an der US-Ostküste. Der HSV hat 4:1 gegen Dortmund gespielt. Weiter Kaltluft aus Skandinavien und örtlich strenger Nachtfrost, in unserer Gegend bis minus acht Grad. Morgen teils heiter, teils wolkig, Temperaturen unter dem Gefrierpunkt. Und was ist mit Montag, da ist doch auch Rosenmontag, das wäre wohl auch für den Dithmarscher Karneval in Marne und Büsum wichtig: Auf jeden Fall trocken, aber die Kälte bleibt noch.

Vielen Dank, ich fühle mich wieder gut durchinformiert, obwohl fast die Hälfte der Sendung auf das Konto von Frau Schavan gegangen ist. Bevor die Eltern sich auf den Düsseldorfer Karneval stürzen, trete ich den Rückzug an. Lasse bleibt noch, Linda war sowieso nicht dabei.

Jetzt kann ich mir mal ein bisschen neue Lektüre aus Vaters Kiste heraussuchen. Vorher noch ein Wort dazu: Vater hat mehrere von diesen Bücherkisten, es sind aber eigentlich eher Kartons, da sind größtenteils seine eigenen alten Bücher drin, manche sind aber sogar noch von seinen Eltern oder auch von sonst wem aus seiner Verwandtschaft. Diese Kisten stehen mehr oder weniger überall herum, wo Platz ist, die meisten findet man aber in der Abseite. Punkt.

Was haben wir hier denn Schönes drin? Aha, gar keine Bücher, sondern lauter Hefte. Etwa Vaters alte Porno-Sammlung? Nein, sieht eher nach Comics aus. Fix und Foxi, Felix, Die Rasselbande, ach du liebe Zeit, dann noch jede Menge Nick-Knatterton-Hefte, in so einem merkwürdigen Querformat. Knatterton kommt mir nicht ganz unbekannt vor, es gab da früher mal so eine Zeichentrick-Serie im Fernsehen, die war natürlich in Farbe, aber die Comics sind alle in schlichtem schwarz-weiß. Ich greife mir trotzdem mal ein Heft und fange einfach an zu lesen. Erste Bilanz nach einer Viertelstunde: Das ist ja total witzig, sogar fast genial. Nick Knatterton ist so eine Mischung aus Detektiv und Superheld, er verfügt über unglaubliche Fähigkeiten auf fast allen Gebieten und wird ständig in sehr verrückte Abenteuer verwickelt. Die weiteren Zutaten sind fiese Ganoven, technische Spielereien und wohlgeformte Damen. Bei Superhelden-Geschichten hat man ja immer das Problem, dass es langweilig werden könnte, wenn der Held die ganze Zeit über allen anderen überlegen ist. Nein, hin und wieder ist Nick auch verwundbar und wird dann hinterrücks niedergeschlagen oder mit Chloroform betäubt. Natürlich endet jede Story happy.

Ich lese mit großer Begeisterung und muss auch gelegentlich so laut lachen, dass die Wände wackeln. Plötzlich: Klopf, klopf. Es ist Linda. Ob mein Gelächter sie jetzt angelockt hat, keine Ahnung. Ich nehme eher an, ihr ist nach Gesellschaft.

Willst du Paul Panzer mitgucken, Heiko, und nachher kommt noch Ralf Schmitz.

Na gut, warum eigentlich nicht, denke ich. Dasselbe sage ich dann auch.

Es ist auch noch Wein da, sagt Linda, ich hol' schon mal die Gläser.

Na logo ist noch Wein da, den habe ich ja gestern Abend selbst angeschleppt. Ich bewege mich dann mal rüber in Lindas gute Stube und lasse mich auf der Couch nieder. Der Fernseher läuft schon oder vermutlich eher noch, Paul Panzer hat schon angefangen, ihr werdet den kennen, das ist dieser Comedian mit den wirren Haaren, der dicken Brille und dem Sprachfehler, ein Logopäde würde wahrscheinlich Genaueres dazu sagen können. Es ist aber ganz unterhaltsam. Ich greife jetzt auch schon mal vor auf Ralf Schmitz, das ist ja auch so ein Comedian, ein ziemlich kleiner Typ mit einem wahnsinnigen Sprechtempo und ziemlich hektischen Bewegungen. In seiner Show baut er ständig die Zuschauer mit in sein Programm ein und improvisiert wild vor sich hin. Zwischendurch gibt es natürlich immer mal wieder Werbung, wir sind ja bei RTL, die wollen ja auch von irgendwas leben.

So, das war sozusagen der Hintergrund. Im Vordergrund sitzen Linda und ich also gemütlich auf der Couch und picheln uns ganz allmählich einen kleinen an. Wir starren nicht die ganze Zeit über fasziniert auf die Glotze, sondern verlieren auch mal das eine oder andere Wort. Ganz vorsichtig taste ich mich auch an die Thematik Maja und Maren heran, aber aus allem, was ich von Linda höre, kann ich nur schließen, dass sie nichts von Marens kleinem nächtlichen Betriebsausflug in mein Zimmer mitbekommen hat. Dann wird Maja wohl auch nichts gemerkt haben, denke ich erleichtert. Eigentlich würde ich meiner Schwester jetzt am liebsten die Wahrheit erzählen, die Wahrheit und nichts als die Wahrheit, aber das würde die ganze Angelegenheit dann auch für sie kompliziert machen, immerhin ist sie mit Maja und Maren ziemlich gleichermaßen befreundet. Nein, es ist wohl besser, wenn sie nichts weiß.

Und, frage ich dann noch, habt ihr alle gut gepennt letzte Nacht?

Ja klar, Heiko, wir hatten ja auch reichlich getrunken, wieso fragst du?

Ach, nur so.

Irgendwann hat Ralf Schmitz dann zu Ende improvisiert, es kommt Deutschland sucht den Superstar, das ist aber die Wiederholung von Viertel nach acht, das hat Linda schon gesehen. Sie fängt an herumzuzappen, aber ich habe jetzt langsam keine Lust mehr. Meinetwegen kann sie gern bis zum Frühstück durchglotzen, aber ich nehme schon mal mein Weinglas mit und ziehe mich zurück. Nacht, Linda, Nacht, Heiko.

Ansonsten Ruhe und Dunkelheit im Haus, die Eltern sind also auch schon schlafen gegangen.

Der nächste Vormittag ist der Vorbereitung des großen Timmermannschen Grünkohlessens gewidmet, gleich für Montag mit, wie Mutter sich ausbedungen hatte. Das bedeutet für mich: Jede Menge Kartoffeln kochen und dann später pellen, wenn sie ausreichend abgekühlt sind, sonst verbrennt man sich ja die Finger. Wir haben jetzt aber nicht diese ganz kleinen Kartoffeln, die könnte man dann ja auch so lassen, sondern schon etwas größere, die werden dann in Scheiben geschnitten für Bratkartoffeln. Zwiebeln muss ich auch noch schneiden, davon wird man immer so sentimental. Ach ja, auch noch durchwachsenen Räucherspeck, aber nicht so große Stücke, hörst du, Heiko. Bei dieser Menge soll ich dann aber die tiefe Fettpfanne für den Backofen nehmen. Okay. Mutter kümmert sich persönlich um den Grünkohl, frischen hat sie wohl nicht auftreiben können oder die Saison dafür ist schon beendet, sie nimmt ein paar Packungen gefrorenen, das geht ja auch. Was gibt's denn dazu? Durchwachsenen Kasseler in Scheiben und eine ganze Menge Kochwürste, die dürfen aber erst rein, wenn der Grünkohl nicht mehr so total heiß ist, sonst platzen sie.

Vater streicht während der Aktion um uns herum wie der Kater um die läufige Katze. Ist der Bommerlunder schon in der Truhe? Nee, Heinrich, mach' du das man mal. Linda, du kannst die rote Bete und die Senfgurken schon mal auf den Tisch stellen.

Zwischendurch kommt ein Anruf, der wäre fast in dem Grünkohl-Trubel untergegangen, es ist Oma aus Lieth, sie wollen heute Nachmittag zum Kaffee kommen, aber keine Sorge, sie bringen Kuchen mit, da ist noch von gestern so viel übriggeblieben. So gegen vier, ja, in Ordnung, wir freuen uns, bis dann. Ich weiß jetzt nicht, ob sich tatsächlich alle von uns zu hundert Prozent auf den Besuch freuen, aber ich schon. Meine Großeltern aus Lieth finde ich cool, besonders meinen Opa, der ist eigentlich so gar nicht großväterlich drauf.

Viertel vor eins, jetzt gibt's aber Essen, Leute, Grünkohl, lecker. Der Bommerlunder ist ausreichend durchgekühlt, es gibt erstmal einen vor dem Essen und zum Schluss noch einen als Absacker. Für Vater gibt es aber auch noch einen für zwischendurch. Die Damen nehmen nur einen ganz lütten, die Herren eher einen doppelten. Dithmarscher Pilsener ist freigegeben, Mutter und Linda sind da auch etwas zurückhaltender als Vater und ich, sie teilen sich eine Flasche und spülen dann mit Mineralwasser nach. BMW, Bier mit Wasser. Falls sich jemand bei diesem Gelage Sorgen um Lasse macht, nein, er ist natürlich bis zur Konfirmation vom Alkoholgenuss ausgeschlossen. Grünkohl ist ja wirklich ganz köstlich, aber es haut einen auch ziemlich um. Im Grunde genommen müsste man danach unmittelbar in den Winterschlaf gehen. Wir raffen uns dann aber schließlich doch auf, es muss abgewaschen und aufgeräumt werden, dann auch noch mal kräftig durchlüften, wenn Oma und Opa nachher kommen, soll die ganze Bude ja nicht nach Kohl und Bratkartoffeln müffeln.

Ich überrede Linda nach dem Abwasch zu einem Verdauungsspaziergang inklusive Hundebegleitung, wir gehen aber nicht Richtung Reinsbüttel, wo Maren wohnt, sondern einfach in die Feldmark, da gibt es genug Wege, da kann man sogar so eine Art Rundkurs draus machen. Linda erzählt mir, sie würde gerne mal ein paar Kolleginnen aus ihrer Krankenpflegeschule einladen, ich sage, ja, mach' das man. Ob wohl Freitag oder Samstag günstiger wäre, ich schlage ihr den Freitag vor, weil ja bestimmt sonst einige am Samstag was mit ihren Freunden vorhätten. Da wird Linda zunächst ein bisschen einsilbig, aha, sie ist ja zurzeit unbemannt, man kann ihr aber anmerken, dass sie diesen Zustand gern in absehbarer Zeit mindestens zeitweilig beenden würde. Dann fasst sie sich aber wieder und meint auch, doch, Freitag wäre okay, man könnte dann ja vielleicht zusammen was kochen. Vielleicht machen sie ja Pizza, denke ich, das könnte ich auch mal wieder ganz gut haben.

Was mich denn gerade so bewegen würde, fragt Linda. Da denke ich zunächst mal an diesen seltsamen Vorfall auf dem Marktplatz mit dem Mann in der Tonne, das müsste man doch herausbekommen, warum und wieso und weshalb. Dann freue ich mich aber eigentlich auch darauf, dass ich Dienstag vorläufig das letzte Mal nach Kiel muss, danach sind erstmal Semesterferien. Und wenn die vorbei sind, ist ja schon Frühling und dann ist es morgens um sechs vielleicht nicht mehr so dunkel beim Losfahren.

Opas VW Touareg steht schon auf dem Hofplatz, als Linda und ich mit Stromer wieder zurückkommen. Eigentlich mag ich diese protzigen SUV-Kisten überhaupt nicht, aber Opa behauptet, man sitzt da gut drin und das wäre genau das Richtige für seinen Rücken. Na gut, ihm kann ich's verzeihen. Linda und ich gehen rein und hängen unsere Jacken und Mützen an der Garderobe auf. Jawohl, es war ganz schön frisch draußen, das kann man nicht anders sagen. Jetzt könnte man doch direkt einen heißen Kaffee vertragen, der scheint auch schon in Vorbereitung zu sein. Hallo Oma, hallo Opa, ja, Heiko und Linda, wart ihr draußen bei dieser Kälte und so weiter.

Der Kaffeetisch ist schon gedeckt, da hat Oma bestimmt geholfen, Lasse wahrscheinlich weniger, obwohl er auch schon im Wohnzimmer ist. Eventuell hat er auf ein Mitbringsel gehofft, aber es kann auch sein, dass er sich ganz einfach ohne Hintergedanken über den Besuch seiner Großeltern gefreut hat, so ein schlechter Mensch ist mein kleiner Bruder nun auch wieder nicht. Mutter trägt einen überdimensionalen Teller mit Kuchenstücken herein, die scheinen auch teilweise von einem Bäcker zu stammen, welchem auch immer, denn es sind auch richtige Sahnestücke dabei, Schwarzwälder Kirsch und solche Sachen. Oma erklärt, dass es sich um die Überreste ihres Kaffeekränzchens von gestern Nachmittag handelt, da hatte sie ein paar älterer Mädels aus der Nachbarschaft zu Hause, aber die essen ja nicht mehr so viel wie früher.

Ja früher, als wir noch jung waren, sagt Opa, da gab es bei so einer Einladung mindestens fünf Torten, da musste man von jeder nehmen, aber es wird in Dithmarschen ja selbst abgeschnitten, so ganz riesig mussten die Stücke dann ja nicht werden.

Und dann der Kaffee, fährt Oma fort, Dithmarscher Eierkaffee natürlich. Den gibt's ja nur noch ganz selten heutzutage.

Eier im Kaffee?, fragt Linda entsetzt.

Na, da werden die Kaffeebohnen noch mit der Hand gemahlen, dann gibt man ein rohes Ei dazu und verrührt das Ganze, danach kommt die Masse in kochendes Wasser, aber zum Schluss wird alles von Hand durchgefiltert. Der Kaffee ist dann besonders mild und bekömmlich.

Mir kommt das alles arg umständlich vor, aber wer weiß, vielleicht saß die Norderegge auch gestern im Tivoli und stieß mit Eierkaffee an.

Jedenfalls gibt es bei Timmermanns in Wesselburener Deichhausen unseren normalen Kaffee, der ist sowieso schon angeblich magenfreundlich, da brauchen meinetwegen nicht auch noch Eier mit rein. Alle haben Platz genommen, der Kaffee ist eingeschenkt, ebenso der Kakao von oder für Lasse, dann können wir ja loslegen. Dafür, dass die Kuchen von gestern sind, schmecken sie noch sehr gut. Mir hat mal jemand erzählt, es war aber nicht Heike, dass die Bäcker die Kuchen, die sie am Tag nicht verkaufen konnten, einfach einfrieren und den Kunden am nächsten Tag als frische Ware anbieten. Ich halte das für relativ glaubhaft, obwohl ich mir damit jetzt wahrscheinlich alle möglichen Klagen von den Dithmarscher Bäckern einfangen werde. Okay, notfalls bin ich auch zu einer Gegendarstellung bereit.

Jetzt kommt aber erstmal Omas großer Familien-Bericht, sie ist ja durch ihre Telefonate immer voll darüber informiert, was ihre ganzen Töchter gerade so machen, natürlich auch deren Männer und insbesondere deren Kinder. Tante Emma aus Diekhusen wird dabei aber eher als Spezialfall behandelt, weil sie von Onkel Wulf geschieden ist und keine Kinder hat. Sie ist ja auch schon 33, da sollte man doch langsam mal über Nachwuchs nachdenken. Gerade diese Tante hat mir mal am Rande von Opas 64. Geburtstag ziemlich heftig nachgestellt, ich konnte ihr gerade noch entkommen, aber das habe ich noch niemandem erzählt und ich erzähle es jetzt natürlich auch nicht. Ja, ob Emma mal so langsam einen Neuen hat, das weiß Oma leider auch nicht, es wäre aber doch zu schön, sie kann ja so schlecht alleine sein. Das habe ich gemerkt, denke ich. Meine ganzen Vettern und Kusinen interessieren mich nicht so besonders, bis auf Europa vielleicht, tut mir leid, die heißt wirklich so. Also Europa sieht eigentlich ziemlich sexy aus, sie hat so einen ganz leichten Silberblick, wenn die einen anguckt, dann kann einem schon ganz anders werden. Ich habe mal spaßeshalber nachgegoogelt, ob ich eigentlich meine Kusine Europa heiraten dürfte oder ob das verboten ist. Nach § 1307 des Bürgerlichen Gesetzbuches wäre es sogar möglich, aber jetzt denkt bitte nicht, dass ich das wirklich ernsthaft vorhatte.

Nach Omas Ausführungen ist aber jetzt eher Opa dran, er hat wohl doch ein bisschen daran zu knabbern, dass er demnächst seine Firma an seine Tochter abtreten soll. Aber was heißt soll, eigentlich will er das ja auch. Natürlich wird er noch beratend im Hintergrund zur Verfügung stehen, aber eigentlich würde er es auch besser finden, wenn seine Tochter Etna keine Hilfe benötigen würde. Ich persönlich glaube ja, dass Tante Etna schon mit der Firma allein klarkommen wird, sie hat nämlich ganz schön viel Energie, nicht umsonst erinnert ihr Vorname an einen Vulkan. Okay, und was will Opa denn so mit seiner neu gewonnenen Freizeit anstellen? Aha, mal wieder ein bisschen mehr Musik machen, altrockermäßig, regelmäßig zum Schwimmen gehen, zum Beispiel in der Saison ins Hemmingstedter Freibad, sehr lobenswert, der Entschluss. Ja, dann hat er noch ein paar abbruchreife Häuser in verschiedenen Orten erworben, die er nach und nach sanieren und dann vermieten will. Wie andere Leute an der Modelleisenbahn basteln, will er also an irgendwelchen alten Hütten herumdoktern. Handwerklich hat er ja alles drauf, außerdem kennt er ein paar Elektriker und so weiter, die auch bald in Rente gehen oder schon den Ruhestand erreicht haben. Das klingt ja alles ganz positiv, finde ich.

Ja, sagt Opa, eins von den Häusern ist auch in der Turnstraße in Heide, so schräg gegenüber vom Tivoli, das steht schon seit einem Jahr leer, da hat zuletzt eine alte Dame drin gewohnt, die dann aber ins Pflegeheim musste. An der Bude ist wirklich fast alles marode, im Grunde genommen muss da alles entkernt werden, das Dach muss völlig neu, von innen muss da alles anders gestaltet werden, neues Bad, neue Küche, der ganze Kram eben. Ich schätze, ich muss da noch mal das Doppelte vom Kaufpreis reinstecken, aber wenn dann alles fertig ist, wird es auch ein Schmuckstück sein. Wer weiß, vielleicht ziehen wir da in ein paar Jahren hin, was meinst du, Silke?

Mit Silke ist natürlich seine Frau gemeint, also meine Oma. Die scheint von dem Gedanken an einen Umzug nach Heide, dann auch noch in ein viel kleineres Haus, nicht besonders angetan zu sein. Aber sie wird ja auch erst 63 im Juni, da hegt man noch nicht solche Altersruhesitz-Gedanken.

Aber zunächst mal, setzt Opa seinen Gedankengang fort, hatte ich mir gedacht, das wäre dann doch eine schöne Bleibe für unseren Jungredakteur.

Äh, habe ich jetzt richtig gehört? Habe ich das vor allem denn auch richtig verstanden?

Also Heiko, was meinst du so, könnte das nicht was für dich sein?, fragt Opa mich und schaut mich aufmunternd dabei an.

Ich bin jetzt ein bisschen ratlos und antworte im Moment noch gar nichts.

Das dauert natürlich alles noch, Heiko, vielleicht sogar ein ganzes Jahr. Aber dann könntest du da gerne einziehen, sagen wir zu einer Freundschafts-Miete. Die ganzen Nebenkosten müsstest du natürlich übernehmen, also Strom, Gas, Wasser und solche Sachen. Aber es könnte dann vielleicht in ein paar Jahren passieren, dass Oma und ich da plötzlich Eigenbedarf bei dir anmelden. Das wäre der Haken bei der Sache.

Okay, sage ich, ich finde das eigentlich total toll, aber ich muss das alles noch gut überlegen.

Ja, klar. Bis Weihnachten würde ich das aber gerne wissen, Heiko, ach so, ja, du willst dir das Haus bestimmt mal angucken, ruf' einfach mal an, dann verabreden wir uns da oder du kommst zu uns, dann fahren wir da gemeinsam hin.

Cool, sage ich nur.

Die Eltern haben sich Opas Idee mehr oder weniger schweigend angehört, es arbeitet jetzt in ihnen, das kann man schon merken, aber grundsätzlich scheinen sie keine schwerwiegenden Einwände zu haben, sonst hätten sie sie schon geäußert.

Ich muss noch mal in aller Ruhe darüber nachdenken, sage ich, aber erstmal danke, Opa.

Wenn über Lindas Kopf jetzt eine Denkblase wie bei Nick Knatterton zu sehen wäre, würde vermutlich darin stehen: Ein ganzes Haus für Heiko? Dann kann ich da ja mit einziehen, dann habe ich es nicht mehr so weit zum Krankenhaus und außerdem ist in Heide sowieso noch ein bisschen mehr los als in Wesselburener Deichhausen. Na gut, ich hätte gar nichts gegen eine WG mit meiner Schwester, sie ist ja eigentlich ein guter Kumpel und dann hätte man immer jemanden zum Schnacken. Wie viele Zimmer wird denn eigentlich das Haus haben, das wird ja nicht direkt ein Palast werden. So, Schluss mit diesen Gedanken, das ist ja sowieso alles noch Zukunftsmusik.

Nach dem Kaffee löst sich die Gesellschaft sozusagen in Einzelgespräche auf, Mutter zeigt Oma ihre neuesten Handarbeiten, Vater geht mit Opa eine Runde über den Hofplatz und dabei führt er ihm wahrscheinlich irgendwelche Maschinen vor. Linda und ich helfen noch etwas beim Abwasch, dann gehen wir nach oben in unsere Zimmer. Ich könnte jetzt vielleicht mal nach E-Mails gucken oder einfach mal Google-News oder das Wetter abchecken. Nach vielleicht einer Viertelstunde klopft es an meiner Tür, Opa kommt herein und sagt, dass sie gleich wieder loswollen.

Oh, Heiko, spielst du Gitarre?, fragt er mit echtem Interesse in der Stimme.

Ja, sage ich, aber ich schrammel nur so ein bisschen rum, Lieder begleiten und so.

Zeig' doch mal her.

Opa lässt es sich nicht nehmen, meine Edel-Wandergitarre zur Hand zu nehmen, pling-plang-plung, im Handumdrehen hat er das Ding neu gestimmt und gibt was zum Besten.

Das kenn' ich, sage ich, Wonderful Land von Mike Oldfield.

Stimmt und stimmt auch nicht, sagt Opa, das ist eigentlich ursprünglich von den Shadows. Schon mal den Namen Hank Marvin gehört, der war früher immer so eine Art Vorbild für mich.

Shadows schon, sage ich, aber nee, Hank Marvin sagt mir nichts im Moment.

Lead-Gitarrist bei den Shadows, Heiko, der hat auch eine ganze Menge Stücke geschrieben. Die haben wir früher immer nachgespielt, und dann natürlich Beatles, Rolling Stones und den ganzen Kram.

Und du willst jetzt wieder Musik machen?

Ja, im Grunde genommen habe ich nie ganz aufgehört. Ein paar von den alten Freunden und ich, wir wollen jetzt aber was mehr so in Richtung Blues spielen, Peter Green, John Mayall und solche Sachen.

Und wollt ihr denn auch auftreten, Opa?

Naja, vielleicht später mal. Schauen wir erstmal, ob wir es noch draufhaben.

John was?

John Mayall, Heiko. Der hat echt gute Musik gemacht. Das heißt, macht er immer noch. Aber er ist halt auch in die Jahre gekommen.

Opa muss mir den Namen mal buchstabieren, ich notiere mir den, dann kann ich ja später mal bei Youtube gucken, ob die was von ihm haben.

Ich erzähle noch in aller Kürze, was mich beruflich gerade umtreibt, zum Beispiel diese Sache mit dem Mann in der Tonne beim Hahnebier. Opa staunt nicht schlecht, als er das hört, kann sich aber natürlich auch keinen Reim darauf machen. Jetzt weißt du schon, was morgen im Landboten stehen wird, sage ich.

Sieghardt, wo bleibst du denn?, höre ich Omas Stimme auf dem oberen Flur. Silke will also ihren Siggi zur Nachhausefahrt bewegen. Ich nehme mal an, dass Mutter schon vergeblich versucht hat, ihren Eltern Abendbrot anzubieten. Okay, es ist gerade sechs geworden, da geht man dann oder man bleibt tatsächlich zur nächsten Mahlzeit. Abgang von Oma und Opa, winkewinke, ich soll mir das mit dem Haus mal in aller Ruhe durch den Kopf gehen lassen, rät Opa mir noch ganz zum Schluss, als wir draußen bei seiner SUV-Kiste stehen und Oma es sich schon auf dem Beifahrersitz bequem gemacht hat. Na dann bis zum nächsten Mal, ach ja, das wird dann wohl im Mai sein, wenn Tante Etna die Firma offiziell übergeben wird.

Das wichtigste Thema während des Abendbrots ist mal wieder das Fernsehprogramm. Die Eltern sind sich schnell einig, es gibt natürlich alternativlos den Tatort, den Schweizer, naja. Linda will lieber Valentinstag auf RTL sehen, amerikanische Liebeskomödie, da kann man sich ja schon fast denken, wie das ablaufen wird. Ach ja, Valentinstag ist doch am 14. Februar, Moment, das ist ja schon am nächsten Donnerstag. Muss ich jetzt irgendwas daraus machen? Irgendwelche Karten an Maja und Maren schreiben? Nein, natürlich nicht, an Maren schon gar nicht. An die wollte ich sowieso nicht denken, aber jetzt ist sie plötzlich wieder in meinem Kleinhirn aufgetaucht. Raus da, denke ich, du hast hier nichts zu suchen. Das hätte ich wohl besser auch zu ihr sagen sollen, als sie mich mitten in der Nacht überfallen hat. Naja, was heißt überfallen. Ich habe mich ja auch nicht wirklich dagegen gewehrt. Schnell noch einmal Tee nachschenken, vielleicht bringt der mich auf andere Gedanken.

Auf die Tagesschau verzichte ich heute Abend mal, die wichtigsten Neuigkeiten kenne ich ja schon von Google-News. Linda kann mich auch nicht mit ihrem Valentinstag verlocken, ich könnte jetzt höchstens noch zu Lasse gehen und mit ihm eine Runde Siku-Autos spielen. Nein, ich kann mich auch selbst beschäftigen, so spät soll es für mich auch gar nicht werden heute Abend, ich habe irgendwie das Gefühl, morgen wird es anstrengend oder spannend oder beides im Beruf. Ich schaue jetzt einfach noch mal, was mir der Klapprechner so anbietet, bei Youtube zum Beispiel kann man sich ja auch ganze Filme reinziehen, wenn man will, aber das will ich im Moment gar nicht. Ich gucke mal bei Wikipedia nach Opas Musik-Gurus, von denen er gesprochen hatte, also nach diesem Peter Green und dem John Mayall. Komischer Name übrigens. Gut, schauen wir mal. Das kann jetzt natürlich jeder von euch selbst im Original nachlesen, deshalb will ich gar nicht so viel darüber sagen, aber es gibt eben zwei Sachen, die mich schon erstaunen: Peter Green soll 1970 während eines Wochenendes mit Uschi Obermeier und Rainer Langhans in der Nähe von München so viel LSD genommen haben, dass er praktisch davon verrückt geworden ist und anschließend mehrere Jahre oder sogar Jahrzehnte abgetaucht war. Er soll angeblich als Friedhofsgärtner gearbeitet haben, es gibt aber auch Quellen, nach denen er längere Zeit in psychiatrischen Kliniken verbracht haben soll. Irgendwann hat er dann aber wieder zur Musik zurückgefunden. Keine Ahnung, ob das jetzt alles stimmt, aber wie soll ich sagen, das hat schon was.

Zweite Sache: John Mayall: Er soll zeitweilig in einem Baumhaus gewohnt haben, das dann aber abgebrannt ist. Vielleicht ist ja der Blitz in den Baum eingeschlagen. Ein Baumhaus war auch so ein Traum meiner frühen Jahre, wir haben so einige alte Bäume hinter dem Hofplatz, auf denen bin ich immer herumgeklettert. Ich hatte mir dann irgendwann einmal so eine Art kleine Plattform aus ein paar alten Kistenbrettern zusammengebastelt, die war aber nur mit einigen Ästen vertäut und auch ziemlich wackelig. Naturschützer können wieder aufatmen, der Baum hat keine Schäden davongetragen. Ich will nur sagen, es war schon cool, an warmen Sommertagen da oben im Schatten der Blätter zu sitzen und einfach nur herunterzugucken. Okay, aber so richtig auf die Dauer in einem Baum zu wohnen, das stelle ich mir doch etwas unbequem vor.

Bei Youtube gucke ich mal nach Videos von diesen beiden Herren, da gibt es tatsächlich jede Menge aus sämtlichen Jahrzehnten. Es gab auch mal eine Truppe namens John Mayall & The Bluesbreakers, schicker Name irgendwie, da hat sogar Eric Clapton in seinen Jugendjahren mitgespielt, und zwar nicht schlecht, muss ich zugeben. Peter Green war in den Sechzigern bei einer Gruppe namens Fleetwood Mac, die sich aber nach seinem Abgang in eine ganz andere Richtung verändert hat. Man kommt leicht vom Hundertsten ins Tausendste, wenn man sich erst einmal in den Videos von Youtube verstrickt hat. Manchmal sind da auch ganze Alben reingestellt, wenn man das alles anhören wollte, müsste man sich ein paar Tage frei nehmen. Es ist schon fast halb elf, als ich meine Herumstupserei auf dem Laptop beendet habe, höchste Zeit zum Schlafengehen. Im Haus herrscht allgemeine Nachtruhe, als ich aus dem Bad wiederkomme, auch Linda hat ihren Fernsehbetrieb schon eingestellt und es fällt auch kein Licht mehr durch ihr Schlüsselloch. Noch ein paar Seiten Nick Knatterton, Heiko, sage ich mir, dann ist aber Augenzuklappen angesagt. Wenn ich mir heute Nacht ein Thema zum Träumen aussuchen dürfte, würde ich von meinem Haus schräg gegenüber vom Tivoli träumen, mit Designerküche, Sauna und Hubschrauberlandeplatz auf dem Dach.

Tragischer Zwischenfall beim Hahnebier. Von Heiko Timmermann.

Ganz groß auf der ersten Seite. Das glaube ich jetzt einfach nicht. Doch, natürlich glaube ich das, hier steht es ja schwarz auf weiß. Aber das muss ich erstmal richtig verdauen. Mit dem Foto von der etwas angeschlagenen Tonne auf dem Marktplatz. Ich muss den Text dreimal lesen, ja, wirklich, da ist kaum etwas verändert worden, nur die Überschrift, die ist wahrscheinlich von Fuchs oder vom Chefredakteur. Die Eltern haben meine Aufregung voll mitbekommen, Mutter grinst, Vater klopft mir aufmunternd auf die Schulter, jawohl, sein Sohn, das hat er ja schon immer gewusst. Unter Heide steht dann noch der Bericht über das Kaffeetrinken der Norderegge von unserem Redaktionsfuchs. Auf den Vorfall am Vormittag des Tages wird aber nur kurz eingegangen.

Trink' man erstmal 'n Kaffee, Heiko, schlägt Mutter vor.

Ja natürlich. Danke.

Was gibt es denn sonst auf der ersten Seite? Johanna Wanka wird Nachfolgerin von Annette Schavan. Das weiß ich ja schon. Man kann ihr nur wünschen, dass sie keinen Doktortitel hat. Nein, hat sie nicht, aber sie ist Diplom-Mathematikerin und dann sogar noch Professorin. Heiter bis wolkig, null bis zwei Grad. Auf Seite sechs sind dann noch ein paar Bilder von mir vom Norderegggen-Umzug. Man könnte ja fast glauben, ich wäre der einzige Mitarbeiter des Landboten. Nein, ist natürlich nicht so, es gibt noch jede Menge andere Themen, da ist zum Beispiel auch ein Bericht von Maja über den FDP-Kreisparteitag in Meldorf. In einem Kuhstall in Wrohm läuft den ganzen Tag Musik. Welches Programm denn? Das wird nicht verraten, allgemein heißt es aber, dass Beethoven, REM oder Lou Reed die Milchmenge steigern würden. In Wrohm wurde das allerdings bisher noch nicht festgestellt. Na gut. In Marne werden heute 10.000 Besucher zum Rosenmontagsumzug erwartet. Vor 100 Jahren wurde der Panama-Kanal fertiggestellt. Nach mehr als 30 Jahren Bauzeit. Das gibt wieder neue Hoffnung für den Berliner Flughafen. Ich als Steinbock soll darauf achten, dass man mich heute nicht in die erste Reihe stellt. Verstanden, heute ist Zurückhaltung angesagt. Von 12 bis 17 Uhr werden die Rosenmontagsumzüge aus Mainz, Köln und Düsseldorf übertragen, außerdem gibt es heute Abend im Ersten jede Menge Karneval aus Köln. Ta-ta, ta-ta, ta-ta. Eishockey-Nationalmannschaft verpasst Olympia-Qualifikation. Bei einer Rettungsübung auf einem Kreuzfahrtschiff sind fünf Menschen ums Leben gekommen. Dienstag soll es ein bisschen Schnee geben. Noch eine Scheibe Mischbrot mit Salami, dann muss ich aber allmählich auch los.

Ich hab' so dolles Halsweh, höre ich plötzlich aus Richtung Lasse.

Bevor Mutter auf diese Ansage reagieren kann, hat schon Linda als angehende Krankenschwester eingegriffen: Mach' doch mal den Mund auf! Da ist ja noch alles voller Cornflakes. Schluck' erstmal runter! Ich hol' mal die Taschenlampe.

In Timmermanns geordnetem Haushalt befindet sich stets eine Taschenlampe im Sicherungskasten. Vater überprüft regelmäßig, ob die Batterien noch frisch sind.

Linda kommt mit der Taschenlampe zurück und kommandiert: Mund noch mal auf!

Tatsächlich, sagt sie, da ist ja alles rot im Rachen, kein Wunder, dass das weh tut, du Ärmster. Mund zu! Lass' mal fühlen, ja deine Drüsen sind auch ganz schön geschwollen, und ich würde sagen, du hast auch ein bisschen Fieber.

Mutter ist besorgt und dankbar zugleich, jawohl, es war doch die richtige Entscheidung, Linda beim Krankenhaus lernen zu lassen. Lasse ist im Prinzip begeistert, er ahnt schon, dass er heute nicht zur Schule muss.

Leg' dich man erstmal wieder hin, Lasse, und nachher fahren wir mal zur Ärztin. Ich ruf' auch um halb acht in der Schule an, dass du krank bist.

Lasse trottet ab in sein Zimmer, er ist sichtlich darum bemüht, nicht allzu munter zu wirken.

Gute Besserung!, rufe ich ihm hinterher.

Sonst noch jemand gesundheitlich nicht auf der Höhe? Nein, ansonsten alles im grünen Bereich. Linda muss jetzt aber dringend los, ich auch bald, ich muss nur noch schnell mein Frühstück beenden. Bin gespannt, ob es heute was Neues über den Tonnenmann gibt, sage ich zum Abschied.

Kleine Überraschung in der Redaktion: Alle Kranken der letzten Woche sind wieder da, juhu, wir sind vollzählig. Bei der Morgenrunde geht es zunächst um die Ereignisse der letzten Tage, auch um das, was auf dem Marktplatz geschehen ist. Es gibt jetzt aber keine weiteren Streicheleinheiten von den Kollegen wegen meines Artikels, wir gehen ziemlich schnell zur Tagesordnung über. Themen für morgen: Gewerbesteuer, Beratung für Hauptschüler, Kurzfilmwettbewerb, Piraten-Fraktion tagt im Kreishaus, neuer Pastor in der Erlöserkirche, Tagung des Hemmingstedter Wegeausschusses, Frauenfahrt zum Kirchentag, Postcrossing in Neuenkirchen, Mitgliederversammlung der Freien Wählergemeinschaft Büsum und so weiter. Großes Rätselraten, was wohl Postcrossing sein soll. Lösung des Rätsels: Man schickt Leuten in aller Welt Ansichtskarten zu und bekommt selbst auch welche. Woher hat man die Kontakte? Aha, natürlich aus dem Internet. Mich erinnert das irgendwie an Flaschenpost. Hoffentlich muss ich mich nicht mit dem Thema befassen. Nein, brauche ich nicht, ich soll weiter am Hahnebier-Skandal dranbleiben und versuchen, etwas aus der Polizei herauszukitzeln. Gerne doch.

Wo fange ich denn am besten an zu kitzeln? Während die anderen, also Fuchs, Brüggmann, Callsen, Harder und Lorek, schon teilweise ihrer Wege gehen, versuche ich mir ein Bild von der Heider Polizei zu machen. Ich suche auf polizeilichen Webseiten herum und auch nach Berichten in unserem Archiv, die irgendetwas mit der Polizei zu tun haben. Weil ich jetzt zeitlich und überhaupt nicht so unter Druck bin, dehne ich die ganze Recherche schön gemütlich auf mindestens eine Stunde aus. Okay, es gibt also das Polizei-Bezirksrevier Heide, sozusagen die Heimstätte der Herren und teilweise auch Damen in der blauen Kluft. Oder sagt man bei Polizistinnen auch eher Frauen statt Damen, so wie beim Frauenfußball? Na, das ist ja auch völlig egal. Weiter: Gibt es denn auch eine Heider Kripo, müsste es doch eigentlich, Untaten werden genug hier verübt. Ja klar, die gibt es auch: Kriminalpolizeistelle Heide, Markt 59, also im selben Gebäude wie die normalen Schupos, Chef ist Kriminalrat Hans Mennis. Komischer Nachname, habe ich ja noch nie gehört. Was verdient man denn so als Kriminalrat? Das interessiert mich jetzt, weil ich noch vor einiger Zeit mal mit dem Gedanken gespielt habe, selber zur Kriminalpolizei zu gehen. Also Kriminalrat: Besoldungsgruppe A 13, das klingt nicht schlecht, oh, das scheinen doch locker über 4.000 zu sein, allerdings brutto, da gehen natürlich noch die Steuern ab und die Krankenkasse. Rentenversicherung muss so ein Beamter ja nicht zahlen. Okay, das hätte sich ja schon gelohnt, aber bis zum Rat muss man sich ja erst einmal hochdienen. Wie sieht es eigentlich bei Heiner aus, der ist doch immer noch Polizeimeister. Ungefähr 1.800, das soll jetzt aber netto sein, bei diesen blöden Tabellen im Internet blickt doch kein Mensch mehr durch. Ich denke jetzt lieber nicht daran, wie viel ich verdiene, sonst fange ich noch an sentimental zu werden.

Ich fasse zusammen: Hallo, es gibt eine Kriminalpolizei in Heide, die ist aber nur für alle Fiesitäten unterhalb der Mordschwelle zuständig, jetzt fällt es mir auch wieder ein, Heiner hat mir das früher schon einmal erklärt. Wenn es um Mord geht, kommt die Mordkommission aus Itzehoe. Die wird auch im Prinzip bei jedem Mord neu zusammengestellt und heißt dann zum Beispiel Mordkommission Strandkorb, wenn tatsächlich einer in einem Strandkorb umgebracht worden ist. Nein, das war jetzt Quatsch, wahrscheinlich heißt sie dann Mordkommission Büsum oder Friedrichskoog oder was auch immer.

Okay, und was mach' ich denn jetzt? Soll ich mal versuchen, mit diesem Herrn Kriminalrat Mennis, erinnert mich leider etwas an Meningitis, zu reden? Anrufen, anmelden, Termin vereinbaren? Viel Bock hab' ich da nicht drauf im Moment.

Aber ich könnte es einfach mal bei Heiner versuchen. Ob der jetzt gerade Dienst hat? Ist egal, ich rufe ihn auf seinem Handy an. Piep, piep, piep, es dauert ein bisschen und rauscht dann auch noch wie die Nordsee bei Windstärke sieben, aber dann höre ich ein etwas müdes: Ja?

Ja, moin Heiner, Heiko hier.

Ach du bist das, Heiko, die Nummer kannte ich gar nicht.

Ich ruf' ja auch von der Zeitung aus an. Bist du gerade sehr beschäftigt?

Ja, mit dem Frühstück. Ich hab' heute frei, Heiko. Kannst ruhig losschießen, ich bin hier ganz allein in meiner Bude, du wolltest doch bestimmt irgendwas wissen, oder?

Ja logo, Heiner, hat sich da schon irgendwas mit dem Tonnenmann getan?

Es klingt jetzt so, als würde Heiner erst einmal einen großen Schluck Kaffee zu sich nehmen, dann sagt er:

Also Heiko, das weißt du jetzt nicht von mir, ich hatte auch gestern noch Innendienst, da habe ich schon ein bisschen was mitbekommen. Der Tote ist identifiziert, das war auch keine Kunst, der hatte seine ganzen Papiere bei sich. Monscheidt, mit DT am Ende, Markus Monscheidt. Markus mit K. Apotheker in Heide, dem gehörte die Drachen-Apotheke in der Süderstraße, schräg gegenüber von diesem Musikladen. Naja, eigentlich doch noch ein Stück weiter.

Ja, kenn' ich, Heiner. Ich meine den Musikladen, der heißt Themann. Ja doch, die Apotheke kenne ich auch, aber ich war da noch nie drin. Gibt es sonst noch was, wie alt dieser Monscheidt war oder so in der Art?

Doch, das Alter wurde gesagt, aber das hab' ich jetzt leider vergessen. Aber was anderes: Der Herr Monscheidt war Eggenbruder in der Süderegge. Mehr ist noch nicht bekannt, also auch nicht die Todesursache und diese ganzen näheren Umstände, zum Beispiel wie er gegen den künstlichen Hahn ausgetauscht werden konnte. Die Itzehoer sind hier gestern dauernd herumgegeistert, unsere alte Freundin war dabei, Kriminalhauptkommissarin Jutta Weishaupt, und dann auch noch ihr Vize, dieser Typ mit der Mammut-Mütze, Becker hieß der, glaub' ich.

Deert Becker, sage ich, Kriminaloberkommissar Deert Becker.

Du kennst dich ja mit den Dienstgraden ganz gut aus, Heiko.

Ja klar, bin schließlich OV.

OV?

Ober-Volontär. Besoldungsgruppe A minus 3.

Haha. Aber noch was, Heiko, die Itzehoer haben gestern noch irgendwie über die Tonne herumspekuliert, es könnte nämlich auch sein, dass die ganze Tonne ausgetauscht worden ist, die richtige Tonne mit dem Hahn drin würde dann noch irgendwo in der Weltgeschichte zu finden sein.

Kann ich mir nicht vorstellen, sage ich, wer macht sich denn die Mühe, diese ganzen plattdeutschen Sprüche und so weiter zu kopieren. Nee, das glaube ich einfach nicht. Und was machen sie jetzt mit der Leiche, Heiner?

Soweit ich weiß, ist die vom Krankenhaus zur Gerichtsmedizin gebracht worden. Da wird man dann auch sicher die Todesursache finden. Aber das kann schon ein paar Tage dauern. Aber noch mal, Heiko, das weißt du alles nicht von mir, hörst du? Am besten redest du noch mal mit der Kripo in

Heide, und wenn die dir nichts erzählen wollen, rufst du lieber mal die Weishaupt selber an. Die hat bestimmt noch ein offenes Ohr für dich. Mich hat sie ja auch noch wiedererkannt. Ach ja, und sie hat sich sogar auch noch nach dir erkundigt: Was macht denn der Herr Timmermann, hat sie gefragt.

Okay, Heiner. Ja, ich mach' das so, wie du gesagt hast. Wann hast du denn wieder Dienst?

Morgen Spätschicht, Heiko. Wenn ich da was Neues erfahre, ruf' ich bei dir durch.

Okay, Heiner, danke. Mach's gut, tschüs.

Ich fasse mal zusammen, was jetzt noch kommt: Die Heider Kripo bekomme ich zwar ans Telefon, die erklärt sich aber für nicht zuständig und will mir aber auch rein gar nichts verraten. Ich soll mich an die Pressestelle der Polizeidirektion Itzehoe wenden. Ta-ta, ta-ta, ta-ta, heute ist Rosenmontag, Freunde. Das mit der Pressestelle lasse ich mal, ich bin mal so frei und rufe die Hauptkommissarin Weishaupt auf ihrem Handy an, ihre Nummer habe ich noch. Erstaunlicherweise ist sie auch sofort dran und gar nicht mal ungehalten, dass ich sie in ihrem Dienstbetrieb störe. Von ihr erfahre ich im Grunde genommen dasselbe wie von Heiner, nur den Namen Monscheidt erwähnt sie nicht, sie spricht nur von einem Heider Apotheker. Was wir davon bringen dürfen: Eigentlich alles. Ich darf auch mal wieder anrufen und mich nach dem Ergebnis der gerichtsmedizinischen Untersuchung erkundigen, das müsste Mittwoch vorliegen. Mittwoch, das passt ja, weil ich Dienstag gar nicht in Heide bin, sondern in Kiel. Dann fragt die Weishaupt mich, ob ich mich mit den Eggen in Heide auskennen würde, ob das denn eigentlich so eine Art Logenbrüder seien. Ich sage ihr, klar kenne ich mich damit aus, ich könnte ihr das gerne mal erklären. Sie will eventuell demnächst noch einmal darauf zurückkommen. Wenn Sie sonst noch jemand brauchen, der sich in Heide gut auskennt, schlage ich vor, Herr Ohlsen ist im Moment im Heider Polizeirevier. Ja, den hätte sie da auch schon kurz gesehen und so weiter. Dann soll ich noch schöne Grüße an meine Eltern bestellen und der Apfelkuchen nach dem Rezept meiner Mutter sei ihr neulich zum ersten Mal so richtig gut gelungen. Na, das ist ja erfreulich.

Viele Neuigkeiten sind es ja nicht gerade, die ich Fuchs vor der Mittagspause unterbreiten kann. Er ist natürlich nicht ganz zufrieden damit und sagt, dass er heute Nachmittag mal selber bei der Kripo in Heide vorsprechen würde, da würde er jemanden persönlich kennen. Ich soll dann für ihn diese

Postkartengeschichte übernehmen. Scheiße, denke ich, das sage ich aber nicht, sondern: Okay, wo und wer und wann und so weiter. Gut, jetzt aber erstmal Mittagspause und auf zum Schlachter.

Maja ist mir bisher noch nicht wieder über den Weg gelaufen, aber es könnte natürlich sein, dass sie schon am Stehtisch bei Fiebelkorn das Angebot des Tages tafelt. Nein, da ist sie natürlich nicht, sonst auch niemand, den ich kenne. Einmal Sahnegulasch mit Spätzle, bitte, dazu eine Dose Mezzo. Zisch! Das war die Dose. Während des Essens schaue ich immer mal wieder hinaus auf die Friedrichstraße, aber da tut sich nichts Wesentliches. Ich versuche jetzt mal meine Gedanken zu sammeln und über den Tonnenmann nachzudenken. Markus Monscheidt, Drachen-Apotheke in der Süderstraße. Wieso überhaupt Drachen? Das hat doch bestimmt was mit dem St. Georg-Brunnen an der Ecke zwischen Markt und Süderstraße zu tun, hatte dieser Heilige Georg nicht einen Drachen gekillt, so ähnlich wie Siegfried? Ich kriege die Story jetzt nicht zusammen, das müsste ich bei Gelegenheit mal googeln. Mir fällt aber gerade ein, dass Jürgen und Georg im Grunde genommen dasselbe sein sollen. Die Heider Kirche heißt doch auch St. Jürgen-Kirche. Und dann dieses Dithmarscher Wappen mit dem Reiter in voller Rüstung drauf, das soll doch angeblich auf den Heiligen Georg hinweisen, hat Vater mal behauptet. Aber nehmt das jetzt bloß nicht für bare Münze, das müsste ich erstmal alles sorgfältig recherchieren.

Okay, wo war ich jetzt? Essen bei Fiebelkorn beendet, zurück in die Redaktion, ich muss mich auf die Postkartengeschichte vorbereiten. Ich habe einen Zettel von Fuchs bekommen mit einem Namen, einer Adresse in Neuenkirchen und einer Handynummer drauf. Der Name ist weiblich, den möchte ich jetzt aber nicht verraten, weil es der Inhaberin des Namens peinlich sein könnte. Warum? Weil ich eben diese Interviewpartnerin total kuschelig und schnuckelig fand. So, jetzt ist es raus. Aber Heiko ist im Dienst, da gestattet er sich keine privaten Übergriffe. Ich rufe also diese Handynummer an und bekomme ziemlich schnell die Stimme einer offensichtlich jungen Dame ans Telefon. Ich nenne sie jetzt einfach mal Kirsten Meier, sozusagen als Arbeitstitel. Ja, Frau Meier hat gerade Urlaub, das ist ja günstig, ich könnte dann in einer halben Stunde bei ihr in Neuenkirchen sein.

Eine halbe Stunde später in Neuenkirchen: Wow, die sieht ja total gut aus, die Tante. Wie ich im Laufe des Gesprächs erfahre, ist sie 19 Jahre alt und lernt Technische Zeichnerin. Heutzutage ist das ja nicht mehr so wirklich am Zeichenbrett mit Bleistiften und Ausziehtusche, sondern eher am Computer. Blond, groß, schlank, gute Figur, Grübchen beim Lächeln, ich bin richtig hin und weg von ihr. Aber wie gesagt, ich bleibe streng dienstlich. Was soll das jetzt also mit diesem Postcrossing? Tatsächlich, die Teilnehmer aus aller Welt schicken sich gegenseitig Ansichtskarten, wer die meisten hat, kann sich auf die Schulter klopfen. Es gibt natürlich eine Webseite, über die man sich anmeldet und dann an die ganzen Adressen rankommt. Kirsten Meiers Vater spielt auch mit dabei, es gibt sozusagen eine innerfamiliäre Konkurrenz zwischen den beiden. Was jetzt aber der Kick bei der ganzen Sache sein soll, verstehe ich nicht so ganz. Kirsten behauptet, man würde etwas von anderen Menschen aus ganz anderen Gegenden erfahren und außerdem auch etwas über deren Heimat lernen. Das ist ja schön. Ich muss das alles ein bisschen positiv in meinem Artikel verpacken, ich merke das schon, denn eigentlich bleibe ich bei meinem Urteil, dass mir dieses Hobby reichlich schräg vorkommt. Das entzaubert die gute Kirsten wiederum etwas in meinen Augen, und das ist dann vielleicht auch besser so. Wer weiß, wie ihr Papi so drauf ist, ich könnte mir vorstellen, dass das so einer ist, der zukünftige Schwiegersöhne gerne wegbeißen will.

Fazit: Nein, das soll jetzt nicht so negativ rüberkommen, es war doch ganz nett, ich habe ein schönes Foto von Kirsten gemacht und ich habe sogar noch einen Kaffee mit ihr getrunken. Die Vollkornkekse habe ich dann aber doch abgelehnt. Übrigens haben wir uns die ganze Zeit gesiezt, sie hat damit angefangen, vielleicht ist es ja das, was mich jetzt so gestört hat. Wann kommt denn der Artikel, Herr Timmermann? Vielleicht schon morgen, Frau Meier. Tschüs und schönen Tag noch.

Ich sitze jetzt wieder in unserer Redaktion und versuche mich noch mit etwas Zusatz-Info über das Postcrossing zu versorgen. Es gibt natürlich eine Webseite, www.postcrossing.com, dann auch einen Artikel darüber in Wikipedia und jede Menge Berichte aus verschiedenen Zeitungen. Okay, es scheint wirklich ganz harmlos zu sein und nichts Kommerzielles, aber ich glaube, das Ganze hat auch einen Suchtfaktor. Wenn ich zum Beispiel lese, dass man nicht mehr als 100 Postkarten gleichzeitig verschicken darf, dann muss es wohl Leute geben, die so was tatsächlich machen, die also einen ganzen Haufen Geld für Postkarten und Briefmarken investieren, nur um beim Ranking auf einen der vorderen Plätze zu kommen. Das kommt mir nicht nur ein bisschen krank vor, aber die Deutsche Post A.G. wird's freuen. Es gibt auch Bookcrossing, da werden Bücher verschickt, das kommt mir schon eine Idee vernünftiger vor, aber da wird es dann sicher auch wieder Leute geben, die es übertreiben. Schluss mit der Lektüre, ich schreibe jetzt meinen Bericht über den Besuch bei Fräulein Meier aus Neuenkirchen und damit hat sich's.

Eine halbe Stunde vor Feierabend ist die Bande der Schreiberlinge wieder vollzählig, ich bin jetzt auch ein bisschen neugierig geworden, ob Herr Fuchs tatsächlich mehr aus seinem Kripo-Bekannten herausgequetscht hat als ich aus Heiner Ohlsen. Nein, offenbar nicht. Es gibt zwar noch jede Menge Vermutungen zur Todesursache, aber die bringen alle gar nichts, wenn man noch nicht das Ergebnis der gerichtsmedizinischen Untersuchung hat. Ich muss jetzt heimlich ein bisschen grinsen, weil Fuchs eben auch nicht erfolgreicher war als ich. Ich soll ihm dann aber noch meine Postcrossing-Story vor die Nase halten, er schüttelt anschließend den Kopf, aber nicht über mich. Geht klar, Heiko.

Schönen Feierabend dann, tschüs bis Mittwoch.

Ach ja, Sie sind ja morgen wieder in Kiel.

Ja, aber danach sind erstmal Semesterferien.

Familiennachrichten aus dem Hause Timmermann: Mutter war mit Lasse bei der Kinderärztin, es war tatsächlich diese Frau Witkowsky von der Westeregge, übrigens soll ich früher auch mal gelegentlich ihr Patient gewesen sein, ich kann mich aber gar nicht mehr erinnern. Diagnose bei Lasse: Tonsillitis, also Mandelentzündung, allerdings wohl nicht so dramatisch. Kein Einsatz von heftigen Medikamenten, sondern Bettruhe, Halswickel und harmlosere Lutschbonbons. Mit der Bettruhe ist Lasse einverstanden, mit den Halswickeln allerdings weniger. Er soll nächste Woche noch einmal vorgeführt werden, voraussichtlich werden die Beschwerden dann aber schon abgeklungen sein. Auf keinen Fall wieder zu früh zur Schule schicken, damit ist Lasse wiederum mehr als einverstanden. Ach ja, das war mal wieder schwierig mit dem Parken bei der Praxis, da musste Mutter wohl ziemlich lange nach einem vernünftigen Platz suchen.

Nächster Punkt: Linda: Sie hat sich mit der Mitschülerin oder wie man es nennen will, mit der sie sich neulich gezofft hatte, wieder versöhnt, die kam wohl ziemlich kleinlaut bei ihr an und hat sich entschuldigt. Warum nur? Die anderen haben ihr wohl ziemlich zugesetzt, jawohl, es gibt doch noch Solidarität, meine Damen. Vater: Hat mit dem Deichbau in Büsum angefangen, das heißt natürlich nicht nur er, aber die ganzen Vorbereitungen zu den Erdarbeiten haben begonnen, Vater ist selig, endlich gibt es wieder mal volle Action für seinen Betrieb. Das bringt dann natürlich auch ordentlich was ein. Meine Eltern haben sich bisher noch nicht weiter zu Opas Idee mit dem Haus schräg gegenüber vom Tivoli geäußert, ich habe aber auch noch nichts dazu gesagt. Was oder wen haben wir noch? Ein fremdes Schaf ist auf unserem Hofplatz aufgetaucht, Mutter hat es zusammen mit dem Nachbarn in seinen Stall getrieben. Das muss ja irgendwo ausgebrochen sein, der Nachbar wollte mal bei den Schafhaltern in der Gegend herumtelefonieren, wem das Tier gehört. Ach ja, Stromer war die ganze Aktion ziemlich egal, der hat sich gar nicht um das Schaf gekümmert, das stand wahrscheinlich nicht auf seiner Speisekarte. Von Maren oder Maja gibt es keine Nachrichten, bei Maja kann ich mir das mit ihrem Referat am Donnerstag erklären, das scheint ja ziemlich wichtig für sie zu sein, bei Maren kann ich mir gar nichts erklären.

Der Abend verläuft in ruhigen Bahnen mit Abendbrot, Tagesschau und ein bisschen Knatterton-Lektüre, ich rufe aber mal Donald Petersen in Kiel an, vielleicht könnten wir uns nach meinem letzten Seminar des Semesters noch mal kurz treffen. Wie sieht es eigentlich mit seinen Semesterferien aus? Er hat noch Vorlesungen bis zum 15. Februar, danach frei bis Anfang April. Nicht schlecht, das sind ja praktisch sechs Wochen, an der FH sind es nur vier. Ja, Donald hat morgen Zeit, ich soll dann einfach zu ihm fahren, wir können dann ja was zusammen essen und ein Fläschchen Alkoholfreies zu uns nehmen. Nee, bei ihm übernachten will ich nicht, weil ich am nächsten Morgen wieder beim Landboten auf der Matte stehen soll. Alles klar, dann bis morgen.

Jetzt habe ich auch schon den nächsten Tag am Wickel und sage nur ganz kurz, dass morgens alles wie immer läuft, also einsames Frühstück zu früher Morgenstunde und so weiter. Die Zeitung ist noch nicht gekommen, aber in unserem Blatt wird wohl heute auch noch nichts Neues zum Tonnenmann stehen, woher auch. Ich komme relativ gut nach Kiel durch und verlebe einen einigermaßen interessanten Studientag, der heute dadurch abgemildert ist, dass es eben der letzte gemeinsame Tag des Semesters ist. Will heißen, dass auch die Dozenten ein bisschen entspannter drauf sind als sonst, es geht thematisch dann auch mal um Spezialitäten und Kuriositäten, berühmte Falschmeldungen wie die Sache mit den Hitler-Tagebüchern und so was in der Art. Also alles ziemlich locker.

Um kurz vor sieben lande ich mit dem Polo auf einem glücklicherweise freien Parkplatz in der Nähe von Donalds Heimstätte an. Er wohnt ja allein in einem richtig gepflegten Zwei-Zimmer-Apartment, 46 Quadratmeter, Wohnzimmer und Schlafkabine. Die Bude haben seine Eltern als Geldanlage erworben und Donald wohnt da natürlich miet- und nebenkostenfrei, was ja sonst auch witzlos wäre, weil seine Eltern ihm sowieso das Studium finanzieren. Gut, Donalds Vater ist eben Chirurg am Heider Westküstenklinikum, aber der muss natürlich auch an vielen Patienten erfolgreich herumschnippeln, um zu so viel Kohle zu kommen. Dass es zahlreichen anderen Studenten mieser geht als ihm, ist ja völlig klar, ich will jetzt auch nur sagen, es ist halt so, kein Anlass zu Neid-Debatten, Donald ist einfach ein sehr guter Kumpel von mir und damit hat sich's.

Moin Heiko, komm' rein, das Büfett ist eröffnet, der Champagner liegt auf Eis, sagt Donald, als ich bei ihm vor der Wohnungstür auftauche. Das ist natürlich mal wieder eine von seinen typischen Übertreibungen, im Laufe der nächsten Stunde essen wir schlicht und ergreifend ein paar Scheiben Mischbrot mit Aufschnitt und Käse, Donald macht aber zur Feier des Tages ein Glas Gewürzgurken auf.

Bier, Heiko?

Lass man stecken, ich muss ja noch fahren.

Ich hab' auch kastriertes Bier da, Jever Fun.

Wenn du auch Tee da hast, ich würd' lieber Tee trinken.

Ja, hab' ich. Aber nur ganz normalen schwarzen.

Perfekt, Donald.

Ich höre mir erstmal an, was ihn gerade so umtreibt. Spektakuläres ist es nicht, es geht mehr so um die letzten Klausuren zum Ende des Semesters und um ein paar mehr oder weniger harmlose Flirtereien. Rein damenmäßig hat sich bei ihm in letzter Zeit nicht viel getan, das war früher, also zur Schulzeit, noch ganz anders. Da war ich der Ahnungslose und Donald war der Typ, der jede rumkriegte, die er wollte, und das war nicht bloß Angeberei, sondern das war tatsächlich so.

Du als Psychologe müsstest doch die Frauen voll durchschauen können, sage ich.

Naja, was heißt voll, aber das macht die Sache auch nicht leichter. Die Weiber sind im Grunde genommen alle noch ziemlich altmodisch, die wollen geheiratet werden und eine gute Partie dabei machen, das nervt doch irgendwie. Dabei tun sie vorher alle so liberal. Aber was machen denn deine ganzen Mädels so, Heiko?

Darauf habe ich gewartet, jetzt kann ich mir endlich mal mein seltsames nächtliches Erlebnis mit Maren von der Seele reden. Bisher war es ja nicht möglich, mich jemandem anzuvertrauen, Linda hätte ich es schlecht erzählen können und meinen Eltern schon gar nicht. Ich berichte Donald von dem unerwarteten Besuch in meinem Bett zu nächtlicher Stunde, dass ich zuerst glaubte, dass es Maja wäre, dass es dann aber schon zu spät war, als mir die Verwechslung klar geworden war und so weiter. Donald hört gebannt zu und ermuntert mich, meine Schilderung durch möglichst viele Details zu ergänzen.

Das ist ja der absolute Hammer, Heiko, der absolute Hammer. Und deine Schwester und Maja, die haben das nicht gemerkt, nein? Und aus Richtung Maren ist seitdem nichts mehr gekommen, kein Anruf oder so? Und du hast sie seitdem auch nicht mehr gesehen? Wahnsinn, Heiko.

Ich kann mir aber irgendwie keinen Reim drauf machen, Donald, ich weiß gar nicht, was das überhaupt bedeuten sollte.

Sex ist zunächst mal Sex, sagt Donald, das muss gar nichts weiter bedeuten. Die Mädels sind eben auch manchmal ganz schön scharf drauf, nicht nur die Jungs. Andererseits, Maren ist nun mal deine Ex aus früheren Zeiten, die wollte sich durch diese Aktion vielleicht einfach mal wieder in Erinnerung bringen, die hängt wahrscheinlich auch noch ziemlich an dir. Und eventuell hat sie Maja auch immer als Konkurrentin angesehen, und dann kam die günstige Gelegenheit, ihr mal eins zu verpassen. Aber warte mal, mir fällt da gerade was ein: Deine Maja habe ich doch am letzten Donnerstag abends in der Holstenstraße gesehen, da ging sie mit einem Typen Hand in Hand. Ich wollte dich schon anrufen und dir das erzählen, aber dann dachte ich, nachher habe ich sie nur verwechselt. Aber jetzt, wo du ihren Namen erwähnt hast, nee, das ist mir jetzt klar, das muss eindeutig Maja gewesen sein.

Ich weiß nicht, ob ihr mir jetzt folgen werdet, aber wenn einem der beste Freund irgendetwas sagt, was negativ für einen ist, also zum Beispiel die Nachricht rüberbringt, dass die eigene Freundin plötzlich fremdgeht, dann schaltet das Gehirn schlagartig auf den Hass-Modus um. Für ein paar Sekunden, vielleicht sind es ja auch nur ein paar Zehntelsekunden, hasse ich Donald regelrecht. Außerdem werde ich wahrscheinlich gerade blass und rot abwechselnd, so fühlt es sich wenigstens an. Maja mit einem anderen in der Holstenstraße, na klar, donnerstags ist sie ja immer in Kiel, da hat sie sich wahrscheinlich so einen Typen aus ihrem Seminar angelacht. Und von mir wollte sie dann natürlich nichts mehr wissen, sie hat dann ja sogar Maren in der Nacht zum Samstag den Vortritt gelassen.

Heiko, ist alles okay mit dir?, fragt Donald gerade, nicht ohne Besorgnis in der Stimme.

Ich merke gerade, wie der Hass-Modus sich langsam wieder legt und allmählich in den Normalbereich überwechselt.

Geht schon wieder, sage ich, es ist nur so, dass ich mit so was überhaupt nicht gerechnet hätte.

Aber eigentlich bist du doch mit Maja auch gar nicht so richtig zusammen, oder?

Gute Frage. Das ist im Prinzip das alte Problem zwischen Maja und mir, ich will das jetzt nicht unbedingt alles wieder aufzählen. Aber es war eigentlich von Anfang an immer so ein Hin und Her von abwechselnd Liebe, Freundschaft, Schluss und Aus, Wiederbelebung, Undefinierbares und so weiter. Wahrscheinlich hätte ich sie zum letzten Valentinstag mit Verlobungsringen überraschen sollen, dann wäre das mit der Holstenstraße vielleicht nicht passiert. Das sage ich jetzt aber nicht zu Donald, das denke ich nur. Donald schaut mich aber aufmerksam an, er hat sicher den Eindruck, dass es gerade heftig in mir arbeitet.

Tut mir leid, Heiko, vielleicht war das jetzt nicht richtig von mir, dass ich dir das gesagt habe.

Doch, antworte ich, das war schon okay von dir. Ist schon gut, Donald.

Allmählich berappel ich mich wieder, ich trinke einen kräftigen Schluck Ostfriesen-Mischung und beiße einmal herzhaft in mein Käsebrot. Über Maja muss ich noch einmal gründlich nachdenken, aber das muss nicht unbedingt jetzt sein. Themenwechsel ist angesagt. Die Geschichte mit dem Tonnenmann auf dem Heider Marktplatz war bisher noch nicht zu Donald nach Kiel vorgedrungen, deshalb berichte ich sie ihm jetzt in mittlerer Ausführlichkeit. Das Stichwort Hahnebier ist Donald nicht ganz fremd, sein Vater ist Mitglied in der Österegge, das habe ich ja noch gar nicht gewusst, aber das war bisher auch noch nie ein Thema zwischen uns, er wird sicher auch nicht wissen, dass mein Vater bei der Feuerwehr ist und Mutter bei den Landfrauen. Die schreiben sich übrigens mit großem F mitten im Wort, also noch mal: LandFrauen.

Apotheker Monscheidt, nee, den kenne ich nicht, sagt Donald, aber mein Vater vielleicht. Den hat's also erwischt. Kann ja nur Mord sein, Heiko, was soll das sonst wohl sein. Ein Toter im Holzfass, wo gab es das schon mal? War das nicht dieser englische Admiral, wie hieß er doch gleich noch, Nelson? Aber sag' mal, erlebst du jetzt nur noch solche Sachen? Liegt das vielleicht an dir?

Haha, es geht jetzt allmählich über in Richtung Blödelei, ernsthafte Analyse ist was anderes. Mir ist das aber gar nicht so unrecht, ein bisschen Heiterkeit und Wiederaufmunterung kann ich jetzt, nach dieser Geschichte über Maja, ganz gut gebrauchen. Es geht jetzt aber allmählich schon auf neun zu, es wird Zeit für meinen Abflug. Wer weiß, wie die Straßen heute Abend sind, immerhin haben wir ja noch Winter.

Komm' gut nach Hause, Heiko, grüß' die Familie.

Bis bald dann mal, Donald.

Admiral Nelson, murmle ich vor mich hin, als ich die Tür vom Polo aufschließe. Kenn' ich nicht. Aber Major Nelson, hieß nicht so der Typ mit dem Flaschengeist? Das passt eigentlich gar nicht zu meiner Generation, aber ich habe früher mal ein paar Folgen von dieser amerikanischen Serie gesehen, Bezaubernde Jeannie hieß die, glaube ich. Das war eigentlich ganz schön faszinierend: Ein Astronaut strandet mit seiner Kapsel bei seiner Rückkehr aus dem Weltraum auf einer einsamen Insel. Im Sand findet er eine Flasche und hofft auf ein stärkendes geistiges Getränk. Stattdessen schwebt ein weiblicher und ziemlich attraktiver orientalischer Geist aus der Buddel und erklärt ihm, dass er beziehungsweise besser sie ihm von jetzt an dienen wird. Sie schmachtet ihn auch die ganze Zeit ziemlich an, aber er ist eher der zurückhaltende keusche Typ. Ich weiß nicht, weshalb ich jetzt an diese Jeannie denken muss, vielleicht ist es einfach so ein Traum von mir, zu Hause eine Freundin zu haben, die ich bei Bedarf jederzeit aus der Flasche zaubern kann. Donald als angehender Psychologe könnte mir das wahrscheinlich genauer erklären.

Es ist schon nach elf, als ich zu Hause ankomme. Hatte ich es überhaupt beim Clan erwähnt, dass ich nach dem Seminar noch zu Donald wollte? Doch, ich glaube schon, aber nicht gestern, sondern vor ein paar Tagen schon. Ich hätte es natürlich noch einmal erwähnen können, aber egal, nun ist es sowieso zu spät dafür. Jedenfalls scheinen sich die Eltern keine schweren Sorgen wegen mir gemacht zu haben, sie schlafen offensichtlich bereits. Auch aus Lindas Zimmer dringt weder Light noch Sound. Ich organisiere mir schnell ein Pils und setze mich noch einen Moment ins Wohnzimmer. Dann ein Blick in die Funk Uhr, vielleicht läuft gerade noch was Erhebendes. Nein, ist nicht so, eher typisches Dienstagabendprogramm. Immerhin ein positiver Gedanke: Leute, ich hab' jetzt Semesterferien, das ist auch nicht verkehrt. Erstmal jeden Dienstag frei, da könnte ich dann immer an die Nordsee fahren und an den Deichen nach angeschwemmten Flaschengeistern suchen, vorzugsweise Jeannie-ähnlichen.

Wie geht's Lasse denn?, frage ich Mutter beim Frühstück am nächsten Morgen. Ach, schon besser, der lässt sich ordentlich verwöhnen, höre ich. Na, dann ist ja gut. Wir sitzen heute nur zu dritt am Frühstückstisch, also Mutter, Linda und ich. Vater ist schon seit sechs Uhr unterwegs wegen seiner Deicherhöhung bei Büsum. Temperaturen knapp über null Grad, aber es soll heute trocken bleiben, dann können die Arbeiten durchaus etwas vorangehen. Linda wirkt noch etwas verpennt auf mich, aber ich bin heute Morgen auch nicht gerade der Fitteste. Trotzdem erzähle ich etwas von meinem Besuch bei Donald, Mutter mag den gerne, das weiß ich ja, sie lässt sich immer gerne etwas von ihm berichten. Ja, natürlich hatte ich das vorher angekündigt, dass ich noch zu Donald wollte, nein, daran hatte sie gedacht, nein, Sorgen hatte sie sich keine gemacht, sie wusste ja Bescheid. Dann ist ja alles okay. Ich greife zu einer Scheibe Mischbrot und säbele mir was vom mittelalten Gouda ab. Kaffee ist noch vorhanden, Zeit ist noch vorhanden, dann kann ich doch mal einen kleinen Blick in unseren guten alten Landboten werfen.

Die Tonnenmann-Story steht heute nicht im Vordergrund, auch nicht im Hintergrund, es gibt nicht einmal Leserbriefe zu dem Thema, aber vielleicht kommen die noch später, die Dithmarscher Leser müssen manchmal erst geistig warmlaufen, bevor sie anfangen sich über irgendetwas aufzuregen. Bei den Familienanzeigen tritt mir der Name Markus Monscheidt allerdings gleich dreimal entgegen: Eine ziemlich großformatige Todesanzeige von seiner Frau und den Kindern, aha, Herr Monscheidt ist 58 Jahre alt geworden, noch ein paar weitere Verwandte sind aufgeführt, das finde ich jetzt aber weniger interessant. Das Erscheinungsbild der Anzeige ist relativ neutral, es gibt bei uns natürlich jede Menge Gestaltungsspielraum von sehr geschmackvoll bis sehr geschmacklos. Dann noch eine Anzeige, oder nennt sich das jetzt Nachruf, von den Angestellten seiner Apotheke, also dieser Drachen-Apotheke in der Süderstraße. Aha, alles weibliche Angestellte, männliche findet man in dieser Branche auch eher selten, obwohl es sie gibt. Dann noch ein Nachruf vom Apothekerverband Schleswig-Holstein e.V., unterzeichnet von einem Dr. Paul Freese, Donnerwetter, die haben ja schnell reagiert, normalerweise kommen solche Anzeigen von Berufsverbänden oder von Arbeitgebern erst einige Tage nach dem Erscheinen der familiären Traueranzeige. Markus Monscheidt. Wie gesagt, den Anzeigen kann man nicht unbedingt entnehmen, dass er ermordet worden ist. Oh, das geht sogar noch weiter, da sind noch zwei andere Nachrufe, aber eher unauffällig, einmal von der Heider SPD und einmal von der Süderegge. Also war der Herr Apotheker auch Eggenbruder, naja, warum nicht. Dass er in der SPD war, wundert mich etwas, irgendwie hätte CDU besser gepasst.

Aber jetzt noch mal zu den Leserbriefen: Der Aufreger des Tages scheint die Privatisierung der Wasserwirtschaft zu sein, da werden von verschiedenen Leuten nahezu apokalyptische Szenarien entworfen. Jetzt aber nur noch schnell einen Blick auf mein Horoskop und aufs Fernsehprogramm werfen: Ich sollte auch mal anderen den Vortritt lassen, meinetwegen gerne. Heute Abend spielt Borussia Dortmund gegen Schachtjor Donezk, Champions League Achtelfinale, Hinspiel. Aber ich habe heute Abend wieder Training, da kann ich dann höchstens noch die zweite Halbzeit sehen. Schauen wir mal.

Linda hat sich gerade aus dem Staub gemacht und ich muss auch bald los. Vielleicht doch mal wieder mit dem Unimog, der müsste eigentlich auch noch genug Diesel im Tank haben.

Morgenrunde in unserer Redaktion: Keiner fehlt, alle machen einen ziemlich gesunden Eindruck, obwohl allerorts schon von der nächsten Grippewelle gemunkelt wird. Ich wage mich gleich mal hervor und sage, heute Nachmittag soll in Weddingstedt ein Vortrag von einer Frau sein, die mit einem Taigajäger verheiratet ist, da könnte ich doch vielleicht hinfahren und darüber berichten. Fuchs meint aber, die Weddingstedter Landfrauen hätten schon einen eigenen Bericht angekündigt, der würde dann wohl demnächst in der Rubrik Neues aus der Nachbarschaft veröffentlicht werden. Neues aus der Nachbarschaft ist so eine Art Spielwiese, wo Vereine und so weiter ihre eigenen Meldungen bringen können. Die werden dann natürlich von uns noch redaktionell bearbeitet, aber im Prinzip sind diese Texte und auch Bilder Eigenproduktionen. Schade in diesem Fall, denke ich, den Vortrag hätte ich mir doch ganz gerne mal angehört. Stattdessen bekomme ich einen Auftrag aufs Auge gedrückt, der mich mal wieder in meine alte Schule führen wird, dort soll demnächst der 1. Heider Spinning-Benefiz-Marathon stattfinden. Was das genau sein soll, werde ich wohl vor Ort aus fachkundigem Mund erfahren. Sonst keine weiteren Jobs? Doch, ich soll einfach mal Augen und Ohren zum Thema Tonnen-Mord offenhalten, vielleicht noch mal bei der Polizei nachhaken und so weiter. Aber vorerst nur Material sammeln, noch nichts schreiben, hören Sie, Heiko? Jawohl, verstanden, Sir. Es werden jetzt noch weitere Aufträge verteilt, teilweise wussten die Kollegen aber auch schon vorher, was sie heute zu tun haben, darum geht es schnell. Nach kaum einer Viertelstunde bin ich mit Frau Brüggmann allein in der Redaktion, sie hat augenscheinlich aber voll zu tun und recherchiert gerade was an ihrem Rechner. Also kein morgendliches Schwätzchen. Ich sage mir, Heiko, du gehst nachher vor der großen Pause mal rüber zum Heisenberg-Gymnasium, da wirst du schon irgendjemanden auftreiben, der dir ein paar Takte zu diesem Spinning-Marathon erzählen kann. Spinning google ich jetzt aber trotzdem schon mal nach, damit ich dann nicht so blöd dastehe. Aha, Spinning ist Fahren auf Standrädern, es wird auch Indoorcycling genannt. Man bewegt sich dabei zwar nicht von der Stelle, aber man bewegt sich doch. Das gibt es ja auch in diesen ganzen Muckibuden. Ich stelle mir das ganz schön langweilig vor, man müsste dabei mindestens fernsehen können, vielleicht Übertragungen von Radrennen, das würde schon passen. Okay, also ich kann mir jetzt ungefähr vorstellen, was das sein soll.

Weil ich sowieso gerade auf Wikipedia bin, gebe ich mal Admiral Nelson ein, ich möchte doch gerne wissen, was der mit einem Fass zu tun hatte. Ich lese das jetzt mal durch und erzähle euch dann kurz das Wichtigste.

Hallo, da bin ich wieder mit dem Wichtigsten: Der gute Mann hieß Horatio Nelson, wurde auch bekannt als Lord Nelson oder Baron, Vizegraf, so was gibt es nur in England, dann später auch als Herzog von Bronte. Es könnte sein, dass über dem e noch zwei Pünktchen hingehören, aber die kriege ich jetzt nicht hin, da müsste ich erstmal bei den Sonderzeichen suchen. Ich hoffe, ihr verzeiht mir das. Nelson lebte von 1758 bis 1805, er starb in der Trafalgar-Schlacht. Den ganzen Kram mit seiner Karriere und Bedeutung und auch die Schlacht selber lasse ich jetzt mal weg, ich komme aber zum Fass: Normalerweise wurden Tote auf Schiffen direkt in die See bestattet, ich hätte beinahe entsorgt gesagt, in Leinentuch eingenäht und mit Steinen beschwert. Weil aber Herr Nelson so ein bedeutender Mann war und dann auch noch als siegreicher Held gelten konnte, immerhin hatte er der französischen Flotte von Monsieur Napoleon einen entscheidenden Dämpfer verpasst, also aus diesem Grunde wurde mit seinem Leichnam eine Ausnahme gemacht. Der Tote wurde in ein Fass mit Branntwein gesteckt und war dadurch während der Rückfahrt nach England so gut konserviert, dass er anschließend an Land mit allen Ehren und Schikanen beerdigt werden konnte. Na gut, da hatte Donald schon recht, das erinnert tatsächlich an den Herrn Monscheidt in der Tonne auf unserem schönen Marktplatz. Nur, dass unsere Tonne eben nicht mit Branntwein gefüllt war. Aber vielleicht der Herr Apotheker selbst, wer weiß das schon. Wann ist denn übrigens die Beerdigung, da habe ich heute Morgen gar nicht so drauf geachtet. Ich nehme mir mal einen von unseren Redaktions-Landboten und blättere nach: Nein, bei der Todesanzeige der Familie Monscheidt steht nichts vom Beerdigungstermin. Mir fällt leider erst nach drei Minuten Nachdenken ein, warum das so ist, na klar, die Leiche ist doch noch bei der Gerichtsmedizin, da kann sie dann ja wohl schlecht schon bestattet werden. Heiner hat mir mal erzählt, dass es manchmal wochenlang dauern kann, bis alle Untersuchungen abgeschlossen sind. Das ist natürlich alles andere als schön für die Angehörigen, aber andererseits müssen die ja auch ein Interesse daran haben, dass die Todesursache vollständig ermittelt wird. Davon hängt ziemlich viel ab, nicht nur die Schuldfrage. Okay, Heiko, sage ich mir, das war jetzt ziemlich blöd von dir, da hättest du auch schneller drauf kommen können. Jetzt muss ich aber mal irgendwas Konkretes tun, darum gehe ich auf die Presse-Webseite der Itzehoer Polizeidirektion. Da gibt es jede Menge neue Meldungen, aber meistens Verkehrsunfälle und kleinere Brände, nichts Neues zum Thema Tonnenmord.

Allmählich kann ich mich mal auf den Weg zum Heisenberg-Gymnasium machen, natürlich zu Fuß, der Hausmeister wäre sicher nicht begeistert, wenn ich mich mit dem Unimog auf dem Lehrerparkplatz breitmachen würde. Weil aber noch ein bisschen Zeit ist, beschließe ich, einfach noch mal mein Glück bei der Heider Polizei am Marktplatz zu versuchen. Man kommt da nicht so ohne weiteres rein, das hatten wir ja schon mal, ich sage an der Gegensprechanlage einfach, ich möchte gern zu Polizeimeister Ohlsen. Der hat jetzt keinen Dienst, schnarrt es mir entgegen. Mir fällt keine passende Antwort darauf ein, ich warte einfach noch ein paar Sekunden, ob sich nicht doch die Tür wie durch Zauberhand öffnen wird, aber das war wohl nichts. Ich müsste jetzt wahrscheinlich noch mal klingeln, aber das lasse ich jetzt einfach. Mein Bedarf an unhöflichem Informationsaustausch ist erstmal gedeckt. Ich hoffe, dass es in meiner alten Schule wenigstens ein bisschen netter wird.

Die Tür vom Sekretariat steht offen, ich klopfe trotzdem und sage: Dithmarscher Landbote, Timmermann, ich komme wegen…

Sicher wegen dieser Fahrradsache, werde ich von der Sekretärin unterbrochen, allerdings in durchaus freundlichem Ton. Ich schau' mal schnell, ob Herr Henninger nebenan ist.

Sie schaut, aber eher so, als ob sie doch schon von seiner Anwesenheit überzeugt war. Zweieinhalb Sekunden später erscheint Henningers Gesicht an der Tür zum Nebenraum, danach der Gesamt-Henninger. Er trägt einen auffällig bunten Pullunder, den hat seine Frau wahrscheinlich für ihn gekauft. Selbst gestrickt würde ich eher nicht sagen, dafür ist er zu feinmaschig.

Heiko Timmermann von der New York Times, sagt er grinsend, kommen Sie rein!

Rein bedeutet in diesem Zusammenhang ins Konrektorzimmer, wo dieses gigantische bunte Kunstwerk an der Wand hängt, das allgemein als Hauptstundenplan bekannt ist.

Ich bin gerade fertig mit dem Vertretungsplan für morgen, sagt er, fein, das freut mich ja für ihn.

Ich hätte ein paar Fragen wegen des Spinning-Marathons, beginne ich.

Eigentlich habe ich gar keine Fragen, eher die Hoffnung, dass Herr Henninger mich gleich umfangreich und zum Mitschreiben informieren wird. Das tut er dann auch, obwohl er zwischendurch mehrfach betont, dass die Sportkollegen eigentlich noch besser darüber orientiert wären. Ich schreibe fleißig mit, ja, daraus lässt sich ein umfangreicher Artikel zusammenzimmern, für euch nenne ich jetzt aber nur die wesentlichen Eckpunkte: An einem Samstag (sehr lobenswert) soll sechs Stunden lang im Stand geradelt werden, alles für einen guten Zweck. Welchen denn? Sport gegen Gewalt heißt die Aktion, für die gestrampelt wird. Okay, über Sport und Gewalt könnte ich jetzt jede Menge sagen, das lasse ich jetzt aber einfach mal sein. Zurück zu den Details: Es wird in Zweier- oder Dreierteams geradelt, nach jeweils einer Stunde kommt die erlösende Ablösung. Die Spinning-Räder werden vom Post-SV zur Verfügung gestellt, das muss ich natürlich auch erwähnen.

Gut, das war's dann eigentlich, ich sage noch, für mich wäre das nichts, ich fahre zwar auch gerne Rad, ich habe auch ein Rennrad, aber nur in der Halle ohne frische Luft, das würde ich nicht so toll finden. Da wird Herr Henninger aber hellhörig beim Stichwort Rennrad, aha, er hat auch eines und erzählt mir von zahlreichen Touren durch Dithmarschen und Umgebung. Ja, wir kommen tatsächlich etwas ins Plaudern, ich berichte dann noch von meinem Studium an der FH in Kiel, das findet er wiederum sehr vernünftig, oh, es hat zur Pause geklingelt, da muss er aber noch gleich ins Lehrerzimmer und so weiter.

Ich sage dann noch vielen Dank und was sonst noch so dazugehört, dann gehe ich wieder. Es ist schon eigenartig, wenn man sich als ehemaliger Schüler in seiner alten Anstalt aufhält. Vieles ist noch genauso wie früher, aber komischerweise kommt mir kein einziger Schüler, der mir über den Weg läuft, in irgendeiner Weise noch bekannt vor. Den einen oder anderen Lehrer beziehungsweise die eine oder andere Lehrerin kenne ich noch, ich werde von den Damen und Herren aber nicht zur Kenntnis genommen. Die sind wahrscheinlich froh, wenn sie auf kürzestem Wege und möglichst konfliktfrei das Lehrerzimmer erreichen können. Lehrer, nee, das wäre kein Job für mich. Von denen wird heutzutage erwartet, dass sie eine Mischung aus Einstein, Stefan Raab und Drill-Sergeant sind, außerdem kriegen sie immer von irgendeiner Seite die Schuld dafür, wenn etwas nicht optimal mit den Kids läuft. Nein danke, dann bleibe ich lieber bei meiner Schreibe über Kaninchenzucht und Hähnewettkrähen.

Es ist noch ziemlich früh am Vormittag, ich beschließe mal einen kleinen Abstecher Richtung Süderstraße zu machen. Jawohl, mein Ziel ist die Drachen-Apotheke. Ich kann da ja mal reingehen und eine unverbindliche Kleinigkeit kaufen, vielleicht ein paar Hustenbonbons für Lasse. Der Laden macht aber schon von weitem einen verschlossenen Eindruck, kein Licht, dieser Eindruck trügt auch nicht. Tatsächlich geschlossen. Ein kleiner Zettel an der Tür informiert die Kundschaft auf diese Weise: Aus familiären Gründen bleibt unsere Apotheke bis einschließlich Samstag geschlossen. Unleserliche Unterschrift. Ich dachte eigentlich immer, nur die Ärzte schreiben so unentzifferbar, aber anscheinend tun es auch die Apotheker, na klar, sonst könnten sie die Rezepte der Ärzte auch gar nicht lesen. Von außen wirkt die Apotheke relativ großzügig, ich war da noch nie drin, ich bin sowieso nur selten in solchen Läden, toi, toi, toi. Im ersten Stock ist auf jeden Fall eine Wohnung, das kann man irgendwie an den Gardinen sehen, bei Geschäftsräumen würden die anders sein. Vielleicht ist es ja auch die Wohnung von Familie Monscheidt, das wäre schon ganz praktisch, so ein kurzer Weg zum Arbeitsplatz. Außerdem gibt es ja auch hin und wieder Nachtdienst oder Notdienst oder wie man das nennt. Wie das Haus nach hinten heraus weitergeht, kann man von der Süderstraße aus leider nicht sehen, weil sich links und rechts davon weitere Häuser anschließen, Wand an Wand sozusagen. Ich gehe jetzt mal ein Stück Richtung Parkplatz hinter der Post, von dort aus kann ich erkennen, dass das Apotheken-Gebäude eigentlich ziemlich weit nach hinten rausgeht. Im ersten Stock ist auch ein Balkon, da steht immer noch der Weihnachtsbaum drauf, es könnte aber auch sein, dass die Fichte oder was immer es auch sei schon wieder zur Hahnebier-Deko gehört. Sonst noch etwas zu beobachten? Ein kleiner Garten, eine Auffahrt, die zum Post-Parkplatz führt, eine Garage, ein Schuppen. Im Moment steht da kein Auto, entweder ist es in der Garage oder Frau Monscheidt ist zu Festgarderobe Laue gefahren, um sich schon mal neue Klamotten für die Beerdigung ihres Gatten zuzulegen. Auch hinten brennt im Erdgeschoss kein Licht, dann werden die Angestellten der Apotheke sicher auch heute frei haben und keine Pillen auf Vorrat im Hinterzimmer drehen. Gut, dann kann ich mal meine kleine Inspektion beenden.

Apotheker Monscheidt. Hat man ihn nachts aus seinem Haus entführt, mit Branntwein betäubt und anschließend in die Tonne gestopft? Warum? Ich kann mir keinen Reim darauf machen. Hatte Ihr Mann Feinde, Frau Monscheidt? Vielleicht unzufriedene Kunden? Er war doch auch Eggenbruder, hat er sich da vielleicht danebenbenommen? Vielleicht beim Boßeln geschummelt oder fiese Witze über Peter Bur erzählt? Nein, ist natürlich alles Quatsch, ich glaube, ich brauche heute mal wieder eine etwas ausführlichere Mittagspause, um geistig wieder auf die Beine zu kommen. Das muss ja keiner von den Kollegen mitkriegen, deshalb beschließe ich, mich einfach mal seitwärts in die Büsche zu schlagen und dorthin zum Essen zu gehen, wo mich keiner erwarten würde. Ich habe die Lokalität Rodizio Brasil im Auge, Ecke Meldorfer Straße und Jahnstraße. Ich habe schon mal gehört, dass die einen ganz vernünftigen Mittagstisch haben sollen, außerdem liegt dieses Restaurant auf dem Gebiet der Süderegge, dann kann ich meinen Besuch dort auch als Recherche verbuchen.

Auf geht's, Heiko. Bei Fahrschule Köhler über die Ampel, dann könnte man praktisch direkt in den Möbel-Laden, der heißt auch so, reingehen, das tue ich aber nicht, ich bewege mich in südlicher Richtung am Hohnbeerkrog vorbei, der ist aber geschlossen, das hat mir der Herr Faber ja auch erzählt.

Vielleicht könnte den irgendjemand mal wiederbeleben, ist nur so eine Idee von mir. Jetzt ist es gar nicht mehr so weit bis zu diesem Rodizio, noch einmal über die Einmündung der Kleinen Straße in die Meldorfer Straße, dann ist es schon in Sicht. Kleiner Blick auf die Uhr: Es ist noch nicht einmal zwölf, aber die Küche werden sie hoffentlich schon eingeheizt haben. Trotz der frühen Stunde bin ich nicht der einzige Mittagsgast. Was gibt's denn Feines? Putenspieß mit Erdnusssoße und Reis für 6,90 €. Naja, warum nicht, es wird sicher keine ganze Pute auf dem Spieß sein. Dazu eine große Mezzo. Ich sitze an einem Fensterplatz mit Blick auf die Jahnstraße. Kein besonders spektakulärer Ausblick, ein Hinterhof gegenüber und dann kommt links davon ein Parkplatz. Eben eine ganz normale Gegend. An Hahnebier oder Süderegge erinnert mich hier im Moment auch nichts. Da kommt aber schon das Essen, sieht in Ordnung aus, riecht auch okay und schmeckt. Also jetzt der Tipp an alle Hobbyköche: Probiert ruhig mal was mit Nüssen im Essen aus, es müssen ja nicht gleich Kokosnüsse sein.

Halt mal, heute ist doch Mittwoch, da sollte doch das Ergebnis der gerichtsmedizinischen Untersuchung vorliegen, hatte die Hauptkommissarin mir verraten. Ist es jetzt unpassend, um die Mittagszeit bei ihr anzurufen? Ach, wenn's ihr nicht gefällt, kann sie ja einfach ihr Handy abschalten. Hat sie aber nicht getan.

Ja?

Heiko Timmermann hier, Frau Weishaupt, gibt es schon was Neues über Herrn Monscheidt?

Ach ja, Herr Timmermann, schön von Ihnen zu hören, den Namen des Apothekers haben aber jetzt Sie genannt, nicht ich. Um es kurz zu machen: Nein, das Ergebnis der gerichtsmedizinischen Untersuchung steht noch aus, das soll leider auch erst Anfang nächster Woche vorliegen. Vorher können wir zur Todesursache natürlich noch nichts sagen. Und spekulieren möchte ich nicht, das kennen Sie ja.

Ah ja, verstehe, Frau Weishaupt. Dann erstmal vielen Dank.

Keine Ursache. Sie können gern mal wieder anrufen. Es kann übrigens auch sein, dass ich bald mal Ihre Hilfe brauche hinsichtlich dieser Hahnebier-Geschichte und dieser, wie hießen sie noch gleich, Eggen.

Ja, natürlich, sehr gerne. Tschüs und schönen Tag noch.

Ende zwischen Presse und Kripo.

Das wäre natürlich jetzt der Hammer gewesen, wenn ich nach dem Mittagessen mit Neuigkeiten über die Todesursache von Herrn Monscheidt in der Redaktion angekommen wäre. Okay, es ist nun mal so, keine neuen Nachrichten, man kann sich ja auch keine selber ausdenken. Das soll übrigens mein berühmter Kollege Mark Twain getan haben, als er in jungen Jahren bei einer Zeitung angestellt war, das soll allerdings so eine Art Dorfblatt irgendwo im Mittleren Westen gewesen sein. Haben jetzt irgendwelche Neugierigen von der Konkurrenz mein Gespräch mitbekommen? Augenscheinlich nicht. Abgesehen davon, eine echte Konkurrenz hat der Landbote in Dithmarschen auch gar nicht. Es gibt im Prinzip nur unsere Leser, dann die Leute, die vielleicht mal die Bild kaufen, und dann noch die Typen, die überhaupt keine Zeitungen lesen. Ich sehe es ein, das war jetzt sehr grob verallgemeinert.

Meine Mittagspause ist beendet, ich zahle und mache mich auf die Rückwanderung Richtung Redaktion.

Der Rest des Tages im Schnelldurchlauf: Artikel über Spinning-Marathon schreiben, Fuchs berichten, dass es noch nichts Neues zum Tonnenmord gibt, noch etwas Recherche über die Drachen-Apotheke, wobei aber im Prinzip nichts herauskommt. Mit dem Unimog wieder nach Hause, abends zum Fußballtraining. Ach ja, heute sind tatsächlich alle da, Rolf ist so begeistert, dass er ein Spontan-Turnier aus dem Hut zaubert. Das dauert dann aber etwas länger, ich komme erst ziemlich spät wieder nach Hause, Dortmund-Donezk liegt schon in den letzten Zügen. Ergebnis gefällig? Zwei zu zwei, nachdem Hummels in der 87. Minute den Ausgleichstreffer per Kopf erzielt hatte. Naja, keine schlechte Ausgangsbasis für das Rückspiel in Dortmund.

Ich trinke mit Vater noch ein gepflegtes Pils als Betthupferl, dann schalte ich meinen Betrieb allmählich auf Nachtruhe um.

Kleiner Schock beim Aufstehen am nächsten Morgen: Als ich gerade meinem Wecker den Saft abgedreht habe und mit noch halb geschlossenen Augen meinen rechten Fuß in den dafür vorgesehenen Hausschuh setzen will, stoße ich auf einen scharfkantigen Gegenstand. Was ist das denn, ich bin sofort hellwach. Da hat jemand einen Brief in meinen Schuh gesteckt, was soll das denn jetzt, es ist doch nicht Nikolaustag. Erstmal vernünftiges Licht anschalten. Tatsächlich, das ist ein Briefumschlag, rosa, meine Lieblingsfarbe, haha. Zugeklebt. Für Heiko, steht da drauf, sonst gar nichts. Kein Absender, keine Briefmarke. Ich gehe mit dem Umschlag rüber zum Schreibtisch, knipse die Schreibtischlampe an und greife zum Brieföffner. Eine Valentinskarte. Natürlich, heute ist der 14. Februar, also Valentinstag. Den wollte ich ja eigentlich ignorieren, aber er anscheinend nicht mich. Ich klappe die Karte auf: Eine Katze sitzt ausgerechnet auf einer Tonne, ich muss an Hahnebier denken, also diese Katze miaut irgendetwas Musikalisches vor sich hin, da sind nämlich lauter ziemlich schräge Noten um sie herum zu sehen, ihr Songtext ist dann aber mit der Hand geschrieben: Lieber Heiko, kann es nicht wieder so wie früher sein, wir zwei allein, das wäre fein. Sonst nichts, auch keine Unterschrift oder sonstige Hinweise wie Fingerabdrücke oder DNA-Spuren.

Ich finde das jetzt erst einmal merkwürdig und gehe ins Bad. Unter der Dusche rätsele ich weiter an der Frage herum, von wem denn wohl diese Karte stammen könnte. Von Maja schon mal nicht, das war nämlich nicht Majas Schrift. Halt mal, von Maren natürlich. Daher diese komische Anspielung auf früher. Und ihre Schrift habe ich nicht erkannt, weil wir ja nie schriftlich kommuniziert hatten, höchstens telefoniert. Es wäre ja auch albern gewesen, einer Freundin, die nur ein paar Kilometer entfernt im Nachbardorf wohnt, Briefe oder Ansichtskarten zu schreiben und ebensolche von ihr in Empfang zu nehmen. Das wäre höchstens was für Leute, die beim Postcrossing mitmachen. Okay, ich habe also eine Valentinskarte von Maren bekommen, sage ich mir, während ich das Shampoo aus meinen Haaren spüle. Ich könnte auch gut mal wieder zum Friseur gehen. Aber jetzt noch mal zu Maren: Sie macht mir sozusagen ein Sonderangebot wie der Angler dem Fisch, ich brauche nur noch zuzubeißen, dann wäre ich wieder mit Maren zusammen, im Gegensatz zu früher nicht mehr jungfräulich und zugeknöpft, sondern mit Pille und äußerst aufgeschlossen. Bei diesem Gedanken hilft nur kaltes Abbrausen.

Nein, nein, denke ich beim Abtrocknen, über diese Brücke gehe ich nicht, das bringt einfach nichts, alte Beziehungskisten neu aufzustapeln. Ich muss mir sowieso erstmal darüber klar werden, was eigentlich gerade zwischen

Maja und mir los ist oder eben nicht mehr los ist. Mit diesen Gedanken kann ich wieder festen Auges in den Spiegel blicken. Kämmen, Deo. Rasieren lasse ich jetzt aber mal ausfallen, mein Magen meldet schon Frühstücksbedarf.

Am Frühstückstisch hat sich schon Linda breitgemacht und grinst mich an, also war sie der Postillon d'Amour. Ich sage aber jetzt nichts weiter dazu außer Guten Morgen allerseits. Das Echo meines Grußes kommt aber nur von Mutter, Vater ist nämlich schon wieder früh unterwegs und Lasse hat ja noch Schonzeit. Kaffee, Heiko? Ja, danke. Ich schiebe zwei Scheiben Toast in den Apparat und schaue mich schon mal nach dem Käse um. Du kannst gleich die ganze Zeitung haben, sagt Mutter, ich hab' deinen Artikel mit deiner alten Schule schon gelesen.

Okay, was bringt unser Blatt denn heute sonst noch Schönes? Erst noch Sonne, dann örtlich Schnee, Temperaturen um den Gefrierpunkt. Die Grippewelle rollt. Streik am Hamburger Flughafen. Schulbus fährt wieder kostenfrei. Pferdefleischskandal. Achtzig Kilogramm Kokain sind an der dänischen Nordseeküste angespült worden. Einbruch in Büsumer Bäckerei. Neue Flutlichtanlage auf dem Eddelaker Sportplatz. Politischer Aschermittwoch in Marne. Man sollte nicht länger als eine Viertelstunde in warmem Wasser baden. Ich sollte eine vertrauenswürdige Person um eine zusätzliche Meinung bitten. Im Fernsehen eigentlich nur Nervkram. Timo wird 30 und muss heute Abend fegen. Zwei Perlhühner zu verkaufen. Günstiges Segel- und Surfwetter, aber wer macht das schon im Februar.

Ich bekomme am Rande mit, dass Linda und Mutter sich über Lindas Mädels-Abend unterhalten, der soll morgen Abend tatsächlich stattfinden. Interessant. So, jetzt muss Linda aber auch wirklich los, sonst schafft sie den Bus nicht. Wie ist eigentlich der Stand der Führerschein-Diskussion, da haben wir doch neulich mal drüber gesprochen. Ich kann sie, also Linda, mal heute Abend danach fragen. Letzter Schluck Kaffee, ich muss dann auch los, ich nehm' wieder den Unimog, ja, der hat noch genug Sprit, bis dann.

Was bekomme ich heute bei der großen Aufgabenverteilung am Stehtisch aufs Auge gedrückt? Zunächst mal, und ich hoffe, es bleibt dabei, nur eine Aufgabe: Ich soll mich mit einem Manfred Ohde von der Kreisverwaltung in Verbindung setzen, der ist Fachdienstleiter für Bau, Naturschutz und Regionalentwicklung. Schöner Titel. Aber worum geht es eigentlich dabei? Ich soll einen Bericht schreiben über die Einbindung des Kreises Dithmarschen in die Metropolregion Hamburg. Keine Ahnung, was das sein soll, aber trotzdem klingt es schon irgendwie machbar. Okay, das kann dann ja irgendwann heute Vormittag losgehen.

Als unser Morgengebet beendet ist, nimmt Fuchs mich noch mal zur Seite und meint, so ganz zufriedenstellend sei die Nachrichtenlage im Fall Tonnenmord im Moment ja nicht gerade, ich sollte mir mal irgendwas einfallen lassen, um an zusätzliche Informationen heranzukommen, das würde einfach zu lange dauern, bis die Polizei etwas über die Todesursache veröffentlichen würde. Ja, sage ich, ich werde mal darüber nachdenken, vielleicht kommt mir dann noch eine Idee. Gut, Heiko, tun Sie das.

Der Blick von Fuchs verrät mir, dass der Chefredakteur ihm doch schon etwas im Nacken zu sitzen scheint. So sind Chefs nun mal, die wollen vorzeigbare Ergebnisse sehen, und wenn man sie sich aus den Rippen schnitzen muss. Schauen wir mal, zitiere ich den Kaiser Franz. Das scheint unseren Redaktionsleiter ein klein wenig zu beruhigen, er wendet sich wieder seiner eigenen Aufgabe zu, überhaupt herrscht jetzt an sämtlichen Schreibtischen ziemliche Betriebsamkeit.

Kurz nach acht, ich kann jetzt sicher mal im Kreishaus anrufen, die werden bestimmt um diese Zeit schon die Zugbrücke heruntergeklappt haben. Den Herrn Ohde kriege ich erst ans Telefon, nachdem ich zweimal weitervermittelt worden bin. Je höher ein Tierchen auf der sozialen Trittleiter steht, desto schwerer ist es zu erreichen. Es ist aber immer von Vorteil, wenn die Leute was von der Presse wollen, nicht die Presse unbedingt von ihnen, darum verständigen wir uns recht schnell auf einen Termin in seinem Büro: Halb elf. Prima, das passt mir gut, dann kann ich mir vorher noch ein paar schöne Gedanken machen und vor allen Dingen später, nach dem Interview, wieder gepflegt in der Kreishauskantine speisen.

Metropolregion, auch so ein Zungenbrecher, was soll das nun ganz genau sein? Erklärung mit Hilfe von Google und Wikipedia: Eine Metropolregion ist der stark verdichtete Ballungsraum einer Metropole. Wenn Dithmarschen dazugehören soll, kann das aber nicht so ganz hinhauen, so stark verdichtet sind wir hier wirklich nicht. Aber egal, sicherheitshalber schaue ich auch noch mal nach der genauen Bedeutung von Metropole: Großstadt, die den politischen, sozialen, kulturellen und wirtschaftlichen Mittelpunkt eines Landes bildet. Okay, ich glaube, das kann man einigermaßen verstehen. Mit Land kann jetzt aber eigentlich nur Norddeutschland gemeint sein. Ich verstehe das einfach so, dass Hamburg von seiner Bedeutung her weit in die umliegenden Bundesländer hineingreift, also Niedersachsen, Schleswig-Holstein und auch Mecklenburg-Vorpommern. Vielleicht gehört Bremen dann doch nicht mehr so wirklich dazu, aber das könnte ich vielleicht diesen Herrn vom Kreis fragen, der könnte das ja wissen.

Mittlerweile haben mich alle Kollegen verlassen, was mich gar nicht so sehr stört, vielleicht sind sie auch nur auf die Jagd nach Valentinskarten und Blumensträußen gegangen. Jedenfalls bin ich allein und kann mich sogar ein wenig entspannen. Ob Heiner Ohlsen zu Hause ist? Wenn er Spätdienst hat, könnte es so sein. Er wird ja hoffentlich auch schon aufgestanden sein. Ich rufe ihn jetzt einfach mal auf dem Festnetz in seiner Hemmingstedter Bullenbude an.

Lassen, bei Ohlsen, höre ich nach dem fünften Ertönen des Freizeichens eine weibliche Stimme sagen. Zu meiner Überraschung, muss ich natürlich hinzufügen. Die Überraschung ist aber nur von kurzer Dauer, mein Gehirn schaltet schnell hoch in den nächsten Gang und sagt mir: Heiko, das ist Heiners Freundin Monica.

Moin, antworte ich, Heiko hier, Heiko Timmermann. Ist Heiner vielleicht da?

Wenn du einen Moment warten kannst, ich sag' ihm kurz Bescheid.

Monica Lassen also, den Nachnamen kannte ich noch gar nicht. Wenigstens hat sie mich nicht gesiezt. Ich habe diese Monica bisher nur ein einziges Mal gesehen, das ist auch schon ungefähr ein Jahr her, da habe ich Heiner im Krankenhaus besucht und da kam sie gerade an, als ich gerade gehen wollte. So ganz genau kann ich mich an ihr Aussehen jetzt nicht mehr erinnern, ich weiß nur noch, dass sie eben ganz okay aussah und sozusagen zu Heiner passte. Es gibt da so eine Theorie, die besagt, dass Männchen und Weibchen, die zueinander gefunden haben, ungefähr den gleichen Attraktivitätsgrad haben sollen, also einen sehr hässlichen Typen wird man eher selten mit einer wirklich schönen Frau zusammen finden. Ihr könnt diese These ja mal an euch selbst überprüfen oder an den Leuten in eurem Bekanntenkreis. Ich finde jedenfalls, dass da was Wahres dran ist. So ähnlich soll es auch bei Hunden und ihren Besitzern sein, zwischen denen soll es manchmal richtig auffällige Ähnlichkeiten geben. Andererseits, wenn ich meinen Vater und unseren Hund vergleiche, nee, das stimmt einfach nicht, der sieht doch völlig anders aus. Stromer, meine ich jetzt.

Moin Heiko, sagt Heiner jetzt plötzlich, seine Stimme klingt so, als wäre er bis vor zwanzig Sekunden noch auf dem Klo gewesen.

Moin Heiner, sage ich, ich wollte einfach mal nachfragen, ob du schon irgendwas Neues weißt.

Ach so, ja, unser Freund Monscheidt. Nicht viel, Heiko, aber ich habe ein bisschen was von den Kollegen mitbekommen. Einer kennt wohl einen Sani vom Rettungsdienst, der hat ihm erzählt, dass der Monscheidt ziemlich stark unter Alkohol stand, mindestens zwei Promille wohl. Keine Spuren von äußerer Gewaltanwendung, die Gerichtsmediziner werden jetzt wohl rauskriegen müssen, ob er nicht vielleicht doch eines natürlichen Todes gestorben ist.

So ganz natürlich finde ich die Sache mit der Tonne aber nicht gerade, sage ich.

Nee, Heiko, natürlich nicht. Die Kripo ermittelt gerade, zu welcher Zeit das Opfer in die Tonne eingeschlossen wurde, wo das gewesen sein könnte, sicher nicht auf dem Marktplatz vor den Augen der Öffentlichkeit.

Vielleicht ist dann ja doch die ganze Tonne ausgetauscht worden, Heiner, die andere Tonne mit dem Hahn drin steht jetzt irgendwo in einem Keller oder auf einem Dachboden. Aber das sind ja nur Spekulationen, solange man überhaupt keine Spur hat.

Nicht die Spur einer Spur, sagt Heiner.

Und sonst so?

Hab' heute wieder Spätdienst, Heiko, aber jetzt gibt's erstmal Frühstück.

Na dann guten Appetit, tschüs, bis später mal.

Ja, bis dann, Heiko, tschüs.

Na bitte, das war doch schon mal was: Monscheidt voll unter Alk, keine Verletzungen erkennbar. Gut, die Kripo wird garantiert auch schon verfolgt haben, wer die Tonne auf dem Marktplatz aufgestellt hat, aber es macht ja nichts, wenn ich selber auch mal dieser Frage nachgehe. Wer könnte das wissen? Ich gehe in mich und komme nach ein paar Minuten wieder mit der

Antwort heraus: Die Eggen-Chefs. Aber die heißen anders, die nennen sich Föhrer, das klingt jetzt aber nach Bewohnern einer gewissen Nordseeinsel. Nein, war Quatsch, Föhrer ist einfach plattdeutsch für Führer und damit hat es sich.

Die Namen der drei Herren finde ich relativ leicht heraus, die stehen auf den Webseiten der drei Eggen. Da es sich offenbar nicht um publikumsscheue Personen handelt, sondern um gestandene Heider Bürger, finde ich ihre Nummern auch bald im Heider Örtlichen. Na prima. Das Problem ist nur, die Herren gehen auch noch beruflichen Tätigkeiten nach und sind offenbar nicht zu Hause. Nur bei der Frau vom Südereggen-Clanchef habe ich Glück, sie nennt mir seine dienstliche Nummer. Ich erreiche ihn auch ohne Schwierigkeiten persönlich am Telefon. Ich könnte jetzt wieder das gesamte Gespräch wiedergeben, so ähnlich wie mit Heiner, aber ich habe da keine große Lust drauf. Deshalb fasse ich einfach nur mal kurz das Ergebnis zusammen, vorab sage ich nur noch, dass ich das alles ganz erfreulich finde:

Ergebnis: Der Föhrer der Süderegge heißt Walter Wagner. Ein äußerst sympathischer Typ, jedenfalls am Telefon. Also: Das Aufstellen der Tonne auf dem Marktplatz war eine Gemeinschaftsaktion aller drei Heider Eggen. Wo wurde denn die Tonne abgeholt? Bei einem von der Süderegge namens Jan Marten, der wohnt in der Peter-Bur-Straße. Peter Bur, das passt dann ja. Dieser Jan Marten hat auch den künstlichen Hahn gebastelt mit dem Kräh-Modul und der Funkübertragung zum Verstärker der Lautsprecheranlage auf dem Marktplatz. Herr Marten scheint so eine Art Daniel Düsentrieb der Süderegge zu sein.

Zwischendurch: Ich notiere mir natürlich alles in einigermaßen leserlicher Schrift.

Weiter: Herr Wagner scheint mich auch ziemlich sympathisch zu finden, nichts dagegen, er lädt mich ein, zum Festball der Süderegge am Samstagabend ins Tivoli zu kommen, gerne mit Begleitung, er will mir zwei Plätze reservieren. Das finde ich ja wirklich sehr nett. Er sagt noch, dass es sein kann, dass die Presse sowieso schon eingeladen ist, aber ich könnte das dann ja auch als Privatvergnügen betrachten. Ich soll dann nur am Eingang sagen: Zwei Plätze für Timmermann, Herr Wagner hat das veranlasst. Ich sage nochmals vielen Dank und so weiter und dass ich gerne kommen werde. Punkt.

So, jetzt werden sich einige etwas über mich wundern, aber ich habe tatsächlich etwas Bock auf diesen Festball. Einmal, weil ich solche Veranstaltungen gar nicht mal so schlecht finde, dann gibt es aber vielleicht auch noch die Möglichkeit, dass ich mir persönlich ein Bild von dem Treiben der Eggenbrüder machen kann. Das mit der Einladung muss ich mir jetzt nicht notieren, das merke ich mir so, alles andere habe ich ja schriftlich festgehalten, auf diesen Jan Marten muss ich noch mal zurückkommen, aber nicht jetzt. Nein, jetzt muss ich mich mal langsam in Richtung Kreishaus bewegen.

Stenoblock und Kamera habe ich dabei, auch das Diktiergerät, obwohl ich das nur selten benutze. Es hemmt immer ein bisschen, wenn man das jemandem vor die Nase hält, der meint dann, dass er sich besonders gewählt ausdrücken muss und das geht dann meistens voll in die Hose und endet in einer argen Stotterei. Das muss man ja nicht haben. Also, ich bin jetzt schon auf dem Weg, genau genommen gehe ich gerade an der Stadtbrücken-Apotheke vorbei, was mich wiederum an Markus Monscheidts Drachen-Apotheke denken lässt. Übrigens, es ist unangenehm kalt, aber geschneit hat es noch nicht. Ich schätze mal, wenn es heute überhaupt noch Schnee geben sollte, dann werden es höchstens ein paar Millimeter sein. Jetzt rechts in die Hans-Böckler-Straße, wer war denn dieser Mann, ein Gewerkschaftler oder sagt man Gewerkschafter, jedenfalls war er der erste DGB-Vorsitzende, das hatten wir irgendwann mal in der Schule. Jetzt noch einmal nach links in die Stettiner Straße, da liegt das Kreishaus dann schon vor mir. Wenn mich jetzt jemand auffordern würde, dieses Gebäude zu beschreiben, käme ich ziemlich in Verlegenheit, ich bin ja kein Architekt, der mit Fachbegriffen nur so um sich schmeißen kann. Also, ich sage mal, es ist groß und wuchtig, hat aber so eine Form, als hätte jemand für den ersten Entwurf mit den Bauklötzen seiner Kinder gespielt. Es gibt ja auch diese runden Elemente in den Baukästen, die sind jedenfalls reichlich verwendet worden. Außerdem natürlich jede Menge Glas, das wirft dann natürlich immer die Frage auf, wie man das alles putzen soll. Mutter sagt immer, Fenster putzt man am besten mit ganz normalem Geschirrspülmittel, dann einmal abziehen und mit zerknülltem Zeitungspapier, vorzugsweise vom Dithmarscher Landboten, nachpolieren. Aber nicht, wenn gerade die Sonne scheint. Aber auch erst recht nicht, wenn es gerade regnet.

Da bin ich jetzt also in der Eingangshalle des Kreishauses, da war ich natürlich schon mal öfter, aber ich habe, glaube ich, noch nicht erwähnt, dass auch von innen alles irgendwie rund ist. Die Decke in dieser Halle könnte für meinen Geschmack aber gerne etwas höher sein, damit es nicht gleich so bunkermäßig auf den Besucher wirkt. Aber egal. Zu wem sollte ich jetzt noch mal, Manfred Ohde. Dithmarscher Landbote, Timmermann, sage ich beim Empfangschef auf, ich habe einen Termin bei Herrn Ohde.

Er schaut mich kritisch an, ich schaue genauso kritisch auf meine Armbanduhr, kurz vor halb elf, wenn ich jetzt nicht noch einer Leibesvisitation unterzogen werde, kann ich sogar pünktlich sein, das habe ich ja auch am liebsten so. Nein, der Pförtner scheint mich für harmlos zu halten und verrät mir, wie ich zu Herrn Ohde komme. Ab in den Fahrstuhl und auf geht's.

Das ganze Gespräch mit diesem Herrn Ohde würdet ihr ziemlich langweilig finden, deshalb überspringe ich das jetzt und sende nur die Ergebnisse: Ja, Dithmarschen gehört zur Metropolregion Hamburg und bezahlt für die Mitgliedschaft 7.000 Euro im Jahr. Das finde ich gar nicht mal so teuer, das könnte sich ja beinahe schon ein Privatmensch leisten, ich allerdings eher nicht. Welche Vorteile hat man davon? Man wird sozusagen bei allen Gelegenheiten freundlich erwähnt und ist in irgendwelche Verzeichnisse aufgenommen. Dithmarschen präsentiert sich aber auch als Erholungs- und Urlaubsregion, als Beispiel werden mir einige Fahrradrouten genannt. Bei Fahrrad werde ich ja immer hellhörig, ich frage Herrn Ohde wahrscheinlich unangemessen viel zu diesem Thema. Dann vielleicht noch ein Foto, warum nicht, er hat sich ja heute Morgen ordentlich angezogen und gründlich rasiert. Ich lichte dann noch ein paar Karten und Schaubilder ab, das ist immer ein bisschen schwierig, wenn das Papier nicht ganz glatt aufliegt, wird das Bild an manchen Stellen undeutlich. Schnell noch mal nachprüfen, nein, ich denke, das hat alles hingehauen. Meine Frage, ob Bremen im weitesten Sinne zur Metropolregion Hamburg gehört, habe ich leider jetzt nicht gestellt, aber vielleicht kann ich das in der Redaktion noch herausgoogeln, indem ich Metropolregion Bremen eingebe oder so ähnlich. Danke für das Gespräch, schönen Tag noch, ja, ich denke, das wird wohl morgen erscheinen.

Nicht übel, das Büro, denke ich bei meinem Abgang, aber diese runden Wände, die würden mich nerven, wie soll man denn da seine Möbel vernünftig hinstellen.

Schon kurz vor zwölf, das hat ja doch länger gedauert, als ich erwartet hatte. Da könnte ich doch schon mal meine Schritte in Richtung Kantine lenken, vielleicht klappt es heute ja mal mit einer vollbusigen Kreisangestellten als Tischnachbarin.

Kohlpfanne, Hähnchenbrust mit Ananas und Käse oder Bratkartoffeln mit Rührei? Die Bratkartoffeln sollen angeblich vegetarisch sein, das heißt ja wohl ohne Speck, dann lasse ich das mal lieber. Dann also bitte Hähnchenbrust, dazu gibt es Curryreis, ja gerne noch etwas mehr Reis. Eine Fanta, ein Kirschjoghurt zum Nachtisch, danke sehr.

Es sind noch jede Menge Tische frei, aber Betrieb ist schon, das kann man nicht anders sagen. Am liebsten würde ich mich jetzt zu dieser leckeren Kreismieze rechts hinten in der Ecke setzen, aber ich fürchte, wenn ich das tue, steht sie doch glatt auf und setzt sich woanders hin. Nein, Heiko, benimm dich mal ordentlich, du repräsentierst hier immerhin das Dithmarscher Pressewesen.

Während ich meine Hähnchenbrust verzehre, denke ich teilweise an Maja, die hat ja heute ihren letzten Kiel-Tag vor den Semesterferien. Sollte sie nicht irgend so ein wichtiges Referat halten? Ob sie wohl heute Abend wieder mit dem Typen herumzieht, von dem Donald erzählt hat? Kann schon sein, aber eigentlich geht mich das auch gar nichts an, ich bin ja nicht wirklich fest mit ihr zusammen. Punkt. Nächster Teilgedanke: Maren. Die hat sich mir praktisch in jeder Hinsicht angeboten, ich brauche nur noch zuzugreifen. Aber nein, irgendwie hat sie auch früher nie so ganz zu mir gepasst, ich konnte mich zum Beispiel nie richtig vernünftig mit ihr unterhalten, ich habe immer verkrampft nach irgendwelchen Themen gesucht, die sie interessieren könnten. Eigentlich hat sie doch auch nur ihre Vorliebe für Gäule, und die teile ich nun mal nicht. Schon den Gestank im Pferdestall kann ich einfach nicht ab. Und dann ihre Mutter, die ist eigentlich doch ziemlich aufdringlich und hat früher auch immer so einen auf kokett bei mir gemacht. Den Vater kenne ich eigentlich gar nicht wirklich, aber den möchte ich auch jetzt nicht kennenlernen. Fazit: Heiko, Finger weg von Maren, und auch von Maja hältst du dich erstmal etwas fern. Es gibt auch noch andere Mädels, nicht nur hier in der Kantine.

Kalorienmäßig gestärkt und innerlich neu durchorganisiert trete ich den Rückmarsch zum Landboten an. Es ist schon ein wesentlicher Vorteil meines Jobs, dass man auch mal zwischendurch an die frische Luft kommt. Sie muss allerdings nicht immer so frisch sein wie heute Mittag, denn es ist ein etwas heftiger Wind aus Richtung Westen aufgekommen. Ich ziehe die Mütze tief ins Gesicht und stecke die Hände in die Hosentaschen, wo zumindest noch ein Rest Wärme vorhanden ist.

Mahlzeit, sage ich in Richtung Brüggmann und Callsen, als ich wieder in unserer Redaktion angekommen bin. Mein mittäglicher Gruß wird wahrgenommen und sogar erwidert. Ich wecke meinen Rechner auf und blättere eifrig in meinem Stenoblock. Metropolregion Bremen, fällt mir gerade wieder ein, da wollte ich doch mal googeln, ob es die überhaupt gibt. Tatsächlich, die existiert wirklich, nennt sich aber offiziell Metropolregion Bremen/Oldenburg. Deutschland hat elf solcher Regionen, lese ich gerade, man kann auch eine Karte anklicken und hat dann die volle Übersicht, das ist ja schön. Irgendwelche neuen Erkenntnisse dabei? Na gut, es gibt Gebiete, die zu keiner der Metropolregionen gehören, weil sie einfach zu weit abgelegen sind, zum Beispiel der Bayerische Wald oder Teile von Mecklenburg-Vorpommern. Dann gibt es aber auch noch Gebiete, die einander überlappen, die also praktisch zu zwei Metropolregionen gehören. Ich denke, das reicht jetzt, dann fange ich mal mit meinen Informationen aus dem Kreishaus an.

Das Problem ist, dass ich jetzt im Grunde genommen zu viel Zeit habe. Ich schreibe meinen Text einmal auf, finde ihn dann ziemlich blöd und schreibe noch einmal alles um. Dadurch ist er aber auch nicht besser geworden, finde ich. Irgendwie habe ich den Ehrgeiz, den Artikel des Jahrhunderts über dieses Thema zu schreiben, den Artikel, den sich jeder Dithmarscher Zeitungsleser ausschneidet und einrahmt. Ich mache aber erstmal eine kleine Pause und gehe dann wieder von neuem ans Werk.

Ich bin immer noch nicht ganz fertig und zufrieden schon gar nicht, als Fuchs bei mir auftaucht und sich nach dem Stand der Dinge erkundigt. Bin gleich so weit, sage ich und hämmere dabei demonstrativ auf der Tastatur herum.

Und wie sieht es mit dem Mordfall aus, Heiko?

Vor Montag ist da nichts Neues zu erwarten, melde ich, aber ich habe zumindest gehört, dass Herr Monscheidt vor seinem Ableben sturzbesoffen gewesen sein soll. Ist aber eher Klatsch, nichts Offizielles.

Wo wir gerade beim Klatsch sind, sagt Fuchs, ich habe auch gehört, dass der Herr Apotheker gerne mal ins Glas geschaut hat. Außerdem soll er ein ganz schöner Schürzenjäger gewesen sein.

Mal wieder so ein richtig schön altmodisches Wort, Schürzenjäger. Das klingt doch irgendwie viel handfester als beispielsweise Womanizer. Das sage ich jetzt aber gerade nicht zu Fuchs, sondern etwas ganz anderes: Ich weiß aber, wer die Tonne gebaut hat, einer von der Süderegge, Marten heißt der.

Na schön, Heiko, wenn Sie wollen, können Sie dem morgen mal etwas auf den Zahn fühlen. Vielleicht kommt ja etwas dabei heraus, was wir dann unseren Lesern anbieten können. Die sind natürlich gespannt auf neue Nachrichten zum Tonnenmord. Übrigens ist unser Absatz seitdem um ein paar hundert Stück gestiegen, es wäre schön, wenn wir das halten könnten.

Ja, klar, sage ich.

Logisch, so ein schicker Mord hat natürlich mehr Unterhaltungswert als Heiko Timmermanns Bericht über Dithmarschen in der Metropolregion Hamburg. Es ist schon seltsam, dass wir gerne Finsteres und Erschreckendes lesen, sehen und hören wollen, irgendwie wirft das kein besonders gutes Licht auf uns als Konsumenten. Mit einer Leiche kommt man im Krimi nur über die ersten zwanzig Minuten, dann muss der nächste Tote her, und wenn es richtig gut werden soll, braucht man noch ein paar mehr bis zum Schluss. Wenn ich jetzt selber in so einem Krimi vorkommen würde, bräuchte ich also nur noch auf den nächsten Mordfall zu warten, der müsste dann aber auch bald kommen, sonst wird es langweilig.

Ach, Herr Fuchs, sage ich noch, geht einer von uns zum Festball der Süderegge?

Warum fragen Sie, Heiko? Aber nein, zum Festball nicht, da werde ich noch mal anrufen und um einen eigenen Bericht bitten, zum Kaffeetrinken am Samstagnachmittag, da werde ich aber hingehen, schon wegen der Reden. Und den Bericht über den Festumzug macht Kollege Harder.

Ach so, ja.

Zum Glück hat er seine erste Frage, nämlich warum ich danach gefragt habe, schon wieder vergessen. Also brauche ich ihm auch nicht auf die Nase zu binden, dass der Führer der Süderegge mich zum Ball eingeladen hat. Wenn dann auch kein anderer Kollege von der Zeitung dabei sein wird, kann ich das ja tatsächlich als Privatvergnügen betrachten.

Der Rest des Nachmittages geht einigermaßen ungestört dahin, ich überarbeite zum soundsovielten Mal meine Metropolgeschichte und bin dann doch einigermaßen zufrieden damit, Fuchs übrigens auch. Der Feierabend naht und ist dann schließlich auch da, also ab in die heimische Hütte zu dampfenden Kaffeebechern und wohlgefüllten Keksdosen.

Hallo Heiko, werde ich von Lasse begrüßt.

Oh, geht's dir besser?

Immerhin scheint er schon wieder frei herumlaufen zu dürfen. Keine Halsschmerzen mehr, keine Temperatur, kommentiert Mutter Lasses Zustand, aber Montagmorgen fahren wir noch mal zur Ärztin, vielleicht darf Lasse dann ab Dienstag wieder in die Schule.

Lasse zieht einen Flunsch, die letzte Nachricht ist nicht so gut bei ihm angekommen.

Noch Kaffee, Heiko?

Ja, gerne.

Linda ist auch schon da, sie kommt gerade die Treppe herunter und scheint recht guter Laune zu sein. Ich erfahre auch gleich den Grund: Zu ihrem Mädels-Event morgen Abend haben fünf von ihren Mitschwestern zugesagt, sie wollen was Leckeres kochen und sich mit Prosecco und Rotwein zuschütten. Kommen denn auch Maja und Maren, frage ich mit teilweise echtem Interesse.

Nee, Heiko, ich will mich wirklich mal auf die Neuen konzentrieren. Almut, Jenny, Merle, Luisa und Nilla.

Nilla?

Ja, Nilla Tietge.

Namen gibt's.

Und Heiko, bei dir so?

Ich bin zum Ball eingeladen.

Wie jetzt zum Ball?

Also, ich habe eine Einladung zum Festball der Süderegge bekommen, Samstagabend. Zwei Freikarten sozusagen. Und da geh' ich auch hin, das will ich mir mal angucken.

Und mit wem willst du da hingehen, mit Maja?

Linda hat schon wieder diesen wissenden Unterton in der Stimme, ich ahne, dass sie über die gegenwärtige Sachlage im Prinzip voll informiert ist. Ich habe jetzt noch nicht auf ihre Frage geantwortet, als sie schon ihre nächste Frage hinterherschiebt: Oder mit Maren?

Nachtigall, ick hör' dir nicht nur trapsen, sondern trampeln. Linda hat mir doch Marens Valentinskarte untergeschoben, jetzt wartet sie im Grunde genommen darauf, ob ich mich von Maja abwenden und Maren zuwenden werde, als ob ich der Hauptakteur in einer Soap wäre, vielleicht mit dem Titel Schwägerinnen-Karussell in Wesselburener Deichhausen.

Nee, sage ich, da werd' ich wohl allein hingehen.

Aber das ist doch schade um die zweite Karte, sagt Linda, weißt du was, Heiko, kann ich nicht mitkommen? Ich hätte schon Lust, war lange nicht mehr tanzen.

Ja, meinetwegen, sage ich, aber du weißt ja, ich bin dann wieder der Chef, wenn ich nach Hause will, will ich dich nicht erst dazu überreden müssen zu gehen.

Nee, nee, ist klar, Heiko.

Ja gut, Linda, dann machen wir das so.

Du, ich freu' mich, Heiko.

Jawohl, ich freue mich jetzt auch, das sage ich aber nicht zu Linda, sonst bildet sie sich noch sonstwas ein. Nee, es ist ganz einfach so, wenn man zu so etwas wie diesem Festball eingeladen ist, dann ist es schon irgendwie angenehmer, wenn man da nicht allein auftaucht. Außerdem hat mich dieser Herr Wagner ja auch ausdrücklich mit Begleitung eingeladen, der wird sich dann sicher auch freuen, wenn ich mein Schwesterherz dabei habe. Außerdem, mit Linda kann man sich echt sehen lassen, die ist schon ein Hingucker.

Beim Abendessen reden heute alle Timmermanns dermaßen laut und durcheinander, dass es Vater zu bunt wird und er uns offiziell zur Ruhe mahnt, als wäre er der Bundestagspräsident. Sein Vorschlag ist, dass jedes Familienmitglied der Reihe nach seine Anliegen vortragen kann, danach darf jeweils kurz debattiert werden und dann wird abgestimmt, beschlossen und verkündet. Lasse darf anfangen, er freut sich, dass es ihm besser geht, er hat aber noch keine Lust auf die Schule, andererseits ist ihm langweilig. Am liebsten würde er den ganzen Tag fernsehen, aber das wird ihm zu seinem Leidwesen nicht gestattet. Ich schlage ihm vor, er könnte doch mal ein Buch lesen, Tom Sawyer oder irgendwas von Astrid Lindgren, das ist aber nicht unbedingt das, was er von mir hören wollte. Linda berichtet von ihrem Tag im Krankenhaus, keine besonderen Vorkommnisse, dann fällt ihr gerade wieder ein, dass sie gerne den Führerschein machen würde und später auch gerne ein eigenes Auto hätte, vorzugsweise einen Mini. Morgen Abend kommen außerdem ihre Mädels, da hatten wir ja schon mal drüber gesprochen, ob die notfalls auch bei uns übernachten könnten und so weiter. Ja, dann noch die Sache mit dem Ball am Samstag, aber da weiß Heiko sicher mehr drüber, jedenfalls braucht sie ein neues Kleid, ob Mutter mit ihr morgen noch schnell eines besorgen könnte. Ergebnis der kurzen Debatte: Ja, sicher können die gesammelten Krankenschwestern bei uns übernachten, wir haben ja auch noch das Gästezimmer. Führerschein? Ja, das wäre sehr sinnvoll, vielleicht ginge es ja auch mit einer Ferienfahrschule oder eben in den Ferien, also im Urlaub, da bieten doch manche Fahrschulen solche Intensivkurse an. Ja, da können wir uns dann mal erkundigen. Aber solange Linda noch nicht 18 ist, dürfte sie ja nur in Begleitung fahren, nee, Heiko, als älterer Bruder kommst du da leider nicht in Frage, da bin ich mir ziemlich sicher. Ach so, ja, Kleid: Ja, wenn du morgen tatsächlich schon mittags Feierabend hast, dann können wir ja mal nach Heide fahren oder ich hole dich gleich ab beim Krankenhaus. Fall Linda erledigt. Jetzt bin ich dran, ich muss erstmal den Eltern und teilweise auch Lasse erklären, was es mit der Einladung zum Hahnebier-Festball der Süderegge auf sich hat. Ja, das ist ja nett, dass du Linda mitnimmst, hoffentlich sind da denn auch ein paar junge Leute für euch und nicht nur alte Knacker. Passt denn dein Anzug vom Abi-Ball noch? Doch, doch, den hab' ich doch erst vor einer Woche mal anprobiert. Na, dann ist ja gut.

Kleiner Absatz zur Erholung, es geht jetzt aber schon wieder weiter mit mir: Ich erzähle die neuesten Erkenntnisse oder eher Gerüchte im Tonnenmordfall, was die anderen jetzt aber nicht besonders interessant finden. War sonst noch was bei mir? Weiß eigentlich jeder, dass ich jetzt Semesterferien habe? Mutter fragt noch, warum ich denn nicht mit Maja zum Ball gehe, mir fällt keine passende Antwort darauf ein, ich zucke nur mit den Schultern. Danke, Heiko, das war's. Jetzt nimmt Vater sich dran, obwohl er ja eigentlich Mutter den Vortritt lassen sollte. Andererseits hat sie sowieso das letzte Wort, also ist es auch okay, wenn sie als letzte drankommt. Also Vater: Er berichtet uns in aller Ausführlichkeit von der Erneuerung des Büsumer Deiches und welche herausragende Rolle die Firma Timmermann dabei spielt. Dann äußert er noch zahlreiche Essenswünsche für die nächsten Tage, Rouladen wären doch mal wieder schön, mit Rotkohl, oder Rehrücken gespickt, mit Kartoffelklößen und Preiselbeeren. Vater als Jäger steht verständlicherweise auf Wild, aber der Rest der Familie ist zu seinem Leidwesen nicht so wild darauf. Allmählich ebbt sein Redefluss ab, Mutter ergreift das Schlusswort: Ja, dann ist ja alles klar. Heinrich, meinetwegen können wir Sonntag gern Rouladen haben, aber dann auch wieder für zwei Tage. Heiko, hast du denn überhaupt eine vernünftige Krawatte zu deinem Anzug oder willst du nicht vielleicht mal eine Fliege tragen, das ist doch auch ganz schick. Linda, was wollt ihr Mädchen denn morgen Abend kochen, dafür müssen wir ja auch noch einkaufen, aber das können wir ja machen, wenn wir dein Kleid gekauft haben. Dann haben wir vorher ja auch noch reichlich Zeit, alles zu besprechen. Lasse, vielleicht können wir morgen Abend mal was zusammen spielen, Mensch-ärgere-dich-nicht oder Mau-Mau, das wär' doch mal was, oder? Ja, war jetzt noch was, nein, dann haben wir doch alles besprochen. Heiko, kannst du mir mal die Funk Uhr geben?

Unser Song für Malmö im Ersten, naja, das muss man nicht unbedingt sehen, findet Mutter. Am liebsten würde sie Wer wird Millionär gucken und anschließend Bauer sucht Frau, aber das gibt es donnerstags nicht. Rette die Million im Zweiten, nein, das ist ja auch nichts, da regen sich alle immer so künstlich auf. Im Dritten zwei Sendungen über Grönland hintereinander, ach nee, da ist es ja noch öder als bei uns im Winter. Guck' du doch mal, Heinrich, aber bitte nicht schon wieder Fußball. Vater findet eigentlich auch nichts, Gladbach gegen Lazio Rom, aber auf Kabel 1, was ist das denn für ein Spiel, ach so, Europa League Sechzehntelfinale, Hinspiel. Nein, so spannend ist das nun auch wieder nicht. Im WDR gibt es aber einen alten Tatort, mit Schenk und Ballauf, den könnten wir doch gucken. Na gut. Begeisterung sieht anders aus.

Was wird Linda denn sehen wollen, wahrscheinlich Beauty and the Nerd auf Pro7, was garantiert nichts für mich wäre, schon die anderthalb Sätze zur Beschreibung der Sendung verraten mir, was das für ein Schwachsinn sein muss. Nee danke, dann verzichte ich lieber mal auf die Glotze und wende mich der Literatur zu, zum Beispiel Nick Knatterton. Aber ich könnte natürlich auch mal wieder ein bisschen Gitarre üben. Die Tagesschau könnte ich vielleicht doch noch mit anschauen, aber dann ist gut. Vorher wird aber noch abgeräumt und abgewaschen, nicht dass ihr jetzt denkt, Timmermanns lassen einfach alles stehen und liegen.

Bei Real und Edeka hat man Lasagne mit Pferdefleisch entdeckt, das ist bestimmt ein Schock für Maren. Aber natürlich keine Gefahr für die Verbraucher, wie immer. Die Strompreise steigen besorgniserregend. Die Finanztransaktionssteuer wird auf den Weg gebracht, aber bisher machen nur elf EU-Staaten dabei mit. Der Euro-Raum rutscht in die Rezession. Opel macht Verluste. Warnstreiks des Sicherheitspersonals bei den Flughäfen Hamburg und Düsseldorf. American Airlines wird größte Fluggesellschaft der Welt. Aktionstag gegen Gewalt an Frauen. Der Paralympics-Sportler Oscar Pistorius ist unter Mordverdacht festgenommen worden. Etwas mildere Luft, aber Glättegefahr. Naja, ein Grad über null bei uns würde ich nicht unbedingt als mild betrachten.

Heinrich, dann schalte mal um auf den Tatort.

Das ist für mich das Signal zum Aufbruch, ich wünsche allerseits eine gute Nacht und ziehe mich in meine Bude zurück. Meine Gitarre lächelt mich an, jawohl, sie möchte gerne mal wieder gespielt werden. Ich setze mich auf meinen Schreibtischstuhl und fange mal mit ein paar einfachen Griffen an. Alles noch gut gestimmt, das klingt ja richtig, das war Opas nachhaltiges Werk. Aus purer Dankbarkeit suche ich mal im Netz nach den Shadows. Es gibt tatsächlich jede Menge Seiten mit Tabs und Chords, da wühle ich mich mal ein bisschen durch. Leider kann ich mit den meisten Liedern gar nichts anfangen, weil es da nur diese Tabellen für Sologitarre gibt. Man könnte sich da natürlich etwas hineinfuchsen und dann Note für Note nachspielen, aber das würde voraussichtlich fünf Stunden dauern, und wenn man das Stück dann noch wirklich einüben wollte, bis es richtig sitzt, mehrere Tage. Also, hiermit zolle ich allen Leuten, die das können, die richtigen Sologitarristen meine ich jetzt, meinen allerhöchsten Respekt. Dann finde ich aber auch noch ein paar Stücke, wo nur die Begleitakkorde aufgeführt sind, die scheinen teilweise gar nicht so schwierig zu sein. Theme for young lovers zum Beispiel, das hat nur ungefähr acht verschiedene Akkorde, probieren wir das doch mal. Aber erst ein paar Mal auf Youtube anhören, teilweise kann ich dann sogar schon ein bisschen mitspielen. Es ist natürlich ein Instrumentalstück wie das meiste von den Shadows oder sogar fast alles, da kommt man jedenfalls nicht in die Verlegenheit singen zu müssen. Ich probiere noch so ungefähr eine Stunde herum, dann finde ich eigentlich, dass ich es gar nicht so schlecht hinbekomme, vielleicht kann ich das ja bei der nächsten Familienfeier in ganz kleinem Kreis uraufführen.

Ich bin bei dieser Überei eigentlich schon ziemlich müde geworden, also gebe ich mir den Marschbefehl in Richtung Bett. Ich klopfe noch kurz bei Linda und wünsche ihr eine angenehme Nachtruhe und ebensolche Träume. Sie hat ihre Glotze immer noch auf Volldampf laufen, aber offensichtlich hat sie von Pro7 aufs Erste gewechselt, wo unser Song für Malmö ausgeschossen werden soll. Mir ist das egal, vielleicht steht das Ergebnis ja morgen früh schon in unserer Zeitung, manchmal können wir auch wirklich aktuell sein.

Ja, das sind wir doch auch tatsächlich. Am nächsten Morgen meldet unser Blatt immerhin auf der ersten Seite, dass die Gruppe Cascada das Rennen gemacht hat, mit dem Titel Glorious. Das klingt ja auch nicht gerade deutsch, aber egal. Jedenfalls scheint die Sängerin dieser Gruppe, eine gewisse Natalie Horler, ein ganz schön üppiges Huhn zu sein, sie sieht schon ziemlich stramm aus auf dem Foto. Gehört habe ich den Song noch nicht, aber das wird mir garantiert nicht erspart bleiben, wahrscheinlich spielt ihn RSH irgendwann innerhalb der nächsten Viertelstunde. Ansonsten ein ganz normaler Freitagmorgen, Vater ist schon los, Lasse ist noch im Bett, also sind im Moment nur Mutter, Linda und ich am Frühstückstisch. Ich blättere noch etwas in der Zeitung, aber eigentlich möchte ich heute Morgen nur wissen, ob die meinen Metropolbericht auch gebracht haben. Jawohl, auf Seite sieben unter Dithmarschen.

Linda und Mutter ergehen sich schon in Einzelheiten über ihren gemeinsamen Nachmittag, ja, Linda wird nach dem Mittagessen am Krankenhaus abgeholt, sagen wir Punkt dreizehn Uhr, dann können wir doch erstmal bei Böttcher gucken, und wenn die nichts Vernünftiges haben, dann sehen wir weiter. Ja, für heute Abend einkaufen können wir dann ja bei Aldi, Lidl und Famila.

Ich bin ehrlich gesagt schon etwas gespannt auf Lindas neue Kolleginnen, die kenne ich ja noch gar nicht. Heute habe ich auch nicht den Gedanken, mich dann lieber aus dem Staub zu machen, meinetwegen können die mich doch gerne kennenlernen und ich sie. Maren und Maja sind wenigstens heute Abend nicht zu erwarten, das wird Linda doch wohl auch hoffentlich mit den beiden vorab geklärt haben.

Ich blende jetzt aber mal von Wesselburener Deichhausen rüber nach Heide in die Redaktion Heider Umland und Dithmarschen-Nord, wo gerade die morgendliche Stehrunde zu Ende gegangen ist. Wie Fuchs schon angedeutet hatte, darf ich mich heute Vormittag mal mit der Hahnebier-Tonne auf dem Marktplatz befassen, besser gesagt, mit Markus Monscheidts unfreiwilliger zeitweiser Behausung. Dabei fällt mir der Name Diogenes ein, der hatte doch auch etwas mit einer Tonne zu tun. Das kann ich ja gleich mal nachgoogeln. Aber vorher muss ich mir noch etwas zu meinem Job heute Nachmittag notieren, ich soll nämlich um 14 Uhr beim Pahlener Pastor sein, da gibt es Schwierigkeiten mit dem Friedhof und den Finanzen der Kirchengemeinde oder umgekehrt. Das soll jetzt aber nicht lächerlich wirken, so meine ich das wirklich nicht, es scheint doch ein echtes Problem zu sein, sonst hätte er die Presse sicher nicht angefordert.

Aber jetzt erstmal zu diesem Herrn Diogenes und seiner Tonne: Da ist es gar nicht so einfach, den richtigen zu finden, auf Anhieb stoße ich auf zwölf verschiedene antike Herren mit dem gleichen Namen, bei näherem Hinsehen filtere ich aber einen gewissen Diogenes von Sinope heraus, der von 405 bis 320 vor Christi Geburt gelebt haben soll. Die Betonung liegt auf soll, man weiß es also gar nicht so genau. Mein alter Geschichtslehrer würde jetzt sagen, die Quellenlage ist ziemlich desolat. Im Grunde genommen gibt es nur Anekdoten und ähnliche Geschichten, die vermutlich in späteren Jahrhunderten zusammengestrickt wurden und sich um diesen Diogenes ranken. Aber um auf den Punkt zu kommen, so richtig in einer Tonne scheint er nicht dauerhaft gelebt zu haben, das soll wohl nur ein Synonym dafür sein, dass er keine feste Behausung hatte und einfach überall dort übernachtete, wo er gerade unterkommen konnte. Warum also auch nicht mal bei Gelegenheit in einem leeren Fass. Ansonsten ist Diogenes als ziemlich radikaler Philosoph bekannt, der nach seinen eigenen Grundsätzen gelebt haben soll. Angeblich soll er auch etwas gegen die Ehe gehabt haben und es heißt auch, er habe in aller Öffentlichkeit onaniert, was zu der damaligen Zeit vermutlich auch nicht besonders gut ankam. Fazit: Okay, das mit der Tonne mag stimmen, vielleicht aber auch nicht.

Kleiner Nachtrag: Ich bin auch noch über ein Gedicht mit Illustrationen von Wilhelm Busch gestolpert, jawohl, dem Macher von Max und Moritz, dort wird Diogenes in seiner Tonne von bösen Buben geärgert. Es passiert dann aber, dass er seine Peiniger mit der Tonne niederwalzt und sie anschließend so platt sind wie ein paar Heißewecken. So ähnlich brutal geht es bei Wilhelm Busch ja öfters zu.

Gut, das war dann wohl meine morgendliche Ablenkung, jetzt wollte ich mich eigentlich doch wieder der Heider Tonne zuwenden. Also, der Föhrer der Süderegge hatte mir verraten, dass ein gewisser Jan Marten aus der Peter-Bur-Straße der große Tonnenbastler war. An den Herrn möchte ich mich natürlich demnächst wenden, aber was heißt demnächst, am besten sofort, anrufen schadet ihm wohl nicht, er wird um diese Zeit doch wohl schon aufgestanden sein. Aber möglicherweise ist er auch schon zur Arbeit gegangen, das werde ich aber gleich merken. Im Telefonbuch gibt es unter Heide zwei Martens, einen mit Anschrift in der Timm-Kröger-Straße und einen nur mit der Telefonnummer, aber ohne Adresse. Das ist dann doch hoffentlich mein gesuchter Jan Marten.

Er ist es tatsächlich, ich bekomme ihn auch ziemlich schnell ans Telefon. Timmermann vom Dithmarscher Landboten, sind Sie vielleicht der Herr, der diese hölzerne Tonne für die Süderegge gebaut hat? Ja, das ist er, erfahre ich, er könne mir auch noch ein paar Einzelheiten erzählen, ja, am besten käme ich dann doch mal bei ihm vorbei. Das klingt schon mal ganz positiv, wir verständigen uns dann auch ohne Umschweife auf halb zehn.

Es ist kurz nach neun, ich mache mich schon mal langsam auf den Weg und betrachte ihn als Morgenspaziergang. Einmal durch die Friedrichstraße, einmal am Markt entlang und dann in die Süderstraße. Es ist ziemlich nasskalt heute Morgen, zwar nicht direkt schon richtiger Regen, aber sozusagen kurz davor. Ein Grog wäre jetzt nicht völlig unangebracht, aber dann halb Rum, halb kochendes Wasser. Es soll ja Leute geben, die in der Winterzeit so was zum Frühstück trinken. Nein, es geht jetzt auch ohne Alkohol, mir wird von der Bewegung schon etwas wärmer. Ich werfe im Vorbeigehen noch mal einen Blick auf die geschlossene Drachen-Apotheke und dann einen weiteren Blick auf das Programm vom Lichtblick-Kino. Jede Menge Filme, aber zu teilweise recht seltsamen Zeiten. Was könnte man denn rein theoretisch heute Abend sehen? Stirb langsam - ein guter Tag zum Sterben, Kokowääh 2, The Last Stand und Django Unchained. Nee, das haut mich alles nicht so voll vom Schlitten, außerdem würde ich dann heute Abend Lindas Mädels versäumen. Dann auf ein andermal, lieber Lichtblick.

Es ist noch nicht ganz halb zehn, als ich in der Peter-Bur-Straße ankomme und mich auf die Suche nach der Hütte von diesem Jan Marten mache. Mein Eindruck zur allgemeinen Lage: Einerseits sind die Sportplätze nicht weit entfernt, andererseits aber auch der Südfriedhof, es besteht da hoffentlich kein Zusammenhang. In der Straße gibt es eine bunte Mischung von älteren und neueren Häusern, kleineren und größeren, aber auf jeden Fall ziemlich großzügige Grundstücke, so dass man hinter den Häusern noch jede Menge Platz für den Garten hat. Das Haus von Herrn Marten ist auf den ersten Blick eines der kleineren, scheint aber durch zahlreiche Baumaßnahmen im Laufe der letzten fünfzig Jahre erheblich nach hinten heraus gewachsen zu sein. An den Carport, der mit der Hausfront abschließt, fügt sich die ziemlich große Garage, in der auch ein kleinerer Lastwagen Platz finden würde. Mein Eindruck, dass hier vielleicht mal ein Betrieb beheimatet war, wird durch ein stark verwittertes hölzernes Schild an der rechten Seite des Hauses bestätigt: Tischlerei Marten. Na gut, das war offensichtlich mal, aktuell scheint hier aber nicht mehr getischlert zu werden. Jedenfalls bin ich richtig hier und auch pünktlich, dann kann ich ja auch gleich klingeln.

Herr Marten sieht ganz anders aus, als ich ihn mir vorgestellt hatte. Relativ klein, schlank, ungefähr Ende sechzig, vielleicht ist er aber auch schon in den Siebzigern, bei manchen Leuten kann man das nicht so ganz genau erkennen. Volle, schon fast weiße Haare, die ihm etwas ins Gesicht hängen. Vielleicht trug er mal in den fünfziger Jahren eine Elvis-Tolle und hat sie mit Pomade in Form gebracht. Einen Hüftschwung würde er vielleicht auch heute noch hinkriegen, er macht eigentlich noch einen ganz drahtigen Eindruck. Er steht jetzt natürlich nicht in Frack und Zylinder vor mir, sondern in einer Art Holzfällerhemd und einer braunen Cordhose mit breiten Hosenträgern. Timmermann vom Dithmarscher Landboten, stelle ich mich vor, Marten, sagt er, kommen Sie rein, ist ja ungemütlich draußen.

Ich werde ins Wohnzimmer komplimentiert, kann aber noch schnell im Flur meine Jacke irgendwo aufhängen. Keine Frau im Haus?, frage ich mich, es sieht hier aber so aus, als würde er nicht alleine wohnen. Ich soll mich auf einen Sessel setzen, das ist ein bisschen unbequem, weil der Couchtisch so niedrig ist und ich mich für meine Stenoblock-Notizen so weit nach vorne beugen muss. Aber egal, ich fange jetzt einfach mal mit meinen Fragen an und stelle anschließend fest, dass Monsieur Marten einer von den Typen ist, die ausgesprochen mitteilsam sind.

Ich bin insgesamt fast zwei Stunden bei ihm und werde dabei auch noch in seiner ehemaligen Werkstatt herumgeführt. Jawohl, natürlich ist er Eggenbruder, in der kleinen und feinen Süderegge, er scheint auch sehr stolz darauf zu sein, dass er ausgerechnet in der Peter-Bur-Straße wohnt. Na prima. Im Laufe dieser zwei Stunden, in denen ich mehr Unwichtiges als Wichtiges zu hören kriege, bringe ich dennoch ein paar interessante Notizen zu Papier: Ja, die Tonne hat er gebaut, aber nicht allein, da haben noch ein paar weitere Eggenbrüder geholfen. Ja, der Hahn, der war ja nicht aus Holz, sondern aus Metall und teilweise auch Plastik, den hätte ein anderer zusammengebastelt, auch mit diesem ganzen Technikkram, Funkmodul und so weiter. Damit würde er sich nicht so auskennen. Aber ausprobiert haben sie es dann schon einige Male, der Hahn konnte seine Flügel bewegen und dann konnte man ihn über Funk krähen lassen, man musste dann nur ein Empfangsgerät auf Kanal sowieso einstellen, das konnte man dann ja auch an eine Lautsprecheranlage anschließen.

Kleine Besinnungspause, dann geht es weiter: Von der Polizei ist er auch schon befragt worden, das war natürlich so zu erwarten gewesen. Die Tonne war schon ungefähr zwei Wochen vor dem Ereignis auf dem Marktplatz betriebsfertig und stand in der Garage, die aber eigentlich nur selten abgeschlossen wird, nein, hier ist noch nie was weggekommen, am Freitag, dem 8. Februar, hat Jan Marten noch einen letzten Blick in die Tonne geworfen, das war so gegen Abend, noch vor der Tagesschau. Am nächsten Morgen sind dann gegen neun die anderen Eggenbrüder, übrigens nicht nur von der Süderegge, gekommen, um die Tonne abzuholen. Sie haben sie die Auffahrt heruntergerollt, wie man das eben mit Fässern so macht. Dann stand da ein Auto mit einem doppelachsigen Pkw-Anhänger von einer Gärtnerei. So einer, womit man auch einen Mini-Bagger transportieren könnte. Um die Tonne über zwei Bohlen auf den Wagen hochzurollen, mussten schon ein paar Mann anfassen, das war schon schwer. Dann gab es aber erstmal Frühstück und anschließend 'nen kleinen Boonekamp. Ja, dann sind sie losgefahren Richtung Marktplatz, Herr Marten ist später auch dorthin gegangen, zu Fuß natürlich, in vollem Ornat, wie sich das eben für einen Eggenbruder bei so einem Ereignis gehört.

Die wesentlichen Fakten habe ich jetzt eingeloggt, ich frage mich zwischendurch mal, wer in der Nacht an die Tonne rankonnte, wahrscheinlich jeder, der wusste, dass die Garage möglicherweise nicht abgeschlossen war. Aber würde man das nicht mitkriegen, wenn sich mitten in der Nacht jemand in der Garage zu schaffen macht? Vielleicht doch nicht, wenn der gute Herr Marten etwas schwerhörig wäre und wenn sein Schlafzimmer vielleicht zur anderen Seite des Hauses liegen würde. Ich vermute mal ins Blaue hinein, da ist nachts jemand gekommen und hat den Hahn rausgenommen und den Apotheker in die Tonne gestopft. Das kommt mir wahrscheinlicher vor als die Idee, die ganze Tonne könnte ausgetauscht worden sein, zumal es doch schwierig sein dürfte, sie so exakt nachzubauen, dass nicht einmal der gute Herr Marten es merken würde.

Ja, die Polizei hätte auch bei ihm noch nach Spuren gesucht, aber ob die was gefunden haben, dazu könne er jetzt leider nichts sagen, das wisse er nicht. Okay, ich danke ihm, es ist höchste Zeit den Abflug zu machen. Nein, vielen Dank, keinen Kaffee mehr, auch keinen mit Schuss. Zu einem Grog hätte ich jetzt vielleicht nicht nein gesagt. Wann erscheint denn der Artikel, werde ich gefragt, als wir bereits an der Tür stehen. Wahrscheinlich zunächst mal gar nicht, muss ich ihm reinen Wein einschenken, das gehörte jetzt nur zu meinen allgemeinen Recherchen über den Fall. Aha, ist sein Schlusswort, es klingt aber so, als ob er nicht wirklich verstanden hätte, wie das jetzt von mir gemeint war.

Almut, Jenny, Merle, Luisa und Nilla, murmle ich vor mich hin, als ich die Peter-Bur-Straße entlang Richtung Sportplatz gehe. So heißt dann auch die Straße, Am Sportplatz. Zu meiner Erinnerung, Almut & Co., das sind die Mädels, die heute Abend von Linda eingeladen sind. Weshalb ich sämtliche Namen so genau behalten habe, weiß ich im Moment auch nicht. Ich schaue auf meine Armbanduhr, Viertel vor zwölf. Es wäre nicht schlecht, sich demnächst mal wieder etwas hinter den Knorpel zu schieben. Besondere Lust auf Fiebelkorn oder Onkel als Stätten meiner Mittagsmahlzeit habe ich jetzt nicht, nachher treffe ich da noch Maja, das muss erstmal nicht sein. Aus dem Weg gehen kann ich ihr natürlich auch nicht auf die Dauer, irgendwann werde ich unweigerlich wieder mit ihr zusammentreffen. Warum nicht noch mal ins Rodizio Brasil an der Ecke Jahnstraße, sage ich mir, vielleicht haben die heute wieder was Angenehmes zum Mittagstisch.

Rinderleber mit gebratenen Zwiebeln und Pommes, lese ich im Schaukasten vorm Eingang, das gibt es zu Hause so gut wie nie, also rein mit dir, Heiko. Es ist natürlich wieder erst kurz vor zwölf, ich komme mir vor wie der permanente Frühesser, aber das interessiert natürlich niemanden. Zum Thema Leber: Die ist schön dünn geschnitten und knusprig gegrillt, da ist nichts dran auszusetzen. Trotzdem könnte ich das jetzt nicht jede Woche essen, dafür ist es vom Geschmack her einfach zu intensiv. Es gibt ja überhaupt so ein paar Gerichte, die kann man nur einmal im Jahr oder besser noch seltener essen. Erbsensuppe meinetwegen oder Königsberger Klopse, dazwischen brauche ich einfach längere Erholungspausen. Ich blättere gerade in einer herrenlosen Bildzeitung, die auf dem Fensterbrett liegt. Michael Rahn (34), Jurist aus Saarlouis, und Louise Wilhelms (20), Studentin aus Bernkastel, schenken sich normalerweise nichts zum Valentinstag. Aber heute Morgen hat er mir etwas geschenkt, was jedes Frauenherz höher schlagen lässt: einen Ring, sagt sie freudestrahlend. Na dann herzlichen Glückwunsch. 34 und 20, geht das? Offenbar ja, dann habe ich mit der Partnerwahl doch noch Zeit und kann dann mit 34 auch locker noch eine Zwanzigjährige abgreifen. Jetzt wäre die allerdings noch, Moment mal, sieben Jahre alt und würde gerade mal in die erste Klasse gehen. Der Schüler Thorsten Krämer hat von seiner Freundin einen Kinogutschein geschenkt bekommen, für Stirb langsam Teil fünf, das könnte man ja auch irgendwie missverstehen. Was hat er seiner Flamme denn überreicht? Eine Duftkerze, naja. Wenn man das jetzt auch negativ sehen wollte, könnte man meinen, dass sie verduften soll, haha.

War alles ganz okay in Brasilien, aber jetzt wird es doch Zeit, der Job ruft nach mir. Auf dem Rückweg zum Landboten muss ich leider ab und zu mal nach den Zwiebeln aufstoßen, aber das merkt ja keiner, bis ich wieder in der Redaktion ankomme, wird sich das hoffentlich wieder gelegt haben. Ein paar Kollegen sind an Bord, später kommt dann auch Fuchs, dem ich ganz kurz etwas über meine Tonnenbastler-Erfahrungen mitteilen kann. Er guckt ein bisschen skeptisch, das soll wohl bedeuten, dass das zwar alles nicht uninteressant ist, aber leider können wir das nicht für irgendeinen Bericht verwerten. Ich soll aber dranbleiben, wie er sich ausdrückt, und mir den ganzen Kram mal notieren. Das habe ich ja eigentlich schon, aber ich kann vielleicht doch mal so eine Art Memo schreiben, das ich dann ganz offiziell in meinem Redaktionsrechner abspeichere.

Was lag denn sonst noch an? Der Pastor von Pahlen, 14 Uhr. Wenn ich mir eine halbe Stunde nach Pahlen einplane, müsste ich aber jetzt schon mal langsam in die Hufe kommen. Also den Rechner wieder in den Mittagsschlaf versenken, meinen Kram zusammenpacken und Abmarsch. Schönen Nachmittag noch, bis später.

Wenn ich heute mit dem Unimog gekommen wäre, würde es schon erheblich länger dauern, aber beim Polo kann man gelegentlich mal eine etwas höhere Geschwindigkeit herauskitzeln. Also vom Wulf-Isebrand-Platz rüber in die Brahmsstraße, vorbei am Wasserturm, dann über diesen wahnsinnigen Sprungschanzen-Bahnübergang, Waldschlösschenstraße, die schreibt sich, glaube ich, aber immer noch mit Eszett, also Waldschlößchenstraße, dann über Ostrohe, Süderheistedt, Linden und so weiter, bis ich in Pahlen ankomme und keine Kirche weit und breit sehe. Zum Glück finde ich einen ortskundigen Menschen, der mir gut nachvollziehbar erklärt, wo sich die Kirche befindet, nämlich eigentlich schon in Dörpling. Ich habe jetzt keine Kreiskarte dabei, also kann ich jetzt nicht entscheiden, ob die Pahlener Kirche in Dörpling ist oder die Dörplinger Kirche in Pahlen, aber ich finde doch zu meinem Ziel, einer relativ neuen Kirche, also ich würde sagen, die ist höchstens hundert Jahre alt.

Der Pastor ist nicht ganz unbekannt in Dithmarschen, er war früher auch schon mal in Weddingstedt und hat da ziemlich viel mit Jugendarbeit gemacht, ich möchte aber jetzt nicht seinen Namen erwähnen, ich ahne, das wäre ihm irgendwie unangenehm. Ein allgemeines Wort über Pastoren und natürlich auch Pastorinnen: Ich habe irgendwann schon mal gesagt, dass die so etwas Entschleunigendes an sich haben, das stimmt immer noch. Wenn man mit so einem von Gottes Bodenpersonal redet, bekommt man irgendwie das Gefühl, dass alle sachlichen Probleme ein kleines bisschen an Wichtigkeit verlieren. Ich weiß nicht, ob ihr mir da jetzt folgen könnt. Wenn nicht, dann lasst es einfach, das ist jetzt nicht so entscheidend. Dieser Pastor hat natürlich trotzdem ein Problem, nämlich eines, worauf er die Öffentlichkeit aufmerksam machen will: Der Friedhof kommt in die roten Zahlen. Wie das? Es gibt immer mehr kostengünstigere Urnenbestattungen, inzwischen sind es schon fast die Hälfte der ungefähr 25 Beerdigungen im Jahr. Das verursacht auf die Dauer finanzielle Verluste. Ich habe einen Friedhof noch nie von der ökonomischen Seite her betrachtet, aber das ist natürlich einfach so, es gibt jede Menge Unkosten, die ausgeglichen werden müssen. Einen Gewinn kann man bei der Sache wahrscheinlich nicht herauswirtschaften, oder etwa doch? Das frage ich jetzt aber nicht, weil das etwas unpassend wäre. Mir werden noch einige Details unterbreitet, ich schreibe mit. Schließlich habe ich den Eindruck, dass ich aus den Infos einen ganz ordentlichen Artikel zusammenzimmern könnte. Den pastoralen Kaffee lehne ich nicht ab, aber die Kekse schmecken so, als wären sie noch von der letzten Beerdigung übrig geblieben. Gut alle zwei Wochen muss der Herr Pastor also zum letzten Geleit ausrücken, rechne ich mir aus, das geht ja direkt noch. Oh, schon halb vier, ich muss dann mal wieder. Tschüs und vielen Dank. Er hätte mich zum Abschied gerne noch segnen können, aber das hat er wahrscheinlich vergessen.

Letzter Akt des Berufstages: Pahlen-Artikel schreiben, Foto aussuchen. Alles ein bisschen in letzter Sekunde, Fuchs hat auch noch zu tun, ich muss bei ihm ein bisschen in die Warteschleife. Aber dann bekomme ich wenigstens von ihm noch meinen Segen. Schönes Wochenende dann, bis Montag.

Ich muss mich jetzt mal innerlich ein bisschen durchsortieren: Abteilung Beruf: Dienstag habe ich frei wegen der Semesterferien, das ist schon mal geil. Montag werde ich vielleicht etwas Neues über den Tonnenmord erfahren, da gibt es dann hoffentlich das Ergebnis der gerichtsmedizinischen

Untersuchung, da kann man ja mal gespannt sein. Irgendwas Blutiges kann es ja eigentlich nicht gewesen sein, sonst hätte die Polizei doch bei diesem Jan Marten Blutspuren gefunden. Andererseits, man weiß natürlich nicht, ob der Apotheker wirklich in der Peter-Bur-Straße gegen den Hahn ausgetauscht wurde. Gut, darüber kann ich mir ab nächster Woche wieder frische Gedanken machen. Abteilung Privatleben: Maja habe ich heute nirgendwo gesehen, das stört mich auch nicht so besonders. Maren muss ich wohl nicht auf ihre Valentinskarte antworten, am Ende noch mit einer Anti-Valentinskarte, das fehlte noch. Heute Abend kommen Lindas Mädels, da bin ich schon ein bisschen neugierig drauf. Morgen Abend ist der Süderegen-Ball im Tivoli, das könnte eventuell ganz lustig werden. Fazit: Insgesamt ganz positive Aussichten für Heiko Timmermann.

Ich fahre dann auch gleich ohne Zwischenstopp nach Hause, also kein Besuch in der Weinhandlung oder bei Bäcker Scharbau in Lohe-Rickelshof. Im Hause Timmermann herrscht gerade ziemliche Hektik, als ich ankomme. Mutter und Linda sind gerade von ihrer großen Einkaufstour zurück, sie müssen mehrfach zwischen Küche und Auto hin- und herwandern, um den ganzen Kram heranzuschleppen. Meine Hilfe ist erfreulicherweise dabei nicht erwünscht, ich soll lieber den Kaffee aufsetzen. Das mache ich dann ja auch gerne.

Nein danke, jetzt keine Kekse für mich, ich hatte schon welche beim Pahlener Pastor, aber Mutter und Linda greifen mehrfach in die große runde Dose. Ihr könnt euch sicher vorstellen, dass wir jetzt ein ziemlich lebhaftes Gespräch führen, übrigens kommt auch Lasse gerade angedackelt, er hat wahrscheinlich den Sound der Keksdose vernommen. Also jetzt nur mal das Wichtigste, was ich von den Timmermann-Damen erfahre: Auf der Jagd nach einem neuen Kleid für Linda waren sie zunächst bei Böttcher, danach dann noch in allen möglichen anderen Läden, dann sind sie aber noch mal zu Böttcher zurückgegangen und haben dann doch noch etwas Vernünftiges gefunden, das war sogar runtergesetzt. Zuerst war Mutter nicht dafür, der Ausschnitt war ihr wohl etwas zu großzügig bei Lindas heftiger Oberweite, aber die Verkäuferin hat sich dann wohl mit Linda verbündet und die mütterlichen Bedenken gemeinsam mit ihr sturmreif geschossen.

Okay, sage ich, und was ist das denn jetzt für ein Kleid?

Ein Skaterkleid mit schulterfreiem Design und Schlüsselloch-Detail, zitiert Linda, in Schwarz. Sieht echt geil aus. Passen auch meine Schuhe gut zu.

Jedenfalls auch maschinenwaschbar, ergänzt Mutter.

Ich kann mir nichts rechtes darunter vorstellen, aber ich werde es dann ja morgen Abend zu Gesicht kriegen. Skaterkleid, Linda wird ja hoffentlich nicht auch noch mit einem Skateboard auf die Tanzfläche wollen.

Und was gibt's denn heute Abend zu essen, frage ich, wollt ihr wieder mal Pizza machen?

Das sieht nicht so aus, es soll wohl so eine Art kleines kaltes Büffet geben mit ein paar verschiedenen Brotsorten, Salaten, Käse und irgendwelchen interessanten Dips. Immerhin scheint vorgesehen zu sein, dass sich auch der Rest der Familie Timmermann aufs Büffet stürzen darf, also keine Trennung zwischen Gästen und Gastgebern. Für später ist dann aber geplant, dass die Mädels sich mit Getränken und Salzgebäck in Lindas Zimmer zurückziehen werden. Mit diesen Aussichten kann ich durchaus leben, mal sehen, vielleicht gucke ich dann heute Abend sogar mal die Talkshow im Dritten mit. Oder gibt es jetzt immer noch Karneval? Nein, natürlich nicht. Ein Blick in die Funk Uhr sagt mir, dass die NDR-Talkshow pünktlich um zehn losgehen soll. Wer kommt denn heute? Christine Kaufmann, kenn' ich nur vom Namen her, Simone Thomalla, das wird Vater freuen, die findet er irgendwie kuschelig. Dann noch Heino, ach du Scheiße, Wigald Boning, naja, Moritz Bleibtreu. Ist das nicht der mit den Segelohren? Es gibt da noch so einen mit schlechten Zähnen, den verwechsel ich immer mit Herrn Bleibtreu, wie heißt der noch mal? Vogel, richtig, Jürgen Vogel. Okay, ganz so blöd bin ich doch noch nicht. Also ich würde sagen, angucken könnte man sich das durchaus, aber danach dann bitte nicht mehr Inas Nacht, das nervt mich total.

Gut, wo waren wir stehengeblieben? Eigentlich sind wir immer noch beim Kaffeetrinken, aber wir heben die Tafel gleich auf und helfen Linda etwas bei ihren Vorbereitungen. Ich will das jetzt nicht alles so hochdramatisch schildern, es wird später alles ganz entspannt und nett, so gegen halb sieben trudeln die ersten beiden Damen ein, um kurz nach acht die letzte, die wollte eigentlich schon früher dagewesen sein, aber es kam irgendwas dazwischen, was es war, habe ich aber leider nicht behalten.

Aber jetzt mal ein paar Worte über Lindas Kolleginnen, ich bleibe jetzt mal bei diesem Wort, weil ich Mitschülerinnen irgendwie unpassend finde, wenn es sich doch um Berufsausbildung handelt. Linda hat vor einigen Tagen mal gesagt, die seien ganz in Ordnung, im Gegensatz zu manchen anderen. Diesem Urteil kann ich mich heute nur anschließen, sie sind offenbar wirklich okay. So super Schönheiten sind sie alle nicht, da sieht Linda eigentlich von allen am besten aus, aber sie sind eben sehr freundlich und umgänglich. Vielleicht doch noch mal ein paar Details? Almut Schulz aus Wesselburen, 20 Jahre alt, ziemlich groß mit dunklem, etwas gelocktem Haar. Jenny Burmann aus Bargen, 19 Jahre alt, etwas klein geraten und auch nicht so wirklich schlank, hat ihr dunkelblondes Haar zurückgekämmt und mit Hilfe von zahlreichen bunten Haarbändern zu einem Pferdeschwanz vereinigt. So was sieht man eigentlich relativ selten heutzutage, finde ich. Merle Fromm ist etwa so jung wie Linda, würde ich sagen, ach, sie ist doch schon 18, höre ich gerade. Na gut. Also diese Merle kommt aus Büsum und sieht, wie soll ich es sagen, ziemlich normal aus. Wen haben wir da noch? Luisa Weding aus Hemmingstedt, die sieht schon etwas älter aus mit so einer seltsamen Frisur wie aus einer amerikanischen Soap, ich kann das gar nicht mit Worten beschreiben. Luisa ist 21, könnte aber auch als 25-Jährige durchgehen. Eine noch, dann habe ich sie alle durch: Nilla Tietge, die kommt eigentlich aus Schleswig, wohnt aber im Wohnheim der Krankenpflegeschule, ich würde lieber das Wort Schwesternwohnheim verwenden. Nilla ist 19 und sieht auch kein bisschen älter oder jünger aus, sie ist auch relativ groß und hat eine blonde Kurzhaarfrisur und ein nettes Lächeln. Wenn ich mir jetzt von diesen fünf Hühnern eine aussuchen dürfte, dann würde ich diese Nilla Tietge nehmen. Ginge aber wahrscheinlich gar nicht, weil sie einen auffälligen Verlobungsring trägt. Jawohl, Verlobung, das klingt total altmodisch, greift aber wieder vermehrt um sich.

Es wird beim Essen munter durcheinandergeredet, ich kann auch das eine oder andere Wort mit Lindas Mädels wechseln, sonst wäre ich ja jetzt auch nicht an meine ganzen Infos herangekommen, wo sie herkommen und wie alt sie sind. Jedenfalls sind alle noch so jung, dass sie sogar unaufgefordert und freiwillig über ihr Alter reden. Ich werde zum Beispiel gefragt, was ich so mache, ach, bei der Zeitung bist du, das ist ja interessant, kicher, kicher. Wie gesagt, es herrscht eine ganz lockere und nette Atmosphäre, so völlig hauen mich Lindas Girls aber nicht um. Wenn sie jetzt alle ihre Krankenschwesternklamotten tragen würden, dann wäre das schon eine Spur exotischer, meinetwegen auch erotischer.

Ende des kalten Büffets, es wird abgeräumt und aufgeräumt, jawohl, das sind alles gut erzogene junge Damen, dann geht es mit Getränken, Gläsern und Chipstüten rauf in Lindas Bude. Tür zu, man hört dann im Laufe des späteren Abends nur ab und zu mal lautstarkes Gerede plus Hintergrundmusik, wenn die Tür mal kurz geöffnet wird, weil eine aufs Klo muss. Ich helfe

Mutter noch ein bisschen in der Küche, dann bleibe ich aber im Wohnzimmer und wärme schon mal die Glotze für die Talkshow vor. Vater hat noch irgendwas im Büro vor, er will aber auch gleich kommen. Ich soll mal einen vernünftigen Wein aussuchen, das tue ich doch gerne. Nein, wir haben keinen Weinkeller in unserem Schloss, sondern einfach ein normales Regal im Hauswirtschaftsraum. Das ist mal mehr, mal weniger gut gefüllt, im Moment sieht es aber gar nicht mal so schlecht damit aus. Ich nehme jetzt einfach eine Flasche Rioja, die sieht nicht so super teuer aus und außerdem haben wir noch ein paar Flaschen mehr davon. Ich finde es besser, wenn man bei einer Sorte bleiben kann und nicht am späteren Abend auf einen völlig anderen Geschmack umsteigen muss. Dieser Rioja ist noch mit richtig echtem Korken, das ist heutzutage ja auch nicht mehr selbstverständlich. Mutter hat uns ein paar relativ milde Chips spendiert, das ist ja auch nicht schlecht, dann kann der Abend vor der Glotze ja voll losgehen.

Kleine Enttäuschung: Barbara Schöneberger macht Babypause und wird durch Kai Pflaume vertreten. Kleine Diskussion bei Timmermanns, ob er wirklich so heißt oder ob das ein Künstlername ist. Mutter behauptet, der heißt echt so, ich kann es nicht glauben, Vater ist es egal. Ich habe es später nachgegoogelt und muss Mutter im Nachhinein recht geben, also kein Künstlername.

Schlecht ist die Talkshow heute wirklich nicht, teilweise recht unterhaltsam und hier und da auch richtig witzig. Vater starrt fasziniert auf Simone Thomalla, mein Fall ist die Tante nicht wirklich, die guckt immer so streng, als hätte ihr Gegenüber gerade irgendwas Schlimmes gemacht. Heino ist auch so ein Kapitel für sich, der macht im hohen Alter plötzlich ganz unerwartete Musik und covert zum Beispiel auch Rammstein. Das passt jetzt irgendwie gar nicht, aber im Grunde genommen ist es mir auch ziemlich egal. Ich mag weder Heino noch Rammstein.

Zusammenfassung der Sitzung mit den Eltern: Über die Sendung sage ich jetzt nichts weiter, keine Einzelheiten, aber es ist im Prinzip nicht ungemütlich. Wir trinken uns ganz vorsichtig an die dritte Flasche ran, was aber besonders an Vaters unermüdlichem Einsatz liegt. Mutter mischt ja auch gerne mal ein Glas mit Mineralwasser. Zwischendurch werde ich mit der Frage konfrontiert, warum ich denn morgen Abend nicht mit Maja zum Ball gehe. Das bin ich von den Eltern doch schon mal gefragt worden, auch diesmal fällt mir keine vernünftige Antwort ein. Daraufhin wird nicht weiter nachgefragt, aber ich bin sicher, dass Mutter registriert hat, dass es zwischen Maja und mir nicht mehr so richtig stimmt. Sie hat so eine Antenne dafür, also Mutter meine ich jetzt.

Die Talkshow ist vorbei, auf Inas Nacht möchte ich lieber verzichten, sonst kriege ich noch Schlafstörungen, ich serviere mein leeres Glas ab und wünsche noch weiter viel Vergnügen. Ach so, ja, frage ich noch, pennen die ganzen Mädels von Linda denn bei uns? Mutter meint ja, das wäre jedenfalls der letzte Stand der Dinge gewesen. Naja, denke ich, hoffentlich wird das dann morgen früh nicht so ein Gedrängel wegen dem Badezimmer. Ich könnte natürlich auch gerne eine von denen zum Duschen mit reinnehmen, vorzugsweise Nilla, die könnte ihren Verlobungsring ja so lange abnehmen.

Als ich oben ankomme, tönt durch Lindas Tür noch lautstarke Unterhaltung inklusive Lachen. Lindas lyrischer Sopran gemischt mit Mezzosopran und Alt, würde ich sagen. Ich könnte denen natürlich noch gute Nacht sagen, aber das würde doch eher zu Lasse passen, was hat der eigentlich heute Abend gemacht, vermutlich mit seinen Siku-Autos gespielt. Das kann er nämlich buchstäblich stundenlang, ich glaube, wenn man ihn nicht wegen der Mahlzeiten dabei unterbrechen würde, sogar tagelang.

Okay, das war dann mein Freitagabend. Schnell noch mal ins Bad, das ist ja auch gerade frei, dann mache ich mich bettfertig und lese noch ein paar Seiten Knatterton. Dann stehe ich doch noch einmal auf und schließe meine Zimmertür ab. Man weiß ja nie, auf welche Gedanken solche Schwesternschülerinnen plötzlich mitten in der Nacht kommen. Kein Risiko, Heiko. Licht aus, schlaf' schön.

Auch mein zweiter Versuch ins Bad zu kommen ist leider gescheitert, ich hätte wahrscheinlich ein paar Stunden früher aufstehen sollen. Jetzt hat natürlich Lindas Krankenschwestern-Truppe das Badezimmer in Besitz genommen. Resigniert ziehe ich mich wieder in mein Bett zurück und schlafe dann sogar noch einmal ein. Erst um halb elf werde ich mit einem Schlag wieder wach, ich habe gerade etwas Verrücktes geträumt, das muss aber so schräg gewesen sein, dass der Arbeitsspeicher in meinem Kleinhirn das sofort wieder gelöscht hat. Ich springe zwar jetzt nicht unbedingt aus dem Bett, aber es drängt mich ziemlich ins Bad, genau genommen aufs Klo. Zum Glück ist jetzt alles frei. Unten im Haus muss noch ziemlicher Betrieb herrschen, ich höre jede Menge meist weibliche Stimmen und undefinierbare Frühstücksgeräusche. Es folgt mein komplettes Duschprogramm inklusive Rasur, so ungepflegt möchte ich mich ja gleich nicht bei den jungen

Damen sehen lassen. Sind die eigentlich alle mit eigenen Fahrzeugen gekommen oder sind sie mit dem Schulbus von der Krankenpflegeschule gebracht worden? Keine Ahnung, mit dieser Frage habe ich mich noch nicht beschäftigt. Haben sie jetzt alle zusammen in Lindas Bude gepennt oder haben sich einige nicht vielleicht doch ins Gästezimmer ausgelagert? Auch da muss ich mir die Antwort schuldig bleiben.

Als ich dann zum Frühstücken runterkomme, sind jedenfalls alle noch da, es sieht aber doch nach baldigem Aufbruch aus. Guten Morgen, hallo Heiko, gut geschlafen und so weiter. Mutter hat sich offenbar schon in irgendeine Richtung zurückgezogen, wahrscheinlich ist sie zum Einkaufen nach Wesselburen gefahren, Vater schwirrt sicher irgendwo draußen herum, er hat aber offensichtlich heute Morgen schon gewaltige Mengen an Brötchen gekauft, es sind jedenfalls noch eine ganze Menge da. Auch noch Kaffee, das ist ja mehr als erfreulich. Die Mädels sind immer noch guter Dinge und schwatzen fröhlich durcheinander, meine Anwesenheit scheint sie jedenfalls nicht daran zu hindern. Aber wie gesagt, es herrscht schon eine gewisse Aufbruchsstimmung, im Laufe der nächsten halben Stunde verlassen sie uns, einige scheinen zusammen gefahren zu sein, eine wird wohl auch gleich von ihrer Mutter abgeholt, sicher nicht die aus Schleswig. Tschüs Linda, war schön, das müssen wir bald mal wieder machen und ähnliche Äußerungen.

Meine Schwester ist nach dem letzten Winkewinke offenbar ein bisschen kaputt, aber echt zufrieden. Bis halb vier haben sie noch gequatscht, ich wundere mich immer wieder darüber, dass den Mädels der Gesprächsstoff einfach nicht ausgeht. Linda fängt schon mal mit dem Abräumen an, ich sage, dass ich ihr nachher helfen werde, aber zunächst mal bin ich noch mit meinem zweiten Brötchen beschäftigt, ich könnte auch mal einen kurzen Blick in den Landboten werfen. ARD und ZDF sagen Schwarzsehern den Kampf an. Bayern gewinnt 2:0 gegen Wolfsburg, bei Sterup in Angeln ist ein Linienbus in den Graben gefahren. Eine Leserbriefschreiberin vermisst englischsprachige Erklärungen im Dithmarscher Landesmuseum. Diese Forderung kann ich nur unterstützen, hallo Dithmarscher, wacht mal auf, wir gehören immerhin zur Metropolregion Hamburg. In Albersdorf gibt es eine Ausstellung über die Osterinsel. Nein, jetzt keine Witze mit Ostern. Mit dem Friedhof in die Schuldenfalle, das ist von mir. Friedrichskoog will seinen Hafen nicht aufgeben. 1.200 Verletzte nach Meteoriten-Absturz in Russland, das ist ja heftig. Vor 100 Jahren wurde der Dithmarscher Boßlerverband gegründet. Na gut, ich weiß ja, wie kritisch ihr seid, ganz richtig heißt der Verein Unterverband Dithmarschen im Verband Schleswig-

Holsteinischer Boßler. Castle of Glass von Linkin Park ist bei Delta Radio auf Platz eins. Der Steinbock soll das Wochenende zu einer kleinen Erholungskur nutzen. Für die Eltern gibt es heute Abend Carmen Nebel im Zweiten. Neonfarbene Handtaschen sind im Trend.

Ich dachte, du wolltest mir helfen, Heiko, beschwert sich Linda gerade.

Ist ja schon gut, ich bin auch gerade fertig, sage ich.

Ich bringe den ganzen Frühstückskram nach und nach in die Küche und Linda soll schon mal mit dem Abwaschen anfangen. Bei, Moment mal, insgesamt zehn Leuten muss ich auch mindestens zehnmal hin- und herlaufen, die Lebensmittel in den Kühlschrank tun und solche Sachen. Jetzt noch mal das Tischtuch abwischen, ja, ihr habt richtig gehört, abwischen, weil es eben so ein Wachstuch ist, für täglich, wie Mutter zu sagen pflegt. Noch eine Runde staubsaugen, das sieht jetzt ja wieder alles ganz manierlich aus, dann melde ich mich mit frischem Handtuch zum Abtrocknen.

Linda lässt noch die eine oder andere Anekdote von gestern Abend vom Stapel, es war wohl wirklich alles ganz amüsant, na, das freut mich ja. Nein, ganz ehrlich, es freut mich wirklich für Linda. Vor einiger Zeit hatte ich noch den Eindruck, dass sie bei ihren Kolleginnen noch nicht so ganz integriert war, wie man so schön sagt. Ich hätte doch auch noch gerne dazukommen können, sagt Linda plötzlich, ach nee, sage ich, das hätte ich aber irgendwie unpassend gefunden.

Das Aufräumen und Abwaschen ist beendet, aber es ist auch schon praktisch Mittagszeit, da kommt Mutter bereits mit ihrem vollbeladenen Escort angedüst. Also geht die Hausarbeit gleich wieder weiter, Einkäufe wegpacken, Pfannkuchenteig zusammenzaubern und solche Sachen. Ihr kennt das ja schon, Samstag ist Pfannkuchentag bei allen Timmermanns, die was auf sich halten. Alte Familientradition seit 1447.

Darum kann ich das jetzt ja wohl auslassen. Ach so, ja, falls noch einer wissen will, wo Lasse die ganze Zeit war, den hatte Mutter mitgenommen zum Einkaufen, damit sie ihn besser unter Aufsicht halten konnte. Es ist natürlich nicht ganz so günstig, wenn man sich in der Öffentlichkeit sehen lässt, obwohl man praktisch noch krankgeschrieben ist, man kann dann ja immer jemanden treffen, einen Klassenkameraden vielleicht oder sogar die Klassenlehrerin, aber vielleicht wollte Mutter ja gerade diese Art von peinlicher Situation an Lasse vermitteln. Um es kurz zu machen, nein, sie haben niemanden von Lasses Schule getroffen. Okay, das ist jetzt ziemlich unwichtig gewesen, so bleibt es auch, also unwichtig meine ich jetzt, bis so ungefähr eine halbe Stunde nach dem Kaffee. Da wird Linda nämlich langsam nervös und fragt mich, wann wir eigentlich im Tivoli sein sollen. So um acht wohl, schätze ich mal, wenn wir zu spät kommen, könnte es sein, dass unsere Freikarten anderweitig vertickt werden.

Linda will aber noch unbedingt baden und Haare waschen, das macht sie seltsamerweise getrennt voneinander, aber da soll sie nicht die einzige Frau sein, die das so handhabt. Schickt mir doch mal 'ne Postkarte mit einer Erklärung dafür, ich verstehe es ganz ehrlich nicht.

Linda sitzt dann später mit einem riesigen Handtuch um den Kopf und im Bademantel am Abendbrottisch, ich habe jetzt aber nicht noch einmal geduscht, verrate ich euch, einmal am Tag reicht nun wirklich, sonst senkt sich noch der Grundwasserspiegel und die Marsch ist irgendwann trockengelegt. Ja, schminken muss sie sich auch noch, ob Mutter ihr vielleicht helfen könnte, ach ja, die Nägel müssen auch noch gemacht werden, kann man den Nagellack eigentlich mit dem Föhn trockenpusten? Ich sage, du kannst bei der Fahrt abwechselnd die Hände aus dem Fenster halten. Haha, wie witzig.

Geschwister Timmermann stehen dann aber um zwanzig nach sieben abmarschbereit im Wohnzimmer zur letzten elterlichen Begutachtung. Zu Lindas Outfit sage ich gleich noch was, aber zuerstmal zu mir: Ja, der Anzug passt noch, das hatte ich gestern oder wann es war doch schon mal erwähnt, die Krawatte sitzt, die Schuhe glänzen. Nein, natürlich trinke ich nichts, wenn ich fahre. Jedenfalls keinen Alkohol. Ich weiß, dass wir jetzt wirklich losmüssen, aber ich habe eben gesagt, dass ich noch was über Lindas allgemeines Erscheinungsbild zum Besten geben wollte: In einem Satz: Sie sieht einfach umwerfend aus. Ich fange jetzt mal unten bei ihr an und arbeite mich dann langsam nach oben. Lindas Daisy-Duck-Schuhe haben so eine merkwürdige Farbe zwischen blau und türkis, aber zum schwarzen Kleid passen sie, würde ich sagen. Als nächstes stelle ich fest, dass meine Schwester tatsächlich Beine hat, sehr wohlgeformte, die ja normalerweise unter irgendwelchen Hosen versteckt sind, jetzt aber in Strumpfhosen stecken, in normalen, würde ich sagen, also nicht in schwarzen oder blickdichten oder was es sonst noch alles gibt. Dieses Skaterkleid ist voll der Hammer, Donald würde sicher sagen, voll der absolute Hammer. Schwarz, das habe ich ja schon gehört, ziemlich minimäßig kurz, lange Ärmel, aber freie Schultern, warum das jetzt trotzdem nicht alles herunterfällt, weiß ich auch nicht, dann ist es am Hals eigentlich ziemlich hochgeschlossen, dafür ist darunter aber ein rundes Loch als Blickfang oder Hingucker. Und da gibt es bei Linda natürlich auch was zu sehen, jetzt verstehe ich, warum Mutter das ursprünglich zu freizügig war. Das wird die alten Hähne beim Hahnebier wahrscheinlich ganz schön zum Krähen bringen. Wieviel Zeit habe ich noch? Eine Minute? Also nur noch kurz: Rotlackierte Fingernägel, Lippenstift im selben Farbton, dafür aber relativ dezentes Augen-Makeup oder wie das heißt. Für die Haare habe ich keine Zeit mehr.

Viel Spaß, ihr beiden, lassen die Eltern als Abschiedsgruß ertönen, wir sind aber schon im Flur und werfen uns in die Mäntel. Eigentlich müsste ich jetzt auch noch einen Hut aufsetzen, so einen Borsalino vielleicht. Zylinder dürfen wohl nur die Eggenbrüder tragen. Kurze Anmerkung zur Wetterlage und zum Straßenzustand: Um null Grad, vielleicht auch etwas darüber, kein Niederschlag, Straßen relativ trocken, nur alle fünfhundert Meter vielleicht mal ein nicht weggetauter Schneerest. Linda hat gute Laune und singt mit, was gerade im Radio läuft. Besonders musikalisch ist sie ja nicht, ich würde sagen, sie liegt meistens einen Halbton neben der Spur, aber das stört mich jetzt nicht weiter. Wir fahren natürlich im Polo, nicht im Unimog. Eine Alternative für einen standesgemäßen Auftritt wäre natürlich noch Vaters Heizöl-Ferrari gewesen, der gute alte 98-er E-Klasse mit 95 Pferdestärken. Aber nein, mit dem Panzer hätte man doch nur Parkprobleme.

Ich lasse Linda vorne beim Tivoli-Eingang aussteigen, ich such' mir nur schnell 'nen Parkplatz, dann komme ich, warte einfach vorne auf mich. So einfach ist es dann doch nicht mit dem Parken, ich muss hinter dem Tivoli ziemlich wild herumkurven und quetsche mich dann noch ganz hinten in die letzte freie Lücke. Der Boden ist ziemlich matschig hier, ich muss sehr vorsichtig gehen, damit ich meine gepflegten Schuhe nicht gleich einsaue. Früher soll es für solche Zwecke Überschuhe gegeben haben, hat mir mein einer Opa mal erzählt.

Okay, jetzt bin ich vorne am Eingang angekommen. Hier stehen eine ganze Menge Raucher herum, die sich noch ein paar Pfund Tabak reinziehen, bevor es nach drinnen geht. Aber auch ansonsten herrscht reges Kommen, laufend fahren irgendwelche Autos vor, darunter auch jede Menge Taxis. So ähnlich stelle ich mir die Atmosphäre beim Wiener Opernball vor. Aber jetzt rein mit dir, Heiko, Linda wartet auf mich. Da steht sie ja schon. Lieber erstmal am Einlass nachfragen, ob das mit den Tickets geklappt hat, bevor wir unsere Garderobe abgeben. Timmermann, sage ich, Herr Wagner hat, glaube ich, hier zwei Karten für uns hinterlegt.

Das klang jetzt ein bisschen geschraubt, wie in einem österreichischen Spielfilm aus dem Jahre 1954, aber es waren offenbar die richtigen Worte. Der Herr im schwarzen Anzug, der sicher auch einer von diesen Eggenbrüdern ist, öffnet die Schublade unter seinem Tisch und zaubert zwei Eintrittskarten hervor, die durch ein Gummiband zusammengehalten werden und mit einem kleinen Zettel versehen sind. Timmermann vom Landboten?, werde ich gefragt. Ja, genau. Dann viel Vergnügen.

Etwas erleichtert nehme ich unsere Karten entgegen und schiebe mich mit Linda im Schlepptau Richtung Garderobe. Es füllt sich, das kann man nicht anders sagen. Erster Eindruck von den Gästen: Die Konfirmation haben sie alle schon hinter sich, mit anderen Worten, eine reine Jugendveranstaltung wird das heute sicher nicht sein. Klamotten sind abgegeben, Linda wirft noch mal einen kritischen Blick in den Spiegel, ich einen ebensolchen Blick auf die Uhr, fünf nach acht, wir sind ja richtig pünktlich heute. Also dann ab Richtung Saal. Linda will sich bei mir unterhaken, na meinetwegen, ich glaube, sie befürchtet, dass sie sonst stolpern könnte und das wäre nicht gerade der gelungene erste Auftritt im Festsaal. Die Karten müssen wir jetzt nicht noch mal vorzeigen, aber die habe ich sowieso noch in der Hand. Aber jetzt muss ich unbedingt ein paar Worte über diesen Saal im Tivoli verlieren: Fassungsvermögen 700 Plätze bei Theateraufführungen, 500 Plätze bei Feierlichkeiten an den Tischen. Ich schätze mal, heute Abend sind es aber doch höchstens ein bisschen über vierhundert, weil ja auch noch Platz für die Tanzfläche da sein muss. Egal, ich bin sowieso schlecht im Schätzen von solchen Sachen, vielleicht sind es ja doch 500. Der Saal ist insgesamt richtig altmodisch, im Stil der Gründerzeit, wann war das eigentlich, ich glaube so ungefähr ab 1871. Seitdem ist alles mehr oder weniger original erhalten geblieben, einmal von den normalen Renovierungen abgesehen. Es hängen also keine hundert Jahre alten Tapeten in Fetzen von der Wand, nein, es sieht schon alles sehr ordentlich aus. Ich finde, es reicht jetzt aber mit der Beschreibung, wer sich näher für das Tivoli interessiert, kann da ja einfach mal reingehen.

Wo sitzen wir denn, Heiko?

Tisch 17, Platz sieben und acht. Okay, wo ist Tisch 17? Ach, da ist er ja, guten Abend an die Damen und Herren, die es sich hier schon bequem gemacht haben, übrigens alle etwas älterer Bauart. Aber ich sagte ja schon, das ist hier bestimmt keine Teenie-Disco. Wir werden übrigens relativ wohlwollend zurückgegrüßt. Noch wohlwollender werden unsere Tischnachbarn, nachdem Herr Wagner, immerhin der Föhrer der Süderegge, auf uns zugekommen ist, Sie sind doch sicher Herr Timmermann, Wagner, ach, und Ihre Herzensdame haben Sie auch mitgebracht, wie erfreulich.

Das Missverständnis mit der Herzensdame lasse ich jetzt mal stehen, stattdessen bedanke ich mich herzlich für die Einladung per Handschlag, ebenso Linda, beinahe hätte sie einen Knicks gemacht, was ja im Prinzip überhaupt nicht zu ihr passen würde. Wir wechseln noch ein paar Worte mit unserem Gastgeber, dann verlässt er uns wieder mit dem Wunsch, dass wir uns doch ordentlich amüsieren mögen.

Okay, jetzt denken alle, dass Linda meine Freundin ist, das können sie dann ja meinetwegen auch ruhig tun. Jetzt aber erstmal zur Getränkefrage: Ich werde nicht jede Bestellung und jedes konsumierte Getränk einzeln aufzählen, sondern sage mal am Anfang ganz pauschal: Ich halte mich mit Spezi und zwischendurch immer mal wieder Mineralwasser am Leben, Linda bekommt einen Sekt zum Auftauen, später trinkt sie dann abwechselnd Weißwein und ebenfalls Wasser, ich nehme auch an, dass sie dann noch den einen oder anderen Sekt an der Bar nachtanken wird, der ihr von interessierten, aber leider meistens sehr viel älteren Tanzpartnern spendiert wird. Prost Heiko, prost Linda, dann geht es auch schon programmmäßig los mit Begrüßung, Polonäse und ähnlichen Lustbarkeiten. Es spielen die Hohner Dorfmusikanten. Kein Scherz, die heißen wirklich so. Eine durch Bläser erweiterte Combo mit einer Sängerin dabei. Sie spielen natürlich nicht die aktuellen Charts rauf und runter, sondern die mehr oder weniger gepflegte Tanzmusik des letzten halben Jahrhunderts, aber eigentlich wirklich routiniert und gekonnt. Es passt eben einfach gut zu diesem Anlass.

Am Anfang wird noch etwas verhalten herumgeschwoft, später lockert sich das dann aber auf, es gibt dann auch Damenwahl, irgendwelche Tanzspiele oder sonstige Einlagen. Habe ich diesen ganzen Hahnebier-Saalschmuck schon erwähnt? Nicht? Okay, also jede Menge Tannengrün und schleswigholsteinische Fahnen. Am Anfang tanze ich natürlich mit Linda, das geht gar nicht mal so schlecht, trotz ihrer hochhackigen Schuhe. Irgendwann wird sie dann mal von einem Herrn an unserem Tisch aufgefordert, ich betanze dann auch nach und nach die Damen in unserer Nähe, die aber alle eher in Mutters Alter sind. Hier und da mal ein nettes Gespräch, die Musik ist nicht so laut, dass man sich gar nicht dabei unterhalten könnte. Linda scheint ganz zufrieden zu sein, immerhin ist sie auf einem richtigen Ball und kann dann später ihren Mitschwestern davon berichten. Aber sie wollte ja auch mit, das war ja immerhin ihre Idee, nicht meine. Ich finde es aber auch gut, dass sie dabei ist, ganz allein würde ich mir hier vorkommen wie ein Eintänzer, so nannte man das wohl früher, heute heißt es, glaube ich, Gentleman-Host. Damit sind dann aber meist die Herren gemeint, die professionell die alleinreisenden Damen auf diesen ganzen Traumschiffen betanzen.

Die Zeit vergeht, die meisten Jacketts haben schon ihren Platz auf dem Stuhlrücken gefunden, die Krawatten sind gelockert und mancher Hemdsärmel wird schon hochgestreift. Das ist dann ja immer so ein Problem mit den Manschettenknöpfen, die will man ja möglichst nicht verlieren. Ich persönlich habe das Problem nicht, mein Hemd ist ein ganz normales mit Knöpfen. Ich habe gerade wieder mit einer netten Dame von unserem Tisch getanzt, den Namen habe ich leider vergessen, obwohl wir uns ganz formvollendet vorgestellt haben, wie in der Tanzschule. Übrigens Tanzschule, nein, die habe ich nicht genossen, wir haben nur bei uns an der Schule vor dem Abiball so eine Art innerschulischen Tanzkurs gemacht, vermutlich illegal, die Lehrpläne sehen so etwas ja nicht vor. Discofox, überhaupt Fox, dann ein bisschen langsamen Walzer, als Krönung dann noch Wiener Walzer, wenn man den hinkriegt, ist man schon der King. Den ganzen anderen Kram muss man nicht unbedingt können, ich meine, wer tanzt denn heutzutage auf so einer Veranstaltung noch Cha-Cha-Cha oder gar Paso Doble, außer bei Let's Dance im Fernsehen. Wo war ich jetzt stehengeblieben? Also, ich habe diese Dame gerade wieder an den Tisch zurückgeführt, wie es so schön heißt, dann habe ich mich hingesetzt und mir noch ein Glas Mineralwasser eingegossen. Wie bei der Woterbörs oder hieß es Waterbörs? Ich bewundere mich allmählich selbst für meine alkoholische Enthaltsamkeit, die ist aber nur oberflächlich, wenn mir jetzt einer einen halben Liter frischgezapftes Bier vor die Nase hielte, würde ich es ihm mit einem Schwung entreißen und in mich hineinstürzen.

Linda und ich sind natürlich deutlich jünger als das Gros der hier Abfeiernden, wir sind trotzdem nicht völlig allein auf weiter Flur, man sieht hin und wieder doch jemanden in unserer Altersklasse, solche Sichtungen sind nur relativ selten. Aber so ungefähr zwei Tische weiter sitzt doch tatsächlich eine im Heiko-kompatiblen Alter am Tisch, ich habe hin und wieder schon mal einen Blick in die Richtung geworfen. So wie es aussieht, ist sie mit ihren Eltern da, sie könnte vom Typ her auch eine Italienerin sein, mit dunklen Augen und ebensolchen Haaren, übrigens keine langen Haare, sondern eher so etwas, was meine Mutter als Bubikopf zu bezeichnen pflegt. Es sitzt da offenbar kein Verlobter oder Früh-Ehemann oder sonstwas an ihrer Seite, die junge Dame scheint solo zu sein. Ich schaue also ab und zu mal in ihre Richtung, wenn ich jetzt ein Maßband dabei hätte, könnte ich die Entfernung auch genau bestimmen und dann so was sagen wie fünfzehn Meter siebzig. Also nicht wirklich nah dran, aber auch nicht völlig weit entfernt.

Ich ahne schon, dass ihr was ahnt: Genau, irgendwann guckt sie auch mal zu mir rüber, dann erwische ich sie sozusagen dabei, das merkt sie und es ist ihr unangenehm, sie guckt schnell wieder weg, kann es dann aber doch nicht lassen, wieder hinzugucken um festzustellen, ob ich noch gucke. Es gibt einen Song, der genau diese Situation ausdrückt, und in dem heißt es: I was looking back to see if she was looking back to see if I was looking back at her. Ich hoffe, ich muss das jetzt nicht auch noch übersetzen. Okay, wir erwischen uns sozusagen gegenseitig beim Hingucken und müssen dann auch noch beide drüber grinsen. Ich denke mir, Heiko, beim nächsten Tanz, da forderst du die mal auf, wenn sie nicht gerade das Bein in Gips hat, wird sie auch mit dir tanzen wollen, und dann wirst du schon sehen. Linda ist jetzt gerade nicht da, schade, sonst könnte sie mir noch taktische Anweisungen geben. Aber vielleicht es auch günstig, dass Linda im Moment woanders ist, vermutlich mal wieder an der Sektbar oder auf dem Klo, irgendwo muss das ganze Zeug ja auch bleiben.

Ta-ta, die Hohner Dorfmusikanten setzen wieder zu einem mittelschweren Discofox an, ich stehe auf und bewege mich mit leichtem Cowboygang in Richtung Bubikopf. Sie guckt mich mit einer Mischung aus Überraschung und Erleichterung an, ich nicke ihr zu, sie grinst mich an und steht auf. Gewonnen.

Kurze Zwischenbemerkung: Ich weiß gar nicht, woher diese Ausdrucksweise mit dem Korb kommt, also einen Korb geben, einen Korb kriegen und so weiter. Egal, wir sind hier ja nicht bei einer Germanistentagung, sondern beim Hahnebier um dreiundzwanzig Uhr siebenundvierzig. Ich will nur sagen, ich kann es im Prinzip nicht besonders gut ertragen, einen Korb zu kriegen, da bin ich wahrscheinlich nicht der einzige. Deshalb gebe ich hier noch einmal den Tipp aus dem Lebenshilfe-Kasten weiter, der wahrscheinlich von meinem einen Opa stammt, eventuell aber auch von Vater: Heiko, wenn du dich beim Tanzen einem Tisch mit lauter flotten Mädels näherst, fordere nie die Hübscheste auf, die hält das sowieso für selbstverständlich und gibt dir dann einen Korb. Nimm immer die Zweithübscheste, die wird dir dann keinen Korb geben, schon um der Hübschesten eins auszuwischen. Okay, in diesem Fall ist es anders, mein Bubiköpfchen hat keine vergleichbaren Konkurrentinnen in ihrer Altersklasse in unmittelbarer Nähe. Aber sie ist ja auch schon aufgestanden und folgt mir in Richtung Tanzfläche. Ich kann eigentlich gar nicht tanzen, sagt sie zu mir. Nette Stimme. Ansonsten auch nicht übel, ein bisschen kleiner und zierlicher als Linda, sie trägt ein ziemlich buntes Kleid im Mini-Look mit kurzen Ärmeln, dann natürlich auch solche Zalando-Treter wie Linda, aber in Schwarz mit irgendwelchen Schleifchen drauf oder ähnlichen Accessoires. Ihr könnt ja mal im Zalando-Katalog nachblättern, da werdet ihr sie bestimmt finden.

Also sie kann angeblich nicht tanzen, ich sage natürlich jetzt nicht, ich auch nicht, sondern ich ergreife ihre Rechte mit meiner Linken und platziere meine Rechte auf ihrem Rücken in der vorgeschriebenen Höhe. Fühlt sich nach zweireihigem BH-Rückenverschluss an. Alles andere fühlt sich übrigens auch gut an. Stomp-stomp-tap, wir schwofen los, wobei ich als Gentleman-Host natürlich führe und darauf achte, ihr nicht auf ihre Zalandos zu treten oder ihr sonstwie in die Quere zu kommen. Nach der ersten Minute kann ich erleichtert feststellen, dass es läuft, das Tanzen meine ich jetzt, der Autopilot kann eingeschaltet werden und wir können dann auch schon das eine oder andere Wort wechseln, so was wie: Bist du mit deinen Eltern hier?

Heiko, du bist gerade dabei, eine Neue kennenzulernen, du kannst es ganz ruhig angehen lassen, es ist ja nicht das erste Mal. Sie interessiert sich auch für dich, die läuft schon nicht gleich wieder weg, ihr könnt jetzt einfach mal ein paar Runden miteinander tanzen und zwischendurch die eine oder andere Info austauschen.

Meine Infos an sie: Also ich bin Heiko Timmermann aus Wesselburener Deichhausen, ich bin bei der Zeitung, richtig, beim Dithmarscher Landboten. Ich hab' sozusagen heute Freikarten bekommen und meine Schwester Linda mitgenommen, die wollte gerne mal wieder zum Tanzen. Ist eigentlich ganz amüsant hier, ich darf nur leider nichts Vernünftiges trinken, weil ich noch fahren muss. Ende der Durchsage.

Ihre Infos an mich: Hallo, ich bin Claudia Schmidt aus Heide. Mein Vater ist in der Süderegge, meine Eltern haben mich dazu überredet, heute Abend mal zum Ball mitzukommen. So richtige Lust hatte ich nicht drauf. Ach, das ist deine Schwester, ich dachte, das wäre deine Freundin. Also, Vater hat eine Firma, Elektro-Schmidt in der Meldorfer Straße, da wohnen wir auch, ich lerne auch Elektrikerin, das heißt heute aber Elektronikerin für Energie- und Gebäudetechnik, ich mache ganz normale Sachen wie Leitungen verlegen und irgendwelche Geräte anschließen.

Was ich denke: Cool, eine richtige Handwerkerin. Handwerk hat doppelten Boden, nein, Quatsch, goldenen Boden. Sie sieht ja richtig süß aus, ein bisschen so ähnlich wie die eine Schauspielerin in diesem alten amerikanischen Spielfilm, Charade hieß der, glaube ich. Doch, diese Claudia möchte ich schon noch näher kennenlernen, ich werde doch hoffentlich dabei keinen gewischt kriegen.

Was sie vielleicht denkt: Okay, der Typ scheint ja ganz nett zu sein, jedenfalls einer in meinem Alter. Wenn der mit seiner Schwester hier auftaucht, hat er wahrscheinlich auch keine Freundin. Jedenfalls im Moment nicht, hihi. Doch, da könnte sich was draus entwickeln, ich muss vielleicht noch mal einen Blick auf den Schaltplan werfen.

Wer weiß schon, was sie im Moment wirklich denkt, vielleicht lässt sie sich ja auch gerade auf einer Hormonwolke davontragen wie ich. Dass wir immer mal wieder zusammen tanzen, habe ich ja schon erwähnt, aber es wird auch sozusagen ein bisschen enger, quasi bis an die Kuss-Grenze. Die wird aber noch nicht überschritten, weil gleich noch was dazwischenkommen wird. Zwischendurch lassen wir uns mal an ihrem Tisch nieder, die Eltern nehmen mich recht wohlwollend zur Kenntnis, vielleicht ja auch nur, weil sie ihrer Tochter dann am nächsten Morgen sagen können: Siehst du, Claudia, wärest du nicht zum Ball mitgekommen, hättest du diesen jungen Mann nicht kennengelernt. Oder so ähnlich. Dann sitzen wir auch mal kurz an meinem Tisch, okay, ich bin nicht der alleinige Besitzer, also an unserem Tisch. Linda ist inzwischen auch mal wieder da angelandet und ich ergreife die Gelegenheit, die Mädels einander vorzustellen: Claudia, das ist meine Schwester Linda, Linda, das ist Claudia. Linda guckt mich mit ihrem Schon-wieder-'ne-Neue-Blick an, Claudia schaut auf Linda, als könnte sie es doch nicht ganz glauben, dass sie nur meine Schwester und nicht meine Freundin ist. Ich will jetzt nicht sagen, dass wir uns zu dritt lebhaft unterhalten, aber es wird doch der eine oder andere Satz ausgetauscht. Claudia behauptet, ich würde Marco Reus ähnlich sehen, ich kann das jetzt nicht bestätigen, weil ich Herrn Reus gerade nicht vor meinem geistigen Auge habe. Hauptsache, ich sehe nicht aus wie Billy Idol oder H.P. Baxxter, alles andere ist mir ziemlich egal. Ich sage ihr dann noch, dass sie mich an Audrey Hepburn erinnert, jetzt ist mir der Name doch noch eingefallen. Audrey Hepburn in dem Film Charade. Claudia kennt aber beides nicht und dann ist das ja auch völlig egal.

Ach so, ja, es kommt jetzt wirklich etwas dazwischen, was aber nichts direkt mit uns zu tun hat. Mitten auf der Tanzfläche, mitten in einem Tanz ist gerade ein Mann umgefallen. Jetzt aber nicht im Sinne von gestolpert und dann einfach lang hingeschlagen, sondern im Sinne von plötzlich zusammengebrochen. Die anderen Gäste kriegen das nicht sofort mit, aber ich schon, weil ich gerade auf die Tanzfläche gucke. Die Tanzpartnerin von diesem Mann bückt sich und will ihm helfen, andere kommen ihr zur Hilfe, die Kapelle hat auch mitbekommen, dass da etwas passiert sein muss, daher beenden sie ihre Nummer, die sie gerade spielen, vorzeitig. Echt professionell, ein Anfänger hätte wahrscheinlich einfach abgebrochen, aber die machen sogar so was mit Stil. Ein Arzt!, wird laut gerufen. Sicher ist heute ein Arzt unter den Gästen, wahrscheinlich sogar ein ganzes Ärzteteam. Aber natürlich nicht im weißen Kittel und mit der Einsatztasche in den Hand, sondern ganz privat und vielleicht sogar gerade draußen an der Sektbar oder auf der Toilette. Nein, es geht doch ganz schnell, da eilt ein etwas älterer Herr, den ich jetzt nicht für einen Vertreter der Heilkunst gehalten hätte, mit entschlossenem Blick auf die Tanzfläche.

Allgemeines Entsetzen hat um sich gegriffen, jeder will jetzt wissen, was da passiert ist. Zu wenig geschlafen, Schwächeanfall, zu viel getrunken, hoffentlich kein Herzinfarkt, solche Bemerkungen machen die Runde. Das soll ja schon öfter mal beim Hohnbeer-Ball passiert sein, dass da einer plötzlich zusammengeklappt ist, meist hat es wohl mit den Anstrengungen des Tages zu tun und viele Eggenbrüder sind eben auch nicht mehr die Jüngsten. Zwei, drei beherzte Männer haben aber jetzt den Zusammengebrochenen unter Anweisungen des Arztes von der Tanzfläche nach draußen gebracht, gefolgt von einer ziemlich aufgelöst wirkenden Frau, das wird natürlich seine Ehefrau sein. Wie wird es jetzt wohl weitergehen? Ich schätze mal, dass es gleich Richtung Westküstenklinikum gehen wird.

Das Erlebnis wirkt noch etwas nach, es war ja auch ein bisschen schockierend, dann hört man aber auch schon die ersten beruhigenden Kommentare, der wird schon wieder, das kann schon mal vorkommen oder ähnliches. Die Hohner Dorfmusikanten haben sich gerade für ein Instrumentalstück in etwas getragenerem Tempo entschieden, danach werden sie aber allmählich wieder munterer.

Ich schwinge noch ein paarmal das Tanzbein mit Claudia, auch Linda wird wieder aufgefordert, allerdings meist von tanzwütigen älteren Herren, das wird sie vermutlich teilweise bedauern. Allmählich wird es schon halb drei, die Luft ist ein bisschen raus, Claudia meint, dass ihre Eltern gleich gehen wollen. Okay, wir können ja noch unsere Handynummern austauschen, dann sehen wir mal weiter. Ja, ihre Eltern wollen jetzt wirklich los, die

Mutter hat schon ihre Handtasche entschlossen unter den Arm geklemmt, der Vater knöpft demonstrativ sein Jackett zu. Ich gebe Claudia zum Abschied einen schlecht gezielten Kuss, der irgendwo zwischen ihrem Mund und ihrer rechten Wange aufschlägt, sie schaut mich überrascht, aber offensichtlich erfreut an, dann stöckelt sie aber hinter ihren Eltern her und winkt mir am Saalausgang noch einmal zu. Wollen wir jetzt auch los?, fragt Linda mich.

Und bei dir so?, frage ich Linda, als wir schon im Polo sitzen und vorsichtig vom Tivoli-Parkplatz herunterschleichen.

Hätte jede Menge Angebote als heimliche Geliebte annehmen können, sagt sie. Aber die Knaben waren mir doch schon ein bisschen zu alt, obwohl einer von denen wirklich unheimlich gut tanzen konnte. Aber bei dir hat Amor mal wieder zugeschlagen, oder?

Kann schon sein, denke ich, ja, war ganz nett mit Claudia, sage ich.

Ganz nett mit Claudia, äfft Linda mich nach, Heiko, erzähl' mir nichts, ich hab' doch genau gesehen, wie ihr euch angeguckt habt. Wie in der Spaghetti-Szene bei Susi und Strolch.

Ich sage jetzt nichts mehr dazu, aber ich muss schon ein bisschen grinsen. Aber jetzt ist langsam Ende der Fahnenstange bei Heiko und Linda Timmermann, rein kommunikativ läuft nicht mehr viel. Ich konzentriere mich aufs Fahren, wobei ich merke, dass ich trotz alkoholischer Enthaltsamkeit wirklich nicht mehr so ganz fit bin. Ich muss ganz schön aufpassen, dass mir die Augen nicht zuklappen. Ein Stoß frische Luft aus dem einmal kurz geöffneten Fenster bringt etwas Abhilfe, dann mache ich auch die Musik etwas lauter. Jetzt geht es erstmal wieder, wir sind ja auch gleich da. Linda muss ich aber wecken, die ist doch glatt eingepennt. Stromer kommt kurz angelaufen, kontrolliert unsere Eintrittskarten und verzieht sich dann wieder. Wie spät ist es eigentlich, schon vier. Linda zieht gleich ihre High-Heels aus und schleicht sofort nach oben, ich sage ihr schon mal gute Nacht. Ich muss jetzt aber noch unbedingt was Vernünftiges trinken, sonst werde ich noch das Opfer einer Mineralwasservergiftung. Rezept: 10 cl Ballantines, pur und ohne Eis. Ich sitze noch eine gute halbe Stunde auf der Couch im Wohnzimmer, nehme immer mal wieder einen kleinen Schluck und lasse dabei den Abend im Tivoli an meinem geistigen Auge vorüberziehen. Claudia Schmidt. Claudia Timmermann geborene Schmidt. Die Kinder heißen Alessandro und André, nach Volta und Ampère, sie spielen am liebsten mit Abisolierzangen und Widerständen. Ja, Zeitungsfritze und Elektrikerin, das passt doch, dann kann sie doch zu Hause die ganzen Reparaturen machen. Wie es wohl diesem zusammengeklappten Mann vom Tivoli geht, der wird ja hoffentlich wieder auf die Beine gekommen sein. De Hohnbeerball. Dor ward danz op'n Sool, bit de Hohn kreiht. War eigentlich alles gar nicht mal so schlecht.

Ich wache um ungefähr zehn auf und rechne kurz nach, wie viele Stunden ich geschlafen habe. Es kommen natürlich viel zu wenige dabei heraus, aber jetzt noch mal krampfhaft die Augen zukneifen und dann noch versuchen bis halb zwölf weiterzupennen, das bringt es dann wohl auch nicht. Also stehe ich doch auf, aber eher langsam. Irgendwie habe ich so etwas Ähnliches wie einen Muskelkater von der Hopserei gestern Abend, die Tanzmuskeln scheinen andere zu sein als die Fußballmuskeln. Mir ist jetzt eigentlich nach einem heißen Bad, warum auch nicht, es stört ja hoffentlich keinen, bis auf Linda scheint der häusliche Betrieb ja schon angelaufen zu sein. Ich höre jedenfalls elterliche Geräusche, als ich im Bademantel von meinem Zimmer ins Badezimmer hinüberwechsele.

Das mit dem Bad beschreibe ich jetzt mal nicht, ich gehe mal weiter bis zu dem Zeitpunkt, wo ich frisch und einigermaßen munter in der Küche auftauche. Guten Morgen, Mutter, hallo Heiko, war's denn schön, schläft Linda noch, wie fand sie das denn und so weiter. Ich versuche die mütterliche Neugier mit knappen, aber informativen Einwürfen zu besänftigen. Auf dem Küchentisch hat Mutter gerade Rouladen zusammengebastelt, die werden jetzt aber schon im ganz großen Topf vom Stapel gelassen. Den Tisch muss ich erstmal abwischen, einmal reicht nicht, das ist ja immer so ein Geschmiere mit dem Fleischsaft und dem Senf. Kaffee musst du dir frischen aufsetzen, es kann auch sein, dass die Butter alle ist, dann musst du neue aus der Truhe nehmen. Ja, okay, kein Problem für Heiko Timmermann.

Vor dem Hintergrund des Rouladen-Bratgeräusches, das zurzeit ziemlich heftig ist, wechseln wir noch das eine oder andere Wort über den Hohnbeerball. Mutter interessiert sich besonders dafür, wie Linda denn so angekommen ist mit ihrem Kleid, ob das nicht vielleicht doch eine Idee zu gewagt war. Die Herren haben ihr alle zu Füßen gelegen und den Mond angejault, sage ich.

Irgendwann taucht dann auch Linda persönlich auf, ich bin noch voll am Frühstücken, und Kaffee ist auch noch genug für sie da. Mutter stellt Linda exakt dieselben Fragen wie mir, die Antworten sind dann auch ähnlich wie meine. Dann scheint sie doch ganz zufrieden mit ihren beiden Ältesten zu sein und gibt zum Besten, was gestern Abend im Hause Timmermann vor sich ging. Im Prinzip nicht viel. Lasse wollte eigentlich rüber zu Florian zum Spielen und dann auch dort übernachten, das durfte er aber nicht, weil er ja praktisch noch krankgeschrieben ist, morgen soll es ja noch mal zur Ärztin gehen und am Dienstag wird er dann sicher wieder zur Schule dürfen. Dürfen, haha, müssen wäre das passendere Wort bei Lasse. Ja, und dann gab es im Fernsehen ja Klein gegen Groß, das durfte er dann mitsehen, ob er wollte oder nicht, das war aber auch wirklich eine lange Sendung. Mit Kai Pflaume, ja, den hatten wir doch neulich erst am Wickel, ja klar, der war doch Freitagabend bei der Talkshow als Ersatz für die Schöneberger. Jedenfalls war da ein Junge dabei, der konnte im Kopf schneller rechnen als Uli Hoeneß mit dem Taschenrechner. Gut, das könnte man ja durchaus unterschiedlich interpretieren. Und sonst noch? Ein Mädchen, das perfekt rückwärts sprechen konnte.

Zwischendurch kommt Vater mal als Topfgucker rein, vom Duft der Rouladen angelockt. Nein, Heinrich, das dauert noch, die müssen richtig schön durch sein, sonst werden sie nicht zart genug.

Auch Vater möchte noch einmal kurz über den Ablauf des gestrigen Abends gebrieft werden, mir fällt dann noch die Geschichte mit dem zusammengebrochenen Mann auf der Tanzfläche ein, Linda ergänzt meinen Bericht durch einige medizinische Mutmaßungen, die wiederum zu weiteren Vermutungen führen. Naja, kommentiert Vater abschließend, das wird schon nichts Ernstes sein.

Er verlässt uns Richtung Lieblingssessel und Bauernblatt, kommt dann aber gleich noch einmal zurück: Heiko, ist das dein Handy? Was ist das denn für ein Klingelton?

Die Nationalhymne von Tonga, sage ich und mache mich auf die Suche, ja, richtig, das Handy hatte ich wohl gestern Nacht auf dem Couchtisch liegengelassen.

Ja?, sage ich in Erwartung von was auch immer.

Hallo Heiko!

Mir läuft ein warmer Schauer den Rücken runter und anschließend wieder rauf, das ist doch Claudia, das hätte ich jetzt aber überhaupt nicht erwartet. Ich verziehe mich im Laufe des Gesprächs lieber in mein Zimmer, es wäre mir schon etwas peinlich, wenn die Eltern jetzt gleich alles mitkriegen würden.

Ich wollte dich nur fragen, ob du Lust hast, heute Nachmittag ein bisschen an die frische Luft zu gehen.

Ja klar habe ich Lust, vor allem habe ich Lust auf Claudia. Das ist ja der Hammer, das hätte ich ihr gar nicht zugetraut, dass sie jetzt so einfach die Initiative ergreift, das sage ich aber natürlich nicht so wörtlich zu ihr. Wir einigen uns dann ziemlich schnell auf Büsum, da kann man ja mal über den Deich gucken, nein, ich soll sie nicht abholen, sie kann ja zu mir kommen, Wesselburener Deichhausen, das ist von Heide aus ja schon auf halbem Wege. Wo wir denn genau wohnen, ich beschreibe es, ja, und wann, sagen wir so zwischen zwei und halb drei. Prima, ich freue mich, ich mich auch. Bis dann, tschüssi.

Wow!

Und, wer war's?, fragt Linda mich stellvertretend für den Rest der Familie, als ich wieder unten in der Küche auftauche. Aber was heißt Rest, der besteht im Moment nur aus Mutter, die Linda gerade dazu animiert hat, die Kartoffeln zu schälen.

Claudia, sage ich nur.

Mutter tut so, als ob sie gar nicht hinhört, ihre Ohren sind aber innerhalb von Sekunden auf das mindestens Zweifache angewachsen.

Mann, Heiko, die geht aber ran. Na los, erzähl' schon, sie hat dich zum Kindergeburtstag eingeladen.

Blödsinn, Linda, wir wollen heute Nachmittag nur 'n bisschen an den Deich.

Jetzt sagst du sogar schon wir, Heiko, das muss dich ja auch ganz schön erwischt haben.

Wozu braucht man Psychotherapeuten, wenn man solche Schwestern wie Linda hat.

Was gibt's eigentlich zu den Rouladen außer Kartoffeln, versuche ich vom Claudia-Thema abzulenken.

Rotkohl, höre ich von Mutter, aber den hab' ich schon gestern nach dem Abendbrot gemacht, der muss nur noch aufgewärmt werden.

Rotkohl, geil.

Ich kann ja schon mal mit Tischdecken anfangen, schlage ich vor und setze dieses Vorhaben auch gleich in die Tat um. Vater brummelt irgendeinen Kommentar hinter seinem Bauernblatt, als ich die Teller auf dem Wohnzimmertisch verteile. Vielleicht war ich ihm gerade zu laut, schon möglich. Ich bin im Moment etwas nervös, das gebe ich zu, es liegt natürlich daran, dass Claudia nachher kommt. Hoffentlich sind wir dann schon mit dem Essen fertig. Ich schiele auf die Uhr, doch, das könnte hinkommen. Auch 'n Bier zum Essen, Vater? Das Bauernblatt brummt Zustimmung. Gut, ich kann dann ja schon mal die Getränke hinstellen: Dithmarscher Pilsener, Apfelsaft, Mineralwasser. Sonst noch Wünsche? Nein, keine. Stell' mal die Gurken auf den Tisch, Heiko, ja, die normalen Gewürzgurken, oder will einer Senfgurken, rote Bete ist noch 'n angebrochenes Glas im Kühlschrank. Mutter schmeckt gerade die Soße ab, das lässt hoffen. Der Topf mit dem Rotkohl steht auf dem Herd und die Kartoffeln scheinen auch schon ihrem Idealzustand entgegenzuköcheln.

Punkt dreizehn Uhr sieben. Hol' mal einer Lasse? Ja, Linda, das ist nett, aber pass auf, dass er sich noch die Hände wäscht. Gut, da ist er ja schon, dann mal zu Tisch, meine Lieben.

Was ist das Geheimnis von Mutters Rouladen? Man nehme eine Weide und suche ein geeignetes Rind aus, anschließend und so weiter. Ihr könnt sie ja mal selber fragen, ich glaube, sie benutzt aber gar kein Rezept, sondern macht das eher so nach Gefühl und Wellenschlag. Jetzt erstmal einen ordentlichen Schluck Bier, das hätte ich gestern Abend auch gut vertragen können, dann geht es ran an die Rouladen. Allgemein gute Stimmung beim Essen, auch Lasse langt tüchtig zu, einen kränklichen Eindruck macht er jedenfalls überhaupt nicht mehr. Linda und ich geben noch ein paar weitere Ball-Details zum Besten, Mutter meint, ja, zu so einem Ball würde sie auch gerne mal wieder hingehen, Vater nimmt es zur Kenntnis, aber mit relativ wenig Begeisterung. Heiko, auch noch ein Bier? Nee, lass man, Vater, ich soll ja noch gefahren werden.

Familie Timmermann tafelt ausgiebig, Vater fragt beiläufig, wo denn Maja und Maren heute sind, gegen deren Anwesenheit hätte er wohl keine Einwände gehabt. Da können wir leider keine Auskunft geben, ich schon mal gar nicht und Linda sagt nur, es war ja klar, dass sie an diesem Wochenende mit ihren Schwestern-Kolleginnen feiern wollte, da hätten sich Maja und Maren sicher irgendwas anderes vorgenommen. Zwischendurch dringt es auch Vater ins Bewusstsein, dass ich heute Nachmittag noch etwas mit einem weiblichen Wesen vorhaben werde, in ihm kämpfen wahrscheinlich gerade sein ausgeprägtes Bedürfnis nach sonntäglichem Mittagsschlaf und die Möglichkeit, eine neue junge Dame kennenzulernen. Wahrscheinlich siegt dann doch der Mittagsschlaf, ich kenne Vater ja.

Schlussrunde: Hauptgang abräumen und Nachtisch heranrollen. Der besteht heute aber nur aus ganz normalem Fruchtjoghurt, wenn ihr jetzt unbedingt die Marke wissen wollt, meinetwegen, also Lünebest, dreimal Erdbeer und zweimal Kirsch.

Du, Heinrich, hast du den Elektriker bestellt?, fragt Mutter plötzlich und deutet Richtung Auffahrt.

Elektriker? Nee, na, der will ja vielleicht zum Nachbarn, vielleicht ist da wieder was mit der Melkanlage.

Ich schaue auch aus dem Wohnzimmerfenster und sehe so einen weißen Transporter mit der Aufschrift Elektro-Schmidt, das könnte vielleicht ein Fiat Ducato sein oder ein Citroën Jumper, bei dem ich mich immer frage, wie die Franzosen ihn wohl aussprechen, wahrscheinlich ja Schümpör oder so ähnlich. Diesmal habe ich aber doch schnell geschaltet, mir ist eigentlich sofort klar, dass das Claudia Schmidt ist, die hier im Firmenwagen angerollt kommt, warum auch immer. Jetzt ist sie kurz angehalten und scheint zu überlegen, ob sie vorne auf die Auffahrt rauffahren soll oder nach hinten auf den Hofplatz. Jetzt fährt sie wieder an, aha, es geht doch Richtung Hofplatz.

Das ist nur Claudia, sage ich, ich geh' mal kurz raus.

Doch noch schnell die Jacke überstreifen, draußen ist es sicher kalt. Als ich die Tür zum Hofplatz öffne, sehe ich Claudia schon die weiße Kiste rückwärts einparken, ziemlich gekonnt, muss ich sagen. Ich winke ihr schon mal zu. Jetzt kommt natürlich auch Stromer angaloppiert, bei Fuß, er gehorcht tatsächlich und hält das nicht für ein Gewürz, haha. Jetzt noch sitz, das wäre perfekt, aber das kriegt Stromer nicht immer so gut hin, er hat es ein bisschen an der Hüfte. Außerdem, wer setzt sich schon gerne bei diesen Temperaturen auf den Boden. Ich gehe jetzt rüber zu Claudias Sprinter und stelle fest, es ist tatsächlich ein Ducato. Naja, Fiat, Vater hält nicht so viel davon. Jetzt steigt sie aus, wow, sie sieht bei Tageslicht ja noch besser aus als unter Tivoli-Beleuchtung. Einmal umarmen, schön, dass du da bist, ich gebe ihr einen Kuss, der diesmal ein bisschen besser auf den Mund gezielt ist, aber nur ganz kurz, weil mir plötzlich bewusst wird, dass ich sicher nach einer Mischung aus Dithmarscher Pilsener und Lünebest schmecke, das ist jetzt vielleicht nicht so der Hit.

Der nächste kritische Punkt ist der Hund, ich habe keine Ahnung, was Claudia von Hunden hält, deshalb frage ich sie lieber vorsichtig danach, ob ich Stromer jetzt nicht vielleicht lieber gegen eine Katze austauschen sollte, wir haben ja genug davon. Nein, Angst oder so ähnlich vor Hunden habe sie nicht, darf man den anfassen, wie heißt er denn?

Stromer, sage ich, der Name würde vielleicht eher für euren Hund passen, wir haben aber gar keinen, haha, auch keine Katzen, nur Mädchen.

Nur Mädchen?

Ja, ich und meine beiden Schwestern.

Au weia, wieder eine mit zwei Schwestern. Und wieder eine, die wahrscheinlich später mal den elterlichen Betrieb übernehmen soll. Wenn sie jetzt auch noch Fußball spielt und Motorrad fährt, beiße ich ihr ins Bein.

Spielst du eigentlich auch Fußball?, frage ich.

Fußball? Nein, aber ich guck' das ganz gern, auch Bundesliga und so, wir haben ja Sky zu Hause. Nee, mit Sport hab' ich das nicht so, nur schwimmen tue ich ganz gerne. Und auch Rad fahren, aber das doch eher im Sommer.

Und so weiter, wir reden eigentlich viel zu lange draußen, ich hätte sie schon längst mit reinnehmen sollen, aber das tue ich jetzt ja auch. Ach so, ehe ich es vergesse, das gegenseitige Kennenlernen zwischen Claudia und Stromer ist sehr harmonisch verlaufen, sie hat ihn gestreichelt und er hat ihr dafür die Hand geküsst, der alte Charmeur. Aber im Ernst jetzt: Stromer ist schon so eine Art Wachhund, aber wenn man ihm einen Fremden erst einmal vorgestellt hat, betrachtet er ihn fortan als Freund und würde seine Pfote für ihn oder sie ins Feuer legen. Okay, das war jetzt vielleicht mal wieder überflüssig, aber das musste einfach auch mal gesagt werden.

Wir sind jetzt mittlerweile nicht mehr draußen, haben auch schon den Flur durchquert und stoßen jetzt in Timmermanns Wohnbereich vor, wo gerade die letzten Reste vom Tisch abgeräumt werden. Hallo, ich bin Claudia, sagt sie und gibt dann in Knigge-Reihenfolge Mutter, Vater, Linda und Lasse die Hand. Hat Vater also doch seinen Mittagsschlaf etwas aufgeschoben. Wollen Sie sich nicht setzen, Claudia. Natürlich, Vorname und Sie, was denn sonst, jedenfalls sagen die Eltern nicht Frau Schmidt zu ihr, das ist ja schon mal was. Ich sage, wir wollen gleich los, ich geh' nur kurz noch mal nach oben. Begründung: Einmal aufs Klo und einmal sehr ordentlich die Zähne putzen. Irgendwo stand doch auch noch eine Flasche Odol.

Als ich wieder runterkomme, stehen der Clan und Claudia immer noch etwas planlos im Wohnzimmer herum, ich kriege noch mit, dass ihr eigenes Auto nicht angesprungen ist, da war was mit der Elektrik, haha, da hat sie dann einfach einen von den Firmenwagen genommen.

Ich bin abmarschbereit, melde ich, dann können wir ja los. Viel Spaß, winkewinke, ich habe das Gefühl, auch die erste Begutachtung durch den Timmermann-Clan ist gut gelaufen. Wir fahren jetzt los, ich muss erstmal erklären, wie man von uns aus am besten Richtung Büsum kommt, nämlich über Reinsbüttel, da fahren wir gleich an Marens Hütte vorbei, und Oesterdeichstrich mit OE. In Büsum stellt Claudia den Elektro-Schmidt-Ducato auf dem Parkplatz der Schule ab, sie sagt, da parkt sie immer, wenn sie mal nach Büsum fährt, dann muss man zwar noch ein Stück laufen, aber man spart sich die nervige Parkplatzsuche. Okay, muss ich mir ja direkt mal merken.

Kurze Zwischenbemerkung: Dieses Phänomen werden wahrscheinlich viele schon erlebt haben, man hat jemanden praktisch gerade erst kennengelernt und man hat trotzdem das Gefühl, dass derjenige einem schon sehr vertraut ist, als wäre man schon seit Jahren mit ihm zusammen. Ich will nur sagen, dass es mir gerade so geht. Wir reden die ganze Zeit total locker über alle möglichen Themen, natürlich jetzt nicht Politik und Zeitgeschichte, sondern eher Alltägliches, Familie und Beruf, Freizeit und Hobbys und solche Sachen. Weil ihr wahrscheinlich schon ein bisschen neugierig seid und gerne wissen wollt, was für ein Typ Claudia Schmidt insgesamt ist, verrate ich euch jetzt mal ein paar Details. Aber erst im nächsten Absatz.

Hier kommen die Details über Claudia: Geburtsdatum 7.9.1993, sie wird also im nächsten September zwanzig. Also ich bin nicht ganz zwei Jahre älter als sie, das passt schon ganz gut so. Ihre Eltern haben diese Firma Elektro-Schmidt in der Meldorfer Straße, also ihr Vater ist der Meister und ihre Mutter macht auch alles Mögliche im Büro, das ist ja dann so ähnlich wie bei meinen Eltern. Wie war das noch mal mit den Schwestern? Sie hat zwei jüngere Schwestern, Diana ist 17 und Jovina ist 14. Keine Brüder? Nein. Lernt Claudia bei Papi in der eigenen Firma? Nein, bei Elektro-Franzen in Hemmingstedt. Na gut, Hemmingstedt ist ja auch nicht so weit von der Meldorfer Straße entfernt. Da ist aber morgens ganz schön was los, Heiko. Okay, kann ich mir vorstellen.

Übrigens gehen wir gerade ganz automatisch Hand in Hand durch die Alleestraße. Und falls sich jemand fragt, wie das Wetter ist, es ist stark bewölkt, aber ohne Regen. Ich könnte auch ohne Schnee sagen, kalt genug ist es ja dafür.

Aber jetzt weiter mit Claudia-Details: Sie ist bei Franzen im 3. Lehrjahr, heute sagt man wohl eher Ausbildungsjahr, ihre Ausbildung dauert insgesamt dreieinhalb Jahre. Was ist sie dann noch mal, wenn sie fertig sein wird? Elektronikerin für Energie- und Gebäudetechnik. Respekt. Mit Elektrik allein geht es heutzutage eben nicht mehr, es muss schon Elektronik sein. So ähnlich ist es ja auch im Kraftfahrzeughandwerk, da ist man nicht mehr allein Mechaniker, sondern Mechatroniker. Das Wort klingt ja so nach alter DDR, da gab es ja auch Traktoristen und keine Treckerfahrer. Mich interessiert ja auch, was für ein Auto Claudia hat, ob das vielleicht auch ein Fiat ist oder etwa ein Golf wie bei Maja. Nein, es ist ein Ford Ka in so einem dunklen Rot, Baujahr 2007, bei Lundt in Heide gekauft, natürlich gebraucht. Die ganzen Firmenwagen sind ja alle von Fiat, läuft ja alles über Leasing, die Werkstatt ist aber nicht in Heide, sondern in Weddingstedt. Ach ja, Bauer, sage ich, in derselben Straße ist auch unsere Druckerei.

Heute wird in Büsum kein Strandeintritt verlangt, das ist ja auch ein Kapitel für sich, wir können also ungehindert eine kleine Runde am Deich entlang Richtung Hochhaus und zurück machen. Ich erzähle Claudia noch das eine oder andere von meinem Job, sie dann von ihrem, sie muss ja immer ziemlich früh aufstehen und es ist auch manchmal körperlich echt anstrengend, die Baustellen sind auch eher ungemütlich zu dieser Jahreszeit. Als Frau oder Mädchen ist man aber schon lange keine Exotin mehr, da gibt es auch andere, bei Franzen arbeitet ja auch eine Meisterin. Und so weiter. Habe ich jetzt irgendwas ausgelassen? Hobbys und Freizeit vielleicht, da haben wir doch gar nicht so viel drüber geredet. Ich weiß bisher nur, dass sie manchmal Fußball guckt und auch nichts gegen Schwimmen einzuwenden hat. Wir könnten ja bald mal zusammen schwimmen gehen, denke ich gerade.

Du, Heiko…

Ja?

Bleib' mal 'n Moment stehen, ich muss dir was sagen…

Au weia, was kommt denn jetzt?

Heiko, hör' mir mal zu, du, ich finde das richtig toll mit dir, ich fühl' mich richtig wohl mit dir, ich möchte gerne weiter mit dir zusammen sein.

Das macht mich jetzt aber schon etwas verlegen, ich murmle so etwas wie: Das sind wir doch auch, wir sind doch jetzt zusammen, Claudia und so weiter.

Schnitt. Nahaufnahme: Am Deich von Büsum die dritte, und bitte!

Es folgt ein richtig gut ausgeleuchteter Filmkuss, allerdings in echt. Zwei Minuten siebenunddreißig, zum Glück habe ich keinen Schnupfen und kann noch durch die Nase atmen, sonst würde ich jetzt ohnmächtig werden. Weiteres Glück: Die Langzeitwirkung von Odol scheint kein Fake zu sein.

Wenn ich jetzt vernünftig nachdenken könnte, würde ich mir sagen: Hallo Heiko, Claudia ist die Frau deines Lebens oder eventuell auch nicht, das weiß man schlicht und ergreifend nicht. Punkt. So einen Moment wie jetzt hast du schon öfter mal erlebt, allerdings mit anderen Damen, die muss man jetzt auch nicht alle aufzählen, das wäre doch eher unpassend. Noch ein vernünftiger Gedanke gefällig? Freu' dich einfach darüber, wie es jetzt ist, alles andere kommt von allein oder es geht auch wieder, da musst du dir keine großen Gedanken drüber machen.

Jetzt fängt aber doch so etwas Ähnliches wie Schneeregen an, wir gehen wieder zurück Richtung Schulparkplatz, schön Hand in Hand und manchmal auch etwas aneinandergeschmiegt. Aneinandergeschmiegt, auch so ein schönes altmodisches Wort, finde ich. Wir kommen jetzt direkt am Juwelier Johannsen vorbei, da könnte man ja gleich mal nach Verlobungsringen gucken. Nein, keine Sorge, das sollte nur ein Witz sein. Claudia guckt nicht einmal in die Richtung, was ich sehr beruhigend finde.

Was hast du eigentlich für ein Sternzeichen, frage ich sie, als wir wieder in Firma Schmidts Dukatenkiste sitzen.

Jungfrau, sagt Claudia, da muss ich ein bisschen lachen, ich bin ja am 7. September geboren. Und du, Heiko?

Steinbock, sage ich, natürlich glaube ich den ganzen Kram mit den Horoskopen nicht, aber lesen tue ich's trotzdem immer.

Steinbock und Jungfrau, das wird ja hoffentlich zusammenpassen. Löwe und Fische, das soll ja gar nicht gehen, hab' ich mal gelesen, aber warum das so sein soll, habe ich vergessen. Oder weißt du das etwa, Heiko?

Vielleicht weil Löwen auch Fische fressen. Nee, Quatsch. Von rechts kommt keiner.

Es geht wieder zurück nach Wesselburener Deichhausen. Wenn mir jemand vor einer Woche noch erzählt hätte, dass ich heute mit einer süßen und fast ausgelernten Elektronikerin durch die Gegend düsen würde, hätte ich ihn für einen Totalspinner gehalten. Nein, das ist wirklich klasse mit Claudia, ich schaue sie an, wie sie gerade vom zweiten in den dritten Gang geht und dann wieder ganz lässig die rechte Hand auf das Steuer legt. Am liebsten würde ich mich jetzt abschnallen, mich zu ihr rüberbeugen und ihr noch einen Kuss geben, aber das ist rein verkehrs- und unfalltechnisch vielleicht keine so gute Idee.

Wir kommen so gegen fünf wieder bei uns zu Hause an, es wird zwar noch nicht dunkel, es ist aber schon ein bisschen dämmrig. Stromer schaut kurz zu uns hinüber, als wir aussteigen, er hält sein persönliches Erscheinen aber nicht für nötig.

Ich kann aber nicht mehr so lange bleiben, um sieben gibt es Essen bei uns, erklärt mir Claudia.

Ist schon okay, sage ich, aber einen Kaffee können wir doch noch trinken, oder?

Nein, ein Kaffee wäre natürlich kein Problem, aber sie hatte extra zu Hause gesagt, dass sie zum Abendessen wieder da sein würde. Wie gesagt, das ist ja in Ordnung so, dafür hat Heiko Timmermann ja Verständnis. Wir gehen rein, hängen unsere Sachen an der Garderobe im Flur auf und nähern uns dem Wohnbereich. Der Kaffeetisch ist noch teilweise gedeckt, Mutter sitzt da noch, dann Lasse, Linda und, ach du Scheiße, Maren.

Wenn das alles jetzt ein Film wäre, würde ich einfach ein paar Minuten zurückspulen, bis zu der Stelle, bevor ich meinen Vorschlag mit dem Kaffee mache. Dann lasse ich den Film wieder laufen, verabschiede mich einfach draußen von Claudia und verabrede mich dabei mit ihr oder sage ihr, dass ich sie anrufe. Dann noch einmal ein bisschen herumknutschen und winke-winke, bis bald.

Nein, das ist aber jetzt ganz einfach nicht so, durch diese Situation muss ich mit Anstand durch, so etwas Ähnliches gab es schon mal, da war ich noch richtig mit Maren zusammen und sie kam dann zu uns und ich saß da gemütlich am heimischen Kaffeetisch mit einer anderen, die übrigens Gwyneth hieß, aber das sage ich nur der Vollständigkeit halber. Jetzt sind die Karten natürlich schon ein bisschen anders gemischt, Maren ist ja nicht meine Freundin, sondern eine frühere Freundin, auch wenn sie sozusagen einen Valentins-Antrag auf Wiedereinsetzung in ihr früheres Amt gestellt hat. Naja, da ist natürlich noch die Sache, dass ich mit ihr gepennt habe, so was nehmen die Mädels ja durchaus ernst, sie würde mir wahrscheinlich auch nicht abkaufen, dass ich sie tatsächlich am Anfang ihres nächtlichen Auftritts mit Maja verwechselt hatte. Okay, jetzt habe ich also mal wieder den Salat. Was wird wohl jetzt passieren?

Gar nichts passiert, jedenfalls nichts Außergewöhnliches. Wir sagen hallo, Claudia geht ganz locker zu Maren rüber, gibt ihr die Hand und sagt ganz einfach: Moin, ich bin Claudia.

Maren bleibt zwar sitzen, deutet aber ihren Willen zum Aufstehen an und antwortet: Maren.

Keine Schreikrämpfe, keine Szenen, nicht einmal rot ist sie geworden, Leute, ich verstehe die Frauen nicht mehr. Mutter scheint allerdings meine Verlegenheit zu merken, sie ist ja über mein Vorleben voll informiert, sie sagt nur, dass noch frischer Kaffee in der Maschine ist und dass sie ihn gleich holen wird. Linda fordert Claudia auf sich zu setzen, was sie dann auch tut, ich weiß eine Sekunde lang nicht, was ich machen soll, dann besinne ich mich und hole einfach Teller und Tassen für Claudia und mich.

Und, wo wart ihr spazieren?, fragt Linda.

Ach, einfach in Büsum, mal ein bisschen über den Deich gucken, aber das wurde dann doch bald ungemütlich, antwortet Claudia, während Maren sie interessiert beäugt.

War aber eigentlich doch ganz schön was los in Büsum, ergänze ich, während ich das Kaffeegeschirr vor Claudias und meinem Platz platziere. Das heißt, mein Platz ist es noch gar nicht, aber jetzt, jetzt habe ich mich gerade hingesetzt, übrigens ihr gegenüber. Lasse hat sich aber auf und davon gemacht, wahrscheinlich ist er vor der weiblichen Überzahl geflohen oder er hat gemerkt, dass sein älterer Bruder gerade in der Bredouille steckt und das ist ihm so peinlich, dass er das lieber nicht miterleben möchte.

Mutter kommt jetzt aus der Küche zurück, sie stellt aber nur die gut gefüllte Thermoskanne auf dem Tisch ab und überzeugt sich mit einem kurzen Blick davon, dass noch genug Kekse in der offenen Dose sind. Ich finde, das klingt immer so steif, wenn man versucht, solche Situationen zu beschreiben, in Wirklichkeit finden ja lauter verschiedene Aktionen gleichzeitig statt, zum Beispiel unterhalten sich Claudia und Maren gerade durchaus angeregt. Worum geht's denn? Ach so, ob Maren auch aus Wesselburener Deichhausen kommt, nein, aus Reinsbüttel, aber das ist ja sozusagen gleich um die Ecke, zu Fuß aber doch zu weit, man kann ja sonst auch mit dem Fahrrad fahren, aber doch nicht so gerne in dieser Jahreszeit, außerdem ist das Licht schon wieder kaputt, ihre Mutter holt sie aber nachher ab und so weiter. Dann geht es darum, was alle drei, Linda ist jetzt einbezogen, denn so machen, also zur Schule gehen (Maren), Krankenschwester lernen (Linda) und Elektrikerin lernen (Claudia). Letzteres, also Elektrikerin, findet Maren wohl irgendwie cool, und Claudia muss jetzt ganz viel von ihrem Job erzählen. Mittlerweile habe ich natürlich schon längst Kaffee eingeschenkt und Kekse angeboten. Trotzdem habe ich das Gefühl, dass ich jetzt gerade abgemeldet bin und die Mädels voll die Kontrolle übernommen haben.

Ja, Claudia, Maren und Linda plaudern munter drauflos und auch ziemlich durcheinander, wie ich finde. Sie scheinen sich dabei großartig zu amüsieren und lassen auch das eine oder andere Lachen hören. Claudia hält Maren natürlich für Lindas Freundin, das ist ja ganz klar und das entspricht auch voll den Tatsachen. Sie kann ja nicht wissen oder ahnen, dass sie meine

Ehemalige ist. Maren hat anscheinend diesmal sofort kapiert, dass Claudia meine Neue ist, aber dass sie so souverän mit dieser Tatsache umgeht, das überrascht mich schon sehr. Ich versuche zwischendurch doch die eine oder andere Anmerkung loszuwerden, was mir teilweise auch gelingt, aber eigentlich hätten die Damen jetzt auch nichts dagegen, wenn mich gerade die Bundeskanzlerin anrufen würde und ich mich für ein längeres Ferngespräch in die Telefonzelle zurückziehen müsste.

Also widme ich mich in erster Linie dem Genuss von Kaffee und Keksen und versuche mich wieder zu entspannen. Die Begegnung zwischen Claudia und Maren ist unerwartet positiv verlaufen, irgendwann wird auch Maja was von ihr mitkriegen, das lässt sich gar nicht vermeiden. Vielleicht sollte ich es Maja ja auch einfach erzählen. Vielleicht aber auch lieber nicht, das muss ich mir noch mal in Ruhe überlegen. Eigentlich würde ich Claudia gerne noch mein Zimmer zeigen, nicht weil es so besonders gut aufgeräumt ist, sondern weil ich gerne mal mindestens ein paar Minuten unbeobachtet mit ihr zusammen sein möchte. Geht aber irgendwie nicht mehr, die Uhr hat was dagegen. Schon Viertel nach sechs, sie muss jetzt leider wirklich los, sie hat ihrem Vater versprochen, den Ducato noch vollzutanken, sonst bleibt der morgen irgendwo liegen, nur unter dieser Voraussetzung hat sie den überhaupt ausleihen dürfen. Aber fahr' dann noch zum Tanken, Claudia. Okay, kann man verstehen. Ich könnte Claudia jetzt anbieten, bei uns zu tanken, wir haben ja auch eine Diesel-Zapfsäule auf dem Hof, aber das würde nur zu Komplikationen führen, weil wir nur unsere eigenen Fahrzeuge betanken dürfen. Warum das so ist, kann ich mir im Moment auch nicht richtig erklären und euch schon gar nicht. Claudia verabschiedet sich höflich von Mutter, danke für den Kaffee und die Kekse, hoffentlich sehen wir Sie bald mal wieder, Claudia, ja sicher, gerne. Wo steckt Vater jetzt eigentlich? Keine Ahnung, ist ja auch egal. Dann sagt sie tschüs zu Linda und Maren, die bleiben jetzt aber noch sitzen und werden wahrscheinlich gleich abräumen und dabei die Begegnung mit Claudia intensiv rezensieren.

Ich gehe noch schnell mit nach draußen, für mehr als einen Halbe-Minute-Abschiedskuss ist keine Zeit mehr, klar, sie muss jetzt endgültig los. Irgendwelche festen Vereinbarungen? Nein, keine, wir können ja telefonieren oder simsen, bis dann.

Sie klettert in den Elektro-Schmidt-Ducato und lässt den Motor an. Scheinwerfer, einmal die Scheibenwischer laufen lassen, dann klingt es nach dem Lösen der Handbremse, sie fährt langsam an und winkt noch einmal. Ich winke zurück und bleibe noch einen Moment stehen, bis der Wagen vom

Hofplatz verschwunden ist. Jetzt kommt Stromer angelaufen und setzt sich neben mich. Aha, plötzlich kann er doch wieder ohne Probleme sitzen. Na gut. Ich streichle ihn am Kopf und klopfe ihm ein bisschen auf den Rücken, sodass sämtliche Hundeflöhe in alle Richtungen davonhüpfen. Er guckt mich jetzt so an, als wollte er sagen: Heiko, die ist schon ganz okay, die Frau. Die solltest du dir warmhalten. Ich nicke zustimmend, dann gebe ich ihm noch einen Klaps und gehe wieder zurück ins Haus.

Es ist mir immer noch etwas peinlich, gleich wieder Maren zu begegnen, aber ich sage mir, bleib' einfach ganz natürlich, das gibt sich alles wieder. Wie ich schon vermutet habe, die Mädels sind am Aufräumen, ich schließe mich an, ja, wir können auch gleich wieder den Abendbrottisch decken, es wird so langsam Zeit dafür. Wo Vater die ganze Zeit gesteckt hat, klärt sich auch auf, er war im Büro und hat nach irgendwelchen wichtigen Unterlagen für morgen gesucht, die hatte er aber selbst falsch abgelegt, dann kann man ja lange suchen. Zur Mahlzeit ist er aber pünktlich da, alles andere wäre ja auch untypisch für ihn.

Maren wird um halb acht von ihrer Mutter abgeholt, sie wartet aber nicht draußen, sondern kommt kurz rein auf ein Schwätzchen. Hoffentlich ist der Winter bald vorbei, damit die Pferde mal wieder längere Zeit auf die Koppel können, das ist ja einfach kein Zustand auf die Dauer. Mutter nickt verständnisvoll, ein bisschen Ahnung von Pferden hat sie ja auch, dafür Vater umso weniger. Schönen Gruß an deinen Mann, sagt Mutter. Das mit dem Duzen überrascht mich jetzt, aber wahrscheinlich kennen die beiden sich von den Landfrauen oder sonstwo her. Tschüs denn, lässt Maren zum Abschied hören, mich guckt sie so normal an, als hätte es nie irgendwelche Valentinspost von ihr gegeben. Ganz ehrlich, ich finde das alles schon sehr seltsam.

Timmermanns Sonntagabend kommt wieder in Schwung. Abräumen, abwaschen, schon mal Vorbereitungen fürs Frühstück treffen. Jetzt kommt gleich wieder die Frage, was es im Fernsehen gibt. Ah, da ist sie ja schon: Was gibt's denn heute Abend im Fernsehen, fragt natürlich Mutter. Einen Tatort? Welchen denn?

Aha, ein österreichischer, na, wenn das man was ist. Aber mit Krassnitzer, der ist doch sonst ein ganz guter Schauspieler. Können wir uns doch angucken, oder was meinst du, Heinrich?

Heinrich Timmermann meint gar nichts, solange es kein Fußballspiel als Alternative gibt. Damit ist dann der häusliche Fernsehsegen für die ältere Generation im Haus gesichert. Gibt es denn auch was für Linda und mich, was wir uns bei ihr reinziehen könnten? Im Dritten Die spannendsten Seen Norddeutschlands, 90 Minuten. Das glaube ich jetzt nicht. Auf Arte immerhin Ghandi, das ist wohl ein echt guter Film, aber der dauert fast drei Stunden, das haut einen dann doch ganz schön um zum Wochenendausklang. Linda findet auch nichts Ansprechendes, ich sage, wir können ja einfach bei dir ein bisschen Musik hören und einen kleinen Schluck Wein trinken. Sie hat nichts dagegen einzuwenden.

Ich organisiere schon mal die Gläser und sicherheitshalber einen Korkenzieher, ich weiß im Moment gar nicht, ob ich überhaupt noch Wein in meinem Zimmer habe und was für einer das sein könnte. Aber Linda sagt, sie hat noch ein paar Flaschen von ihrem Mädels-Abend übrig, so viel ist da wohl doch nicht weggegangen und außerdem haben sie sich eher am Prosecco gelabt. Na gut, was haben wir denn da? Chianti Classico Riserva, Jahrgang 2009. Donnerwetter, Linda, der sieht ja richtig teuer aus. Und tatsächlich noch mit richtigem Korken.

Nee, Heiko, der war im Angebot, aber doch fast acht Euro die Flasche, so viel gebe ich normalerweise nicht aus. Lass mich mal aufmachen, ich muss das ja auch lernen.

Jawohl, kein Problem, Linda kriegt das schon hin, sie muss ja auch einen Tropf anlegen können oder wie sich das nennt. Plopp! Schon schenkt sie unsere Gläser ein, ein bisschen höher als bis zur Grenze des Vornehmen.

Hm, riecht nicht übel. Na dann Prösterchen, Schwesterherz.

Was läuft denn da im Hintergrund, wahrscheinlich Bravo-Hits Nummer sowieso. Tatsächlich, Robbie Williams, Carly Rae Jepsen, Chris Brown, Usher und der ganze Schmus. Aber in der Lautstärke kann man es noch ertragen. Volksmusik wäre schlimmer.

Herrlich ausdrucksvolle Frucht, feine Tanninstruktur, sage ich, aber etwas mineralisch im Abgang.

Heiko, spinnst du jetzt total?

Nur ein bisschen, das hab' ich neulich mal über irgendeinen Wein gelesen. Nein, ich will nur sagen, schmeckt prima, das Zeug.

Wir sitzen jetzt beide ganz gemütlich auf Lindas Ikea-Couch, sie links und ich rechts, dazwischen wäre noch Platz für ein großes Kuscheltier oder beispielsweise Maja, aber die ist im Moment nicht das Thema oder vielleicht noch nicht. Punkt eins der Tagesordnung: Lindas Krankenschwestern-Fete am Freitagabend. Dazu kann ich persönlich nicht so viel beitragen, ich sage nur, dass die Damen ja offenbar alle ganz nett und brauchbar waren, mit denen kann man sich wahrscheinlich bei der Arbeit im Krankenhaus gut verstehen. Linda stimmt mir vollinhaltlich zu. Ich wundere mich immer, sage ich, worüber ihr eigentlich die ganze Zeit redet, oder habt ihr vielleicht Karten von der Regie, wo eure Themen alle draufstehen?

Das findet Linda wiederum komisch, dass ich das so sehe, sie sagt, da würden sie sich gar keine Gedanken drüber machen, das würde eben einfach alles ganz automatisch kommen und ob das denn bei den Jungs nicht auch so ähnlich sei. Ja, wahrscheinlich doch, sage ich, wenn ich mit mehreren Jungs zusammen bin, zum Beispiel nach dem Fußballtraining oder so, dann quasseln wir auch die ganze Zeit und machen uns gar keine Gedanken darüber.

Das war ja schon mal eine grundlegende Erkenntnis. Darauf schenke ich mir noch etwas nach, obwohl das Glas noch halbvoll ist. Dann kauen wir noch einmal den Samstagabend im Tivoli durch, da haben wir zwar schon drüber geredet, aber nicht so wirklich ausführlich. Linda interessiert sich besonders dafür, wie ich an Claudia rangekommen bin, ich berichte ihr auch gerne sämtliche Einzelheiten. Deine Elektrikerin, sagt Linda, die finde ich übrigens ganz okay. Ich weiß nur nicht, was Maja dazu sagen wird.

Ich auch nicht, sage ich, aber Maren hat es ja wohl auch verkraftet, dass ich plötzlich eine Neue habe. Dabei habe ich doch diese Valentinskarte von ihr bekommen, die hast du doch für sie bei mir untergebracht, oder?

Ja, stimmt schon, aber ich weiß natürlich nicht, was sie dir geschrieben hat. Hast du die Karte noch? Zeig' doch mal her!

Nein, das tue ich jetzt nicht, ich erzähle aber, was da drauf war, diese Katze auf der Tonne und der Spruch: Lieber Heiko, kann es nicht wieder so wie früher sein, wir zwei allein, das wäre fein.

Immerhin hast du dir den gemerkt, Heiko. Nee, das haut mich jetzt aber doch um, ich dachte nämlich, das sollte nur ein Witz von Maren sein. Übrigens Valentinstag, das muss ich dir unbedingt erzählen, das weißt du doch noch gar nicht: Maren hat 'nen neuen Typen!

Wie, echt jetzt?

Klar, sie hat am Valentinstag so einen richtigen Rosenstrauß zugeschickt bekommen, von einem aus Neumünster. Den hat sie mal bei irgendeinem Reitturnier kennengelernt, vielleicht in dieser, wie heißt sie noch gleich…

Holstenhalle?

Ja, genau, Holstenhalle. Also von dem Typen waren die Rosen mit einer Karte und seiner Telefonnummer, sie hat ihn dann gleich angerufen und gestern hat er sie hier besucht.

Hier?

Naja, ich meine in Reinsbüttel bei ihr zu Hause natürlich. Nächstes Wochenende kommt er wieder.

Natürlich. Das muss ich jetzt aber erstmal verdauen. Ich nehme einen großen Schluck Chianti. Signorina Reimers hat jetzt plötzlich so einen Reit-Schnösel aus Neumünster, man fasst es nicht. Mit dem treibt sie es wahrscheinlich im Pferdestall auf den Heubündeln oder in der Sattelkammer. Mit Peitsche und Pille. Und mir hatte sie doch am selben Tag, also diesem Valentinstag, so eine Art Antrag gemacht. Die hat sich aber verdammt schnell umorientiert.

Heiko, ist was? Du guckst ja plötzlich so komisch.

Nee, nichts, ich hab' mir nur gerade auf die Zunge gebissen.

Dann nimm schnell noch 'n Schluck Wein, das desinfiziert. Wirkt auch antiseptisch oder wie das heißt.

Das scheint ja ein ganz lustiges Krankenhaus zu sein. Ich folge natürlich Schwester Lindas Anweisung und spüle meinen Mund mit einem kräftigen Schuss Vino. Allmählich wirkt das Zeug auch ansonsten ganz schön, muss ich sagen. Doch, der hat was, der Chianti. Okay, Maren hat also einen neuen

Typen, dann ist es ja kein Wunder, dass sie so gelassen auf Claudia reagiert hat. Gut, ein Problem weniger. Fehlt nur noch, dass Maja auch einen Neuen hat. Donald hatte da doch neulich in Kiel so was angedeutet. Ach nee, das war schon etwas mehr als nur angedeutet, er hatte sie doch auch mit so einem Macker rumlaufen sehen.

Diesen Gedankengang übermittle ich jetzt aber nicht an Linda. Auch nicht die Tatsache, dass Maren mich noch neulich Nacht heimlich aufgesucht hat. Offenbar hatten weder Linda noch Maja etwas davon mitbekommen und das ist dann ja auch gut so.

Leider geil lassen Deichkind gerade im Hintergrund vom Stapel, das passt thematisch jetzt irgendwie gar nicht, aber danach kommt dann Paradise von Coldplay, da kann man jedenfalls nicht jedes Wort verstehen. Wir haben uns allmählich an den Rest der Flasche rangetrunken, Linda philosophiert gerade vor sich hin, wie das wohl mit mir und Claudia weitergehen wird, ob ich nicht vielleicht auch noch Elektriker werden könnte, dann wäre ich doch bestimmt der perfekte Schwiegersohn für Firma Schmidt. Ich finde das jetzt aber ziemlich bescheuert von ihr und sage das auch. Wir sind noch so jung, Linda, da müssen wir uns nicht dauernd mit der Zukunft beschäftigen. Dann gibt es wieder normalere Themen, zum Beispiel Lindas Führerschein-Träume, ich schlage ihr vor, dass wir irgendwann in den nächsten Tagen doch mal auf dem Hofplatz fahren üben könnten, aber dann sollten wir vielleicht vorher lieber Stromer und die Katzen in Sicherheit bringen. Okay, ja, das können wir dann ja mal machen.

Noch 'ne Flasche?

Ach nee, Linda, lass gut sein. Du, es ist schon nach elf, wir müssen ja beide wieder früh raus. Ich nehm' schon mal mein Glas mit. Ist es okay, wenn ich dann zuerst ins Bad gehe, ja? Ich beeil' mich, ich sag' dir dann Bescheid, wenn ich fertig bin.

Mein Gott, ich habe doch ganz schön einen im Tee. Morgen muss ich wieder nüchtern auf der Matte stehen. Aber das Wochenende, ich muss schon sagen, das war irgendwie doch echt cool.

Hat die Gruppe Cascada ihr Lied Glorious von der Vorjahressiegerin Loreen mit ihrem Titel Euphoria abgekupfert? Äh, worum geht es jetzt eigentlich, ach so, um den Eurovision Song Contest. Ich habe beide Songs gerade nicht im Ohr, aber ich bin mir sicher, dass Linda sie mir vorsingen könnte, allerdings ziemlich schräg. Da verzichte ich doch lieber drauf. Jetzt soll ein musikwissenschaftliches Gutachten in Auftrag gegeben werden. Na dann viel Spaß, Leute. Und wenn es wirklich ein Plagiat ist, muss dann Cascada den Doktorhut abgeben oder was? Gibt es eigentlich keine anderen Nachrichten? Doch. Der Bauernverband hat allen Landwirten empfohlen, sich ein Facebook-Profil zuzulegen, dort sollen sie dann der Öffentlichkeit erklären, warum und auf welcher Grundlage sie gerade was tun. Öffentliche Selbstkritik für Bauern, bin gespannt, was Vater davon hält. Ach nee, ich bin doch nicht gespannt, ich kann mir doch denken, dass er das ziemlich bekloppt finden wird.

Die Meldorfer Theatergruppe hat Figaros Hochzeit aufgeführt. Neblig-trüb bei Werten bis drei Grad. Glättegefahr. Gregor Gysi bestreitet Stasi-Vorwürfe. Ein Leserbriefschreiber hat einen schönen Bock zum Thema Koma-Saufen geschossen, es ist für die Jugendlichen einfach nur cool, sich sinnvoll zu betrinken, schreibt er wörtlich. Sinnvoll statt sinnlos, das ist nun wirklich cool. Hacker-Angriff auf Facebook. Vielleicht waren das ja schon die Landwirte. Weltweit gibt es rund 6.000 verschiedene Sprachen, jede zweite davon droht auszusterben. Auch Plattdeutsch, obwohl das viele jetzt nicht hören wollen. In den meisten Kraftfahrzeugen zeigen die Tachometer ein höheres Tempo an. Das hat Vater auch schon öfter gesagt, wenn man knapp unter sechzig auf dem Tacho fährt, bräuchte man in der geschlossenen Ortschaft eigentlich noch keinen Blitzer zu fürchten. Das hat jetzt aber Vater gesagt, nicht ich, beschwert euch also bei ihm. Ein einseitiger Artikel von Fuchs über das Südereggen-Hahnebier mit zahlreichen Fotos. Aber nur bis einschließlich Kaffeetafel, vom Festball im Tivoli ist hier nicht die Rede. Die Rede ist aber vom Sandbauern Peter Bur, Sandbauer, ich dachte, der war Holzpantinenmacher oder so ähnlich. Was ist ein Sandbauer? Da muss ich mal Fuchs fragen, der muss das ja wissen.

Ich bin immer noch nicht ganz durch mit unserem Blatt. Natürlich frühstücke ich nebenbei, außerdem lasse ich auch das eine oder andere Wort in Richtung Mutter und Linda fallen. Lasse pennt noch, für heute ist er ja noch krankgeschrieben. Vater ist schon sandbauernmäßig unterwegs. Okay, was gibt es noch Neues? Tourimustag in Büsum mit einem Bild von einer ziemlich flotten Mieze mit einer überdimensionalen Krabbe in der Hand. Die SPD Dithmarschen ist auf Krawall gebürstet. Steht wirklich hier. Internationales Hallenreitturnier in Neumünster. Wann war das denn überhaupt, ob Maren vielleicht auch dabei war und dort diesen Herrenreiter kennengelernt hat? Marco Kutscher wird es doch wohl nicht sein, also Marens neuer Typ, meine ich jetzt. Übrigens Kutscher, das ist schon ein toller Name bei einem Reiter. Yoko Ono wird 80. Jetzt noch schnell mein Horoskop und ich wäre zufrieden: Steinbock: Ich soll mich mit den Dingen befassen, die schon vor mir liegen. Heute Abend eher mütterliches Fernsehprogramm: Millionär und Restauranttester.

Mein Gehirn ist wieder aufgeladen, ich bin bereit für den Tag.

Der Tag beginnt mit der morgendlichen Stehrunde in unserer Redaktion mit einem kleinen Rückblick auf die vergangene Woche. Schwerpunkt Hahnebier. Mit der Berichterstattung zum Süderreggen-Hohnbeer ist Fuchs wohl ganz zufrieden, kein Wunder, das meiste stammte ja auch aus seiner Feder. Wissen wir irgendwas über den Festball? Nein, da soll ja noch ein kurzer Bericht von der Süderegge selbst kommen. Ich überlege schon seit ein paar Minuten, ob ich es sagen soll oder nicht, aber dann kann ich einfach nicht mehr an mich halten und erzähle, dass ich ganz privat am Festball im Tivoli teilgenommen habe. Das scheint die anderen zwar etwas zu erstaunen, trotzdem quetschen sie mich jetzt nicht nach dem Grund für meine Teilnahme oder nach den näheren Umständen aus. Da ist einer auf der Tanzfläche zusammengeklappt und dann wohl ins Krankenhaus gebracht worden, berichte ich.

Es gibt dann schon die eine oder andere mitfühlende Bemerkung von den Kollegen dazu, Frau Brüggmann wünscht sich sogar eine nähere Beschreibung des Vorfalls von mir. Viel kann ich aber nicht dazu sagen. Fuchs scheint allerdings nichts Berichtenswertes dabei zu finden und meint nur, dass so etwas ja auf jeder Feier mal vorkommen kann. Gut, kommen wir dann mal zur Aufgabenverteilung: Frau Brüggmann kann sich mal um die Geburten-Bilanz am Westküstenklinikum kümmern, wie viele Kinder im letzten Jahr geboren wurden, wie der allgemeine Trend ist, welche Namen am beliebtesten sind und so weiter. Diese Aufgabe scheint sie durchaus zu erfreuen. Holger Fuchs selber wird sich mit dem Loher Künstler Werner Gutzeit zusammensetzen und etwas über die Vernetzung der Dithmarscher Kunstszene von ihm erfahren. Callsen soll sich mit der Schmückerkolonne der Österegge beschäftigen. Harder soll mal bei der Kripo in Heide nachfragen, wie es mit den Ermittlungen im Fall des zusammengeschlagenen Wirtes dieser einen Kneipe im Schuhmacherort aussieht. Ja, was haben wir dann noch: Sprachkurs für Zuwanderer an der Volkshochschule erfolgreich abgeschlossen, das macht dann mal Lorek. Heiko, für Sie habe ich was an der Stiftstraße, da klagt ein Anwohner über Rotlicht-Sünder an der Fußgängerampel. Die Telefonnummer und so weiter kriegen Sie gleich von mir. Ach ja, Sie können mal bei den Weddingstedter Landfrauen nachfragen, da geht es wohl um einen Theaterabend oder so ähnlich. Und wenn Sie dann noch Zeit haben, vielleicht erfahren Sie noch etwas Neues in dieser Tonnen-Geschichte vom Marktplatz, da müsste sich doch auch mal langsam was entwickelt haben.

Okay, das war's im Prinzip. Es sind ja nicht so ganz die Super-Themen heute, richtige Hektik bricht da nicht gerade aus, eher noch ein bisschen halbprivates Gemurmel zwischen den Kollegen, bevor sie sich dann doch dazu durchringen, mit der Arbeit anzufangen. Eigentlich hätte ich lieber den Job von Harder bekommen, also die Sache mit der Kripo. Das mit der Fußgängerampel finde ich jetzt nicht so prickelnd. Wer weiß, nachher ist dieser Anwohner wieder so ein typischer Querulant, da gibt es doch auch irgendwo einen, der dauernd Falschparker anzeigt. Querulant, Denunziant. Aber gut, das werde ich dann ja sehen. Also Fußgängerampel, das wird dann wohl so eine Bedarfsampel sein, wo man als Fußgänger auf einen Knopf drückt, um das Ding in Gang zu setzen. Aber muss man das eigentlich in jedem Fall? Das versuche ich jetzt erstmal herauszufinden.

Ergebnis nach einer halben Stunde Recherche: Negativ. Mit anderen Worten, nein, ich habe keine vernünftige Antwort auf meine Frage gefunden. Es gibt allerdings jede Menge verschiedene Meinungen dazu, aber das hilft mir auch nicht weiter. Die einen meinen, man muss auf jeden Fall und zu jeder Zeit eine Bedarfsampel als Fußgänger in Betrieb setzen, selbst wenn weit und breit kein Auto zu sehen ist, die anderen sind der Auffassung, dass man eine abgeschaltete Ampel so behandeln darf, als ob sie nicht vorhanden wäre. Wie gesagt, ich bin jetzt genauso schlau wie vorher. Aber eigentlich sollte das ja auch gar nicht meine Fragestellung sein, es geht vielmehr darum, dass manche Autofahrer das Rot am Fußgängerüberweg ignorieren. Das ist natürlich auf jeden Fall verboten, das kostet und bringt mindestens einen Punkt in Flensburg, mit Gefährdung wird's dann mehr, mit Sachbeschädigung sogar noch mehr. Darüber muss man jetzt ja auch nicht diskutieren.

Also gut, ich werde dann mal versuchen, diesen Fußgängerampel-Menschen zu erreichen. Das ist aber nicht so ganz einfach, der Herr scheint kein Rentner zu sein, sondern berufstätig. Immerhin kommt auf seinem normalen Anschluss nach zehn Sekunden Gepiepe einer Ansage vom Anrufbeantworter mit seiner Handynummer. Na gut, dann also das Handy. Das ist aber abgeschaltet, ich spreche dann eine kurze Mitteilung auf die Mailbox, Timmermann vom Dithmarscher Landboten, ich würde Sie gern wegen der Fußgängerampel sprechen und so weiter. Das ist natürlich ein Schuss ins Blaue, ihr kennt das sicher, man spricht da bei jemandem auf den Anrufbeantworter oder ins Hörrohr oder sonstwohin, man kann aber nicht sicher sein, ob derjenige die Nachricht in den nächsten zehn Minuten abhören wird oder erst in drei Jahren. Was mache ich denn so lange? Vielleicht hätte Mutter mir doch das Stricken beibringen sollen oder zumindest Häkeln, mein Eindruck ist, dass das ein bisschen leichter ist, aber da kann ich mich natürlich auch täuschen. Nein, ich versuche jetzt einfach noch mal nach den Bedarfsampeln zu googeln, vielleicht habe ich in der zweiten Runde mehr Glück als beim ersten Mal.

Ich werde aber durch das Klingeln des Telefons unterbrochen. Es ist tatsächlich der Herr aus der Stiftstraße, er klingt auch gar nicht rentnermäßig, ich nenne jetzt aber nicht seinen Namen, das werde ich auch in meinem Artikel nicht tun. Er teilt mir mit, dass er heute Vormittag beruflich viel am Hut hat, aber um 14 Uhr bei ihm zu Hause, das könne er einrichten. Stiftstraße sowieso, das ist schräg gegenüber der Meisterlehrwerkstatt. Ja, kenne ich, vielen Dank, bis dann also.

Meisterlehrwerkstatt muss ich kurz erklären, die heißt eigentlich Kfz-Meisterlehrwerkstatt des Kreises Dithmarschen, noch eigentlicher aber Bildungs- und Technologiezentrum, kurz BTZ, aber klein geschrieben, also btz.

Was hatte ich sonst noch am Wickel? Die Weddingstedter Landfrauen, da wird sicher ein Anruf genügen, das kann ich irgendwann im Laufe des Vormittags tun. Mir ist jetzt aber doch etwas nach Action, ich muss mal raus aus dieser Bude, sonst fällt mir die Decke noch auf den Kopf. Also Rechner in den Schlaf schicken, Kamera und Stenoblock einpacken und den noch verbliebenen Kollegen einen angenehmen Vormittag wünschen. Hatte ich schon erwähnt, dass ich heute mit dem Polo da bin? Nein? Okay, also ich bin ja heute mit dem Polo da, nicht mit dem Unimog, das sollte ich aber auch mal wieder ins Auge fassen. Ich gehe jetzt durchs Treppenhaus und dann durch den Landboten-Empfangsbereich Richtung Parkplatz, übrigens fällt mir Maja ein, der hätte ich ja gerade zufällig begegnen können. Was die wohl jetzt macht? So, da bin ich schon bei meinem Polo, aufschließen, reinsetzen, Motor an und los geht's. Vom Wulf-Isebrand-Platz gleich rechts rauf auf die Stadtbrücke, dann wieder links einordnen, bis es grün wird, dann bin ich schon in der Stiftstraße. Immer geradeaus, bis links die Bürgermeister-Vehrs-Straße kommt, da ist auch die St. Georg-Schule, das ist in diesem Zusammenhang wohl nicht unwichtig, weil die Ampel auch etwas mit dem Schulweg zu tun hat. Jetzt macht die Stiftstraße einen ganz leichten Schlenker nach rechts, da ist auch schon der Fußgängerüberweg mit dieser Bedarfsampel, ich biege rechts ab in die Griebelstraße und suche mir dort einen geeigneten Parkplatz. Wer oder was Monsieur oder Madame Griebel war, kann ich jetzt leider nicht sagen, ich habe später mal bei Wikipedia nach dem Namen geschaut, aber da gibt es mehrere, vom Künstler bis zum Architekten. Wahrscheinlich müsste ich mich mal bei der Stadt Heide erkundigen, wer genau da auf dem Straßenschild verewigt worden ist. Ja, ich weiß schon, das tut im Moment überhaupt nichts zur Sache.

Ich nehme mal diesen Fußgängerüberweg in Augenschein: Ich weiß nicht, ob ich mich gerade verkehrstechnisch ganz korrekt ausdrücke, aber da gibt es zwei gestrichelte Linien, keinen klassischen Zebrastreifen, davor dann jeweils einen weißen Haltebalken auf der Straße für die Autofahrer. Die Ampel ist jetzt komplett ausgeschaltet, für den Straßenverkehr gibt es aber im Bedarfsfall nur gelb und rot, kein grün. Okay, ich denke, jeder kennt solche sogenannten Schlafampeln. Ich mache ein paar Fotos aus verschiedenen Perspektiven, da sehe ich gerade ein paar Schulkinder kommen, das ist günstig, sie verhalten sich an der Ampel ganz vorbildlich und ich halte es fotografisch fest. Im Moment kommt aber gar kein Auto, das dann ja bei Rot halten müsste, aber das ist vielleicht auch egal. Es ist jedenfalls gut, dass ich schon ein paar Bilder im Kasten habe, dann brauche ich mich heute Nachmittag nicht unnötig damit aufzuhalten. Auch wo mein Ampelmännchen wohnt, habe ich schon abgecheckt, ich kann dann wieder in der Griebelstraße parken, von dort aus sind es nur noch ein paar Schritte in Richtung Stiftstraße. Es geht doch nichts über gute Vorbereitung.

Doch jetzt wieder zurück in die Redaktion. Viertel vor elf, das ist eine gute Zeit um mich um die Weddingstedter Landfrauen zu kümmern. Jetzt geht alles auf einmal ganz schnell, ich kriege die Frau Oberin sofort ans Telefon, aus ihr sprudeln die Infos geradezu heraus, ich brauche mir nur noch ein paar Notizen zu machen und kann dann daraus eine etwas umfangreichere Meldung zusammenzimmern. Worum geht es überhaupt? Am kommenden Samstag um 15 Uhr gibt es in Kolls Gasthof einen Theaternachmittag mit der Theatergruppe des Ringreitervereins Wesseln. Titel: Alarm in Borsdörp. Eintritt drei Euro. Jawohl, meine Damen. Das will ich jetzt nicht mehr in meine Meldung mit reinbringen, aber es interessiert mich einfach, was das wohl für ein Stück ist, Alarm in Borsdörp. Klingt irgendwie so selbstgemacht. Ich kann es nicht lassen mal danach zu googeln. Doch, das Stück gibt es wirklich, das haben sich die Wesselner also nicht selbst zusammengeschustert. Lustspiel in einem Akt, ca. 65 Minuten, Plattdeutsch. Geschrieben von einem Jep Andersen. Den Vornamen habe ich noch nie gesehen, aber es gibt ja auch Jepsen als Nachnamen, warum sollte es dann nicht auch Jep geben. Mehr kriege ich allerdings nicht heraus, höchstens noch, dass es bei diesem Einakter um irgendwas mit der Feuerwehr geht.

Diese kleine Meldung über das Theaterstück in Weddingstedt kriege ich in fast zehn Minuten fertig, zehn kurze Sätze und damit hat es sich. Heute könnte ich auch schon ein bisschen früher Mittag machen, vielleicht ist dann bei Fiebelkorn noch nicht so viel los, dann komme ich jedenfalls nicht so frisch abgefüllt beim Ampelmännchen in der Stiftstraße an, 14 Uhr war doch der Termin, richtig. Falls es jemanden interessiert, ich bin im Moment nicht allein, Frau Brüggmann ist auch an Bord und da ist auch Harder gerade hereingekommen. Ich sage einfach, dass ich jetzt schon zum Essen gehe, Mahlzeit, guten Appetit, ja danke, Ihnen dann auch.

Das Wetter ist tatsächlich so, wie es angekündigt wurde, in einem Wort nasskalt. Zum Glück ist es nicht wirklich weit bis zum Schlachter, ja, da bin ich schon, keine lange Schlange, es sind auch noch einige Stehplätze frei. Spaghetti Bolognese hatte ich schon lange nicht mehr, das kann ich dann ruhig mal wieder bestellen, dazu eine Dose Mezzo, aber so eine kleine mit 0,25 Liter Inhalt. Ich nehme meinen heißen Teller in Empfang, dazu Gabel und Löffel in der Serviette eingewickelt. Natürlich nicht in einer Stoffserviette, so vornehm ist Fiebelkorn nun auch wieder nicht. Ich stelle mich so an den Tisch, dass ich freien Ausblick auf die Friedrichstraße habe, genau genommen natürlich nur auf einen Teil der Friedrichstraße. So super viele Leute sind gerade nicht unterwegs, naja, es ist ja auch Montag. Da sehe ich plötzlich Maja von links auf die Bühne kommen, mit hochgeschlagenem Jackenkragen und so einem etwas zusammengekniffenen Blick, den man bei Nieselregen leicht mal an den Tag legen kann. Sie kommt rein, sieht mich und lächelt aber erst nach einer Hundertstelsekunde. Ich wage mal zu behaupten, wenn sie gewusst hätte, dass ich hier gerade am Dinieren bin, wäre sie vielleicht woanders hingegangen. Oder auch nicht, ich kann mich auch getäuscht haben. Egal, immerhin lächelt sie jetzt, ich aber auch, wir lächeln einander also ziemlich breit an, dann geht sie an meinem Tisch vor Anker.

Hallo Heiko, sagt sie. Ich hätte natürlich auch zuerst Hallo sagen können, aber sie ist mir zuvorgekommen und außerdem grüßt ja derjenige zuerst, der in einen Raum hineinkommt, hat Mutter jedenfalls immer behauptet.

Ja, hallo Maja, sage ich und senke meinen Kopf in Freunde-Küsschen-Position, es wird dann aber nur ein sehr knappes und ziemlich trockenes Wangenkuss-Erlebnis, ganz ohne erotischen Nachgeschmack. Während Maja das Essensangebot von Fiebelkorn studiert, fällt mir gerade das Wort Hausfreund ein. Wenn es einen Hausfreund gibt, dann gibt es sicher auch eine Hausfreundin. Ganz einfach: Maja ist unsere Hausfreundin, also eine Freundin des Hauses Timmermann. Das trifft es doch ziemlich gut, das kann sie ja auch trotz Claudia meinetwegen gerne weiter bleiben.

Maja hat sich für Wurzelschmaus mit Kasseler entschieden, dazu nimmt sie einen Apfelsaft. Wir essen eine Zeitlang mehr oder weniger schweigend vor uns hin, dann sagt sie, dass wir uns eigentlich schon lange nicht mehr gesehen haben und sie fragt, wie denn das Wochenende so bei uns war. Ach ja, sage ich, Linda hatte ihre Krankenschwestern eingeladen, fünf Mädels waren das, glaube ich, die haben auch alle bei uns gepennt. War wohl ganz lustig, laut genug waren sie ja.

Maja nickt verständnisinnig. Es liegt jetzt irgendwie die Frage in der Luft, was sie denn am Wochenende gemacht hat, aber irgendwie möchte ich das lieber gar nicht von ihr wissen. Wenn es mir ein anderer erzählen würde, beispielsweise Anke aus Busenwurth oder Linda, hallo Heiko, ich weiß, was Maja Freitagabend gemacht hat, da hat sie Strümpfe gestopft und dabei die Talkshow gesehen, am Samstag hat sie den ganzen Abend gebügelt, also wenn ich das von einem anderen hören würde, dann würde es mich schon interessieren. Aber wie gesagt, aus ihrem Munde möchte ich es jetzt lieber nicht hören. Am Ende erzählt sie mir da noch was von ihrem Holstenstraßen-Liebhaber, Volker oder Herbert oder Werner, diese Typen heißen ja alle so, ist euch das vielleicht schon mal aufgefallen, der wohnt aber auch nicht in Kiel, sondern in Rendsburg, das ist ja von Bargenstedt gar nicht mal so weit entfernt. Nee, das muss ich jetzt alles nicht haben, das hat mir gestern schon gelangt, als Linda von Marens neuem Rosenkavalier erzählt hat. Am besten frage ich jetzt gar nichts und ich sage auch gar nichts. Basta.

Das halte ich aber nur zehn Sekunden durch, dann kann ich mich leider nicht mehr zurückhalten und sage Maja, dass ich Samstag mit Linda beim Hahnebier-Ball war. Sie guckt jetzt aber doch einen Moment auf Sparflamme, wahrscheinlich fragt sie sich, warum ich nicht sie zum Ball mitgenommen habe, dann schaltet sie wieder auf Gleichstrom um und hört mir einfach nur neutral-interessiert zu. Die Sache mit Claudia lasse ich jetzt aber lieber weg, ich mache nur so ein paar halbwitzige Andeutungen, dass da ja kaum junge Leute waren, ein paar aber doch. Maja geht da nicht weiter drauf ein, erst als ich ihr von dem auf der Tanzfläche zusammengebrochenen Mann erzähle, ist sie wieder ganz bei der Sache. Das ist ja schrecklich, Heiko, weißt du denn, wie es dem jetzt geht?

Der wird schon wieder in Ordnung sein, schätze ich, er ist, glaube ich, auch sofort ins Krankenhaus gekommen. Vielleicht hat Linda da was gehört, ich muss sie heute Abend mal fragen.

Ende der Mittagspause, wir gehen beide wieder Richtung Landbote. Der Nieselregen ist ein bisschen heftiger geworden, darum ist Eile angesagt. Ich habe zwar mal gelesen, dass es egal ist, wie schnell man bei Regen geht, nass wird man sowieso, aber es liegen neue Forschungsergebnisse vor, die besagen, dass die Kleidung umso feuchter wird, je länger man sich im Regen aufgehalten hat. Ist ja irgendwie auch logisch. Andererseits, es kommt dann sicher auch auf die Art der Kleidung an. Okay, da sind wir schon wieder unter dem Dach unseres Arbeitgebers, dann viel Spaß noch heute, tschüs.

Kein Abschiedsküsschen, keine Verabredungen à la ich komme mal wieder vorbei, kein gar nichts. In Ordnung, eigentlich kann mir das doch ganz recht sein. Ob sie vielleicht doch irgendwas von Claudia ahnt?

Ach, da sind Sie ja, Heiko, wie sieht's denn aus, wie weit sind Sie?

Mit diesen Worten werde ich von unserem Redaktions-Fuchs empfangen, als ich gerade hereinkomme.

Ja, antworte ich, diese Meldung über die Theateraufführung in Weddingstedt ist im Kasten, um 14 Uhr habe ich dann den Termin in der Stiftstraße wegen der Ampel.

In Ordnung, Sie können mir schon mal die Theatersache freigeben, ich hab' grad Zeit, dann schau' ich mir das mal schnell an.

Ich gebe frei, der Fuchs schaut intensiv, scheint dann aber keine Einwände zu haben und nickt nur kurz sein Okay in meine Richtung. Schön, dann kann ich ja weitermachen. Mich nervt im Moment immer noch die große

Frage, ob man eine Bedarfsampel immer benutzen muss oder nur bei Bedarf. Trotzdem widerstehe ich der Versuchung, noch einmal im Internet danach zu forschen, dabei kommt nichts heraus, das habe ich ja schon erfahren. Es gibt eben Probleme im Leben, die sich nicht lösen lassen.

Fuchs ist gerade wieder gegangen, sonst ist auch niemand in der Nähe, dann kann ich mich ja einfach noch ein bisschen entspannen, bis ich wieder los muss. Haben wir hier irgendwelche Konkurrenzblätter herumliegen, da könnte ich doch noch mal kurz reinschauen. Die Frankfurter Allgemeine von heute, die sieht noch so unberührt aus, ich blättere da mal kurz durch und bleibe an einem Artikel über das Sitzenbleiben hängen. Es geht darum, ob in Hessen das Sitzenbleiben abgeschafft werden sollte oder nicht. Die üblichen Argumente für beide Positionen, wie im klassischen Deutschaufsatz. Gibt es denn eine Lösung? Nein. Könnte ich eine anbieten? Wahrscheinlich auch nicht. Ich war ja auf dem Gymnasium, da war es nichts Unnatürliches, dass nicht jeder in der Klasse mitkam und dass auch jedes Jahr ein paar Leute auf der Strecke blieben. Ich habe die jetzt nicht mehr alle in Erinnerung, aber ich meine, dass manche dann auch unsere Schule in Richtung Realschule verlassen haben, weil sie meinten, da hätten sie es leichter. Dann gab es natürlich auch Wiederholer bei uns, die es im zweiten Anlauf auch geschafft haben, aber auch einige, die auch ihr zweites Jahr im selben Jahrgang versemmelt haben. Ich würde mal sagen, einige sind zu blöd, einige sind zu faul. Aber wenn sie dann auch noch beides sind, dann kann man sich ja an fünf Fingern abzählen, was dabei herauskommen muss. Nee, wenn man mir jetzt die Pistole auf die Brust drücken würde, dann würde ich doch sagen, dass man das Sitzenbleiben lieber nicht abschaffen sollte. Die Vorteile überwiegen einfach die Nachteile. Ist jedenfalls so mein Eindruck.

In Berlin gab es ein Konzert zu Yoko Onos achtzigstem Geburtstag, sie ist dabei auch selbst aufgetreten und hat ihren gefürchteten Gesang abgesondert, ansonsten soll es aber ganz prima und nett und so weiter gewesen sein. Ich weiß nicht viel über die Dame, nur, dass sie mit John Lennon verheiratet war, bis der von diesem Idioten in New York erschossen wurde. Außerdem heißt es immer, dass alle Beatles-Fans sauer auf sie sind, weil sie angeblich die Gruppe auseinandergebracht haben soll. Muss man das jetzt glauben? Ich könnte mir einfach eher vorstellen, dass diese Beatles nach dem jahrelangen Erfolg und dem ganzen Stress einfach am Ende waren und nicht mehr konnten.

Oh, ich muss los, der Bedarfsampelmann erwartet mich um zwei.

Worum es geht, weiß ja jeder schon, darum sage ich nur ganz kurz, dass seine Kinder wohl schon mehrfach beinahe an diesem Übergang überfahren worden sind, ich betone, beinahe, weil irgendwelche Autofahrer die Ampel ignoriert hatten. Er hat sich auch schon die Stadt Heide gewendet, aber da hätte man wohl nur mit den Achseln gezuckt und gemeint, was sollte man denn noch tun, man hätte da ja schon die Ampel aufgestellt, das wäre ja im Prinzip schon das Äußerste. Okay, ich kann den Vater durchaus gut verstehen, wenn ich in seiner Situation wäre, würde ich vermutlich genauso giftig sein. Ich notiere mir alles fleißig und ordentlich, dann sage ich, die Ampelanlage hätte ich schon heute Vormittag fotografiert, das scheint er irgendwie in Ordnung von mir zu finden, er bietet mir dann sogar noch einen Kaffee an. Nach drei Sekunden Überlegung lehne ich ihn aber dankend ab, ich sage, ich hätte gerade vorhin noch einen Kaffee getrunken. Das stimmt jetzt zwar nicht ganz, aber es ist ganz einfach so, dass mir im Moment einfach nicht nach Käffchen zumute ist. Ich könnte ja in einer Stunde noch mal wiederkommen, denke ich. Nein, das war natürlich nur Quatsch. Ich bedanke mich für das Gespräch, er ebenso, eigentlich habe ich auch von ihm den Eindruck, dass er gleich noch mal beruflich wieder los muss. Wo jetzt seine Kinder sind oder seine Frau oder beides, keine Ahnung. Tschüs und vielen Dank.

Mir ist eben der Gedanke gekommen, dass ich mal bei Heiner Ohlsen auf der Polizeiwache am Markt vorbeischauen könnte. Außerdem sind mir noch alle möglichen weiteren Gedanken gekommen, zum Beispiel der Gedanke an Schülerlotsen. Das war früher ja durchaus modern, dass sich einige ausgebildete Mitschüler mit weißen Mützen, Koppeln und Kellen an den Straßenrand stellten, um den anderen einen sicheren Schulweg zu ermöglichen. Das scheint aber irgendwie aus der Mode gekommen zu sein, vielleicht ist es auch ganz einfach zu gefährlich geworden in dem heutigen Straßenverkehr. Vater war aber früher selbst mal Schülerlotse, er hat immer behauptet, dass einem Schülerlotsen im Amt noch nie etwas passiert sei. Na gut, jedenfalls ihm nicht. Ich hatte jetzt noch irgendeinen weiteren Gedanken, aber der hat sich gerade auf der Stadtbrücke von selber verflüchtigt. Ist ja auch egal, ich fahre jetzt einfach mal durch bis zum Marktplatz und mache mich dann auf den Weg zu Heiner rüber.

Ich ziehe jetzt lieber einen Parkschein auf dem Marktplatz, das nervt mich zwar, aber es würde mich noch mehr nerven, wenn Lovely Rita mir ein Ticket verpassen würde. Eine Stunde 50 Cent, bis vier Stunden 1,50. Ich glaube, mit einer Stunde müsste ich auskommen. Wieder die gleiche Prozedur an der Tür, man wird natürlich nicht einfach so reingelassen, sondern muss erst klingeln und dann unangenehme Fragen über sich ergehen lassen. Ich sage, dass ich zu Herrn Ohlsen möchte, Polizeimeister Ohlsen. Timmermann mein Name. In welcher Angelegenheit? Privat, würde ich jetzt gerne sagen, aber das würde garantiert nicht gut ankommen. Wegen der Ampel in der Stiftstraße, sage ich. Seltsamerweise kommt das an, ich darf wirklich rein. Einmal das Schnarren des Türöffners, die nächste Glastür geht dann sogar von selbst auf. Ich baue mich vorm Tresen auf, als ob ich ein Bier bestellen wollte, dann sagt aber schon ein Herr von der blauen Zunft, dass Herr Ohlsen gleich kommt. Na, das ist ja doch erfreulich, da ist er schon. Er sagt jetzt aber nicht hallo Heiko, sondern nickt mir nur zu und bedeutet mir, dass ich ihm folgen soll. Tue ich dann auch. Wir gehen wieder in diesen Sozialraum mit dem großen Tisch in der Mitte. Heiner macht die Tür zwar nicht zu, aber er lehnt sie immerhin bis auf einen Spalt an.

Ich hoffe, ich störe nicht, sage ich.

Nee, Heiko, geht im Moment. Ich mach' jetzt einfach kurz Kaffeepause. Du auch einen?

Ich nicke.

Was sollte denn das mit der Stiftstraße?, fragt er, während er zwei Kaffeebecher aus dem Schrank holt.

Ich dachte, ich muss schon irgendwas Offizielles von dir wollen, sonst lassen die mich nicht rein. Aber wo wir gerade dabei sind: Muss man als Fußgänger eine Bedarfsampel auf jeden Fall benutzen?

Oh scheiße, Heiko, das weiß ich gar nicht so genau. Da muss ich gefehlt haben, als das gerade durchgenommen wurde. Aber die Kollegen müssten das wissen, soll ich die vielleicht mal fragen?

Nee, lass man stecken, Heiner, ist nicht so wichtig. Aber was würdest du denn machen, wenn du einen Fußgänger dabei erwischst, wenn er über die Straße geht, ohne vorher den Knopf zu drücken?

Ja, kommt drauf an, Heiko. Ich meine, ob da überhaupt ein Auto in der Nähe war oder so. Also, ich würde das vielleicht einfach ignorieren oder ihn höchstens freundlich darauf hinweisen, dass er vielleicht beim nächsten Mal lieber auf den Knopf drücken sollte.

Na gut, wir kommen mit dem Thema jetzt nicht wirklich weiter. Heiner hat Kaffee eingeschenkt, er setzt sich und wir nehmen beide einen Schluck.

Gibt's denn schon was Neues vom Tonnenmann?, frage ich.

Nichts Offizielles, Heiko, aber ich habe gehört, wie zwei Kollegen sich drüber unterhalten haben, und da war von Gift die Rede.

Gift? Tatsächlich Gift? Das gibt's doch wohl nicht, das kann doch wohl nicht angehen!

Doch, habe ich gehört, aber leider nichts Genaueres. Ich wollte da auch nicht nachfragen, ich hatte sowieso schon das Gefühl, dass der eine es dem anderen eigentlich gar nicht sagen durfte. Aber jetzt kommt noch was ganz anderes, Heiko, da ist Samstag was Merkwürdiges im Tivoli passiert bei diesem einen Eggenball. Da ist ein Gast zusammengebrochen und nach einigen Stunden im Krankenhaus gestorben. Das muss aber was Ungewöhnliches gewesen sein, weil die Ärzte die Kripo eingeschaltet haben. Verdacht auf giftige Substanz oder so ähnlich. Da werden wohl jetzt alle möglichen Untersuchungen gemacht.

Echt schon wieder Gift? Und dann auch schon wieder im Zusammenhang mit dem Hahnebier? Das ist doch nicht normal, Heiner.

Nee, Heiko, kommt mir irgendwie auch so vor. Aber wie gesagt, ich weiß noch nichts Konkretes. Aber wenn ich was erfahre, dann melde ich mich bei dir.

Übrigens war ich Samstagabend auch im Tivoli dabei, sage ich.

Echt jetzt, Heiko? Dann hast du den Mann doch hoffentlich nicht auf dem Gewissen.

Sehr witzig.

Ich schildere Heiner in kurzen Worten, warum ich überhaupt beim Südereggen-Ball war, dass ich Linda mitgenommen hatte und was ich selber beobachtet hatte. Heiner findet das alles gleichermaßen interessant und seltsam.

Also Heiko, wir können da meinetwegen gerne noch weiter drüber rumspekulieren, aber ich muss dich jetzt doch leider rausschmeißen, sonst steigen mir die Kollegen aufs Dach. Aber du hörst von mir, abgemacht.

Ja, ist okay, Heiner, tschüs denn und schönen Tag noch.

Er begleitet mich wieder zur Tür, ich winke kurz in Richtung von Heiners Kollegen, die ignorieren das wie neulich, irgendwie kommen die mir alle ein bisschen menschenscheu vor hier.

Was war denn eigentlich noch mal mit Frau Weishaupt, frage ich mich gerade, als ich wieder bei meinem Polo angekommen bin. Doch, jetzt erinnere ich mich, sie hatte gesagt, Anfang der Woche könnten Untersuchungsergebnisse vorliegen und dass ich gerne wieder anrufen dürfte. Aber ich glaube, es reicht, wenn ich das morgen oder übermorgen mache. Wenn die offizielle Todesursache von Herrn Monscheidt schon klar wäre, wüsste bestimmt auch Heiner schon was davon. Nein, heute rufe ich sie auf keinen Fall mehr an, ich will ihr ja auch nicht auf die Nerven gehen.

Der Mann, der im Tivoli auf der Tanzfläche zusammengeklappt ist, ist im Krankenhaus verstorben. Das finde ich schon schrecklich genug. Aber dass da möglicherweise irgendein Gift eine Rolle gespielt haben könnte, bei Monscheidt ja eventuell auch, das wäre ja wirklich der Hammer. Wer war überhaupt der Tote vom Tivoli? War er ein Eggenbruder oder einfach ein anderer Gast? Gibt es vielleicht einen Zusammenhang zwischen beiden Todesfällen? Müsste man nicht eher sagen, zwischen beiden Morden? Heiko, sage ich mir, da ist was faul in der Stadt Heide.

Jetzt wird es aber Zeit, dass ich in die Redaktion zurückkomme, meine Ampel-Story schreibt sich ja leider nicht von selbst. Dann kommt mir noch die Idee, dass ich mal bei der Stadt Heide nachfragen könnte, ob denen irgendwelche Probleme mit der Ampel in der Stiftstraße bekannt sind. Hoffentlich ist da noch jemand erreichbar. Doch, tatsächlich, der offizielle Pressesprecher sogar, der weiß auch gleich, wovon die Rede ist. Nein, von Beschwerden oder Vorfällen sei ihm nichts bekannt, dann gibt er noch von sich, dass man ja eigentlich nicht mehr tun kann für die Schulwegsicherung, als Überwege mit Ampeln einzurichten, was kann man denn überhaupt sonst noch erwarten, Fußgängertunnel vielleicht, nein, wenn sich jemand nicht an die Vorschriften hält, dann sei das Angelegenheit der Polizei. Okay, ich habe verstanden, vielen Dank auch. Also kann es losgehen mit dem Artikel, ich schreibe ihn einigermaßen neutral, würde ich sagen, aber wer zwischen den Zeilen lesen kann, der wird sich vielleicht auch sagen, die Eltern müssten sich mal auf die Lauer legen und dann diese Rotlichtsünder auch tatsächlich anzeigen. Von der Polizei kann man sicher nicht erwarten, dass die an jede Ampel in Heide auch noch einen Beamten zur Überwachung hinstellt, irgendwann ist ja auch mal gut.

Feierabend, das ist schon mal nicht schlecht. Dann fällt mir noch ein, dass ich morgen den ganzen Tag frei habe, wegen der Semesterferien. Das ist nicht nur super, das ist super-super. Allerdings müsste ich schon noch das eine oder andere fürs Studium machen, am besten setze ich mich nachher mal an meinen Schreibtisch und schreibe mir eine kleine To-do-Liste. Aber erstmal kehre ich in Timmermanns Küche ein und labe mich an einem Kaffee und ein paar Keksen aus der großen Dose. Mutter ist auch da und schon mit Abendbrotvorbereitungen beschäftigt. Ach ja, gegen eine Roulade heute Abend habe ich keine Einwände, Vater ja sowieso nicht, der ist übrigens noch unterwegs, müsste aber bald kommen. Was hat denn die Ärztin zu Lasse gesagt? Völlig wiederhergestellt, der Knabe, dann ist ja alles gut, er freut sich angeblich sogar darauf, dass er morgen wieder zur Schule soll, auf die Dauer wurde es ihm dann doch ein bisschen zu langweilig zu Hause. Jetzt kommt Linda gerade herein, sie ist heute wieder mit der Wesselburenerin mitgefahren, das heißt, sie hat wieder einen kleinen Umweg gemacht, das war ja nett, ist noch Kaffee da, ja, na prima. Die normale Feierabendroutine im Hause Timmermann ist wieder angebrochen.

Heute und auch morgen passiert nichts wirklich Aufregendes mehr, darum erwähne ich nur wenige Einzelheiten: Ich ordne mal meinen ganzen Studienkram und hefte alles Mögliche weg, was ich im nächsten Semester nicht mehr brauchen werde. Dann habe ich noch ein paar Bücher durchzuarbeiten, das kann ich natürlich nicht alles auf einmal machen, am besten fange ich mal mit dem Buch von Johannes Ludwig an, Investigatives Recherchieren. Ich will jetzt nicht sagen, dass das total langweilig ist, aber fesselnd ist es auch nicht gerade, ich muss mich da richtig durchquälen und dabei natürlich das eine oder andere notieren. Mein Gott, das dauert, aber es verleiht mir auch ein ganz gutes Gewissen, jawohl, jetzt habe ich doch wenigstens schon mal was getan, dann kann ich mich ja anschließend wieder etwas entspannen. Ich gehe nach dem Mittagessen eine große Runde mit Stromer ums Dorf, dann fällt mir ein, dass ich den Polo auch mal wieder auf Vordermann bringen könnte. Also waschen, alles durchchecken, den ganzen Kram eben, bei uns geht das ja. Vaters Werkstatt ist gut ausgestattet. Ihm fällt das natürlich auch gleich auf und er animiert mich dazu, mir auch noch den Unimog vorzunehmen. Okay, das ist jetzt nicht mehr wirklich so entspannend, aber ich tue ihm den Gefallen. Danach ist dann schon wieder Abendbrot, der Tag endet bei Two and a Half Men vor Lindas Glotze. Erst vorm Zubettgehen fällt mir ein, ich hätte auch ganz gut mal Claudia anrufen können, aber jetzt ist es zu spät, na, die wird ja sicher heute auch ziemlich viel Arbeit gehabt haben. Okay, schauen wir mal, was morgen so passieren wird.

Leider erstmal was Unangenehmes: Stromausfall. Ich merke es, als ich beim Aufstehen das Licht von meiner Nachttischlampe anschalten will. Na gut, die Birne kann ja mal kaputt sein. Eigentlich dürfte ich solche Ausdrücke wie Birne als Freund einer Elektrikerin nicht mehr verwenden, also noch mal: Die Lampe meiner Leuchte ist vielleicht hinüber. Nee, die Deckenlampe, pardon Deckenleuchte, geht auch nicht. Auch kein Licht im Flur, im Badezimmer natürlich auch nicht. Kein Licht!, rufe ich in Richtung Erdgeschoss. Stromausfall!, echot meine Mutter. Na, dann ist ja alles klar. Linda hat jede Menge Kerzen in ihrem Zimmer, ich hole mir eine als Badbeleuchtung. Sehr romantisch. Warmes Wasser zum Duschen haben wir zum Glück noch, fragt mich jetzt nicht warum, ich glaube, da gibt es irgendwo so einen Warmwasserspeicher, der hängt aber auch mit der Heizungsanlage zusammen, und bei Stromausfall funktioniert auch die beste Ölheizung nicht. Ich bin sehr sparsam mit dem Wasser beim Duschen, damit Linda auch noch was abkriegt. Dann mit der Kerze zurück in mein Zimmer, ich sage noch Linda Bescheid, dass das Bad jetzt frei ist, aber dass sie ihre eigene Kerze mitbringen muss, meine brauche ich jetzt zum Anziehen, sonst verwechsel ich das Hemd mit der Hose.

Im Wohnzimmer brennen auch überall Kerzen, es ist fast wie Weihnachten. Vater kommt auch gleich, meldet Mutter, der macht gerade das Kaffeewasser in der Werkstatt mit dem Schneidbrenner heiß. Da kommt er auch schon von draußen herein, was hat er denn da in der Hand, sieht aus wie eine alte Milchkanne aus Blech. Gut, dann wird noch in der Küche mit dem heißen Wasser und dem Kaffeefilter herumgedoktert, es dauert ein paar Minuten, aber dann kommt Mutter tatsächlich mit unserer größten Thermoskanne herein. Ich hoffe, er ist nicht zu stark geworden, sagt sie.

Gegen starken Kaffee habe ich jetzt keine wesentlichen Einwände, höchstens gegen ungetoasteten Toast, aber was soll man machen, Mischbrot haben wir keines mehr im Haus, höchstens Vollkornbrot. Damit muss ich aber nicht unbedingt den Tag beginnen. Dann doch lieber mit lappigem Toastbrot. Ich mache mir eine Klappstulle mit Käse, die schmeckt ungefähr so wie das Sandwich, das ich einmal in England aus einem Automaten gezogen habe. Das konnte man mit einer Hand zu einem Viertel seines Volumens zusammenquetschen. Kein Radio jetzt, auch zum Zeitunglesen ist es zu dunkel.

Wenn man Stromausfall hat, weiß man zuerst natürlich nicht, ob es nur im eigenen Haus ist, im ganzen Dorf oder auf der ganzen Welt. Vater hat aber schon die neuesten Infos bereit, er war schon drüben beim Nachbarn, da gibt es auch keinen Strom, der Stall ist dunkel, die Melkanlage läuft nicht, das ist schlecht, am Ende muss er noch achtzig Kühe mit der Hand melken, da kann er sich ja gleich beim Orthopäden anmelden. Vermutlich ist aber nur irgendwo ein kleinerer Defekt, das kann nicht so lange dauern, das letzte Mal waren es aber auch ein paar Stunden. Moment, wann war das denn eigentlich, ach, das muss aber schon ein paar Jahre her sein. Mutter steht auf, um nach Lasse zu schauen, damit er sich nicht im Dunkeln verirrt. Eigentlich ist es im Moment aber ganz gemütlich, der Kaffee ist auch heiß genug, das hat Vater schön hingekriegt mit dem Wasser, ich glaube, er liebt solche Situationen. Plötzlich geht das Licht an, alle rufen: Ah! Dann flackert es und geht wieder aus, wahrscheinlich haben wir es erschreckt. Aber gut, das lässt ja hoffen.

Als ich dann mit dem Polo zur Arbeit fahre, fällt mir auf, dass in der ganzen Gegend von Wesselburener Deichhausen kein einziges Fenster beleuchtet ist und dass auch die ohnehin spärliche Straßenbeleuchtung an der einen oder anderen Kreuzung komplett ausgefallen ist. Erst ab Höhe Wöhrden gibt es im wahrsten Sinne des Wortes die ersten Lichtblicke, dann wird es sicher auch in Heide Strom geben, sonst könnten wir in der Redaktion ja gar nicht arbeiten. Wenn man mal darüber nachdenkt, ist man ja unheimlich abhängig vom Strom, wenn der mal längere Zeit fehlen würde, würde tatsächlich das gesamte Geschäfts- und Wirtschaftsleben völlig zusammenbrechen.

Ich bin aber der einzige in der Redaktion, der vom Stromausfall betroffen war, dann kann es ja wirklich nur in unserer Gegend gewesen sein. Okay, dann kommen wir mal zum Tagesgeschäft, was gibt's denn heute für mich zu tun?

Erster Einsatz in der Stettiner Straße, Abfallwirtschaft Dithmarschen, es geht um neue Abfuhrtermine und so weiter für die Müllabfuhr, das ist wichtig für sämtliche Bewohner Dithmarschens, wenn sie das nicht mitbekommen, bleiben sie auf ihrem Müll sitzen. Das sollen sie natürlich nicht, ich bin mir meiner Verantwortung voll bewusst. Das kann doch noch nicht alles gewesen sein, nein, ist es auch nicht, ich soll beim Jugendamt im Kreishaus vorstellig werden und mich mit dem Thema Kindeswohlgefährdung auseinandersetzen.

Ich mach's mal ganz kurz und sage nur, hallo, es hat alles hingehauen. Der Artikel über die Müllbeseitigung wird riesengroß und auch ziemlich kompliziert, aber ich kriege es einfach nicht besser hin. Weil ich dann sowieso schon beim Kreishaus bin, kann ich auch noch zum Jugendamt, da halte ich mich auch ganz schön lange auf. Fazit in einem Satz: Die Jugendhilfe, übrigens rund um die Uhr erreichbar, ist 2012 über 200 Hinweisen aus der Bevölkerung nachgegangen, mehr als je zuvor, was aber auch an einer höheren Sensibilität derselben liegt. Okay, das war jetzt kein besonders guter Satz, aber immerhin ein Satz. Mein alter Deutschlehrer würde es allerdings eher als Satzgefüge bezeichnen.

Jedenfalls kann ich jetzt doch noch das Berufliche mit dem Angenehmen verbinden, also Mittagessen in der Kreishaus-Kantine. Ein bisschen spät zwar, aber die Küche ist noch in Betrieb. Burgunderbraten, Kartoffeln und Kohlrabigemüse. Kohlrabi, das ist ehrlich gesagt nicht so ganz mein Fall, bitte nur ganz wenig davon, danke. Ich suche mir einen gemütlichen Platz irgendwo in einer Ecke und widme mich der Nahrungsaufnahme. Der Braten ist perfekt, die Kartoffeln sind aber schon etwas verkocht, die haben wahrscheinlich stundenlang auf mich gewartet. Dieses Kohlrabigemüse, naja, Erbsen und Wurzeln oder Bohnen wären mir lieber gewesen. Ich habe ja schon etwas vorgegriffen und erzählt, dass ich die beiden Artikel gut hinkriege, das ist dann meine Nachmittagsbeschäftigung bis zum Feierabend, aber jetzt, wo ich gerade beim Essen bin, passiert sozusagen etwas Brandaktuelles. Es fängt damit an, dass ich plötzlich irgendwo im Hintergrund die Nationalhymne von Tonga höre. Wo kommt das denn auf einmal her, es dauert ein paar Sekunden, bis ich endlich kapiere, dass es von mir selbst kommt, genaugenommen von meinem Handy. Das hätte ich aber auch stummschalten können, es wäre mir schon sehr unangenehm gewesen, wenn sich mein Handy mitten im Interview gemeldet hätte. Aber jetzt stört es natürlich niemanden.

Ja?

Moin Heiko, Heiner hier. Bin gerade mit einem Streifenwagen bei der Werkstatt, der macht so komische Geräusche, die müssen den mal durchchecken, also jedenfalls habe ich gerade ein bisschen Zeit.

Ja, passt gut, sage ich, ich bin hier in der Kreishaus-Kantine beim Essen, aber du kannst gerne reden, das stört nicht. Bei welcher Werkstatt bist du denn?

Bei VW Stotzem. Also Heiko, was ich sagen wollte, ich hab' vorhin ein paar Sachen in der Wache mitgekriegt, die könnten dich vielleicht interessieren.

Heiner macht eine Pause, ich sage aber nichts, sondern warte nur darauf, dass er weiter erzählt.

Pass auf, Heiko, der Mann in der Tonne auf dem Marktplatz und der Mann aus dem Tivoli, der da zusammengebrochen ist, du weißt ja, also die sind beide vergiftet worden. Mit Colchicin.

Vergiftet mit was, Heiner?

Colchicin, Heiko. Mit C am Anfang und C vor IN. Einmal haben das die Gerichtsmediziner rausbekommen und einmal die Ärzte im Heider Krankenhaus.

Und dieses Colchicin, Heiner, was ist das eigentlich für ein Zeug, so was wie Rattengift vielleicht?

Keine Ahnung, Heiko, ich hab' auch noch nie davon gehört. Du, ich muss aufhören, da kommt der Meister, der will mir bestimmt sagen, was mit der Kiste los ist. Tschüs denn.

Ja, tschüs, Heiner, danke. Ich melde mich wie…

Aufgelegt.

Ich wundere mich jetzt schon etwas. Nein, nicht über Heiner, weil der so plötzlich das Gespräch abgebrochen hat, das war ja klar, dass er jetzt keine Zeit mehr zum Reden hatte. Aber ich wundere mich darüber, dass die Heider Ärzte so schnell beim zweiten Opfer festgestellt haben, dass es an diesem, wie hieß es noch gleich, Colchicin gelegen hatte. Ich glaube, ich notiere mir das Wort jetzt lieber mal. Na gut, vielleicht findet sich später mal für alles eine vernünftige Erklärung. Jedenfalls sitze ich hier immer noch in der Kreishaus-Kantine und zermatsche die letzte Kartoffel zusammen mit dem Rest Soße vom Burgunderbraten. Das Gemüse habe ich zum Glück schon erledigt. Jetzt vielleicht doch noch ein kleiner Nachtisch? Ach nee, lieber nicht, ich muss sehen, dass ich in die Redaktion zurückkomme, meine Artikel schreiben sich leider nicht von selbst. Außerdem ist heute Abend wieder Fußballtraining, aber das hat jetzt eigentlich nichts damit zu tun.

Ich will nicht sagen, dass ich beim Schreiben völlig unkonzentriert bin, aber so richtig voll bei der Sache bin ich auch nicht gerade. Ich quäle mich eher durch die Müll- und Jugendhilfeproblematik und finde am Ende selber, dass meine Schreibe auch schon mal besser war. Unserem Redaktions-Fuchs gefällt es trotzdem, er winkt meine beiden Artikel offiziell durch, ich habe dann sogar noch eine halbe Stunde Zeit bis zum Feierabend. Soll ich ihm jetzt etwas von Heiners Anruf erzählen? Wenn Rolf noch mein Chef gewesen wäre, hätte ich es schon getan, weil Rolf ja auch Heiner kennt, der könnte seine Nachrichten schon ein bisschen besser einschätzen, aber Fuchs, ich weiß nicht, nachher macht er am Ende noch eine Sensationsmeldung daraus. Nee, das lasse ich jetzt lieber mal bleiben, Heiner hat mir das eigentlich auch nur unter dem Siegel der Verschwiegenheit erzählt. Nächster Gedanke: Colchicin. Noch genug Zeit, um das mal nachzugoogeln. Ich melde mich dann gleich wieder bei euch.

Also, dieses Colchicin scheint vor allem ein Medikament zu sein, das bei schmerzhaften Gichtanfällen eingesetzt wird. Ganz wichtig ist wohl die Dosierung, sie darf auf gar keinen Fall zu hoch sein, ab einer bestimmten Dosis droht Lebensgefahr. Ab welcher denn? Aha, bei einem durchschnittlichen Erwachsenen ab 20 Milligramm. Wie sieht es denn mit Arsen aus, dem klassischen Krimi-Gift? Ach so, das heißt ganz korrekt Arsenik und wirkt so etwa ab 120 Milligramm tödlich. Dann scheint Colchicin doch um einiges wirksamer zu sein. Wie kommt man an dieses Zeug ran? Man muss Apotheker, Arzt oder meinetwegen Gichtpatient sein. Rezeptfrei wird man es sicher nicht bekommen. Woher kommt überhaupt der Name? Von der Provinz Kolchis am Schwarzen Meer, im heutigen Georgien, da soll es das Lieblingsgift einer gewissen Medea gewesen sein. Jetzt schnell noch mal nachschauen, was es mit dieser Dame auf sich hatte: Frauengestalt aus der griechischen Mythologie, sie hat irgendetwas mit der Geschichte vom Goldenen Vlies zu tun, das kenne ich jetzt aber nur aus dem Micky-Maus-Heft, da war Onkel Dagobert mal auf der Suche danach, also nach dem Goldenen Vlies, meine ich jetzt. Okay, jetzt ist aber Feierabend.

Auf dem Nachhauseweg habe ich jede Menge Gedanken im Kopf, die einfach nacheinander auftauchen und wieder verschwinden. Früher hätte man so was vielleicht als Gedanken-Potpourri bezeichnet, heute wäre wahrscheinlich eher der Begriff Gedanken-Medley angemessen. Also, in meinem Gedanken-Medley taucht zunächst einmal Maja auf, aber eher ohne irgendeinen besonderen Zusammenhang, einfach nur so als Bild. Gleich darauf verschwindet sie wieder und wird durch Claudia abgelöst. Ja, Claudia, die könnte ich natürlich auch mal anrufen oder sie mich. Aber ich hatte mir ja vorgenommen, es langsam angehen zu lassen. Kriminalhauptkommissarin Jutta Weishaupt, Kripo Itzehoe. Die wollte doch irgendwann mal mit mir über das Hahnebier reden. Na gut, sie wird sich schon melden, wenn sie wirklich glaubt, dass ich ihr irgendwas Erhellendes darüber erzählen kann. Colchicin, das scheint ein ziemlich fieses Zeug zu sein, aber es kommt ja auf die Dosis an. Irgendwer hat mir mal erzählt, dass man sich auch mit einem Pfund Salz vergiften kann, aber das Problem damit ist wohl, dass man es gar nicht herunterbekommt. Wie viele Tüten salzige Chips müsste man wohl essen, bis man daran zugrunde geht? Ein Engländer soll daran gestorben sein, dass er jeden Tag zehn Liter Milch getrunken hat. Nächster Gedanke: Zwei Männer sind im Zusammenhang mit dem Hahnebier gestorben, normal ist das nicht. Darüber muss ich noch mal gründlich nachdenken, aber nicht jetzt, jetzt komme ich gerade zu Hause an und fahre auf den Hofplatz.

Ein Dennis hat vorhin angerufen, sagt Mutter, als ich gerade hereingekommen bin, das Training fällt heute aus. Da ist irgendwas mit der Halle, was genau, das habe ich nicht so schnell mitbekommen.

Ach so, ja, Dennis Fegewald, sage ich, ja klar, das ist einer aus unserer Mannschaft. Linker Verteidiger.

Wir haben so eine Art Telefonkette in unserem Verein, wenn irgendwas ist, dann ruft Rolf den ersten auf der Liste an und dann geht es immer weiter, so ganz zuverlässig ist so was ja nie, man erreicht ja nicht alle und es gibt immer ein paar Typen, die die Nachricht nicht mitbekommen, aus welchem Grund auch immer. Gut, ich muss jetzt Ian Leonhardt anrufen und ihm Bescheid sagen. Er spricht sich übrigens wie Jan aus, obwohl er mit I beginnt, also nicht wie im Englischen. Aber das ist jetzt wohl auch völlig egal. Jedenfalls kriege ich ihn gleich persönlich an den Hörer, das erleichtert die Sache natürlich enorm. Ja, richtig, Training fällt heute aus, da ist was mit der Halle, keine Ahnung, was, vielleicht haben die da heute Abend eine Veranstaltung oder da ist ein Wasserrohrbruch oder was auch immer. Ja, klar, bis zum nächsten Mal, tschüs.

Ich kann jetzt nicht unbedingt behaupten, dass mich das total unglücklich macht. So ein bisschen unerwartete Freizeit kann einem nur gut tun, mal sehen, was ich mit dem Abend anfangen werde. Vielleicht gibt es ja als Ersatz Fußball im Fernsehen, ich kann ja gleich mal in die Funk Uhr gucken. Ich setz' noch mal Kaffee auf, Linda kommt auch gerade, höre ich von Mutter aus der Küche.

Gleichzeitig höre ich, dass Linda reinkommt und auf dem Flur umständlich aus ihren Winterstiefeln steigt. Hallo Schwesterchen, hallo Bruderherz und so weiter. Es gibt Kaffee mit Mutter in der Küche, dazu ein paar Kekse aus der großen Dose. Ich habe immer noch die Funk Uhr in der Hand und berichte, dass es tatsächlich heute Abend Fußball gibt, Champions League Achtelfinale, Hinspiel, Galatasaray Istanbul gegen Schalke im ZDF. Könnte ganz gut werden. Die Damen sind von dieser Nachricht nicht sonderlich begeistert, aber es gibt zum Glück kein attraktives Gegenprogramm auf den anderen Kanälen.

Irgendwann kommt dann auch Vater von der Arbeit zurück, er ist ziemlich kaputt und auch dreckig, Mutter verordnet ihm erstmal eine Dusche, aber die hatte er angeblich auch schon selbst vorgesehen. Dann gibt es natürlich wieder Abendbrot mit allgemeinem Informationsaustausch. Von Vater hören wir, dass er den ganzen Tag Klei-Erde gefahren hat für die Deich-Erhöhung bei Büsum. Mit unserem großen Case-Traktor und dem Mammut-Muldenkipperanhänger. Der schafft schon einiges weg, aber es ist wohl besonders nervig, den ganzen Tag zwischen Reinsbüttel und der Baustelle am Deich hin- und herzufahren. Auf absehbare Zeit wird sich daran aber nichts ändern. Linda fällt noch ein, dass sie heute Claudia beim Krankenhaus gesehen hat, aber nicht als Patientin, sondern in ihrer Eigenschaft als Elektrikerin. Da wird ja auch gerade viel gebaut, am Westküstenklinikum, und da scheint Claudias Firma auch dran beteiligt zu sein. Linda weiß aber nicht, ob Claudia sie auch gesehen hat, es war also mehr eine Art einseitige Begegnung ohne Gutentagsagen, Grüße bestellen und solche Sachen. Okay, ich nehme die Nachricht trotzdem erfreut zu meinen Akten. Da fällt mir gerade dieses Colchicin ein, ich frage mal meine Schwester, ob sie vielleicht schon mal davon gehört hat. Nein, hat sie nicht, es gibt ja so viele unterschiedliche Medikamente, das kriegt man wohl erst mit der Zeit hin, sich die alle zu merken. Hast du denn wenigstens was über den Mann aus dem Tivoli gehört, frage ich Linda dann. Nein, auch das nicht, na gut, hätte ja sein können. Jetzt muss ich natürlich wiederum davon erzählen, was ich von Heiner gehört habe, also dass jetzt schon zwei Herren offensichtlich mit diesem Gicht-Medikament ins Jenseits befördert wurden, aber bitte niemandem weitersagen, schon gar nicht, dass diese Info von Heiner stammt. Nein, natürlich nicht. Es gibt dann noch ein paar wilde Spekulationen, vor allem von meinen Eltern, warum und wieso und weshalb da beim Hahnebier reihenweise Männer umgebracht werden. Ich sage, so viele sind es dann nun doch noch nicht, aber man kann ja nie wissen, die Hahnebier-Saison ist ja noch nicht beendet. Spätestens ab jetzt wird es langsam wieder unernst, es wird auch Zeit, dass das Abendbrot beendet wird, das Fußballspiel muss noch sorgfältig vorbereitet werden.

Aber erstmal die Tagesschau: Bund und Länder streiten sich um den Opferschutz bei Missbrauchsfällen, im Grunde genommen ist schon ein ganzes Jahr damit vertan worden. Wahlprogramm der Linkspartei wird vorgestellt. Debatte um Verbot der NPD geht weiter. Sicherheitspersonal an Flughäfen geht in den Streik. Atommüllfässer in der Asse rosten, die Bergung könnte über zehn Jahre dauern. Bulgarische Regierung zurückgetreten. 70 deutsche Waffenhersteller werben auf der Messe in Abu Dhabi für ihre Produkte. Otfried Preußler ist gestorben. Greuther Fürth hat Trainer Büskens entlassen. Die Lottozahlen sind eher uninteressant, bei uns spielt keiner. Glaube ich wenigstens. Kalte Luft, aber keine Niederschläge. Lasse soll sich bettfertig machen, Linda will aber ein bisschen Fußball mitgucken, wenn's zu langweilig wird, kann sie ja immer noch gehen. Vater schaltet schon mal aufs Zweite.

Langweilig ist es aber überhaupt nicht, im Gegenteil. Sogar Linda sitzt gebannt auf dem Sofa und fiebert richtig mit Schalke mit. Ach so, ja, überhaupt Schalke 04, da ist im Moment dauernd von Krise die Rede, so richtig kann ich das aber nicht nachvollziehen, die stehen doch gerade auf Platz 4 in der Bundesliga, hinter Bayern, Leverkusen und Dortmund. Um den HSV sollte man sich schon eher mal ein paar Gedanken machen. Also, gegen Schalke kann man in diesem Spiel wirklich nichts sagen, die sind richtig am Kämpfen. Galatasaray Istanbul ist so eine Art Bayern München der Türkei, die stehen auf Platz 1 in der Süper Lig, so heißt das da. Das Stadion von Gala ist auch so ein richtiger Hexenkessel, die einheimischen Fans gehen voll mit und pfeifen schon beim kleinsten Ballkontakt der Schalker. In der 12. Minute macht Burak Yilmaz das 1:0 gegen Schalke, die lassen sich davon aber nicht beirren und schaffen mit einem Tor von Jermaine Jones kurz vor Ende der ersten Halbzeit den Ausgleich. So was motiviert einen ja durchaus zum Weitergucken. Mutter hat es nicht so mit dem Fußball, das wissen wir ja, sie beschäftigt sich nebenbei oder besser gesagt hauptsächlich damit, das Familien-Fotoalbum wieder auf den neuesten Stand zu bringen. Also Bilder einkleben, beschriften und solche Sachen. Nervig ist ja immer, wenn dann noch ältere Fotos auftauchen, da weiß man manchmal gar nicht, wo man die noch unterbringen soll.

Über die zweite Halbzeit ließe sich auch noch einiges sagen, aber ich mache es lieber mal kurz, es bleibt spannend, die Tore liegen sozusagen in der Luft, am Ende bleibt es aber beim 1:1. Immerhin eine gute Voraussetzung für das Rückspiel. Wann wird das denn sein? Am 12. März in Gelsenkirchen.

Spiel beendet, Fernseher aus, Vater verzichtet auf die Zusammenfassung vom Spiel Mailand gegen Barcelona, das kann man ja morgen auch in der Zeitung lesen. Allgemeiner Aufbruch in Richtung Betten ist angesagt, ich bleibe aber noch etwas sitzen, nippe an meinem Dithmarscher Urtyp und blättere in der Funk Uhr. Gibt es jetzt noch irgendwelche grundlegenden Äußerungen von Linda? Nee, sieht nicht so aus, sie hat gerade ihre Flasche ausgetrunken und steht vom Sofa auf. Na dann, gute Nacht, Heiko. Nacht, Linda.

Am nächsten Morgen hänge ich mich bei unserer Stehtisch-Konferenz ein bisschen zu weit aus dem Fenster, indem ich behaupte, es könnte demnächst neue Erkenntnisse im Fall Tonnenmann geben. Schon als ich das sage, würde ich mir am liebsten auf die Zunge beißen, ich weiß auch nicht, welcher Teufel mich da gerade reitet. Vielleicht ist es auch nur der Frust darüber, dass ich heute keinen interessanten Job abbekomme, ich soll mich nur um den Kleinkram kümmern, also praktisch nur die Kurzmeldungen redigieren, die sowieso schon fertig auf dem Tisch liegen. Ihr wisst schon, entlaufene Katzen und solche Sachen. Gut, ich gebe es zu, ich wollte mich mit meiner Äußerung wohl nur interessant machen. Zum Glück steigt Fuchs da gerade nicht voll drauf ein, sonst hätte er mich vielleicht noch nach meinem Informanten ausgequetscht, das wäre in diesem Fall Heiner, und der hat mir gestern diese Colchicin-Geschichte eigentlich nur unter dem Siegel der Verschwiegenheit erzählt. Aber auf jeden Fall muss ich jetzt an der Geschichte dranbleiben, vielleicht heute noch mal mit Heiner telefonieren oder vielleicht sogar mit der Weishaupt.

Insgesamt also ein ziemlich langweiliger Arbeitstag. Haushaltsberatungen in Ostrohe, Stadtbücherei zwei Tage geschlossen, Workshop des Offenen Kanals Westküste zum Thema Facebook, Börse an der Kindertagesstätte Sonnentänzer, solche Meldungen eben. Im Grunde genommen könnte ich das alles in einer halben Stunde bewältigen, ich dehne es aber auf acht Arbeitsstunden aus. Das muss der Chef jetzt ja nicht unbedingt zu wissen kriegen. Das wird jeder von euch, der einer geregelten Arbeit nachgeht, kennen: Zufrieden macht es einen nicht gerade, so eine Herumbummelei. Dann möchte man doch lieber mal was Vernünftiges arbeiten, mal so richtig reinhauen, dann hat man wenigstens das Gefühl, etwas geschafft zu haben.

Zwischendurch beschäftige ich mich natürlich mit mehr oder weniger privaten Gedanken, blättere in den herumliegenden Zeitungen der großen Konkurrenz und so weiter. So ungefähr um halb elf bin ich schon drauf und dran, Frau Weishaupt auf ihrem Handy anzurufen, um ganz scheinheilig nachzufragen, ob es irgendwelche Neuigkeiten gibt. Dann denke ich aber, es ist vielleicht besser, erst noch einmal mit Heiner zu sprechen. Zu Hause scheint er aber nicht zu sein, nanu, hat er denn keine Spätschicht mehr, naja, vielleicht ist er ja einkaufen gefahren. Zweiter Versuch, Heiners Handy. Er hat es abgeschaltet oder er geht nicht ran, jedenfalls kann ich ihm eine Nachricht auf die Mobilbox sprechen. Es wird dann aber nicht nur ein Satz, sondern ich quatsche ihm seine Box fast fünf Minuten lang voll, dass ich ein bisschen in der Klemme bin und unbedingt neue Nachrichten brauche, die dann auch veröffentlicht werden dürften. Mir kommt das allmählich selbst ein bisschen blöd vor, aber ich hoffe, Heiner wird mich verstehen, wenn er dann irgendwann mal seine Mailbox abhören wird.

Der erlösende Rückruf von Heiner kommt erst kurz vor halb eins, als ich gerade überlege, wohin ich heute zum Essen gehen könnte.

Mann, Heiko, du scheinst ja ganz schön unter Dampf zu sein, moin erstmal.

Ja, moin, Heiner!

Heiko, ich hab' jetzt nicht so viel Zeit, bin gerade mit Frau Weishaupt unterwegs, die hat mich praktisch wieder als Fahrer beschlagnahmt. Ich werde mal mit ihr reden, was an die Presse gehen darf, dann kommst du heute Abend zu mir und dann besprechen wir mal, was gerade alles am Laufen ist. Ist halb acht okay für dich?

Ja, klar, um halb acht bin ich bei dir. Bis dann!

Bis dann, Heiko, tschüs.

Gottseidank, der Tag ist gerettet. Das könnte ich jetzt eigentlich mal mit einem Döner feiern. Bei Onkel natürlich, Ecke Wulf-Isebrand-Platz und

Bahnhofstraße. Nicht direkt ein Imbiss, aber auch nicht direkt ein Restaurant. Einmal Döner mit Pommes bitte, ja mit allen Schikanen, dann noch eine Mezzo. Perfekt. Ich setze mich in die Ecke und blättere ein bisschen in der Bild-Zeitung, die irgendjemand auf dem Tisch liegengelassen hat. Nach den schweren Wochen in der Bundesliga ist Königsblau zurück – endlich! Im Hexenkessel von Istanbul ließen sich die Gelsenkirchener von 50.000 fanatischen Türken und ohrenbetäubendem Lärm nicht beeindrucken und holten ein souveränes 1:1. Eine super Ausgangsposition fürs Rückspiel in drei Wochen. Und so weiter, allerdings nicht sehr viel weiter, denn die Bild glänzt ja nicht gerade durch Ausführlichkeit. Mein Döner mit Pommes ist fertig, ich hole mir den Teller an der Theke ab und widme mich der Kalorienaufnahme. Eigentlich komisch, dass ich Maja mal wieder nicht getroffen habe. Geht sie mir jetzt eigentlich wirklich aus dem Weg oder ist es umgekehrt? Vielleicht denkt sie auch gerade das gleiche über mich. Na, egal, irgendwann werde ich sie schon mal wieder treffen.

Der erste Teil des Nachmittags bleibt immer noch ziemlich langweilig, dann kommen aber die ersten Kollegen von ihren Recherche-Touren zurück und lassen auch das eine oder andere Wort fallen. Wenn man es genau betrachtet, haben sie auch nicht so große Themen an Land gezogen. Kinder- und Jugendstiftung Dithmarschen, naja, Entwicklungsagentur Region Heide, klingt auch ziemlich aufgebläht. Da muss ich mich mit meinen Kleinmeldungen wohl doch nicht so verstecken. Die Agentur für Arbeit, früher hieß es ja einfach noch Arbeitsamt, weist darauf hin, dass bei Betrieben mit über zwanzig Beschäftigten fünf Prozent der Stellen von Schwerbehinderten besetzt sein müssen. Falls nicht, müssen für jede nicht besetzte Stelle 290 Euro pro Monat abgedrückt werden. Okay, das kommt mir doch einigermaßen vernünftig vor. Am zweiten März soll es im Tivoli ein Krimi-Dinner geben, also so eine Veranstaltung, wo man sich gleichzeitig den Bauch gepflegt vollschlagen kann und auch in einen vorgespielten Kriminalfall verwickelt wird. Eigentlich hätte ich nicht übel Lust, mal bei so etwas mitzumachen, aber 69 Euro für den Spaß sind auch kein Pappenstiel. Es gibt noch so ein paar ähnliche Meldungen, die ich allesamt nur geringfügig bearbeite, ich muss auch nirgendwo nachhaken, weil vielleicht irgendetwas fehlerhaft oder unvollständig sein könnte. Gegen halb vier kommt dann auch unser Fuchs, ich kann ihm meinen ganzen Kram erfolgreich vor die Nase halten, er fragt mich dann aber doch, wie das heute Morgen von mir gemeint war, das mit den neuen Infos im Tonnenmann-Fall, ich sage, eventuell erfahre ich heute Abend ein paar Details. Fuchs fragt dann aber doch nicht mehr weiter nach, er hat schließlich auch noch was zu tun. Ich eher nicht, ich bin im Prinzip fertig mit meinem Kram.

Bis zum Feierabend suche ich mit dem Rechner nach ein paar vernünftigen klassischen Krimis, die ich mal lesen könnte. Die Sache mit dem Krimi-Dinner im Tivoli hat mir sozusagen Appetit gemacht. Ich lese ja gerne solche altertümlichen Krimis, am liebsten welche, die zwischen 1930 und 1960 in England handeln. Also von solchen Autoren wie Agatha Christie, Francis Durbridge und so weiter. Aber es gibt ja auch noch die ganz alten Sherlock-Holmes-Geschichten, von Arthur Conan Doyle. Die kenne ich im Prinzip nur von irgendwelchen Filmen her. Was gibt es denn da so in Buchform? Aha, so ungefähr fünfzig verschiedene Sherlock-Holmes-Erzählungen sind erschienen, da sind aber auch kürzere darunter. Kann man die irgendwo gebraucht kaufen, es muss ja nicht immer neu sein, tatsächlich, bei Ebay und bei Amazon werden jede Menge Angebote gemacht, allerdings teilweise ziemlich teure. Es gibt aber auch eine neue Gesamtausgabe der Sherlock-Holmes-Geschichten, sämtliche Werke in drei Bänden, 29,95. Insgesamt mehr als zweitausend Seiten. Klingt interessant, kann man aber doch noch nicht bestellen, ist nur eine Vorankündigung, voraussichtlicher Erscheinungstermin Ende des Jahres. Na gut. Ich muss mir das alles zu Hause noch mal angucken, eventuell bestelle ich dann doch zwei oder drei einzelne Bücher, ich muss endlich mal wieder was Ordentliches lesen. Nichts gegen Nick Knatterton, aber es darf auch mal zur Abwechslung ohne Bilder sein.

Der ersehnte Feierabend ist endlich da, kaum zu glauben. So langsam wie heute ist mir die Zeit schon lange nicht mehr vergangen, hoffentlich sieht das morgen anders aus. Ich verabschiede mich mehr oder weniger murmelnd von den teilweise noch anwesenden Kollegen, ziehe die Jacke an und mache mich auf den Weg zum Parkplatz. Immer noch keine unerwartete Sichtung von Maja, aber ihr Golf steht auch irgendwo in einer Ecke auf dem Parkplatz. Eigentlich hätte ich jetzt Lust, schnell mal beim Bäcker in Lohe-Rickelshof zwischenzulanden und ein Stück Kuchen an Bord zu nehmen, dann denke ich aber, dass ich eigentlich lieber ein frühes Abendbrot zu mir nehmen sollte, wenn ich um halb acht schon wieder bei Heiner in Hemmingstedt sein will.

Zu Hause keine besonderen Vorkommnisse, außer vielleicht, dass Vater schon da ist, er hat heute früher Schluss gemacht, weil er plötzlich Schmerzen im Knie bekam. Es geht jetzt schon wieder, er hat sich da wohl erstmal jede Menge Mobilat raufgeschmiert, aber wenn es morgen nicht weg ist, dann will er doch lieber mal zum Arzt gehen. Vielleicht solltest du einfach wieder öfter mal zum Schwimmen gehen, Heinrich, das hat dir doch sonst auch immer so gut getan, kommentiert Mutter. Ich will nachher noch mal zu Heiner, sage ich, ich mach' mir jetzt einfach ein paar Scheiben Brot zum

Kaffee. Mein Vorhaben wird elterlich durchgewinkt, ja klar, Heiko, grüß'
nachher Heiner schön von uns.

Zwanzig nach sieben in Hemmingstedt. Ich weiß, dass ich zu früh dran bin,
aber ich bleibe natürlich nicht zehn Minuten im Auto sitzen, nur damit ich
pünktlich auf die Sekunde bei ihm klingele. Nein, ich bin jetzt nicht irgendwie aufgeregt oder so etwas, gespannt bin ich aber schon, ob Heiner
mir wirklich gleich irgendwelche Neuigkeiten unterbreiten wird. Also steige
ich aus und gehe die ungefähr fünfzig Meter vom Parkplatz in Richtung
Hemmingstedter Polizeiwache. Nur zu Erinnerung, Heiners Wohnung ist
praktisch direkt darüber. Es brennt auch Licht bei ihm, das ist natürlich
normal, aber es freut mich trotzdem. Ich drücke auf die Klingel bei Ohlsen,
es tut sich aber nichts, also kein Schnarren des Türöffners. Ich versuche es
noch mal, immer noch nichts. Na gut, wahrscheinlich sitzt Heiner gerade
auf dem Klo und hat mich noch nicht erwartet, dann warte ich eben noch
ein bisschen. Zweimal was mit warten in einem Satz, das ist auch nicht
gerade günstig. Dann geht aber das Licht im Hausflur an, also dieses Fünfminutenlicht oder wie sich das nennt, das hat man ja in Mehrfamilienhäusern, zu Hause haben wir so was selbstverständlich nicht. Jetzt sehe ich
plötzlich einen Schatten hinter der Tür mit diesem geriffelten Glas auftauchen, in der nächsten Sekunde wird die Haustür geöffnet, es ist Heiner.

Moin Heiko! Ich war gerade noch im Keller, 'n bisschen was zum Trinken
raufholen, hab' mir schon fast gedacht, dass du es bist, der da draußen vor
der Tür steht.

Okay, das erklärt natürlich alles. Wir gehen rauf zu seiner Wohnung, er hat
irgendwann mal von Landesbediensteten wohnung gesprochen, glaube ich,
das ist wohl so ein Relikt aus früheren Zeiten. Unter den Getränken, die
Heiner aus dem Keller heraufgeschleppt hat, befinden sich auch einige ohne
Promille, also Cola, Fanta und solche Sachen. Das finde ich gut so, Heiner
weiß ja, dass ich nichts Alkmäßiges zu mir nehme, wenn ich noch fahren
soll.

Jetzt sitzen wir also in Heiners Wohnzimmer am Couchtisch, die neue
Lampe über dem Tisch gibt ein echt gutes Licht, ich wollte ihn schon das
letzte Mal fragen, wo er die her hat. Aber das kann ich ja später immer noch
fragen, falls ich es nicht schon wieder vergesse. Heiner hat sich selbst ein
Sixpack Beck's auf den Tisch gestellt, vor meiner Nase hat er je eine Cola
und eine Fanta aufgebaut, damit ich was zum Zusammenmischen habe.
Muss ich jetzt auch noch die Gläser erwähnen und den Flaschenöffner fürs

Bier? Nein. Ach so, ja, das fällt mir gerade ein, tut mir echt leid, in meiner Klasse gab es einen, der konnte die Flaschen mit den Zähnen aufmachen, darüber kann ich gar nicht nachdenken, ohne eine Gänsehaut zu kriegen. Ich mische mir jetzt aber erstmal ein großes Glas Spezi, während Heiner sein erstes Beck's ganz normal mit dem Flaschenöffner aufmacht und dann das Glas beim Eingießen schräg hält, damit es nicht so viel Schaum gibt. Ganz gemein ist es mit dem Schaum ja beim Weizenbier, da hat man ja dann das Gefühl, dass das Bier nur aus Luft besteht. Ich wollte immer schon mal gerne wissen, warum das so ist. Aber natürlich nicht jetzt. An der Wand hängt übrigens ein Foto von Monica und Heiner, beide in Uniform, das finde ich ja witzig, obwohl, bei der Post heißt es wahrscheinlich gar nicht mehr Uniform, das war wohl nur früher so. Heute nennt sich das bestimmt Dienstbekleidung oder Mailing Outfit oder sonstwie.

Jetzt habt ihr vielleicht den Eindruck, dass wir die ganze Zeit nur am Tisch herumsitzen und Löcher in die Luft starren, nein, dieser Eindruck ist eindeutig falsch, weil wir schon über alles Mögliche quatschen, vom Wetter bis zum HSV. Es ist aber schon ein bisschen so wie vor einer Schachpartie, wo erstmal geklärt werden muss, wer Weiß hat und wer Schwarz. Weiß beginnt, wenn mich nicht alles täuscht, ich habe schon seit Jahren nicht mehr Schach gespielt, mir hat das auch nie wirklich Spaß gemacht, weil mir das ganze Spiel immer so verkniffen vorkam. Jetzt ist aber langsam mal gut mit dem Vorgeplänkel, finde ich, dann steht Heiner auch noch plötzlich auf, aber er kommt kurze Zeit später mit ein paar vollgeschriebenen Zetteln wieder zurück. Das lässt ja hoffen. Fängt jetzt endlich der große Vortrag an?

Also, Heiko, ich war ja heute mit der Weishaupt in der Drachen-Apotheke, sie hat der Frau Monscheidt jede Menge Fragen gestellt. Es war wohl nicht das erste Gespräch, das sie hatten, es ging aber wieder um den merkwürdigen Tod ihres Mannes. Also, für mich sieht das ungefähr so aus: Die Frau hatte die Sache mit der Tonne gar nicht selbst mitbekommen, weil sie am Samstagmorgen in ihrer Apotheke am Arbeiten war. Ihren Mann hatte sie aber morgens gar nicht gesehen, der war in der Nacht zuvor auch nicht nach Hause gekommen, das soll bei ihm aber nichts Ungewöhnliches gewesen sein, der war wohl schon häufiger bei seinen Eggenbrüdern versackt und außerdem glaubte sie, dass er vielleicht auch schon seit den frühen Morgenstunden wieder unterwegs wäre in Sachen Hahnebier. Am neunten Februar, stimmt, da war ja noch gar nicht die Süderegge dran, aber diesmal sollte der Auftakt ja wohl was ganz Besonderes sein, mit diesem Hahn in der Tonne auf dem Marktplatz, da müsste ihr Mann vielleicht auch schon morgens dabei sein, hat sie sich wohl vorgestellt. Ja, spätestens am Nachmittag oder

Abend hätte sie ihn dann ja sicherlich wiedergesehen. Außerdem hatte sie gar keine Zeit, sich so viele Gedanken zu machen, denn in der Apotheke war viel Betrieb und es hatte sich auch noch kurzfristig eine Mitarbeiterin krankgemeldet. Für mich klang das alles schon ziemlich glaubwürdig. Ich hatte nur die ganze Zeit das Gefühl, so richtig traurig war die Frau Monscheidt nicht über das Ableben ihres Gatten.

Das ist aber auch schon ein paar Tage her, Heiner.

Ja, sicher. Ich habe mir nur vorgestellt, wenn meinem Vater was passiert wäre und dann käme irgendwann die Kripo, dann würde meine Mutter wahrscheinlich völlig durcheinander sein und vielleicht würde sie auch irgendwann anfangen zu heulen. Die Frau vom Apotheker war aber total nüchtern und sachlich. Aber erstmal weiter, Heiko. Die Weishaupt will die Durchsuchung der Apotheke und der Privatwohnung beantragen wegen dieser Colchicin-Geschichte, es liegt ja nahe, dass es aus einer Apotheke stammt, vielleicht sogar aus dieser. Es wäre nicht das erste Mal, dass man in einer Apotheke Unregelmäßigkeiten auf die Spur gekommen wäre. Also: Voraussichtlich morgen wird die ganze Bude auf den Kopf gestellt. Dann werden wahrscheinlich auch die ganzen Bestellungen und Abrechnungen überprüft, kann ich mir vorstellen.

Okay, sage ich, das ist ja schon mal was. Hat die Kommissarin denn irgendwas darüber gesagt, was an die Presse gehen darf?

Nun warte mal ab, Heiko, da kommen wir noch drauf. Wir haben ja auch noch diesen zweiten Fall mit dem Mann aus dem Tivoli. Das Opfer ist ein Tobias Erhard, 54 Jahre alt, wohnhaft in Heide, Holstenweg. Verheiratet, zwei Kinder. Verwaltungsbeamter beim Amt Heider Umland. Wir waren bei der Witwe und haben sie etwas näher nach dem Ablauf des Abends befragt. Also, die Weishaupt hat natürlich gefragt, aber ich war ja im Hintergrund dabei. Die Frau war noch völlig aufgelöst und fertig mit den Nerven, nicht so cool drauf wie die Apothekerin. Nein, nichts Auffälliges an dem Abend im Tivoli, es sei noch so nett gewesen und dann sei ihr Mann völlig überraschend zusammengebrochen, sie hatte natürlich sofort an einen Herzinfarkt gedacht, sie war dann auch mit ins Krankenhaus gefahren, da ist er ja einige Stunden später verstorben. Ja, von einer Obduktion wäre irgendwie die Rede gewesen, ob sie da ihr Einverständnis gegeben hatte, wusste sie gar nicht mehr, sie hatte ganz automatisch alles Mögliche unterschrieben. Nein, dass ihr Mann an einer Colchicin-Vergiftung gestorben wäre, das hätte sie so noch nicht erfahren. Nein, ihr Mann hätte gar keine

Medikamente genommen, und so etwas gegen Gicht schon gar nicht. Das muss ihm ja jemand mit Absicht gegeben haben oder es wäre eine Verwechslung gewesen. Nein, Feinde hätte ihr Mann sicher nicht gehabt. Ach so, ja, Eggenbruder sei er natürlich auch gewesen, selbstverständlich in der Süderegge.

Erhard und Monscheidt also, sage ich, kann das sein, dass sie in irgendeiner Beziehung zueinander standen?

Du kannst Fragen stellen, Heiko, die Weishaupt wollte das aber übrigens auch wissen. Nein, die waren eben Eggenbrüder, das ging wohl über die normale Kameradschaft oder wie man das nennen soll nicht hinaus. Willst du Eis, ich hab' auch Eiswürfel im Kühlschrank.

Nee, lass man, ist gut so. Gibt es denn sonst schon irgendwelche Spuren, Heiner?

So gut wie gar keine, das ist es ja. Die Weishaupt scheint zu glauben, dass dieses Colchicin aus der Apotheke von Monscheidt stammt, aber der hat es sicher nicht freiwillig genommen, nach Selbstmord sieht die ganze Angelegenheit ja nicht aus. Vielleicht ist da ja doch die Frau im Spiel oder jemand von den Angestellten. Aber das hat die Weishaupt nicht gesagt, da hält sie sich schon zurück.

Wir spekulieren noch etwas hin und her, so nach dem Motto, wem denn die Todesfälle nützen könnten, aber einen richtigen Reim können wir uns nicht drauf machen. Schließlich schiebt mir Heiner seine Zettel zu und sagt, dass alles, was da drauf steht, auch in der Zeitung veröffentlich werden dürfte. Das hätte er so mit der Hauptkommissarin abgesprochen, Namen dürften natürlich nicht genannt werden und ich sollte nicht Colchicin ausdrücklich erwähnen, sondern von einer giftigen Substanz oder so ähnlich sprechen. Ich lese mir noch kurz Heiners Aufzeichnungen durch, lesen kann man das ja, seine Rechtschreibung ist auch nicht zu beanstanden, aber er macht ja auch gerade diesen Abitur-Fernkurs.

Was macht eigentlich dein Abi-Kurs so?, frage ich.

Läuft ganz gut, das ist ja praktisch alles online, also die ganzen Informationen und dann die Aufgaben. Was mir schwerfällt ist das Vokabellernen für Englisch und Französisch, da weiß ich manchmal nicht, ob ich die Aussprache auch richtig draufhabe, so was wäre in einer richtigen Schule besser, wo man den Lehrer vor der Nase hat.

Ja klar, sage ich.

So richtig gerne denke ich jetzt nicht an die Schule, so toll war das ja auch nicht immer. Aber der Heiner wird es schon packen mit seinem Kurs, blöd ist er ja nicht, er muss eben nur dranbleiben an der Sache. Und das wird er sicher auch tun, wie ich ihn so kenne.

Du, ich muss dann langsam mal wieder los, danke für alles.

Keine Ursache, Heiko, ich melde mich dann wieder, wenn ich etwas Neues zu wissen kriege. Du kannst aber auch anrufen.

Ja, okay. Dann bis bald, Heiner.

Mach's gut, Heiko, tschüs denn.

Eigentlich müsste ich noch mal schnell aufs Klo, Cola und Fanta in rauen Mengen schlagen auf die Blase, aber nun stehe ich schon im Hausflur und bin im Begriff, die Treppe runterzugehen. Egal, notfalls kann ich ja auch unterwegs mal schnell anhalten und die Botanik begießen.

Ist aber doch nicht notwendig, ich halte tapfer durch, bis ich zu Hause angekommen bin. Die Eltern sitzen noch vor den Tagesthemen, die sind aber gleich vorbei, es geht schon um Sport, dann kommt ja gleich das Wetter, ich sage hallo und marschiere erstmal direkt ins Badezimmer. Linda scheint schon zu pennen, aus ihrem Zimmer dringt weder Licht noch Schall, als ich wieder nach unten gehe. Ja, die Tagesthemen sind beendet, jetzt kommt Beckmann, aber Vater hat schon den Ton heruntergedreht, das macht er manchmal kurz vorm endgültigen Ausschalten. Da steht noch Rotwein auf dem Tisch, das ist günstig, ich hole mir schnell noch ein Glas aus dem Schrank. Schöne Grüße von Heiner, sage ich, obwohl ich mir gar nicht sicher bin, ob er das überhaupt in Auftrag gegeben hatte. Was macht Heiner denn so und so weiter, ja, ihm geht's ganz gut, er hat jetzt auch was mit diesen merkwürdigen Mordfällen in Heide zu tun. Das macht die Eltern natürlich neugierig, ich muss berichten, was ich von Heiner so alles erfahren habe. Sie nehmen es interessiert zur Kenntnis, lassen aber keine weitschweifigen Kommentare mehr hören. Das muss wohl daran liegen, dass sie im Prinzip kurz vorm Einschlafen sind. Ja, wir wollen dann mal, sagt Mutter, auch Vater steht schon auf. Soll ich den Fernseher anlassen, Heiko? Ach nee, lass man, Beckmann finde ich nicht so faszinierend. Also Glotze aus. Gute Nacht, Heiko, gute Nacht.

Ich sitze jetzt einfach noch ein bisschen auf der Couch und lasse ab und zu mal einen Schluck Rotwein durch die Gurgel fließen. Nach diesem ganzen Blubberwasser bei Heiner tut das schon mehr als gut. Jetzt habe ich mich immer noch nicht bei Claudia hören lassen, fällt mir gerade ein. Dann muss ich aber an den Namen Tobias Erhard denken. Herr Erhard ist auch mit diesem komischen Gichtmittel um die Ecke gebracht worden, das ist doch mehr als seltsam. Wo ist die Gemeinsamkeit? Beide waren in der Süderegge. Hat da jemand was gegen die Süderegge? Sind jetzt alle Eggenbrüder in Gefahr, auch die von den anderen Eggen? Dann müsste die vielleicht mal einer warnen: Hallo, liebe Hohnbeer-Bröder, Vorsicht, da läuft jemand mit der großen Colchicin-Büchse herum und will euch alle umbringen! Nee, das ist doch einfach alles Quatsch, es wird höchste Zeit, dass ich ins Bett komme. Schnell noch den letzten Schluck, dann ist aber endgültig Sense.

Euch wird wahrscheinlich am meisten interessieren, wie die Neuigkeiten von meiner Sitzung bei Heiner in der Redaktion ankommen. Darum lasse ich jetzt mal den ganzen Kram mit Aufstehen, Frühstücken und zur Arbeit fahren weg. Halt, doch nicht alles, eines muss ich unbedingt noch erzählen, obwohl es nur eine Kleinigkeit ist: Lasse hat es tatsächlich fertiggebracht, seine Schultasche zu Hause zu vergessen. Mutter hat aber gemeint, sie fährt ihm die Tasche nicht hinterher, so weit kommt es noch, da muss er jetzt durch, vielleicht ist es ihm ja mal eine Lehre. Naja, ich weiß nicht, ich wäre mir da nicht so sicher bei meinem kleinen Bruder. So, jetzt kommt aber die direkte Überblendung in unsere Stehtisch-Morgenkonferenz.

Wir stehen also jetzt um den Tisch herum und besprechen, was gerade so anliegt und wer welche Aufgaben übernimmt. Ich will mich heute Morgen nicht schon wieder so weit aus dem Fenster hängen und sage nur beiläufig, ich hätte gestern Abend noch die eine oder andere Information zu diesen merkwürdigen Hahnebier-Todesfällen bekommen. Fuchs und die anderen werden dann aber schon sehr hellhörig und ich muss ausführlich berichten, was Heiner mir gestern Abend alles so gesteckt hat. Woher ich das denn habe, direkt von der Polizei, dann ist ja gut. So super sensationell findet Fuchs meine Informationen dann aber doch nicht, andererseits meint er, es wäre doch ganz erfreulich, dass sich in der Angelegenheit überhaupt irgendetwas getan hat. Ich soll nachher mal so eine Art etwas umfangreichere Meldung darüber schreiben, er will sich das dann später mal anschauen und überlegen, was man noch daraus machen könnte. Dann geht es noch um den nächsten Tag, also Samstag, den 23. Februar, da soll das Östereggen-Hohnbeer stattfinden und Fuchs wird persönlich den ganzen Tag dabei sein und dann auch die gesamte Berichterstattung übernehmen. Warum er sich das antun will, weiß ich auch nicht, aber es könnte ja sein, dass er selber in der Österegge ist oder dass er zumindest in der Gegend wohnt. Ach ja, noch was, für heute Nachmittag käme noch ein Job auf mich zu, aber das will Fuchs mir dann noch später sagen. Das war jetzt natürlich nicht der ganze Inhalt unserer morgendlichen Redaktionsbesprechung, aber es waren eben die wesentlichen Punkte für mich. Besprechung beendet, an die Arbeit.

Ich mache mich mit Feuereifer an meine etwas umfangreichere Meldung, aber als dann später alle anderen gegangen sind und ich allein an meinem Schreibtisch abhänge, lässt meine Arbeitswut spürbar nach. Ich bin schon noch mit meinem Artikel beschäftigt, aber gleichzeitig rangiere ich auf allen möglichen geistigen Nebengleisen herum. Zum Beispiel: Heute ist Freitag, Leute, das Wochenende steht vor der Haustür. Was ist jetzt eigentlich mit Claudia, sollte ich da nicht doch langsam mal etwas mehr Aktivität zeigen? Dann ist da noch der Name Erhard, so hieß das Opfer aus dem Tivoli, da spukt immer so ein Song in meinem Kleinhirn-Musikspeicher herum, irgend so eine Zeile, in der auch der Name Erhard vorkommt. Aber jetzt kein deutsches Lied, sondern schon eins in englischer Sprache. Es klingt dann auch eher nach Ierhard als nach Erhard. Ich weiß nicht, ob ihr das Problem jetzt so nachvollziehen könnt, aber so etwas kann einen völlig verrückt machen. Ich grüble und grüble, dann fällt mir doch noch eine weitere Zeile aus dem Lied ein: Did the captain of the Titanic cry? Das ist doch schon mal was, diese Zeile gebe ich bei Google ein, schon haben wir den Song: Someday we'll know von den New Radicals. Mehrere Seiten, die einem auch den Songtext anbieten. Da ist auch schon die Zeile, die ich meine: Whatever happened to Amelia Earhart? Ja, was ist denn mit der Dame geschehen? Okay, also Earhart statt Erhard, meinetwegen. Jetzt muss ich natürlich noch rausfinden, wer diese Person war, ich melde mich dann gleich wieder.

Also, Amelia wird Emmeleia ausgesprochen, das habe ich jetzt aber nicht nachgeschlagen, sondern das habe ich noch so im Ohr. Sie überquerte 1932 als erste Frau im Alleinflug den Atlantik, das war damals natürlich eine gewaltige Leistung. Ansonsten war sie außer Pilotin auch noch Frauenrechtlerin. Ob Alice Schwarzer wohl auch einen Pilotenschein hat? Egal, irgendwas muss dann ja später mit ihr passiert sein, jawohl, da haben wir es:

Mit 39 Jahren begann sie damit, als erster Mensch die Erde über dem Äquator zu überfliegen, Moment mal, sind das nicht ungefähr 40.000 Kilometer? Ja, tatsächlich, sogar ein paar Kilometer mehr. So eine Strecke konnte man natürlich nicht im Nonstopflug bewältigen, da brauchte man schon ein paar Zwischenlandungen. Die Howlandinsel im Pazifik konnte sie aber aus irgendwelchen technischen Gründen nicht finden, ihre Maschine ist dann offensichtlich irgendwo über dem Pazifik abgestürzt. Amelia Earharts Leiche wurde nie gefunden, es gab und gibt alle möglichen Theorien dazu, natürlich auch irgendwelche abenteuerlichen Verschwörungstheorien. Ein paar Jahre nach ihrem Verschwinden ist sie dann offiziell für tot erklärt worden.

Ich gebe zu, das hat wieder mal gar nichts mit dem zu tun, worum ich mich eigentlich kümmern sollte, aber interessant fand ich es trotzdem. So ein ungeklärter Todesfall hat schon was.

Pause.

Jetzt könnte ich mir eigentlich mal einen Kaffee aufsetzen.

Ich bin ja so was von sauer, höre ich plötzlich hinter meinem Rücken, als ich gerade den vierten Löffel mit Kaffeemehl in die Filtertüte der Kaffeemaschine einfülle. Es ist Fuchs, der da gerade hereingekommen ist, hereingestürzt wäre vielleicht doch der bessere Ausdruck. Eine Zehntelsekunde lang glaube ich, dass er es mit dieser Äußerung auf mich abgesehen hat, aber im nächsten Moment wird mir klar, worum es eigentlich geht: Ein geplatzter Termin, er ist extra nach St. Annen gefahren und dann ist der Typ, mit dem er sich verabredet hatte, gar nicht da. Er nennt auch den Namen und worum es geht, aber ich verrate das jetzt natürlich nicht, weil es für denjenigen ziemlich peinlich wäre und am Ende kriege ich dann noch Post von seinem Anwalt. Nein danke, das muss ich nicht haben.

Ich mache gerade Kaffee, sage ich, obwohl er das natürlich sehen kann, ich musste aber jetzt unbedingt irgendetwas sagen.

Ja, schön, einen ordentlichen Kaffee könnte ich jetzt auch vertragen, Heiko, was machen denn die Hahnebier-Morde?

Ich bin fast fertig, sage ich, ich müsste da nur noch etwas am Schluss herumfeilen.

Zeigen Sie mal her, das können wir doch gleich mal zusammen durchgehen, dann haben wir wenigstens das schon mal erledigt.

Okay, der Kaffee ist gleich durchgelaufen, ich drucke mein Geschreibsel aus und reiche es Fuchs, der schon mal an seinem Schreibtisch Platz genommen hat. Er überfliegt den Text ein- bis zweimal, ich komme dann mit zwei Kaffeebechern zu ihm und rolle meinen Schreibtischstuhl näher an ihn ran. Mit dem Inhalt ist er durchaus einverstanden, aber dann geht es doch ein bisschen hin und her zwischen uns, wie man ausdrücken sollte, dass die Polizei im Grunde genommen immer noch völlig im Dunkeln tappt. Er ist dabei eher für eine durchaus scharfe Formulierung, ich wende ein, dass man die gute Zusammenarbeit mit der Polizei nicht aufs Spiel setzen sollte. Merkwürdigerweise kann ich ihn überzeugen, das hätte ich jetzt wirklich nicht erwartet. Fazit: Nichts für die erste Seite, aber der Artikel soll morgen im Lokalteil unter Heide erscheinen, wenn wir noch genug Platz haben, kommt noch ein Archivbild vom Tivoli dazu. In Ordnung, alles abgesegnet.

Ich muss gerade wieder an Opas großes Bauvorhaben schräg gegenüber vom Tivoli denken, da wollte ich mich eigentlich auch schon längst mal drum gekümmert haben, also Opa aus Lieth anrufen und mit ihm mal die Bude besichtigen. Jetzt geht es aber schon wieder um etwas ganz anderes, nämlich um meinen Job für heute Nachmittag: Ich soll zum Waldorf-Kindergarten nach Wöhrden fahren und mich über die neuesten Entwicklungen informieren. Ach du Scheiße, Kindergärten sind überhaupt nicht meine Stärke. Gut, da muss ich wohl durch, also schnell noch mal in Wöhrden anrufen, Termin für 14 Uhr abmachen. Ich soll auch ein paar Bilder machen, hoffentlich gibt es da auch die eine oder andere hübsche Kindergärtnerin.

Ja doch, sogar eine sehr hübsche mit blonden Haaren und Brille, aber die ist nicht mehr so ganz meine Altersklasse und offenbar auch verheiratet mit Doppelnamen und allen Schikanen. Was ist jetzt das Wesentliche? Demnächst soll neu gebaut werden, im Sommer soll das neue Gebäude fertig sein, dann soll es auch eine Krippengruppe geben, also so eine Abteilung für die Allerkleinsten. Dann kriege ich noch alles Mögliche an Infos aufs Auge gedrückt, zum Beispiel zur Finanzierung des Bauvorhabens und welche Veranstaltungen in der nächsten Zeit stattfinden werden. In Wöhrden gibt es ja auch eine Waldorfschule, darüber habe ich schon vor einiger Zeit das eine oder andere geschrieben, das muss ich jetzt nicht unbedingt alles wieder aufwärmen. Es gibt ja jede Menge Vorurteile gegen die Waldorf-Pädagogik, zum Beispiel dass man da nur lernen würde seinen Namen zu tanzen, aber ich glaube, das meiste ist Käse, man sollte schon ein bisschen sachlicher mit dem Thema umgehen. Von diesem Kindergarten habe ich jedenfalls keinen schlechten Eindruck, da könnte ich durchaus selbst hingehen, wenn ich noch ein paar Jahre jünger wäre.

Zurück nach Heide, den Artikel schreiben und abliefern. Mir fällt noch ein, ich habe gar nicht erzählt, dass ich heute Mittag mal wieder bei Schlachter Fiebelkorn gespeist habe. Keine besonderen Vorkommnisse dabei, jedenfalls habe ich Maja dort nicht getroffen. Was macht sie bloß gerade, das kommt mir schon ein bisschen seltsam vor, dass ich sie im Moment nirgendwo treffe.

Ich habe noch etwas vergessen: So ungefähr zehn vor zwei, als ich gerade mit dem Polo in Richtung Wöhrden unterwegs bin, kriege ich eine SMS von Claudia. Inhalt: Feierabend-Bier bei mir? Meldorfer Straße sowieso. Das mit der Straße hätte sie jetzt nicht unbedingt schreiben müssen, ich weiß ja, wo Elektro-Schmidt ist. Ich kann leider erst später zurücksimsen, nachdem ich mit dem Kindergarten in Wöhrden durch bin: Alles klar, bis dann. Eigentlich weiß ich gar nicht so genau, wann Claudia Feierabend hat, aber ich meine, dass die Handwerker normalerweise am Freitagnachmittag ein bisschen früher Schluss haben, also zum Beispiel schon um fünfzehn Uhr statt um sechzehn Uhr. Dann habe ich zwar selber noch nicht frei, aber ich kann ja direkt zu Claudia fahren, wenn ich in unserer Redaktion fertig bin. Das zieht sich zwar noch ein bisschen, aber schließlich kann Volontär und Journalistik-Studierender Heiko Timmermann doch offiziell das Wochenende einläuten. Die Kollegen sind mittlerweile auch alle eingetroffen, es werden noch ein paar berufliche und private Informationen ausgetauscht, die Schreibtische aufgeräumt und hier und da schon erste Ideen für die nächste Woche angedacht. Also dann, noch einmal schönes Wochenende alle zusammen. Winkewinke und Abgang in Richtung Parkplatz.

Ein bisschen nervös bin ich jetzt schon, immerhin werde ich gleich sozusagen meinen Antrittsbesuch im Hause Schmidt machen. Die Eltern habe ich zwar schon bei dieser Feier im Tivoli kennengelernt, aber eher so am Rande, wer weiß, wie die tatsächlich drauf sein werden, wenn ich bei denen auf der Matte stehe. Soll ich jetzt Blumen oder andere Geschenke mitnehmen? Nein, Quatsch, ich bin ja nicht bei der Queen zum Tee eingeladen. Feierabendbier, was soll das jetzt konkret heißen? Bier kann ich sowieso nicht trinken, weil ich noch fahren muss. Wenn ich ganz ehrlich bin, so richtig Bock habe ich jetzt nicht auf den Trip zu Elektro-Schmidt. Ich würde eigentlich viel lieber noch mal kurz zum Weinhaus Hansen gehen und dann vielleicht noch mit einer Zwischenlandung beim Loher Bäcker ganz schlicht und ergreifend nach Hause fahren. Nach Hause. Ich glaube, ich rufe doch lieber mal kurz an und sage, dass ich noch zu Claudia fahren werde. Linda ist am Telefon, sie ist wohl auch gerade erst zu Hause angekommen, sie nimmt meine Nachricht ohne große Kommentare auf und sagt nur, okay, sie weiß Bescheid. Dann wird sie es ja auch hoffentlich weiter unter den Timmermanns verbreiten.

So, jetzt aber ohne weitere Verzögerungen direkt in die Meldorfer Straße. Freitagnachmittag, da herrscht ganz schön viel Verkehr in Heide, man könnte fast glauben, wir wären eine Großstadt. Ich halte mich für schlau und fahre lieber an der Klaus-Groth-Schule vorbei und dann am Kaiser-Wilhelm-Platz entlang, jawohl, so was gibt es noch bei uns, dann Beselerstraße und rechts ab in die Kreuzstraße. So schlau war das jetzt aber doch nicht, denn ich muss ziemlich lange an der Ampel warten, bis ich links in die Meldorfer Straße einbiegen kann. Ein Blick auf die Uhr, schon zwanzig nach fünf, naja. Elektro-Schmidt kenne ich eigentlich, da bin ich schon oft dran vorbeigefahren, das ist irgendwo auf der linken Seite, wenn man in Richtung Famila fährt. Okay, da ist die Bude ja, also links blinken, lässt mich vielleicht mal einer abbiegen, ja, dankeschön.

Erster Gesamteindruck: Typische Mischung aus Geschäfts- und Wohnhaus, sieht aber nicht nach Neubau aus, sondern eher danach, als hätten ein paar Generationen Schmidt am Haus herumgebastelt und es immer weiter in verschiedene Himmelsrichtungen ausgebaut. Vorne und um das Haus herum gibt es praktisch nur Auffahrt, also alles gepflastert mit diesen Verbundsteinen aus Beton, die sieht man ja überall. Da, wo früher vielleicht mal ein Garten war, stehen so ungefähr fünf bis acht Garagen, davor sind einige Firmenfahrzeuge abgestellt, ich sehe auch noch den einen oder anderen Mitarbeiter herumlaufen. Dann sehe ich aber auch einen Ford Ka in einer eher dunkelroten Farbe, das ist dann offensichtlich Claudias Kiste, davon hatte sie ja erzählt. Ich stelle mich daneben. Also, ganz genau genommen stelle ich meinen Polo daneben. Aussteigen, abschließen. Es wäre jetzt vielleicht doch ganz günstig, wenn ich Blumen dabei hätte, dann wüsste ich wenigstens, was ich mit meinen Händen machen soll. Ich stecke sie erstmal in die Jackentaschen, während ich bewusst gelassen auf den Eingang zuschlendere. An der Hauswand ist eine ziemlich große Leuchtreklame in Rot angebracht, Elektro-Schmidt natürlich, im Moment leuchtet sie allerdings noch nicht, es ist ja auch noch hell genug. Einmal klingeln, jetzt ist es gleich so weit, es gibt kein Zurück mehr. Durch das Butzenscheiben-Glas an der Haustür erkenne ich, wie jemand von irgendwoher anmarschiert kommt, das dürfte die Mutti sein, jawohl, sie ist es. Die Tür öffnet sich, ich sage meinen Spruch auf, guten Abend, Frau Schmidt, Heiko Timmermann, ich möchte gern zu Claudia.

Kommen Sie rein, Heiko, ich glaube, unsere Tochter erwartet Sie schon.

Mir fällt jetzt auf, dass Mutti Schmidt eine ganz schön üppige Person ist, so hatte ich sie gar nicht in Erinnerung, im Tivoli hatte sie noch etwas schlanker gewirkt, aber das muss wohl an ihrem Kleid gelegen haben. Nach meiner Theorie müsste Claudia dann in zwanzig bis dreißig Jahren auf einen ähnlichen Umfang anwachsen, dieser Gedanke gefällt mir nicht so ganz und ich versuche ihn zu verdrängen. Aber vielleicht kommt sie ja auch nach dem Vater, die dunklen Haare hat sie ja auch von ihm, allerdings ist er ja auch ziemlich kräftig gebaut, das ist aber auch nur mein Eindruck von dem Hohnbeerball im Tivoli, Vater Schmidt ist jedenfalls im Moment nicht in Sichtweite.

Ich stehe noch etwas verlegen auf dem Flur herum, bis Claudia die Treppe herunterkommt.

Hallo, Heiko, komm' rauf!

Ich folge ihr nach oben, wir gehen in ihr Zimmer, also ganz offensichtlich ist es ihr Zimmer. Falls eine Beschreibung erwünscht wird, werde ich noch das eine oder andere Wort darüber fallenlassen. Aber jetzt kommt erstmal die richtige Begrüßung ohne familiäre Zeugen, also Küssen und Umarmen und was sonst noch so dazugehört. Tut mir leid, ich hab' lange nicht von mir hören lassen, stottere ich etwas verlegen herum, gleichzeitig ärgere ich mich ein bisschen darüber, dass ich das gesagt habe.

Ach so, ja, kleine Beschreibung des Zimmers, in dem wir uns gerade befinden: Auf den ersten Blick würde man gar nicht merken, dass es eine Mädchenbude ist, also hier hängen keine Justin-Bieber-Poster an den Wänden und es liegen auch keine Barbiepuppen herum. Ein bisschen kleiner als bei mir zu Hause, aber vielleicht doch fast zwanzig Quadratmeter, allerdings mit einer Dachschräge und auch einer etwas niedrigen Zimmerdecke. Ich schatze mal, Claudias Schwestern werden so ähnlich große Zimmer haben, vielleicht bekomme ich die ja irgendwann mal zu Gesicht, also die Zimmer meine ich jetzt. Das übliche Mobiliar, so eine Bettcouch mit Umrandung, so etwas nannte man früher, glaube ich, Teenager-Liege, darauf kann man auch alles Mögliche abstellen. Das Bettzeug scheint in so einem großen

Kasten am Fußende zu sein, das ist natürlich ein bisschen unpraktisch, dass man dann immer sein Bett neu machen muss, wenn man schlafen gehen will. Oder wenn man zu faul ist, morgens das ganze Bettzeug wegzuräumen, sieht es den ganzen Tag lang irgendwie unordentlich aus. Aber natürlich nur, wenn man selber zu Hause ist und das dann auch mitkriegt. Ein niedriger Couchtisch vor dem Bett, dann sind da noch zwei etwas ältere Sessel, ein ziemlich großer Kleiderschrank an der einen hohen Wand, ein kleiner Schreibtisch mit einem Stuhl davor, so eine Art Kommode mit einem Fernseher drauf, aber noch mit so einem altmodischen Teil, also kein Flachbildfernseher. Ich hoffe, das reicht als erste Beschreibung, den ganzen Kleinkram lasse ich jetzt mal weg, also auch Bilder an den Wänden oder so was in der Art.

Okay, also jetzt mal zu Claudia, die sieht total niedlich aus in Jeans und einem engen T-Shirt, wahrscheinlich war sie vorhin gerade unter der Dusche, denn sie riecht ganz angenehm nach irgendeinem nicht allzu schlimmen Deo, also nicht mehr nach alten Kabeln, Staub und durchgebrannten Sicherungen. Das mit dem Feierabendbier war nicht nur ein Spruch, sie geht kurz raus und kommt dann mit zwei Flaschen Holsten zurück. Hast du vielleicht auch was Alkoholfreies da, frage ich, ich muss ja noch fahren. Meinetwegen musst du heute nicht mehr fahren, sagt Claudia leider nicht, das ist ja auch Majas Spruch. Nein, stattdessen dreht sie wieder bei und kommt mit einer Flasche Clausthaler zurück. Okay, das finde ich ja nett, darum sage ich auch nicht, dass ich eigentlich gar kein alkoholfreies Bier mag. Andererseits, wenn sie jetzt Bier trinkt, sollte ich auch lieber etwas Bierähnliches trinken, sonst hat nur sie allein eine Fahne. Rauchen tut sie wenigstens nicht, das hätte ich ja schon mitbekommen. Donald hat mal gemeint, dass es schon ganz schön unangenehm beim Küssen sein kann, wenn einer von beiden Raucher ist. Das mag sein, aber auf der anderen Seite würde es mich auch nicht völlig abschrecken. Sie sucht jetzt einen Flaschenöffner, aber ich habe einen an meinem Schlüsselbund, also Flaschen aufmachen und prost, auf den Feierabend.

Wir sitzen jetzt mittlerweile auf ihrer Bettcouch, es ist ganz gemütlich, wir reden über das, was wir heute so alles erlebt haben, zwischendurch knutschen wir immer wieder etwas und kuscheln uns aneinander. Claudia war heute wieder mit ihrer Firma im Krankenhaus, da wird ja im Moment heftig um- und ausgebaut, man kann sich ja vorstellen, was die Elektriker da alles zu tun haben. Der Lehrling im ersten Jahr hatte wohl ziemlichen Mist gebaut, jede Menge Kabel mit dem falschen Querschnitt eingezogen, zum Glück hat das noch einer mitgekriegt, aber morgen müssen sie da noch mal ran, obwohl ja Samstag ist. Normalerweise darf ich ja nicht am Samstag arbeiten, sagt Claudia, aber wenn da Not an der Frau ist, muss ich auch mit ran. Das wird aber hoffentlich nicht den ganzen Tag dauern. Ja, sage ich, so einen Samstags-Einsatz hatte ich neulich auch mal, das begeistert einen ja nicht gerade. Aber manchmal ist zum Glück auch weniger los.

Kommt ihr zum Abendbrot?, lässt sich gerade der Kopf vernehmen, der in der Tür erschienen ist. Also, die Tür ist natürlich vorher einen Spalt geöffnet worden, ich habe aber kein Anklopfen gehört, vielleicht ist das hier ja nicht üblich. Der Kopf ist wieder verschwunden, ich schätze mal, dass das die siebzehnjährige Schwester war, Diana heißt die, wenn ich es richtig behalten habe. Diana, die Göttin der Jagd. Okay, also auf zum Abendbrot. Ich atme einmal tief durch, ihr wisst ja, solche Situationen liebe ich nicht besonders.

Es ist dann aber eigentlich alles okay. Ort der Handlung: Schmidts sehr geräumige Küche, natürlich mit allen modernen Elektrogeräten ausgestattet, aber auch mit einer ganz gemütlichen Sitzecke mit Eckbank und großem Tisch. Jedenfalls kein runder Tisch. Anwesende: Außer mir natürlich Claudia, Mama Schmidt und auch Papa Schmidt, dann die beiden Schwestern Diana und Jovina. Jovina ist vierzehn, das sieht man irgendwie auch, Donald würde sagen, mit knospenden Brüsten unterm T-Shirt. Sie und die Siebzehnjährige sehen Claudia etwas ähnlich, aber beide haben etwas längere Haare und auch nicht diesen schelmischen Blick. Ich darf rechts von Claudia in die Bank einrücken, ich werde also nicht mit Sicherheitsabstand von ihr platziert. Es gibt ein ganz normales Abendbrot, so ähnlich wie bei uns zu Hause, also verschiedene Brotsorten, Aufschnitt und Käse, zur Feier des Tages noch ein paar Tomaten und Gewürzgurken aus dem Glas. Vater Schmidt hat sich ein Bier genehmigt, mir bietet er auch eines an, ich verzichte dankend, ich soll ja noch fahren. Solche Bemerkungen kommen ja immer gut an. Dann vielleicht Tee oder Milch, Tee bitte. Normaler schwarzer Tee, das ist auch okay so, also nicht irgendwelche modischen Kräutermischungen. Der Startschuss ist gefallen, dann bedient euch mal, darf ich mal kurz die Butter haben, danke.

Vater Schmidt führt das Regiment über seine Mädels, das kann man irgendwie merken, denn er redet am meisten. Er bringt mich auch geschickt dazu, die eine oder andere Bemerkung über mich und meine Familie vom Stapel zu lassen. Wesselburener Deichhausen scheint ihm auf jeden Fall auch ein Begriff zu sein. Dann kommen wir auf den Hahnebierball, wo ich ja Claudia kennengelernt habe, von da auf die Süderegge, wo er ja auch

Mitglied ist, dann auf die beiden sehr merkwürdigen Todesfälle. Ich berichte schon mal vorab, was morgen in der Zeitung stehen wird, nämlich dass beide Opfer vergiftet worden sind und dass die Polizei natürlich nach einer Spur sucht und einem Motiv, weil da ja ein Zusammenhang zu bestehen scheint. Das macht Claudia-Papa etwas nachdenklich, er kannte doch auch den Apotheker Monscheidt, aber er könnte sich wirklich nicht vorstellen, wer ihm da an den Kragen wollte. Er war ja eigentlich bei allen beliebt, na, vielleicht was das ja so ein Neider oder jemand hatte da noch eine Rechnung offen aus vergangenen Tagen.

Die Mädels bleiben eher still, bis auf die Essgeräusche natürlich, ich versuche aber hin und wieder einen kleinen Smalltalk in Richtung Diana und Jovina. Aus denen kriege ich jetzt aber nicht viel raus, die wagen es ja kaum, mich anzugucken. Wahrscheinlich sind sie die Anwesenheit von zukünftigen Schwägern nicht gewohnt. Die ganze Mahlzeit zieht sich noch ein bisschen hin, auch die Mutter sagt dann noch das eine oder andere Wort, aber eher familienintern. Am Ende habe ich das Gefühl, dass ich beim Alten ganz gut angekommen bin, der ist ja eindeutig der Clanchef, das ist dann ja die Hauptsache. Die Mutter scheint aber auch nicht unbedingt irgendwas gegen mich zu haben. Die Schwestern, naja, die werden wahrscheinlich später mal etwas auftauen.

Fazit: Praktische Prüfung bestanden, aber so hundertprozentig wohl fühle ich mich in diesem Laden auch nicht. Ich könnte mir zum Beispiel nicht vorstellen, hier einfach bei Claudia zu übernachten und am nächsten Morgen fröhlich am Frühstückstisch zu erscheinen. Die würden mich wahrscheinlich nicht gerade rausschmeißen, aber so ganz nach ihrer Mütze wäre das bestimmt nicht. Nein, keine heimlichen Übernachtungspläne, es ist wohl am besten, wenn ich mich bald nach dem Abendbrot wieder verziehe.

Wir sind jetzt wieder in ihrem Zimmer, sitzen wieder auf ihrer Bettcouch und knutschen mehr oder weniger wild herum. Aber irgendwie ist die Luft raus, wer weiß, vielleicht steckt gleich wieder eine von den Schwestern neugierig den Kopf rein und fragt nach unseren erotischen Fortschritten. Nein, da schreitet jetzt wirklich nichts fort. Dann kommt noch dazu, dass Claudia morgen wieder arbeiten muss, da soll sie bestimmt früh aufstehen, das ist ja im Handwerk so üblich. Na, ich will dann mal wieder, sage ich etwas zögerlich. Das scheint ihr dann aber doch ganz recht zu sein, es gibt keinen Widerspruch. Was hältst du morgen Abend von Kino, fällt mir gerade noch ein, ja, das ist okay, wir können ja morgen Abend ins Kino gehen. Ich ruf' dich dann an, sage ich.

Claudia bringt mich noch raus, den Rest der Familie bekomme ich im Augenblick nicht zu Gesicht, schöne Grüße an deine Eltern, sage ich. Von der Dauerknutscherei bin ich noch etwas benommen, als ich wieder in den Polo steige und mich auf den Rückweg in die Heimat mache.

Na, Heiko, nicht zum Schuss gekommen?

Dreimal dürft ihr raten, wer mir gerade diese unverschämte Frage gestellt hat. Linda natürlich. Krankenschwestern können ja manchmal sehr direkt sein, das kann einem schon richtig wehtun. Ich sollte ihr jetzt vielleicht einfach eins aufs Maul hauen, aber stattdessen sage ich bloß: Nee, wenn du's genau wissen willst. Zu viel Publikumsverkehr in ihrem Zimmer.

Die hat wohl keinen Schlüssel, was? Wenn ich so einen Typen wie dich als Freund hätte und der wäre zum ersten Mal in meinem Zimmer, den würde ich doch nicht wieder rauslassen, bevor ich ihn vernascht habe.

Ja klar, Linda, ich weiß Bescheid, ich sage nur Quickie im Tischtennisraum auf der Konfirmandenfreizeit. Und da warst du erst dreizehn. Vielleicht ist ja nicht jede so eine Nymphomanin wie du.

Nymphomanin, Heiko, wie witzig. Ich bin eben einfach nur ganz normal veranlagt, und ich sage dir, mit deiner neuen Tusse stimmt was nicht, ich bin doch nicht blöd.

Wenn sich gerade jemand fragen sollte, wo diese freundliche geschwisterliche Unterhaltung stattfindet, kann ich denjenigen jetzt aufklären: In Lindas Zimmer natürlich. Ich bin vor ungefähr zehn Minuten nach Hause gekommen und musste Mutter zunächst mal mehrfach versichern, dass ich tatsächlich schon Abendbrot gegessen habe, ach ja, du warst ja bei Claudia, wie ist denn die Familie, wie sind die denn eingerichtet und so weiter. Mutter hat mich nur nicht weiter gelöchert, weil gerade die Talkshow anfing. Und dann bin ich eben nach oben geschlichen und da hat mich Linda mit einer Flasche Rotwein in der Hand abgefangen. Da kann man natürlich nicht widerstehen.

Wir sind jetzt übrigens schon beim zweiten Glas, die gegenseitigen Provokationen sind auch langsam wieder abgeebbt. Linda macht wieder mal ein bisschen Reklame für Maja, die wäre doch eigentlich die einzig richtige Frau für mich, ich sage, ich weiß gar nicht, ob ich das nicht schon mal erzählt habe, aber Donald Petersen hat Maja mit einem anderen Typen Hand in Hand durch Kiel schleichen sehen. Da will Linda aber unbedingt mehr

Details hören, also hatte ich ihr das offensichtlich doch noch nicht erzählt. Egal. So viele Details sind es aber nicht. Meine Schwester liebt solche Geschichten, das bringt sie so richtig in Fahrt. Am Ende der ersten Flasche meint sie dann aber nur, dass Donald vielleicht nicht richtig hingeguckt haben könnte.

Unterbrechung der Sitzung, ich gehe mal nach unten, um noch ein Fläschchen Roten zu bergen, aber nicht etwa heimlich, das können die Eltern ruhig mitkriegen. In der Glotze läuft noch drei nach neun, im Moment haben sie gerade Max Raabe am Wickel, den finde ich eigentlich cool, das ist dieser Knabe, der die witzige Musik aus den zwanziger Jahren macht, er sieht auch so richtig schön schmierig aus mit seinen pomadigen Haaren. Ich bleibe also einfach eine Minute im Wohnzimmer stehen und schaue zu, dann besinne ich mich aber und lenke meine Schritte in Richtung Hauswirtschaftsraum. Der Rioja sieht nicht so teuer aus, den Verlust werden die Eltern bestimmt verschmerzen, also nehme ich den mal mit. Wollt ihr Chips? Sauft nicht so viel!, höre ich noch, bevor ich wieder nach oben gehe.

Wo warst du denn so lange, Heiko, fragt Linda mit diesem leicht provozierenden Unterton von vorhin.

Ich hab' jedenfalls nicht das getan, was du gerade denkst, sage ich.

Keine Antwort, nur Grinsen. Wo ist denn der Korkenzieher?

Eigentlich habe ich sehr selten Kopfschmerzen, aber jetzt hat es mich voll erwischt. Na klar, das kommt vom Saufen. Wir haben letzte Nacht auch noch den Rioja gekillt, aber ich glaube, Linda hatte nur noch ein Glas davon, den Rest habe ich getrunken. Worüber wir noch geredet haben, kann ich jetzt gar nicht mehr sagen, vermutlich haben wir Maja und Claudia und weitere Damen thematisch verarbeitet. Es ist halb neun, ich könnte auch noch ein bisschen liegenbleiben, aber im Liegen macht der Kopf leider besonders großen Ärger. Vater hat mal erzählt, nach seiner Gesellenprüfung hat er mit seinen Kumpels die ganze Nacht durchgefeiert, jawohl, in Heide, damals gab es noch den Leuchtturm im Schuhmacherort, da konnte man bei Bedarf bis zum Frühstück abhängen. Dann sind sie aber irgendwann doch wieder losgezogen und haben als letzten Drink eine Runde Alka-Seltzer in einer Apotheke zu sich genommen. Haben wir das eigentlich auch im Haus? Ich kann ja gleich mal im Badezimmer in den Medikamentenschrank gucken.

Nach einer ausführlichen Duscherei geht es mir wieder etwas besser. Alka-Seltzer haben wir leider nicht an Bord, wie ich gerade feststellen muss. Aber immerhin Aspirin. Ich nehme mir zwei Stück aus der Packung, aber vielleicht sollte ich lieber erstmal frühstücken, ich habe mal gehört, das Zeug soll man nicht auf nüchternen Magen einwerfen. Abtrocknen, rein in den Bademantel und Rückmarsch in mein Zimmer. Linda hat schon vorm Bad gewartet, das habe ich gar nicht mitbekommen. So ganz fit sieht sie auch nicht aus, aber doch eher verpennt als kopfschmerzig.

Ja, guten Morgen, Heiko, flötet Mutter munter, als ich unten ankomme.

Miau, sage ich nur.

Ach, der Herr hat einen Kater, sagt sie, trink erstmal einen Kaffee, das gibt sich schon wieder.

Der Frühstückstisch ist noch vorhanden, das ist ja erfreulich, aber Mutters, Vaters und sogar Lasses Plätze sind schon benutzt und verkrümelt. Die Samstagszeitung liegt irgendwo zwischen Marmelade und Nutella eingeklemmt auf dem Tisch. Ich entdecke frische Brötchen, dann muss Vater heute Morgen schon in Wesselburen gewesen sein. Ich hole mir ein Glas Orangensaft aus der Küche, dann greife ich zum Dithmarscher Landboten. Mein Artikel über die Hahnbier-Morde ist erschienen, das freut mich ja, obwohl der ziemlich zusammengestrichen ist und auch nur auf der zweiten Heide-Seite unter ferner liefen zu finden ist. Auch kein Bild dabei, naja. Dafür ist der Bericht über den Waldorf-Kindergarten richtig riesig geworden, eine halbe Seite, das liegt aber auch an dem Foto von dieser leckeren Kindergärtnerin, ihr wisst schon, die Blonde mit der Brille. Ein paar spielende Kinder sind natürlich auch im Hintergrund dabei. Okay. Was gibt's sonst Neues? Die neue Kanalschleuse in Brunsbüttel wird erst 2020 fertig sein und außerdem viel teurer, als man zuerst gedacht hat. Na, das ist ja immer so. Und ich wette drauf, in zwei Jahren wird es dann heißen, dass sie leider erst 2025 fertig sein wird. Weiter. Nur knapp über dem Gefrierpunkt, örtlich Schneefälle. Hallo, was soll denn das, wir haben bald März, wo bleibt denn der Frühling? Pistorius bis zum Prozess frei, der kann ja auch nicht weglaufen, haha. Modern Talking ruht in Frieden. Prinz Harry hat eine Neue. Im Stadttheater gab es eine Revue über das Leben von Beate Uhse. Alkohol ist das Suchtproblem Nummer eins. Ich glaube, ich kann jetzt ruhig schon mal meine Aspirin nehmen. Ein Artikel von Maja über kirchliche Jugendarbeit in Sarzbüttel. Schreiben kann sie ja. Der einzige anscheinend halbwegs vernünftige Film im Lichtblick ist Les Misérables, fängt um 21 Uhr an. Das sollte ich lieber noch mal googeln, wer weiß, was das für ein Streifen ist. Unser Blatt hat heute tatsächlich 92 Seiten, das ist ja der Wahnsinn. Hänsel und Gretel ist als Action-Drama verfilmt worden. Vier Seiten Stellenangebote. Übrigens hat Linda sich gerade gesetzt. Der Steinbock soll in einer Herzensangelegenheit Geduld zeigen. Tu ich ja. Düstere Farben sind der neue Wohntrend. Finde ich unpraktisch, da sieht man doch sofort jedes Staubkorn. Amsterdams Grachten sind 400 Jahre alt. Heute Abend kommt Wetten, dass... Ist das jetzt eigentlich schon die letzte Sendung? Jetzt kommen noch jede Menge Sonderseiten zur Konfirmation 2013, darum ist unser Blatt so dick heute. Meine Güte, so ein Aufwand, wer hat das bloß alles redaktionell bearbeitet?

Noch ein Brötchen. Meine Kopfschmerzen verabschieden sich allmählich von mir, kann es wirklich sein, dass das Aspirin so schnell gewirkt hat oder ist das bloß Einbildung? Ich bin auch schon wieder in der Lage, das eine oder andere Wort mit Linda zu wechseln. Dabei geht es aber nicht mehr um Claudia, Maja und sonstige Weiber, sondern darum, dass sie eigentlich ganz gerne heute ein paar Klamotten in Heide kaufen würde, nichts Dolles, nur Jeans und so. Ich lasse das etwas auf mich wirken, dann sage ich ganz großzügig: Ja, okay, lass uns man gleich mal nach Heide fahren, ich könnte mich da auch mal ganz gut ein bisschen umgucken. Ein dankbarer schwesterlicher Blick trifft mich. Okay, dann können wir ja gleich abräumen und dann kann es losgehen.

Mutter als Chefin des Hauses muss kurz informiert werden, ja, ihretwegen können wir heute ein bisschen später Mittag essen, sagen wir mal um Viertel nach eins, sie will auch noch mal nach Wesselburen zum Einkaufen und nimmt dann Lasse mit. Wo ist eigentlich Vater, fährt er etwa Kleie für Büsum am Samstag? Nein, der bastelt in der Werkstatt am MAN herum, da stimmt wohl irgendwas mit dem Getriebe nicht. Gut, Linda und Heiko noch mal schnell auf Klo, aber natürlich nacheinander. Nein, wir haben immer noch keine Gästetoilette, obwohl das sehr praktisch wäre, es kann aber sein, dass diese Baumaßnahme noch dieses Jahr in Angriff genommen wird. Also, falls ihr uns mal besucht und aufs Klo wollt, müsst ihr leider noch mit dem im Badezimmer im ersten Stock Vorlieb nehmen.

So, endlich alles bereit, dann ab in den Polo und auf nach Heide.

Samstag ist in Heide Markttag, außerdem fällt mir ein, ist nicht heute auch noch mal Hahnebier, na klar, da wollte Fuchs doch hin. Ich kann ja froh sein, dass ich mal nichts damit zu tun habe. Mit Parkplätzen sieht es heute aber gar nicht gut aus, beim Klaus-Groth-Museum ist alles voll, bei Kaufhaus Stolz erst recht, bei der Westbank stehen schon drei Autos vor der Schranke, da brauche ich es gar nicht erst zu versuchen. Jawohl, ich sage immer noch Westbank, obwohl das Institut eigentlich HypoVereinsbank heißt, mit diesem großen Vau mitten im Wort. Noch eigentlicher müsste es wohl UniCredit Bank heißen, aber so viele Neuerungen auf einmal werden dem Publikum dann doch wohl nicht zugemutet. Ich fahre noch eine Runde, dann beschließe ich, einfach auf meinem dienstlichen Parkplatz beim Landboten vor Anker zu gehen, obwohl ich heute nur zu meinem Privatvergnügen hier bin. Aber die kennen ja meinen Wagen, den werden sie schon nicht gleich abschleppen und verschrotten.

Wir gehen einmal quer über den Wulf-Isebrand-Platz, ich schiele schon mal in Richtung Weinhaus Hansen, vielleicht haben die ja auch kopfschmerzfreien Wein, da könnte ich ja auf dem Rückweg mal reingucken. Nee, ansonsten habe ich eigentlich keine konkreten Einkaufspläne, na gut, zu Scheller Boyens könnte ich auch mal reingehen und ein bisschen in den Krimis blättern. Linda will gleich am Anfang der Friedrichstraße rein zu New Yorker, du kannst ja gerne mitkommen, Heiko. Ach nee, lass man, such' du mal in aller Ruhe deine Klamotten aus, wir können uns ja nachher wieder beim Auto treffen, sagen wir halb eins? Halb eins ist okay, Linda verschwindet im Laden, ich schlurfe langsam weiter, bis halb eins ist ja noch jede Menge Zeit.

Die Friedrichstraße ist voll mit Leuten, noch viel voller als an einem normalen Samstag. Jetzt muss ich sogar stehenbleiben, da kommt man ja gar nicht mehr durch, meine Güte, aber egal, ich hab's auch gar nicht eilig. Ich sehe plötzlich jede Menge schwarze Zylinderhüte vor mir, na logisch, das sind die Brüder von der Österegge, die haben ja heute ihren Hohnbeer-Tag. Aber gibt es da nicht normalerweise Musik, so mit großer Pauke und Kontrabasstuba mit Wasserkühlung? Komisch, es geht einfach nicht weiter, und es ist seltsamerweise im Moment ziemlich still, obwohl da so viele Leute vor mir stehen.

Jetzt kommt Sirenengeheul, ganz in der Nähe, ich habe schon mal gesagt, dass ich gar nicht unterscheiden kann, ob das von der Polizei, von der Feuerwehr oder vom Rettungswagen kommt. Vielleicht haben die ja alle unterschiedliche Melodien oder so was in der Art. Ich müsste mal Heiner fragen oder Vater, der ist ja bei der Feuerwehr in Reinsbüttel, der müsste das eigentlich auch wissen.

Vom Marktplatz her kann man jetzt Blaulicht sehen, dann auch ein Fahrzeugdach in dieser merkwürdigen Taxifarbe, elfenbein heißt das, glaube ich, aber irgendwo habe ich auch mal das Wort sanitätsgelb gehört, obwohl das ja nun wirklich kein Gelb ist.

Wo waren wir jetzt? Beim Rettungswagen. Also dieser Rettungswagen kommt langsam näher, das ist in einer Fußgängerzone, die dann auch noch von Menschen überquillt, natürlich auch gar nicht anders möglich. Die Leute vor mir weichen, so gut es geht, zurück, dann bleibt der Rettungswagen stehen, die Sirene ist jetzt abgeschaltet, aber das Blaulicht blinkt weiter. Ich stehe sozusagen in hinterster Reihe und kann kaum etwas sehen, aber ich kriege doch mit, dass die Sanis mit einer Trage in ein Kaufhaus hineingehen, nein, eigentlich müsste man sagen, sie laufen eher hinein. Ich sage jetzt nicht, in welches, vielleicht würde mir das ja als geschäftsschädigend ausgelegt werden, aber genau genommen gibt es in Heide ja nur zwei Kaufhäuser, also Böttcher, noch heißt der Laden ja so, und Stolz. Ich sage also jetzt weder Stolz noch Böttcher, ich sage nur Kaufhaus.

Die Leute vor mir, übrigens auch die Zylinderhüte, kommen wieder etwas in Bewegung, ich lasse mich langsam von der Menge mitziehen, sehen kann man nicht, was in dem Kaufhaus passiert ist, die Herren Rettungsassistenten oder wie sie heißen sind auch bisher nicht wieder erschienen. Ich will jetzt auch nicht so schrecklich neugierig sein und beschließe, lieber mit einem ganz konkreten Ziel weiterzugehen. Ziel: Lichtblick-Kino in der Süderstraße, da könnte ich doch mal gucken, was für ein Film Les Misérables ist.

Das Lichtblick hat geöffnet, das finde ich ja günstig, irgendein Kinderfilm scheint auch schon um zwölf zu beginnen. Komische Anfangszeit. Vielleicht werden dabei ja Pfannkuchen serviert. In den Schaukästen im Eingangsbereich finde ich auch die eine oder andere Info zum Film, allerdings wesentlich mehr Bilder als Text. Mein erster Eindruck: Les Misérables ist eine Musical-Verfilmung und dauert verdammt lange, nämlich 158 Minuten. Die Handlung scheint in Paris zu spielen im Jahre Achtzehnhundertweißkohl. Jede Menge Gauner, Nutten und so weiter. Also, allein würde ich da jetzt nicht hinwollen, aus eigenem Interesse, aber vielleicht ist der Film ganz okay für den ersten gemeinsamen Kinoabend von Heiko und Claudia. Wenn es nicht so spannend ist, kann man sich ja mit Popcorn und Cola betäuben oder mit Knutscherei. Weil ich ja schon mal hier bin, kaufe ich einfach zwei Karten. Saal zwei, Reihe A im Parkett, Doppelsitz. Da sitzt dann kein Neugieriger mehr hinter einem, das finde ich ganz angenehm so. Ich hoffe ja, dass Claudia nichts gegen den Film einwenden wird, aber die einzige Alternative wäre heute Abend Stirb langsam Teil zwei, ich kann mir kaum von ihr vorstellen, dass sie auf so was steht.

Achtzehn Euro wegen Überlänge, na meinetwegen. Eigentlich müsste man den Film mit dem Handy aufnehmen, damit sich das wirklich rechnet. Zwei Euro retour, danke bestens, ich verstaue die Karten in meinem Portemonnaie.

Alka-Seltzer fällt mir jetzt ein. Nicht, weil ich schon wieder Kopfschmerzen hätte, aber ich würde das Zeug schon ganz gerne in meinem persönlichen Vorrat haben. Wo kann ich es erwerben? Tatütata, die Drachen-Apotheke ist ganz in der Nähe. Haben die jetzt geöffnet oder wird der Laden gerade von der Polizei auf den Kopf gestellt, Heiner hatte doch so was angedeutet. Nein, natürlich haben sie geöffnet. Alles hell erleuchtet, jede Menge Werbung in den Schaufenstern, die Tür geht auch ganz von selbst auf, wenn man sich nähert, wie im Raumschiff Enterprise. Ich bin jetzt also drinnen in der Höhle des Drachen, vor mir stehen ein paar Leute, teilweise mit dem Rezept in der Hand, in einer kleinen Schlange. Schlange und Drachen, haha. Alles sauber und blitzblank hier, die Apothekerinnen oder Apothekenhelferinnen oder wie man das nennt tragen halblange weiße Kittel mit einem stilisierten Drachen als Logo, eigentlich könnten sie auch als Angestellte einer Schule für fernöstliche Kampfkunst durchgehen. Ich zähle fünf weibliche Kräfte in unterschiedlichen Alters- und Attraktivitätsklassen. Die mit den grauen Haaren ist sicher Frau Monscheidt, also die Witwe des Oberdrachen, sie verhält sich so chefmäßig. Dann haben wir da noch eine große Blonde mit Brille und schönen Zähnen, die dürfte so knapp unter vierzig sein, vielleicht aber auch erst 35. Die nächste Kittelträgerin hat eine auffällige Kette mit dicken dunkelblauen Steinen oder Perlen um den Hals, ich kann das nicht so genau sehen, weil da gerade noch jemand vor mir steht. Modische Kurzhaarfrisur, sieht nach der Haartönung Brown Muffin von L'Oréal Paris aus. Na gut, das war jetzt einfach nur so in die Luft geschossen, in Wirklichkeit kenne ich mich mit diesen Produkten nicht so gut aus. Also dieser braune Muffin mit der Halskette trägt auch eine Brille, aber eine ganz unauffällige, die man erst mit dem zweiten Blick sieht. Sehr dezent. Oder sehr dozent, wie Donald sagen würde. Die Dame sieht eigentlich am besten aus, muss ich sagen, auch wenn sie bestimmt schon knapp unter vierzig ist. Die Rundungen unter ihrem weißen Kittel lassen auch einiges erahnen. Wenn ich mir eine von den Apothekerinnen aussuchen dürfte, würde ich die nehmen.

Entschuldigung, ich musste jetzt einfach mal einen Absatz machen. Ich bin immer noch nicht dran, deshalb kann ich vielleicht noch etwas über die letzten beiden Damen sagen: Beide irgendwo in den Dreißigern, eine eher zierlich, die andere eher Dithmarscher Landklasse, beide bebrillt, aber mit auffälligen schwarzen Gestellen, haben die denn alle Brillen hier, ist das vielleicht Pflicht, nein, wohl doch nicht, die Chefin trägt keine Brille. Aber vielleicht ja Kontaktlinsen. Was unterscheidet die beiden Schwarzgestellbrillen-Mädels sonst noch? Die Haare natürlich. Die Zierliche hat so eine Art Pferdeschwanz, auch dunkel, der sieht aber nicht so üppig aus wie von einem jungen Pony, sondern eher ziemlich ausgekämmt, als ob Maren den seit Jahren täglich gestriegelt hätte. Die etwas kräftigere Dame hat dunkelblonde Haare, würde ich sagen, mancher andere würde sie wahrscheinlich auch als hellbraun bezeichnen. Bei der Form der Frisur muss ich aber jetzt passen, irgendwas zwischen kurz und mittellang, aber ziemlich glatt, vielleicht muss sie auch bald mal wieder zum Friseur. Außerdem nimmt sie mich gerade dran.

Ja, bitte?

Haben Sie Alka-Seltzer, sage ich, obwohl das ja auf der Hand liegt. Wo sollte es wohl sonst Alka-Seltzer geben, wenn nicht hier. Da steht es ja auch im Regal. Sie wendet sich kurz um, ich kann meine Betrachtung der Apothekerinnen noch um ein Detail ergänzen: Sie tragen Röcke und haben alle hübsche Beine, sogar noch die Chefin. Wahrscheinlich cremen sie sich ihre Beine nach Dienstschluss alle gegenseitig mit Rosskastanienextrakt ein.

Die Vierundzwanziger oder lieber gleich die Vierziger?

Die kleinere Packung, bitte.

Das macht dann sieben Euro fünfzehn.

Mich würde jetzt mal interessieren, ob man in jeder Apotheke den gleichen Preis dafür zahlen müsste, ich könnte doch eine Versuchsreihe starten, aber dann bitte auf Kosten des Landboten.

Dankeschön und schönen Tag noch, Abgang von Heiko Timmermann. Immerhin habe ich noch eine Packung Papiertaschentücher und fünf Traubenzuckerbonbons in unterschiedlichen Geschmacksrichtungen in meiner kleinen Plastiktüte. Plastiktüte, igitt, höre ich manche sagen, vielleicht beruhigen die sich aber wieder etwas, wenn sie erfahren, dass bei uns zu Hause solche Tüten gesammelt werden, um sie dann irgendwelchen nutzbringenden Zwecken zuzuführen.

Ich stehe jetzt wieder mitten auf der Süderstraße und überlege, wo ich jetzt hingehen könnte. So sehr viel Auswahl hat man bei solchen Überlegungen in Heide ja nicht gerade. Nach Krimis gucken wollte ich doch noch. Warum nicht in der Süderstraße? Ganz einfach, die Buchhandlung Erlesenes gibt es noch nicht, das kommt erst später. Also muss ich auf jeden Fall wieder in die Friedrichstraße, ich kann dann ja mal bei Scheller Boyens reinschauen. Habe ich schon ein Wort über das aktuelle Wetter verloren? Nein, dann kommt es jetzt: Es ist kühl, aber noch einigermaßen freundlich, ab und zu lässt sich die Sonne etwas blicken. Es soll heute angeblich noch etwas Schnee geben, aber im Moment sieht es nicht danach aus. Je mehr ich mich der Friedrichstraße annähere, desto deutlicher kann ich die typische Hahnebier-Marschmusik vernehmen. Aha, die haben sich nach einer Unterbrechung wieder auf den Weg gemacht. Zur Erinnerung, das, was sie gerade machen, nennt sich Einkehren. Das heißt ja, dass sie irgendein Geschäft in voller Mannschaftsstärke aufsuchen und es erst dann wieder verlassen, wenn mit Getränken und teilweise auch Häppchen versorgt worden sind. So ähnlich wie beim Halloween, trick or treat, entweder man kriegt was, oder es gibt Ärger. Nein, Ärger machen die Hahnebierbrüder sicher nicht, sie halten höchstens den Betrieb für ein paar Minuten auf. Wo sie jetzt aber ganz genau sind, kann ich nicht sagen, weil ich gerade rechts in die Buchhandlung abgebogen bin.

Bis halb eins, da wollte ich mich ja mit Linda wieder beim Polo treffen, habe ich noch genug Zeit, da kann ich gut noch etwas in den Krimis wühlen. Es sind auch ein paar Bücher von Simenon dabei, der hat diese klassischen Krimis mit Kommissar Maigret geschrieben, die handeln wohl alle in Frankreich um die Zeit vor dem Zweiten Weltkrieg. Ich kenne bisher nur Maigret und Pietr der Lette, es gibt aber jede Menge weitere Maigret-Bände, natürlich sind sie hier nicht alle vorhanden, nur einige. Maigret und der Treidler der Providence, der Titel interessiert mich schon, ich schaue da mal rein. Ein Wahnsinn, der Simenon. Schon mit dem ersten Satz hat er mich gepackt, ich wünschte, ich könnte so schreiben wie er. Scheint eine Geschichte mit einer ganz besonderen Atmosphäre zu sein. Eigentlich müsste ich diesen Satz jetzt hier abdrucken, aber das darf ich wahrscheinlich nicht wegen des Copyrights. Nein, das war Quatsch, der Satz ist ziemlich lang und ich habe einfach keine Lust, ihn abzuschreiben, auch wenn ich ihn total gut finde.

Ich kann natürlich nicht hier vor dem Regal stehenbleiben und das ganze Buch zu Ende lesen, so ein schneller Leser bin ich nun auch nicht. Also ab zur Kasse damit. Aber vielleicht vorher noch ein kleiner Blick ins Zeitschriftenregal. Hunderte von Zeitschriften zu jedem nur denkbaren Thema, na gut, vielleicht doch nicht wirklich, aber es kann einen schon umhauen. Nur bei Marktkauf im ersten Stock ist das Angebot noch größer, aber da ist natürlich auch ziemlich viel Schrott dabei. Wer kauft das bloß alles und wer liest es dann sogar noch? Antwort: Vieles bleibt liegen und manche neue Zeitschrift erleidet schon nach ein paar Ausgaben Schiffbruch. Aber dann setzt man sich eben hin, arbeitet das ultimative neue Konzept aus und bringt den nächsten Versuch auf den Markt. Auffällig sind diese ganzen Zeitschriften über das Leben auf dem Land, LandLust und wie sie alle heißen, wir haben mal im Seminar darüber geredet, die haben teilweise Auflagen von über einer halben Million. Für mich als echten Landbewohner ist das schon seltsam, ich habe manchmal eher LandFrust als LandLust. So geil ist es zwischen Gülle, Mist und Treckerlärm nun auch wieder nicht. Dann fällt mir der Rolling Stone ins Auge, der titelt mit fünfzig Jahren Beatlemania, außerdem ist als Extra-Leckerli noch die erste amerikanische Ausgabe von 1967 im Original beigefügt, wer jetzt noch nicht umgefallen ist, den lockt vielleicht die CD-Beilage mit dem Namen New Noises. Ich gebe mich geschlagen, wenn mir das Heft nicht gefällt, kann ich ja meinen einen Opa damit erfreuen. Aber jetzt wirklich ab zur Kasse.

Als ich aus der Buchhandlung Scheller Boyens herauskomme, stoße ich unmittelbar auf meinen Chef. Was heißt Chef, auf meinen Redaktionsleiter, Holger Fuchs, Vierziger mit rötlichem Vollbart, sieht wirklich ein bisschen so ähnlich aus wie ein Fuchs. Er kaut gerade an einem belegten Brötchen, das er offensichtlich drüben bei Allwörden erworben hat.

Moin, Herr Fuchs!

Ja, hallo Heiko, auf Einkaufstour? Gut, dass ich Sie treffe, da kann ich Ihnen gleich was erzählen. Beim Einkehren bei Stolz ist einer von den Eggenbrüdern plötzlich zusammengebrochen, sieht gar nicht gut aus, die Geschichte. Der Rettungswagen ist zum Glück bald gekommen, nun ist er natürlich im Krankenhaus. Hoffentlich nicht schon wieder diese Giftsache, das reicht jetzt langsam.

Stolz hat aber jetzt er gesagt, nicht ich.

Er beißt kräftig von seinem Brötchen ab. Aha, Fleischsalat. Das ist eher ungünstig, wenn man einen Bart hat. Soll ich ihn jetzt darauf aufmerksam machen, dass er sich gerade mit Mayonnaise beschmiert hat?

Sie haben da noch was am Bart, sage ich, ich denke aber: Vielleicht weiß Heiner schon was über den Vorfall, aber wahrscheinlich hat er gar keinen Wochenend-Dienst. Naja, ich kann mich mal Montag darum kümmern. Mir kommt das jedenfalls sehr eigenartig vor.

Sehr seltsam, sagt Fuchs, er meint damit jetzt aber nicht die Mayonnaise, ja, ich muss weiter, nachher ist noch das Boßeln und dann muss ich noch zum Kaffeetrinken ins Tivoli. Voller Einsatz, Heiko, haha.

Ich lache beflissen mit, obwohl mir eigentlich gar nicht danach ist. Erst jetzt bemerke ich, dass die Kamera von Fuchs vor seinem Bauch baumelt. Die hat auch etwas vom Fleischsalat abbekommen, die Linse aber offensichtlich nicht.

Na dann viel Erfolg noch, Herr Fuchs, ich muss jetzt…

Danke Heiko, tschüs und schönes Wochenende.

Irgendwie ist das nichts, seine Kollegen oder Vorgesetzten am Wochenende zu treffen, ich sehe zu, dass ich weiterkomme. Ein Blick auf die Uhr, ein Blick auf die Weiten der Friedrichstraße. Linda ist nicht in Sicht, bis halb eins ist auch noch ein bisschen Zeit, vielleicht kauft sie gerade sämtliche Heider Klamottenläden leer. Ich komme jetzt am Fischladen von Beckmann vorbei und gehe rechts weiter, mein letztes Ziel ist Weinhaus Hansen. Wenn ich schon Alka-Seltzer gekauft habe, kann ich den zukünftigen Grund dafür auch gleich erwerben: Sechs Liter Vin de Pays d'Oc, Kostenpunkt 39 Euro, bei mir sitzt heute das Geld locker. Jawohl, ihr habt richtig mitgerechnet, sechs Euro fünfzig die Flasche. Mit Schraubverschluss, aber das stört mich nicht, dann muss man nicht nach dem Korkenzieher suchen. Ich mache mich vollbepackt auf den Weg zum Parkplatz. Genau halb eins, pünktlich bin ich ja. Linda ist aber noch nicht in Sicht. Okay, dann bin ich eben jetzt der Gute und sie ist die Böse.

Ich habe schon mal meine Sachen weggepackt, also den Weinkarton und den Kleinkram, setze mich dann ins Auto und suche nach vernünftiger Musik. Die Frontscheibe ist ein bisschen beschlagen, aber das wird schon wieder weggehen, wenn der Motor erstmal unter Volldampf ist. Da kommt

Linda ja endlich, in einer Hand mit allen möglichen Klamottentüten, in der anderen Hand mit, tatatata, Maja. Jawohl, sie gehen tatsächlich Hand in Hand, das ist zwar etwas ungewöhnlich, aber es kommt bei Mädels schon manchmal vor. Bei den Knaben eher weniger, ich würde mich mit Donald oder Heiner nicht so in der Öffentlichkeit fortbewegen wollen. Übrigens auch nicht in der Nicht-Öffentlichkeit. Okay, jetzt sind sie also angekommen, ich steige aus verschiedenen Gründen aus. Grund a): Ich muss Linda den Kofferraum aufmachen, weil sie höchstwahrscheinlich nicht von selbst weiß, wie das geht. Grund b): Ich muss natürlich Maja offiziell begrüßen, ich habe sie schon einige Tage nicht gesehen und außerdem guckt sie ganz freundlich und nicht so skorpionmäßig in meine Richtung. Gut, das waren jetzt doch nur zwei Gründe, aber die sind hoffentlich überzeugend. Ich bin also ausgestiegen, gehe auf Maja zu, die hat auch irgendwelchen Kram in kleineren Verpackungseinheiten in den Händen, wir sagen hallo und verabreichen uns ein gegenseitiges Freunde-Bussi-Bussi, in der halbfeuchten Version. Hallo Maja, hallo Heiko, lange nicht gesehen und so weiter. Dann klärt Linda mich auf: Ich hab' Maja unten bei Böttcher getroffen, sie kommt gleich mit zu uns, ich hab' schon zu Hause angerufen, ach ja, Maren ist auch schon da, die hilft Mutter jetzt beim Pfannkuchenwenden, Maja steht unter der Stadtbrücke (damit meint sie Majas Auto), ich fahr' dann gleich mit ihr zu uns, wir sehen uns dann zu Hause, tschüs.

Ich stelle fest, dass Lindas Sätze immer länger werden, das liegt wohl am Alter. Jetzt hat sie aber schon mit Maja beigedreht und sie laufen gerade rechts um die Ecke zum Wulf-Isebrand-Platz. Okay, ich darf also Lindas Paketboten spielen, warum nicht. Aber jetzt erstmal den Polo anwerfen, Mucke schön laut aufdrehen und ab geht es in Richtung Heimat. Ich kann mir Zeit lassen, ich muss ja nicht unbedingt vor Maja und Linda zu Hause ankommen.

Es gibt dann in Wesselburener Deichhausen im Hause der Familie Timmermann die übliche Begrüßung. Hallo, wie war's denn, wir können gleich essen, Maren ist schon da und hat mir geholfen, ach, da kommt ja Majas Auto, ja, das habe ich mir schon gedacht, dass Linda mit ihr fahren wird. Der Wortschwall meiner Mutter ist vorläufig beendet, Maren habe ich auch schon gesichtet, die hat wohl sogar den Tisch gedeckt. Hallo Heiko, etwas schüchterne Begrüßung mit leichtem Erröten, hallo Maren, auch mal wieder im Lande. Das versteht sie wohl als Anspielung auf ihren Neumünsteraner Herrenreiter, als ob ich glauben würde, dass sie in jeder freien Minute dorthin fährt und da schon mal die Pferde für die Verlobungskutsche aussucht.

Vater ist auch da, er läuft im Moment etwas nervös herum, setzt sich dann aber in seinen Lieblingssessel und knistert mit dem Bauernblatt. Es ist gleich halb zwei, sein Magen hängt offenbar schon in den Kniekehlen, außerdem fürchtet er wahrscheinlich schon um seinen Mittagsschlaf. Ich habe meine und Lindas Einkäufe mittlerweile im Wohnzimmer auf dem Teppich abgelegt, ungefähr an der Stelle, wo sonst immer der Weihnachtsbaum steht. Linda und Maja sind aber gerade hereingekommen, es folgt die Begrüßung zwischen Maja, meinen Eltern und Maren, ich muss ja nicht noch einmal begrüßt werden. Jetzt haben wir schon halb zwei, zu Tisch, Kinder, wo bleibt denn der Junge, damit bin ich jetzt aber nicht gemeint, sondern Lasse. Doch, er erscheint auch gerade mit erhobenen Händen, das soll bedeuten, dass er sich tatsächlich die Hände gewaschen hat und dass man ihn deswegen jetzt nicht fragen muss. Alle setzen sich hin, Mutter zuletzt, nachdem sie einen großen Teller mit einem Riesenstapel Pfannkuchen in der Mitte des Tisches abgesetzt hat. Guten Appetit, die Jagd auf das Apfelmus ist ebenfalls eröffnet. Möchte jemand was trinken, dann müsst ihr euch bitte selbst in der Küche bedienen.

Es ist so laut und so ein Durcheinander beim Essen, dass ich keinen klaren Gedanken fassen kann. Wenn ich es trotzdem könnte, würde ich jetzt denken, dass es schon Spaß macht, mit so vielen Leuten an einem Tisch zu sitzen. Ehrlich, ich werde es vermissen, wenn ich vielleicht in einem Jahr oder so in einer eigenen Bude sitze. Pfannkuchen werde ich mir samstags bestimmt trotzdem machen, aber die werden nicht so gut schmecken, wenn ich allein an einem Tisch hocke und mich höchstens mit mir selber unterhalten kann.

Die Damen reden mittlerweile über Lindas Klamotteneinkäufe, nein, die sind nicht so sonderlich spektakulär. Eine ganz normale Jeans, nicht mal mit vorgebohrten Löchern, ja, von Levi's, die war runtergesetzt. Dann noch ein paar T-Shirts und eine Sweatshirt-Jacke bei Böttcher, die war wohl am teuersten. Ja, dann noch Strumpfhosen und ein bisschen was an Unterwäsche, ich werde hellhörig, frage aber nicht nach Details, das übernimmt Maja. So ein paar Miederhöschen, verkündet Linda, wir sollen in der Klinik nicht in Hosen rumlaufen, und wenn man dann Strumpfhosen trägt und sich dauernd bücken muss, dann rutschen die, da ist es eben besser, wenn man solche Höschen darüber trägt. Strapse würden auch gehen, könnte ich jetzt sagen, unterlasse es aber lieber. Ja, überhaupt sollen wir nicht so auffällige Unterwäsche tragen, also keine schwarzen BHs und so weiter, die schimmern ja unterm Kittel durch, wir sollen die Patienten ja nicht nervös machen.

Ich werde auch schon langsam nervös bei diesem Thema, aber zum Glück wird es gerade gewechselt. Linda möchte jetzt doch was trinken, ob Maja und Maren auch ein Glas Apfelsaft wollen, ja, gerne, mehr kann ich aber nicht tragen. Danach geht Lasse los und fragt mich zum ersten Mal in seinem Leben: Heiko, du auch? Ich bin so überwältigt, dass ich kaum zu einem Ja in der Lage bin. Wenn Lasse sich so weiterentwickelt, wird spätestens in zwanzig Jahren noch ein vernünftiger Mensch aus ihm.

Weiterer Themenwechsel: Was wir heute noch so vorhaben.

Ich bin heute Abend im Kino, sage ich, Les Misérables.

Ich habe das Gefühl, dass mich Maja, Maren und auch Linda groß angucken, darum ergänze ich in möglichst neutralem Ton: Mit Claudia.

Peng. Das ist jetzt aber ungefähr so, als hätte ich eine Bombe auf Maja geworfen. Sie weiß doch noch gar nichts von Claudia, oder etwa doch? Hat Linda, die alte Quatschtante, ihr das vielleicht schon verklickert? Von Maren wird sie es sicher nicht erfahren haben, soweit ich weiß, haben die keinen Kontakt miteinander, außer, wenn sie bei uns zu Hause zusammen sind. Heiko, das Leben ist mal wieder ganz schön kompliziert, sage ich mir. Maja lässt sich jetzt aber nichts anmerken, sie guckt mich sogar weiterhin ganz offen an, als hätte sie den Namen Claudia überhaupt nicht gehört. Das überrascht mich echt, aber ich nehme es jetzt auch einfach so hin. In Ordnung. Was wollen die Mädels denn machen? Sie wollen heute Nachmittag zusammen ins Hallenbad, da müssen sie dann aber noch mal zuerst bei Maren vorbeifahren und dann auch noch nach Bargenstedt, weil Maren und Maja natürlich nicht dauernd ihre Badesachen dabei haben. Ja, und heute Abend wollen sie sich in Lindas Bude einen gemütlichen Abend machen. Aha.

Das ziemlich späte Pfannkuchenessen ist jetzt offiziell beendet, unter der Beteiligung fast aller Anwesenden wird abgewaschen und aufgeräumt, Vater will sich jetzt aber doch nicht mehr hinlegen, ihn zieht es wieder in die Werkstatt. Vielleicht pennt er da ja eine Runde auf der Ladefläche vom MAN. Ich trockne ab und stelle die Teller weg, dann gehe ich in mein Zimmer und lege ein bisschen die Füße auf den Couchtisch. Mir kommen dann noch ein paar Gedanken, was ich jetzt noch alles tun könnte, aber diese Gedanken sind so ermüdend, dass ich dabei einnicke.

Der Rest des Nachmittages geht schnell vorüber: Kaffeetrinken mit den Eltern, ein bisschen im Rolling Stone blättern und mal gucken, ob mir jemand gemailt hat. Nee, nur der übliche Spam-Kram. Ach so, ja, der Rolling Stone, ich glaube, den behalte ich doch, der Artikel über die Anfänge der Beatles ist doch gar nicht mal so schlecht, dann auch noch die originale Erstausgabe, die hat schon was. Mit Einzelheiten will ich euch nicht nerven, vielleicht irgendwann später mal.

So ungefähr ab siebzehn Uhr packt mich etwas die innere Unruhe, ich denke immer wieder an Claudia und teilweise auch daran, dass ich keine große Lust darauf habe, Linda und ihrem Mädels-Clan gleich wieder zu begegnen, die werden doch wahrscheinlich bald vom Schwimmen zurückkommen. Also rufe ich Claudia an, die ist sogar selbst am Telefon, und frage, ob es okay ist, wenn ich gleich komme. Ja, klar ist es in Ordnung, sie freut sich drauf. Mir läuft ein warmer Schauer über die Rückenmuskulatur, ich mache mich dann schon mal bereit für meinen Abflug. Schnell noch bei Mutter abmelden, keine Ahnung, wann ich wieder da bin, vielleicht erst morgen wieder, wer weiß, ja Heiko, ist in Ordnung, ich weiß Bescheid. Dann ist ja gut.

Es ist draußen schon dämmrig, als ich in den Polo steige. Dabei fällt mir ein, dass ich auch mal wieder den Unimog fahren könnte, aber nicht ausgerechnet jetzt. Stromer dreht gerade eine Runde über den Hof und schaut kurz zu mir rüber, dann trollt er sich und verschwindet in der erleuchteten Werkstatt, wahrscheinlich will er sich gleich mit Vater unterhalten. Bei dem muss ich mich jetzt nicht auch noch abmelden, Mutter wird ihm schon sagen, wo ich abgeblieben bin.

Kurz nach sechs komme ich bei Claudia an, die Eltern sitzen schon in der Küche beim Abendbrot, keine Schwestern in Sicht, ich sage Guten Abend und wir unterhalten uns auch ein bisschen über dies und das, dann erfahre ich, dass sie heute Abend wieder zum Ball wollen, natürlich zum Hohnbeerball der Österegge. Manche Leute können von diesen Veranstaltungen offenbar nicht genug bekommen. Ob ich denn schon was über den Vorfall von heute Vormittag gehört hätte, werde ich von Vater Schmidt gefragt. Nicht direkt, sage ich, ich habe nur mitbekommen, dass da der Rettungswagen in der Friedrichstraße war.

Ich hab' gerade vorhin gehört, dass ein Eggenbruder von der Österegge im Krankenhaus verstorben ist. Tragische Sache. Aber irgendwelche Einzelheiten sind noch nicht bekannt. Schon zwei von uns und dann noch einer von der Österegge. Das ist ja beinahe, als ob dieses Jahr ein Fluch auf dem Hahnebier liegt. Wenn da man nicht die Westeregge dahintersteckt.

Vater Schmidt macht eine bedeutungsvolle Pause. Es kann aber auch sein, dass er seinen Beitrag jetzt schlicht und ergreifend beendet hat.

Ja, sage ich, die Westeregge? Das kann ich mir eigentlich gar nicht vorstellen.

Nein, antwortet Claudia-Papa, so richtig glaube ich das natürlich auch nicht. Aber es hat in der letzten Zeit ziemlich viel böses Blut wegen der Gründung der Westeregge gegeben. Und dieser Witkowsky, also dieser Ärztin, der ist manches zuzutrauen, das ist ein ganz harter Besen.

Immerhin hat sie meinem kleinen Bruder wieder auf die Beine geholfen, denke ich. Das sage ich aber nicht, sondern ich schaue Meister Schmidt nur an und deute ein zustimmendes Nicken an. Das ist jetzt vielleicht ein bisschen zu opportunistisch von mir, aber man möchte ja gegenüber möglichen zukünftigen Schwiegervätern nicht gleich so dumm mit einer eigenen Meinung auffallen. Ganz nebenbei denke ich noch, dass es schon ein bisschen seltsam ist, wenn die Hahnebier-Brüder trotz dieser ganzen Vorfälle mit den Toten ihren Ball feiern. Aber vielleicht ist das ja auch ganz richtig so. Außerdem machen sie doch schon beim Kaffeetrinken im Tivoli die Totenehrung, dann war das ja auch schon dran.

Wollt ihr nichts essen, schaltet sich Claudia-Mama jetzt ein.

Ach, sagt Claudia, Heiko und ich können uns doch nachher noch schnell 'ne Pizza machen.

Dann taut die man lieber jetzt schon mal auf, Claudia.

Okay.

Gut, so ähnliche Dialoge könnte es auch bei uns zu Hause geben. Überhaupt scheint es im Hause Schmidt relativ normal zuzugehen, die Mutter ist mir gegenüber auch schon etwas aufgetauter als bei meinem letzten Besuch. Sie sagt auch Heiko und Sie zu mir, genauso wie der Vater, gestern hatte ich noch das Gefühl, Claudia-Mama würde mich am liebsten gar nicht direkt ansprechen oder höchstens als Herr Timmermann. Um vielleicht irgendwann mal vom Sie zum Du zu kommen, müsste man hier wahrscheinlich mehrere Familienfeste über sich ergehen lassen.

Wir haben aber jetzt ihre Eltern in der Küche zurückgelassen und uns in Claudias Zimmer verdrückt. Wo sind denn deine Schwestern, frage ich beiläufig, sind die heute gar nicht an Bord? Nein, Jovina, also die jüngere, ist auf einer Konfifreizeit, da muss ich ja gleich an Linda denken, das erwähne ich jetzt aber nicht, und Diana ist bei einer Freundin zum Geburtstag und will da auch übernachten. Das klingt alles irgendwie nicht ungünstig, denke ich, Eltern beim Hahnebier und Schwestern ausgeflogen. Dann könnte man ja eigentlich auch hierbleiben und Claudias Bettwäsche zerwühlen. Nein, diesen Gedankengang behalte ich lieber für mich, jawohl, ich hatte mir doch vorgenommen, es langsam angehen zu lassen. Außerdem habe ich ja schon meine Kinokarten gekauft, vielleicht sollte ich das Claudia auch allmählich mal erzählen.

Es gab im Grunde genommen nichts anderes, sage ich entschuldigend, als ich von Les Misérables erzähle. Glücklicherweise hat Claudia aber nichts dagegen, sonst wäre es durchaus die Möglichkeit zu unserem ersten Streit gewesen, nach der Devise, wie konntest du nur ohne mich vorher zu fragen. So eine Art Musical-Film, warum nicht, lassen wir uns mal überraschen.

Ich muss jetzt, glaube ich, nicht alle Aktionen berichten, die dann noch in Claudias Bude stattfinden, so super erotisch sind sie leider auch wieder nicht. Im Grunde genommen unterhalten wir uns nur über irgendwelche Belanglosigkeiten und knutschen zwischendurch immer wieder ein bisschen rum. So ungefähr um halb acht meint Claudia, wir könnten doch jetzt mal die Pizza in den Backofen schieben. Okay, also ab in die Küche. Unten ist schon leichte Aufbruchshektik im Gange, Mama und Papa haben sich in ihre Festgarderobe geworfen und sind kurz vorm Abmarsch. Mama trägt heute ein anderes Kleid als letzte Woche, daran kann ich mich noch erinnern, es ist jedenfalls so ein langes Abendkleid in einem ziemlich scheußlichen Dunkelgrün, das aber aufgrund irgendwelcher textilen Finessen vor sich hinschimmert wie eine Bildstörung bei Windstärke neun. Das war jedenfalls so, als unsere Satellitenanlage noch analog war. Dann kam Heiners Vater und hat alles auf digital umgerüstet. Seitdem gibt es bei ungünstigem Wetter keine Bildstörungen mehr, sondern gleich kompletten Ausfall.

Aha, jetzt warten Claudias Eltern auf ein Taxi. Taxi, das ist ja sehr vernünftig. Wenn ich nicht so weit weg von Heide wohnen würde, würde ich auch öfter mal mit dem Taxi fahren, dann kann man wenigstens mal was trinken. Wenn ich vielleicht irgendwann mal in Opas umgebauter Hütte gegenüber vom Tivoli wohnen würde, bräuchte ich nicht mal ein Taxi. Dann könnte ich direkt vom Hohnbeerball quer über die Straße nach Hause torkeln.

Schönen Abend noch und viel Spaß, euch auch, tschüs.

Tür zu, die Eltern sind weg, man hört im Hintergrund noch das sonore Nageln des Mercedes-Taxis. Wir bleiben gleich unten in der Küche und machen uns an die Zubereitung der Pizza. Aha, von Bofrost. Ja klar, eine wird reichen, die ist ja ganz schön dick. Dazu vielleicht noch ein bisschen Salat? Ja, warum nicht. Wie spät haben wir's denn? Na, dann haben wir ja noch Zeit.

Ich versuche mich nützlich zu machen, aber in einer fremden Küche muss man sich erst einmal orientieren. Also deckt vorwiegend Claudia mit geschickten Elektronikerinnenhänden den Tisch, während ich aber wenigstens eine halbe Salatgurke zersäble und eine rote Paprika kleinhacke. Du Heiko, guck' doch mal, ob die Pizza schon fertig ist. Ja, ist sie, der Boden ist schon etwas mehr als nur hellbraun.

Was jetzt noch passiert, kann ich auch in einem ganz kurzen Satz zusammenfassen: Wir essen. Punkt. Irgendwie herrscht jetzt aber so eine eigenartige Atmosphäre, ich weiß gar nicht, wie ich das beschreiben soll. Claudia wird allmählich immer einsilbiger, ich versuche sie mit allen möglichen Bemerkungen zu unterhalten, aber irgendwie gelingt mir das nicht. Vielleicht ist sie ja schlicht und ergreifend müde, immerhin hat sie heute gearbeitet und hat sowieso schon eine anstrengende Woche hinter sich, während ich heute Morgen im Prinzip gemütlich auspennen konnte. Okay, sie sagt jetzt nicht mehr viel, schließlich fällt mir auch nichts mehr ein und wir beenden unsere Mahlzeit sozusagen in Schweigen gehüllt.

Später im Kino ist es dann auch wieder so ähnlich, über den Film muss ich jetzt hoffentlich nicht so viel sagen, außer vielleicht, dass er gar nicht mal so miserabel ist, haha. Wir sitzen also im Saal sowieso ganz hinten an der Rückwand auf diesem Doppel-Kuschelplatz, die Bude ist im Prinzip gut gefüllt, es gibt eben am Samstagabend ziemlich viele Leute, denen nichts Besseres eingefallen ist, als ins Kino zu gehen. Ich hab' ja schon gesagt, dass Les Misérables gar nicht so übel ist, aber andererseits reißt mich der Streifen auch nicht wirklich mit. Zwischen Claudia und mir findet jetzt auch nicht so viel Kommunikation statt, aber man kann sich ja auch sagen, dass das jetzt auch nicht unbedingt angebracht wäre.

Scheiße, denke ich, habe ich irgendwas falsch gemacht, vielleicht irgendwas Unbedachtes gesagt oder getan? Hätte ich Blumen, Pralinen oder Präsentkörbe mitnehmen sollen? Hätte ich ihr die Autotür aufhalten sollen? Nein, mir fällt nichts Negatives von meiner Seite ein. Oder liegt es vielleicht an ihr, hat sie vielleicht jetzt doch nicht mehr so viel Bock auf mich, obwohl sie doch am Anfang angeblich so verknallt in mich war? Die Luft ist irgendwie raus, das merke ich doch, ich bin ja nicht blöd. Dann fällt mir ausgerechnet noch Lindas Bemerkung ein: Mit deiner neuen Tusse stimmt was nicht. Das gibt mir den Rest. Ich ziehe jetzt erstmal meinen rechten Arm wieder zurück, mit dem ich Claudia schon seit mindestens einer halben Stunde umarmt habe, tue dann aber doch so, als hätte ich allmählich einen Krampf gekriegt oder der Arm wäre mir eingeschlafen oder so etwas in der Art. Auf der Leinwand wird gerade mal wieder heftig gesungen, Claudia scheint es durchaus zu gefallen. Ich bin ja nicht so der Musical-Typ, darum habe ich mich auch während der Schulzeit aus diesen ganzen gigantischen Produktionen herausgehalten, die dann dem Publikum in der Aula präsentiert wurden. Ziemlich professionell, das muss ich schon zugeben, mit Bühnenbild und allen Schikanen. Ich war natürlich dann auch einige Male dabei und habe mir das angeguckt, die Eltern waren dann auch mit und sogar Linda einmal. Wo wir dann Lasse gelassen haben? Na, die Nachbarin kam zum Einhüten und hat dann vor unserem Fernseher statt vor ihrem gestrickt.

Okay, wo war ich denn jetzt? Ach ja, irgendwie ist die Luft raus, der ganze Zauber dahin, die Schmetterlinge im Bauch haben sich bis auf wenige Exemplare verzogen. Ich weiß auch nicht, wie das passiert ist, aber es ist halt passiert. Jetzt ist der Film auch noch zu Ende, da gibt es dann ja immer einerseits die Leute, die sofort vom Sitz aufspringen und gehen und andererseits diejenigen, die sich unbedingt noch den ganzen Abspann mit hunderten von Namen reinziehen müssen. Gut, wir warten dann auch, bis es endgültig vorbei ist. Ganz schön lang, der Film, sagt Claudia und unterdrückt dabei ein Gähnen. Aha, sie will bald ins Bett, aber augenscheinlich nicht mit mir. Wir gehen dann auch einfach zurück zum Auto, das steht auf dem Parkplatz hinter der Post, falls es jemand jetzt ganz genau wissen möchte. Ich habe schon fast das Gefühl, dass sie während der kurzen Fahrt zu Firma und Familie Schmidt eingeschlafen ist, weil sie jetzt absolut keinen Ton mehr von sich gibt. Ich sage aber auch nicht viel, genaugenommen höchstens anderthalb Sätze. Aber Claudia ist wohl doch nicht komplett eingeschlafen, denn jetzt wühlt sie in ihrer Handtasche herum und fördert den Schlüssel zutage.

Bremsen, anhalten, Motor abstellen. Claudia ist schon ausgestiegen, ich folge ihr zur Haustür, ich habe aber den Zündschlüssel stecken lassen und auch die Fahrertür nicht zugemacht. War'n schöner Abend, Heiko, danke, sagt sie und gibt mir noch einen halbtrockenen Kuss, der aber eher die

Wange als den Mund trifft. Ich bleibe stehen und warte ganz einfach darauf, was jetzt passieren wird. Ganz einfache Antwort: Nichts. Claudia schließt die Tür auf, tritt ein, macht das Licht von innen an und macht dann die Tür schlicht und ergreifend von innen wieder zu. Nicht nur das, ich höre auch noch die Geräusche vom Abschließen.

Wo bleibt jetzt wieder der Psychotherapeut, jetzt, wo ich ihn dringend brauche. Natürlich lässt er sich mal wieder nicht blicken, ich muss das alleine bewältigen. Ja, okay, ich kann das auch, ich kriege das schon hin. Also, Heiko, sage ich mir, während ich zum Polo zurückgehe, was war das denn jetzt? Das war ja beinahe so eine Art Schlussmachen-Atmosphäre, nur dass das keiner gesagt hat. Vielleicht war sie aber ganz einfach nur todmüde. Meinetwegen, ich bin ja nicht so. Eine Chance hat sie noch bei mir, ich rufe sie aber nicht wieder an. Das muss dann schon von ihr kommen, wenn sie weiter mit mir zusammen sein will. Aber dann muss sie mir doch bitteschön erklären, was heute Abend mit ihr los war.

Ich bin eingestiegen, habe den Motor gestartet und das Abblendlicht eingeschaltet. Musik auf mittlerer Lautstärke, ich fahre jetzt ganz ruhig und gelassen wieder nach Hause, keine wilden Amokfahrten. Es gibt ja auch noch andere Damen, aber heute Nacht muss ich nicht unbedingt gleich eine Neue aufgabeln. Abgesehen davon, dass mir das wohl auch kaum gelingen würde. Als ich dann um ungefähr halb zwölf den Polo sanft auf dem Hofplatz ausrollen lasse, ist meine Selbstdiagnose beendet. Das Ergebnis lautet: gekränkte Eitelkeit. Ich habe mich wohl überschätzt, es ist wohl doch nicht so, dass ich so ein toller Typ wäre, dass jede Frau kein anderes Ziel kennen würde, als mich in ihrem Bettchen zur Strecke zu bringen. Ansonsten: Meinen Beschluss, mich erstmal nicht mehr bei Claudia zu melden, halte ich aufrecht. Wenn sie jetzt gar nichts mehr von mir wissen will, ist das halt so. Wenn doch, na, dann müssen wir mal sehen.

Ich steige aus und schon kommt Stromer angetrabt. Er merkt das immer, wenn ich ein paar Streicheleinheiten brauche. Geht's dir gut, Alter, frage ich ihn. Er sieht mich aufmerksam an und schubst mich dann mit der Schnauze in Richtung Haus. Schon verstanden, ich soll endlich reingehen, damit hier alles seine Ordnung hat. Bevor ich das Haus betrete, schaue ich noch mal auf den fast mitternächtlichen Hofplatz. Majas Golf ist nicht mehr da, das fällt mir jetzt erst auf.

Im Wohnzimmer ist noch Betrieb, es läuft gerade das Wort zum Sonntag im Ersten. Vater sieht schon ziemlich müde aus, die Kronenkorken vom Dithmarscher Urtyp stapeln sich an seinem Platz wie die Römerhelme bei Obelix. Mutter hat sich ein Glas Rioja mit Mineralwasserverdünnung gegönnt. Außerdem hat sie gerade wieder irgendein Fotoalbum auf dem Schoß, die große Beschriftungsaktion. Irgendwann muss man das ja machen.

Schon zurück, Heiko?, fragt Mutter, obwohl das ja völlig auf der Hand liegt.

Ja, sage ich, Claudia war ziemlich müde, die musste heute Überstunden machen.

Mutter könnte jetzt einen Kommentar vom Stapel lassen, der ungefähr die gleiche Länge hätte wie das Wort zum Sonntag, ist so mein Gefühl, sie lässt es aber glücklicherweise sein. Der Grund dafür ist, dass jetzt Inas Nacht kommt, im Ersten. Normalerweise ist das ja immer im Dritten. Oder war das umgekehrt?

Falls diese Frage an Heinrich Timmermann gerichtet war, gibt es jetzt aber keine Antwort darauf. Stattdessen eine Frage an mich: Bier, Heiko? Dann kannst mir noch eins mitnehmen.

Noch 'n Urtyp?

Zustimmendes Nicken.

Ach ja, so ein bis drei Biere könnte ich jetzt auch noch gut vertragen. Ich gehe in den Hauswirtschaftsraum und komme mit einem kleinen Vorrat wieder zurück. Inas Nacht hat gerade angefangen. Ich habe mich schon mehrfach missliebig über diese Sendung geäußert, das will ich jetzt nicht alles wiederholen. Jedenfalls muss ich jetzt keine ausführlichen Berichte über meinen Abend vom Stapel lassen, wenn Frau Müller mit ihren Gästen wieder mal unterhalb der Gürtellinie herumtalkt.

Das erste Bier löscht den Durst, das zweite beruhigt die Nerven und das dritte trinke ich dann eigentlich nur, damit ich was zu tun habe. Nebenbei erfahre ich dann doch das eine oder andere aus dem Familienleben. Maja ist nach dem Abendbrot wieder nach Hause gefahren, aber Maren übernachtet bei Linda, das ist ja schön für sie, dann hat sie ja Gesellschaft. Nanu, denke ich, dann kommt wohl gar nicht Marens Neumünsteraner zu Besuch zu ihr, vielleicht ist er ja zu einem Turnier in Verden an der Aller. Wetten, dass... war ja heute mit Markus Lanz, der ist ja nur schwer zu ertragen, aber Axel Prahl war ja dabei und auch Simone Thomalla. Schon wieder Frau Thomalla, denke ich, aber dann hatte Vater wenigstens was zum Gucken, auf die steht er ja irgendwie.

Viertel vor eins, mir reicht es jetzt langsam, ich räume meine leeren Flaschen ab und wünsche den Eltern noch eine angenehme Nachtruhe. Als ich oben an Lindas Zimmertür vorbeikomme, höre ich noch weibliche Dialoge, es klingt aber eher so, als hätten sie sich schon hingelegt, also keine laute Musik zur Untermalung dabei. Ab ins Bad und dann in meine Bude, mein Bett wartet auf mich. Damit es keine Überraschungen gibt, schließe ich heute lieber die Zimmertür ab. Ich könnte ja noch ein, zwei Seiten im neuen Maigret lesen, dann aber Licht aus und gute Nacht, Dithmarschen.

Das hat nicht so funktioniert, wie ich mir das eigentlich vorgestellt hatte, ich habe nämlich sehr viel länger gelesen als geplant, den halben Maigret, dann bin ich mitten in der Lektüre eingeschlafen und wundere mich jetzt, warum meine Nachttischlampe noch brennt. Das Buch muss auch irgendwo im Bett liegen, wahrscheinlich zwischen Kopfkissen und Wand, das wird sich schon wieder anfinden. Wie spät ist es überhaupt, naja, halb neun erst. Eigentlich könnte ich heute Morgen noch viel länger pennen, aber die Blase hat was dagegen. Wenn es so aussieht, kann ich ja gleich offiziell aufstehen. Ich ziehe den Schlafanzug aus, der muss heute sowieso in die Wäsche, und den Bademantel über. Ab ins Bad. Huch, meine Tür geht nicht auf. Ach ja, die habe ich ja gestern Nacht selbst abgeschlossen. Aber der Schlüssel steckt nicht im Schloss, das ist ja komisch. Was mach' ich denn jetzt, muss ich etwa aus dem Fenster klettern oder was? Der Schlüssel liegt auf dem Fußboden. Seltsam.

Während ich im Bad bin, sage ich mal ein paar Worte über dieses Maigret-Buch, Maigret und der Treidler der Providence heißt das ja. Erste Aufklärung: Die Providence ist ein Schiff, genaugenommen ein etwas gammeliger Lastkahn, also so ein Binnenschiff, das aber keinen eigenen Motor hat, sondern auf den Kanälen irgendwo in der französischen Provinz um das Jahr 1930 herum von Pferden gezogen wird. So etwas nennt man Treideln, also einen Kahn vom Ufer aus ziehen. Der Typ, der die Pferde führt, ist ein Treidler, dann haben wir den ja auch schon mal. Damit das alles überhaupt funktionieren kann, hatte man an diesen ganzen alten Kanälen Wege an den Seiten, die nannte man, dreimal dürft ihr raten, Treidelpfade. Vielleicht gibt es so was ja auch noch bei uns in Schleswig-Holstein, wundern würde mich das nicht. An einer Schleuse hat die Providence festgemacht, ganz in der Nähe liegt die Yacht von einem reichen alten Engländer. Also voller Kontrast, hier ärmlich, da luxuriös. Maigret kann natürlich nur ins Spiel kommen, wenn ein Mord passiert, so ähnlich ist es ja auch mit Frau Weishaupt. Eine Frau von Bord der Yacht wird tot aufgefunden, Kommissar Maigret reist an und quartiert sich bei der Schleuse ein. Dann fängt er ruhig und geduldig mit seinen Beobachtungen an und stopft sich dabei eine Pfeife nach der anderen. Okay, mehr will ich nicht verraten, lest das Buch einfach mal selber, es hat ganz einfach eine super Atmosphäre. Der eine Typ aus dem Buch erinnert mich irgendwie an die Hauptfigur von Les Misérables, aber das kann ja auch Zufall sein. Punkt. Abtrocknen. Frühstück, ich bin gleich bei dir.

Ja, hallo Heiko, guten Morgen, flötet Mutter. Eltern finden es ja immer gut, wenn ihre schon etwas älteren Kinder am Sonntag zu einigermaßen vernünftiger Zeit aufstehen.

Der Frühstückstisch im Wohnzimmer ist noch gedeckt, Vater ist aber schon draußen und werkelt da irgendwo herum, es sind auch noch Brötchen von gestern da, die man sich kurz auf den Toaster legen kann. Dann kommt Mutter sogar noch mit frischem Kaffee aus der Küche, was für ein Service. Die Mädchen kommen ja auch gleich, erklärt sie, ich habe gerade die Dusche gehört.

Jetzt gießt sich Mutter aber auch noch eine Tasse Kaffee ein und setzt sich zu mir an den Tisch. Ach du Scheiße, denke ich, jetzt wird sie mich gleich nach Details über den Abend mit Claudia im Kino ausquetschen wollen. Nein, doch nicht, sie wird durchs Telefon abgelenkt. So wie es von ihrer Seite aus klingt, ist es wohl eine von ihren Schwestern, also eine von meinen Tanten. Ich blättere jetzt noch mal ein bisschen in der Zeitung von gestern, aber so richtig Interessantes kann ich auch nicht mehr finden. Vielleicht noch mal mein Horoskop, das kenne ich zwar auch noch von gestern, aber vielleicht gilt es ja auch noch für heute: Ich soll in einer Herzensangelegenheit Geduld zeigen. Das habe ich doch nun auch wirklich getan. Und jawohl, ich werde noch weiterhin geduldig bleiben. Aber nicht mehr allzu lange. So, jetzt mal das Fernsehprogramm von heute. Sonntag, 24. Februar, da haben wir's ja. Übrigens kommen Linda und Maren gerade die Treppe runter. Meinetwegen. Aber zurück zum Fernsehen: Um halb zwölf könnte ich die Sendung mit der Maus im Ersten sehen. Tatort aus Bremen, ach nee, Sabine Postel ist nicht so mein Fall. Die war doch auch gestern bei Inas Nacht dabei. Das sollte dann wohl Werbung für den Tatort sein. Im Zweiten Frühlingsgefühle, ein Melodram mit Simone Thomalla. Die auch schon wieder. Upps, die Pannenshow auf Super RTL, habe ich schon lange nicht mehr gesehen, das finde ich aber richtig cool. Gar nicht mal so sehr die Filme selbst, sondern eher die Kommentare und die Musik. Okay, ich weiß, das ist im Grunde genommen völlig niveaulos, aber jeder hat doch so seine Schwäche. Die Pannenshow ist meine. Also Schwäche, meine ich jetzt.

Ich schaue mal von der Zeitung auf und versuche einen freundlichen Morgengruß in Richtung Linda und Maren, der dann auch durchaus erwidert wird. Maren sieht aber heute Morgen ganz schön kaputt aus, finde ich. Naja, vielleicht haben die Mädels zu tief in die Gläser geschaut. Ich nehme wieder die Zeitung in die Hand und betrachte in aller Ruhe die Konfirmandinnen auf diesen ganzen Sonderseiten, es sind ein paar Hübsche dabei, aber manche sehen auch zum Weglaufen aus. Egal, die Hühner sind ja sowieso noch viel zu jung für mich.

Heiko, ich brauch' dich gleich mal zum Kartoffelschälen, verkündet Mutter.

Na gut, wenn's sein muss. Solange ich keinen Reis schälen muss, geht das ja noch. Was soll's denn überhaupt geben heute?

Hackbraten.

Okay, das ist ja was Reelles. Mit Gemüse ja wahrscheinlich.

Genau.

Maren, bleibst du noch zum Essen?, frage ich, damit ich die Kartoffelmenge richtig berechnen kann.

Sie nickt nur, dann vertieft sie sich wieder in ein halblautes Gemurmel mit Linda. Mein Frühstück ist beendet, ich räume meine Sachen ab und mache mich in der Küche über die Kartoffeln her. Köstliche, knackige, erdfrische Kartoffeln, zitiere ich. Quelle: Micky-Maus-Heft, irgend so eine alte Geschichte mit Donald Duck, wo er dazu verdonnert wird, an Bord eines U-Bootes zwei Sack Kartoffeln zu schälen, weil er sich als blinder Passagier eingeschlichen hatte. Wie es dann aber zu Ende geht, habe ich leider vergessen. Mutter ist mit dem Ergebnis meiner Schälerei zufrieden und entlässt mich in die Freiheit. Kann ich das schnurlose Telefon aus dem Wohnzimmer mit nach oben nehmen?, frage ich. Ja, aber lass dann die Tür zum Büro angelehnt, damit wir hören können, falls einer anruft. In Ordnung. Linda und Maren sind immer noch am Frühstücken.

Ich gehe mit dem Telefon in der Hand die Treppe hoch und verschwinde in meinem Zimmer. Lüften könnte nicht schaden und Bettenmachen schon gar nicht. Aber später. Da kommt jetzt wahrscheinlich keiner drauf, wen ich anrufen will. Drei, zwei, eins, aus, Ende der Ratezeit. Auflösung: Ich rufe meinen Opa in Lieth an, ob er vielleicht heute Zeit hat, dass wir uns mal zusammen die Bude beim Tivoli angucken können, wie heißt noch gleich die Straße, Turnstraße. Ob das vielleicht irgendwas mit Turnen zu tun hat? Keine Ahnung, das wird bestimmt auch Opa nicht wissen. Aber zurück zum Telefonieren, erst habe ich Oma am Apparat, schöne Grüße an alle, dann kommt Opa höchstpersönlich. Ja klar hätte er Zeit, sagt er mit recht erfreutem Unterton, aber vielleicht lieber heute Nachmittag. Ich kann doch um vier zum Kaffee vorbeikommen, und dann fahren wir zwei beide und gucken uns mal das Haus an. Ja, prima, ist in Ordnung, bis dann.

So, da habe ich wenigstens heute Nachmittag was Vernünftiges vor. Jetzt kümmere ich mich aber erstmal um haushaltstechnische Angelegenheiten in meinem Zimmer, also Lüften, Bett machen, das muss ja heute auch abgezogen werden und neu bezogen, das begeistert mich nicht gerade, das ist ja immer so ein Gewürge, bis man das alles hingekriegt hat. Jetzt noch einen neuen Schlafanzug aus dem Schrank holen und die ganze Wäsche in der Waschküche in die entsprechenden Körbe einsortieren. Jawohl, so was mache ich schon seit Jahren, Linda natürlich auch, Lasse wird da aber noch von Mutter angelernt. Irgendwann wird er es schon hinkriegen, da ist sie durchaus guter Hoffnung.

Ich springe jetzt mal rüber zum Thema Mittagessen, der Hackbraten ist schon lecker, nichts dagegen einzuwenden, da bleiben aber doch noch ein paar Scheiben übrig, die kann man aber auch abends als Aufschnitt betrachten. Ich erfahre den Grund, warum Maren heute bei uns isst, ihre Eltern sind nicht da, die kommen erst heute Abend wieder. Nach dem Essen muss sie aber gleich los und nach den Pferden sehen. Beim Abwasch verrät mir Linda dann auch noch den weiteren Grund von Marens gewesener Anwesenheit: Ihr Neumünsteraner Typ hat mit ihr Schluss gemacht. Äh, wie jetzt, Schluss gemacht? Wenn ich richtig informiert bin, war sie mit dem doch kaum länger als eine Woche zusammen. Na gut, es können auch zwei Wochen gewesen sein. Dann ist es ja kein Wunder, dass sie heute Morgen so kaputt aussah. Wahrscheinlich haben Maren und Linda gestern Abend die gesamte Beziehungskiste mit einigen Gläsern Rotem durchgespült. Ich erzähle dann noch von meinem Vorhaben, heute Nachmittag mit Opa die Baustelle zu besichtigen. Ich hatte das schon kurz beim Essen erwähnt und sogar die Grüße von Oma nicht vergessen, aber jetzt male ich das noch etwas aus und sage, dass ich mir vorstellen kann, dass das Haus eine ganz schöne Bruchbude sein wird. Irgendwie habe ich das Gefühl, dass Linda gerne mitkommen würde, sie fragt aber nicht danach und ich biete es ihr auch nicht an. Du bist ja gestern Abend ganz schön früh nach Hause gekommen, sagt sie, hängt das Handtuch auf und marschiert ab in ihr Zimmer. Wahrscheinlich wird sie den Rest des Nachmittages halb fernsehend, halb schlafend verbringen. Naja, das ist auch eine Art von Erholung.

Zum Kaffee bin ich ja bei Oma und Opa angemeldet, ich habe jetzt noch etwas Zeit, bis ich los muss, dann kann ich eigentlich mal eine kleine Runde mit Stromer um die Häuser machen.

Nein, Heiko, wie schön, dass du da bist, verkündet Oma aus Lieth an der geöffneten Haustür, während sie mich gleichzeitig heftig umarmt und abküsst. Es scheint doch noch Frauen zu geben, die sich was aus mir machen. Komm' rein in die Küche, wir wollen gleich Kaffee trinken.

Opa hat es sich schon auf der Sitzbank bequem gemacht und begrüßt mich mit einem gemütlichen Grunzen. Bevor ich es vergesse, lasse ich sämtliche schönen Grüße der Familie Timmermann aus Wesselburener Deichhausen erklingen, ob sie mir nun ausdrücklich aufgetragen wurden oder nicht. Auf dem Tisch steht ein gedeckter Kirschkuchen, Sahne ist auch vorhanden, hat Oma also doch nur wegen meinem Besuch gebacken, das ist ja nett. Es ist im Prinzip sehr selten, dass man die beiden mal für sich hat, sonst sind es eigentlich immer nur Familienfeiern, wo man sich trifft, meistens ja Geburtstage. Ich soll mit dem Kuchen anfangen, das ist bei uns in Dithmarschen ja so üblich, man schneidet sich selbst ein Stück ab. Nicht zu bescheiden, aber auch nicht zu unverschämt. Dann ein ordentlicher Schlag Sahne, dazu noch den heißen Kaffee, Eierkaffee ist es aber offensichtlich nicht, so was gibt es nur zu ganz besonderen Anlässen. Ich soll natürlich zuerst von der Familie erzählen, in der Reihenfolge Lasse, Linda, Mutter und schließlich Vater. Fazit: Ja, es geht uns allen ganz gut, keine besonderen Vorkommnisse oder Beschwerden. Und bei euch so? Bis auf das eine oder andere kleine Wehwehchen kein Anlass zur Klage, na, das ist doch sehr erfreulich. Opa gibt ja bald das Geschäft an Tante Etna ab, da freut er sich dann doch schon darauf, dass er morgens mal länger schlafen kann. Ja, hatten wir nicht schon mal darüber gesprochen, im Mai gibt es dann auch so eine richtige Feier zur Geschäftsübergabe, aber die Einladung kommt dann noch irgendwann.

Noch ein Kaffee, noch ein Stück Kirschkuchen, diesmal aber etwas schmaler, dann wird verhandelt, was denn mein Job als Zeitungsvolontär so macht und wie es mit meinem Studium nebenbei so geht. Wird dir das nicht zu viel, ach nein, das passt schon, das ist bei den anderen ja auch so ähnlich wie bei mir. Dann kommen wir auf die beiden Hahnebiermorde zu sprechen, darüber stand ja auch das eine oder andere in der Zeitung, Oma verrät mir auch, dass sie meine Artikel ausschneidet und irgendwo sammelt, das finde ich ja nett von ihr. Ich erzähle auch noch von dem Vorfall beim Umzug der Österegge, dass da auch jemand zusammengeklappt und dann später im Krankenhaus verstorben ist, wenn das man nicht auch ein Mord gewesen ist, aber genau weiß man das natürlich noch nicht. Oma und Opa haben aber keine eigenen Theorien zu dem Geschehen, sie sagen nur, dass sie das alles sehr schrecklich finden und auch ganz merkwürdig. Ja, sage ich, merkwürdig ist genau das richtige Wort.

Jetzt geht es aber zur Sache, Opa kramt die Mappe mit Zeichnungen hervor, die schon die ganze Zeit auf der Bank neben ihm lag. Ich helfe schnell beim Abräumen, er bleibt sitzen, jawohl, hier herrscht noch die alte Ordnung, der Mann bringt das Geld nach Hause und die Frau versorgt den Haushalt. Der Tisch ist frei, Opa breitet seine Bauzeichnungen aus und bügelt sie mit der Handkante glatt. So sieht die jetzige Raumaufteilung aus, aha, viel kann ich ehrlich gesagt nicht erkennen. Es scheinen aber ziemlich kleine Räume zu sein. Das nächste Blatt: So wollen wir's in Zukunft haben, unten nur Bad, Küche und Hauswirtschaftsraum, dann eine Wendeltreppe direkt aus der Küche in den ersten Stock, da soll es dann ein großes Wohnzimmer geben und einen kleinen Raum als Schlafgemach. Ja, das ist alles im Prinzip immer noch recht klein, im Grunde genommen kann da doch nur einer wohnen, höchstens mal zwei, aber auf die Dauer ist das auch nichts. Hinterm Haus ist aber ein ganz netter kleiner Garten, du wirst überrascht sein, Heiko. Nein, eine Garage gibt es nicht, du musst leider auf der Straße parken. Aber fahren wir doch mal dahin und gucken uns das an, bevor es zu dunkel wird.

Wir fahren mit Opas Touareg, ich glaube, er will einfach ein bisschen damit angeben, den hat er nämlich noch nicht so lange. Ich bin ja kein Freund von diesen Suffkisten, aber ich muss zugeben, dass man doch verdammt gut darin sitzt und die Straße richtig ordentlich überblicken kann, fast so wie im Unimog. So einfach ist es dann aber nicht mit dem Parken in der Turnstraße, Opa quetscht sein Kameltreiber-Mobil in die letzte Lücke vor der Kunstschmiede. Wenn man die als Nachbarn hat, wird es sicher manchmal ganz schön laut sein.

Ich will die ganze Besichtigungstour jetzt nicht so in die Länge ziehen, ich sage nur, das Haus ist wirklich verdammt klein, eingeklemmt zwischen weiteren verdammt kleinen Hütten. Von innen sieht alles ziemlich desolat aus, es ist zwar alles an Mobiliar ausgeräumt worden, aber die Wände sehen zum Beispiel so aus, als wäre seit Jahrzehnten nicht mehr renoviert worden. Opa hat eine starke Taschenlampe dabei, das erleichtert die Besichtigung. An einer Ecke kann man erkennen, dass mindestens fünf Lagen Tapeten übereinandergeklebt wurden, wahrscheinlich seit Ende des Ersten Weltkriegs. Mit viel Phantasie, ich betone, mit sehr viel Phantasie kann man sich vielleicht vorstellen, dass alles nach sämtlichen Baumaßnahmen ganz anders und durchaus wohnlich werden könnte. Also die Lage ist wirklich nicht schlecht, sage ich, und auch dieser Minigarten hinterm Haus ist ganz nett. Opa meint, die ganzen Umbauten, das zieht sich. Vielleicht werden es doch fast zwei Jahre werden, bis alles fertig ist. Ja, dann schauen wir mal, sage ich, also ich könnte mir schon vorstellen, hier später mal eine Zeitlang zu wohnen. Aber ich kann natürlich auch noch nicht sagen, was mit mir in zwei Jahren sein wird. Vielleicht bin ich dann ganz woanders, das weiß man ja nie.

Ist in Ordnung, Heiko, du musst ja jetzt keinen Mietvertrag unterschreiben. Aber wenn du mir sagst, du könntest dir schon vorstellen, hier mal zu hausen, dann ist das okay für mich. Und wenn es dann doch nichts wird, vermiete ich halt an jemand anderen.

Gutes Fazit, finde ich, damit kann ich leben. Ich hätte vielleicht noch ein paar Handyfotos von der Bude machen können, aber ich fürchte, die würden einen dann doch eher abschrecken, so, wie das hier aussieht. Also Besichtigung beendet, dann kann man das ja wieder abhaken, wir setzen uns wieder in den Wagen und fahren zurück nach Lieth. Ich komme nur noch mal kurz mit rein, um mich von Oma zu verabschieden. Danke für Kaffee und Kuchen, schöne Grüße an Tante Etna. Ich hätte da natürlich auch mal schnell reinschauen können, aber was heißt schnell, man kommt ja nicht gleich wieder weg und am Ende hockt man da noch eine Stunde oder länger herum. Nee, es ist gleich sechs, ich würde ganz gerne pünktlich zum Abendbrot wieder zu Hause sein. Noch mal danke für alles und wir sehen uns dann ja spätestens im Mai.

Turnstraße, das erinnert mich schon etwas an die Turmstraße mit M beim Monopoly-Spiel, das ist da ja praktisch die billigste Ecke, zusammen mit der Badstraße. Naja, trotzdem nicht schlecht. Ich kann mir jetzt zwar wirklich beim besten Willen nicht vorstellen, wie Opas Projekt-Bude aussehen wird, wenn alles fertig ist, aber schlecht wird es schon nicht werden, wie ich ihn so kenne. Aber vielleicht noch zwei Jahre bis dahin, das ist schon eine verdammt lange Zeit. Ich könnte natürlich schon mal damit anfangen, für Möbel und Gardinen zu sparen. Ein bisschen Geld habe ich schon auf der hohen Kante, falls es euch interessiert, ein paar tausend Euro genaugenommen, ich komme mit meiner Kohle schon ganz gut klar, weil ich ja auch noch zu Hause wohne. Aber das soll auch kein Zustand für die Ewigkeit sein, ich hätte wirklich nichts gegen ein eigenes Domizil in Heide.

Solche und ähnliche Gedanken werden auch von mir und meinem Clan während des Abendbrots diskutiert, Vater will gerne möglichst viele Details hören, zum Beispiel wie viele Quadratmeter das Haus denn nun eigentlich hat. Darüber kann ich aber leider keine Auskunft geben. Linda ist etwas enttäuscht darüber, dass sich das ganze Vorhaben noch so lange hinziehen wird, sie hätte nichts dagegen, zu mir zu ziehen. Ich kann gar nicht sagen, ob man überhaupt zu zweit da rein passt, sage ich, da müsste man doch auch ganz gerne zwei Schlafzimmer haben, oder willst du jede Nacht in der Badewanne schlafen?

Thema durch, jetzt geht es eher darum, was in der nächsten Woche so auf dem Zettel steht. Nichts Besonderes in der Schule für Lasse, Erdarbeiten für Firma Timmermann, eher Hausarbeiten und Bürotätigkeiten für Frau Timmermann, praktische Ausbildung in der Medizinischen Klinik 1 für Linda, dann komme ich dran, ich weiß aber noch nicht, was mich bei der Zeitung so im Einzelnen alles erwarten wird, ich kann nur sagen, dass ich wegen der Semesterferien zum Glück am Dienstag frei habe. Und, ach ja, Fußballtraining am Mittwochabend, das wird ja wohl nicht schon wieder ausfallen. Gut, dann sind wir ja alle wieder durchsortiert, möchte noch jemand was essen, nein danke, dann können wir ja abräumen. Was gibt's denn heute Abend im Fernsehen, im Grunde genommen nur den Tatort, den wollen die Eltern sehen, dann aber mal früh zu Bett. Linda guckt mich so mit ihrem Heiko-ich-würde-gerne-ein-bisschen-mit-dir-quatschen-Blick an und deshalb sage ich ihr, wir können ja nachher noch ein kleines Gläschen Roten trinken, aber ich will heute auch früher in die Heia, vielleicht noch 'n bisschen Krimi lesen.

Die Tagesschau lasse ich heute mal sausen, ich bekomme aber am Rande mit, dass es in Niedersachsen einen großen Skandal mit falsch deklarierten Bio-Eiern gibt. Wetter: Es wird geringfügig wärmer. Warum auch nicht, wir haben ja nur noch eine Woche bis zum März.

Klopf, klopf, das ist gar nicht so einfach, wenn man gleichzeitig zwei Weingläser und eine Flasche Vin de Pays d'Oc transportiert. Linda scheint das zu kapieren und macht mir die Tür auf. Wir setzen uns auf ihre Couch, der Fernseher ist aus und im Hintergrund läuft nur das Radio. Welchen Sender hört sie denn? N-Joy, der ist eigentlich gar nicht mal so schlecht, öffentlich-rechtlich ohne Werbung und mehr oder weniger auf jüngere und schon etwas ältere Teenies zugeschnitten. Na dann prost, Sisterherz, der ist wirklich gut, der Tropfen. So super brennende Themen haben wir nicht gerade, Linda referiert zunächst mal das Drama zwischen Maren und ihrem Neumünster-Hengst, das finde ich aber eigentlich alles nicht so wirklich dramatisch. Er hat halt ziemlich schnell wieder Schluss gemacht, aus allen möglichen Gründen, die ich jetzt aber nicht alle hier aufzählen will. Immerhin hat er Maren angerufen und ihr wohl mehr als eine halbe Stunde lang verklickert, dass es schon wieder aus ist. Das kommt mir eigentlich ziemlich anständig vor, sage ich, er hätte ja auch einfach nur 'ne SMS schicken können. Ja, aber Maren war doch trotzdem ganz am Boden zerstört, wendet Linda ein. Die wird schon wieder 'n neuen Typen finden, sage ich.

Von Maren kommt Linda dann natürlich auf Maja, da war sie doch ganz überrascht, dass sie das mit Claudia so hingenommen hat. Okay, ich weiß mal wieder, worauf Lindas Argumentation hinauslaufen wird: Nobody ist so edel wie Maja und überhaupt wäre sie doch die einzig Richtige für mich. Als ich dann aber den Kieler Straßenschleicher von Maja ins Feld führe, fällt Linda auch nichts mehr ein.

Wir entfernen uns jetzt aber von diesen ganzen Beziehungsproblemen und kommen eher darauf, was uns ansonsten gerade so bewegt. Linda hat ab morgen wieder Praxis in der Klinik, sie sagt, das kostet sie schon ein bisschen Überwindung, so richtig Distanz hat sie noch nicht zu den Patienten, irgendwie leidet sie doch ganz schön mit und stellt sich dann gleich vor, wie es wäre, wenn sie selbst die betreffende Krankheit hätte. Ich glaube, so ähnlich würde es mir in dem Job auch gehen. Aber du schaffst das schon, Linda, dir fehlt einfach noch die Routine. Ja klar, kann sein.

Wir sitzen dann einfach noch so ungefähr zehn Minuten und nehmen ab und zu mal einen kleinen Schluck, dann ist aber doch schon Feierabend, wir müssen ja auch nicht immer so viel saufen. Linda will noch die Gläser nach unten bringen, ich nehme meine angebrochene Flasche wieder mit und wünsche schon mal angenehme Träume. Es ist ja noch nicht mal Viertel vor zehn, aber eigentlich reicht es mir für heute. Wer weiß, was morgen noch alles so passieren wird.

Das weiß ich beim Frühstück natürlich auch noch nicht, aber immerhin weiß ich, was alles am Wochenende passiert ist. Informationsquelle: Der Dithmarscher Landbote, den ich gerade zwischen Toast und Kaffee intensiv betrachte. Auf Seite eins ein großes Foto vom Treiben der Österegge, Bildunterschrift: Freude und Ausgelassenheit bei der Österegge. Unter Heide findet sich dann aber ein Artikel von Fuchs: Geheimnisvolle Todesserie überschattet das diesjährige Hahnebier. Serie? Ziemlich gewaltiger Titel. So richtig gut gelungen finde ich das nicht, was er geschrieben hat, es wird nur noch einmal das wiedergekäut, was eigentlich schon von den beiden ersten Toten bekannt ist. Geheimnisvoll ist es nur deswegen, weil bisher niemand weiß, wer der Täter war und ob es überhaupt einen Zusammenhang gibt. Vom dritten Toten, Moment, wie hieß der noch mal, ist noch nicht die Rede. Den Namen hatte Claudia-Papa doch von sich gegeben, ach nee, doch nicht, aber er hatte von der Kinderärztin Witkowsky gesprochen. Was steht denn ansonsten über das Östereggen-Hohnbeer in unserem Blatt, das Übliche eben, Umzug, Boßeln, Kaffeetafel, Festball. Noch ein paar weitere Bilder. Gut, und sonst so? G8 wird Normschule. Damit das auch noch jemand kapiert, der das in zehn Jahren liest: G8 soll heißen: In acht Jahren Gymnasium zum Abitur. Ich selber habe ja noch neun Jahre Zeit dafür gehabt, ein Jahr weniger kommt mir ziemlich stressig vor, andererseits hat es während meiner Schulzeit manchmal auch viel Leerlauf gegeben. Wenn man es genau betrachtet, würden wahrscheinlich auch acht Jahre Gymnasium reichen. Dann würden aber viele von denen nicht mehr mitkommen, die man bisher eher so durchgeschleppt hat. Und möglicherweise sind die ganzen Abiturienten nach nur acht Jahren so geschafft, dass sie erstmal ein Jahr Auszeit als Erholung brauchen, und dann ist ja das ganze schöne G8-Projekt eh für die Katz.

Ich brauche jetzt einfach mal einen Absatz. Es gibt aber auch Schulen, die G9 weitermachen wollen und dann auch noch Schulen, die sowohl G8 als auch G9 anbieten. Viel Vergnügen. Jetzt kommt auch noch die Gemeinschaftsschule ins Spiel: Rein theoretisch soll man dort ja auch das Abitur machen können, aber ich schätze mal, in zehn Jahren wird es höchstens eine Handvoll solcher Gemeinschaftsschulen geben, die tatsächlich ein paar Abiturienten produziert haben werden. Vielleicht in den größeren Städten oder auf Helgoland. So, ich will mich jetzt nicht weiter über den Schulkram aufregen, sondern lieber schnell mal gucken, was sonst noch so los war.

Gestern fand in Marne eine Hochzeitsmesse statt. Messe aber nicht im kirchlichen Sinn, sondern eher verkaufstechnisch. Also Brautkleider, weiße Tauben und solche Sachen. Die Mindestlohndebatte geht weiter. Immer weniger Zuschauer wollen Markus Lanz bei Wetten, dass... sehen. Der frühere DGB-Vorsitzende Ernst Breit ist am vergangenen Freitag im Alter von 88 Jahren gestorben. Er stammte aus Lohe-Rickelshof. In Schwimmbädern wird häufig Duschgel gestohlen. Dortmund lässt erneut Punkte liegen. Im Kino gibt es immer noch Les Misérables, aber es gibt auch den Film Schlussmacher, vielleicht hätten wir lieber den sehen sollen. Mütterliches Fernsehprogramm: Wer wird Millionär und anschließend Rach, der Restauranttester. Es gibt doch auch Journalisten, die über Restaurants schreiben, das könnte ich doch mal Fuchs vorschlagen. Heiko Timmermann testet Dithmarschens Gastronomie. Ich könnte einen bis fünf Hammer verleihen. Oder heißt das in der Mehrzahl Hämmer? Warum haben wir eigentlich keinen Duden auf dem Frühstückstisch? Nebenbei: Ich sitze hier nicht etwa alleine, sondern mit Mutter, Linda und Lasse. Vater ist schon seit sechs unterwegs. Ich bleibe jetzt bei einem Artikel über die neue Miss Germany hängen: Caroline Noeding, 21, Studentin aus Hannover. Was studiert sie denn? Mathematik, Respekt, und Spanisch. Aber das geilste kommt noch, sie ist Hobby-Heimwerkerin und hat sogar schon ihr Bad selbst gekachelt. Tolle Frau. Dass sie auch noch gut aussieht, versteht sich bei dem Titel wohl von selbst. Ich habe jetzt aber auch nicht mehr so sehr viel Zeit, halt, das Horoskop noch, das ist Pflicht. Steinbock: Ich habe etwas ins Rollen gebracht und soll mich jetzt intensiver darum kümmern. Damit können eigentlich nur diese ganzen Hahnebier-Morde gemeint sein, es wird langsam mal Zeit, dass sich da was Aufklärendes tut.

Gleich kommt wieder: Heiko, musst du gar nicht los?

Heiko, musst du gar nicht los?

Ich sag's ja, auf manche Dinge kann man sich verlassen im Leben. Unimog, ich wollte doch mal wieder mit dem Unimog fahren. Fragen brauche ich ja nicht, ich habe die Generalerlaubnis von Vater, ich verkünde es nur noch mal Mutter gegenüber: Ich nehm' heute mal den Unimog. Ja, ich guck' auch noch mal schnell, ob er noch genug Sprit hat. Und auch Motoröl, ist ja klar. Schönen Tag, bis heute Abend.

Der Tank ist noch halb voll, das freut einen denn ja. Auch noch Öl nachgucken, hätte ich nicht gemacht, wenn Mutter jetzt nicht gerade aus dem Küchenfenster gucken würde. Also steige ich noch mal aus, öffne die Motorhaube und prüfe den Ölstand. Ist doch alles in Ordnung, bis auf meine Finger, die sind bei der Aktion leider schmierig geworden. So kann ich mich in der Redaktion nicht blicken lassen. Also ab in die Werkstatt, Finger saubermachen. Leider muss ich auch noch etwas warten, bis der Boiler so viel warmes Wasser hergestellt hat, dass ich mir die Pfoten vernünftig waschen kann. Ich komme heute zu spät, murmle ich vor mich hin, dann ist das halt so.

Aber erstmal wieder rauf auf den Unimog, Vorglühen, starten. Oh Mann, der ist aber lange nicht bewegt worden. Alles scheint eingefroren zu sein, obwohl es draußen gar nicht mal so kalt ist. Die Handbremse muss ich mit beiden Händen lösen. Der Motor klingt so, als ob er schweres Asthma hätte. Die Scheiben einmal alle von innen wischen, an die Außenspiegel habe ich jetzt nicht gedacht, aber die werden hoffentlich später von selber frei. Licht an, auf geht's. Vom zweiten in den dritten Gang komme ich nur mit Zwischenkuppeln, das ist ja einfach fürchterlich heute Morgen. Aber ab Wöhrdener Kreisel wird es dann besser, nur die Heizung will nicht funktionieren. Die Frontscheibe beschlägt immer wieder neu, ich kann doch nicht dauernd mit der Hand beim Fahren wischen. Irgendwas stimmt da doch nicht. Lieber mal anhalten. Wo? In einer Haltebucht von Dithmarschenbus, aber ganz vorne, damit der Bus noch dahinterpasst, falls er kommt. Ich schalte lieber die Warnblinker an.

Motorhaube auf, aber davon wird der Wagen ja auch nicht wärmer. Ich schaue nur kurz auf das Gewirr von Kabeln und Leitungen, dann kommt mir die Erleuchtung: Vater anrufen. Von Handy zu Handy, heute geht das ja. Früher hätte man wahrscheinlich eine Brieftaube geschickt. Ja, Vaters Handy ist an, der Gute, er sitzt gerade bei Reinsbüttel auf einem Bagger und wartet auf den nächsten Traktor mit Hänger. Heizung geht nicht? Da klemmt ein Schieber, Heiko. Da musst du… Ich kann das nicht alles behalten, was Vater gerade sagt, aber er verklickert mir dann Schritt für Schritt, sozusagen für Dummies, was ich machen soll. Ölspray liegt unterm Beifahrersitz, Heiko. Jawohl, unter Anleitung der älteren Generation kriege ich es hin, der Motor läuft übrigens die ganze Zeit, aber das nur nebenbei, jedenfalls heizt die Mühle schließlich wieder. Danke an Vater und schönen Tag noch. Jetzt rufe ich noch schnell in der Redaktion an, dass ich eine Panne hatte, aber gleich wieder auf dem Weg bin. Es ist nicht Fuchs dran, sondern Harder, der sagt, dass es in Ordnung ist und ich soll mir ruhig Zeit lassen. Okay, das hört man ja gerne. Mittlerweile ist alles schön warm im Cockpit und auch sämtliche Innenscheiben sind klar wie sonstwas. Es riecht nur noch ziemlich stark nach diesem Ölspray, da habe ich wahrscheinlich einfach zu viel von genommen.

In der Redaktion platze ich praktisch mitten in die Morgenkonferenz am Stehtisch, das ist mir schon sehr peinlich, aber Harder hat offenbar den Grund für meine Verspätung verbreitet, ich werde also nicht ausgeschimpft oder ins Klassenbuch eingetragen. Als es darum geht, dass am Samstag beim Hahnebierumzug schon wieder einer aus den Latschen gekippt ist, kann ich immerhin dazu beitragen: Der soll im Krankenhaus gestorben sein, wie ich gehört habe. Woher ich das denn weiß, von einem von der Süderegge, am Samstag habe ich das zufällig mitbekommen. Große Verwunderung, dass das noch gar nicht in unserer Redaktion bekannt ist, aber woher auch, Fuchs war noch bis einschließlich Kaffeetrinken im Tivoli am Samstag dabei, da wusste es wahrscheinlich noch keiner. Vom Ball hat die Österegge dann eigene Fotos geschickt, aber das war es denn auch, da hat keiner von dem Todesfall berichtet.

Da müssten wir mal bei der Polizei nachhaken, verkündet Fuchs.

Soll ich das übernehmen, frage ich, ich kenne die Kommissarin, die gerade diese Hahnebierfälle untersucht. Die wird wahrscheinlich auch heute in Heide sein.

Versuchen Sie es, Heiko, aber wenn Sie da nicht weiterkommen, lassen Sie es mich gleich wissen.

Aha. Anscheinend keine weiteren Aufgaben für mich. Für die anderen schon: Fuchs selber will über die drei neuen E-Smarts berichten, die unsere Zeitung für dienstliche Zwecke beschafft hat, man merkt, dass er da sogar ziemlich heiß drauf ist. Wie es aussieht, werde ich wahrscheinlich auch bald mal so eine Kiste auf einer Recherche-Tour fahren dürfen. Volkshochschulkurse zur bewussten Ernährung, Dithmarscher bei der Mathe-Olympiade, in Lohe-Rickelshof wird an einem plattdeutschen Theaterstück geprobt, Vortrag über die Künstlerin Frida Kahlo und ansonsten noch jede Menge Kleinkram. Das Spektakulärste scheinen noch diese neuen Elektromobile zu sein.

Unsere Morgenrunde ist beendet, die einzelnen Redaktionsmitglieder verschwinden nach und nach, ich bleibe und kümmere mich erstmal um den Zustand der Kaffeemaschine. Schließlich bin ich doch ganz allein, habe meinen Rechner hochgefahren und versuche, den einen oder anderen klaren Gedanken über die Hahnebiermorde zu fassen. Bisher kann man natürlich nur von zwei Morden reden, aber ich möchte fast darauf wetten, dass dieser Vorfall am letzten Samstag der dritte Mord war. Zwei bei der Süderegge, einer bei der Österegge, warum eigentlich keiner bei der Norderegge, waren die das vielleicht am Ende, nee, das ist ja Quatsch. Oder einer von der Westeregge, vielleicht die Chefin persönlich, aber was soll das Ganze überhaupt?

Ich rufe Heiner auf seinem Handy an, der wird sich heute eventuell mit Frau Weishaupt irgendwo herumtreiben. Leider ist nur die Mailbox in Betrieb, nicht Heiner persönlich. Ich sage, dass ich ihn dringend sprechen muss, bitte zurückrufen, bin in der Redaktion. Das ist jetzt wieder so eine blöde Situation, man kann nur warten und hoffen, dass er sich wirklich bald meldet.

Tut er dann aber auch tatsächlich, allerdings in SMS-Form: Bin auf der Heider Wache. Komm' einfach vorbei.

Zum Abmelden ist im Moment ja keiner da, aber ich mache schnell zwei Haftnotizen fertig, eine für Fuchs und eine für Brüggmann, damit die wissen, wo ich gerade bin. Dann noch schnell den Rechner in den Vormittagsschlaf schicken, Draußen-Klamotten anziehen und ab mit mir. Ach nee, ich gehe lieber noch mal schnell auf die Toilette, nachher ist das in der Polizeiwache nur mit Passierschein möglich, den Ärger kann ich mir sparen. Ich gehe also wieder an Onkel und so weiter vorbei, ich denke gerade, da könnte ich heute Mittag ruhig wieder was essen, noch habe ich die Döner nicht über.

Ich muss natürlich wieder klingeln bei der Polizei, das kenne ich ja schon, aber dann lässt Heiner mich persönlich rein, er macht wieder Innendienst oder wie sich das nennt. Ich soll mich aber noch einen Moment auf die Bank setzen, er hat in ungefähr zehn Minuten Pause, dann kann er sich um mich kümmern. In Ordnung. Ich hätte vielleicht was zu lesen mitnehmen sollen. Zeitschriften gibt es nicht auf der Polizeiwache, nicht mal eine Spielecke, wo man sich ein Gefängnis aus Legosteinen bauen könnte. Mir bleibt nichts anderes übrig als Löcher in die Luft zu starren oder die Raufasertapete zu bewundern. Mit H hat sie mir eigentlich besser gefallen, also noch mal: Rauhfasertapete. Ich müsste die in meinem Zimmer eigentlich mal neu streichen, das letzte Mal ist schon ziemlich lange her. Andererseits, wer weiß, wie lange ich noch zu Hause wohne, lohnt sich das überhaupt noch, keine Ahnung.

So, Heiko, jetzt können wir 'n Kaffee trinken gehen.

Nächster Schauplatz: Wieder dieser merkwürdige Sozialraum mit dem Tisch in der Mitte. Warum sehen Sozialräume immer so asozial aus? Heiner macht die Tür hinter uns zu und stellt schon mal zwei Becher auf den Tisch. In der Maschine ist nicht mehr so wirklich viel drin, aber wir können uns immerhin noch zwei halbvolle Becher Kaffee abzapfen. Muss ich jetzt erwähnen, dass Heiner in Uniform ist, nein, muss ich nicht. Natürlich in dieser dunkelblauen Uniform. Er guckt auf die Uhr, das soll wohl bedeuten, dass wir lieber gleich zur Sache kommen sollen, so viel Zeit für allgemeinen Plausch haben wir leider nicht.

Und, frage ich, was war letzten Samstag in der Friedrichstraße los?

Ja, dieser Eggenbruder von der Österegge, der da zusammengeklappt ist, der ist natürlich sofort ins Krankenhaus gekommen, aber er hat leider nicht durchgehalten, er ist kurz darauf gestorben. Im Moment ist die Weishaupt im Westküstenklinikum, mehr weiß ich auch noch nicht. Es wird ihr natürlich um die Todesursache und so weiter gehen, die Personalien hat sie wohl schon von meinen Kollegen gekriegt, aber hier hat noch keiner gesagt, um wen es geht. Also den Namen des Toten kann ich dir leider noch nicht verraten. Aber weißt du was, Heiko, heute Nachmittag um halb drei kommt die Hauptkommissarin hierher, da soll ich zu ihrer Verfügung stehen, wie es so schön heißt, komm' doch einfach mit dazu, dich wird sie bestimmt nicht gleich wieder rausschmeißen.

Halb drei also?

Genau.

Heiner will mich jetzt schnell wieder loswerden, das kann man ja verstehen, er ist im Dienst und ich bin nur Zivilist. Also schnell den Kaffee austrinken, tschüs und bis heute Nachmittag. Er bringt mich noch zur Tür, aber nicht aus Höflichkeit, sondern damit seine Kollegen sehen, dass ich schon wieder weg bin. Ich gehe einmal quer über den Marktplatz in Richtung Friedrichstraße. Okay, quer ist jetzt geometrisch nicht korrekt, also ich gehe diagonal über den Platz. Auf der dafür vorgesehenen Diagonale für Fußgänger, von denen es zwei gibt, sodass der ganze Marktplatz aus der Luft aussieht wie die schottische Nationalflagge. Oder zumindest so ähnlich. In der Mitte steht so eine ziemlich große und altmodisch aussehende Laterne, der Kandelaber, auf einer Erhöhung, vielleicht könnte man auch Podest dazu sagen. Wenn man seinen sportlichen Tag hat, hüpft man einfach auf dieses Podest rauf und auf der anderen Seite wieder runter, aber ich gehe lieber außenrum, das tun die meisten Leute. Wenn ich jetzt ganz privat wäre, würde ich noch ein bisschen in die Läden gehen, vielleicht mal bei Böttcher reinschauen oder bei Stolz. Geht natürlich nicht, der Dienst beim Landboten ruft.

In der Redaktion ist keiner, offenbar ist auch niemand während meiner Abwesenheit hier gewesen, also kann ich meine Abmeldungszettel wieder von den Schreibtischen meiner Kollegen entfernen. So richtig was zu tun habe ich jetzt nicht bis zum Mittag, es wäre ganz praktisch, wenn ich mich jetzt einfach abschalten und in zwei Stunden wieder anschalten könnte. Auf einer Fensterbank liegt der Spiegel von heute, er lockt den Leser mit dem Titel: Die neuen Gastarbeiter, Europas junge Elite für die deutsche Wirtschaft. Drei Männer und vier Frauen sind vors Brandenburger Tor fotomontiert worden, alle so im Alter von 25 bis 30. Die Damen sind natürlich ziemlich attraktiv, ich hätte als Fotograf auch keine Schreckschrauben genommen. Ich blättere den Spiegel einmal langsam durch, erwische mich aber dabei, dass ich eigentlich nur die Bilder angucke. Wenn ich die ganze Zeitschrift von A bis Z lesen wollte, müsste ich eigentlich jeden Montag frei nehmen, sonst kann man das gar nicht schaffen. Mein Opa aus Lieth hat mal erzählt, er war nach einem Unfall eine Zeitlang bei einem Orthopäden im Schuhmacherort in Behandlung. Da lagen im Wartezimmer auch jede Menge Spiegel, die der Arzt aber offensichtlich schon gründlich durchgearbeitet hatte. Natürlich nicht bei sämtlichen, aber bei ganz vielen Artikeln hatte er alles Mögliche angestrichen und kleine Kommentare an den Rand geschrieben, als ob er der Deutschlehrer wäre, der einen Aufsatz korrigieren muss. Das fand Opa einfach ziemlich kurios, und wenn ich so drüber nachdenke, kann ich ihm eigentlich nur zustimmen.

Jetzt sind kurz nacheinander die Kollegen Callsen und Lorek hereingekommen, da macht es sich nicht gut, wenn ich zu chillig auf sie wirke. Ich lege den Spiegel zur Seite und beschäftige mich lieber mit Recherchen am Rechner, aber wonach ich jetzt suchen soll, weiß ich eigentlich auch nicht. Ich könnte vielleicht mal meine Notizen zu den Hahnebiermorden etwas durchsehen und ergänzen, aber das ist natürlich auch keine wirklich erfüllende Aufgabe.

Ich quäle mich also eigentlich irgendwie so über die Runden, wobei ich hoffe, dass nicht gleich Fuchs reinkommt und konkrete Ergebnisse von mir verlangt. Nein, er ist bis zur Mittagspause nicht gekommen und ich kann mich endlich auf den Weg zu Onkel machen, mein Magen hat sich auch schon mehrfach gemeldet und nach Kalorien gefragt. Im Treppenhaus begegne ich mal wieder Maja, das ist lange nicht passiert, ich habe den Eindruck, dass sie zunächst gar nicht so unerfreut ist, mich zu sehen, dann besinnt sie sich aber und schaltet auf betont sachlich. Hallo Maja, hallo Heiko, keine Küsserei, willst du auch zum Essen, ja, wie wär's mit Onkel, warum nicht. Immerhin lässt sie sich dazu herab, mit mir die Mittagspause zu verbringen, aber sie ist ja Skorpion, vielleicht will sie mir bei der Gelegenheit nur eins verpassen. Wie ich mich an Majas Stelle fühlen würde, kann ich gar nicht so genau sagen, vielleicht würde ich ja denken, ach, da ist Heiko, diese treulose Tomate, der hat ja schon wieder 'ne andere, der kann mich mal.

Nein, so negativ wird es dann eigentlich gar nicht. Zwei Döner, für mich noch Pommes dazu, eine Mezzo, ein Apfelsaft, guten Appetit. Wir unterhalten uns eher über Dienstliches, also was wir heute so auf dem Zettel haben. Ich sage, so was richtig Vernünftiges habe ich heute bisher noch nicht zustande gebracht, aber vielleicht kommt ja am Nachmittag noch was. Maja erzählt, dass sie heute Morgen nur Kleinkram aus Meldorf und Umgebung hatte, Blutspendetermine und solche Sachen. Unwichtig ist das natürlich nicht, und gerade bei solchen kleinen Meldungen schleichen sich gerne mal Fehler rein, da muss man schon hellwach sein.

Wie war denn Les Misérables?, fragt Maja mich plötzlich.

Das kann doch kein echtes Interesse an dem Film sein, sie will im Grunde genommen doch nur wissen, wie Claudia war, was das überhaupt für ein Verhältnis zwischen ihr und mir ist und solche Sachen.

Ziemlich langer Film, sage ich, so ungefähr zweieinhalb Stunden. Ehemaliger Sträfling wird Bürgermeister, dann hat er so eine Art Gegenspieler, mit dem er immer wieder aneinandergerät, dann gibt es noch ein paar Frauen inklusive Liebe, Aufstand und Musik, es ist ja die Verfilmung von einem Musical, eigentlich ist das nicht so mein Fall.

Maja nickt verständnisvoll. Möglicherweise hat sie gerade erspürt, dass Claudia eigentlich auch nicht so ganz mein Fall sein könnte, Frauen haben ja irgendwie eine Nase dafür. Ich hätte jetzt plötzlich Lust, den ausgefallenen Begrüßungskuss nachzuholen, so sympathisch ist mir Maja mit einem Mal wieder. Nein, lass das mal, Heiko, sage ich mir, der Fall Claudia ist noch in der Schwebe, das ist noch nicht abgearbeitet. Vielleicht meldet sie sich doch mal wieder bei mir.

Die Mahlzeit ist beendet, es fehlen nur noch die Zahnstocher. Ich muss dann auch mal wieder, sagt Maja, ich soll gleich noch mal nach Meldorf, da hat irgend so ein Idiot junge Bäume abgesägt. Ja, okay, sage ich, dann lass uns mal los.

In der Redaktion Heider Umland und Dithmarschen-Nord haben sich bereits fast alle Kollegen eingefunden, also auch Holger Fuchs, Vierziger mit Brille und rötlichem Vollbart, er sieht tatsächlich etwas aus wie ein Fuchs, nur dass die keine optischen Hilfsmittel tragen. Um ihm den Wind aus den Segeln zu nehmen, berichte ich gleich, dass ich heute Nachmittag die Hauptkommissarin Jutta Weishaupt von der Itzehoer Kripo treffen werde. Fuchs nickt anerkennend, dann wendet er sich wieder einer anderen Sache zu, vermutlich seinem Testbericht über die drei neuen E-Smarts. Ich bin ja auch ein bisschen neugierig darauf, aber ich will ihn jetzt nicht weiter stören. Ich bin ja schon froh, dass ich ihm nicht erzählen musste, dass ich heute Vormittag praktisch nichts auf die Reihe gekriegt habe. Elektrofahrzeuge, darüber habe ich mal mit Vater geredet, das ist noch gar nicht so lange her. Er hält ja nicht so viel davon, einmal wegen der Reichweite, das ist ja allgemein bekannt, aber auch wegen der Wintertauglichkeit. Bei minus zwanzig Grad, da würde die Batterie dann so richtig in den Keller gehen und nur noch ein Viertel ihrer Leistung bringen. So richtig geeignet wären diese ganzen Kisten nur als Zweitwagen in der Stadt, und dann müsste man im Prinzip eine Doppelgarage haben und so weiter. Ach ja, die Heizung sei dann auch noch ein Problem, die würde bei manchen E-Autos nur mit Benzin funktionieren und das wäre ja nicht der Sinn der Sache. Okay, mag ja so sein, aber fahren würde ich so ein Teil schon mal ganz gerne. Vielleicht kriege ich bald mal die Gelegenheit dazu.

Ich mache mich dann so gegen zehn nach zwei aus dem Staub und gehe wieder zur Polizeiwache am Markt. Ich habe einen Termin bei Frau Weishaupt, behaupte ich einfach. Komischerweise wirkt das ohne weitere Nachfrage. Der Polizist, der mich hinter dem Tresen in Empfang nimmt, scheint mich auch durchaus irgendwo einordnen zu können. Ich sage mal Herrn Ohlsen Bescheid, verkündet er und greift zum Telefonhörer. Bitte, geht doch.

Ich hätte vielleicht Kuchen mitnehmen sollen, um die Kommissarin gnädig zu stimmen, denke ich gerade. Aber jetzt ist es natürlich zu spät dafür. Da kommt Heiner schon an, er macht einen ganz entspannten Eindruck. Die Kommissarin weiß schon Bescheid, dass du kommst, erklärt er mir, sie war sogar ganz erfreut darüber. Komm', Heiko.

Ich folge Heiner durch den Flur und dann eine Treppe rauf in den ersten Stock. Er klopft an eine nur angelehnte Tür und wir betreten einen nicht ganz so großen Raum, ich würde sagen, das ist einfach ein Besprechungszimmer mit einem runden Tisch und mindestens fünf Stühlen drum herum. Auf einem dieser Stühle sitzt die Weishaupt, vor sich hat sie einen geöffneten Leitzordner und noch jede Menge andere Papiere. Es ist schon ein bisschen her, seit ich sie das letzte Mal gesehen habe, aber sie hat sich seitdem kaum verändert. Stellt euch einfach eine mittelgroße und nicht so ganz schlanke Frau in den Fünfzigern vor, mit etwas krausen Haaren, immer noch kastanienbraun gefärbt, das weiß ich, weil sie vorher schon einmal ziemlich graues Haar hatte. Aber ich muss zugeben, ihre Frisur sieht so wirklich besser aus. Vom ganzen Typ her könnte sie auch Lehrerin, Sozialarbeiterin oder Gleichstellungsbeauftragte sein. Eventuell würde sie auch noch als Mitarbeiterin der Heider Stadtbücherei durchgehen.

Ja, da ist ja der Herr Timmermann, höre ich, das freut mich ja.

Das klingt doch ganz angenehm in meinen Ohren. Ich gehe auf sie zu, sie deutet ein Aufstehen an, ich gebe ihr kräftig die Hand, weil ich noch weiß, dass sie auch einen ziemlich festen Händedruck hat. Ich murmle irgendwelche passenden Höflichkeiten, dann sollen Heiner und ich uns zu ihr setzen, ach, wenn Sie doch bitte noch die Tür schließen würden, ja, danke.

Kleine Erklärung, falls sich jetzt jemand wundert: So ganz normal ist das ja nicht, dass man als kleiner Pressefuzzi so zuvorkommend von der Kripo behandelt wird, aber es liegt eben daran, dass wir drei, also die Weishaupt, Heiner und ich, einander ganz gut kennen. Das kommt wiederum davon, dass Heiner und ich in den letzten beiden Jahren, sagen wir mal, zur Aufklärung einiger Straftaten einen nicht unerheblichen Beitrag geleistet haben. Teilweise bin ich mir dabei schon wie eine Art Hilfssheriff vorgekommen, und die Weishaupt hatte sogar mehrfach angeregt, dass ich vielleicht doch lieber mein Volontariat bei der Zeitung aufgeben und zur Kripo wechseln sollte. Ich habe das dann auch gründlich überlegt, dann bin ich aber doch zu dem Entschluss gekommen, lieber in den Reihen der schreibenden Zunft zu bleiben. Ende der kleinen Erklärung.

Frau Weishaupt ist mal wieder sehr mitteilsam, sie fasst zunächst die beiden Hahnebier-Mordfälle, Marktplatz und Tivoli, zusammen, dann erzählt sie uns sämtliche Details des neuen Falls: Ja, es handelt sich auch hier eindeutig um Mord, sie war heute Vormittag im Krankenhaus und hat da bei den Ärzten nachgefragt. Ob wieder Colchicin im Spiel war, wird zurzeit noch ermittelt, aber alle Anzeichen sprechen dafür. Dem Opfer ist anscheinend solch ein Mittel beim Einkehren in einem Getränk verabreicht worden. Das Opfer ist ein Mitglied der Österegge, Karl-Hermann Tietjens, wohnhaft Moorkamp in Heide-Ost, 69 Jahre, ehemaliger Steuerberater, verwitwet, drei Söhne, aber natürlich schon im Erwachsenenalter. Wo die Söhne sich aufhalten, muss noch bei Nachbarn, Eggenbrüdern und so weiter ermittelt werden, die Familie konnte also noch nicht verständigt werden.

Ich habe mir ein paar Notizen gemacht und frage schon mal, was die Zeitung veröffentlichen darf.

Bis auf den Namen des Opfers im Prinzip alles, Herr Timmermann. Aber gut, da Sie ja gerade hier sind, können Sie mich vielleicht noch etwas über das Hahnebier und diese ganzen Eggen aufklären, ich bin mir nicht sicher, ob ich das schon voll und ganz verstanden habe.

Das ist natürlich mein Startzeichen. Im Prinzip lasse ich jetzt so einen ähnlichen Vortrag vom Stapel, wie ich ihn von diesem Herrn Faber von der Süderegge bekommen habe, allerdings eher in der Kurzversion und auf das Wesentliche beschränkt. Heiner ergänzt meine Ausführungen durch die eine oder andere Randbemerkung.

Also diese Eggen sind so etwas wie mehr oder weniger reine Männervereine, interessant, so etwas gibt es ja kaum noch. Zwei Opfer waren in der Süderegge, ist das richtig, ja, Tietjens in der Österegge. Wir werden natürlich untersuchen, ob es zwischen den Dreien irgendeine Art von Beziehung gab. Ein weiterer Ansatzpunkt wäre die Frage, ob nicht vielleicht der Täter, und ich gehe zunächst von einem einzelnen Täter aus, die Absicht verfolgt, dem Hahnebier insgesamt Schaden zuzufügen. Aber da stecken wir im Grunde genommen noch am Anfang, ich sehe da noch keine Struktur.

Hat sich schon irgendwas in Richtung Drachen-Apotheke getan?, frage ich.

Frau Weishaupt scheint wegen meiner Frage etwas überrascht zu sein, doch dann antwortet sie: Ja, der Staatsanwalt hat einen richterlichen Durchsuchungsbeschluss erwirkt, die Drachen-Apotheke wird seit den frühen Morgenstunden von Spezialisten der Spurensicherung auf den Kopf gestellt. Besonders die Buchführung im Hinblick auf Colchicin wird da unter die Lupe genommen werden. Das ist bei einer Apotheke natürlich ein naheliegender Ansatz, aber vielleicht ist er auch zu naheliegend. Wir müssen das Ergebnis abwarten.

Ich habe da so eine Äußerung von einem Eggenbruder der Süderegge mitbekommen, sage ich, er meinte, vielleicht nicht ganz im Ernst, hinter den Morden könnte die Westeregge stecken.

Westeregge? Hatten Sie nicht vorhin von nur drei Eggen gesprochen?

Gut, denke ich, das hätte ich vorhin natürlich auch erwähnen können. Ich erkläre der Weishaupt jetzt aber langsam und zum Mitdenken, dass die Westeregge eine Neugründung ist und so eine Art satirische Konkurrenz zu den Traditionsvereinen. So etwas wie die Piratenpartei eben, obwohl der Vergleich hinkt, die Piraten meinen sich selbst ja eher ernst.

Westeregge, wiederholt die Hauptkommissarin und macht sich eine Notiz, ich denke, da werde ich im Rahmen der Ermittlungen auch einmal vorstellig werden.

Das nächste hätte ich natürlich auch noch sagen können, aber es kommt nicht von mir, sondern von Heiner: Das Oberhaupt der Westeregge ist doch sogar eine Frau, eine Kinderärztin. Das ist natürlich eine Provokation für die anderen Eggen, da werden Frauen ja eigentlich nur am Rande geduldet.

Tatsächlich eine Ärztin, Herr Ohlsen? Interessant. Na gut, meine Herren, ich glaube, ich habe erstmal genug Stoff für die nächsten Tage. Herr Ohlsen, ich brauche Sie dann morgen früh wieder um neun Uhr. Und Sie, Herr Timmermann, vermuten Sie in Ihrem Artikel ruhig, dass auch das dritte Opfer im Zusammenhang mit dem Hahnebierfest vergiftet wurde, ich denke, diese Vermutung wird sich bald bestätigen. Ja, die Polizei wäre für Beobachtungen und Hinweise aus der Bevölkerung natürlich außerordentlich dankbar. Ja, dann verbleiben wir so.

Ende der Sitzung.

Na endlich tut sich mal was. Die Apotheke hätte man auch schon früher auseinandernehmen können. Also wirklich drei Morde. Kommen jetzt noch mehr oder ist Schluss damit? Bei den Opfern zwei zu eins für die Süderegge. Kein Opfer aus der Norderegge. Aber natürlich auch kein Opfer aus der Westeregge. Gibt es da vielleicht eine Fehde zwischen der Süder- und der Österegge? Nein, Quatsch. Soweit ich es kapiert habe, vertragen sich die drei alten Eggen doch ganz gut. Colchicin, komisches Zeug. Dann doch lieber Alka-Seltzer.

Ich schaue auf die Uhr, übrigens laufe ich gerade durch die Friedrichstraße, falls das einer wissen möchte, ich beschleunige meine Schritte auf Beinahe-Jogging, denn für meinen Bericht habe ich kaum mehr als eine halbe Stunde, wenn der morgen noch in unserem Blatt erscheinen soll.

Ich hämmere wie ein Wilder auf der Tastatur herum, so super viel Neues kann ich ja eigentlich nicht berichten, höchstens dass es nun klar ist, dass wir den dritten Hahnebier-Mord verbuchen können. Ich bausche das Ganze noch etwas auf und erinnere an die vorherigen Fälle. Wie wir bereits berichteten und so weiter. Dann noch etwas ausführlicher die Aufforderung an die Leser, etwaige Beobachtungen bitteschön der Polizei zu melden. Punkt. Bilder: Keine. Meinetwegen können die gerne ein Archivbild von der Polizeiwache dazupacken. Abspeichern, freigeben, einmal ausdrucken.

Immerhin ist Fuchs dann zehn Minuten später ganz zufrieden mit meinem Ergebnis. Bleiben Sie da mal dran an der Sache, Heiko. Ach so, ja, Sie haben ja morgen frei, oder? Aber Sie haben doch Kontakt zur Polizei, vielleicht können Sie da trotzdem mal nachhaken. Und wenn sich was Neues ergibt, rufen Sie einfach an.

Okay, das klingt nach Feierabend. Schnell den Rechner runterfahren, meinen Arbeitsplatz aufräumen, der Spiegel liegt immer noch da, den lege ich wieder auf die Fensterbank, da, wo ich ihn hergeholt hatte. Soll ja keiner sagen, dass Heiko Timmermann ein unordentlicher Mensch ist. So, jetzt ist gut, Jacke an, Mütze auf und tschüs bis Mittwoch.

Das ist ja fast wie Wochenende, ich muss morgen vielleicht auch mal gar nichts fürs Studium tun, da habe ich ja auch neulich schon was gemacht. Ach nee, ich gönne mir morgen einfach mal einen freien Tag. Vielleicht könnte ich meine Fahrräder mal wieder aktivieren, der Frühling kommt bald, oder ich geh' ins Schwimmbad, vielleicht mal ganz woanders hin, Brunsbüttel oder so, oder...

Während ich so vor mich hinträume und dabei gleichzeitig den Unimog startklar mache, sage ich mir, ich könnte doch mal wieder auf dem Heimweg bei Bäcker Scharbau in Lohe-Rickelshof vorbeifahren. Ein paar Kuchen und dann noch ein paar Brötchen fürs Abendbrot, das wäre doch was.

Kurz vor fünf fahre ich direkt auf den Parkplatz vor der Bäckerei, hoffentlich darf man das jetzt überhaupt mit so einem schweren Fahrzeug, aber der Lieferwagen von Scharbau ist ja auch nicht gerade klein. Okay, da stehe ich nun, stelle den Motor ab und steige aus. Steige aus passt irgendwie nicht richtig beim Unimog, man müsste eigentlich steige ab sagen. Also ich steige ab und gehe rein. Direkt vor mir sind noch zwei Kunden, ich schiele mal auf das Zeitschriftenregal, Bild, Morgenpost, Landbote, alles noch vorhanden. Die Postmieze packt gerade ihren Stand zusammen, das ist schon komisch, die Poststelle ist nur eine Stunde am Tag geöffnet. Was macht sie wohl sonst den ganzen Tag, vielleicht neue Briefmarken entwerfen oder die Briefwaage ölen.

Ja, hallo Heiko!

Das war Heike, die schönste Bäckereifachverkäuferin von Dithmarschen und möglicherweise auch den angrenzenden Kreisen. Ich habe gar nicht mitgekriegt, dass ich schon dran bin. Sie lächelt mich auffordernd an und schenkt mir einen Blick, der Stahlbeton zum Schmelzen bringen könnte. Ich bin jetzt eigentlich ganz hin und weg, kann aber noch sagen, fünf Stücke Kuchen, bitte.

Und welche?

Ja, drei von denen und zwei von denen.

Hast du was mit Landwirtschaft zu tun, ich dachte immer, du bist bei der Zeitung?

Äh, nee, wieso...

Na, du bist doch mit dem Unimog gekommen. Mit so einem würde ich auch gerne mal fahren.

Da braucht man schon Lkw-Führerschein. Und dann noch fünf Brötchen.

Aber mitfahren könnte man doch auch ohne Führerschein?

Ich weiß nicht, welcher Teufel mich da gerade reitet, vielleicht ist es ja auch eher ein Engel. Oder es liegt an meiner Morgen-habe-ich-frei-Stimmung oder eben einfach daran, dass Heike absolut unwiderstehlich ist mit ihren dunklen Augen.

Wann hast du denn Feierabend?

So Viertel nach sechs, ich muss noch die Abrechnung machen und die Bestellungen für morgen.

Ja, gut, dann um Viertel nach sechs.

Macht sieben Euro zehn.

Ich glaub' das jetzt einfach nicht, jetzt habe ich mich doch tatsächlich mit Heike aus der Bäckerei verabredet. Wollte ich das wirklich, frage ich mich, als ich mich mit dem Tablett und der Brötchentüte wieder am Unimog einfinde. Ja klar wolltest du das, Heiko Timmermann aus Wesselburener Deichhausen, Heike sieht spitzenmäßig aus und außerdem ist sie total nett, und falls du dich daran erinnern kannst, an die Küsserei nach der Spinnensuche, Temperament hat sie auch noch. Außerdem hast du doch gerade die Nase voll von der Nerverei mit den anderen Mädels, bei Claudia kommst du keinen Schritt voran und mit Maja ist das doch schon immer so ein Hin und Her gewesen. Jawohl, ich habe mich überzeugt. Noch mehr: Ich freue mich auch richtig drauf, Heike heute Abend hier abzuholen.

So viel Zeit ist es bis dahin gar nicht mehr, ich kann gerade noch nach Hause fahren, Kaffee trinken, und dann muss ich eigentlich auch gleich wieder los. Ein Unimog ist nun mal kein Sportwagen.

Es ist schon fast halb sechs, als ich zu Hause am Küchentisch sitze und die erste Tasse Kaffee aus der Maschine zapfe. Linda ist auch da und nimmt mir wenigstens ein Stück Kuchen ab, Lasse ist auch einmal kurz vorbeigedüst und hat sich dabei ein Schoko-Croissant abgegriffen. Mutter wollte keinen Kuchen mehr, sie hatte vorhin schon ein paar Kekse. Ich muss gleich noch mal los, verkünde ich, noch 'ne kleine Bewegungsfahrt mit dem Unimog machen. Und, wo willst du hin, fragt natürlich Linda, obwohl Mutter mindestens genauso neugierig ist. Staatsgeheimnis, sage ich. Kann eventuell auch spät werden.

Ausgerechnet mit dem Unimog, Heiko, nimm doch lieber den Polo, schlägt Mutter vor.

Der muss aber mal öfter bewegt werden, sonst verschlammen die Zylinder, werfe ich ein.

Bestimmt wieder so 'ne Weibergeschichte, diagnostiziert Linda, wehe, du erzählst mir später nicht, was los war.

Erstmal muss was los sein, denke ich.

Schönen Gruß an Vater, sage ich, ich muss jetzt los, will lieber noch volltanken.

Jetzt auch noch Dieselfinger kriegen, das wäre ja nicht so prall, aber ich kann auch keine Gummihandschuhe im Handschuhfach finden, da waren doch sonst immer welche. Ich fahre an unsere heimische Zapfsäule und fasse 37 Liter Hemmingstedter Winterdiesel. Stromer schaut mir interessiert zu, dann kann er das ja meinetwegen das nächste Mal übernehmen. Fertig, Zapfpistole einhängen, Tankdeckel zuschrauben und abschließen, jawohl, mit so einem Vorhängeschloss. Ich sehe gerade, dass Vater mit seinem alten Benz auf die vordere Auffahrt rauffährt, ich winke ihm noch zu, aber wahrscheinlich hat er mich gar nicht gesehen. Eigentlich wollte ich mich noch einmal für seine telefonische Beratung heute Morgen bedanken, aber das kann ich ja immer noch. Nee, ich muss echt los jetzt.

Leute, ich geb's zu, ich bin total aufgeregt. Mir zittern richtig die Hände, das ist mir schon lange nicht mehr passiert. Wenn ich Schwester Linda wäre, würde ich mir jetzt selber eine Beruhigungsspritze verpassen. Aber es geht wohl auch ohne Spritze, das sonore Dieselgeräusch des Unimogs bringt mich während der Fahrt wieder runter. Ich schaue ein paarmal auf die Uhr, ganz pünktlich werde ich wohl doch nicht sein, aber ich komme dann doch mit nur fünf Minuten Verspätung bei Bäcker Scharbau in Lohe-Rickelshof an. Zwanzig nach sechs, der Laden hat sicher schon geschlossen, aber noch brennt die komplette Beleuchtung. Eine Putzfrau, ja klar, das muss eine Putzfrau sein, denn Heike persönlich ist es offensichtlich nicht, hat gerade den Fußboden gewienert und kippt ihren Putzeimer vor dem Eingang aus, zwar nicht mir direkt vor die Füße, aber es hat nicht viel gefehlt. Wir haben schon geschlossen, sagt sie, während sie das Feudeltuch auswringt. Ich bleibe etwas abseits stehen und versuche einen Blick in den hinteren Bereich des Ladens zu werfen.

Hallo Heiko!

Da ist Heike plötzlich aus dem Off aufgetaucht, von der rechten Seite, würde ich sagen. Sie trägt schon zivil, also nicht diesen Verkäuferinnenkittel, sondern einen von diesen blauen gepolsterten Anoraks, die so aussehen, als hätte man sich lauter blaue Würste um den Oberkörper gelegt. Dazu Jeans, noch ziemlich neue, denn sie sind noch nicht so verwaschen. Neulich habe ich gerade gelesen, dass man Jeans eigentlich überhaupt nicht waschen sollte, nur ab und zu mal lüften. Das stelle ich mir aber ziemlich eklig vor. Zurück zu Heike: Die Jeans stecken in halbhohen Winterstiefeln mit so einem kleinen Pelzbesatz oben drumherum, sicher kein echter Pelz, Tierfreunde können beruhigt sein. Fazit: Heike sieht eigentlich ziemlich abmarschbereit aus.

Tut mir leid, Heike, ich bin ein bisschen spät dran...

Passt schon, Heiko, ich war bis eben noch beschäftigt. Du, ich muss nur noch meine Tasche holen und das Fahrrad hinters Haus stellen.

Fahrrad? Das können wir doch mitnehmen. Wozu hat der Unimog eine Ladefläche.

So ganz einfach ist das dann doch nicht, ich klettere auf die Ladefläche rauf und Heike muss mir ihren Drahtesel zureichen, der ist ganz schön schwer, ist so ein eher altmodisches Teil. Aha, das ist eigentlich gar nicht ihr Rad, das gehört ihrer Oma. Hast du mal den Schlüssel für das Kabelschloss, dann kann ich das Fahrrad hier oben an der Öse anschließen. Ja, hat sie, es klappt, ich steige mit Heikes Schlüssel in der Hand wieder ab.

Prima, Heiko.

Äh, können wir dann?

Ja, klar.

Ich öffne ihr die Beifahrertür, ich habe irgendwie den Eindruck, dass sie noch nie einen Unimog bestiegen hat, darum helfe ich ein bisschen. Vielleicht stellt sie sich jetzt auch mit Absicht etwas ungeschickt an, Frauen haben ja manchmal solche kleinen Tricks drauf, keine Ahnung, bei meiner Hilfestellung berühre ich eigentlich unabsichtlich ihren Po, das ist ihr aber wohl nicht unangenehm und mir schon gar nicht. Füße einziehen, Kopf einziehen, sie zieht die Beifahrertür von innen zu. Klack. Ich habe bei der ganzen Verstauerei mit dem Fahrrad vergessen zu erwähnen, dass Heike sich auch noch von der Putzfrau verabschiedet hat, Frau Hinz heißt die, glaube ich. Die macht wahrscheinlich auch nachher das Licht aus und schließt dann die Bude ab, nehme ich mal an.

Ich klettere ebenfalls ins Führerhaus und lasse mich auf dem Fahrersitz nieder. Heike hat sich schon angeschnallt, so ungeschickt kann sie dann ja auch nicht sein. Klick. Jetzt habe ich auch meinen Gurt angelegt. Cool, sagt Heike, hier sitzt man ja richtig cool. Aber der Motor ist ganz schön laut, sage ich, das wirst du gleich merken.

Zwanzig Sekunden Vorglühen müssten jetzt eigentlich reichen, der Motor ist ja noch warm. Kühlwassertemperatur 65 Grad. Na bitte. Brumm, wrumm und wreng, er ist angesprungen und läuft.

Wo wollen wir hin, kleine Rundfahrt gefällig?

Heike nickt. Ich setze den Blinker und stoße vorsichtig zurück auf den Loher Weg, dann fahre ich am Dörpshus und an der Feuerwache vorbei Richtung Lieth. Lieth, Hemmingstedt, Heide, das schwebt mir sozusagen vor. Und dann schauen wir mal, was sich sonst noch so ergibt.

Ich glaube jetzt nicht unbedingt, dass Heike sich wirklich so wahnsinnig für den Unimog interessiert, ich glaube, die interessiert sich eher für mich, ich könnte jetzt meinetwegen auch einen Trabbi fahren oder eine Ente, das wäre ihr wohl ziemlich egal. Jedenfalls schaut sie mich die ganze Zeit an, sagen wir besser, fast die ganze Zeit, ab und zu guckt sie natürlich auch mal auf die Straße. Man kann das manchmal nur schwer beschreiben, wenn so viele Dinge gleichzeitig passieren, eigentlich müsste man mehrere Kanäle zur Verfügung haben und ein Mischpult, vielleicht wäre das ganz hilfreich. Ich weiß nicht, ob ihr jetzt verstanden habt, wie ich das meine. Wenn nicht, vergesst es einfach. Ich will nur sagen, wir unterhalten uns auch die ganze Zeit, nicht, dass jemand denkt, wir fahren nur in der Gegend herum und lauschen den Drehungen der Schwungscheiben in den Kolben der sechs Zylinder. Dass ich nichts direkt mit der Landwirtschaft zu tun habe, weiß sie ja eigentlich, aber ich erkläre dann doch mal meine häuslichen Verhältnisse, also dass wir dieses Lohnunternehmen in Wesselburener Deichhausen haben, dass meine Schwester Linda Krankenschwester werden will und mein Bruder Lasse Testfahrer für Siku-Autos. Der Name Timmermann ist ihr nicht neu, den kennt sie aus dem Landboten, da habe ich ja relativ oft mit vollem Namen drin gestanden. Jetzt kommt, tatatata, ihr Nachname, natürlich hat sie auch einen Nachnamen. Äh, halt stopp, wieso natürlich, muss man denn unbedingt einen Nachnamen haben, ist das gesetzlich vorgeschrieben? Wahrscheinlich ja, sicher sogar, aber ich würde schon mal gerne wissen, wo das geschrieben steht. Am Ende ist das noch genauso unklar wie diese Geschichte mit den Bedarfsampeln.

Zweiter Anlauf: Also hier kommt Heikes Nachname: Marquardt, mit DT am Ende. Mit einer Kuh in der Mitte, sagt sie. Okay, also noch mal zum Mitdenken: Heike Marquardt. Nicht Makatsch, haha. Nein, sie sieht ja auch vollkommen anders aus als Heike Makatsch, obwohl ich absolut nichts gegen die habe, die ist schon eine verdammt gute Schauspielerin. Meine Heike sozusagen hat aber ganz kurze schwarze Haare und dunkle Augen, die Haare können eventuell sogar getönt oder gefärbt sein, weil die wirklich so total schwarz sind und beinahe glänzen wie meine schwarzen Schuhe, nachdem ich eine halbe Stunde darauf rumgebürstet habe. So, weiter mit Heike Marquardt: Sie kommt eigentlich aus Albersdorf, prima, da kenne ich mich gut aus, sie wohnt aber bei ihrer Oma in Heide, man könnte auch sagen, sie wohnt mit ihrer Oma zusammen. In derselben Straße, wo auch das Stadttheater ist, praktisch schräg gegenüber, wie heißt noch mal die Straße, Theaterstraße? Nee, Rosenstraße natürlich, aber warum eigentlich, man müsste mal ein kleines Buch rausbringen mit den Erklärungen für die ganzen Heider Straßennamen, das wäre gar nicht mal so uninteressant. Wo waren wir denn gerade? Ach ja, bei der Oma.

Ich weiß nicht, ob jeder die Geschichte mit der Freikarte kennt, wenn doch, dann lasst einfach diesen Absatz aus: Ich hatte mal zwei Freikarten fürs Stadttheater in der Redaktion bekommen, Was ihr wollt von Shakespeare, eine davon habe ich Heike im Zuge eines Backwaren-Einkaufs überreicht, die andere habe ich behalten. Mein heimlicher Plan war, dann auch selbst ins Theater zu gehen. Das habe ich ja auch gemacht, aber rechts neben mir saß dann leider nicht Heike, sondern eine ältere Dame, möglicherweise ihre Oma.

Diese Story erzähle ich ihr gerade, und dann sagt sie mir, dass sie an dem Abend so erkältet war, dass sie das ganze Theater zusammengehustet hätte, da ist sie lieber zu Hause vorm Fernseher geblieben mit heißer Zitrone und Wadenwickeln, aber ihre Oma hatte gemeint, das wäre doch schade, wenn die Karte einfach so verfallen würde, dann würde sie eben gehen. Die Aufführung hatte ihr wohl sehr gut gefallen, sie hat viel davon erzählt und auch am Rande erwähnt, neben ihr hätte so ein netter junger Mann gesessen, da hätte sie sich schon gewundert, dass der offenbar ganz alleine ins Theater gegangen war.

Ach, Heiko, sagt sie, das war doch eine total süße Idee von dir. Das müssen wir unbedingt mal nachholen.

Sie ergreift meine rechte Hand, die gerade auf dem Schaltknüppel ruht. Das soll man ja eigentlich nicht machen, sagt Vater immer, das schadet dem Getriebe. Also dass man die Hand auf der Schaltung lässt, meine ich jetzt. Aber er macht das eigentlich auch immer.

Am liebsten würde ich dich jetzt küssen, sagt Heike.

Moment, sage ich.

Falls jemand gerade unsere Route auf der Landkarte verfolgt, wir sind von Lieth aus nach Hemmingstedt gefahren und sind gerade auf der Höhe von Brummis Imbiss. Ich blinke links uns fahre auf den Parkplatz. Feuer frei.

Wenn man im Unimog angeschnallt ist, ist das gar nicht so einfach mit dem Küssen, ein Orthopäde würde das schon als sehr bedenklich einstufen. Aber irgendwie funktioniert es dann doch, wir brauchen uns nicht abzuschnallen, wir küssen uns oder einander sehr heftig und auch ziemlich lange, aber die Stoppuhr lasse ich natürlich nicht mitlaufen. Gefühlte fünf Minuten, kann man auch sagen. Oh Mann, das ist ja richtig toll mit Heike, das hätte ich wahrscheinlich auch schon lange vorher so haben können, wenn nicht andere Damen dauernd dazwischengefunkt hätten.

Du, Heiko, ich muss dir was sagen…

Ach du Scheiße, was kommt denn jetzt schon wieder?, denke ich. Nicht dass jetzt jemand glaubt, dass ich das tatsächlich auch laut sage.

Ich habe einen mordsmäßigen Hunger, Heiko.

Das finde ich so cool, dass ich laut lachen muss. Ja, sage ich, da bist du nicht die einzige. Ich könnte jetzt auch ganz gut was vertragen. Gleich hier bei Brummi?

Ach nee, vielleicht doch lieber irgendwo in Heide.

Rancho Grande am Markt vielleicht, kennst du das?, frage ich.

Ja, prima, das ist ja auch gar nicht weit von mir.

Auf geht's. Die Rosenstraße in der Höhe des Stadttheaters ist leider ziemlich eng und für das Parken eines Unimogs schon mal gar nicht geeignet, aber wenn man ein paar Meter weiter fährt, kommt rechts ein Parkplatz, wo heute Abend sogar noch ziemlich viel Platz ist. Naja, ist eben Montagabend, da ist nicht so viel los in Heide. Wir gehen da mit dem Unimog vor Anker und ich hieve dann Heikes Fahrrad von der Ladefläche. Schlüssel, danke. Schlüssel zurück, danke. Mit dem Unimog alles in Ordnung? Ja, Licht ist aus, der Zündschlüssel gezogen, das Lenkradschloss ist eingerastet, der Batteriehauptschalter ist umgelegt. Vater sagt immer Natoknochen dazu, warum, weiß ich aber auch nicht. Auf jeden Fall ist die Kiste jetzt komplett lahmgelegt, da kriecht kein bisschen Kriechstrom mehr. Wenn ich das jetzt schon alles erwähnt habe, muss ich auch noch sagen, dass ich natürlich auch die Fahrertür abgeschlossen habe.

Heike schiebt ihr Oma-Fahrrad auf dem Bürgersteig, der ist in der Rosenstraße ja teilweise ziemlich eng, ich gehe neben ihr und habe dabei meinen Arm um sie gelegt. Das fühlt sich schon gut an, wenn man neben einem Mädchen geht und dann die Hand so ungefähr auf ihrer Hüfte hat, dann spürt man jede Bewegung. Es ist gar nicht so weit jetzt, im Grunde genommen nur ein paar Schritte, dann stehen wir vor einem kleinen Haus, zwei Stockwerke und dann natürlich noch oben das Dach. Es steht, wie alle Häuser hier, direkt an der Straße, okay, das war jetzt nicht völlig korrekt, also direkt am Bürgersteig. Heike lehnt das Fahrrad an die Wand und sucht nach dem Schlüsselbund. Sie schließt jetzt aber nicht die Haustür auf, sondern so eine schmiedeeiserne Gittertür vor einem schmalen Gang links vom Haus. Gleich daneben, sozusagen noch linkser, au weia, das dürfte mein alter Deutschlehrer aber jetzt nicht lesen, steht das nächste Haus. Ist eben alles ein bisschen eng hier. Sie öffnet die Tür und schiebt dann das Rad an der Hauswand entlang nach hinten zu einem kleinen Schuppen. Der ist aber nicht abgeschlossen. Sie stellt ihr Fahrrad dann darin ab und das war's. Jetzt geht es wieder zurück, dann die Gittertür abschließen, wir stehen wieder vorm Hauseingang.

Willst du noch deiner Oma Bescheid sagen, die wird dich doch bestimmt schon erwarten.

Oma ist im Moment gar nicht da, die ist auf Besuch bei ihrer Schwester in Hofheim.

Hofheim?

Ja, irgendwo bei Frankfurt.

Gut, dann können wir ja. Bis zum Markt ist es ja wirklich nicht sehr weit, einfach ein paar hundert Meter die Rosenstraße entlang und dann rechts, wo die Esso-Tankstelle steht und gerade das Heider Nachtleben ausleuchtet. Aber was heißt Nachtleben, wir haben jetzt gerade mal zehn nach sieben. Wir gehen jetzt wieder ziemlich eng umschlungen, auch Heike hat ihren Arm um mich gelegt, sie muss ja jetzt keine Räder mehr schieben. Die Rotphase beim Fußgängerüberweg vorm Domicil nutzen wir zum Küssen. Grün. Knutschphase beendet.

Im Rancho Grande finden wir ziemlich schnell einen vernünftigen Platz, es wäre ja auch dramaturgisch ungünstig, wenn hier gerade alle Plätze besetzt wären. Wir sitzen Seite an Seite und gucken in die Speisekarte. Ja, ein ordentliches Steak, das wäre schon was, sie hat heute Mittag auch nur schnell ein belegtes Brötchen gegessen. Wenn man den ganzen Tag in der Bäckerei arbeitet, mag man dann überhaupt noch Kuchen?, frage ich. Ja klar, sagt sie, aber nur privat. Wenn ich in der Filiale bin, esse ich kein einziges Stück, da geht es mir so wie dem Barmann, der kann auch acht Stunden am Stück seine Cocktails mixen und trotzdem trinkt er selber keinen einzigen. Da hat man während der Arbeit einfach keinen Appetit drauf.

Okay, dann nehmen wir mal zwei Steaks, Heike möchte ein Hüft-Steak, irgendwie passt das ja, aber nicht das große, das kleinere. Ich nehme dann ein Pfeffer-Steak, da gibt es nur eine Größe. Okay, was möchtest du trinken? Ein Glas roten Landwein, sagt sie. Das könnte mir auch gefallen, sage ich, ich trinke auch sehr gerne Rotwein, aber ich muss ja noch ans Steuer, dann nehme ich lieber eine Spezi.

Meinetwegen brauchst du heute nicht mehr zu fahren, Heiko.

Wow! Was für eine Ansage, das habe ich doch schon mal irgendwo und irgendwann gehört. Mich haut das jetzt aber völlig vom Schlitten, ich bin wie vom Donner gerührt oder wie man das sonst noch ausdrücken könnte. Ich lasse mir aber nichts weiter anmerken, sondern ich sage, okay, warum nehmen wir dann nicht einfach gleich eine Flasche.

Keine Einsprüche.

Zusammenfassung des weiteren Abends im Rancho Grande: Der Wein ist okay, es ist so ein französischer Landwein, wie ich ihn liebe, einfach und ehrlich und nicht mit hunderttausend phantasievollen Beigeschmäckern im Abgang oder sonstwo. Die Steaks sind auch in Ordnung, dazu gibt es Pommes frites, weil es ein Restaurant ist, sage ich Pommes frites und nicht nur Pommes, außerdem Röstbrot. Von fünf Hämmern würde ich dem Rancho jetzt vier verleihen, fünf nur deshalb nicht, damit sie nicht zu eingebildet werden. Wir sitzen hier ziemlich lange, würde ich mal sagen, beinahe bis kurz vor elf, daraus werdet ihr hoffentlich schließen, dass wir nicht nur schnell Nahrungsmittel und Getränke eingeworfen haben, sondern uns außerdem noch gut unterhalten haben. Eigentlich gar nicht mal so die üblichen Kennenlern-Themen, wo kommst du her, welche Schuhgröße hast du, bist du evangelisch oder katholisch, nein, eigentlich alles Mögliche, was uns gerade so einfällt, auch die eine oder andere Story aus dem Beruf. Das ist jetzt aber vielleicht nicht so super interessant für euch, dass ich das jetzt alles schildern müsste. Halt, eines fällt mir noch ein, bevor die Frage kommt: Das ist doch bestimmt nicht ganz billig, wer zahlt denn oder teilt ihr euch die Rechnung? Antwort: Nein, ich zahle, ganz Gentleman alter Schule. Aber Heike sagt, vielen Dank, Heiko, aber das nächste Mal bin ich dann dran. Also ich kann damit leben, ihr hoffentlich auch.

Kleiner Nachtrag: So gegen zehn ertönt plötzlich die Nationalhymne von Tonga. Scheiße, mein Handy. Das ist mir ja so was von peinlich. Es ist in der Jackentasche auf dem Sitz gegenüber, da muss ich erstmal hinlangen. Ich schalte einfach komplett ab, das hätte ich schon von Anfang an machen sollen. Keine Ahnung, wer das war, ich guck' da jetzt auch mit Absicht nicht nach. Heike hat sich nur über den Klingelton gewundert, ich habe ihr dann gesagt, was es ist und dass ich Tonga irgendwie cool finden würde.

So, jetzt sind wir aber nicht mehr im Rancho Grande, sondern sozusagen auf dem Heimweg. Ich finde das alles ziemlich aufregend, man kann ja ahnen, was noch so kommen wird. Deshalb, und das muss jetzt aber unter uns bleiben, habe ich mich auch aus dem Automaten auf der Herrentoilette versorgt. Ich hätte ja auch noch eine Travelpussy ziehen können, was das ist, muss ich jetzt hoffentlich nicht erklären, also für den Fall, dass meine Erwartungen an den weiteren Verlauf des Abends nicht zuträfen. Heiko, meinetwegen brauchst du heute nicht mehr zu fahren sollte doch nur heißen, dass du doch auch zu Fuß nach Hause gehen könntest. Schönen Abend noch, tschüs. Nein, keine Sorge, so wird es nicht ausgehen. Ach so, ja, Travelpussy: Dafür hätte ich auch gar nicht mehr genug Kleingeld gehabt, da hätte ich mir von Heike sogar noch ein paar Euromünzen leihen müssen.

Wann sollst du denn morgen bei deiner Zeitung sein, Heiko?

Gar nicht, sage ich, ich hab' morgen frei, weil ich da sonst immer in Kiel bin, aber im Moment sind ja Semesterferien.

Das ist ja cool, ich muss nämlich morgen auch erst um halb zwölf in Lohe sein.

Eigentlich könnte ich mich jetzt ein bisschen näher für Heikes Dienstplan interessieren, aber im Moment interessiert mich Heike selbst viel mehr. Wir sind jetzt in Omas Hütte angekommen, sie hat die Haustür aufgeschlossen und Licht im Flur gemacht. Ich überlege immer, ob ich jetzt auch noch erwähnen muss, dass sie die Tür auch wieder abgeschlossen hat, aber das ist doch hoffentlich überflüssig, denn das kann sich doch jeder denken. Wir ziehen unsere Jacken aus und hängen sie an der Garderobe auf. Erster Eindruck: Es sieht hier alles nicht ungemütlich aus, aber natürlich merkt man, dass hier die ältere Generation in Form einer Oma das Sagen hat. Also ich meine, was die Möblierung, die Bilder an den Wänden und diesen ganzen Deko-Kram betrifft.

Mein Zimmer ist oben, sagt Heike, aber wir können doch erstmal ins Wohnzimmer gehen.

Okay, hier ist es aber gemütlich warm, wahrscheinlich wird die Heiztemperatur automatisch abends auf Fernsehwärme hochgeregelt. Ich habe jetzt weder Lust noch Zeit, das ganze Ambiente im Detail zu beschreiben, deshalb sage ich einfach, wenn ihr auch eine Oma mit Wohnzimmer habt, hier sieht es so ähnlich aus. Mach's dir bequem, Heiko, sagt Heike, ich such' mal schnell was zu trinken, bleiben wir beim Wein? Ja, klar, gerne. Sie will nur kurz in den Keller gehen, da müsste Oma noch ein paar Flaschen Rotwein liegen haben.

Mir fällt jetzt gerade ein, dass ich mich zu Hause lieber noch schnell abmelden sollte, von wegen Sorgen machen und so. Die Eltern werden wahrscheinlich schon pennen, aber Linda kann ich bestimmt noch anrufen, die könnte das dann wenigstens noch morgen früh erklären, warum ich nicht an Bord bin. Also hole ich mein Handy und schalte es ein. Scheiße, Claudia hat versucht mich zu erreichen. Zum Glück hat sie nichts auf die Mailbox gesprochen, ihre Stimme könnte ich jetzt auch nur schwer ertragen. Auch keine SMS von ihr. Okay, rein faktisch habe ich im Moment gerade zwei Freundinnen, wenn man Maja noch dazurechnen will, sogar drei. So was kann man auf die Dauer schlecht aufrechterhalten, das habe ich ja auch schon erfahren, am Ende machen die dann alle wieder gleichzeitig und vereint Schluss mit mir. Also in den nächsten Tagen werde ich da wohl mal klare Verhältnisse schaffen müssen. Aber natürlich nicht jetzt. Ich rufe auf Lindas Handy an, zum Glück ist das auch noch aktiv, genauso wie die Gesamt-Schwester.

Heike kommt gerade mit zwei Flaschen Rotwein in den Händen die Kellertreppe rauf, während ich mit dem Handy in der Hand im Flur stehe. Ja, Heiko hier, klar. Du Linda, ich komm' heute Nacht nicht nach Hause. Ja, ich weiß, ist gut. Erklär' ich dir später. Okay, ja, danke. Haha, du auch.

Linda?, fragt Heike, nachdem ich das Gespräch beendet und mein Handy wieder in den völligen Tiefschlaf versetzt habe.

Ja, sage ich, meine Schwester Linda. Schönen Gruß hat sie jetzt aber nicht gesagt.

Jetzt beginnt so langsam der gemütlichere zweite Teil des Abends, es gibt Wein, Weib und auch etwas Gesang aus Omas Radio, das ist übrigens nicht so altmodisch, wie man glauben könnte, nicht einmal Großmütter haben heutzutage noch Dampfradios in Nussbaum mit magischem Auge. Wir sitzen jetzt auf der Couch, trinken das eine oder andere Gläschen, übrigens österreichischen Wein, Blauer Zweigelt, den kannte ich bisher noch gar nicht, aber trinken kann man den. Den hat Oma wahrscheinlich von Marktkauf.

Wie alt ist deine Oma denn?, frage ich.

68, antwortet Heike, mein Opa ist vor drei Jahren gestorben, da hat sie mich gefragt, ob ich nicht bei ihr wohnen wollte, jeden Morgen von Albersdorf nach Heide, das war ja auch nicht so toll. Aber mit Oma komme ich gut klar, eigentlich fast besser als mit meinen Eltern.

Es wird noch das eine oder andere familiäre Randthema beleuchtet, aber eigentlich sagen wir immer weniger und knutschen stattdessen immer heftiger, ich muss das jetzt, glaube ich, nicht alles erklären, was danach noch an weiteren Aktionen kommt. Irgendwann ist es dann so weit, dass wir nach oben in ihre Bude gehen und da geht es dann so richtig zur Sache. Ich mag darüber eigentlich jetzt nicht so viel sagen, wie soll ich es ausdrücken, als Beteiligter bin ich ja etwas befangen. Nur so viel: Es ist einfach toll mit Heike, das könnte man sowieso gar nicht so richtig beschreiben.

Ich wache plötzlich auf und weiß ein paar Sekunden lang überhaupt nicht, wo ich bin. Wer ich bin schon, immerhin etwas. Ich liege in einem ziemlich großen Bett, na klar, Heikes Bett, es ist zwar kein Doppelbett, aber es ist schon etwas größer als ein Einzelbett. Im Moment bin ich aber allein, sie ist also schon aufgestanden. Wunderbar, das logische Denken funktioniert noch bei mir. Ist irgendwo eine Uhr? Ja, ein Radiowecker, der zeigt auf kurz vor neun. Das geht ja noch. Wann sollte sie noch mal bei Scharbau sein, war das nicht halb zwölf, dann haben wir ja noch Zeit. Ich stehe langsam auf, so richtig fit bin ich jetzt nicht, kein Wunder, wahrscheinlich haben wir nur ein paar Stunden geschlafen, die übrige Zeit waren wir mit anderen Tätigkeiten beschäftigt, wie man sich natürlich denken kann. Meine Klamotten liegen irgendwo auf dem Fußboden verstreut, übrigens nicht Laminat oder Parkett, sondern Teppichboden. Das ganze Zimmer ist nicht besonders groß, also kleiner als meins auf jeden Fall. Hier sieht es aber so aus, als hätte Heike es mehr nach ihrem Geschmack eingerichtet, es sind offenbar nicht Omas alte ausrangierte Möbel, die hier herumstehen. Irgendwo ist hier wahrscheinlich auch ein Badezimmer. Ich wage mich mal im Adamskostüm auf den Flur. Von unten höre ich irgendwelche Geräusche, die sehr nach Heike klingen. Ich würde jetzt am liebsten gleich die Treppe runterlaufen, um sie zu sehen, aber meine Blase hat anderes mit mir vor. Aha, da ist das Bad.

Auf dem Badewannenrand liegt ein großes Handtuch, das scheint für mich bestimmt zu sein, prima. Dann sehe ich noch eine Zahnbürste in Originalverpackung, wahrscheinlich aus Omas Vorräten. Sonderangebot bei Rossmann oder so ähnlich. Vorbildlicher Service hier. Ich putze mir die Zähne und gehe in die Duschkabine, die gleich an die Badewanne anschließt. Ich nehme jetzt einfach was von dem Duschgel, das ich für Heikes halte. Dann noch ein Blick in den Spiegel, einmal mit den Fingern die Haare in Position bringen, Mann, sehe ich noch kaputt aus, aber das wird sich hoffentlich bald wieder geben. Rasieren wäre nicht schlecht, aber es wäre wohl zu viel verlangt, wenn ich hier auch noch Rasierapparate erwarten würde. So, alles schön ordentlich hinterlassen, damit ich noch mal wiederkommen darf, dann gehe ich wieder schnell zurück in Heikes Zimmer und ziehe mich an.

Fenster auf zum Lüften, das ist auch nötig, dann runter in die Küche. Heike hat schon den Tisch gedeckt, aber erstmal stürmen wir aufeinander zu und knutschen einander ab, was das Zeug hält. Dazwischen dann guten Morgen, gut geschlafen und solche Sachen. Sie ist auch noch nicht so lange auf, dann hat sie wohl gedacht, Heiko kann ich ja wecken, wenn der Kaffee durch ist, aber, wie gesagt, ich bin ja schon von selbst wach geworden. Brötchen hab' ich nicht, sagt sie, aber Toast und Schwarzbrot, ja, prima, das ist doch in Ordnung. Marmelade, Nutella, Käse, alles da, was man braucht.

Donald Petersen hat mal gesagt, wenn man mit einer Frau eine Nacht verbracht hat und sie einem am nächsten Morgen immer noch gefällt, dann kann sie nicht so verkehrt sein. Da scheint was Wahres dran zu sein. Heike gefällt mir nicht nur ein bisschen oder sozusagen auf dem Normal-Level, sondern sie gefällt mir sogar so außerordentlich gut, dass ich am liebsten mit ihr hier in der Küche bis zum Abend durchfrühstücken würde. Ich hab' ja im Prinzip den ganzen Tag Zeit, sage ich, aber du musst ja nachher irgendwann los. Ja, sagt sie, aber erst kurz nach elf, so lange können wir noch 'n bisschen weiterfrühstücken. Ach, ich kann ja mal die Zeitung reinholen, dann kann ich vielleicht mal wieder was von dir lesen. Hab' ich übrigens öfter getan, seitdem ich weiß, dass du beim Landboten bist.

Oma ist also Abonnentin, sehr lobenswert. Heike kommt gleich mit unserer heutigen Ausgabe zurück, wir gucken da jetzt mal zu zweit rein, geht ja auch. Auf der zweiten Heide-Seite: Drittes Opfer in der Hahnebier-Mordserie? Von Heiko Timmermann. Warum eigentlich das Fragezeichen, das hätten sie auch ruhig weglassen können. Heike verlangt, dass ich ihr meinen Bericht vorlese, warum nicht, wir sind ja allein, da kann man sich solchen Quatsch erlauben. Toll, sagt sie, du bist ja ein richtiger Journalist. Schön wär's, sage ich, im Grunde genommen bin ich so eine Art Schreiber-Lehrling im zweiten Lehrjahr.

Überhaupt Lehrjahr, ich erfahre, dass Heike als Bäckereifachverkäuferin bereits ausgelernt hat und sich vielleicht irgendwann mal zur Filialleiterin hocharbeiten will. So ganz große Sprünge kann sie mit ihrem jetzigen Gehalt nicht machen, wenn Oma nicht so großzügig wäre und sie praktisch umsonst bei ihr wohnen ließe, würde da wohl nicht so sehr viel übrigbleiben. Ist aber eigentlich bei mir so ähnlich, sage ich, ich wohne ja noch zu Hause, aber in ein, zwei Jahren würde ich schon gerne 'ne eigene Wohnung in Heide haben, wenn die mich beim Landboten noch so lange ertragen können. Ich glaube, wir decken jetzt langsam mal den Tisch ab.

Jawohl, Heiko Timmermann zeigt Initiative im Haushalt und räumt schon mal das Geschirr und die Messer in die Geschirrspüle. Ich hab' oben gelüftet, sage ich. Heike will sowieso noch mal ins Bad, da will sie dann auch gleich das Bett machen. Ich sage, mach' man, ich habe hier in der Küche alles im Griff. Lebensmittel wegräumen, Aschenbecher ausleeren, nein, das war jetzt Quatsch, Heike raucht offensichtlich auch nicht. Aber wenn sie es doch täte, würde es mich auch nicht nerven. Glaube ich jedenfalls. Noch einmal den Tisch abwischen, fertig.

Heike ist noch oben beschäftigt, ich blättere einfach noch mal etwas weiter im Landboten. Da ist ja der Bericht von Fuchs über unsere drei verlagseigenen E-Smarts. Bestimmt geleast und nicht gekauft. Egal. Was schreibt er denn so darüber? Naja, er lässt sich halt über alle bekannten Probleme mit den Kisten aus, aber immerhin betont er, dass sie abgasfrei und geräuscharm sind. Das sind ja auch die wesentlichen Vorteile. Den letzten Satz finde ich aber schon ganz lustig: Heißt das Beschleunigen beim E-Auto eigentlich auch Gas geben? Gut, hat er nicht schlecht gemacht, der alte Fuchs. So, schnell noch mein Horoskop für heute, da bin ich richtig gespannt: Steinbock: Alte Dinge haben sich bewährt, dürfen aber gerne mal gegen etwas Neues ausgetauscht werden. Gilt das jetzt auch für Freundinnen?

Sag' bloß, du liest auch dein Horoskop, sagt Heike, die gerade wieder in die Küche gekommen ist. Kalt erwischt. Täglich, sage ich, ohne Horoskop bin ich aufgeschmissen.

Was hast du denn für ein Sternzeichen?

Steinbock. Am 26. Dezember geboren. Und du, Heike?

Ich auch, das gibt's doch gar nicht. Aber ich bin ein Silvesterkind, Geburtstag am 31. Dezember. Wenn das man gutgeht, Heiko, zwei Steinböcke, die gehen bestimmt immer aufeinander los.

31. Dezember, wiederhole ich. Und welches Jahr?

1991. Ich bin gerade 21 geworden.

Ich auch, sage ich, das ist ja witzig. Also ich bin auch 21, wir sind derselbe Jahrgang.

Okay, wir witzeln noch ein bisschen weiter über Steinböcke und den guten Jahrgang 1991, dann wird es aber allmählich Zeit für Heikes Aufbruch. Sie schiebt noch ihr Fahrrad bis zum Unimog-Parkplatz, dann verabschieden wir uns voneinander mit allen Schikanen, wann sehen wir uns denn wieder, okay, Donnerstagabend bei Heike, so gegen acht, ja, Mittwoch wäre auch nicht schlecht, aber da habe ich Fußballtraining. Vielleicht guck' ich aber auch vorher mal wieder bei euch in der Bäckerei rein.

Heike steigt auf ihr Rad und winkt mir noch mal zu. Ich winke zurück, bis sie hinter der nächsten Abzweigung verschwunden ist. Mir läuft gerade eine Träne über die rechte Wange, das liegt wahrscheinlich nicht nur an der Kälte. Heiko und Heike, man fasst es nicht.

Ich kann mir schon denken, wo du gewesen bist, sagt Mutter, als ich unsere Küche im heimischen Wesselburener Deichhausen betrete.

Ja?, sage ich.

Linda hatte einen Zettel vor unsere Schlafzimmertür gelegt. Heiko pennt bei welcher Frau auch immer, stand da drauf. Das hab' ich aber erst am Morgen gelesen. Nein, Sorgen haben wir uns nicht gemacht. Ich hab' schon so was in der Richtung vermutet.

Welche Richtung denn genau?, frage ich.

Na, du warst doch bestimmt bei deiner kleinen Elektrikerin.

Kalt, sage ich.

Nein, du warst doch wohl nicht etwa bei Maja? Nee, Heiko, das glaube ich jetzt nicht.

Auch kalt, sage ich. Nee, das kannst du gar nicht raten, ich war bei meiner kleinen Bäckerin.

Nun erzähl' schon, Heiko, was soll das denn jetzt heißen, wieso kleine Bäckerin?

Genau genommen Bäckereifachverkäuferin. Mit Diplom und Lohnsteuerkarte. Heike heißt sie.

Heiko und Heike? Heiko, du willst mich wohl verarschen.

Normalerweise benutzt meine Mutter solche Kraftausdrücke nicht, im Gegenteil, sie schaut eher missbilligend, wenn einer von uns so etwas in der Art sagt. Also muss sie jetzt ziemlich durch den Wind sein. Ich beschließe sie über Heike aufzuklären. Dass ich sie eigentlich schon ziemlich lange kenne und mich auch in sie verguckt hatte, aber dass dann eben alles Mögliche dazwischenkam und dann auch noch die Geschichte mit der Theaterkarte und dass ich dann aber nicht neben ihr saß, sondern neben ihrer Oma.

Das findet Mutter dann eigentlich ganz köstlich, wie sie sich ausdrückt, dann schlägt aber die Moral wieder voll bei ihr durch: Und was ist mit deiner Claudia, Heiko? Du willst doch nicht schon wieder einen Harem eröffnen, den Ärger hatten wir doch schon mal, damals mit dieser, wie hieß sie noch gleich, aus Bad Hersfeld und dann tauchte plötzlich Maren hier auf und dann...

Nein, das habe ich nicht vergessen. Ich mache Schluss mit Claudia, so bald wie möglich. Meinetwegen sogar Kurzschluss.

Jaja, immer witzig, der Herr. Aber schieb' das nicht so auf die lange Bank, hörst du? Ach was, das geht mich im Grunde doch eigentlich gar nichts an. Isst du mit uns oder musst du gleich wieder weg?

Nee, heute ist doch Dienstag und ich habe Semesterferien.

Gut, dann kannst du ja gleich noch ein paar Kartoffeln dazuschälen.

Der nüchterne Alltag hat mich wieder.

Der Rest des Tages eher in Stichworten: Es gibt übrigens heute mal wieder Frikadellen, nicht dass ihr denkt, wir essen heute Mittag nur Kartoffeln. Obwohl, es soll ja Leute geben, sogar Feinschmecker, die das tun. Ganz frische neue Kartoffeln mit etwas Salz und Butter, dazu wahrscheinlich einen Chablis oder einen Edelzwicker. Habe ich mal irgendwo gelesen. Ach so, ich war ja jetzt beim Thema Essen, es gibt dann auch noch gemischtes Gemüse, Leipziger Allerlei, also Erbsen und Wurzeln und so ein paar Spargelstücke. Aber nicht frisch, woher auch, sondern aus der Truhe. Vater kommt aus seiner Kleigrube bei Reinsbüttel zum Essen rübergefahren, sobald Lasse von der Schule zurück ist, also so ungefähr kurz vor eins. Linda wird ja im Krankenhaus abgefüttert, sie hat im Moment diese praktische Ausbildungsphase, wo die Schwestern dann alle in ihren weißen Kitteln mit den Miederhöschen drunter herumlaufen. Vater ist mit dem Fortschritt der Erdarbeiten sehr zufrieden, er hat alle seine Leute voll im Einsatz, obwohl ja noch Februar ist. Weil es so gut läuft, will er heute Nachmittag frei machen und mal alle unsere Autos durchchecken, also seinen Heizöl-Ferrari, Mutters Escort-Kombi und meinen Polo. Den Unimog hatte er sich neulich schon näher betrachtet, mit dem müsste alles in Ordnung sein, oder, Heiko?

Jetzt kann ich noch mal Danke sagen für seine telefonische Reparaturanweisung, ja, die Heizung, das ist nun mal so, da kann mal was klemmen. Aber gut, dass der mal bewegt wird. Ach ja, Heiko, du hast ja frei heute Nachmittag, da kannst du mir mal 'n bisschen zur Hand gehen.

Meine Begeisterung ist etwas begrenzt, aber ich kann schlecht nein sagen, wenn ich hier ständig auf Vaters Fahrzeugpark zurückgreifen kann und höchstens mal das Benzin für den Polo zahlen muss. Wenn ich das alles selber blechen müsste, könnte ich mir wahrscheinlich gar kein Auto leisten. Wo ich denn überhaupt letzte Nacht war, interessiert Vater eher am Rande, stell' dir vor, Heinrich, dein Sohn hat schon wieder 'ne Neue, er schaut nur kurz von seinem Teller auf und schaufelt die nächste Ladung Gemüse in sich rein.

Wann wollen wir denn anfangen in der Werkstatt?, frage ich.

Halb drei, Heiko, erstmal 'ne kleine Mittagsstunde.

Das könnte ich auch vertragen, aber ich will Mutter nicht mit dem Abwasch sitzen lassen, die hat auch so schon genug zu tun. Lasse könnte theoretisch auch helfen, der soll aber seine Schularbeiten machen. Soll, haha.

Also Abwasch mit Mutter, geht relativ schnell, wir sind ja ein routiniertes Team, und wenn man dann auch noch was zum Reden hat, läuft sowieso alles schneller. Ihr Thema ist natürlich noch mal Heike, warum und wieso und so weiter, wie kam das denn, ist sie nett, was machen ihre Eltern. Ich sage, keine Ahnung, sie wohnt ja bei ihrer Oma gegenüber vom Stadttheater, ach, das ist ja praktisch, da kann man ja in der Stadt alles zu Fuß erreichen. Und bei Scharbau in Lohe ist sie? Da kann ich ja direkt mal anhalten und sie in Augenschein nehmen. Untersteh' dich, Mutter.

Der Abwasch ist beendet, das Küchenfenster zum Lüften geöffnet, die Reste des Mittagessens ruhen in Plastikschüsseln auf der Truhe im Hauswirtschaftsraum, die Handtücher sind aufgehängt. So, jetzt hätte ich noch genau dreizehn Minuten für einen ausführlichen Mittagsschlaf. Ich merke gerade, das sind alles schon mehr als nur Stichworte gewesen, ich bitte um Verzeihung, aber ihr kennt mich ja, wenn ich erstmal ins Schwadronieren gerate, kann ich schlecht wieder aufhören.

Ich setze mich ins Wohnzimmer und schaue noch mal kurz in die Zeitung, das Wichtigste habe ich heute Morgen bei Heike schon gesehen, aber das Fernsehprogramm von heute Abend interessiert mich doch noch ein bisschen. Im Ersten DFB-Pokal, Offenbacher Kickers gegen Wolfsburg, naja, muss nicht unbedingt sein, im Zweiten die Holzbaronin mit Christine Neubauer, Holz vor der Hütten hat sie ja, Two and a Half Men, das ist wohl was für Linda, im Dritten Legionellen aus der Wasserleitung, bäh, ein Liebesdrama auf Super RTL. Haut mich alles nicht so um, aber wenn ich unbedingt fernsehen müsste, würde ich mich noch am ehesten bei Linda mit reinsetzen. Gibt es eigentlich was im Stadttheater in der nächsten Zeit, das wäre doch ganz witzig, mal gucken: Blutspende, Gottesdienste, Recyclinghöfe. Nee, kein Theaterprogramm im Moment. Stattdessen immer noch Les Misérables im Lichtblick, wie lange soll das denn noch laufen, manche Filme sind einfach nicht totzukriegen.

Halb drei, Vater ist tatsächlich pünktlich wieder aufgewacht, aber wenn es um Autotechnik geht, braucht er auch keinen Wecker. Ich habe die Ehre, nacheinander unsere sämtlichen Autos zu waschen und abzuledern, sehr erfrischend, aber ich trage dabei wieder diese Anglerhose mit den Watstiefeln unten dran, dann werde ich jedenfalls untenrum nicht so nass. Vater sortiert schon mal sein Werkzeug und die Ersatzteile, dann macht er sich über den Escort her. Da muss die ganze Auspuffanlage ersetzt werden, also nicht nur irgend so ein Rohr, sondern der ganze Kram, aber die hatte er ja schon letzte Woche bestellt und die ist wohl gestern auch geliefert worden. Ich soll zwischendurch mal gucken und auch was festhalten, aber dann darf ich wieder mit dem Waschen weitermachen.

Dann der Polo. Polo IV, Baujahr 2003, Benziner mit 55 PS, ja, der braucht neue Bremsbeläge. Vater ist begeistert. Er findet, ich soll das ruhig mal machen, er sagt mir auch ganz genau, was ich tun soll. Geduld hat er ja, der Alte. Und was macht das Öl? Hält noch für 5000 Kilometer, melde ich.

Zum Schluss noch das Wunderwerk deutscher Ingenieurskunst, Vaters alter Benz. 1998-er Mercedes E-Klasse, der Diesel hat nur 95 PS, ist aber sehr laufruhig und zuverlässig. Er hat eben nur diese merkwürdige Farbe, so eine Art Mittelbraun, würde ich sagen, etwas heller als Nutella. Da ist aber ein Ölwechsel fällig, eigentlich sogar überfällig. Heiko, da musst du ran. Erste Frage: Kalter oder warmer Motor?

Ich schätze mal warm, weil dann bestimmt das alte Öl besser ablaufen kann, beim Kochen ist das ja auch so. Richtig, Heiko, also bevor du ihn über die Grube fährst, lass' ihn draußen noch fünf Minuten warmlaufen. Jawohl, Sir.

Ölablassschraube, was für ein Wort, lösen, das Zeug ablaufen lassen. Ich soll dann noch einen neuen Ölfilter einsetzen, das muss aber lieber Vater machen, ich guck' dann auch zu, das nächste Mal vielleicht. Und was müssen wir jetzt beachten, Heiko? Äh, keine Ahnung. Bevor du wieder zuschraubst, nimmst du einen neuen Dichtungsring, sonst fängt die Karre irgendwann an zu lecken. Okay.

Das ist ja wie in der Schule. Und welches Öl nehmen wir jetzt, Heiko? Mazola, haha, nein, äh, Mehrbereichsöl, aber nicht vollsynthetisch, weil der Wagen schon so alt ist. Gut aufgepasst, Heiko.

Irgendwann sind wir dann endgültig fertig, es ist aber auch schon fast Abendbrotzeit. Kaffee haben wir verpasst, aber einen Schluck gibt es dann doch noch in der Küche, aus der Thermoskanne. Immerhin etwas. Meine Hände sehen noch aus wie Sau, obwohl ich sie in der Werkstatt schon ziemlich sorgfältig gereinigt hatte. Noch mal mit Spülmittel etwas nachwaschen, aber die Trauerränder kriege ich jetzt trotzdem nicht so richtig weg.

Linda ist auch schon längst da, Mutter muss ihr was über meine neuesten Abenteuer gesteckt haben, jedenfalls guckt sie mich dermaßen neugierig an, dass ich davon fast geblendet werde. Ich sende ihr einen Blick zurück, der einfach bedeuten soll: Später, Schwesterherz.

Eigentlich wollte ich heute doch einen auf Wellness machen, stattdessen gab's Motorölness, sage ich.

Wellness, Hallenbad?, fragt Linda. Da hätte ich auch Bock drauf. Die Wasserwelt ist doch bis neun geöffnet, da können wir doch jetzt noch hin. Essen können wir auch danach.

Ich überprüfe meinen Magen, der meldet mir, dass Lindas Vorschlag rein kalorientechnisch durchgeht. Ja, okay, sage ich, Abfahrt in zehn Minuten am Polo, ich sag' nur noch schnell Mutter Bescheid.

Fünf Euro für zwei Stunden, ganz wenig ist das ja nicht, aber Linda geht wenigstens noch als Jugendliche durch, die zahlt nur die Hälfte, muss aber ihren Ausweis zeigen. Das Schwimmen ist mal wieder super, danach fühlt

311

man sich dann wie durchs Wasser gezogen, und das ist man ja auch. Zwischendurch kann man mal gepflegt in einem von diesen Blubberbecken abhängen, wo man sich bei was weiß ich wie viel Grad langsam garziehen lassen kann. Auf der Hinfahrt, auf der Rückfahrt und einfach bei jeder Gelegenheit zieht Linda mir die Infos über die neueste Entwicklung aus der Nase. Also wer ist Heike, ach die heißt wirklich so, das ist ja witzig, wie, wo, wann habt ihr euch denn kennengelernt, was ist jetzt mit Claudia, die war doch auch ganz niedlich, oder habe ich vielleicht Angst vor elektrischen Schlägen oder wie sieht das aus. Unerwartet positive Reaktionen von Linda, muss ich schon sagen, nur sollte ich Claudia jetzt nicht so eiskalt abservieren, sondern mit Feingefühl oder überhaupt Gefühl, das muss doch ein ziemlicher Schock für sie sein. Maja erwähnt Linda jetzt überhaupt nicht, vielleicht denkt sie ja auch, dass sie einen anderen Typen in Kiel haben könnte, was weiß ich.

Szenenwechsel: Es ist zwanzig nach neun, wir sind gerade wieder zu Hause angekommen und machen uns noch ein paar Brote in der Küche. Dazu ein Dithmarscher Pils, da haben wir gerade wieder eine neue Kiste, Linda nimmt auch eins. Das Thema Heiko und Heike haben wir jetzt im Prinzip durch, ich sage noch, du wirst sie ja auch bald mal kennenlernen. Ob ich ein Selfie mit ihr zusammen habe oder so, nein, habe ich nicht. Aber gar nicht mal so eine schlechte Idee.

Der Abend ist am Ausklingen, ich bin auch schon ziemlich müde, ist ja auch kein Wunder. Ich melde mich aus dem Erdgeschoss ab, Linda will noch ein bisschen bei den Eltern vor der Glotze abhängen, dann wird sie wohl auch bald schlafen gehen. Alles in allem ein irrer Tag, und wenn man den letzten Tag noch dazunimmt, zwei super-irre Tage. Jetzt bin ich tatsächlich mit der schönsten Bäckereifachverkäuferin von Dithmarschen und Umgebung zusammen, es gibt weiß Gott Schlimmeres. Donnerstag sehe ich sie schon wieder, das finde ich klasse. Morgen ist Mittwoch, ach ja, da ist abends Training. Noch ein paar Seiten Maigret, wo war ich denn, keine Ahnung mehr, dann Licht aus und Decke über die Ohren.

So eine Nacht ist doch ziemlich lang, wenn man sie früh genug beginnt. Ich wache jedenfalls schon vor meinem Wecker auf, was nicht sehr oft bei mir vorkommt. Aber dann kann ich ihn ja auch gleich abschalten und aufstehen. Oh, Linda ist im Bad, ich höre sie unter der Dusche singen. Kein besonders schöner Sound, kann ich euch sagen. Wenn sich einer von euch Jungs ernsthaft für Linda interessieren sollte, kann ich sagen, dass sie zwar jede Menge Vorzüge hat, sie sieht gut aus, ist normalerweise auch nett, ziemlich offen, ehrlich und geradeheraus, bestimmt auch echt scharf im Bett, aber singen kann sie nicht, da muss man dann einfach tolerant sein. Ich gehe in meinem Bademantel wieder zurück in mein Zimmer und drehe noch ein paar Runden um meine Ikea-Sitzgruppe. Dann höre ich die Tür, mein Signal zum Aufbruch. Mit den Eltern kommt man normalerweise morgens wegen dem Bad nicht ins Gehege, die stehen noch viel früher auf, so früh sogar, dass ich da gar nicht drüber nachdenken möchte. Dann lasse ich das auch mal lieber ganz einfach sein.

Frisch geduscht und rasiert, in Volontärsbekleidung geworfen, nähere ich mich dem Frühstückstisch, an dem auch Vater gerade noch seinen letzten Kaffee trinkt, bevor er sich gleich auf den Weg machen wird. Moinsen, sagt er, das muss er sich vom Münsteraner Tatort abgeguckt haben, ich sage nur moin. Mutter kommt mit Kaffeenachschub aus der Küche. Irgendwie riecht es so gut, nicht nur nach dem Kaffee, oh, aufgebackene Brötchen, diese Teile aus der Truhe, die man am Vorabend auftauen lassen muss und dann kommen sie zehn Minuten bei 200 Grad in den Backofen. Sehr lecker. Pflaumenmus, heute kein Nutella, das erinnert mich zu sehr an Vaters Benz, dann Leberwurst und Käse. Die Zeitung liegt griffbereit irgendwo auf dem Tisch, wo gerade Platz ist. Ich greife zu. Mal gucken, was die Kollegen gestern in meiner Abwesenheit verzapft haben.

Gute Arbeit gestern, Heiko, wollt' ich noch sagen, höre ich gerade von Vater.

Donnerwetter, höchstes Lob vom Clanchef, das kommt ja beinahe einer Ordensverleihung gleich, da weiß ich ja gar nicht, wie ich darauf reagieren soll.

Linda heute im Rock, an den Anblick muss man sich auch erstmal gewöhnen. Wahrscheinlich ja mit Miederhöschen drunter aus dienstlichen Gründen. Ich beiße einmal in die Hälfte mit dem Pflaumenmus und spüle mit einem Schluck Kaffee nach. Die Meyer-Werft in Papenburg hat das bisher größte in Deutschland gebaute Kreuzfahrtschiff fertiggestellt. Mit Bild.

Norwegian Breakaway, ganz schöner Zungenbrecher am Morgen. Ein riesiges Teil. Aber nichts für Heiko, so eine Kreuzfahrt mit ein paar tausend Leuten wäre nicht mein Ding. Dann würde ich lieber mit so einem kleinen Pott über die Kanäle in Frankreich schippern, so wie bei Maigret. Da ist jedenfalls nicht so viel Action, da kann man auch einfach mal irgendwo anlegen, wenn man keinen Bock mehr hat. Ikea stoppt Klöße-Verkauf. Ich werd' nicht mehr, das steht hier echt auf der ersten Seite, ja wo sind wir denn? Was für Klöße jetzt? Köttbullar nennen die sich, die kommen auf den Tellern in der Cafeteria vor, aber auch in Gefrierbeuteln zum Mitnehmen, im Prinzip sind das Fleischklößchen. Aha, in Tschechien hat man darin Spuren von Pferdefleisch entdeckt, angeblich aber nicht in Deutschland. Ich muss wieder an das Bild in einem Lucky-Luke-Heft denken, wo die Daltons gerade aus Verpflegungsmangel ihr letztes Pferd verspeist haben, und dann sagt Averell, das ist der größte und gleichzeitig der dümmste von denen: Nicht übel, der Gaul, nur der Sattel war zu zäh. Vielleicht hat das aber gar nicht Averell gesagt, sondern Joe, kann auch sein.

Regierung streitet über NPD-Verbotsantrag, heute vor 320 Jahren kam die erste Frauenzeitschrift der Welt in London auf den Markt, The Ladies' Mercury. Toller Name, der Götterbote der Damen. So ein Job würde mir eigentlich auch gefallen. Oh, ein Artikel von Maja über die Meldorfer Museen: Schwierige Suche nach neuen Ideen. Eine Idee hätte ich schon mal, was haltet ihr denn von mehrsprachigen Hinweistafeln unter euren Exponaten, ihr Schlafmützen? Englisch und Dänisch wäre doch wohl das mindeste. Und was würdet ihr von Türkisch halten? Der Artikel ist aber durchaus okay, schreiben kann Maja ja. Das klingt komisch, Maja ja, tut mir leid, vergesst es einfach wieder. Der Loher Bürgermeister tritt zur Kommunalwahl am 26. Mai nicht wieder an. An der Süderstraße in Albersdorf wird das Buschwerk gelichtet. Frühlingsball der Nordhastedter Feuerwehr am 2. März im Alten Bahnhof. Wesselburen verfällt. Heute Nachmittag um halb fünf könnte ich mir im Heider Kino den Film Schlussmacher ansehen, vielleicht gäbe es da ein paar Ideen in Richtung Claudia. Nee, das war jetzt irgendwie gemein. Morgen um zehn Wattführung in Büsum. Bei der Kälte, vielen Dank. Die aufgegebenen Stellwerke der Bahn verrotten. Kein schöner Anblick. Heute Abend DFB-Pokal München gegen Dortmund. Warum muss so was immer kommen, wenn ich selber Fußball-Training habe? Schnell noch Horoskop: Ich kann heute die besten Konditionen aushandeln und sollte das auch tun. Das gilt dann ja auch für Heike mit, das ist ja an und für sich ganz praktisch. Aber ich gucke doch mal bei Maja, Skorpion: Sie dürfen heute die Schokoladenseite des Lebens genießen. Meinetwegen darf sie das gern. War's das jetzt? Ja.

Vater und Linda haben sich schon nacheinander aus dem Staub gemacht, das habe ich gar nicht so richtig mitbekommen. Und ich habe auch nicht gescheckt, dass mein kleiner Bruder auch oder noch da ist. Klar, es fehlt das Cornflakes-Geräusch, er isst heute auch Brötchen. Alles easy, Alter?, frage ich ihn. Lasse guckt mich so hohl an wie nur sonstwas, schließlich sagt er doch: Moin, Heiko. Ich würde gerne mal wissen, was er über mich erzählen wird, wenn er erst erwachsen ist. Mein vorletzter Gedanke, bevor ich vom Frühstückstisch aufstehe: Ich muss mal nachgoogeln, ob Steinbock und Steinbock überhaupt zusammenpassen.

Tschüs denn.

Tschüs, Heiko, du bist aber früh dran.

Macht ja auch nichts. Es wäre mehr als genug Zeit für den Unimog, außerdem ist sein Tank sogar noch fast voll, das weiß ich ja, aber heute strahlt mich der Polo so an, so schön sauber und mit frischen Bremsbelägen. Bitte keinem verraten, aber ich bin da eigentlich mächtig stolz drauf, dass ich das hingekriegt habe. Zwar mit väterlicher Anleitung, aber immerhin. Ich soll aber nicht gleich so scharf bremsen, wenn es sich vermeiden lässt, hat Vater noch gesagt. Okay, halte ich mich dran. Habe ich gestern Abend ja auch getan, als ich noch mit Linda in Heide war.

Ich fahre über Lohe-Rickelshof, mache aber keine Zwischenlandung beim Bäcker, sondern schiele da nur mal im Vorbeifahren hin, ob ich Heike vielleicht sehen kann. Nee, da stehen ein paar Kunden vor der Theke, außerdem ist sie vielleicht noch gar nicht im Dienst, ich blicke da auch noch nicht so richtig durch, wie das mit ihren Schichten aussieht.

In der Redaktion bin ich heute natürlich auch etwas zu früh, aber das kann ja nicht schaden. Vor der Morgenkonferenz kann ich ja noch mal ein bisschen privat am Rechner sitzen. Steinbock und Steinbock, mal gucken, was die Sterne dazu meinen:

Zwischen diesen beiden ist alles ausgehandelt: Wer übernimmt wann welche Aufgabe? Punkt. Alles ist geregelt und jeder weiß, woran er ist. Das gibt bombenfeste Sicherheit, denn Raum für Überraschendes ist kaum vorhanden. Doch wenn sie gerade diesem Unerwarteten, Ungeplanten ein wenig mehr Raum in ihrem Leben geben könnten, käme etwas mehr Lockerheit und Neuartigkeit in ihre Beziehung und würde diese auf erfrischende Weise beleben.

Das klingt ja gar nicht mal so schlecht. Aber ich könnte ja noch mal gegenchecken, wie das mit Maja und mir wäre, also Steinbock und Skorpion:

Die Zähigkeit eines Skorpions imponiert dem Steinbock, hat er doch selbst ähnlich ausdauernde Qualitäten. Das Zusammenkommen dieser zwei kann allerdings dauern, denn beide beäugen zunächst abwartend oder argwöhnisch, was der andere so von sich preisgibt. Zeigt sich dann, dass die Meinungen und Ansichten ähnlich sind, können sie gemeinsam viel erreichen, denn in ihrer Entschlossenheit, ans Ziel zu kommen, ergänzen sie sich und können als gemeinsame Gewinner ihrer Beziehung hervorgehen.

Ach, ich weiß nicht, irgendwie klingt das ein bisschen gemütlicher mit Steinbock und Steinbock. Ich habe auch gar nichts gegen Sicherheit, ich habe sogar eine Unfallversicherung. Und argwöhnisch, ja, das passt eigentlich ganz gut auf Maja. Okay, also dann doch lieber Heike.

Holger Fuchs bittet zur Tafelrunde, seine Vasallen folgen ihm an den Stehtisch. Alle da? Ja. Guten Morgen und so weiter, was liegt heute an, das besprechen wir gleich. Irgendwas Neues zu den Hahnebier-Morden? Er guckt mich auffordernd an, ich kann nur sagen, noch nicht, aber ich hätte einen Vorschlag, ich würde gerne über die Westeregge berichten, ich weiß, die sind ja nicht gerade beliebt, aber die haben doch auch am nächsten Wochenende ihr Hahnebier. Vielleicht kriege ich bei der Gelegenheit auch noch was anderes raus.

Zustimmung von Fuchs, ja, da kann ich mich heute drum kümmern, aber vielleicht eher heute Nachmittag, für den Vormittag hat er schon was anderes für mich ausguckt. Was denn? Am 7. März ist eine Aufführung des Landestheaters im Heider Stadttheater. Macbeth. Ja, sage ich, kenne ich sogar. Gab's auch mal als Film von Roman Polanski. Aha, dann bin ich ja gut geeignet für die Aufgabe, ich soll die Infos, die mir Fuchs auf einem kleinen Zettel überreicht, noch etwas ausweiten, mal auf der Seite vom Landestheater nach Details suchen und das Ganze etwas interessant aufarbeiten, damit die Zuschauer massenhaft angezogen werden. Okay, ich werde mein Bestes tun.

Das, was die Kollegen zu tun kriegen, interessiert mich nur am Rande, da geht es zum Beispiel um ein neues Buch über das alte Heide, mit zahlreichen Fotos und dem dazugehörigen Text auf Plattdeutsch. Bestimmt auch nicht uninteressant. Oder die Bahnhofstreppe als Dauerproblem. Nee, darüber würde ich persönlich nicht gerne schreiben, das ist eher ein Frust-

Thema. Am Heider Bahnhof ist ja lange herumgebastelt worden und es wird auch immer noch weitergebaut, aber in meinen Augen ist da bisher nur Murks herausgekommen. Der größte Hammer ist echt diese Treppe für die Unterführung, die ist dermaßen steil, dass man froh sein kann, wenn man da lebendig hoch- oder runterkommt. Okay, es gibt dann noch ein paar andere Jobs, aber eher Kleinkram. Muss halt auch sein.

Besprechung beendet, alles flattert auseinander. Ich überlege, ob ich jetzt schon die Chefin der Westeregge anrufen kann, diese Frau Witkowsky, ihres Zeichens Kinderärztin, Mutter war ja mal mit Lasse bei ihr. Vielleicht auch mit mir und dann Linda früher mal, aber da kann ich mich gar nicht dran erinnern, da war ich eventuell auch noch ziemlich klein. Bestimmt für irgendwelche Impfungen oder so was. Okay, aber die rufe ich vielleicht mal ab neun an, das ist irgendwie passender.

Erstmal Macbeth. Ich frage mich: Heiko, was weißt du noch über Macbeth? Also, das ist ein Stück von William Shakespeare, darin kommt so eine Art schottischer Ritter vor. Drei Hexen prophezeien ihm, dass er einmal König wird, der Gedanke lässt ihn einfach nicht mehr los. Er ermordet dann ziemlich skrupellos nacheinander den gegenwärtigen König und alle anderen Leute, die ihm noch im Wege stehen könnten. Dabei wird er tatkräftig von seiner Frau unterstützt, man könnte auch sagen, sie heizt ihn geradezu an. Als er dann tatsächlich König ist, gibt es aber neuen Ärger, eine Armee rückt aus England an um ihn zu stürzen. Er wiegt sich in Sicherheit, weil die Prophezeiung auch ausgesagt hat, dass er so lange an der Macht bleibt, bis der Wald den Berg, auf dem seine Burg steht, heraufgewachsen ist. Als dann die Feinde mit Bäumen in der Hand, natürlich als Tarnung, den Berg heraufmarschieren, dreht er völlig ab. Den genauen Schluss weiß ich jetzt nicht mehr, aber den kann ich ja gleich bei Wikipedia nachgucken. Schon ein ziemlich starkes Stück, muss ich sagen. Aber eigentlich ist es auch etwas unlogisch, wenn Macbeth der Prophezeiung glaubt, könnte er doch einfach locker abwarten, bis sie von selbst eintrifft. Also entweder stimmt sie, dann wird sie eintreffen, oder sie stimmt nicht, dann dürfte er doch auf keinen Fall König werden. Aber egal. Es wäre ja auch langweilig, wenn man zweieinhalb Stunden lang nur einen abwartenden Macbeth sehen würde.

So, noch mal schnell nachgucken, wie Macbeth endet: Er wird die Heider Bahnhofstreppe heruntergestürzt. Tut mir leid, ich war jetzt etwas albern. Also, Macbeth wird von seinem Gegenspieler Macduff im Zweikampf getötet. Da gibt es dann noch so einen raffinierten Schlenker hin zu der Prophezeiung, aber das ist mir jetzt zu kompliziert, das lasse ich mal weg. Außerdem könnte ich jetzt vielleicht doch schon bei Frau Witkowsky anrufen.

Es ist nicht so einfach, einen Arzt ans Telefon zu kriegen, wenn der gerade Sprechstunde hat und man dann auch noch nicht einmal ein Patient von ihm ist. Es kostet mich schwere Überzeugungsarbeit, bis mich die Sprechstundenhilfe, anscheinend auch noch eine von der bärbeißigen Sorte, zu Frau Witkowsky durchstellt. Übrigens, ich weiß, dass viele Ärzte heutzutage keinen Doktortitel haben, aber irgendwie würde es den Umgang mit ihnen erleichtern, dann könnte man zum Beispiel auch mal Frau Doktor sagen und nicht immer nur Frau Witkowsky. Oder Frau Dr. Witkowsky, das wäre dann schon die dritte Variante. Also, sie ist ganz aufgeschlossen, als sie merkt, dass ich von der Presse bin. Vielleicht hat sie mich gerade auch in ihrer Kartei entdeckt und schreibt schon mal eine Rechnung für telefonische Beratung. 1,8-facher Satz. Nein, ich kann um 15 Uhr zu ihr in die Praxis kommen, heute Nachmittag hat sie keine Sprechstunde, ich soll dann einfach klingeln, sie ist auf jeden Fall da. Vielen Dank, dann bis heute um 15 Uhr.

Jetzt ein Gang an die Kaffeemaschine, wie sieht das denn hier wieder aus. Da haben wieder einige Kollegen ihre halbvertrockneten Becher einfach stehenlassen. Okay, die haben jetzt vielleicht auch mehr Stress als ich. Heiko macht das schon, also Aufräumen, Abwaschen und so weiter. Die Kaffeemaschine müsste doch bestimmt auch mal entkalkt werden. Vielleicht sollte ich das Thema mal bei der nächsten Gesprächsrunde anschneiden.

Ich gehe mit gut gefülltem Kaffeebecher wieder zurück an meinen Rechner und baue in ungefähr einer Stunde einen hoffentlich einigermaßen vernünftigen Artikel über die Macbeth-Aufführung am 7. März im Stadttheater. Ich merke mir den Termin auch mal privat, vielleicht mache ich da noch was draus. Am geilsten wären natürlich Freikarten. Aber beruflich möchte ich da weniger gerne hin, für Theaterkritik fühle ich mich noch nicht kompetent genug.

Zwischendurch kommen dann immer wieder mal Kollegen rein, hämmern auf ihren Tastaturen herum oder gehen gleich wieder, weil sie nur was vergessen hatten, die Kamera zum Beispiel. Fährt wohl heute einer von denen mit dem Landboten-E-Smart, das würde mich schon interessieren. Vielleicht bin ich ja auch irgendwann mal an der Reihe.

Mittagspause. Maja ist nicht in Sicht, ich gehe jetzt aber auch nicht in ihre Redaktion, vielleicht ist sie auch gar nicht da, sondern irgendwo in Süderdithmarschen unterwegs, da wird sie vielleicht gerade in einem Imbiss in Marne stehen oder sonstwo. Dithmarschen ist groß, fast neunmal so groß wie Liechtenstein, nur dass die wahrscheinlich mehr Banken haben als wir. In Ordnung, ich kann auch alleine essen, ich gehe in der Friedrichstraße zu Schlachter Fiebelkorn, mal gucken, was die heute im Angebot haben. Als ich reingehe, steht Mandy an einem der Tische. Einmal kurz die Zeit einfrieren: Mit Mandy war ich mal ein paar Wochen zusammen, bis ihre Eltern ihr den Umgang mit mir verboten haben. Warum eigentlich, ist mir bis heute nicht ganz klargeworden. Ich hatte weder die Gartenzwerge umgestoßen noch die Mutter unaufgefordert geduzt, nein, ihre Eltern kannten mich eigentlich gar nicht wirklich. Jedenfalls hatte ich gesagt, dann machen wir eben eine Beziehungspause, aber ich hatte während der Pause eben noch etwas andere weibliche Unterhaltung in Form von einer, die beim TÜV im Büro saß. Das ist dann dummerweise aufgeflogen, aber das habe ich wahrscheinlich schon mal erzählt.

Also ich bin jetzt schon drinnen bei Fiebelkorn und erblicke Mandy, die gerade gepflegt Spaghetti um ihre Gabel dreht. Als sie mich sieht, guckt sie demonstrativ in eine andere Richtung, obwohl es da gar nicht so viele Richtungen gibt, es ist mittags immer ziemlich eng. Okay, die will absolut nichts mehr mit mir zu tun haben. Finde ich eigentlich schade, das ist schon so lange her, da könnte man doch wenigstens einmal moin sagen oder fragen, wie es so geht. Ich schlängele mich zur heißen Theke durch und nehme einmal Gulasch mit Nudeln, ja gerne noch ein paar mehr Nudeln. Dann parke ich mich an einem anderen Stehtisch. Mandy hat mir den Rücken zugedreht.

Entzückt bin ich jetzt nicht von ihrem schönen Rücken, ich starre da auch nicht unbedingt die ganze Zeit hin, sondern beschäftige mich lieber mit meiner Nahrungsaufnahme. Als ich dann doch wieder aufblicke, ist sie verschwunden. Ich muss unbedingt bald mit Claudia Schluss machen, sage ich mir, sonst passiert wieder so ein Unglück, und dann bin ich am Ende noch Heike wieder los. Nein, das will ich auf keinen Fall.

Ich gehe nach dem Essen dann einfach noch kreuz und quer durch die Friedrichstraße, es wäre gar nicht schlecht, jetzt jemanden zu treffen, den man kennt. Ist aber nicht so. Die alten Gesichter aus Schulzeiten haben sich längst bis sonstwohin verstreut und so viele neue Bekannte lernt man ja auch nicht dauernd kennen. Mein einer Opa hat mir mal erzählt, dass er einen Typen kannte, der manchmal ziemlich schräge Ideen hatte. Zum Beispiel wollte er einfach mal wissen, wie lange er ohne Schlaf auskommen würde. Also ist er einfach so lange wach geblieben, wie es ging, das waren angeblich drei Tage inklusive Nächte. Dann ist er aber regelrecht zusammengeklappt. Ich glaube, der Arzt musste sogar kommen. Das wollte ich jetzt aber eigentlich nicht erzählen, sondern dass dieser schräge Opa-Kumpel sich mal vorgenommen hatte, jeden Tag zwei neue Leute kennenzulernen. Nicht unbedingt nur Mädels. Also er hat dann einfach immer wieder irgendwelche Typen, die er sah, angesprochen und versucht, mindestens ihre Telefonnummern zu kriegen, besser auch noch die Adressen. Wenn er zwei am Tag voll hatte, war es gut. Er soll ein ganzes Album mit Namen, Telefonnummern und Adressen gehabt haben. Na gut, vielleicht war es ja ein ganz kleines Album.

Bei Böttcher drehe ich bei und gehe langsam wieder zurück Richtung Landbote. Fuchs ist auch gerade aus der Mittagspause zurück, ich kann ihm gleich meinen Macbeth zur Genehmigung vorlegen, er sagt nach zweieinhalb Minuten, dass es okay ist.

Die Kaffeemaschine könnte mal entkalkt werden, sage ich.

So mancher könnte mal entkalkt werden, meint er. Das finde ich gar nicht mal so schlecht. Dann sagt er aber: Besorgen Sie was dafür, Heiko, nehmen Sie das Geld aus der Kaffeekasse. Aber legen Sie dann den Beleg da rein.

Okay, bei nächster Gelegenheit.

Wo genau ist denn die Praxis von der Frau Witkowsky? In der Kleinen Westerstraße Nummer sowieso. Weil Frau Brüggmann gerade da ist, kann ich die mal fragen, sie ist Ur-Heiderin und kennt hier praktisch jede Hütte.

Witkowsky? Ja, kenne ich. Das ist aber von hier aus gesehen im hinteren Teil der Kleinen Westerstraße, ach, ich zeig' Ihnen das am besten mal auf dem Stadtplan. Hier, sehen Sie? Aber fahren Sie da bloß nicht mit dem Auto hin, da weiß man gar nicht, wo man parken soll.

Okay, danke, Frau Brüggmann.

Das mit dem Parken hatte meine Mutter, glaube ich, auch schon mal erwähnt. Aber sie erwähnt ja täglich so viele Dinge, dass man sich das beim besten Willen nicht alles merken kann.

Bald halb drei, da kann ich ja noch mal kurz aufs Klo gehen, dann muss ich aber los. Ärzte sind doch immer pingelig mit ihren Terminen, die mögen es bestimmt nicht, wenn man zu spät kommt. Stenoblock mitnehmen und vielleicht doch die Kamera, für alle Fälle. Ich bin dann mal unterwegs, tschüs.

Es ist im Moment gar nicht mal so unangenehm kalt, also nicht unbedingt Handschuhwetter. Ich gehe relativ langsam durch die Friedrichstraße, dann am Markt entlang bis Foto-Kruse, dann muss ich kurz überlegen, wo es weitergeht, ja klar, erstmal Große Westerstraße. Hier, an der Westseite vom Marktplatz, soll ja irgendwann heftig gebaut werden, ich bin gespannt, ob da jemals was draus wird. Ein paar Gebäude stehen leer und warten auf den Abriss, auch das Haus, wo früher mal der Supermarkt Wandmaker drin war. Oder war es zum Schluss schon Sky und gar nicht mehr Wandmaker? Jedenfalls ist das auch so ein Stadt-Politikum, alle möglichen Gerüchte kursieren, es sollte da später C & A hin, warum nicht gleich KaDeWe oder Harrods. Das ist übrigens ohne Apostroph, also nicht Harrod's, könnt ihr mir ruhig glauben, das habe ich gerade noch mal nachgegoogelt. Okay, da haben wir ja die Kleine Westerstraße, jetzt kommt eine Gegend, die eher dörflichen als städtischen Charakter hat, hier kann einem wahrscheinlich an nebligen Abenden der Geist von Klaus Groth begegnen. Jetzt muss ich noch ein bisschen warten, bis ich die Straße einigermaßen sicher überqueren kann, Westerweide heißt die, glaube ich. Noch ein paar Schritte, dann müsste ich eigentlich da sein.

Natalie Witkowsky, Kinderärztin. Alle Kassen, Klassen und Rassen. Nein, Quatsch, da stehen nur die Praxiszeiten oder wie das heißt. Mittwochnachmittag keine Sprechstunde. Außer für die Presse. Was sagt denn meine Uhr dazu? Fünf vor drei, Wenn ich rauchen würde, könnte ich jetzt noch vor der Tür schnell eine Zigarette durchziehen. Aber ich kann ja auch so noch fünf Minuten herumstehen. Ja, das mit dem mangelnden Parkraum hier stimmt, das ist natürlich ungünstig, wenn die ganzen Mütter mit ihren SUVs hier ankommen und ihre Kinderwagen ausladen wollen. Die müssten ja schon fast auf dem Marktplatz parken.

Punkt fünfzehn Uhr. Ich drücke die Klingel, weil ja auch die Haustür abgeschlossen ist. Keine Reaktion. Noch einmal etwas länger drücken. Dann schnarrt es aus dem kleinen Lautsprecher über der Klingel: Ja? Ich erkenne die Stimme, trotz technischer Verzerrung, das muss die Schwester Bärbeiß sein. Arbeitet die also auch noch, obwohl gar keine Patienten da sind. Naja, es muss ja sicher auch mal was im Labor gemacht werden oder die Eselsohren müssen aus den Krankenakten rausgebügelt werden.

Timmermann vom Dithmarscher Landboten, melde ich in der Hoffnung, dass sich auch irgendwo ein Mikrofon befindet.

Als Antwort gibt es das laute Schnarren des Türöffners. Ich trete ein, hier ist alles zu ebener Erde, also sehr kinderwagenfreundlich. Ich bedaure es fast, keinen dabeizuhaben. Timmermann, stelle ich mich bei der Dame im weißen Kittel vor, die mir gerade aus einem der Zimmer entgegenkommt. Es ist aber nicht die Ärztin, wie ich zunächst vermute, sondern doch Mrs. Bärbeiß, die aber überhaupt nicht unfreundlich aussieht, trotz dieser Stimme, von der ich gleich wieder eine Kostprobe abbekomme: Von der Zeitung, nicht wahr, die Ärztin erwartet Sie in ihrem Sprechzimmer. Aus ihrer Betonung höre ich heraus, dass sie eigentlich auch lieber Frau Doktor gesagt hätte. Frau Doktor erwartet Sie. Gut, da sind wir uns ja einig. Vielen Dank, sage ich. Sie können hier gerne ablegen. Donnerwetter, die Schnepfe kann ja richtig zuvorkommend sein.

Die Tür zum Sprechzimmer ist angelehnt, ich klopfe trotzdem kurz und warte auf ein Lebenszeichen. Das kommt dann auch. Witkowsky, sagt sie einfach, ich sage Timmermann, während wir einander kurz die Hand schütteln. Da haben wir wieder das Problem mit uns und einander, ich hasse das und bringe es auch dauernd durcheinander. Vielleicht ist es ja auch schlicht und ergreifend das gleiche. Oder dasselbe.

Mein erster Eindruck: Ärztin Witkowsky dürfte altersmäßig irgendwo zwischen 50 und 60 angesiedelt sein, mittelgroß und schlank, wirkt ziemlich drahtig, so ähnlich wie eine ehemalige Hockeyspielerin, aber Rasenhockey, nicht etwa Eishockey. Halblanges dunkelbraunes Haar, da hat ihr Friseur aber farbmäßig nachgeholfen, würde ich mal sagen. Etwas blasses Gesicht, das kann aber auch an dieser scheußlichen Deckenbeleuchtung liegen. Hellblaue Augen, die passen irgendwie nicht zu den Haaren, vielleicht sollte sie die auch mal umfärben lassen. Die Augenbrauen sind so merkwürdig weggezupft, als ob sie etwas gegen sie hätte. Auch weißer Kittel, aber geöffnet über Tweedrock und gemusterter Bluse. Weiter nach unten gucke ich jetzt nicht, also kann ich auch nicht sagen, welche Farbe ihre Strumpfhose hat und ob sie hochhackige Schuhe trägt. Ich vermute das aber eher nicht, denn das stelle ich mir doch sehr unpraktisch in dieser Umgebung vor. Übrigens kein Schmuck zu sehen, auch kein Ehering. Aber eine eher sachliche Damenuhr, mit so einem Titan-Armband, die sind ja leichter, als sie aussehen.

Zusammenfassung: Wenn die Dame sich mal richtig aufbrezeln würde, könnte sie noch durchaus der Knaller sein beim Single-Tanz in der Engelsburg bei Husum. Oder auch sonstwo.

Welchen ersten Eindruck sie jetzt von mir hat, kann ich aus erzähltechnischen Gründen höchstens vermuten. Ich schätze mal, sie hält mich für zu jung als ernstzunehmenden Reporter, nach der Devise, da hat die Zeitung mir doch glatt den Büroboten geschickt.

Setzen Sie sich doch, Herr Timmermann.

Ich sitze also hier in dem stahlrohrummantelten Kunstledersessel an der einen Seite ihres gewaltigen Schreibtisches. Wenn ich jetzt meinen rechten Arm ausstrecken würde, könnte sie ganz bequem meinen Blutdruck messen. Das hat sie im Moment nicht im Sinn, sondern sie sagt: Timmermann, Timmermann, waren Sie vielleicht schon mal bei mir?

Mein kleiner Bruder war neulich bei Ihnen, mit meiner Mutter, sage ich. Lasse Timmermann aus Wesselburener Deichhausen. Aber ich habe auch schon überlegt, dass ich selber schon mal vor Jahren bei Ihnen gewesen sein könnte. Erinnern kann ich mich aber nicht wirklich daran.

Sie wollten etwas über die Westeregge wissen, Herr Timmermann?

Ja, das wäre nett, wenn Sie mir darüber etwas verraten würden. Ich habe vor, einen kleinen Artikel über Ihre Aktivitäten zu schreiben. Soweit ich weiß, feiern Sie ja auch dieses Wochenende zum ersten Mal Hahnebier.

Das ist ihr Startzeichen. Sie legt los und ich bekomme so viele Infos um die Ohren gehauen, dass ich mit dem Notieren kaum folgen kann.

Also die Westeregge: Sie wird im Prinzip noch von den anderen Eggen ignoriert, teilweise ja auch mit Worten bekämpft. Sie haben auch kein richtiges Gebiet, sondern sind eher das Sammelbecken für alle, die mit dem herkömmlichen Hahnebier nicht so viel am Hut haben. Teilweise berufen sie sich schon auf die alte Tradition mit Peter Bur, Klaus Groth und so weiter, teilweise geht es ihnen aber auch mehr um bunte Geselligkeit und karnevalistischen Spaß. Einen Umzug haben sie auch vor, die Stadt Heide hatte ihnen mit der Genehmigung aber durchaus einige Schwierigkeiten gemacht. Sie haben ihre Feier auch nicht im Tivoli, da gab es angeblich keine freien Termine mehr, sondern im Stadttheater. Es gibt auch einen Vorstand, eine

Satzung, eine Website und bisher ungefähr 70 Mitglieder. Witkowsky meint aber, das wächst noch. Und die Abneigung der anderen Eggen würde sich dann später auch legen. Am meisten würde sie sich wünschen, dass die anderen Eggen ihre alten Zöpfe abschneiden würden, also dass zum Beispiel auch Frauen vollwertige Mitglieder werden könnten. Man hat das ja vor Jahren auch bei der Feuerwehr gehabt, da hatten die Konservativen das Sagen, die wollten gar keine Frauen in der Wehr, aber heute sähe es doch ganz anders damit aus. Und so weiter.

Okay, das klingt teilweise nach Ernst, teilweise aber auch nach Spaß. Es gibt ja auch eine Partei, die heißt ganz einfach nur die Partei, die hat auch wirklich Mitglieder und alles, was so dazugehört, aber im Grunde genommen ist es eher eine satirische Angelegenheit. Ein bisschen Satire oder Parodie scheint mir auch hier im Spiel zu sein. Frau Witkowsky verrät mir dann noch, dass sie aus dem Ruhrgebiet stammt und dann auch einige Zeit in Köln gelebt habe, da sei ihr das Karnevalistische irgendwie ins Blut übergegangen. Als sie dann später die Praxis in Heide übernahm, hatte sie irgendwann mal vom Hahnebier gehört und gedacht, das sei von der Art so eine ähnliche Zeit wie am Rhein, aber da wurde sie doch schwer enttäuscht, mit einzelnen Damen wollten die nun aber auch gar nichts zu tun haben, und eine Geschlechtsumwandlung war ihr dann doch zu teuer. Haha, das sollte ein Witz sein. Ich lache halb höflich, halb echt. Und dann hat sie irgendwann mal gedacht, denen werde ich's zeigen.

Okay, ich finde das irgendwie alles ziemlich logisch. Mal schauen, was sich so daraus entwickelt.

Kaffee? Auch einen Kaffee, Herr Timmermann?

Oh ja, gerne, sehr freundlich, vielen Dank, sage ich, obwohl ich schon etwas auf die Uhr schiele. Wenn das Gespräch nicht bald zum Ende kommt, kriege ich meinen Artikel heute nicht mehr eingetütet.

Madame Witkowsky schwebt mit ihrem geöffneten Ärztekittel davon wie mit zwei Engelsflügeln, augenscheinlich führt ihre Flugroute sie in Richtung Kaffeeküche oder meinetwegen auch Teeküche.

Ich lasse jetzt mal meinen Blick durch den Raum schweifen. Hier sieht es im Prinzip genauso aus wie bei den anderen Ärzten, aber es gibt eben diesen Kinderkram wie eine Präzisions-Babywaage, einen Wickeltisch und jede Menge niedliche Bildchen und irgendwelche Kuscheltiere. Hinter dem

Schreibtisch ist ein großer verglaster Wandschrank mit allen möglichen Produkten der Pharmaindustrie. Offensichtlich alphabetisch geordnet, das macht wahrscheinlich die Bärbeiß. Atosil, Bepanthen, Canesten, Colchicin... Alles Ärztemuster offensichtlich.

Halt, Moment mal: Colchicin? Ich gucke noch mal ganz genau hin und stelle meine Augen auf Brennweite 19 Millimeter. Ja, eindeutig Colchicin. Am liebsten würde ich das jetzt fotografieren, das geht aber nicht, Frau Witkowsky kommt gerade wieder mit einem kleinen Tablett mit zwei Tassen Kaffee und einer Schale mit Kinderbelustigungskeksen zurück. Milch, Zucker? Nein danke, ich trinke ihn auch schwarz.

Sie erzählt mir noch ein paar Einzelheiten aus dem Vereinsleben, die ich aber nicht so wahnsinnig interessant finde. Dann frage ich sie mal nach ihrer Ansicht über diese drei sogenannten Hahnebiermorde. Sie sagt, dass ihr das schon Sorgen bereiten würde, es sieht ja so aus, als sei da ein Hahnebier-Hasser unterwegs. Aus Angst vor solchen Anschlägen sollte man aber solche Feste nicht absagen, wo käme man denn da hin. Und so weiter.

Mir kommt das alles ziemlich ehrlich und aufrichtig vor, ich kann mir im Moment nicht vorstellen, dass diese Frau in ihrer Freizeit als Massenmörderin herumläuft. Aber man kann ja nie wissen.

Das Gespräch kommt jetzt etwas ins Stocken, sie fragt schon, wie es meinem kleinen Bruder denn jetzt geht, ganz gut, sage ich. Der Kaffee ist ausgetrunken, ich habe auch einen von den Keksen probiert, dann leite ich die Abschiedszeremonie ein und stehe auf. Das ist ihr offensichtlich auch recht, sie hat wahrscheinlich auch noch was zu tun. Sie bringt mich zur Tür, dann sagt sie, Moment mal, da hätte ich noch was für Sie. Da bin ich aber neugierig. Diagnose: Zwei Karten für den Hahnebierball der Westeregge am kommenden Samstag im Stadttheater.

Ich sage: Herzlichen Dank, ich kann aber noch gar nicht sagen, ob ich dann Zeit habe, aber wenn, dann sehr gerne.

Und wenn es nicht geht, geben Sie die Karten einfach weiter, Herr Timmermann. Es wird sicher ganz lustig, das kann ich Ihnen versprechen.

Ja, dann noch einmal vielen Dank für das Gespräch, Frau Witkowsky. Wir sehen uns dann, sobald mein erstes Kind geliefert ist.

Herzliches Lachen, auch von der Bärbeiß, die gerade über den Flur marschiert.

Dann auf Wiedersehen.

Schon halb fünf. Kinder, wie die Zeit vergeht. Selbst wenn ich jetzt schon beim Gehen anfangen würde zu schreiben, den Westereggen-Artikel würde ich nie im Leben bis zum Redaktionsschluss fertigkriegen. War ich überhaupt effektiv genug heute? Naja, immerhin habe ich den Herrn Macbeth hingekriegt.

Als ich wieder am St. Georg-Brunnen angekommen bin, gehe ich einfach nach rechts in die Süderstraße. Ich kann es mir nicht verkneifen, noch mal einen Blick auf die Drachen-Apotheke zu werfen. Alles hell erleuchtet, man kann auch den einen oder anderen weißen Kittel im Hintergrund herumhuschen sehen, aber an der Tür ist ein Zettel von innen an die Scheibe geklebt worden: Heute geschlossen. Ohne Angabe von Gründen, die muss man wahrscheinlich selbst herausfinden.

Ich gehe weiter durch die Süderstraße, dann am Ende nach links, wo sich noch ein kleines Stück Hafenstraße nennt. Soweit ich weiß, hat es in Heide nie einen Hafen gegeben, aber es war wohl eher damit gemeint, dass diese Straße zum nächsten Hafen hinführte, nach Wöhrden. Das muss aber in der Zeit gewesen sein, als Büsum noch eine Insel war und angeblich Busen hieß. Ich muss jetzt wieder an das Colchicin denken, das bei der Kinderärztin ganz offen, aber hinter Glas zu sehen war. Vielleicht braucht sie das ja, um renitente Gören einzuschläfern. Aber wahrscheinlich findet man das in Heide in jeder Arztpraxis. Wie viele Ärzte gibt es überhaupt in Heide? Keine Ahnung, ein paar dutzend vielleicht? Und dann noch die ganzen Ärzte im Krankenhaus dazu. Alle könnten doch an dieses Colchicin herankommen. Beweist das jetzt irgendwas, dass ich das Zeug bei Frau Witkowsky gesehen habe?

Ich gehe weiter geradeaus, obwohl nach links sicher kürzer gewesen wäre. Ich brauche einfach ein bisschen Auslauf, so wie Stromer, wenn er sich wieder zu sehr über die Katzen geärgert hat. Rechts von mir die Quick-Klause, seltsamer Name, das war mal einer der Eckpfeiler des Heider Nachtlebens, ist aber jetzt geschlossen. Mein Opa aus Lieth hat mal erzählt, es gab zu seiner Zeit eigentlich drei ganz ordentliche Discos, eben einmal diese komische Quick-Klause, dann den Club Royal in der Nähe vom Hotel Kotthaus, dann war da noch die Grotte, Ecke Büsumer Straße und Friedrichswerk, eher so in der Nähe von der Maschinenfabrik Köster, meinetwegen auch Gießerei Köster. Also in diesen Hütten hat sich die damalige Jugend herumgetrieben, heutzutage sind die Discos ja eher außerhalb, wenn es sie denn überhaupt noch gibt.

Nächster Gedanke: Ach nee, das ist eigentlich gar kein richtiger Gedanke, eher so eine Mischung aus Bildern. Zum Beispiel Mandys Rücken bei Fiebelkorn. Heike hinterm Tresen in der Bäckerei. Wir könnten ja vielleicht wirklich zu diesem Westereggen-Ball gehen, mal sehen, was sie dazu meint.

Claudia im Blaumann mit Werkzeugkasten in der linken und 25 Meter Installationskabel in der rechten Hand. Maja Hand in Hand mit einem anderen Typen in der Holstenstraße in Kiel.

Schluss jetzt, ich muss wieder zurück in die Redaktion, ich kann nicht den ganzen Rest des Arbeitstages mit Spazierengehen verbringen. Obwohl, das wäre vielleicht gar keine schlechte Idee für eine tägliche Rubrik: Heiko spaziert durch Heide und dann schreibt er alles auf, was ihm gerade ins Auge fällt. Naja, vielleicht doch nicht so toll.

Jetzt habe ich es aber tatsächlich geschafft, bis zum offiziellen Feierabend durchzubummeln. Ich gehe nach oben, da sind im Moment zum Glück nur Callsen und Lorek, die interessiert es nicht die Bohne, ob ich heute viel oder wenig geschafft habe. Stenoblock und Kamera wegpacken, Rechner runterfahren, schönen Feierabend noch.

Scheiße, ich hab' ja heute Abend ja noch Training.

Rolf muss irgendwo im Geräteraum diese alten, stinkenden Medizinbälle entdeckt haben, die sehen jedenfalls so aus, als hätte sie Turnvater Jahn noch persönlich zusammengenäht. Krafttraining. Zehnmal hoch damit, dann abgeben, dann noch mal das Ganze. Das schlaucht ganz schön. Jetzt kommt Fintentraining, immer ein anderer im Tor, Rolf gestaltet mit diesen rotweißen Hütchen so eine Art Hindernisparcours, dann muss man um die Hütchen herumdribbeln und zum Schluss aufs Tor schießen. Gar nicht mal so leicht, man darf die Dinger nicht berühren und schon gar nicht umkippen lassen. Dann noch ein paar andere Gemeinheiten, Dehnübungen und so weiter. Jetzt wenigstens noch ein Spielchen, sechs gegen sechs, mehr sind wir auch nicht, zweimal fünfzehn Minuten. Vielleicht gehen wir nächstes Mal wieder raus, mal sehen, was das Wetter dazu sagen wird. Meinetwegen nicht, in der Halle ist es wenigstens einigermaßen warm.

Rolf zieht einen Umschlag mit Losen aus der Tasche, Donnerwetter, der hat sich ja heute richtig gut vorbereitet. Wir ziehen unsere Zettelchen, entweder mit Kreuz oder ohne. Mannschaft 1: Mark, Christopher, Daniel, Dennis, Marcel, Moritz. Mannschaft 2: Rolf, Andreas, Dominik, Heiko, Ian, René. Wer ins Tor geht, müsst ihr selber ausgucken. Und Action!

Da haben wir ihn wieder, Ian Leonhardt, der spricht sich ja Jan aus, als ob das I ein Jott wäre. Das ist so ein ähnliches Problem wie beim Kaufhaus C. J. Schmidt in Husum, da sagen die meisten Leute C. I. Schmidt, nur in der Radio-Werbung wird C. Jott gesagt. Ach nee, das ist ja gar kein ähnliches Problem, das ist ja genau anders herum.

Wir verlieren, weil ich im Tor stehe. Ich bin ein Scheiß-Torwart, das weiß eigentlich auch jeder, aber ein einigermaßen brauchbarer Mittelfeldspieler. Also ich kann ganz gut auch weite Bälle annehmen und habe einen Blick dafür, an wen ich am günstigsten abgeben kann, also nicht direkt an die Leute, die gerade am Pennen sind. Manchmal habe ich auch ganz einfach Glück und kann ein Tor machen. Heute eher nicht, da kassiere ich nur die Tore. Okay, die anderen haben am Ende 7:5 gewonnen, so blamabel ist das nun auch wieder nicht.

Ab zum Duschen und Umziehen. Falls es euch interessiert, die Intimrasur greift auch im Amateurfußball immer mehr um sich. Aber ich finde eher, dass es scheiße aussieht. Die Natur wird sich schon irgendwas gedacht haben mit der Schambehaarung. Und wo wir gerade bei dem Thema sind, Achselhaare bei den Mädels finde ich eigentlich ganz süß. Aber vielleicht bin ich auch der einzige, der das findet. Heike hat aber auch keine. Also Achselhaare, meine ich jetzt.

Die zweite Halbzeit von München gegen Dortmund ist noch im Gange, als ich zu Hause ankomme. Vater will sich gerade ein neues Bier holen, er nimmt mir zwei mit. Dithmarscher Pilsener, aber mit Kronenkorken, nicht mit Bügelverschluss. Wie sieht's denn überhaupt jetzt aus? Aha, immer noch eins zu null für Bayern. Wer war der Täter? Robben, sagt Vater, kurz vor Ende der ersten Halbzeit. Die Dortmunder kämpfen ja, aber so gut wie die Bayern kombinieren sie nicht. Hummels gar nicht da?, frage ich. Nee, Grippe. Okay, spannend ist es ja und bleibt es auch, es gibt noch den einen oder anderen Abschluss auf beiden Seiten, aber weder können die Dortmunder noch ausgleichen noch können die Münchener ihren Vorsprung ausbauen. Schlusspfiff. Bayern im Halbfinale des DFB-Pokals. Etwas enttäuscht mache ich mein zweites Bier auf. Ich bin nun nicht so ein totaler

Dortmund-Fan, aber Götze, Reus und Lewandowski, die haben schon was. Und überhaupt, wenn schon mal einer den Bayern Paroli bieten kann, dann ist es doch wohl am ehesten der BVB.

Es läuft jetzt noch die Zusammenfassung vom Spiel Stuttgart gegen Bochum, aber da gucke ich eigentlich gar nicht richtig hin. Vater hat auch den Ton ziemlich weit runtergedreht, es darf sich jetzt unterhalten werden. Wie war das Training und solche Sachen. Ich merk's in den Armen, sage ich, Rolf hat uns mit Medizinbällen geärgert. Was macht denn Linda? Die wird wohl schon schlafen, die war heute ziemlich geschafft von der ganzen Hin- und Herlauferei im Krankenhaus. Ist wahrscheinlich aber viel besser, als wenn man einen Beruf hat, wo man den ganzen Tag nur stehen muss, Verkäuferin bei Böttcher oder so. Ja, am besten ist wohl, wenn man viel Abwechslung und zwischendurch auch immer Bewegung hat. Den ganzen Tag auf dem Bagger sitzen ist auch nicht so toll, meldet Vater. Danke fürs Bier, ich geh' dann mal nach oben. Gute Nacht, gute Nacht, Heiko.

Ich kriege bei der Morgenkonferenz gleich einen Einlauf von Fuchs, der Bericht über die Westeregge hätte heute Morgen ganz gut gepasst und ob ich denn wenigstens ein Foto von der Chefin gemacht habe. Das muss ich leider verneinen, dann machen Sie's heute, wir wollen versuchen, dass das dann wenigstens am Freitag reinkommt. Peng. Okay, ich könnte mich jetzt wortreich verteidigen, es wurde gestern eben einfach zu spät und so, aber er ist schon beim nächsten Thema, der Aufgabenverteilung für heute. Ich atme tief ein, dann sage ich, dass ich gestern mitbekommen habe, dass die Drachen-Apotheke geschlossen war, da war möglicherweise so eine Art Razzia. Ob ich vielleicht mal bei der Polizei auf den Busch klopfen sollte? Das wiederum scheint Holger Fuchs zu gefallen, seine Stimme ist auch schon ein paar Grad versöhnlicher, er sagt, ja, das sollte ich mal machen. Und mich ansonsten zur Verfügung halten für heute Nachmittag, da könnte noch was anderes kommen. Okay.

Was kriegen denn die anderen aufs Auge gedrückt? Steigende Einnahmen in Dithmarschen, Ausflüge beim Kreisjugendring, ins ehemalige Sporthaus Biehl kommt demnächst S. Oliver, Seminar für Milchviehhalter, Kurzschluss im Trafohaus, neue Mitglieder im Seniorenbeirat der Stadt Heide. Um diese Themen brauche ich die Kollegen nicht zu beneiden. Ich frage mich nur, wer wohl heute mit einem E-Smart durch die Gegend düsen darf.

Ich jedenfalls nicht, ich muss mich erstmal um meinen Westereggen-Artikel kümmern. Dem Fuchs werd' ich's zeigen, ich werde ihm so einen Bericht hinlegen, dass er den sofort für den Großen Preis des Deutschen Presserates vorschlagen wird. Nee, Blödsinn. Ich will nur sagen, ich gebe mir halt richtig Mühe. Erste Fassung, zweite, dritte. Jawohl, so kann es bleiben. Mir fehlt jetzt nur noch ein Foto von Frau Witkowsky. Anrufen tu ich jetzt aber nicht, ich laufe einfach wieder hin zu ihrer Praxis, sie wird ja zwischendurch hoffentlich etwas Zeit haben.

Schwester Bärbeiß will das für mich arrangieren, aber ich muss mich noch etwas ins Wartezimmer setzen, das müssen wir eben zwischendurch mal einbauen. Hier ist es aber ganz schön voll, die Luft ist schlecht, am liebsten würde ich gleich ein Fenster aufmachen, aber ich will mir nicht den kollektiven Groll der anwesenden Mütter zuziehen. Jawohl, Mütter, kein einziger Vater dabei. Ich quetsche mich auf einen Stuhl zwischen einer eher südländisch aussehenden Frau mit Kopftuch und einer Dame, die wahrscheinlich ihren Sohn auf Hochbegabung testen lassen will. Die anderen lasse ich jetzt mal weg. Es ist laut, es sind übrigens auch ein paar Babys dabei in diesen merkwürdigen Tragesitzen, ich weiß gar nicht, wie man die nennt. Schreien tun die im Moment aber nicht, und es werden auch gerade keine Windeln gewechselt. Herr Timmermann! Ich deute auf meine Kamera, nicht dass die Mädels hier alle denken, ich will mich vordrängeln. So richtig liebevoll schauen sie aber nicht hinter mir her.

Im Sprechzimmer von Kinderärztin Witkowsky bitte ich um Entschuldigung, aber ob ich vielleicht noch ein Foto von ihr machen dürfte, das hätte ich gestern leider völlig vergessen. Ja, sie hat nichts dagegen. Vielleicht am Schreibtisch? Gut, darf ich die Lampe mal kurz wegstellen, danke. Cheese! Ich mache gleich ungefähr zehn Fotos hintereinander, zwischendurch fällt mein Blick noch mal auf die Medikamentensammlung. Jawohl, Colchicin ist immer noch vorhanden. Vielleicht ist es ja auch auf einem der Bilder mit drauf, wenn man den Bildausschnitt vergrößern würde, dann könnte man es eventuell sogar sehen. So ähnlich wie in dem Film Blow Up, da entdeckt ein Fotograf beim Vergrößern irgendein Bilddetail, ich meine, eine Leiche hinter einem Busch oder so etwas in der Art, der ganze Film geht dann eigentlich darum, ob es tatsächlich so war oder ob er sich das Ganze nur eingebildet hatte. Aber das ist schon ein bisschen länger her, ich kann mich nicht daran erinnern, wie es ausgegangen ist.

Vielen Dank, das war's schon.

Ich stelle die Lampe wieder auf den Schreibtisch zurück, möglichst genau in ihre vorherige Position.

Und wann kommt der Artikel?, fragt Frau Witkowsky.

Morgen bestimmt, sage ich, eigentlich sollte er heute schon erscheinen, aber leider war gestern schon Redaktionsschluss.

Schönen Tag noch, die Damen.

Es ist jetzt ungefähr Viertel vor zwölf, ich könnte mir eigentlich mal wieder ein paar belegte Brötchen bei Allwörden holen, dann mache ich einfach mal Mittagspause im Betrieb und habe dann vielleicht ein bisschen mehr freie Hand für heute Nachmittag. Jetzt fehlt mir nur noch was zu trinken, ich gehe mal zu Rossmann rein und hoffe auf Mezzo Mix, das haben sie aber gerade nicht. Ich suche etwas ratlos im Getränkeregal herum und entscheide mich dann schweren Herzens für eine Flasche WellMix Iso-Drink Zitrone-Grapefruit.

Pause an meinem Schreibtisch. Ein Brötchen mit Fleischsalat, ein Brötchen mit Käse. Der ist diesmal ein bisschen lappig, muss ich leider mal sagen. Dieses Iso-Gesöff schmeckt auch reichlich merkwürdig, ich gucke jetzt lieber nicht nach den Inhaltsstoffen.

Vielleicht macht Heiner jetzt auch gerade Pause, das wäre günstig. Ich probiere einfach mal, ihn auf seinem Handy zu erreichen. Wenn er gerade mitten in einer Geiselbefreiung ist, kann er mich ja wegdrücken. Nein, tut er nicht, er ist gleich dran und wirkt auch ziemlich entspannt. Den ganzen Begrüßungskram und den allgemeinen Informationsaustausch lasse ich jetzt mal weg, ich komme gleich zur Sache. Aber erst im nächsten Absatz.

Hallo, hier ist die Sache: Ich erzähle Heiner, dass ich bei der Kinderärztin Witkowsky das Medikament Colchicin im Schrank gesehen habe. Er will diese Info an die Weishaupt weitergeben und berichtet ansonsten: Ja, auch das dritte Opfer, der 69-jährige Karl-Hermann Tietjens aus Heide-Ost, ist aufgrund einer Überdosis von Colchicin gestorben, das ist jetzt eindeutig festgestellt worden. Die Söhne und deren Familien sind auch verständigt worden, die hat man auftreiben können. Die Drachen-Apotheke ist gestern von der Spurensicherung und auch gleich von der Steuerfahndung auf den Kopf gestellt worden, da gab es auf jeden Fall Schiebereien mit Abrechnungen, die durchaus kriminell waren. Speziell auf Colchicin bezogen aber keine Unregelmäßigkeiten feststellbar. Die Buchführung soll der Chef allein gemacht haben, der wollte sicher keinen Mitwisser seiner Manipulationen. Die Angestellten sollen aber auch noch weiter befragt werden. Frau Monscheidt, immerhin ja auch diplomierte Apothekerin, will aber von den Betrügereien ihres Mannes keinen blassen Schimmer gehabt haben.

Das muss ich erstmal sacken lassen. Also war da gestern großer Bahnhof in der Apotheke, darum war sie natürlich auch geschlossen. Betrügereien, das hat man ziemlich schnell festgestellt, die können ja nicht so gut getarnt gewesen sein. Der ehemalige Herr Monscheidt wird mir immer unheimlicher. Hat der am Ende noch seinen Selbstmord als Mord getarnt?

Wir kommen dann noch mal auf meinen Besuch bei Frau Witkowsky zurück. Heiner sagt, dass die Weishaupt ohnehin mal mit der Ärztin sprechen wollte, ob es da vielleicht Konflikte zwischen der Westeregge und den anderen drei traditionellen Eggen gab. Ja, klar, das wird die Kommissarin sicher interessieren, dass sie dieses Gift in ihrem Schrank gebunkert hat. Sie kommt nachher in die Wache, da will er es ihr auf jeden Fall gleich sagen.

Okay, das war's denn mal wieder, wir melden uns, schönen Tag noch, ist ja zum Glück nicht mehr so lange bis zum Wochenende. Heiner meint aber noch, vielleicht wird da nichts draus, er soll sozusagen in Bereitschaft für die Weishaupt sein.

Ich mache mir schnell ein paar Notizen, dann stelle ich leider fest, dass die Infos von Heiner nicht so sehr viel Neues gebracht haben. Na gut, es gibt offiziell das dritte Colchicin-Opfer, aber im Grunde genommen war es schon klar, dass es darauf hinauslaufen würde. Die Apotheke ist durchsucht worden, das ist natürlich schon eine Meldung wert. Aber dass es sich dabei um die Drachen-Apotheke handelt, darf wahrscheinlich nicht erwähnt werden. Okay, schreiben wir einfach eine Apotheke in der Süderstraße. Da gibt es nur eine, die kann man sich dann ja aussuchen. Es wurden Unregelmäßigkeiten festgestellt, Einzelheiten sind jedoch nicht bekanntgeworden. Ich würge mir echt einen ab bei diesem Artikel, einerseits soll der Leser informiert werden, andererseits darf ja auch kein falscher Verdacht oder gar eine Vorverurteilung geäußert werden. Schwierig, echt schwierig. Die Familie des 69-jährigen dritten Opfers der Giftmord-Serie ist nunmehr verständigt worden. Nee, nunmehr streiche ich lieber, das klingt ja total altmodisch. Wir haben ja auch jüngere Leser. Hoffe ich zumindest. Nein, halt, Heike hat mir ja gesagt, dass sie alle meine Artikel gelesen hat. Aber ich glaube eher nicht, dass sie sie ausschneiden und in ein Album einkleben würde wie Oma. Ach ja, Heike, heute Abend fahre ich zu ihr.

Fuchs ist wieder ganz versöhnlich gestimmt, als er am Nachmittag in die Redaktion kommt und feststellt, dass ich zwei ganz brauchbare Artikel vom Stapel gelassen habe. Ja, das ist schon sehr interessant, die Sache mit der Drachen-Apotheke, da könnte man schon seine Schlüsse draus ziehen. Aber das haben Sie sehr gut ausgedrückt, Heiko. Na, und jetzt haben wir doch auch ein Foto von der Westereggen-Chefin. Ach ja, dieser Umzug von der Westeregge, den schaue ich mir mal Samstag an. Wir haben zwar keine offizielle Anfrage aus der Richtung bekommen, aber das liegt schon im allgemeinen Interesse. Bin ja gespannt, was da passieren wird. So spektakulär wird es wohl nicht werden.

Ich sage jetzt nichts von meinen Freikarten für den Ball im Stadttheater, nachher entwickelt sich noch ein offizieller Forschungsauftrag daraus. Außerdem weiß ich noch gar nicht, ob Heike überhaupt mit mir dahin möchte. Und ich möchte schon lieber mit ihr zusammen sein als eventuell am Ende noch mit dienstlichem Auftrag allein im Stadttheater, nein danke.

Okay, Heiko, dann machen Sie mal ruhig Schluss für heute. Was morgen so anliegen wird, kann ich noch nicht sagen, da müssen wir dann mal schauen.

Eine Frage hätte ich noch, sage ich, könnte ich bei Gelegenheit auch mal einen von den E-Smarts fahren?

Ja sicher, wenn es sich mal ergibt. Und wenn's weiter weg ist, nehmen Sie noch den Anhänger mit dem Verlängerungskabel mit, haha.

Okay, der Alte hat wohl schon Wochenendlaune. Ich lache pflichtschuldig einmal mit, dann sehe ich zu, dass ich meinen Kram aufräume und mache mich mit besten Wünschen für den allgemeinen Feierabend aus dem Staub. Auf dem Nachhauseweg mache ich dann doch eine kurze Zwischenlandung bei Scharbau, ich kann es einfach nicht abwarten, ich muss Heike einfach jetzt schon mal sehen, auch wenn ich sowieso heute Abend zu ihr fahre.

Kleine Enttäuschung: Sie ist nicht da, nur ihre Kollegin, die immer so aussieht, als würde sie nicht im Bett, sondern im Solarium schlafen. Drei Kopenhagener bitte. Äh, Frau Marquardt gar nicht im Hause?, frage ich. Nein, Heike hatte heute Frühschicht, antwortet sie, wobei sie Heike so wissend betont, als wollte sie mir damit signalisieren, dass sie genau über unser

Verhältnis orientiert ist. Aber was heißt wollte, nein, sie weiß ganz einfach Bescheid, das nächste Mal darf ich dann wohl auch nach Heike fragen und nicht nach Frau Marquardt. Übrigens lächelt auch die Postmieze in ihrer Ecke so informiert. Aha, dann weiß also der ganze Laden schon voll Bescheid. Kirsch, Marzipan oder Pflaumenmus? Von allem etwas, bitte. Die gut Durchgebräunte beeilt sich, weil gerade noch zwei andere Kunden reingekommen sind. Ich würde jetzt gerne sagen, was die Kopenhagener gekostet haben, aber ich bin mir da nicht so sicher, vielleicht waren es 1,50 pro Stück, da hab' ich jetzt nicht so drauf geachtet. Ich zahle und gehe, tschüs, auch noch mit einem Blick auf die Dame von der Deutschen Post A.G.

Zu Hause ist es dann eigentlich so wie immer. Meine Kopenhagener kommen gut an, aber mehr so nach und nach. Soll heißen, ich esse erstmal einen in der Küche bei einer Tasse Kaffee, dann kommen allmählich die anderen Clan-Mitglieder, aber eben nicht alle auf einem Haufen, sondern eher hintereinander. Vater ist von seiner Klei-Buddelei geschafft, Mutter von irgendwelchen Unstimmigkeiten in der Buchführung, Lasse hat zwei Stunden für eine Seite in seinem Deutsch-Arbeitsheft gebraucht. Das muss ich erklären, das ist so ein gedrucktes Heft, in dem man nur irgendwas ausfüllen muss. Wahrscheinlich hat er in 95 % der Zeit aus dem Fenster gestarrt. Dann kommt auch noch Linda, die will sich aber erstmal umziehen, diese Strumpfhosen gehen ihr wohl auf die Nerven. Ich erkläre so ganz nebenbei, dass ich heute Abend noch zu Heike fahre und da dann auch übernachten will. Vielleicht hatte ich es irgendeinem schon mal mitgeteilt, daran kann ich mich gar nicht mehr erinnern, jedenfalls gibt es keine überraschten Reaktionen, sondern eher so etwas in Richtung jaja, fahr' man, hoffentlich lernen wir sie bald mal kennen und so weiter.

Jetzt bin ich mal dran mit Taschepacken, also frische Klamotten für morgen, Kulturtasche und so weiter. Kulturtasche, das ist überhaupt so ein merkwürdiges Wort. Wenn man so eine Tasche nicht dabei hat, ist man dann vielleicht unkultiviert? Wahrscheinlich ja. Heute Abend so gegen acht, hatten wir gesagt, dann werde ich noch zu Hause mit Abendbrot essen. Okay, ich kann ja noch mal kurz in die Funk Uhr gucken, ob ich heute Abend was Wichtiges in der Glotze verpasse. Höchstens auf Kabel 1 Rrumms, die Experimente-Show. Das ist wahrscheinlich ganz cool, da soll zum Beispiel getestet werden, ob man mit einem Lautsprecher eine Kerze ausblasen kann oder was passiert, wenn man mit einem Staubsauger glühende Kohlen aufsaugt. Ich habe ja früher immer geglaubt, dass der Staub durch das Kabel in der Steckdose verschwindet, bis ich Mutter mal beim Wechseln des Staubbeutels erwischt habe. Ich habe noch ganz andere Sachen geglaubt, aber die will ich hier jetzt nicht alle aufzählen. Fazit: Nein, versäumen tue ich TV-mäßig heute Abend bestimmt nichts.

Ich stehe dann mit frisch geputzten Zähnen und meiner Tasche in der Hand kurz vor acht vor Heikes Tür in der Rosenstraße, schräg gegenüber vom Stadttheater. Den Polo habe ich heute dort geparkt, wo neulich der Unimog stand. Jacobsen lese ich auf dem Türschild, das mir bisher noch gar nicht aufgefallen war. Natürlich, Oma wird ja nicht unbedingt auch Marquardt mit Nachnamen heißen. Auf dem Briefkasten ist aber so ein geprägtes kleines Plastikschild in Rot, da steht neben Jacobsen dann auch noch Marquardt. Dann hat ja alles seine Ordnung. Geklingelt habe ich hier noch nie, das ist dann ja sozusagen die Premiere. Ach, da ist der Knopf. Mann, bin ich aufgeregt.

Hallo Heiko!

Ich habe noch gar nicht richtig zu Ende geklingelt, da öffnet sich schon die Tür. Nicht die Oma steht vor mir, sondern natürlich Heike, die süßeste Bäckereifachverkäuferin von Dithmarschen und den angrenzenden Kreisen, bei ihrem Anblick erweitere ich auf möglicherweise sogar von ganz Schleswig-Holstein. Ja, sie hat schon aus dem Küchenfenster gelinst und mich dann vor der Tür stehen sehen. Aber klingeln sollte ich natürlich zuerst einmal, es hätte ja auch sein können, dass ich plötzlich Angst vor ihr kriege und das Weite suche, haha. Wir knutschen jetzt ziemlich heftig im Hausflur, wenn man das als reine Tonaufnahme hören würde, könnte man denken, ach nee, das denke ich jetzt lieber nicht zu Ende. Wir gehen rein, Tür zu, Heike nimmt anscheinend wohlwollend meine Tasche zur Kenntnis. Dann lässt sie mich aber gleich wissen, dass sie am nächsten Morgen schon um fünf aufstehen muss, der Laden öffnet um sechs und sie muss ganz gerne ungefähr eine Viertelstunde vorher da sein. Da kommen schon bald die ersten Kunden und die wollen frische Brötchen haben. Nein, in Lohe werden nicht alle Sorten vor Ort gebacken, nur ein paar, aber das muss natürlich auch alles gepasst werden.

Okay, verstanden, wir können also nicht bis nachts um zwei herumtoben, sonst wird das gar nichts mehr mit dem Schlaf, dann gehen wir eben nachher ein bisschen früher zu Bett, hihi. Aber jetzt erstmal in Omas Wohnzimmer, wir können ja noch einen kleinen Zweigelt trinken und ein bisschen reden.

Allgemeiner Informationsaustausch: Klar stehe ich morgen früh mit auf, ich kann Heike dann aber ihren Schlüssel nach Lohe bringen, bevor ich in die Redaktion muss. Heike hat mal Frühschicht und mal Spätschicht, das erinnert mich etwas an Heiner bei seiner Kavallerie, aber jedenfalls gibt es keine Nachtschicht für die Verkäuferinnen bei Scharbau. Das ist natürlich ein bisschen blöd, wenn man Frühschicht hat, aber man gewöhnt sich dran. Dafür hat man dann ja noch mehr vom Nachmittag, obwohl, heute hat Heike einfach ein paar Stunden vorm Fernseher gepennt, weil sie von der Arbeit so kaputt war. Jetzt bin ich dran, ich frage erstmal, ob Oma nicht zufälligerweise heute Nacht nach Hause kommen könnte, eher nein, die wird wohl noch einige Zeit in Hofheim bleiben. Einige Zeit, das klingt ja gut, da muss ich jetzt nicht weiter nach Details fragen. Ich berichte dann ein bisschen von meinem Job, zum Beispiel dass ich bei der Kinderärztin war. Ach so, ja, ich habe ja zwei Freikarten für die Hahnebier-Party der Westeregge, ist schräg gegenüber im Stadttheater, wie wär's?

Kurze Überlegungspause, dann meint Heike, ja schon, sie hätte wohl Lust dahinzugehen, warum nicht. Aber Hahnebier, muss man sich da vielleicht verkleiden? Ich sage: Du als Huhn und ich als Hahn, das wäre doch mal was. Aber im Ernst, vielleicht hast du irgendwas an festlichen Klamotten, ich würde mich dann auch in meinen Anzug werfen. Ja klar, meint Heike, da finde ich schon was oder ich frage einfach mal meine Kollegin, die hat die gleiche Größe, wir haben schon öfter mal Sachen getauscht. Und wann geht das los am Samstag? So um acht, schätze ich mal. Ja, toll, Heiko, du, ich hab' eigentlich schon richtig Lust darauf.

Ich finde das ja auch klasse, sage ich, dass es praktisch bei dir gegenüber ist. Wenn es dann zu blöd ist, können wir einfach wieder gehen, wir brauchen dann nicht einmal ein Taxi zu rufen.

Und, was ist denn nun eigentlich mit den Steinböcken, fragt Heike plötzlich, geht das denn?

Passt schon, sage ich, ich hab' das gerade neulich gelesen, die können das sogar ganz gemütlich miteinander haben.

Ich hätte jetzt Lust zu baden, sagt Heike, du auch? Du, dann nehmen wir uns noch 'ne Flasche Sekt mit rauf, wie im Film.

Nichts dagegen.

Ich verlasse uns jetzt gleich mal, rein erzähltechnisch gesehen. Heike lässt oben schon mal das Badewasser rein, der Sekt, Rotkäppchen, naja, war schon im Kühlschrank, wenn das man nicht schon alles geplant war. Okay, den Rotwein haben wir natürlich vorher nicht mehr geschafft, aber der hat einen Schraubverschluss, also kein Problem. Ich hatte ja schon gesagt, mehr erzähle ich mal nicht von heute Abend.

Aber dafür kann ich vielleicht etwas mehr vom nächsten Morgen berichten, der fängt nämlich wirklich verdammt früh an. Punkt fünf Uhr meldet sich Heikes Radiowecker, sie steht dann auch gleich vollautomatisch auf, Donnerwetter. Na gut, das ist wohl die Gewohnheit mit diesen merkwürdigen Scharbau-Schichten. Schichttorte fällt mir gleich ein, ich habe ja öfter mal so schräge Gedanken gleich nach dem Wachwerden. Ja, richtig, ich bin jetzt auch wach. Falls es einer nachrechnen möchte, doch, wir haben durchaus mindestens fünf Stunden geschlafen, ich glaube, es war noch nicht einmal Mitternacht, als wir beide Arm in Arm eingepennt sind. Was davor alles noch so los war, könnt ihr euch natürlich denken. Übrigens kribbelt nicht nur Schöfferhofer Weizen im Bauchnabel, sondern auch Rotkäppchen-Sekt. Und eigentlich wollte ich es nicht erwähnen, aber ich muss es einfach jemandem erzählen: Ich wusste gar nicht, dass Sex auch unter Wasser geht. Aber wenn es heutzutage Geburten unter Wasser gibt, dann muss das, was dazu führt, ja auch funktionieren. Okay, macht euch jetzt aber keine Sorgen zum Thema Geburten, Heike nimmt auch die Pille, nicht nur Maren. Wie Donald Petersen sagen würde, mein letzter Wille, eine Frau mit Pille. Gut, das war jetzt nicht so originell, aber wenn Donald es selber sagt, klingt es nicht so total doof.

Mir fällt gerade noch ein, was mein einer Opa mir mal am Rande einer Familienfeier erzählt hat, er war in erotischer Hinsicht noch völlig unerfahren, als es mit einer seiner ersten Freundinnen dann so richtig zur Sache gehen sollte. Besagte Freundin hatte wohl schon etwas mehr Erfahrung und sie hat ihm dann anschließend ein Aufklärungsbuch von Beate Uhse in die Hand gedrückt, leider wusste er nicht mehr, wie das hieß, 99 Stellungen vielleicht oder so was in der Art. Jedenfalls war das ja einerseits peinlich für Opa, andererseits aber auch sehr erhellend, denn sie haben dann praktisch das ganze Buch durchgenommen, Lektion für Lektion, wie in der Schule. Naja, das Beispiel mit der Schule hinkt wohl etwas, so geil ist es da nun wirklich nicht.

Da kommt Heike gerade wieder aus dem Bad, ich bin auch schon aufgestanden. Kusskuss, guten Morgen und so weiter, ich bin wieder ganz hingerissen von ihr, mein Gott, ist sie schön. Heiko, nun geh' schon schön unter die Dusche, wir haben jetzt nicht mehr so viel Zeit. Yes, Madam.

Als ich unten bei Heike in der Küche ankomme, brodelt schon der Kaffee in der Maschine. Die Zeitung ist noch nicht da, die kommt meistens erst nach sechs, verkündet Heike. Zwanzig nach fünf, so sehr viel Zeit hat man ja nicht zum Frühstücken. Eine Runde Toast einwerfen, Marmelade, Frischkäse, fertig. Im Radio läuft RSH, naja, wenigstens nicht NORA oder Welle Nord. Ich sage: Bleib' noch 'n Moment sitzen, ich regel das hier nachher alles, ich hab' ja noch Zeit. Und so kurz vor halb acht bring' ich dir deinen Schlüssel vorbei, okay?

Das scheint sehr okay für sie zu sein. Wir sitzen noch ein paar Minuten auf Omas Küchenbank, trinken unseren Kaffee aus und knutschen noch eine Kurzrunde. Dann muss Heike aber wirklich los. Nichts vergessen? Nein. Fahrradschlüssel? Ja. Heike holt ihr Fahrrad aus dem Schuppen hinter dem Haus und schiebt es auf den Bürgersteig. Tschüs bis nachher, winkewinke. Ich gehe wieder rein und sage mir, dass ich jetzt mal ein bisschen klar Schiff machen könnte. Wenn ich solche Sachen ankündige, ziehe ich es ja auch durch. Also in Heikes Zimmer lüften, Bett schön ordentlich herrichten, aber noch nicht die Tagesdecke rüberlegen, dann gehe ich aufs Klo, so was kommt in den meisten Büchern ja gar nicht vor, außer in den Feuchtgebieten von Charlotte Roche. Dabei fällt mir auf, dass ich gleich anschließend mal das Bad putzen sollte. Ja, vielleicht auch die Sektgläser nach unten bringen, als Zahnputzbecher sind sie ja weniger geeignet. Dann noch mal die Küche aufräumen, eine Geschirrspülmaschine hat Heikes moderne Oma ja wenigstens, aber die Frühstücksbretter wasche ich lieber von Hand ab, da scheiden sich ja die Geister. Überhaupt Geschirrspülmaschine: Manche Leute mögen die Gläser nicht anfassen, wenn sie aus der Maschine kommen. Das ist, glaube ich, auch so eine bestimmte Phobie, Donald als Psychologiestudent wird vielleicht auch die richtige Bezeichnung wissen. Ich weiß jetzt nur, dass Heike vermutlich Arachnophobie hat, also Spinnenangst. Ohne die, also diese Phobie, hätte ich sie wohl auch gar nicht kennengelernt.

Kurz vor sieben, jetzt kann ich schnell mal die Zeitung reinholen und zumindest einen kleinen Blick reinwerfen. Freitag, erster März. Hurra, der Frühlingsmonat ist da. Das steht jetzt aber nicht als Schlagzeile im Landboten, das ist lediglich meine private Einschätzung. Ein letzter Gruß von Papst

Benedikt, er hängt seinen Job an den Nagel. Das ist wohl ziemlich sensationell, das hat anscheinend noch kein Vorgänger von ihm gebracht, und da gab es ja jede Menge Päpste, zeitweilig sogar zwei verschiedene, die einander Konkurrenz gemacht haben. Angeblich gab es sogar mal eine Päpstin, aber soweit ich es mitbekommen habe, ist das wohl reine Phantasie, so ähnlich wie die Geschichte mit Telse aus Wöhrden. Das wäre natürlich voll der Hammer, wenn es irgendwann wirklich mal eine offizielle Päpstin geben würde. Die müsste man dann wahrscheinlich nicht Papa nennen, sondern Mama. Frau Merkel würde da ganz gut passen, aber die ist ja evangelisch. Nein, das wird nie was. Vielleicht würde die Kirche insgesamt mal etwas entstaubt werden, wenn man eines Tages herausfinden würde, dass Christus gar kein Mann war, sondern eine Frau. Christa. Oder noch eine Etage höher: Statt Gott Göttin.

Habe ich noch Zeit? Ein bisschen noch. Mein Bericht über die Durchsuchung der Drachen-Apotheke ist auf Mini-Meldungs-Format geschrumpft, na gut. Dafür ist der Bericht über die Westeregge umso größer geworden, schön mit dem Foto von Frau Witkowsky an ihrem Schreibtisch. Naja, ist auch nur noch ein Tag bis zum Westereggen-Hahnebier. Wie das wohl werden wird. Der Tourismusverband will die Kurtaxe abschaffen. Das kann ich mir nicht vorstellen, dass das was wird. Der amerikanische Multimillionär Dennis Tito will eine Frau und einen Mann zum Mars schicken. Wann denn? 2018, da ist der Mars der Erde ziemlich nahe. Die Reise soll aber fast zwei Jahre dauern. Die Steinböcke sollen eisern bleiben und trotzdem locker. Wie witzig. So, für mehr habe ich keine Zeit, ich falte unser Blatt zusammen und lege es auf den Küchentisch. Meine Tasche habe ich schon gepackt, die steht griffbereit im Flur. Oder meinetwegen auch auf dem Flur. Jawohl, ich habe alle Fenster zugemacht und auch sorgfältig die Tür abgeschlossen. Ich will ja noch mal wiederkommen dürfen.

Heike hat gerade alle Hände voll zu tun, als ich in die Scharbau-Filiale in Lohe-Rickelshof komme. Großer Andrang von hungrigen Lohern und im Moment auch gerade von Handwerkern, die sich hier belegte Brötchen für ihre Frühstückspause holen. Es ist noch eine weitere Kollegin da, aber nicht die Gebräunte. Ich stelle mich in die linke Schlange, obwohl die gerade etwas länger ist als die rechte, damit ich bei Heike drankomme. Es dauert ein bisschen, aber das ist jetzt kein Problem für mich. Schließlich bin ich an der Reihe und bestelle zwei Brötchenhälften mit Käse. Das erste Frühstück ist ja schon länger her. Heike lächelt mich etwas mehr als geschäftsmäßig an, aber das hat sie im Grunde genommen schon immer getan. Ich zahle und überreiche ihr gleichzeitig mit dem Geld ihren Schlüsselbund. Ist Samstag um halb acht okay?, frage ich noch. Ja, prima. Tschüs denn, schönen Tag noch. Vier Loher Lümmel bitte. Das war schon der nächste Kunde. Pardon, Kundin, aber die hatte wirklich eine tiefe Stimme, ungefähr so wie die Staatsanwältin im Münsteraner Tatort.

Mein Eigendiagnoseprogramm checkt gerade ab, wie es mir geht. Ergebnis: Großartig. Ich bin verknallt in Heike bis über beide Ohren und noch darüber hinaus, ich freue mich auf den Samstagabend mit ihr, außerdem ist sowieso heute Wochenende, na gut, der Arbeitstag hat ja noch gar nicht angefangen, aber egal, das Wochenend-Feeling hat schon Besitz von mir ergriffen. Ab in den Polo und auf zum Dithmarscher Landboten.

Ich sage bei der Morgenkonferenz, dass in meiner kleinen Meldung über die Durchsuchung der Apotheke eigentlich die Tatsache unter den Tisch gefallen ist, dass auch das dritte Opfer per Gift ins Jenseits befördert wurde. Fuchs meint nur, da hat wohl einer die letzten Sätze weggeschnitten, er hätte aber nichts damit zu tun. Na gut, wenn morgen noch Platz ist, kann das vielleicht doch noch als Randnotiz gebracht werden. Überhaupt morgen: Da ist ja zum ersten Mal das Hahnebier von der Westeregge, das will er sich ja nicht entgehen lassen, das hat er aber schon mal gesagt. Also Fuchs will sich am Samstagvormittag persönlich auf die Lauer legen, mit Kamera und Stenoblock. Ich erwähne wieder nichts von meinen Freikarten fürs Stadttheater am Abend, ich will ja nicht die Berichterstattung darüber an der Backe haben. Aber das habe ich ja auch schon mal gesagt. Okay, es folgt jetzt die allgemeine Aufgabenverteilung. Ich kriege nur einen Job, der auf den ersten Blick ziemlich easy zu sein scheint, ich soll über die Sportförderung der Stadt Heide berichten. Im Laufe des Tages werde ich feststellen, dass das aber viel schwieriger wird, als ich es mir vorgestellt habe. Also erstmal grundsätzlich über das Thema informieren, was hat der Landbote seit Anfang 2011 schon darüber gebracht und so weiter. Dann habe ich noch am Vormittag ein Gespräch im Rathaus mit drei Herren, von denen zumindest zwei sehr unterschiedlicher Auffassung sind und sich mehr oder weniger offen bekriegen. Au weia. Es fällt mir äußerst schwer, dabei überhaupt noch durchzusteigen, und ich fürchte, der Artikel, den ich Fuchs irgendwann am Nachmittag unter die Nase halte, ist so ziemlich der schlechteste geworden, den ich bisher geschrieben habe. Lest ihn mal selber, dann werdet ihr das auch finden. Trotzdem winkt Fuchs ihn durch, gottseidank, ich hätte es auch nicht ertragen, ihn noch mal verbessern zu müssen. Absatz.

Ich will euch aber zumindest eine kleine Idee davon geben, worum es überhaupt geht. Um die Finanzen natürlich. Da Heide chronisch klamm ist, hat man sich seit 2011 auf ein Konzept verständigt, das die Kosten der Sportförderung in Grenzen halten soll. Es geht im Prinzip also darum, welcher Verein nach welchen Kriterien mit wie vielen Mitteln bezuschusst wird, dann auch darum, wie man mit auswärtigen Vereinen verfährt und so weiter. Ganz kleines, aber selbst ausgedachtes Beispiel: Wenn jetzt einer Handball im Verein spielt, bezahlt er natürlich einen Mitgliedsbeitrag, der aber normalerweise zu verkraften ist. Wenn die Stadt jetzt den Verein nicht finanziell unterstützen würde, müssten die Mitgliedsbeiträge wesentlich höher sein, vielleicht sogar drei- bis viermal so viel. Ich hoffe, ich habe das jetzt einigermaßen richtig rübergebracht.

Die Käsebrötchen von Heike habe ich im Laufe des Vormittages als zweites Frühstück verspeist, aber das verschlägt ja nicht, wie Vater sagen würde. Um die Mittagszeit treibt mich der Hunger dann doch zu Schlachter Fiebelkorn, Geschnetzeltes mit Reis. Maja ist nicht in Sicht, vielleicht ist sie ja gerade in Süderdithmarschen unterwegs und löffelt irgendwo Erbsensuppe aus der Gulaschkanone. Auch Mandys Rücken ist nirgends zu erblicken, die wird wohl auch erstmal einen Bogen um Fiebelkorn machen. Nur, weil ich da auch war, ein bisschen albern finde ich das schon.

Als ich gerade wieder auf der Friedrichstraße bin, meldet sich plötzlich mein Handy mit der Nationalhymne von Tonga. Ich habe es relativ schnell in der Hand und verziehe mich in den Eingangsbereich von Betten Reimers, noch gibt es den Laden ja.

Ja, hallo?

Heiko, hier ist Claudia.

Claudia? Ach du Scheiße. Das sage ich jetzt aber nicht, das denke ich nur.

Du, Heiko, ich hab' schon öfter versucht dich zu erreichen, es ist wegen dem Wochenende.

Wenn ich Bastian Sick wäre, würde ich jetzt wegen des Wochenendes sagen. Da ich aber Heiko Timmermann bin, hörc ich einfach nur weiter zu.

Meine Firma hat eine Terminsache im Krankenhaus, da müssen jetzt alle ran, auch die Lehrlinge, also Samstag und sogar Sonntag. Jede Menge Überstunden, aber dafür habe ich nächste Woche Mittwoch und Donnerstag frei. Heiko, bist du überhaupt noch dran?

Ja, klar, sage ich, klar, das ist natürlich blöd. Aber Claudia, wo du sowieso gerade da bist, ich muss dir jetzt einfach mal was sagen, ich weiß, das passt jetzt schlecht, aber...

Nun red' schon, Heiko!

Also, es ist so... Weißt du, ich habe eine andere kennengelernt und...

Was hast du?

Ja, ich habe eine andere kennengelernt. Tut mir leid, aber das ist ganz einfach so.

Heiko, das ist jetzt nicht dein Ernst.

Doch, das ist mein Ernst, mein voller.

Ich könnte jetzt noch die nächsten beiden Seiten mit diesem Gespräch im Maßstab 1:1 füllen, aber ich denke, jeder kennt solche Unterredungen, zumindest jeder, der schon mal am Telefon Schluss gemacht hat und gehofft hat, dass der Akku noch so lange hält, bis es endgültig aus ist. Mit Claudia ist es aber nicht ganz einfach, die möchte noch Details wissen und voll informiert werden, ich komme ihr dabei auch etwas entgegen, aber alles verrate ich jetzt nicht, also auch nicht, dass sie Heike heißt und in der Scharbau-Filiale in Lohe-Rickelshof arbeitet. Nicht dass Claudia da nach Feierabend hinfährt und Heike mit Stromschlägen traktiert. Als sie, also Claudia, dann schließlich merkt, dass ich es mir nicht noch mal überlegen will oder so was in der Art, schwenkt sie plötzlich stimmungsmäßig in eine ganz andere Richtung um und schlägt mir wirklich ernsthaft vor, wenn ich eine neue Freundin hätte, könnte ich sie, also Claudia, doch vielleicht als Nebenfreundin behalten. Häh? Ich sage, vielen Dank für das freundliche Angebot, aber so was kann nicht funktionieren, das gibt nur neuen Stress. Ich sage dann noch, es war schön mit dir und da gibt es nichts zu bereuen und solche Sachen, das beruhigt sie aber nicht, sondern macht sie sogar ziemlich wütend. Ich bin für klare Verhältnisse, sage ich jetzt, der Satz kam wahrscheinlich mal in irgendeinem Film vor, tut mir wirklich leid, aber es ist aus.

Von der anderen Seite kommt jetzt erstmal nichts mehr und danach aber auch nichts. Ich gucke auf mein Handy-Display, ach, jetzt hat sie tatsächlich aufgelegt. Mutter hat mir früher beigebracht, dass derjenige, der anruft, auch das Gespräch beenden soll. Gut, so war es ja eben auch.

Wenn ihr euch jetzt denkt, Donnerwetter, der Heiko, der ist aber souverän, wie der mit solchen Situationen umgeht, dann muss ich euch sagen, nee, ist aber nicht so, ich fühle mich jetzt tatsächlich ziemlich scheiße, ich komme mir vor wie so ein richtiges Arschloch. Claudia war doch eigentlich auch ein tolles Mädchen, wie ist das jetzt eigentlich alles gekommen, vielleicht sollte ich irgendwann mal damit anfangen, Tagebuch zu führen, dann könnte ich das ja mal nachlesen. Ich habe jetzt mein Handy wieder weggesteckt, mir zittern ein kleines bisschen die Knie und mein Gesicht ist auch richtig heiß geworden. Am besten laufe ich noch etwas kreuz und quer durch die Friedrichstraße, der Regen wird mich schon wieder abkühlen.

Nein, sage ich mir nach ungefähr fünf Minuten Inspektion der Fußgängerzone, so ein richtiger Arsch bist du doch eigentlich gar nicht. Also so einer, der die Frauen nur ausnutzen will, einmal mit ihnen ins Bettchen hüpft und dann kommt schon die nächste Dame an die Reihe. Nee, mit Claudia habe ich ja nicht einmal gepennt, aber das hätte ich natürlich gerne getan, na klar. Und wenn das was geworden wäre, dann wäre ich auch nicht so gefrustet gewesen und so zugänglich für neue weibliche Reize, zum Beispiel in Form von süßen Bäckereifachverkäuferinnen. Nee, da kann sich Claudia Schmidt eigentlich nicht beklagen, ausgenutzt habe ich sie echt nicht. Und ihr Liebesgesäusel vom Anfang, dass sie total auf mich stehen würde, kommt mir im Nachhinein auch nicht mehr so ganz überzeugend vor. Ich krame jetzt wieder mein Handy hervor und gucke mal diese ganzen Listen an, also Anruferliste, Anrufe in Abwesenheit und so weiter. Nee, das stimmt auch gar nicht, dass sie versucht hatte mich zu erreichen. Auf dem Handy jedenfalls nicht. Das kann dann höchstens noch zu Hause auf dem Festnetz gewesen sein, das könnte man natürlich mal nachchecken, aber eigentlich kann ich mir das auch sparen. Ich glaube eher, so ganz super wild auf mich war Claudia nun doch nicht. Das ist mit Heike doch schon was ganz anderes. Ende des therapeutischen Spaziergangs, ich nähere mich allmählich wieder dem Gebäude des Dithmarscher Landboten am Wulf-Isebrand-Platz.

Es folgt Teil zwei meiner Bemühungen um die Darstellung der Probleme der Stadt Heide hinsichtlich der Sportförderung. Aber das habe ich ja schon erzählt, das überspringe ich jetzt einfach und mache am Ende dieses Satzes schon Feierabend. Jawohl, Feierabend und Wochenende.

Mir geht es schon wieder ganz okay, als ich in Richtung Wesselburener Deichhausen davonbrettere. Ich könnte natürlich noch mal bei Scharbau einkehren, aber ich weiß ja, dass Heike auch schon Feierabend hat, ihre Frühschicht ist ja schon längst zu Ende. Mutter wird sicher auch noch irgendwelche Kekse in ihren zahlreichen Dosen haben.

Die finden sich dann ja auch an, über die Verpflegungslage in unserem Haushalt kann man nichts Negatives sagen. Kaffee muss ich mir aber selber machen, da sind keine Reste in der Thermoskanne oder sonstwo vorhanden. Mutter hat noch was im Büro zu tun, Vater ist noch berufsmäßig unterwegs, Linda ist auch noch nicht da. Wo Lasse jetzt gerade ist, weiß ich auch nicht, aber ehrlich gesagt interessiert es mich auch nicht so besonders. Als der Kaffee durch ist, frage ich Mutter mal, ob sie auch noch einen möchte, sie winkt aber ab und tippt an was auch immer weiter. Okay, ich schließe leise die Bürotür und wechsle wieder in die Küche rüber. Es ist schon ein bisschen eigenartig, wenn man mal eine Nacht nicht zu Hause war und dann erst am nächsten Tag am eher späten Nachmittag wiederkommt, dann muss man sich erstmal wieder an den Familienbetrieb gewöhnen. Das heißt, im Moment ist ja eher Betrieb ohne Familie.

Ich hole mir mal die Funk Uhr aus dem Wohnzimmer und schaue nach, ob nicht heute Abend eventuell was Angenehmes in der Glotze läuft. Notfall für Doktor Guth im Ersten, eine Romanze. Ärztekitsch und dann heißt der Typ auch noch Guth mit Nachnamen, das ist ja nicht zum Aushalten. Im Zweiten ein Fall für zwei, mit Matula, das gibt es tatsächlich immer noch, das läuft doch schon seit gefühlten Jahrhunderten. Aber wahrscheinlich doch noch nicht so lange wie Coronation Street in England, das soll es seit 1960 geben, unglaubliche fünf Folgen pro Woche. Wer wird Millionär, Selbst ist die Braut, Surrogates, NDR-Talkshow und anschließend Inas Nacht, typisches Elternprogramm. Eine Hand wäscht die andere, Komödie auf Arte, ist vielleicht gar nicht mal schlecht. Auf Eurosport gibt es ein Snooker-Turnier, das ist ja wohl im Prinzip Billard, aber der Tisch ist größer, wenn mich nicht alles täuscht. Auf der Flucht auf RTL 2. Naja. Wenn ich der Chef wäre, würde ich jetzt sagen, liebe Mitarbeiter, heute Abend sehen Sie eine deutsche Komödie auf Arte. Wer dabei einschläft, macht morgen Überstunden. Mich haut das aber trotzdem alles nicht so um, mal sehen, was Linda denn heute Abend gucken will.

Da kommt sie übrigens gerade. Aber nicht allein, wie mir scheint, sondern mit, tatata, Maja. Weiß sie eigentlich schon was von Heike, frage ich mich gerade, da könnte ich jetzt einfach mal in meinem Tagebuch nachblättern, wenn ich eins hätte. Nee, eigentlich müsste Maja noch auf dem Stand meiner Claudia-Affäre sein, es sei denn, Linda hat sie jetzt schon voll informiert, das kann man bei meiner Schwester ja nie wissen, die ist eben häufig auch mal so 'ne richtig alte Quatschtante.

Hallo Heiko, hallo Maja, hallo Linda, allgemeine Begrüßung mit halbtrockenen Bussi-Bussis, sogar zwischen Linda und mir, was ich seltsam finde, normalerweise küssen wir uns nur zu Geburtstagen. Aber egal jetzt. Ich erfahre, dass Linda mit Maja verabredet hatte, dass Maja sie vom Krankenhaus abholt und dann sozusagen mit ihr in die Wochenendfrische nach Wesselburener Deichhausen fährt. Mir ist natürlich auch schon Majas Übernachtungstasche aufgefallen. Ich habe natürlich nichts dagegen, aber so super freue ich mich auch nicht darüber. Das lasse ich mir aber nicht anmerken, sondern ich biete den Damen noch einen Kaffee an, ja, den lehnen sie nicht ab, oh, da muss ich aber schnell noch mal frischen aufsetzen. Wir sitzen dann noch einen Moment am Küchentisch und reden eher Uninteressantes, da denke ich gerade an meine eigene Übernachtungstasche, die will ich ja noch auspacken. Ob Maja das jetzt mitkriegt oder nicht, weiß ich nicht. Überhaupt Reisetaschen: Kennt ihr vielleicht den Film Is was, Doc?, mit Barbra Streisand, die schielt ja so ähnlich wie meine Kusine Europa, Entschuldigung, schielen ist doch das falsche Wort, ich will nur sagen, Barbra und Europa haben eben beide diesen sexy Silberblick. Aber ich wollte jetzt eigentlich was über den Film sagen: In dem Film kommen drei gleiche Reisetaschen vor, ich glaube in so einem Schottenmuster, die werden ständig vertauscht und das führt dann zu den unglaublichsten Situationen. Aber Majas und meine Taschen sind völlig unterschiedlich, da kann es jetzt echt nicht zu Verwechslungen kommen.

Der Abend mal eher im Schnelldurchlauf: Abendbrot mit Familie plus Maja, ich werde jetzt aber nicht gefragt, wie es bei Heike war, das finde ich ja immerhin ziemlich rücksichtsvoll. Ich gucke mir dann mit den Eltern die Tagesschau an, damit ich mal wieder richtig durchinformiert werde, keine Angst, ich erzähle jetzt nichts davon. Linda und Maja wollen tatsächlich Selbst ist die Braut sehen, mit Sandra Bullock, ob ich nicht Lust hätte mitzugucken, Maja hat auch Rotwein mitgebracht, aus Meldorf. Gibt's da Weinberge, haha. Weil ich jetzt auch nichts Besseres weiß, setze ich mich mit zu den beiden auf die Couch. Ist eigentlich wieder ganz gemütlich, Linda links, Maja in der Mitte, ich rechts. Sozusagen von hinter der Couch aus gesehen. Der Wein ist nicht übel, was ist das denn für einer, Garnacha, noch nie gehört, aha, aus Spanien. Donnerwetter, der wärmt aber durch. Da stehen noch zwei weitere Flaschen auf dem Fußboden in Reserve, dann brauchen wir uns über Getränkemangel ja keine Gedanken zu machen.

Der Film hat ja schon angefangen, ich versuche da ein bisschen durchzusteigen. Eine schöne, erfolgreiche, aber auch ziemlich kratzbürstige Verlagslektorin in New York kriegt Probleme mit der Ausländerbehörde. Warum? Weil sie eben keine Amerikanerin ist, sondern Kanadierin. Wieso stellen sich die Amis bloß so an, Kanada gehört doch wohl auch zu Amerika. Damit sie nicht ausgewiesen wird, muss sie schleunigst von einem US-Bürger geheiratet werden, dafür guckt sie sich einen von ihren Untergebenen aus, den sie aber praktisch dazu presst, sonst würde sie seine Karriere kaputtmachen oder so ähnlich. Ich rate mal, dass die beiden sich am Schluss kriegen werden, so wie im Ohnsorg-Theater. Jawohl, richtig geraten. Aber wie das immer so ist, gibt es vorher natürlich noch jede Menge Komplikationen. Sandra Bullock sieht natürlich nicht so übel aus, ein bisschen so wie Kati Witt, finde ich, aber sie hat manchmal so einen harten Zug um den Mund, das soll sie vermutlich auch wegen der Rolle. Es ist aber insgesamt recht gemütlich, ich saufe mir auch ganz schön einen an mit dem Maja-Wein, Maja persönlich kuschelt wieder so mit uns beiden, also Linda und mir, dann legt sie aber auch noch ihre rechte Hand auf mein linkes Bein, was ich etwas irritierend finde. Aber wegschieben tue ich ihre Hand natürlich auch nicht.

Der Film ist zu Ende, große Lust auf weitere Fernsehunterhaltung habe ich jetzt auch nicht, außerdem bin ich müde, bin ja schon um fünf oder so aufgestanden. Übrigens haben wir eigentlich während des Films kaum was gesagt, ich glaube, das lag aber an den Mädels, die waren irgendwie so seltsam fasziniert davon. Wie sagte doch Donald, die Mädchen wollen alle geheiratet werden und dann auch noch eine gute Partie dabei machen, dabei tun sie vorher immer so liberal. Mir ist das jetzt aber ziemlich egal, ich stehe auf und verabschiede mich, bin total müde, sage ich, viel Spaß noch.

Ich mache mich dann auch gleich bettfertig und suche nach Lesbarem. Ich weiß gar nicht mehr, welches Buch ich zuletzt in der Hand hatte, war es nicht ein Maigret, den muss ich aber irgendwo anders hingelegt haben, den finde ich jetzt nicht. Ach, ich bin sowieso schon schläfrig genug. Licht aus. Halt, doch noch mal Licht an, ich stehe noch einmal kurz auf und schließe meine Zimmertür ab. Sicher ist sicher. Das ist natürlich nicht so günstig im Brandfall, aber erstens haben wir einen Feuerwehrmann im Haus und zweitens könnte ich auch einfach aus dem Fenster springen, so hoch ist es nun auch wieder nicht. Gute Nacht, Dithmarschen.

Klack! Mitten in der Nacht wache ich von diesem merkwürdigen Geräusch auf, ich kann das zuerst gar nicht richtig zuordnen und denke dann auch noch, dass es vielleicht nur der Soundtrack von meinem Traum war, dann wird mir aber klar, dass mein Zimmerschlüssel auf den Fußboden gefallen ist. Ich könnte Licht anmachen und nachsehen, aber dann würden mir nur zuerst die Augen wehtun und das wäre ja eher kontraproduktiv. So total dunkel ist es in meinem Zimmer gerade nicht, ich habe ja auch nicht die Vorhänge zugezogen, das ist ja auch gar nicht nötig, weil es keinen Nachbarn gibt, der mir ins Fenster schauen könnte.

Jetzt höre ich aber noch ein weiteres Geräusch, dann sehe ich, dass meine Tür geöffnet wird. Nein, nicht der Weihnachtsmann und auch nicht Vater auf Sicherheitsinspektion, sondern die nackte Maja. Es gibt übrigens ein Bild, das wirklich so heißt, die nackte Maja, La Maja Desnuda, von Francisco de Goya, vielleicht sollte ich mir das mal kaufen und über mein Bett hängen. Okay, Maja will also wieder mal Wildwechsel spielen, aber wie ist sie hereingekommen, ich habe doch abgeschlossen. Kapiere ich nicht.

Heiko, rück' mal, glaubst du vielleicht, ich will hier erfrieren?

Jaja, die Mädels sind doch alle so kälteempfindlich. Ich bin jetzt auch gar nicht so, ich lasse sie schon rein in mein Bett und unter die warme Decke. Mein Gott, Maja fühlt sich tatsächlich richtig kalt an. Kleiner Nachtrag, nur der Vollständigkeit halber: Natürlich hat Maja die Tür auch wieder zugemacht. Aber das kann man sich eigentlich auch denken.

Wie bist du überhaupt reingekommen, frage ich, kannst du jetzt auch noch zaubern?

Lindas Schlüssel passt auch zu deiner Tür, sagt Maja und kuschelt sich weiter an mich ran.

Aber du hast doch diesen Typen in Kiel, sage ich.

Was für einen Typen in Kiel?

Na, das hat mir Donald erzählt, er hat dich in der Holstenstraße mit so einem Typen Hand in Hand gehen sehen.

Dann sollte er sich mal eine Brille kaufen, Heiko. Das kann nur Melanie aus meinem Kurs gewesen sein, die sieht ein bisschen aus wie ein Mann, so groß und hager, auch mit kurzen Haaren. Die ist aber total nett, mit der verstehe ich mich unheimlich gut. Doch, mit der bin ich schon mal Hand in Hand gegangen oder auch untergehakt, das machen Frauen manchmal, Heiko, noch nie gesehen?

Wie komme ich jetzt bloß aus dieser Nummer raus, bevor es eine wird, denke ich.

Maja, sage ich, ich glaube, du bist jetzt genug aufgewärmt, du kannst jetzt wieder zu Linda rübergehen.

Nun stell' dich nicht so an, Heiko, ich weiß doch, dass du deine Elektrikerin hast, aber wir sind doch auch Freunde, warum sollten Freunde nicht auch mal…

Kenn' ich, den Spruch, sage ich. Es ist ja auch gar nicht wegen Claudia. Es ist wegen Heike.

Heike? Welche Heike?

Okay, ich erzähle es ihr jetzt, das ist vielleicht eine Situation. Ich versuche aber meiner Stimme einen monotonen Klang zu verleihen, in der Hoffnung, dass La Maja Desnuda vielleicht gleich davon einschlafen wird. Tut sie aber nicht. Über das, was sie jetzt macht, würde ich am liebsten gar nicht reden, aber ich käme mir dabei so vor wie die Katze, die um den heißen Brei herumschleicht, und wer weiß, was ihr jetzt vielleicht alle schon denkt. Also gut, ein Satz und anschließend wird die Angelegenheit nicht mehr erwähnt, okay? Hier kommt der Satz: Maja besorgt es sich selber. Punkt. Das war der Satz. Bitte vergesst ihn wieder ganz schnell.

Am samstäglichen Frühstückstisch ist dann wieder alles ganz normal, die Mädels kommen vielleicht zehn Minuten nach mir herunter, sie sind beide ausgesprochen gut gelaunt und begrüßen mich mit munteren Sätzen. Gut geschlafen, Heiko? Aber jetzt ganz ohne Unterton. Vielleicht sollte ich noch erwähnen, dass ich keine Ahnung habe, wie lange sich Maja noch bei mir aufgewärmt hat, ich bin nämlich irgendwann wieder eingeschlafen. Jedenfalls bin ich heute Morgen ganz solo in meinem Bettchen aufgewacht. Ich bin innerlich schon ein bisschen stolz darauf, dass ich Maja so tapfer widerstanden habe, andererseits würde mir das niemand glauben und das wäre natürlich auch ziemlich viel verlangt. Heike würde das bestimmt eng sehen, wenn sie wüsste, dass ich letzte Nacht Majas kalte Füße unter meiner Decke aufgewärmt habe. Okay, es wird also jetzt normal gefrühstückt, so wie immer, mit von Vater besorgten Brötchen und allen Schikanen. Mutter ist schon mit Lasse zum Einkaufen nach Wesselburen gefahren, ein bisschen früher als sonst. Vater hat bei seiner Kleigrube irgendwas am Bagger zu schrauben. Es geht jetzt rein gesprächstechnisch darum, was wir heute noch so vorhaben. Linda und Maja wollen nachher mit dem Hund zu Maren rübergehen, dann sind sie ja ausgelastet. Ich sage, dass ich nach Heide fahren will, um mir mal den Umzug der Westeregge anzugucken. Diesen Gedanken finden die Damen relativ schräg, okay, ist er ja auch. Aber ich bin einfach mal neugierig.

Überhaupt neugierig: Ich stehe mal zwischendurch auf und checke bei unserem Festnetz-Telefon, ob Claudia nun wirklich angerufen hatte. Nee, ich finde weder ihre Handynummer noch die offizielle Nummer von Familie Schmidt im Speicher. Diagnose: Dann hat sie wohl doch gesponnen. Was sagt mir das jetzt? Eigentlich gar nichts, zurück an den Frühstückstisch. Ach ja, man könnte natürlich auch noch mal einen Blick in den Landboten werfen. Ein Krater im Schlafzimmer hat einen 36-Jährigen in Florida verschluckt. Wenn das gestern Nacht mit Maja und mir passiert wäre... Aber nein, da ist ja nichts passiert. Stopp, ich wollte eigentlich nicht mehr darüber nachdenken. 2.000 Jugendliche haben gestern Abend die Berufsmesse Late Night Jobbing in der Heider Volks- und Raiffeisenbank besucht. Bundesrat bringt Mindestlohngesetz auf den Weg. Ehrenamtler sollen steuerlich entlastet werden. In Albersdorf wird eine Hausarztpraxis geschlossen, weil sich kein Nachfolger gefunden hat. Mein langweiliger Artikel über die Sportförderung. Wirklich kein journalistisches Ruhmesblatt. Ein kritischer Leserbrief zum Thema Heider Bahnhofstreppe. Jawoll. Ein Artikel über die Deichbaustelle in Büsum, die ganzen Arbeiten sollen zwei Jahre dauern, das wird Vater freuen. Aber der weiß das sicher schon längst. Kreative Kunsthandwerker in Burg, das hat Maja geschrieben. Im Kino immer noch Les Misérables, den Film könnten sich doch heute Abend Maja und Linda angucken. HSV aktuell auf dem siebten Platz. Cro auf Platz neun der Charts mit Einmal um die Welt. Glorious von Cascada ist doch kein Plagiat von Loreens Euphoria. Wie soll denn heute überhaupt das Wetter werden? Nebligtrüb, bis vier Grad, Regen nicht auszuschließen. Hundertjährige sehen ihr Leben sehr positiv. Alles für das Brautpaar, eine ganze Sonderseite. Den Steinböcken ist bei beginnendem Frühlingswetter nach Urlaub zumute. Das Fernsehprogramm von heute lasse ich jetzt mal weg. Danke, das war's, ich gebe den Landboten an Maja weiter, die wird da vielleicht auch gern noch mal reingucken.

Ich bin ab ungefähr Viertel vor elf in der Stadt, lieber nicht mit dem Unimog, samstags hat man in Heide immer leichte Parkprobleme. Den Polo habe ich beim Landboten abgestellt, ob ich das jetzt so richtig offiziell darf, weiß ich gar nicht, aber es hat deswegen noch nie irgendwelchen Ärger gegeben. Ich nähere mich der Friedrichstraße sozusagen als Privatmann und will mal schauen, was die Westeregge so treiben wird. Ungefähr auf der Höhe von Blume 2000 dringt Musik an mein Ohr, klingt aber nicht wirklich nach Hahnebier, sondern eher jazzmäßig. Die Fußgängerzone ist recht belebt, wie man so schön sagt, aber ich kann doch ziemlich bald sehen, was da abläuft: Eine ziemlich bunt gekleidete Truppe kommt mir entgegen, an der Spitze des Zuges marschiert so eine Art Dixie-Band mit Banjo, Sousaphon und Waschbrett, auch noch mit ein paar anderen Instrumenten. Die Musik, die sie da gerade von sich geben, ist gar nicht mal so schlecht, die Leute hinter der Kapelle marschieren auch nicht im Gleichschritt, sondern tanzen eher leicht beschwingt durch die Gegend. Keine Zylinder, keine schwarzen Anzüge, sondern eher bunte Klamotten. Zwei oder drei von ihnen haben sich als Hühner kostümiert, das sieht vielleicht aus, einer von denen soll wahrscheinlich sogar ein Hahn sein. Ab und zu bleiben sie stehen und schenken denjenigen, denen danach ist, ein Gläschen Eierlikör aus, wie originell, aber nicht in echten Gläsern, sondern in diesen kleinen Einweg-Plastikbechern, kennt wahrscheinlich jeder. Wenn mich jetzt nicht alles täuscht, sehe ich da auch gerade die Ärztin Witkowsky, aber eher in so einem clownsmäßigen Outfit. Ich bleibe am Rande stehen und lasse die bunte Versammlung an mir vorüberziehen. Hahne- und Hühnerbier, die Westeregge, steht auf einem Plakat. Von Plattdeutsch scheinen die ja auch nicht so viel zu halten. Den Eierlikör, der mir gerade angeboten wird, lehne ich mit den Worten ab, dass ich ja noch fahren soll. Und jetzt wird tatsächlich auch noch mit Bonbons geworfen, das ist ja beinahe schon Körperverletzung. Reaktionen der Passanten: Eigentlich eher neutral, einige scheinen von der Westeregge aber ganz angetan zu sein und klatschen auch den Takt der Musik mit, andere gucken nur einen Moment und gehen dann langsam weiter. Ich beobachte, wie der Westereggen-Umzug in Höhe New Yorker umdreht und sich dann wieder langsam zurück in Richtung Böttcher-Rondell bewegt.

Okay, das ist jetzt also die Westeregge. Schwer zu schätzen, wie viele Leute das sind, vielleicht doch so knapp unter fünfzig. Mehr Frauen als Männer, sage ich mal, altersmäßig eher im unteren Bereich, die Frau Witkowsky ist dann wohl eine von den älteren Eggenschwestern. Fazit: Eine Mischung aus Happening der Sechziger und Betriebsausflug der Linken. Erinnert mich aber auch etwas an einen Junggesellenabschied. Mit Hahnebier hat das aber alles wenig Ähnlichkeit. Das wird sich auf Dauer bestimmt nicht durchsetzen können. Und da soll ich heute Abend hin? Mal sehen, was das wohl wird. Fuchs habe ich jetzt nicht entdecken können, wollte er nicht über den Umzug berichten? Aber vielleicht war er ja so schockiert davon, dass er sich erstmal irgendwo hinsetzen musste. Naja, am Montag wird schon irgendwas darüber in unserer Zeitung zu lesen sein.

Da ich jetzt auch gerade in der Nähe von Böttcher bin, gehe ich mal rein und gucke nach schrägen Krawatten. So völlig konservativ möchte ich heute Abend nicht gerade bei der Westeregge erscheinen, nachher halten die mich noch für einen jungliberalen Spion. Dunkelrote und blaue Woll-Krawatte im Schottenmuster, Modell Edinburgh, made in Italy, 60 % Wolle, 40 % Seide. Kostet zwar 29 Euro, aber sie ist die einzige, die mir gefällt. Und zur Kasse, bitte. Danke. Dann fällt mir noch ein, dass ich bei Hansen ein bisschen Wein erwerben könnte, wenn ich schon gerade in der Nähe bin. Sechs Flaschen von dem französischen Landwein, ja, den hatte ich schon mal. Dann nehme ich auch noch eine Flasche von dem Portwein, den ich hier schon mal gekauft hatte. Royal Oporto Tawny für 13,95. Den werde ich mal zu Hause für meine nächste Sitzung mit Linda vorhalten, ich glaube, wir werden da noch einiges aufzuarbeiten haben. Von dem Wein nehme ich ein paar Flaschen mit zu Heike, denke ich, wir können ja nicht immer Omas Weinkeller leersaufen, nachher kriegt sie einen Schock, wenn sie wieder nach Hause kommt. Dankeschön, das war's, schönes Wochenende noch, tschüs.

Jetzt fällt mir erst auf, dass ich heute Vormittag gar keine Sirenen gehört habe. Ist ja auch besser so. Vielleicht ist diese komische Mordserie ja auch einfach mal beendet. Eigentlich müsste ich mich da noch mal drum kümmern, aber das kann ich ja auch noch nach dem Wochenende tun. Heute Abend ist erstmal Heike angesagt, dann sehen wir weiter.

Ich komme rechtzeitig zur Pfannkuchenvorbereitung zu Hause an. Ihr wisst ja, Samstag = Pfannkuchentag bei Timmermanns in Wesselburener Deichhausen. Seit 1447. Unterbrechungen sind nicht bekannt. Maja ist schon vor dem Mittagessen wieder losgefahren, höre ich von Linda, sie wollte heute noch unbedingt was für Kiel tun. Komisch, bei ihr geht das doch erst am 21. März wieder los, heute ist doch erst der zweite. Ach ja, sie waren ja vorhin noch bei Maren, es war wohl ganz nett, Maja durfte sich auch mal auf Marens Gaul setzen und eine Runde auf der Koppel hinterm Haus drehen, aber nur ganz langsam und Maren hat am Zügel geführt. Das bringt mich irgendwie auf die Idee mit Lindas Führerschein-Wunsch, ich sage, irgendwann können wir doch mal eine Runde mit dem Polo auf dem Hofplatz drehen. Keine große Reaktion jetzt.

Nachmittagsprogramm: Everybody is beschäftigt, Maja tut zu Hause angeblich was für die FH, Linda will auch noch für ihren Kurs lernen, Heike war den ganzen Vormittag in der Bäckerei und wird sich wohl erstmal erholen, Heiner wird wohl auch was für sein Abi tun. Mir fällt gerade auf, dass Abi und Alibi nur zwei Buchstaben voneinander entfernt sind. Aber was tue ich jetzt am besten? Ich leg' mich in die Falle und schlafe durch bis zum Kaffee.

Es gibt Platenkuchen, frisch gebacken. Mutter wollte sich eigentlich auch ein bisschen hinlegen, aber dann hat sie wohl festgestellt, dass sie gar nicht müde ist, dann hat sie sich gesagt, dass sie eigentlich Lust hätte was zu backen. Also Platenkuchen mit so ein paar eingestreuten Kirschen, die sind aber aus dem Glas, nicht aus der Truhe, das mit dem Auftauen hätte ja auch zu lange gedauert. Warum es jetzt Platenkuchen und nicht Plattenkuchen heißt, frage ich und bringe damit eine etwa zehnminütige Debatte in Gang. Die führt aber zu nichts, genauso wie bei dem Problem mit den Bedarfsampeln. Ist ja auch egal, sage ich, Hauptsache, er schmeckt. Ich nehme noch ein Stück. Vater hat schon sein drittes. Weil die Gelegenheit jetzt günstig ist, unterrichte ich den Clan mal etwas genauer über meine Pläne, also dass ich heute Abend mit Heike zum Westereggen-Hahnebierball ins Stadttheater gehe und dass ich dann wohl auch erst im Laufe des Sonntags wieder hier anlanden werde. Hoffentlich lernen wir deine Heike bald mal kennen, sagt Mutter zum wiederholten Mal. Vater hat die letzte Entwicklung gar nicht so richtig mitbekommen, er meint dann, ach, mit deiner Elektrikerin ist es schon wieder aus, schade, die hätte sich doch mal die Beleuchtung in der Werkstatt vornehmen können. Mutter schaut mich beim Thema Claudia so prüfend an, darum sage ich, dass wir tatsächlich offiziell miteinander Schluss gemacht haben. Dass es am Telefon war, sage ich jetzt aber nicht. Und auch nicht, dass ich gar nicht angerufen hatte, sondern sie. Kennt Linda Heike überhaupt schon, frage ich mich allen Ernstes, nein, natürlich nicht, das habe ich jetzt gerade mit Claudia verwechselt, das kann ja mal vorkommen. Aber ausführlich über Heike geredet habe ich schon mit Linda, das weiß ich dann doch noch.

Linda scheint im Moment auch ein kleines bisschen bedripst zu sein, vielleicht würde sie heute Abend auch gerne im Stadttheater abtanzen und ist deshalb etwas neidisch. Dann sagt sie aber plötzlich, dass Maren nachher noch kommt und dass sie auch bei ihr übernachten wird. Okay, das haben sie ja wahrscheinlich heute Vormittag beim Reiten so abgesprochen. Dann brauche ich mir um die Unterhaltung meiner Schwester ja keine Sorgen zu machen. Jetzt geht es aber um Details, zum Beispiel was ich anziehen werde und solche Sachen. Ich sage, ich habe mir einen neuen Schlips zugelegt, ach Heiko, zeig' mal, nee, später, sonst kriegt er noch Fettflecke. Ich nehme jetzt auch noch ein drittes Stück Platenkuchen und ziehe mit Vater gleich. Bist du denn noch zum Abendbrot hier, ja, hast du deine Schuhe geputzt, mach' ich nachher. Ja, dann kannst du auch mal was trinken heute Abend, weil du ja nicht mehr fahren musst, sagt Vater. Aber pass auf, Heiko, das mit dem Restalkohol ist nicht zu unterschätzen. Dann komm' lieber erst am Nachmittag. Und so weiter.

Was hatten wir jetzt noch mal verabredet, wann wollte ich bei Heike sein, war das nicht halb acht? Ja klar, das hatten wir doch bei Scharbau zwischendurch gesagt.

Kurzmeldungen zum weiteren Ablauf: Schuhe putzen, Anzug ausbürsten, Nägel schneiden, kämmen, Maren kommt, ich esse aber vorher Abendbrot, weil die anderen noch nicht so weit sind. Kurz nach sieben verlasse ich die heimatliche Hütte, in der Tasche sind auch Klamotten zum Wechseln und drei Flaschen Roter. Diese Freikarten habe ich natürlich auch dabei, außerdem jede Menge Geld im Portemonnaie, wir haben ja Monatsanfang. Okay, viel Spaß dann noch, schöne Grüße noch unbekannterweise, haha, fahr' vorsichtig, tschüs.

Ich weiß jetzt gar nicht, womit ich zuerst anfangen soll, es passiert gerade so viel auf einmal. Okay, also einfach mal in der Reihenfolge der Ereignisse. Ich habe den Polo wieder auf dem bekannten Parkplatz abgestellt, zum Glück war da noch eine ausreichende Lücke, mit dem Unimog wäre das aber jetzt echt ein Problem gewesen. Dann gehe ich mit meinem ganzen Gepäck zu Heikes Haus und drücke die Klingel. Es dauert einen Moment, dann öffnet sie die Tür, kurze Knutscherei, komm' schnell rein, dann gehen wir ins Wohnzimmer. Du hast ja gestern so toll aufgeräumt, Heiko, da hab' ich mich echt drüber gefreut. Ich nehme das Lob bescheiden zur Kenntnis. Heike ist schon voll aufgebrezelt, sie hatte sich nur noch gerade die Nägel zu Ende gemacht, da war sie noch im Bad, darum war sie nicht sofort an der Tür. Ich halte die Handlung jetzt aber mal kurz an für den Versuch einer Beschreibung, obwohl ich weiß, dass ich das jetzt nicht wirklich gut hinkriegen werde. Also: Heike sieht ja sowieso schon total gut aus, aber jetzt ist sie einfach umwerfend. Schwarzes Laura-Scott-Cocktailkleid, figurbetonte Passform, kniefrei, Unterbrustnaht, eingearbeitetes Bustier, Raffung im oberen Bereich, 100 % Polyester. Um den Bauch ist so eine bordeauxrote Schärpe mit einer Schleife im Rückenbereich. Am liebsten würde ich sie jetzt wie ein Weihnachtsgeschenk auswickeln. Ganz schön großzügiger Ausschnitt, Heike hat da auch was zu bieten, Körbchengröße C immerhin, das weiß ich, weil ich neulich heimlich in ihrem BH nachgeschaut habe. Transparente Strumpfhose, würde ich sagen, ich glaube, das nennt sich so, dazu hat sie hochhackige Schuhe, ich finde, High-Heels klingt besser, bei denen der große Zeh und sein Nachbar herausgucken. Die Zehen hat sie aber auch genauso bordeauxrot lackiert wie die Fingernägel, damit es zu dieser Schärpe passt.

Ich glaube, das reicht jetzt langsam als Beschreibung, ich bin ja kein Modedesigner.

Umwerfend, sage ich, du siehst einfach umwerfend aus. Hast du das neu?

Nee, nur von meiner Kollegin geliehen, aber sie fand auch, dass mir das ganz gut steht. Aber du, Heiko, du hast dich ja auch ordentlich schick gemacht.

Ist noch mein Anzug vom Abi-Ball. Aber die Krawatte ist neu, hoffentlich sieht die nicht zu bunt aus.

Ich find' sie schick, Heiko. Du, ich freu' mich total. Das wird bestimmt ein toller Abend.

Und wenn nicht, sage ich, dann gehen wir einfach ein Haus weiter.

Nein, ich will das wirklich niemandem zumuten, meiner ausführlichen Schilderung des gesamten Abends zu lauschen. Also, ich mache es jetzt einfach mal ein bisschen weniger ausführlich und bringe nur ein paar Impressionen zu Gehör. Es ist im Stadttheater weniger voll, als ich erwartet hätte, zur Not hätte man vielleicht auch alle im kleinen Saal unterbringen können, es sind sogar noch ein paar Tische weiter hinten frei. Die Leute sind rein altersmäßig um einiges jünger als bei dem Ball im Tivoli, auf dem ich Claudia kennengelernt hatte. Davon erzähle ich jetzt Heike aber nichts. Rein outfitmäßig sind die Damen und Herren ganz unterschiedlich gekleidet von super elegant mit Smoking und langem Abendkleid bis hin zu Jeans und T-Shirt, aber ich würde sagen, wir liegen mit unseren Klamotten schon total richtig. Der Saal ist bunt geschmückt, aber mehr so wie zu Silvester, irgendwelche Anklänge an Hahnebier mit Tannengrün und Schleswig-

Holstein-Farben gibt es jedenfalls nicht. Aber okay, es soll ja wohl auch praktisch eine Gegenveranstaltung zum traditionellen Hohnbeer werden. Platzkarten wie im Tivoli gibt es nicht, wir setzen uns einfach zu irgendwelchen Leuten mit an den Tisch, die nicht gerade unsympathisch gucken. Im Laufe des Abends wechseln wir auch das eine oder andere Wort mit unseren Tischnachbarn. Was noch? Tanzfläche, das ist ja klar, auf der Bühne sind jede Menge Instrumente und so weiter aufgebaut, die Band scheint aber noch irgendwo abzuhängen. Am Rande der Bühne steht so eine Art Bütt, wie man das vom Karneval her kennt, aber diese ist ein großes Holzfass mit einem bunten Hahn drauf, darunter der Schriftzug Westeregge von 2012. Noch strömen immer wieder neue Gesichter in den Saal, dann wird das Licht ein bisschen dunkler, Kellnerinnen und Kellner laufen eifrig herum und nehmen die Bestellungen auf. Wie wär's mit 'ner schönen Flasche Sekt, ach ja, das wäre nicht schlecht.

Dann geht es plötzlich los, Einmarsch der Gladiatoren, vorneweg wieder diese seltsame Jazzband, die heute Vormittag schon die Friedrichstraße zum Füßewippen gebracht hat. Natürlich spielen sie When the saints go marchin' in. Dahinter dann Frau Witkowsky und ihre gesammelten Hähne und Hennen von der Westeregge. Alle stehen auf und klatschen, man kennt das ja. Danach dann tatsächlich so eine Art Büttenrede von unserer Kinderärztin, teilweise ganz witzig mit ein paar Seitenhieben gegen die anderen Eggen, die ja vehement versucht hatten, diese schöne neue Egge zu verhindern. Aber das Wichtigste sei doch, dass man hier heute Abend zusammengekommen wäre, um ein paar Stunden lang Spaß miteinander zu haben und so weiter.

Die Jazzer haben mittlerweile die Bühne erobert und geben noch ein paar Stücke zum Besten, gar nicht mal schlecht, muss ich sagen, aber so richtige Tanzmusik ist das eigentlich nicht. Die kommt dann aber später, den Namen der Kapelle habe ich jetzt leider vergessen, aber vielleicht wollen die auch gar nicht genannt werden, sonst kriegen sie vielleicht kein Engagement bei den anderen Eggen mehr. Okay, es darf geschwoft werden, ein bisschen die Hitparaden der letzten zwanzig Jahre rauf und runter. Heike tanzt gerne und auch ziemlich gut, das merke ich gleich, die war doch bestimmt mal in der Tanzstunde. Ja, stimmt, sie hat vor ein paar Jahren zwei oder drei Kurse bei Bruhn in der Westerstraße mitgemacht. Da ging sie aber noch zur Schule und das war immer ein bisschen kompliziert mit dem Hin- und Herfahren. Jaja, das alte Problem bei uns, alles liegt so weit auseinander. Du bist aber auch ein verdammt guter Tänzer, haucht sie mir ins Ohr. Naja, sage ich, für Let's Dance wird es wohl nicht ganz reichen. Es fühlt sich jedenfalls wirklich gut an mit Heike zu tanzen. Wenn Vergleiche erlaubt sind, tatsächlich besser als mit jeder anderen, mit der ich bisher das Tanzbein geschwungen habe. Aber so viele waren das natürlich auch nicht.

Die allgemeine Stimmung bleibt gut, die Musik spielt immer drei Nummern am Stück, dann ist Pause. Zwischendurch gibt es ein paar Auftritte, die man unter dem Arbeitstitel Unterhaltungsprogramm verbuchen könnte. Zum Beispiel kommt da so ein Amateur-Comedian auf die Bühne und lässt ein paar Witze vom Stapel, teilweise mit so einem Bart, aber teilweise auch richtig gute. Freundlicher Applaus. Oder ein paar Hahnebier-Hennen singen zwei oder drei Stücke a cappella. Dann wieder die normale Band. Heike wird auch mal von einem anderen Herrn, wie es so schön heißt, aufgefordert, das lässt mich ehrlich gesagt nicht so ganz kalt, aber sie wird dann ja auch wieder unversehrt zurückgebracht. Ich tanze dann natürlich auch mal mit einer unserer Tischnachbarinnen, die sind so ungefähr im Alter meiner Mutter minus zwei bis fünf Jahre. Die Musik ist nicht so laut, dass man nicht auch mal die eine oder andere Bemerkung austauschen könnte. Smalltalk sozusagen.

Dann noch die üblichen Tanzspielchen, Damenwahl und ähnliche Schikanen, eigentlich das, was es überall gibt. Wir sind von Sekt auf Weißwein und Mineralwasser umgestiegen, man kommt ja doch langsam ganz schön ins Schwitzen. Jetzt kündigt der Sänger der Band eine kleine Umbaupause an, vielleicht fünf Minuten, sagt er, danach soll es den Gastauftritt einer Hemmingstedter Band geben. Vorhang zu. Ohne Musik merkt man erst, wie laut es im Saal ist, die Leute reden ja alle wie wild durcheinander. Es werden noch mal verstärkt Getränke geordert, die können jetzt ja auch gefahrlos über die Tanzfläche nachgeliefert werden.

Trommelwirbel, Spot an, der Vorhang öffnet sich wieder, der Schlagzeuger gibt vier vor, dann hört man in ziemlich heftiger Lautstärke das Intro von The Healer, das kennt wahrscheinlich jeder, dieses Stück von Santana mit John Lee Hooker. Dann fetzt es ja so richtig los, wie gesagt ganz schön laut, aber echt sauber gespielt. Sechs sagen wir mal etwas ältere Herren auf der Bühne, Schlagzeug, Bass, der Bassist singt auch, Keyboard, Rhythmusgitarre, Percussion und Solo-Gitarre. Heike hat mich gerade wieder auf die Tanzfläche gezogen und hottet da ganz schön ab, ich werfe aber mal einen Blick auf die Bühne und denke, das gibt's doch gar nicht, da steht doch echt mein einer Opa im Scheinwerferlicht und macht einen auf Santana.

Mein Opa, brülle ich in Richtung Heike, der mit der weißen Gitarre, das ist mein Opa!

Was?

Mein Großvater!, rufe ich mitten in den Schlussakkord. Donnernder Applaus, aber nicht für mich, sondern für die Rentnertruppe. Der Sänger, der gleichzeitig Bass spielt, bedankt sich höflich für die Einladung und sagt, dass sie jetzt noch zwei Stücke spielen werden und die geplante Zugabe, mehr hätten sie aber noch nicht drauf und, ach ja, auf einen Namen hätten sie sich auch noch nicht geeinigt. Noch mal Applaus wie in der Muppet-Show. Bevor es weitergeht, kann ich Heike doch noch sagen, dass der Typ da mit der Gitarre tatsächlich mein Opa aus Lieth ist. Welche Reaktion das aber jetzt bei ihr hervorruft, kann ich leider nicht sagen, weil gerade das nächste Stück anfängt. Eine langsame Nummer, klingt irgendwie nach Shadows, aber Opa wird mir später verraten, dass es Midnight von Peter Green war. Dann kommt noch so ein richtiger Oldie, When you walk in the room, das kennen die älteren Jahrgänge wohl noch von den Searchers, aber im Original soll das von einer Jackie DeShannon sein. Meinetwegen. Jedenfalls fetzt das doch ganz schön los. Die letzte Nummer, also diese geplante Zugabe, ist wieder ein Instrumentalstück, das wird aber angekündigt als The Supernatural von John Mayall. Opa darf sich da noch mal richtig austoben und ich frage mich, wie er es bloß hinkriegt, diese einzelnen Töne so lange rauszuziehen, wahrscheinlich hat er da jede Menge Effektgeräte im Einsatz. Okay, das war's denn wirklich, die Leute sind auch echt begeistert mit Pfeifen und Hey-Hey-Rufen, Klatschen und Trampeln. Finde ich ja cool. Umbaupause, bevor die andere Band wieder zugreift.

Jetzt haben wir so ungefähr halb eins schon, da kommt wirklich mein Opa mit einem Bierglas an unseren Tisch. Ja klar hätte er mich gesehen, aber dann doch lieber nicht weiter zu mir hingeguckt, weil ihn das sonst irritiert hätte. Und das ist Heike, beeile ich mich zu sagen, Heike, mein Opa. Er schüttelt ihr die Hand. Kannst ruhig du zu mir sagen, ich heiß' Sieghardt. Heiko und Heike, was für ein Zufall. Aber du hast dir schon meinen besten Enkel ausgesucht, der Heiko ist ein Guter, wirst schon noch merken. Na, ich will denn mal wieder, wir müssen ja noch unsern Kram einpacken. Tschüs, ihr beiden, hat mich gefreut, Heike.

Abgang Opa.

Und das ist echt dein Opa? Der ist doch noch gar nicht so alt, Heiko.

Naja, im besten Rentenalter, im Mai übergibt er seinen Betrieb an meine Tante.

Die gepflegte Tanzmusik setzt wieder ein, okay, es geht weiter.

So kurz vor zwei ist dann aber allmählich die Luft raus, die ersten Leute sind auch schon gegangen, nur ein paar Unentwegte schieben sich noch gegenseitig übers Parkett. Okay, wir wollen dann auch los. Heike besteht darauf, dass sie heute die Getränke bezahlen will, ich sage, wir können doch auch halbe-halbe machen, sie sagt, nee, heute bin ich mal dran, kommt gar nicht in Frage, Heiko.

Okay, das war dann im Prinzip der Westereggen-Hahn-und Hühnerball, war gar nicht übel, aber der ganz revolutionäre Knaller war es ja auch nicht, ich glaube, da brauchen sich die anderen Eggen keine großen Sorgen zu machen. Später bei Heike trinken wir noch ein Glas von meinem mitgebrachten Wulf-Isebrand-Rotwein, dann ist mir aber doch sehr danach, Heike aus ihrem Weihnachtsgeschenk-Kleid auszuwickeln. Sie trägt tatsächlich auch so ein Miederhöschen darunter, damit die Strumpfhose nicht rutscht. Wow, sage ich, habe ich dir eigentlich schon gesagt, dass ich Wäschefetischist bin?

Dann können wir ja mal zusammen was aussuchen gehen, Heiko.

Ich weiß zwar, dass ihr etwas dagegen haben könntet, dass ich mich jetzt aus dem aktuellen Geschehen ausblende, aber ich habe jetzt andere Sachen zu tun als dauernd nur zu erzählen. Also dann bis morgen.

Das ist schon irre praktisch, wenn man direkt gegenüber vom Stadttheater wohnt, sage ich.

Ja, schon, aber manchmal auch ganz schön laut, kann ich dir sagen.

Sonntagmorgen, wir haben gerade schön zusammen in Omas Kabine geduscht, jawohl, die ist groß genug, bei uns zu Hause wäre das nicht ganz so optimal, obwohl ich glaube, dass Linda und Maja das immer zusammen machen, sonst kann irgendwas mit dem Timing zwischen Aufstehen und Frühstücken bei ihnen nicht stimmen. Heike lädt gerade die Kaffeemaschine durch und ich fange schon mal mit dem Tischdecken an, mittlerweile habe ich schon kapiert, wo ich die Sachen dafür finde. Was mein Opa denn sonst so macht außer Musik, möchte Heike gerne wissen. Ich nutze mal die Gelegenheit zu einem kleinen Referat über die Familie Timmermann, ausgehend von der mütterlichen Seite mit Oma und Opa in Lieth, deren gesammelte Töchter inklusive meiner Mutter, dann erzähle ich von unserem Zuhause, teilweise weiß sie das auch schon, aber ich beleuchte Mutter, Vater, Linda und Lasse sozusagen noch einmal jeweils in Nahaufnahme. Ein Hund, ungezählte Katzen, damit schließe ich meine Ausführungen.

Heikes Familie ist mir bisher noch ungefähr so ein Rätsel wie ihr Dienstplan bei Scharbau, aber der ändert sich wohl auch ständig, ihre Familie dagegen natürlich nicht. Okay, ich kriege jetzt also auch so einen Vortrag über ihren familiären Hintergrund, ich werde mir das zwischen Kaffee und Toast sicher nicht alles merken können, vor allem die ganzen Zahlen nicht.

Vater: Dieter Marquardt, 46, hat ein Versicherungsbüro in Albersdorf für alle möglichen Arten von Versicherungen.
Mutter: Jenny Marquardt, aber nicht wie die englische Jenny ausgesprochen, sondern mit einem echten Jott-Laut am Anfang, mein Gott, ist das kompliziert, ach so, ja, Mutter Marquardt wird in zwei Tagen, also am fünften März, 45. Außerdem arbeitet sie im Büro von der Albersdorfer Sozialstation.
Älterer Bruder: Degen Marquardt, heißt der wirklich so, ja, gibt's den Namen überhaupt, warum nicht, Heiko. Okay. Also er ist jetzt 24 Jahre alt und arbeitet in einem Büro in der Husumer Straße in Heide als Vermessungstechniker. Er wohnt aber nicht mehr zu Hause, sondern zusammen mit seiner Freundin in Wittenwurth. Den Namen der Freundin hat Heike jetzt zwar gesagt, aber ich habe ihn nicht behalten.
Kommt da noch was?
Ja, aber erst nach dem nächsten Schluck Kaffee.
Jüngere Schwester: Ilka Marquardt, 14, wird Anfang Mai 15, geht noch zur Schule in Albersdorf, in die achte, sie hat die siebte vermasselt und musste wiederholen, das faule Huhn.
Kommt da jetzt noch mehr? Nee. Die Großelterngeneration heben wir uns fürs nächste Mal auf.

Cool, sage ich, dann haben wir ja beide jeweils zwei Geschwister. Ich finde das auch gut so, so zu dritt. Da ist immer irgendwas los.

Naja, sagt Heike, Ilka ist ja jetzt praktisch nur noch Einzelkind. Aber als wir alle drei noch zu Hause waren, da flogen manchmal ganz schön die Fetzen. Noch 'n Toast, Heiko?

Oh ja, danke. Also mit meiner Schwester verstehe ich mich jetzt eigentlich ganz prima, aber die wird ja auch allmählich erwachsen, sie lernt ja gerade Krankenschwester in Heide.

Ja, hast du mir schon mal erzählt, Heiko.

Älterer Bruder und jüngere Schwester, sage ich, das soll gut zusammenpassen.

Wie meinst du das jetzt, Heiko?

Also ich bin ja ein älterer Bruder, nämlich der von Linda, und du bist eine jüngere Schwester, nämlich die von Degen. Langsam gewöhne ich mich an den Namen.

Ach so, ja. Kann schon sein, Heiko. Also durch Degen habe ich auch gecheckt, wie ältere Brüder so ticken.

Und so weiter.

Heike sagt dann später, dass sie eigentlich heute Mittag nach Albersdorf zum Essen kommen sollte oder wollte, sie muss mal gucken, wann der Zug geht. Ich kann dich doch auch hinfahren, sage ich, nee, lass man, Heiko, ist nett, aber ich muss die Sache mit dir erstmal in Ruhe meiner Familie verklickern, dann wissen die wenigstens schon was über dich, wenn sie dich zum ersten Mal sehen.

Okay, sage ich, hast du irgendwo den Fahrplan oder weißt du den auswendig?

Nein, Heike hat ja ein Smartphone und wischt da jetzt ein wenig drauf herum. Elf Uhr siebzehn, Heiko, der ist dann um halb zwölf da, das ist günstig, der nächste geht erst am Nachmittag. Moment mal, ja, das kann ich noch schaffen.

Na klar, es ist gerade halb elf, ich sage noch, aber zum Bahnhof kann ich dich ja schnell noch bringen, wie kommst du denn eigentlich zurück? Entweder auch mit dem Zug oder Degen nimmt mich mit, der kommt auch heute Mittag. Aha, allgemeine familiäre Vorladung.

Alles geht jetzt ziemlich schnell, also Sachen aufräumen, meine Klamotten einpacken und so weiter. Keine Sorge, wir schaffen das ganz easy mit dem Polo, der hat auch noch alle vier Räder. Ich bringe Heike noch direkt zum Bahnsteig, als ob sie vierzehn Tage auf Urlaub fahren würde. Ja, diese Treppe ist schon ein Skandal, aber darüber gab es schon jede Menge gut gewürzte Artikel und Leserbriefe in unserem Blatt. Abschiedskuss auf dem Bahnsteig, der Zug steht wohl schon längere Zeit und wartet vor sich hin, so viele Leute haben heute Vormittag anscheinend nicht vor, nach Albersdorf zu fahren. Heike steigt ein, noch mal winkewinke, dann dampft sie ab in Richtung Familie.

Jetzt haben wir gar nichts darüber gesagt, wann wir uns wiedersehen, fällt mir gerade ein, aber egal, dass wir uns wiedersehen ist ja wohl auf jeden Fall klar. Stichwort Familie: Ich rufe jetzt mal kurz zu Hause an und melde mich offiziell zum Mittagessen an. Ja, soll es um eins geben heute. Was gibt's denn? Lass dich überraschen, Heiko.

Oh, Maren ist ja auch noch da, richtig, die wollte doch bei Linda übernachten. So ganz recht ist mir das jetzt nicht, da kann ich gar nichts so frei weg von der Leber über Heike reden, ich will einerseits Maren nicht damit ärgern und andererseits möchte ich auch nicht, dass überhaupt irgendein Fremder zu viele Details aus meinem Privatleben mitkriegt. Ich lungere aber vor dem Essen ein bisschen bei Mutter in der Küche herum und lasse dann doch die eine oder andere ungestörte Bemerkung fallen. Ist euch schon mal aufgefallen, dass man beim Kochen unheimlich gut reden kann? Eigentlich sehr viel besser, als wenn man sich offiziell ins Wohnzimmer setzt und sagt, so, jetzt wollen wir aber mal miteinander reden. Dann fällt einem meistens nichts ein. Also, ich erzähle Mutter, wie es denn so war im Stadttheater und mit Heike. Die erotischen Details bringe ich natürlich dabei nicht zur Sprache, die denkt sie sich sowieso. Ja, sage ich, und die größte Überraschung war eigentlich, dass Opa da plötzlich mit seiner Band auf der Bühne stand. Was, mein Vater? Mutter fallen fast die Nudeln aus dem Sieb. Es gibt übrigens heute Nudelauflauf, aber nicht mit Schinken, sondern mit Hackfleisch, Paprika und dann mit Käse überbacken. Aber Emmentaler muss es sein. Ja, so eine Überraschung, das hat sie gar nicht gewusst, dass Opa wieder mit seinen alten Freunden auftritt. War wohl jetzt auch das erste Mal, sage ich, die haben sich auch noch nicht so viele Stücke raufgeschafft.

Aber das, was sie gespielt haben, war astrein, da kann man echt nichts sagen. Heike fand das auch gut.

Ach ja, deine Heike, vielleicht lernen wir die doch bald mal kennen oder ich fahre wirklich mal zu Scharbau zum Einkaufen. Untersteh' dich, Mutter. Nein, das würde sie wahrscheinlich doch nicht in echt bringen, so neugierig ist sie nun auch wieder nicht. Heikes Familie interessiert sie dann aber doch ziemlich, ich berichte mal so viele Einzelheiten, wie ich noch im Kopf habe, also zum Beispiel dass ihr Bruder tatsächlich Degen heißt. Ja, und wie alt die Eltern sind. Mein Gott, Heiko, die müssen ja dann auch ziemlich jung geheiratet haben, vielleicht war dieser Degen dann auch schon unterwegs. Kann sein, sage ich, aber die Heiratsurkunde ihrer Eltern hatte Heike gerade nicht dabei. Versicherung und im Büro von der Sozialstation, das passt ja irgendwie ganz gut. Haben sie denn ein Haus? Das nehme ich mal ganz stark an, aber wissen tue ich es nicht. Ob es denn diesmal was Ernstes sei, keine Ahnung, sage ich, was erwartest du denn, möchtest du etwa jetzt schon Oma werden?

Mutter schmeißt mir eine Nudel an den Kopf.

Ich kann ja schon mal anfangen mit Tischdecken, sage ich. Die Nudel ist übrigens gut durch, ich hab' sie natürlich aufgefangen. Nicht dass ihr denkt, bei uns wird mit Lebensmitteln gespielt. Barilla Fusilli, früher nannte man solche Teile noch Zöpfchennudeln, glaube ich. Also Tisch für sechs Personen andecken, Maren bleibt noch. Wie lange, das wird sich ja noch zeigen. Ganz gute Stimmung beim Essen, es gibt auch noch so eine Art gemischten Salat dazu, danach dann auch noch Schoko-Eis, aber von Aldi. Ist aber durchaus zu empfehlen. Vater fragt das eine oder andere zu meinem Abend von der Westeregge, er hat die Geschichte mit Opas Auftritt ja noch nicht mitbekommen und ich muss sie ihm dann noch einmal in allen Details unterbreiten. Auch Vater vermeidet es jetzt eher, nach Heike zu fragen, wahrscheinlich merkt er, dass das in Marens Anwesenheit nicht so der ganz große Hit wäre. Jawohl, meine Familie kann manchmal auch dezent und rücksichtsvoll sein.

Linda und Maren machen den Abwasch, Lasse verdrückt sich, ich stelle das Geschirr weg. Die Eltern haben sich zur Mittagsstunde zurückgezogen. Dann klingelt das Telefon, ich flitze ins Wohnzimmer und ergreife das Schnurlose. 0481 sehe ich gerade noch, wer kann das jetzt sein, es ist Donald Petersen. Moin Heiko und so weiter. Er ist ein paar Tage in Heide, weil ja gerade Semesterferien sind. Vielleicht auch ein paar Tage mehr, mal sehen. Eigentlich wollte er sich schon gestern bei mir melden, aber da war er zu müde, weil er Freitagabend noch in Kiel auf einer Fete war. Ob ich Lust habe, heute Nachmittag mal bei ihm vorbeizuschauen. Ja, klar habe ich Lust, vielleicht noch so zehn Minuten, aber dann fahre ich rüber zu ihm.

Heide-Ost, das ist so die etwas bessere Gegend in Heide. Meinen jedenfalls die Leute, die da wohnen, vermutlich auch Frau Petersen, das ist sozusagen eine etwas vornehmere Dame, die den größten Teil des Tages mit der Pflege des Heims und ihrer eigenen Pflege zubringt. Sie ist auch in allen möglichen Vereinen und wohltätigen Organisationen tätig, so ähnlich wie die Frau von Barnaby. Sie ist aber trotzdem ganz nett, also Frau Petersen meine ich jetzt, ich kenne sie im Prinzip ja auch schon, seit ich zusammen mit Donald in der Sexta war. Heute sagt man ja nicht mehr Sexta, sondern fünfte Klasse oder meinetwegen fünfte Gymnasialklasse, damit die anderen nicht denken, man sei vielleicht auf der Hauptschule oder wie das heute heißt. Die Petersens haben ein ziemlich großzügiges Einfamilienhaus mit Doppelgarage, also eine Art Villa, eigentlich fehlt nur noch die Außensirene mit rotem Blinklicht am Schornstein. Auf der Auffahrt steht jetzt nur Donalds Mini, die Eltern sind also entweder gar nicht da oder ihre Fahrzeuge befinden sich noch in der Garage im Winterschlaf.

Kurz vor drei, da werde ich hoffentlich niemanden stören, außerdem erwartet mich Donald ja. Also einmal herzhaft klingeln. Es ertönt so eine ähnlich teure Glocke wie bei Mandy Senftenberg in Ostrohe. Kurze Zeit später öffnet mir Frau Petersen die Tür. Schönen guten Tag, oh, hallo Heiko, das ist ja eine Freude, dich mal wieder zu sehen, komm' doch rein, ich sag' Donald gleich Bescheid. Kurze Erklärung: Donalds Eltern sagen natürlich du zu mir, weil, Erklärung siehe oben, ich sage aber Herr Dr. Petersen und Frau Petersen und natürlich Sie. Wahrscheinlich wird sich das auch nie ändern, nicht mal, wenn ich als fast Sechzigjähriger auf Frau Petersens neunzigstem Geburtstag als Special Guest erscheinen würde. Wenn jetzt einer wissen möchte, wie sie aussieht, kann ich nur sagen: teuer. Also edle Klamotten, von der Kosmetikerin aufgebügeltes Gesicht und so weiter. Sie ist aber jetzt kurz die Treppe hochgegangen und kommt dann gleich zurück mit der Auskunft, dass Donald gleich erscheinen wird. Nein, sie würde nie im Leben sagen, dass er gerade auf Klo sitzt. Wir unterhalten uns dann aber ganz nett darüber, wie es mir geht, was ich denn so mache und so weiter. Dann taucht Donalds Gesicht im oberen Treppenbereich auf, danach auch noch seine Hand, die mich nach oben durchwinkt. Du hättest ruhig schon in mein Zimmer gehen können, Heiko.

Majas Typ in der Holstenstraße war übrigens 'ne Typin, beginne ich unseren Gedankenaustausch. Das kann Donald jetzt nicht so recht glauben, ich versuche ihm das so zu erklären, dass er wohl zuerst den Eindruck hat, dass ich jetzt wieder fest mit Maja zusammen bin. Nee, kann man ja wirklich nicht sagen. Und diese elektrische Claudia, was ist mit der? Schluss. Mann Heiko, du hast vielleicht einen Frauenverschleiß. Ich berichte natürlich noch von Heike, das haut ihn dann so richtig um. Nee wirklich, Heiko, das ist ja echt der absolute Hammer, mit der bist du jetzt zusammen, war das nicht die aus dieser Bäckerei in Lohe-Rickelshof? Von der wolltest du doch zuerst gar nichts wissen.

Hat sich alles geändert, Donald, jetzt will ich sogar ganz viel von ihr wissen. Es hat mich heftig erwischt, eigentlich so doll wie noch nie.

Dann sei man trotzdem vorsichtig, Heiko, die Hochzeitsglocken können manchmal schneller bimmeln, als man glaubt.

Wir wechseln thematisch rüber in Donalds Privatleben. Nein, gar nichts mehr mit Brasilianerinnen, jetzt hat er gerade eine Bibliothekarin von der Uni-Bibliothek aufgetan, er hat einfach mal gefragt, ob sie ihn nicht auch mal privat beraten könnte und da hat sie tatsächlich ja gesagt. Also erstmal zum Kaffee einladen, ein bisschen näher kennenlernen und nett miteinander reden und der ganze Schmus. Sie heißt Sabine und hat so einen etwas merkwürdigen Nachnamen, Henkelmanns, sie ist aber fünf Jahre älter als Donald und sieht wohl auf den ersten Blick nicht besonders spektakulär aus. Etwas blass, ziemlich große Brille und so weiter. Im Bett ist sie aber die absolute Kanone, Heiko. Das Problem ist nur, dass sie schon ein Kind hat und wieder bei ihren Eltern wohnt. Ob sie geschieden ist oder einfach nur unverheiratet, danach hat Donald noch nicht gefragt. Ja, ihre Eltern und auch ihr Kind hat er bisher noch nicht kennengelernt. Jetzt soll ich Donald auf einmal einen Rat geben, wer ist denn hier der Psychologie-Student. Ja, keine Ahnung, Donald, sage ich, wenn sie echt total nett ist, stören doch die fünf Jahre nicht. Frauen halten doch sowieso länger als Männer. Und dass sie ein Kind hat, naja, begeistern würde mich das ja auch nicht, aber ich glaube, ich könnte mich auch allmählich an den Gedanken gewöhnen. Das Kind kann ja auch nichts dafür, dass der Vater sich aus dem Staub gemacht hat. Kann natürlich auch sein, dass diese Sabine auch nur einen neuen Vater für ihr Gör sucht. Ich würde mal sagen, warte doch einfach ab, wie sich das alles so entwickelt, vielleicht bleibt das ja ganz angenehm mit ihr.

Klopf, klopf.

Wollt ihr vielleicht mit uns Kaffee trinken?, fragt Frau Petersen.

Ja, klar, sehr gerne sogar.

Es gibt ziemlich leckere Kekse, aber ich schätze mal, die sind nicht selbst hergestellt, so eine Frau wie Donalds Mutter backt wahrscheinlich eher ungern. Wir sitzen jetzt auch nicht am Esstisch, sondern am Couchtisch, das ist ja eigentlich immer ein bisschen unbequem und man muss aufpassen, dass man nicht auf den teuren Sesselbezug kleckert. Dr. Petersen ist auch an Bord, er begrüßt mich mit kräftigem Handschlag, lange nicht gesehen, Heiko, schön, was machen die Eltern, hast du nicht auch eine Schwester, was, so alt ist die schon, ach, die lernt praktisch bei uns, sehr vernünftig. Linda heißt sie, sage ich, so wie die Kartoffeln. Und dann haben wir noch Lasse, der ist aber erst neun, der wird erst im Mai zehn. Ach ja, drei Kinder, genauso wie wir, haha.

Donalds Vater ist ein wenig relaxter gekleidet als seine Frau, er sieht auch so aus, als käme er eher aus dem Mittagsschlaf als vom Golfclub. Eigentlich fragen mich Dr. Petersen und Gattin jetzt ziemlich nach meinem beruflichen Werdegang aus, aber wahrscheinlich fallen ihnen im Moment gar keine anderen Themen ein. Wir landen dann natürlich auch bei der Berichterstattung über diese drei Hahnebier-Mordfälle. Ach ja, das fing doch mit dem alten Monscheidt an, ist ja fast kein Wunder, dass es den mal erwischt hat. Das war schon ein schlimmer Finger, der hat nichts anbrennen lassen, der soll ja jede neue Angestellte in seinem Laden gleich flachgelegt haben. Und seine Geschäftstätigkeit soll auch nicht so ganz astrein gewesen sein. Von dem hätte ich keinen Gebrauchtwagen kaufen mögen.

Mann, Donalds Vater nimmt ja kein Blatt vor den Mund, denke ich. Gleich jede Apothekenmieze erotisch abgeschossen, dann müsste er ja alle, die da heute arbeiten... Kann das wirklich angehen? Und seine Frau hat nichts mitgekriegt? Vielleicht sollte ich das mal Frau Weishaupt erzählen, das könnte interessant für sie sein, meinetwegen auch relevant, eventuell auch beides.

Wir plaudern dann natürlich auch noch über anderes, zum Beispiel was Donalds Brüder so machen. Ich höre da aber teilweise auch nur höflich zu, ich weiß ja von Donald, dass er sich mit seinen beiden älteren Brüdern nicht wirklich so super versteht. Dann geht es um Autos, danach um Sport, besonders Fußball, Dr. Petersen hat in seiner Jugend ja mal selbst beim HSV gespielt, allerdings beim Heider, nicht etwa beim Hamburger. Dann kam ja die Bundeswehr und dann die Studienzeit in Heidelberg und so weiter und so bla. Vielen Dank für den Kaffee, Donald drängt es nach oben, er muss erstmal eine rauchen. Tut er in seinem Zimmer, obwohl seine Mutter voll dagegen ist. Aber danach wird ja auch gelüftet.

Vielleicht sehen wir uns ja noch mal nächste Woche, sage ich. Nur Mittwochabend, da bin ich immer zum Fußball. Und Dienstag, da bin ich natürlich in Kiel. Nee, halt mal, im Moment haben wir an der FH ja auch Semesterferien, bis Mitte März noch.

Ja, okay, da könnten wir vielleicht Dienstag mal was machen, Heiko.

Oder zieht es dich zu deiner Büchermieze?

Nee, nee, so ein paar Tage Erholung in der alten Heimat sind gar nicht so verkehrt, Heiko.

Du, ich will dann mal wieder so langsam, sage ich.

Willst du nicht noch zum Abendbrot bleiben?

Nee, lass man gut sein, ich muss ja auch morgen wieder zur Arbeit.

Donald bringt mich runter, wir laufen auch noch mal seiner Mutter über den Weg. Vielen Dank noch mal für den Kaffee, Frau Petersen. Gerne, Heiko, und grüß' deine Eltern schön.

Ich weiß gar nicht, ob die sich überhaupt kennen.

Schönen Gruß von Familie Petersen, sage ich beim Abendbrot, Dr. Petersen, Donalds Eltern. Kennt ihr die überhaupt?

Natürlich, Heiko, vom Abi-Ball und dann auch von den ganzen Elternversammlungen. Da war doch Donalds Mutter jahrelang Vorsitzende.

Na klar, stimmt ja auch. Das mit dem Abi-Ball hätte ich wissen können, aber bei den Elternversammlungen war ich natürlich nicht dabei. Da ist meistens meine Mutter allein hingegangen. Ganz selten mal mit Vater im Schlepptau. Es herrscht in ihrer Ehe eben manchmal noch die steinzeitliche Arbeitsteilung. Aber mehr Jungsteinzeit als Altsteinzeit, würde ich sagen. Es werden aber jetzt keine Anekdoten aus meiner Schulzeit aufgewärmt, zum Glück, sondern es wird sich allgemein darüber verbreitet, was in der nächsten Woche so anliegen wird. Gibt's eigentlich irgendwann mal wieder Ferien, will Lasse wissen. Linda kann ja mal den Kalender aus der Küche mitnehmen, sie will sich ja sowieso gerade ihre Kanne Heubusch holen, der ist bestimmt jetzt gut durchgezogen. Ja, die Osterferien fangen am 25. März an, am 10. April musst du dann wieder zur Schule. Ist dann aber ein Mittwoch. Ja, und wie viele Schultage haben wir noch bis zu den Ferien? Mutter zählt mit Hilfe des Kalenders nach und stellt fest: Mit morgen noch genau 18 Tage. Also drei Wochen. Lasse findet, dass drei Wochen doch 21 Tage haben müssten, Donnerwetter, der Junge macht sich. Die Erklärung zu dieser Frage zieht sich dann aber doch. Ich erlaube mir die Frage, wann eigentlich dieses Jahr Ostern ist. Ostersonntag 31. März, Ostermontag 1. April. Ist das jetzt eigentlich normal oder verhältnismäßig früh oder spät, das kriegen wir aber nicht heraus, obwohl Vater behauptet, vor zwei Jahren wäre Ostern erst am 24. April gewesen. Gut, das Thema Ostertermine müsste man eigentlich mal nachgoogeln, aber andererseits finden wir das doch nicht so spannend.

Interessanter ist dann schon das Fernsehprogramm. Was für ein Tatort kommt denn heute? Gar keiner, sondern Polizeiruf 110. Laufsteg in den Tod. Vater steht nicht so auf Ossi-Krimis, Mutter ist es dagegen eher egal. Hauptsache, sie kann in Ruhe dabei ein paar Reihen stricken. Ansonsten Liebeskomödie im Zweiten, Flaschenpost an meinen Mann. Naja. Auf RTL Iron Man. Da muss ich mal kurz anhalten, weil mich das total aufregt. Bei uns wird das dauernd falsch ausgesprochen, die meisten sagen Eiron, mit so einem gerollten R, es wird aber Eien ausgesprochen, jedenfalls von den Briten. Die Amerikaner sagen Eiörn, als hätten sie bei einem Eichhörnchen ein paar Teile rausgenommen. Ich war ja mal vor einiger Zeit zu so einer Art Schüleraustausch in England, da hat mir mein Gastbruder oder wie man das nennen will das jedenfalls haarklein verklickert. Auch dass Ian nicht Eien ausgesprochen wird und solche Sachen. Außerdem haben wir uns gegenseitig die schlimmsten Wörter in unseren jeweiligen Sprachen beigebracht, ich fürchte aber, die meisten habe ich wieder vergessen, bis auf cunt vielleicht. Das müsst ihr jetzt aber selber nachschlagen. Wo war ich jetzt? Beim Fernsehprogramm. Auf die Pannenshow habe ich seltsamerweise heute keinen Bock, ich glaube, ich werde mich Linda anschließen, die will Navy CIS sehen, auf SAT.1.

Über die Sendung muss ich jetzt wahrscheinlich kaum was sagen, die ist bestimmt ziemlich bekannt. Und wenn nicht, dann kann man einfach sagen, typisch amerikanische Serie mit einer Mischung aus Spannung und auch etwas Komik zur Auflockerung, eigentlich lebt das Ganze ja von den verschiedenen Charakteren, die sind teilweise ganz schön kurios. Man kapiert das jedenfalls auch ganz gut, wenn man nur mal eine Folge zwischendurch sieht, man muss nicht sämtliche 500 Folgen vorher auch schon gesehen haben. Das mit den 500 habe ich mir jetzt nur ausgedacht, das war wohl doch etwas übertrieben.

Ich überzeuge Linda davon, dass man nicht unbedingt danach noch The Mentalist sehen muss, wir könnten doch einfach noch einen kleinen Absacker trinken und noch ein bisschen quatschen. Das findet durchaus ihre Zustimmung, sie will auch schon mal die Gläser holen, ich gehe kurz rüber in meine Bude und komme mit meiner Flasche Portwein zurück. Aber nur einen, sagt Linda gleich, das Zeug geht einem doch ganz schön in die Birne.

Die Sitzung ist eröffnet. Linda erzählt, dass sie morgen wieder diesen Praxisteil im Krankenhaus hat, das geht wohl noch ein bisschen so weiter, danach kommt dann wieder Unterricht in ihrer Krankenpflegeschule. Wie es denn so läuft, eigentlich ganz gut, man gewöhnt sich an das Tempo und sie macht auch nicht mehr so viele Fehler wie noch zu Anfang. Die anderen in der Abteilung sind wohl schon ganz zufrieden mit ihr und lassen sie auch das eine oder andere mal selbstständig machen. Und, frage ich, hast du schon das Gefühl, dass es wirklich der richtige Job für dich ist? Ja, eigentlich schon, sie müsste natürlich noch eine Menge lernen und so weiter, aber sie könnte sich schon vorstellen, dass sie das ihr Leben lang machen wird. Man kann sich dann auch später noch auf irgendwas spezialisieren, Zusatzausbildungen machen und so weiter.

Meine Schwester wird nicht nur langsam vernünftig, sie ist es zum Teil bereits. Und ihr Liebesleben so? Wenn sie lesbisch wäre, sagt sie, hätte sie ja jede Menge Auswahl bei den ganzen Weibern, die da im Krankenhaus herumlaufen. Aber mit den Jungs sieht es eher mau aus, naja, da gibt es schon diesen einen Rettungsassistenten, an dem sie manchmal vorbeigeht, der lächelt sie wenigstens ab und zu mal an. Lächel doch mal zurück, empfehle ich.

Dann kommen wir auf Donald, das heißt, eigentlich komme ich eher drauf, ich erzähle Linda von seiner Büchereifrau, die fünf Jahre älter ist und schon ein Kind hat. Das findet sie ja sehr interessant, das hätte sie ja nicht gedacht, dass sich Donald an so einer Frau vergreift. Der hat ja wohl keine andere gefunden, ob das auf die Dauer was ist, daran hat sie doch starke Zweifel. Höre ich da etwa ein gewisses Interesse Lindas an Donald heraus? Kann ich mir aber auch nur einbilden. Aber was denn nun mit Heike und mir wäre, das würde sie sich aber doch echt mal fragen.

Habe ich schon erwähnt, dass wir bereits den einen oder anderen Schluck vom Portwein genossen haben? Royal Oporto Tawny für 13,95. Warum diese Portweine alle so englische Namen haben, daraus bin ich auch noch nicht schlau geworden. Die kommen doch wohl aus Portugal und nicht von den Britischen Inseln. Aber egal jetzt, Linda hat mich gerade nach Heike gefragt. Ich weiß gar nicht, wie ich das richtig ausdrücken soll, aber diesmal hat es mich, glaube ich, schon ziemlich heftig erwischt, sage ich.

Den Eindruck hatte Maja auch, sagt Linda.

Jetzt werde ich aber hellhörig. Haben die beiden sich also mal wieder über mein Privatleben unterhalten, das habe ich ja schon immer vermutet. Und deshalb finde ich, dass ich mal mit meiner Schwester ernsthaft über Maja reden muss.

Ergebnis: Im Prinzip weiß Linda von Majas gelegentlichen nächtlichen Besuchen bei mir, natürlich hätte sie das mitbekommen, sie sei ja nicht doof. Maja würde ja eigentlich auch ziemlich an mir hängen, auf der anderen Seite hätte sie aber irgend so eine merkwürdige Angst vor Bindungen oder so, das hätte vielleicht was mit der Scheidungsgeschichte ihrer Eltern zu tun. Ich muss zehn Sekunden darüber nachdenken, dann kommt mir das aber ziemlich plausibel vor. Ja, Freitagnacht hat Maja zu Linda gesagt, Heiko hat sich eingeschlossen, was soll das jetzt, da hat Linda gesagt, probier' doch mal meinen Schlüssel, ich glaube, der passt auch. Boing.

Also das war deine Idee?

Ja, sagt Linda ziemlich kleinlaut.

Ich glaub', ich muss mal mein Schloss austauschen oder mir so eine Kette zum Vorlegen anschaffen. So richtig sauer bin ich jetzt eigentlich gar nicht, aber bei dieser Gelegenheit halte ich meiner Schwester doch mal einen moralischen Kurzvortrag, von wegen Nichteinmischung in innere Angelegenheiten eines Bruders und so weiter. Linda wird richtig rot, schau an, sie schämt sich, das kommt eigentlich nur sehr selten bei ihr vor.

Heiko, ich seh' es ja ein, das hätte ich nicht tun dürfen, aber ich wollte doch nur Maja helfen. Kannst du mir noch mal verzeihen?

Nur, wenn du mir noch ein Glas eingießt.

Mehr Party als Tradition. Von Holger Fuchs. Untertitel: Erstes (und auch letztes?) Hahnebier der Westeregge. Ob die Westeregge diese Bezeichnung zu Recht führt, sei dahingestellt, am Samstag präsentierte sie sich in der Friedrichstraße aber mit Dixieland und Eierlikör und so weiter und so fort. Tatsächlich der große Aufmacher auf der ersten Seite. Was Fuchs von der Westeregge hält, nämlich nichts, lässt er nur allzu deutlich durchblicken. So richtig objektiv kann man das ja nicht gerade nennen. Allerdings schlägt er zwischendurch auch mal etwas versöhnlichere Töne an. Ich schätze mal, es wird noch den einen oder anderen Leserbrief zu diesem Thema geben. Und sonst so? Viel Sonnenschein, tagsüber bis acht Grad, soll wohl ein Vorgeschmack auf den Frühling werden. Jawohl, lieber Frühling, Heiko ist bereit für dich. Schiffskollision in Brunsbüttel, Container gehen über Bord. Viele Gymnasiasten brauchen Nachhilfe. Sieh zu, wie du klarkommst, Heiko, Nachhilfe bezahlen wir jedenfalls nicht für dich, Vaters Spruch. Post und ADAC schicken Fernbusse auf die Straße. Frauenfest im Bornholdt in Meldorf am achten März. Die Kastanie neben dem Wesselburener Hebbel-Museum musste wegen Pilzbefall gefällt werden. Gewerbeball in Marne. Immer noch Les Misérables im Kino. Auf Super RTL um 22.10 Uhr Mein Leben und ich, das ist gar nicht mal so schlecht, aber natürlich eine Wiederholung. Der Haribo-Chef wird 90. Die Steinböcke sollten sich mehr schonen und entspannen. Anzeige vom NABU: Willkommen, Wolf! Ich weiß nicht, ich finde freilaufende Hunde schon gefährlich genug, müssen wir jetzt auch noch Wölfe haben? Die NABU-Typen haben wahrscheinlich noch nie Jack London gelesen. Der Heidelberger Zoo versteigert Bilder von Affen und Elefanten. Das sind aber Bilder, die von den Affen und Elefanten selbst gemalt wurden. Geht's noch?

Allmählich reicht es mir, noch eine Tasse Kaffee, dann mache ich mich mal auf die Socken. Übrigens ganz normales Frühstück heute, fast wie immer, Vater ist schon weg, Linda ist im Aufbruch begriffen, Lasse bummelt noch rum, Mutter schreibt schon mal am Einkaufszettel. Unimog oder Polo, das ist hier die Frage. Worauf hab' ich heute Bock, darauf reimt sich Unimog. Zeit genug dafür habe ich ja. Aber erstmal tanken, das muss bestimmt mal wieder sein, ich meine, Vater ist neulich auch mal mit dem alten Unimog unterwegs gewesen. Ja, genau 18,3 Liter Diesel. Die Sonne ist auch schon aufgegangen, der Himmel ist richtig schön blau, das finde ich ja cool. Tankvorgang beendet, Öl ist noch genug da, dann kann's ja gleich losgehen. Gleich bedeutet beim Unimog immer gleich nach dem Vorglühen.

Heiko, verstehen Sie was von der Eisenbahn?, fragt Fuchs mich während unserer morgendlichen Stehtisch-Runde.

Märklin, Fleischmann, Roco, Trix...

Nee, nee, schon ein paar Nummern größer. Da hat jemand aus Hemmerwurth angerufen, der hat wohl was mit der Dorfchronik zu tun, der hat ein paar ganz interessante Geschichten zur Eisenbahnstrecke Heide-Karolinenkoog aufgetan. Könnte durchaus was für unsere Leser sein. Hier haben Sie die Telefonnummer, Sie können ruhig schon ziemlich früh anrufen, wurde mir gesagt.

Na gut, alles klar. Ich will jetzt nicht sagen, dass ich so ein richtiger Eisenbahn-Fan bin, aber interessieren tut mich die Thematik schon. Ich habe ja auch schon mal etwas über die alte Kreisbahn recherchiert, das war aber eine Schmalspurbahn, wahrscheinlich war die Bahn von Heide nach Karolinenkoog schon in Normalspur. Irgendwann wusste ich auch mal, wie breit das ist, aber das kann ich ja auch später nachgoogeln. Schön, ich habe einen Auftrag, der mich ein bisschen aufs Land führen wird, und dann auch noch bei diesem schönen Wetter. Insgesamt also gar keine schlechten Aussichten für heute. Ich bin aber heute mit dem Unimog da, sage ich sicherheitshalber zu Fuchs, es kann sein, dass ich dann nicht so wirklich schnell wieder hier bin. Kein Problem für ihn, es reicht ihm, wenn der Artikel heute bis 16 Uhr unter Dach und Fach ist. Und auch ein paar ordentliche Bilder machen, hören Sie, Heiko.

Ja klar, ich habe gehört.

Nur das Allerwichtigste von meinem Vormittagsjob: Ich erwische am Telefon einen offensichtlich etwas älteren Herrn, der anscheinend die Dorfchronik von Hemmerwurth schreibt oder geschrieben hat oder betreut oder was auch immer, so ganz habe ich das nicht kapiert. Ich soll dann aber zu ihm rausfahren, ob halb zehn in Ordnung wäre, perfekt. Er hat dann noch so eine Art Kumpel bei sich, der aber vielleicht ein paar Jahre jünger ist als er. Ich würde den einen mal auf gut und gerne Mitte achtzig schätzen, den anderen aber eher auf höchstens Mitte siebzig. Es geht also um diese Bahnstrecke, die gibt es schon lange nicht mehr, aber früher war sie eben ziemlich bedeutend. Es war tatsächlich keine Schmalspurbahn, sondern so eine richtig große, 1435 Millimeter. Das ist ja heute noch die gängige europäische Spurbreite. Die gesamte Strecke fing eigentlich schon in Neumünster an und endete in Karolinenkoog-Fähre. Zwischenstationen waren hinter Heide

Weddinghusen, Weddingstedt, Stelle-Wittenwurth, Hemme, Hemmerwurth und Karolinenkoog. Wie gesagt, die Strecke endete dann an der Fähre, die nach Tönning rüber führte. Insgesamt knapp 17 Kilometer, das ist ja nicht gerade viel. Aber früher wurde der größte Teil des Güterverkehrs über die Bahn abgewickelt, zum einen gab es nur relativ schlecht befestigte Straßen, zum anderen aber auch nur wenige Lastkraftwagen, die einigermaßen leistungsfähig und zuverlässig waren. Da war die Bahn dann schon mal die bessere Wahl.

Was hat das jetzt konkret mit Hemmerwurth zu tun? Ein Bauer aus dem Dorf hat damals für 1.000 Reichsmark einen Haltepunkt mit Bahnsteig erworben und damit diesen Mini-Bahnhof für viele Jahre zum Mittelpunkt des Dorfes werden lassen. Gut, das kann man sich ja vorstellen, der Zug bringt Handel und Wandel ins ansonsten ja ziemlich abgelegene Dorf, dann entstand auch noch ein Personenverkehr, sodass man mal seine Hühner am Samstag auf dem Heider Wochenmarkt anbieten konnte und so weiter. Sonst noch was? Die gesamte Bahnstrecke Neumünster-Karolinenkoog wurde 1877 eröffnet und gehörte damals der Westholsteinischen Eisenbahngesellschaft. 1890 ging sie aber in den Besitz der Preußischen Staatsbahn über. Ja, damals war Schleswig-Holstein natürlich kein Bundesland, sondern preußische Kolonie, pardon, Provinz. Und warum gibt es die Strecke eigentlich heute nicht mehr? Es fing damit an, dass am 21. Januar 1940 der Fähranleger Karolinenkoog von einer Fliegerbombe getroffen wurde, danach wurde die Strecke in Richtung Heide immer weiter zurückgebaut, es gab aber sogar noch bis 1968 einen Güterverkehr Heide-Weddinghusen. Ein Teil der ehemaligen Bahntrasse ist identisch mit dem Verlauf der heutigen B 5. Okay, gar nicht mal so uninteressant. Modellbahner könnten ja diese Strecke mal in H0 nachbauen, das wäre sicher ganz schick. Man müsste dann aber ganz gerne eine ziemlich große Halle haben, weil die Strecke im Maßstab 1:87 ungefähr 250 Meter lang sein müsste, wenn ich mich jetzt nicht völlig verrechnet habe. Die Lokomotive, die von 1877 bis 1958 auf dieser Strecke unterwegs war, hieß übrigens Karoline. Hat das was mit dem Karolinenkoog zu tun? Ich habe später noch mal das Stichwort Karolinenkoog bei Wikipedia gesucht, da steht aber leider nichts Erhellendes zur Geschichte drin. Der eine Dorfchronist meinte noch, Karoline wäre der Name einer dänischen Prinzessin gewesen. Ich habe dann auch versucht, das rauszukriegen, aber ich habe nur jede Menge Dateien über Caroline von Monaco gefunden.

Die Fotos habe ich diesmal aber nicht vergessen, ich mache eine ganze Menge Aufnahmen von den beiden alten Herren auf der alten Bahntrasse in der Nähe vom ehemaligen Fähranleger Karolinenkoog, da müssen wir aber erstmal hinfahren. Ich lade die beiden in meinen Unimog, das finden sie sogar ganz cool, wenn dieses Wort ihrem Alter noch angemessen ist. Jawohl, die Sonne scheint immer noch, was will man denn mehr. Fotoshooting beendet, abschminken und zurück nach Hemmerwurth. Vielen Dank die Herren, tschüs.

Mir fällt gerade noch ein, dass ich eine dringende Nachricht an die Weishaupt loswerden wollte. Ich halte einfach mal beim Hemmer Sportplatz an, genau da, wo die Glascontainer stehen. So ungefähr hundert Meter weiter wohnt Inken Albers, aber das tut jetzt nichts zur Sache. Ich stelle den Motor ab, der läuft aber noch ein paar Sekunden nach, das muss ich mal Vater sagen, vielleicht weiß er, woran das liegt. Aber das erzähle ich im Grunde genommen nur, weil ich noch einmal darauf hinweisen will, hey Leute, telefoniert nicht beim Fahren, man kann auch mal irgendwo kurz anhalten und Pause machen. Na gut, es gibt natürlich auch Freisprechanlagen, aber ich denke, die lenken einen im Prinzip genauso ab. So, ich wollte jetzt mit Frau Weishaupt telefonieren. Halt, sage ich mir, lieber den Dienstweg einhalten, erstmal bei Heiner versuchen.

Der Versuch klappt, ich erzähle ihm kurz, worum es geht und dass ich gerne möchte, dass es die Frau Hauptkommissarin erfährt, Heiner sagt dann, ich bin mit der Weishaupt heute um eins beim Chinesen, komm' doch einfach dazu, dann kannst du es ihr selber sagen. Gute Idee, bis dann, Heiner.

Ich mag ja gerne mal chinesisch essen, zwar nicht unbedingt täglich, aber ich finde das lecker. Ich kann auch ganz gut mit den Stäbchen umgehen, aber heute nehme ich das normale Besteck, weil das auch Frau Weishaupt und Heiner benutzen. Mittagsbüffet, ist ja gar nicht mal so teuer. Dazu eine große Spezi. Heiner verzichtet auch auf sein geliebtes Bier und hat eine Cola bestellt, Frau Weishaupt trinkt ein Glas Weißwein und dazu Mineralwasser. Als Chefin kann sie sich das ja erlauben. Ich lasse mal die ganze Begrüßung, Bestellung und so weiter weg und auch den ganzen Beschreibungskram, also wie es hier aussieht, was es zu essen gibt, welche Leute sonst noch hier sind und so weiter.

Hauptkommissarin Jutta Weishaupt erzählt uns, dass sie am späten Freitagnachmittag noch bei Ärztin Witkowsky in ihrer Praxis war und dort etwas auf den Busch geklopft hat. Die Frau war wegen ihrer Westeregge im Stress, sie hat aber gesagt, es hätte keinen besonderen Ärger zwischen den anderen Eggen und ihrer Westeregge gegeben, außer dem öffentlichen Ärger mit Leserbriefen und so weiter. Auch keinen persönlichen Zwist zwischen Monscheidt und ihr. Sie hätte aber auch davon gehört, dass Monscheidt falsch abgerechnet habe und auch gelegentlich abgelaufene Medikamente unter die Leute gebracht habe. Von Gerüchten über sein Sexleben hätte sie auch gehört, aber mehr so über drei Ecken.

Dann hat die Weishaupt sie direkt auf das Colchicin angesprochen, das hatte sie auch sofort im Medikamentenschrank gesehen. Witkowsky sagte, das sei ein altes Ärztemuster, sicher schon abgelaufen, sie hätte ihren Schrank schon lange nicht mehr aufgeräumt. Nein, in einer kinderärztlichen Praxis würde das normalerweise gar nicht zum Einsatz kommen. Aber man kommt nicht immer gleich dazu, die Medikamente auszusortieren, die man nicht braucht.

Da die Witkowsky den Braten roch, hat sie Frau Weishaupt von sich aus ihre Alibis für die möglichen Tatzeiten unterbreitet, das müsste man natürlich noch alles überprüfen, wenn sie als Verdächtigte wirklich in Frage käme.

Die Weishaupt hat das aber alles mitgeschrieben: In der Woche vor dem 9. Februar, dem Tag, als Monscheidt in der Tonne gefunden wurde, war Frau Witkowsky zu einer Tagung des Berufsverbandes der Kinder- und Jugendärzte in Heidelberg. Am Samstag, dem 16. Februar, dem Tag, als Tobias Erhard im Tivoli nach einer Überdosis Colchicin starb, war Frau Witkowsky bei ihrer Schwester in Schmöckwitz bei Berlin. Am darauf folgenden Samstag, also dem 23. Februar, starb Karl-Hermann Tietjens während des Hahnebier-Umzuges. An diesem Tag hat Frau Witkowsky angeblich mit einer Bekannten einen Ausflug nach Kiel gemacht. Wie gesagt, das könnte man alles überprüfen. Es sieht aber zunächst nicht so sehr danach aus, dass sie überhaupt als Täterin in Frage kommen könnte. Und Frau Weishaupt kann sich auch kaum vorstellen, dass die Ärztin irgendeine persönliche Beziehung zu Herrn Monscheidt gepflegt haben könnte.

Heiner ergänzt: Zumal es ja auch das Gerücht gibt, sie sei sozusagen vom anderen Ufer.

Ich sage dann auch noch was dazu: Davon habe ich noch nichts gehört, aber dafür was anderes, wo wir gerade bei Gerüchten sind: Der Apotheker Monscheidt soll tatsächlich sexuelle Beziehungen zu seinen weiblichen Angestellten gehabt haben.

Das haben Sie aber vornehm ausgedrückt, Herr Timmermann, sagt Frau Weishaupt. Woher haben Sie das denn, das Gerücht meine ich?

Immerhin von einem Arzt, antworte ich, dem Vater von einem Freund von mir.

Na gut, den Namen brauchen Sie mir jetzt auch nicht zu nennen, aber ich werde das mal im Hinterkopf behalten. Alle weiblichen Angestellten, meinten Sie? Ja, da werde ich die Damen dann wohl mal etwas befragen müssen, aber diskret und einzeln, das scheint mir hier angezeigt zu sein.

Ende meiner Mittagspause, die schon mehr als reichlich überzogen ist. Ich zahle und verabschiede mich mit allen möglichen Höflichkeiten, die aber eher in Richtung Kommissarin als in Richtung Heiner gehen. Dann stelle ich mir die Frage, ob das jetzt eigentlich wirklich was gebracht hat, aber möglicherweise schon. Immerhin will sich die Weishaupt mal die ganzen Apothekenmiezen vornehmen. Vielleicht stößt sie dabei ja endlich mal auf was Neues. Bisher weiß man ja eigentlich kaum was, weder, wo das Colchicin herstammte, noch, warum eigentlich diese drei Männer gestorben sind. Das einzige, was sie verbindet, ist die Tatsache, dass sie Eggenbrüder waren. Aber nicht alle aus derselben Egge. Es ist ja eigentlich zum Verrücktwerden, das Ganze. Immerhin ist aber bei der ganzen Feierei der Westeregge niemand über den Jordan gegangen, das ist ja auch schon mal was. Da waren ja nicht mal Salmonellen im Eierlikör.

Zurück in der Redaktion, jetzt muss ich mich aber wirklich mal um meine Hemmerwurther Jungs mit ihrer Dampflok Karoline kümmern. Um mich mal ein bisschen rückzuversichern, suche ich bei Google auch nach der Westholsteinischen Eisenbahngesellschaft und finde noch einiges heraus, was ganz interessant ist, aber was ich unmöglich noch alles in so einen kleinen Artikel hineinstopfen kann. Die Strecke Neumünster-Heide-Karolinenkoog war die erste Nebenbahn Deutschlands und wurde 1877 fertiggestellt, das stimmt ja mit meinen Notizen überein. Ein Jahr später, vielleicht könnte man auch sagen, erst ein Jahr später, war die Strecke der Marschbahn von Hamburg-Altona über Itzehoe bis Heide fertig. Aber in Heide war dann erstmal Schluss, es ging noch nicht weiter über Lunden und Friedrichstadt nach Husum, das kam erst später. Die Verbindung nach Norden ging eisenbahnmäßig dann nur von Heide aus nach Karolinenkoog, dann mit der Fähre rüber nach Tönning, das war allerdings keine Eisenbahnfähre, wie man sie heute kennt, sondern die Herrschaften mussten raus aus ihrem Waggon und zu Fuß auf die Fähre. Das Gepäck und überhaupt alle Güter mussten von Hand umgeladen werden. Sehr romantisch. Dann gab es aber eine Bahnstrecke zwischen Tönning und Husum, die besteht ja immer noch. Von Husum aus konnte man zu der Zeit dann noch mit der Bahn weiter nach Flensburg fahren. Damals ging noch was, könnte man sagen, da war noch Luft nach oben. War ja auch die sogenannte Gründerzeit, da wurde alles Mögliche gegründet, auch jede Menge Eisenbahngesellschaften. Die Wesselburen-Heider Eisenbahn-Gesellschaft zum Beispiel. Okay, ich höre jetzt mal auf mit dem Thema, sonst verhedder ich mich noch in den Gleisen. 1.435 Millimeter Spurbreite.

Und, fragt Fuchs mich gerade, wie sieht's aus mit Hemmerwurth, Heiko? Bin gleich durch, sage ich, und dann muss ich noch das beste Foto aussuchen.

Zeigen Sie doch mal her... Ja, das würde ich doch nehmen, ist das die Eider da im Hintergrund?

Ja, beim ehemaligen Fähranleger vom Karolinenkoog.

Wenn er jetzt noch Weitermachen sagt, drehe ich ab. Nein, tut er nicht, der gute Fuchs, der ist nicht so militärisch drauf. Wenigstens hat er mir noch mit keiner neuen Aufgabe gedroht, das bedeutet ja, dass ich heute ohne zweiten Job davonkomme, oder?

Ja, tatsächlich, wir haben eben Montag, da liegt manchmal nicht so viel an, worüber man unbedingt berichten muss. Friseure und Museen haben geschlossen, nur bei den Ärzten und in den Autohäusern soll ja am Montag ziemlich viel los sein. Da kommen dann die ganzen Blaumacher und die Leute, die am Wochenende durchgerechnet haben, ob sie sich ihre Traumkarre eigentlich auch leisten können. Bei Traumkarre muss ich wieder an Linda denken mit ihrem Mini-Wunsch. Ich wollte ihr doch schon lange mal das Autofahren beibringen. Auf unserem Hofplatz oder vielleicht besser auf dem Sportplatz von Blau-Weiß Wesselburen. Immer noch kein neuer Auftrag vom Chef, ich bin schon längst mit meinem Artikel fertig und hänge jetzt einfach nur meinen Gedanken nach, wie man natürlich schon längst bemerkt hat.

Tatsächlich Feierabend, geil. Gibt es schon so etwas wie einen Ausblick auf morgen? Nein, höchstens dass morgen Dienstag ist, da wäre ja auch keiner von selbst drauf gekommen. Schönen Feierabend dann, tschüs, ich trete den Rückzug in Richtung Unimog an. Heute habe ich viel über die Eisenbahn gelernt, denke ich, damit kann ich bestimmt mal bei Vater punkten, der steht ja auf solche Themen.

Vorglühen, brumm, wrumm, wreng, dann fädele ich mich in den Heider Feierabendverkehr ein. Ein Stückchen Kuchen vor dem Abendbrot wäre nicht verkehrt, Kaffee habe ich heute Nachmittag auch noch nicht gehabt, ich hatte keine Lust welchen aufzusetzen, wenn man da zu oft die Initiative ergreift, denken die anderen, man macht das immer und dann hat man sozusagen den Job. Bei Scharbau in Lohe ist gar nicht so viel los, ich habe jede Menge Platz auf dem Parkplatz, ach nee, das klingt irgendwie doof, also für den Unimog ist noch ausreichend Parkraum vorhanden. Heike ist persönlich anwesend, das finde ich ja cool, am liebsten würde ich jetzt über den Tresen springen und sie abknutschen. Gibt es eigentlich etwas Schöneres als eine Bäckereifachverkäuferin als Freundin? Das sollte jetzt nur eine rhetorische Frage sein. Kein Kunde vor mir, die Postmieze scheint auch gerade in ihrem Nebenraum verschwunden zu sein.

Na, du?, sagt Heike. Komisch, das hat Maja auch immer gesagt. Aber bei Heike klingt es noch besser.

Ich brauch' 'n paar Stücke Kuchen zum Einläuten des Feierabends, sage ich, ich glaub', ich nehm' mal drei Franzbrötchen, bitte.

Und, sage ich, während Heike mit geschickten Händen die Tüte falzt, wie sieht's denn so mit Donnerstag aus, bei dir wieder vielleicht?

Ich hab' Freitag wieder Frühschicht, Heiko, aber wenn du Lust hast, kannst du doch gleich nach deinem Feierabend kommen, wir könnten ja auch mal was kochen. Gibt es irgendwas, was du nicht magst?

Außer Hasenbraten und Schwarzsauer alles, sage ich, ja, gute Idee, gerne. Ich kann denn ja auch so gegen zehn wieder fahren.

Bis dahin hätten wir ja auch noch ein bisschen Zeit für den Nachtisch, Heiko...

Das Säuseln hat ein jähes Ende, die Postmieze ist aufgetaucht und fragt Heike, ob sie einen Fünfziger kleinmachen kann. Jawohl, geht. Mich würde mal interessieren, was für einen Umsatz der Laden so am Tag macht. Aber nicht jetzt natürlich. Außerdem kommen jetzt auch noch ein paar Kunden auf einmal rein. Tschüs denn, sage ich. Küssen geht leider nicht, schon allein wegen dem Tresen, das habe ich ja schon mal gesagt. Vielleicht kann ich Rolf mal dazu bewegen, dass wir ein paar Hechtsprünge über den Querkasten trainieren, die könnte ich dann hier bei Gelegenheit performen. Heike winkt mir noch kurz zu und zwinkert mit dem Auge. Mit dem linken oder dem rechten. Auf jeden Fall aber nur mit einem Auge. Auch die Post lächelt mir huldvoll zu.

Der Motor vom Unimog läuft so komisch nach, wenn er abgestellt wird, sage ich, nicht immer, aber ab und zu mal.

Hmm, sagt Vater und beißt gleichzeitig ein riesiges Stück von seinem Franzbrötchen ab, ungefähr die Hälfte, würde ich mal sagen.

Und springt er vernünftig an?

Kann ich schlecht sagen, normal schon.

Vielleicht Leerlaufabschaltventil. Guck' ich mir morgen mal an, Heiko. Fahr' man morgen lieber mit dem Polo. Auch noch Kaffee?

Ja, danke.

Dann kommt noch Lasse vorbei, er greift sich das letzte Franzbrötchen ab, ich hätte vielleicht doch lieber fünf nehmen sollen.

Und sonst so, Heiko?

Geht gut, Vater.

Ich lasse dann noch meine Hemmerwurth-Recherchen vom Stapel, also diese ganzen Eisenbahngeschichten von früher, jedenfalls soweit ich sie noch im Kopf habe. Vaters Augen leuchten erwartungsgemäß.

War ja alles lange vor meiner Zeit, Heiko, aber mein Vater hat auch noch von der Bahn erzählt, das muss so um 1958 herum gewesen sein, als...

Da kommen plötzlich unsere Timmermann-Damen herein. Erklärung: Mutter war in der Stadt, also in Heide, zum Einkaufen und hat dann dank moderner Kommunikationstechnik mit Linda vereinbart, dass sie sie am Krankenhaus abholt. Na, dann sind wir ja alle wieder vollzählig. Mutter hat bei

Böttcher eine neue Bluse gekauft, die war runtergesetzt, dann bei Stolz... Und so weiter und so fort.

Zwischendurch fällt mir plötzlich ein, dass ich doch morgen frei habe. jawohl, immer noch Semesterferien an der FH in Kiel. Mit einem Wort: Geil!

Beim Abendbrot lässt es sich Vater leider nicht nehmen, zwischen Schinkenbrot und Eibrot seine historische Betrachtung des Karolinenkoogs zum Besten zu geben. Also: Das Gebiet war praktisch früher das Eider-Vorland und man hätte es schon viel früher eindeichen können, der Deich wurde aber erst im Jahr 1800 gebaut. Wahrscheinlich waren vorher die Besitzverhältnisse nicht richtig geklärt oder es gab Finanzierungsprobleme. Jedenfalls war Christian VII. damals dänischer König und Herzog von Schleswig-Holstein. De facto war er allerdings entmachtet, weil er offenbar nicht alle Latten am Zaun hatte, sein Sohn führte die Amtsgeschäfte. Es heißt ja immer, eine Prinzessin Karoline mit K wäre die Namensgeberin des Kooges gewesen, aber möglicherweise sei das doch eher Caroline mit C gewesen, Christians Gattin. Übrigens eigentlich Caroline Mathilde von Großbritannien, die Schwester des englischen Königs Georg, King George the Third. Und sie war auch noch Christians Kusine und bei der Heirat erst 15 Jahre alt.

Halt, stopp, sage ich, erst 15, war das denn erlaubt?

Offensichtlich ja, meint Vater.

Und dann auch noch seine Kusine. Das ist ja so, als ob ich Europa heiraten würde.

Untersteh' dich, wirft Mutter ein, ich möchte meine Schwester nicht als Mutter meiner Schwiegertochter haben.

Aber man darf das, sage ich, ich meine, die Kusine heiraten oder andersherum. Steht irgendwo im BGB. Darf man eigentlich auch seine Tante heiraten?

Diese Frage löst bei Mutter noch mehr Entrüstung aus, während Vater zumindest darum bemüht ist, eine sachliche Antwort zu finden. Verdammt komplizierte Sache, Heiko, nein, da weiß ich einfach keine Antwort drauf. Aber ich würde sagen, deine Tante ist doch etwas näher blutsverwandt mit dir als deine Kusine. Bei der Kusine hat ja wenigstens noch einer von außen mitgemischt.

Als Linda noch zur Schule ging, gab es in ihrer Klasse zwei Mädchen, von denen es immer hieß, sie wären Kusinen, bis mal die jüngere von beiden sagte, sie wäre aber die Tante der anderen. Sie haben dann die Lehrerin gefragt, ob das überhaupt angehen kann, und die hat es dann erklärt, so richtig mit Tafelbild und jeder Menge bunter Kreide, Ergebnis: Ja, so was gibt es wirklich.

Vater nutzt die Gesprächspause, um wieder auf den Karolinenkoog zurückzukommen. Ja, das sei ja schon bei der Eindeichung eigentlich älteres Marschland gewesen, besonders gut für den Kartoffelanbau geeignet und so weiter und so fort.

Jetzt ist aber langsam mal gut mit dem Kalorienkoog, denke ich. Wir sind ja auch schon längst fertig mit dem Abendbrot, ich fange schon mal unauffällig mit dem Abdecken an. Jetzt kommen auch wieder andere Themen zur Sprache, zum Beispiel das Fernsehprogramm von heute Abend. Lasse soll mal die Funk Uhr holen und vorlesen, das übt. Im Ersten Erlebnis Erde, im Zweiten Und alle haben geschwiegen, Wer wird Millionär auf RTL, in SAT.1 Der letzte Bulle, Die Simpsons auf Pro7, Markt im Dritten, bei 3Sat Sex in der verschleierten Welt...

Halt, Lasse, das reicht jetzt. Sex hat er ja noch richtig ausgesprochen, aber bei verschleiert musste er dreimal ansetzen. Was gibt's nach Millionär, möchte Mutter wissen. Rach. Na gut, dann ist ja alles klar.

Aufräumen, Abwaschen, Sachen für morgen früh zurechtlegen. Auf Fernsehen habe ich heute Abend eigentlich keine Lust, ich glaube, ich werde einfach mal früh zu Bett gehen. Und morgen mache ich wirklich mal einen auf Wellness, Vater soll bloß nicht auf die Idee kommen, mich wieder irgendwo einzuspannen. Am Ende soll ich noch Kleie von Reinsbüttel nach Büsum fahren, immer hin und her, den ganzen Tag. Nein danke. Aber die Tagesschau, die müsste ich mir jetzt mal angucken, das habe ich schon lange nicht mehr gemacht.

Meine wichtigste Nachricht: Frühlingshafte Temperaturen, morgen bis zehn Grad bei uns, heute Nacht aber noch unter dem Gefrierpunkt. Und Sonne, Leute, Sonne soll es geben. Genau das Richtige für meinen Wellness-Tag. Okay, es gibt aber auch andere Nachrichten, teilweise sehr schlimme, aber das ist ja leider immer so. Bombenanschlag in Pakistan zum Beispiel. Dann mittelschlimme Nachrichten, mal wieder zum Flughafen BER, ob das wohl jemals was werden wird. Heider Bahnhof XXL. Der frühere Chef des Frankfurter Flughafens, Wilhelm Bender, will jetzt doch nicht als Berater zur Verfügung stehen, trotz 4.000 Euro Gehalt am Tag. Am Tag, aber hallo. Die Gesellschafter, also die Länder Berlin und Brandenburg und der Bund, seien sich in wesentlichen Fragen nicht einig. Werden jetzt irgendwelche Termine für eine Eröffnung des Flughafens genannt? Nein, da will sich wieder keiner aus dem Fenster lehnen. Meine Prognose: 2018. Aber vielleicht doch erst 2028. Ein ehemaliger griechischer Politiker ist wegen Korruption zu acht Jahren Gefängnis verurteilt worden, seltsamerweise gehörte er der Sozialistischen Partei an. Gut, es sind natürlich noch ein paar andere Sachen passiert, aber ich hoffe, ihr habt nichts dagegen, dass ich die einfach mal auslasse.

Umschalten auf Wer wird Millionär, ich bleibe doch einfach mal sitzen bis zur ersten Werbepause, so schlimm ist die Sendung ja auch nicht, aber dann ziehe ich mich aus dem Familienverkehr und sage vorsichtshalber schon mal gute Nacht zu den Eltern und zu Lasse. Aus Lindas Zimmer dröhnt die quäkige Stimme von Lisa Simpson, müssen wir heute irgendwelche Probleme durchkauen, frage ich mich gerade. Nee, muss nicht sein. Die letzte Sitzung war erst gestern Abend, das muss erstmal vorhalten. Bin ja gespannt, wie lange Linda es wohl durchhalten wird, sich nicht in meine inneren Angelegenheiten einzumischen.

Heiko, hast du verschlafen?, weckt mich die etwas unangenehm klingende Stimme meiner Mutter am nächsten Morgen.

Nee, heute ist doch Dienstag, ich hab' noch Semesterferien, übrigens nächsten Dienstag auch noch.

Na dann ist ja gut, du hätt'st ja auch was sagen können.

Tür wieder zu, Licht wieder aus. Ich versuche wieder einzuschlafen, das gelingt mir auch, aber nicht so besonders lange, nur bis halb acht ungefähr. Das liegt vermutlich daran, dass ich gestern Abend wirklich sehr früh zu Bett gegangen bin. Außerdem ist es jetzt schon ziemlich hell, Sonnenaufgang heute 6.56 Uhr, da kann man eigentlich nicht meckern. Irgendwann kommt ja wieder die Umstellung auf die Sommerzeit, da ist es dann morgens erstmal wieder dunkel, das nervt vielleicht. Ich habe gerade noch einen völlig wirren Traum gehabt, ich habe in einer Badewanne voller Gurkensalat gebadet. Aber mit Essig und Öl, nicht mit Sahnedressing. Ich versuche einen Zusammenhang herzustellen, das gelingt mir aber nicht. Vielleicht habe ich einfach auch nur mal wieder Appetit auf schönen frischen Gurkensalat. Wenn ich schon an Essen denke, kann ich ja auch aufstehen.

Unter der Dusche denke ich aber an Heike. Vielleicht sollte ich Opa mal dazu anregen, dass er auch eine richtig große Duschkabine in das Haus schräg gegenüber vom Tivoli einbaut. Aber auf eine Badewanne würde ich ungern verzichten. Es gibt ja auch welche als Whirlpool, vielleicht kann man sich da drin sogar trockenschleudern lassen. Ach ja, Heike, ich hätte mich eigentlich auch schon für heute mit ihr verabreden können, aber auf den Gedanken bin ich gar nicht gekommen. Macht ja nichts, wir sehen uns ja schon Donnerstag. Und so ein richtig freier Tag zwischendurch ist auch mal nicht verkehrt.

Mutter wundert sich etwas, dass ich schon auf bin. Du musst aber neuen Kaffee aufsetzen, da ist nur noch 'ne halbe Tasse in der Thermos, hörst du. Ja, und der Tisch ist schon abgeräumt, ich wusste ja nicht, dass du dann doch so früh aufstehst.

Das wusste ich auch nicht. Ich mache mir Kaffee und frühstücke dann gemütlich in der Küche. Ohne Radio, aber mit Zeitung. Der erste Storch ist wieder da, das passt ja. Fische haben keine Lobby. 100 Liter Heizöl kosten etwas über 90 Euro. Im Februar war es in Dithmarschen trocken und kalt. Die Wandergruppe der Meldorfer Hausfrauen-Union trifft sich zum Grünkohlessen in der Erheiterung. Ein Artikel von Maja über die Arkebeker Band Bruno. Gar nicht so schlecht geschrieben. Ein Bahnhof für 1.000 Mark, das ist von mir. Auch gar nicht so schlecht geschrieben. Ein Leserfoto, das einen Steg am Selenter See zeigt, ist wirklich so toll, dass ich mir das am liebsten als Poster an die Wand hängen würde. Wahrscheinlich ginge das echt, an die Datei würde ich wohl rankommen, aber eigentlich müsste ich dann wohl auch offiziell den Fotografen um Erlaubnis fragen. Mal sehen. Ein Polo wird für 300 Euro angeboten, unglaublich, der hat sogar noch bis zum September TÜV. Aber wahrscheinlich fällt er schon vorher auseinander. Vater sagt immer, alles, was unter 1.000 Euro angeboten wird, kann man sowieso vergessen. Nichts Überzeugendes im Fernsehen. Die Steinböcke sollen ihr Leben möglichst schnell wieder in Ordnung bringen. Komisch, ich kann da zwischen mir und Heike keine Unordnung erkennen, eigentlich eher im Gegenteil. Voraussichtlich bis morgen Sonne satt in Deutschland. Ein Siebenjähriger ist bei dem Versuch ums Leben gekommen, einen Fünfjährigen zu retten, der ins Eis eingebrochen war. Mein Gott, das ist wirklich schrecklich. Vielleicht noch was Positives zum Schluss: Nindorf schlägt Meldorf im Feldboßeln. Na gut, das war jetzt wirklich nur für Nindorf positiv.

Ich bin ganz schön am Herumbummeln, muss ich mal ganz selbstkritisch feststellen, aber ich kann mir das heute ja auch erlauben. Mit dem Frühstück bin ich so langsam fertig, ich räume dann natürlich auch ab und so weiter, nicht dass einer denkt, ich lasse hier alles stehen und liegen. Mal gucken, was Mutter gerade macht, von der habe ich jetzt gar nichts gesehen. Aha, sie ist im Büro und dann auch noch voll am Telefonieren. Scheint geschäftlich zu sein. Ich will dann lieber nicht stören. Irgendwas will ich jetzt aber auch vorhaben. Schwimmbad wäre nicht schlecht. Hallenbad in Heide, Dithmarscher Wasserwelt. Nächster Gedanke: Donald ist auch in Heide, vielleicht hat der ja auch Bock. Also kurz mal mit dem Schnurlosen telefonieren. Geht ja, wir haben mehrere Leitungen, ich muss also nicht abwarten, bis Mutter ihre Geschäfte zu Ende abgewickelt hat.

Ich erwische sogar Donald persönlich, der ist gerade noch am Frühstücken. Ja, Hallenbad wäre schon okay, vielleicht können wir da dann ja auch was essen. Seine Mutter ist heute den ganzen Tag in Hamburg, Klamotten kaufen, da soll er sich heute Mittag selber was kochen, darauf hat er wohl nicht so viel Lust. Okay, ich werde dann zu Donald fahren, ist ja nicht weit von der Wasserwelt, dann können wir von da zu Fuß hingehen. Perfekt.

Ich packe meine Badesachen zusammen, vielleicht sollte man noch ein Schwimmtier mitnehmen oder ein Quietscheentchen. Einmal bei Mutter abmelden, die hat wohl zu Ende telefoniert und wälzt gerade irgendwelche Akten im Büro. Ich melde mich auch offiziell vom Mittagessen ab, ja, ich werde was mit Donald zusammen essen nach dem Baden. Pass auf, dass du nicht untergehst und schöne Grüße an Donald. Das mit den Grüßen an Donald ist bei meiner Mutter nicht nur so eine Floskel, das meint sie schon ernst, weil sie ihn irgendwie gerne leiden mag. Kann ich aber auch verstehen, Donald Petersen ist einfach ein guter Typ.

Wir machen dann sozusagen ein paar Stunden einen auf männliche Wellness, mal ein paar Bahnen schwimmen, mal ein paar gepflegte Sprünge, dann mal gucken, wie weit man noch tauchen kann und so weiter. Es gibt ja auch noch diese Blubberbecken, in denen man im heißen Wasser abhängen kann, da kann man sich dann auch mal ganz gut unterhalten. Ich erzähle jetzt nicht in Dialogform und der Reihe nach, worüber wir reden, sondern einfach mal nur die Ergebnisse oder meinetwegen auch einfach nur die Themen: Donald ist wohl doch etwas am Grübeln über seine Büchereimiezen-Affäre, er will mal versuchen, ein bisschen mehr Abstand zu gewinnen, wie er sagt, er hat sich vorgenommen, einfach noch ein paar Tage länger in Heide zu bleiben. Vielleicht sogar noch zwei Wochen, mal sehen. Spart ja auch Geld.

Dann kauen wir noch mal meine ganzen Beziehungskisten durch, Donald meint auch, das, was Linda neulich zu mir gesagt hat, nämlich dass Maja so eine Art Bindungsangst haben könnte, das würde ihm auch voll einleuchten. Wenn man als Kind die Scheidungsgeschichte seiner Eltern miterlebt, dann wäre das Urvertrauen schon erheblich angeknackst und man hätte dann das Gefühl, dass man von einer engen Beziehung nur enttäuscht werden könnte. Und dann würde man sie lieber erst gar nicht eingehen. Okay, wenn er meint, er ist der Psychologe. Überhaupt die Scheidungskinder, fährt Donald fort, die geben sich sogar manchmal selbst die Schuld daran, dass ihre Eltern auseinandergegangen sind. Na gut, das wird mir aber langsam etwas zu kompliziert. Außerdem wird mir kalt, wir sind ja auch schon fast zwei Stunden hier.

Zwei Schnitzel mit Pommes und Cola in der Cafeteria wärmen uns wieder von innen auf. Thematisch haben wir mittlerweile die Damenwelt verlassen und uns eher den Hahnebier-Morden zugewandt. Ich erzähle vom aktuellen Stand der Ermittlungen, was Donald schon ganz interessant findet.

Cherchez la femme, Heiko, solche Giftmorde sind doch typisch Frau, sagt man immer. Wo haben wir denn Frauen?

Naja, diese ganzen Apothekenmiezen, die der Alte angeblich vernascht hat.

Vielleicht haben die sich ja zusammengetan, Heiko, so ähnlich wie bei Mord im Orientexpress, und dann haben sie ihn gekillt.

Ja, kenn' ich, den Film. Und warum sollen sie das getan haben, Donald?

Weil er sie alle der Reihe nach betrogen hat, vielleicht mit irgendwelchen falschen Versprechungen hinters Licht geführt hat oder so was in der Art. Nur diese beiden anderen Morde, die können doch eigentlich damit nichts zu tun haben.

Genau das ist es ja, Donald.

Aber diese Apothekerfrau, Heiko, die finde ich auch verdächtig. Das passt der Alten doch bestimmt nicht, dass ihr Gatte da nach und nach sämtliche pharmazeutischen Mädels flachgelegt hat.

Wenn sie es denn mitgekriegt hat. Aber, wie gesagt, da kann es doch keine Verbindung zu den beiden anderen Morden geben, oder?

Nein, da kommen wir jetzt natürlich nicht wirklich dahinter, wie auch. Aber immerhin können wir uns auf die Beurteilung einigen, dass die Polizei auch nicht gerade mit Hochdruck an dem Fall oder den Fällen zu arbeiten scheint. Da musst du mal wieder ran, Heiko, sonst wird da nichts draus.

Meint er das jetzt ernst oder will Donald mich jetzt einfach ein bisschen verarschen? Nee, er scheint das wirklich so zu meinen. Wenn man jemanden ziemlich lange kennt, so ungefähr über zehn Jahre, kann man das schon einschätzen. Er traut mir also echt zu, dass ich das Rätsel lösen könnte, vielen Dank für Ihr Vertrauen, Herr Petersen. Eigentlich könnte er mir dann aber auch ein bisschen dabei helfen, solange er noch in Heide ist. Das sage ich jetzt aber nicht zu ihm, das denke ich nur. Sagen tun wir beide jetzt sowieso nicht mehr so viel, unser Aufenthalt in der Schwimmbad-Cafeteria neigt sich dem Ende zu. Wir gehen dann zurück zu Donalds Haus, da steht mein Polo, ich weiß gar nicht, ob ich das überhaupt schon erzählt habe. Petersens wohnen ja gar nicht so weit von der Dithmarscher Wasserwelt entfernt. Das habe ich aber bestimmt schon mal gesagt.

Wollen wir nicht noch 'n Kaffee trinken, schlägt Donald vor.

Ach nee, lass man stecken, ich muss auch gleich noch mal in die Apotheke.

Donald grinst sich eins, das soll wohl ungefähr bedeuten: Aha, Heiko startet jetzt voll durch mit seinen Ermittlungen, na dann viel Erfolg dabei. Wir sagen dann noch tschüs, war gut, wir telefonieren dann, schöne Grüße beiderseits an die ältere Generation und so weiter. Er geht dann ins Haus, ich steige in den Polo und fahre erstmal zum Parkplatz Koopmannshof, das ist ja praktisch neben Marktkauf, diesem großen Laden für alles Mögliche. Ich muss da auch gleich mal reingehen, weil ich mir einen Stenoblock und einen Kuli kaufen muss, ich habe nämlich leider nichts zum Notieren dabei. Bin ja heute auch privat unterwegs, da braucht man normalerweise kein Zeitungsschreiber-Werkzeug. Einen richtigen Stenoblock haben sie nicht, nur so etwas ähnliches, also ohne roten Strich in der Mitte, aber das geht ja auch. Ach so, ja, was ich bei Marktkauf etwas nervig finde, ist der Umstand, dass der gesamte Laden auf zwei Stockwerke verteilt ist. Manche Sachen sind oben, die man eher unten vermuten würde, oder umgekehrt. Dazwischen ist so eine Art Rolltreppe, aber ohne Treppenstufen, ich weiß gar nicht, wie man so was überhaupt nennt, Rollbahn vielleicht, nee, das klingt aber doch eher nach Flughafen. Ich bleibe jetzt aber einfach mal bei Rollbahn. Darauf kann man auch seinen Einkaufswagen in die obere Etage bewegen, wenn man möchte. Aber einen Einkaufswagen habe ich jetzt natürlich nicht genommen, nicht einmal einen Einkaufskorb. Wo war ich jetzt? Die Schreibwaren gibt es oben, ich muss dann gleich wieder runter. Dann schleiche ich noch etwas durch die Weinabteilung, kaufe aber nichts, weil mir gerade einfällt, dass ich noch ein paar Flaschen vom Weinhaus Hansen in meiner Kemenate gebunkert habe. Also auf zur Kasse, leider jede Menge Leute vor mir. Mein Blick fällt auf Dallmeyers Backhus, da könnte ich gleich auf einen Kaffee vor Anker gehen.

Einen doppelten Espresso bitte, ich habe es nötig, weil ich von der Schwimmerei ganz schön müde geworden bin. Ein freier Sitzplatz in der Ecke, perfekt. Ich verrate euch jetzt auch, was ich vorhabe. Na gut, ihr habt es schon längst geahnt, ihr seid ja auch nicht von gestern, ich sage es aber trotzdem: Ich will möglichst viele Informationen über die weibliche Besatzung der Drachen-Apotheke zusammensammeln. Zusammensammeln klingt irgendwie bescheuert, aber mir fällt gerade nichts Besseres ein. Ein Lineal wäre jetzt nicht schlecht, aber die haben natürlich keins. Ich könnte ja auch den Handwerker am Nebentisch mal kurz um seinen Zollstock bitten. Nee, Quatsch, ich mache natürlich die Striche für meine Tabelle aus der freien Hand. Wie viele Pharmazie-Damen waren es denn bei meinem letzten Besuch? Vier oder fünf? Ich mache mal lieber eine Tabelle mit sechs Spalten. Entschuldigung für die Spalten, das soll jetzt wirklich keine Anspielung sein. Ich hätte mir das letzte Mal, als ich Alka-Seltzer gekauft hatte, lieber gleich ein paar Notizen machen sollen. Halt, stopp, erstmal einen Schluck Espresso, der muss heiß getrunken werden. Ja, der ist gut. So, nun muss ich natürlich mein Gedächtnis strapazieren, mal schauen, was da noch in den grauen Zellen hängengeblieben ist. Da war zunächst mal die Frau Monscheidt selber, nicht mehr wirklich jung, graue Haare, sie war aber die einzige ohne Brille. Also kann ich bei den anderen Mädels schon mal Brille eintragen. Dann der braune Muffin mit der dicken blauen Halskette. Meine Favoritin, das weiß ich noch. Eine Zierliche mit Pferdeschwanz war da auch noch. So, das sind drei. Eine etwas Kräftigere, aber die habe ich gar nicht mehr vor meinem geistigen Auge. Bei Nummer fünf muss ich passen, bei Nummer sechs erst recht, vielleicht existieren die ja auch gar nicht. Sonst noch irgendwelche Details? In diesen weißen Kitteln sehen sie ja alle ziemlich ähnlich aus. Rangabzeichen waren da ja nicht drauf. Aber vielleicht doch Namensschilder? Darauf habe ich bei meinem Alka-Seltzer-Einkauf gar nicht geachtet. Na gut, das werde ich ja hoffentlich gleich sehen.

Mein letzter Espresso-Schluck war doch leider schon ziemlich abgekühlt. Aber egal, ich stelle meine Tasse weg und mache mich auf den Weg, sozusagen mit dem Notizblock im Anschlag. Von Marktkauf bis zur Apotheke sind es nur ein paar hundert Meter, vielleicht sogar weniger, ich kann solche Entfernungen leider nur sehr schlecht abschätzen. Da haben wir sie schon, die gute alte Drachen-Apotheke. Alles schön ausgeleuchtet, wie immer, wenn nicht gerade die Spurensicherung die Bude auf den Kopf stellt. Nein, Blödsinn, die haben ja auch Licht gebraucht beim Suchen. Egal, ich bin schon mal drinnen, vor mir steht eine kleine Schlange in Warteposition, das ist nicht ungünstig, da kann ich durchaus noch ein paar kleine Beobachtungen machen. Feststellung Nummer eins: Ja, die Damen haben Namensschilder, die sind aber jetzt nicht irgendwie eingestickt wie dieses Drachensymbol, das sie alle auf ihren Kitteln tragen. Ich erkenne auch diejenigen gleich wieder, über die ich mir schon Gedanken gemacht habe. Die etwas Üppigere hat so eine undefinierbare Frisur, ich ergänze das kurz auf meinem Block. Das sieht hoffentlich so aus, als würde ich gerade meinen Einkaufszettel vervollständigen. Die Schlange kommt etwas in Bewegung und rückt näher, es wird nicht mehr lange dauern, bis ich drankomme. Zwei Namen kann ich schon mal lesen und notieren. Um es vorwegzunehmen, ja, ich kann am Ende alle Namen dokumentieren, wenn auch den letzten erst, nachdem ich schon wieder draußen bin, sozusagen im Gehen. Aber darauf komme ich noch später zurück. Jetzt bin ich dran.

Ich hätte gern Zitronensäure, sage ich zu Frau Holle. Tatsächlich Frau Holle, wie im Märchen, das gibt es doch gar nicht. Das gibt es offensichtlich doch, denn Frau Holle fragt mich: Und wie viel, bitte?

Ja, sage ich, zum Entkalken, also zum Entkalken der Kaffeemaschine, wie viel nimmt man da denn so?

Gewöhnlich wiegen wir unseren Kunden ein halbes Pfund ab, in einem Becher mit Schraubverschluss, den können Sie dann auch das nächste Mal mitnehmen, dann kostet das etwas weniger.

Ja, dann nehme ich gern ein halbes Pfund.

Frau Holle entschwindet und gibt mir den Blick auf ihre Kolleginnen frei. Ich kann mir noch zwei Namen in meine Tabelle eintragen, aber dann höre ich lieber auf, sonst halten die mich hier noch für einen Spanner. Mir fällt jetzt noch eine Dame mit großen Ohrringen auf, die war, glaube ich, das letzte Mal gar nicht da. Den Namen und die Ohrringe muss ich in mein Kurzzeitgedächtnis eingeben. Schließlich kommt Frau Holle wieder mit ihrem weißen Plastikbecher mit dem roten Deckel.

Die Dosierung habe ich Ihnen aufgeschrieben, das macht dann sechs Euro zwanzig.

Ich habe mich später mal darüber informiert, wie das Preisniveau bei Zitronensäure im allgemeinen ist. Kilopreis so etwa bei drei Euro. Naja, Apothekerpreise.

Immerhin bekomme ich tatsächlich noch eine Packung Papiertaschentücher. Vielen Dank, das war's, schönen Abend noch.

Ich gehe schnell zwei Häuser weiter und rein in die Post, da kann man sich auch irgendwo kurz hinsetzen und seine Briefmarken aufkleben. Ich nutze jetzt aber diese Gelegenheit zum Ergänzen meiner Notizen. Inklusive Madame Monscheidt habe ich jetzt fünf Apothekenmiezen, die weiteren Namen sind Holle, Heusinger, Heimann und Hermann. Alle mit H, seltsam. Und alle mit Brille, aber das Thema hatten wir schon mal. Frau Heimann ist die mit dem Pferdeschwanz, Frau Heusinger ist die mit der dicken Kette um den Hals und den kurzen Haaren in der Muffin-Tönung, Frau Hermann hat diese großen Ohrringe, die sehen aber auch richtig schwer aus, davon müssen doch irgendwann mal die Ohrläppchen ausgeleiert sein. Ach ja, Frau Holle noch: Das ist die etwas Kräftigere mit der undefinierbaren Frisur und einer auffälligen Brille mit schwarzem Gestell. Weil ich noch Platz auf meinem Blatt habe, mache ich noch ein paar Zeichnungen, aber ich fürchte, die sind so schlecht, dass sie euch auch nicht weiterhelfen würden.

Worauf ich jetzt nicht geachtet habe: Eheringe. Mist, das habe ich völlig vergessen. Aber ich kann da jetzt natürlich nicht einfach wieder reingehen und darum bitten, dass mir die Damen noch mal kurz ihre Hände zeigen. Wäre das denn überhaupt relevant? Nee, wahrscheinlich sowieso nicht. Was habe ich denn überhaupt herausgefunden? Im Grunde genommen weiß ich jetzt nur, wie die Mädels alle heißen und wie sie aussehen. Wenn die Gerüchte wirklich stimmen, hat der selige Chef die alle nacheinander vernascht. Kann man sich das vorstellen? Das kann man sich sogar ganz gut vorstellen, die sind ja alle nicht unattraktiv. Naja, die Frau Monscheidt ist ja auch nicht mehr so ganz taufrisch und die sieht auch nicht danach aus, als ob Sex ihr Hobby wäre. Letzter Gedanke: Muss ich jetzt irgendwelche Erkenntnisse an Heiner oder sogar an die Kommissarin funken? Antwort: Nein. Na gut, dann kann ich mich eigentlich mal auf den Heimweg machen.

Ich habe jetzt keine Lust, noch so viel über den Rest des Tages zu berichten. Ich sage es mal so: Ein ziemlich normaler Nachmittag, vielleicht auch schon eher Spätnachmittag, dann auch ein ganz normaler Abend im Hause Timmermann. Also Abendbrot, Um Himmels Willen und In aller Freundschaft. Nein, das habe ich natürlich nicht gesehen, nur kurz die Tagesschau, aber die berichtet auch nichts Besonderes. Die Grüße von Donald habe ich ausgerichtet, was Mutter durchaus erfreut hat. Vater vermutlich auch, aber ihm merkt man das nicht so an. Linda will mich noch zu Two and a Half Men animieren, aber ich verzichte dann doch und sage, ich habe noch was zu tun. Na, dann nicht, sagt sie und entschwindet in ihr Zimmer. Ich sitze jetzt also in meiner Bude, im Moment am Schreibtisch, ich bin eigentlich auch ziemlich müde und könnte auch ganz einfach wieder früh schlafen gehen. Mir geistern nur gerade diese ganzen Apothekerinnen durch den Kopf. Alle mit H und Brille, wie lustig. Wenn das tatsächlich stimmt, dass der Chef sie alle nacheinander beglückt hat, dann hat er ja nicht nur seine Frau betrogen, sondern eigentlich auch der Reihe nach seine ganzen weiblichen Angestellten. Das kommt mir ziemlich kompliziert vor, da steigt man ja kaum noch durch. Es ist vielleicht eine etwas bescheuerte Idee, aber ich hole mal meine Schachfiguren aus dem Regal. Nein, ich will jetzt nicht Schach gegen mich selbst spielen, ich habe ja schon mal gesagt, dass dieses Spiel mich eher nervt. Dann schneide ich mir ein paar kleine Zettelchen zurecht und beschrifte sie mit den ganzen Namen, die vielleicht eine Rolle spielen könnten. Mit kleinen Stückchen Tesafilm klebe ich dann die Namen an die Figuren.

Ich nehme natürlich die weißen Figuren für die Apotheke, schon wegen der weißen Kittel. Der König ist Apotheker Monscheidt, die Dame seine Frau. Vielleicht würden die Springer ganz gut für die Angestellten passen, aber davon gibt es ja nur zwei. Nee, dann nehme ich eben die Bauern, jetzt sind das eben Bäuerinnen. Also Frau Holle, Frau Hermann, Frau Heimann und Frau Heusinger. Die haben ja vielleicht auch Ehemänner oder Lebensabschnittsgefährten oder sonstwas, dafür nehme ich jetzt aber mal die schwarzen Bauern. Noch ein paar Zettel schreiben und ankleben. Frau Witkowsky fällt mir noch ein, gut, ist sie eben die schwarze Dame. Die anderen beiden Opfer fehlen noch, dafür benutze ich die schwarzen Läufer, die Herren

Erhard und Tietjens. Das reicht vielleicht erstmal. Ich baue dann diese ganzen Figuren noch einmal neu vor mir auf und schiebe mit ihnen ein bisschen hin und her, in der stillen Hoffnung, es könnte mich jetzt ein super-genialer Geistesblitz treffen.

Da blitzt aber im Moment leider gar nichts. Egal, wie ich die Figuren drehe und wende, ich komme einfach nicht dahinter. Es kommt mir nur immer unwahrscheinlicher vor, dass Kinderärztin Witkowsky irgendetwas mit den drei Morden zu tun haben könnte. Vielleicht war es dann doch der große Unbekannte, der schwarze König vielleicht. Oder es waren mehrere Täter, die gar nichts miteinander zu tun hatten. Und der zweite und der dritte Mord waren Nachahmungstaten, weil die Gelegenheit gerade so günstig war. Aber da gibt es doch immer noch den Zusammenhang mit dem Hahnebier, das kann doch alles kein Zufall sein. Leute, mir reicht es langsam.

Heiko, was spielst du denn da?, fragt Linda mich plötzlich. Doch, sie hatte schon angeklopft, das war aber irgendwie nicht zu mir durchgedrungen, also habe ich jetzt auch keinen Grund zu meckern.

Ist kein Spiel, sage ich, ich habe mir nur was überlegt.

Komm', hör' auf mit dem Scheiß, wir können ja noch ein kleines Gläschen Wein trinken, ich hab' welchen da.

Okay, ich gebe mich geschlagen.

Wir haben dann gar nicht mehr so lange getagt und auch nur ein Glas Wein getrunken, also jeder eines, meine ich jetzt. Heike war gar kein Thema und Maja auch nicht. Stattdessen ging es Linda wohl um ihren Rettungsassistenten, wie sie wohl an den rankommen könnte, ohne dass es zu auffällig wäre. Ich sage ihr noch einmal, sie soll ihn einfach anlächeln und ein bisschen schmachtend angucken, das wirkt schon, wenn er nicht gerade schwul sein sollte. Ansonsten biete ich meiner Schwester zum soundsovielten Male an, sie ihn die Fahrkunst einzuführen. Ja, vielleicht mal am Wochenende auf dem Hofplatz.

Aber jetzt haben wir erstmal die frühen Morgenstunden des Mittwochs, übrigens ist schon der sechste März. Alles sitzt am Frühstückstisch, auch Vater, der fängt mit seiner Kleie-Fahrerei erst im Laufe des Vormittags an, das hat auch irgendeinen Grund, aber den habe ich nicht voll mitgekriegt und mich interessiert das Thema jetzt auch nicht so doll, dass ich nachfragen müsste. Kaffee, Toast und Mischbrot, Nutella und Tilsiter, was will man mehr. Die Zeitung vielleicht doch noch, die hat Vater gerade in Beschlag gelegt. Nein, jetzt legt er sie weg, das ist gut, dann kann ich eine Zehntelsekunde später mal zugreifen. Schon wieder ein Bagger im Moor versunken, aha, davon war Vater also so fasziniert. Wo denn diesmal? Offenbüttel, ist das nicht irgendwo hinter Albersdorf, ja klar, der Artikel steht ja auch unter Albersdorf, am Ende ist er noch von Maja. Nee, war ein anderer Kollege. Wie kommt so was, wie kann ein Bagger einfach versinken? Man weiß bei einem Moorgebiet nie ganz sicher, was unter einem ist, manchmal ist da auch praktisch gar nichts unter einer dünnen Humus-Schicht, aber wie gesagt, das weiß man vorher nicht. Also dieser Bagger in Offenbüttel war auch gar nicht richtig versunken, blubb, blubb, weg war er, sondern er war eher so ungünstig abgerutscht, dass er aus eigener Kraft nicht mehr frei kam. Dann mussten weitere Bagger zur Hilfe eilen, Stahlseile wurden eingesetzt und so weiter. Okay, das war bestimmt ganz schön schwierig. Und schmierig bestimmt auch. Aber sie haben es ja geschafft.

Wo ich gerade im alten Süderdithmarschen bin, gucke ich doch mal, ob ich nicht vielleicht einen Artikel von Maja finde. Doch, da ist er schon, Verkehrsunfall auf der B 5 bei Elpersbüttel, eine 22-Jährige kam aus ungeklärter Ursache plötzlich von der Fahrbahn ab, der Wagen überschlug sich, schwere Verletzungen, scheiße. Das letzte Wort stand jetzt nicht in Majas Bericht, so modern formuliert sie nun auch wieder nicht. Es ist komisch, wenn man die Leute kennt, die etwas in der Zeitung geschrieben haben, dann kann man sich irgendwie vorstellen, was sie beim Schreiben gedacht haben. Vielleicht so was wie: Musste die denn auch ausgerechnet während der Fahrt simsen oder 22, das werde ich ja auch nächstes Jahr, so ein Unfall könnte mir auch passieren. Aber ehrlich gesagt, keine Ahnung, was Maja so beim Schreiben alles denkt.

Die RWE will die Dea verkaufen, die Dea wiederum betreibt die Ölförderung im Gebiet Mittelplate, das liegt ja vor Dithmarschens Küste. Da wird man als Dithmarscher natürlich sofort hellhörig und fragt sich, ob die Ölförderung jetzt nicht vielleicht eingestellt werden soll und ob nicht mal wieder Arbeitsplätze in Gefahr sind. Im Artikel selbst wird das alles aber wieder etwas heruntergeschraubt, man muss also einfach mal die Entwicklung der nächsten Wochen und Monate abwarten, da bleibt einem sowieso nichts anderes übrig. Stuttgart 21 wird fortgesetzt, trotz Kostenexplosion. Wird irgendein Termin für die Fertigstellung genannt? Nein, das ist wohl auch besser so. Oder ist mit Stuttgart 21 von vornherein gemeint, dass dieses Projekt erst 2021 fertig werden soll? Ich habe das später noch mal nachgegoogelt, Ergebnis: Der Name soll nur eine Anspielung auf das 21. Jahrhundert sein. Na gut, das ist ja noch lang, da hat man ja noch Zeit.

Zweite Tasse Kaffee. Ein Kieler Ehepaar hat im Rahmen seiner Scheidung einen Sorgerechtsprozess um einen Hund ausgefochten. Hätte man nicht einfach den Hund fragen können, bei wem er lieber bleiben möchte? Die Sanierungsarbeiten für das seit fast zwei Jahren gesperrte Klaus-Groth-Museum in Heide können endlich beginnen. Gesundheitsmesse zum Thema Wechseljahre im Heider Bürgerhaus. Ist das schon ein Thema für Mutter? Schnell an was anderes denken, zum Beispiel: Immer noch Les Misérables im Kino. Oder: Bei den Veranstaltungen findet sich immer noch kein Theaterprogramm. Mitte März wird die diesjährige Vogelwartin sich für sieben Monate auf der Insel Trischen niederlassen, dann macht sie wieder ihren Abflug. Heute Abend Champions League im Zweiten, aber Paris Saint-Germain gegen Valencia, Achtelfinale, das interessiert mich jetzt nicht so doll. Außerdem soll ich heute Abend ja auch selbst wieder Fußball spielen. Til Schweiger findet den Tatort-Vorspann altmodisch. Der Komponist Klaus Doldinger ist da natürlich anderer Ansicht. Steinböcke Heiko und Heike: Heute wird uns einiges an Kompromissfähigkeit abverlangt. Eine Busfahrt mit Eintritt ins Ohnsorg-Theater in Hamburg kostet 59 Euro pro Person. Das könnte man eigentlich mal den Eltern zu Weihnachten schenken, vielleicht macht Linda da ja mit. Ach ja, das Wetter: Viel Sonne und nur wenig bewölkt, tagsüber bis neun Grad. Bitte, Frühling geht doch.

Mittlerweile ist Bewegung in Familie Timmermann gekommen, Linda hat sich schon verabschiedet und kurz darauf Lasse, der beinahe sein Schulbrot vergessen hätte. Jetzt fängt Vater an, beim Tischabdecken zu helfen. Ist heute Hochzeitstag oder was? Nein, kann nicht sein, der ist am 30. Juli, das weiß ich aber nur, weil das auch gleichzeitig Mutters Geburtstag ist. Sie hat sich zum Geburtstag einen Mann gewünscht, sagt sie immer. Naja.

Ich muss dann auch mal langsam los.

Das Thema, das ich bei der Morgenrunde aufs Auge gedrückt bekomme, begeistert mich nicht gerade. Ich soll über den Weltladen in Heide berichten und über fairen Handel, der wird aber mit großem F geschrieben, also noch mal: Fairer Handel. Fair Trade findet man ja auch hier und da auf irgendwelchen Verpackungen als Begriff. Ich sage gleich mal, warum ich das nicht so cool finde: Mir kommt das so vor, als hätte das Gutmenschentum mal wieder voll zugeschlagen, nach der Devise, wenn ich da kaufe, bin ich der Gute, alle anderen Leute sind die Bösen. Und dann stelle ich mir auch noch die Frage, wer mir das denn garantiert, dass der Kaffee, den ich zum Beispiel im Weltladen kaufe, nicht nur teuer ist, sondern auch im wahrsten Sinne des Wortes fair gehandelt wurde. Okay, vielleicht habe ich auch nur lauter Vorurteile, das ist natürlich schlecht für eine objektive Berichterstattung. Ich erfahre dann noch von Fuchs, dass die Stadt Heide den Fairen Handel mit großem F offiziell unterstützen will, das soll dann wohl auch der Anlass für den Bericht sein. Um zehn Uhr soll ich mich im Weltladen einfinden, da sind dann auch ein paar wichtige Menschen, die mir etwas erzählen wollen oder sollen. Und anschließend könnte ich ja noch mal bei der Polizei nachfragen, ob sich irgendwas Neues getan hat hinsichtlich der Hahnebier-Morde, man hat ja im Moment das Gefühl, dass das alles im Sande verläuft. Ja, okay, sage ich, ich werde mich drum kümmern.

Bis zehn habe ich ja noch etwas Zeit, mehr als eine Viertelstunde werde ich wohl nicht brauchen, um zum Alten Pastorat am Marktplatz zu kommen, da befindet sich nämlich dieser Weltladen. Also kann ich mich schon mal etwas mit der Thematik befassen. Ich bin bei NABU, Greenpeace, Foodwatch und ähnlichen Organisationen, die die Welt verbessern wollen, immer ein bisschen skeptisch, weil da ja auch viele Leute hauptamtlich beschäftigt sind und sozusagen von der Weltverbesserung leben. Gut, vielleicht sehe ich das auch ganz einfach zu negativ. Vorurteile beiseite, der objektive Heiko kniet sich jetzt in die Thematik rein.

Ich bleibe jetzt einfach mal beim Kaffee-Beispiel. Der Unterschied zwischen ganz normalem Kaffee und fairem Kaffee soll sein, dass die Kaffeebauern nicht über den Tisch gezogen werden. Das Wort angeblich verkneife ich mir jetzt mal. Sie sollen also bei der Vermarktung ihrer Produkte besser gestellt sein als ihre Kollegen, die an die großen Konzerne liefern. Das Kaffee-Beispiel könnte man jetzt auch noch auf alle möglichen anderen Produkte ausweiten. Ach so, ja, es handelt sich natürlich auch ausschließlich um Waren aus ökologischem Anbau. Es gibt in Deutschland so eine Art Dachverband der Weltläden und des Fairen Handels, dieser Verband hat wiederum Handelspartner in aller Welt. Ich finde, das reicht aber jetzt erstmal, Näheres werde ich hoffentlich nachher noch erfahren.

Jetzt also der Weltladen persönlich: Ich war da vorher noch nie drin, weil er eben auch etwas versteckt liegt. Aber ich muss schon sagen, der erste Eindruck ist ganz angenehm. Das Warenangebot sieht durchaus ansprechend aus und scheint auch gar nicht so super teuer zu sein, wie ich angenommen hatte. Ich werde von der Inhaberin beziehungsweise Betreiberin des Ladens in Empfang genommen und auch gleich einem relativ jungen Mann vorgestellt, der von der Organisation Transfair ist. Ich höre von beiden ungefähr das, was ich gerade vor einer halben Stunde im Netz gelesen habe. Natürlich gibt es dazu noch ein paar Ergänzungen und praktische Beispiele, die ich in meinen Artikel einbauen kann. Die Stadt Heide will also den Fairen Handel mit großem F unterstützen, das ist ja nett von ihr, wie sie das ganz konkret machen wird, ist mir allerdings nicht so ganz klar. Da muss ich mich in meinem Bericht dann etwas durchschummeln. Es gibt auch Kunden in dem Laden, die erfreulicherweise recht aufgeschlossen sind. Ich kann sie sogar interviewen, warum sie hier einkaufen und welche Produkte sie besonders schätzen und so weiter. Dann mache ich noch jede Menge Fotos, ich glaube, den Artikel werde ich schon irgendwie hinkriegen. Vielleicht noch ein halbwegs wichtiger Gedanke zum Abschluss? Im Rathaus wird es bei Sitzungen in Zukunft vermehrt fair gehandelten Kaffee geben. Hoffentlich ist dann der Umgang miteinander auch entsprechend fair. Mein privates Fazit: Das war doch gar nicht so schlimm, Heiko, die Leute waren doch auch wirklich sehr nett. Ich hätte auch ruhig was kaufen können, vielleicht eine Flasche fairen Rotwein.

Zurück zum Landboten, ich möchte meinen Artikel noch bis zur Mittagspause unter Dach und Fach bringen. Vorher aber die Kaffeemaschine entkalken, erstmal die Lösung mit der Zitronensäure anrühren. Das Zeug sieht ja aus wie Zucker, damit könnte man vielleicht auch ein paar fiese Streiche spielen. Aber nicht unbedingt hier. Einmal bis zur Hälfte durchlaufen lassen, zehn Minuten abwarten, dann wieder starten. Danach dreimal normales Wasser durchlaufen lassen. Ich habe den Kassenbon in die Kaffeekasse getan und das entsprechende Geld entnommen. Im Moment ist die Kaffeekasse auch recht gut gefüllt, dank Frau Brüggmanns Verwaltung, die treibt das Geld jeden Monat rigoros ein, aber anders geht es ja auch nicht. Übrigens kommt sie gerade höchstpersönlich herein und sagt: Nein, Heiko, Sie entkalken die Kaffeemaschine? Das ist aber aufmerksam von Ihnen und so weiter. Es folgen noch weitere Lobeshymnen, die ich aber jetzt nicht alle wiedergeben möchte. Außerdem bin ich im Prinzip gerade mit dem Fairen Handel beschäftigt.

Mittagspause. Eigentlich hätte ich jetzt grundsätzlich nichts dagegen, mit Maja zum Essen zu gehen, aber es ist mir dann doch etwas zu viel Action, sie in ihrer Redaktion zu suchen. Vielleicht ist sie ja auch gar nicht da oder sie ist schon losgegangen. Oder ich treffe sie dann zufällig beim Schlachter. Nee, tue ich dann aber doch nicht, bei Fiebelkorn bin ich im Moment sogar der einzige, das kommt eigentlich so gut wie nie vor. Giros mit Reis, Tsatsiki und Krautsalat. Danach hat man zwar eine leichte Knoblauchfahne, aber das soll ja gesund sein, für einen selbst wenigstens. Als ich dann an meinem Stehtisch stehe und vor mich hinkaue wie Kuh Nr. 186 auf der Weide, kommt dann doch noch Leben in die Bude, ein Mittagsgast nach dem anderen, bis es allmählich eng wird. Aber da bin ich auch schon fertig mit dem Essen. Teller abgeben, vielen Dank, schönen Tag noch. Ich habe noch etwas Zeit, da könnte ich eigentlich noch zwei- bis dreimal um den Wulf-Isebrand-Platz traben, aber so toll ist das Wetter nun auch wieder nicht. Ein bisschen windig sogar, aber wann ist es eigentlich mal nicht windig bei uns. Na gut, lasse ich mich also einfach wieder in der Redaktion blicken. Mahlzeit.

Unser Fuchs ist an Bord, das ist jetzt entweder günstig oder ungünstig, das werde ich ja gleich merken. Ob ich den Artikel über den Weltladen schon fertig habe, ja, hab' ich, auch mit Fotos, ich gebe Ihnen den gleich mal frei. In Ordnung. Fuchs nimmt an seinem Monitor alles in Augenschein, während er seinen Joghurt zu Ende löffelt. Ja, sagt er dann, ist in Ordnung, Heiko, heute Nachmittag können Sie dann einfach noch ein paar Kurzmeldungen redigieren, ich leg' sie Ihnen gleich mal auf den Schreibtisch. Und sonst so, was machen unsere Hahnebier-Morde?

Das frage ich mich eigentlich auch und deshalb schlage ich vor, ich könnte heute Nachmittag mal wieder bei der Polizei nachfragen. Ja, tun Sie das, lässt Fuchs von sich hören, während er sich intensiv darum bemüht, den letzten Rest Joghurt aus seinem Becher herauszukratzen. Was isst er denn da Schönes? Bananenjoghurt von Bauer. Sieht irgendwie aus wie Babynahrung.

Bei Heiner rufe ich jetzt aber noch nicht an, dafür will ich erstmal hier ein bisschen meine Ruhe haben. Ich fange mal mit diesem Kleinkram an, den Fuchs mir gerade auf den Tisch gelegt hat. Transporter in Hemmingstedt aufgebrochen, Akkuschrauber und Flex gestohlen. Naja. Zeugenhinweise an die Kripo Heide. Bin gespannt, ob sich da einer melden wird. Da könnte ich ja Heiner mal ein paar Tage später nach fragen. Wenn ich es nicht vergesse. Ich fürchte, ich vergesse es. Nein, ich bin mir sogar ganz sicher, dass ich es vergessen werde. Nächste Sache: Blutspenden in der Grundschule Weddingstedt, Montag, 11. März, von 16 Uhr bis 19.30 Uhr. Das soll gar nicht so unangenehm sein, habe ich mal gehört, ich glaube, ich werde das auch irgendwann mal machen. Man kriegt danach auch was Ordentliches zu futtern. Gästeabend der Freimaurerloge von Freitag auf Donnerstag vorverlegt. Freimaurer, was sind das eigentlich für Typen? Das müsste ich direkt mal nachgoogeln, aber nicht unbedingt jetzt. Weiter: Macbeth fällt morgen aus und wird am 7. Mai nachgeholt. Mist, das hatte ich doch völlig vergessen, dass Macbeth im Stadttheater kommen sollte. Da hätte ich doch gut mit Heike hingehen können. Und ich hab' da sogar noch selbst drüber geschrieben, falls mich nicht alles täuscht. Na, egal, jetzt fällt es ja sowieso aus. Aber, 7. Mai, den Tag muss ich mir mal merken, am besten gleich aufschreiben. Warum fällt das noch mal aus? Erkrankung eines Schauspielers. Haben die denn keine zweite Besetzung oder wie das heißt? Nee, scheinen sie nicht zu haben, das Landestheater muss wohl sparen, wo es nur geht.

Dann habe ich da noch eine Liste mit Terminen von irgendwelchen Heider Institutionen, aber da soll ich im Grunde nur überprüfen, ob das alles plausibel ist und ob sich da nicht irgendein grober Fehler verstecken könnte. So, den Kleinkram kann ich nachher noch schnell zu Ende machen, jetzt bin ich endlich allein und kann es mal bei Heiner Ohlsen versuchen. Seine Handynummer muss ich erstmal auf meinem Handy suchen, weil ich ganz offiziell vom Landboten-Anschluss aus anrufen will. Heiner ist dann aber auch gleich dran, er soll gerade irgendwelche Protokolle abheften, das scheint ziemlich langweilig zu sein. Jedenfalls hat er keine Einwände gegen ein kurzes Privatgespräch. Ob es was Neues gibt, frage ich ihn. Ja, morgen, die Weishaupt führt morgen den ganzen Tag Zeugenbefragungen durch, sie bringt auch den Typen mit der Mammutmütze mit, wie heißt er doch gleich, Becker, glaube ich. Die wollen hier auf der Wache das ganze Personal der Drachen-Apotheke befragen, immer schön eine nach der anderen. Die sind alle einbestellt worden, so richtig mit Terminen. Kann ganz interessant werden, Heiko. Die Chefin und dann noch vier weitere Damen. Wird übrigens alles auf Band aufgezeichnet. Ich soll im Nebenraum aufpassen und die Cassetten wechseln. Wenn du willst, schmuggel ich dich da mit rein. Kann man die Damen denn auch durch ein verspiegeltes Fenster beobachten, so wie im Fernsehen?, frage ich.

Nee, so was haben wir nicht, du kannst sie leider nur hören, aber vielleicht ist das auch ganz interessant.

Wann geht's denn los?

Um zehn, da ist Frau Holle dran, wie im Märchen.

Okay, Heiner, ich versuch' mich hier morgen loszueisen, mal sehen, was mein Chef dazu meint.

Der meint dann später tatsächlich etwas dazu, nämlich ein relativ großes Vielleicht. Ob er mich morgen praktisch den ganzen Tag entbehren könnte, darauf will er sich lieber noch nicht festlegen. Ich habe Fuchs aber auch nicht so ganz genau darüber unterrichtet, worum es morgen gehen wird, ich habe ihm nur erzählt, dass ich morgen die Möglichkeit hätte, direkt mit der Hauptkommissarin Weishaupt zu sprechen. Na gut, ich kann seine Reaktion schon nachvollziehen. Warten wir mal ab, was sich morgen so ergeben wird. Jetzt sind wir aber erstmal kurz vor Feierabend, ich präsentiere meine ganzen Kurzmeldungen und den sonstigen Kleinkram, er hat nichts dran auszusetzen, dann machen Sie mal Feierabend, Heiko.

Ab nach Hause mit kleiner Zwischenlandung bei Heike in Lohe-Rickelshof: Drei Kopenhagener, wir können nur ganz kurz privat reden, ja, bis morgen Abend dann, ich komme dann gleich nach Feierabend zu dir. Ich freu' mich, ich auch. Der nächste Kunde rückt an, ich muss den Rückzug antreten, tschüs bis morgen. Unglaublich, aber ich bin wirklich mit dieser Wahnsinns-Frau zusammen. Ich schwebe wie auf Wolken zur Tür hinaus und erreiche erst am Polo wieder festen Boden unter den Füßen.

Der Rest des Tages mal eher im Schnellverfahren: Ich mache eine Kombi aus Kaffee und Abendbrot, Linda und Lasse nehmen mir je einen Kopenhagener ab, den Eltern geht's gut, wie fast immer. Fußballtraining: Keine besonderen Vorkommnisse, aber Rolf würde mich gerne am nächsten Sonntag gegen Lohe-Rickelshof mit aufstellen, ich kann ihm gerade noch entkommen, indem ich vehement behaupte, dass ich Sonntag schon was Familiäres vorhätte. Aber eins ist klar, immer werde ich mich nicht drücken können. Oder ich muss mir eine andere Sportart suchen, vielleicht Drachensteigen oder Bumerangwerfen. Allgemeiner Ausklang des Abends auf der Wohnzimmercouch mit einem Dithmarscher Pils. Im Fernsehen läuft gerade noch das Großstadtrevier. Danach kommt noch Extra3, das will ich mir noch angucken, die Eltern ziehen sich aber schon in Richtung Federbetten zurück.

Sie haben doch Ahnung von der Feuerwehr, Heiko, eröffnet mir Redaktionsleiter Fuchs während unserer Donnerstags-Morgenrunde. Naja, sage ich, mein Vater ist in der Wehr und ich… Wir müssen schnell mal aushelfen für Dithmarschen-Süd, unterbricht er mich, da ist irgendwo in Nordhastedt ein Reetdachhaus vor den Flammen gerettet worden. Vor den Flammen gerettet, mein Gott, pathetischer geht's wohl nicht. Ich soll mich mit dem Wehrführer in Verbindung setzen. Mehr Infos gibt's jetzt nicht. Scheiße, denke ich, dann wird das heute Vormittag nichts mit meinem Besuch im Zeugenstand. Aber vielleicht später noch, ich muss jetzt einfach mal ein bisschen reinhauen.

Normalerweise würde ich ganz dezent bis frühestens neun Uhr warten, aber jetzt versuche ich mal sofort den Nordhastedter Wehrführer zu erreichen. An die Nummer komme ich über die Homepage der Gemeindewehr ran, so was hat ja heutzutage jeder, auch die Reinsbüttler Wehr. Die hat ja zum Glück nicht so sehr viele Einsätze, aber vor zwei Jahren wurde sie tatsächlich mal wegen einer vermissten Katze alarmiert. Vater war auch dabei, der hat es mir erzählt. Die Besitzer der Katze vermuteten sie in der Zwischendecke ihres Hauses, also praktisch zwischen Erdgeschoss und erstem Stock in einem Haus ohne Betondecke, also mit Balkenlage. Da wurde dann sogar noch eine Wärmebildkamera eingesetzt, aber die Muschi hat man trotzdem nicht finden können. Vater meinte, die könnte ja auch sonstwohin gelaufen sein, den Abgang von Katzen sollte man nicht so tragisch nehmen. Er hat dann aber auch nichts weiter davon gehört, also ob die Katze sich vielleicht doch später wieder angefunden hat.

Davon wollte ich jetzt aber eigentlich gar nicht erzählen, sondern davon, dass ich gerade den Nordhastedter Wehrführer erreicht habe. Jawohl, wir können uns seinetwegen schon um halb neun beim Gerätehaus treffen. Ich sage, ich versuche es zu schaffen, er sagt, ich soll nicht so rasen, er kann gern fünf Minuten auf mich warten.

Kamera, Stenoblock, Diktiergerät, Jacke, Mütze, Autoschlüssel. Jetzt wäre mal eine schöne Gelegenheit für einen E-Smart, aber dafür reicht die Zeit nicht, ich muss schon sehen, dass ich in die Socken komme. Gibt es jetzt irgendwelche trickreichen Abkürzungen nach Nordhastedt? Ich kenne jedenfalls keine.

Ich komme dann aber doch nicht zu spät an, das finde ich auch gut so, ich weiß ja, wie die Feuerwehrleute ticken. Jetzt kommen aber erstmß jede Menge angenehme Überraschungen im Nordhastedter Gerätehaus auf mich zu: Erstens gibt es Kaffee und zweitens hat der Feuerwehrchef noch einen Kameraden dabei, der jede Menge Fotos vom Einsatz auf seinem Laptop hat. Die kann ich mir dann einfach auf meine Kamera rüberziehen. Aber: Namen notieren, wenn seine Fotos gebracht werden, muss er auch genannt werden, das ist ja logo. Okay, wir sitzen jetzt eigentlich ganz gemütlich am Tisch und die Herren erzählen mir in aller Ruhe, was überhaupt los war. Vorher kann ich noch unterbringen, dass mein Vater auch bei der Feuerwehr ist, in Reinsbüttel, Heinrich Timmermann. Ach, der Heinrich, ja, den kennen wir ja. Woher auch immer. Ich soll ihn jedenfalls grüßen, aber das schreibe ich lieber nicht in meinen Artikel.

Was passiert ist: Gestern Nachmittag brannte plötzlich der Dachstuhl eines Reetdachhauses in Hohenhain bei Nordhastedt. Die Bewohner haben es zum Glück mitbekommen und sogar versucht, mit dem Gartenschlauch zu löschen. Das Feuer ist vermutlich durch Funkenflug aus dem Schornstein entstanden, begünstigt durch böige Winde. Also haben die sich sozusagen selbst angekokelt, denke ich. Es wurde dann aber auch sofort die Feuerwehr alarmiert, von der Zeit her war das auch alles sehr günstig, nachts hätte es schon etwas länger gedauert. Unterstützt wurden die Löscharbeiten durch die Albersdorfer Wehr und durch den Drehleiterwagen der Heider. Löschangriff von allen Seiten, auch von innen. Ich sage noch, normalerweise kann man ein Reetdachhaus doch gar nicht retten, da kann man doch schon froh sein, wenn man alle Bewohner bergen kann, diese Einschätzung stößt durchaus auf Anerkennung. Ich weiß das ja auch nur, weil Vater das mal gesagt hat, aber das leuchtet ja auch ein, wenn das Dach erstmal voll am Brennen ist, ist normalerweise nichts mehr zu machen. Das Reetdach wurde dann noch mit Haken abgerissen und die darunterliegenden Holzbalken wurden teilweise abgesägt, um alle Glutnester zu entfernen. Ich werfe einen Blick auf das Bild mit dem abgelöschten Haus, die Bude sieht zwar oben etwas beschädigt aus, aber nicht so schlimm, dass man das nicht wieder hinkriegen würde. Ich will da nachher noch mal kurz vorbeifahren und mir das im Original ansehen, denke ich. Eigene Fotos werde ich aber nicht mehr machen, diese Bilder von dem Feuerwehrkameraden sind so klasse, die kann man gar nicht toppen.

Fazit der Feuerwehr: Die Kripo wird noch die genaue Brandursache ermitteln und es ist schon ein kleines Wunder, dass man überhaupt ein brennendes Reetdachhaus retten konnte. Okay, dem kann ich nur zustimmen. Vielen Dank, meine Herren, auch für den Kaffee, ja, der Bericht wird ziemlich sicher morgen schon im Landboten sein. Schönen Tag noch.

Hohenhain liegt hinter dem Nordhastedter Kreisel an der Straße in Richtung Albersdorf. Wenn man so will, könnte man auch sagen, so ungefähr schräg gegenüber vom Riesewohld, also diesem nicht ganz kleinen Waldgebiet, in dem man eigentlich gar nicht vermuten würde, dass man sich in Dithmarschen befindet. Die Leute von der Nordhastedter Wehr haben mir zwar genau beschrieben, wo das Haus ist, aber trotzdem finde ich es erst im zweiten Anlauf. Man kann schon sehen, dass hier was passiert ist, eine dunkle

Plane ist aber über das Dach gespannt. Wahrscheinlich wird dann auch bald einer von der Feuerversicherung vorbeikommen und den Schaden begutachten, damit das Dach wieder in Ordnung gebracht werden kann. Reetdach, sieht zwar gut aus, aber für mich wäre das nichts, ich würde wahrscheinlich bei jedem Gewitter mit gepacktem Koffer im Flur an der Haustür sitzen. Außerdem soll die Versicherung auch ganz schön teuer sein. Feuerwehr, wenn wir die nicht hätten. Warum bin ich eigentlich nicht selbst dabei? Ich hab' ja Führerschein Klasse CE, da dürfte ich auch die großen Fahrzeuge fahren, die würden mich wahrscheinlich sogar mit Kusshand nehmen. Aber ich muss ja erstmal sehen, wo ich in den nächsten Jahren abbleibe. Vielleicht ja wirklich in Opas Haus beim Tivoli, wenn die mich dann immer noch beim Landboten behalten wollen.

Ein Foto vom Haus mit der Plane drauf verkneife ich mir jetzt, ich will lieber sehen, dass ich schnell wieder in die Redaktion zurückkomme.

Mein Bericht ist aber doch erst kurz nach zwölf fertig, zuerst waren die Sätze zu lang, dann stimmte was mit der Reihenfolge nicht und dann war ich mir plötzlich nicht mehr sicher, ob ich den Namen des Nordhastedter Wehrführers richtig notiert hatte. Also noch mal kurz auf der Homepage nachgucken. Fotos habe ich ja jede Menge von der Feuerwehr, ich treffe schon mal eine Vorauswahl, damit Fuchs sich nachher nicht überarbeitet. So, endlich alles unter Dach und Fach, fehlt nur noch unser Herr Redaktionsleiter, der mir seinen Segen geben soll. Der wird doch hoffentlich gleich noch auftauchen.

Während ich schlicht und ergreifend auf ihn warte, versuche ich es mal auf Heiners Handy. Ja, ich erwische ihn auch sofort, das hätte ich jetzt nicht unbedingt so erwartet.

Ist gerade günstig, Heiko, die Weishaupt und ihr Vize sind eben zum Essen gegangen. Wo warst du denn, ich hatte dich eigentlich schon um zehn hier erwartet.

Ging nicht, Heiner, mein Chef wollte mich nicht loslassen, ich musste was in Nordhastedt machen.

Okay, Heiko, aber kannst du denn wenigstens nachher kommen, es geht um zwei weiter.

Ich glaube, das könnte was werden.

Dann pass' auf: Wenn du genau um halb zwei beim Hintereingang bist, weißt du, da, wo auch unser Parkplatz ist, dann lasse ich dich rein. Aber Punkt halb zwei, verstehst du?

Ja, ist in Ordnung, Heiner. Ich bin dann entweder da oder ich hab' Hausarrest gekriegt. Bis dann!

Ja, bis dann, Heiko. War übrigens bisher schon ganz schön aufschlussreich, aber das kann ich dir ja nachher erzählen. Oder wenn du nicht kannst, ruf' ich dich heute Abend mal an.

Okay, Heiner, tschüs denn.

Jetzt habe ich aufgelegt, das gehört sich ja auch so, wer anruft, beendet auch das Gespräch.

Ich muss leider noch ein bisschen warten, vielleicht so etwa zehn Minuten, bis unser Fuchs auftritt. Er will eigentlich nur kurz seine Sachen ablegen und dann zum Essen gehen, wohin auch immer, aber ich kann ihm dann doch die Erlaubnis dafür abringen, dass ich heute Nachmittag zur Polizei gehe. Warum eigentlich noch mal, ach ja, wegen der Hahnebier-Morde. Na, hoffentlich erfahren Sie da mal was Neues, Heiko. Und wie sieht's mit dem Brand aus, alles fertig? Schön. Lassen Sie einfach Ihren Rechner an, ich zieh' mir das dann nachher rüber.

Ich muss noch die Sache mit den Fotos erklären, dass die nicht von mir sind, sondern von der Feuerwehr. Ich soll ihm dann noch den Namen des Fotografen aufschreiben, tue ich dann auch. Gut, dann ist ja alles klar, Mahlzeit.

Fünf Minuten später gehe ich auch. Ich muss ihm jetzt ja nicht gleich wieder beim Essen begegnen, da habe ich nicht so Bock drauf. Keine Ahnung, wo er immer hingeht, bei Rolf Teichgraeber habe ich das auch nicht gewusst. Vielleicht fährt er ja auch kurz nach Hause und Frauchen füttert ihn schnell mit Redaktionsleiter-Spezialitäten ab. Ich selbst gehe mal wieder rüber zu Onkel, der letzte Döner ist schon wieder einige Zeit her, glaube ich jedenfalls.

Um kurz vor halb zwei nähere ich mich vorsichtig dem hinteren Bereich der Polizeiinspektion Heide, Markt 59. Allerdings von der Rosenstraße aus, schräg gegenüber meiner alten Schule. So richtig traue ich mich auch noch nicht auf das Gelände, obwohl das Tor offensteht. Eben ist gerade noch ein Streifenwagen an mir vorbeigefahren. Es wäre mir schon unangenehm, wenn mich ein fremder Polizist fragen würde, was ich hier eigentlich zu suchen habe. Aber da taucht plötzlich Heiner an einer Tür auf, er sieht mich auch gleich und winkt mir zu. Ich trabe los, zum Glück hat mich jetzt auch kein anderer gesehen, hoffe ich wenigstens. Hallo, so, jetzt sind wir beide drinnen und Heiner macht die Tür wieder zu. Ich gehe jetzt einfach hinter ihm her. Treppe rauf in den ersten Stock. Hier war ich schon mal, wenn mich nicht alles täuscht. Wir gehen jetzt aber in einen kleinen Raum, das kann man schon von außen sehen, dass er nicht gerade groß sein wird, weil die nächsten beiden Türen praktisch gleich neben der Tür dieses Raumes sind. Immerhin gibt es aber ein Fenster, das ist ja schon mal was. Die Bude macht ansonsten eher den Eindruck einer Abstellkammer, jede Menge Regale mit allem möglichen Kram, auch viele Aktenordner. An einer Seite des Zimmers befindet sich ein überlanger Tisch, darauf steht im Moment ein etwas altmodischer Cassettenrecorder von Telefunken, der sieht ja echt schon museumsreif aus, daneben liegt ein ganzer Haufen von Cassetten. Dann noch ein Lautsprecher, so ein kleiner wie für den PC, aber anscheinend kann man da auch die Lautstärke regeln. Scheint also ein sogenannter Aktivlautsprecher zu sein, also einer mit eingebautem Verstärker. Dieser Satz galt aber eigentlich nur unseren Technikfreunden.

Heiner klärt mich etwas auf: Nebenan ist der Raum, in dem die Befragungen stattfinden. Man könnte ihn vielleicht auch Verhörraum nennen, aber das würde wohl etwas zu aggressiv klingen. Jedenfalls hängt da ein Mikro über dem Tisch und Heiner hat den Job, hier alles auf Cassette aufzunehmen und dann natürlich die Cassetten rechtzeitig zu wechseln, zu beschriften uns so weiter. Außerdem soll er ein paar Stichworte mitschreiben und die Uhrzeit, damit später nichts durcheinandergerät. Nach diesen Bändern wird dann das Protokoll geschrieben. Eventuell muss Heiner da auch selbst ran, aber das hat ein, zwei Tage Zeit. Die Zeugen müssen dann noch einmal vorbeikommen, das Protokoll lesen und unterschreiben. Er meint noch, dass die meisten Leute so etwas zwar unterschreiben, aber gar nicht richtig gelesen haben, aber das ist ja deren Problem. Warum noch Cassetten? Keine Ahnung, meint Heiner, das hat sich eben bewährt. Wenn man alles digital aufzeichnen würde, könnte ja auch der Rechner abstürzen und die ganzen Dateien wären weg. Naja.

Okay, ich bin dann schon mal halbwegs informiert. Heiner sagt dann noch, dass er die Weishaupt doch lieber gefragt hat, ob sie was dagegen hätte, wenn ich anwesend wäre. Sie sagte dann, offiziell möchte sie davon keine

Kenntnis nehmen. Mit anderen Worten, sie wird also einfach ignorieren, dass ich auch an Bord bin. Der Mammutmützen-Becker kann dann eigentlich ja auch nichts gegen meine Anwesenheit haben. Viertel vor zwei, vielleicht kann Heiner mir noch kurz sagen, wie es bisher abgelaufen ist.

Heiner erzählt mir was über die Ergebnisse der bisherigen Gespräche: Frau Holle und Frau Heusinger sind schon befragt worden. Beide haben unabhängig voneinander ausgesagt, dass Monscheidt sich während der nächtlichen Notdienste an sie herangemacht habe. Dabei hat er wohl dieselbe Masche angewendet: Die jeweilige Frau war zum Notdienst eingeteilt, der Chef kam dann so gegen 22 Uhr, weil er angeblich noch etwas im Büro zu arbeiten hatte, dann verwickelte er sie in ein eher bangloses Gespräch, ging über zu Komplimenten, war sehr charmant dabei, stellte Verbesserungen im Dienstplan oder Gehaltserhöhung in Aussicht, das müsste doch gefeiert werden, dann gab es ein Glas Sekt, Anstoßen, Küsschen. Danach wurde der Chef dann zudringlicher, da war dann aber schon die Grenze überschritten, dann ging es zur Couch im Büro oder auf den Schreibtisch. Später wurde dann ganz verschwörerisch Stillschweigen vereinbart. Nein, Vergewaltigungen waren das eigentlich nicht gewesen, das war schon eher einvernehmlich. Der Chef hatte so eine Art, der verstand die Frauen und der verstand was von den Frauen. Ja, man könnte ihn schon als guten Liebhaber bezeichnen, das erlebt man als Frau ja nicht alle Tage. Die meisten Männer wollten ja nur selbst schnell zum Zuge kommen und das wäre es dann. Frau Holle und Frau Heusinger haben beinahe das gleiche gesagt, vielleicht mit jeweils anderen Worten, aber inhaltlich schon ähnlich. Man kann gespannt darauf sein, was die anderen Damen noch sagen werden. Übrigens ist die Holle nicht verheiratet, sie lebt auch allein, aber die Heusinger ist verheiratet und hat auch Kinder.

Das finde ich ja interessant, aber ich kann jetzt keine Kommentare dazu abgeben, weil es weitergeht. Eben hat die Weishaupt kurz hereingeschaut und Heiner ein Zeichen gegeben. Mich hat sie übrigens völlig ignoriert, als ob ich Luft wäre. Okay, das kann ich jetzt aber auch nachvollziehen.

Der Lautsprecher ist eingeschaltet, das kann man an der roten Kontrolllampe sehen. Heiner hat eine frische Cassette eingelegt, eine 120-er, die muss er dann ja auch erst nach einer Stunde umdrehen. Aus dem Lautsprecher dringen jetzt eher undefinierbare Geräusche vom Stühlerücken, Händeschütteln oder was auch immer. Aha, jetzt scheint es aber auch richtig loszugehen.

Wer ist denn jetzt dran?, frage ich Heiner.

Frau Heimann.

Frau Heimann, denke ich, das ist die Zierliche mit dem Pferdeschwanz. Und mit Brille. Aber die Mädels sind ja alle bebrillt, bis auf die Chefin.

Frau Heimann, höre ich die Stimme der Hauptkommissarin, wohnhaft in Heide, 37 Jahre alt, verheiratet, Sie sind angestellte Apothekenhelferin in der Drachen-Apotheke in Heide seit…

… ungefähr fünf Jahren.

Gut. Sie können sich denken, warum wir Sie heute hierher gebeten haben?

Nein, das kann sie sich eigentlich nicht so wirklich denken, da druckst und stottert sie etwas herum, dann erlöst die Weishaupt sie mit dem Satz: Nun, es geht insbesondere um Ihr Verhältnis zum verstorbenen Herrn Monscheidt.

Peng. Das Wort Verhältnis hat die Kommissarin so gedehnt ausgesprochen, als ob die einzelnen Buchstaben aus Kaugummi wären. Man merkt förmlich durch die Wand, wie Frau Heimann rot wird. Dann fängt sie nacheinander mehrere Sätze an, setzt sie aber nicht fort, irgendwas scheint sie zu stören. Natürlich die Anwesenheit von Becker. Ob man das nicht unter vier Augen besprechen könnte. Natürlich. Offenbar verlässt Kommissar Deert Becker jetzt den Raum, mit oder ohne Mütze. Die Anwesenheit des Mikrofons scheint Frau Heimann nicht zu stören, sie redet schon etwas ungehemmter drauflos, als ob sie sich mit Frau Weishaupt in einem ländlichen Café getroffen hätte.

Eigentlich hätte ich erwartet, dass Becker jetzt zu uns herüberkommen würde, das tut er aber nicht. Vielleicht wartet er einfach draußen vor der Tür oder er ist aufs Klo gegangen. Jedenfalls geht die Vernehmung jetzt weiter, die Zierliche ziert sich nicht mehr ganz so wie zu Anfang, das liegt wahrscheinlich an den durchaus verständnisvoll klingenden Einwürfen der Hauptkommissarin.

Bisher kenne ich nur die Verführungsstories, die mir Heiner in der Kurzversion dargeboten hatte, jetzt kommt eben einfach noch mal so eine ähnliche Geschichte, allerdings mit allen Einzelheiten. Natürlich wieder Nachtdienst, der Chef erschien unter irgendeinem Vorwand, er würde etwas suchen, ob sie ihm dabei helfen könnte, dabei hätte er sie berührt, das wäre ihr aber ehrlich gesagt gar nicht so unangenehm gewesen, ein Gläschen Rotwein vielleicht, ja, aber nur ein kleines. Dann aber doch noch eines, es kommt zu weiteren Berührungen und dann zu einem zunächst noch zaghaften Kuss, das Eis ist gebrochen, schließlich wird es doch noch leidenschaftlicher und dann sogar ganz heftig. Das bleibt aber unter uns und so weiter, das hatten wir ja schon mal. Ob es bei diesem einen Mal geblieben ist, nein, es ging dann einige Zeit bei anderen Gelegenheiten so weiter. Nein, sie hätte nicht den Eindruck gehabt, dass Frau Monscheidt oder die anderen Angestellten etwas davon mitbekommen oder erfahren hätten. Und sie hätte es selbstverständlich auch nicht ihrem Mann gebeichtet.

Dann kommen noch ein paar allgemeinere Fragen, so mehr in die Richtung, ob Frau Heimann etwas von dem nicht ganz korrekten Geschäftsgebaren ihres Chefs mitbekommen hätte, nein, wie sie das Verhältnis zwischen den Eheleuten Monscheidt beschreiben würde und so weiter. Diesen ganzen Kleinkram lasse ich jetzt aber mal weg. Donnerwetter, denke ich, der alte Monscheidt hat es ja wirklich voll gebracht. Einfach so eine verheiratete Frau rumzukriegen, das ist bestimmt auch nicht so leicht. Ich stelle mir ganz kurz die Frage, ob meine Mutter sich möglicherweise auch von einem fremden Mann erobern lassen würde, vielleicht während eines Kegelwochenendes der Landfrauen oder so ähnlich. Nee, kann ich mir an und für sich gar nicht vorstellen. Aber man kann sich von den eigenen Eltern sowieso nur sehr schlecht vorstellen, dass die überhaupt Sex haben. Und man will das auch gar nicht so genau wissen.

Frau Heimann ist entlassen, zehn Minuten Pause. Heiner wechselt die Cassette und macht sich irgendwelche Notizen. Dann geht es weiter mit Frau Hermann, das ist ja die mit den großen Ohrringen, die hört man jetzt aber nicht über den Lautsprecher klimpern. Also diese Frau Hermann ist schon 42, das hätte ich nicht unbedingt gedacht, die sieht doch viel jünger aus. Verheiratet ist sie nicht, aber liiert, wie sie sagt. Das klingt irgendwie so wie bei Wer wird Millionär. Es kommen so ungefähr die gleichen Fragen wie bei der zierlichen Frau Heimann, aber Frau Hermann hat offenbar nichts gegen die Anwesenheit von Herrn Becker einzuwenden. Sie erzählt auch ziemlich freimütig und geradeheraus, was die Kommissarin von ihr hören möchte. Natürlich wieder so eine ähnliche Story, der Nachtdienst in Apotheken müsste eigentlich verboten werden, der ist ja geradezu sittenwidrig. Fazit: Ja, auch sie hat sich von ihrem Chef verführen lassen, aber so richtig scheint sie es gar nicht zu bedauern. Na gut.

Gesamt-Fazit: Es ist also tatsächlich wahr, der Chef hat alle seine Damen beglückt, außer seiner eigenen Frau vermutlich, augenscheinlich wussten sie aber nichts von den Verhältnissen ihres Gockels zu den jeweils anderen Hennen.

Ich habe jetzt langsam keine Lust mehr, aber Heiner meint, ich könnte doch noch zumindest in den Anfang von Frau Monscheidts Vernehmung reinhören. Denn die soll heute auch noch einmal zu Wort kommen. Um 17 Uhr. Bis dahin eine kleine Kaffeepause, die aber nur darin besteht, dass Heiner schnell Kaffee aus dem Sozialraum heraufholt. Leider nur Nescafé, sagt er, der andere ist alle.

17 Uhr, der Auftritt von Lady Monscheidt, für uns leider nur in der Hörspielfassung. Es wäre bestimmt interessanter gewesen, die ganzen Damen während ihrer Befragungen auch tatsächlich live zu sehen. Aber aus dem Tonfall und überhaupt der ganzen Art, wie sie reden, kann man natürlich auch schon einiges Bedeutungsvolles mitnehmen.

Okay, also jetzt die Frau Monscheidt: Es geht zunächst mal wieder um den Ablauf des Tages, an dem ihr Mann auf dem Marktplatz in der Tonne gefunden wurde und auch den Tag davor. Dann wird vorsichtig nach ihrem Alibi zur Tatzeit der anderen Morde gefragt. Scheint aber alles ziemlich wasserdicht zu sein. Danach wird sie aber von der Weishaupt frontal angegangen: Ob ihr bekannt sei, dass ihr Mann Verhältnisse zu allen weiblichen Angestellten der Apotheke hatte? Die Frau scheint innerlich und äußerlich zusammenzubrechen, jedenfalls akustisch, man kann aber den Eindruck haben, dass das auch nur gespielt sein könnte. Es wäre also auch denkbar, dass Frau Monscheidt entweder a) alles gewusst oder b) alles geahnt hat. Sie bleibt aber dabei, nein, das könnte sie sich gar nicht vorstellen, dass ihr seliger Gatte zu Lebzeiten seine Rolle als Hahn im Korb zu wörtlich genommen hätte.

Die lügt doch, dass sich die Balken biegen, sagt Heiner.

Jetzt kommt eigentlich nichts Aufregendes mehr aus Richtung der Apotheker-Witwe, sie wiederholt eigentlich nur noch, was sie bisher schon gesagt hatte. Vielen Dank für Ihr Erscheinen, wir werden gegebenenfalls wieder auf Sie zukommen. Jetzt hört man gar nichts mehr.

Die Kommissarin kommt eine Minute später herein und erklärt die Veranstaltung für beendet. Wir sehen uns dann morgen, Herr Ohlsen, machen Sie jetzt auch Feierabend, Sie sind ja schon seit heute früh dabei.

Mich hat sie wieder keines Blickes gewürdigt.

Ich schaue entsetzt auf die Uhr: Viertel vor sechs, ich wollte doch eigentlich schon längst bei Heike sein. Heiner entlässt mich durch die Hintertür, ihm reicht es jetzt aber auch langsam, das kann man ihm schon anmerken. Wir hören voneinander, tschüs, schönen Abend noch.

Dass es schon so spät ist, hat mich echt total durcheinandergebracht. Ich muss mich erstmal wieder etwas durchsortieren. Mein Polo steht noch beim Landboten, das ist ungünstig, aber ich hatte nicht unbedingt damit gerechnet, dass es so lange dauern würde. Andererseits hätte ich mir das aber auch denken können. Habe ich aber nicht. Wenn ich jetzt noch das Auto hole, komme ich noch später zu Heike. Ich könnte Heike jetzt natürlich auch mit dem Handy anrufen und ihr das erklären. Das wäre aber auch Quatsch, weil ich sowieso schon in der Rosenstraße bin, ich muss ja nur noch über die Husumer Straße rübergehen und dann bin ich auch praktisch schon da. Dauert ja nicht mal fünf Minuten.

Genaugenommen waren es nur drei Minuten. Ich stehe jetzt schon vor Heike-Omas Haus und drücke auf den Klingelknopf. Heike selbst habe ich auch schon gesehen, in der Küche, die geht ja zur Rosenstraße raus und der Vorhang oder die Jalousie oder was auch immer ist noch nicht vorgezogen oder runtergelassen. Kurze Zeit später steht sie an der geöffneten Tür vor mir mit einer Mischung aus Freude und Überraschung im Gesicht. Also sagen wir mal 80 % Freude und der Rest ist Überraschung. Aber mit Überraschung meine ich jetzt eher so was wie: Hallo, kommst du doch noch, ich dachte schon, du hättest mich vergessen. Gut, es sind ja nur 20 % und ich kann das alles ja auch gleich erklären. Aber jetzt erstmal ein Begrüßungskuss, komm' schnell rein, tut mir leid, dass ich jetzt erst komme, ich war noch so lange bei der Polizei.

Das mit der Polizei muss ich natürlich noch etwas näher erklären, nein, ich habe nichts verbrochen und ich bin auch nicht irrtümlich festgenommen worden, ich musste da was für die Zeitung recherchieren, es dreht sich um diese Mordserie rund ums Hahnebier. Und, ach so, ja, mein Auto steht auch noch bei der Zeitung.

Heike lässt meinen Wortschwall über sich ergehen, dann gibt sie mir noch einen Kuss und sagt: Komm' man erstmal wieder runter, Heiko, jetzt hast du ja Feierabend. Ich hab' mir schon so was gedacht. Dein Opa hat ja gesagt, du bist ein Guter, du lässt mich schon nicht sitzen.

Ich werde rot, warum, weiß ich jetzt auch nicht. Ist aber einfach so. Überhaupt Heike: Die sieht wieder so umwerfend lecker aus, dass ich am liebsten gleich in sie reinbeißen würde. Sie hat aber im Moment was anderes zu tun und erklärt mir, dass sie gerade anfangen wollte zu kochen. Kein Schwarzsauer und keinen Hasenbraten, Heiko, nur was ganz einfaches, Nudeln mit Schinken und Käse. Klingt gut, sage ich, darf ich assistieren? Ja, du könntest dich um den Salat kümmern. Salat, das scheint ja irgendwie mein Dauerjob zu sein.

Ich blende mich aber mal aus diesen ganzen praktischen Tätigkeiten aus, die laufen jetzt so nebenher, das muss ich wohl nicht alles beschreiben, wir sind ja in keiner Kochshow. Ich überlege kurz, was ich Heike von dieser Apothekengeschichte überhaupt erzählen darf, dann sage ich mir, im Prinzip alles, das meiste wird ja sowieso irgendwann in unserer Zeitung stehen. Heike hat die Theorie, dass vielleicht diejenige Apothekenhelferin, die von ihrem Chef am wenigsten beachtet wurde, irgendwann mitbekommen hat, dass er auch noch die anderen vernascht hat, da ist sie dann eifersüchtig geworden und ist durchgedreht und hat ihn gekillt. Das finde ich gar nicht mal so abwegig. Aber da ist ja immer noch das Problem mit den beiden anderen Morden, sage ich, die sind zwar auch mit diesem merkwürdigen Gift ausgeführt worden, aber irgendwie gibt es da keine Verbindung zur ersten Tat. Was meint denn die Polizei dazu? Ich fürchte, die sind auch nicht viel schlauer als wir.

Das Essen ist fertig, hat gar nicht mal so lange gedauert. Es schmeckt echt gut, es ist gemütlich, alles perfekt. Einerseits würde ich heute Nacht wieder gerne bei Heike bleiben, sie hätte sicher auch nichts dagegen, andererseits wäre das wieder ein bisschen stressig am nächsten Morgen, weil sie auch wieder Frühschicht hat. Und ich habe ja auch keine Klamotten zum Wechseln und meine kulturellen Utensilien dabei. Es ist aber nicht so, dass nur ich jetzt darüber nachdenke, wir reden da auch beide drüber. Fazit: Um zehn werde ich wieder losgehen, aber am Wochenende werde ich wieder über Nacht bleiben. Und was ist mit Oma, kommt die irgendwann auch mal wieder? Nicht so bald, Heike hat gestern Abend mit ihr telefoniert, das heißt, ihre Oma hat angerufen und gefragt, ob Heike auch immer ordentlich die Blumen gießt und ob wichtige Post gekommen sei. Also Oma wird auf jeden Fall Bescheid sagen, bevor sie wieder nach Hause kommt, die wird uns nicht in flagranti erwischen, Heiko.

Das, worauf jetzt jeder von euch warten wird, passiert dann später auch noch, aber erwartet von mir jetzt bitte keine Zeitangaben oder weitere Daten. Es wäre natürlich schöner, wenn wir noch ein bisschen mehr Zeit hätten, aber das ist jetzt einfach so, Heike muss morgen früh wieder bei Scharbau auf der Matte stehen und ich muss ja auch noch nach Hause fahren. Ich habe übrigens nach dem Essen kurz zu Hause angerufen und Bescheid gesagt, wo ich bin, ich war mir nämlich nicht sicher, ob ich das schon angekündigt hatte. Nee, hatte ich wohl doch nicht getan, aber Mutter sagt, das hätte sie sich schon gedacht. Okay, ich bin dann wahrscheinlich so gegen elf zu Hause. In Ordnung, Heiko.

Na, dass du nicht der erste bist, ist doch wohl klar, sagt Heike irgendwann zu mir im Laufe des Abends. Aber wie soll ich sagen, ich habe schon seit fast zwei Jahren keine Beziehung mehr gehabt. Und dann kamst auch noch du und wolltest zuerst gar nicht richtig was von mir wissen, erinnerst du dich an unseren ersten Kuss, als du auf der Jagd nach der Spinne warst? Dann habe ich dich ja auch immer wieder gesehen und gehofft, eines Tages kommst du doch zu mir. Ich habe das doch voll mitgekriegt, wie du mich immer angeschaut hast.

Das finde ich ja total cool, was Heike da gesagt hat, ich weiß gar nicht, wie ich darauf reagieren soll. Ich schätze mal, dass ich auch so eine Art Erklärung von mir geben sollte, aber da muss ich natürlich schon ein bisschen vorsichtig sein, wenn ich ihr jetzt meine ganzen Frauengeschichten im Maßstab 1:1 erzähle, wer weiß, was sie dann von mir denkt. Nein, ich sage nur so etwas in der Richtung, dass ich Heike schon immer toll fand, aber am Anfang hatte ich ja sogar gedacht, dass sie verheiratet wäre, wegen dieses Eherings von ihrer Oma, den sie aber nur trug, um Anbaggerer abzuschrecken. Was ich natürlich nicht wissen konnte. Ja, und dann kam diese Spinnen-Geschichte, aber das war eben ausgerechnet an dem Tag, als eine andere, übrigens so eine Art Kollegin von der Zeitung, gerade mit mir Schluss gemacht hatte. Da hatte ich wenig Neigung, sofort was Neues anzufangen. Das kann Heike gut verstehen, sagt sie, na, dann ist ja alles okay. Aber jetzt sind wir ja endlich zusammen und das ist doch die Hauptsache. Ja, ist es. Noch ein Kuss, aber jetzt muss ich echt los, schon kurz nach zehn, die Bäckereifachverkäuferin braucht ihren Schlaf vor Mitternacht, sonst ist sie morgen nicht fit im Beruf. Wir sehen uns, tschüs, schlaf' gut und träum' was Schönes.

Was für ein Tag, eigentlich bin ich auch völlig kaputt. Ich gehe wieder an der Esso-Tankstelle von Pusch vorbei und dann einmal diagonal über den Marktplatz. Wenn da jetzt ein Bett unter dem Kandelaber stehen würde, würde ich mich glatt da reinlegen und sofort einpennen. Heide an einem Mittwochabend nach 22 Uhr, da brennt ja auch nicht gerade die Luft. Ich will damit nur sagen, ich komme natürlich schnell durch und werde nicht von bummelnden Menschenmassen aufgehalten. Noch einmal diagonal, aber diesmal über den Wulf-Isebrand-Platz, dann links um die Ecke, da steht auch schon der Polo in freudiger Erwartung meiner Rückkehr auf dem Landboten-Parkplatz.

Ich komme tatsächlich Punkt elf in unsere heimische Bude, da ist aber kein Betrieb mehr. Bett oder Bier, das ist hier die Frage. Das Bett gewinnt, ich konnte schon auf der Fahrt kaum noch die Augen offenhalten.

Mann, Heiko, du hast ja richtig Ringe unter den Augen, kommentiert Linda am nächsten Morgen meinen Anblick.

Sind nur Jahresringe, sage ich.

Jawohl, das ist gepflegte Timmermannsche Frühstücksunterhaltung. Irgendwie merkt man auch schon ein bisschen die aufkeimende Wochenendstimmung. War's denn schön bei deiner Heike, werde ich zwischendurch mal von Mutter gefragt. So, wie sie den Satz betont, glaube ich herauszuhören, dass ich sie doch bald mal den Eltern zur Begutachtung zur Verfügung stellen soll. Ich sage dann einfach nur: Ja, war schön, wir haben zusammen was gekocht, Nudeln mit Schinken und Käse. Und Salat. Aber der musste ja nicht gekocht werden. Das mit dem Kochen hat Mutter wohlwollend zur Kenntnis genommen. Wenn Heike auch kochen kann, kann sie ja nicht so verkehrt sein.

Dann stehe ich aber nicht mehr so im Mittelpunkt, weil es jetzt darum geht, dass Linda heute wieder so einen Mädels-Abend haben wird, mit ein paar Damen aus ihrer Krankenpflegeschule. So was hatten wir ja schon mal, ich weiß gar nicht mehr, wann. Letztes oder vorletztes Wochenende? Wahrscheinlich doch noch davor. Übrigens auch diesmal wieder ohne Maja und Maren. Dann kommen noch die Details mit Einkauf und so weiter, da höre ich aber nicht mehr hin, ich greife lieber zur Zeitung, die Vater gerade zum allgemeinen Nießbrauch freigegeben hat.

Großer Skandal in Brunsbüttel: Die beiden großen Schleusen sind kaputt und von den beiden kleinen Schleusen funktioniert im Moment auch nur eine. Holland in Not, große Schiffe können jetzt nicht mehr den Nord-Ostsee-Kanal befahren, sie müssen den großen Umweg um Dänemark herum machen. Wer ist jetzt der Böse? Der Bundesverkehrsminister Ramsauer, der hat das Problem bis jetzt heftig ignoriert. Gut, die Empörung ist verständlich. Es ist zwar auch gerade eine neue Schleuse im Bau, aber das zieht sich, das dauert mindestens noch fünf Jahre. Da es ein öffentliches Bauprojekt ist, schätze ich eher mal zehn Jahre. Ganz gute Karikatur auf Seite zwei: Eine dicke Spinne sitzt in ihrem Netz und sagt zu der ahnungslosen Fliege, die gerade angeflogen kommt: Die Kosten für den Netzausbau muss ich Ihnen leider in Rechnung stellen.

Ich muss jetzt einfach mal einen Absatz machen, wie sieht das denn sonst aus. Weiter: Sadistische Erziehungsmethoden im Klosterinternat Ettal bis in die neunziger Jahre. Dagegen war meine Heisenberg-Bude ja das reinste Paradies. Plattdeutscher Abend in Ostrohe, Matthias Stührwohldt liest aus seinem neuen Buch. Der soll gut sein, Mutter war mal auf so einem Abend mit ihren Landfrauen. Da ist ja auch mein Bericht von dem angekokelten Reetdachhaus. Gleich drei Bilder dabei, die sind ja nicht von mir, aber das steht da auch. Alles korrekt. Ein ziemlich langer Bericht von Maja über die Finanzierung der Straßensanierung in St. Michaelisdonn. Muss ich jetzt aber nicht lesen, finde ich. Gibt es heute Abend was Angenehmes im Fernsehen? Die Wüstenärztin mit Esther Schweins. Ein Fall für zwei, Fünf gegen Jauch, SAT.1-Promiboxen, mein Gott. Nee, ist alles nichts für mich. Die Eltern werden wahrscheinlich sowieso wieder die Talkshow gucken wollen und anschließend Inas Nacht, der Frau kann man ja auch irgendwie nicht entkommen. Horoskop: Ich soll bereits ab Mittag etwas kürzer treten, damit ich mich voller Tatendrang ins Wochenende stürzen kann. Meinetwegen kann ich mit dem Kürzertreten auch schon heute Morgen anfangen. Gilt ja alles auch für Heike. Ach ja, Heike, hat sie morgen eigentlich Dienst bei Scharbau oder nicht, das weiß ich im Moment gar nicht. Doch, natürlich, jetzt fällt's mir wieder ein. So, ich muss jetzt aber langsam los, Linda und Lasse sind auch schon durchgestartet.

Unterm Strich ist leider nicht sehr viel bei der Polizei rausgekommen, berichte ich Fuchs, ich hab' auch nur kurz die Kommissarin gesehen, die die Hahnebier-Morde bearbeitet. Ich muss ihm ja nicht unbedingt auf die Nase binden, dass zwar ich Frau Weishaupt gesehen habe, sie aber nicht mich, jedenfalls offiziell oder besser gesagt offiziell nicht. Es sind aber noch einmal alle Mitarbeiterinnen der Apotheke befragt worden, ergänze ich. Was dabei herausgekommen ist, kann ich aber leider auch nicht sagen.

Fuchs schenkt mir einen Blick, der ungefähr folgendes aussagen könnte: Also ist im Prinzip eigentlich gar nichts dabei herausgekommen. Naja, solche Tage hatte ich aber auch schon mal. Dann wollen wir mal schauen, dass wir wenigstens heute was Produktives für Sie finden.

Also klar, mindestens zwei Einsätze für mich heute. Eigentlich stört mich das auch nicht besonders, dann vergeht jedenfalls die Zeit bis zum Feierabend. Okay, was muss ich heute machen? Um halb zehn soll ich mich bei Michael Pate einfinden, einem Regisseur, der vorhat einen Film in Heide zu drehen. Fuchs schaut relativ ernst, also war das jetzt kein Witz. Michael Pate, muss man den kennen, wahrscheinlich ja. Und wo? Markt 67. Okay, eingeloggt. Und dann? Um 13 Uhr soll ich in der Buchhandlung Scheller Boyens sein, die kenne ich ja wenigstens, da wird man mir was über irgendeine Aktion zum Thema Kinderliteratur erzählen wollen. Na gut, das ist doch schon mal was, damit werde ich schon was anfangen können.

Das klingt vielleicht bisher so, als wären Fuchs und ich die einzigen Personen in der Redaktion, das stimmt aber ganz und gar nicht, alle anderen sind auch da. Ich habe jetzt nur aus dieser Morgenbesprechung das herausgefiltert, was für mich relevant ist. Wenn ich jetzt auch noch die ganzen anderen Sachen von den Kollegen erzählen würde, würdet ihr mich für vollkommen übergeschnappt halten. Für leicht übergeschnappt müsst ihr mich ja sowieso schon halten. Aber da kann man nichts machen, ändern werde ich mich wahrscheinlich nicht mehr.

Also Michael Pate. Der Pate, dieser Gangsterfilm mit Marlon Brando. Meinetwegen auch Mafia-Film. Der gute Michael wird ja hoffentlich kein Sohn oder Enkel von ihm sein. Also kein Typ, der einem bei einem freundlichen Interview ein Messer in den Handrücken jagt. Bis halb zehn ist noch Zeit, ich melde mich erstmal ab zum Googeln.

Hallo, da bin ich wieder. Michael David Pate wurde am 22. Februar 1980 in Heide geboren. Eventuell wird der Name ja auch englisch ausgesprochen, also Meikel Dehwitt Peht. Er ist Filmregisseur, Filmproduzent und Drehbuchautor. Seit 1995 hat er mit seinem Bruder Miguel Angelo Pate private und auch kleinere Filme gedreht und sich dabei das Handwerk sozusagen selbst beigebracht. Also ein Autodidakt. Wenn man sich das Reparieren von Kraftfahrzeugen selbst beibringt, ist man dann auch ein Autodidakt? Tut mir leid, sollte nur ein blöder Witz sein. Heute ist doch Freitag, Leute, wir haben bald Wochenende. Okay, hat Herr Pate schon etwas zum Anschauen hinterlassen? 2010: Regie bei Willkommen im Club. Den Film kann ich aber jetzt nicht finden, jedenfalls nicht mit Michael Pate als Regisseur. Vielleicht ist da doch irgendwas verwechselt worden. Was haben wir noch? 2012: Regie bei dem Kurzfilm Süßes oder Sandra. Sandra? Erinnert mich irgendwie an Freshtorge. Den Film soll es bei YouTube geben. Mal sehen. Aber jetzt im wahrsten Sinne des Wortes. Insgesamt zwanzig Minuten, ja, das schaffe ich noch.

Jetzt mal kurz zu diesem Film: Es ist tatsächlich ein etwas größerer Freshtorge-Clip, bei dem Torge mal wieder Sandra spielt. Drei hippe Mädels wollen Sandra unbedingt aus ihrer Clique raushalten und veranstalten so eine Art Halloween-Mutprobe mit ihr: Wenn sie gemeinsam mit ihnen eine Nacht in einem Geisterhaus durchhält, wollen sie sie angeblich in ihre Clique aufnehmen. Das wollen die drei Hühner aber mit allen Tricks verhindern. Diese, also die Tricks, gehen allerdings allesamt schief, im Gegenteil, die viel Coolere ist Sandra. Am Ende taucht dann sogar noch ein echter Geist auf, der den Mädels einen moralischen Vortrag über Freundschaft hält. Ist wirklich ganz lustig, das kann man sich gut angucken. Diese drei Mädels finde ich auch gut, irgendwo habe ich die auch schon mal gesehen, aber das ist ja kein Wunder, die sind eben alle aus unserer Gegend. Wesselburen und so weiter.

Ich bin jetzt so vorbereitet, dass ich mich zu Herrn Pate oder Mister Pate begeben kann. Das will ich jetzt aber nicht alles im Einzelnen erzählen, vielleicht nur ganz kurz das Wichtigste, damit ihr wisst, worum es in meinem Artikel überhaupt gehen wird: Michael Pate hat vor, in Heide und Umgebung einen Film zu drehen, der so eine Art Horrorstreifen mit gesellschaftskritischem Einschlag werden soll. Titel: Gefällt mir. Das zielt sicher auf die Facebook-Generation ab. Es geht dann natürlich noch um Schauplätze, Mitwirkende, die Finanzierung und so weiter. Am Ende wird man dann sehen müssen, ob man einen Filmverleih finden wird, der den Film in die Kinos bringt. Auf jeden Fall würde er aber auf DVD erscheinen.

Ich bin etwas in Eile nach diesem Termin und tippe mir an meinem Redaktionsrechner fast die Finger wund. Bilder habe ich auch gemacht, da ist bestimmt wenig dran zu meckern. Kurz vor zwölf bin ich eigentlich so weit fertig. Wann war noch mal der nächste Termin, da muss ich schnell noch mal auf meinen Zettel gucken. 13 Uhr bei Scheller Boyens. Hätte es nicht auch eine Stunde später sein können, das versaut einem ja die ganze Mittagspause.

Zwei Brötchen und eine Cola bei Bäcker Allwörden schaffe ich aber noch, sogar in aller Ruhe, das ist ja praktisch schon gegenüber der Buchhandlung. Ich habe nur noch so einen seltsamen Sitzplatz direkt vor dem Fenster gefunden, da sitzt man ein bisschen wie im Affenkäfig, finde ich. Also unter genauer Beobachtung des Publikums. Direkt vor dem Fenster bleiben die Leute natürlich nicht stehen, so schlimm sind sie dann doch nicht, aber neugierig gucken tun sie schon.

Um Punkt 13 Uhr melde ich mich bei Scheller Boyens. Man muss bei dem Laden ja keine Tür öffnen, weil es keine gibt, während der Geschäftszeiten ist die Front zur Friedrichstraße komplett offen. Ich würde gerne mal wissen, ob die das auch bei minus zwanzig Grad machen würden, aber heute haben wir ungefähr zwei bis drei Grad plus, schätze ich mal, obwohl es sich bei dem Wind etwas kälter anfühlt. Ich bin jetzt also in dem Buchladen drin, das war ja auch kein Problem, und melde mich bei der Kasse. Timmermann vom Dithmarscher Landboten, ich habe einen Termin mit… Die Buchhändlerin ist offenbar voll informiert, sie galoppiert voran und ich folge ihr nach hinten, wo ich einer Kollegin vorgestellt werde, die anscheinend in der Hierarchie eine Etage über ihr steht. Es ist aber nicht die Chefin selbst, die kenne ich auch von irgendwoher. Ich zücke meinen Stenoblock und lasse mich erstmal etwas berieseln, bevor ich ein paar gezielte Fragen platziere. Dann noch ein paar Fotos.

Worum es geht? Findus zieht um ist gerade erschienen, das neue Buch von Sven Nordqvist. Das sagt mir was, sogar sehr viel. Die Bücher über Findus und Pettersson haben mich in meiner etwas früheren Kindheit begleitet, wir haben eine ganze Menge davon zu Hause, meine ich, dann gingen sie in Lindas Besitz über, heute fristen sie in Lasses Zimmer ein leider eher unbeachtetes Dasein. Die Bücher sind jedenfalls ganz cool, die finde ich auch heute noch gut, das kommt wiederum bei meiner Gesprächspartnerin gut an. Wir unterhalten uns dann sozusagen von Fan zu Fan über den neuen Findus und Pettersson, sie erzählt mir im Prinzip, was da passiert und zeigt mir ein paar Bilder, als wollte sie mir eine Gutenachtgeschichte vorlesen. Ich schlafe aber nicht ein, sondern mache eifrig Notizen.

Falls einer diese Geschichten nicht kennt: Die Hauptsache sind eigentlich die Zeichnungen, der Text ist aber auch nicht unwichtig. Auf den Zeichnungen sind jede Menge Details untergebracht, da haben Kinder richtig was zu entdecken, und Kinder finden auf solchen Bildern meistens auch mehr als Erwachsene, wahrscheinlich haben die noch keine so beschränkte Wahrnehmung. In allen Geschichten kommen der alte Pettersson vor und sein Kater Findus, die leben irgendwo auf dem Land, so ungefähr wie in Wesselburener Deichhausen. Was Pettersson eigentlich beruflich macht oder gemacht hat, kann man gar nicht genau sagen, so ein richtiger Bauer ist er wohl nicht oder wohl nicht gewesen, auf jeden Fall scheint er aber handwerklich nicht unbegabt zu sein, weil er auch eine Werkstatt hat. Was in den Geschichten passiert, ist nicht so spektakulär, eher harmlos, es geht meistens nach dem Prinzip, etwas wird durcheinandergebracht und zum Schluss wieder in Ordnung gebracht. Diesmal ist es so, dass der Kater Findus Pettersson damit nervt, dass er in den frühen Morgenstunden auf dessen Bett herumhopst. Damit es keinen Dauerstreit gibt, zieht Findus freiwillig um. Wohin, verrate ich aber nicht, ein bisschen Spannung muss ja sein. Jedenfalls ist am Ende wieder alles happy.

Das war aber jetzt noch nicht alles, das Buch wird bei einer Veranstaltung präsentiert, die sich Schwedischer Jahrmarkt nennt. Für Kinder ab vier Jahren am nächsten Freitagnachmittag. Dann soll also das Buch vorgestellt werden, es gibt eine besondere Dekoration, ein paar Überraschungen und so weiter. Okay, das habe ich im Kasten. Ich würde jetzt natürlich am liebsten die Buchhändlerin fotografieren, unter anderem für meine Privatsammlung, aber sie schlägt vor, vielleicht doch lieber eines der Bilder aus dem neuen Pettersson-Buch zu nehmen. Ja, gut, können wir gerne machen. Fazit: Es war nett hier mit den Helden meiner Kindheit, am liebsten würde ich das neue Buch kaufen und Lasse damit ärgern, aber mit Literatur soll man keine Scherze treiben, auch nicht mit Kinderliteratur.

Viertel nach zwei, ich sitze wieder in der Redaktion, im Moment sogar ganz allein. Ich mache mich gleich an den Schwedischen Jahrmarkt, das geht mir ganz leicht von der Hand und bringt sogar Spaß. Den letzten Satz spare ich mir aber auf, den tippe ich erst, wenn Fuchs reinkommt, das kann ja eventuell noch dauern. Ich mach' jetzt erstmal große Pause und sage mir, hey Heiko, ruf' doch mal Heiner an, vielleicht kriegst du den jetzt an den Hörer.

Erster Versuch: Heiners Festnetz-Anschluss in seiner Hemmingstedter Bude. Erster Versuch hat bereits geklappt, Heiner ist schon zu Hause, er hat um halb eins Dienstschluss verordnet bekommen. Im Moment sind seine Dienstzeiten eher so unregelmäßig wie die unregelmäßigen Verben, weil er vor allem der Mordkommission aus Itzehoe zur Verfügung steht und die Weishaupt ihm sozusagen den Takt seiner Dienststunden vorgibt. Heute

Vormittag musste er Protokolle tippen, aber damit ist er noch nicht ganz fertig geworden. Montag soll es damit weitergehen. Ich versuche aus ihm herauszukitzeln, ob Weishaupt und Becker irgendwelche Meinungen über die Vernehmungen der Apothekenmiezen vom Stapel gelassen haben, nein, eher nicht, die halten sich da im Moment ziemlich bedeckt. Trotzdem hat Heiner das Gefühl, dass die Mordkommission sich regelrecht auf die Drachen-Apotheke eingeschossen hat.

Und wie siehst du das selber so, Heiner?

Unglaublich, diese Weiber, sagt er, dass die sich so mir nichts, dir nichts einfach mit ihrem Chef eingelassen haben. Bei einem klaren Nein hätte er es doch wahrscheinlich aufgegeben. Aber irgendwie muss der Monscheidt etwas Unwiderstehliches an sich gehabt haben. War wahrscheinlich so eine Art George Clooney, auf den sind die Damen doch ganz wild, obwohl der auch nicht mehr so ganz frisch ist.

George Clooney? Der ist, glaube ich, sogar noch ein paar Jahre älter als mein Vater.

Dann noch was, Heiko. Ich finde das schon komisch, dass diese vier Damen aus der Apotheke alle Brillen tragen. Das hat jedenfalls die Weishaupt gesagt. Vielleicht war der Apotheker ja Brillenfetischist, so was soll's ja geben.

Klar, sage ich, es gibt ja fast alles. Und sonst so?

Dann wundert mich noch, dass diese ganzen Liebschaften in der Apotheke alle angeblich geheim geblieben sein sollen. Die Wohnung ist doch nur ein Stockwerk höher. Aber vielleicht war seine Frau dann ja auch gerade nicht zu Hause, keine Ahnung. Soll nicht meine Sorge sein. Ich werde mir jedenfalls mal ein schönes Wochenende machen, Monica kommt nachher, wenn sie Feierabend hat.

Na dann viel Spaß, Heiner, mach's gut, wir können ja nächste Woche mal wieder schnacken.

Ja, bis dann, Heiko.

Jetzt hat er aufgelegt, normalerweise wäre das mein Job gewesen, weil ich ihn ja auch angerufen habe. Egal jetzt. Heiner kriegt also großen Wochenendbesuch, es sei ihm gegönnt. Es ist eigentlich ziemlich selten, dass er überhaupt so was erzählt, normalerweise hält er sich immer etwas bedeckt, wenn es um sein Liebesleben geht.

Und, Heiko, wie sieht's bei Ihnen aus?

Das war natürlich Redaktionsleiter Fuchs, der gerade hereingekommen ist.

Ein Satz noch, dann bin ich durch.

Ich zeige ihm dann die Ergebnisse meines Arbeitstages, im Moment scheint er gerade ziemlich entspannt und zugänglich zu sein. Er liest jedenfalls alles sehr sorgfältig und hat eigentlich gar keine Einwände, das freut mich ja. Ich soll das eine Foto von Michael Pate nehmen, auf dem er am Tisch sitzt und auf seinen Laptop zeigt. Ja, meinetwegen. Ich erzähle Fuchs dann noch von diesem Freshtorge-Film mit Sandra und dem Geisterhaus, das scheint ihn aber nicht wirklich zu interessieren, ich glaube fast, er hat noch nie was von Torge gehört oder gesehen.

Der Feierabend liegt irgendwie schon in der Luft, ich warte darauf, dass ich grünes Licht bekomme, aber eigentlich ist meine offizielle Dienstzeit noch nicht vorbei, da kann ich es natürlich auch nicht wirklich erwarten. Okay, ich frage jetzt auch nicht, ob ich schon gehen kann, dann warte ich eben einfach noch eine Dreiviertelstunde und starre Löcher in die Luft. Nein, Quatsch, aber ich google einfach so ein bisschen nach neuesten Nachrichten und räume anschließend meine Dateien auf.

Dann doch endlich Feierabend, schönes Wochenende und so weiter. Erstmal könnte ich noch kurz zu Hansen rübergehen und meinen Weinkeller ein bisschen auffüllen. Aber nicht mit so ganz teurem Kram, sondern mit dem etwas günstigeren französischen Landwein in den Literflaschen mit Schraubverschluss.

Als ich meine Weinvorräte in den Polo lade, fällt mir wieder ein, dass ich gar nicht so hundertprozentig sicher bin, ob Heike und ich von Samstagabend oder Freitagabend bei ihr gesprochen hatten. Wochenende, das hatten wir gesagt. Okay, aber heute ist eigentlich ja auch schon Wochenende. Aber sie hat wahrscheinlich doch eher morgen gemeint. Um alle Zweifel restlos zu beseitigen, fahre ich jetzt aber noch zu Scharbau in Lohe-Rickelshof. Kurz bevor ich in den Laden reingehe, fällt mir ein, dass Heike doch heute sozusagen Frühschicht hatte, da wird sie ja gar nicht mehr da sein. Umso erstaunter gucke ich, als ich sie doch vor mir sehe.

Hallo Heike, sage ich, immer noch bei der Arbeit?

Die Kollegin, die mich ablösen sollte, ist plötzlich krank geworden, und Ersatz haben wir heute leider nicht. Aber dafür kriege ich dann nächste Woche mal einen ganzen Tag frei.

Das beruhigt mich. Leider kommt schon der nächste Kunde in den Laden, der will aber doch nur zur Postmieze. Also haben wir noch eine weitere Minute zum Plauschen.

Morgen Abend dann bei dir?, frage ich.

Ja, klar, Heiko. Wollen wir wieder was kochen?

Ja, gerne. Ich bringe dann aber den Wein mit. So gegen sechs?

Sechs ist okay.

Drei Franzbrötchen bitte, beeile ich mich zu sagen, weil jetzt tatsächlich noch ein echter Bäcker- und nicht Post-Kunde hereingekommen ist.

Der Rest läuft eher geschäftsmäßig ab, das ist ja klar, ich möchte als Kunde auch keinen Typen vor mir haben, der stundenlang mit der Verkäuferin herumturtelt. Ich bekomme meine Tüte und zahle. Tschüs dann, schönen Feierabend. Eine kleine Kusshand zu werfen erlaube ich mir dennoch. Aber die gilt wirklich nur Heike und nicht der Dame von der Deutschen Post A.G.

Morgen Abend um sechs bei Heike, das finde ich klasse. Gute Aussichten für ein schönes Wochenende. Irgendwann sind auch mal wieder meine Semesterferien zu Ende, aber erstens verdränge ich diesen Gedanken sofort wieder und zweitens hat der jetzt auch überhaupt nichts mit Heike zu tun und mit dem Wochenende schon gar nichts.

Wolltest du nicht heute Abend wieder so eine Mädels-Fete veranstalten?, frage ich Linda beim Kaffee in unserer Küche. Von Riesen-Vorbereitungen und allgemeiner Hektik merke ich nämlich im Moment rein gar nichts.

Ja, klar, aber die kommen erst um acht, das ist dann aber ohne Essen, wir wollen nur ein paar Cocktails machen, aber die anderen bringen alles mit dafür.

Das ist ja praktisch.

Ja, finde ich auch. Aber übernachten werden sie schon wieder bei uns.

Und wer kommt dann so?

Ach, die vom letzten Mal. Almut, Jenny, Luisa, Merle und Nilla. Und du, Heiko, was hast du heute Abend so vor? Bist du wieder bei deiner Heike?

Ich kläre Linda darüber auf, dass Heike morgen früh wieder arbeiten muss, aber dass ich morgen Abend zu ihr nach Heide rüberfahre und dann auch erst am Sonntag zurück sein werde. So super erfreut scheint sie darüber aber nicht zu sein, vielleicht sogar ein bisschen eifersüchtig. Nee, das passt doch nicht ganz. Ich würde eher sagen, etwas neidisch. Ich glaube, Linda hätte auch gern einen relativ festen Typen, meinetwegen den schüchternen Rettungsassistenten. Ob der jetzt wenigstens mal zurückgelächelt hat? Das frage ich Linda im Moment aber nicht. Stattdessen greife ich zum Rest meines Franzbrötchens, handverlesen von Heike, und blättere dann etwas in der Funk Uhr herum. Vielleicht gibt es ja heute Abend irgendwas Sehenswertes. Dann fällt mir ein, dass ich das Fernsehprogramm ja schon heute Morgen in unserem Landboten begutachtet hatte. Nein, in der Funk Uhr steht auch nichts Besseres, obwohl da natürlich ein paar Programme mehr abgedruckt sind. Na gut, wenn ich unbedingt fernsehen müsste, würde ich wohl doch was finden, aber eigentlich springt mir nichts so wirklich ins Auge. Ich könnte ja auch mal wieder was Vernünftiges lesen.

Plötzlich taucht Mutter auf, die hatte ich eigentlich im Büro verortet. Du sollst mal Donald zurückrufen, meldet sie, ich hab' eben schon mindestens zehn Minuten mit ihm telefoniert. Aber eigentlich wollte er ja dich sprechen. Ist in Ordnung, sage ich und verziehe mich Richtung schnurloses Telefon ins Wohnzimmer. Ja klar, Donald ist zu Hause in Heide, ich habe ihn auch gleich am Apparat.

Moin Heiko, sagt er, hast du heute Abend schon irgendwas auf dem Plan?

Nee, nicht wirklich.

Kann ich denn mal zu dir rüberkommen? Ich muss mal andere Tapeten sehen und meine Alten nerven mich allmählich. Die kriegen heute Abend Gäste, wenn ich da mit rumhängen muss, werde ich noch verrückt.

Na, dann komm' doch einfach zu uns, kannst auch bei mir pennen. Aber bei uns ist auch was los, da kommen ein paar Mädels zu Linda.

Mädels? Jawohl, Heiko, ich komme. Ich nehm' auch meinen Schlafsack mit. Geht auch sofort?

Natürlich geht das. Wir sitzen dann später beim familiären Abendbrot, die Timmermanns plus Donald Petersen. Vater ist vielleicht ein bisschen enttäuscht, Donald möglicherweise auch, dass Lindas Besuch erst um acht kommen wird. Mutter ist umso entspannter, sie ist ja praktisch so eine Art Fan von Donald und lässt es sich nicht nehmen, ihn nach allen möglichen Dingen auszufragen, nur vor seinem Liebesleben macht sie noch Halt. Psychologie, das müsste doch ein schweres Feld sein, was hätte Donald dann später mal damit vor. Das weiß er natürlich auch noch nicht, da gibt es ja alle möglichen Zweige, man kann sich später noch spezialisieren. Aber eigentlich würde es ihm bisher ganz gut gefallen. Wolltest du nicht ursprünglich mal Frauenarzt werden, frage ich ihn, aber eigentlich nur, um etwas zur Unterhaltung beizutragen. Stimmt, sagt Donald, aber auch das Seelenleben der Frauen hat Interessantes zu bieten. Typisch Donald, der lässt sich durch solche kleinen Provokationen doch nicht aus der Ruhe bringen. Mutter ist allerdings beim Stichwort Frauenarzt leicht errötet, keine Ahnung warum, vielleicht hat sie ja auch ein schlechtes Gewissen, weil sie lange nicht mehr da war. Aber ehrlich gesagt weiß ich das gar nicht und es interessiert mich auch nicht besonders.

Linda hat sich wahrscheinlich gerade vorgestellt, wie es wäre, von Dr. Donald Petersen gynäkologisch untersucht zu werden. Jedenfalls guckt sie momentan so, ich kenne ja meine Schwester. Dann bespricht sie aber mit Mutter irgendwelche technischen Einzelheiten zum heutigen Abend, also welche Gläser benutzt werden dürfen und solche Sachen. Übrigens trinken die Herren gerade Dithmarscher Pilsener, falls es jemanden interessiert, die Damen Tee, der junge Herr Lasse Milch. Das kulinarische Angebot umfasst alles, was im Hause Timmermann eben zu einem normalen Abendbrot gehört, Mutter hat aber auch noch Rührei mit Speck gemacht, das kann man sich ganz gut auf eine große Scheibe Mischbrot packen. Ob dazu Ketchup passt, da scheiden sich ja die Geister, aber bei uns ist das erlaubt. Vater hat noch gar nicht so viel gesagt, aber jetzt erzählt er wenigstens den einen oder anderen Schwank von seiner Deichbaustelle. Er ist heute den ganzen Tag zwischen Reinsbüttel mit dem Trecker und einem von diesen riesigen Hängern hin- und hergefahren, das ist auch nicht gerade sehr abwechslungsreich. Lesen kann man ja nicht beim Fahren und es gibt auch leider keine Hörbuchfassungen von Werken zur Dithmarscher Geschichte. Dabei fällt mir gerade ein, wir hatten mal in der Redaktion einen kleinen Disput, ob man Dithmarscher als Adjektiv nicht klein schreiben müsste, das ist aber nicht so, es wird immer großgeschrieben. Jawoll. Ach so, ja, es gibt auch noch das Adjektiv dithmarsisch, scheint relativ altmodisch zu sein, das wird aber tatsächlich klein geschrieben. So, das war jetzt mal wieder super überflüssig. Mittlerweile sind wir auch beim Thema was machen denn die Eltern heute Abend. Die gehen rüber zum Nachbarn zum Kartenspielen, Lasse kommt auch mit, der kann bei Florian spielen und wenn er zu müde wird, kann er da auch pennen. Also wir können heute Abend ausdrücklich so viel Krach machen, wie wir wollen.

Das haben wir aber wahrscheinlich gar nicht unbedingt vor. Abendbrot beendet, es wird weggeräumt und abgewaschen, jeder fasst da mit an, auch Donald, es geht dann auch ganz schnell, so wie immer. Wie spät haben wir's denn jetzt? Kurz nach halb acht, ich greife mir noch ein paar Flaschen Dithmarscher und mache mich zusammen mit Donald auf in meine Bude. Ein bisschen Mucke vom Rechner gefällig, Kerzen werden jetzt aber nicht angezündet, wir sind ja keine Mädchen. Männer zünden höchstens Zündkerzen an.

Donald erzählt noch mal in aller Ausführlichkeit, dass es zwar einerseits ganz schön ist, mal wieder zu Hause zu sein, andererseits geht ihm die dauernde Fragerei und teilweise auch Nörgelei seiner Mutter auf die Nerven. Ich sage, du kannst dir ruhig eine anstecken, wir können vorm Pennen ja noch mal kräftig durchlüften. Ich habe irgendwo auch einen Aschenbecher, aber Donald hat auch eine alte Tabakdose für seine Kippen dabei, dann stinkt es nicht so, meint er. In Ordnung. Normalerweise wird in meinem Zimmer ja nicht geraucht, aber wenn Donald das tut, stört es mich komischerweise nicht. Okay, wir waren gerade dabei, dass er etwas angenervt ist. Aber auch davon, dass er nicht so richtig weiß, wie es mit seiner Büchereimieze weitergehen soll. Wie hieß sie noch mal? Ach ja, Sabine. Sabine Henkelmanns. Der Raub der Sabinerinnen, haha. Henkell Trocken, noch mal haha. Nein, so trocken wie der Sekt sei sie nun wirklich nicht, eher so eine richtige Kanone im Bett, aber das hat er ja schon mal erzählt. Auch, dass sie fünf Jahre älter ist. Auch, dass sie schon ein Kind hat und wieder bei ihren Eltern wohnt. Ich wiederhole jetzt meine Lagebeurteilung, dass ich mich an seiner Stelle vielleicht durchaus daran gewöhnen könnte, wenn diese Sabine denn wirklich so eine Fee ist. Aber Donald hat da wohl selber mehr Zweifel dran als beim letzten Mal, also als wir das letzte Mal über das Thema geredet haben. Irgendwie habe ich das Gefühl, sagt er, dass die Mausefalle bald zuschnappt, wenn ich noch weiter mit ihr rummache. Dann kommt bestimmt der große Antrittsbesuch in ihrem Elternhaus, ein Likörchen vielleicht, Herr Petersen, und nach dem Mittagessen schiebe ich schon den Kinderwagen um den Block. Wie alt ist das Kind denn, frage ich, vielleicht kann es ja schon selber laufen. Keine Ahnung, Heiko. Junge oder Mädchen?, frage ich. Das weiß Donald aber auch nicht. Redet ihr denn gar nicht darüber, wenn ihr zusammenseid, Donald? Nee, da sind sie eher mit anderen Sachen beschäftigt.

Normalerweise war Donald früher immer der große Ratgeber, wenn es um Frauengeschichten ging. Aber in diesem Fall muss wahrscheinlich doch einmal Heiko Timmermann eingreifen. Mir scheint, sage ich, so super ideal ist euer Verhältnis nun auch nicht. Mal abgesehen von diesem Altersunterschied und der Sache mit dem Kind. Was sagt dir denn so dein Bauchgefühl, Donald, du hast doch selber mal gesagt, man soll auf sein Gefühl hören, die Gefühle bestimmen unser Handeln.

Mein Bauchgefühl, Heiko? Ja, das sagt eigentlich volle Deckung, Donald Petersen. Und ich glaube, darum hab' ich mich auch in Heide bei meinen Eltern verkrochen. Ja, es stimmt wohl, eigentlich müsste ich zusehen, dass ich wieder elegant aus der Sache rauskomme.

Bibliotheken, sage ich, ja, mit denen kann man ziemlich viel Ärger haben.

Das Thema Sabine Henkelmanns scheint jetzt aber relativ abgehakt zu sein, wir schweigen uns ein paar Minuten gepflegt an, dann kommen wir auf die ungeklärten Mordfälle in Heide, das Hahnebier und die Drachen von der Drachen-Apotheke. Ich berichte Donald in aller mir möglichen Ausführlichkeit über die Befragungen der Apothekenmiezen. Das bringt ihn wieder auf andere Gedanken, ist so mein Eindruck. Ein bisschen Bewunderung hegt er allerdings schon für den seligen Herrn Apotheker Monscheidt, der sei ja nun wirklich in jedem Sinne selig gewesen. Auch wenn das mit dem zweiten und dritten Mord nicht passen würde, die Quelle für den ersten Mord sei auf jeden Fall in der Apotheke zu suchen. Sagt ihm sein Bauchgefühl.

Zwischendurch, das habe ich bisher noch nicht erwähnt, hat es heftigen Publikumsverkehr auf dem oberen Flur gegeben, also praktisch vor meiner Tür, weil Lindas Zimmer ja direkt gegenüber ist. Natürlich Lindas Krankenschwestern, die sind ja dann wohl alle gekommen. Mittlerweile hat sich die Lage aber wieder beruhigt, die sitzen wahrscheinlich alle in ihrer Bude und labern sich gegenseitig mit ihren Stories voll.

Was ich auch nicht erwähnt habe, weil es auch nicht so wichtig ist: Mutter kam kurz herein, jawohl, nachdem sie angeklopft hatte, sie hat nur Bescheid gesagt, dass sie jetzt zum Nachbarn rübergehen. Schöne Grüße, sage ich noch, sauft nicht wieder so viel.

Also Donald und ich sitzen und quatschen, wir haben uns auch noch ein weiteres Bier genehmigt und Donald hat sich bestimmt schon die nächste Zigarette gedreht und in Betrieb genommen, sagen wir mal, es ist vielleicht schon eine Stunde später, da klopft es wieder. Nein, wir haben keine Spechte im Haus, es ist Linda, ich zitiere sie aber jetzt wörtlich: Habt ihr vielleicht Lust einen Cocktail mit uns zu trinken, wir beißen auch nicht.

Klar haben wir Lust, ich würde mal behaupten, Donald sogar besonders. Ja, dann ist ja alles okay. Wir gehen rüber in Lindas Zimmer, da ist gedämpftes Licht, aber ungedämpftes Gespräch, das dann aber etwas abebbt, als wir hereinkommen. Alle hocken auf dem Fußboden, die Sitzmöbel sind in weite Ferne gerückt, in der Mitte steht ein großer Teller mit einem Haufen brennender Kerzen. Irgendwie erinnert mich das an ein Lagerfeuer. Bei dem Licht ist es nicht auf Anhieb zu erkennen, aber ich zähle inklusive Linda sechs junge Damen, die aber etwas weniger gestylt sind als beim letzten Mal. Ja, es sind auch exakt dieselben wie vor was weiß ich wie vielen Wochen. Hallo, sage ich und setze voraus, dass die noch wissen, wer ich bin. Und das ist mein alter Freund Donald.

Donald? Kicherkicher. Wenn man so einen Namen hat, muss man da durch, das ist ja immer so, das kennt er schon. Also einfach eine Minute abwarten, dann beruhigt sich alles wieder. Donald, sagt Linda jetzt, das sind meine Kolleginnen Almut, Jenny, Merle, Luisa und Nilla. Zwischen jedem Namen macht Linda eine Pause, als ob sie das schon vorher geübt hätte. Die entsprechenden Mädels nicken dann oder winken kurz ganz neckisch, wahrscheinlich war das auch vorher geprobt. Wir sollen uns setzen, ja, da, wo gerade Platz ist. Nun kann man ja sagen, dass es doch ziemlich unbequem ist, die ganze Zeit auf dem Fußboden zu sitzen, aber wir sind ja noch jung, da geht das gerade noch. Ich klemme mich zwischen Luisa und Merle, Donald findet seinen Platz zwischen Nilla und Almut.

So viele Namen auf einmal bringen euch garantiert durcheinander, jedenfalls würde es mir so gehen. Darum noch mal kurz Lindas Mädels im Schnelldurchlauf: Almut Schulz, 20, Wesselburen, ziemlich groß, dunkles, gelocktes Haar. Jenny Burmann, 19, Bargen, klein und nicht ganz schlank, dunkelblonder Pferdeschwanz. Merle Fromm, 18, Büsum, sieht ziemlich normal aus. Luisa Weding, 21, Hemmingstedt, sieht aus wie 25. Nilla Tietge, 19, eigentlich aus Schleswig, wohnt aber im Wohnheim der Krankenpflegeschule in Heide, blonde Kurzhaarfrisur und nettes Lächeln, aber Verlobungsring, ich berichtige, nee, den trägt sie heute Abend aber nicht, vielleicht ist die Verlobung ja geplatzt. Oder nur der Ring. Zusammenfassung: So heiße Hühner wie die Brasilianerinnen damals in Kiel sind sie nicht, aber ich habe ja schon mal gesagt, dass die alle total nett sind. Punkt.

Hatte Linda nicht irgendwas von Cocktails gesagt? Die Mädels haben alle Timmermanns größte Wassergläser mit Strohhalm in der Hand oder auf dem Fußboden in Reichweite, gefüllt mit einem Getränk, das von weitem wie Orangensaft aussieht, nur eine Spur dunkler. Jetzt ist Luisa, die sitzt ja rechts von mir, gerade aufgestanden und macht sich im Hintergrund an Lindas Couchtisch zu schaffen. Aha, da ist das Getränkelager. So ganz kompliziert scheint es nicht zu sein, denn sie kommt nach kurzer Zeit mit zwei Gläsern für Donald und mich zurück. Was trinkt ihr denn Schönes? Ach, Sex on the Beach, was natürlich gleich zu albernen Bemerkungen führt. Wodka, Pfirsichlikör und Orangensaft, mit einem kleinen Schuss Cranberry-Nektar. Ein einsamer Eiswürfel schwimmt auf dem Ganzen. Schmeckt lecker, kann man nicht anders sagen. Aber ganz schön heftig, die Mischung, die kann man nicht einfach so wegtrinken wie Bier. Ich habe auch den Eindruck, die liebe Luisa hat Donald und mir mindestens die doppelte Wodka-Ladung verpasst. Na dann noch mal prost und so weiter. Jetzt wird's wieder lauter, Gesprächswirrwarr aus allen Richtungen. Ich versuche mit Luisa rechts von mir und Merle links von mir zu kommunizieren, dann aber auch mal quer über das Lagerfeuer in Richtung Nilla oder sogar Almut, die sitzt aber am weitesten von mir entfernt.

Donald lächelt selig wie der selige Herr Monscheidt. Sein Platz zwischen Nilla und Almut scheint ihm durchaus zuzusagen. Im Hintergrund läuft Lindas allgemeine Hitparadenmucke, das fällt mir eigentlich jetzt erst so richtig auf. Aber im Grunde genommen ist alles ganz angenehm, gute Atmosphäre, außerdem wirkt das Gesöff auch schon ganz schön. Es wird ziemlich viel erzählt, die Krankenschwestern geben ihre Erlebnisse zum Besten, ich steuere den einen oder anderen Schwank von meinen Reportagereisen bei, Donald lässt ein paar Psycho-Stories vom Stapel. Manchmal hören plötzlich alle zu, wenn einer was sagt, dann gibt es wieder ein wildes Durcheinandergerede. Getränkenachschub wird verlangt, Luisa scheint die Chefmixerin zu sein. Mir bringt sie auch noch gleich meinen zweiten Drink, ich sage noch, nicht so viel Wodka, bitte, aber ich glaube, das ignoriert sie einfach. Danke, sage ich, als sie sich wieder hingesetzt hat, und ich streiche ihr mit der Hand über den Rücken. Dafür nicht, sagt sie und gibt mir einen spontanen Kuss auf die rechte Wange. Aha, es wird gemütlich. Noch etwas später kommt dann so eine allgemeine Knutscherei in Gange, ich kann gar nicht erklären, wie das passiert ist. Ich weiß nur, dass Heike das jetzt lieber nicht sehen sollte. Damit Luisa sich jetzt aber nicht zu viel einbildet, wende ich mich zwischendurch mal Merle zu, die küsst auch nicht schlecht. Wie ich sehe, hat Donald gleichzeitig Nilla und Almut umarmt. Der Hammer kommt aber noch, zwischen Jenny und Linda ist es ebenfalls zu heftigen Zärtlichkeiten gekommen. Jaja, meine Schwester, die lässt nichts aus. Muss ich mir da jetzt irgendwelche Sorgen machen? Mindestens zwanzig Prozent der Frauen sollen lesbisch sein, habe ich gerade erst neulich gelesen, der Rest soll bi sein. Okay, dann würde ich aber eher mal schätzen, dass Linda zu den achtzig Prozent gehört.

Kommt noch einer mit eine rauchen?, fragt Donald gerade.

Aha, Almut, das ist die ziemlich große aus Wesselburen, mit der Linda manchmal mitgefahren ist. Sonst noch jemand? Nein. Also Donald und Almut verschwinden jetzt in Richtung mein Zimmer, mach' doch schon mal das Fenster auf, rufe ich Donald noch hinterher. Wie lange dauert denn eine Zigarettenlänge? Die beiden kommen erst nach einer gefühlten halben Stunde zurück, dafür Arm in Arm. Was das wohl wieder bedeuten soll.

Die ganze Party in Lindas Bude geht natürlich noch weiter, aber wie soll ich es sagen, es passieren keine neuen Sachen mehr. Wir haben, glaube ich, am Schluss alle ganz schön einen im Tee, aber immer noch im positiven Bereich, also nicht so doll, dass man befürchten müsste, dass einem gleich schlecht wird. Dann löst sich die Veranstaltung aber allmählich auf, die Mädels wollen ihr Schlaflager wieder alle in Lindas Zimmer errichten, da muss ja auch noch wieder ein bisschen hin- und hergeräumt werden. Ich ziehe mich mit Donald in meine Bude zurück, wir machen uns dann auch langsam bettfertig. Donald will auf der Couch schlafen, ich biete ihm zwar die Luftmatratze an, er hat aber keinen Bock mehr auf Pumpen. Ein paar

Verzögerungen gibt es dann noch, weil mehr oder weniger alle gleichzeitig ins Bad wollen. Neckische Begegnungen auf dem Flur in leichter Nachtbekleidung. Schlaft schön, noch einmal Küsschen. Tolle Party, ja, fand ich auch.

Erst Viertel nach acht am nächsten Morgen, aber ich muss dringend zur Toilette, da hilft ja nichts. Und wenn ich sowieso schon auf bin, kann ich ja ruhig gleich weitermachen. Aber in aller Ruhe. Also das Volldampf-Duschprogramm. Noch scheinen die anderen ja alle zu pennen, aus Lindas Zimmer hört man nichts, auch kein Schnarchen. Donald war auch noch voll im Koma, der hat sich in seinem Schlafsack überhaupt nicht gerührt, als ich aufgestanden bin. Rasieren könnte ich auch noch gleich, bisher hat noch kein Specht an die Tür geklopft.

Jetzt ist Donald doch schon wach, als ich wieder in meinem Zimmer bin und Klamotten aus dem Kleiderschrank zusammensuche. Sein Kopf guckt aus dem Schlafsack raus, aber er hat nur ein Auge geöffnet. Jetzt kommt aber doch noch das zweite. Das war ja der absolute Hammer, ist sein erster Satz. Moin Donald, sage ich, gut gepennt? Wenn du willst, kannst du jetzt ins Bad, ist gerade frei. Ich geh' dann schon mal runter und check' die Lage. Ja, ist gut, Heiko, ich komm' gleich. Während sich Donald mühsam aus seinem Schlafsack herausschält, verlasse ich meine Bude und gehe nach unten. Ein bisschen nach Rauch roch es ja immer noch bei mir, aber das gibt sich wohl bald wieder.

Unten ist noch nicht so viel Betrieb, aber Mutter geistert schon in der Küche herum. Jetzt aber nicht im Morgenmantel oder so, sie hat schon wieder ihre normalen Klamotten an. Ein bisschen angegriffen sieht sie aber schon aus. Wie war's denn bei euch so, frage ich, bevor sie mir dieselbe Frage stellt. Ja, bis halb vier, sie haben sich beim Nachbarn mal wieder so richtig festgequatscht, da merkt man ja gar nicht, wie die Zeit vergeht. Bei uns war ja schon alles ruhig, als sie reingekommen sind. Und der Kleine, frage ich, habt ihr den rübergetragen? Nein, der ist bei Florian geblieben, vielleicht schläft er ja immer noch, aber der wird sicher im Laufe des Vormittags zurückkommen.

Und Vater?, frage ich. Pennt der noch? Nein, der ist schon nach Wesselburen rübergefahren zum Brötchenholen, heute lohnt sich das ja so richtig, wie viele sind wir denn überhaupt zum Frühstück? Zehn, sage ich, das müssten eigentlich insgesamt zehn sein. Na gut, ich kann ja schon mal die erste Ladung Kaffee aufsetzen.

Timmermanns Haushalt ist auch für größere Menschenmengen gerüstet, Geschirr und Besteck haben wir reichlich an Bord, wir haben ja auch manchmal so eine Art Betriebsfest, da sind wir dann so ungefähr dreißig bis vierzig Leute, das geht dann natürlich nicht ohne Hilfe. Aber das ist ja das Schöne am Landleben, wenn man sich mit seinen Nachbarn gut versteht, hilft man einander auch mal bei solchen Gelegenheiten. Und meine Mutter hat es auch gut drauf, Leute anzustellen, wenn sie sonst nur im Wege stehen würden. Zum Beispiel mich. Ich soll schon mal den Wohnzimmertisch ausziehen, aber nur eine Platte, das reicht. Und dann nimmst du das blaue Wachstuch mit den weißen Punkten, guck' aber nach, ob das auch ordentlich sauber ist. Nein, am besten wischst du das sowieso noch mal über.

Jawohl.

Jetzt kommt gerade Donald unten bei uns an, er scheint auch geduscht zu haben, seine Haare sind noch ziemlich nass. Tropfen tun sie aber nicht. Guten Morgen, Frau Timmermann. Guten Morgen, Donald, na, hast du gut geschlafen? Auf der Couch oder auf der Luftmatratze? Auf der Couch. Aha. Hoffentlich war das nicht zu unbequem. Die Kaffeebecher sind in dem mittleren Schrank.

Kurze Unterbrechung, weil das irgendwie mein Dauerthema ist: Donald sagt Sie zu meinen Eltern, weil er eben ein höflicher Mensch aus Heide-Ost ist, er wird aber von ihnen geduzt, weil er eben ein alter Schulkumpel von mir ist, den sie schon seit X Jahren kennen. Meinetwegen auch mit kleinem x. Von sich aus würden meine Eltern wahrscheinlich nie im Leben Donald das Du anbieten. Ich finde das alles sehr seltsam und kompliziert, aber so ist es nun mal in Germanien.

Vaters Heizöl-Ferrari schwenkt gerade auf die Landebahn ein, er entsteigt dem Spitzenprodukt des deutschen Automobilbaus mit einer riesigen Brötchentüte, die scheint allerdings aus Plastik zu sein. Macht ja nichts, bei uns wird alles weiterverwertet. Mein Gott, Heinrich, wie viele Brötchen hast du denn bloß gekauft? Dreißig.

Wir fangen dann aber gleich schon mal mit dem Frühstück an, das kann ja noch dauern, bis die Mädels sich alle durchgestylt haben. Mutter meint aber, die Dusche läuft schon, in der Küche kann man das ja wegen irgendwelcher

Leitungen hören. Erstmal ein schöner heißer Kaffee, der bringt die Lebensgeisterchen wieder voll auf Touren. Einen dicken Kopf habe ich aber nicht und Donald anscheinend auch nicht. Ich will ja jetzt keine Werbung für Alkohol machen, aber anscheinend kann man Wodka ganz gut vertragen. Wahrscheinlich besser als Eierlikör. Was hatten denn die Eltern gestern Abend beziehungsweise Nacht? Die Damen haben Wein getrunken und die Herren Bier und Oldesloer, Herrengedeck sozusagen. Irgendwas Neues aus der Nachbarschaft? Nicht so wirklich, mit der Landwirtschaft geht es bergab, wie immer. Die Nachbarn überlegen sich, ob sie vielleicht eine kleine Wohnung für Feriengäste einrichten wollen, Urlaub auf dem Bauernhof, aber da müsste dann doch einiges umgebaut werden. Die Gäste erwarten doch heutzutage alles Mögliche an Komfort, am Ende beschweren sie sich auch noch, wenn morgens auf dem Lande der Hahn kräht. Und ihr, Heiko, habt ihr euch nett unterhalten?, fragt Mutter. Wir durften bei den Mädchen mitspielen, sage ich, die waren aber die Bestimmer, die waren ja in der Überzahl. Mutter lächelt zufrieden, es ist doch schön, wenn ihre beiden Großen sich so gut verstehen, da kann sie mit der Erziehung wohl nicht so viel falsch gemacht haben. Bitte einmal die Leberwurst. Und die Zeitung, hat einer eigentlich schon die Zeitung reingeholt?

Ist mein Job, sage ich, ich bin ja bei der Zeitung.

Vielleicht doch kurz mal alles überfliegen, obwohl am Samstag ja immer so viel drinsteht. Ramsauer will 60 Millionen Euro für den Schleusenbau lockermachen. Ach, jetzt auf einmal. Helgoland profitiert von der Energiewende. Warum? Weiter auf Seite sechs. Mehdorn soll Berliner Flughafen retten. Himmelfahrtskommando ist die Überschrift des Kommentars dazu. Beim Thema Helgoland ist mir jetzt aber zu viel Text. Mein Bericht über Michael Pate auf Seite 10. Auf Seite 11 meine Pettersson-Story. Wenn ich so weitermache, könnte ich bald meine eigene Zeitung herausgeben, die Wesselburener-Deichhausener Neuesten Nachrichten oder so ähnlich. So wie Agaton Sax, falls den jemand kennt, das gab es auch mal als Cartoon-Serie im Fernsehen: Er ist der Redakteur der kleinsten Zeitung von Schweden, aber er beschäftigt sich hauptsächlich mit der Lösung von Kriminalfällen. Da sehe ich auch gewisse Parallelen zu meiner Person. Schausteller gehen optimistisch in die Jahrmarktssaison. Ach ja, Jahrmarkt, manchmal bin ich da früher ganz gerne hingegangen. Aber man gibt da ja ein Heidengeld aus, wenn man sich nicht zusammenreißt. Gibt es eigentlich noch den klassischen Frühjahrsputz? Oh, der Artikel ist von Maja, sie hat dazu auch eine kleine Umfrage in Meldorf gemacht. Von fünf befragten Damen macht nur eine den herkömmlichen Frühjahrsputz mit allen Schikanen. Männer hat

Maja gar nicht gefragt oder es gab keine, in Meldorf ist ja manchmal ziemlich tote Hose auf den Straßen. Ich könnte jetzt eigentlich mal Mutter fragen, wie sie es so mit dem Frühjahrsputz hält, aber am Ende bringe ich sie noch auf Ideen. Soweit ich es mitbekommen habe, wird bei uns zu Hause aber nicht so heftig geputzt. Noch schnell zum Horoskop, das ist doch immer ziemlich weit hinten. Seite 42. Steinbock: Große Erfolge habe ich zurzeit nur beruflich zu verzeichnen, im Privatleben soll ich auch mit Kleinigkeiten zufrieden sein. Okay, bin ich doch auch. Was hat Donald eigentlich für ein Sternzeichen, Erpel?

Gibst du mir mal 'n Stück von der Zeitung, Heiko?, fragt Vater.

Ja, klar, du kannst jetzt auch gern die ganze haben. Da kommen sowieso gerade Lindas Mädels in voller Sechserformation die Treppe herunter. Guten Morgen allerseits und so weiter. Heinrich Timmermann ist höchst erfreut, dass er den Auftritt noch mitbekommt, bevor er sich wieder in die Werkstatt zurückzieht. Ein ziemlich heftiges und lautes Durcheinander, die Damen scheinen aber alle bester Laune zu sein. Oh, frische Brötchen, wie lecker. Das freut ja den Hausvater. Am Rande bekomme ich mit, dass Donald von seinem Platz aufgestanden ist und Almut mit Kuss und Umarmung oder umgekehrt begrüßt. Schau an, so ist das also. Aber ich würde sagen, Psychologe und Krankenschwester, das passt schon. Ich gehe jetzt mal neuen Kaffee aufsetzen, du kannst auch noch mehr Butter mitnehmen, Heiko, und mach' mal 'n frisches Glas Erdbeermarmelade auf. Möchte jemand was anderes außer Kaffee? Nee, aber gerne ein Glas Orangensaft, wenn's geht. Oh ja, bitte auch für mich.

Ich flitze ein bisschen hin und her wie Flitze Feuerzahn, Linda soll man ruhig erstmal sitzenbleiben, die sieht doch noch leicht angeschlagen aus. Angeschlagen, aber auch zufrieden. Na prima. Der frische Kaffee ist jetzt durch, ich schenke ein, mein Gott, ich kann gleich noch einmal wieder neuen aufsetzen. Vater wird der Krach irgendwann doch zu viel, er verabschiedet sich in Richtung Werkstatt, nachdem er sich noch einmal an den jungen Damen sattgesehen hat. Mutter versucht sich schon mal an ihrem Einkaufszettel, kann sich aber wahrscheinlich hier nicht so richtig konzentrieren und entschwindet in die Küche.

Das Frühstücksgelage hat seinen Höhepunkt erreicht, der Brötchenpegel ist schon spürbar gesunken, obwohl da natürlich noch genug in Reserve ist. Linda hat auch noch mal Kaffee nachgekocht, das Nutellaglas ist ausgekratzt und im Marmeladenglas befindet sich auch nur noch ein spärlicher

Rest. Donald kuschelt ein bisschen mit seiner neuen Almut, er streichelt ihr den Rücken und sie seinen Po. Aber eher heimlich, obwohl ich das trotzdem gesehen habe, sonst würde ich das ja nicht wissen. Linda gibt ihre Verlobung mit Jenny bekannt, nein, das war jetzt Quatsch von mir, da spielt sich gar nichts Besonderes mehr zwischen den beiden ab. Die eine oder andere wischt auch schon auf ihrem Smartphone herum, es geht wohl darum, dass sie von irgendjemandem abgeholt werden sollen. Almut ist ja die Wesselburenerin mit dem eigenen Auto, sie will Merle noch in Büsum vorbeibringen, das hatten sie vorher so besprochen. Ja, sie wollen dann auch gleich los. Aber vorher will Almut noch mit Donald eine rauchen gehen, aber draußen natürlich, ich sage, ihr könnt euch doch in die eine Garage stellen, rechts, die ist nicht abgeschlossen, da müsst ihr nur das Tor hochschieben. Alle fertig mit dem Frühstück? Ich fange schon mal an, ein paar Sachen wegzuräumen, die anderen fassen dann auch mit an. Solche Krankenschwestern können ja zupacken, da kann man nicht meckern. Präzise und effektiv. In der Küche wird auch schon mit dem Abwasch begonnen und Luisa hat gerade die letzten freien Kubikdezimeter der Geschirrspülmaschine befüllt. Wo habt ihr denn eure Tabs? Was für Tabs, ach so, ja, diese komischen Reinigungsdinger, bei denen man immer niesen muss, wenn man sie auspackt. Jenny und Nilla falten das Wachstuch unter Vermeidung von Krümel-Fallout zusammen und schütteln es anschließend im Vorgarten aus. Dieser Ordnungssinn hat schon beinahe etwas Beängstigendes. Nur staubsaugen tun sie nicht, da muss ich dann nachher mal ran.

Irgendein Auto fährt auf der vorderen Auffahrt vor, ich kriege gar nicht so genau mit, wer da gerade abgeholt werden soll, aber ein paar Minuten später zähle ich zwei Mädels weniger. Schöne Grüße noch an dich, du warst ja gerade nicht zu finden. Nein, irgendwann muss ich ja auch mal aufs Klo. In den meisten Büchern und Filmen kommt so was ja nie vor, aber bei mir schon. Almut ist auch schon mit der Büsumerin abgefahren, aber Donald ist natürlich noch da und trocknet gerade mit verklärtem Gesicht Frühstücksbretter in der Küche ab. Ich glaube, jetzt sind nur noch Jenny und Nilla da, dann kommt aber auch schon Jennys Mama aus Bargen angefahren, die nehmen dann auch Nilla mit nach Heide. Das ist die, die im Schwesternwohnheim wohnt und eigentlich aus Schleswig kommt und gar keinen Verlobungsring mehr trägt. Letzte Verabschiedungsszenen, Kusskuss und so weiter, auch Donald und ich werden bedacht, es war ja so eine tolle Party und dann bis Montag, tschüs, grüßt eure Eltern noch mal ganz herzlich. Mein Gott, sind die alle gut erzogen.

Donald hilft Linda noch etwas in der Küche, ich gehe mal mit dem Staubsauger durchs Wohnzimmer und überall dahin, wo was Staubiges sein könnte. Frühjahrsputz im Hause Timmermann.

Alles fertig jetzt? Ja, alles paletti. Linda will nur noch mal in ihrem Zimmer klar Schiff machen, ein paar leere Flaschen wegräumen und so weiter, aber das kann sie natürlich allein machen, dazu braucht sie keine Hilfe. Ich stehe jetzt mit Donald etwas unentschlossen im Wohnzimmer herum, wir könnten uns ja auch einfach wieder hinsetzen, aber er meint, er will dann auch gleich mal los, er muss nur noch seinen Schlafsack und seine Sachen von oben holen. Okay, das dauert ja nicht lange, da ist er schon wieder.

War richtig, richtig geil bei euch, Heiko, das war ja der absolute Hammer.

Und, frage ich, wie steht's denn zwischen dir und Almut?

Gute Aussichten, Heiko, sie kommt heute Nachmittag zu mir und dann gucken wir mal.

Donnerwetter, gleich zu dir?

Ja, bei ihr ist ungünstig, die wohnt ja auch noch zu Hause, aber meine Alten fahren nach Bremen, zu einem Studienfreund von meinem Vater, da fahren sie schon heute Mittag hin und dann kommen sie erst morgen Abend zurück. Ja, die haben immer viel vor. Gestern selber Gäste im Haus und heute schon wieder unterwegs. Ich weiß nicht, ob das so mein Traum wäre.

Und was machst du mit deiner Bibliothekarin, Donald?

Kündigen, Heiko. Nützt ja nichts. Ich ruf' die gleich an, sobald ich zu Hause bin.

Schlussmachen ist immer scheiße, sage ich.

Stimmt, Heiko. Aber du kannst die ganzen Weiber ja nicht einfach alle behalten, so was macht nur Stress.

Was hast du eigentlich für ein Sternzeichen?

Sternzeichen? Wassermann. Was soll das denn jetzt, Heiko?

Ich will nur mal was in der Zeitung nachgucken. Ja, hier, Seite 42: Wassermann: Du kannst heute mit einem brillanten Schachzug deine Lage verbessern.

Na, das ist ja geil, Heiko. Sag' bloß, du glaubst am Ende noch an solchen Scheiß.

Nein, sollte nur ein Witz sein.

Okay, mehr kommt jetzt nicht von uns beiden. Die weiteren Aussichten: Donald will noch ein bisschen in Heide bleiben, bis die schlechte Luft in Kiel wieder verraucht ist, wir können ja noch mal telefonieren, vielleicht auch mal irgendwas zusammen machen, das mit dem Hallenbad neulich war doch auch gut. Ach ja, die Mordfälle sind ja auch noch nicht geklärt, dann haben wir ja auch noch was vor. Schöne Grüße an die Eltern, wo ist Linda denn, ach ja, die ist ja noch oben, grüß' die man auch von mir, Heiko.

Ich bringe Donald noch zu seinem Mini, der steht ja auf unserem Hofplatz. Mich wundert immer wieder, dass so ein großer Typ wie er da überhaupt reinpasst, aber vorne kann man ganz gut sitzen in der Kiste, da kann man nichts sagen. Wäre vielleicht auch wirklich was für Linda. Viel Platz braucht der ja auch nicht, den könnte man fast quer in die Garage stellen.

Nach Donalds Abflug in Richtung Heide schaue ich mich noch mal kurz auf dem Hofplatz um. Mich hat gerade gewundert, dass Stromer gar nicht angetrabt kam, aber der ist gerade bei Vater in der Werkstatt und hat es sich im Führerhaus von einem unserer neueren Unimogs bequem gemacht. Aber was heißt neueren, die Kiste ist bestimmt auch schon mindestens zehn Jahre alt. Vater kauft grundsätzlich nur gebrauchte Fahrzeuge und Maschinen, damit er was zum Reparieren hat.

Heiko, spinnst du, bei der Kälte im T-Shirt? Geh' bloß schnell wieder rein!

Ja, Meister.

Die weiteren Kurznachrichten von der Timmermann-Ranch: Lasse kommt von den Nachbarn zurück, er hat da auch gefrühstückt und war anschließend mit im Stall, das kann man riechen. Linda hat ihre Bude zu Ende aufgeräumt und hängt da jetzt bei Bravo-Hits Nummer sowieso ab. Ich mache mein Bett und schwinge einmal den Staubsauger. Nur der Vollständigkeit halber: Wir haben sozusagen auf jeder Etage einen Staubsauger, damit man mit dem Ding nicht immer treppauf und treppab laufen muss. Mutter kommt schwer beladen vom Einkaufen zurück, sie war in Wesselburen, glaube ich. Was es Sonntag geben soll, weiß ich noch nicht. Aber eventuell bin ich mittags auch gar nicht zu Hause.

Seit 1447 samstags Pfannkuchen mit Apfelmus. Ich melde beim Essen, dass ich heute Abend bei Heike bin und erst morgen wiederkomme, eventuell auch erst nachmittags oder gegen Abend. Jawohl, ist eingeloggt. Der übliche Spruch: Hoffentlich lernen wir deine Heike auch bald mal kennen. Heiko und Heike, haha. Kinder, ihr habt ja so schön aufgeräumt. Das waren aber auch wirklich alles sehr nette Mädchen, deine Kolleginnen. Was macht denn Maren so? Und Maja, kommt die denn gar nicht mehr, die war doch auch schon lange nicht mehr bei uns. Lasse, du musst heute Abend aber mal ordentlich deine Fingernägel schneiden. Ach ja, heute Abend gibt es Verstehen Sie Spaß, das ist doch immer ganz nett, nicht wahr, Heinrich.

Die Eltern melden sich nach dem Essen zum Mittagsschlaf ab, Linda und ich machen wieder Küchendienst, Lasse wollen wir aber lieber nicht dabeihaben, es könnten ja auch nicht jugendfreie Themen zur Sprache kommen. Kommen sie aber erstmal gar nicht. Stattdessen schlage ich Linda eine kleine Fahrstunde auf unserem Hofplatz vor. So total begeistert ist sie nicht davon, aber eben auch nicht völlig dagegen.

14 Uhr auf Timmermanns Hofplatz: Der Polo steht fahrbereit in der Mitte, mit ausreichend Sicherheitsabstand zu allen denkbaren Gefahrenquellen. Ich habe Stromer empfohlen, sich lieber im Hintergrund zu halten, bisher folgt er meinem Hinweis. Ich überreiche Linda den Autoschlüssel und sage: Jetzt mach' man einfach, was dir richtig vorkommt.

Vielleicht kennt ihr ja den Film Natürlich die Autofahrer mit Heinz Erhardt. Da spielt er einen Polizisten, der plötzlich ein Auto gewinnt und deshalb auch selber endlich den Führerschein machen muss, Eberhard Dobermann. Die Fahrlehrerin Frau Rumberg, gespielt von Trude Herr, soll ihm das Fahren beibringen. Die erste Fahrstunde wird natürlich ziemlich katastrophal, weil sich Dobermann total blöd anstellt. Die Szene endet mit dem Satz: Welchen Wagen nehmen wir jetzt?

Ich will damit nur sagen, dass ich jetzt auf wirklich alles eingestellt bin, also zehnmal hintereinander abwürgen, Bocksprünge, Starten bei laufendem Motor und Wählen des falschen Senders im Autoradio. Aber, oh großes Wunder, Linda scheint ein echtes Naturtalent zu sein. Sie hört sich nicht nur meine Vorträge geduldig an, sondern handelt auch tatsächlich dementsprechend. Jawohl, Sitz einstellen, Rückspiegel einstellen, Kupplung laaaaangsam kommen lassen und gleichzeitig ganz leicht Gas geben und so weiter. Das war aber ein Gruß vom Getriebe, haha. Fazit nach einer halben Stunde: Toll, Linda hat den Bogen raus, sie kurvt vorwärts und rückwärts auf unserem Gelände herum und wagt sich auch mal kurz in den zweiten Gang. Am Anfang habe ich noch Blut und Wasser geschwitzt, das gebe ich ja zu, aber jetzt kann ich doch ganz gut ohne nervöse Störungen neben ihr sitzen. Fahrstunde beendet. Vielleicht machen wir das nächste Mal auf einem privaten Feldweg weiter, wo sie dann wenigstens mal ein paar hundert Meter geradeaus fahren kann.

Heiko, das war cool, sagt Linda, hat richtig Spaß gemacht. Ich krieg' jetzt doch allmählich Bock auf Führerschein.

Ja, sage ich, Führerschein ab 17 kannst du ja durchaus machen, aber bis du 18 bist, darfst du dann nur mit Mutter oder Vater durch die Gegend kurven.

Mit dir nicht?

Nee, soweit ich weiß, muss man dafür mindestens 30 sein. Aber wenn ich schon so ein alter Knochen wäre, dürfte ich das wohl auch. Am besten fragst du einfach mal bei einer Fahrschule. Ist da nicht auch irgendeine in der Nähe vom Krankenhaus?

Ja, hab' ich auch schon mal gesehen. Da könnt' ich mich ja mal erkundigen. So, jetzt hab' ich aber Lust auf Kaffeetrinken.

Für den offiziellen Timmermannschen Nachmittagskaffee ist es eigentlich noch zu früh, aber wir können das ja ruhig mal in der Küche vorziehen. Mutters Keksdosen sind auch noch wohlgefüllt, ein bisschen Hunger habe ich auch, Pfannkuchen zu Mittag haben ja nicht so eine richtige Langzeitwirkung. Wir reden dann noch über das, was wir heute noch vorhaben, Linda weiß ja schon, dass ich zu Heike fahre, sie selbst will heute Abend aber nur einen auf Wellness machen und ein bisschen vor der Glotze abhängen.

Eine kleine Nachfrage kann ich mir aber nicht so ganz verkneifen: Du Linda, sag' mal, deine Knutscherei mit Jenny, das war doch wohl nicht so richtig ernst, oder?

Jedenfalls nicht ernster als deine Knutscherei mit Merle und Luisa, antwortet Linda. Heiko, Mädchen machen das manchmal, das ist schön, weißt du, du küsst doch auch gerne Mädchen. Das hat nichts weiter zu bedeuten, ich hab' auch schon mal mit Maren oder Maja ein bisschen rumgemacht. Macht ihr Jungs das denn gar nicht?

Nee, sage ich, eher nicht. Aber lesbisch bist du doch jetzt nicht etwa, Linda, ich hab' neulich erst gelesen, dass jede fünfte Frau vom andern Ufer sein soll.

Quatsch, Heiko, ich steh' schon auf Jungs, da brauchst du dir keine Gedanken zu machen. Aber mit Mädels ist das eben auch mal schön.

Okay, ich glaube, ich habe es allmählich kapiert.

Und nur zu deiner Beruhigung, Heiko, auch Jenny ist nicht vom anderen Ufer, die hat sogar zu mir gesagt, dass sie dich total süß findet.

Ich glaube, wir wechseln jetzt mal das Thema, sonst werde ich noch zu eingebildet. Freuen tue ich mich schon über solche Äußerungen, aber natürlich nur heimlich. Noch ein Kaffee, noch ein paar Kekse, dann ist gut. Die Eltern schleichen auch schon wieder im Erdgeschoss herum, wahrscheinlich hat der Kaffeeduft sie aus ihren Nachmittagsträumen geholt.

Den Rest des Nachmittags kann ich jetzt einfach mal auslassen, da passiert nicht mehr so viel. Um halb sechs mache ich mich dann mit meinem Übernachtungsgepäck und ein paar Flaschen Vin Rouge auf den Weg zu Heike. Im Polo. Ich hätte natürlich auch den Unimog nehmen können, aber das wäre dann vielleicht ein bisschen blöd mit dem Parken.

Ich bin vielleicht nicht mehr ganz so aufgeregt, als ich bei Heike klingle, jedenfalls nicht mehr so sehr wie die Male davor, aber freudig erregt bin ich schon, so ähnlich wie Stromer, wenn er seine Verpflegung hingestellt bekommt. Ich freue mich, Heike freut sich, alles ist gut. Sie sieht ja wieder umwerfend aus und auch gut erholt, sie hat auch heute Nachmittag ein bisschen geschlafen, aber dann war sie noch bei Marktkauf, um ein paar Sachen fürs Essen zu besorgen, die haben ja samstags sogar bis 20 Uhr geöffnet. Was soll es denn geben? Risotto mit Gemüse und Salami, klingt ja nicht schlecht.

Beim Kochen gibt es dann jede Menge zu erzählen, ich finde sowieso, dass man bei der Zubereitung von Mahlzeiten unheimlich gut kommunizieren kann. Eigentlich auch beim Abwaschen, wenn man sich erstmal dazu aufgerafft hat. Ich sage, dass ich Besuch von meinem alten Schulkumpel Donald hatte, ich weiß gar nicht, ob ich den schon mal Heike gegenüber erwähnt habe, aber vielleicht doch, sie findet seinen Namen jedenfalls nicht albern oder erstaunlich. Ich lasse dann auch die Geschichte von Donald und seiner Bibliothekarin vom Stapel, weil ich darauf gespannt bin, wie Heike das sieht. Ich weiß nicht, sagt sie, vielleicht hat diese Sabine ja auch nur ein Abenteuer gesucht, genauso wie Donald. Ja, das kann natürlich auch sein. Ich hab' mit meiner Schwester heute Nachmittag Fahren geübt, sage ich, hast du eigentlich auch einen Führerschein? Nein, sagt Heike, ich hab' ja auch kein Auto, das könnte ich mir gar nicht leisten. Und Oma hat auch keins. Nach Hause fahre ich ja mit der Bahn oder mit meinem Bruder, der nimmt mich manchmal mit.

Klar, sage ich, übrigens, ich glaube, der Reis ist fertig. Ach so, ja, so richtig ist der Polo ja auch nicht mein Wagen, der gehört praktisch zur Firma. Heike gießt jetzt den Reis ab, ich soll die Salami schon mal in Stücke schneiden. Ich war Mittwochabend mit Degen und seiner Freundin in Albersdorf, Mamas Geburtstag. Du, die sind ja alle schon ganz neugierig auf dich. Ich soll dich unbedingt irgendwann mal mitbringen.

Das habe ich befürchtet. Nein, das sage ich jetzt natürlich nicht. Auch nicht, wie oft ich schon ähnliche Situationen erlebt habe. Stattdessen sage ich: Klar, nichts dagegen, können wir ja irgendwann mal machen. Mein Clan ist ja auch schon ganz gespannt auf dich. Die wollen dich auch irgendwann mal vorgeführt bekommen. Aber da wird sich schon mal eine Gelegenheit finden.

So super geheuer ist mir diese ganze Thematik nicht gerade. Es sieht irgendwie danach aus, dass man doch dazu gezwungen ist, sich ein paar Gedanken um die Zukunft zu machen, also wie es wohl mit uns weitergehen wird, ob wir in einem halben Jahr oder so noch zusammen sein werden, ob wir vielleicht irgendwann mal zusammenziehen werden oder sogar heiraten, fünf Kinder kriegen und so weiter und so fort. Warten wir mal ab, Heiko, sage ich mir, im Moment ist das alles doch optimal, ich hätte jetzt auch keine Einwände gegen eine gemeinsame Zukunft mit Heike, aber sie muss ja nicht sofort anfangen. Die Zukunft, meine ich jetzt. Scheiße, das ist wahrscheinlich das verdammte Erwachsenwerden, plötzlich hat man eine Zukunft, um die man sich kümmern muss. Kennt ihr vielleicht Pippi Langstrumpf, nein, natürlich kennt ihr die, die kennt ja jeder. Da gibt es so ein etwas nachdenkliches oder sogar melancholisches Kapitel, in dem schlucken Pippi und ihre Freunde Thomas und Anika getrocknete Erbsen, von denen Pippi behauptet, es wären sogenannte Krummelus-Pillen. Die würden verhindern, dass man erwachsen wird. Liebe kleine Krummelus, niemals möcht' ich werden gruß. Also groß. Reim' dich oder ich fress' dich. Was will ich jetzt eigentlich damit sagen? Keine Ahnung, ich habe jetzt voll den Faden verloren.

Heiko, du bist so still, ist was?

Nee, ich bin wahrscheinlich nur ein bisschen müde. Außerdem habe ich gerade an Pippi Langstrumpf denken müssen.

Pippi Langstrumpf? Das liegt doch hoffentlich nicht an mir. Habe ich vielleicht einen Affen auf der Schulter und ein Pferd auf der Veranda?

Ich muss jetzt einfach Heike umarmen und sie ziemlich heftig küssen. Heike, die schönste Bäckereifachverkäuferin von Dithmarschen, die einen mit ihren dunklen Augen so unwiderstehlich angucken kann, dass man dahinschmilzt wie eine Kugel Vanilleeis auf dem warmen Apfelstrudel. Mein Anflug von Zukunfts-Blues hat sich verflüchtigt und ich bin wieder voll in der Gegenwart gelandet, so ähnlich wie Marty McFly in Zurück in die Zukunft Teil 2. Das Essen ist gleich so weit, der Tisch ist gedeckt, ich mache schon mal eine Flasche Wein betriebsfertig.

Jetzt müssten eigentlich eine ganze Menge leere Seiten kommen, weil ich so lange überlegt habe, was ich vom weiteren Verlauf des Abends, der Nacht und des nächsten Morgens erzählen soll. Ein Teil von euch wird eine möglichst detailgetreue Schilderung erwarten, ein anderer Teil wird aber vielleicht sagen, hey, das hatten wir alles schon mal, das ist doch einfach nur so ähnlich wie neulich. Okay, da habt ihr schon recht. Also ich lasse jetzt mal diesen ganzen erotischen Kram weg, Rotkäppchen aus dem Bauchnabel und ähnliche Scherze. Stattdessen sage ich einfach, hey Leute, mir geht's gut hier und Heike offenbar auch, macht euch keine Gedanken um uns. Am Sonntag bleiben wir einfach noch so lange im Bett, bis der Magen knurrt und endlich Frühstück haben will. Das ist dann aber eher schon um die Mittagszeit. Ich finde das Wort Brunch ja eigentlich blöd, aber jetzt muss es doch mal herhalten, wir plündern Heike-Omas Kühlschrank, der natürlich nicht von Oma, sondern schon von Heike persönlich befüllt wurde. Heute gibt es auch mal aufgebackene Brötchen, die sind aber anscheinend gar nicht von Scharbau, sondern von Marktkauf. Wir gucken auch noch mal in die Zeitung von gestern und ich muss erzählen, was ich beim Schreiben meiner Artikel erlebt habe. Also jetzt nicht am Schreibtisch, sondern vorher. Die Geschichte mit Pettersson findet Heike ein bisschen interessanter als die mit Michael Pate, das liegt vielleicht daran, dass sie die Bücher auch kennt. Ach ja, dann geht es eben um Bücher, die man mal gelesen hat, was man gerne im Fernsehen sieht und solche Sachen.

Irgendwie nähert sich das Wochenend-Erlebnis mit Heike dem Ende, sie würde auch gern heute Nachmittag mal bei ihrer Kollegin reinschauen, die hat sie zwar nicht direkt zum Kaffee eingeladen, aber sie hat gesagt, sie würde sich freuen, wenn Heike mal vorbeikäme. Okay, ist mir gar nicht mal so unrecht, es war mal wieder toll bei Heike, aber mehr geht jetzt einfach nicht, man muss auch mal wieder von der Wolke runterkommen, morgen ist wieder voll der Alltag. Vielleicht ja wieder nächstes Wochenende, wie lange bleibt Oma denn noch in Hofheim, das nimmt ja gar kein Ende, aber ich habe natürlich nichts dagegen. Heike betont, dass es auch keinen großen Unterschied machen würde, wenn ihre Oma an Bord wäre, das hat sie, glaube ich, schon mal gesagt, aber daran müsste ich mich wirklich erst gewöhnen, so richtig geil finde ich den Gedanken auch nicht gerade. Okay, jetzt erstmal aufräumen und abwaschen, das wird hoffentlich alle beruhigen, die schon befürchtet haben, dass ich Heike auf der ganzen Hausarbeit sitzen lasse.

Wer gerne noch was ganz Praktisches wissen möchte: Die Waschmaschine ist auch gelaufen und wir haben zusammen auf dem Dachboden Wäsche aufgehängt. Aber lieber 'ne Jacke anziehen, Heiko, das ist ganz schön kalt da. Nein, so einen Wäscheboden haben wir nicht zu Hause, in der Winterzeit kommen die meisten Sachen in den Trockner, aber manche eben auch nicht, dann stehen irgendwo die Wäscheständer herum und werden nur dann verschämt weggeräumt, wenn unerwartet Besuch kommt. Der Postbote hat auch schon mal einen anerkennenden Blick auf Mutters Unterwäsche geworfen, das ist mir nicht entgangen.

Also ich bin jetzt seit ungefähr einer Stunde wieder zu Hause in Wesselburener Deichhausen, Standort Timmermann-Ranch. Ein ziemlich ungemütlicher Tag draußen, muss ich leider sagen, kalt und windig, wahrscheinlich kommt auch gleich noch Regen. Von der Familie habe ich bisher nur Lasse gesehen, Linda habe ich aber durch ihre Tür gehört, allerdings auch Marens Stimme. Wenn ich nur Linda im Selbstgespräch gehört hätte, hätte ich sicher mal kurz bei ihr reingeguckt, aber ich muss mir nicht in Marens Gegenwart die Frage antun, wie es denn bei Heike war. Da kann ich ja noch bis zum Kaffee an meiner Regierungserklärung arbeiten. Die Eltern liegen bestimmt noch im Mittagsstunden-Koma, wenn ich meinem Bett jetzt zu nahe käme, würde es mir wahrscheinlich auch passieren. Nein, ich reiße mich jetzt zusammen, sortiere meine Wäsche und so weiter. Auch mal lüften in meiner Bude. Wie lange dauert es wohl noch, bis sich der Rauch endgültig verzogen hat.

Pünktlich um 16 Uhr Kaffee, Mutter hat welchen aufgesetzt, das habe ich gehört, gebacken hat sie nicht, dafür ist aber die große Keksdose noch gut gefüllt. Wer will, kann auch Rosinenbrot mit Butter haben, bunten Stuten. Vater als alter Dithmarscher legt da ja auch gerne noch Mettwurst rauf, in dicken Scheiben, aber das ist nicht ganz so mein Fall. Weil Maren jetzt auch dabei ist, hallo Maren, werde ich nicht so ganz intim befragt, ich sage dann auch nur schöne Grüße und so weiter. Unbekannterweise, ergänzt Mutter. Oha, das klang ja schon fast giftig. Ich glaube, wenn ich Heike hier nicht bald mal vorführe, wird sie echt beleidigt sein. Vater ist das wohl eine Spur egaler, an dem geht auch manches vorbei, aber kennenlernen würde er Heike natürlich auch gerne, da bin ich mir sicher. Wann ist Maren denn wohl gekommen, ach gestern Abend so gegen sechs schon, aha. Haben Linda und sie wohl wieder mal geknutscht? Haben sie am Ende noch zusammen in Lindas Bett geschlafen? Irgendwie kriege ich diese Bilder nicht so ganz aus meinem Kopf, das sind wohl die Nachwirkungen von Lindas Bi-Beichte.

Lasse fragt mich, ob ich mal mit ihm Schach spielen würde, Florian hat ihm das beigebracht. Ich bin so überrascht, dass ich sofort ja sage, obwohl ich eigentlich gar keinen Bock auf Schach habe. Wir haben auch ein Brett und Figuren in einer Schublade des Wohnzimmerschranks, da, wo auch die anderen Spiele eingelagert sind. Während die anderen noch am Kaffeetisch sitzen, fangen wir schon mal an. Das wird ja wohl nicht so lange dauern, denke ich, aber ich merke bald, dass ich meinen kleinen Bruder unterschätzt habe. Er nutzt es raffiniert aus, dass ich nicht so super konzentriert bei der Sache bin und bringt sogar mich in arge Bedrängnis. Schlagen tut er mich dann am Ende zwar nicht, aber auch nur, weil er einen eigenen Fehler verpennt. Donnerwetter, sage ich, du spielst ja schon echt gut, da muss man sich ja verdammt warm anziehen.

Maren ist inzwischen wieder abgerückt, die war auch mit dem Fahrrad da und wollte vor der Dunkelheit wieder zu Hause sein. Dunkelheit heißt heute so kurz nach sechs, die Tage werden immer länger, das ist schon ganz erfreulich. Irgendwann wird man auch mal wieder den ganzen Abend draußen sitzen können, wenn einem danach ist.

Abendbrotzeit, du kannst auch noch was Warmes haben, wir hatten heute Mittag gefüllten Hackbraten. Also so eine Art falscher Hase, aber noch mit Würstchen gefüllt. Ja, gerne. Dann mach' dir das man in der Mikrowelle warm. Hast du denn gar nichts zu Mittag gehabt, nein, heute Mittag haben wir gefrühstückt. Heiko, achte auf deine Ernährung, sonst fällst du noch vom Fleisch.

Ich könnte heute mal wieder die Tagesschau sehen, habe ich lange nicht mehr gemacht. Was gibt's denn danach, mal in die Funk Uhr gucken. Im Ersten der Tatort mit Til Schweiger, ach du Schande. Ein Pilcher im Zweiten, Die schönsten Naturparadiese im Dritten. Navy CIS, Evan Allmächtig, ein alter Otto-Film, Das perfekte Promi-Dinner, ein Thriller auf Arte. Wenn ich allein wäre, würde ich die Pannenshow auf Super RTL sehen, aber aus meiner Familie kann ich dazu keinen überreden, das weiß ich. Eigentlich ein Grund zum Ausziehen. Opa soll sich mal ein bisschen mit seiner Hütte beim Tivoli beeilen. Nee, wahrscheinlich werde ich heute einfach mal früh zu Bett gehen, so als krönender Abschluss des Wochenendes. Besonders viel geschlafen habe ich ja auch nicht gerade letzte Nacht.

Okay, jetzt aber erstmal die Tagesschau. Die FDP hat sich personell für die Bundestagswahl im Herbst aufgestellt. Brüderle Spitzenkandidat, obwohl er ja wegen sexistischer Äußerungen angeeckt war. Was hat er eigentlich genau gesagt, das weiß ich gar nicht mehr. Parteichef Rösler im Amt bestätigt. Na, ob das was wird. Altkanzler Schröder spricht sich für eine Agenda 2020 aus, obwohl sich die SPD noch nicht von den Auswirkungen der Agenda 2010 erholt hat. In Berlin schneit es gerade. Reformbestrebungen in Myanmar, Regierungsumbildung in China. Japaner demonstrieren für Ausstieg aus der Kernenergie, Anlass ist der zweite Jahrestag der Atomkatastrophe von Fukushima. Bewohner der Falkland-Inseln können darüber entscheiden, ob sie weiterhin zu Großbritannien gehören wollen. Was ist die Alternative? Zu Argentinien? Spanier demonstrieren gegen Sparkurs. 50 % Jugendarbeitslosigkeit, mein Gott, das ist wirklich scheiße. Türkischstämmige Familie bei Feuer in Backnang ums Leben gekommen, angeblich keine Anzeichen für Fremdverschulden. HSV gegen Stuttgart 1:0, Hannover-Frankfurt 0:0. Bayern wie immer auf Platz 1, Hamburg auf Rang 6. Geht doch. Biathlon-Weltcup in Sotschi. Irgendwas mit Skispringen irgendwo in Finnland, da habe ich gerade nicht richtig hingehört. Der Winter ist zurück. Morgen ausgesprochen kalte Luft von Osten, bei uns überwiegend wolkig, aber von minus sieben bis minus vier Grad oder umgekehrt. Jedenfalls saukalt, das gehört sich eigentlich nicht für einen Frühlingsmonat.

Die Eltern wollen jetzt wirklich den Tatort sehen, viel Vergnügen, ich verabschiede mich schon mal bis morgen. Mal sehen, vielleicht lege ich mich wirklich gleich hin. Ein bisschen in der Badewanne abhängen wäre auch nicht verkehrt, aber man muss ja nun auch nicht jeden Abend baden, sonst trocknet die Haut noch aus. Habe ich jedenfalls irgendwo gelesen.

Kannst ja noch 'n Moment reinkommen, Heiko, ich hab' auch noch Wein da, eröffnet mir Linda gerade, als ich oben ankomme. Ja, okay, warum nicht, aber nur ein Glas.

Es wird dann doch noch ein Glas mehr, es gibt eben so viel zu besprechen. Ja, das Wochenende, doch, das war schon toll. Diese Fete hier in Lindas Zimmer, dann die Sache zwischen Donald und Almut, Linda liebt ja solche neuen Entwicklungen. Sie wird ja hoffentlich morgen von Almut erfahren, wie es mit Donald war. Aha. Wie war's denn bei Heike, war gut, kommt sie auch irgendwann mal zu uns und so weiter. Ich sage, im Moment ist es günstiger bei ihr, weil ihre Oma nicht da ist und man dann echt seine Ruhe hat. Okay, Thema irgendwie durch, alle weiteren Details kann sich Linda auch selbst ausmalen. Das mit dem Autofahren üben, das war auch gut, sie hätte ja selbst nicht geglaubt, dass das so gut klappt. Ja, können wir gerne mal wieder machen. Prost.

Dann erzählt mir Linda noch, dass sie ab morgen erstmal wieder Blockunterricht hat, klingt ja so wie Blockschokolade. Das, was sie vom Unterricht erzählt, klingt so langweilig, dass man es aufnehmen und als Einschlafkassette verkaufen könnte. So wirkt es jedenfalls bei mir, ich kann kaum noch die Augen offenhalten. Tut mir leid, Linda, ich muss jetzt echt in die Heia, wie spät ist es denn, Viertel vor zehn, das geht ja direkt noch. Ja, geh' man, Heiko, ich räum' das hier gleich weg. Nacht, Linda. Nacht, Heiko.

So richtig gut einschlafen kann ich aber trotzdem nicht. Vielleicht kennt ihr das ja, man glaubt eigentlich, dass man schon träumt, aber das sind noch gar keine Träume, sondern das sind alle möglichen schrägen Gedanken, die einem im Kopf herumspuken. Ziemlich viele Bilder und wenig Text. Die Geschichten von Herrn Monscheidt und seinen Gespielinnen zum Beispiel, die lassen mich jetzt nicht los. Donald könnte mir das vielleicht erklären, warum das so ist, vielleicht aber auch nicht. So einen Laden mit Nachtdienst müsste man haben. Gibt es bei der Zeitung eigentlich auch Nachtdienst?

Ist es heute wohl tatsächlich so kalt, wie gestern der Wetterbericht nach der Tagesschau behauptet hat? Noch merke ich nichts davon, aber ich nehme es mal an, denn zumindest hat es geschneit. Das hat mir ein Blick aus meinem Fenster nach dem Aufstehen verraten. Sieht nicht nach sehr viel Schnee aus, vielleicht ein Zentimeter oder nur ein halber, aber immerhin. Und das am 11. März. Bisschen spät für Winter, so richtig Bock hab' ich da nicht drauf. Ich höre den Sound der Badezimmertür und eine Zehntelsekunde später Lindas Tür, dann ist sie schon durch mit ihrem Badprogramm, das ist günstig. Ab in Richtung Dusche, Herr Timmermann.

Rasieren oder nicht rasieren? Doch rasieren, sonst sehe ich eines Tages aus wie Fuchs. Neue Klamotten anziehen, gegen Jeans hat ja heutzutage keiner mehr was, aber Hemden werden schon gerne gesehen. Also der Hemdkragen, der unter dem Pullover hervorguckt, der macht wohl schon einen gepflegten Eindruck. Meinetwegen. Aber eine richtige Kleiderordnung haben wir nicht beim Landboten, falls das jetzt einer denken sollte. Ich wäre zwar auch nie auf die Idee gekommen, aber Rolf Teichgraeber hat mir gleich zu Anfang gesagt, ich sollte auch bei heißem Sommerwetter immer lange Hosen tragen, er selbst wäre mal in Shorts zum Dienst erschienen und hätte daraufhin den Anschiss seines Lebens gekriegt.

Ich bin übrigens gerade im Timmermannschen Wohn- und Aufenthaltsbereich angelandet, die Eltern sitzen schon am Frühstückstisch, aber was heißt schon, normalerweise wäre Vater gar nicht mehr hier. Ist er aber doch. Morgen, sage ich halblaut. Moin, Heiko. Kaffee? Ja, gerne. Kommt Linda auch gleich? Ja, bestimmt, die war ja vor mir im Bad. Ach, da ist sie ja schon.

Vater rutscht etwas unruhig auf seinem Stuhl hin und her, bei dem Wetter können sie jetzt nicht mit den Erdarbeiten weitermachen, das mit dem Schnee ginge ja noch, aber es ist auch einfach zu kalt, minus acht Grad waren es vor einer halben Stunde. Da muss er jetzt erstmal abwarten. Wenn es aber noch ein bisschen mehr Schnee gäbe, könnte er wenigstens mit ein paar Fahrzeugen zum Räumdienst gerufen werden.

Okay, das kann ich ja verstehen. Vater muss immer was Praktisches zu tun haben, nur herumsitzen und abwarten ist nicht sein Ding. Brauchst du noch die Zeitung?, frage ich ihn. Nee, braucht er nicht mehr, aufs Lesen kann er sich jetzt sowieso nicht konzentrieren. Aber ich. Schauen wir mal: Der Winter dreht noch einmal auf, dazu ein aktuelles Bild vom Straßendienst zwischen Rendsburg und Heide. Allein im Bereich Bad Segeberg 40 Unfälle, doch ganz schön heftig. Solche Wetterlagen geben einem immer so ein heimeliges Gefühl, besonders, wenn man noch zur Schule geht. Man hofft dann auf die erlösende Nachricht aus dem Radio: Heute fällt der Unterricht in folgenden Kreisen aus: Dithmarschen, Steinburg... Oder ein gepflegter Wasserrohrbruch beziehungsweise Heizungsausfall in der Schule, das hat schon was. Ist bei uns aber leider nie passiert. Aber egal, wie schlimm das Wetter wird, Volontär Heiko Timmermann muss an die journalistische Front, gar keine Frage.

Nimm man lieber den Unimog, Heiko, im Radio haben sie gesagt, das kann heute vielleicht noch Schneeverwehungen geben, sagt Vater.

Schneeverwehungen? Aber hallo, das wird ja immer besser.

Jaja, sage ich und setze meine Lektüre fort. Bei einer Messerstecherei in Aurich sind beide Beteiligten gestorben. An der Fachhochschule in Heide kann man sich drei Tage lang unverbindlich informieren. 75 Jahre Eiscafé Böthern in Meldorf. Goldene Hochzeit in Wöhrden. Frühjahrsmesse des Modelleisenbahnclubs Brunsbüttel. Ein Rentner hat versucht eine Frau anzufahren. Sogar auf den Bildern von den Fußballberichten herrscht Schneegestöber. Im Fernsehen am Abend das Jenke-Experiment, heute: Alkohol. Moment mal, von dem habe ich doch schon mal was gehört, ich weiß nicht mehr, ob es in Kiel war oder ob einer aus der Redaktion was über den erzählt hat: Jenke von Wilmsdorff soll ein ziemlich extremer Journalist sein, der schon alle möglichen abgefahrenen Sachen gemacht hat, zum Beispiel soll er sich mal eine Woche lang in die Rolle einer alleinerziehenden Mutter versetzt haben. Aber Genaueres weiß ich nicht darüber, also ob er sich dafür als Frau verkleidet hat oder solche Sachen. Der macht also jetzt so eine Sendung bei RTL, ob das wirklich so super seriös sein wird, keine Ahnung. Falls ich es nicht vergesse, könnte ich mir das heute Abend ja mal anschauen. Das kommt direkt nach Wer wird Millionär, das gucken sich die Eltern ja immer an und dann lassen sie oft einfach den Fernseher weiterlaufen.

Ich brauchte mal wieder einen Absatz, aber jetzt geht es weiter: Steinbock: Bei mir platzen alle Probleme wie Seifenblasen. Plopp. Ich darf tun und lassen, was ich möchte. Prima. Andrea Sawatzki hat ihren ersten Krimi geschrieben. Das ist doch die mit den großen Augen und den großen, nein, ich hab' jetzt nichts gesagt. Wenn man einen bekannten Namen hat, wird sich bestimmt der eine oder andere finden, der das Buch kaufen wird. Geisterfahrer sind oft über 65. Sonst noch was von Wichtigkeit? Eher nicht.

443

Linda muss heute nicht ganz so früh los, sie wird von Almut aus Wesselburen abgeholt, das ist ja nett, aber hoffentlich kommt sie auch bei dem Wetter. Lasse hofft immer noch darauf, dass der Schulbus ausfallen wird. Mutter setzt ihn aber gnadenlos in Trab. Ich muss jetzt aber auch los, der Unimog muss wahrscheinlich erstmal aufgetaut werden. Na dann tschüs, schönen Tag noch, fahr' vorsichtig, ja klar. Fahr' langsam braucht man beim Unimog nicht zu sagen, das tut er schon ganz von selbst.

Nach zwei Minuten Vorglühen springt der Motor immerhin ganz willig an, der Batterie scheint es also noch ganz gutzugehen. Die Tankuhr zeigt dreiviertel voll, das ist erfreulich, dann brauche ich mich bei der Kälte nicht mit dem Tanken abzuquälen. Nur die Fenster und die Rückspiegel sind mit Schnee bedeckt, da muss ich fegen, aber darunter ist immerhin kein Eis. Okay, dann kann es ja losgehen, irgendwann wird sich auch die Heizung bemerkbar machen, wahrscheinlich ab dem Wöhrdener Kreisel. So super viel Schnee ist nicht gefallen bisher, aber es schneit ja immer noch, außerdem haben wir Wind aus Osten, da kann es schon hier und da ein paar kleinere Schneeverwehungen geben. In Höhe Edemannswurth ist ein Auto von der Straße abgekommen, aber da kommt mir schon ein Abschleppwagen entgegen, dann kann es ja wohl nicht so schlimm sein. Ich verzichte heute mal auf den Abstecher durch Lohe-Rickelshof, ich bleibe einfach auf der Hauptstraße und biege erst am Wulf-Isebrand-Platz rechts ab. Jetzt ist es natürlich schön warm in der Kiste, sogar so warm, dass die Füße glühen, außerdem beschallen mich vier mal hundert Watt mit angenehmer Musik eigener Wahl. Alles in allem bin ich eigentlich recht problemlos durchgekommen.

Aber anscheinend nicht jeder Kollege, da müssen wir dann einfach noch mal warten, bis wir mit unserer Morgenkonferenz beginnen können. Frau Brüggmann ist natürlich schon da, die wohnt ja auch praktisch um die Ecke, hat sie mal gesagt, so ganz genau weiß ich das aber auch nicht. Lorek ist eben gerade reingekommen, er war direkt vor seinem Haus ausgerutscht und musste noch einmal umkehren, um eine andere Hose anzuziehen. Vielleicht ja auch gleich mit langer Unterhose bei dem Wetter, wer weiß. Schließlich kommen doch noch Callsen und Harder, Harders Wagen wollte nicht anspringen und da hat er Callsen angerufen, dass er ihn mitnimmt. Wo die beiden jetzt ganz genau wohnen, weiß ich auch nicht. Ich muss leider mal wieder feststellen, dass ich vom Privatleben meiner Kollegen kaum etwas weiß. Aber die werden von mir auch nicht so viel wissen, vielleicht gerade mal, dass ich morgens immer aus Wesselburener Deichhausen komme.

Gut, dann kann die große Versammlung am Stehtisch ja wieder einmal losgehen. Wichtigstes Thema ist das Wetter, also dieser überraschende Wintereinbruch im März, man kann ja schon fast sagen, Mitte März. Hatten wir das überhaupt schon mal? Frau Brüggmann meint sich zu erinnern, dass es irgendwann sogar im Mai geschneit hat, und das war nicht auf der Zugspitze, sondern in Heide und Umgebung. In welchem Jahr das war, kann sie aber leider nicht sagen. Schade, das hätte sonst ein Aufhänger für einen Bericht zur Wetterlage werden können.

Holger Fuchs will aber nachher zur Straßenmeisterei und eventuell auch mit dem Räumdienst mitfahren, das könnte ganz interessant werden. Findet er. Aber wahrscheinlich stimmt das auch. Was die anderen für Jobs kriegen, bewegt mich jetzt nicht so besonders, ich kann mit meinen Aufgaben für heute einigermaßen zufrieden sein: Heute Vormittag soll ich zum Eidersperrwerk, da hat jemand vierzigjähriges Dienstjubiläum, außerdem fallen bei dem Wetter sicher ein paar dramatische Fotos ab. Na gut, mit dem Unimog dürfte es kein Problem werden, da hinzufahren. Und heute Nachmittag? Da soll ich nach Schlichting, die Theatergruppe Schlichting hat ein neues Stück auf Lager und wird es in der nächsten Zeit an dem einen oder anderen Ort aufführen, sogar in Reinsbüttel, das ist ja bei uns in der Nähe, da können dann ja die Eltern hinfahren und sich das reinziehen, die sehen solchen Kram gerne. Das wird ja bestimmt auf Plattdeutsch sein, alles andere würde mich eher wundern.

Besprechung beendet, alles strebt den Schreibtischen zu. Ich denke, Eidersperrwerk, da muss ich mich erstmal etwas informieren, bevor ich da anrufe. Natürlich kenne ich das Eidersperrwerk, das schirmt sozusagen die Eidermündung von der Nordsee ab. Wenn man von Wesselburener Deichhausen nach St. Peter-Ording will, ist das auch der normale Weg, da rüberzufahren. Übrigens, hinter Wesselburen in Richtung Sperrwerk ist eine Kreuzung mit Ampeln, mitten auf der Landstraße, das kommt mir immer vollkommen absurd vor. Zwei Stopp-Schilder hätten es wohl auch getan. Aber ich vermute mal, dass es da vor Jahren einen fiesen Unfall gegeben hat, auf den man eben mit diesen ganzen Ampeln reagiert hat. Na gut, das ist natürlich eher nebensächlich.

Mein Rechner ist jetzt so weit vorgewärmt, dass er mir schon was über das Eidersperrwerk erzählen kann: Das größte deutsche Küstenschutzbauwerk, immerhin. Soll vor Sturmfluten der Nordsee schützen. Gut, das kann man sich vorstellen, bei einer Sturmflut würde das Wasser sozusagen die Eider heraufdrücken und dann große Teile des Landes am Ufer der Eider gefährden. Auf die Idee kam man nach der Sturmflut von 1962, die auch Tönning in Mitleidenschaft gezogen hatte. Bekannter sind ja die ganzen Schäden, die damals in Hamburg entstanden, dort gab es in Folge der Deichbrüche an der Elbe ungefähr 340 Tote. Der spätere Bundeskanzler Helmut Schmidt war zu der Zeit Innensenator in Hamburg und hat die ganzen Rettungsaktionen auf ziemlich unkonventionelle Weise geleitet. Vater hat aber mal gesagt, vielleicht ist seine Rolle da auch überschätzt worden. Keine Ahnung, ich kann das schlecht beurteilen, ich war nicht dabei, außerdem ist das ja schon fast eine Frage für Historiker. Zurück zur Eider: Schwierig beim Bau waren die Strömungsverhältnisse der Eider, die waren wohl ziemlich schwer zu berechnen und es hat auch immer mal Rückschläge gegeben. Am 20. März 1973 wurde das Eidersperrwerk eingeweiht. Moment mal, das ist ja praktisch genau vierzig Jahre her, soll ich jetzt eigentlich über ein Dienstjubiläum berichten oder über das Jubiläum des Eidersperrwerks? Fuchs kann ich nicht mehr fragen, der ist gerade zu seiner Straßenmeisterei abgedüst. Naja, ich werde sowieso bald beim Sperrwerk anrufen, dann erfahre ich es ja.

1993 mussten tiefe Löcher, die zu beiden Seiten des Sperrwerks entstanden waren, mit 45.000 Sandsäcken aufgefüllt werden. Wieso Löcher? Die waren durch die Strömung am Sperrwerk praktisch herausgespült worden und bis zu, Moment mal, 28 Meter tief. Donnerwetter. Also solche Löcher werden Kolke genannt. Ich weiß jetzt aber nicht, ob es in der Einzahl der, die oder das Kolk heißt. Oder vielleicht sogar der Kolke und so weiter. Schnell mal im Duden nachschauen, am Ende gibt es das Wort gar nicht. Ich kenne auch nur Kolkraben. Also der Duden: Der Kolk = durch strudelndes Geröll entstandene Vertiefung. Das muss es ja wohl sein, der Kolk also. Es gibt dann auch noch das Verb auskolken für auswaschen. Wieder mal was dazugelernt. Ich fürchte nur, das vergesse ich auch ganz schnell wieder.

Sonst noch was beim Eidersperrwerk? Es gibt dort eine Schleuse für die Schifffahrt mit drei F, aber das kann man sich ja eigentlich auch denken. Dann auch einen Fischereihafen, der praktisch die frühere Rolle von Tönning übernommen hat. Dann ist da noch ein Parkplatz, aber eher für Touristen, dort gibt es auch so eine Mischung aus Kiosk und Kneipe, wo man Fischbrötchen essen kann und sie mit einem Dithmarscher Pilsener herunterspült. Als Besucher kann man auf dem Sperrwerk hin- und hergehen und sich die Nordseeluft um die Ohren pfeifen lassen, das habe ich natürlich auch schon mal öfter gemacht, aber wenn man ehrlich ist, muss man schon zugeben, dass es dort im Grunde genommen auch ziemlich langweilig ist. Also da soll ich heute hin. Na gut, dann werd' ich da gleich mal anrufen.

Dithmarscher Landbote, Timmermann, melde ich mich. Mein telefonisches Gegenüber ist anscheinend voll informiert und es stellt sich auch sofort heraus, dass es sich um den Chef des Sperrwerks handelt. Er war es auch, der unsere Zeitung angerufen hatte, das erleichtert ja die ganze Sache und erspart Erklärungen meinerseits. Die wollen was von uns ist jedenfalls einfacher als wir wollen was von denen, wenn ihr jetzt versteht, wie ich das meine. Ja klar versteht ihr das. Also weiter: Ich frage dann, ob es tatsächlich um ein Dienstjubiläum geht oder um das Jubiläum des Eidersperrwerks in diesem Jahr, nein, das ist schon richtig, es geht um das vierzigjährige Dienstjubiläum eines Mitarbeiters. Der muss dann ja von Anfang an dabei gewesen sein, ja, richtig, das ist auch so. Gut, sage ich, ich könnte jetzt sofort losfahren, aber ich bin heute in einem Unimog unterwegs, da wird die Anfahrt wohl etwas länger dauern. Dann melden Sie sich einfach bei mir, sobald Sie da sind, ich sag' unserem Mitarbeiter auch schon mal Bescheid. Dann bis nachher, wiederhör'n.

Von Heide bis zum Eiderdamm, das dürften so etwa zwanzig Kilometer sein, vielleicht auch ein bisschen mehr. Rein theoretisch müsste ich das doch in einer halben Stunde schaffen. Naja, bei diesem Wetter wird es vielleicht eher eine Dreiviertelstunde werden. Ich packe meine Sachen zusammen, also Kamera, Stenoblock und so weiter, dann sage ich tschüs zu dem einen oder anderen noch anwesenden Kollegen und ziehe meiner Wege in Richtung Landboten-Parkplatz. Es hat wieder angefangen zu schneien, aber es sind diese merkwürdigen dicken Flocken, die schon zerfallen, bevor sie den Boden erreicht haben. In der Schule gab es früher mal eine kleine Debatte, weil ein Mitschüler behauptet hatte, die Eskimos hätten gar kein Wort für Schnee, aber hundert verschiedene Bezeichnungen für alle unterschiedlichen Arten von Schnee. Der Lehrer, ich glaube, es war unser Deutschlehrer, meinte dann, das könnte er sich nicht vorstellen, aber er würde das mal nachschlagen. Ergebnis in der nächsten Stunde: Nein, das soll Quatsch sein, auch die Eskimos haben nur ein Wort für Schnee, aber weil ihre Sprache viele zusammengesetzte Wörter hat, haben Sprachforscher früher geglaubt, das wären alles einzelne Begriffe. Also zum Beispiel ein Wort für frischen Schnee, ein Wort für alten Schnee und so weiter und so fort. Außerdem dürfte man gar nicht mehr Eskimo sagen, das sei irgendwie rassistisch, die korrekte Bezeichnung wäre Innuit. So ähnlich wie bei den Lappen in Nordskandinavien, da müsste man eigentlich von Samen sprechen. Tue ich aber nicht. Ich sag' weiter Lappen, weil ich Samen noch viel peinlicher finde. Außerdem komme ich sowieso nur äußerst selten dazu, über diese Leute zu reden. Im Grunde genommen habe ich es noch nie getan, bis auf jetzt.

447

Natürlich bin ich schon längst beim Unimog angekommen, der ist aber doch ganz schön eingeschneit, obwohl der Schnee nicht so richtig backt. Backender Schnee, dafür gibt es bestimmt auch wieder so ein zusammengesetztes Innuit-Wort. Wenn ein Eskimo die Initiative ergreift, dann ist es bestimmt eine Innuitative, haha, wie lustig, Herr Timmermann. Sieh lieber zu, dass du endlich loskommst.

Die Fahrt dauert dann zwar doch keine Dreiviertelstunde, aber immerhin genau vierzig Minuten. Ich parke ziemlich einsam vor dem Kiosk, der sich Aussichtspavillon nennt. Winterpause, am 19. März sind wir wieder für Sie da. Es schneit immer noch, aber seltsamerweise eher waagerecht, das muss wohl am fiesen Ostwind liegen, der mir gerade um die Ohren pfeift. Mütze auf, sonst muss ich noch zur Ärztin Witkowsky und wer weiß, ob die mich nicht mit Colchicin kurieren wird. Also dann mal rüber zum Eidersperrwerk, ich schätze mal, in der Nähe des Kontrollturms wird es irgendwo auch eine Tür geben, sonst würden die Leute da ja gar nicht reinkommen.

Jetzt bin ich drinnen, das ist weiß Gott sehr viel gemütlicher als draußen, ich habe auch schon einige Worte mit dem Chef gewechselt. Rudolph Ritter, Rudolph mit PH, wird demnächst in den Ruhestand gehen, erfahre ich. Ein Mann der ersten Stunde, jawoll. Genauso lange in Betrieb wie das Eidersperrwerk selbst. Ich sag' ihm gleich mal Bescheid.

Der Chef hat wer weiß wo angerufen, der ganze Betrieb mit dem eigentlichen Sperrwerk und dann auch noch der Schleuse scheint ziemlich weitläufig zu sein, aber schließlich erscheint der Ritter und wir können uns in so eine Art Sozialraum zurückziehen. Erster Eindruck von Herrn Ritter: Ziemlich imposante Gestalt, gegen den möchte ich nicht im Turnier antreten. Aber natürlich ist er auch nicht mehr wirklich jung, genau 63, erfahre ich von ihm. Dann scheint er ja einer von denen zu sein, die vorzeitig in den Ruhestand gehen. Das stelle ich mir eigentlich auch als ganz vernünftig vor, dann hat man einfach noch ein paar Jahre mehr vom Rentnerleben. Okay, dann mal der Reihe nach: Gelernt hat er Starkstromelektriker, dann war er beim Bund, mit 23 hat er dann eine Stelle beim Sperrwerk bekommen. Was mich jetzt echt beeindruckt oder bewegt, er ist schon mit 20 Vater geworden und war natürlich darum bemüht, einen möglichst krisenfesten Job zu kriegen, na, den hat er ja auch bekommen. Moment noch mal, mit 20 Vater geworden. Das war bestimmt auch nicht so wirklich geplant. Scheiße, das hätte mir ja auch schon blühen können, mit welcher Dame auch immer. Die braucht ja nur mal die Pille mit 'nem Smartie zu verwechseln und schon hat man den Salat.

Am liebsten würde ich jetzt mit dem Sperrwerks-Ritter nur über dieses Thema reden, mich interessiert echt, wie das denn damals für ihn war, ob sie denn auch sofort geheiratet haben und wie sie klargekommen sind. Dann müsste sein Sohn oder seine Tochter heute auch schon 43 sein, wahrscheinlich ist er auch schon seit Jahren Opa und wird gar nicht mehr so lange darauf warten müssen, Urgroßvater zu werden. Mein Urgroßvater und ich, ein sehr schönes Buch von James Krüss, das habe ich früher mal gelesen. Handelt übrigens auf Helgoland, da wollte ich auch immer mal hin, aber sonst keiner. So, zurück zu unserem Pensionär: Nein, ich frage natürlich nicht nach seiner frühen Vaterschaft, sondern nach seinen ganzen beruflichen Erfahrungen. Das zieht sich aber ganz schön. Am 20. März 1973 wurde das Eidersperrwerk von Ministerpräsident Stoltenberg eingeweiht. Da war Ritter schon dabei, er hatte sich beim Wasser- und Schifffahrtsamt Tönning um die Stelle beworben. Schon wieder Schifffahrt mit drei F, das macht mich noch wahnsinnig. Beim Sperrwerk wird in drei Schichten gearbeitet, also rund um die Uhr. Es gibt insgesamt 18 Mitarbeiter. Achtzehn durch drei gleich sechs, aber da muss man ja noch diejenigen abziehen, die gerade Urlaub haben oder krank sind.

Was macht man denn so als Starkstromelektroniker hier? Die Technik der Siele und Tore warten, Elektronik und Hydraulik prüfen und reparieren. Noch was Besonderes? Viele seiner Kollegen sind auch schon seit etlichen Jahren dabei, mit einem war er 22 Jahre auf Schicht. Okay, da muss man aber gut miteinander klarkommen, denke ich. Es kommt vor, dass man auch mal zu Weihnachten oder Silvester arbeiten muss, das ist dann für die Familie nicht so optimal. Irgendwelche Vorhaben für die Pensionszeit? Reisen und Fotografieren. Gut, das passt ja zueinander. Gab es in den 40 Jahren nicht auch mal was Negatives? Wenig, aber das prägt sich dann ja besonders ein, zum Beispiel musste mal ein toter Schiffsführer geborgen werden, dessen Boot wegen eines Motorschadens in ein Siel gezogen wurde und versank. So was ist natürlich bitter. Und gibt es dann auch eine Jubiläumsfeier für das gesamte Eidersperrwerk, das wird doch dieses Jahr auch genau 40 Jahre alt? Ja, die gibt es, nämlich am 10. August, wahrscheinlich weil dann das Wetter etwas angenehmer sein dürfte als im März. Tag der offenen Tür mit allen Schikanen. Ja natürlich, Herr Ritter wird dann auch dabei sein.

Jetzt machen wir noch ein paar Aufnahmen von ihm draußen direkt vor den mächtigen Sieltoren, seine Haare flattern im Wind, man hätte sie wahrscheinlich vorher festkleben sollen. Ich habe jetzt alles im Kasten, denke ich, nichts vergessen und nichts liegengelassen. Dann vielen Dank für das Gespräch, ganz meinerseits, auf Wiedersehen, gute Fahrt, tschüs.

Ob ich das alles noch bis zur Mittagspause schaffen werde, ist natürlich eine ganz andere Frage, aber ich versuche mich zu beeilen. So richtig klappt das mit dem Unimog natürlich nicht, aber ich hole bergab doch schon mal sechzig Stundenkilometer raus. Wieder zurück über Wesselburen, dann an unserer Gegend vorbei, Wöhrdener Kreisel und dann kurz durch Heide. Es hat endlich aufgehört zu schneien, das wurde auch Zeit. Ach so, ja, ein paar kleinere Schneeverwehungen hat es auf meiner Strecke schon gegeben, aber da brettert man mit dem Unimog einfach durch wie nichts. Mit dem Polo wäre das schon eine andere Nummer gewesen, da hat Vater schon recht gehabt.

Was mir aber die ganze Zeit nicht aus dem Kopf geht, ist diese Geschichte von der frühen Heirat dieses Sperrwerk-Typen. Echt mit zwanzig, meine Güte. Wenn mir das so passiert wäre, wäre ich jetzt schon ein Jahr verheiratet. Fragt sich nur, mit wem. Am Ende noch mit Maja. Nee, das muss so bald nicht kommen, ein paar Jahre Freiheit könnte ich noch ganz gut vertragen. Aber wer weiß, wie Heike das sieht. Ihre Mutter hat doch auch schon so früh geheiratet, das hat Heike doch erzählt. So was soll sich in Familiengeschichten auch leicht fortsetzen, habe ich mal gehört. So, jetzt mal weg mit diesen Gedanken, ich muss mit meinem Bericht anfangen. Vielleicht schaffe ich den auch in einem Stück, dann mache ich eben mal ein bisschen später Mittagspause.

Dann ruft auch noch Heiner auf meinem Handy an. So richtig passt mir das jetzt nicht, aber vielleicht hat er ja irgendwelche sensationellen Nachrichten auf Lager. Nein, hat er nicht. Die Weishaupt hat ihm frei gegeben oder er hätte heute sowieso dienstfrei, so ganz genau habe ich das nicht kapiert. Eigentlich ruft er mich auch nur an, weil er mich zum Essen einladen will. Eine Pizza Aufgetauta bei ihm zu Hause, wie wär's. Ich sage, das passt jetzt nicht so gut, ich muss noch einen Artikel fertig schreiben, dann kann ich höchstens auf 'ne halbe Stunde zum Schlachter gehen oder zu Onkel, weil ich auch noch nach Schlichting muss. Ich bin heute mit dem Unimog, da dauert alles etwas länger. Heiner findet, das ist doch kein Problem, wir können uns dann doch einfach bei Onkel treffen. Ja, okay, vielleicht so Viertel nach eins, das müsste eigentlich hinhauen. Die Pizza kann er ja wieder einfrieren oder er isst sie morgen. Okay, bis dann.

Dann muss ich mich auch noch um den Termin in Schlichting kümmern, eine Telefonnummer habe ich. Zum Glück erreiche ich da auch den Ober-Laienspieler, ja, um halb drei bei ihm zu Hause, das würde schon passen. Es kann sein, dass ich mich bei dem Wetter etwas verspäten könnte, sage ich vorsichtshalber. Aber auch das scheint kein Problem zu sein.

Jetzt muss ich aber endlich die Sperrwerks-Story zu Ende schreiben. Irgendwie ist das jetzt Stress pur, aber ich schaffe es tatsächlich bis fünf nach eins. Ich lege Fuchs noch einen Zettel hin, dass ich direkt nach dem Essen nach Schlichting fahre und dass er sich meinen Eiderdamm-Bericht auf seinem Rechner angucken kann, inklusive Fotos, er hat dann auch die freie Auswahl. So, jetzt muss ich aber los, ich nehme auch meinen ganzen Reporter-Kram mit, damit ich nach dem Essen nicht noch mal in die Redaktion zurückgehen muss.

Genau siebzehn nach eins bei Onkel, Heiner wird mir sicher die zweiminütige Verspätung verzeihen. Nein, der ist noch gar nicht da. Aber halt, da kommt er gerade rein, es war ein bisschen schwierig mit der Parkplatzsuche. Dann also zweimal Döner mit allem, auch Pommes? Ja, bitte. Auch 'ne Mezzo, Heiner? Nee, lieber 'ne Cola.

Die super Unterhaltung ist das auch nicht gerade beim Essen, aber es liegt wohl daran, dass wir gar nicht so viel Zeit haben. Im Grunde genommen wollte Heiner mir einfach noch mal sagen, dass er die ganze Apotheke vom ehemaligen Herrn Monscheidt total merkwürdig findet. Dieser ganze Weiberverein, Heiko, das ist doch äußerst seltsam. Ich musste ja noch mal die Bänder abhören und Protokolle schreiben, da ist mir noch mal so richtig aufgefallen, wie pervers das alles ist. Oder war. Drachen-Apotheke, das passt schon irgendwie. Ich habe einfach das Gefühl, da drinnen muss irgendwo die Lösung des Rätsels zu finden sein.

Ich habe ja dasselbe Gefühl oder meinetwegen auch das gleiche. Fazit: Wir müssen da weiter drüber nachdenken, wenn wir einen Einfall haben, können wir uns ja anrufen. Oder meinetwegen einander. Tut mir leid, Heiner, aber ich muss jetzt echt los nach Schlichting, sonst wird es nichts mit dieser Theatertruppe.

Theater in Schlichting, Heiko? Was es nicht alles gibt.

Ich hatte mir schon vorher kurz überlegt, wie ich am besten nach Schlichting komme. Ich schätze mal, dass irgendjemand von euch da einen besseren Weg kennt, so eine Art Geheimtipp vielleicht, aber ich glaube, es ist am einfachsten, wenn man die alte B 5 bis Rehm-Flehde-Bargen fährt und dann rechts abbiegt auf die Schlichtinger Chaussee. Das ist eine ziemlich gerade Straße, wenn sie auch an einigen Stellen etwas holperig ist und außerdem nicht gerade breit. Zu dieser Jahreszeit kommen einem natürlich keine Mähdrescher entgegen, also ist das kein Problem. Mir begegnen sowieso kaum Fahrzeuge, bei diesem Wetter fährt wohl nur, wer unbedingt muss. Der Schlichtinger Schauspieler hat mir genau erklärt, wo er wohnt, ich finde das auch gleich. Es ist ein Bauernhof am Dorfrand, aber was da genau landwirtschaftlich getrieben wird, ist mir nicht ganz klar. Vielleicht Schweinezucht, irgendwie sieht der Stall danach aus. Ich habe den guten Mann jetzt nicht danach gefragt, ob ich seinen Namen veröffentlichen darf, deshalb gebe ich ihm einfach einen anderen: Hans Hansen. Ich finde, so wie er aussieht, könnte er durchaus auch Hans Hansen heißen. Er kommt mir übrigens schon draußen auf dem Hofplatz entgegen, als ich dort mit dem Unimog angefahren komme. Das wundert ihn schon etwas, also das mit dem Unimog, meine ich jetzt, ich erkläre ihm das aber gleich, dass er praktisch zu unserem Betrieb zu Hause gehört und dass Vater Lohnunternehmer ist, Heinrich Timmermann aus Wesselburener Deichhausen. Doch, hat er schon mal gehört. Na bitte, dann ist die Vertrauensbasis ja schon mal da.

Ich soll dann mit ins Haus kommen, wir gehen in die geräumige Küche, so eine Art Wohnküche, da ist es jedenfalls schön warm, sagt er. Stimmt auch. Es sieht ein bisschen unaufgeräumt aus, ehrlich gesagt sogar ziemlich unaufgeräumt, anscheinend ist die Frau nicht zu Hause, aber danach frage ich natürlich nicht. Wie wär's denn mit einem Kaffee? Oh ja, gerne. Hans Hansen hantiert etwas grobschlächtig an der Kaffeemaschine herum, er scheint so feinmotorische Arbeiten nicht so gut draufzuhaben, aber er kriegt es dann schon hin. Zwei einigermaßen saubere Tassen finden sich dann auch noch. Ich habe meinen Stenoblock vor mir ausgebreitet, aber das ist jetzt irgendwie falsch ausgedrückt, so richtig breit ist der ja nicht. Dann fängt er einfach an zu erzählen und ich schreibe mir das eine oder andere Stichwort auf. Die Schlichtinger Laienspieler sind eine plattdeutsche Theatergruppe und sie studieren im Prinzip jedes Jahr ein abendfüllendes Stück ein. Das wird dann ein paar Mal im Dörpskrog aufgeführt und dann auch noch an weiteren Spielstätten. Konkret erstmal am 20. und 28. März hier in Schlichting, dann am 5. April im Gasthof Leesch in Reinsbüttel. Das hat mir Fuchs ja auch schon gesagt, aber ich nehme mir vor, das auch für meine Eltern zu notieren, weil Leesch ja gar nicht so weit weg ist von uns. Und um welche Uhrzeit in Reinsbüttel? Um 19.30 Uhr. In Ordnung.

Wie heißt denn das Stück genau? De Stratenkavalier. Der Straßenkavalier, aber das kann man ja auch schon verstehen, wenn man gar kein Plattdeutsch kann. Ich hoffe, dass das Werk jetzt nicht so kompliziert ist wie Macbeth oder Hamlet, nein, das ist so eine Art Verwechslungskomödie, so was kommt ja immer gut an. Meister Hansen drückt mir dann noch einen Zettel in die Hand, auf dem alles Wesentliche draufsteht. Das finde ich ja ganz angenehm, dann brauche ich mir nicht alles selbst zu notieren. Lesen tue ich es jetzt aber trotzdem, falls ich da irgendwas nicht kapieren sollte, dann könnte ich ihn ja gleich um Aufklärung bitten.

Also ich zitiere jetzt mal: Freitag, der 13. - nachts - Straßenglätte - Petra König, unterwegs mit einem Leihwagen, muss jählings bremsen, kommt ins Schleudern, überschlägt sich mit dem Wagen und ist für eine Weile bewusstlos. Ein Straßenkavalier birgt sie aus dem Unfallwagen, trägt sie in den eigenen Wagen, ruft den Krankenwagen und verschwindet, sobald die Helfer angekommen sind. - In der gleichen Nacht hat Tochter Ursula nach einer Party im Wochenendhaus der Eltern eine Auseinandersetzung mit ihrem eifersüchtigen Freund Harry, die mit dem Bersten der Verandascheibe endet. - Petra hat den Helfer - es war ja stockdunkel - nicht erkannt und gibt per Rundfunk eine Suchmeldung auf. - Als Harry, den sie bis dahin noch nicht kennengelernt hat, sich bei ihr für die Zerstörung der Scheibe entschuldigen will, hält sie ihn für den „Retter" - und da sie ja nicht weiß, was während ihrer Bewusstlosigkeit alles vorgefallen ist, wird ihr doch abwechselnd heiß und kalt, als der vermeintliche Retter sich dafür entschuldigt, dass es „plötzlich so über ihn gekommen ist" - und dass ihm „die Kurzschlusshandlung leid tut". - Dieser Irrtum löst eine Kette weiterer Verwechslungen aus, die Handlung eskaliert, doch kurz vor der Katastrophe wird das Rätsel auf verblüffend einfache Weise gelöst.

Woher stammt das? Aha, Karl-Mahnke-Theaterverlag, Verden an der Aller. Ziemlich viele Gedankenstriche in dem Text und dann auch noch Anführungszeichen, die kann ich normalerweise gar nicht ab. Von wem ist das Stück überhaupt, steht das irgendwo? Hansen schaut in seinem Textheft nach. Hans Gnant heißt der Autor. Gnant, das sieht ja aus wie ein einziger Tippfehler. Übersetzt von Jan Harrjes. Wir kriegen dann noch heraus, dass Hans Gnant ein österreichischer Autor von Komödien war. War, weil er nicht mehr unter den Lebenden weilt. Und dieser Herr Harrjes hat das Stück ins Plattdeutsche übertragen. Mein Kaffee wird langsam kalt. Gut, über das Stück müssen wir jetzt wohl nicht weiter reden, das scheint ja eine ziemlich durchgeknallte Geschichte zu sein. Da wird es bestimmt viel Lachen und Juchen im Zuschauerraum geben, vielleicht noch gefördert durch die Einnahme von zahlreichen geistigen Getränken. Ich habe aber gar nichts dagegen, nicht dass ihr das denkt, ich amüsiere mich auch mal ganz gerne. Vielleicht bin ich ja auch am 5. April um 19.30 Uhr bei Leesch und klopfe mir auf die Schenkel. Schließlich geht es noch um die Theatergruppe selbst, seit wann es die gibt, wer die gegründet hat und welcher Erfolge sie schon gefeiert hat. Ich fürchte nur, das werde ich nicht alles in meinem Artikel unterbringen können. Im Wesentlichen wird es wohl darum gehen, dass unsere Leser einfach etwas über das Stück informiert werden und wann und wo es aufgeführt wird, damit sie das in ihre Kalender eintragen können. Ich hätte vielleicht noch nach den Eintrittspreisen fragen können, aber die werden wahrscheinlich nicht so heftig sein und irgendwo bei höchstens fünf Euro liegen. Meinetwegen auch zehn, aber das kann man ja verkraften. Ein Bild zum Schluss wäre nicht schlecht, aber da hat Herr Hansen auch schon eine Idee. Auf seiner Kamera sind noch ein paar Aufnahmen von der Generalprobe, jawohl, er ist auch digital gerüstet, der Gute, die kann ich auf meinen Apparat hochladen. Prima, das war's dann. Ob das aber schon morgen kommen wird, kann ich nicht versprechen. Es ist schon kurz vor vier, mal sehen, ob ich den Bericht noch vor Feierabend schaffe.

Ich habe es dann doch etwas eilig und dränge zum Aufbruch. Vielen Dank für den Kaffee, es hat mich sehr gefreut, schönen Tag noch, Ihnen auch, toi, toi, toi für die Premiere. Und tschüs.

Den Rückweg kenne ich ja schon fast auswendig, das ist überhaupt kein Problem. Es hat nur leider wieder angefangen zu schneien, dann noch dieser Wind dazu, das kann einen ja ganz kribbelig machen. Ich war doch vor einiger Zeit schon mal in Schlichting, fällt mir gerade ein, als Fahrer für Miss Landbote, weil ihre Batterie leer war. Also die von ihrem Auto natürlich. Damals ging es, glaube ich, um das Thema Wildschweine. Ein paar Schlichtinger Jäger hatten drei Wildschweine abgeschossen, nicht aus Appetit, sondern weil sie irgendwelche Äcker zerwühlt hatten. Warum das aber unbedingt in die Zeitung kommen sollte, weiß ich gar nicht mehr. Jetzt kommt der Bahnübergang, danach gleich die Einmündung in die alte B 5. Rehm-Flehde-Bargen, die Dreifach-Namen-Gemeinde. Dann komme ich wieder an Anhalt vorbei, das ist eine ziemlich große Spedition. Heißt aber ganz modern Anhalt Logistics GmbH & Co. Ob das überhaupt jemand richtig aussprechen wird, denn das sollte ja ungefähr so klingen: Ledschisticks. Ich schätze mal, die werden sich bei der Firma am Telefon eher mit Anhalt Logistik melden oder einfach nur mit Anhalt. Es ist schon ein bisschen merkwürdig bei uns mit den ganzen englischen Bezeichnungen und Namen. Noch ein Beispiel erwünscht? Nein. Es kommt jetzt aber trotzdem: Douglas, diese Parfümerie, die es auch in der Friedrichstraße in Heide gibt. Da sagt jeder Duhglas, obwohl es doch eigentlich Daggliss heißen müsste. Vielleicht liegt das an den Douglasien, also diesen Nadelbäumen, die eigentlich aus Amerika kommen. Da ist der Name ja schon längere Zeit richtig eingedeutscht und keiner regt sich darüber auf, nicht einmal ich. Okay, ich hör' ja schon auf.

Und ich bin auch schon wieder in der Redaktion, wo ziemlich viel Betrieb herrscht. Fuchs sitzt vor seinem Rechner und scheint noch ganz beseelt von seinem Ausflug zur Straßenmeisterei zu sein. Schau'n Sie mal, Heiko. Ja, das muss ich zugeben, seine Fotos sind echt gut geworden, das liegt wohl an dem farblichen Kontrast zwischen orangefarbenen Fahrzeugen und winterlich-trübem Hintergrund. Da fällt es einem gar nicht so leicht, die richtige Auswahl zu treffen.

Ihre Eidersperrwerk-Sache hab' ich mir vorhin schon angesehen, sagt Fuchs, das geht so in Ordnung. Wir nehmen dann das Bild, wo der Jubilar am meisten drauf lächelt. Ja, ist gut, ich kann mir schon denken, welches Foto er jetzt meint. Dann melde ich noch kurz, dass ich gerade von den Schlichtinger Laienspielern zurück bin und gleich anfangen werde zu schreiben.

Das ist dann auch gar nicht so schwierig. Mein Artikel besteht im Wesentlichen aus dem, was mir Mister Hansen auf seinem Zettel überreicht hat, also das Blatt mit der Inhaltsangabe. Dann habe ich ja noch ein paar Notizen dazu gemacht, besonders wichtig sind ja die Termine der Aufführungen, aber so etwas ähnliches habe ich schon mal gesagt. Tipp, tipp, tipp, überprüfen, verbessern, noch einmal lesen. Doch, das müsste so gehen. Hat gar nicht mal so lange gedauert. Eigentlich hätte ich jetzt Lust auf noch einen Kaffee, aber die Lust verkneife ich mir, die schiebe ich mal auf später zu Hause. Ich muss aber noch mal warten, bis Fuchs wieder Zeit für mich hat, wir gehen einmal schnell meinen Bericht durch, er findet das schon merkwürdig, dass ein Stück von einem Österreicher von einer plattdeutschen Theatergruppe aufgeführt werden soll. Ich gebe wieder meine Halbweisheit zum Besten, dass Dithmarschen im 19. Jahrhundert für einige Monate unter österreichischer Verwaltung war. Vielleicht liegt es ja daran, sage ich. Das hat ihm irgendwie nicht so richtig gefallen, merke ich, er lässt sich wohl nicht gerne vom Lehrling belehren, aber leider neige ich manchmal dazu. Das ist wohl so eine Art Berufskrankheit. Wenn man jeden Tag mit so vielen Informationen zu tun hat, will man sie auch dauernd an den Mann bringen. Nein, wirklich eingeschnappt ist unser Redaktionsfuchs jetzt auch nicht, er gibt mir sogar den Feierabend-Segen und sagt: Bis morgen dann, Heiko. Schauen wir mal, wie das Wetter sich so weiter entwickelt.

Ja, schönen Abend noch, winkewinke an die Kollegen. Die einzige Wink-Rückmeldung kommt aber von Frau Brüggmann, die hat eben einen Sinn für so etwas.

Rein theoretisch und vielleicht auch praktisch könnte ich auf meiner Nachhausefahrt noch eine Zwischenlandung bei Scharbau in Lohe-Rickelshof hinlegen. Ich glaube aber eher, dass Heike heute wieder Frühschicht hatte und dann natürlich nicht an Bord sein wird. Nach kurzer Überlegung sage ich mir, nee, Heiko, lass' das jetzt mal, wir haben ja auch noch ein paar Kekse zu Hause. Zum Glück keine Weihnachtskekse mehr, die hatten wir aber teilweise noch bis Ende Januar. Sicher ist Heike heute Morgen in aller Herrgottsfrühe wieder mit dem Fahrrad nach Lohe gefahren, da wird sie doch hoffentlich gut durch alle Schneewehen gekommen sein. Schneeketten für Fahrradreifen gibt es nicht, soweit ich weiß, aber es gibt schon Reifen mit Spikes. Aber dann müsste man im Grunde genommen ja zwei Fahrräder haben, eins für Normal- und eins für Winterbetrieb. In Schweden soll das aber üblich sein, habe ich mal gelesen. Aber da soll es auch Rollatoren mit Schlittenkufen geben. Und kleine Männer mit einem Propeller auf dem Rücken, die auf dem Dach wohnen.

Ich bin jetzt also auf dem direkten Weg nach Hause und komme auch ziemlich gut durch, die Straßenmeisterei mit Fuchs als Beifahrer hat richtig ordentlich geräumt, da gibt es nichts zu bemängeln. Von Mutter höre ich gleich, dass Vater auch zum Schnee-Einsatz gerufen wurde, zwei Unimogs und der MAN, er hat heute Vormittag einen Anruf bekommen, von wem, weiß ich jetzt nicht so genau. Ich weiß nur, dass unser Betrieb so eine Art Vertrag mit mehreren Gemeinden hat, dass wir dort bei Bedarf Schnee räumen sollen. Vater musste dann natürlich noch einiges organisieren, seine Leute umdirigieren, die Räumschilde montieren und so weiter. Oder heißt es Räumschilder? Nein, Schilde ist wahrscheinlich schon voll korrekt. Jedenfalls kann man bei dieser Wetterlage sowieso nichts mit dem Deichbau machen, also keine Kleie baggern und solche Sachen. Ich kann das schon verstehen, dass Vater jetzt voll begeistert ist. Er hat auch jede Menge Thermosflaschen mitgenommen und einen Riesenhaufen belegte Brote. Vielleicht kommt er erst heute Nacht wieder, hat er gesagt.

Und bei dir so, Heiko?, fragt Mutter mich, wir sitzen jetzt in der Küche beim späten Kaffee plus Keksdose. Ging alles gut, sage ich, ich war heute beim Eidersperrwerk und dann noch in Schlichting. Ich erzähle Mutter ein paar hoffentlich für sie interessante Einzelheiten und dass am 5. April um 19.30 Uhr im Gasthof Leesch in Reinsbüttel dieses eine Stück aufgeführt wird, wie heißt es noch mal, De Stratenkavalier, jetzt hab' ich's wieder. Ja, sagt Mutter, da würde sie schon gerne hingehen, wenn man schon mal so was in der Nähe hat, das ist ja schon beinahe vor der Haustür. Familiennachrichten: Lasse kam ziemlich durchnässt nach Hause, in den Pausen wurde wohl viel mit Schneebällen geworfen. Wie ich meinen kleinen Bruder kenne, stand er dabei wahrscheinlich an vorderster Front. Verboten ist das schon, das Schneeballwerfen in der Schule, also genaugenommen auf dem Schulhof, aber das ist natürlich kaum durchzusetzen, bei so einem Wetter sind die Gören ja außer Rand und Band. Eine Strafarbeit hat Lasse aber nicht aufgekriegt, da hat er wohl noch mal Glück gehabt. Und was war mit Linda, hat Almut die heute Morgen noch abgeholt? Ja, das hat sie, sogar ganz pünktlich. Na, dann ist ja alles gut.

Kaffee beendet, Abendbrot ist heute um Punkt sieben, Heiko.

In meinem Zimmer brennt Licht, das kann ich durch die Türritzen sehen. Habe ich das etwa heute Morgen vergessen? Normalerweise geht ja keiner in meine Bude und macht das Licht aus, das müsste ja auch erstmal jemand merken. Tür auf, da sitzt doch tatsächlich jemand auf meiner Couch. Nein, nicht Linda, die ist noch gar nicht wieder zu Hause. Es ist Lasse, der mich auch ein bisschen schuldbewusst ansieht. Lasse, was machst du denn in meinem Zimmer? Nichts, ich wollte nur sehen, ob du da bist. Das klingt aber jetzt irgendwie nach fauler Ausrede. Ich sehe, dass er sich mein Schachbrett geholt hat und offenbar schon seit einiger Zeit mit den Figuren darauf herumspielt. Zu meiner und eurer Erinnerung: Meine Schachfiguren haben teilweise immer noch diese aufgeklebten kleinen Zettel, die hat er wenigstens nicht entfernt. Doch guter Junge.

Ich halte Lasse einen allgemeinen moralischen Vortrag zum Thema Privatsphäre, das ist wahrscheinlich ziemlich überflüssig, er weiß das ja im Grunde genommen, aber ich kann mir das natürlich nicht einfach so bieten lassen. Ich gehe ja auch nicht in dein Zimmer, wenn du nicht da bist, schließe ich mein Referat.

Entschuldigung, Heiko, sagt Lasse.

Man kann sich nicht selbst entschuldigen, sage ich, du kannst mich höchstens um Entschuldigung bitten.

Ich bitte dich um Entschuldigung, Heiko.

Genehmigt. Und nun zeig' mal her, was machst du da eigentlich?

Ich spiel' Schach gegen mich selbst. Wenn ich einmal gezogen hab', dreh' ich das Brett um und bin dann mein Gegner.

Okay, er meint das tatsächlich ernst. Ein ganzer Haufen von den weißen und schwarzen Figuren ist auch schon aus dem Spiel, Lasse scheint sich gerade in der Endphase zu befinden. Ich gucke mir das mal an, das ist tatsächlich eine knifflige Situation. Ein Schachspieler würde jetzt wahrscheinlich nicht Situation sagen, sondern irgendein anderes ziemlich abgefahrenes Wort benutzen, die haben ja so ein seltsames Vokabular mit Gambit und anderen merkwürdigen Wörtern. Schwarz scheint im Moment am Zug zu sein. Lasse schiebt einen seiner schwarzen Bauern auf das Feld der weißen Grundlinie. Ich hoffe, ich habe das jetzt richtig ausgedrückt. Ich will nur sagen, weiter kann sein Bauer nicht rücken, da ist das Spielfeld zu Ende. Sagt man überhaupt Spielfeld beim Schach, vielleicht verwechsle ich das auch mit Fußball. Ich schaue Lasse interessiert zu. So konzentriert erlebt man ihn selten.

Was macht er denn jetzt? Er tauscht den Bauern gegen die schwarze Dame aus, die schon aus dem Spiel geflogen war, der weiße König sitzt jetzt in der Zange und kann nicht mehr entkommen. Lasse hat gegen sich selbst gewonnen. Ich habe zwar neulich schon mal mit ihm gespielt, aber dass man einen Bauern einfach umtauschen kann, daran hatte ich gar nicht mehr gedacht, es stimmt aber, allmählich dämmert es mir wieder. Was war das denn mit dem Bauern und der Dame?, frage ich ihn. Bauernumwandlung, verkündet Lasse. Du kannst auch gegen Läufer oder Turm tauschen, aber was soll das, wenn man eine Dame nehmen kann. Der Bauer hat der Dame geholfen, sagt Lasse, so hat mir Florian das erklärt.

Ja, der Bauer hat der Dame geholfen, wiederhole ich. Na dann herzlichen Glückwunsch. Und nun wasch' dir mal die Hände, es gibt gleich Abendbrot.

Lasse geht, wahrscheinlich ist er ganz froh darüber, dass ich keinen ganz großen Ärger mit ihm veranstaltet habe. Schlagen tue ich meinen kleinen Bruder normalerweise nicht, aber das muss er ja nicht wissen. Ein bisschen Respekt soll er schon noch vor mir haben. Ich setze mich mal kurz hin und schaue auf das Schachbrett. Wie gesagt, an manchen Figuren kleben noch meine kleinen Zettel. Die schwarze Dame heißt Frau Witkowsky. Vier von den schwarzen Bauern sollen die Ehemänner oder was weiß ich von den Angestellten der Drachen-Apotheke sein. Wer war noch mal die weiße Dame? Natürlich Frau Monscheidt, die Gattin des seligen Apothekers. Der

Bauer hat der Dame geholfen. Das Leben ist kein Schachspiel. Hat im echten Leben vielleicht der schwarze Bauer der weißen Dame geholfen?

Abendbrot!, ruft Linda auf dem unteren Treppenabsatz. Ach, dann ist sie ja doch noch gekommen. Es hätte ja auch sein können, dass der Rettungsassistent plötzlich seine Liebe zu ihr entdeckt hat und sie jetzt auf dem Schlitten durch die Friedrichstraße zieht.

Nein, natürlich nicht. Linda erzählt, dass sie nach dem Unterricht in der Krankenpflegeschule noch mit Almut in der Stadt war, Klamotten angucken. Gekauft haben sie dann aber doch nichts. Für Wintersachen ist es jetzt eigentlich zu spät, auch wenn die alle runtergesetzt sind. Wo ist Vater denn? Der ist noch beim Schneeräumen. Ob das wohl morgen so weitergeht? Na, wir können ja nachher mal die Wetterkarte angucken. So, jetzt aber guten Appetit. Danke gleichfalls. Es gibt schönen heißen Tee, aber ganz normalen schwarzen. Linda hat schon lange keinen Heubusch-Tee mehr getrunken, fällt mir gerade auf. Ich könnte sie ja jetzt nach den Gründen dafür fragen, aber im Moment interessiert mich eher das Angebot an Aufschnitt und Käse. Jawohl, meinetwegen können wir gerne einschneien, wir sind jedenfalls im Moment gut versorgt. Dann geht es gesprächsthemenmäßig um das, was jeder heute so gemacht hat, ich werde jetzt aber nicht alles aufzählen, ich nehme nur mal Linda heraus und sage, dass sie eben einen ganz normalen Krankenhaus-Schultag hatte mit allen möglichen Themen und Fächern oder umgekehrt. Das scheint alles nicht ganz unkompliziert zu sein, da muss man schon eine ganze Menge lernen und auf Zack sein, aber Linda wird das schon packen, da bin ich mir ziemlich sicher. Eines habe ich noch vergessen: Ich habe zwischendurch den Clan daran erinnert, dass ich morgen wieder frei habe. Freier Dienstag wegen der Semesterferien. Aber leider auch das letzte Mal, nächsten Dienstag geht das wieder los in Kiel.

Lasse soll mal wieder in die Funk Uhr gucken und vorlesen, was es heute Abend im Fernsehen gibt.

Im Ersten Erlebnis Erde, verkündet er. Miss, äh, Mississ, Mississippi! Das ist aber auch ein fieses Wort. Im Zweiten Geisterfahrer, im Dritten Dosensuppen im Test, bei RTL Wer wird Mill, Millionär. Bei SAT.1 Der letzte Bulle...

Reicht, Lasse, sagt Mutter. Nee, Dosensuppen essen wir gar nicht, vielleicht mal Heiligabend mittags, aber da nehmen wir eigentlich auch eher was aus der Truhe. Millionär, das ist schön. Hoffentlich kommt auch Vater bald, der

459

sieht das ja auch gern. Gib mal her, Lasse, sage ich, ich will auch noch mal einen Blick drauf werfen. Simpsons, Wollnys, Die größten Tricks der Zauberer, gar keine Pannenshow heute. Ich glaub', ich guck' heut' nur die Tagesschau. Ich vielleicht auch, sagt Linda, du Heiko, danach können wird doch einfach noch ein bisschen schnacken bei mir. Keine Einwände von meiner Seite.

Wir wollen gerade abräumen, da hören wir Vater mit dem MAN auf den Hofplatz fahren. Na, dann hat er doch wenigstens auch Feierabend, oder will er am Ende nur tanken? Nein, echter Feierabend, er kommt kurze Zeit später rein, mit der leeren Thermosflasche in der Hand. Wir bleiben noch einen Moment sitzen und lauschen seinem Straßenzustandsbericht. Ging alles gut heute, morgen früh müssen sie dann noch mal raus, aber viel ist da wohl nicht mehr zu erwarten. Das Wetter soll angeblich besser werden, es hat ja auch schon seit Stunden kaum noch geschneit und auch der Wind hat spürbar nachgelassen. Dann stärk' dich man erstmal, Heinrich, ja, ich muss noch Hände waschen gehen. Linda, hol' doch noch mal mehr Butter aus der Truhe, die brauchen wir für morgen früh. Soll ich dir gleich ein Bier mitbringen, Vater? Eins? Drei!

Kanzlerkandidat Steinbrück stellt SPD-Wahlkampfprogramm vor. Mehr Gerechtigkeit, damit der Laden nicht auseinanderfliegt. Schäuble kündigt ausgeglichenen Haushalt für 2015 an. Koalition der Assad-Gegner in Syrien beginnt auseinanderzubrechen. Indischer Vergewaltiger hat sich in seiner Zelle erhängt. Ungarische Verfassungsänderung wird international scharf kritisiert. Vor zwei Jahren begann die Reaktorkatastrophe in Fukushima mit einem Tsunami. Über 16.000 Tote. Japans Ausstieg aus der Atomenergie ist aber nicht zu erwarten. Halt mal, man kann ja gar nicht richtig nachdenken, wenn man die Informationen so schnell um die Ohren gehauen bekommt. Diese ganzen Toten, das ist ja traurig genug, aber waren das nun eigentlich Opfer des Tsunamis oder der Reaktorkatastrophe? Das ist gar nicht gesagt worden. Aber es ist natürlich schon längst wieder weitergegangen: Spannungen zwischen Nord- und Südkorea. Nach dem Rücktritt von Benedikt XVI. beginnen ab morgen die Vorbereitungen für die Wahl eines neuen Papstes. Internationale Wochen gegen Rassismus. 15 % mehr Lohn für das Sicherheitspersonal am Hamburger Flughafen. Schnee und Eis in Norddeutschland. Vater horcht auf. Hunderte Unfälle auf glatten Straßen. Teilweise meterhohe Schneewehen. In Schleswig-Holstein fiel in mehreren Kreisen die Schule aus. Leider nicht bei uns, sondern eher im Osten. Ein so heftiger Wintereinbruch im März kommt nur alle zwanzig Jahre vor, verrät uns ein Wetterfrosch. Ungewöhnlich kalt für diese Jahreszeit, die Schneewolken werden uns im Norden morgen aber nicht weiter belästigen. Bei uns nachts um minus zehn Grad, tagsüber um null. Ansonsten eher Wetterberuhigung in den nächsten Tagen. Das klingt doch ganz gut, obwohl Vater für seine Firma bestimmt noch gerne ein bisschen mehr Schnee zum Wegräumen haben würde.

Übrigens Vater: Der hat nach dem Ende der Wetterkarte tatsächlich damit angefangen, den Tisch abzuräumen. Hilfe von unserer Seite scheint er dabei auch nicht unbedingt zu erwarten, sonst würde er sich mit Absicht ungeschickter anstellen, ich kenne ja den Alten. Nein, er macht ganz allein weiter, während Mutter zur Fernbedienung greift und sich genüsslich zum Intro von Wer wird Millionär in die Couch-Kissen kuschelt. Das ist das Zeichen zum Aufbruch für Linda und mich, ich sage ihr, sie kann ja schon mal für Gläser sorgen, ich komme dann mit dem Wein. Ich muss aber erstmal in meinem Zimmer gucken, was ich an Klamotten für morgen habe und überhaupt noch ein bisschen aufräumen. Ja, ist okay, Heiko.

Das Schachbrett auf meinem Couchtisch mit den ganzen Figuren fällt mir ins Auge. Ich könnte jetzt sagen: Und plötzlich kommt mir eine Idee. Das stimmt aber gar nicht, die Idee hatte ich schon vorher, aber jetzt ist sie reif, ich kann sie pflücken, bevor sie noch auf den Boden fällt und matschig wird. Hier kommt die Idee: Donald Petersen wegen morgen anrufen. Ich nehme mein Handy, weil ich jetzt keine Lust darauf habe, wieder ins Wohnzimmer runterzugehen und das Schnurlose zu holen, danach muss es ja auch gleich wieder auf die Ladestation, das ist mir im Moment zu viel Hektik. So teuer ist ein Gespräch von Handy zu Handy nun auch wieder nicht, das kann man sich auch als Volontär und Studierender durchaus mal leisten.

Donald ist gleich dran, er hängt im Moment in seinem Zimmer ab und ist am Lesen. Was liest du denn gerade, frage ich, Sigmund Freuds gesammelte Werke? Nee, Heiko, eher was zur Unterhaltung. Die Straße der Ölsardinen. Ölsardinen?, frage ich. Genau, Heiko, von John Steinbeck. Das liegt bei mir schon seit Urzeiten rum, aber gestern habe ich mir das mal vorgenommen. Ist echt gut, hab' ich auch bald durch, dann kannst du das gerne mal leihen. Ja, okay, Donald, ich hab' im Moment sowieso nichts Vernünftiges zum Lesen. Aber warum ich dich anrufe…, und so weiter und so fort.

Ich fasse das lieber mal kurz zusammen: Ich habe ja morgen frei und Donald auch, da könnten wir doch mal so ganz TKKG-mäßig ein bisschen die Drachen-Apotheke beobachten, ob sich da vielleicht was Auffälliges tut.

Donald findet zuerst, dass ich spinne, aber als ich sage, dass es ja nicht den ganzen Tag lang sein muss, lässt er sich erweichen. Wann denn? So um neun, habe ich gedacht. Geht nicht auch halb zehn? Wir einigen uns dann auf Viertel nach neun, wir sind ja kompromissfähig. Also um neun Uhr fünfzehn am St. Georg-Brunnen. Zieh' dir lange Unterhosen an und dicke Socken, es kann kalt werden. Witzig, Heiko. Gut, dann bis morgen, schöne Grüße, ach ja, ist vielleicht besser, wenn wir unsere Handys noch mal aufladen. Das macht Donald aber sowieso immer über Nacht, er schaltet sein Handy eigentlich nie aus und benutzt es auch als Wecker. So, jetzt aber endgültig tschüs.

Morgen um Viertel nach neun am St. Georg-Brunnen. Dann stelle ich mir auch lieber gleich meinen Wecker, verpennen möchte ich morgen früh nicht so gerne.

Linda, kannst du Mutter morgen früh noch mal daran erinnern, dass ich frei habe? Hast du das nicht schon beim Abendbrot gesagt, Heiko, irgendwie ist mir so. Das kann aber auch vor einer Woche gewesen sein. Nee, klar, ich sag' ihr das morgen früh.

Ich öffne den Schraubverschluss einer Flasche Wulf-Isebrand-Wein, übrigens im Literformat, und gieße uns schon mal einen kleinen ein. Wir sitzen jetzt auf Lindas Couch, bei anderer Gelegenheit wäre Maja direkt zwischen uns, aber ihren Platz hält Lindas alter Teddybär frei. Das Licht ist einigermaßen gedimmt, eine einzelne Kerze brennt auf dem Couchtisch, also nicht so eine ganze Batterie von Kerzen, die sämtlichen Sauerstoff im Raum verbrauchen. Die Mädels stehen alle auf so was, wirklich kapieren tue ich das aber nicht. Genauso wenig verstehe ich, warum viele von ihnen so auf Pferde abfahren. Aber vielleicht doch besser Pferde als Elefanten. Was ich heute so erlebt habe, habe ich ja teilweise schon beim Abendbrot zum Besten gegeben, also die Story mit dem Sperrwerk und die mit der Schlichtinger Theatertruppe. Ich male das aber noch ein bisschen aus und erzähle dann zum Beispiel, dass der eine Mitarbeiter schon mit zwanzig geheiratet hat. Der musste bestimmt, meint Linda, wahrscheinlich hat ihm sein Schwiegervater die Flinte vor die Nase gehalten und er musste dann gleich die Einladungskarten zur Hochzeit unterschreiben. Sind die denn noch zusammen? Ich glaube schon, das klang jedenfalls so. Aber darüber haben wir ja eigentlich gar nicht geredet. Und bei dir so?

Ja, dieser Blockunterricht. Das ist eben so ähnlich wie Schule, nur dass das eben fast eine Mädchenklasse ist, Rene ohne Akzent war auch noch krank heute, da waren dann nur Marlon Kröhnert und Hauke Siedschlag als Vertreter des männlichen Geschlechts dabei. Aber das seien eben keine besonders überzeugenden Exemplare. Und dieser schüchterne Rettungsassistent, hast du den denn wenigstens endlich mal angeschmachtet? Nein, bei dem Wetter ist er wohl nicht draußen, die haben ja ihre Fahrzeughalle und wahrscheinlich sitzen die dann auch lieber in ihrem Sozialraum oder wie das heißt.

Ganz allmählich nähern wir uns dem zweiten Glas, ich schenke jetzt schon einfach mal nach, aber nicht so ganz voll. Bei der Kälte draußen hätte man natürlich auch Glühwein trinken können, aber dieser Rote glüht einen auch so schon ganz gut durch.

Und, frage ich, fährst du denn morgen wieder mit dieser Almut aus Wesselburen?

Ja, Heiko, die holt mich morgen wieder ab. Ist ja kein großer Umweg für sie, hat sie gesagt, wir können das ruhig erstmal so lassen. Ich hab' ihr ja auch Fahrgeld angeboten, aber sie hat gemeint, ich kann ihr ja mal bei Gelegenheit einen ausgeben oder so. Ach übrigens, Almut hat auch ein bisschen was von Donald erzählt.

Linda, jetzt machst du mich aber neugierig. Nun spuck's schon aus.

Ja, erstmal, dass sie überhaupt Donald bei uns kennengelernt hat, das findet sie schon total toll. Und sie wollte eigentlich auch alles über ihn wissen, was ich weiß. Ja, hab' ich gesagt, so richtig voll bin ich ja auch nicht über ihn informiert, er ist eben ein guter Freund von meinem Bruder, schon ganz lange, er studiert in Kiel und solche Sachen.

Aber von seinem Liebesleben hast du ihr doch hoffentlich nichts erzählt, Linda.

Naja, so viel weiß ich da ja gar nicht drüber. Nur dass er zuletzt diese Tante mit dem Kind hatte, war die nicht Bibliothekarin, aber so was passt doch gar nicht richtig zu ihm.

Das konnte ich mir ja schon beinahe denken, Linda, dass du das nicht für dich behalten konntest. Aber vielleicht ist das ja auch egal, Donald würde es ihr bestimmt sowieso irgendwann mal erzählen. Und hat sie denn auch was über Donald gesagt?

Naja, schon, dass sie ihn eben richtig toll findet. Sie ist ja auch von Samstag auf Sonntag schon bei ihm gewesen, normalerweise würde so was ja nicht machen, gleich bei einem Typen pennen, aber es hat sie wohl so doll erwischt, dass es ihr völlig egal war. Und das soll auch alles ganz toll mit ihm gewesen sein, stell' dir vor, die haben sogar...

Ist gut jetzt, Linda, ich kann mir das ja vorstellen. Und was meinst du, kann man sagen, dass die beiden jetzt echt zusammen sind oder war das nur so ein One-Night-Stand?

Nee, glaub' ich nicht, Heiko, so wie Almut das erzählt hat, hat das wohl bei beiden richtig reingehauen. Er ist der Richtige, hat sie gesagt. Also so ein Mr. Right, wie im Kino.

Na schön, Donald Petersen als Mr. Right. Hoffentlich ist diese Almut, wie heißt sie noch mal mit Nachnamen, Schulz, glaube ich, also hoffentlich ist Miss Schulz dann auch so eine Art Mrs. Right für Donald. Aber bestimmt ist die besser für ihn als diese Büchereifrau mit dem Kinderwagen. Diese Einschätzung gebe ich jetzt aber nicht an Linda weiter, die behalte ich mal schön für mich. Ich bin aber schon gespannt, was Donald morgen über Almut sagen wird. Bestimmt wird er irgendwas erzählen, aber was genau, das werde ich dann ja sehen.

Linda weiß ja, dass ich morgen frei habe, ich erzähle ihr sogar, dass ich mal ein bisschen die Drachen-Apotheke beobachten will, wie bei TKKG. Das findet sie natürlich einerseits spannend, andererseits auch ziemlich bescheuert. Heiko, da kommt doch nichts bei raus.

Warten wir mal ab, Linda.

Wir haben dann doch nicht mehr allzu lange getagt, Linda und ich, bis Viertel nach zehn ungefähr, glaube ich. Den Wein haben wir auch nicht ganz gekillt, da ist noch ungefähr ein Drittel übrig, aber verderben wird er schon nicht bei uns, da muss man sich keine Sorgen machen. Jetzt haben wir schon den nächsten Tag am Wickel, Dienstag, jawohl, da habt ihr alle richtig mitgedacht. Mein letzter freier Dienstag in absehbarer Zeit, nächste Woche muss ich wieder in aller Herrgottsfrühe nach Kiel düsen, da mag ich noch gar nicht drüber nachdenken. Mein Wecker hat schon um sieben geklingelt, aber ich habe mir immer wieder fünf Minuten Zugabe gegönnt. Jetzt ist es aber schon halb acht und ich stehe auf. Ein bisschen kalt in meiner Bude, ich habe gestern Abend die Heizung völlig ausgedreht, das hätte ich nicht tun sollen. Die Dusche bringt mich dann wieder auf die normale Körpertemperatur, 37 Grad, wenn mich nicht alles täuscht. Linda hat aber mal gesagt, das kann von Mensch zu Mensch verschieden sein. Bei manchen ist 36,5 normal, bei manchen aber sogar 37,4. Okay, es handelt sich vielleicht jetzt nur um einen Mittelwert, aber den habe ich gerade wieder erreicht, und dann ist das auch gut so.

Ich ziehe lieber lange Unterhosen an, das kriegt ja keiner mit und ihr erzählt es hoffentlich auch nicht weiter. Ich finde kaum etwas anderes so peinlich wie diese Dinger, das liegt wahrscheinlich daran, dass ich beim Sport in der Grundschule mal von den anderen Jungs ausgelacht wurde, weil ich eben der einzige war, der lange Unterhosen anhatte. So was prägt. Aber andererseits sollte es einem natürlich völlig piepe sein. Nur, so souverän war ich damals halt nicht. Weg von diesem Thema und runter zum Frühstück. Mutter hat diesmal an mich gedacht und den Tisch noch nicht völlig abgedeckt. Ich melde mich kurz bei ihr, sie ist gerade mal wieder im Büro. Also guten Morgen und so weiter, Kaffee ist noch in der Thermos, die Butter musst du aber rausnehmen und den Aufschnitt. Vater ist schon ganz früh los, ja, Linda ist wieder von Almut aus Wesselburen abgeholt worden, das ist ja nett. Viel Spaß bei der Arbeit, wünsche ich Mutter und kümmere mich dann um meine Kalorienaufnahme.

So super viel Zeit habe ich jetzt nicht für ein mehrstündiges Frühstück, aber es reicht. Zwei Toast, eine Scheibe Mischbrot, zwei Tassen Kaffee. Pflaumenmus, Erdnussbutter, Tilsiter. Aber nicht alles auf einmal, sondern schön nacheinander. Mit der rechten Hand die Brote zur Futterluke dirigieren, mit der linken den heutigen Landboten umblättern. Freundliches Wetter, Temperaturen um den Gefrierpunkt. Die ganz große Winter-Show scheint beendet zu sein. In Brunsbüttel wird ein Schleusentor getauscht, trotz des winterlichen Wetters. Auf der Strecke Hamburg-Altona nach Westerland läuft 2015 der Vertrag für die Nord-Ostsee-Bahn aus. Wer auch immer dann die Strecke bedienen wird, angeblich soll der Fahrplan besser werden. Den meisten Schnee haben die östlichen Landesteile abbekommen, in Lübeck-Blankensee wurde eine Schneehöhe von 39 Zentimetern gemessen. Wenn man dann noch an Verwehungen denkt, muss man schon sagen, dass das ganz schön heftig ist.

Die Deutschen sehen sich überdurchschnittlich als schön an, hat ein Psychologe festgestellt. Es war aber nicht Donald, haha. Rückkehr des Winters im März ist nicht ungewöhnlich, sagen die Meteorologen. Auch so ein fieses

Wort, Meteorologen, da kann man leicht aus der Spur kommen beim Sprechen. Ohne Ehrenamtler geht es nicht. Neuer Fußweg zum Netto-Markt in Meldorf. Zu Pfingsten spielt die Hermes House Band in Albersdorf. Auf Seite 13 mein Eidersperrwerk-Jubilar. Unser Blatt wirbt für Ostergrüße mit lustigen Hasen. Im Kino gibt es immer noch Les Misérables. Für 70 Euro werden ausgediente Strandkörbe angeboten. Wenn ich selbst mal ausgedient habe, kann ich mir ja mal einen zulegen, ich finde die Dinger nämlich gar nicht so schlecht. Besprechen von Depression, Gürtelrose usw., Telefonnummer sowieso. Das mit der Gürtelrose soll ja tatsächlich funktionieren, aber meine Hand würde ich jetzt nicht dafür ins Feuer legen. Ich soll mich heute an keinem Streit beteiligen. Um Himmels Willen und In aller Freundschaft, gibt es eigentlich jeden Dienstag das gleiche Fernsehprogramm? Traditionelles Straßenboßeln in Lehe. Das wird da dann hoffentlich auch eine Umleitung geben.

Schluss mit der Gemütlichkeit, ich will bald los und ich muss ja auch noch den Tisch abräumen. Übrigens ist mir beim Sitzen so komisch warm geworden, das muss an der langen Unterhose liegen, das nervt ja richtig. Mutter sitzt immer noch im Büro und ordnet irgendwelche Stundenzettel der Mitarbeiter, sie beklagt sich immer darüber, dass die so undeutlich schreiben. Wie die Ärzte. Ich will dann gleich mal los, sage ich, ich treffe mich mit Donald in Heide. Ob ich wohl Vaters Jagdparka anziehen darf? Mutter blickt von ihrer Tätigkeit auf und sagt: Immer eins nach dem anderen, Heiko. Ja, die Parka kannst du wohl anziehen, da hat Vater bestimmt nichts gegen, die braucht er heute bestimmt nicht mehr, ist ja keine Treibjagd, haha. Und grüß' Donald schön von mir, was habt ihr denn vor?

Ach, sage ich, mal ein bisschen an die frische Luft gehen. Kann auch sein, dass wir dann irgendwo noch was essen gehen. Also zum Mittagessen bin ich heute nicht zu Hause. Dann bis irgendwann, tschüs.

Fahr' vorsichtig und vergiss nicht die Grüße an Donald!

Von ihrem letzten Satz habe ich nur noch Do gehört, da habe ich schon wieder die Bürotür zugemacht. Das Nald kann man ja auch so ergänzen. Vaters berühmte Jagdparka, angeblich polartauglich, hängt neben der Flurgarderobe in einem Extraschrank, wo eben solche extremen Sachen aufbewahrt werden. Zum Beispiel auch Lasses Schneeanzug, aber den hat er schon seit vier Jahren nicht mehr getragen und der passt ihm garantiert nicht mehr. Ich ziehe also die Parka an und verstaue meine Sachen darin, das Ding ist mir natürlich immer noch zu groß, das letzte Mal hatte ich die im

Riesewohld um Mitternacht an, als dieser eine Typ aus Marne von der Polizei zur Strecke gebracht wurde. Wie hieß er denn noch, Jan upr Heyde. Schuhe anziehen, Mütze aufsetzen, Handschuhe einstecken, Autoschlüssel bereithalten. Heute lieber Polo, mit der Kiste kann man wenigstens fast überall parken. Stromer kommt angetrabt, bleibt aber auf halber Strecke stehen und wundert sich offenbar über mein Outfit. Was Hunde wohl so über uns denken. Aber sie behalten es ja lieber für sich.

Die Scheiben sind heute Morgen nur leicht beschlagen, das ist günstig, kein Kratzen nötig. Der Polo springt an wie 'ne Eins, irgendwie ist das auch so ein blöder Spruch, wie 'ne Eins anspringen. Aber egal, jedenfalls fahre ich jetzt schon, es wird ja auch Zeit.

In Heide könnte ich gut vor dem Friseur Lüders parken, da ist gerade alles frei, aber länger als eine Stunde darf man da nicht vor Anker gehen, sonst werden die Politessen ungemütlich. Es gibt zwar dieses alte Lied von den Beatles, Lovely Rita, in dem ein Typ mit so einer Politesse anbändelt und dann zu Hause bei ihr auf dem Sofa sitzt und Tee trinkt, wobei dann aber noch ein oder zwei Schwestern dabei sind, aber ich kann mir kaum vorstellen, dass die Heiderinnen so drauf sein werden. So, dieser Satz war so unübersichtlich, den muss ich noch mal lesen. Naja, mit gutem Willen kann man den noch einigermaßen verstehen. Wo war ich jetzt? Einmal rechts um die Ecke gebogen und dann auf den Parkplatz von Marktkauf, nach ungefähr zwei Minuten Herumgesuche finde ich auch einen ganz vernünftigen Stellplatz. Alles aussteigen, Endstation. Neun Uhr zehn, nahezu perfekt. Bis Viertel nach neun müsste ich ja eigentlich beim St. Georg-Brunnen eingetroffen sein.

Jawohl, das schaffe ich auch, so weitläufig ist die Süderstraße ja nicht. Doch noch ein Wort zur Süderstraße, das kann ich mir leider nicht verkneifen. Dass sie sozusagen die zweite Fußgängerzone von Heide ist, neben der Friedrichstraße, habt ihr möglicherweise kapiert. Wenn ihr Heider seid, sowieso. Aber jetzt kommt wieder so ein Beispiel für die Heider Straßenbezeichnungen, das ungefähr so merkwürdig ist wie bei dem Straßennamen Lüttenheid. Aus meiner Sicht könnte man aus Lüttenheid fünf verschiedene Straßen machen. Oder die Straßen um den Marktplatz herum, das sind ja vier Stück, die heißen aber alle einfach nur Markt. Zurück zur Süderstraße: Die fängt ja praktisch an der einen Marktecke an, wo der Brunnen steht, an dem ich mich gleich mit Donald treffen werde. Dann läuft sie ganz logisch am Kino, der Post und der Drachen-Apotheke entlang, bis dann die nächste Querstraße kommt. Von dort aus nach rechts, aber nur bis zur Ampel, heißt die Straße aber immer noch Süderstraße. Geht man aber nach links, ist man in der Hafenstraße. Aber auch nur ganz kurz, vielleicht nicht mal 150 Meter, dann kommt schon die Straße Neue Anlage. Über die könnte man sich jetzt auch noch verbreiten, aber das lasse ich lieber sein, ihr habt ja sowieso schon die Nase voll von meinen Betrachtungen.

Okay, ich stehe also jetzt am St. Georg-Brunnen, ganz pünktlich um neun Uhr fünfzehn, jedenfalls nach meiner Uhr. Donald habe ich bisher aber noch nicht gesichtet, der wird unser Meeting doch hoffentlich nicht verpennt haben. Ich stehe hier etwas herum und betrachte die historischen Szenen, ich schätze mal in Bronze gegossen, die den Brunnen an allen Seiten verzieren. Die Schlacht bei Hemmingstedt und solche Veranstaltungen. Hey Heiko, ich hab' dich unter deinem Zelt gar nicht erkannt, höre ich plötzlich Donalds Stimme. Wo kommt er denn jetzt plötzlich her?

Aufklärung: Er stand schon die ganze Zeit beim Eingang der Sparkasse, weil es da nicht so windig war, und in meiner Parka hat er mich nicht gleich gesehen. Ich hätte wahrscheinlich die Kapuze nicht aufsetzen sollen. Okay, jetzt ist natürlich alles gut, wo parkst du denn, Donald? Auf dem Marktplatz, gleich bei der Haltestelle, und du? Bei Marktkauf. Zweimal Markt, wie schön. Wir reden zuerst noch relativ Bangloses, schöne Grüße von meiner Mutter und so weiter, dann fordert Donald mich auf, ihm die Spielregeln zu erklären, weil er einfach absolut nicht weiß, was das Ganze werden soll. Ich habe mir gedacht, verklickere ich ihm, wir beobachten mal eine Zeitlang ganz unauffällig die Drachen-Apotheke. Wer da reingeht, wer da rauskommt, solche Sachen eben. Ob es vielleicht irgendetwas Verdächtiges gibt. Wir können ja erstmal mit einer gemeinsamen Patrouille anfangen, später können wir uns ja aufteilen oder das in Schichten machen.

Donald guckt mich jetzt leider so an, als ob ich nicht ganz dicht wäre, aber er sagt nichts weiter, sondern spaziert einfach neben mir her. Wenn einer von euch an einem Dienstagmorgen im März schon einmal durch die Süderstraße gewandert ist, wird er ungefähr wissen, wie viel da los ist. Praktisch gar nichts. Aber das kann sich ja noch entwickeln. Wir gehen also weiter und werfen mal hier und da einen Blick in ein Schaufenster, zum Beispiel bei dieser Confiserie Hennings oder beim Musikhaus Themann. Ich hab' dir mal den Steinbeck mitgebracht, sagt Donald und drückt mir ein Taschenbuch in die Hand, das ich dann gleich in Vaters Jagdparka versenke. Die hat so große Taschen, dass man wahrscheinlich einen halben Hirsch darin verstauen könnte. Liest sich echt gut, Heiko, ich hab' schon mal geguckt, ob der nicht noch ein paar mehr Sachen so in der Art geschrieben hat.

Wir sind jetzt auf der Höhe der Drachen-Apotheke angekommen, wir stehen im Moment etwas abseits auf der gegenüberliegenden Straßenseite, obwohl das wahrscheinlich nicht ganz korrekt ist, wahrscheinlich müsste man jetzt Fußgängerzonenseite sagen. Die Apotheke ist hell erleuchtet, man sieht im Hintergrund auch einige Angestellte mehr oder weniger herumstehen, aber im Moment ist kein Kunde im Laden, absolut tote Hose. Ich spule kurz mein gesamtes Wissen über die Apothekerin und ihre Damenriege ab, also wie sie alle heißen, wie sie aussehen und so weiter. Holle, Heusinger, Heimann, Hermann. Alle mit H, alle bebrillt. Die Ältere ist die Monscheidt. Okay, sagt Donald, die Monscheidt würde ich wohl noch identifizieren können, aber die anderen könnte ich gar nicht auseinanderhalten. Ist nicht so schlimm, sage ich, du sollst ja auch nur gucken, ob sich da was Ungewöhnliches tut.

Definiere mal ungewöhnlich, sagt Donald. Typisch Psychologiestudent. Ich sage jetzt gar nichts mehr dazu und bin einfach weitergegangen, Donald folgt mir wie Stromer bei unseren Touren durch die Feldmark. Aber Stromer hat immerhin ein Fell, während Donald heute nicht besonders feldmarkmäßig bekleidet ist. Mit anderen Worten, ihm ist kalt. Irgendwie ist das nichts, Heiko, ich glaube, wir brauchen mal 'ne andere Strategie. Mir fällt auch gerade noch ein, sage ich, dass die Apotheke noch einen Hinterausgang hat, zum Parkplatz hinter der Post. Da bräuchten wir eigentlich noch einen dritten Mann.

Die Moral ist am Bröckeln, sogar meine eigene, aber wir schleichen doch noch einige Male die Süderstraße rauf und runter beziehungsweise hin und her. Zuerst noch zusammen, dann aber auch getrennt. Immer mit einem Blick auf die Apotheke. Inzwischen begegnen einem doch schon mal ein paar mehr Leute, so ganz ausgestorben ist es heute Vormittag hier dann doch nicht. Es gehen auch ein paar Kunden in die Drachen-Apotheke hinein und kommen sogar nach einiger Zeit wieder heraus, aber das ist ja auch nicht anders zu erwarten.

Donald fängt jetzt aber doch ernsthaft an zu meutern: Heiko, ehrlich, ich hab' jetzt langsam keinen Bock mehr, mir hier den Arsch abzufrieren. Ich setz' mich jetzt erstmal in meine Karre, die hat wenigstens 'ne Standheizung, ich kann dann ja auch ein bisschen umparken, damit ich den Eingang der Süderstraße vom Marktplatz aus besser im Blick habe. Wenn dann was ist, können wir ja anrufen.

Was bleibt mir übrig außer einverstanden zu sein, immerhin gibt Donald ja noch nicht völlig auf. Er trabt dann los zu seinem Mini, Donnerwetter, auch Standheizung, was da nicht alles in so eine kleine Kiste hineinpasst. Ich drücke mich etwas beim Kino herum und lese zum soundsovielten Mal, dass es immer noch Les Misérables gibt.

Trapptrapptrapp, da geht gerade in zügigem Tempo eine Frau in einem unglaublich langen Wollmantel an mir vorbei, schon älter, also die Frau meine ich jetzt, nicht den Mantel, der ist wahrscheinlich noch ziemlich neu. Ich denke, ist das nicht die Frau Monscheidt, doch, das muss sie sein, also gehe ich mal möglichst unauffällig hinter ihr her. So hundertprozentig sicher bin ich mir da noch nicht, ich habe sie ja nicht direkt von vorne gesehen, aber ich kann sie jetzt ja schlecht überholen, ausbremsen und ihr dann direkt ins Gesicht schauen. Nee, doch, das ist sie, ich erkenne sie an den Haaren, sie hat jetzt auch keinen Hut auf oder Kopftuch oder was auch immer. Vielleicht biegt sie ja gleich bei der Confiserie Hennings ab, um ein paar Pralinen fürs zweite Frühstück zu erwerben. Das tut sie aber doch nicht, sie geht weiter, aber etwas langsamer, dann macht sie am St. Georg-Brunnen Halt und schaut sich in sämtliche Richtungen um. Ich habe Abstand gehalten und hoffe, dass sie sich nicht von mir verfolgt fühlt. Dann sehe ich Donalds Mini, der steht jetzt tatsächlich umgeparkt und mit dampfender Standheizung in Höhe dieser ganzen Abrissgebäude an der Markt-Westseite. Um das jetzt genau zu erklären, wo er sich gerade befindet, müsste ich hier eigentlich ein Foto einkleben. Aber ich könnte das auch so ausdrücken: Da, wo Donald jetzt in seinem Mini hockt, kann er gerade noch beobachten, was sich am Brunnen tut. Allerdings auch nur mit Adleraugen.

Ich rufe ihn an.

Ja?

Donald, siehst du die Frau am Brunnen?

Ja, so eine im Mantel, graue Haare?

Genau. Das ist die Frau Monscheidt. Gerade hat sie auf die Uhr geschaut, ich glaube, die ist irgendwie verabredet.

Ist klar, Heiko.

Bis später.

Ich habe mich jetzt doch etwas aus meiner Deckung hervorgewagt und bin ein Stück weitergegangen. Bei Foto Kruse schaue ich mir die Hochzeitsbilder im Schaufenster an, wobei ich gleichzeitig wegen der spiegelnden Scheibe die Brunnen-Szenerie im Auge behalten kann. Feststellung 1: Es sind nicht immer die schönsten Leute und auch nicht die jüngsten, die sich gegenseitig heiraten. Feststellung 2: Frau Monscheidt ist schon mindestens dreimal um den Brunnen herumgelaufen. Vielleicht hätte sie sich auch lieber Winterstiefel anziehen sollen, es ist ja immer noch empfindlich kalt. Aber falls sie eine Erkältung bekommt, kann sie sich ja sozusagen aus ihrer Hausapotheke wieder kurieren.

Jetzt ist sie wieder stehengeblieben und guckt angestrengt in Richtung Norden, meinetwegen auch in Richtung Husumer Straße, also da, wo auch die Esso-Tankstelle von Pusch ist. Irgendetwas scheint sie im Auge zu haben, sie setzt sich in Bewegung und geht dann an der Commerzbank vorbei in Richtung Donald. Also in die Richtung, wo Donald gerade in seinem Mini sitzt und sich seine Extremitäten wärmt. Da ist ja auch ein Zebrastreifen, sie geht aber nicht rüber, sondern bleibt so zwei, drei Meter abseits davon am Straßenrand stehen. Wie heißt die Straße noch mal? Wahrscheinlich auch Markt. Aber dahinter kommt dann gleich die Große Westerstraße.

Jetzt kommt ein Auto aus Richtung Husumer Straße relativ rasant angerauscht, macht einen etwas illegalen Bogen und hält dann unmittelbar vor Madame Monscheidt am Straßenrand an. Kurzbeschreibung für Auto-Motor-und-Sport-Leser: Peugeot 406 Break in Silbermetallic. Warum die Leute bei Peugeot nicht einfach Kombi sagen, weiß ich auch nicht. Break klingt ja nun auch nicht gerade französisch, ich muss das irgendwann mal nachgoogeln, aber nicht jetzt. Weiter: Das Auto hat natürlich auch einen Fahrer, selbstfahrende Autos sind bei uns ja noch nicht für den Straßenverkehr zugelassen. Ja, ich weiß, es hätte selbstverständlich auch eine Fahrerin sein können, aber es sitzt eben ein Mann am Steuer. So zwischen vierzig und fünfundvierzig etwa, würde ich sagen, aber näher beschreiben könnte ich ihn jetzt nicht, vielleicht aber auf einem Foto wiedererkennen. Frau Monscheidt ist natürlich jetzt schon eingestiegen, sie hat die Tür auch selbst geöffnet, das wirkt irgendwie so, als würde sie das Auto kennen, aber so was kann einen natürlich auch täuschen. Sie hat sich noch gar nicht richtig angeschnallt, da düst der Mann mit seinem Break auch schon los. Mein Gott, der hat es aber eilig.

Was macht Donald denn jetzt? Er ist plötzlich angefahren, geblinkt hat er aber immerhin, dann macht er eine elegante Wende, mit der kleinen Karre kriegt man das ja auch gut hin, dann hängt er sich an den Peugeot ran, der sich vor ihm in die Linksabbiegerspur Richtung Büsum eingeordnet hat. Was soll das jetzt? Ist Donald vom Verfolgungswahn gepackt worden?

Die Nationalhymne von Tonga erklingt, ich greife zum Handy. Jawohl, es ist tatsächlich Donald. Und er telefoniert auch noch beim Fahren. Aber das muss er ja selber wissen.

Heiko, ich häng' mich mal an den dran. Heide BH 80, schreib' dir das mal auf. Ich melde mich wieder.

Grün. Jetzt biegen sie beide schön nacheinander ab in die Marschstraße. Okay, das Kennzeichen ist HEI-BH 80, wie lustig, das kann man sich ja gut merken. Fehlt nur noch die Körbchengröße. Aber wenn es ein Peugeot 404 wäre von früher, dann hätte er jetzt tatsächlich BH 80 H, das wäre ja eine ganz schön üppige Größe. Moment mal, kann Heiner mir nicht vielleicht sagen, wem der Wagen gehört? Aber jetzt keine offizielle Anfrage bei 110, sondern mal mit Heiners Handynummer versuchen.

Glück gehabt, er ist tatsächlich dran. Und noch mehr Glück gehabt, er sitzt auch noch in der Wache vorm Rechner und kein Kollege weit und breit. Ja, er kann das schnell raussuchen, aber natürlich nur, wer der Halter ist. Er schickt mir das Ergebnis dann nachher per SMS. Ja, tschüs, keine Zeit mehr.

Ich stehe jetzt immer noch in Vaters Jagdparka eingewickelt in Höhe Commerzbank. Es macht wohl wenig Sinn, die Überwachung der Drachen-Apotheke allein weiter fortzusetzen. Obwohl, Sinn würde es wahrscheinlich schon machen, aber ich habe jetzt absolut keinen Bock mehr. Ich muss mal irgendwo auf ein Käffchen vor Anker gehen und mich dabei wieder ordentlich durchwärmen. Nichts gegen die Parka und nichts gegen lange Unterhosen, aber wenn man den halben Vormittag bei dieser Kälte praktisch nur draußen herumsteht, kriegt man einfach kalte Füße. Es gibt ja auch Stiefel mit Heizung, kein Witz jetzt, die hat Vater mir mal in seinem Jäger-Katalog gezeigt. Mit Lithium-Polymer-Batterien, die sollen angeblich acht Stunden lang für warme Füße sorgen. Aber Vater meinte, so was braucht man nicht, die Stiefel sollen lieber eine Nummer zu groß sein und man soll sie mit Stroh ausstopfen, und wenn man dann auch noch einen ordentlichen Schluck aus der Taschenflasche nimmt, merkt man die Kälte sowieso nicht mehr.

Meine tauben Füße haben mich wieder die Süderstraße entlang getragen, zum soundsovielten Mal an der Drachen-Apotheke entlang, dann gehe ich über die Straße und rein in die große Hütte von Marktkauf. Hier ist immer viel Betrieb, das kann man nicht anders sagen. Bei Dallmeyers Backhus überlege ich einen Moment, dann bestelle ich mir aber einen heißen Kakao und keinen Kaffee. Den kann ich ja noch anschließend zur Brust nehmen, wenn mir noch danach ist. Es heißt aber offiziell heiße Schokolade hier, meinetwegen. Meine Güte, das tut wirklich gut, das Zeug fließt einem ja direkt runter in die Zehenspitzen. Ich sitze jetzt wieder an dem Platz, wo ich neulich schon meinen doppelten Espresso geschlürft habe. Im Moment reicht es mir vollkommen, hier in der Wärme zu sitzen und an meinem Kakao zu nippen, ich bin vorerst wunschlos glücklich.

Piep, piep. Heiners SMS ist angeliefert worden. Zuverlässig ist er ja, der Gute. Halter: Bernd Heusinger, Weddingstedt. Brauchst du auch die Schuhgröße? Ich simse kurz zurück: Danke, alles OK. Bernd Heusinger, man fasst es nicht. Das muss der Mann von dieser Apothekenfrau mit der großen blauen Kette um den Hals sein. Und mit der Brille natürlich. An ihr Gesicht kann ich mich jetzt aber gar nicht direkt erinnern. Ist vielleicht auch egal. Der Typ wird schon ihr Mann sein, vom Alter her würde das auch ungefähr passen. Große Frage: Warum verabredet sich Frau Monscheidt mit Herrn Heusinger? Was haben die denn miteinander zu kungeln? Wollen sie vielleicht eine Geburtstagsüberraschung für seine Frau vorbereiten? Und was macht Donald jetzt überhaupt, der hält sich doch hoffentlich nicht für Matula.

Allmählich wird es mir doch etwas zu langweilig bei Dallmeyers Backhus. Ich war zwischendurch schon einmal zur Toilette, ja, so was muss auch mal sein, dann habe ich mir doch noch einen Kaffee bestellt, aber einen normalen. Jetzt hänge ich weiter auf meinem Platz ab und habe aufgrund der Entwicklung meiner Körpertemperatur auch die Parka abgelegt. Die lange Unterhose werde ich aber noch anbehalten. Jetzt müsste man wenigstens was zu lesen haben. Tatü-tata, hat man ja auch: Das Buch von Donald, Die Straße der Ölsardinen von John Steinbeck. Entschuldigt mich mal einen Moment.

Hey, da bin ich schon wieder. Nee, so richtig konzentrieren kann ich mich hier doch nicht, es ist einfach zu laut um mich herum. Ich habe nur gerade noch so mitbekommen, dass der Roman in Kalifornien handelt, in einer kleinen Hafenstadt namens Monterey. Da gibt es einen ganzen Haufen von ziemlich kuriosen Typen, zum Beispiel einen Meeresbiologen, der einfach nur Doc genannt wird und anscheinend vom Verkauf von gesammeltem Meeresgetier an Labore und Universitäten lebt. Nein, mehr ist noch nicht dabei herumgekommen, es ist wohl am besten, ich fange heute Abend oder wann auch immer noch einmal von vorne an. Das ist sowieso meine Spezialität, beim Lesen kann es mir nämlich manchmal passieren, dass ich nach zwanzig Seiten überhaupt nichts vom Text mitbekommen habe, weil ich die ganze Zeit an etwas anderes gedacht habe. Na gut, das ist vielleicht doch nicht so speziell, ich glaube, das geht vielen anderen auch so, besonders in der Schule.

Die Nationalhymne von Tonga reißt mich aus meinen Gedanken. Wie ich mir schon gedacht hatte, es ist Donald. Es klingt jetzt aber nicht nach Fahrgeräuschen im Hintergrund.

Heiko, wo steckst du gerade?

Ich bin in diesem Bäckerei-Café bei Marktkauf. Und du?

Ja, ich bin wieder auf dem Heider Marktplatz. Du, das war geil...

Wie jetzt geil?

Diese Verfolgungsfahrt, so was habe ich mir immer schon gewünscht. Aber das kann ich dir auch später erzählen, ich komm' gleich mal bei dir vorbei.

Over und aus. Es dauert jetzt keine fünf Minuten, da ist Donald auch schon da, wahrscheinlich war er auch schon fast auf halbem Weg, ich schätze mal, er hat mich erstmal in der Süderstraße gesucht. Ich könnte jetzt ganz gut was essen, er auch, es ist ja auch schon Mittagszeit. Aber vielleicht gehen wir lieber noch woanders hin, wo man ein bisschen mehr seine Ruhe hat. Rodizio Brasil zum Beispiel, ja, kennt er auch, das ist doch gar nicht weit von hier, da können wir doch einfach hingehen.

Im Vorbeigehen werfe ich mal einen Blick auf den Polo, der steht immer noch da, wo ich ihn abgestellt hatte, warum auch nicht, aber beruhigend finde ich das doch. Auf dem Weg beginnt Donald schon zu erzählen, ich spare das aber mal etwas auf und bringe dann lieber nachher eine Zusammenfassung zu Gehör. Jetzt erstmal zu den Äußerlichkeiten: Dieses brasilianische Restaurant ist ungefähr zur Hälfte gefüllt, wir kriegen noch einen guten Platz in der Ecke, mit Blick auf die Meldorfer Straße. Mittagstisch für sechs Euro neunzig, das könnte man ja ruhig nehmen, was gibt's denn heute? Indische Nudelpfanne mit Putenstreifen, ja gut, zweimal bitte. Ich nehme eine große Mezzo, Donald ein Alster. Südlich der Maingrenze wird das ja eher Radler genannt. Nach kurzer Zeit kommt das Essen, nach noch kürzerer Zeit kamen natürlich die Getränke. Da hofft ja jeder Wirt drauf, dass der Gast noch ein Getränk nachbestellen wird, vom Verdienst am Essen kann man ja nicht leben. Übrigens, das Essen ist okay, falls ihr mal mittags in Heide ganz günstig was hinter den Knorpel schieben wollt.

Aber jetzt wollte ich eigentlich mal zusammenfassen, worüber wir die ganze Zeit geredet haben.

Hier kommt meine Zusammenfassung: Ich erzähle Donald, dass ich von Heiner so eine Halterauskunft bekommen habe, der Peugeot gehört einem Bernd Heusinger, das ist wohl der Mann von einer der Angestellten. Das wundert ihn ziemlich, dass Frau Monscheidt mit dem Ehegatten von Frau Heusinger unterwegs war, er hätte sich sowieso die ganze Zeit gefragt, in was für einem Verhältnis zueinander denn diese beiden Leute im Auto standen. Wie ein Liebespaar wirkten sie nicht, Heiko. Donald hatte sich ja zunächst direkt hinter den Peugeot geklemmt, dann ist er ihm aber mit mehr Abstand gefolgt und hat sich auch mal überholen lassen. Dabei hat er den Wagen aber nie aus den Augen verloren. Sie sind jetzt nicht etwa auf die Autobahn Richtung Hamburg abgebogen, das hätte ja auch sein können, sondern sie sind Richtung Büsum gefahren. Aber dann doch nicht nach Büsum direkt, sondern nach Warwerort. Da hat Donald sie kurz aus den Augen verloren, aber er hat sich gedacht, die wollen bestimmt ans Wasser, was soll man auch sonst in Warwerort machen, dann hat er sie beide in der Ferne auf dem Deich gesehen und ist dann auch auf den Parkplatz gefahren. Man konnte sehen, dass sie beide wohl ziemlich aufgeregt waren, sie sind immer wieder angehalten und haben wild gestikuliert beim Reden. Die kannten einander gut, meint Donald, aber irgendwas in Richtung Erotik würde er ausschließen.

Sie kamen dann auch bald von ihrem Deichspaziergang zurück, auf Donalds Auto haben sie aber gar nicht geachtet, das wäre sonst der einzige Moment gewesen, wo Donald das Gefühl hatte, gleich könnte er auffliegen. Vielleicht so in der Art, dass Monsieur Heusinger bei ihm an die Scheibe klopfen würde um zu fragen: Sagen Sie mal, verfolgen Sie uns etwa? Nein, wie gesagt, die waren viel zu sehr mit sich selbst beschäftigt. Die haben irgendein Problem gewälzt, meint Donald. Dann hat er sich gedacht, dass die sowieso wieder nach Heide zurückfahren werden und hat sich Zeit mit der Verfolgung genommen. Erst kurz vor Lohe-Rickelshof hatte er sie wieder in

Sicht. Heusinger ist dann hinter der Marschstraße rechts abgebogen und hat Frau Monscheidt wieder bei der Commerzbank abgesetzt. Das war's im Prinzip.

Nicht schlecht, sage ich zu Donald, immerhin wissen wir jetzt, dass die beiden irgendwas Wichtiges miteinander zu besprechen hatten. Und wahrscheinlich auch etwas Heimliches, wer fährt denn sonst bei so einem Wetter an den Deich, außer ein paar übereifrigen Touristen vielleicht. Dann spekulieren wir etwas an der Frage herum, ob diese Zusammenkunft vielleicht etwas mit dem Mord oder sogar den Morden zu tun haben könnte. Es kommt aber nicht viel dabei heraus, es könnte am Ende ja auch etwas völlig Harmloses gewesen sein, obwohl mir dafür jetzt absolut kein Beispiel einfallen würde. Ich sage aber, das dürfte die Polizei interessieren, also genaugenommen die Kripo.

Donalds Fazit: Er fand die Aktion cool, aber so etwas Ähnliches hat er ja schon mal gesagt.

Heikos Fazit: Ich finde es eigentlich toll, dass wir zusammen wenigstens herausgefunden haben, dass es irgendeine Art von Beziehung zwischen Frau Monscheidt und Herrn Heusinger gibt.

Themenwechsel: Mich interessiert jetzt mal, wie die neueste Entwicklung im Fall Donald & Almut aussieht und ob Donald tatsächlich schon bei seiner Kieler Büchereimieze gekündigt hat. Ja, hat er, also Schluss mit ihr gemacht meine ich jetzt. Wie er angekündigt hatte, schon wieder kündigen, aber diesmal wenigstens ankündigen. Als Donald von uns wieder zu Hause ankam, hat er sich gleich ans offizielle Haustelefon gehängt und bei ihr angerufen. Sabine Henkelmanns, jawohl. Donald hat auf ihr Handy angerufen, das Günstige war dann, dass sie gar nicht mehr so viel Saft auf ihrem Akku hatte, darum ging das dann doch relativ zügig. Ja, er hätte jetzt eine andere kennengelernt und so weiter, im Grunde genommen ein ähnliches Gespräch wie zwischen mir und Claudia. Aber ohne Nebenfreundin-Angebote. Stattdessen soll sie gesagt haben: Ja, das habe ich schon fast erwartet, du bist eben doch noch zu jung für mich, das hätte ich mir ja gleich denken können. War aber trotzdem schön, tschüs und alles Gute. Na bitte, geht doch.

Es gibt doch dieses eine alte Lied, Heiko, vielleicht kennst du das ja auch, Fifty ways to leave your lover.

Ja, sage ich, Paul Simon. Der Typ von Simon & Garfunkel.

Simon und Furunkel, haha.

Und was ist jetzt mit diesem Lied, Donald?

Naja, ich meine nur, da geht es ganz einfach darum, dass man immer das Recht hat, den anderen zu verlassen, auf welche Weise auch immer. Weil man eben nur für sein eigenes Leben verantwortlich ist, nicht für das Leben des anderen. Und dass man kein schlechtes Gewissen zu haben braucht, wenn man gegangen ist.

Na gut, wenn er meint. Ich finde das jetzt aber langsam schon etwas zu kompliziert.

Und mit Almut so, Donald?

Kann ich mir vorstellen, dass das schon ein bisschen mehr Zukunft hat. Bis jetzt ist alles super, aber das ist ja immer so, wenn man gerade eine Neue hat. Probleme tauchen später auf. Aber manchmal sind es ja auch nur kleine Probleme, die man bewältigen kann. Schauen wir mal, wie sich das noch so entwickelt.

Okay, das klingt jetzt ja gar nicht mal so schlecht. Wir philosophieren dann noch ein bisschen darüber herum, wie es wohl in fünf Jahren und dann erst in zehn Jahren mit uns aussehen wird, ob wir dann vielleicht verheiratet sein werden mit einem Haufen Kinder. Keine Ahnung, Heiko, das lassen wir mal sukzessive peu à peu auf uns zukommen. Aber wir werden auch älter, da beißt die Maus keinen Faden ab. Eines Tages wachst du auf und du bist schon dreißig. Bis dahin würde ich gerne noch 'n bisschen was erleben.

Ja, sage ich, so was in der Richtung habe ich neulich auch schon mal gedacht. Aber das geht ja allen so, da sind wir nicht die Einzigen. Wir möchten bitte zahlen!

Rodizio Brasil. Eigentlich hätte man das auch als Gedenkessen für die Brasilianerinnen verbuchen können, aber da ist keiner von uns drauf gekommen. Trotzdem frage ich Donald mal, ob er vielleicht noch irgendeinen Kontakt zu denen hat. Ab und zu sieht er mal zwei von ihnen in der Mensa, aber getrennt, weil die Zoff miteinander hatten, die anderen beiden sind aber schon längst wieder in der Heimat. Nee, außer Winkewinke und Hallo ist da nichts mehr, er weiß auch gar nicht, was die so im Einzelnen gerade rein studienmäßig machen. Na gut, dann ist das Thema ja endgültig abgehakt. Wir gehen jetzt wieder langsam zurück zum Marktkauf-Parkplatz, gleich werden sich unsere Wege trennen, ist so mein Eindruck. Donald kommt aber noch mit zu meinem Wagen und will da noch kurz eine rauchen. Also jetzt nicht im Polo, sondern schon draußen. Es ist erfreulicherweise ein bisschen wärmer geworden, ich schwitze wie verrückt in meinen Expeditionsklamotten und habe schon mal die Parka auf den Rücksitz gelegt. Dein Ölsardinenbuch habe ich vorhin schon angefangen, sage ich, das scheint nicht schlecht zu sein. Ja, sagt Donald, das hat mir auch echt gut gefallen. Fast so unterhaltsam wie diese Detektivspielerei heute Morgen.

Gut, dass er das so sieht, da habe ich natürlich keine Einwände. Ich will dann mal wieder, sagt Donald, heute Abend fahr' ich vielleicht mal nach Wesselburen rüber, mal sehen. Dann grüß' die Familie, Heiko, war gut. Ja, du auch, Donald. Und tschüs.

Ich habe zwar alle möglichen Ideen im Kopf, aber ich muss jetzt erstmal nach Hause fahren und mich von meiner langen Unterhose befreien, die macht mich sonst noch völlig verrückt.

Irgendwas ist anders als sonst, das merke ich gleich, als ich den Polo auf dem Hofplatz ausrollen lasse. Na klar, Mutters Escort ist nicht da und Vaters Heizöl-Ferrari auch nicht. Oder besser gesagt, auch noch nicht. Stromer kommt angelaufen, als wollte er mir etwas erzählen, ich verabreiche ihm ein paar Streicheleinheiten und gehe dann mit der Parka unter dem Arm zum Haus. Die Hoftür ist abgeschlossen, so was kommt nur äußerst selten vor. Normalerweise ist bei uns von morgens bis abends geöffnet. Aber keine Sorge, ich habe meinen Schlüssel immer dabei und schließe auf. Ein Zettel auf dem Fußboden informiert mich: Sind Schuhe kaufen. Aha, das bedeutet wohl, dass Mutter mit Lasse zum Einkaufen gefahren ist. Höchstwahrscheinlich nach Heide. Oder vielleicht sogar nach Husum, das kann auch mal vorkommen. Linda ist natürlich auch noch nicht wieder da. Wie spät haben wir's denn eigentlich? Kurz nach halb drei, naja. Zum Mittagessen zu spät, aber das hatte ich ja schon, zum Kaffee zu früh. Eigentlich brauche ich jetzt nicht wieder abzuschließen, Stromer passt schon auf, aber ich tue es trotzdem. Irgendwie habe ich das Bedürfnis die Zugbrücke der Burg hochzuziehen und meine Ruhe zu haben. Aber erstmal Vaters Parka ordentlich aufhängen und meine Sachen aus den Taschen nehmen, also auch Donalds Buch.

Ich schaue schnell mal, ob bei der Post was für mich dabei war, da ist aber nichts. Dann gehe ich rauf in mein Zimmer und ziehe endlich die langen Ellis aus. Mein Bett ist noch nicht gemacht und lächelt mich auffordernd an. Ich nehme die Einladung an und lege mich hinein. Normalerweise bin ich kein Freund des Mittagsschlafs, aber mal ein bisschen Hinlegen kann ja auch nicht schaden. Falls ich einschlafen sollte, werde ich auch irgendwann wieder aufwachen. Im Moment gehen mir aber noch ein paar Gedanken durch den Kopf, normale und auch seltsame. Ich stelle mir gerade vor, dass Frau Monscheidt aus Rache, weil ihr Alter sie betrogen hat, lauter Verhältnisse mit den Ehemännern ihrer Angestellten angefangen hat. Na gut, ein oder zwei von den Apothekenmiezen sind wohl gar nicht verheiratet, dann meinetwegen auch Verhältnisse mit deren Lebensabschnittsgefährten. Was ist ein Einbruch in eine Apotheke gegen den Besitz einer Apotheke. Jetzt bin ich doch tatsächlich eingeschlafen.

Heiko, willst du nicht mit uns Kaffee trinken?

Diese Frage, offensichtlich von meiner Mutter gestellt, reißt mich aus meinen Träumen. Komme gleich, antworte ich vollautomatisch. War sie, also Mutter, jetzt gerade in meinem Zimmer oder hat sie nur kurz ihren Kopf reingesteckt, das habe ich gar nicht mitbekommen. Ein Blick auf den Wecker: Halb fünf. Wieso werde ich so früh am Morgen geweckt, muss ich jetzt schon wieder nach Kiel? Nein, alles Quatsch, es ist 16.30 Uhr am Nachmittag, heute ist Dienstag und ich heiße Heiko Timmermann. Na bitte, funktioniert doch alles noch. Klar, den Kaffee kann ich sogar riechen. Ich stehe auf, steige in Hose und Sweatshirt und mache mich an den Abstieg ins Erdgeschoss, allerdings mit einer kleinen Zwischenlandung im Bad. Der Kaffeetisch im Wohnzimmer ist gedeckt, Mutter und auch Lasse wieseln da herum, jetzt kommt gerade auch noch Linda rein. Perfekt. Fehlt nur noch Vater, aber der wird wahrscheinlich auch noch irgendwann kommen. Hallo, sage ich nur und muss noch mal etwas gähnen dabei.

Setzt euch, Kinder, sagt Mutter und schwenkt die wohlgefüllte Thermoskanne. Lasse ist bereits mit Milch versorgt, Linda will schnell noch mal die Hände waschen gehen, aber nur kurz in der Küche, sie ist praktisch sofort wieder da. Ein Kuchentablett mit allerlei Köstlichkeiten ziert die Mitte des Tisches. Wir zieren uns jetzt aber nicht so, sondern greifen gleich zu. Greift mal tüchtig zu, wie Oma aus Lieth immer sagt.

Zitronenrolle, Napoleonhüte, das kommt mir irgendwie ziemlich bekannt vor. Ihr wart doch nicht etwa…, beginne ich meinen Satz, der aber sofort von Mutter ergänzt wird: ... bei Scharbau in Lohe, da sind wir rein zufällig dran vorbeigefahren, dann hab' ich mir gedacht, ein paar Kuchen nach dem Einkaufen haben wir uns verdient. Nicht wahr, Lasse?

Ich ahne, da kommt noch was. Und?, frage ich nur.

Mutter weiß ja, worauf ich hinauswill. Da war so eine nette junge Verkäuferin mit kurzen schwarzen Haaren, nein, die sah ja auch ganz reizend aus, wenn das man nicht Heikos Heike ist, habe ich mir gleich gedacht. Aber gefragt habe ich sie natürlich nicht, keine Sorge.

Heikos Heike?, fragt Lasse plötzlich. Nein, das ist jetzt gar nicht als Frage gemeint, sondern er wiederholt einfach das, was Mutter gerade gesagt hat, weil er das irgendwie saukomisch findet. Heikos Heike, haha. Heikes Heiko, noch mal haha. Okay, er beruhigt sich dann auch wieder.

Linda hat natürlich auch neugierig zugehört, sie kennt Heike ja auch noch gar nicht, vielleicht fährt sie ja als nächstes zu Scharbau zum Besichtigen, aber da müsste sie natürlich erstmal Almut davon überzeugen, dass sie einen kleinen Umweg macht. Es gibt aber jetzt auch noch andere Themen: Lasse hat neue Schuhe bekommen, sozusagen fürs Frühjahr, sehen aus wie Sportschuhe, sind aber robuster und gehen auch bis über den Knöchel. Er ist jedenfalls ganz zufrieden damit. Dann hat er auch noch neue Hausschuhe gekriegt, die alten waren ja auch schon so was von runtergelatscht, naja. Mutter selbst hat dann auch noch zugegriffen, so schwarze Schnürer, darunter kann ich mir nichts vorstellen, aber sie will die nachher mal zeigen. Ja, dann haben sie noch ein paar Kleinigkeiten zum Anziehen gekauft und Lasse war noch mal kurz in der Spielwarenabteilung, Siku-Autos gucken. Ja, das ist ja schön, Timmermanns. Ist noch Kaffee da? Wer möchte sich den Napoleonhut mit mir teilen? Und so weiter.

Was ich denn so gemacht habe, werde ich gefragt, ich war doch wohl mit Donald unterwegs. Ich zögere etwas, aber dann gebe ich doch die ganze Story zum Besten, also dass wir sozusagen TKKG bei der Drachen-Apotheke gespielt haben und was dabei rausgekommen ist. Mutter findet das wieder ziemlich gefährlich von uns oder für uns, also Donald und mich, ich sage nur, was soll dabei denn schon passieren. Ist ja auch nichts passiert. Aber ich muss bestimmt noch mal mit der Polizei drüber reden. Ja, Heiko, tu das man lieber.

Nächstes Thema: Lindas Tag. Also wieder dieser Blockschokoladen-Unterricht, was da dran war, was gemacht wurde, wer sich blöd angestellt hat, offensichtlich nicht Linda selber, und solche Sachen. Dann druckst sie aber etwas herum, aha, ich kenne doch meine Schwester, sie will jetzt unbedingt etwas loswerden, aber eigentlich findet sie auch, dass es uns nichts angeht. Nach kurzer Abwägung siegt dann aber ihr Mitteilungsbedürfnis. Okay, was hat sie denn nun mitzuteilen, doch noch ihre Verlobung mit Jenny oder was?

Nein, es geht um ihren Rettungsassistenten, von dem sie zumindest mir schon mal was erzählt hat. Also dieser junge Typ, den sie gerne leiden mag, aber der anscheinend irgendwie zu schüchtern ist oder so etwas in der Art. Jedenfalls hat sie mitgekriegt, dass er immer mit dem Fahrrad kommt. Dann hat sie bei seinem Rad einfach die Luft rausgelassen, aus dem Hinterrad, das ist ja noch besonders gemein, und sie hat das Ventil geklaut und eingesteckt. Als sie ihn heute Mittag draußen bei seinem Fahrrad hocken sah, hat sie einfach interessiert geguckt und gefragt: Ist da was mit deinem Rad? Ja, hat er dann gesagt, da hat mir irgend so ein Arsch die Luft rausgelassen und dann auch noch das Ventil mitgehen lassen.

Da hat Linda dann gesagt, Moment mal, Ventil, ich hab' eigentlich immer ein Ersatzventil bei mir, vielleicht passt das ja.

Dann hat sie es aus ihrer Tasche hervorgezaubert, und sie meint, der Typ hätte gar nicht gemerkt, dass es eigentlich seines war, also das von seinem Rad natürlich. Ja prima, das passt ja. Schnell mal aufpumpen, ja, das funktioniert, danke, das finde ich ja toll. Und da war er eben so dankbar, dass er sie zum Kaffee eingeladen hat, aber sie konnten nur schnell einen Becher bei der Cafeteria besorgen, also zwei Becher genaugenommen, weil er ja Bereitschaft hatte. Aber sie haben sich dann einander vorgestellt und am Ende sogar die Handynummern ausgetauscht.

Genial, Schwesterchen, sage ich, aber auch ganz schön gemein. Wie heißt der Gute denn?

Steffen Peters. Mit Doppel-F, nicht mit V. Sonst weiß ich aber noch nichts über den, auch nicht wie alt er ist und so was.

Jetzt kommt aber Vaters Feierabend-Auftritt, hallo alle zusammen, ist noch Kaffee da? Mutter macht schnell noch frischen, Vater wirft aber schon mal einen Napoleonhut ein und lädt sich anschließend ein Stück Zitronenrolle auf den Teller. Bei dem Wort habe ich immer leichte Probleme, weil eine Zitronenrolle eigentlich das Ganze ist, aber beim Bäcker wird sie eben einfach in Stücken verkauft oder besser gesagt Scheiben. Also müsste man eigentlich immer von einer Scheibe Zitronenrolle reden. Aber wer macht das schon.

Der Kaffee ist durch, Vater stürzt geradezu die erste Tasse herunter. Ich nehme auch noch eine halbe. Dann berichte ich, dass ich mir heute Morgen seine Jagdparka ausgeliehen habe, allerdings mit mütterlicher Zustimmung. Ich wiederhole den ganzen Kram von meiner Aktion mit Donald, dann berichtet Mutter noch vom Einkaufen, Linda spart sich aber ihre Rettungsassistenten-Story, das kann sie Vater ja irgendwann anders mal erzählen. Bei manchen Sachen reicht es ja auch, wenn man es einem Elternteil gesagt hat.

Aufheben der Kaffeetafel, Mutter hat gerade noch Vater erklärt, dass sie den Kuchen bei Heike gekauft hat, was seine Aufmerksamkeit durchaus erhöht. Eine schöne Bäckereifachverkäuferin also, ja, so was fördert den Absatz. Abendbrot heute Punkt Viertel nach sieben, verkündet Mutter noch in der Küche, danach dürfen wir wieder alle spielen gehen. Ich denke gerade, dass ich die Geschichte von Frau Monscheidt und ihrem Ausflug mit Herrn Heusinger auf dem Dienstweg weiterleiten wollte. Am besten direkt an Heiner, der war ja heute auch mit seiner Halterauskunft an der Aktion beteiligt.

Darf ich mal das Schnurlose mitnehmen? Ja, aber lass' dann die Bürotür einen Spalt offen, damit man… und so weiter. Immer derselbe Spruch, wahrscheinlich schon seit Erfindung des Telefons.

Heiner erwische ich bei ihm zu Hause, in seiner Wohnung direkt über der Polizeistation Hemmingstedt. Er hatte heute Frühschicht und damit schon ziemlich früh Feierabend, aber er war dann noch mal los zum Einkaufen, weil Monica nachher zum Essen kommt. Was soll's denn Schönes geben? Ach, nichts Besonderes, Heiko, Frikadellen mit Kartoffeln und Gemüse. Das krieg' ich schon hin, das hab' ich schon öfter gemacht. Aber nun erzähl' mal, wozu hast du denn das Autokennzeichen gebraucht?

Ich erkläre Heiner jetzt das, was ihr schon wisst, also können wir das mal überspringen. Er findet es aber schon sehr bemerkenswert, dass die Monscheidt sich mit dem Heusinger getroffen hat, dann auch noch unter so konspirativen Umständen, abhörsicheres Gespräch auf dem Deich und so weiter. Das ist auf jeden Fall interessant für die Kommissarin, er wird ihr das gleich morgen früh erzählen. Naja, so ganz früh wird sie wohl nicht kommen, aber so zwischen neun und zehn vielleicht. Da könnte was dahinterstecken hinter dieser Sache, meint er noch. Heiko, ich sag' dir Bescheid, wenn es was Neues gibt. Ich muss jetzt mal mit dem Kartoffelschälen anfangen.

Dann noch das übliche Tschüs-Hin-und-Her, schöne Grüße an Monica mit C, Grüße an die Familie. Schönen Abend noch. Irgendwie freut mich das für Heiner, dass er offensichtlich so schön mit seiner Postmieze vor sich hin harmoniert. Die ist, glaube ich, auch wirklich ganz nett. So oft habe ich sie bisher aber noch nicht gesehen. Aber ist ja auch egal. Das Telefon muss jetzt wieder zurück ins Wohnzimmer, wo Linda gerade mit dem Tischdecken fürs Abendbrot beschäftigt ist. Bisher aber nur die Hardware, die Lebensmittel folgen später, es ist ja noch nicht ganz so weit. Ich setze mich auf die Couch und greife zur Funk Uhr, mal schauen, ob es was Vernünftiges im Fernsehen gibt. Oder hatte ich das schon heute Morgen in unserer Zeitung gelesen? Na, egal, da stehen ja nicht alle Sender drin, aber in der Funk Uhr schon. Seit wir diesen digitalen Empfang haben, gibt es ja auch solche Kanäle wie ZDF Neo, das ist manchmal auch nicht schlecht, da werden zum Beispiel jede Menge ältere Krimis wiederholt. Im Ersten Um Himmels Willen und In aller Freundschaft, doch, das war mir schon heute Morgen unangenehm aufgefallen. Was kostet ein Kind im ZDF. Darüber habe ich schon mal was gelesen. Unter ökonomischen Gesichtspunkten lohnt sich das Kinderkriegen nicht, das ist ein reines Verlustgeschäft. Da kommt man mit einem Dackel oder Dobermann billiger davon, der will ja später auch nicht studieren. Two and a Half Men, naja. Kick it like Beckham, das soll gar nicht schlecht sein, aber ich habe ja sowieso schon morgen wieder Fußballtraining. Dann ist da noch irgendwo ein Krimi, aber mit Senta Berger, das ist ja nun auch nicht so wirklich meine Generation. Ach nee, Fernsehen muss heute Abend nicht sein, Tagesschau vielleicht noch, aber danach kann ich ja noch ein bisschen Ölsardinen lesen.

Beim Abendbrot frage ich Vater mal, ob er vielleicht weiß, warum die Kombis bei Peugeot die Bezeichnung Break haben. Er hat doch so viel Ahnung von Autos, er müsste das doch eigentlich wissen. Nein, weiß er aber nicht, er sagt nur, bei vielen Herstellern haben die Kombi-Modelle so eigenartige Beinamen, bei Ford zum Beispiel Turnier oder bei Audi Avant, bei VW Variant, bei Mercedes T-Modell, bei BMW Touring. Und Kombi, das ist die Abkürzung für Kombinationskraftwagen, so was weiß ja heutzutage kaum noch einer. Außer Vater natürlich.

Wunderbarer Vortrag vom Alten, denke ich, aber das war ja wohl keine Antwort auf meine Frage.

Kurze Anmerkung zum Abendbrot: Normal, wie immer. Heute trinken alle Tee, genaugenommen schwarzen Tee, Ostfriesenmischung. Leichte Hektik nach Beendigung der Nahrungsaufnahme, damit vor der Tagesschau alles aufgeräumt ist. Ist ja auch normal so, das kennt ja jeder.

Tagesschau: Thorsten Schröder am Mikrofon. Papstwahl hat begonnen, darüber wird ausführlich berichtet, es gibt ja auch viele Katholiken in Deutschland. Ich glaube das zwar nicht, aber ich bin mir nicht hundertprozentig sicher, ob Heike nicht vielleicht doch katholisch sein könnte. Oder in irgendeiner anderen Religionsgemeinschaft, da gibt es doch alles Mögliche. Am Ende ist sie noch in der Rotkäppchen-Sekte, da muss ich sie unbedingt mal nach fragen. Aber nicht zu auffällig, nachher meint sie noch, ich plane schon die kirchliche Trauung. Thema Papst ist beendet. Familienministerin Schröder setzt sich für Vereinbarkeit von Familie und Beruf ein. Großes Thema, dazu fällt mir auf die Schnelle nichts ein. Verfassungsänderungen in Ungarn, die die Unabhängigkeit der Justiz gefährden. Das klingt nicht wirklich gut. Diskussion über Agrarreform in der EU. Vater spitzt die Ohren. Leicht erhöhter Gewinn der Bundesbank. Interesse an Stasi-Unterlagen ungebrochen. NRW-Haushalt von 2011 war nicht verfassungsgemäß. Warum denn nicht? Die Netto-Neuverschuldung war höher als die Investitionen, so etwas ist nur in Ausnahmesituationen vorgesehen. Trauerfeier in Backnang. Verkehrschaos durch Eisglätte im Westen und Süden. Flughafen Frankfurt zeitweise geschlossen. Auf der A 45 in Hessen Massenkarambolage mit über hundert beteiligten Fahrzeugen. Nach der Tagesschau ist ein Brennpunkt zum Thema Schnee und Eis in Deutschland angekündigt. Ich werde wohl verzichten, aber Vater fasziniert so was ja. Das Wetter von morgen: Bei uns weitere Wetterberuhigung, nachts aber bis minus sechs Grad, tagsüber um den Gefrierpunkt. Die nächsten Tage lassen keine großen Veränderungen erwarten. Und nun zum Brennpunkt.

Nein danke, nicht für mich, ich ziehe mich zurück und wünsche vorsichtshalber schon mal eine gute Nacht. Linda kommt auch mit nach oben, biegt dann aber ohne weitere Kommentare rechts ab in ihre Bude. Wahrscheinlich wird sie jetzt zum Thema Steffen Peters vor sich hinträumen und anschließend weitere Schritte planen. Egal. Ich biege also links ab in meine Bude und denke, jetzt will ich es aber wirklich mal wissen, was es mit dem Break auf sich hat. Laptop anwerfen und mal ein bisschen herumgoogeln. Vielleicht verliere ich mich auch gleich in den Weiten des Netzes, das werde ich ja sehen. Ich melde mich wieder, falls es etwas Erhellendes zu berichten gibt.

Hier kommt die Aufklärung: Break wird im Französischen wie Brek ausgesprochen, das Wort kommt aber ursprünglich aus dem Englischen. Bei den Pferdekutschen gibt es einen Wagentyp, der Wagonette genannt wird, so ein Teil hat eine Fahrersitzbank und hinten zwei gegenüberliegende Sitzbänke. In manchen Westernfilmen kann man so was mal sehen. Ein Break ist dann eine besonders schwere Wagonette, die dem Pferd so richtig Mühe macht. Der fiese Hintergedanke dabei war früher, dass man ein junges Pferd praktisch damit brechen wollte, natürlich nicht ganz wörtlich, aber man wollte seinen Willen brechen. Das klingt natürlich jetzt nicht wirklich nach Pferdeflüsterer, und Maren würde sich voller Grauen abwenden. Als dann die Automobile aufkamen, hat man viele Begriffe aus dem Kutschenbau auf den Autobau übertragen. In Frankreich eben Break. Aber dass sie das Brek aussprechen, finde ich schon seltsam, das erinnert einen ja irgendwie an Katzenfutter. Gut, das kann ich Vater ja bei Gelegenheit mal unter die Nase reiben.

Wenn ich sowieso gerade am Laptop hocke wie ein Laptosom, kann ich doch schnell noch mal bei Wikipedia nach dem Herrn Steinbeck schauen. Ihr denkt jetzt wahrscheinlich, ach, der Heiko, der will hier wieder Seiten schinden, der bekommt wahrscheinlich Zeilenhonorar. Nee, mich interessiert das jetzt ganz einfach. Also John Steinbeck, 1902 bis 1968, einer der erfolgreichsten amerikanischen Autoren des 20. Jahrhunderts. Die Früchte des Zornes und Jenseits von Eden sind wohl die bekanntesten Romane, sie sind auch richtig hollywoodmäßig verfilmt worden, zum Beispiel mit James Dean. Das ist ja der Typ, der so früh ums Leben gekommen ist und der in seinen wenigen Filmen sozusagen der Prototyp des rebellischen jungen Mannes war. Also so einer wie ich. Nein, das war jetzt wirklich nur ein Witz. Dann hat Steinbeck noch eine ganze Menge weitere Romane geschrieben, die will ich jetzt aber nicht alle aufzählen. Die Straße der Ölsardinen ist von 1945 und heißt im Original Cannery Row, davon gibt es auch einen Film von 1982, in dem Nick Nolte die Hauptrolle spielt.

Ich wollte jetzt noch mal nachschauen, wie man den Namen Steinbeck denn korrekt amerikanisch ausspricht, vielleicht finde ich das irgendwo. Es gibt eine Webseite mit dem Namen forvo.com, auf der man die Aussprache von allen möglichen Wörtern in allen möglichen Sprachen anhören kann. Übrigens kann man sich auch selbst daran beteiligen, man braucht nur ein gutes Mikrofon und keine Erkältung. Also Steinbeck: Eine Australierin und zwei

Amerikaner stimmen darin überein, dass es beinahe wie im Deutschen klingt, aber mit einem scharfen S-Laut am Anfang, nicht mit einem Scht, also nicht Schteinbeck. Ein richtig hanseatischer Hamburger, der über den s-pitzen S-tein s-tolpert, würde Steinbeck genauso aussprechen. Okay, also Stein mit Ei, genauso wie bei Steinway.

Klopf, klopf. Es ist Linda. Du, Heiko, kannst du dir das mal durchlesen, das soll ich morgen kopieren und austeilen, ist so eine Art Referat.

Welches Thema denn?

Die Körpertemperatur.

Aha, deshalb wusste Linda schon so gut Bescheid. Ich sage: Also von der Materie habe ich ja keine Ahnung, ich kann höchstens auf Rechtschreibung und Zeichensetzung gucken.

Zustimmendes Nicken.

Ich lese mir Lindas Text sehr sorgfältig zweimal durch. Donnerwetter, sie macht sich, das klingt ja richtig interessant. Und ich dachte schon, sie würde nur wieder vorm Fernseher abhängen. Viele Fehler kann ich nicht finden. Ich streiche sie an wie ein Deutschlehrer. Zum Beispiel hat sie einmal Warme statt Wärme da stehen oder irgendein Wort hat sie doppelt geschrieben. Doppelt hält besser. Drei Kommas zu wenig, zwei Kommas zu viel.

Danke, Heiko.

Du musst mal gucken, dass du keine doppelten oder dreifachen Lücken zwischen den Wörtern hast, das kann beim Tippen mit der Leertaste leicht passieren. Ich komm' mal kurz mit rüber und zeig' dir, wie man das wegkriegt. Und dann kannst du ja auch gleich deine Berichtigung machen.

Fazit: Alles okay jetzt, Linda ist immer noch sehr erfreut und verstaut ihre ausgedruckten Seiten in Plastikhüllen.

Weiteres Fazit: Darauf müssen wir noch einen kleinen Wein trinken.

Ich sage okay, aber wirklich nur einen. Linda holt die Gläser, dann zaubert sie ein Fläschchen Schraub-Merlot von Aldi hervor, einschenken, ja, der geht, bitte volltanken. Wir sitzen jetzt noch ungefähr ein Stündchen bei ihr und unterhalten uns ganz angenehm über nichts Besonderes, also nicht über irgendwelche Beziehungen oder Beziehungsprobleme. Geht ja auch mal. Dann ist es aber doch schon wieder nach zehn und ich sage: War gut, Linda, aber ich mache mich mal aus dem Staub, morgen wird's wieder heftig im Beruf und ich will auch noch ein paar Seiten lesen vorm Einschlafen.

Ja, ist gut. Lass' man dein Glas stehen, ich bring' das dann gleich mit runter. Gute Nacht, Heiko. Nacht, Linda.

So superschnell müde werde ich dann aber gar nicht beim Lesen im Bett, das Ölsardinen-Buch hat schon was, das ist echt unterhaltsam, wie Donald ja auch schon gesagt hat. Monterey in Kalifornien, das scheint eher so eine Art Kleinstadt zu sein, aber natürlich mit Hafen. Kann man Monterey mit Büsum vergleichen? Eventuell ja, aber es kommt nicht viel heraus dabei. Das Buch muss irgendwann in den dreißiger Jahren des letzten Jahrhunderts handeln, aber die große Wirtschaftskrise ist schon vorüber und es geht wieder etwas bergauf, das kann man jedenfalls an manchen Stellen merken. Ein Fischereihafen, hauptsächlich Sardinen, dann ein paar Fabriken, in denen die Sardinen in Öl eingelegt und in diese flachen Dosen eingelötet werden, die bestimmt auch heute jeder noch kennt. Eine ziemlich wilde Hafengegend mit Kneipen, Geschäften und auch einem anscheinend ziemlich gemütlichen Puff. Am Anfang weiß man gar nicht so genau, ob es eine Hauptperson geben soll, vielleicht soll es ja der Ladenbesitzer Lee Chong sein, ein Chinese, vielleicht aber auch ein Typ namens Mack, der der Vorsitzende von so einer Art kleiner Gaunerbande zu sein scheint. Irgendwann merkt man aber, dass es eigentlich um Doc geht, der in der Gegend ein kleines Meereslaboratorium betreibt. Jetzt stimmt der Vergleich mit Büsum doch wieder, denn dort gibt es tatsächlich das Institut für Terrestrische und Aquatische Wildtierforschung. Forschungsstelle für Land- und Wassertiere hätte man natürlich auch sagen können. Gut, bis hierhin und nicht weiter, Lesezeichen ins Buch, zuklappen, Licht aus. Schlafen.

Nee, das Schlafen funktioniert heute nicht so einfach, mir geistern einfach noch zu viele Gedanken kreuz und quer durch die Birne. Frau Monscheidt und Herr Heusinger zum Beispiel. Aber um die muss ich mich jetzt ja nicht kümmern, die Infos habe ich ja an Heiner durchgefunkt, der wird schon wissen, was er morgen daraus machen soll. Natürlich wird er sie an die Weishaupt weitergeben, ich bin dann mal gespannt darauf, wie die reagieren wird. Aber nicht jetzt. Also ich bin nicht jetzt gespannt darauf, jetzt will ich endlich schlafen. Heike. Mancher fragt sich wahrscheinlich, warum ich eigentlich nicht öfter an Heike denke, aber eigentlich tue ich das doch andauernd, ich kann das aber nicht immer wieder erwähnen, das wäre dann doch ziemlich langweilig. Aber jetzt sage ich es doch mal, hallo, ich denke an Heike, ich kann es auch kaum erwarten, sie bald wiederzusehen. Morgen ist natürlich schlecht, da bin ich den ganzen Tag bei der Zeitung und abends zum Training, ich muss morgen mal darüber nachdenken, wie es mit dem Donnerstag aussehen wird...

Jetzt ist der Sandmann doch noch gekommen.

Schalke 04 hat den Einzug ins Viertelfinale der Champions League verpasst. Niederlage gegen Galatasaray Istanbul, 2:3, Heimspiel in Gelsenkirchen. Moment, das Hinspiel haben wir doch gesehen, ging das nicht mit eins zu eins zu Ende? Ja, klar. Scheiße. Entschuldigung. Aber wo ist das denn gesendet worden, etwa nur bei Sky? Warum sagt mit denn keiner was? Nee, ich kann das jetzt auch nicht in der Zeitung von gestern finden. Ach, was soll's, ist ja sowieso schon gelaufen.

Heiko, was ist denn los mit dir?, fragt Mutter besorgt.

Nichts, ist nur wegen Fußball.

Ja, du hast doch heute Abend Training.

Lassen wir das jetzt mal dabei. Lieber noch eine Tasse Kaffee und noch eine Scheibe Mischbrot mit Tilsiter. Mit einem Blick auf die Armbanduhr stelle ich fest, dass ich noch eine komfortable Viertelstunde zum Frühstücken habe. Wirbel um Schulstandort im Amt Büsum-Wesselburen. Aha, es geht um den Standort der neuen Gemeinschaftsschule für das ganze Amt. Um mal die Fronten zu klären: Bisher gibt es in Büsum eine Schule und es gibt in Wesselburen eine Schule. Die Schülerzahlen gehen zurück, kennt man ja, es läuft darauf hinaus, dass eine Schule dichtmachen muss. Nur welche? Die in Büsum oder die in Wesselburen? Da gibt natürlich keiner nach. Außerdem wird die ganze Sache noch komplizierter dadurch, dass es in Büsum auch ein Gymnasium gibt. Manche halten das für überflüssig, ich auch, aber die Büsumer natürlich nicht. Kleine Nebenbemerkung: Es ist lange bei uns ein offenes Geheimnis gewesen, wer an unserer Schule nicht mehr klarkam, der ist nach Büsum gegangen, weil es da a) leichter sein sollte und b) wahrscheinlich auch wirklich leichter war. Ich kenne mindestens ein Beispiel, aber den Namen soll ich nicht nennen.

Andere Themen: Leben auf dem Mars war möglich. Heute bis zu vier Wahlgänge im Vatikan. Bewohner der Falklandinseln wollen britisch bleiben. Das Land leidet unter der Grippewelle. Land plant Elektrifizierung der Marschbahn bis Heide. Heider Feuerwehr lädt zu Tag der offenen Tür ein. Heute Abend Champions League im Fernsehen, aber von Schalke und Gala nur die Zusammenfassung vom Spiel gestern. Ansonsten aber München gegen Arsenal. Ich gehöre zur Generation Porno, lese ich gerade. Witzig. Die Eltern aus Lieth sind sauer, weil der Schulbus nach Meldorf jetzt was kosten soll. Das Thema hatten wird doch irgendwann schon mal. Blutspende-Tage im Heider Bürgerhaus. Sie haben Ihren langweiligen Alltag satt? Dann greifen Sie doch selbst zu Mitteln, die das beenden. Wird jedenfalls allen Steinböcken empfohlen. Jetzt gibt es auch schon einen Begriff für den etwas ungewöhnlichen Wintereinbruch der letzten Tage: Märzwinter.

Mein Blick geht über den Zeitungsrand: Die gesamte Familie Timmermann ist noch am Frühstückstisch versammelt, also auch Vater, der kann noch nicht wieder in seine Kleigrube und an die Deichbaustelle, aber Schneeräumen ist auch nicht mehr drin. Er wird wohl heute mal wieder alle möglichen Geräte begutachten, dann hat er jedenfalls was vor. Ob ich heute wieder den Unimog nehme, ach nein, ich will auch mal wieder Polo fahren, die Straßen sind ja wieder ganz ordentlich frei. Linda startet jetzt durch, sie sagt, Almut kommt gleich, sie will dann mal los. Als nächster wird dann Lasse in Richtung Bushaltestelle in Marsch gesetzt. Schönen Tag noch, ich will dann auch mal so langsam.

In der Redaktion sind wir heute Morgen eine reine Männerrunde. Unser einziges weibliches Redaktionsmitglied Frau Brüggmann ist krankgemeldet worden. Wieso worden? Ihr Mann hat angerufen, weil sie selber keinen Ton mehr rauskriegen kann, total erkältet mit allen Schikanen. Kann vielleicht sogar ein paar Tage dauern. Das ist schon beinahe eine Sensation, soweit ich mich erinnern kann, war sie noch nie krank. Na gut, es kann eben jeden mal erwischen.

Daher besteht unsere Morgenrunde nur aus den Herren Fuchs, Callsen, Harder, Lorek und Timmermann. Ich finde, man merkt das gleich an der Atmosphäre, wenn man nur unter Männern ist, dann sind alle ein bisschen muffliger, mit mindestens einer Frau dabei reißen sie sich doch etwas mehr zusammen und kehren auch manchmal ihre charmante Seite heraus. Aber egal jetzt, es geht um Sachliches, sprich die Verteilung der Aufgaben. Zwei Jobs für mich: Brand in Lieth und Jahrmarkt in Heide. Dazu drückt mir Fuchs zwei Zettel mit spärlichen Informationen und ein paar Telefonnummern in die Hand. Keine weiteren Kommentare. Okay, ich werde schon irgendwie damit klarkommen.

Was die anderen dann für heute auf ihren Zetteln haben, interessiert mich nur am Rande, auf jeden Fall erfüllt es mich nicht gerade mit Neidgefühlen. Einen Moment überlege ich noch, ob ich Fuchs um die Starterlaubnis für einen E-Smart bitten sollte, dann lasse ich es aber doch sein. Das Wetter ist irgendwie nicht danach, finde ich. Diese kleinen Räder und wenn dann auch noch der Akku schwächelt bei der Kälte, nachher muss ich noch irgendwo klingeln und um ein paar Kilowatt Strom bitten. Ein andermal vielleicht. Jetzt also mal konkret zu dem Brand in Lieth: Dorfstraße sowieso, das scheint wenigstens nicht in der Nähe von Oma und Opa zu sein. Fragen kann ich die natürlich trotzdem mal, ob sie vielleicht irgendwas mitbekommen oder später gehört haben. Feuerwehr? Welche Wehr ist denn da zuständig, hat Lieth eine eigene Wehr oder sind die mit Hemmingstedt oder vielleicht sogar Lohe-Rickelshof zusammen? Da kann ich ja mal ins Netz gucken, Stichwort Feuerwehr Lieth. Wer ist sonst noch bei Bränden beteiligt? Die Polizei, wegen der Ermittlung der Brandursache, glaube ich. Polizeilich ist Hemmingstedt für Lieth zuständig, das weiß ich von Heiner. Es wäre am besten, wenn ich jetzt Heiner deshalb anrufen könnte, aber der ist im Moment ja in Heide. Seinen Chef, den Monsieur Klafky, könnte ich natürlich auch mal fragen.

Vorläufiges Ergebnis: Die Gemeinde Lieth hat keine eigenständige Feuerwehr, das müsste mir ja sonst auch irgendwann mal aufgefallen sein bei unseren Besuchen bei Oma und Opa in Lieth. Es gibt aber die Wehr Hemmingstedt-Lieth mit einer entsprechenden und auch ansprechenden Webseite. Die Adresse des Wehrführers ist vorhanden, der wohnt auch noch direkt in Lieth, aber es fehlt die Telefonnummer. Der gute Mann wird dann doch hoffentlich im Telefonbuch zu finden sein, da schaue ich gleich mal nach. Vorher überfliege ich aber noch ein paar Informationen über die Feuerwehr Hemmingstedt-Lieth. Im Zweiten Weltkrieg, lese ich, ist die Raffinerie Hemmingstedt mehrfach das Ziel von Bombenangriffen gewesen, es sind viele Höfe und Häuser in der Nähe getroffen worden, also auch in den Orten Hemmingstedt und Lieth, damals gab es zahlreiche Großbrände. Weil viele Feuerwehrleute zur Wehrmacht eingezogen waren, herrschte Personalmangel bei der Feuerwehr, die Lücken wurden mit Jugendlichen aufgefüllt. Die müssten dann wohl aus den Jahrgängen 1925 bis 1930 bestanden haben, wenn die heute noch leben sollten, wären sie auf jeden Fall schon deutlich über achtzig. Es müsste doch ganz interessant sein, mal so einen ehemaligen

Jugendlichen aus der Zeit nach seinen Erlebnissen zu fragen. Wenn man ihn denn findet.

Aber jetzt zum Wehrführer. Jawohl, die Nummer steht im Örtlichen, ich rufe auch sofort an. Glück gehabt, ich erwische gerade noch seine Frau am Telefon, die wollte gerade los, wahrscheinlich zur Arbeit, sie sagt, ihr Mann sei heute Vormittag auf der Wache, sie gibt mir die Telefonnummer, die weiß sie offenbar auswendig. Besten Dank und schönen Tag noch. Zweiter Versuch: Nummer der Feuerwache Hemmingstedt-Lieth. Es dauert ein bisschen, wahrscheinlich treibt der Wehrführer sich gerade irgendwo in der Fahrzeughalle herum, dann erwische ich ihn aber doch und erkläre ihm mein Anliegen. Ja, der Landbote, klar, natürlich könnte ich gleich kommen. Ich fahr' dann sofort los, sage ich, bis dann.

Das Übliche: Rechner in den Schlaf versenken, Reporterkram einpacken, Klamotten greifen und los geht es. Wo die Feuerwache genau ist, habe ich mir lieber noch mal schnell bei Google Maps angeguckt.

Mit dem Hemmingstedt-Liether Feuerwehrchef verstehe ich mich auf Anhieb, nachdem ich ihm mitgeteilt habe, dass ich a) der Enkel von Sieghardt Wiemers aus Lieth bin und b) der Sohn von Heinrich Timmermann, seines Zeichens Oberbrandmeister bei der Freiwilligen Feuerwehr Reinsbüttel. Ja, der Siggi, ja, der Heinrich und so weiter. Nach Beendigung der vertrauensbildenden Vorstellung geht es dann aber doch ziemlich schnell zur Sache. Also: Es hat letzte Nacht in Lieth gebrannt, dabei ist ein Holzhaus praktisch komplett zerstört worden, ein Schaden von schätzungsweise 150.000 Euro. Das Besondere an dem Fall ist, dass der Feuerwehrhäuptling selbst den Brand zuerst bemerkt hat, weil er nämlich nur 80 Meter von dem Brandhaus entfernt wohnt. Wann war das denn genau? Nachts um drei. Das bedeutet wohl, dass der gute Mann gar nicht mehr zu Bett gekommen ist, hoffentlich kann er dann wenigstens heute noch eine ausführliche Mittagsstunde machen, es sei ihm gegönnt.

Und wie ist das Feuer entstanden? Der Hausbesitzer hat mit irgendetwas im Carport hantiert, dabei ist ein Brand ausgebrochen, die Scheibe des Hauswirtschaftsraumes ist geborsten und das Feuer sprang aufs Haus über, genaugenommen auf die Holztreppe im Hauswirtschaftsraum. Treppe im Hauswirtschaftsraum? Ich kann mir das nicht so recht vorstellen, zu Hause haben wir keine Treppe im Hauswirtschaftsraum. Viermal Hauswirtschaftsraum hintereinander, das ist ungünstig, das muss ich auf jeden Fall noch verbessern. Da ja in so einem Holzhaus eben alles aus Holz ist, wird das ganze Gebäude in kürzester Zeit ein Raub der Flammen, das ist ungefähr so wie bei einem Haus mit Reetdach. Nein, Menschen sind glücklicherweise nicht zu Schaden gekommen. Die Feuerwehr Hemmingstedt-Lieth wurde noch durch die Kameraden aus Lohe-Rickelshof verstärkt, um drei Uhr zwanzig traf dann auch noch die Drehleiter der Heider Feuerwehr ein. Die wurde benötigt, um das Haus von oben abzulöschen, dazu musste aber auch das Dach teilweise abgedeckt werden. Das erinnert mich etwas an die Geschichte von dem Brand bei Nordhastedt, wo war es noch mal genau, richtig, in Hohenhain.

Auch in Lieth hatte der Hausbesitzer schon selbst versucht zu löschen, aber ohne Erfolg. Der Wehrführer hat Bilder vom Einsatz auf seinem Laptop, mein Gott, das sieht schon ziemlich heftig aus. Von dem Auto im Carport ist auch nur noch Schrott übrig, zum Glück ist es nicht explodiert, das hätte ja auch noch passieren können, aber vielleicht gibt es so was auch nur im Fernsehen.

Scheiße, denke ich, das muss ganz schön mies sein, wenn man abgebrannt ist. Und, frage ich deshalb, was ist denn nun mit dem Hausbesitzer? Ja, der kann zum Glück bei einer Bekannten unterkommen, außerdem hat die Gemeinde Lieth ihm auch schon eine Wohnung angeboten. Okay, wie geht es denn in so einem Fall normalerweise weiter? Die Kripo Heide ist eingeschaltet worden zur Ermittlung der Brandursache, dann geht der Fall natürlich an die Versicherung, so was kann aber manchmal auch ziemlich lange dauern.

Ich frage, ob ich die Bilder für den Artikel haben darf, ja, kein Problem. Ich notiere mir den Namen des Fotografen und lade sie dann rüber auf meine Kamera. Noch irgendwelche Fragen? Nein, keine. Wir gehen wieder nach draußen, da kommt gerade noch ein Feuerwehrfahrzeug an. Vater wüsste natürlich sofort, was für eines es ist. Bei der Feuerwehr gibt es ja so seltsame Abkürzungen, TLF 16 zum Beispiel, ich weiß im Moment gar nicht, was das bedeuten soll. Ich höre aber noch, dass die Brandwache gerade angekommen ist, die noch bis zehn Uhr beim Haus war. Dankeschön, das war es in Hemmingstedt, ich begebe mich zum Polo und mache meinen Abflug.

Wie kann man eigentlich nachts um drei in seinem eigenen Carport ein Feuer entfachen? Wollte der Besitzer sich noch einen Happen grillen oder wollte er mit einem brennenden Streichholz in der Hand nachgucken, ob noch genug Benzin im Reservekanister war? Mir kommt das alles ziemlich rätselhaft vor. Aber die Kripo wird's wohl schon rausfinden.

Wie sieht es denn jetzt mit meiner Zeit aus? Ich beschließe, doch noch mal schnell in Lieth vorbeizufahren. Einmal bei Oma und Opa reinschauen. Wie gesagt, vielleicht haben die auch was mitbekommen.

Nein, Heiko, das ist ja eine Überraschung, werde ich von Oma an der Tür begrüßt. Sie könnte doch schnell Kaffee aufsetzen, dann können wir uns ein bisschen in der gemütlichen Küche unterhalten. Ja, gerne, ich habe keine Einwände, aber natürlich nicht so sehr viel Zeit, ich bin dienstlich unterwegs. Wo ist Opa denn? Auf der Baustelle, aber jetzt nicht auf der Baustelle beim Tivoli, sondern irgendwo bei einem Bauern im Kronprinzenkoog. Ja, richtig, noch ist Opa nicht im Ruhestand, er hat noch was zu tun, das kommt ja erst im Mai oder so.

Habt ihr was von dem Feuer letzte Nacht mitbekommen?, frage ich.

Nicht direkt, Heiko, wir haben aber die Sirenen gehört und ich meinte, da müsste doch was in der Nähe los sein. Ich bin dann noch kurz aufgestanden und habe aus dem Fenster geguckt, aber da war nichts zu sehen. Opa war auch schon wieder eingeschlafen und dann habe ich mich auch gleich wieder hingelegt.

Jetzt gibt es Kaffee und auch noch ein paar von Omas selbstgemachten Keksen. Ich muss erzählen, was ich von der Feuerwehr erfahren habe, unterbrochen von dem einen oder anderen großmütterlichen Kommentar. Schrecklich, schrecklich, sagt Oma. Ein Holzhaus, ja, das ist natürlich schlimm.

Jetzt werde ich aber doch langsam unruhig, ich muss gleich wieder los. Wir tauschen noch schnell Kurzberichte aus dem Familienleben aus, Oma fragt mich dann nach meiner hübschen Freundin, von der hat Opa ihr ja erzählt, das war doch bei seinem Auftritt im Stadttheater. Und sie heißt wirklich Heike? Heiko und Heike, so ein Zufall aber auch.

Ja, sage ich, der geht es gut. Ja klar sind wir immer noch zusammen.

Das ist ja schön, Heiko, vielleicht lerne ich sie ja auch mal kennen, du kannst sie ja mal zur nächsten Feier mitbringen.

Danke für den Kaffee, schönen Gruß an Opa, ich soll auch meinen Clan grüßen. Winkewinke an der Tür.

Ich fahre dann die Dorfstraße entlang und halte mal an der Brandstelle. So eine abgebrannte Bude sieht immer ziemlich traurig aus, aber noch schlimmer finde ich eigentlich den Gestank. Ich steige trotzdem aus und mache noch ein paar eigene Fotos. Jetzt aber wieder schnell nach Heide.

Ich fahre auf der Dorfstraße weiter geradeaus in Richtung Lohe-Rickelshof. Am Ende des Dorfes nennt sie sich seltsamerweise Nehren, also die Straße meine ich jetzt. Fragt mich nicht, warum die so heißt, hier gibt es lauter so komische Namen. Kattrepel zum Beispiel. Wahrscheinlich muss man Platt-Germanist sein, um diese ganzen Bezeichnungen voll zu kapieren. Jetzt bin ich schon auf der Brücke über die A 23, da ist es immer ein bisschen eng und man sieht entgegenkommende Fahrzeuge oft erst in der letzten Sekunde. Ich überlege gerade, ob ich weiter geradeaus fahren oder rechts in den Loher Weg abbiegen sollte. Über den Loher Weg ist wohl doch die kürzere Strecke, die nehme ich auch, aber ich komme dann natürlich auch an Scharbau vorbei. Es wäre jetzt blöd, wenn Heike mich hier vorbeifahren sehen würde und ich würde nicht einmal anhalten. Zeit für eine richtige Zwischenlandung habe ich nicht, aber ich fahre etwas langsamer an der Bäckereifiliale vorbei. Nein, keine Sichtung von Heike, nur ihre Kollegin habe ich hinterm Tresen gesehen. Vielleicht hat sie heute auch Spätschicht, irgendwann muss ich mir mal ihren seltsamen Dienstplan erklären lassen. Na gut, weiter den Loher Weg entlang, dann die Blumenstraße, dann beim Mühlenbäcker rechts abbiegen und gleich wieder in die Linksabbiegerspur. Noch ein paar Minuten, dann stehe ich wieder auf dem Landboten-Parkplatz.

Zwanzig nach elf, wenn ich den Artikel bis zur Mittagspause schaffen will, muss ich wirklich reinhauen. Ich erwische mich dabei, dass ich ein paar Minuten über die Brandursache nachdenke, dann sage ich mir: Heiko, hier wird jetzt nicht nachgedacht, hier wird geschrieben. In der Nacht zum Mittwoch kam es in Lieth zu einem bla bla bla, glücklicherweise kam der Wehrführer der Hemmingstedt-Liether Feuerwehr und so weiter und so fort. Noch ein paar technische Einzelheiten unterbringen, aber korrekt, so was mögen die Feuerwehrleute. Wenn man sich überlegt, dass da möglicherweise rund dreißig Feuerwehrleute beteiligt waren, die auch noch Familien haben, hat man schon ungefähr zweihundert sichere Leser für den Artikel. Das ist doch schon mal was. Jetzt noch eine kleine Vorauswahl der Fotos, den Namen des Feuerwehrkameraden, der sie geschossen hat, dazu. So, das war's erstmal. Wie spät haben wir es denn? Halb eins, perfekt. Fuchs kann sich ja mein Geschreibsel nach der Mittagspause angucken. Aber lieber einmal ausdrucken. Es gab schon mal Stromausfall, das war aber vor meiner Zeit, da mussten einige Kollegen wohl wieder ganz von vorn anfangen. Obwohl, so richtig vorstellen kann ich mir das auch wieder nicht, die müssen doch auch mal zwischengespeichert haben. Ach, egal jetzt.

Na, du?

Was säuselt denn da in meinen Gehörgang, Maja natürlich. Die klassische Begegnung im Treppenhaus. Es wird sogar noch klassischer, sie begrüßt mich mit strahlenden Augen und einem ziemlich feuchten Küsschen auf die Wange, das ich vollautomatisch erwidere, obwohl ich das eigentlich gar nicht wollte. Hallo Maja, sage ich, auch zum Essen? Ja, sie will aber nur kurz zum Schlachter, weil sie nach dem Essen gleich nach Marne runter soll. Ist gut, sage ich, zu Fiebelkorn komme ich mit, ich hab' auch noch was für heute Nachmittag auf dem Zettel.

Zweimal Gulasch mit Nudeln, eine Mezzo, ein Apfelsaft. Ein Stehtisch ist noch frei, der, der der Tür am nächsten ist. O weia, dreimal der hintereinander. Ich will so was ja immer vermeiden, aber ich halte das einfach nicht durch. Guten Appetit.

Wenn ich es recht überlege, habe ich in der letzten Zeit mehr von Maja in unserem Blatt gelesen als dass ich sie persönlich gesehen habe. Das letzte Mal muss eigentlich die Nacht gewesen sein, in der sie ihre Füße bei mir anwärmen wollte und ich ihr die Geschichte mit Heike erzählt habe. Und dann hat sie... Nein, ich wollte das ja nicht noch einmal erwähnen. Aber vorher, bevor sie zu mir kam, hat sie da etwa auch mit Linda in einem Bett geschlafen? Das wäre ja schon beinahe Bigamie, genaugenommen sogar Bi-Bigamie.

Ist was, Heiko?

Nee, ich hab' nur gerade so gedacht, dass wir uns lange nicht mehr gesehen haben.

Stimmt. Und ich hab' auch schon lange nichts mehr von Linda gehört. Was macht die denn so, hat sie viel um die Ohren?

Ich könnte ihr jetzt natürlich die Rettungsassistenten-Story erzählen, die hat ja schon was, aber das kann meine Schwester gefälligst selber tun. Darum sage ich nur: Linda, ja, die muss viel lernen, weil sie gerade Blockunterricht hat. Die Körpertemperatur und solche Sachen.

Körpertemperatur, Heiko? Meine ist auch gerade angestiegen, als ich dich gesehen habe.

Was soll das jetzt wieder? Ich schätze mal, Maja will mich wieder ein bisschen anfüttern und leckerfritzig auf sich machen, aber da falle ich jetzt nicht vollständig drauf rein, nur teilweise. Und sonst bei dir so?, frage ich, um überhaupt wieder etwas zu sagen.

Ach, nichts Besonderes. Ich könnte eigentlich mal wieder ganz gut bei euch vorbeikommen.

Jetzt lädt sie sich schon selber ein, denke ich, sonst habe ich doch gesagt: Komm' doch einfach mal wieder vorbei.

Ich sage aber: Ja, mach' das man mal. Nur heute ist schlecht, da hab' ich Training. Aber Linda wird wahrscheinlich zu Hause sein.

Nee, Heiko, heute passt mir das auch nicht so gut, ich soll heute Abend noch beim Tapezieren helfen.

Bei euch zu Hause? Tapeziert deine Mutter etwa selbst?

Ja, immer schon. Sie sagt, das sei auch nicht komplizierter als Verbände zu wechseln. Aber am meisten hat man ja immer mit dem Umräumen zu tun. Das Wohnzimmer wird gemacht, weißt du.

Ein Gentleman würde jetzt natürlich darauf anbeißen und seine Hilfe anbieten. Das Bild von Möbel schleppenden zerbrechlichen Damen ist einfach zu grausam, da muss man doch eigentlich einschreiten. Aber ich habe ja schon erwähnt, dass ich heute Abend Fußballtraining habe. Na dann viel Erfolg mit den Tapeten, sage ich, während ich mein Besteck auf dem Teller ablege und mir sorgfältig mit der Serviette den Mund abtupfe. Es sieht ja einfach zu blöd aus, wenn man noch irgendwelche Essensreste im Gesicht hat, so wie Fuchs manchmal. Aber das liegt wahrscheinlich an seinem Bart, der desensibilisiert offenbar die Gesichtsnerven.

Maja ist auch fertig mit dem Essen, so ein Stehtisch lädt einen ja auch nicht gerade zum längeren Verweilen ein, so gemütlich ist das nun auch wieder nicht. Also benutzte Sachen abgeben, tschüs und vielen Dank. Vor der Tür überlegen wir offensichtlich beide, was als nächstes passieren soll, aber Maja meint dann, sie müsste gleich los, wohin noch mal, ach ja, nach Marne. Na dann gute Fahrt, viel Spaß beim Tapezieren, haha, ich selber will noch nicht gleich wieder in die Redaktion, ich habe noch Zeit für einen kleinen Spaziergang, einmal die Friedrichstraße rauf und runter. Man könnte auch runter und rauf sagen, aber das ist wahrscheinlich auch völlig egal.

Tschüs, Heiko, Maja trabt los in Richtung Landbote.

Als ich gerade in Höhe des Tee-Ladens bin, höre ich plötzlich die Nationalhymne von Tonga. Wer ruft mich denn jetzt an? Ich greife zum Handy und stelle fest: Heiner Ohlsen.

Ja?

Moin, Heiko, Heiner hier. Ich hab' vorhin gerade mit der Weishaupt gesprochen und ihr gesagt, dass Frau Monscheidt sich mit dem Herrn Heusinger getroffen hat. Woher ich das denn wüsste, hat sie gesagt. Und dann: Nein, sagen Sie nichts, Herr Ohlsen, sagen Sie nichts, von Herrn Timmermann, nicht wahr? Aber gut, ich werde dem Herrn Heusinger mal auf den Zahn fühlen, seine Ehefrau hatten wir ja bereits in der Mangel. Ich hab' ihr dann alles erzählt, was du rausgefunden hast. Und meine Halterauskunft habe ich lieber auch gleich gebeichtet, dazu hat sie aber gar nichts gesagt.

Na prima, sage ich, und was meinst du, was wird sie als nächstes machen?

Ich schätze, die wird sich tatsächlich mal mit dem Heusinger unterhalten, Heiko.

Meinst du, sie würde ihm auch verraten, dass seine Frau was mit dem Monscheidt hatte?

Keine Ahnung, Heiko. Vielleicht ja. Bei solchen Mordsachen kann man nicht auch noch Rücksicht auf irgendwelche Familiengeheimnisse nehmen, dafür ist das zu ernst. Aber wer weiß, ob der Heusinger das nicht vielleicht sogar wusste. Das will die Weishaupt eben rauskriegen, wenn ich sie richtig verstanden habe.

Und sonst so, Heiner?

Wie jetzt sonst so?

Waren deine Kartoffeln gut durch?

Die Kartoffeln? Ja, klar. Nur das Gemüse war ein bisschen matschig, das hab' ich wohl zu lange kochen lassen. Also, das war's erstmal, wir melden uns.

Alles klar, Heiner, tschüs.

Frau Weishaupt will sich also mal den Break-Fahrer vorknöpfen, interessant. Ich werde ja hoffentlich erfahren, was dabei herauskommt. So, jetzt muss ich aber doch wieder zurück in die Redaktion, da hilft ja nichts, von selber macht sich die Arbeit nicht.

Kein Mensch da, als ich reinkomme. Entweder sind die Kollegen alle noch unterwegs oder sie waren zwischendurch schon mal wieder hier. Ich schaue noch mal kurz auf meine Liether Brand-Geschichte, ja, das kann man einfach so lassen. Fuchs wird sich das ja später anschauen. Wo ist mein Zettel mit dem nächsten Job? Da ist er ja. Heider Frühjahrsmarkt, also Jahrmarkt. Vom 15. März bis 24. März. Heute ist Mittwoch, dann fangen sie ja in zwei Tagen an. Ich habe eine Handynummer, bei der ich mich melden soll, ich schätze mal, das wird einer von den Marktbeschickern sein oder der Marktmeister oder wer auch immer. Die Aufbauarbeiten auf dem Marktplatz werden zumindest teilweise schon begonnen haben, das ist mir bisher noch gar nicht aufgefallen. Aber ich habe ja auch nicht besonders darauf geachtet.

Ich schaue mal, was das Netz so zum Thema hergibt. Auf der Seite Kirmesforum.de wird der Heider Frühjahrsmarkt bereits angekündigt. Insgesamt 16 Fahrgeschäfte oder Beschicker oder wie man das nennen soll sind aufgeführt. Ein paar Namen sagen mir was: Rasch, Uhse, Vespermann. Es gibt eine gewisse Vorliebe für englische Bezeichnungen: Speedy Gonzales, Jet Force, Jumper, Super Truck und so weiter. Ich habe es jetzt nicht gerade gelesen, aber eben irgendwann mal gehört, dass der Heider Jahrmarkt der erste Termin im Jahr sein soll, also zumindest in Schleswig-Holstein. Es ist ja immer so eine Sache mit dem Wetter bei uns, im Moment ist es ja auch noch ziemlich kalt und ungemütlich, von Frühlingserwachen noch keine Spur. Da kann man nur hoffen, dass es in den nächsten Tagen doch noch ein bisschen wärmer werden wird.

Das reicht vielleicht erstmal als innere Einstimmung auf das Thema. Ich wähle jetzt einfach die Handynummer und lasse mich überraschen. Es ist der Heider Marktmeister. Dithmarscher Landbote, Timmermann... Er ist tatsächlich gerade in seinem Büro im Heider Rathaus, da hätte ich ihn natürlich auch auf dem Festnetz anrufen können. Egal. Ja, ich könnte gleich mal rüberkommen zu ihm und dann schauen wir mal weiter. Ja, er erwartet mich dann in Zimmer 210 in der zweiten Etage.

Eine Viertelstunde später, ich bin jetzt im zweiten Stock des Rathauses angelandet und wir tauschen schon die ersten marktmeisterlichen und landbötlichen Höflichkeiten aus. Nehmen Sie Platz, Herr Timmermann. Ich zücke den Stenoblock und entsichere den Kugelschreiber. Die Kamera habe ich natürlich auch dabei, die wird bestimmt auch noch zum Einsatz kommen.

Also: Freitag ist der Startschuss für die landesweite Schaustellersaison, die mit der Eröffnung des Heider Frühjahrsmarktes beginnt. Da lag ich also richtig mit meiner Einschätzung, dass Heide immer der Vorreiter ist, nur ganz sicher war ich mir bis eben gerade nicht. Aber jetzt weiß ich es ja aus erster Hand, aus berufenem Munde. Wegen der Wetterlage, also wegen des unerwarteten Wintereinbruchs im März, gibt es aber diesmal einige Probleme.

Gut, kann ich mir denken. Probleme?, frage ich aber. Ja, es können zwei große Schausteller aus Lübeck nicht kommen, der Osten des Landes hat ja mehr Schnee abbekommen als wir. Ja, verstehe. Ansonsten läuft der Aufbau ziemlich reibungslos, wie immer. Schon am Montag haben die ersten Arbeiten begonnen, jetzt herrscht schon ganz schön viel Aufbaubetrieb. Stimmt, werfe ich ein, ich bin ja gerade am Markt vorbeigelaufen. Und sonst so? Es gibt auch Schwierigkeiten mit der Wasserversorgung, die Leitungen sind bei diesen Temperaturen morgens noch eingefroren und müssen wieder aufgetaut werden. Auch die Hydraulikleitungen von einigen Fahrgeschäften müssen erst auf Betriebstemperatur gebracht werden. Das wäre jetzt eher ein Thema für Vater. Er hat auch schon mal so was Ähnliches von sich gegeben, dass bei der Kälte die Hydraulik beim Bagger ihre Macken hat. Na gut, sage ich, dann kann man nur hoffen, dass es trotz des Wetters genug Besucher geben wird.

Manche kommen aus dem ganzen Land und teilweise sogar noch aus Dänemark, behauptet der Marktmeister. Mit ganzem Land hat er offenbar aber

499

nur Schleswig-Holstein gemeint. So ein großer Jahrmarkt hat eben überall seine Freunde.

Da muss ich zwischendurch mal eine Sekunde privat drüber nachdenken. Gehe ich gerne zum Jahrmarkt? Nein, heute eigentlich nicht mehr. Ich würde mir da ziemlich überflüssig vorkommen. Als Kind war das aber noch anders bei mir, da fand ich das schon cool und abenteuerlich. Lasse ist so ein typischer Jahrmarktsfan. Aber selbst er findet das ziemlich teuer. Wenn jetzt aber zum Beispiel Heike sagen würde, komm' Heiko, lass' uns doch mal über den Jahrmarkt gehen, da würde ich schon nicht nein sagen. Manchmal gibt es dort ja sogar ein Feuerwerk, aber nur an bestimmten Abenden. So, ich muss zurück an die Arbeit.

Wir können ja kurz mal eine kleine Runde über den Markt gehen, schlägt der Marktmeister vor, ich kann Ihnen dann vielleicht ein paar Schausteller vorstellen.

Gute Idee, finde ich, das gibt ja auch etwas Futter für meine Kamera.

Ich komme dann auch mit drei Marktbeschickern kurz ins Gespräch, die aber im Grunde genommen nur das bestätigen, was der Marktmeister mir schon erzählt hatte. Das Wetter ist eben das leidige Thema und in Heide ist es immer riskant, weil es eben der früheste Jahrmarkt im Land ist. Jahrmarkt, Jahrmarkt, was gibt es denn für Synonyme dafür? Kirmes fällt mir ein oder Kirchweih, aber das sagt ja kein Mensch bei uns. Wie sieht es denn mit der Stimmung aus bei den Schaustellern, freuen die sich nicht auch, dass die Saison wieder beginnt? Einhelliges Echo: Ja klar, freuen tun sie sich schon, aber das Wetter... Naja, das können wir leider nicht beeinflussen.

Ich habe so ungefähr fünfzehn Fotos gemacht, die können wir natürlich nicht alle bringen, auf zweien ist auch der Marktmeister persönlich drauf. Sonst noch irgendwas Wichtiges? Nein, das war es eigentlich. Dann gutes Gelingen, Freitag geht es ja los, schönen Tag noch, tschüs. Wann der Artikel kommt? Eventuell morgen, nein, ich würde sagen, bestimmt schon morgen.

Das mit der Digital-Fotografie ist schon toll, da gibt es gar keine zwei Meinungen. Rolf hat mir mal erzählt, dass früher die Bilder noch entwickelt werden mussten und dass man nur so eine Art Rollfilm mitbekam für meinetwegen fünf oder höchstens zehn Bilder. Schwarzweiß natürlich auch noch. Da musste man als Reporter auch eigentlich noch ein ziemlich guter Fotograf sein oder man bekam für wichtige Sachen sogar extra einen Fotografen mit. Aber so, wie Rolf das erzählt hat, war das wohl auch schon lange vor seiner Zeit gewesen, er ist ja auch noch nicht so alt. Irgendwo in den Dreißigern, aber so genau weiß ich das gar nicht. Ich könnte ihn heute Abend beim Training mal fragen, falls ich es nicht vergessen sollte. Okay, ich werde wahrscheinlich doch nicht daran denken, das merke ich jetzt schon. Überhaupt Rolf, den sehe ich auch nur ziemlich selten bei uns im Gebäude, vielleicht hat die Sportredaktion ja einen eigenen Eingang. Aber er hat wahrscheinlich auch ziemlich oft Sonntagsdienst, am Montag gibt es ja immer viele Sportberichte im Landboten und irgendeiner muss die ja auch schreiben.

Ich bin wieder zurück in unserer Redaktion, Mahlzeit. Callsen und Harder arbeiten still im Hintergrund, Fuchs scheint auch gerade schwer beschäftigt zu sein. Den Brand in Lieth hab' ich fertig, sage ich zu ihm, ich fang' gleich mit der Jahrmarkts-Geschichte an.

Ich kann mich jetzt leider nicht drum kümmern, sagt Fuchs, muss gleich noch einmal los. Schicken Sie mir einfach alles auf meinen Rechner, wenn Sie fertig sind, wenn Sie Bilder haben, wählen Sie selber jeweils zwei aus. Sie kriegen das ja hin, Heiko. Ja, und danach können Sie dann auch gerne los.

Donnerwetter, das hört man ja gerne. Nicht nur, dass er mir den Zeitpunkt meines Feierabends selbst überlässt, sondern dass er mir auch zutraut, sozusagen völlig selbstständig zu handeln. Ich mache mich dann auch gleich doppelt motiviert an die Arbeit. Lieber doch noch einmal die Brandgeschichte durchgehen, nein, da ist alles in Ordnung, dazu die Fotos der Feuerwehr mit Namen, da dürfte dann wirklich nichts mehr dran auszusetzen sein. Jetzt kommt die Story vom Heider Frühjahrsmarkt, die ist eigentlich unkompliziert und geradlinig. Fazit: Stoßgebete an den Wettergott, etwas höhere Temperaturen und vielleicht sogar Sonne würden dem Jahrmarkt schon sehr helfen. Was meint denn eigentlich der Deutsche Wetterdienst dazu? Naja, so richtig warm wird es wohl nicht werden, aber Unwetter sind auch nicht zu erwarten, mit etwas Glück könnte auch wirklich Sonne dabei sein. Wetterprognosen schreibe ich jetzt aber nicht auf, das ist mir echt zu heikel.

Zwischendurch setze ich mal frischen Kaffee auf, ich genehmige mir einen halben Becher voll, vielleicht kann ich später zu Hause noch einen weiteren

501

trinken. Zurück an den Rechner, wieder alles durchchecken, jawohl, mein Tagwerk ist beendet. Callsen und Harder sind immer noch da, Fuchs ist schon seit einiger Zeit wieder unterwegs, jetzt ist aber gerade noch Lorek reingekommen, der guckt so wild entschlossen, als hätte er vor, gleich den Artikel des Jahrhunderts zu schreiben. Aber das wird morgen alles unter Heide und Umgebung in unserem guten alten Dithmarscher Landboten nachzulesen sein.

Ich sage einmal kurz tschüs, bevor ich gehe.

Fünf nach vier erst, da war ich heute Nachmittag ja mal richtig schnell. Eigentlich habe ich mir eine kleine Belohnung verdient, vielleicht ein Stück Kuchen und dann noch ein Brötchen zum verfrühten Abendbrot. Mit anderen Worten: Zwischenlandung bei Bäcker Scharbau in Lohe-Rickelshof. Ganz korrekt wäre natürlich Filiale der Nordhastedter Landbäckerei Scharbau.

Heike steht allein hinterm Tresen, aber ganz allein im Laden ist sie leider doch nicht, sie bedient gerade zwei ältere Damen mit anscheinend etwas komplizierten Wünschen. Außerdem hat natürlich die Dame von der Deutschen Post AG wieder ihren Stand aufgebaut und schaut gerade ziemlich erwartungsvoll in meine Richtung. Schließlich bin ich doch dran und ich bestelle drei Berliner und sechs Brötchen.

Viel zu tun?

Ach, geht so, Heiko.

Solltest du nicht diese Woche einen Tag frei kriegen?

Ja, krieg' ich auch. Aber Samstag erst.

Samstag? Da könnte ich ja vielleicht Freitag kommen?

Ja, klar, Freitagabend ist gut.

Wir können ja abends mal was essen gehen, sage ich noch, aber jetzt doch in etwas gedämpftem Ton, weil gerade wieder neue Kunden reingekommen sind.

Ist okay, Heiko, prima. Fünf Euro dreißig.

Ich zahle, ergreife meine beiden Tüten und zwinkere Heike noch einmal kurz zu. Tschüs und schönen Abend noch.

Dann hat Heike also heute doch Spätschicht, denke ich gerade, vielleicht erklärt sie mir irgendwann wirklich mal ihren Dienstplan, aber ich fürchte, den werde ich trotz Erklärung nie richtig kapieren. Auf zum Polo und ab nach Hause.

Mutter kommt mir aus der Küche entgegen, sie hat gerade Kaffee getrunken, aber die Thermoskanne ist noch ziemlich voll. Schöne Grüße von Maja, sage ich, die hab' ich heute beim Mittagessen getroffen. Ach ja, Maja, sagt Mutter, ich habe mich schon gefragt, ob die gar nicht mehr kommt. Doch, sage ich, irgendwann kommt sie bestimmt mal wieder vorbei.

Mutter entschwindet ins Büro, nein, einen Berliner wollte sie jetzt nicht mehr, bis zum Abendbrot wird sie wohl noch durchhalten, außerdem muss sie gleich mit was auch immer weitermachen. Okay, da hat man als Sohnemann ja Verständnis für. Ich gehe zurück in die Küche und richte mich häuslich am Küchentisch ein.

Jetzt kommt Linda auch schon, Almut hat sie wieder mitgenommen, das ist natürlich sehr bequem so. Großes Hallo, wie geht's denn, wie war's denn und so weiter. Ihr Körpertemperatur-Referat ist gut angekommen, na, das ist ja prima. Auch Kaffee, Linda? Ja, gerne, oh, du hast Berliner gekauft.

Ich wiederhole die Grüße von Maja und denke dabei, dass ich mir gar nicht so hundertprozentig sicher bin, ob sie sie überhaupt ausgesprochen hatte. Doch, ich glaube schon. Jedenfalls wäre es nicht untypisch für Maja. Linda nimmt es jetzt ohne Kommentar hin und beißt ein großes Stück von ihrem Berliner ab. Donald war gestern Abend bei Almut, verkündet sie, stell' dir vor, er hatte sogar Blumen für ihre Mutter dabei, das kam bei der natürlich ziemlich gut an. Ich glaube, die sind jetzt richtig fest zusammen.

Aber Verlobungsringe hatte er wohl nicht gleich mit?

Quatsch, Heiko, so was wäre doch auch total altmodisch.

Ich weiß nicht, sage ich, ich hab' in der letzten Zeit häufiger von irgendwelchen Verlobungen gehört, ich hab' das Gefühl, das ist irgendwie wieder modern geworden.

Das klingt ja fast, als ob du dich verloben wolltest, Heiko.

Nee, nee, keine Pläne in der Richtung. Aber was ist mir dir und deinem Rettungs-Assi, hat sich da denn schon was getan?

Den habe ich heute gar nicht gesehen, Heiko, und angerufen oder gesimst hat er auch nicht. Ich warte noch mal ab, ich finde, der kann ruhig mal ein bisschen aktiv werden, wenn er sich echt für mich interessiert.

Ja, stimmt, Linda. Das finde ich eigentlich auch ziemlich schwach von dem, dass er noch nicht angerufen hat. Ich an seiner Stelle hätte das schon längst getan.

Wir setzen unser geschwisterliches Geplauder noch etwas weiter fort, während ich allmählich vom Berliner auf die Brötchen übergehe. Ach ja, Heiko, du hast ja noch Training. Ein Brötchen mit Leberwurst und eines mit Käse, um die restlichen Brötchen kann sich dann heute Abend gern der Rest des Clans hauen.

Punkt 19 Uhr in der Turnhalle der Friedrich-Hebbel-Schule in Wesselburen. Wie immer am Mittwoch Training der 2. Herren von Blau-Weiß Wesselburen. Heute ist aber irgendwas anders, da liegt was in der Luft, was man gar nicht so richtig in Worte fassen kann. Es beginnt damit, dass Rolf verkündet, er hätte heute leider nicht so viel Zeit, aber warum, das verrät er nicht. Allerdings fragt ihn auch keiner. Dann fehlen auch noch ziemlich viele, wir sind nur zu zehnt, normalerweise regt Rolf das ziemlich auf, aber heute scheint ihm das völlig egal zu sein. Also, wir machen nur kurz Aufwärmen und ein paar Dehnübungen, danach wieder ein Spiel zweimal zwanzig Minuten. Heute keine Zettelchen, es wird auf die klassische Art gewählt, wer in welche Mannschaft kommt. Den letzten beißen die Hunde. So was ist immer ziemlich doof, das fand ich schon in der Schule so. Wie soll sich denn wohl derjenige fühlen, der als letzter drangenommen wird. Wenigstens bin ich es nicht, falls das jetzt einer denke sollte.

Wer geht ins Tor, keiner so richtig freiwillig, es gibt Gemaule. Ich maule auch, ich will auch nicht schon wieder in den Kasten. In meiner Mannschaft sind noch Daniel, Dennis, Rolf und Marcel, der dann schließlich nachgibt und sich in Richtung Tor begibt. Übrigens, der Rolf in unserer Mannschaft ist jetzt nicht etwa unser Trainer Rolf Teichgraeber, sondern Rolf Tobien. Nur damit das klar ist. Wenn ich die Namen schon genannt habe, kann ich das ja auch gleich bei der gegnerischen Mannschaft tun: Andreas, Ian, Julius, Simon und René. Zur allgemeinen Erinnerung: Ian spricht sich wie Jan aus, über diese Problematik habe ich mich ja schon öfter ausgelassen.

Okay, also Anpfiff. Zuerst geht es noch ganz gesittet zu, aber dann kippt irgendwann die Stimmung, es wird zusehends härter, es wird getrickst und geruppst, was das Zeug hält. Rolf lässt es laufen. Keine Ahnung, was heute mit ihm los ist. Dann muss es ja passieren, Daniel hat Ian so fies gefoult, dass der plötzlich ausrastet und ihn mit einem Faustschlag zu Boden schickt. Das ist beim Fußball ja normalerweise nicht vorgesehen. Daniel steht trotz blutender Lippe sofort wieder auf und will auf Ian losgehen. Endlich greift auch Rolf ein und trennt die beiden, von uns anderen unterstützt.

Feierabend!, verkündet Rolf, und ihr beiden kommt mal mit mir mit.

Wir verziehen uns in den Umkleideraum, während Rolf noch mit Ian und Daniel in der Halle bleibt und hoffentlich die richtigen Worte finden wird. Die Stimmung ist mies, die einen ergreifen Partei für Ian, die anderen für Daniel. Na super. Irgendwie habe ich jetzt überhaupt keinen Bock mehr, vielleicht sollte ich mir wirklich eine andere Sportart suchen. Krocket oder Minigolf vielleicht. Nein, im Ernst jetzt, Volleyball oder Basketball, da müsste ich mal gucken, wo es das gibt. Nein, im Moment kann ich mir jedenfalls nicht vorstellen, hier nächste Woche wieder aufzutauchen.

Ich bin jedenfalls so heftig gefrustet, dass ich nicht einmal Lust habe, mich zu Hause noch beim Spiel Bayern gegen Arsenal einzuklinken, das gerade in der Glotze läuft. Das heißt, im Moment ist gerade Halbzeitpause. Eins zu null für Arsenal, verkündet Vater, Giroud in der dritten Minute. Mutter sagt, sie will sich gerade einen Glühwein machen, ich sage, ja, ich würde auch gern einen nehmen. Ich folge ihr wie ein treuer Hund, zum Beispiel Stromer, in die Küche.

Habt ihr heute früher Schluss gemacht?, fragt sie mich.

Ja, es gab Ärger wegen einer Klopperei, außerdem war Rolf irgendwie auch nicht gut drauf. Ich bin eigentlich auch schon müde, ich nehm' den Glühwein dann mit rauf, ich muss sowieso noch was im Internet nachgucken.

Pling, sagt die Mikrowelle, es dampft aus den Bechern. Ich nehme meinen vorsichtig am Henkel, doch ganz schön heiß, jetzt nur nicht auf der Treppe kleckern, nachher muss ich dann noch wischen, das fehlte noch. Ich sage dann noch schnell Vater gute Nacht, damit er sich nicht wundert. Ich liefere ihm die Erklärung, die ich schon Mutter gegenüber gemacht habe, in der Kurzversion. Dann schlaf' man schön, Heiko.

Aus Lindas Zimmer dröhnt irgendetwas Dokumäßiges, wahrscheinlich wird es 7 Tage Sex auf RTL sein, da soll es um Paare gehen, bei denen der Sex eingeschlafen ist. Ob man den mit Hilfe von RTL dauerhaft wieder aufwecken kann, ist natürlich eine andere Frage. Aber egal, ich will jetzt nicht stören, ich gehe lieber gleich in meine Bude. Außerdem muss ich endlich mal den heißen Becher absetzen. Der glühende Wein tut gut und wärmt nach dem Magen auch mein Gehirn wieder gut durch. Nee, sage ich mir, mit Fußball ist Schluss, das musst du ja nicht gleich morgen Rolf verkünden, das kann ich ihm auch nächste Woche mal sagen. Aber irgendwas anderes würde ich schon gerne einmal in der Woche weitermachen. Ich schaue mal nach, was der Laptop dazu meint. Sport in Dithmarschen und so weiter. Wasserball vielleicht? Da gibt es die Meldorf Seals, wie sinnig, die Seehunde suchen sogar neue Mitspieler, auch solche alten Knacker wie mich. Aber man muss zweimal in der Woche trainieren, dann hat man wohl auch dauernd Spiele, das ist mir dann doch zu stressig. Vielleicht Volleyball beim MTV Heide? Nur einmal in der Woche Training, aber dienstags, das ist schlecht, weil ich da immer in Kiel bin. Gibt es noch was anderes bei Blau-Weiß Wesselburen außer Fußball? Volleyball, Badminton, Tischtennis und Schwimmen. Aber auf der Seite steht nichts von Mannschaften und Trainingszeiten, da muss ich dann mal direkt beim Verein nachfragen. Na gut, das kann ich ja mal machen.

Laptop aus, Glühwein aus, Sendeschluss für Heiko. Ich mache mich bettfertig und lese dann noch ein bisschen in den Ölsardinen. Vielleicht sage ich dazu später noch mal was. Vielleicht aber auch nicht. Gute Nacht, Dithmarschen.

Frühstücksrunde am nächsten Morgen: Die Familie ist vollständig und frühzeitig am Tisch angesessen, seltsam, ist heute etwa ein besonderer Tag? Nein, alles nur Zufall. Vater muss bei der Wetterlage noch abwarten, eventuell kommt heute Vormittag ein Anruf, ob es mit dem Deichbau wieder weitergehen kann. Wäre ja zu wünschen. Und wenn nicht, er hat noch genug mit der Wartung von Fahrzeugen und Maschinen zu tun, die müssen auch zwischendurch mal zum Laufen gebracht werden, sonst erlebt man im Frühjahr irgendwelche unliebsamen Überraschungen. Wie ist denn Bayern-Arsenal gestern noch ausgegangen? Die Bayern haben verloren, null zu zwei, aber sie kommen trotzdem ins Viertelfinale der Champions League. Näheres steht in der Zeitung. Ja, da werd' ich gleich mal reingucken. Ich sage dann noch, ich werde wohl mit Fußball aufhören bei Blau-Weiß, ich habe einfach keine Lust mehr, ich hab' mich sowieso immer um die Spiele herumgedrückt, auf die Dauer kann man das ja auch nicht immer machen. Ich muss mal schauen, was man sonst so bei uns an Sport machen kann.

Wir könnten doch regelmäßig einmal in der Woche zum Schwimmen fahren, schlägt plötzlich Linda vor, meinetwegen auch Mittwochabend oder so. Ja, sage ich, gar nicht so verkehrt, die Idee. Wir können ja auch unseren eigenen Verein gründen, Blau-Grün Wesselburener Deichhausen. Schwimmen, Walking mit Hund und Unimogfahren. Ist noch mehr Toast da?

Ja, aber in der Küche.

Kein Problem, ich bin ja jung und beweglich. Ein Toast mit Mutters selbstgemachter Erdbeermarmelade, einer mit Frischkäse. Noch ein Kaffee, dann ergreife ich die Gelegenheit, mal einen Blick in den Landboten zu werfen: Schneeschauer möglich bei Temperaturen um den Gefrierpunkt. Naja. Wenn ich katholisch wäre, würde mich die nächste Meldung total anmachen: Argentinier wird Papst. Hallo, das scheint aber schon einigermaßen sensationell zu sein. Ein Bild dabei, na, so ganz frisch ist der Gute aber auch nicht mehr. Franziskus der Erste, so wird er genannt werden. Sozusagen bürgerlich heißt er Jorge Mario Bergoglio. Mario und nicht einmal Maria, das ist doch sonst häufig der zweite Vorname von vielen katholischen Männern. Super-Mario. Jorge Gonzáles fällt mir noch ein, Model und Choreograf aus Kuba, der soll aber auch was ganz Abgefahrenes studiert haben, das fällt mir zwar jetzt nicht ein, aber später habe ich es nachgegoogelt: Radioökologie. Das soll was mit der Wirkung von atomaren Zerfallsprozessen auf die Umwelt zu tun haben. Okay, das hat jetzt aber alles nichts mit dem neuen Papst zu tun. Ach so, ja, er ist übrigens 76 Jahre alt. Mein Opa aus Lieth könnte dann in zwölf Jahren auch Papst werden, wenn ihm sein Rentnerdasein zu langweilig werden sollte.

Sonst noch was Entscheidendes passiert? Ramsauer kneift, ist die nächste dicke Überschrift auf der ersten Seite. Ich fürchte, in zehn Jahren wird niemand mehr wissen, wer überhaupt der Herr Ramsauer war: Unser Bundesverkehrsminister. Worum geht es jetzt konkret? Um den Bau einer neuen Schleuse in Brunsbüttel. Da gibt es ja schon seit einiger Zeit Probleme mit den maroden alten Schleusen, da haben wir auch schon mehrfach drüber berichtet, jetzt sollte Ramsauer vor dem Haushaltsausschuss dazu Stellung beziehen, hat er aber nicht gemacht, sondern seinen Staatssekretär dafür vorgeschickt. Okay, wenn man so will, kann man das meinetwegen ruhig kneifen nennen. Bei uns im Ländle hat man eh den Eindruck, dass sich die Berliner Politik nicht so gerne mit unseren Problemen befassen will. Wann könnte denn überhaupt einmal die neue Schleuse in Brunsbüttel fertiggestellt werden? 2021 wird vermutet. Das könnte ich mir dann ja mal mit meiner Frau und meinen sieben Kindern anschauen.

Frau Merkel besucht eine Kindertagesstätte in Neumünster. Warum eigentlich, wird mir nicht so ganz klar. An Bord der Color-Line-Schiffe wird es kein Walfleisch mehr geben. Käfigeier bleiben oft unerkannt. Das Leben im Kloster ist heute ganz anders als früher. Holger Hinrichs aus Offenbüttel ist einer der größten deutschen Kutschen-Händler. Seine Firma ist aber nicht in Dithmarschen, sondern in der Nähe von Bielefeld. Wahrscheinlich kann man bei ihm auch einen Break erwerben. Feuer zerstört Wohnhaus in Lieth, das habe ich geschrieben. Schausteller hoffen auf besseres Wetter, auch von mir. Schafstedt behält Schule, mal wieder was von Maja. Immer noch Les Misérables im Kino, aber nur noch mittwochnachmittags. Das Hebbel-Museum in Wesselburen ist dienstags und donnerstags von 14 bis 17 Uhr geöffnet. Probleme mit den Traditionsschiffen im Büsumer Museumshafen. Das ist mir jetzt zu kompliziert, das muss ich später noch mal lesen.

Lasse muss los und Linda macht sich auch schon fertig. Ich habe noch etwas Zeit und blättere deshalb weiter. Die Wesselburener Kirche sucht Ehrenamtliche, die Besucher herumführen können. Es kommen immerhin auch viele Gäste aus dem Ausland, sogar aus Costa Rica. Während der Aktiv-Woche in Friedrichskoog gab es einen Bauchtanz-Kurs im Haus des Kurgastes. Ich soll mich mehr schonen und entspannen und im Beruf Schritt für Schritt vorgehen. Bei Famila gibt es Rotkäppchen-Sekt für 2,75. Extra3 heute Abend erst um halb zwölf, das ist mir eindeutig zu spät. Nur aufgrund des 3:1-Erfolgs im Hinspiel zitterten sich die Bayern ins Viertelfinale. Ich glaube, da habe ich nicht so schrecklich viel versäumt. Wer verschenkt Schallplatten? Ich nicht. Zufällig mitgehörte Handytelefonate werden als störend empfunden. Ja, mich nervt so was auch.

Übrigens nerven, ich überlege gerade, ob ich das überhaupt erwähnen sollte: Ich komme noch mal auf die Meldung zurück, dass es an Bord der Color-Line-Schiffe kein Walfleisch mehr geben wird. Wenn diese Reederei im Radio erwähnt wird, zum Beispiel bei RSH, wird sie dauernd und hartnäckig verkehrt ausgesprochen, nämlich Koller-Lein. Dann habe ich immer das Gefühl, dass mir gleich die Ohren abfallen. Color ist doch einfach nur die amerikanische Schreibweise von colour, und das wird doch hoffentlich immer noch ungefähr wie Kaller ausgesprochen. Einen hab' ich noch: Diskussion. Dieses schöne Wort wird auch von gestandenen Nachrichtensprecherinnen und -sprechern im Fernsehen wie Diskusion ausgesprochen. Hallo, einen Kuss spricht man doch auch nicht mit weichem S am Ende aus. Und jetzt üben wir alle einmal: Ich gebe meiner Kusine ohne Diskussion einen Kuss.

Heiko, musst du nicht langsam mal los?

So etwas kann natürlich nur Mutter fragen. Wahrscheinlich befürchtet sie, dass sie mir einen Entschuldigungszettel schreiben muss, wenn ich zu spät zum Dienst gekommen bin.

Ja, richtig, sage ich aber, bin schon fast unterwegs, tschüs denn, schönen Tag noch, bis heute Abend.

Für den Unimog ist es jetzt schon zu spät, aber der Polo wird mich rechtzeitig nach Heide tragen.

Hat er ja auch getan, das gute Stück. Wie lange er wohl noch halten wird? So lange wahrscheinlich, wie Vater noch Ersatzteile für ihn findet. Notfalls hat er auch einen Bekannten von früher, der ihm irgendwas in seiner Werkstatt schmieden könnte, vielleicht sogar einen ganzen Motorblock. Nee, das stimmt wahrscheinlich nicht, das mit dem Motorblock, meine ich jetzt, ich glaube nicht, dass man das wirklich allein hinkriegen könnte.

Ich befinde mich mittlerweile in unseren Redaktionsräumen, noch ganz pünktlich übrigens, es sind noch nicht einmal alle da. Fuchs schon, der sitzt an seinem Schreibtisch und führt das Klassenbuch. Aha, Frau Brüggmann wird noch einmal als fehlend eingetragen. Wann kommt sie denn wieder? Ist noch nicht ganz klar, könnte eine Mandelentzündung sein. Also heute Morgen nur Fuchs, Callsen, Harder, Lorek und Timmermann, reine Männerveranstaltung. Auf Callsen haben wir nur noch gewartet, aber da ist er ja schon.

Es beginnt die Morgenrunde am Stehtisch, Fuchs hat schon ein paar Sachen auf seinem Zettel, ich bin gespannt auf das, was er mir gleich verpassen wird. Aha, erstmal nur was für heute Vormittag, wegen dem Nachmittag müssen wir dann noch mal sehen. Also für Heiko Timmermann: Ich soll nach Rom fahren und den neuen Papst interviewen. Nein, Scherz, haha.

Aber eine Art Auslandseinsatz wird es trotzdem für mich geben, ich soll tatsächlich die Grenzen des Kreises Dithmarschen überschreiten und mich nach Erfde begeben. Dort gibt es so eine Art Tourismus-Verband namens Eider-Treene-Sorge GmbH, die Damen und Herren wollen mir etwas über neue Wassersportangebote erzählen. Der Termin steht schon fest, ich soll um zehn da sein. Eiderstraße 5 in Erfde. Wie passend.

Ich finde das irgendwie ganz erfreulich, mich erwartet ja eine kleine Autotour, außerdem scheint es dabei um Paddeln, Rudern und Segeln zu gehen, das kommt mir ganz interessant vor. So richtig Ahnung vom Wassersport habe ich nicht, aber vielleicht kriege ich da ja auch mal ein paar private Anregungen als Alternative zum Fußballspielen.

Ich habe jetzt noch mehr als eine Stunde Zeit bis zum Abflug, ich schätze mal, bis Erfde werde ich eine halbe Stunde brauchen, dann noch ein bisschen Reserve, also sagen wir mal eine Dreiviertelstunde scharf kalkulierte Fahrtzeit. Da kann ich mich ja vorher noch mal in die Thematik etwas einlesen. Wenn jetzt jemand aus Süddeutschland kommt und noch nie in Schleswig-Holstein war, wird er womöglich von der Eider noch nie etwas gehört haben. Von der Treene und von der Sorge erst recht nicht. Also: Alle drei sind Flüsse in unserem schönen Bundesland, wobei die Eider der größte und längste ist. Die Elbe lassen wir jetzt mal außenvor, das ist sie ja auch, die fließt ja nicht direkt durch Schleswig-Holstein, außer bei Hochwasser mit Deichbruch vielleicht mal.

Ohne Karte in der Hand kann man die Lage dieser Flüsse irgendwie schlecht erklären. Ganz grob kann man vielleicht sagen, die Eider fließt in der Mitte unseres Landes von Osten nach Westen, die Quelle ist ungefähr bei Kiel und die Mündung ziemlich genau bei Tönning, allerdings kommt dann vor der Nordsee noch das Eidersperrwerk, wo ich neulich wegen dieses einen Jubiläums mal war. Jetzt ist die Eider aber nicht völlig gerade wie ein Kanal bei Maigret, sondern sie schlängelt sich ganz schön durch die Gegend. Ein Teil ihres Flussbettes verläuft dann auch noch sozusagen deckungsgleich mit dem Nord-Ostsee-Kanal, das macht die Sache ganz schön kompliziert, finde ich. Wie gesagt, ohne Karte kann man das schlecht erklären. Insgesamt sind es 188 Kilometer Flusslänge, heißt es, wenn man jetzt aber alle Veränderungen durch Wasserbaumaßnahmen abzieht, hat man nur noch etwa 100 Kilometer im einigermaßen ursprünglichen Zustand. Pause.

Die Eider war eigentlich schon immer ziemlich bedeutend, weil sie mehr oder weniger ununterbrochen beinahe tausend Jahre lang die Südgrenze von

Dänemark gebildet hatte. Außerdem als Handelsweg und Verbindung zwischen Ostsee und Nordsee. Sonst noch was ganz Wichtiges? Der Name Eider soll von dem Wort Egidor abstammen, das Fluttor oder Schreckenstor bedeuten soll. Okay, das kann man sich vielleicht vorstellen, damals trat die Eider bei einem Sturm aus Richtung Westen über die Ufer und verwüstete die mühsam bearbeiteten Äcker und machte damit den frühen Siedlern das Leben schwer. Jetzt noch was Unwichtiges, das hat man ja eigentlich immer am liebsten: Eiderenten haben nichts mit der Eider zu tun, der Name dieser Vögel kommt von dem isländischen Wort æðr, was das wiederum genau auf Deutsch heißt, habe ich leider nicht herausgefunden. Vielleicht kann es mir ja einer von euch sagen, es gibt ja immer ein paar Schlauberger, die alles wissen. Ich weiß nur, dass von diesen isländischen Enten die berühmten Eiderdaunen kommen, wenn man sein Bettzeug damit vollgestopft hat, braucht man kalte Nächte nicht zu fürchten.

Die Treene ist ein rechter Nebenfluss der Eider und fließt sozusagen von Norden nach Süden in die Eider hinein. Aber wieder nur ganz grob ausgedrückt. Der Name ist ja ziemlich schräg, was bedeutet er wohl, sicher nicht Träne. Schauen wir mal: In alten Urkunden wird der Fluss als Treya oder Treia erwähnt, es gibt heute auch einen Ort namens Treia und der soll nach dem Fluss benannt worden sein. Der Flussname Treia wiederum wird von den dänischen Wörtern træ und å hergeleitet, Holz und Au, was soll jetzt eine Holz-Au sein? Vielleicht ein Fluss, auf dem man Holz transportiert? Eventuell sogar in Form von Flößen? Das ist jetzt aber nur meine Vermutung, gefunden habe ich keine Angaben dazu.

Habe ich noch Zeit? Ja. Dann bleibe ich noch mal bei der Treene. Sie hat zwei Quellflüsse, die Bondenau und die Kielstau. Aber jetzt nicht Kiel-Stau, sondern Kielst-Au. Das Quellgebiet ist mitten in Angeln, das ist die hügelige Landschaft zwischen Flensburg und Schleswig. Ein vielleicht bekannterer Ort in der Nähe ist Sörup. Diese beiden Quellflüsse sammeln sich im Treßsee bei Großsolt, ab hier darf dann offiziell von der Treene gesprochen werden. Der Treßsee hat offenbar die Rechtschreibreform überlebt, sonst würde er ja Tresssee geschrieben werden, das sähe ja beinahe aus wie Tennessee. Wo genau fließt denn die Treene in die Eider? Bei Friedrichstadt, von dort aus kann man auch mit einem kleinen Ausflugsdampfer die Treene stromauf bis Schwabstedt fahren. Ich habe jetzt noch einen Haufen Informationen über Wasserbaumaßnahmen, Geschichte und Handel auf der Treene vor der Nase, aber das lasse ich jetzt mal lieber weg.

Schnell noch zur Sorge: Auch ein rechter Nebenfluss der Eider, der genauso wie die Treene aus zwei Quellflüssen gespeist wird, der Stente und der Mühlenau. Nordwestlich von Alt Duvenstedt vereinigen sie sich zur Sorge, die dann ganz grob gesprochen von Osten nach Westen fließt und ungefähr bei Tielenhemme in die Eider mündet. Das wiederum ist auch nicht allzu weit von Erfde entfernt, wo ich bald hin soll. Noch ganz kurz zur Sorge: Auch an diesem Fluss hat man wohl im Laufe der Zeit herumgebastelt, es gibt nämlich eine Alte Sorge und eine Neue Sorge. Welche denn nun gelten soll, weiß ich auch nicht. Ich fand das bisher gar nicht so uninteressant, aber jetzt reicht es mir allmählich. Mein Fazit: Es gibt im ganzen Eidergebiet kleinere und größere Nebengewässer, die sich möglicherweise auch für die Freizeitgestaltung anbieten. Ich glaube, mit diesem Vorwissen kann ich mich ganz gut in Erfde blicken lassen.

Was sagt denn das Wetter so? Ein Blick aus dem Fenster vermittelt mir den Eindruck, dass es bewölkt und trocken ist. Trocken heißt in diesem Fall ohne Schnee, denn für Regen ist es zu kalt. Aber die Temperatur kann ich natürlich nicht sehen, die habe ich schon heute Morgen beim Einsteigen in den Polo in etwa abgeschätzt. Ich glaube, ich mache mich dann mal langsam auf den Weg. Moment, noch kurz mal die Adresse bei einem Routenplaner eingeben, ich habe ja kein Navi und im Moment nicht mal eine Karte.

Das war wohl nichts mit kurz mal die Adresse eingeben, erst nach mehreren Anläufen wird mir klar, dass die Eiderstraße 5 gar nicht direkt in Erfde ist, sondern in Bargen, das aber irgendwie zu Erfde zu gehören scheint. ViaMichelin will mich über Glüsing und Hollingstedt nach Bargen lotsen, das kann ich aber nicht glauben, da scheint es doch gar keine Brücke zu geben. Der Routenplaner von Google weiß das aber und schlägt mir den Weg über Pahlen vor. Das kommt mir schon etwas realistischer vor. Muss ich das jetzt noch ausdrucken? Eher nicht, in Erfde werde ich mich dann einfach Richtung Bargen halten und dann müsste ich diese Eiderstraße doch finden können.

Wenn ihr euch jetzt wundert, weshalb ich da gerade so herumeiere, ich war einfach noch nie in der Gegend. Also durch Erfde bin ich schon mal durchgefahren, so meine ich das jetzt nicht, aber Bargen sagt mir irgendwie gar nichts. Kommt nicht eine von Lindas Mitschwestern da her, diese Jenny, falls mich nicht alles täuscht. Übrigens, Bargen bei Erfde hat nichts mit dem Bargen von Rehm-Flehde-Bargen zu tun. Auch nichts mit dem Bargenstedt, wo Maja wohnt.

Aber um es jetzt mal auf den Punkt zu bringen, jawohl, ich schaffe meinen Termin, fünf Minuten vor zehn komme ich in der Eiderstraße Nummer fünf in Bargen an. Vor mir steht ein großzügiges ehemaliges Bauernhaus, das elegant aufgemotzt worden ist mit neuem Dach, neuen Fenstern und allen Schikanen. Eider-Treene-Sorge GmbH. Na bitte. Einen Eingang gibt es natürlich auch, da kann man einfach die Tür öffnen und schon ist man drinnen in der Bude. Also nicht so wie bei der Polizei in Heide. Auch im Gebäude scheint alles vom Feinsten zu sein. Eine etwas kräftigere Dame zwischen dreißig und vierzig begrüßt mich mit freundlichem Lächeln, anscheinend gibt es in dieser Jahreszeit hier nicht allzu viel Publikumsverkehr. Timmermann vom Dithmarscher Landboten, stelle ich mich vor. Genau zehn, sagt mir ein kurzer Blick auf meine Armbanduhr. Ja, Herr Timmermann, unser Herr Drews erwartet Sie, Moment, ich führe Sie zu ihm.

Einmal rechts durch eine Tür, dann den Flur entlang, dann die nächste Tür links. Herr Drews, Herr Timmermann. Danke. Übrigens war die Tür offen, das ist ja heutzutage modern, das spart zwar nicht unbedingt Heizkosten, aber es wirkt natürlich sehr kommunikativ. Also offen und gesprächsbereit, meine ich jetzt.

Dieser Herr Drews ist ein ziemlich junger Typ, ein paar Jahre älter als ich vielleicht, mittelgroß, lange dunkle Haare, Holzfällerhemd und Jeans. Rein äußerlich könnte er auch beim BUND sein oder Mitarbeiter des Nationalparks Wattenmeer. Wenn wir uns privat begegnet wären, hätten wir uns automatisch geduzt, ich merke auch, dass er einen Moment zögert, dann spricht er mich aber mit Sie an, ich folge seinem Beispiel. Also Herr Drews, Herr Timmermann und jede Menge Siezen. Es klingt ein bisschen so, als ob Kinder Erwachsene spielen wollen.

Was macht denn der gute Herr Drews so? Er ist der zuständige Mitarbeiter für Medien- und Öffentlichkeitsarbeit. Später verrät er mir noch, dass er Germanistik und Philosophie studiert hat. Offensichtlich jemand, der dann doch lieber nicht Lehrer geworden ist. Verstehen kann man das ja, hier geht es schon sehr viel ruhiger zu als in einem Klassenzimmer. Oder in einem Lehrerzimmer.

Dann geht es natürlich zur Sache, ich höre mir seinen kleinen Vortrag an und mache mir eifrig Notizen. Die große Botschaft ist, dass in diesem Jahr das Angebot für Wassersportler in der Region Eider-Treene-Sorge erweitert werden soll. Der Kanu-Tourismus spielt sich vor allem auf der Treene ab, dort gibt es mittlerweile 30 ausgebaute Stationen. Jetzt sollen auch an der

Eider mehr Ein- und Ausstiegsstellen für Kanuten entstehen. Aha, die Eider soll für Paddler attraktiver gemacht werden. Das fördert natürlich den Tourismus ganz allgemein, man denke an Campingplätze, Übernachtungen in Hotels und Pensionen, mehr Gäste in Restaurants und so weiter und so fort.

Ich überlege gerade, ob das Kanufahren nicht vielleicht auch etwas für mich wäre. Natürlich nicht im Winter, ich will ja nicht zwischen den Eisschollen Slalom fahren. Aber in der Saison sozusagen, das wäre sicher ganz angenehm. Ob wohl ein Kanu auf das Dach vom Polo passen würde? Aber vielleicht ginge es ja auch mit dem Unimog. Oder ich müsste mir von Vater den MAN ausleihen, da passt so ein Teil auf jeden Fall auf die Ladefläche. Eine schöne Kanutour mit Heike wäre sicher nicht das Schlechteste. Man könnte dann irgendwo am Ufer anlegen und picknicken, so wie bei Donald und Daisy im Micky-Maus-Heft.

Die Eider ist ja eine Bundeswasserstraße, erklärt mir Drews gerade, da gibt es ja kleinere Schiffe und Motorboote. Manche Kanufahrer haben schon etwas Angst vor entgegenschwappenden Wellen, da ziehen sie ruhigere Gewässer vor. Aber es gibt zum Beispiel eine Bootsschule in Pahlen, die auch Sicherheitstrainings für Paddler auf der Eider anbietet. Dann gibt es noch das Thema Wasserski, für manche ist das ja ein rotes Tuch, es passt ja nicht so ganz zum Konzept der unberührten Natur, wenn einem plötzlich ein schnelles Motorboot mit einem Wasserskiläufer dahinter entgegendröhnt. Aber es gibt auf der Eider bereits einige Abschnitte für Wasserski, es sollen noch weitere dazukommen. Alles zur Förderung des Tourismus.

Na schön. Gibt es denn sonst noch irgendwelche Trendsportarten, die man auf der Eider betreiben könnte? Ja, zum Beispiel noch Wakeboarding und Banana-Riding. Das muss ich mir jetzt aber doch erklären lassen: Wakeboarding ist so eine Art Surfen, bei dem man sich von einem Boot ziehen lässt. Na gut. Banana-Riding: Dabei lässt man sich ebenfalls von einem Boot ziehen, während man mit mehreren Leuten hintereinander tatsächlich auf einer riesigen Gummiboot-Banane sitzt. Also jede Menge Fun auf dem Fluss. Ich weiß nicht so recht, mir kommt das etwas zu krawallig vor, das passt irgendwie besser zu Mallorca als zur Eider. Aber vielleicht ist Herr Drews ja mit Jürgen Drews verwandt.

In der ganzen Sache steckt auch Konfliktpotential, räumt mein Gesprächspartner ein, die Angler haben natürlich lieber ihre Ruhe und die Naturschützer stehen dem Sport mit Motorbooten sowieso skeptisch gegenüber. Nicht ganz zu Unrecht, denke ich gerade.

Das war's also schon, wie wäre es denn noch mit Bildmaterial? Ja, kann ich haben, Herr Drews lädt mir ein paar hübsche Bilder von der Eider auf einen Werbe-Stick von der Eider-Treene-Sorge GmbH. Ich schaue noch mal kurz auf meine Notizen und frage mich, ob ich jetzt vielleicht doch etwas Entscheidendes übersehen haben könnte. Nein, anscheinend nicht. Dann kann ich mich ja mal verabschieden, vielen Dank, ebenfalls. Ja, dankeschön, ich finde allein hinaus, tschüs.

Auf Wiedersehen, Herr Timmermann, höre ich noch von der Dame, die mich vorhin in Empfang genommen hatte.

So richtig super wohl habe ich mich eben nicht gefühlt, ich glaube, das lag einfach daran, dass dieser junge Typ und ich beide einfach nur unsere Rollen als Erwachsene gespielt haben. Er als der große Promotion-Macker und ich als der Star-Reporter vom Landboten. Wer weiß schon, was er wirklich von diesem ganzen Wassersport-Kram hält, da bin ich mir gar nicht so sicher. Ich jedenfalls bin da etwas skeptisch, das habt ihr wahrscheinlich schon gemerkt.

Ich steige wieder in den Polo und fahre dann einfach noch ein Stück weiter geradeaus, bis ich zum Ufer der Eider komme. Hier hört die Straße direkt am Flussufer an einem Schlagbaum auf, am anderen Ufer ist auch einer. Es sieht so aus, als ob man hier auch eine Autofähre einsetzen könnte, aber es ist keine da. Vielleicht ist das ja auch so ein Übergang für die Bundeswehr, wo dann im Bedarfsfall irgendwelche Pontonfähren an- und ablegen könnten. Eventuell ganz nützlich, falls die Holsteiner und Dänen mal wieder Dithmarschen angreifen wollen. Eine Fähre gibt es allerdings schon, aber nur eine Personenfähre. Ich steige aus und gehe mal ein Stückchen zu Fuß bis zum Fähranleger. Da herrscht im Moment tote Hose, auch keine Fähre in Sichtweite. In einem Schaukasten lese ich aber, dass man hier freitags von 15 bis 18 Uhr und samstags, sonntags und an Feiertagen von 10 bis 19 Uhr übersetzen kann. Erwachsene ein Euro, Kinder die Hälfte, Fahrräder umsonst. Na gut, das ist doch schon mal was. Im Sommer ist hier bestimmt auch einiges los. Nur jetzt natürlich nicht. Es wird auch Zeit, dass ich wieder zurück in die Redaktion komme.

Flüsse haben schon was, denke ich während der Rückfahrt. Außerdem solchen Blödsinn wie: Man braucht sich keine Sorge um die Eider zu machen, man muss der Sorge keine Treene nachweinen. Haha, wie lustig. Aber mal im Ernst, so richtig gut kennen tue ich diese ganze Gegend nicht, da könnte man wirklich mal im Sommer hinfahren. Nach Pahlen meinetwegen, da soll man doch Boote mieten können. Aber das kann man ja auch in Friedrichstadt, das haben wir sogar schon mal vor ein paar Jahren mit der Familie gemacht. Man muss ja nicht gleich ein eigenes Kanu kaufen, nachher benutzt man das nur drei-, viermal im Jahr und dann vergammelt das irgendwo auf dem Hofplatz.

Die Nationalhymne von Tonga beendet meine marinen Überlegungen. Der Anrufer gibt erst nach gut einer halben Minute auf, dann kann das ja nicht so ganz unwichtig sein. Ich halte bei der nächsten Gelegenheit an, stelle vorbildlich wie immer den Motor ab und krame mein Handy hervor. Wer war's denn? Heiners Handy. Einmal zurückrufen, jawohl, er ist auch sofort dran.

Ja, Heiko hier, tut mir leid, dass ich nicht sofort rangegangen bin, ich bin gerade mit dem Auto unterwegs.

Ist gut, Heiko, ich wollte dir nur sagen, dass Frau Weishaupt sich nachher den Heusinger vornehmen will. Offizielle Befragung, wie bei seiner Madame. Du kannst gerne wieder mithören, aber natürlich nur inoffiziell.

Und wann denn, Heiner?

Halb drei hat er den Termin. Komm' um Viertel nach zwei wieder zum Hintereingang, dann lasse ich dich rein. Geht das bei dir?

Ich hoffe, schon. Aber weißt du was, kannst du nicht bei uns in der Redaktion anrufen und sagen, dass ich zur Polizei kommen soll? Das macht meinem Chef bestimmt etwas mehr Eindruck.

Ja, kann ich schon machen, Heiko.

Hast du die Nummer, nee? Dann schreib' mal auf...

Und so weiter, wir beenden dann auch schnell unseren Plausch. Ich starte den Polo wieder und setze meine Rückfahrt fort. Wenn ich den Eider-Artikel noch rechtzeitig schaffen will, muss ich schon etwas in die Socken kommen.

Heiko, gut, dass Sie da sind, da hat vorhin ein Kommissar Olsson oder so von der Heider Polizei angerufen, Sie sollen um Viertel nach zwei zur Wache kommen, verkündet mir Kollege Harder, als ich gerade in unsere Redaktion hereinkomme.

Kommissar Olsson? Ja, ich weiß Bescheid, Herr Harder, vielen Dank. So, jetzt muss ich aber mal schnell wegen der Eider in Gang kommen. Ist noch Kaffee da?

Naja, nicht in Massen, aber ein halber Becher voll tut es jetzt auch. Oh, schon nach zwölf, ich sehe meine Mittagspause entschwinden, ich muss halt durcharbeiten, damit ich mit der Eider-Treene-Sorge-Story fertig bin, bevor ich mich zu Heiner abseilen kann. Ob ich das überhaupt darf, ist noch eine ungeklärte Frage. Wo ist denn Herr Fuchs?, frage ich noch kurz Herrn Harder, der könnte es ja vielleicht wissen. Ja, der war bis gerade eben noch da, der kommt aber erst irgendwann am Nachmittag wieder. Na gut, wenn er nicht da ist, kann er mir auch keinen neuen Job verpassen. Ich mache mich wieder an die Arbeit.

So ganz easy ist die ganze Geschichte doch nicht, ich muss doch noch mal ein paar Begriffe gegenchecken, die mir Meister Drews um die Ohren gehauen hatte. Diese neuen Wassersportarten finden sich aber im Netz mit allen möglichen Bildern und Videos. Ich sehe schon die Massen von Touristen auf Gummibananen mitten im Fahrwasser der Eider sitzen. Bundeswasserstraße, das war auch so ein Wort, das muss ich auch noch mal überprüfen. Dreizehn Uhr zwanzig, ich schreibe das auch gerne mal aus, endlich bin ich durch. Ein vernünftiges Foto fehlt aber noch. Ich habe zwar ein paar Bilder geschossen, das habe ich vielleicht noch gar nicht erwähnt, aber die gefallen mir alle nicht. Ich drucke den Text einmal aus und schreibe dann mit der Hand darunter: Archivbild vom Sommer auf der Eider? Dann gebe ich frei für den Chef und lege ihm mein Blatt auf den Schreibtisch. Halt, noch eine kleine Haftnotiz dazu: Bin ab 14 Uhr bei der Polizei, Herr Harder weiß Näheres.

Eigentlich klingt das ganz schön bescheuert: Herr Harder weiß Näheres. Der kann Fuchs höchstens sagen, dass da ein Anruf für mich gekommen war. Aber das ist mir jetzt auch alles ziemlich egal, erstens ist Harder auch gar nicht mehr da, zweitens muss ich echt los.

Mein Magen hängt mir in den Kniekehlen, ich habe auf dem Weg wenigstens noch Zeit, ein paar belegte Brötchen bei Allwörden mitzunehmen. Lieber ein paar mehr, damit ich Heiner noch was abgeben kann. Wer weiß, ob der heute Mittag schon was Vernünftiges zwischen den Zähnen hatte.

Um zehn nach zwei bin ich wieder an der Rosenstraße, schräg gegenüber meiner alten Schule. Auf Heiner ist Verlass, wie immer. Pünktlich um Viertel nach zwei öffnet sich die Tür des Hintereingangs der Heider Polizeidienststelle. Er winkt mir zu, die Luft ist rein, ich trabe an. Meine große Brötchentüte von Allwörden schlenkert bedenklich hin und her in der rechten Hand, ich nehme sie lieber in beide Hände. Nicht, dass sie hier noch auf dem Hofplatz der Heider Polizei auseinanderreißt und Heiner und ich Hänsel und Gretel spielen müssen. Hallo Heiko, hallo Heiner, alles klar so weit, ja, klaro.

Ich folge ihm möglichst unauffällig in den ersten Stock, nein, keine Sichtung durch Heiners Kollegen, dann geht es wieder in den kleinen Nebenraum mit dem großen Tisch an der Wand und diesem alten Telefunken-Cassettenrecorder. Nach meiner Schätzung müsste der mindestens dreißig Jahre alt sein. Aus dem kleinen Lautsprecher mit dem Drehknopf zur Lautstärkeregelung tönt im Moment nichts, also ist auch nebenan noch kein Betrieb. Wann sollte es losgehen mit dem Herrn Heusinger, war das nicht halb drei, ja. Ich lege meinen Stenoblock und einen Kuli auf den Tisch, ich werde natürlich nicht dienstlich als Vertreter des Landboten mitschreiben, sondern nur privat.

Auch noch schnell ein Brötchen, Heiner?

Nee, lass man, Heiko, ich hatte vorhin richtige Mittagspause. Aber tu dir keinen Zwang an.

Nein, tue ich auch nicht. Mein Magen hängt mir schon sonstwo und nimmt dankbar das erste Brötchen entgegen, Hackbraten mit Remoulade und irgend so einem halbwelken Salatblatt. Aber nicht der normale Kopfsalat, sondern der Salat, der an der Seite der Blätter so total gekraust aussieht, so ähnlich wie die Frisur von Frau Weishaupt. Ich weiß gar nicht, wie der überhaupt heißt. Vielleicht ja einfach Krauskopfsalat. Das zweite Brötchen schaffe ich auch noch, Käse mit matschiger Tomatenscheibe. Jetzt wäre ein Getränk zum Runterspülen nicht unangebracht, aber man kann ja nicht immer alles haben.

Es ist schon halb drei durch, ich merke, dass Heiner langsam nervös wird. Wir hören immer noch nichts aus dem Lautsprecher, Heiner will draußen mal kurz nachschauen, ob alles in Ordnung ist. Als er die Tür öffnet, hört man relativ laute Stimmen auf dem Flur, dazwischen oder dabei auch die Stimme unserer Hauptkommissarin. Heiner kommt wieder rein und schließt die Tür hinter sich. Ja, sie sind jetzt da, sagt er, der Heusinger, die Weishaupt und auch ihr Vize. Keine Ahnung, was da los war.

Wie sieht der Typ denn aus, der Heusinger?, frage ich.

Schwer zu beschreiben, Heiko, so ziemlich normal halt. Mittelgroß, schlank, dunkle Kurzhaarfrisur, Brille, gepflegter Dreitagebart, auch dunkel. Ungefähr vierzig, würde ich sagen. Sieht im Moment aber ziemlich nervös aus.

Na gut, das kann man sich ja denken, so super begeistert wäre ich auch nicht, wenn man mich hier vorladen würde. Wir sitzen jetzt ziemlich gespannt an diesem seltsamen Tisch, meine Brötchenkrümel habe ich sorgfältig entfernt, nicht dass ihr denkt, der Heiko versaut hier alles und es muss nachher wieder auf Kosten des Steuerzahlers beseitigt werden. Mein Stenoblock liegt aufnahmebereit vor meiner Nase, Heiner hat seinen Telefunken-Oldie auch schon angeworfen und auf Aufnahme und Start gedrückt. Das Hörspiel muss gleich losgehen, man hört schon Geräusche vom Reinkommen, Stühlerücken und so weiter, genauso wie beim letzten Mal. Dann ein Moment Ruhe, Räuspern, es geht los. Frau Weishaupt ergreift das Wort.

Herr Heusinger, Sie haben sich bereits ausgewiesen, ich wiederhole nur kurz für das Protokoll: Sie sind Bernd Michael Heusinger, geboren am 16. April 1972 in Itzehoe, wohnhaft in Weddingstedt. Sie sind berufstätig als...?

Bauingenieur bei einem Weddingstedter Betonwerk, Firma...

Ja, das ist uns bereits bekannt. Sie sind verheiratet mit Frau Ilka Heusinger, geboren am 4. Februar 1978 in Husum.

Ja.

Mann, denke ich, da hat der Typ doch echt eine sechs Jahre Jüngere abgegriffen.

Kinder?

Ja, zwei. Was tut das denn zur Sache?

Ich stelle hier die Fragen, Herr Heusinger, wenn Sie erlauben. Allerdings haben Sie recht, die Frage nach Ihren Kindern war nur eine reine Routinefrage. Ihre Frau arbeitet in der Drachen-Apotheke in Heide.

Ja.

In der Apotheke des verstorbenen Apothekers Monscheidt...

Ja, sicher...

Irgendwie wirkt er schon etwas verkrampft, der Herr Ingenieur. Aber die Weishaupt hat auch gerade den Namen des Apothekers so bedeutungsvoll betont, als wollte sie schon irgendetwas damit zum Ausdruck bringen. Stuhlrutschgeräusche. Wahrscheinlich von Heusingers Stuhl. Ich frage mich gerade, ob Heiner das später auch protokollieren muss, also Stuhlrutschgeräusche meine ich jetzt. Am liebsten würde ich ihn das jetzt fragen, aber das passt natürlich gerade nicht.

Ich höre jetzt mal mit der wörtlichen Wiedergabe des Verhörs auf, jawohl, ich sage jetzt einfach mal Verhör. Es wird auf die Dauer ein bisschen langweilig und teilweise auch nervig. Stattdessen jetzt nur mal das Wesentliche in der Zusammenfassung: Die Weishaupt fragt Herrn Heusinger nach der Tätigkeit seiner Frau in der Drachen-Apotheke und ihrem Verhältnis zu den anderen Mitarbeitern. Ob er, Heusinger, die Mitarbeiter der Apotheke kennen würde, nein, eigentlich nicht. Was heißt denn eigentlich? Doch, er sei schon mal in der Apotheke gewesen, um da etwas zu kaufen oder ein Medikament abzuholen, das sei ja klar, dass er dann nicht zur Konkurrenz gehen würde. Also, die Mitarbeiter hätte er dann natürlich gesehen, das ist ja logisch. Schön. Aber zu seinem engeren oder weiteren Bekanntenkreis würde er sie dann nicht zählen? Nein, sicher nicht. Auch keine privaten Kontakte zu Einzelnen? Nein, das hätte er doch gerade schon gesagt.

Zwischenbemerkung von mir: Der gute Mann ist jetzt nicht nur nervös, der ist äußerst nervös.

Auch kein privater Kontakt zu Frau Monscheidt?, fragt Frau Weishaupt betont gelangweilt.

Nein!, sagt Heusinger eine Spur zu laut.

Jetzt habe ich doch wieder wörtliche Rede einfließen lassen, entschuldigt bitte, das wollte ich doch gar nicht mehr. Also weiter mit der Zusammenfassung: Da gibt es im Moment aber gar nichts weiter zum Zusammenfassen, da herrscht gerade eher tote Hose oder Schweigen im Walde, ganz nach Geschmack. Vielleicht gehört das aber auch zur Verhörtaktik der Weishaupt, dass sie jetzt auch gar nichts mehr sagt und nur abwartet. Gesprächspausen können ja manchmal tödlich peinlich werden, das weiß ich ja von mir selber. Entsprechende Beispiele fallen mir jetzt aber leider nicht ein.

Stattdessen habe ich eine andere Idee.

Heiner, gibst du mir schnell mal ein paar DIN A 4-Blätter, ja? Danke.

Bitte, bitte, spielen Sie einfach mit!, schreibe ich in großen und hoffentlich gut leserlichen Druckbuchstaben auf das obere Blatt. Dann nehme ich den kleinen Stapel mit ungefähr sieben bis acht Blättern, springe von meinem Stuhl auf und bin schon an der Tür.

Heiko, was soll jetzt der Scheiß?, ruft mir Heiner noch hinterher. Zu spät, mein Lieber, jetzt bin ich schon voll in Action. Ich reiße einfach die nächste Tür rechts von mir auf dem Flur auf, jawohl, das ist dieser Verhörraum, der nicht gerne so genannt wird, aber egal. Großer Tisch in der Mitte, kärgliche Möblierung ansonsten, ungemütliches Neonlicht, die Jalousien hinten am Fenster sind heruntergelassen, aber das scheint in diesem Gebäude sowieso allgemein üblich zu sein. Heusinger sitzt mit dem Rücken zu mir, Frau Weishaupt direkt gegenüber, Kriminaloberkommissar Deert Becker auf einem Stuhl rechts von mir direkt an der Wand. Er hat übrigens den gleichen Stenoblock wie ich, vielleicht beziehen der Landbote und die Kriminalpolizei ja ihr Büromaterial vom selben Händler. Nebenbei gesagt, das muss ich hoffentlich nicht betonen, läuft gerade alles sehr schnell ab, in Sekunden sozusagen. Nicht dass ihr denkt, ich gehe da langsam rein in den Raum, gucke mich erstmal um und beschreibe dann alles in aller Ruhe.

Frau Hauptkommissarin, sage ich, das ist gerade per Fax reingekommen.

Ich halte ihr meine Zettel unter die Nase, aber so, dass der Herr Ingenieur ihr gegenüber nicht sehen kann, was sich darauf befindet.

Bitte, bitte, spielen Sie einfach mit!

Ich kann nur hoffen, dass diese Nachricht gut bei ihr angekommen ist. Schmeißt sie mich jetzt mit einem gleichzeitigen Donnerwetter wieder hinaus?

Nein, sie sagt gar nichts. Vielleicht liegt es aber auch daran, dass sowieso gerade das große Schweigen angesagt war. Das Schweigen, gab es da nicht einmal so einen berühmten Film? Das muss ich unbedingt mal nachgoogeln. Aber im Moment passt das ja schlecht.

Sehen Sie, sage ich laut und mit dem geliehenen Selbstbewusstsein eines Laiendarstellers, das Fax ist gerade von der Verkehrsbereitschaft Neumünster reingekommen. Dienstag, 12. März, zehn Uhr siebenundzwanzig, Straße Friedrichswerk, Fahrzeug Heide BH 80, Geschwindigkeitskontrolle. 68 Stundenkilometer statt der vorgeschriebenen 50, Toleranz ist schon abgezogen. Am Steuer eindeutig Herr Heusinger erkennbar, auf dem Beifahrersitz, äh, das dürfte die Frau Monscheidt sein, sehen Sie…

Ich gebe es ja zu, das war ein ziemlicher Wortschwall, ich weiß auch nicht, wie die Weishaupt das jetzt verarbeiten wird. Sie sagt immer noch nichts, auch ihr Vize hat sich noch nicht geäußert. Aber der lässt natürlich seiner Chefin den Vortritt, der will ihr ja nicht in die Parade fahren oder ihr irgendwas vermasseln.

Ja, danke, Timmsen, sagt sie jetzt, Sie können dann wieder gehen.

Das glaube ich jetzt einfach nicht. Timmsen, meinetwegen, obwohl das schon ziemlich bescheuert klingt. Aber dass die Hauptkommissarin das jetzt mitgemacht hat, das ist schon der absolute Hammer. Ich ziehe mich schnell wieder von der Bühne zurück und wage weder Heusinger noch Becker in die Augen zu sehen. Schnell wieder zurück zu Heiner.

Der guckt mich voller Entsetzen an, legt aber seinen Finger auf den Mund, weil das freundliche Gespräch nebenan weitergeht.

Ihren kleinen Ausflug mit der Arbeitgeberin Ihrer Frau müssen Sie uns jetzt schon einmal erklären, Herr Heusinger…

Ja, Scheiße, was?, denke ich gerade. Jetzt haben wir ihn an der Angel. Eben hat er noch jeden privaten Kontakt mit der Besatzung der Drachen-Apotheke geleugnet, das heißt, mit seiner eigenen Frau wird er ja hoffentlich noch Kontakt gehabt haben, aber jetzt ist leider herausgekommen, dass er sich da ziemlich in die Lügen-Nesseln gesetzt hat. Heusinger stottert etwas unbeholfen herum, im Fernsehen kommt an dieser Stelle normalerweise der Spruch, dass er jetzt mit seinem Anwalt sprechen will. Er setzt drei- bis viermal mit einem Satz an, bricht dann aber doch wieder ab. Ob er vielleicht etwas zu trinken bekommen könnte, fragt er dann ganz ruhig. Ja, sicher, Herr Becker besorgt schnell ein Glas Wasser.

Nebenan ist jetzt sozusagen Pause zwischen Vorfilm und Hauptfilm, Heiner und ich können die Zeit für ein kurzes Gespräch nutzen, aber wirklich nur ein sehr kurzes, weil wir beide aufmerksam darauf achten, ob es mit dem Verhör nicht doch schon weitergeht.

Sieht man auf so einem Blitzerfoto tatsächlich auch den Beifahrer, Heiner?

Ja, aber der wird unkenntlich gemacht. Datenschutz oder so was. Du hast vielleicht Ideen, Timmsen.

Ich fürchte, den Namen habe ich jetzt erstmal weg.

Aber wenn nun ein Engländer bei uns durch die Gegend düst, der hat doch das Steuer rechts, dann macht man doch den Fahrer unkenntlich, und wenn dann links keiner sitzt, dann muss ja jeder denken, dass es ein echter Geisterfahrer ist.

Heiko, denk' mal nach, es hat sich sogar bis zu uns rumgesprochen, dass es rechtsgesteuerte Fahrzeuge gibt. Und das merkt man doch auch schon an dem Kennzeichen.

Ach ja...

Immer noch Schweigen im Verhörraum. Dann kriegen wir aber mit, dass Becker mit dem Wasser zurückkommt, das ging ja doch relativ schnell.

Es war alles nicht meine Idee, hört man jetzt Heusinger sagen, es war ihre Idee.

Wenn man das nur hört, könnte man ja meinen, er hätte Ihre Idee mit großem I gemeint. Nein, er hat aber offensichtlich nicht die Kommissarin angesprochen, sondern von Frau Monscheidt geredet. Es war ihre Idee, es war Madame Monscheidts Idee. Das kann ja interessant werden. Hoffe ich wenigstens.

Ja, es war ihre Idee, wiederholt Heusinger. An einem Abend, das ist aber schon ein paar Monate her, ruft mich die Frau Monscheidt an. Ich denke, da muss was mit meiner Frau sein, die hatte da nämlich Nachtdienst, das kam ja ab und zu mal vor... Ja, da war auch wirklich was, aber was anderes, als ich mir vorgestellt hatte. Frau Monscheidt hat gesagt, sie wäre noch mal runter gegangen in die Apotheke und da hätte sie dann ihren Mann und meine Frau gesehen, wie sie... Ja, also, wie soll ich das sagen, sie haben es zusammen gemacht, verstehen Sie. Nein, sie habe sich dann aber nicht zu erkennen gegeben oder so, sie ist wieder in die Wohnung zurückgegangen, sie war auch total schockiert. Ja, ich natürlich auch, als ich das höre. Ich hatte schon einige Zeit geahnt, dass da etwas sein könnte mit einem anderen Mann, weil meine Frau nicht mehr so, ja, ich weiß nicht, wie ich das sagen soll...

Erzählen Sie einfach weiter, Herr Heusinger, fordert ihn die verständnisvolle Stimme von Frau Weishaupt auf.

Ja, die Frau Monscheidt hat noch gesagt, sie hätte ihren Mann schon lange in Verdacht, dass er sich an den Angestellten vergreift, so hat sie das ausgedrückt, aber jetzt hätte sie es ja selbst erlebt und sie wüsste jetzt gar nicht, was sie tun sollte. Am besten wäre es, wenn wir uns mal treffen könnten und dann gemeinsam überlegten, wie man mit der Sache umgehen sollte. Ja, mir fiel da auch nichts anderes ein, da habe ich zugestimmt und mich mit ihr an einem der nächsten Tage getroffen. Wir sind dann irgendwohin gefahren, und dann hat sie mir ihre Idee verraten.

Pause. Vermutlich ölt Heusinger seine Sprechwerkzeuge mit einem Schluck Wasser. Keine Unterbrechung, keine Nachfragen von Frau Weishaupt, man kann sich vorstellen, dass sie jetzt einfach nur mit weit aufgeklappten Ohren am Tisch gegenüber von Heusinger sitzt und auf seinen nächsten Satz wartet.

Die Idee war ganz einfach: Sie wollte ihren Mann vergiften, mit einem Medikament, das Colchicin heißt. Ich sagte, das müsste doch auffallen, das würde doch sofort jeder merken, wenn es in der Apotheke fehlt, da gäbe es doch bestimmt eine genaue Buchführung bei solchen Sachen. Ja, sagt sie, aber das ist es ja gerade, die wird nämlich nachweisen, dass in unserer Apotheke kein Colchicin zweckentfremdet wurde. Nein, das Gift käme aus einer anderen Quelle: Bis vor einiger Zeit haben die Apotheken noch die nicht gebrauchten oder nicht vollständig gebrauchten Medikamente zur Entsorgung zurückgenommen. Darunter war dann auch einmal ein ziemlich großer

Posten an Colchicin, woher der auch immer stammen mochte, jedenfalls ist der beim Abholen offensichtlich übersehen worden. Ab einer bestimmten Dosis sei Colchicin absolut tödlich, im richtigen Getränk verabreicht würde ihr Mann das auch gar nicht merken, er würde dann praktisch einfach einschlafen und nie wieder aufwachen. Außerdem sei er sowieso krank gewesen und hätte nicht mehr so viel Lebenszeit vor sich.

Ein Schluck Wasser, Becker scheint ein ziemlich großes Glas geholt zu haben, dann geht Heusingers Beichte aber gleich weiter:

Ich habe sie dann natürlich gefragt, warum sie mich denn überhaupt einweihen würde oder was ich bei der Sache tun sollte. Sie sagte, es müsste doch eine Genugtuung für mich sein, an der Beseitigung des Liebhabers meiner Frau mitzuwirken. Ich fand diese Formulierung schon etwas merkwürdig, aber je mehr ich darüber nachdachte, umso überzeugender wirkte die Idee auf mich. Natürlich wollte ich meine Frau nicht verlieren, und wenn ich mir vorstellen konnte, dass ich mich an Monscheidt gerächt hätte, würde es schon so eine Art von Befriedigung für mich sein. Nein, meiner Frau wollte ich natürlich nichts davon erzählen, das habe ich auch nicht. Und meine Frau hat mir auch nie etwas von ihrer Affäre mit Monscheidt gebeichtet. Sie weiß nicht, dass ich alles weiß. Und sie weiß auch nicht, was ich getan habe...

Und das wäre?

Ich habe dafür gesorgt, dass die Leiche verschwand. Und das war auch wieder die Idee von Frau Monscheidt, durch ihren Mann wusste sie von der Tonnen-Aktion auf dem Marktplatz, sie hatte sich vorgestellt, dass es doch eine ganz besondere Idee wäre, ihn in dieser Tonne zu präsentieren, vor allen Augen. Außerdem würde der Verdacht dann vielleicht auf irgendjemanden oder mehrere Personen aus dem Eggen-Milieu gelenkt werden. Kann ich vielleicht mal kurz zur Toilette?

Unterbrechung der Befragung des Zeugen Bernd Heusinger um 15.40 Uhr, hören wir die Kommissarin sagen. Heiner drückt auf die Stopp-Taste. Klack.

Wir schauen einander vielsagend an. Von nebenan ertönen jetzt wieder irgendwelche undefinierbaren Geräusche, Heiner meint, Becker wird jetzt mit Heusinger aufs Klo gehen und ihn dabei im Auge behalten, man weiß ja nie, ob der nicht plötzlich durchdreht und abhauen will. Aber das ginge gar nicht, aus dem Gebäude würde er bestimmt nicht rauskommen. Man kommt ja auch kaum rein hier, sage ich.

Sagen Sie mal, was denken Sie sich eigentlich?, hören wir plötzlich von Frau Weishaupt, die gerade hereingekommen ist. Heiner und ich fahren erschrocken zusammen, ich stehe auf und sage: Herr Ohlsen kann nichts dafür, er wollte mich sogar noch aufhalten, ich bin ihm gerade noch so entkommen, das war alles nur meine Idee...

Nun machen Sie mal halblang, Timmsen, Entschuldigung, Herr Timmermann, ich bin ja schon so Einiges von Ihnen gewohnt. Das war ja nicht der schlechteste Einfall, den Sie bisher hatten. Aber Sie haben mir doch ganz schön was abverlangt dabei, das muss ich schon sagen. Sagen Sie mal, sind das Ihre Brötchen? Wenn Sie mir eines davon abgeben, verzeihe ich Ihnen glatt noch einmal.

Mein Gott, bin ich froh, mir fällt ein Stein vom Herzen. Ich hatte gerade eben noch befürchtet, die Weishaupt würde mich in Ketten legen lassen. Nein, so sieht es nicht aus, im Moment beißt sie gerade genussvoll in ein Schinkenbrötchen. Können Sie für Kaffee sorgen, Herr Ohlsen, fünfmal bitte, geht das? Ich unterhalte mich so lange ein bisschen mit Kollege Timmsen.

Heiner nickt, ja, das würde er schon hinkriegen, das würde aber ein paar Minuten dauern. Frau Weishaupt nickt zustimmend, Heiner macht sich auf in Richtung Sozialraum oder wohin auch immer.

Und was wird weiter passieren?, frage ich vorsichtig.

Ich hoffe, Herr Heusinger wird uns noch ein paar Details verraten, aber er wird wohl um eine vorläufige Festnahme nicht herumkommen. Ich werde nachher mal mit dem Staatsanwalt telefonieren, der könnte dann einen Haftbefehl beim Richter erwirken, außerdem wird es wohl auch gleich um Frau Monscheidt gehen. Nach den bisherigen Aussagen von Heusinger stünde sie eindeutig unter Mordverdacht.

Und Heusinger selbst?

Beihilfe zum Mord, so wie es aussieht. Vielleicht hängen da noch weitere Personen drin, aber das müssen wir einfach mal abwarten. Momentan scheint Herr Heusinger doch ganz gesprächsbereit zu sein. Oh, ich höre, da kommt Becker mit ihm zurück. Sagen Sie Ohlsen einfach, er möchte gleich den Kaffee reinbringen, ja?

Okay, Frau Weishaupt.

Das, was jetzt alles noch so abläuft, möchte ich lieber nur zusammenfassen, wer es noch genauer wissen will, muss sich dann von Heiner mal das Protokoll geben lassen. Übrigens hat Heiner gerade nebenan den Kaffee ausgeliefert und kommt mit seinem Tablett mit zwei Bechern für uns herein. Ich habe schon auf die Aufnahmetaste gedrückt, nebenan geht es aber noch nicht wieder offiziell weiter, das kommt erst später. So ein Schluck heißer Kaffee tut echt gut, Heiner und ich teilen uns jetzt noch das letzte Brötchen, mit Käse übrigens, aber nicht Tilsiter, sondern irgendein geruchsneutraler Holländer. Mir fällt gerade ein, dass man in Dänemark Schulkäse kaufen kann, skole ost, der riecht nach nichts und man belästigt seine Mitschüler nicht mit dem Gestank. Die Lehrer natürlich auch nicht. Aber egal jetzt, die Befragung geht weiter.

Es geht jetzt vor allem darum, wie Frau Monscheidt ihren untreuen Gatten ins Jenseits befördert haben soll. Zu seinen Gewohnheiten zählte es, nach Feierabend einen großen Whisky am Schreibtisch zur Brust zu nehmen. An jenem Abend war er allein in der Apotheke, keine weitere Angestellte an Bord, weil sie keinen Nachtdienst hatten. Übrigens könnte man genauso gut Notdienst sagen. Frau Monscheidt selbst hat sich verabschiedet, weil sie eine Bekannte besuchen wollte, um damit auch ein Alibi zu haben. Vorher hatte sie eine reichliche Ladung in destilliertem Wasser gelöstes Colchicin in die Whiskyflasche gegeben und kräftig geschüttelt, nicht gerührt. Die Menge hätte eine ganze Fußballmannschaft noch vor der Halbzeitpause außer Gefecht gesetzt, soll sie gesagt haben.

Später rief sie zu Hause an. Wenn ihr Mann noch am Leben gewesen wäre, hätte er den Telefonhörer abgenommen, für den Fall hatte sie sich vorgenommen, ihm zu sagen, dass es ein bisschen später werden würde. Es ging aber niemand an den Apparat, daher rechnete sie damit, dass ihr Gatte bereits das Zeitliche gesegnet hatte. Dann schickte sie eine SMS mit irgendeinem unverfänglichen Text an Heusingers Handy, der daraufhin seiner Frau sagte, er hätte eine Nachricht bekommen, er müsste sofort dringend in die Firma, da gäbe es ein Problem mit einem Schaltkasten. Sie sollte aber nicht auf ihn warten, es könnte dauern.

Dann fuhr Heusinger nach Heide zum Hintereingang der Apotheke, schloss die Tür auf, einen Schlüssel hatte er vorher von Frau Monscheidt erhalten, dann entdeckte er tatsächlich Monscheidts Leiche auf dem Fußboden und transportierte sie in seinem Break in die Peter-Bur-Straße.

Ab da wird es irgendwie unglaubwürdig, er will nämlich ganz allein und dann auch noch völlig unauffällig in der Garage von Jan Marten den mechanischen beziehungsweise elektronischen Hahn gegen den leblosen Monscheidt ausgetauscht haben.

Okay, so weit, so gut. Jetzt wissen wir natürlich schon eine ganze Menge. Ob das alles den Tatsachen entspricht, ist noch eine ganz andere Frage. Heiner kann sich nicht vorstellen, dass Heusinger den Tausch mit dem Hahn allein durchgezogen hat. Dafür war der Monscheidt doch viel zu schwer, für den brauchte man doch schon fast einen Gabelstapler. Aber, na gut, solche Details lassen sich vielleicht später noch klären.

Die Luft ist dann nebenan ziemlich raus, Frau Weishaupt verkündet Heusinger die vorläufige Festnahme, übrigens alles in relativ freundlichem Ton. Er ist auch gar nicht so schockiert darüber, er fragt nur, ob er seine Frau anrufen darf, da wird die Weishaupt aber ein bisschen strenger und sagt, nur in ihrem Beisein, außerdem dürfte er keine Details nennen, also im Grunde genommen nur sagen, dass er vorläufig festgenommen wurde, er würde dann morgen mehr dazu berichten.

So wird es dann wohl auch durchgezogen, wie ich es mitbekomme, einen Anwalt will Heusinger aber nicht mehr verständigen, das will er morgen machen. Na gut, in Ordnung. Dann bitte auf in Richtung Arrestzelle, die Kollegen von der Spätschicht übernehmen dann mal die Betreuung. Bis morgen dann, Herr Heusinger.

Ich rede natürlich noch eine Runde mit Heiner, teilweise eher privat als sozusagen dienstlich, er sagt dann noch, das geht eben jetzt alles seinen Gang, er würde eher vermuten, dass die Frau Monscheidt morgen festgenommen wird, mit richtigem Haftbefehl, denn akute Flucht- und Verdunkelungsgefahr würde anscheinend in diesem Moment nicht bestehen. Ich würde jetzt gerne noch mal Frau Weishaupt sehen und sie fragen, ob ich irgendwas von heute Nachmittag in der Zeitung berichten darf, aber sie ist nicht aufzutreiben. Vielleicht ist sie ja auch zurzeit auf der Toilette. Allerdings ist es jetzt sowieso zu spät, die Meldung würde gar nicht mehr morgen reinkommen. Ich vereinbare einfach mal mit Heiner, dass ich ihn morgen früh oder Vormittag von der Redaktion aus anrufen werde.

Meine Güte, wie spät haben wir es denn jetzt, schon Viertel nach sechs, das ist ja kaum zu glauben. Mir reicht es wirklich, ich trete den Rückzug an. Heiner bringt mich noch zur Tür, aber ganz offiziell zur Vordertür. Unten treffen wir auf Becker, der grinst mich aber nur an und hebt den Daumen. War interessant, Heiner, sage ich. Auf was für Ideen du bloß kommst, Heiko, antwortet er.

Ich bin draußen.

Ich fühle mich wieder einmal so, als hätte ich gerade eine fünfstündige Deutschklausur geschrieben und dann noch bis zum allerletzten Abgabetermin mit Hochdruck die Wörter gezählt. Dafür habe ich mir eigentlich immer ein Zählgerät gewünscht, so wie man es bei Verkehrszählungen benutzt. Immer, wenn ein neues Wort vorbeigefahren kommt, drückt man einmal auf den Knopf. Einige aus meinem Jahrgang haben auch den Taschenrechner zum Zählen benutzt, aber da vertippt man sich leicht einmal und dann muss man wieder völlig von vorne anfangen. Meine Aufsätze waren immer ziemlich umfangreich, aber das muss ich wohl nicht betonen, das habt ihr euch bestimmt schon gedacht.

Also, ich stehe jetzt gerade an der Kreuzung von Markt, Husumer Straße und Marschstraße und warte darauf, dass das kleine grüne Männchen auf der Ampel erscheint. Man kann das schlecht erkennen, weil die letzten Strahlen der untergehenden Sonne einen ganz schön blenden. Eine Sonnenbrille wäre jetzt nicht völlig unangebracht. Grün. Ich marschiere los. Normalerweise würde ich jetzt wieder diagonal über den Marktplatz gehen, aber der ist vom Jahrmarkt völlig zugebaut. Da ist auch im Moment einiges los, das lässt sich nicht leugnen. Das muss ich jetzt hoffentlich nicht alles beschreiben. Ich gehe also sozusagen links am Jahrmarkt vorbei und in Richtung Schreiner, dann will ich rechts in Richtung Böttcher und dann in die Friedrichstraße. Für die Heider muss ich das bestimmt nicht alles sagen, aber es kann ja auch mal ein paar Auswärtige geben.

Die Musik vom Jahrmarkt dröhnt zu mir rüber, während ich da entlangwandere. Das ist ja sowieso typisch, dieses undefinierbare Soundgemisch. Mein Opa aus Lieth hat mir erzählt, dass es in den Sechzigern aber eigentlich die coolste Musik überhaupt nur auf dem Jahrmarkt gab, bei so einem Karussell, das er Raupe genannt hat. Das sieht so aus wie eine Berg- und Talbahn, aber wenn man eine Zeitlang damit gefahren ist, klappt dann plötzlich das Verdeck zu und man sitzt im Dunkeln. Das soll dann immer der aufregende Moment gewesen sein, in dem man dann einfach das Mädel, neben dem man gerade saß, beknutscht hat. Danach kriegte man entweder eine gescheuert oder man war plötzlich verlobt. Sorry, das mit der Verlobung war jetzt wahrscheinlich doch etwas übertrieben. Aber was mein Opa mir damit eigentlich sagen wollte, war wohl, dass er die Musik total aufregend fand, da wurden Platten gespielt, die man sonst nirgendwo hören konnte, die ganzen Hits aus Amerika und England eben. Okay, wenn Opa solche Sachen erzählt, kann ich das immer ganz gut nachempfinden.

Die Friedrichstraße stellt gerade ihren Betrieb ein, das heißt viele Geschäfte haben schon seit sechs geschlossen, aber manche sind eben auch noch ein bisschen länger geöffnet. Viel los ist hier aber nicht mehr, ich beschleunige meine Schritte und komme dann auch bald beim Landboten an. Muss ich jetzt noch meinen Stenoblock nach oben bringen? Direkte Antwort: Nein, Heiko, du spinnst wohl. Also geradewegs zum Parkplatz, den Polo ankurbeln und ab geht es auf die Piste.

Ich komme pünktlich zum Abendbrot zu Hause an. Das heißt, so richtig in Gang ist es noch nicht, aber es laufen die letzten Vorbereitungen. Linda hat den Tisch gerade zu Ende gedeckt, hallo Linda, hallo Heiko, Mutter steht noch in der Küche und wendet gerade Rührei mit Schinken in unserer größten Bratpfanne. Schmiedeeisen, 36 cm Durchmesser, Buchenholzgriff. Ich fürchte, das war mal ein Weihnachtsgeschenk von Vater, er schenkt seiner Frau gerne Praktisches, also Sachen, von denen er dann auch was hat. Ich höre dann noch, dass Lasse wieder beim Nachbarn geholfen hat und in Form von Eiern entlohnt wurde. Die hat er angeblich sogar selbst den Hühnern unterm Hintern weggenommen. So spät heute?, fragt mich Mutter. Ich sage: Ja, ich war so lange bei der Polizei, aber das kann ich nachher erzählen. Auch Tee, Heiko?, werde ich von Linda gefragt. Nee, lass man, mir ist jetzt eher nach einem schönen Bier.

Ich soll Vater Bescheid sagen, der ist noch im Büro, Lasse kommt gerade von selbst angedüst, wegen der Rühreier natürlich. Hast du Hände gewaschen? Ja, klar. Wer's glaubt, wird selig. Alle zu Tisch bitte!

Das schmeckt jetzt ja wirklich, Rührei mit Schinken auf einer dicken Scheibe Mischbrot, dazu ein Dithmarscher Urtyp. Vater nimmt auch eins und stellt sich schon mal den Nachfolger in Reichweite. Prost Timmermanns und guten Appetit. Lasse, hol' doch noch mal schnell das Glas mit den Gurken aus dem Kühlschrank. Und, was gibt's Neues?

Ja, sage ich, dieser Tonnenmord auf dem Heider Marktplatz, der steht wohl kurz vor der Aufklärung.

Das erweckt großes Interesse bei den Eltern, bei Linda eher mittleres und bei Lasse gar keines. Aber ich bin jetzt vorsichtig und vermeide es, Namen zu nennen, wer weiß, was mein kleiner Bruder dann morgen in der Schule erzählen wird, nachher ist seine Klassenlehrerin noch eine Schwester von der Monscheidt und die warnt sie dann und die Apothekerin entzieht sich dem Zugriff durch ihre Flucht nach Nordfriesland. Nein, also keine Namen. Meinen Auftritt als Timmsen erwähne ich auch lieber nicht, das kann ich ja später mal erzählen. Ich sage nur, ein Mittäter ist aufgeflogen, er hat dann praktisch alles ausgepackt, ich habe das ja im Nebenraum mit angehört. Nur Heiner tut mir jetzt leid, der muss die ganzen Protokolle schreiben, das ist ja auch ein Riesenhaufen Arbeit. Bei der Polizei ist eben auch sehr viel Bürokram dabei, so was kommt in den ganzen Krimiserien ja nur am Rande vor.

Dann gibt es natürlich jede Menge elterliche Reaktionen und Spekulationen, warum hat sie denn ihren Mann umgebracht, sie hätte sich ja auch einfach scheiden lassen können und so was in der Art. Wer möchte noch einen Schlag Rührei? Linda, gibst du mir bitte mal das Brot? Auch noch 'n Bier, Heiko? Ach nee, lass man, ist gut.

Das Thema Frau Monscheidt ohne Erwähnung ihres Namens ist langsam abgearbeitet, jetzt kommen eher normale Familiennachrichten, also was jeder heute so gemacht hat, das ist alles aber nicht so ungewöhnlich, dass ich es hier unbedingt berichten müsste. Dann soll Lasse wieder die Funk Uhr bringen und mal vorlesen, was es heute Abend in der Glotze geben wird. Donna Leon, Endstation Venedig im Ersten. Lasse, das wird Wenedig ausgesprochen, nicht Fenedig. Im Zweiten Rette die Million, bei RTL Alarm für Cobra 11, bei SAT.1 Kriminal Minz. Was? Ach so, Criminal Minds. Und im Dritten? Was über Australien. Gibt's auch irgendwo was mit Fußball? Ja, bei Kabel 1, Europa League. Donnerwetter, League hat er sogar richtig ausgesprochen. Ja, danke Lasse, das hast du gut gemacht.

Mir ist es eigentlich ziemlich egal, was es heute Abend im Fernsehen gibt, ich werde mich wohl ziemlich früh aus dem Verkehr ziehen und einen auf Wellness machen. Vielleicht sogar baden, mal sehen. Aber jetzt heißt es erstmal Abendbrot beendet, Tisch abdecken, aufräumen, abwaschen, das ganze Programm eben. Beim Abtrocknen verrate ich Mutter und Linda dann doch noch den Namen Heusinger, dass es dann auch um Frau Monscheidt ging, war ihnen schon vorher klar. Dass man sich in so was reinziehen lässt, da habe ich ja gar kein Verständnis für, erklärt Mutter. Es sind eben die Gefühle, die unser Handeln bestimmen, nicht die rationalen Überlegungen, zitiere ich Donald Petersen.

Richtig, Donald muss ich gleich noch mal anrufen. Bin gespannt, was er zu der Verhaftung von Heusinger sagen wird.

Geil, Heiko, sagt er. Das gibt's doch gar nicht, das ist ja der absolute Hammer. Nee, dass du da so einfach in das Verhör reingeplatzt bist und dem Heusinger eine Falle gestellt hast, einfach irre. Und dass dann deine Kommissarin da auch noch mitgespielt hat, cool. Echt cool.

Ich winke sozusagen bescheiden ab und sage: Donald, wenn du die beiden nicht verfolgt hättest, dann wären sie wahrscheinlich bis heute nicht aufgeflogen mit ihrer Giftmischerei. Übrigens, ich soll dir von Heiner sagen, du müsstest noch mal zu ihm auf die Wache und deine Zeugenaussage zu Protokoll geben.

Ja, kann ich machen, ich fahr' da morgen Vormittag mal hin. Ist kein Problem. Und sonst so, da waren doch noch mehr Morde, sind die denn jetzt auch schon aufgeklärt?

Nee, noch nicht, aber ich kann mir vorstellen, dass das bald kommt, als nächstes wird wohl die Apothekerin verhaftet werden. Aber keine Ahnung, ob die gestehen wird oder erstmal mauern wird. Das muss man einfach mal abwarten.

Dann geht es noch um allgemeinere Themen, also die Frauen und was alles damit zusammenhängt. Leider muss ich nächste Woche wieder nach Kiel, der berühmte Dienstag fängt dann wieder an, Donalds Sommersemester geht auch demnächst wieder los. Aber wir haben ja bald Frühling, das ist auch nicht das Verkehrteste und so weiter. Ja, bis demnächst denn mal, wenn was ist, wir hören voneinander. Tschüs und grüß' die Familie.

Ich soll von Donald grüßen, sage ich, als ich das Schnurlose wieder im Wohnzimmer auf die Ladestation lege. Das hatte ich jetzt vorher nicht erwähnt, glaube ich, dass ich es mit nach oben genommen hatte. Aber vielleicht habt ihr euch das ja auch schon gedacht. Danke, höre ich von Mutter, die sich gerade ganz solo auf der Couch vor dem Fernseher räkelt und Commissario Brunetti anschwärmt. Aha, dann ist der sozusagen ihre Simone Thomalla. Ich sag' schon mal gute Nacht, sage ich, wo ist Vater denn, na, der wollte noch schnell mal irgendwas beim Case überprüfen.

Zur allgemeinen Erinnerung: Der Case ist dieser riesige Traktor, mit dem Vater immer zwischen Reinsbüttel und Büsum hin und her saust, wenn er nicht gerade auf dem Bagger sitzt und in der Kleie herumkleit. Na schön, dann mal wieder ab in meine Bude. Halt, ich lasse schon mal Badewasser einlaufen und drehe die Heizung im Bad ein bisschen höher. Männliche Wellness ist angesagt. Gibt es im Radio um diese Zeit eigentlich irgendwelche Sportberichte? Schnell mal im Netz nachgucken. Laptop anwerfen, hochfahren lassen, geht alles schnell bei dem Ding, das ist ja auch noch gar nicht so alt. Nee, auf den Sendern, die wir hier reinkriegen können, läuft im Moment nichts Sportliches. Aber ich kann natürlich auch einfach ein bisschen Mucke auf Delta laufen lassen. Übrigens frage ich mich gerade, ob man mit so einem Digital-Radio mehr Sender reinkriegen würde, der Frage gehe ich aber lieber ein andermal nach. Ich lasse den Rechner mal an, aber auf Standby.

Bitte alle mal weggucken, ich ziehe mich jetzt aus. Danke, ihr dürft wieder hinschauen, ich habe meinen Bademantel an. Ich kann ja auch schon mal mein Bett aufklappen und den Schlafanzug bereitlegen. Und die Ölsardinen. Also das Buch meine ich jetzt damit. Echte Ölsardinen würde ich nicht unbedingt als Betthupferl zu mir nehmen. Mein Blick fällt gerade auf das Schachspiel, das steht noch genauso wie neulich auf dem Couchtisch. Die Zettel an den Figuren sind auch immer noch dran, irgendwann muss ich die auch mal wieder abnehmen. Wie hatte Lasse noch gesagt: Der Bauer hat der Dame geholfen. Ja, klar, aber der schwarze Bauer der weißen Dame. Also der Heusinger der Monscheidt. Gar nicht so blöd, der Lasse, obwohl man manchmal denkt, dass er nicht bis drei zählen kann.

Jetzt aber ab ins Badezimmer. Au weia, doch ganz schön heiß, sagt mir die Ellenbogenprobe. Ideal ist eine Wassertemperatur von 36 bis 38 Grad, hat Linda mir im Zusammenhang mit ihrem Körpertemperatur-Referat verraten. Anschließend darf der Körper nicht zu schnell abkühlen, daher muss die Luft im Bad auch sehr warm sein. Außerdem sollte man sein Handtuch oder seinen Bademantel oder beides auf die Heizung legen. Gut, ich halte mich an alle Hinweise, obwohl ich das, glaube ich, schon immer so gemacht habe. Bleiben Sie maximal zwanzig Minuten in der Badewanne. Ich lege noch zehn Minuten drauf, bis die Hände wieder rot und schrumpelig werden. Wunderbar entspannend finde ich das, am liebsten würde ich die ganze Nacht hier drinnen bleiben. Warum auch nicht, es gibt ja doch auch Wasserbetten, haha.

So, Wellness beendet, jawohl, ich habe gelüftet, obwohl das immer arg zugig ist, ich habe auch die Badewanne wieder sauber gemacht. Handtuch um den Kopf, wie Linda, eigentlich müsste ich bald mal wieder zum Friseur, aber das habe ich schon öfter gesagt, fürchte ich. Als Berufstätiger weiß man ja gar nicht, wann man da hingehen soll. Samstag vielleicht? Mit feuchten Haaren mag ich aber noch nicht ins Bett gehen, ich hänge noch etwas an meinem Schreibtisch vor dem Laptop ab und zappe sozusagen ein bisschen herum. Das Schweigen fällt mir ein, dieser berühmte Film. Ich lese mir mal durch, was bei Wikipedia darüber steht. Mein Gott, das scheint ein echt deprimierendes Werk zu sein, mit so etwas sollte man sich vor dem Schlafengehen überhaupt nicht beschäftigen. Darum sage ich jetzt auch nichts weiter dazu, höchstens, dass es so ein Streifen für Film-Versteher zu sein scheint. Was fällt mir sonst gerade noch ein? Die Raupe, dieses Karussell, von dem Opa erzählt hat. Vielleicht gibt es so etwas auch heute noch, mal gucken. Ja klar, bei Google sind sogar jede Menge Bilder davon, die Raupenbahn scheint es offiziell zu heißen. Tunnel of love fällt mir ein dabei, dieser alte Song von den Dire Straits, da scheint es irgendwie um eine Begegnung zwischen einem Typen und einem Mädel auf dem Jahrmarkt zu gehen. Eingabe: Tunnel of love. Mal sehen, was da kommt. Nee, das scheint doch was anderes zu sein, es geht aber schon in Richtung Jahrmarkt. Da fährt man zum Beispiel mit einem kleinen Boot in eine künstliche Grotte hinein, in der es natürlich richtig dunkel und romantisch ist, sodass man so ähnlich knutschen kann wie in der Raupe, wenn das Verdeck heruntergelassen wird. Statt Boot gibt es aber auch die Variante Karussell-Wagen auf Schienen. Na gut, aber so völlig unähnlich ist das jetzt auch wieder nicht.

Habe ich sonst noch was auf dem Zettel? Nee. Also auch nicht mehr nach E-Mails gucken, mir reicht es jetzt. Laptop runterfahren, Haare noch mal kurz mit dem Handtuch rubbeln, einmal kämmen, ab ins Bett. Falls es euch interessiert, es ist gerade eben Viertel vor zehn geworden, das scheint irgendwie meine natürliche Bettzeit zu sein. Meinetwegen. Noch ein paar Seiten John Steinbeck, dann aber Licht aus und pennen.

Es sind auch wirklich nur noch ein paar Seiten Steinbeck geworden, aber die geistern noch am nächsten Morgen in meinem Kopf herum. Es kommt mir nicht so vor, als ob das Buch eine richtige Handlung hätte, aber es scheint sich doch allmählich immer mehr auf diesen Meeresbiologen Doc zu konzentrieren. Was mir noch auffällt, die Typen, die da geschildert werden, sind teilweise doch ganz schön arm und heruntergekommen, aber irgendwie scheint es sie nicht besonders zu stören. Mir kommt das manchmal ein bisschen zu romantisch vor. Na gut, das ist eben der Herr Steinbeck, der sieht das so. Ansonsten aber: Kurios, witzig, manchmal etwas nachdenklich, das Buch kann ich schon weiterempfehlen. Wenn ich es Donald zurückgegeben habe, könnt ihr ihn ja mal fragen, ob ihr es dann haben könnt.

Was haben wir heute Morgen anzubieten? Freitag, den 15. März. Heute Abend geht es zu Heike, das steht sozusagen auf der Zielgeraden des Tages. Bei allem, was noch davor kommen wird, habe ich etwas gemischte Gefühle. So nach dem Motto: Da kommt heute noch ordentlich was auf mich zu. Bisher ist aber noch alles normal, ich war nur kurz im Bad, duschen musste ich ja nun wirklich nicht, ich habe ja gestern Abend gebadet, da kann man das ruhig mal ausfallen lassen. Linda aber schon, ich meine damit, Linda hat aber schon geduscht, sie kommt gerade heraus aus dem Bad, als ich hinein will. Ihren kuscheligen weißen Frottee-Bademantel hat sie nicht richtig zugemacht und gewährt mal wieder unzulässige Einblicke. Warum sind Tamponbändchen so komisch türkis, das müsste man eigentlich mal googeln. Hallo Linda, hallo Heiko.

Ich blende jetzt lieber mal zum Frühstück über: Vater ist schon beruflich unterwegs, Mutter sitzt aber am Tisch und blättert im Landboten. Guten Morgen, hallo Heiko, gut geschlafen? Ja, eigentlich auch richtig gut ausgeschlafen. Kommt Linda auch gleich? Ja, da ist sie ja schon. Ich gucke mal, wo Lasse abbleibt.

Kaffee, Toast mit Erdnussbutter und Käse. Aber nacheinander. Ich greife mir unser Blatt und versuche mir einen ersten Überblick über die Aktualitäten zu verschaffen. Zunächst heiter, aber tagsüber nur null bis zwei Grad. Geht's denn noch, wir haben immerhin schon Mitte März. Die große Südschleuse in Brunsbüttel kann wieder benutzt werden. Außerdem kommt heute der ungeliebte Verkehrsminister Ramsauer zum Ortstermin nach Brunsbüttel. Im letzten Jahr weniger Straftaten in Dithmarschen, aber insgesamt doch über 8.000. Über die Hälfte waren Diebstähle. Aufklärungsquote im Durchschnitt 47 %. Junge Leute sind als Täter und Opfer überrepräsentiert. Was soll das jetzt im Klartext heißen? Hallo, ich bin noch ziemlich jung, mir könnte leicht irgendein anderer jüngerer Typ zum Beispiel mein Handy klauen. Ein Rentner würde das wahrscheinlich eher nicht tun. Oh, da ist ja schon auf der ersten Seite eine kleine Meldung zum Thema Wassersport auf der Eider, mit Verweis auf den längeren Artikel unter Dithmarschen. Dass das von mir ist, muss ich doch hoffentlich jetzt nicht erwähnen. Upps, jetzt habe ich es aber doch schon erwähnt.

Jugendliche sind unverändert an Konfirmation interessiert. Ja klar, war ich doch auch. Über die Gründe müssen wir jetzt aber hoffentlich nicht spekulieren. An 85 Gymnasien in Schleswig-Holstein gibt es nur noch das Turbo-Abi G8, an vier Gymnasien sowohl G8 als auch G9, an elf Gymnasien gibt es nur G9. Mit dem Problem muss ich mich zum Glück nicht mehr befassen. Bananen auf der Eider, das ist ja eine ganze Seite geworden, wenn man mal von der Anzeige von VW-Stotzem absieht. Heiko, du machst dich. Oder es gab einfach nichts anderes. Jetzt kommt ein ziemlich nerviger Artikel über den Erhalt der Grundschule in Schafstedt, den hat ausgerechnet auch noch Maja geschrieben. Warum nervig? Weil da nur so kryptisch angedeutet wird, was vorher alles passiert ist. Ich muss das glatt zweimal lesen, kapiere es aber immer noch nicht. Vielleicht ist es alles ganz anders gewesen, aber ich habe den Eindruck, die Schule in Schafstedt sollte erst geschlossen werden, der Schulleiter hat seine Schule aber in den Augen der Eltern nicht wirklich verteidigt und ist deshalb auch heftig angegriffen worden. Nun soll die Schule also doch noch weiterleben, aber ob der Schulleiter da noch mitspielen will, scheint auch nicht klar zu sein. Okay, das allgemeine Problem hatten wir doch schon mal am Wickel, die Schülerzahlen gehen halt zurück, die Eltern haben eben nicht für genug Nachwuchs gesorgt, was soll man da machen. Wesselburener Deichhausen hat ja auch keine Schule mehr. Pardon, war nur ein Witz, ich glaube, hier gab es noch nie eine Schule. Oder etwa doch, das müsste ich auch noch mal nachgoogeln.

Immer noch Les Misérables im Kino. Das Freimaurermuseum in St. Michaelisdonn ist jeden ersten Samstag im Monat von 15 bis 18 Uhr geöffnet. In Leipzig beginnt die Buchmesse. DJ Ötzi und Wilson Gonzalez Ochsenknecht sind heute Abend in der Talkshow Tietjen und Hirschhausen. Danach Inas Nacht mit David Garrett und Rüdiger Nehberg. Zum Glück bin ich nicht zu Hause. Eine Fünfzigjährige sucht einen Mann, der gerne Hemden trägt. Scheint auch so eine Art Fetischismus zu sein. Der Steinbock wird über seinen Schatten springen müssen. Nun ist Hexe endlich 18, dazu gratulieren Mama, Papa und Lisa. Dieses Wochenende ist Ostereier-Markt in Tönning. Umweltbewusste Fischesser sollten auf Makrelen verzichten.

Es steht natürlich noch viel mehr in unserem Blatt, aber das habe ich jetzt eher überflogen. Ja, es wird auch wieder langsam Zeit für mich.

Linda ist eben von Almut abgeholt worden, die wird ihr wahrscheinlich gleich wieder die neuesten Erlebnisse mit Donald erzählen. Lasse wird auch gerade in Marsch gesetzt, ich sage, ich muss dann auch mal los. Ich hätte mal wieder Lust auf den Unimog, aber ich glaube, ich nehme doch lieber den Polo. Hoffentlich wird es irgendwann mal wieder wärmer, ich hätte auch mal Bock, wieder mit dem Fahrrad nach Heide zu fahren. Das hat zwar ein bisschen was Masochistisches, aber es ist auch irgendwie schön.

Tschüs, Mutter, tschüs, Heiko, viel Spaß heute.

Naja.

Ich bin schon draußen am Polo und stelle zufrieden fest, dass ich heute nicht kratzen muss, nicht mal beschlagen sind die Scheiben, da meldet sich die Nationalhymne von Tonga in meiner Jackentasche. Hymne und Hymen kann man auch leicht miteinander verwechseln. Aber jetzt mal ans Handy, wer ist das denn um diese Zeit? Heiners Festnetznummer im guten alten Hemmingstedt.

Ich hab' jetzt nicht viel Zeit, sage ich gleich, bin auf dem Weg zur Arbeit.

Geht ganz schnell, Heiko: Ich hab' gestern noch abends in der Wache das Protokoll von Heusingers Vernehmung geschrieben. Schwierig war es, als du plötzlich als Kollege Timmsen aufgetreten bist mit dem angeblichen Blitzerfoto. Da hab' ich lieber etwas drum herum geschrieben, also dass Heusinger mit einer Zeugenaussage konfrontiert wurde, man habe ihn gemeinsam mit Frau Monscheidt in seinem Auto gesehen. Punkt. Donald soll ja auch noch mal zur Wache kommen und mir das zu Protokoll geben. Damit die Akten dann auch vor Gericht stimmen, weißt du.

Ja, klar. Ich hab' ihm auch schon Bescheid gesagt. Er will irgendwann heute Vormittag kommen.

Dann ist ja gut. Ich bin auch in ungefähr einer Stunde da. Du, können wir uns heute Mittag treffen, sagen wir beim Chinesen?

Ist okay, Heiner.

Aber ich kann bestimmt nicht so früh weg von der Wache. Ist um zwei auch noch okay für dich?

Also gut, Heiner, um zwei beim Chinesen. Aber jetzt muss ich echt los, sonst komme ich zu spät.

Ist klar, Heiko. Bis dann, tschüs.

Mutter hat schon sorgenvoll aus dem Küchenfenster geguckt. Ich zeige auf mein Handy, aber das muss sie ja sowieso schon sehen. Sie nickt und verschwindet dann wieder in den Weiten der Küche. Okay, das hat jetzt vielleicht doch ein paar Minuten gedauert, das Gespräch mit Heiner meine ich jetzt, aber zu spät zur Arbeit werde ich bestimmt nicht kommen.

Nein, ich komme sogar ganz easy durch, also günstige grüne Welle an sämtlichen Ampeln und so weiter. In der Redaktion kann ich ganz gemütlich meine Sachen aufhängen und den Rechner in aller Ruhe anheizen, die große Morgenkonferenz beginnt erst in fünf Minuten.

Frau Brüggmann ist wieder da, zwar noch etwas krächzig und angeschlagen, aber sie sagt, dass sie es zu Hause einfach nicht mehr ausgehalten hat. Ich weiß nicht, ob ihr Mann sogar schon auf Rente ist, vielleicht hat er sie ja die ganze Zeit genervt, das könnte ja angehen. Aber wie ich schon öfter erwähnt habe, im Grunde genommen weiß ich so gut wie nichts über das Privatleben meiner Kollegen.

Fuchs ist ein bisschen eingeschnappt, dass ich mich gestern Nachmittag so einfach aus dem Staub gemacht habe, ist so mein Eindruck, deshalb presche ich gleich mal hervor und sage, dass ich noch praktisch bis abends bei der Polizei war. Es hat eine Verhaftung im Tonnenmord-Fall gegeben, sage ich. Da sind natürlich alle sehr neugierig drauf, nicht nur er. Ich muss ausführlich erzählen und erwähne dabei auch Heusinger und seine Behauptung, dass Frau Monscheidt ihren Gatten mit Colchicin um die Ecke gebracht habe. Das wäre ja schon mal eine Meldung wert, war ja auch Zeit, dass sich da mal was tat in dem Fall. Heute Nachmittag, sage ich, werde ich wahrscheinlich noch mehr hören, ich hab' wieder einen Termin mit der Polizei.

Ich muss ja nicht unbedingt erwähnen, dass dieser Termin aus einem Essen mit Heiner im chinesischen Restaurant Tsing Li besteht. Ja, ist gut, Heiko, da können Sie dann heute Nachmittag gerne hingehen, vielleicht ergibt sich dann noch was für die morgige Ausgabe. Sehen Sie zu, dass Sie was Berichtenswertes auf die Reihe kriegen. Und sonst muss es eben einfach bei der Meldung über Heusingers Verhaftung bleiben.

Danach stehe ich nicht mehr so ganz im Mittelpunkt, es gibt ja noch andere Themen und Aufgaben und die werden jetzt auch gerade verteilt. Dass Frau Brüggmann wieder da ist, entlastet uns natürlich etwas, aber sie bekommt sozusagen journalistische Schonkost verabreicht, also keine Recherchen in zugigen Hausfluren oder so etwas in der Art. Mein Vormittagsjob soll mich zu zwei Banken führen. Banken, ach du Scheiße, Platz zwei auf meiner Negativskala gleich hinter Kindergärten. Zwei Banken, sagt Fuchs, aber ein Problem, schon mal was von SEPA gehört, Heiko? Ja und nein, doch, das hat irgendwas mit neuen Kontonummern zu tun. So ungefähr, sagt Fuchs, jedenfalls haben wir zwei Anfragen, einmal die Dithmarscher Volks- und Raiffeisenbank und dann die Sparkasse Westholstein. Schreiben Sie das gleich mit, man kann die Namen der Banken leicht verwechseln mit der Sparkasse Hennstedt-Wesselburen und der Raiffeisenbank, die an der Ecke vom Schuhmacherort ist.

Ja, okay, sage ich, also die Sparkasse Westholstein ist rechts vom Rathaus und die Volks- und Raiffeisenbank links vom Rathaus.

Stimmt schon, Heiko. Also, um halb zehn haben Sie einen Termin bei einem Ulf Örtinger von der Volksbank, um halb elf sind Sie bei Kurt Thule von der Sparkasse Westholstein angemeldet.

Thule, liegt das nicht in Grönland, sage ich. Sorry, ich will jetzt den Chef nicht weiter nerven, er scheint ja sowieso zu befürchten, dass ich sämtliche Heider Banken miteinander verwechseln könnte. Nein, ich schreibe jetzt ganz ordentlich und gut lesbar alles auf. Es scheint für die Banken ein wichtiges Thema zu sein, sagt Fuchs noch, sonst hätten sie sich ja nicht an uns gewendet. Ach so, ein Wort noch, Heiko, hören Sie, der Artikel wird erst nächste Woche erscheinen, sagen Sie das den Herren, wenn sie danach fragen. Eventuell Montag, aber so ganz sicher kann ich das noch nicht sagen.

Okay, also einmal um halb zehn und einmal um halb elf. Ich werde ja hoffentlich kapieren, worum es geht.

Ich fasse das Ganze aber mal zusammen, ich muss ja nicht sämtliche Schritte hin zum Marktplatz und zwischen beiden Kreditinstituten beschreiben. Außerdem muss ich jetzt wahrscheinlich auch gar nichts über diese IBAN-

Nummern sagen, die haben sich mittlerweile ja schon überall eingebürgert. Ich sage nur, meine normale Kontonummer konnte ich gerade noch behalten, die IBAN überfordert mich aber total. Wie viele Stellen hat die noch mal, zweiundzwanzig. IBAN die Schreckliche. Da kann man sich ja nur verschreiben oder vertippen. Sehr fortschrittlich kommt mir das irgendwie nicht vor. Aber darum geht es wohl auch nicht, sondern das große Problem werden die Vereine sein, besser gesagt, das Problem werden die Vereine haben, die bisher von ihren Mitgliedern die Beiträge per Lastschrift eingezogen haben. Dieses ganze Verfahren wird komplett umgestellt. Der normale Kassenwart und natürlich auch die ebenso normale Kassenwartin müsste auf jeden Fall mit dem Computer umgehen können und dann auch noch ein spezielles Programm verwenden. Damit dürften viele Leute überfordert sein. Schon wieder überfordert. Was wollen also die Banker von der Presse? Der Landbote soll ins Land hinausposaunen: Hey Leute, passt auf, die SEPA kommt mit IBAN und BIC und allem, was dazugehört. Wenn ihr was mit Lastschriften zu tun habt, müsst ihr euch jetzt drum kümmern, sonst gibt es irgendwann große Probleme, ein böses Erwachen oder noch Übleres. Jawohl, ich habe einigermaßen verstanden, worum es geht.

Noch ein paar Fotos von den Herren, diese Bankmenschen sind ja immer so adrett gekleidet, dass ein Fotograf ihnen keine Sorgen bereiten muss. Kleine Ergänzung: Im Grunde genommen höre ich bei der Volksbank das gleiche wie bei der Sparkasse. Oder sogar dasselbe. Man hätte das ja alles auch in einem Büro abhandeln können. Aber egal jetzt, ich bin dann auch schon bald wieder auf dem Rückweg und dann in der Redaktion und fange auch schon an zu schreiben. Die eine oder andere Zusatzinfo muss ich mir noch aus dem Netz holen. Dann ist es natürlich klar, dass es um eine total trockene Materie geht, die im Prinzip niemanden begeistert. Da kann man auch keine würzigen Formulierungen unterbringen oder gar geistreiche Witze, das ist ganz einfach so. Ich kann mir aber Zeit lassen, ich bin ja erst um 14 Uhr mit der Polizei in Form von Heiner Ohlsen verabredet. Ich mache zwischendurch auch noch mal eine kleine Kaffeepause, dann bin ich kurz vor halb zwei auch fertig mit meinem Artikel und selber gar nicht mal so unzufrieden damit.

Dafür ist mein Magen umso unzufriedener und beschwert sich lautstark bei mir, er will endlich was zu tun kriegen. Also anders gesagt, ich habe allmählich einen mordsmäßigen Hunger. Wenn man dann auch noch darüber nachdenkt, wird es ja auch nicht gerade besser. Eigentlich müsste man für solche Fälle eine Notration in der Schreibtischschublade haben, aber das müsste schon was Haltbares sein. Vielleicht Hartkekse und Dauerwurst oder solche Sachen. Schiffszwieback ginge ja auch. Gibt es überhaupt Nahrungsmittel, die niemals verderben? Danach muss ich gleich mal googeln, dann habe ich wenigstens was vor. Honig, okay, davon habe ich schon mal gehört. Also, dass das Zeug nicht verderben kann, meine ich jetzt. Reis. Na gut, aber den kann man ja nicht roh essen. Zucker. Mehr als einen oder zwei Löffel würde ich aber davon nicht runterkriegen. Schnaps, das finde ich ja cool, aber als Nahrungsmittel würde ich den nicht unbedingt betrachten. Ahornsirup soll im Gefrierschrank unendlich lange haltbar sein. Da steht aber nichts von der Haltbarkeit in der Schublade. Essig, Maisstärke und Salz werden mir dann noch vorgeschlagen, aber das finde ich nicht so ganz überzeugend. Das mit den Hartkeksen gefällt mir eigentlich immer noch am besten. So, kurz vor zwei, endlich, jetzt kann ich mich mal auf den Weg zum Chinesen machen. Rechner in die Mittagsstunde schicken, Stenoblock mitnehmen, Klamotten anziehen. Im Moment ist kein Kollege in Sichtweite, ich wette aber, dass gleich einer auftauchen wird, wer auch immer. Frau Brüggmann vielleicht. Nein, abmelden muss ich mich jetzt sicher nicht, ich kann einfach abmarschieren, Fuchs weiß ja Bescheid. Halt, noch mal schnell zurück in die Redaktion, ich nehme mir lieber noch einen zweiten Stenoblock mit, keine Ahnung, was Heiner mir alles erzählen wird.

Tsing Li um vierzehn Uhr drei: Man merkt, dass die große Zeit des Mittagsbüffets schon vorüber ist, es sitzen nur noch ein paar einsame Gestalten in den verschiedensten Ecken. Heiner ist nicht in Sicht, aber ich gehe einfach schon mal an einem Tisch vor Anker. Eine große Spezi und das Büffet, danke. Ich fange jetzt aber doch allein an, sonst werde ich noch wegen ruhestörenden Magenknurrens verhaftet. Es sieht alles schon ein bisschen abgegrast aus, das muss ich leider sagen, aber ich finde natürlich noch das eine oder andere, was ich mir gleich hinter den Knorpel schieben kann. Ich sitze mit Löffel und Gabel vor meinem Teller und überlege gerade, ob ich mir noch mehr Sojasoße über den Reis kippen sollte, als Heiner endlich auftaucht. Vierzehn Uhr zwanzig, das ist ja beinahe schon Kaffeezeit.

Tut mir leid, Heiko, ich kam nicht so schnell weg, bei uns war voll die Action. Aber jetzt hab' ich auch Feierabend für heute. Ein großes Bier, bitte. Und natürlich einmal Büffet.

Okay, ich muss jetzt hoffentlich nicht genau beschreiben, wie Heiner sich mit Kalorien versorgt, seinen ersten Schluck zur Brust nimmt und so weiter. Stellt euch einfach vor, dass wir jetzt einige Zeit beim Essen sitzen und dass dann hin und wieder einer von uns aufsteht und mit Nachschub auf seinem Teller wieder zurückkommt. Insgesamt sind wir fast bis halb vier hier, ich glaube, eigentlich machen die hier schon um drei zu und öffnen dann erst wieder abends um sechs, aber auf die Öffnungszeiten habe ich gar nicht so genau geachtet. Wir reden ziemlich viel, das heißt, eigentlich sagt Heiner das meiste und ich stelle mal zwischendurch die eine oder andere Frage. Außerdem notiere ich mir eine ganze Menge, aber erst, als ich mit dem Essen fertig bin.

Ich fasse mal einfach zusammen, was ich von Heiner erfahren habe: Frau Monscheidt ist heute Morgen direkt in ihrer Apotheke verhaftet worden, mit offiziellem Haftbefehl. Verdacht der Tötung ihres Ehegatten oder so ähnlich. Heiner war nicht dabei, hat es nur von Kollegen gehört. Die Kripo aus Itzehoe war natürlich da. Heiner war später auch mit raus zu einer weiteren Festnahme: Kurt Heimann, der Mann von dieser anderen Apothekenfrau. Warum jetzt ausgerechnet dieser Heimann, das wird er mir hoffentlich noch erklären.

Heiner hat auch das eine oder andere von Weishaupt und dann auch von Becker erfahren: Bernd Heusinger war gestern ja geständig, warum eigentlich auch nicht, seine Ehe ist sowieso schon ruiniert, seiner Frau konnte er den Fehltritt mit Monscheidt nicht verzeihen. Er hatte ja sofort seine Verstrickung in den Fall offenbart und auch seine Beteiligung an einem gemeinsamen Mordkomplott mit Frau Monscheidt zugegeben.

Dann kippte es wie im Dominospiel: Heusinger hat Frau Monscheidt belastet, sie wurde auch noch im Laufe des Vormittags intensiv befragt. Zunächst hat sie alles geleugnet, aber da sie erkannte, wie sehr Heusinger sie belastet, hat sie ausgepackt. Frau Monscheidt bringt aber noch einen weiteren Namen ins Spiel: Kurt Heimann, den Ehemann einer weiteren Angestellten der Apotheke. Also ein Trio, zwar keine drei Hexen, aber immerhin eine dabei.

Durch hartnäckige Verhöre kommt eine ganz neue Version ans Tageslicht: Frau Monscheidt hatte die Ehemänner Heusinger und Heimann zu einem wichtigen Gespräch eingeladen, sozusagen unter konspirativen Bedingungen: Sie haben sich in Warwerort am Deich getroffen. Während eines längeren Spaziergangs hat Frau Monscheidt den beiden Männern eröffnet, dass ihre Ehefrauen von ihrem Mann, dem Apotheker Monscheidt, verführt worden seien. Die Männer sind total schockiert und völlig außer sich. Frau Monscheidt erklärt ihnen ihren Plan: Sie hat einen geheimen Vorrat an Colchicin, der noch aus der Zeit kommt, als nicht gebrauchte Medikamente in der Apotheke zurückgegeben werden konnten. Das Thema hatten wir ja schon mal. Über diese zurückgegebenen Medikamente ist nie Buch geführt worden. Frau Monscheidt hat vor, ihren Gatten mit Hilfe einer Überdosis ins Jenseits zu befördern. Sie bräuchte aber Hilfe, um die Leiche zu beseitigen. Ihre Idee, da sie über die Hahnebier-Aktivitäten ihres Mannes gut informiert ist: Die Leiche in der Tonne unterbringen, auf die auf dem Marktplatz so spektakulär geworfen werden soll. Damit würde der Verdacht auf irgendeine Person im Hahnebier-Umfeld gelenkt werden, vielleicht auch auf einen Hahnebier-Hasser oder ähnliches.

Da man natürlich das Colchicin als Mordwaffe entdecken würde, müssten aber noch weitere Anschläge mit diesem Medikament durchgeführt werden, die allerdings nicht tödlich ausgehen sollten. Der Verdacht würde dann verstärkt auf das Hahnebier-Milieu konzentriert werden. Frau Monscheidt rechnet von vornherein damit, dass in ihrer Apotheke nach unregistriertem Colchicin gesucht werden würde, sie würde aber dafür Sorge tragen, dass alles seine Ordnung hätte. Damit wäre sie entlastet, wenn die Polizei überhaupt auf den Gedanken käme, sie zu verdächtigen. Nachdem sie ihre Karten offen auf den Tisch gelegt hat, stimmen ihr die Herren Heusinger und Heimann zu, sie wollen dazu beitragen, den Liebhaber ihrer Ehefrauen zur Strecke zu bringen. Sozusagen eine Win-Win-Win-Situation.

Heusinger und Heimann holen nachts die Leiche ab und verstecken sie in der Holztonne bzw. sie tauschen den Hahn gegen die Leiche aus. Ein Hahn für den anderen Hahn.

Mir kommt das schon ein bisschen plausibler vor als die Version, die Heusinger gestern von sich gegeben hat.

Frau Monscheidt hat heute Vormittag außerdem noch ausgesagt, dass Heusinger den zweiten Colchicin-Anschlag verübt hat, der einer zufälligen Person aus einer Egge gelten sollte. Es gelingt ihm, sich im Tivoli im Abendanzug unter die Gäste zu mischen und eine Colchicin-Lösung in eines der Gläser zu gießen, die auf einem der Tische stehen. Er hatte vorher beobachtet, dass es einem Mann gehörte, und er rechnete auch damit, dass es keine tödliche Dosis sein würde. Offensichtlich hatte das Opfer aber sein Glas nach dem Tanzen in einem Zuge ausgetrunken. Das ist aber nur eine Vermutung von Heusinger, er hatte sich gleich wieder aus dem Staub gemacht, nachdem er die Colchicin-Lösung in das Glas gegossen hatte. Erst später wurde ihm klar, dass sein Opfer verstorben war.

Heiner sagt dann noch, dass er gespannt sei, was dieser Heimann aussagen wird, der muss ja auch noch beichten. Aber er vermutet mal, dass Heimann auch so ähnlich in die Geschichte verwickelt ist und dass er erkennen wird, dass er sich nicht herausreden kann. Wahrscheinlich ist er derjenige, der den dritten Anschlag durchgeführt hat.

Mann, Heiner, sage ich, als er mit seinem Vortrag durch ist, das ist schon eine irre Geschichte: Die Apothekerin bringt ihren untreuen Gatten um, dazu holt sie sich noch zwei betrogene Ehemänner ins Boot, die benutzt sie dann quasi dazu, den Verdacht ganz breit zu streuen, so breit, dass sie selbst nicht mehr in Frage käme. Und Donald hat ja auch schon gemeint, Giftmorde, das wäre typisch für Frauen.

Das ist wahrscheinlich aber nur ein Vorurteil, Heiko. Ich hab' mal gelesen, dass es genauso viele Giftmörder wie Giftmörderinnen geben soll. Und weniger als ein Prozent aller Morde sollen Giftmorde sein. Es hat sich eben herumgesprochen, dass man das Gift leicht nachweisen kann.

Ende des späten Mittagessens, Heiner hat ja bereits Feierabend, aber ich muss zurück in meine Redaktion. Die Kellnerin hat schon alles abgeräumt und ist sichtlich froh, dass sie uns endlich loswird, damit sie den Laden zumachen kann. Gezahlt haben wir natürlich auch schon längst, aber dann haben wir doch noch mindestens zehn Minuten weiter an unserem Tisch gesessen. Gesagt hat sie aber nichts, ich meine jetzt solche Sachen wie, wir schließen jetzt oder wir haben Polizeistunde oder so. Wahrscheinlich lag ihre Zurückhaltung doch an dem moderaten Trinkgeld, das wir gegeben haben. Also so ungefähr zehn Prozent oder ein bisschen mehr. Das kommt ja immer ganz gut an. Ich habe mal von einem gehört, der was mit der Gastronomie zu tun hat, dass zehn Prozent in Ordnung sind. Bei weniger fühlt sich der Kellner schon fast beleidigt, dann hätte er schon lieber gar keinen Tip. Auf der anderen Seite hinterlassen ganz protzige Trinkgelder auch einen schlechten Beigeschmack. Gut, kann ich alles verstehen.

Ich bin mittlerweile wieder in meiner Redaktion angekommen, ein paar andere sind auch schon da, aber Fuchs noch nicht. Wenn ich jetzt noch was aus meinem chinesischen Gespräch mit Heiner machen will, muss ich mich beeilen. Also die Notizen vor mir ausbreiten, den Rechner aus dem Koma zurückholen und dann einfach anfangen zu schreiben. Jetzt nicht lange an der Überschrift herumbasteln, das kann ich auch zum Schluss machen. In den Morgenstunden des gestrigen Tages kam es zu zwei weiteren Verhaftungen im Fall des ermordeten Apothekers aus der Süderstraße (wir berichteten). Scheiße, das klingt irgendwie total altmodisch und der Satz ist auch viel zu lang. Naja. Nach ungefähr einer halben Stunde habe ich gut zwanzig nicht zu kurze oder zu lange Sätze gestrickt, die einigermaßen neutral das

Bild vermitteln, das ich im Moment auch selber vom ganzen Fall habe: Hallo, es ist noch nicht alles geklärt, aber es ist sozusagen auf dem Weg. Hauptverdächtige scheint die Frau des Mordopfers aus der Tonne zu sein, den weiteren Verdächtigen könnten die Giftmorde im Tivoli und in einem Kaufhaus in der Friedrichstraße zur Last gelegt werden. Wo denn der Hahn abgeblieben ist, ist auch noch nicht klar. Und so weiter und so bla. Haftbefehle, Untersuchungshaft in Itzehoe. Weitere Erkenntnisse liegen noch nicht vor.

Inzwischen ist auch Fuchs wieder erschienen und hat mir kurz über die Schulter geschaut, so was kann ich normalerweise nicht besonders gut ab. Aber er hat immerhin anerkennend gebrummt und mich dann wieder in Ruhe gelassen. Jetzt bin ich ja fertig, nach einer passenden Überschrift kann ich ihn ja auch gleich mal fragen. Ich drucke mal meinen Artikel in 14-Punkte-Schrift aus, es ist manchmal angenehmer, wenn man zusammen auf ein Blatt Papier starren kann statt auf einen Bildschirm.

Woher haben Sie das alles, Heiko, ach ja, Sie wollten sich ja mit der Polizei treffen. Also scheint die Apothekerin doch ihren Mann auf dem Gewissen zu haben, das gibt es ja gar nicht. Und ihre Komplizen haben dann wohl diese beiden anderen Morde begangen, soso.

Ja, sage ich, so hat es sich möglicherweise abgespielt. Das waren die Männer von zweien der Angestellten. Denen hat die Frau Monscheidt gesteckt, dass ihr Mann es mit den Ehefrauen getrieben hatte, damit hat sie die beiden dann in ihr Boot geholt. Aber das habe ich natürlich nicht in den Text mit reingebracht.

Nein, nein, Heiko. Wir sind der Landbote und kein Revolverblatt, gewisse Unterschiede muss es ja noch geben. Nein, mit dem, was Sie da geschrieben haben, bin ich sehr einverstanden. Gute Arbeit. Titel?

Ja, den habe ich noch ausgelassen, da war ich mir nicht so ganz sicher.

Vielleicht Tonnenmord vor der endgültigen Aufklärung. Oder: Heider Giftmord-Serie aufgeklärt. Oder: Weitere Verhaftungen im Fall der Heider Giftmorde.

Mir wäre es am liebsten, wenn Sie das machen würden, Herr Fuchs.

Ist gut, Heiko. Ich muss ja sowieso noch mit dem Artikel zum Chef, könnte was für die erste Seite sein, zumindest aber ganz oben unter Heide. Schauen wir mal, was sonst noch anliegt. Bilder?

Bilder, Herr Fuchs? Nein, Bilder habe ich natürlich heute nicht gemacht.

Vielleicht hätte ich ein Selfie von mir mit der chinesischen Kellnerin machen sollen. Nein, Fuchs besinnt sich und sagt dann, nein, kein Bild dazu, eventuell noch einmal so ein allgemeines Marktplatz-Foto aus dem Archiv. Immerhin ging ja diese ganze Mordgeschichte sozusagen vom Marktplatz aus, haha.

Gut, mir soll es recht sein. Ich bin froh, dass mein Artikel unter Dach und Fach zu sein scheint, dann kann ich mir jetzt noch einen Kaffee genehmigen und meinen Hormonspiegel mal langsam auf Privatbetrieb austarieren. Was hatte ich noch mal mit Heike abgemacht? Freitagabend würde ich kommen, weil sie ja am Samstag frei hat. Und dass wir ja mal was essen gehen könnten. Dann müsste es ja eigentlich okay sein, wenn ich irgendwann zwischen neunzehn und zwanzig Uhr bei ihr auftauche.

Feierabend, schönes Wochenende und so weiter an die Kollegen. Wie es dann mit der Berichterstattung über den Tonnenmord weitergehen wird, das werden wir ja nächste Woche sehen. Aber jetzt erstmal auf nach Hause, wo ich Mutter und Linda am Küchentisch antreffe. Mutter trinkt Kaffee, Linda endlich mal wieder ihren Heubusch-Tee, ich dachte schon, den hätte sie sich komplett abgewöhnt. Eine Tasse trinke ich noch mit, aber Kaffee natürlich, es sind auch noch ein paar Kekse da, aber diese seltsamen weichen mit der Orangencreme drin. Allzu viele kann man nicht davon haben. Der allgemeine Plausch geht so in die Richtung, was wir heute noch vorhaben oder überhaupt am Wochenende. Ich sage, dass ich nachher zu Heike fahre, da würde ich dann auch übernachten. Das wird jetzt ohne große Kommentare zur Kenntnis genommen, zumal Linda schon mit ihren Plänen in der Warteschleife steht. Es sind dann allerdings nicht so spektakuläre Vorhaben, sondern sie erzählt, dass heute Abend einfach nur Maja und Maren zu ihr kommen werden, die würden dann auch bei uns übernachten. Ich hab' beide angerufen, erklärt Linda, und die haben auch beide Zeit. Wir wollen einfach nur 'n bisschen sitzen und quatschen. Genehmigt.

Wo Vater denn ist und auch Lasse, interessiert mich gerade. Also Vater hat noch auf der Baustelle zu tun, die wollen wohl noch besprechen, was sie nächste Woche zu tun haben. Ja, und Lasse, der ist mal wieder drüben beim

Nachbarn, vielleicht hilft er wieder im Stall oder er hat was mit Florian vor. Na gut, dann sind ja alle Timmermanns versorgt. Ob ich noch zum Abendbrot zu Hause bin, werde ich noch von Mutter gefragt. Nein, sage ich, wir wollen nachher in der Stadt irgendwo was essen gehen. Dann kann ja Maren auf meinem Platz sitzen oder Maja, ganz nach Geschmack.

Ungefähr eine Stunde später bin ich auf dem Weg nach Heide, mit mittelschwerem Übernachtungsgepäck im Kofferraum. Es ist komisch, aber so richtig freue ich mich noch gar nicht auf Heike. Stattdessen geistern mir dauernd Frau Monscheidt und ihre Gespielen durchs Kleinhirn. Monscheidt, Heusinger & Heimann, Giftmorde en gros. Der gute Herr Heimann wird ja sicher auch noch verhaftet werden, vielleicht ist er es sogar schon oder er wird es morgen. Obwohl, am Samstag arbeitet die Polizei wahrscheinlich auch eher ungern. Was wohl die Ehefrauen Heusinger und Heimann davon halten werden? So richtig geil werden die das bestimmt nicht finden, wenn das alles so stimmt, was bisher ans Tageslicht gekommen ist. Aber wer weiß, was Heimann dazu sagen wird, vielleicht bringt der noch eine ganz andere Version des Geschehens.

Ich will jetzt aufhören, darüber nachzudenken, weil ich schon auf dem kleinen Parkplatz in der Nähe von Heike-Omas Haus angekommen bin und auch schon meine Tasche aus dem Kofferraum hole. Alles sorgfältig abschließen, noch mal kontrollieren, ob alle Lampen aus sind, jawohl, natürlich. Ein Wort zum Wetter: Es ist trocken, aber kalt. Weil ich jetzt kein Thermometer bei mir habe, kann ich nur von gefühlter Temperatur sprechen: Ich fühle genau plusminus null Grad Celsius. Ein paar Schritte noch, dann bin ich bei Heike. Doch, jetzt bin ich schon ein bisschen aufgeregt. Klingelingeling.

Heiko!

Heike!

Umarmung ohne hindernden Tresen zwischen uns, wir knutschen erstmal heftig mitten im Eingang, dann merken wir doch, dass wir keinen Sommer haben und gehen lieber rein. Ja klar habe ich schon auf dich gewartet, Heiko, aber wir hatten ja auch keine bestimmte Zeit abgemacht. Du siehst aber ganz schön mitgenommen aus, ist irgendwas passiert?

Frauen, ich sag's ja, die kriegen immer alles gleich mit. Okay, sage ich, der Tag war wohl doch ziemlich ereignisreich, bei dieser Tonnenmord-Geschichte ist wieder einer verhaftet worden.

Ich muss dann natürlich alles erzählen, das zieht sich schon etwas, weil es ja auch noch diese Vorgeschichte mit Herrn Heusingers Vernehmung gibt. Ich will das aber jetzt nicht alles noch einmal zu euch sagen, es ist im Grunde genommen das, was Heiner mir heute Mittag beim Chinesen erzählt hat. Oder besser gesagt am frühen Nachmittag. Zweimal am Tag im Restaurant essen, denke ich gerade, darauf habe ich eigentlich gar nicht so viel Bock, aber man muss das ja nicht jeden Tag so haben. Hunger habe ich trotzdem allmählich schon wieder. Heike auch, die hatte heute Mittag nur eine Kleinigkeit und heute Nachmittag gar nichts, ihr hängt der Magen wohl schon ziemlich in den Kniekehlen, am liebsten würde sie zum Griechen gehen, sagt sie, also zum Rhodos bei der Stadtbrücke. Das wäre jetzt nicht meine erste Idee gewesen, aber andererseits, so richtige Gedanken darüber, wo man hingehen könnte, hatte ich mir noch gar nicht gemacht. Also auf zum Griechen, gerne doch.

Rhodos. Als ich das letzte Mal hier war, hat Miss Landbote mich anschließend als Nachtisch mit nach Hause genommen. Das ist nun schon einige Zeit her, ich weiß nur noch, dass ich am nächsten Morgen Brötchen bei der Scharbau-Filiale an der Stadtbrücke geholt habe, und da war ausgerechnet Heike zur Aushilfe eingesetzt. Am liebsten würde ich das jetzt erzählen, aber das lasse ich lieber mal sein. Ich würde jetzt auch nicht so gerne irgendwelche Geschichten von meinen Vorgängern hören. Also lieber volle Konzentration auf Heike, die mal wieder umwerfend aussieht, ich glaube, das habe ich noch gar nicht erwähnt. Man merkt das schon, dass die Leute gucken, wenn man mit ihr irgendwo reingeht. Zum Beispiel gerade jetzt ins Rhodos, wo ziemlich viel Betrieb ist. Ich muss sogar den Kellner fragen, ob er noch was für zwei Personen frei hat. Zum Glück ja, da hatte jemand reserviert und dann doch wieder abgesagt, der Anruf kam gerade, ja, das passt ja gut. Ein bisschen weiter hinten. In Ordnung, vielen Dank.

Ich könnte jetzt den gesamten Abend in sämtlichen Einzelheiten schildern, aber ich habe ehrlich gesagt keinen Bock darauf. Ich bin noch ein bisschen kaputt nach dieser Arbeitswoche und will einfach nur meine Ruhe haben und mir keinen Stress machen. Nur ein paar Stichworte: Vernünftiges Essen mit einem ganz netten Wein dazu, eine Flasche, jawohl. Gute Gespräche und ein bisschen kuscheln, dann ein kleiner Verdauungsspaziergang durch die abendliche Weltstadt Heide, wir gehen sogar einmal über den Jahrmarkt, aber ohne Karussellbesuch. Man könnte jetzt natürlich noch irgendwelche klischeemäßigen Sachen machen wir Rosen schießen oder überdimensionale Lebkuchenherzen kaufen, aber da kommt jetzt keiner von uns drauf. Lieber langsam nach Hause, also zu Heike. Noch einmal ungestörte Zweisamkeit genießen, weil irgendwann nächste Woche die Oma wieder heimkommt. Vielleicht Mittwoch, vielleicht aber auch erst am nächsten Wochenende.

Sonnenaufgang kurz nach halb sieben, immerhin haben wir schon den 16. März. Gemerkt haben wir aber nichts davon, weil wir noch gemütlich in Heikes Luxusbett gepennt haben. Jetzt ist es aber halb neun, das kriege ich durch einen kurzen Blick auf Heikes Radiowecker mit. Sie ist auch schon halbwegs wach, guten Morgen, wie spät ist es denn, gut geschlafen, Heiko? Ja, sehr gut geschlafen sogar. Vielleicht nicht allzu lange, ihr könnt euch sicher denken, warum oder besser warum nicht, aber jetzt ist der Morgen da. Ein Morgen mit Heike, den will man ja auch nicht verpassen. Kusskuss, ich fürchte, wir schmecken beide noch nach griechischem Knoblauch, aber dann ist es ja auch egal. Okay, stehen wir also mal auf. Ab ins Bad, das ganze Programm inklusive Omas Großraum-Dusche. Danach sagt Heike, dass frische Brötchen zum Frühstück nicht schlecht wären, es gibt welche bei der Tankstelle um die Ecke. Ja, bei Esso Pusch. Ich kann ja schnell welche holen, auch zwei für dich? Ja, klar.

Heike bearbeitet schon mal die Kaffeemaschine, ich wage mich hinaus in den frischen Heider Morgen auf die Jagd nach den Brötchen. Der Landbote steckt draußen im Briefkasten, den kann ich auf dem Rückweg dann mit reinnehmen. Es ist mal wieder nicht gerade frühlingshaft heute Morgen, ein unangenehmer Schneeregen kommt mir beinahe frontal entgegen und verklebt mir die Wimpern. Auf dem Rückweg muss ich die Brötchentüte unter der Jacke verbergen, damit sie nicht völlig durchweicht. Die Zeitung hat Heike jetzt aber doch schon reingeholt, stelle ich beim Klingeln fest. Drinnen ist es warm und gemütlich, in der Küche ist auch schon der Frühstückstisch gedeckt, es duftet nach frischem Kaffee.

Ein Brötchen mit Nutella, eines mit Käse, dazu der Kaffee und dann auch noch Orangensaft, Herz, was begehrst du mehr. Wir sitzen Seite an Seite auf Omas Küchenbank und gucken dann auch schon mal in den Landboten. Ist da wieder was von dir drin, Heiko? Ich muss mal gucken: Nein, natürlich doch nicht auf der Titelseite, aber dann ganz dick unter Heide: Hahnebier-Morde in Heide – Ehefrau des ersten Opfers und weitere Tatverdächtige

549

festgenommen. Von Heiko Timmermann. Die ganzen Details lasse ich jetzt aber weg, die kennt ihr ja im Prinzip schon. Heike ja eigentlich auch, ich habe ihr den ganzen Schmus ja gestern Abend erzählt. Es bleibt natürlich noch Raum für Spekulation, die ganzen genauen Tatumstände sind ja auch noch völlig offen, da gibt es noch jede Menge ungeklärte Fragen. Aber das wird sich vielleicht alles schon nach dem Wochenende aufklären, sage ich.

Was bietet unser Blatt sonst so an Neuigkeiten? Ganz wichtig für die Steinböcke: Bestimmte Einflüsse stimmen Sie liebevoll und schaffen so einen Zugang zum Unterbewusstsein. Das ist doch sonst eher Donalds Baustelle, das Unterbewusstsein meine ich jetzt. Aber liebevoll, das klingt ja ganz nett. Eine Sonderseite über Dessous, das finde ich ja interessant. Allerdings sind die Models so unrealistisch mager, so sieht doch keine Frau aus, jedenfalls keine Dithmarscherin. Allgemeiner Trend: Weiße Wäschesets sind wieder im Kommen. Und was gibt es heute Abend im Fernsehen? Florian Silbereisen, Bella Block, Schlag den Raab, Deutschland sucht den Superstar und so weiter. Und morgen? Tatort mit Simone Thomalla, mal wieder was für meinen Vater, Unsere Mütter, unsere Väter im ZDF, erster Teil eines Dreiteilers, das ist bestimmt nicht uninteressant, weil es dabei um die Nazizeit und den Zweiten Weltkrieg geht. Ist bestimmt besser als Spider-Man 3. Auf Arte aber auch eine Shakespeare-Verfilmung: Viel Lärm um nichts. Ich glaube, wenn ich ganz allein auf einer einsamen Insel das Fernsehprogramm aussuchen dürfte, würde ich mir den Shakespeare angucken. Mit einer Kokosnuss mit Strohhalm in der Hand und einem Papageien auf der Schulter. Heike würde P.S. Ich liebe dich sehen auf ihrer Insel, ich hab's befürchtet. Jetzt aber schnell noch ein paar ernsthafte Nachrichten: Kanalsanierung erst ab 2021, gemeint ist damit natürlich der Nord-Ostsee-Kanal. Drei Viertel aller Befragten lesen lieber echte Bücher als E-Books. Dem kann ich mich nur anschließen. Wie viele Leute wurden denn befragt? Steht da leider nicht. Heide ist eine Einbruchs-Hochburg. Positive Bilanz der Raffinerie Heide. Ein Bericht über den Jahrmarkt mit bunten Bildern vor einem makellos blauen Himmel, da hat der Fotograf mal Glück gehabt, wer war es denn? Kollege Harder. Am 20. März ein Ukulele-Konzert im Stadttheater. Da könnte man ja glatt mal hingehen, aber es ist ein Mittwoch, da habe ich normalerweise Training. Normalerweise. Eigentlich wollte ich doch auch mit Fußball aufhören. Ich glaube, ich muss mir das noch mal in aller Ruhe überlegen.

Ich gieße uns noch ein Käffchen ein, dann blättern wir zusammen noch ein bisschen weiter. 200 Autofahrer rauschen in Büsumer Blitzfalle und müssen nicht zahlen. Warum nicht? Jemand hat Widerspruch eingelegt wegen eines ungültigen Schildes. Auf dem stand noch 20 km, nicht einfach nur 20, diese alten Schilder sind gar nicht mehr zugelassen. Jetzt hat man in Büsum km einfach weiß abgeklebt und schon gilt es wieder. Da haben aber 200 eilige Leute mächtig Glück gehabt. Immer Ärger mit 40 und Rubinrot im Kino, die Titel sagen mir gar nichts, aber Heike meint, dass Rubinrot so eine Fantasy-Geschichte über Zeitreisen sein soll. Ansonsten gibt es immer noch Les Misérables, allerdings nur mittwochs um 16 Uhr. Aber man könnte ja wirklich mal ins Kino gehen, damit man etwas unter die Leute kommt. Was gibt es sonst an Unterhaltungsangeboten? Wattwanderungen und Blutspendetermine. Natürlich auch sonntägliche Gottesdienste. Ich frage Heike mal ganz vorsichtig, welche Kirche denn sozusagen ihre Heimatkirche ist. Ja natürlich die Kirche in Albersdorf, sagt sie. Aha, also doch evangelisch, das passt ja. Star Wars von Pohlmann auf Platz 19 der Delta-Radio-Charts. So heißt auch ein Heider Bestattungsunternehmen. Also nicht Star Wars, sondern Pohlmann. Über 30 Seiten Sonderbeilage zum Thema Bauen, Einrichten, Renovieren. Da könnte ich jetzt über Opas Haus in der Turnstraße räsonieren, aber das Projekt steht irgendwie so in den Sternen, dass ich darüber dann doch lieber kein Wort verliere, am Ende erwecke ich damit noch irgendwelche Erwartungen.

Gut, das Frühstück war jetzt mehr als ausführlich, dann können wir ja aufräumen und abwaschen und so weiter, dabei überlegen wir mal, was wir mit dem angebrochenen Samstag noch so anfangen könnten.

Jetzt mache ich gleich einen Vorschlag, den ich mir lieber hätte verkneifen sollen. Aber ich bin eben manchmal auch etwas naiv oder zu spontan oder was auch immer. Ich sage aber vorweg zu meiner Entschuldigung, wie hätte ich denn ahnen können, was heute noch alles passieren wird. Aber jetzt erstmal schön der Reihe nach: Wir haben alles aufgeräumt, auch das Bett gemacht, gelüftet, die Waschmaschine gestartet und eine Runde im Wohnzimmer und in der Küche staubgesaugt. Perfekt. Selbst wenn die Oma überraschenderweise heute schon ankommen würde, könnte sie sich nicht negativ über den Zustand ihres Haushaltes äußern.

Wir könnten doch mal zu uns nach Hause fahren, schlage ich vor, heute Mittag gibt es Pfannkuchen, falls du die magst.

Ja sicher, gerne, deine Familie kenne ich ja auch noch gar nicht, da bin ich schon ein bisschen neugierig drauf, sagt Heike.

Wir können dann ja auch heute Nachmittag oder heute Abend wieder hierher zurückkommen, sage ich.

Okay, volles Einverständnis, keine Einwände. Ich rufe dann lieber mal kurz zu Hause an, um zwei weitere Portionen anzumelden. Linda nimmt das Gespräch entgegen, ich sage nur, dass Heike und ich heute Mittag zum Essen kommen, vielleicht auch ein bisschen früher. Linda reagiert da relativ neutral drauf, sie sagt nur, dass es okay ist und dass Mutter gerade mit Lasse in Wesselburen ist zum Einkaufen. Ja, dann bis später.

Alles klar, sage ich, das war meine Schwester. Ja, meinetwegen können wir dann auch bald los.

Gepäck brauchen wir jetzt ja nicht mitzunehmen, also nur Jacken anziehen, Tür abschließen und auf in Richtung Polo-Parkplatz. Kennt Heike den Polo eigentlich schon, doch, natürlich, ich habe sie doch mal zum Bahnhof gefahren, als sie zu ihren Eltern nach Albersdorf wollte. Oder sollte. Wir steigen jetzt also ganz normal ein, fahren los und erreichen die Timmermann-Ranch nach vielleicht so knapp zwanzig Minuten. Majas Golf steht auf dem Hofplatz, ach du Scheiße. Solche Situationen liebe ich ja nicht gerade. Ich stelle mich jetzt aber natürlich ganz normal neben den Golf, schalte den Motor ab und ziehe die Handbremse. Warte mal, sage ich, ich glaube, da rechts ist gleiche eine Pfütze, ich guck' lieber mal. Nein, ist doch nicht so, aber ein bisschen matschig ist es schon auf den Weiten unseres Hofplatzes. Vater wollte den schon mal asphaltieren lassen oder betonieren, das weiß ich gar nicht mehr so ganz genau, aber einmal wäre es schwierig gewesen bei Regen, das Wasser muss ja auch irgendwohin ablaufen, außerdem hätten der Bagger und die anderen großen Maschinen sowieso bald alles wieder kaputt gemacht.

Okay, das erzähle ich jetzt natürlich nicht alles Heike, ich spreche eben nur meine allgemeine Matsch-Warnung aus, außerdem habe ich ihr gerade ganz formvollendet die Autotür geöffnet. Willkommen auf der Timmermann-Farm, sage ich, übrigens, das ist Stromer.

Neugierig ist er schon, der Gute, aber nicht allzu aufdringlich. Er bleibt in respektvollem Abstand vor Heike stehen und lässt den Schweif ein wenig hin und her wedeln. Sie lässt ihn dann einmal an sich schnuppern für seine Personenkartei, dann ist der Fall erledigt. Jedenfalls scheint Heike keine Angst vor Hunden zu haben. Angela Merkel dagegen schon, die soll sich bei einem Besuch bei Putin nicht besonders begeistert davon gezeigt haben, als er plötzlich mit seinem Hund auftauchte. Es kann natürlich auch sein, dass sie auch nicht von Putin besonders begeistert war.

Gut, dann gehen wir mal rein. Einmal die Schuhe ordentlich saubermachen, dann geht das schon. Bei uns muss man als Besucher nicht die Schuhe ausziehen, so was soll ja hier und da durchaus üblich sein. Kann ich einerseits auch verstehen, wer hat schon gerne Straßendreck auf dem Fußboden, andererseits finde ich das aber auch nicht wirklich gastfreundlich. Aber egal jetzt, wir sind drinnen und hängen unsere Jacken an der Flurgarderobe auf. Ich öffne die Tür zu unserem Wohn- und Aufenthaltsbereich und rufe einfach nur ein Moin. Vater ist nicht da, das konnte ich mir denken, weil der Heizöl-Ferrari weder vorne noch hinten steht. Mutter ist auch noch nicht wieder zurück, der Escort-Kombi stand ja auch noch nicht an seinem Platz. Aber Linda müsste doch da sein, es sei denn, sie wäre vielleicht mit Maja zu Fuß zu Maren gegangen. Dann hätten sie aber bestimmt den Hund mitgenommen.

Ich höre Geräusche und Stimmen aus der Küche. Ganz genau genommen höre ich zuerst Stimmen und dann Geräusche, die anscheinend von irgendwelchen Koch-Aktivitäten herrühren. Hallo, sage ich noch einmal etwas lauter, dann öffne ich die Küchentür, die aber nur angelehnt war. Diagnose: Linda mit Maja und Maren bei der Pfannkuchenzubereitung. Hallo, sage ich zum soundsovielten Mal, dann werde ich endlich wahrgenommen. Hallo Heiko, tönt es mir von einem gemischten weiblichen Chor entgegen. Anscheinend haben sie noch nicht voll mitbekommen, dass ich jemanden mitgebracht habe. Quatsch, natürlich wissen sie das von Linda, dass ich Heike dabei habe. Aber irgendwie benehmen die sich jetzt alle drei ein bisschen seltsam. Maja kommt bei mir angerauscht und begrüßt mich mit einem halbfeuchten Küsschen, dabei sagt sie dann auch noch ihr berühmtes: Na, du? Maren lässt sich auch nicht lumpen und umarmt mich relativ heftig, nur Linda übt ein bisschen mehr Zurückhaltung. Ich brauche einen Absatz, um mich wieder zu sammeln.

Ich lege aber jetzt mal demonstrativ meinen rechten Arm um Heikes Schulter und sage: Und das ist Heike. Das klingt im Moment ein bisschen bescheuert, so wie ein Zitat aus dem Film Pappa ante portas, wo der Sohn von Familie Lohse mal wieder eine neue Freundin vorstellt: Und das ist Püppi...

Heike, Maja, Maren und meine Schwester Linda, sage ich. Vielleicht ist jetzt die Reihenfolge verkehrt, vielleicht habe ich irgendetwas falsch betont oder sonstwas, aber ich werde das Gefühl nicht los, dass ich etwas vermasselt habe. Linda und ihre Gespielinnen stehen da wie die drei Musketiere und gucken einfach nur auf Heike, warum sagen sie jetzt nichts, hat es ihnen die Sprache verschlagen, keine Ahnung. Auf das Naheliegendste komme ich jetzt gar nicht, die Mädels sind jetzt einfach nur umgehauen von Heikes Anblick. Sie sieht eben einfach unwahrscheinlich gut aus, das kommt bei der Konkurrenz vielleicht doch nicht so an.

Irgendwie gucken Maja und Maren so abschätzend auf Heike, das gefällt mir gar nicht. Abschätzend ist jetzt vielleicht doch nicht so ganz das passende Wort, es gibt da noch ein besseres, nämlich geringschätzig. Manchmal passen solche altmodischen Wörter einfach unheimlich gut. Also geringschätzig im Sinne von verächtlich. So wie eine sehr vornehme Dame im Kaufhaus auf eine Verkäuferin gucken könnte, wenn ihr irgendwas nicht passt.

Linda macht dann aber doch den ersten Schritt, sie geht auf Heike zu und ergreift ihre Hand und sagt: Hallo, Heike. Maja und Maren sagen dann auch noch Hallo, aber sie bleiben im Hintergrund und geben Heike ganz demonstrativ nicht die Hand. Vielleicht hätte Heike das aber auch zuerst tun können oder sogar sollen, keine Ahnung. Für solche Fälle muss es doch irgendwelche Benimmregeln geben. Also, wer zuerst die Pfote geben soll und solche Sachen. Ich muss das unbedingt mal nachgoogeln, aber jetzt passt es mal wieder schlecht.

Ja, wir machen dann mal weiter, sagt Linda, Essen ist um eins.

Braucht ihr noch Hilfe?, frage ich.

Nee, lass stecken, Heiko, wir kommen schon klar.

Ich ziehe mich mit Heike wieder aus der Küche zurück. Irgendwie habe ich mich gerade eben überhaupt nicht wohlgefühlt und ich fürchte, Heike auch nicht. Aber ich will da jetzt nicht weiter drüber nachdenken und mache stattdessen mal einen auf Sohn des Schlossherrn, der eine kleine Führung durch die Räumlichkeiten veranstaltet. Ich zeige Heike dann auch mein Zimmer, das sie nach ihren Worten ganz gemütlich findet. Oh, kannst du Gitarre spielen, du scheinst ja gerne zu lesen und ähnliche Äußerungen. Das war also Linda, deine Schwester, sagt Heike, und die beiden anderen, wie heißen die noch mal, Maren und Magda?

Maja, verbessere ich.

Ja, die kleine Dunkle, Maja, wiederholt Heike. Und das sind die Freundinnen von deiner Schwester?

Ja, kann man so sagen. Mit Maren ist Linda in einer Klasse gewesen und mit Maja...

Ja, Heiko?

Also Maja ist eigentlich eine Kollegin von der Zeitung...

Ich merke zu spät, dass ich anfange mich in was reinzuquatschen. Wie soll ich Heike erklären, wer Maja ist. Ich hätte vielleicht lieber sagen sollen, sie ist eben auch eine alte Freundin. Und dann würde Heike natürlich denken, eine alte Freundin von Linda. Nein, denkt sie aber nicht. Sie denkt was ganz anderes.

Eine Kollegin von dir, Heiko?

Ja, sage ich. Aber aus einer anderen Redaktion.

Scheiße, denke ich, das macht die Sache auch nicht besser. Sie ahnt was.

Etwa die Kollegin, die mal Schluss mit dir gemacht hat?

Jetzt ist es raus. So sind nun mal die Frauen mit ihren Fragen, die kreisen dich damit so lange ein, bis du die weiße Fahne hissen musst.

Ja, sage ich ganz einfach, stimmt, das ist Maja.

Heike sagt jetzt einen Moment gar nichts, als ob sie sich über ihre Gedanken klar werden müsste. Oder vielleicht über ihre Gefühle. Oder über beides. Mir ist etwas mulmig. Nein, mir ist sogar sehr mulmig, das gebe ich offen zu.

Hast du etwa noch was mit der?, fragt Heike mich plötzlich.

Nein, nein, das ist längst vorbei, erkläre ich mit einer Stimme, die eigentlich entschlossen klingen sollte, aber irgendwie kippt sie mir so weg, als ob ich noch im Stimmbruch wäre. Außerdem werde ich auch noch rot, das passt jetzt ja überhaupt nicht.

Aber sie ist doch total heiß auf dich, das merkt man doch sofort, Heiko. Und dann diese, wie heißt sie gleich, Maren, die himmelt dich doch auch richtig an. Ist das etwa auch noch 'ne frühere Freundin von dir?

Schachmatt.

Ich habe ihre letzte Frage lieber nicht beantwortet, stattdessen fange ich jetzt nacheinander lauter verschiedene Sätze an: Heike, das ist ganz anders, als du denkst... Das war doch lange vor... Da habe ich doch nicht gewusst...

Okay, es hilft jetzt alles nichts, Heike is not amused. Kann ich, ehrlich gesagt, sogar verstehen. Wenn ich jetzt mit ihr in Albersdorf wäre und da würden plötzlich lauter ehemalige Lover von ihr auftauchen, wäre ich auch nicht begeistert. Nein, ich wäre vermutlich sogar total eingeschnappt. Schnapp!

Das Schlussmachen liegt so greifbar in der Luft, dass man es fast berühren könnte. Das klingt irgendwie bescheuert, ich weiß. Nein, ich will Heike jetzt nicht verlieren, ich atme tief ein und mache noch einen letzten Versuch, sozusagen den Monolog des Heiko im dritten Akt des Liebesdramas Heiko und Heike:

Heike, ich kann dir das jetzt alles schlecht erklären, aber eines musst du mir einfach glauben: Ich liebe dich. Ja, ich liebe dich. So sehr wie noch keine andere vor dir. Und ich habe das auch noch nie zu einer anderen gesagt: Ich liebe dich!

Ich habe mir gerade selber zugehört und muss leider sagen, dass das eben nicht so ganz überzeugend klang. Ein Regisseur, zum Beispiel Michael Pate, würde bestimmt darauf bestehen, dass die Szene noch mal gedreht werden müsste.

Ich versuche Heike zu umarmen, sie lässt es dann auch zu, aber dann merke ich auch, dass sie angefangen hat zu heulen. Nicht so richtig dramatisch oder herzzerreißend, eher nur etwas. Aber immerhin. Sie fasst sich dann aber auch gleich wieder.

Bitte fahr' mich jetzt nach Hause.

Ich nicke nur und sage: Komm'!

Wenn ich das jetzt alles einfach nur lesen würde, würde ich denken, was ist das denn wieder für ein Kitsch. Aber es ist nun mal tatsächlich so abgelaufen. Das Leben ist kein Ponyhof, es gibt nicht immer nur eitel Sonnenschein, all diese blöden Sprüche geistern mir im Kopf herum, als ich mich mit Heike aus dem Staub mache. Maja und Maren begegnen wir zwar nicht, die sind in der Küche, aber Linda deckt gerade den Tisch im Wohnzimmer. Sie schaut uns überrascht an, sagt dann aber nichts, also auch nicht tschüs oder so was in der Art. Sie hat gemerkt, dass irgendwas nicht stimmt. Immerhin, so völlig unsensibel ist meine Schwester ja auch nicht. Aber jetzt sind wir auch schon draußen. Die elterlichen Fahrzeuge sind zum Glück noch nicht in Sicht.

Ich sage euch, es ist ein scheiß Gefühl, ein Mädchen nach Hause zu fahren, das vermutlich nichts mehr von einem wissen will. Von der man aber selber schon noch eine ganze Menge wissen will. Ich liebe dich. Das war jetzt kein Spruch, das habe ich schon echt so gemeint. Und dass ich das noch nie einem anderen Mädchen gesagt habe, das stimmte auch. Ich muss mich beim Fahren echt zusammenreißen, sonst fange ich noch selber an zu heulen. Ich fahre in Heide nicht auf den Parkplatz, sondern setze Heike direkt vor Omas Tür ab, obwohl da wahrscheinlich absolutes Halteverbot ist. Geachtet habe ich da aber jetzt nicht drauf.

Warte, ich bringe dir noch schnell deine Tasche runter, sagt sie.

Meine Tasche, das ist das letzte, woran ich jetzt gedacht hätte. Sie macht die Autotür zu, im selben Moment schießen mir die Tränen in die Augen. Scheiße, Scheiße, Scheiße, wie ist das jetzt eigentlich alles passiert. Ich habe meine Augen gerade wieder trockengelegt, als Heike die Autotür aufmacht und meine Tasche auf den Beifahrersitz legt. War's das? Ein letzter Blick von ihr, ich versuche irgendwas Hoffnungsvolles darin zu erkennen, dann verschwindet sie aus meinem Blickfeld. Ich fahre los.

Nach Hause will ich jetzt auf keinen Fall. Das fehlt noch, dass Maja und Maren ihren Triumph über Heike feiern und ich soll noch lächelnd daneben sitzen und ihnen die Pfannkuchen zureichen.

Heiko, mein Gott, wie siehst du denn aus? Ist einer bei euch gestorben oder was?

Mit diesen Worten nimmt mich Donald an der Tür der Villa Petersen in Heide-Ost in Empfang. Gottseidank, er ist zu Hause. Psychologische Notaufnahme, leitender Arzt Dr. Donald Petersen, das ist genau das, worauf ich gehofft hatte.

Komm' erstmal rein, ich bin eigentlich gerade dabei, mir was zu essen zu machen. Meine Eltern sind mal wieder übers Wochenende weg, Almut war bis vorhin noch da, die hat aber heute noch irgendwas mit der Familie vor. Nee, Heiko, passt gut, ich hab' jetzt Zeit bis zum Abwinken.

Donalds Wortschwall ebbt allmählich ab, bisher bin ich noch gar nicht richtig zu Wort gekommen, aber eigentlich weiß ich auch gar nicht, wie ich anfangen soll oder womit. Also folge ich ihm erstmal in die Küche. Pfannkuchen, ich werd' verrückt, Donald will offensichtlich auch gerade Pfannkuchenteig anrühren. Eier, Mehl, Milch, Vanillinzucker, normaler Zucker, Zimt, Rührschüssel, Handmixer, alles steht bereit auf der Arbeitsplatte. Nimmst du zwei oder drei?

Normal drei, antworte ich, aber im Moment ist mir eigentlich gar nicht so nach Essen.

Dann nehmen wir erstmal 'n kleinen Aperitif, schlägt Donald vor. Bristol Cream?

Bristol was?

Bristol Cream, das ist so ein Sherry, wird dir bestimmt schmecken. Ich hol' den mal eben aus der Hausbar.

Eigentlich muss ich noch fahren, Donald.

Meinetwegen brauchst du heute nicht mehr zu fahren.

Den Spruch habe ich doch in letzter Zeit schon öfter mal gehört. Donald verschwindet kurz im Wohnzimmer und kommt mit einer Flasche und zwei Gläsern wieder zurück. Harveys Bristol Cream, sieht gut aus, die Flasche. Donald schenkt uns einen ein, wir nehmen einen Schluck. Lecker, an den könnte man sich gewöhnen.

Und nun erzähl' mal, Heiko, ich mach' dabei mal weiter mit den Pfannkuchen, ich hoffe, das stört nicht.

Nein, das stört mich überhaupt nicht. Ich finde ja sowieso, dass man beim Kochen oder überhaupt in der Küche am besten reden kann, manchmal viel besser, als wenn man sich offiziell an den runden Tisch setzt und irgendwas Wichtiges ausdiskutieren will. Ich erzähle also so ungefähr im Laufe der nächsten halben Stunde, was heute Morgen oder besser am späteren Vormittag im Hause Timmermann los war, dass Heike dann plötzlich wieder nach Hause wollte und dass es jetzt möglicherweise wieder aus mit ihr ist. Also aus zwischen ihr und mir, meine ich jetzt.

Donald hört sich meine ganze Predigt geduldig an, während er sorgfältig den Zustand des jeweiligen Pfannkuchens in der großen Pfanne bewacht.

Ebenso geduldig lausche ich später beim Essen seiner Analyse:

Also erstens, Heiko: Wir lassen uns doch nicht von den Weibern unterkriegen, das haben wir gar nicht nötig. Aber das, was du erzählt hast, das ist natürlich schon ziemlich heftig. Maja und Maren, M und M, die waren ja regelrecht gemein zu deiner Heike. Die Rache der kleinen Frauen, haha. Na klar stehen die beide immer noch auf dich, und die konnten es nicht ab, dass du da plötzlich mit so einer Fee angeschwebt kamst. In der Situation haben sie sich nämlich völlig untergebuttert gefühlt. Und um sich selbst wieder aufzuwerten, haben sie deine Heike eben ganz einfach mies behandelt. Und dann kam ja noch heraus, dass das beide deine Ehemaligen sind, das hat Heike natürlich total schockiert. Also, ich kann das gut verstehen, dass sie aus dieser Situation ganz einfach rauswollte. Flucht sozusagen. Ich hab' auch Pflaumenmus da, falls du das lieber möchtest. Ach so, ja: Ob Heike jetzt wirklich nichts mehr von dir wissen will, das kann man schlecht sagen. Vielleicht sitzt sie jetzt auch gerade zu Hause und denkt da scharf drüber nach. Aber es geht eigentlich nicht um das Nachdenken, es geht eher um die Gefühle. Darüber muss sie sich erstmal klar werden, würde ich sagen, wie das eben mit ihren Gefühlen dir gegenüber bestellt ist. Abwarten, Heiko. Von richtig Schluss hat sie ja auch nichts gesagt, oder?

Nee, nee, Donald, sie hat ja eigentlich überhaupt nichts mehr gesagt.

Na, dann ist doch gut, Heiko. Sie wollte eben auch nichts Falsches sagen, was man später nicht wiedergutmachen könnte. Ich glaube, die Sache steht fifty-fifty, dass sich das wieder einrenken könnte. Wie gesagt, warte einfach mal ein paar Tage ab. Aber wenn dann aus ihrer Richtung gar nichts Positives mehr kommt, dann müsste man das eben so akzeptieren. Erzwingen kann man die Liebe nicht, wenn sie nicht von selbst da ist. So, jetzt nehmen wir noch 'n kleinen Sherry als Nachtisch.

Mir geht es eigentlich auch schon besser. Ob es jetzt an Donalds Pfannkuchen, dem Petersenschen Sherry oder überhaupt der Tatsache liegt, dass er sich jetzt so um mich kümmert wie eine Krankenschwester auf der Komfort-Station, keine Ahnung. Jedenfalls bin ich aus dem tiefsten Tief schon wieder raus und wir machen dann auch wieder so ganz normale Sachen wie Abwaschen, Abtrocknen, die Küche lüften und so weiter.

Weitere Programmpunkte im Schnelldurchlauf: Donald schlägt vor, wir könnten doch heute Nachmittag wieder schwimmen gehen, er leiht mir Badehose, Handtuch und so weiter. Also auf in die Dithmarscher Wasserwelt. Danach gibt es Kaffee bei Donald inklusive edle Kekse aus dem Bestand von Frau Petersen. Früher soll es mal eine Zeit gegeben haben, als die Ehefrauen von Ärzten und so weiter auch mit dem Titel ihres Mannes angesprochen wurden, also zum Beispiel Frau Dr. Petersen. Das würde ihr wahrscheinlich immer noch gefallen, schätze ich mal. Zwischendurch rufe ich dann doch zu Hause an und erwische Mutter am Telefon. Ich bin im Exil bei Donald, melde ich. Sie wundert sich gar nicht mal so sehr darüber, Linda hat ihr schon erzählt, dass Maja und Maren so unfreundlich zu Heike gewesen sein sollen. Linda soll den beiden dann aber ganz schön die Meinung gesagt haben, Maja hat sich darauf schnell aus dem Staub gemacht. Jedenfalls waren dann nur noch Linda und Maren da, als Mutter mit Lasse vom Einkaufen zurückkam. Ja, natürlich, Vater kam dann auch noch. Es sind noch jede Menge Pfannkuchen übrig geblieben, aber das macht ja nichts, die kann man ja morgen zum Frühstück essen oder auch einfrieren.

Halt mal zwischendurch, ich muss erstmal meine Gedanken sortieren. Okay, Linda hat also M & M den Marsch geblasen, das finde ich ja echt in Ordnung von ihr. Ich sage dann noch zu Mutter: Wie das jetzt zwischen Heike und mir weitergeht, keine Ahnung. Ich habe sie erstmal nach Hause gefahren. Aber so richtig Schluss ist jetzt wohl nicht, jedenfalls hat sie nichts dergleichen gesagt. Warte mal ab, Heiko, das renkt sich bestimmt wieder ein.

Einrenken. Genau das Wort hat Donald vorhin auch benutzt. Klingt irgendwie so orthopädisch.

Also du kommst dann erst morgen wieder, habe ich das jetzt richtig verstanden?, fragt Mutter.

Ja, sage ich, morgen dann irgendwann. Grüß' die anderen.

Ich soll dich von meiner Mutter grüßen, sage ich zu Donald.

Weitere Programmpunkte: Pizza bestellen, erfolgreicher Besuch in Petersens Weinkeller, Essen in der Küche, im Wohnzimmer abhängen, durch Italien, Spanien und Frankreich saufen und mehr oder weniger im Hintergrund ein paar Filme gucken. Aus therapeutischen Gründen ordnet Donald an, dass wir was Albernes sehen sollten, er schleppt ein paar DVDs an und wir ziehen uns nacheinander Samba in Mettmann, den habe ich schon mal gesehen, und Alfred, die Knallerbse rein. Über die Filme muss ich wohl nicht so viel sagen, die werden bestimmt auch demnächst mal wiederholt, in welchem Programm auch immer.

Die Therapie schlägt an, das kann ich gar nicht anders sagen, jedenfalls habe ich schon wieder ganz gute Laune, während wir danach noch ein paar Stunden beim Wein sitzen und reden. Donald genehmigt sich auch die eine oder andere Selbstgedrehte, auch wenn seine Mutter am nächsten Tag über den Rauchgestank im gepflegten Wohnzimmer meckern wird. Er wird sich demnächst sowieso wieder nach Kiel aufmachen und dann höchstens mal wieder am Wochenende in Heide aufschlagen, natürlich vor allem wegen seiner Almut aus Wesselburen. Über die Mädels reden wir aber gar nicht mehr so viel, eher über die neuesten Entwicklungen bei den Hahnebier-Morden. Mir ist gar nicht so klar, wieviel Donald da schon drüber weiß, es kann gut sein, dass ich ihm das eine oder andere erzähle, was er sowieso schon kennt.

Dann ist das ja praktisch so gut wie aufgeklärt, resümiert Donald, da fehlen ja nur noch die Kleinigkeiten.

Ja, sage ich, Madame Monscheidt und die Herren Heusinger und Heimann, die sitzen jetzt alle gemütlich im Bau in Itzehoe. Und ab Montag wird dann ausgepokert, was man denen im Einzelnen so anlasten kann. Im Grunde genommen belasten die sich ja alle gegenseitig, aber die Apothekerin scheint doch eindeutig die Chefin zu sein.

Zustimmendes Nicken. Noch einen letzten Schluck vom 2009-er Château de Pitray, oh, schon halb vier, das hätte ich jetzt aber echt nicht gedacht. Donald sagt, ich kann mir eins von den Zimmern seiner Brüder zum Pennen aussuchen, die Betten sind frisch bezogen, wie im Hotel, weil da eben auch manchmal Gäste schlafen. Perfekt. Ich nehme dann das Zimmer von seinem

Bruder Norbert, weil der mir noch ein bisschen sympathischer ist als Harald. So richtig gut kenne ich sie aber beide gar nicht mehr, es ist schon ziemlich lange her, seit ich sie das letzte Mal gesehen habe. Vielleicht bei Donalds Konfirmation, da war ich auch eingeladen, und er auf meiner. Das Zimmer wirkt irgendwie ziemlich steril auf mich, alles super aufgeräumt, aber das hat Mama Petersen wahrscheinlich alles gemacht. Donald sagt noch, das mit der Bettwäsche ist kein Problem, wir können das Bett dann morgen wieder frisch beziehen. Ja, aber erstmal vernünftig auspennen, ist auch kein Problem. weil seine Alten erst morgen Abend wieder zurückkommen. Ach ja, meine Tasche ist noch im Polo, die muss ich schnell noch mal reinholen, sonst kann ich mir nicht die Zähne putzen. Geh' du ruhig schon mal ins Bad, Heiko, ich muss noch mal kurz das Wohnzimmer durchlüften. Na dann gute Nacht, Donald. Gute Nacht, Heiko.

Als ich am nächsten Morgen aufwache, weiß ich sofort, wo ich bin. Bei Donald. Also jetzt nicht direkt bei Donald, sondern im Bett von seinem Bruder. Norbert war es, glaube ich. Ich weiß auch, dass es Sonntag ist, aber noch nicht, wie spät. Auf jeden Fall müssen wir schon Vormittag haben, denn draußen ist es hell. Meine Armbanduhr liegt auf dem Fußboden vorm Bett. Ach du Scheiße, schon halb eins. So lange habe ich schon lange nicht mehr geschlafen. Zweimal lange in einem Satz, daran merkt man, dass ich noch nicht ganz fit bin. Kopfschmerzen habe ich aber keine, obwohl wir gestern Abend wirklich ganz schön zugelangt haben. Aufstehen kann jetzt also nicht schaden, ich wage mich dann mal mit meiner kulturellen Tasche ins Bad rüber. Von Donald höre und sehe ich im Moment nichts, vielleicht schläft er auch noch, das würde mich jedenfalls nicht wundern. Ein ziemlich gigantisches Handtuch liegt in zusammengefaltetem Zustand auf dem Badewannenrand, daraus schließe ich, dass es für mich bestimmt ist. Guter Service, Donald.

Erst unter der Dusche muss ich wieder an Heike denken. Also solche Gedanken wie: Wie geht es ihr? Was macht sie wohl jetzt? Ist sie überhaupt zu Hause oder hat sie sich auch bei einer Freundin ausgeheult, so ähnlich wie ich? Obwohl, das mit dem Heulen stimmt bei mir nicht so ganz, so weit ist es dann doch nicht gekommen. Nächster Gedanke: Hunger. Es ist schon Mittagszeit, da kann man schon wieder ein kräftiges Frühstück vertragen.

Kleine Überraschung, als ich in frischen Klamotten die Treppe herunterkomme: Donald ist doch schon wach und geistert in der Küche herum.

Kleine Unterbrechung wegen der frischen Klamotten: Die hatte ich ja noch in meiner Tasche, wie ihr euch sicher schon gedacht habt. Na gut, dann war das jetzt eigentlich ganz überflüssig, dass ich das erwähnt habe.

Moin Heiko, moin Donald, gut gepennt und so weiter. Ich sage, dass ich geschlafen habe wie das Murmeltier von Punxsutawney, das muss ich ihm aber jetzt erklären, weil er das nicht sofort kapiert. Im Hintergrund blubbert die Kaffeemaschine, Donald war sogar schon bei der Tanke und hat Brötchen geholt und die Bild am Sonntag. Er ist ungefähr eine Stunde vor mir wach geworden und hat sich dann gesagt, den Heiko lass' ich mal pennen, der hat gestern so viel Stress gehabt, der muss sich erstmal ausruhen. Finde ich ja sehr rücksichtsvoll.

Okay, der Kaffee ist durch, wir frühstücken uns dann mal kreuz und quer durch Petersens Kühlschrank. Anschließend ein bisschen in der Bild blättern, aber so richtig haut mich dieses Blatt nicht um. Der Landbote müsste mal eine Sonntagsausgabe rausbringen, das wäre doch ein gutes Zukunftsprojekt. Aber vielleicht sind wir einfach keine Nation von Sonntagszeitungslesern. Rolf, der sammelt ja ausländische Zeitungen, hat mir erzählt, dass die Sonntagszeitungen in den USA auf den ersten Seiten nur Comics haben. Zum Beweis hat er dann mal eine alte Ausgabe vom San Francisco Chronicle mitgebracht, da war das tatsächlich so. Ob das jetzt immer noch so ist, weiß ich nicht, man müsste wahrscheinlich mal rüberfliegen in die Staaten und sich ein paar hundert Sonntagsblätter zulegen.

Das Frühstück nähert sich allmählich seiner Endphase, Donald ist aber jetzt zum Rauchen doch lieber vor die Tür gegangen, damit er nicht sofort eins aufs Dach kriegt, wenn seine Eltern wiederkommen. Ich fange schon mal mit dem Aufräumen und Abwaschen an. Heiko, dein Ordnungssinn, das ist auch so'n Knall von dir, bemerkt Donald, als er wieder reinkommt. Dann greift er aber doch zum Besen und fegt einmal die Pizzakrümel von gestern Abend und die Brötchenkrümel von heute zusammen. Mich zieht es jetzt doch langsam nach Hause, es war okay hier, aber es ist auch allmählich gut, mehr geht einfach nicht. Mein Bett will ich aber noch abziehen, das kann ich ja wohl wenigstens noch tun.

Heiko, wenn du jetzt auch noch das Wohnzimmer durchsaugst und das Haus neu streichst, trete ich dir in den Arsch.

Nein, so weit kommt es nicht. Ich hole meine Übernachtungstasche, die jetzt eigentlich noch bei Heike stehen sollte, aus Norberts Zimmer und melde mich bei Donald ab.

War gut, sage ich.

Fand ich auch, sagt Donald. Ach, ich werd' wahrscheinlich doch noch diese Woche hierbleiben, wenn was ist, kannst du einfach noch mal vorbeikommen oder anrufen. Oder auch nicht. Wie du willst.

Okay, sage ich. Danke für alles. Und grüß' die Altvorderen.

Ja, mach' ich. Du auch. Tschüs.

Tschüs und schönen Sonntag noch.

Gar nicht mal so schlecht. Das Wetter meine ich jetzt. Ein bisschen kühl zwar, aber kein Schnee oder Regen, auch kaum Wind. Sogar ein bisschen Sonne. Aber jetzt auf in den Polo mit Ziel Wesselburener Deichhausen. Wie spät haben wir's denn? Viertel vor drei. Dann kann ich ja gleich zu Hause mit Kaffeetrinken weitermachen.

Erster positiver Eindruck, als ich den Polo auf unserem Hofplatz ausrollen lasse: Majas Auto ist nicht mehr da, obwohl ich das eigentlich auch schon wusste. Dafür stehen aber Vaters Benz und Mutters Escort einträchtig nebeneinander. Der Ford ist nicht fort, haha. Stromer kommt angetrabt und fordert ein paar Streicheleinheiten ein, die könnte ich jetzt auch gut gebrauchen, sage ich. Nein, ich wollte doch nicht schon wieder an Heike denken. Ich nehme die Tasche aus dem Kofferraum und gehe rein.

Zweiter positiver Eindruck: Es riecht nach Krummen Jungs. Wer die nicht kennen sollte, ist jetzt vielleicht auf einer ganz falschen Fährte. Krumme Jungs sind so eine Art Gebäck, das aber nicht in den Ofen kommt, sondern in Fett ausgebacken wird. Welches Fett man da genau nimmt, da müsstet ihr mal meine Mutter fragen. Ich weiß auch gar nicht, ob die Teile überall so genannt werden, aber bei uns in der Familie sagt man eben Krumme Jungs dazu. Die Dinger schmecken echt lecker, besonders wenn sie noch warm sind. Man streut übrigens noch Puderzucker darüber, aber es gibt bestimmt noch weitere Möglichkeiten. Vielleicht hätte ich lieber duften statt riechen sagen sollen, das klingt ja noch positiver.

Hallo!, rufe ich in Richtung Küche.

Ich vernehme ein gemischtes Echo aus Mutters und Lindas Stimmen, ich gehe rein in die Küche und melde mich wieder zurück an Bord. Mutter bewacht gerade die Krummen Jungs in einem unserer größten Kochtöpfe, während Linda sich an der Kaffeemaschine zu schaffen macht.

Schöne Grüße von Donald, sage ich.

Danke, antwortet Mutter, habt ihr denn auch was Vernünftiges gegessen?

Gestern Pfannkuchen und Pizza, heute gepflegtes Frühstück, berichte ich. Typisch Mutter oder sogar typisch Mütter, für die ist es immer besonders wichtig, dass ihre Brut auch ordentlich gegessen hat. Naja, das hält ja angeblich auch Leib und Seele zusammen.

Und?, fragt Linda.

Übersetzung: Heiko, erzähl' schon, was ist denn nun mit Heike und dir, ist es etwa aus oder was?

Also wenn du jetzt Heike meinst, ich hab' sie einfach nach Hause gefahren und dann bin ich eben später noch zu Donald rübergefahren.

Mutter tut jetzt so, als würde sie gar nicht so genau hinhören, dabei hat sie ihre Ohren aber voll auf Empfang gestellt, ich kenne sie ja.

Das tut mir jetzt leid mit Maja und Maren, sagt Linda, die haben sich beide irgendwie so beschissen benommen, die hätten deiner Heike ja wenigstens mal die Hand geben können. Hab' ich auch zu denen gesagt. Maren hat das eigentlich auch eingesehen, aber Maja nicht, die hat sogar gesagt, dass sei ja eine Frechheit von dir, einfach mit so einer neuen Tusse hier aufzukreuzen. Ja, und dann haben wir uns echt in die Wolle gekriegt, ich hab' ihr gesagt, dass es sie doch gar nichts angeht, sie sei ja gar nicht mehr mit dir zusammen und so weiter. Dann gab eben ein Wort das andere und dann habe ich sie am Ende praktisch rausgeschmissen. Die war vielleicht geladen, aber ich eben auch. Maren ist dann aber noch geblieben, so bis zum Nachmittag ungefähr. Also ich fand das alles ziemlich doof und vollkommen überflüssig.

Ja, schade, dass wir deine Heike jetzt gar nicht kennengelernt haben, ergänzt Mutter plötzlich. Ihr könnt schon mal den Kaffeetisch decken.

Jawohl, das praktische Leben geht weiter. Lindas Regierungserklärung ist ganz positiv bei mir angekommen, ich verleihe ihr vier von fünf möglichen Sympathiepunkten.

Naja, sage ich noch beim Tischdecken zu ihr, ein bisschen der Böse bin ich aber auch, ich hätte Heike lieber vorher erzählen sollen, dass Maja und Maren ab und zu mal bei uns auftauchen und dass ich mit den beiden früher mal was gehabt habe.

Linda nimmt das jetzt einfach mal ohne Kommentar zur Kenntnis und verschwindet wieder in Richtung Küche. Jawohl, die Krummen Jungs sind betriebsbereit, der Kaffee ist auch durch, wir können dann schon mal Vater und Lasse Bescheid sagen. Ich düse schnell mal hoch in die erste Etage, dabei kann ich meine Übernachtungstasche auch in meinem Zimmer loswerden, dann klopfe ich lautstark an die Schlafzimmertür: Kaffee! Lasse hat es auch schon mitbekommen, der ist auch ein Fan von Krummen Jungs. Hände waschen, sage ich ganz automatisch.

Beim Kaffee ist der Heike-Maja-Maren-Skandal kein Thema mehr, es wird sowieso relativ wenig geredet, ich erzähle höchstens noch ein paar Einzelheiten von meinem Besuch bei Donald. Zum Beispiel, dass wir diese beiden seltsamen Filme gesehen haben, wie hießen sie doch noch gleich, Samba in Mettmann und Alfred, die Knallerbse. Ja, Pierre Richard, da gab es doch mal so einen Film mit dem, Der große Blonde mit dem schwarzen Schuh, der war doch ganz köstlich, erinnerst du dich noch, Heinrich. Jawohl, Vater weiß das sogar noch. Ja, die Franzosen. Louis de Funès, das waren doch auch so witzige Filme mit dem, Der Gendarm von St. Tropez und so weiter. Was gibt's denn überhaupt heute Abend im Fernsehen, bring' doch mal die Funk Uhr, Lasse. Ja, danke. Ein Tatort mit Simone Thomalla, das ist dann ja Pflichtprogramm für Vater. P.S. Ich liebe dich auf RTL, wenn Linda das tatsächlich sehen will, wird das heute Abend aber nichts mit einer Linda-Heiko-Sitzung, ich glaube, den Film würde ich echt nicht ertragen können. Unsere Mütter, unsere Väter Teil 1 im ZDF, das wäre schon eher was für mich. Oder diese Shakespeare-Verfilmung auf Arte, Was ihr wollt. Ich hab' ja durchaus was übrig für den guten William. Aber das habe ich gestern Morgen auch schon mal gesagt.

Weitere Themen entwickeln sich: Ich sage, dass ich Dienstag wieder nach Kiel muss, Semesterbeginn. Dann noch ein paar Worte zu den Hahnebier-Morden, ja, das stand ja auch in der Zeitung, aber ich soll doch noch mal die Familie Timmermann live auf den neuesten Stand der Dinge bringen. Aha, diese Apothekerin ist also verhaftet und dann auch noch diese beiden Männer, scheinen ja so eine Art Helfer gewesen zu sein. Na, da kann man doch mal gespannt sein, wie das wohl weitergehen wird. Das werde ich hoffentlich nächste Woche erfahren, sage ich.

Ich habe jetzt gar nicht mehr diese Krummen Jungs erwähnt, das hätte ich ruhig noch mal tun sollen, die waren nämlich außerordentlich köstlich. Ich hatte mindestens zehn davon, Lasse auch, aber Vater bestimmt fünfzehn. Zum Glück sind noch genug da für morgen, die halten sich auch einige Tage ganz gut in einer Blechdose, sagt Mutter. Warum in einer Blechdose besser als in einer Plastikdose, weiß ich aber auch nicht, das ist wahrscheinlich so eine alte Landfrauenweisheit. Die Kaffeetafel ist schon seit ein paar Minuten aufgehoben, wir decken ab, bringen den ganzen Kram in die Küche und, ach nee, doch kein und, wir sollen alles da stehen lassen, abwaschen können wir auch noch nach dem Abendbrot.

Das überspringe ich jetzt aber mal alles, also auch das Abendbrot, da passiert nichts Besonderes. Ich könnte höchstens noch erwähnen, dass ich meine gebrauchten Klamotten in die bewussten Wäschekörbe in der Waschküche einsortiert habe. Auch die Bettwäsche, die ist heute dran. Logischerweise muss ich dann auch noch mein Bett frisch beziehen, das macht ja wirklich keinen Spaß, aber nachher in einem richtig frisch bezogenen Bett zu pennen, das hat schon was.

Also jetzt mal nach dem Abendbrot: Die Eltern wollen natürlich den Tatort gucken, das wussten wir ja schon, Linda will komischerweise aber gar nicht fernsehen, sie will noch eine Stunde oder zwei die Nase in ihre Fachbücher stecken, weil sie nächste Woche noch Blockunterricht hat und in dem und dem Fach bald eine Prüfungsarbeit ansteht. Vielleicht hat sie aber auch Klausur oder Test gesagt, das habe ich nicht so genau behalten. Also auch kein Fernsehen für mich. Es wäre wohl auch überflüssig, Linda zu fragen, was sie wohl sehen würde, wenn sie sich jetzt nicht mit ihrem medizinischen Kram beschäftigen müsste. Okay, sage ich, ich glaube, ich werde einfach noch ein bisschen lesen und früh zu Bett gehen. Oder beides, mal gucken.

Oder baden. Das würde doch auch ganz gut passen. Ich habe zwar heute Morgen beziehungsweise Mittag gepflegt bei Donald geduscht, aber irgendetwas in mir strebt der Badewanne entgegen. Ich gebe den Bestrebungen nach. Ich habe schon ziemlich häufig meine Baderei geschildert, darauf kann ich jetzt auch mal verzichten. Auf die Schilderung, meine ich jetzt. Höchstens könnte ich noch erwähnen, dass es einen Hörspiel-Krimi im Radio gibt, auf NDR Info oder auf Deutschlandradio, es kann aber auch Radio Bremen sein, das kriegen wir hier auch ganz gut rein. Wie der Krimi aber jetzt genau heißt, habe ich leider nicht mitbekommen, da habe ich eben zu spät eingeschaltet. So, ich glaube, mehr brauche ich von diesem Tag auch nicht zu erzählen, ich muss ja schließlich auch mal meine Ruhe haben.

Der Winter will nicht weichen, lese ich beim Frühstück in unserem Blatt. Kalendarisch soll am Mittwoch der Frühling beginnen, aber die Meteorologen haben neue Schneefälle angekündigt. Auch bei uns? Naja, eher mäßig. Aber kalt soll es immer noch bleiben, immer so um null Grad herum. Nicht gerade ideale Bedingungen für Vaters Deicherhöhung, er ist aber trotzdem schon seit ungefähr einer Stunde unterwegs. Ich sitze jetzt aber nicht solo am Frühstückstisch, sondern in Gesellschaft von Mutter, Linda und Lasse. Dampfender Kaffee in meiner Tasse, ein Toast mit Leberwurst in meiner rechten Hand, während ich mit der linken Hand im Landboten herumblättere.

Heute sind da natürlich keine News vom Tonnenmord, woher auch, ich habe ja seit Freitag nichts mehr dazu geschrieben. Was ist denn sonst so passiert? Ein Reisebus-Fahrer wollte von seinen Fahrgästen Geld fürs Tanken einsammeln, die haben aber die Polizei gerufen. Bei Lidl gibt es schon Oster-Angebote. Ein Flug mit dem Zeppelin von Deutschland in die USA dauerte früher drei Tage. Ich habe mal im Musikexpress gelesen, woher diese Gruppe von früher, Led Zeppelin, ihren Namen hatte: Irgendein Typ soll mal gesagt haben, als die Gruppe gegründet wurde, ihr werdet mit eurer Musik so abstürzen wie ein bleierner Zeppelin. Blei heißt aber eigentlich lead mit A, wird aber Led ausgesprochen. Das fanden die Musiker dann wohl so cool, dass sie das als Namen für sich gewählt haben. Damit aber keiner auf die Idee kommt, Lead Zeppelin falsch auszusprechen, also Lied oder meinetwegen auch Lieth wie Lieth bei Hemmingstedt, haben sie auf das A verzichtet. Daher also Led. Hoffentlich stimmt die Geschichte auch wirklich. Lieth Zeppelin wäre aber eigentlich ein cooler Name für Opas neue Rentner-Band.

Auf Seite 7 unter Dithmarschen steht mein Bericht über das neue SEPA-Lastschriftverfahren. Für meinen Geschmack ist der viel zu groß geraten, mit Bildern von diesen ganzen Bankmenschen. Dabei ist der Inhalt im Prinzip stinklangweilig. Gestern war Konfirmation in Hemmingstedt. Sieben ganz leckere Mädels, aber nur ein Knabe. Der Heider Stadtjäger kritisiert den Bauhof, das finde ich jetzt gar nicht so fesselnd. Interessanter finde ich die Tatsache, dass es überhaupt einen Stadtjäger in Heide gibt. Warum eigentlich und was macht der so? Das steht hier aber nicht. Vielleicht merke ich mir die Frage doch mal, eventuell weiß Frau Brüggmann eine Antwort darauf. In der Wasserwelt gibt es einen Rutschwettbewerb. Lauter Teams mit bescheuerten Namen in verschiedenen Altersklassen. Flutsch und weg finde ich eigentlich noch am besten. In Meldorf ist ein Carport abgebrannt. Gestern wurde in Wesselburen der 200. Geburtstag von Friedrich Hebbel gefeiert. Erinnert mich an den alten Witz: Wenn Friedrich Hebbel noch leben würde, wäre er der bekannteste Mann der Welt. Wegen seiner Werke? Nein, wegen seines Alters. Haha. In Friedrichskoog wurde der Fußballplatz von Schnee geräumt, dann fand aber doch kein Spiel statt. Schuld sollen die Steinburger sein, aber warum, das kann ich jetzt nicht mehr herausfinden. Der Artikel ist einfach zu lang. Immer noch Les Misérables im Lichtblick. Heute keine echten Highlights im Fernsehen. Der Steinbock soll auf sein Bauchgefühl hören und die Vernunft außer Acht lassen. Scheiße, jetzt muss ich auf einmal wieder an Heike denken. Steinbock und Steinbock, das sollte doch so gemütlich werden. Und jetzt?

Und jetzt muss ich aber langsam mal los. Linda ist auch gerade von Almut abgeholt worden, Lasse ist in Richtung Bushaltestelle in Marsch gesetzt worden, Mutter hat auch schon mal Licht im Büro gemacht. So ganz furchtbar eilig habe ich es heute Morgen aber nicht, da kann ich ruhig mal wieder den Unimog nehmen. Die guten alten sechs Zylinder, die sollen ja nicht verschlammen.

Nach zehn Minuten Startvorbereitungen kriege ich die alte Kiste auch ganz gut in Schwung. Noch mal schnell in Richtung Küchenfenster und Hundehütte winken, dann geht es ab nach Heide. Es hat auch in Wirklichkeit geschneit, nicht nur in der Zeitung, der gesamte Straßenverkehr ist schon ein wenig behindert, das lässt sich nicht leugnen. Ich komme aber trotzdem ziemlich zügig durch und lande auch noch einigermaßen pünktlich beim Landboten an.

Fuchs will mir heute mal was Gutes gönnen, ich soll mal einen ausführlichen Bericht zum Winterwetter im Frühling machen. Straßenmeisterei,

Müllabfuhr, Polizei, solche Sachen eben. Da lässt er mir dann auch freie Hand, ich soll mir was einfallen lassen. Und Bilder, Heiko, machen Sie vor allen Dingen auch ein paar gute Bilder. Es soll ja in den nächsten Tagen noch mehr Schnee geben und dann auch noch Wind. Ist ja ungewöhnlich um diese Zeit.

Ja, das ist es wohl. Hoffentlich komme ich morgen früh mit dem Polo gut nach Kiel durch. Wenn ich mit dem Unimog fahren müsste, bräuchte ich bestimmt dreimal so viel Zeit. Aber das werde ich ja sehen, da muss ich mich jetzt ja noch nicht drum kümmern.

Aber jetzt mein Plan für heute, den ich im Prinzip auch durchziehen kann: Erstmal alle möglichen Leute anrufen, also Polizei, Straßenmeisterei, Abfallwirtschaft Dithmarschen und so weiter. Dabei erfahre ich schon eine ganze Menge Brauchbares. Zum Beispiel, dass in der Umgebung von Heide im Drei-Schicht-Betrieb rund um die Uhr Schnee geräumt wird, mit dreizehn Fahrzeugen. Oder dass in bestimmten Orten der Müll nicht abgeholt werden kann. Das soll aber nachgeholt werden, wie erfreulich. Müll ist ja auch nicht gleich Müll, wir haben ja die Papiertonnen, die gelben Säcke, die grünen Tonnen und die Restmülltonnen. Gut, das ist natürlich ärgerlich, wenn der Müll nicht abgeholt wird, aber die Sicherheit geht eben vor. Hat man ja Verständnis für. Was macht denn noch Ärger? Der fiese Ostwind mal wieder, der fegt den Schnee gerne wieder zurück auf die gerade geräumten Straßen. Unfälle? Da gab es schon mehrere, sagt die Polizei, aber es handelte sich nur um Blechschäden.

Mir fallen dann noch die Touristen ein, die soll es ja hier und da schon geben, immerhin sind wird schon nahe an Ostern dran. Na gut, so nah auch wieder nicht. Ostersonntag ist dieses Jahr am 31. März. Aus Büsum erfahre ich dann, dass eigentlich heute schon die ersten 120 Strandkörbe auf den Deich gestellt werden sollten. Bei dem Wetter ist das natürlich keine so tolle Idee, und darum wird man es auch lieber bleiben lassen. Die ersten Urlauber sind schon da, scheinen aber eher lange Spaziergänge durch den Schnee zu meiden.

Genug Theorie, ich fahre dann mit Kamera und Stenoblock ein bisschen im Unimog durch die Gegend. Mein erstes Ziel ist aber eher privater Natur, nämlich eine Zwischenlandung in der Mensa der Fachhochschule zwecks Versorgung mit Kalorien. Eigentlich müsste das Semester gerade wieder angefangen haben, jedenfalls sind da eine ganze Menge Leute an Bord. Mandy aber anscheinend nicht und Inken vom TÜV auch nicht. Was gibt's denn heute feines? Schweineschnitzel Wiener Art mit Paprika-Maissoße. Drei Euro fünfundneunzig für Gäste. Dazu eine Mezzo und ein Fruchtcocktail als Nachtisch. Könnte ich auch noch ein paar von diesen Schupfnudeln dazu haben? Ja, kann ich, obwohl die eigentlich zu einem anderen Gericht gehören. Sehr flexibel. Ich suche mir mit meinem Tablett eine einigermaßen ruhige Ecke und mache es mir da gemütlich. Was Heike jetzt wohl macht? Vielleicht denkt sie auch gerade an mich. Moment, das klingt jetzt aber irgendwie so, als ob ich gerade an mich denken würde und sie dann auch, so meine ich das jetzt natürlich nicht. Also noch mal: Ich denke an sie und hoffe, dass sie ihrerseits an mich denkt. Aber wer weiß, was sie gerade wirklich denkt oder was sie von mir hält. Vielleicht ja, dass ich ein ganz mieser Typ bin mit einem Privatstall voller ehemaliger Freundinnen zu Hause. In dem Fall wäre es günstiger für mich, wenn sie jetzt nicht gerade an mich denken würde. Eventuell hat sie auch gerade heftig viele Brötchen einzutüten oder so etwas in der Art, sodass sie überhaupt nicht zum Nachdenken kommt.

Das Essen war wohl ganz okay, aber ich habe eigentlich gar nicht richtig hingeschmeckt, darum kann ich auch kein einigermaßen objektives Urteil von mir geben. Am besten geht ihr einfach mal selbst in die Mensa, da kann ja jeder als Gast hingehen, das kostet nur ein wenig mehr als für die Studierenden. Bäh, diese Gehirnwäsche, jetzt sage ich auch schon dauernd Studierende statt Studenten. Welche Enten trinken Bier und Wein? Die StudEnten, haha. Ich glaube, ich gehe jetzt besser mal wieder, ich habe ja noch was zu tun.

Ich fahre Richtung Albersdorf und halte mal hier und da an, um ein paar Aufnahmen zu machen. Vorzugsweise von hübschen Schneewehen oder von schwierigen Straßenverhältnissen. In Nordhastedt halte ich hinter einem Trecker vom Bauhof, der offenbar zum Schneeräumen eingesetzt wird. Der Fahrer ist gerade dabei, einen Sack Auftausalz in diesen Zerstäuber oder wie das heißt einzufüllen. Ich spreche ihn mal an und sage, dass ich vom Landboten bin und ob ich ein Foto von ihm machen dürfte. Darf ich. Wie nennt man eigentlich dieses Gerät hinten am Trecker, mit dem man das Salz verstreut, doch nicht etwa Salzstreuer? Doch, das ist wohl schon richtig, wir sagen aber meistens nur Streuer. Oder Streumaschine, wenn wir genug Zeit haben. Aha, der gute Mann verfügt über Humor. Braucht man ja auch, wenn man den ganzen Tag in der Gegend herumstreut. Schönen Tag noch, ich mache mich wieder auf den Weg. In Albersdorf mache ich dann noch ein paar Bilder von einer schneeschippenden Dame, natürlich mit ihrer Erlaubnis. Trotzdem hätte sie es wahrscheinlich lieber gesehen, wenn ich die

Schaufel genommen hätte und ihr den Fotoapparat gegeben hätte. Schon Viertel nach zwei, ich muss langsam beidrehen, ich muss ja noch meinen Artikel schreiben.

Die gesamte Redaktion Heider Umland und Dithmarschen-Nord sitzt vor ihren Monitoren und bearbeitet die Tastaturen, als ich reinkomme. Mahlzeit, sage ich, obwohl das ja zeitmäßig etwas unpassend ist. Egal, ich bin sowieso gar nicht richtig wahrgenommen worden. Mit einem Becher Kaffee setze ich mich an meinen Rechner und fange an zu tippen. Vor meinetwegen zwanzig oder dreißig Jahren muss das ja alles wahnsinnig laut gewesen sein, als alle noch ihre Schreibmaschinen hatten. Und wie haben sie es eigentlich noch früher gemacht, als es noch nicht einmal Schreibmaschinen gab, da haben sie wahrscheinlich sogar noch mit Feder und Eisengallustinte geschrieben. Eventuell hatte der Landbote einen eigenen Gänsestall hinter dem Haus, damit es immer genug Nachschub an Federn gab. Wie alt ist unser Blatt eigentlich? Rolf hat, glaube ich, mal irgendwas von 1870 erzählt, aber eventuell gab es den Landboten da nur einmal in der Woche. Kartoffeldruck auf handgeschöpftem Papier.

Ich brauche ungefähr eine Stunde und bin dann mit meinem Ergebnis eigentlich ganz zufrieden. Start in den Frühling verzögert sich. Schneefälle bestimmen den Alltag der Dithmarscher. Ja, das ist ganz okay. Jede Menge Einzelheiten, Hinweise wegen der Müllabfuhr, allgemeine Warnungen zur Verkehrslage und dann noch ein paar nette Bilder. Da kann eigentlich keiner meckern.

Tut auch keiner. Also speziell Fuchs meine ich jetzt. Nein, er findet das ganz okay, er meint nur, alle Bilder werden bestimmt nicht gebracht werden, ich soll mal so eine Art Rangliste dazu machen. Ja klar, kein Problem. Und, sagt Fuchs dann noch, haben Sie wieder was Neues zu den Hahnebiermorden gehört?

Komisch, daran habe ich heute noch gar nicht gedacht. Nee, sage ich, da gibt es wohl noch keine Neuigkeiten. Ich könnte Mittwoch nachfragen, wenn Ihnen das nicht zu spät ist. Mittwoch? Ach so, ja, Sie haben ja morgen frei. Ist nicht ganz so, antworte ich, morgen geht es wieder nach Kiel. Na, dann fahren Sie bloß vorsichtig bei dem Wetter, Heiko, damit Sie auch heil wieder nach Hause kommen. Ja, werd' ich tun, Herr Fuchs.

Noch ein paar halbprivate Sätze, dann entlässt er mich dankenswerterweise schon in den Feierabend. Wie spät ist es denn, halb fünf, naja. Schönen

Feierabend noch, tschüs bis Mittwoch. Winkewinke. Nur Frau Brüggmann hat zurückgewinkt.

Nein, ich fahre jetzt lieber nicht durch Lohe-Rickelshof, nachher komme ich noch auf die Idee, bei Scharbau zu halten. Wenn ich da jetzt reingehe, wirft mir Heike am Ende noch eine Torte ins Gesicht. Wie gesagt nein, den Gedanken an sie verdränge ich lieber. Keine Aktivitäten in Richtung Heike, dann kann man auch nichts falsch machen. Der nächste Gedanke, der vor meinem geistigen Auge auftritt, ist auch nicht so super angenehm: Kiel. Morgen fängt mein Dienstags-Studium wieder an, Sommersemester sozusagen. Sozusagen streiche ich jetzt mal, es ist natürlich ganz offiziell das Sommersemester. Irgendwann werde ich auch nicht mehr im Dunkeln losfahren müssen, sondern von den ersten schüchternen Strahlen der Morgensonne beleuchtet. Und dann kommt allmählich der richtige Frühling, es wird wärmer, es gibt Sommerreifen, kurzärmlige Hemden und Schlemmertüten bei Janny's Eis.

Aber im Moment sieht alles noch ziemlich winterlich aus, das lässt sich nicht verleugnen. Falls ich das heute noch nicht so richtig rübergebracht haben sollte, es ist tatsächlich so, unsere ganze Gegend ist unter einer mittleren Schneeschicht begraben, man kommt auf den Straßen aber doch ganz gut durch, dank Winterdienst. Wie lange wird das wohl noch so gehen? Das ist doch eigentlich alles nicht normal für den 18. März.

Wie ich schon vermutet hatte, Vater ist mit seinen Leuten doch nicht am Deich, sondern im vollen Schnee-Einsatz. Straßen in den umliegenden Gemeinden räumen und so weiter. Eventuell auch in Wesselburen, aber da bin ich mir nicht so ganz sicher. Jedenfalls hat Mutter mir das gerade gesagt, er war zwischendurch mal da zum Tanken, Diesel und Kaffee. Ja, wann er heute Abend wiederkommt, das steht wohl noch in den Sternen. Na gut, dann hat Vater jedenfalls was zu tun, das kommt seinem Naturell ja auch am meisten entgegen. Linda ist auch schon da, sie empfängt mich gutgelaunt in der Küche. Auch 'n Kaffee, Heiko? Ja, prima, gerne. Warum sie jetzt so gut drauf ist, verrät sie mir sofort. Ihr Rettungsassistent, dieser schüchterne Steffen Peters, ist wieder aufgetaucht. Ja, er hat sie auch gleich angesprochen, als er sie gesehen hat. Und dann hat er ihr erklärt, warum er fast zwei Wochen abgetaucht war: Er hatte einen ganz offiziellen Dienstunfall, bei einem Einsatz war seine Hand zwischen Trage und Treppengeländer geraten. Irgendwas mit Kapselriss und Bänderdehnung. Er hat sich aber zusammengerissen und nicht etwa noch die Trage mit dem Patienten fallenlassen. Guter Mann, kommentiere ich. Ausgerechnet die linke Hand, sagt

Linda. Wieso ausgerechnet, frage ich, ist Steffen denn Linkshänder? Nein, schon Rechtshänder, glaube ich jedenfalls. Aber du weißt schon, Heiko... Nein, richtig wissen tue ich gar nichts, aber ich ahne schon mal wieder, worauf Linda hinauswill. Lieber nicht weiter nachhaken. Okay, aber was war denn sonst so? Ja, er hat sich endlich mit ihr verabredet. Sie wollen morgen Abend ins Kino. Mutter fährt sie dann nach Heide, sie wollen sich vorm Lichtblick treffen.

Gratuliere, sage ich, aber wie kommst du denn wieder nach Hause, mit dem Rettungswagen oder auf dem Gepäckträger von seinem Fahrrad? Nee, da ruft Linda dann wieder zu Hause an, dass sie einer abholt. Aha. Wenn ich schon da bin, könnte ich das auch machen, sage ich ganz spontan. Ja, sicher, da müsste ich wieder hier sein. Zu Donald fahre ich ja nicht, der ist noch gar nicht in Kiel, der ist immer noch zu Hause bei seinen Eltern.

Ich weiß, sagt Linda.

Das hat sie natürlich schon wieder von Almut, das kann man sich ja denken.

Und Heike so?, fragt sie.

Mal gucken, sage ich.

Noch einen Kaffee, noch einen Keks, danach inspiziere ich mein Zimmer und lege auch schon mal zurecht, was ich morgen in Kiel brauchen werde. Wahrscheinlich werden wir auch so eine Art neuen Stundenplan bekommen. Das war früher in der Schule eigentlich immer ganz schön, der erste Schultag, wenn man sich erst einmal damit abgefunden hatte, dass die Ferien zu Ende waren. Es gab noch keinen richtigen Unterricht, sondern nur solchen organisatorischen Kram. Der neue Stundenplan zum Beispiel, mit dem ging schon mal eine ganze Schulstunde drauf. Oder welche Hefte man kaufen sollte, das haben manche Lehrer dermaßen umständlich erklärt, dass dabei auch jede Menge Zeit draufging. Nur ganz harte Typen haben schon richtig einen auf Schule gemacht.

Die Zeit bis zum Abendbrot und das Abendbrot selbst überspringe ich eher mal, bis auf die Anmerkung vielleicht, dass Vater immer noch unterwegs ist und erst gegen neun wieder da ist. Was ich aber nicht auslassen werde, ist die Tagesschau, die sehe ich mir sogar ganz besonders aufmerksam an, damit ich morgen in Kiel voll informiert bin. Wer sich jetzt sagt, bäh, das interessiert mich aber nicht die Bohne, der kann einfach den nächsten Absatz komplett weglassen.

Also jetzt die Tagesschau um zwanzig Uhr: Susanne Daubner im dunkelgrünen Merkel-Jäckchen begrüßt uns mit einem wissenden Lächeln. Ich frage mich gerade, ob sie eigentlich älter oder jünger ist als meine Mutter. Das Ergebnis nehme ich mal vorweg: Älter, Frau Daubner ist Jahrgang 1962, während Mutter 1968 geboren wurde. Das weiß ich jetzt aber nur, weil ich es später mal nachgegoogelt habe. Natürlich nicht Mutters Jahrgang, den weiß ich auch noch so. Aber die Jahrgänge von den Großeltern, die habe ich leider nicht im Kopf. Nur so ziemlich genau das Alter der Herrschaften, aber das wird ja jedes Jahr aktualisiert. Jetzt wird es aber wieder ernst, erstes Thema die NPD. Wegen des Widerstands der FDP-Minister im Kabinett wird die Bundesregierung keinen Verbotsantrag an das Verfassungsgericht stellen. Der Bundesrat schon, eventuell auch noch der Bundestag, das steht noch nicht fest. Vor zehn Jahren gab es schon einmal einen Verbotsantrag, der aber abgelehnt wurde. Warum eigentlich? Das wird jetzt nicht gesagt. Vielleicht kann ich das Thema ja morgen mal als Polit-Streber in Kiel anbringen. Jetzt geht es auch schon weiter mit der FDP, die gibt es ja noch. Thema FDP-Wahlprogramm. Bei mir bleibt jetzt eigentlich nur das Schlagwort Steuerreform hängen. Ach ja, auch noch Abbau des Solidaritätszuschlags. In diesem Herbst ist die nächste Bundestagswahl, und ob die FDP überhaupt noch im nächsten Bundestag dabei sein wird, ist eine ganz offene Frage. Weg aus Deutschland und auf nach Zypern: Das Parlament soll demnächst über die Annahme des 10-Milliarden-Euro-Hilfspakets der EU abstimmen. Das Paket ist natürlich mit Auflagen verbunden, so sollen zum Beispiel auch die Sparer zur Kasse gebeten werden. Das finden viele, ich glaube, man nennt die Leute da Zyprioten, nicht so wirklich gut. Es gibt Demonstrationen mit fiesen Sprüchen gegen Europa. Vielleicht könnte Donald als Psychologe so etwas besser erklären, aber ich glaube, wenn man jemandem unter die Arme greift und sogar vorm Untergang rettet, ist der nicht automatisch dankbar, sondern fühlt sich als Unterlegener und entwickelt deshalb Aggressionen gegen den Retter. Was ja objektiv überhaupt nicht gerechtfertigt ist, aber trotzdem.

So, jetzt kommt doch noch ein Absatz, das sieht sonst so schlecht aus. Nächstes Thema: Treffen im Kanzleramt zwischen Politik und Wirtschaft. Klingt nicht nach konkreten Ergebnissen. Airbus soll 234 Maschinen nach Indonesien liefern. Das ist wirklich ein dicker Fisch. Warnstreiks bei der Bahn haben für Zugausfälle und Verspätungen gesorgt. Bundesanwaltschaft ermittelt gegen vier Salafisten. Verdacht auf Gründung einer terroristischen

Vereinigung. Salafisten, was sind das denn noch mal für Leute? Schon vorbei, jetzt sind wir plötzlich in Israel. Neue Mitte-Rechts-Regierung unter Premierminister Netanjahu. Israel fühlt sich durch den Iran in seiner Existenz bedroht. Kann ich nachvollziehen. Israel will sich um einen endgültigen Frieden mit den Palästinensern bemühen. Glaube ich nicht. Aber das Thema ist dermaßen kompliziert, das wird nur noch von der Schleswig-Holsteinischen Geschichte übertroffen, die kann ja auch keiner so richtig kapieren. Bis auf meinen Vater und Lord Palmerston natürlich. Die Vereinten Nationen wollen über verbindliche Regeln im Waffenhandel beraten. Deutschland ist drittgrößter Waffenexporteur. Besuch von Verteidigungsminister de Maizière in Mali. Das Erste gibt es von heute an auch als App. Jetzt wird es doch noch gemütlich: Heftiger Schneefall hat im Norden Deutschlands ein Verkehrschaos ausgelöst. In Hamburg fielen 20 cm Schnee, besonders betroffen war aber Schleswig-Holstein. Dazu ein kleiner Film von einem Räumfahrzeug im Einsatz, da könnte auch Vater gerade am Steuer sitzen. Am Steuer und am Streuer. Das Wetter: Es bleibt winterlich, teilweise kräftige Schneefälle, auch in unserer Gegend. Das wird Vater beglücken, mich aber nicht so wirklich. Wahrscheinlich muss ich morgen noch früher abdüsen als sonst, ich möchte ja nicht gleich am ersten Tag des neuen Semesters zu spät kommen.

Das war die Tagesschau, ihr könnt wieder aufatmen. Was haben Mutter und Linda jetzt vor? Linda will Mutter Gesellschaft leisten, während sie auf ihren Mann wartet, der soll nachher erstmal einen ordentlichen Grog kriegen nach dem ganzen Schnee-Einsatz. Ich überlege kurz, ob das jetzt auch was für mich wäre, dann verzichte ich aber. Ich geh' heute früher schlafen, verkünde ich, aber erstmal nehme ich noch ein gepflegtes Vollbad. Will einer von euch demnächst noch ins Badezimmer? Nein, will offenbar keiner. Also dann, ich sage schon mal gute Nacht. Ja, gute Nacht, Heiko, schlaf' schön. Vergiss den Wecker nicht. Nein, keine Sorge.

Ich habe meinen Wecker vorsichtshalber auf Viertel vor fünf gestellt, das ist zwar brutal, aber ich habe mir dabei gedacht, dass ich heute mindestens eine halbe Stunde mehr Fahrtzeit nach Kiel einkalkulieren muss. Ich stehe auch sofort auf, keine Sorge, verpennt wird heute nicht, dafür bin ich viel zu aufgeregt. Immerhin beginnt heute mein zweites Semester an der Fachhochschule für Journalistik. Sechs sollen es werden, danach soll ich der große Meister in Journalismus und Medienwirtschaft sein. Bis dahin ist ja noch ein weiter Weg.

Alles dunkel und leise im Haus, ich bin ja auch der erste, der heute Morgen aus dem Bett gestiegen ist. Duschen muss nicht sein, ich habe ja gestern Abend noch gepflegt gebadet. Übrigens habe ich doch noch am Rande mitbekommen, wie Vater um ungefähr halb zehn nach Hause gekommen ist. Der wird ja wahrscheinlich auch nicht gleich wieder losmüssen, sondern eher so im Laufe des frühen Vormittages. Mein kurzer Besuch im Bad ist beendet, ich steige in die Klamotten, die ich mir schon gestern Abend zurechtgelegt hatte, dann gehe ich runter in die Küche zum Frühstücken. Natürlich erstmal Kaffee kochen. Eigentlich wäre es ganz cool, wenn man die Kaffeemaschine über eine Zeitschaltuhr bedienen könnte, dann wäre der Kaffee schon durch, wenn man die Küche betritt. Das könnte ich später vielleicht mal in meiner eigenen Behausung so machen. Aber es geht auch so relativ schnell, Mutter hat erst neulich die Maschine entkalkt, natürlich mit Zitronensäure. Zwei bis drei Scheiben Toastbrot, dazu noch ein Glas Orangensaft, dann geht das schon. Ein Blick in die Zeitung wäre nicht schlecht, aber die ist um diese Zeit natürlich noch nicht da. Auf NDR Info gibt es Nachrichten, aber irgendwie höre ich gar nicht richtig hin. Wie sieht es denn draußen aus? Mal einen Blick durchs Küchenfenster auf den Hofplatz werfen. Große Schneemengen sind nicht gefallen in der vergangenen Nacht, nur ein Hauch Neuschnee sozusagen. Dann geht das ja noch. Ich beeile mich trotzdem und bin schon kurz nach halb sechs abmarschbereit draußen am Polo. So super kalt ist es eigentlich gar nicht, aber es weht ein ganz schön frisches Lüftchen, mehr aus Richtung Ost, würde ich mal behaupten. Ich werfe schon mal den Motor an und entferne dann den Schnee von den Scheiben. Kein Eis darunter, das ist günstig. Unser Hund lässt sich nicht blicken, der pennt wahrscheinlich gerade im Stall unter seiner Ferkellampe. Gut, dann kann es losgehen.

Bis Rendsburg komme ich eigentlich ganz gut durch und ich frage mich, warum ich überhaupt so früh aufgestanden bin. Dann wird es aber heftig, ein fieses Schneetreiben setzt ein und dann ist die Autobahn zwischen Osterrönfeld und Kiel-West auch nur noch einspurig befahrbar. Meine Güte, hier hat es aber echt viel Schnee gegeben, das sieht schon anders aus als in Dithmarschen. Vor mir hat sich eine lange Autoschlange aufgebaut, die hinter einem orangefarbenen Räumfahrzeug herschleicht. Dreißig bis vierzig Stundenkilometer, das nervt. Kurz vor Kiel und dann in Kiel selbst gibt es auch noch einen Stau nach dem anderen. Immer noch heftiges Schneetreiben.

Ich komme ungefähr eine Viertelstunde zu spät bei unserem Seminarraum an. Die Tür ist aber abgeschlossen. Ein Zettel, der an der Tür angeklebt ist, verkündet: Beginn der Veranstaltungen erst um 9 Uhr aufgrund der Wetterlage. Na toll. Aber dann kann ich doch noch mal rübergehen in die Mensa und einen Kaffee trinken.

Der Tag im Kurzüberblick: Es geht dann tatsächlich um neun los, herzlich willkommen im zweiten Semester und so weiter. Es sind nicht alle da, ungefähr sieben Leute fehlen, manche sind wahrscheinlich irgendwo unterwegs im Schnee steckengeblieben oder einfach wieder umgekehrt, der eine oder andere wird vermutlich heute auch krank sein. Erkältung, Grippe oder so ähnlich. Für den Rest, also auch für mich, wird es aber recht gemütlich. Überblick über die Lehrveranstaltungen, Rückblick auf das erste Semester, dann geht es in lockerer Talkrunde um das, was wir in der letzten Zeit so in unseren Redaktionen erlebt haben. Ich kann einiges aus meiner Berichterstattung über die Hahnebier-Morde zum Besten geben. Dabei muss ich natürlich auch erklären, worum es beim Hahnebier überhaupt geht, so was kennt ja nicht jeder.

Mittagspause, Mensa. Ein Mensaburger mit Pommes, eine Cola. Danach Einführung in das Medienrecht und die Medienethik mit Professor Dr. Sowieso. Eigentlich stinklangweilig, aber das soll sich ja alles noch ändern. Warten wir's mal ab. Der Nachmittag zieht sich ganz schön. Zwischendurch schnell eine Kaffeepause.

Feierabend. Ich muss erstmal den Polo von dem Schneehaufen befreien, der sich auf ihm angesammelt hat. Dann langsam aus dem Schnee herausruckeln, jetzt bloß nicht festfahren. Nein, ist alles gutgegangen. Bis Rendsburg wird es wieder eine ziemliche Schleichfahrt, danach geht es eigentlich wieder.

Es ist tatsächlich schon halb neun, als ich zu Hause auf unserem Hofplatz ankomme. Stromer streicht mir einmal zur Begrüßung um die Beine, dann haut er aber wieder ab. Bei diesem Wetter kann ich es ihm nicht verdenken.

Ich nehme meine Sachen und gehe schnell rein ins Haus, wo mir eine gemütliche Wärme entgegenschlägt. Die Eltern sitzen vorm Fernseher und gucken Um Himmels Willen, Mutter anscheinend ein bisschen konzentrierter als Vater. Ah, da bist du ja endlich, Heiko, hast du was gegessen? Natürlich habe ich was gegessen, zum Beispiel heute Morgen und heute Mittag. Aber gemeint war wohl offensichtlich das Abendbrot. Ich mach' mir schnell 'n paar Brote in der Küche, sage ich und überlasse Mutter und Vater wieder dem Fernsehgenuss.

Zwei Käsebrote auf einem Teller, eine Gewürzgurke und ein Dithmarscher Pilsener, mit diesem Gepäck tauche ich anschließend wieder im Wohnzimmer auf. Die Nonnengeschichte ist immer noch am Laufen, ich versuche daher möglichst geräuscharm zu essen. Neun Uhr, jetzt kommt auch noch In aller Freundschaft, das wird ja immer schlimmer. Die Eltern scheint es aber nicht so völlig anzumachen wie die Sendung davor, jetzt läuft der Fernseher eher als Hintergrundkulisse. Es wird schon wieder das eine oder andere Wort zwischen uns gewechselt. Ja, natürlich war die Fahrt schon anstrengend, an der Ostküste hat es ja noch erheblich mehr geschneit als bei uns. Wie soll denn das Wetter in den nächsten Tagen bei uns werden? Kaum noch neuer Schnee, aber temperaturmäßig immer so um den Gefrierpunkt herum. Ja, immer noch Ostwind. Vater wird wohl noch ein paar Tage auf Schneeräum-Tournee gehen, aber heute war es zum Beispiel gar nicht mal so schlimm. Na, dann ist ja gut.

Wir könnten ja noch einen Grog trinken, das schlägt natürlich Vater vor. Ein Grog, warum nicht, noch passt das ja, bald ist der Winter vorbei. Jawohl, ich gehe sowieso noch mal in die Küche um meine Sachen wegzubringen, da kann ich auch gleich heißes Wasser machen. Also mit diesem Wasserkocher, meine ich jetzt. Familiäre Arbeitsteilung: Als ich mit dem heißen Wasser auftauche, bringt Vater gerade die Flasche Hansen Präsident in Position und Mutter hat für die Groggläser und Würfelzucker gesorgt. Na dann. Eigentlich müsste der Rum noch vorher angewärmt werden, so machen das wohl die Profis, aber es geht natürlich auch so. Rum muss, Wasser kann, Zucker darf. Feuer frei, prost Timmermanns. Ja, so ein Grog tut gut, das kann man wohl sagen. Wir genießen jetzt aber eher schweigend unser Heißgetränk, während die Ärzte im Fernsehen ihren kleineren oder auch größeren Konflikten nachgehen. Drehbuchautor zu sein, das muss doch ganz schön nerven. Wenn dann so eine Serie auch noch erfolgreich ist, muss man sich immer und immer wieder irgendwas Neues ausdenken, aber die Hauptpersonen sollen natürlich jedes Mal zum Zuge kommen.

Ich habe meinen Grog ausgetrunken und melde mich ab in Richtung Nachtruhe. Vater will natürlich gleich noch einmal Wasser heißmachen, auf einem Bein kann man ja nicht stehen, haha. Ich sage: Na, dann viel Spaß noch. Gute Nacht, gute Nacht, Heiko.

Ich will jetzt nicht sagen, dass ich schlecht geschlafen hätte, echt nicht, aber ich konnte schlecht einschlafen, obwohl ich so müde war. Vielleicht ja auch, weil ich so müde war, so was gibt es ja auch. Jedenfalls gingen mir noch alle möglichen Sachen durch den Kopf, sozusagen meine Baustellen, an denen ich noch was zu tun haben werde. Heike zum Beispiel. Da herrscht ja seit Tagen Funkstille, von beiden Seiten, da weiß man ja gar nicht, ob das weitergehen wird zwischen uns oder nicht. Oder meine ganze berufliche Zukunft, ich bin jetzt im zweiten Semester, wenn ich das alles so schaffe, habe ich ja irgendwann mal diesen großen Master-Abschluss. Ob das überhaupt irgendwelche Vorteile für mich haben wird, keine Ahnung. Dann diese Haus-Idee von Opa. Das finde ich ja einerseits gut, andererseits ist das aber auch noch ganz weit weg, wer weiß schon, wann er denn endlich mal mit der Bude fertig sein wird. Seine letzte Prognose war auch nicht so wirklich günstig. Frau Apothekerin Monscheidt mit ihren Ministranten. Ob es da vielleicht irgendwas Neues gibt? Fußball. Morgen ist Fußballtraining. Da wollte ich doch nicht mehr hin. Eigentlich. Gekündigt habe ich aber auch noch nicht. Gehe ich da nun morgen Abend hin oder nicht? Okay, irgendwann bin ich dann doch wohl eingeschlafen.

Also, jetzt haben wir ja den Mittwoch voll am Wickel. Ich bin inzwischen frisch geduscht und volontärmäßig gekleidet und sitze mit der gesamten Familie am Frühstückstisch. Also genau genommen am Tisch im Wohnzimmer, in der Küche frühstücken wir ja nur in ganz kleinem Kreise. Vater wartet noch ab, ob es wieder irgendwelche Anforderungen zum Schneeräumen geben wird, im Moment sieht das aber nicht so aus. Ihn stört das nicht so besonders, er hatte in den letzten Tagen genug zu tun, das darf dann auch ruhig mal ein bisschen weniger sein. Ich habe mir gerade den dritten Toast mit Tilsiter hinter den Knorpel geschoben und spüle mit einem Schluck Kaffee nach. Die Zeitung ist in greifbarer Nähe, der Chef des Hauses hat sie schon durchgearbeitet. Ich greife zu. Eigentlich müsste ich erstmal unser Blatt vom Dienstag in Augenschein nehmen, aber das kann ich vielleicht heute Morgen noch in der Redaktion tun. Ich kann mich komischerweise gar nicht mehr daran erinnern, was ich Montag geschrieben habe. Allerdings denke ich auch nicht besonders intensiv darüber nach.

Also, schauen wir mal, was die Kollegen so für heute geschrieben haben: Das Wetter beruhigt sich, nur noch wenig Schnee oder Regen bei Temperaturen über dem Gefrierpunkt. Vielleicht ist es ja bald mal mit dem späten Wintereinbruch vorbei. Der große Aufmacher des Tages ist eine Geschichte, die vor dem Meldorfer Jugendschöffengericht verhandelt wurde. Ein 23-Jähriger wurde wegen Sex mit einer Zwölfjährigen verurteilt, allerdings nur zu einer Bewährungsstrafe. Warum so mild? Er hatte das Mädchen im Chat kennengelernt, da soll sie sich als Vierzehnjährige ausgegeben haben. Dann haben sie öfter mal telefoniert und er hat sich offensichtlich total in sie verknallt, er hat sie dann auch besucht. In einem Ort in Norderdithmarschen, heißt es. Der Ort soll auch einen Bahnhof haben. Der einzige Ort, der mir dazu einfällt, ist Lunden. Dann wundert mich das nicht so wirklich. Also, dieser Typ hat das Mädchen in ihrem Heimatort besucht, die Eltern betreiben eine Gaststätte, die Mutter erlaubt ihrer Tochter mit diesem 23-Jährigen in einem Gastzimmer zu schlafen. Dabei kommt es natürlich zum Sex, wozu soll es wohl auch sonst kommen. Mann, das ist ja alles ganz schön heftig. Wie kann es angehen, dass die Mutter des Mädchens das erlaubt hat und sogar noch begünstigt hat? Meine Mutter hätte den Typen mit dem Nudelholz vom Hof gejagt und Linda dann anschließend den Hintern versohlt. Ganz schöner Mist, was so dabei herauskommen kann, wenn man im Internet unterwegs ist. So super empören kann ich mich über den jungen Mann aber auch nicht, immerhin war ich ja mal mit Maren zusammen, als sie noch vierzehn war. Wenn die jetzt in Wirklichkeit erst zwölf gewesen wäre und ihre Mutter hätte auch noch das Bett für uns gemacht, ja, was hätte ich da wohl getan? Leute, das kann ich wirklich nicht sagen, da will ich jetzt nicht die Hand für mich ins Feuer legen. Bewährungsstrafe, na gut.

Jetzt schnell noch ein paar andere Themen: Der neue Papst Franziskus hat offiziell sein Amt angetreten. Der Kieler Datenschutzbeauftragte Thilo Weichert wettert gegen Facebook. Recht hat er. Der DAX schließt bei 7947 Punkten. Das ist auch so eine Sache, die ich nicht wirklich kapiere. Vielleicht sollte ich mich mal ernsthaft damit befassen. Heute setzt die neue Vogelwartin nach Trischen über. Falls das einer nicht kennt, Trischen ist so eine Art kleine Insel vor der Dithmarscher Küste. In Heide wurden Passanten befragt, was sie vom langen Winter halten. Unterschiedliche Reaktionen, wie zu erwarten. Wählergemeinschaft Wesseln stellt Kandidaten für die Kommunalwahl am 26. Mai auf. Bei Edeka gibt es Nutella für 1,69 €. Lotto King Karl kommt zum Meldorfer Musikzirkus. Immer noch Les Misérables im Kino. Lunden will 875. Geburtstag feiern. Im Fernsehen eigentlich nichts Besonderes. Der Steinbock soll heute seine Energien bündeln. Hochwasser um 17.57 Uhr.

Heiko, musst du heute gar nicht zur Arbeit?, fragt Vater mich plötzlich. Nanu, diese Frage gehört doch normalerweise eher zu Mutters Repertoire.

Ja, geht sofort los, antworte ich und falte die Zeitung zusammen. Linda ist schon weg, das hatte ich gar nicht mitbekommen, und auch Lasse stopft schon sein Pausenbrot in die Schultasche.

Du könntest ruhig mal wieder den Unimog nehmen, schlägt Vater mir vor, das tagelange Herumstehen in der Kälte ist auch nicht gerade gut für den.

Vielleicht ja morgen, sage ich, während ich mich schon in Richtung Flurgarderobe aufmache, für heute ist es schon ein bisschen zu spät. Schönen Tag noch, bis heute Abend.

Tschüs Heiko, fahr' vorsichtig.

Na klar.

Wenigstens ist es draußen schon hell, aber wir haben ja auch schon den 20. März, da darf man das wohl erwarten. Aber irgendwann kommt doch wieder diese blöde Zeitumstellung wegen der Sommerzeit, wohl so Anfang April, glaube ich wenigstens, da wird es dann morgens doch wieder eine ganze Zeitlang noch ziemlich dunkel sein, das nervt vielleicht. Also wenn es um mich ginge, könnte man diesen ganzen Kram mit Sommer- und Winterzeit gerne wieder abschaffen. Das soll ja sowieso bisher nichts gebracht haben. Okay, das Thema kommt garantiert irgendwann wieder in unserem Blatt vor, wie jedes Jahr. Wahrscheinlich wieder mit so einer Umfrage: Was halten Sie von der Sommerzeit?

Die Scheiben vom Polo sind nur leicht beschlagen, ich kann praktisch schon nach einer Minute losfahren. Heute gibt es auch keine nennenswerten Verkehrsbehinderungen auf dem Weg nach Heide, ich fahre locker mit achtzig bis neunzig Stundenkilometern durch die Gegend, natürlich nicht auf der Brücke über die Autobahn, da darf man ja nur siebzig fahren, da halte ich mich auch ziemlich genau dran.

Unsere Morgenrunde am Stehtisch ist heute relativ locker, es wird erst einmal mehr oder weniger privat geplaudert, das Wetter ist natürlich immer noch ein Thema. Ach, Sie waren ja gestern in Kiel, wie sind Sie denn durchgekommen? Ja, teilweise war's ganz schön schwierig, da drüben an der Ostküste haben die ja wesentlich mehr Schnee abgekriegt als wir. Ja, die

Lage scheint sich wieder allgemein zu entspannen, in ein, zwei Wochen gibt es wahrscheinlich gar keinen Schnee mehr. Ja, warten wir's mal ab. Es ist ja auch bald Ostern, da will man die Eier doch nicht unterm Schnee verstecken, haha.

Dann wird es doch ernster, die Aufgabenverteilung kommt. Und was habe ich heute bei der Ziehung gewonnen? Ausgefallene Ampel auf dem Schulweg in Büsum, da haben sich ein paar aufgeregte Eltern beschwert. Dann Sanierungsarbeiten im Heider Klaus-Groth-Museum. Irgendwelche festen Termine? Nein, freie Zeiteinteilung. Na, das ist ja erfreulich. Ich mache mir schnell ein paar Notizen. Eigentlich wollte ich jetzt noch irgendwas in Richtung Hahnebier-Morde sagen oder fragen oder sogar vorschlagen, aber der Zeitpunkt ist verpasst, das muss ich später mal tun. Es dauert jetzt gar nicht mehr so lange und unsere kleine Dienstbesprechung hat ihr Ende gefunden. Alles strebt auseinander. Ich strebe zu meinem Schreibtisch und werfe den Rechner an.

Wenn mein Job in Büsum was mit der Schule zu tun hat, also dem Schulweg genaugenommen, ist es wohl günstiger, wenn ich mich am Vormittag darum kümmere. Also im Prinzip jetzt. Ich stelle mir meine Expeditions-Ausrüstung zusammen und mache mich dann gleich wieder auf den Weg. Wohin? Zur Schule am Meer, so heißt das Institut. Im Moment noch Grund- und Regionalschule, demnächst wahrscheinlich Gemeinschaftsschule, wer weiß, wie das in zehn Jahren genannt werden wird. Vielleicht einfach nur noch Schule. Aber egal jetzt, ich bin ja schon in Büsum, auf der Heider Straße. Jetzt kommt gleich eine richtige Kreuzung, also nicht nur eine Einmündung, rechts geht es in den Neuen Weg, das ist auch die Adresse der Schule, links ginge es in die Bismarckstraße, wenn ich denn dahin wollte. An der Ecke Heider Straße und Bismarckstraße ist eine Kneipe namens Hummerkorb, da finden wahrscheinlich immer die Konferenzen statt. Nein, das war natürlich nur Quatsch. Das Problem wird mir sofort klar: Sämtliche Ampeln an dieser Kreuzung sind ausgefallen. Aber jetzt nicht komplett, sondern sie blinken gelb, immerhin. Das heißt natürlich für alle Verkehrsteilnehmer, dass man hier besonders gut aufpassen muss. Dass die Fußgängerüberwege über die Heider Straße zum Schulweg gehören, liegt auf der Hand, der Bahnhof ist auch ganz nahe in der Nähe, da werden sicher morgens eine ganze Menge Schüler über die Straße wollen.

Aber jetzt kommen auch noch ein paar Schüler. Also Schülerinnen und Schüler, genaugenommen. Wahrscheinlich haben die nicht verpennt, sondern erst später Unterricht. Ich ergreife die günstige Gelegenheit und mache ein paar Fotos. Die jungen Herrschaften verhalten sich natürlich nicht gerade vorbildlich beim Überqueren der Straße, einige benutzen nicht einmal den offiziellen Überweg, sondern gehen irgendwo in der Nähe sogar ziemlich quer oder unsymmetrisch oder wie auch immer über die Heider Straße. Ein Graus für jeden Verkehrspolizisten und Verkehrspädagogen. Meine Fotos sind im Kasten, ich muss mal überlegen, was ich als nächstes tun sollte.

Weil das aber alles etwas kompliziert wird, fasse ich mal zusammen: Ein Gespräch in der Schule mit dem stellvertretenden Schulleiter. Ein Gespräch in der Gemeindeverwaltung mit dem zuständigen Mitarbeiter. Ein paar Fragen an umherstehende Schüler in der Pause auf dem Schulhof. Ein Telefongespräch mit der Polizei in Büsum und dann auch mit der Polizei in Heide.

Ergebnis: Die Ampelanlage ist schon längere Zeit defekt. Eine neue Anlage muss her, dafür hat es aber eine EU-weite Ausschreibung gegeben, das ist Vorschrift. So was zieht sich ja. Dann gab es noch Kommunikationsprobleme zwischen Schule und Gemeinde. Für die Zeit, bis die neuen Ampeln da sind, wurden Schülerlotsen ausgebildet, wiederum von der Polizei. Das Thema Schülerlotsen hatten wir doch irgendwann schon mal. Das haute am Anfang auch alles gut hin, aber dann hatten die Damen und Herren Schülerlotsen wohl allmählich immer weniger Bock auf ihren Dienst und haben das dann schleifen lassen. Kontrolliert wurden sie aber offensichtlich auch nicht so richtig. Da hat dann wohl auch die Schule etwas gepennt. Aber anscheinend auch die Polizei, die hätte ja auch mal merken können, dass da praktisch keine Schülerlotsen mehr an der Kreuzung stehen.

Passiert ist aber bisher nichts, also keine Unfälle mit Personenschäden und so weiter. Es ist aber zu befürchten, dass es während der Touristensaison doch noch zu gefährlichen Situationen kommen könnte. Mein Fazit: Typische Herumschieberei der Verantwortung. Keiner fühlt sich hundertprozentig zuständig und zeigt lieber mit dem Finger auf die anderen. Das kann ich natürlich so nicht schreiben, sonst werde ich noch an die Ampel gekettet und ausgepeitscht. Nein, immer schön sachlich bleiben, aber wer dann zwischen den Zeilen liest, wird hoffentlich schon erkennen, wer alles seine Verantwortung nicht so ganz ernst genommen hat.

Mit diesem Kram bin ich bis zur Mittagszeit ganz schön beschäftigt, das kann ich nicht anders sagen. Mein Artikel ist sozusagen zur Mittagspause im Rohbau fertig, da muss ich heute Nachmittag noch mal kurz ran, aber vorher natürlich noch ins Klaus-Groth-Museum. Wenn es dort um Bauarbeiten geht, darf ich natürlich nicht zu spät kommen, sonst haben die Handwerker schon Feierabend und ich stehe am Ende noch vor verschlossenen Türen.

Aber auf dem Weg zum Museum gönne ich mir dann doch eine kleine Mahlzeit bei Fiebelkorn. Einmal Grünkohl mit Kasseler und einer extra Kochwurst, das passt immer noch ganz gut zum Wetter. Ich finde, solche Sachen kann man eigentlich nur bei richtigem Winterwetter essen, sonst schmecken sie nicht. Keine Sichtung von Maja, vielleicht meidet sie im Moment auch eher die Plätze, auf denen ich unterwegs sein könnte. Mir ist es recht, ich glaube, ich könnte doch ziemlich giftig werden, wenn ich sie jetzt träfe. Skorpion gegen Skorpion sozusagen. Falls einer von euch die Mad-Hefte kennen sollte, ich weiß gar nicht, ob es die überhaupt noch gibt, jedenfalls hatte mein Freund Felix noch einen ganzen Haufen davon. Halt mal, jetzt habe ich irgendwie den Faden verloren. Nee, doch nicht, da ist der Faden wieder: Im Mad gab es immer eine Seite mit Spion & Spion, wo der weiße und der schwarze Spion sich gegenseitig mit den allerfiesesten Tricks bekämpft haben. Also, so was Ähnliches könnte ich mir auch bei Skorpion & Skorpion vorstellen. Aber andererseits bin ich Steinbock, da werde ich wohl doch nicht mit Handgranaten und Dynamitstangen auf Maja losgehen. Herbert Feuerstein fällt mir plötzlich noch ein, der war mal eine ganze Zeitlang Chefredakteur von Mad. So, ich bin jetzt auch mit meinem Grünkohl fertig, gebe meinen Teller ab und mache heimlich mein Bäuerchen, tschüs, schönen Tag noch. Wenn Heike wirklich nichts mehr von mir wissen will, könnte ich vielleicht doch mal diese schöne Schlachterei-Fachverkäuferin auf die Tagesordnung setzen.

Timmermann, Dithmarscher Landbote, stelle ich mich beim ersten Mitmenschen vor, der mir am Klaus-Groth-Museum vor die Füße läuft. Ich habe Glück, im Moment sind gerade jede Menge wichtige Menschen versammelt, um den Fortschritt der Bauarbeiten in Augenschein zu nehmen. Das Museum ist ja bereits seit einiger Zeit geschlossen, es musste oder muss immer noch saniert werden, wer die Kosten trägt, das war wohl bisher das größte Problem. Über eine halbe Million Euro, so was hat ja keiner in der Portokasse. Im Moment geht es aber um das Dachgeschoss, da wird gerade untersucht, ob die Dachsparren vollständig ausgetauscht werden müssen oder jeweils nur ein Teil davon. Zwei Herrschaften eines Hamburger Instituts sind gerade dabei, Probebohrungen vorzunehmen. Wenn mein Opa das jetzt sehen würde, würde er vermutlich sagen: Das ist doch alles rott, das müssen wir völlig neu machen. Aber Opa hat hier nicht das Sagen, es geht natürlich darum, wie man das Gebäude möglichst originalgetreu erhalten kann.

Und wann wird das Museum wiedereröffnet? Der große Plan sieht vor, dass das im nächsten Jahr geschehen soll, also 2014. Na, da bin ich aber gespannt. Das wäre dann zum hundertsten Geburtstag der Eröffnung, 1914 ist das Klaus-Groth-Museum ja eingeweiht worden. Wer jetzt diese Geschichte mit Klaus Groth komplett vergessen haben sollte: Er wurde 1819 geboren und hat seine Kindheit und Jugend in diesem Haus verbracht. Zurück auf den Dachboden: Es ist wirklich saukalt hier, ich bin dankbar, dass ich noch ein paar Klaus-Groth-Honoratioren an anderer Stelle im Haus interviewen kann. Keine wesentlichen neuen Erkenntnisse, ich mache kurz darauf meinen Abflug in Richtung Redaktion. Mein Fazit: Wenn das man was wird mit der Wiedereröffnung nächstes Jahr, meinen Segen haben sie aber. Heide hat ja nicht so wirklich viel zu bieten, aber aus Klaus Groth könnte man doch noch ein bisschen mehr herausholen. Das kann doch eigentlich nicht angehen, dass so ein Museum jahrelang geschlossen bleibt.

Mit meiner Überarbeitung der Büsumer Ampelgeschichte bin ich ziemlich bald durch, weil mir natürlich auch schon die Klaus-Groth-Story im Nacken sitzt. Als ich gerade dabei bin, meine Zweifel am Termin der Wiedereröffnung möglichst neutral zum Ausdruck zu bringen, kommt Fuchs herein und sagt: Oh, Heiko, gut, dass Sie da sind, da hat vorhin jemand von der Kripo Itzehoe für Sie angerufen, ob Sie morgen um zehn dort erscheinen könnten.

Die Hauptkommissarin Weishaupt vielleicht?, frage ich.

Hab' ich gar nicht so schnell mitbekommen, sagt Fuchs, aber ich meine schon. Ich hab' einfach mal für Sie zugesagt, es geht offensichtlich um diese Hahnebier-Morde. Also, ich habe Sie schon mal dafür eingeplant, Sie können dann doch gleich von zu Hause aus nach Itzehoe fahren, da brauchen Sie morgen früh nicht erst hier zu erscheinen.

Oh, danke, Herr Fuchs, sage ich.

Toll. Echt toll, das kann ich gar nicht anders sagen. Dann kann ich ja morgen früh ein bisschen länger pennen oder frühstücken oder beides. Was die Weishaupt wohl von mir will? Natürlich will sie mir irgendwas über Frau Monscheidt und ihre Genossen erzählen, das werde ich dann ja sehen. Klasse, das motiviert mich jetzt richtig. Ich bin dann auch in einer halben Stunde mit dem Museum durch und kann Fuchs meine beiden Artikel zum Absegnen unter die Nase halten. Er winkt sie durch und wählt dann nur noch kurz die besten Fotos aus.

Weil sowieso gleich Feierabend ist, kann ich schon mal meinen Rechner runterfahren und meinen Arbeitsplatz aufräumen. Halt, ich wollte noch einen kleinen Blick auf die Zeitung von gestern werfen, liegt die hier nicht irgendwo? Ja, auf der Fensterbank. Unter Dithmarschen finde ich meinen Bericht zum Winterwetter, eine ganze Seite mit insgesamt fünf Fotos. Eigentlich sind die Schneemassen gar nicht so dramatisch, wenn ich das mal mit meinen Eindrücken von meiner Fahrt nach Kiel vergleiche. Bildungsministerin Waltraud Wende gegen dauerhaften Erhalt von Minischulen. Ab wann ist denn eine Schule mini? Ach so, bei weniger als 44 Schülern. Na gut, darüber kann man natürlich trefflich streiten. Man kann allerdings auch nicht erwarten, dass jedes Grundschulkind bei uns auf dem Lande in zwanzig Minuten zu Fuß seine Schule erreichen kann. Mein Bruder muss ja auch jeden Tag mit dem Schulbus fahren. Aber wenn es denn noch irgendwo so eine richtig kleine Dorfschule gibt und die muss dann mangels Schülerzahlen dichtgemacht werden, dann ist das natürlich schon ein herber Rückschlag für so ein Dorf, denn da geht ja auch viel vom allgemeinen Dorfleben mit in die Binsen. Na gut, noch ist das ja nicht mein Problem. Freitag treffen sich die Taubenzüchter um 19.30 Uhr im Dörpskrog Gudendorf. Die Husumer Krokusse sind noch unter einer Schneedecke verborgen. Die Gruppe Steam-Tractor sucht einen Bassisten. Der Bürgerverein Heide braucht eine neue Schriftwartin.

Und ich brauche Feierabend. Aber da ist er auch schon, ich muss ihn sozusagen nur noch antreten. Dann bis morgen, verabschiede ich mich. Bis morgen, Heiko, ja, Sie kommen dann sicher erst nach Mittag. Ach ja, das hätte ich fast schon wieder vergessen. Wenigstens ein positiver Gedanke, den ich in mein Privatleben hinüberretten kann: Morgen nach Itzehoe. Die nächsten Gedanken sind dann leider eher negativ. Gedanke 1: Heike. Was mach' ich denn da jetzt? Seit Samstag haben wir uns nicht gesehen, seitdem herrscht Funkstille auf allen Kanälen. Das kann doch nicht ewig so weitergehen, oder vielleicht doch? Gedanke 2, der den ersten Gedanken völlig überlagert: Training. Heute Abend ist Fußballtraining in Wesselburen. Da wollte ich doch nicht mehr hin, aber abgemeldet habe ich mich auch noch nicht. Scheiße, mir wird wohl nichts anderes übrigbleiben, als da heute Abend doch noch mal aufzutauchen. Aber jetzt erstmal nach Hause.

Heiko, Opa hat vorhin angerufen, flötet Mutter, als ich gerade hereinkomme.

Und?

Ja, er hat erzählt, dass sie doch schon mit dem Haus beim Tivoli angefangen haben.

Tatsächlich? Das hätte ich jetzt am allerwenigsten erwartet. Ich bin total gespannt auf Einzelheiten, aber Mutter will offensichtlich die Spannung am Leben halten und dann noch leicht sadistisch steigern, so was macht sie manchmal. Ich bekomme einen Becher Kaffee am Küchentisch und noch ein paar Krumme Jungs aus der Dose, das finde ich ja alles sehr positiv, aber eigentlich wäre es mir am liebsten, wenn sie endlich weitererzählen würde.

Tut sie dann auch. Es ist wohl so, dass Opa wegen des Wetters noch ein paar Aufträge vertagen muss, darum hat er gerade jede Menge Leute frei, die setzt er dann einfach ein paar Tage für seine Privatbaustelle in der Turnstraße ein. Morgen soll es losgehen, da wird das alte Dach abgerissen und übermorgen kommt dann schon das neue, also mit diesen ganzen Fachausdrücken wie Balken und Sparren und so weiter. Und im Haus selbst soll auch schon alles Mögliche gerissen werden, ich kann mir das ruhig mal angucken, wenn ich Zeit habe. Opa meint, die ganze Bude wird dieses Jahr auf jeden Fall fertig.

Ich bin im Prinzip begeistert. Wir haben März, das dauert ja gar nicht mehr lange, dann haben wir schon Ostern, vielleicht ist das alles ja auch schon im Herbst fertig. Ich könnte mir dann auch irgendwann im Sommer oder so Urlaub nehmen und da ein bisschen mitwerkeln, also tapezieren eventuell oder so was in der Art. Cool. Darauf noch einen Kaffee.

Jetzt kommt auch noch Linda, und da fällt mir gerade ein, dass sie doch gestern Abend mit ihrem Rettungstypen ins Kino wollte. Das hatte ich völlig vergessen, eventuell wollte ich sie doch auch abholen oder eben einer von den Eltern, aber wir haben ja alle drei vorm Fernseher abgehangen und Grog in uns hineingeschüttet, da ist doch keiner mehr danach nach Heide gefahren, um Linda abzuholen. Ja, und erzählt hat sie heute Morgen beim Frühstück auch gar nichts. War sie denn überhaupt nicht los oder was?

Warst du eigentlich gar nicht im Kino?, frage ich.

Doch, Rubinrot haben wir gesehen. Steffen hat mich abgeholt und auch wieder nach Hause gebracht. Mit dem Auto seiner Eltern.

Aha, deshalb gab es auch keinen abendlichen Fahrzeugeinsatz der Familie Timmermann. Dann muss Linda ja wieder nach Hause gekommen sein, als ich schon gepennt habe.

Dann bist du ja gestern Abend erst wieder nach Hause gekommen, als ich schon gepennt habe, sage ich.

Ja, logisch, Heiko. Wir waren zuerst im Kino und dann noch ein bisschen bei Steffen zu Hause. Na, und dann hat er mich wieder zurückgebracht, war vielleicht kurz vor zwölf oder so. Da wart ihr alle schon in der Heia. Warum willst du das denn so genau wissen?

Ach, nur so.

Das finde ich ja interessant. Aber, wie soll ich sagen, ich gönne es meiner Schwester. Der gute Steffen wird ihr in seinem Zimmer hoffentlich nicht nur seine Briefmarkensammlung gezeigt haben.

Und bei dir so?, fragt Linda.

Ich muss noch zum Training, antworte ich.

Ich dachte, da wolltest du nicht mehr hin?

Will ich auch nicht, sage ich, aber ich hab' noch keinem Bescheid gesagt, da bin ich gar nicht zu gekommen, darum fahre ich eben heute doch noch mal hin. Übrigens, morgen früh muss ich gar nicht in die Redaktion, sondern erst um zehn nach Itzehoe. Zu Frau Weishaupt, wegen dieser ganzen Hahnebier-Morde.

Mutter nimmt das ein bisschen mehr zur Kenntnis als Linda, darum ergänze ich noch eher in ihre Richtung, also in Mutters Richtung: Kann sein, dass ich dann etwas später aufstehe, vielleicht halb acht oder so. Nicht dass du denkst, ich hab' verschlafen.

In Ordnung, Heiko.

Noch einen Schluck Kaffee, dann gehe ich langsam mal in ein frühes Abendbrot über und versorge mich mit Mischbrot und Salami. So ganz wohl ist mir nicht beim Gedanken an heute Abend. Dass ich aufhören will mit Fußball, das steht aber für mich fest, da ist nicht dran zu wackeln. Die

Frage ist nur, wie. Fahre ich da ganz einfach hin und sage dann, ey Leute, ihr seht mich jetzt zum letzten Mal, das war's dann, ich fahr' jetzt wieder nach Hause? Das wäre doch ein bisschen stillos. Nein, ich mache heute noch einmal beim Training mit, als Abschiedsvorstellung sozusagen, und bei der ersten Gelegenheit, die ich habe, werde ich meinem Trainer Rolf einfach reinen Wein einschenken.

Punkt 19 Uhr in der Turnhalle der Friedrich-Hebbel-Schule in Wesselburen. Wir sind heute ein paar Mann mehr als beim letzten Mal, die Klopperei vom vorigen Mittwoch scheint auch in Vergessenheit geraten zu sein, jedenfalls haben sich die Gemüter der Streithähne offensichtlich wieder beruhigt. Wir stehen noch etwas ungeordnet in der Halle herum und warten darauf, dass Rolf das Motto des Abends verkünden wird. Tut er dann auch, aber ganz anders, als man erwarten könnte. Vielleicht hat der eine oder andere von uns ja doch schon was gewusst, aber mich überrascht es total, was Rolf da gerade von sich gibt. Heute sei sein letztes Mal, verkündet er, Ende des Monats würde er Dithmarschen verlassen und eine neue Stelle antreten, bei der Freien Presse in Zwickau. Ist das nicht bei den Ossis, meint einer, was willst du denn da? Ja, sagt er, da würde er eine besser bezahlte Stelle als Redakteur bekommen, außerdem gäbe es private Gründe. Mit denen muss er dann aber auch noch rausrücken, ja, er würde heiraten, eben eine Kindergärtnerin aus Zwickau.

Allgemeines Erstaunen, dann Gratulationen, gute Wünsche und so weiter. Denen schließe ich mich natürlich auch an, obwohl ich immer noch völlig überrascht bin. Beim Landboten hat ja auch keiner was von Rolfs Plänen gesagt oder vielleicht auch gar nicht gewusst. Mir wird auf einmal so Einiges klar, erstens hat Rolf tatsächlich ein Privatleben, dann wird er diese Kindergärtnerin wohl kennengelernt haben, als er vor einiger Zeit irgendwo im Ossiland eingeschneit war, wo war das noch gleich, wahrscheinlich doch im Erzgebirge. Da hatte er doch so eine Familienfeier und war dann dort für einige Tage von der Außenwelt abgeschnitten. Ja genau, so war es. Dann war da wohl auch seine Kindergärtnerin aus Zwickau dabei, und dann hat sie ihn gezwickt.

Ich muss auch gleich noch was sagen, sage ich. Das klingt schon mal wieder bescheuert, zweimal sagen hintereinander, daran könnt ihr sicher merken, wie nervös ich bin. Im Moment hören mir aber tatsächlich alle zu, vielleicht erwarten sie auch von mir die Verkündung von Heiratsplänen, aber stattdessen sage ich, dass ich auch zum letzten Mal dabei bin, weil ich mit dem Fußballspielen erstmal aufhöre. Zu wenig Zeit, weil ich ja außer meiner Ausbildung noch das Studium an der Backe habe. Das Argument zieht, da fragt jetzt keiner nach und bezweifeln tut es natürlich auch niemand. Die Reaktionen gehen ungefähr von Verständnis bis Gleichgültigkeit. So super scheint es niemand zu bedauern, schade, das hätte ich mir schon etwas gewünscht.

Okay, diese Nachricht ist dann auch verdaut, das normale Leben kann weitergehen. Das heißt, doch noch nicht so ganz, die Mannschaft will natürlich wissen, wer der neue Trainer sein wird, warum der heute noch nicht dabei ist und solche Sachen. Rolf sagt, das steht leider noch nicht ganz fest, aber beim Verein haben sie ihm zugesichert, dass nächste Woche auf jeden Fall hier einer stehen wird, eventuell aber sozusagen auch nur ein Interimstrainer, haha. Na gut.

Also dann erstmal aufwärmen, ist auch langsam nötig, es wird einem ganz schön kalt, wenn man so lange untätig in der Halle rumsteht. Dann noch ein paar speziellere Trainingseinheiten und zum Schluss ein Spiel. Diesmal hat Rolf wieder alles ganz ordentlich vorbereitet, da kann man nicht meckern, es läuft ganz gut. Wahrscheinlich hatte er letzten Mittwoch einfach nur zu viel Stress an der Backe, vielleicht war das mit seiner neuen Stelle auch noch in der Schwebe oder was auch immer. Okay, das war's dann wohl mit Rolf für mich. In der ersten Zeit war er ja sozusagen auch mein Trainer beim Landboten, weil er in derselben Redaktion war. Ich fand ihn eigentlich immer ganz in Ordnung. Ich will jetzt nicht sagen, dass ich ihn total vermissen werde, aber ein kleines bisschen wehmütig werde ich schon, als ich ihm zum Abschied die Hand gebe.

Alles Gute dann, Rolf.

Und du, Heiko, mach's auch gut. Na, wir sehen uns dann doch bestimmt noch mal, bevor ich abdüse. Aber schade, dass du nicht mehr spielen wirst. Na, vielleicht später mal wieder.

Okay, mit dieser Einschätzung kann ich klarkommen. Ach so, ja, Rolf hat noch gesagt, er streicht mich dann aus der Mannschaftsliste. Aber wenn ich komplett aus dem Sportverein austreten wollte, müsste ich mich persönlich drum kümmern. Naja, das muss ja vielleicht erstmal nicht sein.

Weil ich noch etwas mit Rolf geredet habe, habe ich gar nicht mitbekommen, dass die meisten anderen schon losgegangen sind. Oder losgefahren, je nachdem. Mittwochs ist ja häufig Fußball im Fernsehen, da kriegt man meistens dann noch die zweite Halbzeit mit. Aber ob es heute irgendwas in der Richtung in der Glotze gibt, kann ich gar nicht mal sagen. Also dann, tschüs noch mal, ich mache mich auch auf den Nachhauseweg.

Nein, doch kein Fußball im Fernsehen. Stattdessen sitzen die Eltern vor irgendeiner Dokumentation im Dritten, ich schaue da aber nur kurz hin und versorge mich erstmal mit ein paar Flaschen Dithmarscher Pilsener. Sicherheitshalber stelle ich Vater auch noch eine Flasche hin, das kann nie schaden. Ich setze mich auf die Couch. Was läuft denn da gerade? Aha, Meine Kindheit in Nordfriesland. Jetzt könnte man natürlich alle möglichen Zwistigkeiten zwischen Dithmarschern und Nordfriesen unterbringen und dann auch noch zwischen Dithmarschern und Eiderstedtern, aber das ist doch eher Schnee aus der Vergangenheit und spielt heutzutage keine große Rolle mehr. Unser Verhältnis zum nördlichen Nachbarkreis könnte man eher mit den Beziehungen zwischen Köln und Düsseldorf vergleichen, ich will damit sagen, man mag einander eigentlich, man würde das aber nie im Leben zugeben.

Also zur Kindheit in Nordfriesland. Die scheint sich von der Kindheit in Dithmarschen nicht sonderlich zu unterscheiden. Irgendwie will der Film aber wohl rüberbringen, dass ein raues Klima auch einen rauen Charakter hervorruft. Das ist wahrscheinlich ziemlicher Quatsch und sicher auch völlig unwissenschaftlich, aber so was kommt bei den Zuschauern gut an, zum Beispiel bei Vater und Mutter. Im Moment geht es gerade um Knut Kiesewetter, Musiker, Sänger, Produzent und so weiter. So ganz taufrisch ist der Knabe ja auch nicht mehr, der soll in den Sechzigern und Siebzigern aber relativ erfolgreich gewesen sein. Na gut. Schöne Landschaftsaufnahmen, jawohl, Deiche, Schafe, der ganze Schmus. Wir leben in einer schönen Gegend, das muss man sich auch mal vom Fernsehen bestätigen lassen. Selbstvergewisserung. Prost, Timmermanns.

Die Sendung ist beendet, danach kommt noch NDR aktuell, aber die Eltern haben vorhin schon die Tagesschau gesehen, deshalb fährt Vater jetzt auch den Ton etwas runter und wendet seine halbe Aufmerksamkeit meiner Person zu. Wie war's denn beim Fußball und so weiter. Ich berichte von meiner Kündigung, das erstaunt ihn etwas, wahrscheinlich hat er meine Vorüberlegungen dazu auch nicht richtig mitbekommen. Rolf Teichgraeber will eine Ossi-Frau heiraten, erzähle ich dann noch, stellt euch vor, der hört bei uns auf und geht nach Zwickau. Zu so einem Blatt, das Freie Presse heißt. Wie alt ist er denn eigentlich?, fragt Mutter. So in den Dreißigern, sage ich. Na, dann wird es ja auch Zeit.

Ich steh' morgen früh ein bisschen später auf, sage ich vorsichtshalber noch einmal in Richtung Mutter, wegen Itzehoe. Davon hat Vater wiederum auch noch gar nichts mitbekommen und ich muss ihm erklären, was es damit auf sich hat. Ja, diese Hahnebier-Mordgeschichte. Na, vielleicht klärt sich da mal endgültig auf, was da alles so abgelaufen ist. Ja, hoffe ich natürlich auch. Hoffentlich gibt es genug Stoff für einen einigermaßen interessanten Bericht.

NDR aktuell ist vorbei, jetzt kommt Großstadtrevier, aber Vater streicht schon die Segel und fragt, ob einer das noch gucken will. Nee danke, kein Bedarf. Ja, dann kann der Fernseher ja aus. Ich bleibe noch vor meinen Bierflaschen sitzen, während sich die Eltern allmählich zurückziehen. Gute Nacht, schlaft schön.

Jetzt guckt keiner mehr, da kann ich auch mal heimlich die Füße auf den Couchtisch legen, aber so, dass sie dem Bier nicht in die Quere kommen. Was sagt denn eigentlich jetzt so mein Eigendiagnosesystem? Befinden im Prinzip im grünen Bereich. Vor allem deshalb, weil ich meine Abmeldung vom Fußball durchgezogen habe. Das lag mir doch schon etwas auf der Seele, das muss ich schon sagen. Nein, ich bin jetzt doch ganz schön erleichtert. Das gibt natürlich wieder Platz für neue Gedanken. Hallo, hier ist er schon, der neue Gedanke: Heike. Ja, eigentlich möchte ich schon weiter mit ihr zusammen sein, einfach so, wie es vorher war. Aber dann kam diese blöde Geschichte mit meinen Ehemaligen dazwischen, das ist ja wirklich ganz dumm gelaufen. Wenn sie jetzt wirklich nichts mehr von mir wissen will, dann kann ich das wahrscheinlich auch nicht ändern. Zur Liebe gehören eben immer zwei Leute, da hat Donald schon recht. Ach, ich komme da jetzt nicht weiter mit meinen Gedanken, da muss ich mich vielleicht morgen mal drum kümmern. Bier austrinken, die dritte Flasche muss jetzt auch nicht mehr sein, ich mache mich gleich mal auf den Weg in mein Schlafgemach. Die Ölsardinen vom Herrn Steinbeck habe ich immer noch nicht ganz zu Ende gelesen, Donald soll das Buch ja auch irgendwann mal wieder zurückbekommen.

Am meisten wundert mich am nächsten Morgen, dass Vater noch da ist. Begründung: Es ist für Deicharbeiten zu kalt, andererseits muss aber auch kein Schnee weggeräumt werden. Also tote Hose für Firma Timmermann. Das ist um diese Jahreszeit zwar auch nicht so total ungewöhnlich, aber Vater nervt es doch, das kann man ihm schon anmerken. So richtig viel zu tun in der Werkstatt hat er jetzt auch nicht, da will er sich nachher mal mit Mutter zusammen um die Unterlagen für die Steuer kümmern. Büroarbeit ist nicht so sein Ding, das weiß ich ja, darum versuche ich ihn mal auf andere Gedanken zu bringen.

Wenn Linda vielleicht bald Führerschein macht, sage ich, dann könnte man doch langsam mal nach einem Auto für sie gucken, sage ich, während ich mir meine erste Tasse Kaffee eingieße.

Auto, soso, antwortet Vater.

Ein bisschen einsilbig, der Alte, denke ich, aber man merkt schon, dass es bereits in ihm arbeitet.

Sie hat doch mal erzählt, dass sie einen Mini ganz cool finden würde.

Original oder den von BMW?

Keine Ahnung, sage ich.

Naja, sagt Vater, die alten Minis sind ja praktisch schon Oldtimer. Die wurden, glaube ich, seit Anfang der Sechziger gebaut. Von Austin, meine ich, dann von Leyland und Morris. Quer eingebauter Frontmotor mit angeflanschtem Getriebegehäuse. Das Getriebe wurde vom Motoröl mitgeschmiert. Aber ob man die Dinger heute noch kriegt, das ist die Frage.

Braucht man nicht für englische Autos Spezialwerkzeug? Ich habe mal gehört, dass die keine Rechtsgewinde haben, sondern Linksgewinde.

Zollgewinde, Heiko, oder auch Whitworth-Gewinde. Ja, so was gibt's wohl schon noch, aber ich wüsste jetzt kein Beispiel, dass man echt anderes Werkzeug dafür brauchen würde. Und wenn doch, dann müsste man das eben beschaffen. Aber der BMW-Mini, der hat auf jeden Fall Rechtsgewinde, da bin ich mir ganz sicher. Ja, ich guck' nachher mal, wie so die Preislage bei den Gebrauchten ist.

Na bitte, Vater ist immer begeistert, wenn es um irgendwelche technischen Fragen geht. Ich mache mir noch einen Toast mit Leberwurst und genehmige mir eine zweite Tasse Kaffee. Noch habe ich genug Zeit, ich kann noch einen Blick in den Landboten werfen. Eine Studie bestätigt, dass manche Elektrogeräte eingebaute Schwachstellen haben, damit sie nicht so lange halten. Die Hersteller behaupten natürlich das Gegenteil. Die Haltung von Hunden und Katzen in Mietwohnungen darf nicht grundsätzlich verboten werden. Nur die Rentner im Osten erhalten eine kräftige Erhöhung. Im Haushalt werden häufig unnötige chemische Reinigungsmittel eingesetzt. Nicht bei Timmermanns. Wir lieben Neutralseife und Essigreiniger. Eier gehören in den Kühlschrank. Mein Artikel über das Klaus-Groth-Museum. Maja schreibt über die touristische Entwicklung des Speicherkooges. Die Nordhastedter Waldkindergartengruppe vertreibt den Winter. Das ist auch so ein neuer Hardcore-Trend, Kinder zur Abhärtung bei Wind und Wetter in den Wald zu schicken. Büsum: Schülerlotsen Fehlanzeige. Eigentlich doch ganz schön gewagt von mir, wahrscheinlich kann ich mich in Büsum in der nächsten Zeit nicht mehr blicken lassen. In Marne ist ein altes Ehepaar seit siebzig Jahren verheiratet. Gnadenhochzeit nennt man so was. Das könnte ich auch noch hinkriegen, wenn ich morgen zum Standesamt gehen würde. Aber mit wem? Überzeugte Junggesellen müssten sich doch eigentlich auch selbst heiraten können. Götz George dreht mit seinen 75 Jahren noch einen neuen Schimanski-Film. Bei Famila gibt es den 27-er Kasten Holsten Edel oder Astra für 8,99 €. Früher soll es sogar 30-er Kästen gegeben haben. Tim Schleicher aus Nürnberg holt bei den Europameisterschaften der Ringer Bronze. Der Steinbock soll sich heute mal zurückhalten. Unsere Adler brauchen Hilfe. Am 14. Juni gibt es zum letzten Mal Frühstück bei Stefanie. Immer noch um null Grad, viele Wolken, aber wenig Schnee.

Gut, ich bin jetzt mal wieder voll durchinformiert und abgefrühstückt, den Tisch kann ich ja noch schnell abdecken und einmal überwischen. Dann wird es auch langsam Zeit, dass ich mich auf die Socken nach Itzehoe mache. Ich fahr' dann mal los, melde ich mich bei den Eltern im Büro ab, die sitzen da beide gerade so einträchtig einander gegenüber, davon würde ich jetzt am liebsten ein Foto fürs Familienalbum machen. Ist gut, Heiko, sagt Mutter und schaut von ihren gesammelten Zetteln auf, fahr' vorsichtig. Vater winkt mir zu.

Wenn ich jetzt ein Navi im Polo hätte, würde ich Große Paaschburg 66, Itzehoe eingeben. Brauche ich aber nicht, den Weg kenne ich noch von meinem letzten Besuch bei der Polizeidirektion Itzehoe. Rein theoretisch dauert die Fahrt weniger als eine Stunde, aber ich baue immer gerne etwas

Zeitreserve ein, von wegen Staus oder so. Man weiß ja auch nicht, wie die Wetterlage im Kreis Steinburg ist.

Die erweist sich aber als ganz erträglich, die Wetterlage meine ich jetzt. Ich komme ganz locker und entspannt durch, keine Unfälle, keine Staus. Ich kann mir vor dem Gebäude der Polizei in Itzehoe in aller Ruhe einen gemütlichen Parkplatz aussuchen und komme immer noch fünf Minuten zu früh beim Pförtner an. Guten Morgen, ich bin bei Frau Weishaupt angemeldet, Timmermann mein Name. Ja, der Pförtner schenkt mir Glauben, möchte andererseits aber auch meinen Personalausweis in Augenschein nehmen. Ob er beim letzten Mal auch schon so genau war, weiß ich gar nicht mehr. Vielleicht war es aber auch ein anderer Pförtner, daran kann ich mich nicht mehr so richtig erinnern. Er will mir dann noch die Zimmernummer sagen, aber ich weiß schon, wo ich hinsoll.

Da sitzt auch wieder Frau Nickels, sozusagen die Vorzimmerdame der Hauptkommissarin, bei halb geöffneter Tür. Halb geöffnet, das klingt irgendwie blöd, also besser bei geöffneter Tür. Timmermann vom Dithmarscher Landboten, sage ich, aber sie scheint mich auch ohne diese Vorstellung wiederzuerkennen. Gehen Sie nur rein, Herr Timmermann, Frau Weishaupt erwartet Sie.

Klopf, klopf.

Das Herein höre ich jetzt gar nicht, wahrscheinlich ist die Tür doch zu dick, darum trete ich sozusagen auf Kredit ein. Ich erblicke Frau Weishaupt hinter ihrem Schreibtisch, sie ist gerade am Telefonieren, winkt mir aber freundlich zu und gibt mir zu verstehen, dass ich mich setzen soll. Ihr Telefonat zieht sich jetzt ein bisschen, ich betrachte so lange die Bilder an den Wänden, alles Brücken. Also jetzt keine Teppiche, sondern schon echte Brücken, zum Beispiel die Golden Gate Bridge in San Francisco. Kalifornien, da möchte ich eigentlich auch ganz gerne mal hin, vielleicht schickt mich ja irgendwann der Landbote als Reisereporter dorthin. Ansonsten versuche ich nicht hinzuhören, aber das gelingt mir doch nicht so richtig. Worum es bei dem Telefongespräch gerade geht, kriege ich aber nicht richtig mit, nur, dass es offenbar kein Privatgespräch ist.

Frau Weishaupt legt aber doch irgendwann auf und wendet sich mir zu, indem sie aufsteht, ich natürlich auch, wir geben einander die Hand und überhäufen uns mit den üblichen Höflichkeiten und Smalltalk-Bemerkungen. Dann setzen wir uns wieder.

Ja, Herr Timmermann, beginnt sie, ich habe mir gedacht, ich informiere Sie einfach mal aus erster Hand über die Fortschritte hinsichtlich der Hahnebier-Morde. Wir geben heute zwar auch eine Pressemitteilung heraus, aber bei Ihnen möchte ich doch mal eine Ausnahme machen, Sie sind ja fast schon so was wie ein inoffizieller Mitarbeiter von uns. Übrigens, Sie können sich jetzt auch gerne Notizen machen.

Ich zücke meinen Stenoblock und lasse anschließend einen ungefähr einstündigen Vortrag über mich ergehen, der natürlich auch von meinen Fragen unterbrochen wird. Ich will euch aber nicht mit der Live-Fassung dieses Vortrages nerven, da wiederholt sich ja auch manches, darum erzähle ich euch gleich nur das Wichtigste. Aber erst im nächsten Absatz.

Also: Die Herrschaften Ilse Monscheidt, Bernd Heusinger und Kurt Heimann befinden sich wegen Flucht- und Verdunkelungsgefahr weiterhin in Untersuchungshaft. Gegen alle drei hat die Staatsanwaltschaft Mordanklage erhoben. Die bisherigen Aussagen von Monscheidt, Heusinger und Hermann widersprechen in einigen Details einander, zum Beispiel wollen die beiden Männer davon ausgegangen sein, dass sie ihren Opfern keine tödliche Dosis des Colchicins verabreichen würden, während Monscheidt behauptet, das hätten sie durchaus gewusst. Außerdem sei alles ein gemeinsamer Plan gewesen. Wie gesagt, die Herren leugnen das. Es geht also um die Verantwortung für die Taten. Heusinger und Hermann hoffen offenbar, mit einer Verurteilung wegen Beihilfe zum Mord davonzukommen. Aber das sind Fragen, die sich wohl erst während des Prozesses klären lassen.

Die genauen Abläufe der drei Taten sind auch noch nicht endgültig geklärt, man kann bisher eigentlich nur von einem ungefähren Bild des Gesamtgeschehens ausgehen. Demnach hat Frau Monscheidt ihren Gatten aus Eifersucht und Rachgier getötet. Rachgier, sie hat tatsächlich Rachgier gesagt. Heusinger und Hermann verübten zwei weitere Giftanschläge gegen zufällige Opfer, um den Verdacht breit zu streuen und von Frau Monscheidt abzulenken. Die beiden Männer waren an der Beseitigung von Apotheker Monscheidts Leiche beteiligt, noch ungeklärt sind wiederum die genauen Hintergründe. Wie war es zum Beispiel möglich, den Apotheker in die Tonne zu stopfen, ohne dass es irgendein Außenstehender bemerkt hat? Möglicherweise könnten noch weitere Personen in diese Sache eingeweiht gewesen sein, bisher hat es dafür aber noch keine Anhaltspunkte gegeben.

Das war's dann eigentlich so im Wesentlichen. Ein Mord in der Apotheke, ein Mord im Tivoli und ein Mord während des Einkehrens bei Stolz. Jetzt habe ich es ja doch gesagt, das wollte ich eigentlich immer offen lassen. Aber Fuchs hat das ja irgendwann auch schon mal gesagt. Ich meine damit aber nur, liebes Kaufhaus Stolz, das hat nichts mit dir zu tun, das hätte auch ein paar Meter weiter bei Böttcher passieren können. Okay, was haben wir denn noch für Probleme? Einmal diese ganzen Einzelheiten, die müssen wohl alle irgendwie rekonstruiert werden, dann natürlich die eigentliche Schuldfrage. Für mich steht ziemlich fest, dass Madame Monscheidt die Böseste war, aber dass Heusinger und Heimann sich möglicherweise auf die billige Tour herausreden wollen und alle Verantwortung auf sie schieben, käme mir auch ziemlich plausibel vor.

Ich habe natürlich einen ganzen Haufen mitgeschrieben, daraus kann man bestimmt einen ordentlichen Artikel zusammenzimmern. Dann unterhalten wir uns bei einem Kaffee noch etwas lockerer über den Fall und die ganzen Konsequenzen, die daraus folgen. Also zum Beispiel für die Familien von Heusinger und Heimann. Oder natürlich für die Apotheke. Wird die überhaupt weiter bestehen, wer würde sie denn übernehmen und so weiter und so fort. Naja, das werden wir dann ja sehen. Ich kann mir auch nicht vorstellen, dass diese ganzen Apothekenmiezen da überhaupt noch arbeiten wollen, wenn erst herauskommt, dass sie alle nacheinander von ihrem seligen Chef beglückt worden sind, das muss doch einfach nur megapeinlich sein. Okay, Apotheken gibt es ansonsten ja noch genug in Heide, da wird es auf eine mehr oder weniger nicht ankommen.

Die Kinderärztin Witkowsky ist jetzt natürlich von jedem Verdacht befreit, sie wird also in aller Ruhe in ihrer Praxis weiterarbeiten können und in ihrer Freizeit noch etwas mehr an der Westeregge herumstricken. Ein bisschen Konkurrenz wird den anderen Eggen schon nicht schaden. Vielleicht sogar im Gegenteil.

Ich sitze ja immer noch bei Frau Weishaupt und mittlerweile sind wir schon bei halbwegs philosophischen Themen gelandet. Eine Zeitlang hätte ich Sie gerne in unseren Reihen gesehen, Herr Timmermann, das wissen Sie ja. Aber ich kann durchaus verstehen, dass Sie sich eher zum Journalisten berufen fühlen. Zum Journalisten berufen fühlen, aber hallo. Wenn das jetzt so eine Art Lob sein sollte, nehme ich es mal gerne an. So was tut ja ganz gut, ehrlich. Dann fragt sie noch, wie es meiner Familie so geht, ich gebe bereitwillig Auskunft. Sie werden doch wohl nicht schon vorhaben, eine eigene Familie zu gründen, sagt Frau Weishaupt eher beiläufig. Nein, kein Gedanke, sage ich. Meine letzte Freundin ist mir sozusagen gerade abhandengekommen.

Warum ich das jetzt offenbart habe, weiß ich auch nicht so genau. Vielleicht, weil die Weishaupt eben schon fast so etwas ist wie eine alte Tante aus der Familie. Denen erzählt man auch manchmal Sachen, von denen man vorher nicht gedacht hätte, dass man sie ihnen erzählen würde. Aber es passiert dann eben ganz einfach. Und dann finden diese alten Tanten, es können meinetwegen auch Onkel sein, irgendwie sehr passende oder weise Worte, an denen man sich wieder aufrichten kann. Zum Beispiel jetzt: Ach, Herr Timmermann, das tut mir ja ehrlich leid. Aber schauen Sie mal, Sie sind doch kaum über zwanzig, Sie werden noch jede Menge weitere junge Damen kennenlernen. Da sind bestimmt ein paar geeignete Exemplare für eine Familiengründung darunter. Oder Sie lassen es einfach bleiben. Geht auch. Sehen Sie mich an, ich bin ja auch so eine Art alte Junggesellin.

Ich muss jetzt lachen, nicht, weil ich das so super witzig finde, was Frau Weishaupt da gerade sagt, aber weil ich mich irgendwie plötzlich so befreit fühle. Ja, sage ich, ich glaube, da haben Sie ganz recht.

Das ist es dann wohl so langsam, ich bin jetzt schon über eine Stunde hier. Die Weishaupt wird sicher auch noch was anderes zu tun haben als sich den ganzen Vormittag locker mit mir zu unterhalten. Ich klappe den Stenoblock zu, stehe auf und beginne mich zu verabschieden. Herzlichen Dank, alles Gute, schöne Grüße an die Familie, vielleicht kreuzen sich unsere Wege bald mal wieder und alles andere, was man bei solchen Gelegenheiten so von sich gibt.

Ich verabschiede mich auch ganz offiziell von Frau Nickels, wünsche noch einen schönen Tag und gehe dann eigentlich ziemlich gut gelaunt die Treppe herunter. Der Pförtner schaut mich etwas erstaunt an, aber das könnte ich mir auch nur eingebildet haben. Raus aus der Großen Paaschburg und ab zum Parkplatz. Wenn ich jetzt gleich losfahre, könnte ich vielleicht in Heide was essen gehen. In die Mensa oder in die Kreishaus-Kantine.

Erster Schritt: Ich muss tanken. Kurz vor der Auffahrt, die dann zur Autobahn führt, war doch eine Shell-Tankstelle. Da fahre ich jetzt also hin und lasse den Polo volllaufen. Schön in aller Ruhe die Scheiben waschen und dann zur Kasse. Ich genehmige mir eine Dose Cola und einen Schokoriegel. Welchen, werde ich gerade gefragt, wieder einen Lion, den habe ich hier auch beim letzten Mal schon gekauft.

Zweiter Schritt: Ich fahre ganz gemütlich auf der A 23 zurück nach Heide. Meine Geschichte wird gleich zu Ende sein, da kommt jetzt nicht mehr viel, und was da noch kommt, das kann man sich irgendwie schon denken. Also den Artikel über die aufgeklärten Morde schreiben, mal wieder mit Heiner und Donald Kontakt aufnehmen und die ganze Story noch einmal durchkauen. Mir mal Opas Tivoli-Bude angucken, mal sehen, wie weit die schon sind mit ihren ganzen Arbeiten. Vielleicht werde ich da wirklich mal einziehen. Und was haben wir noch? Ach ja, der Fall Heiko & Heike. Nein, ich weiß mir da im Moment auch keinen Rat mehr, ich glaube, ich lasse es erstmal so, wie es gerade ist. Wenn sie echt nichts mehr von mir will, dann ist das halt so.

*

Wir haben ja bald Frühling. Schauen wir mal, was da noch so kommt.

*

Anmerkung des Verfassers: Die in diesem Text auftretenden Personen sind frei erfunden. Ähnlichkeiten mit realen Personen sind nicht beabsichtigt und wären rein zufällig.

Mein besonderer Dank gilt Timm Frauen von der Süderegge, der mich zu diesem Buch angeregt hat und mir mit wertvollen Informationen und Hinweisen zur Seite stand.

Anmerkung von Heiko Timmermann: Nein, das kann nicht das Ende sein, das Leben geht ja weiter. Ich habe momentan ja keinen Schimmer, wie und in welche Richtung, aber in ungefähr einem Jahr, würde ich mal behaupten, da könnt ihr gerne mal nachfragen, ob es wieder irgendwelche Neuigkeiten von mir gibt. Bis dann, macht es gut und bleibt schön gesund und munter!